U0899599

女捕头

爱默丁◎著

北京联合出版公司
Beijing United Publishing Co.,Ltd.

图书在版编目（CIP）数据

女捕头：全3册 / 爱默丁著. — 北京：北京联合出版公司，2015.10

ISBN 978-7-5502-6212-6

Ⅰ. ①女… Ⅱ. ①爱… Ⅲ. ①长篇小说－中国－当代 Ⅳ. ①I247.5

中国版本图书馆CIP数据核字（2015）第221843号

女捕头：全3册

作　　者：爱默丁
选题策划：北京磨铁图书有限公司
责任编辑：崔保华
封面设计：violet
版式设计：刘珍珍

北京联合出版公司出版
（北京市西城区德外大街83号楼9层　100088）
北京慧美印刷有限公司印刷　新华书店经销
字数933千字　700毫米×980毫米　1/16　印张53
2015年11月第1版　2015年11月第1次印刷

ISBN 978-7-5502-6212-6
定价：75.00元

目录

景熙元年，刚入二月的西京城还余着年节的喜气，门板窗纸上红红的花纸还都艳着。

仁宗皇帝驾崩后，被国丧压抑了三个月的西京城终于借着新年欢畅了一把，紧接着便是新帝登基改元，大赦天下，把这新年的气氛持续得更久了一点儿。

此时该是渐暖的天气，却因着前日那一场大雪，温度好似一下又被拽回了冬天。

雪后初晴的天气，融雪成珠从檐上沿着冰凌滴滴落下，苏缜眯着眼睛看了一会儿，放下杯子道："全都烧干净了？"

"干净得不能再干净了。偌大的一个尹府，现在人是死的死散的散，周氏会想不开倒也不是不能理解。"蒋熙元摇头叹了口气。

"都过去了。"苏缜拦住了蒋熙元的话头，转而问道，"我听说那日火势正旺时有人安然走出火场，毫发无伤，有这等奇事？"

"有，是有这事。刘起亲眼看见的，当时他就在尹府外面。"蒋熙元点点头，随着苏缜转了话题。

那天尹府起了火，火烧得极大，尹府的下人一开始还忙着救火，后来看火势控制不住便纷纷逃了出来。京兆尹审了逃出来的下人才知道，这火是尹府如夫人周氏自己点的，甚至用上了火油，想来是抱着必死的心的。

那堪比国公府的大宅足足烧了两天，房倒屋塌，两边的宅子都被波及，没毁了整个宣阳坊已算是万幸了。而就是这样的火势，竟有个人全须全尾地从里面走

了出来。

据看到的人说，那人身上的衣服被燎得乱七八糟，脸被熏得乌黑，只留了一双黑白分明的眼睛，神情有些惊恐紧张。

“周氏的尸骨都烧得找不到了，可那人竟好似连点伤都没有，实在是奇怪。”蒋熙元一边说着，一边摇头，满脸不可思议的神情。

“是尹府的人吗？如今何在？”苏缜问。

蒋熙元做了个无奈的表情：“当时天擦黑了，都忙着救火，等火势弱后再寻，却找不到那个人了。”

“是男的还是女的？”

“不太清楚。那人还跟刘起说了句话，听声音只知道年纪不大。当时天黑，那人又乌黑着一张脸，实在说不上长什么样。”

“说了句话？说的什么？”

蒋熙元侧头想了想，微皱了眉头：“大概说的是‘怎么不抱井’……刘起这么说的。”

“抱井？”苏缜莫名其妙地重复了一句。

“这句话刘起听得也很含糊。我猜，抱井的意思大概是想打井水救火。”蒋熙元无奈一笑，“刘起还要再问的时候，尹府厅堂的梁便塌了，很大的声响，砸出很多带火的木屑，人群乱了好一阵，等稳下来刘起想起那个人时，却再也找不到了。要不是许多人见到，刘起还以为是自己被火烤蒙了呢。”他顿了顿，“估摸着是尹府的小厮命大，侥幸逃生了。”

苏缜“嗯”了一声，便把这事儿扔下了没再多问。沉默了片刻后，他抬眼看着蒋熙元，声音轻飘地问：“你的婚事还没定？”

“没定。”蒋熙元笑了一声，往后仰了仰，“往家里放一个呆板又陌生的姑娘，想想就觉得浑身不自在。”

“你怎知对方呆板？”

“咳，京城大家里的姑娘还不都是那个样子？或者呆板，或者骄纵。”蒋熙元做了一个受不了的表情，又摆摆手说，“舍妹既是高嫁，不必拘于齿序的。”

苏缜瞄他一眼问：“令妹是呆板还是骄纵？”

蒋熙元一滞，没想到苏缜给他下了个套，忙赔笑道：“咏薇还行，还行。最近在家专心习礼，母亲也没少在她耳边提点。毕竟是要入主中宫的，怎可与其他姑娘相提并论？”

苏缜笑了笑说：“朕会好好待她。”

“臣先替家父和咏薇谢过皇上。”蒋熙元说着便想起身，却被苏缜一个手势给拦住了。蒋熙元重又坐端正，开玩笑似的说，“家父这些日子甚是高兴，说最小的姑娘也要出嫁了，他便也没什么挂心的了。如今天下安泰，来日上表请个闲职，就等着我们哥儿几个多给他添孙了。”

苏缜垂眸一笑道：“诸事繁杂，宫里也是闷，难得出来走走，你不必这样小心翼翼的。”

“臣小心翼翼的了？”

“嗯。”

蒋熙元默默地无奈一叹，掂起茶壶来给苏缜续了茶。

他小心翼翼了吗？他是有些小心了，可眼前这位虽看着斯文，但毕竟不是善茬，连自己的父母舅舅都能算计，他蒋家又算哪根葱？

太招摇总归不是好事，纵然自己与他一起长大，关系好，可君臣鸿沟摆在那里，他有几个脑袋敢不小心啊！

第一章 与君初相识

夏初的心情糟透了。

李二平端着两只碗走到她面前说："吃饭，替你盛上了。"

夏初心不在焉地接过来用筷子扒拉着，就是不往嘴里送。李二平一边吃，一边瞟着她，终于忍不住问道："怎么了你？一下午魂不守舍的？"

"我钱包丢了。"夏初说完，撇了撇嘴直想哭，好歹忍住了。

"嗬！我以为多大的事儿呢。"李二平不屑道，"是让偷儿给摸去了？"

夏初侧头想了想。是小偷吗？应该不是。

今儿下午跟人撞上，应该算是她主动撞的人家。

对方的那身装束，虽然她辨不出到底有多好，但直觉告诉她那不是一般人家置办得起的。还有他身上的那种气质，那副让人惊艳的相貌，轻松甩出现代那些花美男好几条街，且人家毫不做作，好看得浑然天成。

要说小偷，相比起来她倒是更像个小偷，人家没怀疑她就已经不错了。

夏初想起那人的样子，脸上莫名发热，有点心虚地低下头去。

李二平当她是又在哀悼钱包了，便用筷子头轻敲了她脑袋一下说："行了，就你那点钱还值当装个包？赶紧吃饭，一会儿好多活儿呢。"

"不是钱的问题……"夏初难过地叹了口气。

是，钱包里面确实没多少钱，就算有钱现在也花不

了，但那里面有她和爸妈还有哥哥的合影，现在她只有那一张了，千金不换。

李二平见夏初的情绪不见缓和，便压低了点声音凑到夏初耳边说：“回头姐给你绣个荷包，这总行了吧？”

夏初诧异不已，也放低了声音：“你还会绣荷包？”

“你不会连荷包都不会绣吧？！”李二平更诧异，“真是姑子庵里长大，还俗跑出来的？”

“难道女子都得会绣荷包？”

李二平上上下下地打量她几眼说：“啧，要不是我亲眼瞧见过，还真要以为你是个男子了，这话也问得出来。”

夏初促狭地瞄了瞄李二平：“哦，我最近看阮喜哥腰上扎眼得很，他那新荷包是不是你绣的啊？啧，那我可是不敢让你绣了，回头阮喜哥以为我跟你有什么，我可就说不清了。”夏初说完往旁边挪了挪，与李二平拉开了点距离。

阮喜与李二平是一个村的，自小一起长大，只不过阮喜家里更穷，他想求娶李二平，可李家瞧不上他家，不答应。俩人偷偷合计着一起做工攒钱，等攒够了就离家私奔去，可阮喜又怕李二平在别处做工被人欺负，所以才有李二平女扮男装做杂役这么个事儿。

李二平听夏初打趣她，倒也不害臊，凑近了夏初说道：“也行啊。可惜你是假的，你要真是男子，我便把你领回家去，瞧瞧，这清俊的小后生，怕是要羡煞我们一村的姑娘了。”

“去！还清俊小后生呢，我这脑袋都要长毛了……”夏初挠了挠头，那一头短发藏在帽子里面，也不知道什么时候才能长长，搞得她现在睡觉都不敢摘帽子。

李二平用手肘推了推她：“赶紧吃饭吧，管事的来了，再不吃饭来不及了。”

夏初点点头。饶是她心情再低落也得把这碗饭吞下去，不然之后几个小时的重体力劳动可是顶不下来的，在生存面前，情绪这东西真是无足轻重。

唉，她的照片啊！

此时，夏初心心念念的那张照片正被苏缜捏在手上，龙书案上摆了个托盘，托盘里放着个人造革的钱包，钱包上的黑猫警长目光如炬地看着苏缜，旁边几张人民币，还有两张卡。

苏缜反复看着那张照片，他纳闷这张小画到底是画在什么材料上、何人所作，怎画得这般栩栩如生。画中人的发饰服装都很怪异，绝不是景国的打扮，却也不像西夷、北狄或者东洋那些人的样子。

莫不是什么山中异族？苏缜想了想又摇头，那人官话说得蛮好，不像是什么未开化的地方出来的。

苏缜又拿起那两张卡看了看，上面的字虽怪异但他还是认得的，认得归认得，组合在一起却不太明白是什么意思。

正在这时，安良走了进来："皇上，闵风过来回话了。"

"他怎么说？"

"回皇上，闵风说那人后来确实回到原处寻过东西，没寻到颇为失落，后来闵风跟着他一路到了城南升平坊。"

"小倌？"苏缜说完后又自我否定地摇了摇头，那人长得倒是清秀，但若真是小倌，倒不至于穿得那么差。

"闵风说他是从蔚花馆后厨的门进去的，应该是杂役，他暗里看了一会儿倒是没有什么可疑之处。哦，闵风还说，那人没什么内力修为，顶多算是身手灵敏些罢了，谈不上会功夫。"安良说完低了头站到一边说，"皇上可要召闵风进来问个详细？"

苏缜又把托盘里那些莫名其妙的东西扫了一遍，将那照片拿了起来，对安良挥了下手道："这些拿下去收着。"

安良端起托盘领命而去，苏缜又瞧了瞧照片上的两个小孩儿，目光在那男孩儿的脸上停了停，微微皱了皱眉头，然后顺手拉开暗格丢了进去。

酉时，到了起灯的时辰，蔚花馆这种地方便开始忙了。后厨，夏初奋斗在一摞摞的脏碗中，用刷子蘸碱水奋力地刷着污物。

半月前她还在车水马龙的都市，那时她也是这样，在一家餐馆的后厨奋力地刷着碟碗，快收工的时候她走出后厨去休息，刚走了几步，就听见一声巨响，身后一股热浪把她推得几乎是飞出门的。

等她从地上爬起来时，身边已是一片火海，她本能地往外跑，等跑出来就发现一切都不对劲了。

夏初后来回想起来，那餐馆大概是燃气爆炸了。她想到这点时难过了好一阵，那后厨的人待她都不错，老板娘念她是孤儿勤工俭学，常会多给她一点儿钱。如今她被崩到了这里，其他人却不知道如何了。

至少她离开火场的时候没有看到别人。

她是在火场旁边遇见的李二平，那天李二平正从家去蔚花馆经过那里，见她衣衫不整便从包袱里掏了衣裳给她披着。夏初脑子空空满心茫然，遇见了李二平就像遇见了救苦救难的菩萨，想也没想就跟着李二平走了。

李二平一路没理她，快到莳花馆的时候才回头对她说："姑娘，我要去的地方可是青楼，你快别跟着我了。"

夏初直愣愣地看着她，脸色苍白，嗫嚅半天只说了一句："我害怕。"

除了当年遭遇家中剧变，悉闻父母哥哥遇害时她感到过恐惧之外，她还从没有那么害怕过。遭遇爆炸已经够吓人了，死里逃生后，竟发现连时空都变了。她觉得自己的心脏真是足够强大，换了别人怕是直接吓死了。

"你是尹府的人？你可还有家人？"李二平问她。

夏初捏了捏衣服里的钱包，点点头又摇摇头。李二平看了她一会儿，伸手拉住她的胳膊说："莫不是吓傻了？真是……"

李二平比夏初大一岁，与夏初身材差不多，也是瘦高瘦高的。她家也是穷苦人，莫名其妙捡了个姑娘无处安置，只好也将夏初扮了男装，带她进了这莳花馆的后厨做杂役。

夏初用了两天的工夫把自己的情绪平复了下来，眼下既然来之也只能安之。总的来说，她的生活与以前也差得不太远，以前她在后厨刷碗，现在还是在后厨刷碗。

只是可惜了她的梦想。

她也不知道自己是不是还能回去，古代往哪里去找燃气爆炸呢？而她也不能平白无故地去点了谁的房子，再者，万一大火里回不去怎么办？她不愿意用烧死自己这法子去做实验。

夏初直了直腰，反手抹了下鼻子。

这时李二平进来，麻利地用大木盆盛装洗净的碗，夏初看她换了身齐整干净的衣裳，便冲她笑了笑问："又忙不过来了？"

李二平撇撇嘴道："一帮有钱没地方花的臭男人！我才不愿意去前院，腻歪看那些嘴脸。"

"前院有时候能拿到小费呢，你埋头干你的活，不看就是了。"

"小费？"

"嗯——赏钱吧。你看那些茶奉，听说赏钱比月钱还多。"夏初笑道。

李二平也笑，忽然停了手里的动作对夏初道："小初，需要钱归需要钱，但前院赏钱再多你也别想着往前院凑，毕竟是女子，别让人占了便宜去。"

夏初一指自己，笑道："我现在是个男人模样，谁会占我便宜啊。"

“那帮臭男人有的是男女通吃的主，你扮了男装也是个清秀模样，若是让人占了便宜……”李二平手里的动作顿了顿，沉默片刻后神情严肃地道，“总之小心点儿没坏处，你可千万听我的。”

夏初心头一暖，屈指往她脸上弹了些水星儿，笑道：“我知道了。别光说我，你也一样，自己可要小心点儿。”

李二平哼笑了一声，又拍了拍袖子低声道：“我这藏着柄小刀，谁敢欺负我，我就亮家伙给他看，吓不死他！”说完，她便端起沉甸甸的木盆大步走了。

夏初看着李二平的背影，觉得自己这算是不幸中的万幸，初到这里便遇见了这么一个好朋友。她琢磨着，倘若将来自己有能力了，定要千倍万倍地回报于她。

想到这里，夏初转身对着那一堆碗刷得越发卖力气。

临近亥时，夏初洗完了一拨的碗，正坐在石阶上歇腰，隐约听见了一阵叫喊声。青楼里有人叫喊也不是稀奇事，虽然来莳花馆的人大多人模人样，有钱或者有身份，但喝多了酒起口角，或者为了一个姑娘两厢争风最后大打出手这样没风度的事，也不是干不出来。

夏初起初没在意，只不过那叫喊声却像波浪翻滚似的，声音越来越大，从前院蔓延进了后院厨房。

大多数人都停了手里的活计侧耳听着，正在后院拎水的茶奉阮喜耳力颇好，他听见那阵喧闹后不禁变了脸色，回头对其他人说：“我怎么听着好像是……杀人了？”

“杀人？”后厨静了片刻，一众伙计面面相觑，似是半信不信的样子。

“你听错了吧？”

“许是听错了？我看看去！”阮喜把茶壶“咚”的一声放在灶台上，转身便往前院跑。还没等他跑到后院门口，就有几个人快步走了过来，阮喜一把拦住与他相熟的范有余问道：“怎么了？出什么事了？”

“雅院死人了。”范有余也是个茶奉，手里还拎着个空茶壶。范有余答完阮喜的话，又转头看着夏初伸手往前院的方向一指道，“你去看看吧，李二平杀了人了！”

“谁？！”夏初觉得自己像是听错了，忙分开人群走过去问，“你说谁杀人了？”范有余又一字一字清晰地重复道：“李二平杀人了。”

阮喜的脸色登时白了，手还抓着范有余不肯松开，“怎么会是二平？！二平人呢？二平呢！”

“那肯定还在雅院啊！我从前楼过来打水，刚走到雅院门口就看好多人往外跑，说李二平杀人了。”范有余看着阮喜，疑道，“你咋的了这是？脸这么白？”

阮喜没说话，松开了抓着范有余的手，转身又拉住了刚从前院过来的厨子马庆全问：“马大哥，怎么回事？怎么会是李二平？”

马庆全拍了拍阮喜的肩，缓缓地摇了摇头说：“不知道，都这么说而已。你别慌。”

别人不清楚阮喜和李二平的关系，夏初却是知道的，她走过去拽了阮喜一下说：“走，去雅院看看。”

所谓雅院，便是区别于敞厅楼面而言的，比较私密，所以院子里的灯都点得昏昏暗暗，借以掩盖雅院中可能出现的不雅，所以只求照出路在哪里，别让人跌跤就好。

夏初和阮喜从雅院西角门进去，阮喜喊了一声“二平”就往西游廊跑了过去，夏初跟过去，见李二平正被个护院按坐在雅院游廊的西北角，衣服领口和上襟的布扣是扯开的，脸色煞白。

“二平，二平！”阮喜和夏初喊她，她却全然没反应，只是直愣愣地看着西南角，好似灵魂出窍一般。

夏初顺着她的目光往西南角看，那边黑压压的一片，能见度极低。她刚才就是从那西南角的角门进来的，这时努力地看去才看出那地上趴着个人。

游廊里平整的花砖上有一片的颜色看着比别处深，应该是血迹，空气中有一股血腥味，混着香粉和酒气，冲得人鼻腔发堵。

院子里站了不少人，嗡嗡地议论着、指点着，不知是谁喊了声“九姑娘来了”，这一句就像一巴掌拍死了蚊子，整个院子霎时就安静了下来。

九姑娘是这莳花馆的老鸨，唤作九湘，因为人还年轻靓丽，所以人称九姑娘。夏初听过这个名字，知道她是自己的顶头上司，但是没见过。听人一说，夏初便回过头去，见雅院北院门外施施然走进一个女子，一身烟霞色罗裳，罩着件月白的滚边棉氅，身形颀长，举手投足都别有风情，却并不很风尘。

夏初晓她年轻，却没想到竟是这般年轻，看上去不过二十岁的年纪。九湘的身后还跟着个男子，身高腿长，轻裘长衫束着腰带，一看便是个富贵的主儿。

那九湘进来之后便安排人去多添些灯盏进来，又问有没有报官，得到了肯定的答复后便拢了拢身上的棉氅，在游廊中坐了下来，与身后的男子笑言几句，一派云淡风轻，似乎一点儿不觉得死个人有什么大不了的。

夏初不禁皱了皱眉头，扭了脸不再看他们，转而低声问李二平道："二平，人真的是你杀的？"

李二平一听，下意识地缩了缩脖子，浑身打着战看着夏初拼命摇头。

"不是？"夏初心里稍稍一松，转头看了阮喜一眼，阮喜抹了抹眼角，轻声安慰李二平道："我就知道，我就知道。不是就好，你别怕……"

阮喜的话音未落，却听李二平说："我，我不知道……"

夏初一听不由得愣了一下，正要再问，就听旁边有人插话道："怎么连自己杀没杀人都不知道？"

语调轻飘飘的，好像还带着点笑音。

夏初顺声音看过去，见是刚刚那位走在九湘身后的男子，不知道什么时候蹲在她旁边了，手肘架在膝上，一边朝李二平问话，一边漫不经心地四下打量。

夏初看他长得人五人六，表情丝毫看不出凝重，凤目微挑，倒像是在笑，不由得心头火起，脱口道："我说这位，你是在问案，还是在这里看热闹？"

蒋熙元微微一笑，调侃般道："怎么，是不许问案还是不许看热闹？"

夏初冷哼了一声道："问案有警……官府呢，轮不到旁人指手画脚，回头破坏了现场暗示了人证，给别人添麻烦。要是看热闹就更不该，一条人命，岂是热闹？穿得倒是像样，却没半点儿恻隐之心。"

蒋熙元挑了挑眉毛，心头微恼却也没动声色，等夏初说完，他才道："那你是在问案，还是在看热闹？"

夏初沉着脸，硬邦邦地说："她是我的朋友。"

蒋熙元远远地指了指尸体说："那是我的朋友。"

夏初被他噎得一愣，明知这人就是抬杠，却也说不出什么来。身边的阮喜用手肘捅了捅夏初，急急地让她别再说了。夏初冷冷地横了蒋熙元一眼，不再理会，重又拾起话来缓声问李二平道："事情的经过是怎样的？你还记得起来吗？你别慌，慢慢想。"

"我……我刚才往雅院的茶水间送洗净的杯碟，送完了出来往后院走，经过那间房门口时里面出来个男的，我就退开半步让路，可，可是……"

夏初回头看了一眼问："哪间房门口？"

"就是南廊最西边那间。"李二平看过去，目光瞟过尸体时惊慌掠过，低下了头，身上微微地发颤。夏初轻轻抚了抚李二平的肩头，鼓励道："别怕，二平。你继续说。"

李二平深吸了一口气，继续道："他一身的酒气，我给他让了路他却不走，伸手过来抓我，我推开他往后院跑，没跑两步他就从后面把我抱住了……”李二平说到这里又忍不住哭了，捏着夏初的手，声音也大了起来，“他那些话说得恶心，手……手还四处摸……我吓坏了，就掏了刀子出来。我就是想……就是想吓唬吓唬他，我没想杀人！我真的没想杀人，我不知道怎么他就死了，我真的不知道……”

夏初看李二平这惊慌的样子，便安抚了一下，换了个方式问道：“你不知道是不是自己杀的他，那你的刀有没有伤到他呢？”

“我……”李二平支吾了一下，看看夏初又看看阮喜，阮喜赶忙道：“是不是没有？你好好想想，是不是没有？”

夏初犹豫了一下，还是拦住了阮喜的话：“阮喜哥，你别这样教给她，一会儿官差来了验了尸体，要是发现二平撒谎了反而更麻烦。”

阮喜一听便生气了，对夏初高声道：“怎么是撒谎？二平怎么会杀人？夏初！二平素日怎么对你的，这时候你竟不帮她说话！”

夏初急道：“我就是知道二平对我好我才要帮她，你这样胡乱教她，那是害了她！”

“你倒是懂得不少。”蒋熙元忽然说了句话，又眯起眼睛侧头看了看夏初。见夏初蹙眉打量自己，便又漫不经心地笑了一下，打了个手势让她继续。

夏初又问李二平：“你的刀有没有碰到东西总该是有感觉的，仔细想想看，碰到没有？碰到几处？”

“我，我不会使刀，胡乱地划拉罢了。”李二平怯怯地说，“好像……好像是划到了东西的，可能有……”她低头看了看自己的手，仔仔细细地想了想，“可能有三四刀碰到了东西？”

夏初听完后又往尸首的方向看了一眼，喃喃自语道：“不应该啊……”用刀划能划死人？划出这么多血来？除非划到主动脉了，可眼下是冬天，衣服厚，该是没这么容易吧。

“二平，当时有没有目击者？我是说，有没有人看到整个案发的过程？”

李二平摇摇头说：“我，我不知道。”

蒋熙元忽然站起身来，直了直腰板说：“行了，官差应该快到了，先起来吧。”

夏初没有理会他，可还没等她再问出下一句话来，就听外面有人喊京兆尹冯大人过来了，紧接着，四个捕快加一个捕头，跟着京兆尹冯步云从中门走了进来。

官差到了，护院把李二平交给了捕快，夏初和阮喜便作为闲杂人等被清开了。

蒋熙元跟着夏初走到一侧，伸手要拍她的肩膀，夏初往旁边侧了一步闪了过去说："有事儿说事儿，别动手。"

蒋熙元悻悻地摸了摸鼻子，心说这小子长得确实不赖，清秀如女子一般却也不乏英气，只是这性格也太冲了点儿，眼里也看不出人的身份高低来，难怪只做个杂役。不过看他问案说话颇有条理，倒像是有些见识的，莫不是什么富贵人家出了变故以致如此？

蒋熙元评测夏初的时候，夏初也在揣测蒋熙元。

她猜这男子定也是官府的人，不然不会把时间掐得这么准，说官差到官差就到。那定是十分了解府衙到这里的距离，知晓官差接案、问讯并派人前来的流程的。

这么年轻，最多也就是个刚入品的小官吧？或者官二代？

夏初微微侧头偷眼去看蒋熙元，蒋熙元也正巧在悄悄地打量她，这目光一碰，两人赶忙又都闪开了去，各自都觉得落了下风。

京兆尹冯步云进了雅院后又命人添了火把，把院子照得十分明亮。冯步云四下扫了一眼，目光一顿，提袍往夏初的这个方向走了过来。

夏初心里"咯噔"一下。

她当然知道这位京兆尹不会是冲她来的，不是冲她，那便是冲她身边的这位。连京兆尹见他都这个模样，看来这人不光是官，而且这官还小不了。

冯步云走到蒋熙元跟前停下，拱手笑道："蒋大人怎么也在这里？"

"碰巧了。"

"哦哦。"冯步云依旧笑着说，"蒋大人对这案子可有什么看法？"

蒋熙元笑得越发开怀道："冯大人说笑了。仵作尚未验尸，案犯还没被问话，下官怎么会有看法？冯大人查案吧，不必理会下官。"

夏初在一边听着，暗暗奇怪。她觉得京兆尹应该是个很大的官了，这个姓蒋的自称下官，明显官职没有京兆尹大，怎的那冯大人却透着一副恭敬的姿态？这是个什么路数？

夏初奇怪，别人却是不奇怪的。

这蒋熙元的官职确实没有冯步云高，一个是四品的刑部侍郎，一个是三品京兆尹，但是架不住他蒋熙元背景深。

且不说蒋家一门武职，祖父是骠骑大将军，父亲是兵部尚书，就说他自己，那可是陪着皇上长大的主儿，深得皇上信任，又有从龙之功。况且，但凡长了耳朵眼睛的官员都知道，蒋熙元的妹妹，那可是要入主中宫的皇后！

这样的背景，莫说他一个京兆尹，就是太师太傅之流见了也是不太敢摆架子的。

冯步云听了蒋熙元这番话，忙唤了仵作进来，又对赵捕头使了个眼色，意思是让他警醒着点儿。赵捕头心领神会，便嘱咐了仵作几句。

九湘告诉冯步云，说死的人叫龚元和，是尚书令吴宗淮的内侄，莳花馆的常客。冯步云一听，心里先凉了半截儿。这死者要是个寻常商贾富户也就罢了，偏偏是个官家的子弟，官家子弟还不算，竟是吴宗淮的内侄。处理不好恐怕麻烦得很。

赵捕头问询了一圈之后，便走到冯步云跟前，面目端肃地道："大人，我刚才问过了，行凶者是这莳花馆后院的杂役，叫李二平……"

话刚说到这里，就听有人高声道："尸体未验清，案情不明朗，你凭什么说她就是行凶者！"

众人一惊，都顺着声音看过去，见说话的是一个杂役打扮的小后生，便又都不屑地转回了头。唯有蒋熙元暗笑，心道：合着他倒不是单单对我，连衙门官差竟也丝毫不惧。

蒋熙元心里平衡了一些。

赵捕头有点恼，不客气地斥道："滚一边去！你他妈算个什么东西，这哪有你插话的份儿！"

蒋熙元虽不喜夏初，但更不喜京城官差这副恶吏的样子，便瞥了冯步云一眼，冷声一笑。冯步云立刻就摸到了风向，一边对赵捕头呵斥，一边使着眼色道："耍什么威风？说你的就是了。"

赵捕头明白了冯步云的意思，少不得收敛些，不再理会夏初，继续说道："那李二平已经认了，这刀是她常日里带着防身用的。今日龚元和酒后意欲轻薄，争执之下，李二平便拔了刀，大概是失手将龚元和捅死了。"

"仵作的伤还没验出来，怎的就能定了是李二平失手捅死的？"夏初又道。

要是搁平时，赵捕头刀都要拔出来了，只不过今天碍于蒋熙元在，少不得忍了性子，冷声说："尸首在那趴着，行凶者在那坐着，这刀沾了血在地上扔着，两人之前也确实起了争执，行凶的也认了这刀，你说能定不能定？"

夏初往前一步："既如此，烦请这位官爷告诉我，您手上这刀长多少宽多少？那死者身上的伤又长多少，深多少？共有几处伤？都伤在哪里？致命伤是何处？是否都是刀伤？"

行啊！挺专业啊！蒋熙元暗暗点头，少不得又看了夏初几眼。

那赵捕头被夏初问住了，瞪着眼睛憋了半天憋出一句："告诉你？老子凭什么告诉你！你他妈……"

冯步云重重地咳了一声，觉得自己今天在蒋熙元面前大失水准，急忙说道："让仵作赶紧验伤！快着点儿！"

"小兄弟，你……"蒋熙元刚想要搭夏初的肩膀，就被夏初一眼给瞪了回去，只得将手收回来，无奈道："在下不好男风，别紧张。"

夏初有点不自在地扭了下肩膀，学着蒋熙元的口吻道："在下不紧张，只是不喜别人触碰罢了。"

蒋熙元笑了笑，保持着与夏初半尺的距离，问道："你如何懂得这些？"

"哪些？"

蒋熙元用下巴示意尸体的位置："刚刚你说的那些。"

夏初挺了挺脊背，却也不能说自己来这里之前是念警校的，只道："用懂吗？那些都是常识。"说罢又睨了蒋熙元一眼，"官府就如此查案？监狱还够用吗？"

蒋熙元咬了咬后牙。这话他若是说给别人听也就罢了，偏偏自己是刑部的，当着刑部侍郎讽刺案件牢狱之事，他这胆子可真够肥的！

蒋熙元正要说话，就听雅院中的人出了一阵小小的骚动，有些姑娘用帕子掩着嘴，一脸惊恐地跑了出去。

原来是仵作验伤，将尸体翻了过来。那龚元和的眼睛还是睁着的，嘴也张着，鼻孔有血溢出流了满脸，样子有些狰狞，胸前大片的血把衣衫都浸透了，似乎还在往外渗着。

"死者身高五尺五寸，骨骼完整，死前饮酒，无中毒迹象，尸体尚有余温，还未出现尸僵，死亡时间应在一个时辰以内。"仵作高声说着，旁边有人用笔唰唰地记着。

"死者身上共三处伤。左肩伤一处，利刃伤，长约四寸，上深下浅；胸口伤一处，利刃伤，伤口长约一寸，深约两寸；右小臂伤一处，长两寸。"仵作站起身来，对冯步云一拱手道，"死者胸口伤为致命伤，乃利刃一刀刺入心脏所致。"

冯步云的胡子微微抖了一下问："就这些？"

"还有鼻梁断了，应是死者俯面倒下时撞在硬物上撞断的。禀大人，就这些。"

"算上衣袖，四处刀伤。"蒋熙元伸了四个手指头到夏初面前，"与那李二平说的倒是一致。"

"一致？"夏初的语气明显不赞同，转头对他道，"这事儿明显不对！"

"哪里不对？"

夏初空手做出一个握刀的手势道："李二平是被他非礼，拔刀自卫，其目的是不想袭击者靠近自己。不想别人靠近自己会怎么用刀？”

她抬手在空中划了个叉，道：“这样，对不对？这是下意识的动作。”

蒋熙元听她的话里用词古怪，但意思他能明白，于是点头笑道：“是这样，你继续说。”

“死者胸口的伤却是捅伤，是扎进去的。”她又做了个前刺的动作，“这种，是攻击性的伤害，不是防卫。”

“如果是她防卫不成转而攻击呢？”

“死者肩上有处划伤，总不会是李二平捅完人又没事干划一刀，所以那肯定是第一处伤。”夏初见蒋熙元点了头，才继续说，“既然死者已经被划伤，就不会完全没有防范，这点死者手臂上的伤和被划开的衣袖可以证明，死者是自我防卫过的。”

“有道理。”蒋熙元点头道。

“更何况，李二平是个女子，而死者是一个高高壮壮的男子，在已经有了防备的情况下，她再想冲过去行凶，是很容易被拦住的。再说，一刀扎进心脏是那么容易的吗？”

蒋熙元诧异地挑了下眉毛，不太相信地问道：“李二平是个女的？”

夏初叹了口气，微微皱眉道：“公子很会抓重点……”

“小兄弟很会讽刺人。”蒋熙元笑了笑。

其实，倒也不怪蒋熙元不会抓重点。他身边的、所经历的女子都是细致柔软的，不知道那些穷苦人家竟能把女儿养得这么粗糙，更何况，青楼这种地方怎么会有姑娘家的来做工。他觉得那扮了男装的李二平，倒比身边这位一直跟他抬杠的小子更像个男人。

“这人，应该不是李二平杀的。”夏初不理会蒋熙元的反唇相讥，颇笃定地说。

“她可没有说看到别人。”

夏初没回答他，蹙眉看着现场也不知道在想什么，好一会儿才指着那雅院的西南角说：“那里有盏院灯但是没亮，因为我刚过来的时候那里是很黑的，黑到我连尸体都没注意到。你看，那里是游廊的拐角，弯角处布置了个假山石。”

“你是说，凶手藏在假山石后面？”

夏初点了点头：“嗯，凶手趁着乱出来迅速捅了一刀后藏回去，等人群乱了再走，或者直接跑进后院是完全可行的。李二平往西游廊跑，凶手往后院跑，岔路的位置距离死者最多不过三四步的距离，那里那么黑，她慌乱之中没看见也属正常。”

“不太可能吧！”蒋熙元不同意，“凶手是怎么知道死者会往那个方向走的？如果他走向反方向，岂不是白等了？”

夏初也回答不上来，只是猜测说：“也许他等这个机会等了很久了。死者如果想去前楼，肯定是往西走近。当然，这得调查。”

“谁调查？”蒋熙元哼笑了一声，心说你难道指望那些官差？这么现成的人证物证，他们不想赶紧结案才怪。

“我想过去看看。”夏初当然也是打心眼里不信任那些人。可她就是个杂役，刚才还差点跟官差吵起来，过去肯定得被轰回来。

“你这是……想请我帮忙？”蒋熙元浅笑着说，抱臂看着夏初，那意思是“你求我啊，求我我就带你过去”。

夏初纠结片刻，往一边别了别脸，深吸了一口气，转过来时挂了一个假得不能再假的假笑道：“蒋大人，蒋青天，可否带小的去那假山石处看一看？小的刚刚对大人出言不逊，您大人有大量，还请宽恕则个。”

蒋熙元瞟了夏初一眼，见她一副自己把自己恶心着了的样子，不禁好气又好笑道：“年纪不大，骨头倒挺硬。”说完提步往假山石处走过去。

夏初愣了一下，也急忙跟了上去。

赵捕头看蒋熙元往这边过来了，赶忙迎上前去，赔笑道：“蒋大人，这边不干净，您怎么过来了？您有事吩咐一声便是了，回头脏了您的……”

蒋熙元没理他，与夏初径直越过去直奔假山石，又让人举了火把过来绕到了山石后面。

假山石后面栽了几株竹子，地上有枯草竹叶，因为是背阴处，所以落的雪还没化干净。夏初扫了一眼，指了指地面说：“那里，半只鞋印，看宽度应该是个男子的。”

“化雪会使鞋印变得更宽些，你确定是个男子的？”

“蒋青天，刚踩上去的脚印和融化过的脚印边缘是不同的，您怎么会看不出来？”夏初歪头看着他，“要是纯粹为了抬杠，那就没有意思了。”

赵捕头在后面举着火把，听夏初这样一说，不禁吸了口气，心说这杂役是谁啊！跟蒋熙元说话这么不客气。

蒋熙元看过之后，便站起身从假山石后面走出来，与冯步云把这些细微处说了说，便是刚才夏初与他说的那些话。冯步云听完赶忙点了点头，让赵捕头把那鞋印量了，记录在案。

“蒋大人果真明察秋毫！”冯步云表情略显夸张地赞道，“此案行凶者或不止一人。”

夏初皱眉。冯步云没说行凶者另有其人，而是说不止一人，这里面的意思可差得远了去了。

“大人，李二平与死者的冲突事发偶然，难道还能是她与别人合谋不成？”

冯步云瞟了她一眼，也弄不清这杂役跟蒋熙元是怎么个关系，心中虽不屑搭理，却还是耐了性子说：“你怎么知道是偶然？如果说死者是别人所杀，那李二平就在旁边如何没有看到？”说罢不再理会夏初，招呼捕快抬上尸首，押了李二平就走。

“蒋大人……”夏初有点着急地看着蒋熙元，蒋熙元却不慌不忙地对她笑了笑说：“小兄弟，即便存疑，但那李二平毕竟还是此案目前最大的嫌疑人，京兆尹将其带走关押并不为过。”

蒋熙元说完，夏初不说话了，她心里也知道蒋熙元说的是对的。

放在现代，在无证据的情况下羁押不超过四十八小时也是合法的，只不过她十分不确信古代是否有这种意识。

“但她不是凶手。如果京兆尹那边乱判葫芦案怎么办？如果过堂时刑讯逼供，李二平被屈打成招又怎么办？蒋大人，这是命案，判下来可是死罪。”

“你没有办法。”蒋熙元顿了顿，又说，“我也没有办法。最多，在案件核准时我留心一下罢了，但那李二平若是吃打不过自己招了，我也救不了她。我不是府衙的人，无权干涉京兆尹断案。”

夏初心头一股火顶上来，定定地看了蒋熙元一会儿，拱手草草一揖，转身走了。

蒋熙元暗暗摇了摇头。

宫中御书房，苏缜合上批完的折子，走到榻前坐下歇歇腰。安良命人递了醒神的茶上来，垂手站在一边。

苏缜批折子批得有点头昏脑涨。眼下景国并无什么要紧的大事，但他刚刚继位，一朝的官员都是先帝留下来的，并不是真心服气这个才十六岁的少年天子，个个托大，倚老卖老，动辄就拿“先帝在位时……”来压他。

老臣要在新朝揽权，而他苏缜更要立威，正是两厢博弈的时候，所以格外辛苦伤神。

苏缜饮了茶，将茶盏递给安良，闭目靠在引枕上道：“安良，有什么趣事说来听听。”

“有呢。”安良让人把茶盏拿走，挥手又让御书房伺候的人先下去，这才道，“今儿朝房里刘钟刘大人和方简方大人吵起来了，这刘大人家的长女原是与方大人家的次子定了亲的，说是定亲，但也就是两家大人口头上应了。前些日子刘大人升了四品吏部侍郎，就觉得自家长女嫁给方家次子吃亏了，所以方家请了媒人上门提亲时刘大人竟是没搭理。方大人气不过，今儿在朝房夹枪带棒地拿话刺刘大人，所以，他俩就吵起来了。”

苏缜闭着眼睛不屑地笑了一声：“这朝房倒成了街头婆妈们乘凉的大树荫了？这事儿也好意思拿出来吵。”

“谁说不是呢。”安良笑了笑，继续道，“还有，昨天晚上升平坊出了命案，吴宗淮吴大人的内侄被人给杀了。”

“哦？”苏缜睁开眼睛，显出了几分兴趣。

安良一看，忙继续说道：“听说今儿早起吴大人在朝房里向冯大人问起来了。那吴大人眼下一片乌青，想必昨晚被他家的母老虎吵得不轻，冯大人倒是还好，看意思案子倒是不难断。不过两人具体说的什么就不知道了。”

“升平坊？”苏缜垂眸想了想，“升平坊是哪里？”

“是莳花馆。”安良呵呵笑了笑，“这下够蒋大人挠头的了。”

蒋熙元对升平坊的青楼都很熟悉，是京中有名的花花公子。别人看他是流连花间，但苏缜和安良却知道那厮不过是做生意，时不时去别家转转，也是取长补短。而莳花馆，便是蒋熙元投资的青楼，至于他为何会开家青楼，蒋熙元给苏缜的解释有两点。

一则，这是一桩近水楼台的妙事。二则，青楼是最容易让人放松警惕的地方，获取一些朝堂之外台面之下的消息再便利不过。

在苏缜争夺皇位的过程中，莳花馆确实也起到了一定的作用，故而苏缜便也默许蒋熙元将莳花馆作为一个坊间的暗桩，由着蒋熙元以刑部四品侍郎之身份，继续沉醉温柔乡。

不过，莳花馆……

苏缜把这三个字在心里过了过，不由得想起了那天在街上撞他的那个人，还有那一堆古怪的东西。闵风跟着他，看他进去的地方就是莳花馆。

莳花馆的命案只是个巧合，还是这背后有什么更深层的问题？苏缜有些吃不太准。

“叫蒋熙元过来。”

“是。”安良领命，退出御书房差人去刑部寻蒋熙元了。

半盏茶的工夫，蒋熙元便过来了。苏缜还在榻上半倚半坐着，见他来了也没让他行那些虚礼：“过来，朕有事问你。”

蒋熙元知他要问的是昨天晚上的命案，却也不说，依着苏缜的手势虚坐在榻前的月牙凳上，垂着眼皮等苏缜发话。

“听说昨晚吴宗淮的内侄死在你的莳花馆了？”

“是。昨天臣正好在。”蒋熙元苦笑了一下说，“今儿早起莳花馆被封了，连九湘也给抓去了。瞧这意思不光要严惩凶手，还要倒了臣的买卖。只怪臣藏得深了些，如今连点面子也争不了，只能先关张了。”

苏缜若有若无地笑了笑问：“此案可有疑点？”

“案犯当时便被擒住了，现场也有凶器，按说该是个铁案的，容易断。不过……”蒋熙元想了想，有点犹豫地说，“不过疑点也不是没有。”

“说说。”

蒋熙元诺了一声，便将昨夜里夏初与他分析的那番话悉数与苏缜讲了。

苏缜手里翻着个折子也不知道是不是在听。不过蒋熙元只道他听着呢，如果他真不在意，也就不会特地召自己过来问话了。

等蒋熙元说完了，苏缜才抬起头来道：“看来你在刑部待得不错，短短几个月的工夫能有如此长进，以往倒是朕埋没你了。”

蒋熙元一听坏了，便从凳子上站起来跪了下去：“皇上恕罪，这些并非臣分析出来的，臣并无欺瞒之意。”

苏缜意味不明地笑了笑：“熙元，你与朕自小一起长大，你懂什么会什么朕若是不清楚，又岂敢信你。”他抬了抬手，“起来说话吧。”

蒋熙元偷偷舒了口气：“皇上，刚刚臣所言的那些疑点，其实是莳花馆的一个杂役分析出来说与微臣的。”

“杂役？”苏缜微微蹙眉，像是理所当然似的，一下子就想起了他遇见过的那个人，便问道，“那杂役长什么样？”

“十四五岁的样子，挺瘦，长得颇为清秀。只可惜臣开的并不是南风馆，他做杂役着实有些埋没了。”

苏缜一听，心中越发笃定：“刚刚你所说的那些，都是那杂役所言？”

“除去对冯步云的揣测，关于案子的分析大多是那杂役说的。他所说的别人倒也不一定分析不出来，只是他分析得很快，也很有条理，倒不像个生手，不知道为什么甘心做个杂役。”

苏缜沉吟片刻，手指在榻桌上轻轻地敲了敲说："这案子，朕需要你把它闹得大一些，将吴宗淮扯进来。你可做得成？"

"闹大？"蒋熙元想了想，旋即明白了苏缜的意思，略有踌躇地道，"京城的案子由京兆尹负责，未呈报前刑部不便插手。况且冯步云呈上来的卷宗定是口供画押证据完整，臣那时再想推翻恐怕很难……"

苏缜摆了下手道："他查他的，你查你的。官面流程如此，你却不一定非要寻着这个去做。熙元，你不是如此死板之人。"

蒋熙元转了转眼睛，随即一笑道："臣明白了。"

苏缜站起身来，走到龙书案前随手拿了本折子道："吴宗淮最近越发大胆了，滑得像个泥鳅似的，这案子倒来得正是时候。"

苏缜真是烦透了吴宗淮了。

他想要推行新的官员考核办法，却被吴宗淮联合一帮老臣给驳回来了，说先帝施行的考核法才不过数年，外官刚熟悉了程序不宜此时调整，又说现在新朝刚立，要徐图之，还说因着庶人苏绎牵连了一批官员下马，此时吏部人手不足等等，总归就是：不行！

苏缜心里跟明镜似的，哪有这些乱七八糟的道理，吴宗淮就是不想他这么快培养起自己称手的官员罢了。没有新的官员，苏缜就得指着这帮老臣干活，吴宗淮不过就是在揽权。

这已经不是一次两次了，他不把吴宗淮从这个位置上踢下去，满朝官员都快不知道俸禄是谁发的了！

蒋熙元走到苏缜身边："皇上可还有其他的吩咐，若无事，臣先告退了。"

苏缜点点头，不等蒋熙元走到门口，又被苏缜叫住了："那个杂役若是堪用，你便用着，顺便留意一下。"

蒋熙元笑着点点头道："臣也正有此意，也想看看这杂役究竟什么来路。"

蒋熙元回到莳花馆的时候天将擦黑，往日这时候莳花馆已经开始准备营业了，但今天却静悄悄的，门口艳丽的红灯笼，此时灰蒙蒙地随风轻轻晃荡。

蒋熙元远远地看了看，郁闷地摇头，转入巷子后从侧门直接进了后院。

后院里没有了平日忙碌的景象，厨子、杂役、管事婆娘，还有几个茶奉都在院子里，聊天的聊天，发呆的发呆。

有人眼尖看见蒋熙元进来了，便站起了身，前院的茶奉有眼力，迎上去道："蒋大人？您怎么从这里进来了？"

“我看前院没点灯。”

那茶奉叹口气道：“今儿早起官府带人来把楼面封了，连九姑娘都给带走了。唉，真是晦气，您说那龚公子死在哪儿不好，我们莳花馆又招谁惹谁了？”

蒋熙元在心里大声道：说的就是！

“楼面姑娘都是卖了身的，横竖也走不了，倒也踏实。那些个打零工的杂役都走了好几个了，苦了我们这些签活契的，走也不是，不走也不是，谁知道这莳花馆还有没有开张的一天啊。”

蒋熙元一听，赶忙问道：“杂役都走了？”

“没有，还剩几个。”

“那个挺瘦挺清秀的杂役呢？就是昨天晚上在雅院的那个。”

茶奉想了想：“您是说夏初？跟李二平关系挺好的那个吧。他没走，今儿早上出去了一趟，回来就跟阮喜一直在雅院里，不知道在干什么。”

夏初？这名字也略显女气了一点儿，倒是跟他的模样也算相称。

蒋熙元对茶奉点了点头，便往雅院里走过去。一进雅院，便看见夏初和那个叫阮喜的茶奉在游廊里坐着，两人默默地待着也不说话，脸色都不是太好。

“夏兄弟？”蒋熙元叫了她一声，夏初抬起头来一看是蒋熙元，立刻站了起来：“蒋大人，是不是有什么消息了？李二平她怎么样？”

“我是刑部的，不是府衙的。”蒋熙元再次重申。

“哦。”夏初点点头，侧身懒懒地倚在了廊柱上。

阮喜跑到蒋熙元面前，“扑通”一声跪了下来，照地磕了三个头道：“大人，大人！您为二平做主啊！人不是她杀的，二平不会杀人的！二平是个好姑娘啊！大人！”

蒋熙元未置可否，只是重新打量了夏初一番，又看了看地上的阮喜，比较之下，越发觉得她不像个普通的杂役。

“你在这儿做什么？”

“还原一下案发现场，看看能不能找出更多的线索。”

“结果呢？”

夏初看了他一眼，低声道：“您是刑部的，又不是府衙的，与您说有用吗？”

蒋熙元被她给气笑了：“不说就不说吧。明日午时前后倒可以去府衙前击鼓，或许冯大人愿意听一听。”说完作势要走。

“等一下！”夏初往前追了一步。

“改主意了？”蒋熙元回头。

夏初点点头道："改主意了，刚刚是小的出言不逊，请蒋大人见谅。"

"哦。"蒋熙元漫不经心地理了理袖口道，"你屡次出言不逊，我又凭什么一而再再而三地原谅你？你还是留着与京兆尹说吧。"

夏初瞧着他，一点儿也不着急。蒋熙元从她眼中看出些笑意，笃定中带着点儿讽刺，倒弄得蒋熙元有些吃不准了。

夏初慢条斯理地打量着蒋熙元，好一会儿才道："蒋大人当真不听？那是小的唐突了，蒋大人走好。"

话说完，不再看蒋熙元，回身把阮喜拎了起来："阮喜哥，明儿我与你一起到府衙去击鼓。呈上咱们今日查到的线索，我不信那冯大人就敢冤判了二平。"

阮喜不甘心地看了蒋熙元一眼，就着夏初的手劲起身："夏初，你求求大人！你帮我求求大人！你刚才也说了二平是冤枉的，夏初……"

夏初瞪了阮喜一眼，二话不说拽着他就走。

蒋熙元咬了咬后牙，眼看着夏初还真是越走越远，大有一去不再回头的意思，终于还是忍不住扬声道："你回来。"

夏初原地站定，回头笑吟吟地看着蒋熙元问："蒋大人还有事？"

"有事。"

"现下对于小的而言，再没有比替二平洗冤更重要的事了，蒋大人如果找小的有别的事，还请原谅则个。小的没空儿。"

蒋熙元被她顶得脑袋一热，指了指自己身前，硬邦邦地说："过来！"

阮喜担心夏初，询问地看了她一眼，夏初则摇摇头示意他安心，大摇大摆地走回到了蒋熙元面前。

"年纪不大，骨头倒是真硬！"蒋熙元有点咬牙切齿地说。

"并非小的骨头硬，只是大人您刚刚做得有些过了。原本您作势要走，我便作势叫住您，既然已经全了您的面子，您何必还要再压我一头呢？"

蒋熙元挑了挑眉毛问："我何须你一个杂役全我颜面？"

"这案子是京兆尹在查，如果真像您说的那样刑部不便插手，您今天过来又是为什么呢？这莳花馆可是连灯都没点。您来，就是问案子来了。"

夏初笑了笑，笑得有点狡黠，继续说道："向我这身份低微的杂役问案子，您抹不开面子，就非要我求着您，其实何必呢？您为什么问案子我不知道，我猜应该不会是单纯的侠义之举。哪，您要查案我会查案，明明好好的合作，干吗非要让我低您一等？我不乐意。"

蒋熙元哼笑一声道："你倒真当自己是个人物。"

“您看，又来了！”夏初瞥他一眼，掉头便走。

蒋熙元气得够呛，一把把她给拽了回来。夏初低呼了一声，急忙拨开蒋熙元的手：“有话说话，别动手。”

“没你我一样查这案子。”

“对，我信大人。您确实不必受制于我，那您叫我回来干什么呢？所以，既然您需要我的帮助，那我便不能矮您一头唯您马首是瞻。要是那样，之后我所说的还能有什么分量？大人，您又能信我多少？”

蒋熙元看着夏初，觉得她这番话说得确实也不无道理。他来找夏初，问案子是其一，更多的是想探她的底细。如果她像别人那般求他为李二平做主，他倒真是不会如此这般高看她一眼。毕竟刑部里也不是找不出会查案的人来。

谁也不求谁，合作，反倒纯粹。

“蒋大人没那么刻板迂腐吧？”夏初微微一笑，露出颊边两个浅浅的酒窝来，“我觉得应该不会，不然昨天您就不会理我了，更轮不到我今天在您面前放肆。”

蒋熙元哭笑不得：“哦？你也知道自己放肆？”

“还行吧。”

蒋熙元不好再说什么了，毕竟案子不能不查，这夏初他也不能不接触，放肆就放肆吧。诚然也如她所言，自己没那么迂腐。

“行了。算你走运，遇到一个我这样开明又正义的好官。”蒋熙元抖开衣摆往廊下一坐，“说说吧，你都查到了些什么？”

夏初对蒋熙元的自我赞美表现出了一定程度上的宽容，只不咸不淡地一笑，清了清嗓子说：“今天早上我与阮喜去了一趟府衙的监牢，又细问了李二平案发时的情况。所说呢，与昨天的差不多，只不过多了几个细节。”

“什么细节？”

“她说她是在雅院南边最西侧的房间门口遇见的死者。”夏初回身给蒋熙元指了一下，“死者骚扰她之后，她奋力挣脱，沿着这南侧的游廊往后院跑，跑了没两步死者又追了上来，她情急之下拔出刀，回身防卫。”

夏初走到最西侧的那间屋子门口，然后转过身往西迈了两大步。

“李二平说她挥刀之后听见死者骂了几句，很脏，我就不重复了，大概意思是‘小样的，抓住你非弄死你不可’。”

夏初这几句是仿着一个流氓的口气说的，学得却也不像，听得蒋熙元不禁莞尔。

“从这句话可以听出来，死者并没有放过李二平的意思。李二平持刀往后退了两步，再度挥刀想阻止死者过来，这时候……"

夏初顿了一下，竖起一根指头，示意蒋熙元注意此处："李二平说她听见了两声闷哼，然后是'砰'的一声响。按李二平所说，她当时觉得自己是划到了东西的，她以为自己将死者伤得重了，心里害怕得很，腿也发软，然后想转身继续往后院跑。"

"那便是没错了。她先伤到了死者，跑了两步，听见死者的那些话之后，她再度挥刀。可能她就是那时候把刀扎进了死者的心脏，又或者，死者扑上来自己撞在了刀尖上。"蒋熙元说道，"她说是划到了东西，也可能她是为了自保而撒谎。"

"不对。"夏初摇摇头，"第一，如果是她用刀扎进死者的心脏，她身上不可能没有血。心脏的血压会将血喷出很远，速度很快。除非是人死亡很久之后再拔刀，但是仵作验尸的时候说得明白，死者的死亡时间很短，身上还有余温。"

"血压？什么东西？"

夏初抿了抿嘴，不知道怎么解释，干脆直接忽略掉蒋熙元的问题："蒋大人不信可以去问问杀猪的。"

"倒不是不信，我……"

"第二。"夏初把蒋熙元的话打断，"蒋大人看这里。"夏初指着游廊最西侧的那根廊柱说，"这廊柱上有两处划痕，能看出是新的，且高度与李二平挥臂时所能达到的高度基本一致。那么这两刀再加上死者身上的两刀，一共四处，与李二平所说吻合，并不包括致命的那一刀。"

夏初噼里啪啦地说得很快，说完后蒋熙元还有点消化不过来，他看了看那两处刀痕，"为什么不包括致命的那一刀？"

夏初叹了口气："不是说了吗？她身上没血！"

"哦。"

"还有一点。昨天我就奇怪她为什么会在西游廊被抓住。不管是按照正常思维，还是李二平自己的叙述，她都是应该去后院的。西游廊过去通往前面的敞厅，那里人很多，往那儿跑做什么？"

"许是慌不择路？"

"不是。我今天着意问了李二平这个问题，她这才告诉我，她说她跑的时候撞上了廊柱，这一撞便把她的方向撞乱了，所以她才跑进了西游廊。"

"廊柱？"蒋熙元左右看了看，微微皱眉，也觉得有些问题。

"蒋大人也看出来了吧？"夏初笑了笑，走回到那根划有刀痕的廊柱前，

“李二平最后在这里挥刀，然后她转身往后院跑，姑且就算她跑了一步。”夏初往前迈了一步，然后看着蒋熙元道，“蒋大人，这里便是游廊的西南拐角，南侧是假山石，北侧则是西游廊，哪里有什么廊柱？”

蒋熙元点了点头，表示同意。

“所以我想，那不是什么廊柱。李二平撞上的，应该就是那个凶手。”

蒋熙元被夏初的这个推测小小地惊了一下。

寻思了一会儿，他站起身来，一边沿着游廊走，一边回想着刚才夏初所说的，等到再次站到夏初面前时，才提出自己的质疑。

“你的所有分析都是基于李二平一人的口供，倘若她的口供是假的又如何？她身上确实没有血迹，但倘若作案者并不是她一个人呢？她混淆视听，既用这诸多疑点择清自己的嫌疑，同时又掩护真凶逍遥法外呢？最终让这案子变成无头公案。”

“蒋大人这个问题提得很好。”夏初笑着点了点头。

蒋熙元心中舒坦，也想笑一下，唇角还没弯起来，又迅速地抿了下去，心说小爷我干什么需要你的肯定和夸奖？

“我也曾疑惑过，因为我在问李二平话的时候，觉得她应该是认识，或者说是知道死者的，而且颇有怨恨的样子，但具体怎么回事我却没有问出来。也就是说，她可能不是没有作案动机的。但蒋大人刚才所说的，细分析起来其实有个矛盾点。”

“什么矛盾点？”

“假如李二平真的是伙同他人预谋杀人，那么她又何必告诉我她撞上了廊柱的事？她的口供与案发现场的细节都对得上，如果是预谋，不得不说她心思缜密到了令人发指的地步。蒋大人，您觉得您做得到吗？在挣脱逃避死者的同时，还能算好自己的步距，甚至死者的步距和反应？”

蒋熙元十分认真地想了想，然后十分中肯地摇了摇头。

“您看，您这样有智慧的刑部从业人员都做不到，试问天下几人能做到！”

蒋熙元侧目瞥她一眼：“谢谢。”

“不客气。所以，倘若李二平真的有这么缜密的心思，就不会抛出‘撞上廊柱’这个疑点了。”

蒋熙元点点头，心说找这小子查案算是找对人了，同时又对夏初的身份和背景多了一层疑惑。

“廊柱啊廊柱。”夏初拍了拍身边的廊柱，“撞上一个人，却觉得自己是撞上了廊柱，这里虽不乏李二平慌乱之下的误会，却也说明这行凶者是一个十分壮硕的男子。”

“嗯，至少与死者不相上下。”蒋熙元接着她的话说道，“凶手是从前面刺死龚元和的，李二平说她听见了闷哼声，证明凶手杀人时捂住了他的嘴，比较可能的姿势是左手抱住死者的头，右手行凶。或者是将他按在墙上捂的嘴，那龚元和还算高壮，女的这么杀人很吃力，也不像女人的做法。”

“哦？”夏初侧头看了看他，“女人都怎么杀人？”

“龚元和好色，如果是女人，近身乘其不备将其杀死，或者干脆把他杀死在床上更容易操作一些。”

夏初轻轻咳了两声，没说话。

“怎么，夏兄弟还没娶亲？”蒋熙元看夏初的神色不太自然，故意问道。

“没有。”夏初又清了清嗓子，“我一个杂役，温饱尚且不稳，娶什么亲啊？”

“你家人呢？父母就没给你说门亲事？”

夏初神色暗了暗：“小的我父母双亡，无亲无故，蒋大人就不要操心了，还是说说案子吧。”

“案子还说什么？”

“刚刚不过都是给李二平脱罪，那真凶可还没找出来呢！”

“哦对，怎么，你有什么方向了吗？”

夏初叹了口气，摇摇头：“没有。凭我的力量查不到，就算是想问问第一个发现死者的柳莺人家都不理我。这事，恐怕得麻烦蒋大人您了。”

“这倒好说。”蒋熙元点点头。

夏初侧眼看了看他，感叹道：“这就是权力的好处啊！我绞尽脑汁也办不成的事，放到您那里轻飘飘地就解决了。”

“既知道权力有好处，为何甘心做个杂役？以你的这番本事，去衙门投考捕快也不是不行的。”蒋熙元趁机探问道。

“穷！”夏初只回了他一个字，便涵盖了所有的内容。

蒋熙元被噎了一下。也是，没钱怎么投考？不打点考官，人家随随便便一个理由就把人踢出去了。

他设想过夏初的回答，也想过如何从她的回答里寻到漏洞，结果人家只给了他一个字，并且非常理直气壮。

就一个字，你往哪找漏洞去？

“罢了，你先歇着吧。询问人证的事明天我帮你安排。”蒋熙元有些郁闷地走了。

回了敦义坊的宅子，蒋熙元进门便看见刘起在影壁墙前面蹲着，他过去踢了踢刘起的鞋帮：“你干什么呢？”

刘起没抬头也没说话，手里拿了根枯树杈子在地上画圈。

“越发蹬鼻子上脸了是不是？都是我平时把你惯的！”蒋熙元一甩袖子就往里走，刘起赶忙跟过去，在他身后抱怨道：“少爷，少爷，怎么府衙那儿抓了九湘您也不管呢？要是她在里面受了什么欺负，受了刑……”

蒋熙元刹住脚步，回头瞟了刘起一眼：“啧啧，我怎么有你这么个没出息的手下！一天到晚就知道九湘九湘，到底谁是你主子，你还认得清吗？”

“主子我还是认得清的，可是九湘……”

蒋熙元狠狠地叹了口气：“知道了！”

刘起面上一喜，随着蒋熙元瞪他一眼又赶忙低下头去。

“人又不是九湘杀的，府衙那边抓她无非是给吴宗淮卖好，另外就是想要些银子罢了，对她用刑干什么？”

“银子啊，那，那……”刘起眼巴巴地看着他。

“从我这支钱，明儿你先把九湘弄出来。找别人去办，这件事你不要出头。然后去莳花馆帮我办件事。”

“什么事？少爷您说，我一定尽心办。”

蒋熙元冷笑一声：“你倒是敢不尽心。明天去莳花馆找一个叫夏初的杂役，他说干什么，你就跟着干什么。”

“杂……杂役？”刘起往前迈了一步，“少爷，您这是罚我？”

蒋熙元敲了他脑袋一下：“罚你？小爷我是让你去学习学习！给我长点儿心！”

“跟个杂役学什么？洗碗还是扫地啊？”刘起咕哝道。

蒋熙元懒得理他：“李二平的事，你找几个人到酒肆茶馆里去散一散。另外，她家里你也找人去说说，怂恿他们来衙门前喊冤。”

“少爷你这是要干什么？唯恐天下不乱。”

“嗯，这回你说对了。”蒋熙元笑了笑，“冯步云断案不清，这是吴宗淮用人失察；龚家领工部肥差，定有贪银受贿行径，不然龚元和如何出入得了莳花馆那样的地方，这是吴宗淮任人唯亲之罪；还有……”

刘起张了张嘴：“少爷我明白了。就是欲加之罪何患无辞。”

“别乱用词！”蒋熙元瞪他一眼，又轻飘飘地说，“你知道是这意思就行了。”

刘起点头，却仍不太明白：“少爷，您就那么肯定李二平是冤枉的？冯步云就一定会断案不清？万一……”

“应该没什么万一，就算有，我让你做的这些事也没什么大碍。”蒋熙元很认可夏初的分析，虽然查找真凶还需要时间，但李二平无罪这点他基本肯定。至于冯步云，他还是比较了解的。

这个人能力非常一般，但胜在对吴宗淮十分忠心，吴宗淮也需要一个听话的京兆尹，方便他在京城做一些台面之下的勾当。这些年冯步云帮吴宗淮压下不少案子，手段用习惯了，自然不会轻易地改了路数。

那天他没有任何态度地让冯步云带走李二平，未尝没有纵容的意思在里面。苏缜最近想要做什么，蒋熙元知道。

蒋熙元是个面儿上纨绔内心非常清楚的人。

从前他是五皇子的朋友，五皇子登基他就是皇上的忠臣，这个标签在他身上贴得牢牢的。除了皇上，也没有别的路可以容纳他。所以苏缜要做的事，他必须要帮着一起做，倘若苏缜的权力被吴宗淮架空，蒋家是要跟着一起倒霉的。

“你按我说的去做就是了，但是动静别太大，保九湘出来这件事，你让莳花馆的人去。另外，你跟着夏初查案子的同时，也给我留心观察着他，如果有什么异常的举动，报我知道。”

“哦。”刘起挠挠头，痛惜自己拿蒋熙元的钱去英雄救美的盘算落空了。

转天，刘起安排了蒋熙元交代的事，又拿了两千两的银票，让莳花馆的账房去府衙赎人，自己则奔了杂役的住处去找那个夏初。

刘起见到相貌清秀的夏初时，第一个念头是：坏了，少爷是不是要断袖啊！

夏初不知刘起所想，倒是大大方方地打了招呼，问刘起是不是蒋熙元派来协助她的。

“你怎么知道？”刘起问她。

夏初笑了笑道：“猜的呗。我只认识莳花馆里的一些人，能叫出我名字的最多也就十来个，都是下人，哪里会有您这么称头的朋友。蒋大人昨天说他会安排，今天您就来了，着实不难猜。大哥怎么称呼？”

刘起觉得夏初还真有那么点儿意思，于是抱拳道：“在下刘起，刑部从六品主事，是蒋大人的手下。”

“刘大人，有劳了。”夏初也客气回礼，心说那蒋大人还真慷慨，直接给她安排了个六品官。

第二章 平生一片心

有了刘起的协助，再加上九湘回来后也得了蒋熙元的口信，夏初在莳花馆再问起话来便容易多了。夏初不由得再次感叹，觉得自己这次算是遇上了贵人，只希望真能帮到李二平就好。

夏初准备了纸笔，准备先去问一问这莳花馆的花魁柳莺，也就是当晚第一个发现尸体的人。

这柳莺姑娘那天在游廊里直接一脚踢在了尸体上，尖叫着发出了警报。据说后来看见自己沾了一鞋底子的血后就昏过去了，醒来一直病恹恹的，那西南角的房间说什么也不肯再住，暂时搬到前楼的一间安静房里养病。

连她一向最爱吃的血豆腐，她再也不肯吃了……

夏初与刘起进到柳莺的房间时，柳莺只是在床上欠了欠身，虚弱却仍不失风情地对刘起道："刘大人，奴家实在起不来呢，让大人见笑了。"

"不碍事，你躺着就好。"夏初说。

柳莺睨她一眼，却没搭理，葱白的手指扶了扶额角，软声唤丫鬟给刘起上茶。

待夏初问起话来，柳莺也都只对着刘起答话，依旧是那随时断气的样子，听得夏初喘气都不痛快。

"龚公子那天是在我房里的。那人啊，粗鄙得很，尤其是在床上，姑娘们都不喜欢伺候他。那天我哄着他饮了不少的酒，寻思着把他灌得醉过去，他在床上便不折腾了。"

"那天他是几点……我是说什么时辰过来的？"夏初问道。

“呀，那我可记不大清楚了呢，挂灯有一会儿了吧。他来了嚷着非要点我。”柳莺脸上露出一种看似无奈，实则炫耀的表情，扬手轻轻抿了下鬓角。

“他是你的常客？”

柳莺有些自矜地说：“谈不上。相比我的那些入幕之宾，龚公子实在算不得什么。才情全无，财气也是平常，也就是有点背景罢了。”

“那，龚公子来莳花馆，一般谁接待得比较多？”

柳莺转了转眼睛：“我也不是太清楚呢，龚公子喜欢新鲜、没个定性的。”

夏初仔细地瞧了瞧柳莺，思忖片刻后才点点头：“行，柳莺姑娘，你继续说当晚的事吧。”

“我刚才说到哪儿了？”柳莺侧头想了想，“哦，喝酒。那天估摸着亥时左右吧，龚公子起身晃晃悠悠地说要去小解，让我等他回来。我那天喝得也有点多，等他出去了之后，便也想到廊上去透透风，醒醒酒。哪想到他这一出去……”柳莺捏着手帕按住了胸口，脸上呈现出一种惹人怜惜的惊慌。

真是术业有专攻！连录个口供都能录得这般风情万种，夏初很是佩服地暗暗点头：“你继续说。”

“那天晚上我已经跟官差说过了。我出门走了没几步就被个东西绊了一下，低头才看见是个人，趴在地上直抽抽……”

柳莺抽泣了一下，看着刘起：“刘大人，您是刀光剑影里走惯了的英雄，可，可奴家一个弱女子哪里见过这样的事啊。当时吓得奴家腿都软了呀。奴家晕血，现在想起来还……”

刘起不为所动，木然地看着她，学着夏初的口吻问道：“你继续说。”

柳莺不抽泣了，悻悻地白了刘起一眼，放下帕子往后靠了靠，道：“然后我就喊人了。没了。”

“当时你出了屋门，有没有看见什么人？”

“不是说了吗？地上趴着一个。”柳莺有些不耐烦地说。

“我是说活的。看没看到什么人，或者有没有听见什么动静？”

柳莺瞟着眼睛想了想：“到门口的时候倒是听见有人低声叫嚷，还有龚公子骂人的声音。具体说的什么倒是记不大清楚了，那时候我也醉醺醺的。”

“听见这些动静，难道你就没想着出去看看？”

“这有什么的啊！我当时想着，准是他又瞧上哪个清倌啦丫鬟啦之类的。我怕出去被缠上，到时我是帮也不是不帮也不是，惹恼了龚公子我定是好过不了，不帮又怕人记恨，索性就等外面没声音了才开的门。”

“以前有过这种事？”

“没少有。他与我说过，他就喜欢那种泼辣的，难啃的啃到嘴时才够味儿。哼，这下好了，让个泼辣的给了结了。”

夏初埋头把柳莺所说的一些要点记在纸上，刘起瞧着她写了几个字儿后便伸出手去：“夏兄弟，不如我来吧。”

夏初有点儿尴尬，倒也没推辞，把笔让给了刘起，自己在一边告诉刘起需要记哪些东西。她一边说，一边暗地里观察着柳莺的神色。柳莺只百无聊赖地抹着指甲，倒没什么特别的反应。

等刘起写完了，夏初与他站起来准备告辞，走到房门口，夏初忽然又回头问柳莺：“柳姑娘，你出门的时候西南角那边可有灯？”

柳莺回忆了一下，微微摆头：“没有。我当时还想着那雅院杂役是不是去哪偷懒了，怎么烛火灭了也不说续上，若是绊了人，九姑娘非辞了他不可。”

夏初笑了笑，又问：“柳姑娘怎么不挑亮的地方走？”

柳莺用手帕掩嘴咳嗽了两声，随即又拨了拨自己的耳坠子，恹恹地说道：“喝得多了些，就随意走走，哪还管得了黑不黑。”

夏初听罢点点头：“打扰柳姑娘了。”

离开柳莺的房间一段距离后，刘起问夏初：“这柳莺可疑吗？”

“有点可疑。”夏初皱了皱眉头，那屋里的薰香弄得她很不舒服，手指在鼻子下抹了抹，才道，“感觉她好像在回避或者隐瞒什么，不过这也只是我的感觉。”她蹙眉咬了咬指甲，“刘大人知道龚元和到这里经常找谁吗？”

“我怎么知道？”刘起想也没想地说，转而又道，“这个倒是好问，你等等。”说完撂下夏初跑了，夏初追都没来得及追。

原地等了有半刻钟，在夏初正在继续等刘起还是先离开的问题上纠结时，刘起终于回来了，满面笑容。

“问到了！龚元和确实是个爱新鲜的，但这半年他点一个叫‘红缨’的次数比较多。”

“红缨……”夏初默默地念了一下这个名字，转身慢慢地沿着雅院的西游廊往里走，等走到靠南第二间的门口时停了下来，指着上面的牌子问，“是这个吗？”

“对。”刘起确定。

“这个位置啊……”夏初左右看了看，抬手敲门。

红缨的丫鬟开门瞧见夏初，带着几分不客气地问：“你有什么事？”

夏初也不多说，侧开半步让刘起站到了门前，那丫鬟一见刘起便迅速换了笑脸："呀！这不是刘大人吗？您怎么过来了？可是蒋公子找我们姑娘？"

刘起勉强抽了抽嘴角，心说我们少爷就要断袖了，哪有心思找你们姑娘。

"我们来找红缨姑娘问问龚元和被杀那天晚上的事，她在吗？"

那丫鬟有些踌躇，正想着怎么说，屋里有个声音软软地道："大人请进来吧。"

红缨的房里很暖和，夏初与刘起进去时正见红缨从里间打了垂幔走出来，端的一个风摆荷叶袅袅婷婷，披着鹅黄半透的披帛，嫩白的肩膀就像被金丝叶子包着的嫩豆腐，脸色白皙中透着微红，浑身一股轻淡暖香，似乎是刚洗完澡。

夏初悄悄地看了刘起一眼，见他一副"红颜早晚是枯骨"不为所动的模样，不禁心中暗暗地笑了笑，心说这位大哥不会是弯的吧？

夏初转回头看着红缨，温和一笑："红缨姑娘，打扰了。"

红缨打量了她一番，笑得倒比她还温和："客气。这晌已经快申时了，我晚上还要迎门接客，二位不介意我一边上妆，一边答话吧？"

"不介意，你忙你的。"

红缨到妆台前坐下，打开妆奁盒子道："那日龚公子是在柳莺姐姐房里，怎么二位不去问柳姐姐，倒来问我呢？"

"我们已经去问过柳莺了。不过，据说龚元和来莳花馆找你的次数比较多，所以想再找你问些情况。"

"噢。"红缨微微点头，挖了一块香脂抹在脸上，慢慢匀开，十分怜惜地瞧着镜子里的自己，"许是因为我挂牌时间不久吧，男人嘛，都爱图个年轻新鲜。"

红缨抹完了香脂，稍稍回头，眼波流转过刘起和夏初，柔媚一笑。

刘起没什么事，倒是夏初被她看得有点脸红了起来，局促地清了清嗓子："呃……那二月初六晚上龚元和怎么没有找你？"

"谁知道呀。"红缨讪讪地道，"八成是看见乔公子了，俩人又较上劲了吧。自从俩人闹翻了之后，见面总要争上个高低，给姑娘添花台要比谁添得多，喝酒水比谁喝得多，点姑娘也要比谁点得多。九姑娘偷着乐，说客人之间要都是这乌眼鸡似的比下去就好了。"

夏初往前探了探身子："乔公子？那是谁？可否详细说说？"

"乔公子，就是城南那个玉商乔家的小公子呀，阔绰得很。以前与龚公子熟得很，经常一起来莳花馆的。"

"你刚才说俩人闹翻了，是因为什么你可知道？"

"当然知道。"红缨放下手中的小木梳，转过身来，眼中闪烁着女人谈论八卦时特有的神采，"那阵子，姑娘们闲时可没少聊这事儿。"

乔公子名叫乔兴立，是西京玉器商乔家嫡出的幺子，上面有两个亲哥三个庶兄，家里的生意有兄长们担着，他今年不过十六岁，文不成武不就，对生意更是一窍不通，专司吃喝玩乐。

这乔兴立以前是龚元和的朋友，龚元和手头紧的时候时常问乔兴立借银子花，每次都还，所以借得也顺手。

去年深秋，龚元和赌钱输了一大笔银子，他娘知道了之后对他实施了一段时间的经济制裁，龚元和没钱了就问乔兴立借，一次便借了五百两。

龚元和以为自己娘就跟以前似的罚他两天也就完了，可这次他娘兴许气得很了，制裁时间有点长，龚元和很快把那五百两花光了，之后只好再问乔兴立借。乔兴立见他之前的银子没还却还要借新的，就不愿意了，两人吵翻了。

可吵翻了也要欠债还钱啊。这乔兴立虽然不缺钱，可也不愿意白给别人银子花，于是就开始催债，一直催到过年前，最后直接堵到龚家门口去了。

“后来也不知道是怎么弄的，龚元和忽然跑去府衙反告乔兴立讹诈，这一告竟给告下来了。官差拿了乔兴立入监，最后打了二十板子关了半个月，直到年二十九才给放出去。那乔兴立吃了个哑巴亏，恨死龚元和了。”

红缨哧哧地笑了笑，重新拿起梳子来慢慢地梳着自己的发梢：“据说，这反告讹诈的事是龚公子的姑父也就是吴大人给出的主意。吴大人许是被家里的母老虎闹得不行了，才出了这么个损招。龚公子那五百两是不用还了，可往后也没人敢借他钱了，现在都开始偷家里的东西当钱了。”

夏初缓缓地点着头，提笔在乔兴立这个名字下划了条线，想了一会儿问：“你刚才说，二月初六晚上乔兴立也在莳花馆，是吗？”

“对呀，那天晚上乔公子就在我房里。”

“在你房里！”夏初的声音都提高了八度，见红缨诧异地看着自己，才缓了缓情绪，“那他是什么时候来的，什么时候走的，你还记得吗？”

“什么时候来的我不知道。那天最先伺候乔公子的不是我，是柳莺姐姐。后来龚公子来了之后点了柳姐姐陪着，九姑娘这才让我去伺候的。到我房里……大概是刚过戌时吧。”

“乔兴立那天先找的柳莺？”夏初的眼睛亮了亮。

“嗯。乔公子是柳姐姐的常客，柳姐姐喜他出手阔绰待人温柔，轻易不让别人接。”

“龚元和出事前后乔兴立在你房里吗？可还记得当时都在做什么？”

红缨静坐着让丫鬟给她盘发髻，垂目想了想道：“乔公子一直在我房里。至于做什么……”她瞄了夏初一眼，笑道，“还能做什么？乔公子酒量不好，没一会儿就睡了，我也乐得自在，便也睡了。龚公子出事……我是听见有人叫嚷才醒过来的，醒来还以为自己做了什么噩梦，然后就听见院里有人说杀人了，这才彻底惊醒过来。”

“你醒的时候，乔兴立还在房里吗？”

“乔公子醒得早些吧，我起身的时候他已经打了帘子往外走了。”

“他当时有没有什么特别的反应？”

“没看见。乔公子后来没再进屋，等我出去的时候他已经走了。也没给打赏银子，不知道是不是因为出事吓着了。听说乔公子出手大方，我看也不过如此。”

“听说？”夏初抓了她话中的词，“也就是说，你以前没有与乔兴立接触过？”

“没有，那天是头一回。”

夏初又问了一些关于龚元和的事，红缨的说法倒是与柳莺差不多。

“他家是官，那被轻薄讨去便宜的姑娘还能如何？到这青楼里做工的姑娘呀算是最没辙的，不然这地方谁愿意来呢？龚公子要么使银子压，要么使官威压，总有办法压下来的。”红缨说完，侧头看了她的丫鬟一眼。

那丫鬟咬了咬下唇：“要我说，那种人死了是最好的！活着就是祸害人。”

夏初侧目看了看那丫鬟，觉得她这话有些耳熟，细想才记起昨天她去看李二平时，李二平也差不多是这话，不禁心下一惊。可转念又觉得不对，李二平素日里都是男子的打扮，怎么那龚元和还会对她下手？

“那龚元和好男风吗？”夏初问道。

丫鬟和红缨都点了点头，两双眼睛在夏初身上扫了扫，那丫鬟道：“你这模样亏得是没让他瞧见。以前楼面有个模样清俊的茶奉，就让那人占了便宜。那茶奉受辱后持了刀要与龚公子拼命，那时还是乔公子帮忙拦下的。”

“后来那茶奉呢？”

“走了吧。许是龚公子给了钱把这事压下去了。毕竟是男子，虽是受辱却也没实打实地吃什么亏。”

“那茶奉叫什么名字？还记得是什么时候的事吗？”

“去年冬月里？可能更早一点儿，我记得天儿挺凉的了，那时候乔公子和龚公子还没吵翻呢。我记得那茶奉叫刘五年。”丫鬟抢先说道。

红缨笑了笑：“乔公子现在怕是后悔当时救了龚公子吧。”

夏初问完后起身告辞，等离了红缨的房间，才寻了个地方慢慢地把刚才的问话整理记录了下来。觉得收获颇丰。

刘起看着夏初在那儿写字，忍不住说：“夏兄弟，得空你把这笔字好好练练，都说字如其人，放你这儿倒是不准了。”

“写多了就好了。”夏初放下笔，又将之前柳莺的那份记录拿出来看了看，又看了看自己写的，心里啧了一声。真是就怕货比货，这一比，自己的字还真是烂得可以。

“刘大人的字写得确实好。”夏初赞了一句。

刘起憨声一笑：“我这字也拿不出手，也就算是会写，当初考武科的时候跟那些武夫还能比一比，要是拿到文科去，恐怕卷子就直接给扔了。”

夏初默默地挂了一脑袋黑线，决定先把字的美丑忽略，直接看起内容来。刘起也凑过去看着：“夏兄弟，柳莺那边明显有所隐瞒，要不要再去问问？”

夏初摇头：“现在问她也没什么用。她没告诉咱们她是先伺候的乔兴立又如何？她推说一句忘了说，或者说这没什么大不了的，咱们也不能认定什么。”

“那倒也是。”刘起点头，“还不如先去问乔兴立的口供，两边一对也许能找出些端倪来。”

“我也是这个意思。”夏初笑了笑，把那两张纸折起来，“刘大人，我想去见一下九姑娘，想问一问那个刘五年的事情，不知道……”

“九湘？”刘起还没等夏初把话说完就站起身来，“好！没问题！我这就带你去！”说完一秒都不耽搁，抬腿便走。

夏初急急忙忙地跟在他身后，心说这是怎么了？

彼时九湘正在自己的房间里饮茶，听见外面刘起的声音后微微叹了口气，扬声说：“自己进来吧。”

刘起推门见到九湘，展开一个大大的笑容，甜得恨不能滴出蜜来，往她茶桌旁边一坐，关切地问道：“湘，吃饭了吗？”

九湘抽了抽嘴角：“你怎么又来了？刚才不是来问过了吗？”

“这次是夏兄弟有点事想问你。湘，你别净想着轰我啊……”刘起幽怨地说，“我们做的这是正事。”

九湘忽略掉刘起的眼神，转脸看了看还站在门边的夏初，不着痕迹地打量了一下，浅笑道：“夏初？进来吧。”

九湘的屋子布置得十分素雅，与青楼的感觉极不相符，却与九湘这个人十分相称。九湘素面简饰，穿着水蓝的衣裙，裙外笼着月白的轻绡，跷着腿坐在八仙桌前，露出半只藏蓝色的缎面绣鞋来。好生精致。

夏初心想这刘起的眼光倒是不错，与那两位头牌姑娘比起来，九湘的气质风韵的确高出不是一星半点儿，只是不知道这样年轻这等姿色怎么会做个老鸨。

“九姑娘，打扰了。”夏初微微点头打了个招呼，没有坐，离茶桌有半步的距离，既不会太远，也不会让人觉得有压迫感。

“不必客气。”九湘对夏初的观感倒是不错。

“是这样的，我听红缨姑娘说，那龚元和去年曾经骚扰过一个茶奉。请问九姑娘知道这件事吗？”

九湘笑了一下：“说骚扰未免太轻了。刘五年那时候刚来我莳花馆不久，长得白净漂亮，嘴甜，手脚也很麻利，没想到性格倒还挺硬。后来我便不往前院放那些俊秀的小厮茶奉，免得再出那样的事，毕竟我这儿不是南风馆。”

“您知道刘五年离开莳花馆后去了哪里吗？”

九湘摇摇头：“我与他解了契，多给了些银子他便走了。不过，我记得他家就是西京的，应该还在西京吧。离了我这里便与我没关系了，我不会过问之后的事的。”

“我明白。”夏初点点头，“那，刘五年个子高吗？”

“个子……”九湘打量了一下夏初，“中等，比你高一点儿，挺瘦的。”

夏初想了想，觉得自己这样的个子，如果没有功夫的话，想杀死龚元和还是比较困难的，想到这便又问道：“九姑娘，当时刘五年拿刀要与龚元和拼命的时候您在场吗？”

“在呢。”九湘端起茶杯来饮了一口，“着实闹了好一会儿，吓走了我不少客人。”

“依您看来，那刘五年是个会功夫的吗？”

九湘柳眉微蹙，回忆了一会儿说：“依我看……倒还是有点身手，但要说会功夫，倒也不像。至少比起刘起这样的还是差得远了。”

“湘……”刘起有点激动地坐直了身子。

九湘瞟他一眼：“你傻笑什么？会功夫又怎样，还不是木呆呆地连句漂亮话都不会说？到现在都娶不上媳妇。”

“何必这样戳我痛处？我为什么娶不上媳妇，别人不知道你总是明白的。”刘起有点不高兴了，闷闷地扭过头去。

九湘看着刘起的侧脸，悄悄地一笑，随即又敛去笑容，一点儿都不卖刘起的面子，招呼着夏初：“你继续说你的。”

夏初有点尴尬地摸了摸鼻子：“差不多了，倒也没什么别的要问的了。”

“嗯，要是还有什么需要我的地方，尽管说就是了。”

夏初点头致谢，犹豫了片刻后还是把话问了出来："九姑娘，您可知道李二平之前是否受过龚元和的骚扰？"

九湘愣了一下："李二平？倒没有听说过。我也是刚知道她是个女子。"

"如此，多谢九姑娘了。"夏初颔首。

"不客气。"九湘矜持而温柔地一笑，便转过头去看着刘起。夏初也看着刘起，分明都在说：走不走？

刘起悻悻地叹了口气，对九湘说："湘，泰广楼那有个新角儿，青衣唱得特别好。哪天我带你去听戏？"

"我忙着呢。"九湘小口地抿着茶，淡淡地回他。

"这不是莳花馆也关了吗，你还忙什么？"

夏初在一边默默不语，心说：大哥，你还能再不会说话些吗？

刘起被九湘轰出来之后，悻悻地挠了挠头："夏兄弟，见笑了。"

夏初"嗯"了一声，也不知道该说什么好。

"这天快黑了，你还要去查什么吗？"刘起问道。

"今儿没什么了。"夏初把那两张笔录交给刘起，"麻烦刘大人帮我把这个交给蒋大人，也请帮我问一下，我想去查查这个乔兴立，不知道蒋大人觉得合不合适。"

刘起将两张纸收好，拱手与夏初告辞。夏初站在原地看了看天色，便往后厨去找阮喜。

"刘五年？"阮喜给夏初倒了杯茶，有点诧异地重复了一下这个名字，"我认得，去年他也是在前楼做茶奉，跟我还算熟悉。"阮喜有点不好意思地笑了笑，"那会儿为了他，我还与二平闹了些别扭。"

说起李二平，阮喜的神色又黯淡了下去，不由自主地叹口气："我现在也不敢回村子，不知道怎么跟二平家说这事儿。二平跟家里说是到大户人家做佣人的，倘若知道了她在莳花馆，必定就知道与我有关系。"

夏初听这话心中却有点不高兴，遂说道："阮喜哥，不管当初你带二平来莳花馆的初衷是什么，总归是你没有护好她，她家里人要是怪你你也说不得什么。"

"是……我是想得简单了，觉得这里挣得多。可是，这样的事谁能想得到呢。其实，二平本身挺强的……"

"她再强也不过是个女子，青楼这地方……"夏初犹豫了一下，想问问龚元和与李二平之间有没有过什么事，但又怕阮喜不知道，她问了，反倒让阮喜生出别的想法来，只得咽了回去。

“刚刚你说与二平闹别扭，怎么跟刘五年有关？”

“是啊。那刘五年长得好看，初来的时候二平挺照顾他的。二平就是个热心肠，其实我也是知道的。只不过有一阵子二平不太对劲儿，成日里恍惚着不知道在琢磨什么，突然又说不想嫁给我了。我寻思着跟刘五年有关，还跟她吵了一架。”

夏初一听，觉得事情与她猜测的倒是差不多，李二平说起龚元和的态度果然不是无来由的。夏初不禁默默地痛惜二平的遭遇，也难怪她要随身揣着把刀了。

“后来呢？你知道刘五年从莳花馆离开后去哪儿了吗？”

阮喜沉默了一会儿后抬起眼来：“夏初，其实……”

夏初没有追问，看阮喜的样子好像要说什么重要的事，便耐心地等着。片刻后，阮喜叹了口气，道：“其实是我误会了刘五年，后来他暗里向我坦白了一件事。”

“什么事？”

“刘五年那时候闹得很凶，莳花馆的人都知道，你可以去问问，那次真是掏了刀子要捅死龚元和的。你别看他瘦瘦的，脾气倒是挺暴，好像还有点子功夫傍身，龚元和差点儿吃了亏，也不知道当时龚元和怎么把他弄上手的。”

阮喜揉了揉鼻子，继续说：“不过，刘五年发火倒不是因为觉得自己受了侮辱。其实是因为他有个相好的，就是他在莳花馆的时候认识的，刘五年生气是因为他觉得龚元和对他下手等于打了自己相好的脸。”

夏初听得有点糊涂，把这关系绕了绕才恍然大悟：“这么说，刘五年是……”

“刘五年是喜欢男人的。要不怎么说是我误会他了呢。”

“这么说来，龚元和是认识他那个相好的？你知道那人是谁吗？”

“叫肖坦。我见过，跟龚元和一起来过，俩人算是朋友吧。”阮喜摇了摇头，“啧，那龚元和大概也是知道刘五年和肖坦的关系，这样还要下手，也难怪五年生气。说起来五年也算是个重情义的。五年离开莳花馆，应该是与肖坦在一起了吧。”

夏初听着，不禁暗暗赞叹，这古代比她想象的开放得多啊！真是一个基情燃烧的年代。

是夜，夏初躺在通铺上闭着眼睛却没有睡，脑子里把这些乱七八糟的信息一点点地整理着。身边一片此起彼伏的呼噜声。

也不知道是几点了，夏初听见自己脑袋旁边有人敲了敲床沿，她睁开眼睛仰头看，见床前好像是站了个人，遂翻身起来。

“蒋大人？”

“出来。”

夏初慢腾腾地裹好衣服，提上鞋跟着他走了出去，一开门，一股冷气打得她浑身一个激灵。

“这么晚了，蒋大人怎么跑到这里来了？”

“刘起把你写的笔录给我看了。”蒋熙元顿了顿，借着微弱的光线看着夏初，见她那双眼睛仍是清明，便知道她根本没睡，“你的字写得太难看了。”

夏初寻了个避风的地方站着，双手环在胸前：“大人，你是有多不待见我的字，至于这大半夜跑来数落我吗？”

“不过子时而已，往常莳花馆这时候还热闹着呢。”

“这不是关门了嘛，难得早睡。”夏初咕哝了一句。

“但你也没睡不是吗？”蒋熙元笑了笑，露出一口白牙，“想听你说说今天查案的进展。”

“大人你从笔录上看出什么疑点了？”

“你想让我看见的，我都看见了。不过有几点恐怕你不知道，所以我来告诉你一下。”

“那么小的多谢大人了，洗耳恭听。”夏初也笑了笑，也是一口白牙。

“第一，乔兴立的酒量很不错，我见过。第二，雅院的房间里都有净房，小解并不需要出门。”

“有用。”夏初点点头道。

蒋熙元挑了挑眉毛：“你这话是真心的吗？”

“真得不能再真了。乔兴立的酒量我原打算明天核实，现在大人告诉我了，省了我一番力气。至于净房，这个我倒是知道，今天去红缨房里的时候看见了。”

夏初掩嘴打了个哈欠：“哦对了，大人知道一个叫肖坦的人吗？”

“肖坦？”蒋熙元点点头，“知道，但是没说过话。你认识？”

“我哪里认识。刘大人走了以后，我又问出点事儿来罢了。”夏初说完，便把肖坦与刘五年的事与蒋熙元说了。

蒋熙元听完却摇头：“那天肖坦并不在莳花馆。”

夏初听完一笑：“蒋大人这都知道？您是一直盯着莳花馆的大门吗？”

“我看过九湘的账案了！”

“原来如此，还有这么个东西。”夏初道，“不过，他没在这里消费并不等于人不在莳花馆。那刘五年曾经在这里做工，对这儿熟悉得很。大人忘了那半只鞋印了吗？也许他一直在那儿呢。明儿我与刘大人先去找一下肖坦。”

夏初说完道了声晚安，不再与蒋熙元多说，拉开门进了屋。

蒋熙元被她的态度惹恼了，指着门点了点，心道：早晚有你的好看！

第二天一早，刘起便与夏初去找肖坦了，而蒋熙元则揣了一肚子官司去上早朝。朝房中，蒋熙元看见冯步云打着哈欠支在桌边，满脸疲惫，心中暗笑着凑了过去。

“冯大人精神不佳啊，可是审案审得乏了？”

“哦，蒋大人。”冯步云欠身拱了拱手，勉强笑道，“倒也没什么，年纪大了难免精神不济。”

蒋熙元往旁边看了看，压低了声音问道：“那龚元和的案子是不是很难断啊？”

“哦？”冯步云瞄他一眼，讪笑道，“老夫分内之事，做好就是了，哪有什么难不难的。”

“这话说得对。”蒋熙元笑了笑，接过朝房太监递上的茶盏，抿了一口继续道，“那天下官也在莳花馆，验尸、问话我也都看见了，案子的疑点我也都清楚，大人若是有需要下官帮忙的，只管知会一声就是。”

冯步云听这话不禁打个激灵醒过了神：“蒋大人什么意思？什么疑点？”

蒋熙元只笑了笑，没说话。

冯步云假笑道：“今上圣明，如今四海升平民生繁盛，那作奸犯科的自然也就少了，刑部大概好久都没有卷宗审核，如此清闲，老夫真是羡慕得紧。”

“错了不是？”蒋熙元也跟着笑起来，“作奸犯科的少了，该是你们府衙清闲才对。冯大人，清闲就享享清福嘛，可别没事找事做。”

冯步云气得胡子都翘了起来，不等他再说话，蒋熙元就站了起来：“哟，上朝了，冯大人先请。”话虽这么说，蒋熙元却先一步往銮殿去了。

冯步云站在原地咬咬牙，旁边吴宗淮走过来，沉声问道：“如何了？”

冯步云盯着蒋熙元的背影道：“黄口小儿，混了才几年就跟我耍心眼儿。”

“我问你那案子如何了？”吴宗淮说话的声音很轻，语气却是硬得不得了。

“吴大人，那案子……蒋熙元当天可是在现场看着的，您看……”

“怎么，他插手这案子了？”

“倒是还没有……就是昨天有人往府衙门口给李二平喊冤……”

“天底下命案有几个不喊冤的！他刑部又不管查案，人证物证俱在还不速速地结了，等什么呢？案卷呈报刑部之后，他再想翻查又能如何？”吴宗淮冷笑了一声，“屁股给我擦干净点儿。”

冯步云气闷不已，心道，这是谁的屁股啊？你的内侄惹事让人宰了，你自己斗不过自家的河东狮，就知道压着我。

冯步云一边腹诽着，一边赔笑点头，悻悻地跟着吴宗淮往銮殿上朝去了。

散了朝之后，蒋熙元回了刑部，待了一会儿后又悄悄地进了宫，与苏缜把这案子的进展说了说，还把夏初写的那两张笔录递给了苏缜。

苏缜看了一眼便皱起眉头来，捏着夏初写的那张说："刘起如今好歹也是个从六品的主事，你也不让他练练字？"

蒋熙元哭笑不得："皇上，另外那张是刘起写的。"

苏缜看了一眼，又看了看自己手里那张："那这张是……"

"那个杂役，叫夏初的写的。"

苏缜默默地吸了口气，看着那毫无章法的笔迹，与那眉清目秀的小杂役怎么都联系不到一起去。

这世上，要么就是不会写字的，只要能写出这么多字的人，断不会写得如此糟糕，夏初这几笔字是个什么道理？

"你也不给朕誊写一份，简直污糟眼睛。"

"这不是没来得及嘛。"蒋熙元无奈地说，"皇上，您凑合看看内容，要不臣口头与您说说也行，那里面有些字写得怪，得猜。"

苏缜摆摆手，耐下心来瞧着，这才明白蒋熙元所说的怪是什么意思。那怪，正如他拾到的那个东西里的字，看着能猜出来，却又不太一样。如此看来，果真是同一个人了。

蒋熙元看苏缜微微点头，以为是赞赏之意，便道："这只是对两名人证的问话笔录，昨天夏初与臣还原了案发现场，倒真是精彩。臣以为，那李二平确实不是杀人凶手，凶手另有其人。"

"夏初的底细你可瞧出什么端倪来了？"

蒋熙元呵呵干笑两声，少不得为自己开脱道："皇上，那夏初查案能查得如此之细，推断得滴水不漏，臣想打探他自然也是不容易的。目前看他倒是没什么可疑之处，待这案子结了再慢慢地查，臣留心着就是。"

苏缜点点头，又看了一会儿手中的笔录，忽然站起身来："安良，伺候朕更衣，朕要出宫。"

蒋熙元愣怔片刻："皇上您做什么去？"

"你不是说很精彩吗？朕去旁听。"

苏缜与蒋熙元轻车简从，只带着一个安良便溜出宫去。路上蒋熙元把夏初给他还原的案发现场仔细地说了说，苏缜听得倒是颇有兴致。

"臣原本下午要带夏初去一趟乔兴立那里，皇上您……"蒋熙元询问地看着苏缜，意思是问他要不要一起走一趟。

不过苏缜眼下倒不打算见夏初，于是摇摇头："我去莳花馆看看案发的现场，看是否果真如那夏初所言。"

"皇上不相信微臣啊！"

苏缜垂眸没有说话。

到了莳花馆，蒋熙元先下了车，进去把夏初和刘起找了出来，着急忙慌地带着这俩人往乔府去，好给苏缜腾地方。

路上，夏初要与蒋熙元说说今天上午问询肖坦的情形，蒋熙元却不肯听。

"不复杂。"

"那也不听。还是好好想想一会儿要问乔兴立些什么吧。"蒋熙元摆摆手。

"不用想。蒋大人，今儿上午我们去了……"

"不听！一会儿问完乔兴立回了莳花馆一起再说，安静一会儿，大人我头疼。"

夏初瞥他一眼，只好闭上嘴。

蒋熙元默默哀叹，心说他一个做人臣子的真是心力交瘁，好艰难。

一行三人到了乔家门口后，由刘起亮明了身份，那门子一听刑部二字便问："官爷是来找我家小少爷的吗？"

夏初干笑一声点点头，心道这乔兴立的人品可见一斑。

由家丁引入厅堂后等了片刻，待看见乔兴立的时候，夏初被惊了一下。

之前她听说乔家是玉商，便自动脑补出了一个体瘦脸长的人物形象，卖玉的嘛，就算目露邪光，那模样总该是比较斯文才对。

结果一见本主，被颠覆了个彻底。

乔兴立身高足有一米八五上下，身高体胖，脸上肉都快横了，腮上还生着几颗痤疮，一脑门的油光，跟夏初脑中勾画的罪犯形象十分接近。

跟着乔兴立过来的还有一个妇人，约莫四十多岁，身材娇小微胖，衣着华贵，满脸的惊慌之色，看样子应该是乔兴立的娘。

夏初看看乔兴立又看看他娘，有种小猫生了只老虎的感觉。

乔兴立听刘起说是刑部的，立刻往后退了一步，浑身都戒备起来了似的，脸色有些发白，又强撑着虚气叫嚷道："做甚！做甚！你们……你们官府的真当商家百姓好欺负是吗？"

乔兴立他娘顿时慌了手脚，过去直往下拽他的胳膊："儿啊！你胡乱叫嚷些什么这是！快给官爷跪下，跪下！你又惹了什么祸……"

乔兴立不肯跪，他娘一个劲地又拽又按，差点哭了。

蒋熙元看不下去了："这位夫人，这不是公堂，不必让令公子下跪，你们一旁落座，我们今天来是有话想要问问令公子。”

乔夫人松了一口气，踉跄着退了几步摸到下手边的椅子，挨挨蹭蹭地坐了上去。乔兴立在厅中犹豫了片刻，最终选择了坐到乔夫人的旁边。

蒋熙元准备问话，夏初与刘起对视了一眼，刘起认命般掏出了纸笔摊在桌上。“乔兴立，二月初六晚上你人在何处？”

乔兴立一听这话脸更白了，只留下脸上那几颗痘痘越发红得明显，支吾着“我我我”了半天也没“我”出个所以然来。

乔夫人顺手拍了拍乔兴立，赔着笑脸接过话去说：“官爷，小儿初六晚上出去耍了几个时辰，自己去的。我给了他三十两银子，他花完也就回来了，借不了别人钱，也不会问别人借钱。小儿年前吃了教训，断然不敢再做那种讹诈之事的。”

蒋熙元没理会乔夫人的话，只看着乔兴立：“你自己说。”

“我娘……说的是实话。”

“乔兴立，你可听清楚这位大人问你什么了？”夏初忍不住追了一句。

“这位大人问……问我二月初六晚上去哪儿了。”乔兴立一边回答，一边擦了擦汗。

“你的回答。”

“我娘说……”

“你的回答！”夏初有点火了。这五大三粗的男人怎么这个样子，断奶了没？

“莳……莳花馆。”

“何时离开的？”蒋熙元清了清嗓子又问道。

“戌……”乔兴立一个戌时还没说出来，夏初又开腔了，“乔兴立，你想好了说。你所说的我们都会去查证，若是说了谎……”

“不会不会。”乔夫人赶忙道，“小儿虽然性子躁了点儿，但是个实在孩子。我是他娘，我知道他……”乔夫人哽咽了起来，抹了抹眼角说，“那五百两银子……小儿是吃了哑巴亏的。”

夏初被这位大妈弄得很无奈，照这么问下去，这得什么时候能问完，蒋熙元显然也有点受不了了，不等夏初想好怎么轰人，蒋熙元便直接道：“乔夫人，你先下去，我们是来问乔兴立话的，不是你。”

乔夫人“扑通”一声就跪下了，哭道：“大人，小儿可再经不得打了啊！那龚家到底要如何，我拼了身家给他，求他高抬贵手。”

“乔夫人多虑了，我们这次不是为那银钱来的。”

乔夫人的哭声戛然而止，长长地出了口气，站起身来：“那就好那就好。那官爷这次来是……”

“怀疑令郎牵扯到一宗命案。”蒋熙元一板一眼地说道。

乔夫人听罢，一口气登时噎在心口，瘫软在了当地。蒋熙元招手让乔家的婢女将乔夫人搀下去，又让刘起把想溜之大吉的乔兴立按了下来，道：“若是担心令堂，便速速把我们想知道的事说了吧，也好去瞧瞧。”

夏初本以为乔夫人离开了，乔兴立这样的妈咪宝贝肯定像是丢了主心骨似的，结果非但没有，人家反而还淡定了许多，神情中的瑟缩全不见了，泰然地回蒋熙元道：“不担心，我娘就是胆小罢了，没事。”

夏初和蒋熙元被乔兴立这状态的转变闪了一下，有点没转过弯来，都狐疑地瞧着他没说话。

乔兴立见状，不以为意地抖了下衣摆，端起边桌上的茶盅饮了一口，笑道：“大人别见笑，我若不是如此，我那几位兄长定要拉着我去经营生意，我还指望着我娘再护我几年。我还没玩够呢。”

乔兴立在夏初眼中的形象再一次被颠覆了，影帝的光环熠熠发光。

“大人一进门我便知道是为什么来的了，只不过我以为会是府衙捕快，怎么是刑部来人呢？”

蒋熙元不咸不淡地一笑，提溜着茶盅盖子又往下一扣：“你是打算审审刑部？”

乔兴立摆摆手道：“岂敢岂敢，不过随口一问罢了。大人刚刚问我二月初六晚上的事，呵呵，那是个好日子啊！我记得清楚着呢。”

“你何时到的莳花馆？可见过龚元和？”

“酉时刚过吧。”乔兴立说道，“那会儿莳花馆人还不多，我还没吃饭，便坐在敞厅里要了些酒菜，又让九姑娘给我寻了个细嫩的作陪。您问我见没见着龚元和？当然见着了！我饭还没吃完他就进来了，瞧见我还一副挑衅的样子。”

“那你呢？也没有与他说话？”

“没有，那龚元和进来后便去了雅院。”乔兴立鄙夷地一笑，“他那人一向如此，有钱没钱的都是往雅院里钻，要不然那五百两怎么会那么快花光了？大人，容我说一句，他们官压民，我那暗亏吃得憋屈。但天地为鉴，我可不是那讹诈之人。我乔家还不至于去讹诈这区区五百两的银子。”

“然后呢？说那天的事。”

“然后？我吃完了也去雅院了。哼，我可不像那龚元和，我待姑娘最是温柔的，若是不信大可去莳花馆打听打听，姑娘们是爱伺候我，还是爱伺候他龚元和……”

蒋熙元摆手让他打住，与夏初对视了一眼，夏初也微微蹙了下眉头。

“怎么了？”乔兴立捕捉到他们的眼神交流，不解地问。

蒋熙元跷起腿来，手肘搭在桌上，做出一副想要长谈的姿态：“乔公子说得详细一些。”

乔兴立微微一怔，随即失笑：“详细？哎哟，怎么详细啊？不合适吧？”

“乔公子，我们来调查的是命案，那可不是打几十板子的事。”蒋熙元端起茶来慢慢地饮着，“你不是说官压民吗？我也是官，别惹恼了我。你看着说吧。”

乔兴立赔笑道：“呵呵，大人，我是真不知道说什么啊！”

蒋熙元把茶盅往桌上一放，刚要开口，夏初那边已经先一步问道：“二月初六晚上，你在莳花馆的什么地方？”

“我啊，在雅院红缨姑娘的房里，你们可以去问。”

“那天你是什么时候离开的莳花馆？”

“我记不清楚是几时几刻了，总归是龚元和死了之后。活该，真是活该！”乔兴立笑着拍了拍巴掌，“听说是被个杂役杀了，啧，要说我还真想去谢谢那个杂役，替我出了口恶气！”

“龚元和被杀的时候你在哪儿？还是在红缨的房里吗？”

“不然呢？”乔兴立反问道，“温柔乡不待，难道我还去院里受冻不成？”

“龚元和出事之后呢？你做了什么？”

“走了啊！”乔兴立理直气壮地说，“我跟他的恩怨好多人都知道，我怕怀疑上我。啧，您瞧，您这不还是来了嘛，还是怀疑我了啊！”

“院子里乱起来之前，你有没有听见什么动静？”

乔兴立想了一下道：“听见柳莺的叫声了。”

“你怎么知道是柳莺的？”

乔兴立一愣，随即没皮没脸地笑道：“官爷，我在莳花馆混了多久，哪个姑娘的叫声我还能辨不出来？柳莺的声最是尖细，一点不亏她的花名。”

乔兴立轻轻地抖着腿，一副浑不在意的样子：“还要问什么吗？官爷？”

夏初看了看他的脚，扯着嘴角笑了一下：“乔公子，你到莳花馆以后就直接点的红缨？”

乔兴立一愣，腿也不抖了，片刻后却是嗤笑一声道：“吃饭的时候有姑娘作陪，不过不是我点的。”

“是柳莺吧。那确实不用你点，你是她的常客了。”夏初不咸不淡地说，说完拿眼瞄着乔兴立，观察他的反应。

乔兴立迅速看了看夏初，随即挪开了目光。硕大的身子在椅子上蹭了蹭，略坐直了一些："是啊。你们既然都知道了，为何还来问我？"

"刚才为什么不说？"

"那你们也没问啊。"乔兴立轻轻一哼，"不是问我那天晚上在哪儿吗？柳莺就陪我吃了会儿饭而已，还是在龚元和来之前，这有什么重要的。"

"听说你与龚元和闹翻之后，凡遇上了就要争个高下，怎么那天他要点柳莺，你却痛快地应了呢？"夏初追问了一句。

"啊？"乔兴立怔了怔，随即小眼睛一转，道，"有吗？嘁，小爷我哪稀罕跟他争！有时候我就是看不顺眼他没钱还要装阔，想让他出出血罢了。至于柳莺嘛，我是她的常客，但是也不能老吃一道菜，总得换换口味吧。"

夏初皱了皱眉头，觉得这乔兴立就像个滚刀肉，随你怎么下刀他都不排斥，但这刀却好像怎么都切不下去似的。

她觉得这乔兴立在柳莺一事上的隐瞒，并不是无意的。

那天夏初去问柳莺话，柳莺在被问起为什么往西走的时候神色不定，而乔兴立当时就在雅院西侧。这两者之间，应该会有某种联系。

夏初在心中琢磨了一下，觉得从柳莺处打开突破口应该比乔兴立这里容易得多，便决定先行告辞。

乔兴立晃荡着把三人送到门口，挥了挥手，还说有机会请他们向那个杂役致谢，多谢她为民除害。

"乔兴立有问题，他说……"

蒋熙元摆摆手："回去再说，回去再说。"

夏初皱了皱眉，看蒋熙元大步流星地往前走，心说这是怎么的了？昨天大半夜地跑来问案子，今儿个她要说蒋熙元却一个劲儿地不听。

蒋熙元终于憋到了莳花馆，夏初想去楼面坐着慢慢地把事情分析一下，反正现在那里空着。蒋熙元却偏要到雅院去。

"为什么啊？怪冷的。"夏初不干。

"爷我想晒晒太阳，今儿天儿好。"

"今儿阴天啊……"

"习武之人火力壮。"蒋熙元咬了咬牙，把身上的丝绵披风解了下来递给夏初，"嫌冷你披着，跟我到雅院去。"

夏初撇撇嘴，毫不客气地披上披风，这才跟着蒋熙元去了雅院。

苏缜已经在柳莺之前的那间屋子里等着了，听见院里有蒋熙元的声音后，便在窗边坐下来，捧了一壶茶，准备听案子。

“大人，您确定要在这儿说？您真不嫌冷？”夏初左右看了看，不确定地问道。

“当然。”蒋熙元缩了缩肩膀。

“好吧。”夏初在游廊中坐下来，仔细地用那披风把自己裹好，不慌不忙地说，“先说今天上午肖坦的事，其实今天上午我们算是查了两件事。”

“什么两件事？”

“第一，我们找到肖坦，问了他二月初六晚上的行踪。他起先是有所隐瞒的，等我问出刘五年的时候，他也就索性敞开了说了，他说那天他去了刘五年那里，说刘五年可以做证。”

“刘五年做证？”蒋熙元撇嘴摇了摇头。

“刘五年的做证自然是没什么可信度的，但偏巧那天刘五年因为邻家的狗在自己院子前拉便便就与人吵了起来，差点动手。肖坦过去后跟着调解到很晚，算时间，亥时他应该赶不到莳花馆去。这个后来刘大人去问过，证实了。所以肖坦的嫌疑可以排除。”

“便便？”

夏初瞥了他一眼：“蒋大人听重点好不好？”

蒋熙元运了运气：“好好好，你说。”

“肖坦虽然没有嫌疑，但是说起龚元和来他却很激动，尤其是当初他与刘五年的事。他说龚元和什么龌龊事都做得出来，正月里还抢了个民女养作外室，说那样的人简直死不足惜。”

“龚元和有外室？”

夏初点点头，赞赏道：“大人这次抓重点抓得好。”

安良在屋里险些笑出声，赶忙捂住了嘴，苏缜回头瞧了安良一眼以示警告，等转回头去自己却也笑了笑。

“大人，西京天子脚下竟有强抢民女的事，这治安……”

蒋熙元用力地咳了一声：“说案子，别说别的。”

“大人冷了吧？”

“我都冒汗了，你说你的吧。”

“我与刘大人又按肖坦提供的线索去了甜水巷子，也就是那个外室所在的地方。那女子叫赵线娘，是个年轻的寡妇，在东市以卖绣品糊口，颇有姿色。大概是正月十五前后吧，她摆摊的时候被龚元和看见了，龚元和便起了戏谑之心，上前搭话。但那线娘是个暴脾气，当时便把龚元和给骂了。”

夏初清了清嗓子，继续道：“咱们都知道，龚元和这贱骨头就是好这口，这下更上心了，打听到了线娘的住处愣是把人抢了，还把人家老爹给打了，逼得人签了卖身契。卖身契一签，就算她家告上官府也是说不清楚的。蒋大人，是不是这样的事告上官府就真的没用？法律未免也太……”

蒋熙元又用力地咳了一声：“怎会没用？这类事查清楚自有公断的。你……你别扯别的，继续说。”

夏初觉得从今天一见面蒋熙元就怪怪的，她揣测了一下他的神情，心里有了个猜测，于是无奈地笑了一下。

“笑什么？继续说啊。”蒋熙元搓了搓手，把手揣进了袖子里。

“依我看，线娘应该是不知道龚元和已经死了，我们要带她走的时候，她还不太敢，说是怕龚元和再上家里去找麻烦。我们告诉她龚元和已经死了时，她那份发自内心的惊喜不是装的，喜极而泣。不过，在听说是被人杀了之后，就没再说别的，只剩下哭了。”

“可疑？还是说她在短暂的惊喜后平静下来，想起自己的遭遇悲从中来？”

“都有可能，但是我把这种表现按可疑处理，后面着重留心了一下。我们问线娘家里的情况，但线娘什么也不说。送她回家的时候她爹还在床上躺着，两人抱在一起也只是哭。”

“然后呢？”

“就是哭，还有就是对我们表示感谢，还磕了许多头。”

蒋熙元看着她，知道她还有后文：“赶紧说。”

“渴了。大人等我一下，我去倒杯水。大人火力还壮吗？我也给您倒一杯来？要冷的还是热的？”

苏缜在屋里弯唇笑了笑，轻轻地摇了摇头，端起自己的热茶舒心地喝了一口。

“刘……刘起，你去给夏初倒杯茶。给我……”蒋熙元吸了吸鼻子，“给我找件棉氅来，赶紧！”

夏初笑起来，两个浅浅的酒窝，将略带英气的脸化得多了几分甜美，眼睛却往苏缜的位置看了看。

苏缜心头一跳，赶忙躲开她的目光往里侧了侧身，等再看过去的时候，夏初的视线已经移开了，半侧着脸，清冷的光照在脸上，像一溪冰山上融化的清泉。

夏初清了清嗓子，声音稍大了一些说道：“线娘守寡后回了娘家，与她爹相依为命。她爹伤了养在床上，可她家的院子却很齐整，连前几天下的雪也扫干净了，显然是有人照顾的，不然她爹根本活不到她回家。这个人是谁，我却问不出来。”

“是不是邻居或者亲戚？”

"不是邻居，但不知道是不是亲戚。线娘他爹也是个暴脾气，与邻居处得都比较僵，邻居说她家极少有亲戚走动。不过倒是有同巷子住着的人说那些天看见过一个男人到她家，不过不认识。"

这时刘起回来了，手里抱着个棉氅。蒋熙元就像看见了救星一般，离得老远就伸出了手，接过棉氅往身上一裹，打了个激灵。

"我派人到赵线娘家门口盯着点，如果那男的之前去过，之后就不可能不去。总能看见的。"蒋熙元缓过劲儿来，脑子也跟着能转了。

"小的正有此意，蒋大人英明。"夏初接过刘起端来的茶，道了谢，抿了一口后舒心地叹了口气，"还有那个乔兴立，大人应该也能分析出来他在哪些地方有古怪。不过我觉得，倘若真是乔兴立作案，应该与柳莺有所瓜葛，也许问柳莺会更容易一些。"

"可柳莺是第一个发现尸体的。"

"对，有很多案子的凶手其实就是报案人。"

"很多案子？"蒋熙元抬起眼皮来看了看她，"你还办过什么案子？"

"我没办过案子，我只不过是知道而已。就像有很多人都说往东走是海，我虽然没有去过，但也知道东边是海。不一定非要亲身经历过，才叫真知灼见。"夏初缓缓地道，说完又仰了仰靠在廊柱上，"当然，大人也可以不信。"

"我倒不是不信，只不过你所说的与你的年龄、身份不太相符，我好奇罢了，哪里学来的这些？"蒋熙元说完后，颇认真地看着夏初的神情。

夏初却只淡淡一笑："有个词叫天赋异禀。"

蒋熙元愣了片刻："你好意思这么夸自己？"

"嗯。"夏初点点头。她不这么夸自己能怎么办呢？总不能告诉他自己曾经是警校的学生，又看过许多侦探小说和案件卷宗才有的这些积累吧？

她学不来乔兴立那样的滚刀肉，就只能秉承"说得越少漏洞越少"的原则了。

与蒋熙元说完了她今天调查回来的情况，夏初喝了口茶，歇了口气，又想起一事来。

"蒋大人，龚元和的这个案子好像闹得很大啊？我和刘大人今天中午在外面吃饭时，听饭馆里都在有人谈论。"

蒋熙元心中一惊，挺了挺脊背，笑道："哦？都是怎么说的？"

"说那龚元和是什么吴大人的儿子，因为吴大人贪污、狎妓、逼良为娼，有大侠看不过去了，于是出手杀了他的儿子。"夏初哭笑不得地说，"还说龚元和是吴大人养的一个外室所生，因为他害怕家里的老婆，所以没敢让儿子跟他一个姓。还有，说牢里的李二平是为了保护那位大侠，也是个有侠义心肠的女子，是被冤枉的。”

蒋熙元听得瞠目结舌。

“这是怎么回事？”蒋熙元皱眉看向刘起，夏初也跟着看过去。刘起黑着脸挠了挠头，吭哧半天才道：“我……我也不知道啊！我问问去。”

蒋熙元暗暗叹气，他只是要把吴宗淮拉进案子里，可没打算树立一个民族女英雄。现在看来他的计划是成功了，还额外加送了个赠品。

刘起离开后，夏初坐得离蒋熙元稍近了一点，低声问道：“大人，是不是您的上司在那屋里旁听呢？”

蒋熙元心里一惊，强忍着没回头往苏缜的位置看过去，“什么旁听？”

“就是在一旁听着。”

蒋熙元也知道自己今天太反常，却也只能咬牙抵赖：“哪有什么旁听？别乱说。”

“哦，好吧。”夏初宽容地笑了笑，也不再追问。

不一会儿，刘起去而复返，步履匆匆脸色也有些凝重，走到跟前后先看了夏初一眼，才对蒋熙元低声道：“少爷，李二平死了。”

夏初先是愣了片刻，随即猛地站起身来，茶水洒了一身，拉住刘起的衣袖：“你说什么？！”

刘起抱歉地看着夏初：“刚得到的消息。龚元和的案子今儿早上结了，判的是李二平秋后处斩。下午的时候，李二平便在牢里畏罪自杀了。”

“死了？”

刘起点了点头：“死了。夏兄弟你……节哀。”

夏初脸色有些发白，没有掉眼泪，也没有做出任何的反应，只是紧紧地抿住嘴唇，就那么看着刘起。

“夏兄弟……”夏初的样子让刘起有点手足无措，不知道要如何劝慰才妥当。

蒋熙元默默地瞧着，许多话在心里翻腾，嘴唇张开又合上，偏找不出一句觉得应该说的来。微微回头看了看苏缜所在的方向。

苏缜放下手中的茶盏，须臾，轻轻地叹了口气。

理智上他觉得李二平死得很好，把一个冤案冤得板上钉钉。这比他预想的形势要好，吴宗淮这下更是跑不了了。朝中臣子最会看风向，只有打散吴宗淮一党，他这皇权才握得稳，才不至于在今后被人掣肘变成个傀儡。

可是……

他关注了这个案子，看见了那个叫夏初的杂役，看见了他为营救朋友做出的努力。那是两个生活在社会最底层的朋友，他不知道他们有着怎样的情谊，怎样的相护扶持。但他知道，他们不了解庙堂之上的打算，却为他的一步棋铺垫了一条活生生的性命。

好像事情应该如此，好像事情又不应该如此。

苏缜再抬起头来时，游廊里只剩下了蒋熙元，负手静静地站着。苏缜开门走了出去，蒋熙元转过身来道："公子，李二平死了。"

"我听见了。去查查吧！"苏缜说完，便带着安良走了。

所谓李二平畏罪自杀，就是个笑话。苏缜不信，蒋熙元不信，夏初更是不信。

在听到李二平的死讯后，夏初静立了好一会儿，然后转头便跑。蒋熙元忙让刘起跟了上去。

刘起以为她是要去府衙，结果夏初却在游廊转了个弯直奔了楼面。

"夏兄弟，你这是干什么去？"刘起在后面追着问她。

夏初没说话，三步并作两步地冲上了二楼，寻到柳莺的那间屋子，二话不说一脚就把门给踹开了。

柳莺正在屋里整理自己的首饰和银两，听见响动下意识地便把盒子扣上抱在了怀里，等看见是夏初，不禁怒道："没规矩的贱坯子！老娘……"

夏初也不与她多废话，大步往里便走，挡路的月牙凳也是抬脚踹了出去，一直冲到了柳莺面前。

柳莺吓得一直往后退，她的丫鬟闻声赶过来挡在夏初面前："你个杂役竟然跑到……"

"起开！我没空跟你废话！"夏初伸手把丫鬟拨拉开，那丫鬟踉跄了几步，却去而复返，扬手便要往夏初脸上招呼。

身后的刘起正想上前拦住，却见夏初抬手挡住丫鬟的胳膊，一转身一弯腰，一个过肩摔，将那丫鬟直接扔在了地上。把刘起惊得眼珠差点凸出来。

柳莺吓得大叫起来，一只手抱紧了胸前的盒子，另一只手徒劳地往前伸着："你别过来！你别过来！我喊人了！杀人了啊啊啊……"

夏初抬腿准确地将她怀里的盒子踢飞，迅速地抓着她的手拧到她身后，柳莺疼得直叫，眼泪冲花了粉妆腻了一脸。

"闭嘴！问你什么你给我照实回答！"夏初声音清冷地说。

"我……我回答，我回答……"

"龚元和死的那天，你到底都做过什么，给我一点不落地说清楚！"

"我……我都说过了呀！那些都是实话的。"柳莺呜呜地一边哭，一边说，夏初手上又略加了点力气，“再给我好好想想！”

柳莺哭叫起来：“我说，我说！其实，那天原本乔公子是让我去偷龚公子一件东西的。”

“什么东西？”

“他身上的一块玉佩，那是他姑姑送他的玉包金，值不少银子。乔公子被龚公子摆过一道，咽不下这口气，便让我灌醉了龚公子把那玉佩偷过来给他，他许给我一百两，我就答应了。”

夏初的手稍微松了松：“你偷了？”

柳莺吸了吸鼻子，点点头：“偷了。之后龚公子要小解，我就告诉他我屋里净房的恭桶坏了，还没来得及换新的，所以他就出门去了。我……我听见他在外面骂了些脏话，等没动静了之后，我以为他已经去小解了，这才出去，想把玉佩赶紧交给乔公子，省得龚公子酒醒发现了让人搜我屋子。然后……然后龚公子就死了。”

“那块玉佩呢？”夏初问。

柳莺看了一眼被夏初踢飞的盒子，还有那一地的首饰说：“就……就在那儿。”

刘起走过去翻了翻，从里面拎起一个东西来看了看，对夏初道：“是玉包金。”

柳莺赶紧点头：“那龚公子死了，我寻思着这下不会有人发现他丢了东西，就算发现了我也可以不承认，所以就自己收着了。其他的我不知道，我真的不知道了啊！”

夏初把柳莺松开推在了床上，怔怔地看着散落一地的首饰。

柳莺这次的口供没有什么疑点，这倒能解释为什么她会往没有灯的西侧走，也能解释乔兴立为什么那么痛快地就把柳莺让给了龚元和。

莫非是乔兴立在游廊等着柳莺给他玉佩的时候把人杀了？有这种可能吗？

作案时间上是成立的，但是因着偷东西这一环节，乔兴立的作案动机反而没有之前看起来那么强了。

夏初低头叹了口气，转过身去抹了把眼睛。听到李二平死讯后的那股火，在这通发泄后下去了不少，转而心中涌上浓浓的悲伤。

二平死了。夏初完全没有想到，二平竟然就这样死了……

她相信自己一定能为李二平昭雪，可她没想到李二平却等不到那一天。她低估了府衙的黑暗，她的动作还是太慢了。

“夏兄弟。”刘起过来拍了拍她的肩膀，“别太难过了。”

夏初吸了吸鼻子，回头指了柳莺一下，把柳莺吓得一个哆嗦，缩着身子大声道："我说，我说！我都说！"

原本夏初指柳莺这一下，是责怪柳莺之前的隐瞒，可没想到这一指，柳莺却说出这么一句话来。夏初与刘起对视一眼，走到了柳莺面前。

"官爷……你们能不能……"柳莺弱弱地唤了一声。

"说！"夏初顺手抓起妆台上的粉盒，往柳莺脚边一摔。粉盒碎裂开来，白莹莹的香粉炸了一地。

柳莺一哆嗦，"扑通"一声便跪下了，哭道："我说，我都说。官爷，我说了的话，你们能不能不把我偷东西的事报官？这名声传出去我就完了，要是莳花馆把我轰出去，我就只能落到低等窑子里去了，我求求二位大人，求求你们了！"

刘起道："你先把你该说的说了，若不是大恶，我们也懒得追究。"

柳莺脸上一喜，赶忙胡乱擦了擦眼泪："不是，当然不是，这事儿跟我没什么关系。我也是想将功赎罪的。"

刘起点了点头，示意她继续说。

柳莺咽了咽唾沫，低声道："官爷，那天我与龚公子喝的酒好像有问题。我们也就喝了一壶而已，而且我喝得不多，却晕得厉害。后来我昏过去，也不是因为被血吓的，就是晕了而已。"

"酒？那天问你的时候你怎么不说？"

"我怕我说了，你们会以为是我搞的鬼，再细查下去查出我偷东西的事……"柳莺嗫嚅了一下，"我没敢说。反正过去几天了，那酒壶早不知道洗了多少遍了，我想我不说你们也知道不了。大人，那真不是我弄的啊！真的不是啊！"

"你确定那酒有问题？"

"莳花馆的酒我都熟悉得很，自己能喝多少也都有数的，喝了那一点儿按说不至于晕成那个样子。"柳莺说得有点着急，生怕夏初他们不信似的。

"那酒是谁送来的，你还记得吗？"

柳莺摇了摇头："酒是我的丫鬟拿进来的。"

夏初瞧了瞧半坐在地上哼哼的丫鬟，走过去蹲在了她身边，那丫鬟眼露惊恐之色，半支起身子往旁边一个劲儿地蹭。地上铺着地毯倒没有多疼，但是刚才天翻地覆的，太吓人了！

"酒是从哪儿拿来的？"夏初问她。

"后院，从后院拿来的！姑娘说她要酒，我便去后厨拿酒，走到后院门口瞧见了个茶奉，便让他去给我拿一壶出来。拿到了我就端回来了。我不知道，我可什么都不知道！"丫鬟大喊起来。

“哪个茶奉？”

“我，我哪里还记得啊！当时天儿那么黑，翠钗姑娘的丫鬟那时候也在，我就在门口跟她聊了一会儿，酒来了我就拿走了。你们不信可以去问，我半句谎话也没有说！”

“那茶奉的高矮胖瘦说得出来吗？”

“高矮胖瘦……不算高也不算矮，胖瘦中等。”

跟没说一样！

夏初又看了看屋里惊魂未定的俩人，站起身来与刘起出了柳莺的屋子。刘起跟在夏初后面，有点挫败：“如果柳莺说的话属实，这起案子明显是有莳花馆内部人的参与。之前查的全都没用了，还要从内部重新查起。”

“那就继续查！”夏初顿住脚回头，一字一字地肃然道：“不管是谁，不管什么背景，不管对方多么牛！我有的是时间，绝对不放过！”

夏初和刘起到了府衙门口时，正看见李二平的家人领了二平的尸体出来。夏初远远地看见，却停住了脚步，没有上前。

府衙前围了不少的人，有叹惋的，有愤慨的，嗡嗡的议论或叫骂声夹杂着李二平家人的号哭，夏初这才真的相信李二平已经死了。

二平死了。

那是她到这里遇见的第一个人，在她最害怕最无助的时候给了她一件衣服，拉着她的手给了她一个住处，护着她，帮助她，全无所求地待她好。

世上没有比这更珍贵的情谊，哪怕今后千万两的金银摆在她的面前，也不及李二平拉住她颤抖双手时的温暖。

可她竟然就这样让自己的朋友死去了，不明不白的。白布裹尸，躺在府衙前冰冷的地面上，带着冤屈，就这么死了。

“我女儿冤枉啊！我女儿冤枉啊！我女儿死得冤啊！”李二平的母亲显得十分苍老，头发散乱，穿着件很旧的衣裙坐在地上，怀里抱着李二平的弟弟，哭得很大声。二平的爹蹲在李二平的尸体边上，如同失了神一般。

有官差看不过不耐烦地驱赶，二平娘却抓着官差的裤管不肯放：“官爷，青天大老爷！我女儿是冤枉的，冤枉啊！不能就这么不明不白地死了啊！”

“撒手！你女儿的案子已经结了，她自己想不开，要哭回家哭去！”官差说完踹了踹腿甩掉二平娘，又冲着人群轰了轰，“都散了散了！看什么看！”

“夏兄弟，你……过去看看吧。”刘起见不得这样的场面，红了眼圈。

夏初却摇了摇头说：“我没脸见她。”

第三章 谁解其中味

府衙前乱糟糟的，二平娘哭倒在地，声嘶力竭：“杀千刀的阮家小子啊！我的女儿啊，毁了我好好的女儿啊！”

夏初往人群里仔细扫了几遍，却没有看见阮喜，不禁皱了皱眉头。

“你在找谁？”身后蒋熙元突然出现了，俯下身子轻声问夏初。

“阮喜。他与李二平青梅竹马，带着李二平到莳花馆做工，两人准备着挣了钱要私奔的，这时候却畏缩着不肯露面。真是个渣男！”夏初恨恨地道。

“阮喜是谁？”

夏初回头瞄了他一眼：“那天跪在你面前磕头的，莳花馆的茶奉……”

茶奉？不高不矮不胖不瘦的茶奉……

夏初被自己的念头惊了一下，又觉得是自己神经过敏了，莳花馆那么多茶奉，怎么可能是阮喜。可同时，好像又有个念头一闪而过，她没抓住，却心神不宁起来。

“我要回莳花馆。”夏初说完转身便走，蒋熙元和刘起对视了一眼，便也跟了上去。

路上，夏初把今天从柳莺那里问出来的情况与蒋熙元说了，蒋熙元听完很是吃惊，倒不是柳莺提供的线索惊人，而是他没想到夏初这瘦瘦的身板居然会做出踹门打人的事来，真是让他刮目相看。

“没办法，我急了。”夏初面无表情地说，“也是有火没地方发。”

“我理解。”蒋熙元道，“那你现在是怀疑那个叫阮喜的茶奉？可他不是李二平的相好吗？”

夏初沉默了片刻道：“龚元和死的时候他是在后院的，这我很确定。我只是在想，也许他能知道那天是谁给柳莺房里送了酒，假如……”

“假如什么？”

“假如真的是他，他为什么会眼睁睁地看着李二平受冤入狱？那天他在你面前磕头求情，那情绪不是假的。我希望与他无关。”

到了莳花馆，三人径直去了后院找阮喜。后院的人都在议论李二平的事，有平日里与李二平关系不错的，还抹着眼泪。

“阮喜在哪儿？”夏初问院里的人。众人面面相觑，有人还帮着喊了几声，却都没给出答案。

“我早上好像看见他了，后来就没注意了。是不是回家了啊？”

阮喜不在。

夏初在莳花馆里找了一圈也不见他的踪影，又问了有没有人知道阮喜经常去哪儿，也没人知道，只说他平常很少出去。

夏初心里越发沉重起来，眼下也没有更多的线索，思忖片刻后便去了翠钗姑娘的房里找她的丫鬟。也许柳莺丫鬟没注意，她却看见了呢。

翠钗姑娘的丫鬟性格很爽脆，话多语速快，听了夏初他们的来意后，叽里呱啦地便把二月初六晚上她做的事全说了。

夏初听得直走神，半路拦住她道：“你与柳莺丫鬟在后院聊了一会儿，有这事儿吗？”

“是的呀，那天我去后院给姑娘取桂花糕，新一锅的还没蒸出来呢。我懒得再跑了，就在门口等一会儿顺便偷个闲。后来柳莺丫鬟来取酒，我记得是花雕吧，龚公子就爱喝那个。她在门口嚷了一句说柳莺房里要酒，然后就跟我聊起来了。”

“那你还记不记得后来是谁拿了酒出来的？”

“一个茶奉。”

“我知道，哪个茶奉？”

那丫鬟侧头回忆了好一会儿：“那人低着头，把酒递给她就走了。搁平时，这些茶奉是最爱跟我们聊几句的。”

她又想了想，却还是摇头：“我倒是看了他两眼，但还真没看清是谁。对了，他这里挂了个荷包，走路的时候晃了晃，所以我注意了一下。荷包的样子嘛……没看清。”她指了指自己的腰间。

她说完荷包后，夏初的脸色便有点不好看："你确定没看错？"

"没有呀。茶奉上工的时候谁挂荷包啊？怪碍事的。所以我才注意了一下。"

"怎么了？"蒋熙元看着夏初的脸色，觉出了不对劲儿。

"没什么……"夏初忽然觉得浑身有点没力气，轻声说，"我没什么要问的了，大人呢？"

"我也没什么要问的了。"蒋熙元看了看夏初，沉默着走了出去。

夏初走了一段后一屁股坐在了游廊里，有点失神。

蒋熙元停下脚步回转到夏初身边，撩了衣摆坐下来问："你不舒服？"

夏初低下头捏了捏自己的手指，沉默不语。她知道这里面还有许多关节连不上，她想要分析，想要把线索都理出来，然而脑子却不听使唤。

又沉默地坐了一会儿，夏初站起身来。

"你干什么去？"蒋熙元问她。

"去洗个澡。我冷。"夏初头也不回地说。

浴室里空荡荡的，有点冷，雾气从大木桶里冒出来，氤氲进潮乎乎的墙壁，很快没了踪影。

夏初从大木桶里钻出水面，深深地吸了口气，垂下头看着水面。头发上的水沿着发梢滑下凝成珠，落下去，发出一点点静静的声响。

那个荷包，那是李二平亲手绣的荷包，甚至在出事的那天晚上，夏初还曾用它打趣过李二平。

是阮喜，翠钗的丫鬟所说的那个茶奉就是阮喜。莳花馆里没有第二个茶奉身上带着荷包。

"怎么会是二平？怎么会是李二平？"阮喜煞白的脸和惊慌的表情过电影般从夏初眼前闪过。夏初低头看着水面，冷然一笑。

那晚，在所有人都没听清楚前院的嘈杂时，是阮喜先听出是"杀人了"，现在看来，那是因为他早就知道会杀人。可是他没想到，从前院过来的人所说的凶犯，竟是李二平，所以他才会那样问。

怎么会是二平？

夏初也想问，怎么会是二平？那样无辜地撞进了一起预谋杀人的案子，被生生用作了替罪羊，送了命。

案发时阮喜不在现场，证明他不是一个人作案，他只是利用自己的便利为真正的行凶者创造了条件。但他明明知道凶手是谁，明明可以说出来救李二平一命，他为什么不说？！

他事后有那么多次机会，却选择沉默不语，甚至抛出个刘五年的事来转移她的视线。

夏初能理解人性中的自私和怯懦，能设想阮喜可能是受到了凶手的胁迫。可蒙冤的是李二平啊！是他青梅竹马，是他信誓旦旦要共度一生的李二平啊！

怎么可以这样？

相比那个持刀的行凶者，夏初更恨阮喜。

她呼的一下把头又埋进了水里，眼泪落进水中，谁也看不见。

夏初他们将目标锁定在阮喜身上，可阮喜却不见了踪影。

蒋熙元派人去了他的家里，他那个贫穷的家早被李二平的父亲砸了个乱七八糟，阮喜的家人也在哭，却唯独不见阮喜。

与此同时，也在焦头烂额的还有吴宗淮，他气急败坏地指着冯步云，脸色铁青却说不出话来。

冯步云一头是汗，颤巍巍地解释道："吴，吴大人，那不过是个穷苦村民，翻不出浪来的，大不了给些银子。我出，我出。"

"放屁！"吴宗淮也顾不得斯文了，狠狠地一拍桌子，"谁让你杀人的！谁让你杀人的！"

"您……您说要擦干净的啊。"

"你就这么给我擦干净！啊？！这叫干净吗？！"吴宗淮气得胸口直疼，"我让你把卷宗做利索，别让刑部抓着漏洞！谁让你杀人了？"

冯步云擦了擦汗："那人不死，刑部怎么都能抓到漏洞，蒋熙元那边盯着呢，我听说他们已经去找肖坦问过这案子了。我，我这不也是怕他们日后重审吗？这……这也不是没有做过，我也没想到这次闹得这么大。"

"昏官！蠢货！"吴宗淮捂着胸口长叹一声。

那李二平如果活着，就算将来翻出是冤判他也有机会弥补，毕竟衙门里所有的案子都是清案也是不可能的，最多他吴宗淮就是个用人不察，让冯步云顶上这黑锅他也能照应一二。

可现在倒好，冤案一冤到底！现在也只能寄希望于蒋熙元那边抓不住真凶，如果他吴宗淮现在知道真凶是谁，定会一不做二不休地把人除了。

吴宗淮又悔又恨，后悔自己提拔了冯步云这么个同乡，恨他头脑糊涂；后悔自己当初图一时清静纵容了龚元和，恨他不知收敛；后悔自己怎么就娶了那样一个凶悍的老婆，更恨她的蛮不讲理。

这件事严格来说本与他无太大干系，相反他间接还算个受害者家属，只是事情到了眼下这一步，苏缜不可能放弃这个机会来打压他。

大风大浪不惧，居然阴沟翻船。

用人不察、任人唯亲、纵容属下行凶制造冤狱、枉顾法理，吴宗淮完全能想象得出苏缜要给他什么罪名，只多不少。

他这官职，怕是保不住了。

蒋熙元那边又去见了苏缜，把情况与苏缜说了说。

“现在事情僵在这里，我派出人去找阮喜了，只能等等。眼下没有别的线索。”

“嗯，那个夏初在干什么？”

“没干什么，情绪不太好。”蒋熙元如实说道。

“你先下去吧，有事随时来报。”苏缜挥了挥手。

蒋熙元退下了，苏缜拿过一本折子来翻开，放在眼前却看不下去，总想起前天夏初听见李二平死讯时的样子。

苏缜觉得自己不太应该愧疚，他完全有办法保护李二平不死，可他压根儿没想过要去那样做。一个底层小民的生死，并不是他惯常思维里该去考虑的事。

可他就是有些愧疚。

夏初也是个底层小民，那天她的样子，仿佛让苏缜看见了自己。他好像看见自己站在那天的大殿上，等着撷取自己努力筹谋而结出的果实，却也只是眼睁睁地看着自己的母妃死在了自己面前。

他那么努力，可到头来却是那样的无能为力。

“安良。”苏缜低声地唤了一句，从暗格里拿出了那张照片，端详良久后又放了回去，“把朕让你收着的那些东西拿来，伺候朕更衣。”

这天的天气倒是暖和，夏初坐在雅院里晒太阳，头靠着廊柱，闭着眼睛只看见眼前一片鹅黄的光。

“小初，你又戴爸爸的帽子了？”爸爸俯着身子捏了捏她的脸蛋。

“不许动！我是警察！”夏初用手比画了个小手枪，头上顶着个大大的警察帽子。

“哎哟！”爸爸笑得捂着胸口蹲了下来。

“我还没开枪呢。”

“哦，是哦，我们小初还没开枪呢。”爸爸笑着把她抱起来，将帽子戴回自己头上，“爸爸帅不帅？”

"帅！爸爸戴帽子最帅！"小初在爸爸脸上亲了一口，"我长大也要戴帽子！"

"那小初就是个漂亮的女警察了，是不是？"

"是！"夏初并起手指，顶在自己的额头边上。爸爸笑起来，也回敬了她一个。

她对爸爸的记忆不算多，总是记得他戴着警察帽子的样子，总是记得他很晚回家，或者在她睡得迷迷糊糊时亲亲她的脸蛋。

做警察有什么好的呢？

长大后她很多次想过这个问题，如果爸爸不是警察，她的家现在应该还在，她会有父母有哥哥陪着她长大。

可她还是愿意做警察，她心里总是想起自己戴着爸爸帽子时的样子，她觉得如果爸爸还活着，会希望看见她做一个警察。

"你们会看见这世界上的罪恶，会面对凶残或者狡猾的罪犯，会面对黑暗中的血腥与丑陋。你们可能会觉得愤怒，会觉得伤感，感情会受到冲击，颓丧、困惑、失望、无力，你们还可能会无数次地直面死亡。但你们不能畏缩，你们要做的就是将黑暗曝于阳光之下，让罪犯受到应有的惩罚，这是你们的职责！你们要比任何人都坚强！记住，你们是警察！"

这是夏初入学的时候老师给他们讲的第一段话，让她心潮澎湃，她一直记得。记得让自己勇敢，让自己坚强，让自己不要畏惧。可二平的死还有阮喜的所作所为，还是让夏初的心理受到了冲击。

李二平和阮喜，他们不是卷宗里毫无意义的名字，他们曾经就在自己的身边，与她一起欢笑过，一起分担过痛苦。闭上眼睛，所有的片段还历历在目，却深知一切都已经无法挽回了。

死亡与背叛靠得太近了，似乎也太容易了。她还没做好准备。

她以为她可以用自己的知识、能力去帮助李二平，可结果却让她如此沮丧。她左右不了命运地来到这里，发现自己其实对黑暗无能为力。

夏初浅浅地叹了口气，忽然意识到旁边有人，便缓缓地睁开了眼睛，转过了头去。

安良刚才就过来了，看夏初闭着眼睛以为她睡了，也不知道应不应该上前打扰，这时见夏初看他，赶忙挂了张笑脸问："你醒了？"

夏初迷茫了一会儿，猛地想起这个眼熟的人是谁了，赶忙起身过去问："你是那位公子的随从？"

"哎哟，是呢是呢，小哥好眼力。"安良笑着应道。

夏初心中有点激动："你是来找我的？那，是不是你们捡到了我的东西？"

"呵呵，是呢是呢，我正是为这件事过来的。我们公子想当面还给你，耽搁了这些日子，实在不好意思。"

"没关系没关系。"夏初笑着搓了搓手，"是我自己大意丢了东西，怎么能怪你们公子。那……你们公子呢？"

"哦，公子在云经寺等你呢，外面马车已经备好了。"

"云经寺？你们公子他是……"

安良愣了一下，随即反应过来，赶忙道："没有没有，我们公子没出家，就是今日正好在云经寺参禅而已。"

"哦。"夏初不好意思地笑了笑，"那就麻烦您了。"

安良领了夏初出来，安顿她上了马车后，自己驾着车往云经寺赶去。

云经寺位于西京城西。自仁宗时期宫中出了鉴天阁的国师与皇子勾结之事后，新帝上位便撤了鉴天阁，改设钦天监做观察天象推算节气以及制定历法之用。并抑道扬佛，赐了这云经寺为皇家寺院。

云经寺的香火颇盛，礼佛者多是官宦的家眷，故而安良带着一身杂役打扮的夏初往里走时，往来者皆有些侧目。

夏初安之若素，四平八稳地跟着安良，一边走，一边打量着这座寺院。绕过钟楼，绕过前殿，绕过藏经阁，一直走到了云经寺的最里面。

与前面皇家寺院的气派不同，这藏经阁之后的建筑却质朴得多，十分低调，也十分静谧。安良领着她到了一个小禅院前，推开木栅道："小哥请，我家公子就在里面。"

"你家公子怎么称呼？"

"哦，姓黄，黄公子。"

夏初向他致了谢，径直往禅院里的禅房走去。禅院里檀香淡淡，三五声的鸦叫并不凄凉，间或有磬钵声传来，悠长清越得久久不散，夏初听着，心便也跟着静了很多。

禅室中，苏缜在矮几前的蒲团上坐着，见夏初进来了并没有起身，只是指了指她对面的蒲团。

夏初对他颔首，抿嘴一笑，大大方方地在蒲团上盘腿坐下来，拱了拱手道："黄公子，给您添麻烦了。"

"客气了，夏——雪了吗外面？"苏缜险得就直接说了夏初的名字，赶忙改了口，愣生生地说了这么莫名其妙的一句。

夏初眨眨眼睛，往屋外瞧了瞧："没有啊，怎么会下雪？"

“哦，是我糊涂了。刚才宁心打坐，恍惚觉得又是落雪的日子。”苏缜浅浅一笑，“见笑了。不知公子怎么称呼？”

夏初没有打坐过，也不太明白打坐能打坐到什么程度，但见对方神色坦荡倒也没起疑心，答道：“敝姓夏，单名一个初，夏初。公子叫我夏初就好，我可当不起一个‘公子’。”

“哦，夏初。”苏缜装模作样地点了点头，“好名字。”

“生于夏初故名夏初，我倒觉得是我父母取巧偷懒了。”夏初笑道，话虽如此说着，眼中却是一片孺慕之情。

苏缜稍稍沉默了一下：“哦，你的东西要还给你。”说着，便从袖筒里将夏初的钱包取了出来，递了过去，“耽搁了这些日子，实在抱歉。”

夏初接过来，钱包上的黑猫警长依旧，现在看着更是感慨：“黄公子哪里的话，是我自己不小心。黄公子您……”夏初忽然顿了顿，想起一个问题来，“您是怎么找到我的？”

“你身上的衣裳我画了下来，有人说是莳花馆杂役的穿着，这才找到的。费了些时间，所以才耽搁了。”

夏初一听倒也在理，遂赞道：“黄公子真是心细。”

苏缜谦虚地摇了摇头，心中却默默地舒了口气。

夏初把钱包打开，看了一眼后又有点着急地扒拉了一番，抬头问道：“黄公子，请问您见到那张照片了吗？”

那钱包固然是夏初仅剩的一件现代物件，但对她来说，钱包里最重要的却是那张照片。夏初打开钱包没看见照片，失而复得的心情瞬间没有了，甚至比丢钱包的时候还要心急。

苏缜看着钱包中空出来的那一块，又看了看夏初因为心急而微微发红的脸，心中的警惕等级便略略降低了一点儿，他佯作懊恼地一拍脑门道：“啊呀，抱歉抱歉。我见那小画画得栩栩如生如真人一般，一时好奇便取出来看了看，却忘了放回去了。”

“在公子您那里？”夏初追问道。

“是，在我那里，实在很抱歉。”

夏初这才展颜道：“没关系，一会儿如果方便我随您去府上，不用进去，您遣人帮我拿出来就好。”

苏缜一愣。心道：我的府上？宫里吗？那岂不是全暴露了，还大老远地跑来云经寺做什么？

他这般暗暗想着，便掩饰道：“我这些日子要在这里参禅，恐怕不太方便，不如过几天我再去找你，将那个……”

“照片。”

“对，照片奉还。”

“噢，那也好。”夏初还能怎样，只好点了点头，片刻后笑道，“知道在你那里就好，还以为再也找不回来了呢。真不知要如何感谢您才好。”

“小事而已，夏公子不必挂心。拾人财物，归还是应当的。”苏缜端起茶杯来要喝口茶，可送到嘴边却发现已经凉了，便又放下，抬眼看了看夏初，问道，“夏公子如此在意那张……照片，那上面的可是你的家人？”

夏初微微笑了笑：“是。我只有这一张了。所以黄公子能想象我有多么感激您吗？”

苏缜明白。沉默片刻后，他拿了只干净的茶盏出来，翻手拢袖，行云流水般斟了茶水进去，扣好盖子，将茶盏放在一片鸦青色的页岩上，轻轻地放在了夏初的面前。

夏初看得都有点出神了。在她全部的生活经验中，从来没有过如此讲究的时刻，更没有如此好看白净的一双手，以如此优雅的动作递茶给她。

当那双手离开页岩的茶托时，夏初好生不舍，实在想要多看两眼。

“夏公子，喝点茶。”苏缜揽着广袖，侧手做了个请的手势。夏初这才回过神来，有点尴尬地摸了摸鼻子，端起茶来掩饰自己刚才的出神。

一口茶下去，夏初的眼睛都亮了，舌尖舔了舔嘴唇，又喝了一口。

这茶也忒好喝了！

苏缜不动声色地将夏初的表情尽收眼底，暗暗一笑问：“觉得这茶如何？”

“好喝！”

苏缜等了一会儿却没等到她说更多，只是见她又端起茶壶来给他斟满一杯，又给自己倒了一杯。

“还有呢？”

“还有？”夏初把茶放在鼻子下面嗅了嗅说，“很香。”

真绝！他沏的这可是专供御前的雪顶岩雾茶，一年也不过得个半斤极品，落她口里却只是：好喝！很香！

苏缜低头看了看自己面前的茶盏，被夏初沏得满满的，而且还是在之前冷茶的基础上又倒了热的，实在是毫无茶艺可言。

看来还真的就是个杂役！

苏缜对夏初的警惕又松了几分，想端起茶喝一口，却被满得快要溢出来的茶水弄得无从下手，可倒掉又太失礼，只得先不喝了。

他指了指夏初放在桌上的钱包，问道："夏公子，我看你那东西上的图腾甚是古怪，像是猫又不是，能否告知那究竟是何物？我没猜出来。"

夏初把钱包拿起来："这个？这是……我们那里的一种神物，叫黑猫警长。"

"果真是猫？"

"是猫，不过是神猫，铲奸除恶机智勇敢。"

苏缜拢着袖子想了一会儿，却也没想出来有什么族群是用猫当作崇拜图腾的，好奇难忍地问："不知夏公子是哪里人？"

夏初心里"咯噔"一下，端起茶来，眯着眼睛道："喔……很远的，在西边。"

"樊州？"

"还往西。"

"莫扎林？"

"再往西。"

"大荒漠？颜斯国？"

"还西。"

苏缜不知道了，郁闷地沉默了一下："那么远你怎么过来的？"

"黄公子听过一句话吗？没有比脚更长的路，没有比人更高的山，只要有目标肯努力，总有达成的一天。"

"这话倒是有趣。"苏缜清浅一笑，却道，"只是路或山倒也罢了，毕竟路不会走，山不会跑，其他事情却并不是努力就能达成的。"

夏初神色微微一暗，伤感地笑了笑："是，公子这话倒是对的。有时候努力了，到头来却更觉茫然，不知道为了什么，有什么意义。"

苏缜心有戚戚焉，点头道："觉得自己做了很多，辛苦不已，回头再看却是失去得更多。没有人在乎，也没有人等你。"

两人相对沉默着，茶盏里的水雾慢慢地变淡，茶香也略带了苦涩。

良久，夏初才抬起头来，轻声说："这样说似乎也不对。即便是走路，常常也不知道这条路究竟通向哪里。停下来是一种选择，走下去也是一种选择，其实倒并不是谁在等待，说穿了，都是自己的选择而已。"

苏缜心中微微有些触动。

他也可以选择闲散，选择安逸。可是他没有，并不是母妃在逼他，并不是苏绎在逼他，而是他从一开始就没想过要停下来。

路的尽头是皇位，他想过自己或许会被人击败在路上，却从未想过其实自己也可以放弃。

苏缜苦笑了一下。

他一路前行，丢掉了许多，等走到路的尽头时，却又回首扼腕自己丢掉的那些，有悔又有怨。原来，失去的和得到的，都是自己的选择罢了。

怨谁呢？

夏初见苏缜的神色有些黯然，便笑着打趣道：“话题怎么突然这么伤感？”

苏缜抬眼细细地看了她一会儿，弯了弯唇角：“话题并不伤感，只是你我心中各有伤感之事罢了。”

夏初被他的目光和浅笑晃了下眼，失神片刻，待回过神时又觉得莫名慌张，赶紧扯了其他的话题，心中却暗道：把我的审美提到这么高，以后下不来了可怎么办！

待日头偏西了，夏初才从禅院里出来，外面安良正冻得跳脚搓手。夏初一愣，忙道：“你就一直在外面站着？”

“呵呵。”安良吸了吸鼻子，心说谁知道你们居然聊了这么久！我哪敢走开啊！

“抱歉抱歉，我不知道你在外面站着，赶紧进去暖和暖和吧。”夏初推了安良一下，转身往外就走。

“小哥，小哥！您干什么去？我得送您回去啊！”安良追了几步。

“我认得路。”夏初又转身往回推了推安良，“快进去吧，倒春寒不是闹着玩的，留神冻病了。”

安良看着夏初走远的背影，感动得抹了抹鼻涕。

真是好人啊！

苏缜在禅室里看见安良走了进来，便问道：“怎么没送他回去？”

“皇上，您不心疼奴才人家可是心疼奴才的。”安良吸了吸鼻子，“他说他自己认得路，没让奴才送。”

苏缜没说话，将袖中的袖箭取出来轻轻放在了桌上，却又忽然一笑，抬头问安良：“颜斯国再往西是哪里？”

“这……”安良苦笑，“奴才连颜斯国都没听说过。待回去找翰林院的问问？”

苏缜笑着摇了摇头。心说这夏初可真能编啊！不知道究竟是个什么身份来路，宁可扯出那么远去也不说。

他原本怕夏初是自己三哥四哥安排的细作，想趁他皇位不稳有所动作，又或者是废太子苏绗安排下的人，借由个古怪的物件吸引自己的注意，意图近身行刺。现在看来都不像，大概是他多想了。如果真是细作或者刺客，断不会在自己的来历上扯出这么大的漏洞。

苏缜又想起夏初那副狡黠的样子，故作聪明却丝毫不惹人讨厌，有底层小民的心眼儿，却也有公子般的磊落之气。还真是有点意思。

安良站在一边小心地看着苏缜的神色，十分狗腿地道："皇上今儿心情不错啊！"

"是吗？"苏缜仍是浅笑盈盈的模样。

安良猛点头："皇上，奴才可许久没见到您这笑脸了呢。"

苏缜不置可否，将面前的茶盘往前一推："赏你了！"

"谢皇上赏！"

等夏初走回莳花馆的时候，天已经擦黑了，进去就见刘起正在后院里转悠。

"刘大人？"夏初走上前去喊了他一声，"您这是找我来了？"

"我说兄弟啊，你这是去哪儿了？我等你半天了！"

"怎么了？"

"阮喜找到了！"

夏初"啊"了一声，心中小有激动："他人呢，在哪儿？"

"死了！"

"死了？！"

夏初跟着刘起急急忙忙往发现阮喜的地方赶。等到了夏初才发现，这地方竟是自己当时穿越过来的那片火场，残垣断壁，焦木林立。

"就是这里。"刘起指了指那片废墟，"从前的尹府，大火烧了之后一直还没清理干净。"

夏初环视了一下，心说这宅子是不是风水不好啊！

"这两天天儿好些了，工部便雇了些打零工的过来想把废墟清理清理，这么好的地段总不能这么荒着。清理到西边水塘的时候，就有人发现塘里有人，于是赶紧去府衙报了案。少爷那里一直派人暗中盯着府衙那边的动静，得到信儿后便过来看看，这一看，发现竟是阮喜，已经泡得有点发了。"刘起把发现阮喜的经过大致给夏初说了说。

夏初没多言语，一路腾挪闪躲地随刘起到了废墟的西侧。

废墟的西侧以前应该是个花园，花木都烧干净了，水塘的水倒是还在。

夏初到的时候，阮喜已经被捞了上来，周边有人举着火把，仵作正围着尸体验尸。蒋熙元看见她后走了过来，略有责备地说："怎么这么久？"

“我以为阮喜逃了，没想到这么快就找到了，所以下午出去了一趟。”夏初说完，忙问道，“现在情形怎样？仵作验出来了吗？”

“一刀致命。”蒋熙元指了指自己心口的位置，“与龚元和是一样的，应该是同一个人做的。”

“这里是案发第一现场吗？”

“什么叫第一现场？”

“就是说，阮喜是不是在这里被杀的，还是说他在别处被杀，然后被抛尸在这里。”

“就是在这里被杀的，死了大概有三天了，也就是说从咱们找他没找到的时候，他可能就已经死了。水塘旁边有血迹，血量也不小。而且血迹没有往别处连接，所以应该不是杀人后抛尸。”蒋熙元条理分明地对夏初说道。

“现场有脚印、打斗痕迹、凶器之类的东西吗？”

“府衙这帮蠢货，我来的时候一帮人都在四处翻腾，有也没有了。凶器更是没有。”

“一点查案常识都没有，这算什么捕快？”夏初说完提步就往尸体处走。蒋熙元虚拦了她一下：“你看得了吗？尸体有点恶心。”

“你看得了我就看得了。”夏初深吸了一口气，鼓足勇气走了过去。

饶是夏初做足了心理准备，可当她看见阮喜的尸体时还是受不了，胃里直翻腾。毕竟上次看见阮喜的时候他还活着，而且她与阮喜很熟悉，看见一个熟悉的人变成这副样子，远比看见一个陌生尸体的冲击力来得更强。

阮喜的血早流干了，浑身灰白，泡得胖了几圈，双眼凸出，口唇外翻，模样极为可怖。

“怕了吧？”蒋熙元低声问道。

夏初咬着下唇，既不说是也不说不是，勉强按住了想吐的感觉，最后还是转过头去离远了些说：“算了，验尸有仵作。”

蒋熙元闷笑了一声，走到她身边从随身的荷包里翻出一个纸包，打开后往夏初面前递了递：“蜜渍山楂，吃一颗。”

“你还随身带着这个？”夏初捏起一颗放在嘴里。

“听说死尸被发现在水塘里之后，我在路上特地买的。”蒋熙元也吃了一颗，然后包起来递给了夏初，“你拿着吃吧。”

山楂蜜渍了却也还是酸，夏初皱着眉把最初的那股酸劲儿扛过去，胃里舒服了不少，这才问道：“找到什么人证了吗？”

“没有。所以我推测阮喜被杀的时间是在晚上。这处地方离东市不远，虽然巷子里僻静，但总归是太冒险了一点儿。晚上就好办多了，近些日子都说这废宅邪门，晚上极少有人从这里走。”

“这宅子……”夏初顿了顿，“怎么邪门了？”

“一来这原宅子的夫人是引火自尽，人说自尽死的全是怨鬼，怨气重，现在还没过七七，可能还在这里飘着。二来这里着火的当天，从火场中毫发无伤地跑出来一个人，有人说是让怨鬼附了体，跑出来的根本不是活人。”

放屁！你才不是活人！你们全家都不是活人！

夏初暗暗腹诽，冷笑道：“真扯！”

“扯不扯的不提，总归晚上这附近的路基本没人走。我想，如果阮喜肯晚上与人来这种地方，应该不会是跟个陌生人。而且咱们之前也问过了，阮喜平日里除了在莳花馆做工就是回家，认识的人不算多，这应该是个线索吧。”

夏初点头表示同意：“那应该就是莳花馆的人。”

“何以见得？”

“目前有两个线索可以互为条件，缩小范围：第一个就是你刚才说的，阮喜社会关系相对单纯；第二个，有条件出入莳花馆的人。阮喜的身份决定了他不可能认识太高层次的人，比如蒋大人您这种。”

“谢谢。”

“不客气。”夏初点了下头，“而莳花馆是什么地方？家有白银千两也不敢随意敲门的地儿。另外，后院的人彼此都认识，如果有陌生人进来是很打眼的。由此可以推断，一个既与阮喜社会地位相当，又能出入莳花馆，且并不引起别人注意的人，只能是莳花馆后院的人。”

“万一真是个大侠呢？”

“那我就没辙了。”夏初瞟他一眼，“什么不着调的大侠，为民除害前还得找人下药？事后还要灭口？”

蒋熙元仰头笑了笑：“分析得在理。那现在要不要回莳花馆？”

“当然。”夏初一扬手，调头便走。

夏初与蒋熙元从案发现场离开，走到半路刘起才追上来，对着他们抱怨道：“你们也不叫我一下。”

夏初把那包蜜渍山楂拿出来递给刘起：“吃一颗吧，压压恶心。”

刘起接过去，瞄了蒋熙元一眼：“少爷，你看看人家。”

蒋熙元敲了下刘起的脑袋：“那是我买的！”

过了平光街进了南城，夏初才想起一事来，转头问刘起：“对了，那个线娘那里有什么动静吗？”

“喔，我还忘了说这事儿了。今儿早上确实有个男的去了赵线娘家里，待到了午饭后才出来，盯梢的跟着他到了三柳树街看他进了个院子，然后就上墙头看了看。那男的家里还有个老妇，盯梢的听他跟那老妇说什么线娘挺好的，姑父腿脚不太好，不过也没什么大碍。听意思应该是个亲戚。”

“哦。”夏初点点头，眼下有了明确的目标，线娘那边倒可以放下了。

“不盯了吧？盯梢的都冻病一个了。”

夏初赔笑道了声辛苦：“不盯了不盯了，现在咱们查别人去。”

“查谁？”

“杀死龚元和还有阮喜的应该是同一个人，目前初步锁定那人就是莳花馆后院的，现在回去找可疑的人问问话。”夏初道。

“后院人可不少，而且最近还走了一些，怎么找可疑的？”

“首先身材矮小瘦弱的基本可以排除，当时我看到的就在后院的也可以排除。刘大人，能杀死龚元和那种大块头，而且两次杀人都刀法利落，能一刀捅进心脏的人并不多……”夏初说到这里忽然灵光一闪。

蒋熙元似乎也同时想到了，与夏初对视一眼，异口同声道：“杀猪的！”

之前蒋熙元问夏初什么叫血压的时候，夏初就让他去找个杀猪的问问。只不过当时是无心之语，并没有往这方面想，回头再看，竟像是绕了个圈子。

刘起却是一脸茫然：“什么杀猪的？”

莳花馆的席面一向奢侈，后厨配了七八个厨子，有司职白案的，有负责红案的，还有宰牲的，负责宰杀鸡鸭猪羊鱼这些活物。

夏初他们的重点自然是落在宰牲的那个人身上，也就是马庆全。

夏初还记得那天阮喜曾经问过马庆全是不是真是李二平杀人了，而当时马庆全正从后院门走进来。他之前是否在雅院不能确定，但他肯定不在后院就是了。

目标锁定之后，夏初再回想马庆全当时的反应，觉得不乏可疑之处。

当时阮喜先是问了范有余，范有余却是让夏初赶紧去看看，因为所有人都知道他俩人关系好。而马庆全当时却对阮喜说：“你别慌。”

为什么让阮喜不要慌？因为马庆全知道阮喜与李二平的关系，他更是要稳住阮喜。当时天黑，加上夏初完全没有往他身上想，所以并未注意到他的神色。

夏初为这个范围的圈定感到一阵小小的激动。凶手如果是马庆全，那么一刀扎入心脏的技术，以及心脏血液喷溅的去处都有了解释。

宰牲的身上有血，太正常了！

激动过后，夏初又叹了口气，心里有些发沉。如果当时能够想到，也许真凶已经落网，也许李二平就不会死了。

蒋熙元见夏初神色黯淡，大致也知道她在想什么，便道："世事难料，你已经很努力了，不必自责。"

夏初默默点了点头，心中对蒋熙元升起一份感激之意。

有意思的是，莳花馆发生凶杀案后关了门，这马庆全竟也没趁着这个乱劲儿辞工，仍旧每天来后厨晃荡，没事人似的打盹儿聊天。

夏初觉得他之前之所以没有辞工，未尝没有监视阮喜的意思，但阮喜已经死了，如果人真是他杀的，他现在还来上工，足以证明这是个心理素质超强的家伙。

眼下对马庆全的怀疑全部建立在推断的基础上，虽然夏初笃信这个推断，但手头并没有证据，能不能让马庆全认罪，她实在心中没谱。

到了莳花馆，刘起就把已经睡了的马庆全叫了出来。

三人在马庆全对面坐定，有点三堂会审的意思。马庆全有点木然地看了看他们三个人后，显得有点不耐烦，开口问道："啥事？"

"你认识龚元和吗？"蒋熙元开门见山地发问。

"现在谁不认识他，不就是死在咱雅院里的那个人吗？"

"他死之前呢？你认识吗？"

马庆全摇摇头："那不认识，我一个杀猪的，人家哪稀罕认识我啊！"

"二月初六晚上，龚元和死的时候你在哪儿？"

"我想想啊……"马庆全侧头看着天花板，嘴里不知道还咕哝着什么，"啊……是在菜道吧，噢对，是在菜道，靠近雅院西角门那块地方。"

"你在那里干什么呢？"

马庆全呵呵一笑，挠了挠后脑勺："等着莲霜姑娘的丫鬟小荷呢。"

"小荷？你跟小荷什么关系？"夏初问。

"没关系，我就是……想见见，就是想看看而已。人家小荷也瞧不上我啊！我能跟她说上两句话就知足了。"马庆全局促地搓了搓手，忽然抬头有点警惕地问道，"你们问我这些干啥？你们不是怀疑我杀人吧？"

"你觉得呢？"夏初反问。

马庆全愣了一下，突然从座上站起来，指着夏初："妈——的！姓夏的，你脑子有病是不是？"

"你坐下！"蒋熙元喝道。

马庆全不怕夏初，却还是有些怕当官的，被蒋熙元一斥面上便有些讪讪的。刚坐下，好像又觉得不对，复又站起来，梗着脖子大声道：“坐什么坐？你们都怀疑老子杀人了！”

“我们只是问问。”夏初说。

“问个屁！有种直接把老子捆了送衙门去！”马庆全满脸通红，脖子上青筋都起来了，“杀人？！老子杀了十年猪，老子等着猪告我去！”说完一脚踹了凳子，骂骂咧咧地走了。

刘起想把他追回来，夏初却没让。

“这厮，是谁老子啊？真是欠揍。”刘起很恼火。

夏初扶了扶额角。果然，这个马庆全是个硬茬儿，可恨他们并非官差，审案也是名不正言不顺的，还真不能拿他怎么样。

府衙那边结了案，又害死了李二平，明显是要压下这个案子。冤，最好也一冤到底的那种。如果他们这里没有切实的证据，或者马庆全不松口认罪，府衙铁定不会让他们去翻案的。

她趴在桌子上想了一会儿，才抬头道：“蒋大人，要不明早先去马庆全家里问问？总得有了切实的证据、站得住脚的杀人动机才行。咱们认定他是凶手没有用，重要的是翻案。您说呢？”

“我说好。”蒋熙元道。

“谢谢！”

夏初回了杂役的房间准备休息，到了后院却见马庆全在院子里坐着，一脸的戾气。夏初看了他一眼，并不打算搭理。

她不想搭理马庆全，可马庆全却是专门等着她的，看夏初走进来后便快步过来，伸出手就要去抓夏初的衣襟，嘴里骂道：“你他妈的当老子好欺负是不是？”

夏初伸手挡住马庆全的胳膊，脚下一个错步，弯起另一只手臂，速度极快地用手肘猛击他的肋下。

没办法，夏初本想打他脸，但是有点够不着。

“你当老子好欺负是不是？”夏初用了马庆全的话嘲笑了一句。马庆全吃痛退开，揉了揉，却越发恼怒，挥着拳头直奔夏初的面门。

砂钵大的拳头带着风就过来了，夏初先是屈膝向下让他的拳头打了个空，又顺手出拳击在马庆全的肚子上。马庆全又退开了。

“有蛮力顶个屁用，技巧太差，你也就玩玩刀杀个猪还行。”夏初激了他一句。

马庆全原本瞪着眼睛，此时几乎瞪出了火，可听到夏初这句话时表情却变了，只是眯起眼睛来笑了笑："倒看不出来你真有两下子，算了，老子今儿吃亏了。"说完竟是头也不回地走了。

夏初心说，这莽夫看着粗鄙，心思倒还真细，一点儿都不上当的。这样的人搞谋杀事业，真是一把好手。

景熙元年二月十五日上午，西京府衙门口的大鼓被人敲得震天响，"咚咚咚"的声音引来了附近不少的百姓。

官差急急忙忙地跑出来，一见是蒋熙元不禁有些为难："哎哟，蒋大人，您这是干什么？您先别敲了，小的去请冯大人。大人，您别敲了，别敲了。"

蒋熙元等着府衙前聚的人差不多了才停下手，朗声道："去报冯大人，就说刑部侍郎蒋熙元衙前为莳花馆杂役李二平击鼓鸣冤，烦请大人即刻升堂审案！"

围观百姓一听李二平的名字，轰的一声便嚷了起来，争先恐后地往前凑。官差脑门直冒汗，却也说不得打不得这个蒋熙元，只好扔下门口的一片嘈杂飞奔而去。

马庆全被刘起用绳子捆了站在一边，低着头，表情木然。

夏初回头看了看围观的百姓，低声对蒋熙元道："大人英明，这风头出得好。"

"还可以吧。"

官差从衙门里又跑出来："蒋大人，您里面请，里面请。"

冯步云那边听说蒋熙元来击鼓鸣冤后，整个人都颓了，坐在椅子上愣愣地没回应。一旁师爷上前道："大人，您别慌，他们是为李二平鸣冤，又不是状告大人您杀人。这世上难道还不许有几桩冤案？"

"对对对对对。"冯步云这才回过神来，正了正官服给自己做了点儿心理建设，"升堂！"

夏初几人入了公堂，刘起将马庆全按跪在地上。冯步云对蒋熙元拱了拱手，扫了一眼后皱眉瞧了瞧夏初："这是何人？公堂之上面官因何不跪？"

刘起上前一步在夏初耳边道："夏兄弟，你先跪下。"

"为什么？我又没犯法。你们不是也没有跪吗？"

"我与少爷都有功名在身，不必跪，你没有啊。"

夏初黑着脸犹豫了一会儿，膝盖一弯，这才不情不愿地跪了下去。

"蒋大人，今日您衙前击鼓，所为何事？"

蒋熙元拱了拱手："为龚元和二月初六晚于莳花馆被杀一案。下官擒获真凶，现将凶手押送府衙，请冯大人详审。"

"哦哦。"冯步云点点头，"那个案子前几日已经结了，凶器起获，案犯也已招认画押。怎么，蒋大人觉得有问题？"

蒋熙元笑了笑："是啊，下官与冯大人也说过，案发当晚下官正巧就在莳花馆，案子的情况、疑点，下官都还算清楚，如果冯大人需要帮助只管明言。可是大人您却没来找下官，下官就只好来找大人您了。"

"呵呵，本官不才，但也熟读律法，自然知道断案需得证据口供，需得案犯认罪画押，蒋大人官居刑部当然也是知道的。不知所谓疑点从何而来啊？"

蒋熙元沉吟了一下："说起来复杂，下官怕大人听不懂。"

冯步云气得胡子翘了翘："那蒋大人是什么意思？"

蒋熙元指了指马庆全："真凶在此，不如先审了他再说。如果他是真凶，便可证明李二平是被冤枉的，也就不需要什么疑点了。大人说是不是？"

冯步云心中畏缩，他打心眼儿里不愿意审，可不审又是不可能的，只得轻轻摔了一下惊堂木："那就审吧。"

夏初正在地上来回倒腾自己的两条腿。这公堂地面又冷又硬，她的膝盖还没锻炼出来，实在是跪不住了。等冯步云说要审案后，夏初开口的第一句话却是："我申请站起来说话。"

"岂有此理！"

夏初仗着蒋熙元在，狐假虎威道："那我便不说了，大人与我耗着就是了，反正我扛饿。"说完，屁股往脚后跟上一沉，扭脸闭了嘴。

"夏初！好好说话，大人岂是那种拘泥小节之人。皇上见臣子都许平身，大人又怎么会跟你计较，怎么能威胁人呢？"蒋熙元带着笑意把夏初数落了一通。

冯步云一听，得了，人家连皇上都搬出来了，只好心烦气躁地挥了挥手："起来起来！"

"多谢冯大人。"夏初站起身来，揉了揉膝盖，这才清了清嗓子道，"嫌犯马庆全，是莳花馆后厨专司宰牲之人，案发当晚就在莳花馆，无明确的不在场证明。"

"那又能说明什么呢？"冯步云没好气儿地说。

"说明他有作案条件，这是前提。"

"行吧，你继续。"

"马庆全杀害龚元和一事系预谋杀人。"夏初围着马庆全慢慢地走了半圈，"他先让莳花馆茶奉阮喜利用工作的便利在龚元和的酒水中下了迷药，原想等着龚元和熟睡时再溜进房间行凶，但因中间龚元和调戏李二平之事而改变了计划，遂将龚元和杀死在莳花馆雅院游廊，并嫁祸给李二平。"

"别他妈胡扯蛋！老子才没杀人！"

"嘴巴放干净点！再骂街本官便先行打你二十大板！"冯步云喝道。

“大人英明。”夏初拱了拱手，取出一摞纸来请公堂主簿呈到了冯步云面前。

“这些是连日来蒋大人调查的笔录，这里面有莳花馆花魁柳莺证实的酒水问题，还有翠钗的丫鬟证实那壶下药的酒系一带荷包的茶奉送来的证词，另外，还有莳花馆若干杂役证实楼里佩戴荷包上工的茶奉只有阮喜一人的证词。以上证词都有画押，由此可以证明，案发当晚龚元和喝的酒被阮喜下了迷药。大人如若不信，可以传证人来当面审问。”

冯步云知道这些证词肯定与夏初说的一样，便只是草草地看了看就放下了：“就算是阮喜下药，那与马庆全又有什么关系？”

“案发当时，阮喜就在后院，这点我与很多杂役都可以证明。所以，阮喜只是下药，并没有持刀行凶，也就是说行凶者另有其人，这是协同作案。”

“那你又怎么知道他协同的人不是李二平呢？据本官所知，李二平与那阮喜有私，关系不一般。”

“首先，李二平是后厨杂役，平日里并不会到雅院去，当晚是因为人手不够才临时调用的，那么阮喜又是如何提前预知李二平会去前院的呢？就算是李二平先去的前院，阮喜后下的药，那么他们也该按照计划等药性发作了再去杀人，又何必把龚元和杀死在游廊？将这么大的嫌疑引到自己身上来，那样还不如直接找个巷子解决了方便。更何况，前院作案明显是阮喜更方便，何故一个男人下药，却让一个女人去杀人，这也不太符合常理。大人有异议吗？”

夏初的一番话说完，冯步云很想有异议，沉默了半天却没找到，只好沉重地摇摇头。

“大人英明。”夏初拱了拱手，继续说道，“再说那阮喜，想必大人已经知道阮喜死亡的事了。与龚元和一样，阮喜也是被一刀刺入心脏毙命。可以认为，杀死阮喜与杀死龚元和的是同一个人，鉴于几人的关系，应当并案审理。大人没意见吧？”

冯步云没说话，夏初也没理他。反正也只是问一下意思意思。

“以阮喜的死亡时间推断，他应该是在李二平死亡的当天被害的，那么再联系到阮喜与李二平的关系，可以提出以下假设。”

“假设？”冯步云皱了皱眉头，“断案得讲证据！”

这话你也好意思说？！

夏初瞥了冯步云一眼，道：“大人别急，这自然是要有证据支持的，不妨先听听，证据一会儿给您。直接呈上证据，怕大人看不明白。”

冯步云气得用鼻子出气儿，胡子一颤。

“阮喜与李二平青梅竹马，但因李二平生前曾受到过龚元和的骚扰，致使阮喜耿耿于怀，却无能为力。马庆全与龚元和也有恩怨，两人一拍即合决定杀死龚元和。事情按计划展开，却因为一个突发事件意外导致李二平入狱。”

冯步云打了个手势让她暂停，问道：“依你所说，阮喜参与杀人，而且又与李二平关系不一般。那阮喜为何不早来报案？”

“大人，阮喜此人的性格是胆小怕事，虽知道真凶是谁，却因为怕牵连自身或受到了马庆全的威胁，而没敢说出真相。”夏初侧头冷眼看了看冯步云，“毕竟，这案子疑点颇多，谁能想到府衙竟草草结案，并让李二平命丧狱中呢？”

“混账！”冯步云一摔惊堂木，指着夏初说，“本官判你个藐视公堂，打你二十大板算是轻的！”

蒋熙元往前迈了一步，笑道：“冯大人莫急。如果案子审下来，这马庆全不是凶手，那说明府衙的案没有断错，到时再打不迟。可如果李二平确属冤枉，这夏初所言没错，又何来藐视一说呢？”

冯步云手悬在半空，看了看堂下的人，又看了看外面围观的百姓，只得作罢。

夏初冷笑了一声，继续说道：“阮喜的死，大概是因为李二平忽然死于狱中，致使其心理崩溃，就是在这样的情况下，马庆全认为阮喜的存在变成了极大的威胁，便一不做二不休地将阮喜杀害。”

“放……我就不认识龚元和，我杀他干什么？胡扯！大人，草民冤枉！”马庆全大声道，“这夏初与李二平根本就是有私情！后院杂役都可以做证。他就是要给李二平正名，胡乱找个人背黑锅！全是胡说八道！就因为草民是个杀猪的，就因为没人为草民做证，就说草民杀人？这……”马庆全说着说着就红了眼圈，硕大的一个汉子声音哽咽，无尽的委屈。

夏初心里的火被拱了上来，冷着脸霍然回头，站到马庆全面前俯视着他：“我与李二平有私情？好！就算我与李二平有私情，那我就更是要替她洗去罪名！马庆全，人是谁杀的就是谁杀的，就算你说我与她通奸，也与她被冤之事没有丝毫关系！更与你杀人的恶行没有关系！”

冯步云看了看马庆全：“看他这个样子，倒像是确有冤屈的……”

夏初转回身来往前几步，有些恶狠狠地说：“大人，断案需要讲证据，而不是看面相。他像有冤屈的，那大人当时看李二平难道就不像有冤屈的？”

冯步云滞了滞：“下去……退下去！接着说你的。”

“马庆全说他不认识龚元和，很好，这牵扯到杀人动机的问题，非常重要。”夏初指着马庆全，大声问道：“我再问你一遍，你认不认识龚元和？”

“我说了我不认识！不认识！大人，草民真的不认识啊！”

夏初见马庆全不肯松口，无奈地一摇头：“算了，咱们还是直接上证据吧。”

说罢，从随身的包袱里拿出一件中衣来在马庆全面前抖开，问道：“这件衣服是你的吗？”

马庆全做了个口型刚想说不，就见夏初眯了眯眼睛：“想好再说，我这里有你母亲的证言，如果你说不是，那便是你母亲说谎。”

“是我的，怎么了？”

“这是昨天我们去你家时在你家晾衣绳上发现的，之所以注意到它，是因为衣襟处的这些绣纹，针脚细密，绣得相当不错，想不到你一个杀猪的还有这等雅致心思，看不出来啊！真是多亏了这件衣服，不然我还真联系不起来。”

马庆全抬头看着夏初，蛮横的表象终于露出一丝慌张：“我家穷，你以为我想做个杀猪的？我穿个带绣纹的中衣犯了哪条法？”

“问题是谁绣的呢？你母亲说她眼睛花很多年都不能绣东西了，难道是你嫂子？嫂子给小叔子绣中衣……啧啧。”

“你放屁！”马庆全啐了一口。

夏初往后闪了闪：“看来也不是，那你告诉我是谁绣的呢？”

“老子买的！你管得着吗？”

“哪儿买的？什么时候买的？多少钱买的？是不是在东市……买的呢？”夏初把“东市”两个字咬得重了一些，见马庆全的神色紧张起来，不禁微微一笑。

“我他妈记这些干什么？你吃饱了撑的吧？！”

夏初把那件衣服交给主簿呈上，回身又道：“阮喜被杀当天，也就是李二平死亡当天，你并不在莳花馆，这点有很多人可以做证。有人见过你出现在东市，为什么有人记得呢？那是因为你经常去那里。对吗？”

马庆全哼了一声没说话。

夏初对冯步云道：“大人，我想传唤一个当天在东市见过马庆全的证人。”

“传，传。”冯步云不耐烦地挥挥手。

不一会儿，刘起便带了个瘦弱的小娘子上了公堂，正是赵线娘。马庆全看见赵线娘后惊愣了一瞬，随即迅速扭过了头去。

赵线娘的脸色苍白，咬着下唇，神色明显有些惊慌，进来后屈膝跪下，一言不发。

“赵线娘，你可认识堂上跪着的这个男子？你看清楚再说，倘若说谎，对你对他皆是大大的不利。今天你作为证人上堂，便也应该知道我们找到你并非偶然。”

赵线娘抬头看着夏初，双眼霎时就含满了泪，犹豫了好一会儿才点点头：“认……认识。”

夏初点点头，又问马庆全：“那你肯定也认识这个女子喽？那你是如何认识她的？”

“东市卖绣品的小娘子，我常去光顾就认识了，怎么了？”

“你是心虚吗？怎么句句话都带着攻击性的反问。”夏初不以为意地笑了笑，“你常去光顾，我是应该理解为‘你经常去买东西’呢？还是理解为‘你与这位守寡的小娘子有私情’？或者你有别的解释？”

“我买东西。”

“东西呢？你尚未娶亲，定然不会是送给妻妾了，难道是送给嫂子？可你又说你与嫂子之间很清白。东西呢？”

马庆全不说话。

夏初淡淡一笑：“大人，您看是否能去马家搜查一下，免得再冤枉了人。”她把那个“再”字咬得重重的。

“不行！”马庆全猛地跪直了身子。

“怎么不行？”夏初看着马庆全，可马庆全说完一个不行之后又不说话了。虽不说话，但神色较之前已经有了很大的松动，表情十分复杂。

夏初与他对视了一会儿，直到马庆全移开了目光后才说道：“你母亲身体不好，官差搜查势必会吓到老人家，邻里之间也会议论纷纷。马庆全，你是个孝顺的人，我愿意全你一片孝心。不如，你自己说吧。”

马庆全低着头，轻轻地吸了一下鼻子。

夏初看着他，耐心地等着，公堂之上安静且压抑。不一会儿，赵线娘那边有些承受不住，爆出了一声短促的哭泣。

夏初的话说到此时，案情基本明朗了，马庆全虽还没有松口认罪，但外面围观的那些百姓已经开始窃窃私语起来。

冯步云被那帮百姓时不时瞟过来的目光弄得心神不宁，抓起惊堂木拍了几下：“安静！都安静点儿！”

马庆全抬眼看了看冯步云，放松了身体跪坐在地上，轻轻地啐了一声。

“我这段日子故意没去找线娘，本来想等风头过了再带着她到别处去安家。我告诉阮喜，说李二平杀人的证据不充分，而且你们不是还在查吗？我说二平早晚能放出来的，到时候这就是件无头公案。哼，没想到这昏官竟然把李二平冤死了。”

“所以你又杀了阮喜。”

“我没办法。”马庆全扭头看着一边，“我本来不想杀他的。我比他早一点知道了李二平的死讯，然后把他叫了出来。我告诉他李二平死了，想看看他的反应，结果他当时疯了似的就要到府衙来揭发我。我说没用，他不听，所以……”

夏初回头看了冯步云一眼，对马庆全这句话倒是深以为然。

阮喜如果跑来揭发他，确实没用。若真是来了，保不齐连阮喜带马庆全都要被除掉，二平的案子恐怕神仙都翻不过来了。

“我也觉得龚元和该死……”夏初低声对马庆全说，可后面的话她却说不出来了。

她能说什么呢？说他应该报官吗？说他应该相信律法相信衙门吗？

连她自己都不信，她凭什么劝马庆全相信呢？当唯一能为他做主的衙门和律法都不再可靠，他除了以暴制暴还能有什么办法？

异地而处，她夏初若是有这样的一天，她会怎么做？

如果这起案子里没有牵扯进无辜之人，她会不会对杀害龚元和的凶手网开一面，放他逃生？

夏初也回答不上来，心中充满了矛盾。

长久的沉默后，夏初慢慢地站起身来：“冯大人，案子审完了。”

“啊……”冯步云扫了堂上的人一圈，觉得后背出了不少的汗，黏住衣裳难受得很。

“马庆全，你有什么冤屈，尽管与本官明言。”

夏初听了这话，只是冷笑了一声。若不是在公堂之上，她真的很想揪住冯步云的胡子，把他狠揍一顿。

马庆全也是冷笑，有点痞气地说：“大人这会儿问冤屈，不嫌晚啊？线娘被龚元和抢走的时候你不问，李二平入狱喊冤的时候你不问，现在问？我呸！”

冯步云一拍惊堂木：“放肆！你到现在还如此嚣张，你犯的这是死罪知不知道？”

“老子不知道！”马庆全索性站了起来，手被绑着，只好往前探着身子，对冯步云叫骂道，“我嚣张！我他妈嚣张得过你们这些个昏官吗？我该死，你们都比我更他妈的该死！下地狱去吧！十八层地狱都他妈不够你们使的！”

冯步云脸色登时变了，站起身招呼赵捕头：“押下去，把他给我押下去！”

赵捕头带了捕快上来，把叫骂着的马庆全往下拖。

“庆全哥！”赵线娘忽然号哭起来，往外追了几步，“是我拖累你，是我拖累了你啊！庆全哥！”

马庆全努力回过头来，却什么都没说，只是对线娘笑了一下。

马庆全被押下去之后，冯步云尴尬地清了清嗓子，让主簿拿了过堂笔录给蒋熙元看，蒋熙元细看无误后便签了字。

冯步云干笑两声："哎呀，蒋大人真是明察秋毫，老夫汗颜，今后断案少不得多向蒋大人求教才是。明日我便命人在衙前张贴告示，还那李二平一个清白。"

"冯大人客气。"蒋熙元摆了摆手，笑道，"大人可知下官今天为何而来？"

冯步云一愣："哎？大人不是擒获龚元和一案真凶，交由府衙审理来了吗？"

"非也。下官今日衙前击鼓，说的可是要为李二平伸冤啊！龚元和的案子是破了，可下官要办的事还没办呢。"

第四章 初露尖尖角

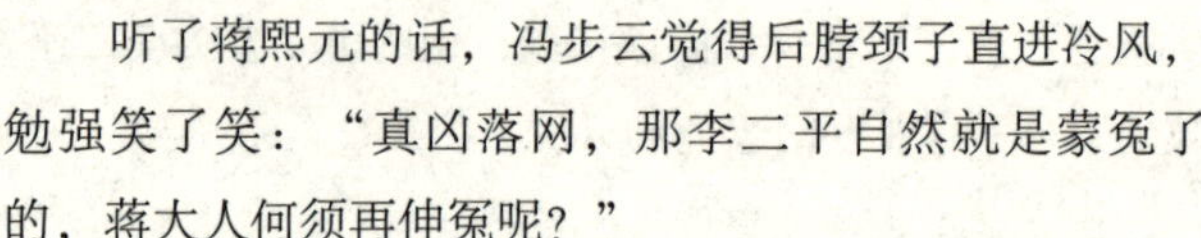

听了蒋熙元的话，冯步云觉得后脖颈子直进冷风，勉强笑了笑：“真凶落网，那李二平自然就是蒙冤了的，蒋大人何须再伸冤呢？”

蒋熙元看了看他，忽然收起笑容，一字一字地道：“我说的是，李二平冤死狱中之事！”

冯步云张了张嘴：“她……于狱中自尽，确是冤死。”

蒋熙元冷笑了一声：“冯大人稍安，下官还要去请一个人过来。”说完他便向刘起使了个眼色，刘起转身出去了。

冯步云擦了擦汗，看着蒋熙元站在堂中气定神闲的样子，脑子里只剩下两个字不停地重复：完了完了完了……

两盏茶的工夫，刘起回来了，跟在一个中年人后面，待走近，冯步云一看是刑部尚书钱鸣昌，不禁浅浅地松了口气。

这钱鸣昌也是吴宗淮一党的，说话办事都慢条斯理的，总是一副睡不醒的样子，轻易不得罪人，冯步云看见他安心了不少。可他却看不出钱鸣昌要比他精明通透得多，不然刑部尚书的位置他这么多年如何坐得如此稳当。

苏缜要收拾吴宗淮，钱鸣昌看得透透的，不然他又怎么会答应蒋熙元走这一趟。这可是他与吴宗淮划清界限的好机会。

“钱大人，您怎么来了？”冯步云从公案后走下来迎了过去，堆了一脸的笑容。

钱鸣昌点点头："是啊，我怎么来了……"说完也不再多看冯步云一眼，径直走到堂上公案后坐了下来。

冯步云有点发蒙，搞不懂这是个什么意思，呆呆地在堂中站着。

钱鸣昌慢条斯理地把案上的东西整了整，又拿起惊堂木掂了掂，头也不抬慢悠悠地说："我们蒋侍郎说有一桩冤案，因着冯大人有涉案嫌疑不便审理，便将本官请了过来。按说呢，这案子该是到刑部大堂去的，不过他说今早还有别的案子，就干脆不折腾了。本官就凑合用用你这府衙大堂吧！"

说完，钱鸣昌端起官威，睡不醒的双眼忽而精光一闪，高高举起惊堂木啪地一摔："升堂！"

夏初险叫出一声好。

这惊堂木的节奏摔得真好，有点说书的范儿！

钱鸣昌看了蒋熙元一眼："击鼓鸣冤者何人？因何事状告何人？"

蒋熙元低头一拱手："下官刑部侍郎蒋熙元，因莳花馆杂役李二平于府衙监牢被人杀害一事，状告京兆尹冯步云制造冤狱、纵下行凶！"

"冯步云，蒋熙元所言之事你可认罪？"

"我……我没有啊！"

"好！问案！"钱鸣昌干脆利落地宣布开审。

蒋熙元说了个"是"，转身对冯步云笑了笑："冯大人别紧张啊。"

冯步云："……"

"请问冯大人，那李二平是怎么死的？"

"在狱中自尽啊。"

"我是问如何自尽的？"

"吊……吊死的。"

"请问是谁最先发现李二平上吊身亡的？"

"是牢头曲宝三，他发现之后报给了赵捕头，我才知道的。"

"冯大人可曾让仵作验尸？"

"那是当然。李二平身无外伤，无中毒迹象，颈下勒痕明显，系外力所致窒息死亡。现场有李二平的裤腰带一根，与勒痕相符。验尸报告蒋大人要看一下吗？"

蒋熙元呵呵一笑："是想看看的，烦请冯大人让人拿一下。同时我还想请曲宝三上堂来，有些事想要问问。"

"噢，那当然是没问题的。"冯步云指了人去拿卷宗，又让人到监牢去找曲宝三，自己则暗暗地想着李二平的死有没有什么漏洞。

上吊自尽，尸体已经被她家人领回去了，过了这么些天应该已经入土了。且不说开棺验尸这种事有多难，就算开了棺材，想他蒋熙元也验不出更多问题来。

这府衙的杨仵作是个老手，他并不知道李二平是被人勒死的，他验的是上吊，那就应该没有纰漏。

思虑及此，冯步云安了安心，状似闲散地四下看着。

不一会儿，李二平的验尸报告被呈了上来，紧接着那曲宝三就来了。曲宝三低着头快步走进来，往堂中一跪口中便道："小的参见钱大人。"

蒋熙元对冯步云笑道："真是个聪明伶俐的，一进门就知道今天上面坐的不是冯大人您了。"

钱鸣昌轻哼了一声："堂下何人啊？"

"回大人，小的西京府衙监牢牢头，曲宝三。"

"嗅——那李二平自尽是你最先发现的尸体？当时情形如何呀？"

曲宝三撑在地上，抬头道："那天是小的当值，早起巳时不到，赵捕头便过来找李二平，说她杀死龚元和的案子已审理清楚，判秋后处斩。后来小的送赵捕头出门，与他在门口聊了几句，然后小的就在监牢门口处坐着了。中午放饭的时候还没事，下午有人来探监，小的带人进去后在里面绕了一圈，就看见李二平已经吊死了。当时那个来探监的也看见了，吓着了。"

"嗅——那李二平听到宣判后是何反应啊？"

"呆住了吧，然后就号啕大哭，使劲地拉牢门说自己冤枉。不过这种事小的见得也多了，不喊冤的很少，也就没在意。"

"啊，那既是觉得冤枉，又何来畏罪自杀一说呀？"钱鸣昌慢悠悠地问。

"这个小的就不知道了。她喊了一会儿就没动静了，中午放饭的时候她倒是挺安静的，估计是知道喊也没用了吧。"

"嗅——那你发现她上吊时，她的牢房里有什么异常啊？"

"异常地臭。牢房里没有凳子，她是把恭桶翻在地上踩上去的，所以很臭。"

钱鸣昌点了点头，又看向蒋熙元："蒋侍郎啊，本官听着倒没什么漏洞，你还有什么要问的吗？"

听钱鸣昌说完，冯步云满意地笑了一下，挺了挺脊背。

蒋熙元正专心地翻看验尸报告，听见钱鸣昌叫他才抬起头来，学着钱鸣昌的口气说："嗅——下官想看一下那个恭桶啊。"

钱鸣昌撇撇嘴："去吧，找人把那恭桶洗干净了带上来。"

恭桶拿上来，蒋熙元又要了把尺子，将那恭桶的高度量了量：“恭桶高一尺四寸。”说完又看看曲宝三，说道，“那李二平好像没有你胖。”

“是，但小的也不算胖。”

“腰围多少？”

“二尺四。”

蒋熙元点点头，又把手里的验尸报告扬了扬：“这报告中写着，李二平身高五尺。我姑且算李二平也是二尺四的腰围，裤腰带再长一些算作三尺，对折后是一尺五寸，而恭桶的高度一尺四，大人觉得有什么问题吗？”

钱鸣昌皱了下眉头：“本官算学不好，你就直接说吧。”

蒋熙元从袖子里掏出一张纸，呈了上去：“这是下官从工部找来的县衙监牢图纸，上面明确地写着，监牢梁距地面九尺。”

冯步云已经依稀觉出了问题，脑门儿上的汗又下来了，双腿直打战。

蒋熙元扯着嘴角冲他一笑：“冯大人是不是算学也不好？没事，下官与你细说一下。”

“梁高九尺，裤带绕在梁上对折垂下，不算房梁的直径也只有一尺五寸的高度，那么裤腰带打结之后距离地面就是七尺五寸。李二平身高五尺，加上恭桶的高度一共是六尺四寸，就算她踮了脚再加上三寸，也不过六尺七寸而已。”

蒋熙元比画了一下：“差着将近一尺啊！这还没除去脑袋的高度。冯大人，您说，李二平是怎么把自己的脖子吊上去的？”

冯步云汗如雨下，扯着袖子胡乱地擦了擦，哑着嗓子挣扎道：“这……这得问曲宝三，人，人是死在牢里的。”

跪在堂上的曲宝三一听就急眼了，对着钱鸣昌大声地喊冤道：“大人，小的不知道啊！小的什么都不知道！小的看见李二平在牢里吊死，就……就……”

“就什么啊？”钱鸣昌问他。

曲宝三只犹豫了一瞬，便斩钉截铁地说：“大人！人是赵捕头杀的。那天下午他到牢里来，说冯大人交代他有事做，等他出来小的再进去看时，那李二平就死了！”他回头指着冯步云，“钱大人明鉴！行凶者是赵山，指使的人是冯步云！小的冤枉！”

“胡……胡言……”冯步云话说了一半，胸口一梗眼睛一翻，竟当堂昏了过去。

曲宝三利索地出卖了冯步云和赵山之后，对着钱鸣昌一通磕头：“大人明察！小的个子不高，小的也够不着那绳子的！杀人之事真的与小的没有关系，小的就是知情不报而已，小的认罪，认罪……”

“你不是说都会喊冤吗？你怎么不喊呢？”钱鸣昌慢悠悠地调侃了曲宝三一句。

“小的不冤，小的知道错了！”曲宝三回答得很正经。

“噢——”钱鸣昌挠了挠自己的鬓角，“那本官就结案了。”

“冯步云制造冤狱、纵下行凶，夺去功名押监候审；曲宝三包庇罪犯、提供伪证，入监三年；赵……赵什么来着？”

“赵山，赵山。”旁边的主簿颤巍巍地接了个话茬儿。

“赵山故意杀人且知法犯法，收监，待刑部审核后从重论罪！”说罢，把惊堂木再次高高举起，“啪”的一声落在案上。

“退堂！”

堂外听审的百姓集体叫好，巴掌拍得山响：“钱大人英明！蒋大人英明！”

蒋熙元一脸笑容亲和地回身，招手示意，点头微笑。角落里有人看不下去他那副嘚瑟的样子，转身退出了人群。

“公子，奴才觉得，这审案子比戏台上的戏都好看。”安良跟着苏缜走出来，撩开马车的帘子伺候苏缜上了车。

苏缜把头上的风帽掀开，有些冷淡地说：“戏？这是真真切切的几条人命。”

安良噤了噤声，低眉顺眼地道：“奴才失言了。”

苏缜放下车帘子：“回宫，下面该是朕的事了。”

景熙元年二月十八日，京兆尹冯步云因制造冤狱、指使下属杀人，且知法犯法罪加一等，御批判处秋后问斩。

尚书令吴宗淮在冯步云收监入狱后，主动上表请罪，力责自己用人不察，吏治考核过失严重，有懒政之过，且治家不严，宽纵内侄跋扈乡里，自请辞去尚书令一职，致仕回乡闭门思过。

苏缜没想到吴宗淮会直接致仕了，却也觉得他还算个聪明人。不过苏缜可没打算就这么放过他。面上，他肯定了吴宗淮多年来为朝廷效力的功劳，私下里却让人给了他一木箱的折子，从仁宗朝到如今的都有，都是弹劾吴宗淮的折子。

这里面大事小事都有，有真事也有不少是捕风捉影，其中一些是已经被先帝驳回去的，也被苏缜翻出来填进了箱子里，沉甸甸的十分有震撼力。

吴宗淮看见这堆东西气得够呛，觉得这少年皇帝根本就是地痞风范！不讲理。

吴宗淮的名声被搞臭了，权力被收回了，党羽被打散了，但苏缜明显觉得还不够，不然不会在他自请致仕之后，又压上这箱子东西来。

最后，吴宗淮顿悟，忍痛上交了自己在京积累多年的财产，总算是换来了苏缜点头允他回乡。苏缜也算是念他为朝廷效力多年，且有助自己登位的一份功劳在，没切了他老家的那一份田产房产。

闵风后来报说，吴宗淮是一路骂回老家的，苏缜听了也只是笑笑。权力稳当了不少，国库充盈了不少，民心大快了不少，骂就骂吧。

冯步云倒了，京兆尹一职便空缺了下来，苏缜将这顶官帽直接抛给了蒋熙元："官至三品，也算个大员了。"他对蒋熙元说。

"臣多谢皇上。"蒋熙元撩袍跪拜，拜完了又道，"臣有个想法，想问问皇上看合不合适？"

"你说。"

"府衙中尚有捕头一职空缺，按道理该由京畿或外省调用捕头，但臣以为用人应不拘一格，择能者……"

苏缜自然知道他想干什么，于是挥手打断了他的话："区区一个捕头难道也要朕帮你任命不成？自己看着办吧。"说完，走到榻前坐下，抿了口雪顶岩雾茶，又让安良给蒋熙元端了一盏。

蒋熙元揭开茶盖看了看，又嗅了嗅，赞道："这雪顶岩雾茶果真是茶中极品，叶片舒展如嫩芽方采，茶汤碧绿清亮，闻香有寒松清冽之意。"说完，他又抿了一口，一脸的陶醉，"入口微苦而回甘，生津醒神，香气淡而悠长。好茶。"

蒋熙元说完自己笑了："臣品茶也就这两把刷子，倒想听皇上说说。"

苏缜捏着茶盖在碗口抹了抹，却道："很香，好喝。"

蒋熙元一愣："这……"

"朕也觉得用这两个词来品岩雾茶太过粗陋，可细想起来，真是没有比这更贴切的了。佛家三境界中，最后不也是看山还是山，看水还是水吗？"

"看来皇上最近参佛颇有进益啊！"蒋熙元半懂不懂，顺嘴拍了个马屁。

参佛？苏缜无奈，他不过信口胡诌。谁让他最近一喝茶脑子里就剩这俩词儿了呢。当真是学坏容易学好难。

想到这里苏缜突然坐起身来，暗道不好，自己答应了过几天要把那什么片还给夏初的，这事情一多竟然给忘了！

"皇上，您这是……"

“你去忙你的吧。”苏缜挥挥手把蒋熙元给轰走了。

蒋熙元走马上任京兆尹一职，准备任命夏初为府衙捕头。而他的忠仆刘起，此时也抛弃了刑部的大好前程，非要跟着到府衙来，说比起整理卷宗，他觉得还是查案更有意思一些。

蒋熙元手下还有个师爷的空缺，这下，将刘起与夏初两厢一比较，倒让他心中犹豫了起来。

夏初做捕头显得有些过于稚嫩了，而刘起做师爷……似乎名不副实。换一下可能更好一些。

但夏初本人更倾向于做个捕头，毕竟她的梦想是做警察而不是文员。她见蒋熙元犹豫，便只淡淡地说了一句话，就帮蒋熙元下定了决心。

“我的字写得太丑了。”

于是，年方十六岁的夏初成了府衙历史上最年轻的捕头。刘起则做了个名不副实的师爷，大多时间的工作还是整理卷宗。

刘起有点后悔了，可惜晚了。

夏捕头接下任命的第一个工作便是为李二平申请赔偿金，蒋熙元坐在她对面，不解道：“什么赔偿金？洗冤的告示已经张贴了。”

“那有什么用？”夏初蹙眉道，“怎么？你们平反冤案之后没有任何补偿行为吗？”

“以前倒是有相关的规定，但下面的百姓很少有知道的，所以刑部批准发放的抚恤银两多被官差吞了，地方上尤其是。先皇在世时索性就撤了这一条。”蒋熙元想了想，“夏初，你说‘你们’是个什么意思？”

“所谓‘你们’，就是指当官的。”夏初垂着眼继续道，“嗯，我还没适应身份。”

“你倒是知道有赔偿金一说……”蒋熙元胳膊支在桌子上撑着下颌，问夏初，“你是怎么知道的？”

夏初表情严肃地敲了下桌子：“大人，这是人之常情！”说完起身走了。

蒋熙元看着她的背影撇了下嘴，心说：又来了！他凭什么总能把这些搪塞之语说得这么理直气壮？！

傍晚，蒋熙元便接到了夏初呈报的正式公文，纸头上歪歪扭扭写着几个大字：关于冤案平反后赔偿金发放必要性的研究报告。

蒋熙元挑了挑眉毛，心说这是什么玩意儿，一个下午他又研究出什么来了？

夏初写了不少，再加上她的字大大小小的，不规整，所以倒有厚厚一摞。蒋熙元翻了翻，对她这几笔字有点怵头，做了一会儿心理建设才耐下性子看起来。

看完之后，蒋熙元长舒了一口气，揉揉额角把刘起叫来了。

“这份东西誊抄一下我要上报刑部。”

刘起一看脑袋都大了：“少爷，为什么要我誊抄啊？”

蒋熙元瞄他一眼：“你是师爷。”

刘起苦着个脸说不出话来。蒋熙元啧了一声：“你下面不是还有两个主簿吗？”

“对！”刘起一拍脑门，呵呵笑道，“刚上任还不熟悉，忘了，忘了！”

两个主簿拿到夏初写的报告，惊慌失措：“刘师爷，这，这什么东西？”

“问那么多干什么，抄！”

报告呈上刑部后，蒋熙元担心那边程序太慢，便寻了个机会跟苏缜提了一下。苏缜那边听说是夏初写的，来了兴致，想看看那小子又在胡诌些什么，便找钱鸣昌把这份公文给要了过来。

出乎苏缜意料的是，这篇报告写得有理有据，并不是什么胡诌出来的。

夏初先是说废除赔偿金制度属于因噎废食，错在官吏贪图银两，却反而要无辜百姓承担后果。

接下来又说了赔偿金对安抚民心、稳定社会治安、肃清吏治的好处。后面还给出了一系列赔偿金金额计算的方法、发放监督机制之类的建议。

苏缜看完后龙心大悦，着刑部研究之后两日之内拿出实行办法来。钱鸣昌当然明白个中利害，领下任务风驰电掣地回刑部开会去了。

苏缜给刑部安排完了任务后，又拿出夏初的那张照片看了看，叫了安良出宫参禅。

可这一次，苏缜在云经寺的禅院里喝干了一壶茶，却只等到了安良只身回来。

“皇上，夏公子今儿来不了了。”安良说得很小心，毕竟他还没遇到过放皇上鸽子的人。

“怎么来不了？是病了还是有事？”

“倒是没病，奴才去的时候听说……”安良顿了顿，“夏公子跟人打架呢。”

“打架？他跟谁打架？”

“他手下的一帮捕快……”

这事儿，还要从这天早上说起。

夏初穿着捕快的新衣裳，意气风发地到捕快房里准备拉人出来开会，烧一把新官上任的火。

结果，到了捕快房却看见只来了三个人，而且还都懒散地在那里趴着补觉。夏初喝了一声把他们叫醒，这三人却只是抬眼瞄了瞄夏初，仍旧歪在椅子上，一副不以为意的样子，丝毫没把她放在眼里。

夏初倒也不是完全没有心理准备，这帮人做捕快都有日子了，年纪又比她大，不服她也在情理之中。不待见她，她还能忍，但用这副德行对待工作，她忍不了。

“其他人呢？”夏初沉着脸问道。

“吃早饭呢吧，这才几时？”其中一个捕快伸了个懒腰。

“府衙几时应卯？”

那捕快扑哧一笑：“应卯应卯，卯时上工呗。你这么较真儿干什么？反正早起也都没什么事，晚上一刻两刻的又能怎么着？”说完也不再理夏初，与旁边的人聊起天来。

夏初握了握拳头，转身出去叫了个主簿过来，与她一起站在捕快房门口等着，将迟到的人的名字一一记下。

等捕快都来齐时，已经快接近辰时了，夏初整了整衣衫，深吸一口气，转身一脚踹了门进去。屋里的捕快们都在聊天，被夏初踹门的动静惊得安静了片刻，转瞬又自顾自地聊了起来。

“不把我放在眼里是不是？”夏初问了一句，仍是没人搭理。她冷笑了一声，“没关系，我就让你们见识见识，什么叫官大一级压死人！”

她把主簿记下的迟到者名单拿了过来，一个个的名字念下来，然后不咸不淡地说：“从今儿开始，凡卯时未到者，扣除三天俸银；凡每月迟到三次以上者，扣除当月全部月钱。这是我夏捕头的规矩。”

夏初说完，屋里静默了一瞬，随即就炸了锅。

涉及钱，这事儿可就大了！

屋里的一干捕快，除去按时上工的那三个暗自窃喜作壁上观，其余一帮人呼地拥过来把夏初围在门口，叫嚷得差点把房顶掀了。

夏初被他们吵得耳朵直疼，但嚷不过他们，便顺手抄起捕快房里的茶壶“砰”的一声砸在了他们脚前，吼道：“衙门卯时上工，你们中有谁是不知道的？给我站出来！”

几个捕快面面相觑了一下，有一个中等个子的分开人群站了出来，斜着膀子站到夏初面前："怎么的？老子就他妈不知道！你算老几啊？毛都没长全的臭小子，还管起老子来了！"

周围人一片哄笑，也有几个人在嘈杂中跟着嚷嚷说自己不知道。

夏初抬起眼皮看了看他，不紧不慢地问："名字。"

那人不说话。

夏初嗤笑一声："连自己的名字都不敢说，长全了毛也他妈是个尿包！"

那人被她说得一下就火了："今儿他妈的不揍死你，老子的姓倒着写！"说完挥着拳头就过去了。夏初往侧边一闪，顺脚一绊。那人一拳挥出本就有个惯性，夏初这一绊使他的重心更是不稳，直接扑倒撞在了桌子上。

夏初把腿高高抬起，重重落下，"砰"的一声跺在了桌面上，正在那人的脸旁边。吓得那人眼睛都瞪圆了，咽了咽唾沫。

"名字。"

"王……王槐。"

夏初笑道："难怪敢把自己的姓倒着写。说你是尿包，你还真就是。"

王槐被她说了个大红脸，气焰全无，悻悻地退到了人群外面。夏初扬起下巴，把一圈人挨个看了一遍，抹抹鼻子："我给你们一个机会。"她掸了掸袖口，"不是嫌我年纪小吗？不是觉得我没资历吗？行，凡不服我做这个捕头的，现在就跟我到武场去。咱们一对一地打，这个捕头，谁打赢了谁做！"

夏初说完转身大步出门。她穿越前刚升到散打高级段，加上又学过一阵子跆拳道，技术上应该是没问题的，但她毕竟是个女的，拼力气和体力自己是没戏的。

走到半路时，她回身看了一眼，跟过来的捕快还真不少，不过走在前面的只有五六个，便稍稍放了点儿心。看来自己刚才对付王槐那一下还有几分效果，这种气势震慑的招数，应该再用一用。

夏初一边走一边默默地在心中盘算自己是否打得赢，应该怎么打。

到了武场，夏初打量了一下那几个跃跃欲试的，最后指着一个块头最高壮的，说："你不服是吗？过来！"

这大块头叫武三金，看夏初点了他，不屑地一笑，撸起袖子走到夏初面前一站，足足高出她一头半。武三金低头看着她，挑衅地扭了下脖子。

夏初往后退了两步，围观的捕快开始哄笑、喝倒彩。她没有理会，沉了口气，摆开预备的姿势，伸出一只手掌来冲着武三金勾了勾。

武三金吼了一声，冲过来一拳直捣夏初面门，夏初以脚为轴转身，原地跃起屈肘压打在武三金的后背上。

武三金仗着自己身体壮实，也合着夏初的力量小了一些，只是往前踉跄了几步，没倒。武三金迅速地转过身来一把把夏初的领子薅住就要往地上摔，夏初握着他的手腕，趁他上步脚离地面的工夫一绊。

武三金仰面倒下却没松手，夏初被他拽倒，眼看要摔在他身上时弯起胳膊来，借着下冲的力量狠狠地顶在了他的脖子上。

武三金干呕着咳了一声，还没反应过来，夏初便在他脸上打了一拳："不服是不是？"

武三金要把她推开，夏初便又是一拳："是不是不服？"

"我……"

"服不服？"再加一拳。

"啊——"

"说！"

夏初下一拳刚举起来，武三金赶紧闭上眼睛："服服服，服了服了啊！"

速战速决，满意！

夏初觉得差不多了，松开武三金站起来，甩了甩手。哪知刚迈出一步，武三金那边却一跃而起，从后面就要偷袭。夏初压低身子，一个后摆腿直接踹在武三金的下巴上。

武三金听见自己下巴"咔"的一声，踉跄着后退了几步，站也站不稳，一屁股坐在了地上。

"偷袭？！"夏初喝了一声，奔过去，怒气冲冲地薅住武三金的领子就要开打，武三金大叫一声，抱着脑袋蜷起来，大叫："不敢了！这次真服了！真服了！"

武三金揉着下巴老老实实地下了场，灰头土脸地一屁股坐在了地上。

夏初匀了匀气息，扫了一圈自己手下的捕快："下一个！谁来！"

蒋熙元此时正在书房坐着看书，刘起兴冲冲地奔了进来："少爷少爷！"

"干什么？大呼小叫的！"

"武场！武场那边打起来了！"

"谁跟谁打起来了，你这么兴奋？好歹是个师爷，稳当着点。"蒋熙元依旧看着书，眼皮不抬慢悠悠地说道。

刘起一挑眉毛："咱们夏捕头和一帮捕快。"

蒋熙元把书一扔，噌地站起身来："快快快！看看去！"

蒋熙元和刘起到了武场时，夏初正在跟一个叫许陆的捕快打。

夏初的计划是采取田忌赛马的方法，趁着自己体力充足，先把个头最大的打趴下，顺便也可以震慑一下其他跃跃欲试的人。别回头自己没被人打趴下，却累趴下了，那就太冤了。

她的计划还算成功，打趴下武三金之后，一众捕快的脸色和表情明显地发生了变化。夏初怀着侥幸的心理，真心希望一个武三金就能解决问题。

不过夏初没能如愿，武三金下场之后，又上来一个瘦小灵活的郑琏。力量一般但极其擅长偷袭的样子，能打着就打，打不着就满场地跑，把夏初给烦得够呛。

最后，她一脚把郑琏绊倒在地，直接扔出场去了。

而这个许陆，是第三个站出来的。

许陆个头不算很高，出场后一边热身，一边拿眼瞟着夏初。挥拳、踢腿，速度快、力道狠，一看功夫就强过武三金和郑琏，或许是捕快中功夫最好的一个。

而且，他一直等到没人再想挑战的时候才出来，未尝不是看出了夏初的盘算，这让夏初心理有点忐忑，少不得打起十二分的精神来应战。

蒋熙元和刘起过来时，夏初与许陆激战正酣，俩人打得一身一脸的土，都挂了点彩，倒也看不出谁更胜一筹。

“少爷，要不要拦着点儿？夏初那小身板够呛啊。”

蒋熙元观察了一下摇摇头：“夏初坐到捕头这个位子上，下面的人不服他是肯定的，他要是过不去这一节，我就召他回来做师爷。不过你看那个大个子。”

刘起顺蒋熙元的手看过去，点点头：“被揍得不轻啊！”

“夏初还有两下子，再看看吧。他和许陆不一定谁会输。”

许陆的功夫是以拳见长，而夏初明显是腿更好用一些。腿的打击范围更远，力道也强，但毕竟踢起一脚比挥出一拳要多用更多的力气。

所以夏初现在已经累得够呛了，只能咬牙硬撑。许陆这一番下来，他以防守的时间居多，眼瞧着攻击不上去心里有些发急，这一急便也改了战术。

蒋熙元和刘起都是功夫不错的，一下便看出来许陆要坏菜。

“功夫不错，可惜不够冷静。”蒋熙元摇摇头。

正说着，就见许陆屈膝反弹原地跃起，往夏初面门一个侧踢。夏初一看机会来了，闪开自己的正面，不退反进地往前迎上，兜着许陆的裤裆就把他给扔了出去。

这招有点鸡贼，但是很有效。

许陆摔在地上，夏初冲过去，累得一屁股坐在他身上，故伎重施，举起拳头就要打。许陆双臂往自己面前一挡，喘着气道：“别打！我认输！”

“服了？不会偷袭？”

“不会！属下不知道您练的这是哪路功夫，但输了就是输了，偷袭的事我们正经习武之人不屑于做。”

“行！”夏初这才站起身来，顺便拉了许陆一把。

许陆下了场。夏初累得嗓子眼都是一股铁锈味儿了，却又不敢表现出自己已经亏力，站直了身子冷眼看着这一帮默不作声的捕快。

“还有谁？”夏初吼了一嗓子，声音嘶哑得喉咙生疼。

捕快们面面相觑，最大块儿的武三金和功夫最好的许陆都已经败了，谁还敢上？

夏初等了一会儿看没人应声，心里松了口气，指着武场中间：“都给我站过来！”

片刻后，许陆先走了过去，然后众人便纷纷跟上站在了武场的中间。

“站好！腰都给我挺直了！”

夏初负着手在他们面前沉默地走了两个来回：“打不赢，不丢人，但要知道自己的斤两，知道自己是干什么的，吃的是哪碗饭！说说吧，你们是干什么的？”

夏初指了指武三金：“你说。”

武三金下巴很疼，咧了下嘴道：“捕快。”

“大点儿声！”

“捕快！”

“对！你们是捕快！不是市场摆摊的，不是饭馆跑堂的！你们晚一点儿，不是少一天收入，少上一盘菜的关系，你们身系的是一方百姓的平安！你们该是百姓受到伤害时最有力的依靠，是他们最大的希望！明白吗？”

“明白。”

“你们懈怠，罪犯可不会懈怠！你们穿着这身衣服拿着朝廷的俸禄，不是让你们混日子的，不是为了让百姓骂的！堂审冯步云的时候你们都看见了，堂外百姓的掌声你们都听见了，赵山之流的后果你们也都知道了，你们也想要那样的结果吗？”

夏初的目光扫过这帮比她年纪大不少的捕快，见他们的神色皆有变化，从最初的不屑和怀疑，变成了肃然、羞愧或是若有所思，觉得倒非一帮朽木。

她忍着嗓子的疼痛，再接再厉，慷慨激昂道：“我不需要你们有多听话，我想看见的是你们对这个职业的认同，是身为捕快的荣誉感、责任感，是你们维系一方平安的使命感！你们都给我记住，你们是捕快！都听明白了吗？给我挺直了腰板大声说！”

“明白了！”众捕快一凛，高声回答道。

夏初点点头，手指往地上使劲指了指：“都在这里站着，站直了！没有我的命令，谁要是敢离开，我就打得他连他娘都不认得！”

说完，夏初转身快步离开武场，刚拐出武场，便龇牙咧嘴地靠在了墙上。

“你可以啊。”蒋熙元慢慢地踱步过来，笑道，“怎么着，吃不消了？”

“水，给我水，要死了。”夏初有气无力地哼道。

蒋熙元上前把夏初搀起来，这次她真是累坏了，也没拒绝，由着蒋熙元把她扶回了书房。

夏初牛饮了半壶的温茶，这才缓过点劲儿来。蒋熙元看着她直乐，走到她身边俯下身去，用手指轻轻抹了她嘴角一下。

夏初猛地往后一退身：“干吗？”

“有血，这块肿了，估计很快就青了。”蒋熙元捻了捻自己的手指，觉得刚刚的触感十分柔软细腻，心说这小子也太细皮嫩肉了点儿。

“回头我敷一敷。先洗个澡去。”夏初咬牙站起来后却呆在了原地。

她往哪儿洗澡去？她没房没家，从莳花馆离开后现在住在捕快值班的房里，除了两张床啥也没有。

“蒋大人，捕头有分房福利吗？”

“啊？”蒋熙元一愣，“这倒是没有先例。捕快都是京城的人，都有家。要不你先住到我敦义坊的宅子去。反正我那儿房间多。”

那哪行啊！

夏初心道，我这洗澡上厕所的，还有那裹胸的布也要洗晒，回头大姨妈来了……之前都是李二平帮着遮掩，现在不行了。住你那里岂不是全露馅儿了？

“那怎么好意思，不方便，不方便……”

“没什么不方便的。”蒋熙元热情邀请。

“我不方便。”

蒋熙元眨眨眼：“你不方便？”

“呃……这个……反正不方便就是不方便！”

蒋熙元不明就里，微微侧目。

“蒋大人，西京的房子贵吗？”

“看什么位置。城南那边的独门小院大概二百五十两能买下来，单进，不带花园。”

“我月钱多少？”

“捕头是每个月十两银子。”

夏初惊喜地睁大了眼睛。心道这房子好便宜啊！二十五个月的工资就能在京城置处房产，而且还是独门独院！在习惯了北京房价的夏初看来，简直就是个白菜价！

“蒋大人，借我点儿钱，我要买房！”

夏初的报告被刑部拿去研究，按苏缜的要求，两天之后细则便出来了。不得不说，钱鸣昌这人虽然性子慢，但该快的时候却一点都不含糊。

苏缜叫来了蒋熙元，将刑部的呈文给了他：“先由你这里试行一段时间，有什么问题也好调整，等顺畅了再下发不迟。”

“是，那样比较稳妥。皇上圣明。”

“不说这些虚词了。”苏缜心情甚好地挥了挥手，拿着蒋熙元之前递上来的报告走到榻前坐下，又草草地翻了一遍，笑道，“这回字写得倒是整齐了。”

蒋熙元讪讪一笑：“是啊，臣找府衙主簿给誊写了一遍，免得再污糟了皇上的眼睛。夏初的字，其实一点儿进步都没有。”

苏缜微微一怔，笑了笑，端起桌上的茶盅浅浅喝了一口：“这东西是他自己写的，还是你们商量着来的？”

“臣是真想有自己一份功，但确实是他自己写的。”蒋熙元悄悄地瞄了一眼苏缜的神色，半真半假地说，“臣愧对皇上啊！”

苏缜似笑非笑，捏着茶盖转了转：“不必这样说，你有你的好处。就像，任命一个杂役做自己捕头这样的事，不是谁都敢做的。很好，这是朕想要看到的臣子的样子。”

“皇上看得见臣的好处，臣铭感五内。”蒋熙元心怀安慰般叹了口气。

“你了解朕。”苏缜垂目抹了抹茶水，淡淡地道，“也好也不好。”

蒋熙元内心警醒，小心翼翼地笑道：“皇上言重了，哪里谈得上了解，凭点儿小聪明碰巧罢了。”

“假话。”苏缜一边说，一边放下茶盏站了起来，走到蒋熙元面前，“你了解朕，正如朕也了解你。只是，朕希望你的这种了解，不会在将来成为你的手段。”

“臣不敢。”

苏缜微微一笑，拍了拍蒋熙元的肩膀：“不是不敢，而是真的不会。朝堂之下，朕视你为友，朕希望你能明白。”

蒋熙元听罢，感动中掺着几分惭愧，千头万绪塞得心头滋味甚是复杂。良久，才抬起头来，看着苏缜轻声地说了个“是”。

苏缜点到为止不再多言，转而问起了关于夏初身份的问题。

蒋熙元面露无奈，据实以告道：“臣没查出来，他就像是从石头缝里蹦出来的似的，没有父母亲戚，也没朋友，唯一一个朋友李二平也死了。不过，臣与他查案共事这些日子，他倒是没有什么异常的举动。”

苏缜想了想说：“这夏初奇怪归奇怪，但也算是人才难得。这一番看下来，若真是别有用心之人，朕却想不通他的目的是什么。”

“是啊，臣也想不通。”蒋熙元附和道，停了一下忽然道，“噢，对了。唯有一次臣找他没找到，他说是去见朋友了。”

“什么朋友？你不是说他没朋友吗？”

“惭愧，是什么朋友臣没查到。他只说他去了云经寺会朋友，臣估计他应该还会再去，到时留心一下就是了。”

苏缜滞了滞，觉得哭笑不得，一种浓浓的荒诞感漫进心中。他抬起眼来看了蒋熙元一会儿，揉了揉眉心：“云经寺……”

“是，就是西城那边的皇家寺院，云经寺。”

“朕知道，知道……”苏缜沉默半晌后挥了挥手，“罢了，眼下你既然用着他，也就不要如此疑心了。”

“皇上的意思是……”

苏缜揭开茶盖吹了吹：“倘若他有所图，早晚会有动作，到时再查不迟。既然眼下无事，你也不要再多费心思了。”

蒋熙元点头，心中莫名地松了口气，又与苏缜说了些旁的事情后便离了皇宫。

蒋熙元这边前脚刚走，后脚苏缜就换了衣裳，带着安良出宫参禅了。

夏初又是在云经寺见到的苏缜，还是那个禅院。

苏缜看见夏初后先是愣了愣，指了指她的脸：“你这是怎么了？”

夏初按了一下自己的嘴角，“咝”了一声，笑道：“新得了份工作，跟共事的人打了一架，不碍事。”

苏缜暗笑了一下，端起茶壶来给她倒了杯茶：“看来这新工作并不称心？”

“怎么会？称心得很，实在是我梦寐以求的。”夏初在矮几前盘腿坐下，向苏缜道了谢后端起茶盏来啜了一口，心满意足地叹了口气，“黄公子的茶真是好喝！这叫什么茶？等我有了钱也要买一点儿。”

“主要是水好。”苏缜含糊其词地说。

“是吗？”夏初又喝了一口，“我也听说过，说水要分好几种，最差的好像是河水？”

“河水怎么能用。”苏缜失笑，“最次也要井水。”

“井水都算次的啊。”夏初嘀咕了一句，摇了摇头，“难怪我以前喝的茶都没这么好的味道。那这是哪儿的水？”

“这是……万佛山的濯泉水。”苏缜轻轻摸了下自己的鼻尖，看夏初还在琢磨着那杯茶，赶忙扯开了话题道，“你的新工作是什么？”

一问到这个，夏初脸上便洋溢出一丝得意的笑容来，挑了下眉毛：“公子你一准儿猜不到！”她嘚瑟的表情衬着嘴角的一块青红淤血，甚是生动。

苏缜瞧着她的模样，忍俊不禁：“那我猜，大抵是个护院之类的工作？不然如何需要打架。”

夏初侧头想了想，赞同地点点头：“说起来也差不多。只不过，护院是保着一家的平安，我的工作却是保着这西京千万家的平安。”

“千万家的平安……”苏缜默默地咀嚼了一下这句话，衷心赞道，“很好！”

他从小浸染在皇权之内，听的习惯的话也都是“为了皇上”。臣子官宦从前是对父皇说，如今是对自己说。

现下，冷不丁听见眼前这个京城府衙的捕快说，他的工作是保着西京千万家的平安，苏缜心底竟莫名地跟着激动了一下。

不是保着他皇上，不是保着这京城，只是保着最普通的千家万户。

比起山呼万岁，比起皇上圣明，比起所谓“朕的江山社稷”，这简单的一句话，朴实得让苏缜动容。他自己又何尝不是呢？六尺宽的龙书案后兢兢业业，归根结底，还不是为了这天下最普通的千家万户？

唉，你虽不识我，却当真堪为知己。只是不知道，如果有一天你真的面对我的另一个身份时，是否还能保持着如此的一份心。

苏缜看着夏初，心头别有一番说不清的滋味。

夏初自是不知苏缜想了这么多，见他沉默只当他是在猜，等了一会儿后笑吟吟地问道：“猜出来没？”

“捕快。”苏缜说。

夏初有些吃惊，侧头看着他道：“公子真聪明，不过差了那么一点点。”

“差了哪一点儿？”苏缜纳闷，他这点儿事还不至于记错，总不会是蒋熙元那边连这点儿小事也骗他吧？

“不是捕快，是捕头。”夏初扬了扬眉道。

苏缜哑然而笑，道：“抱歉，是我眼拙，小看了夏公子了。”

“这可是凭实力坐上去的。你也知道，我原来不过就是个杂役。”

“当然。确实了不起！”苏缜指了指自己的嘴角，又指了指夏初，“看来你功夫还不错。”

“尚可尚可。”夏初捂着嘴角笑了笑，谦虚地说，“功夫还说得过去，关键是也得配合着计策，不然那么多捕快挨个打下来，神仙也要吐血的。”

“打服了？”

“服了！”夏初豪气地说，“不服我就再打！”

“英雄出少年，这话当真是不假。”苏缜赞了她一句，心说蒋熙元真是会找人，弄来这么一个又会查案又会打架的主儿，不当捕头确实是浪费了。

苏缜给她添了茶：“改日有机会，我也与夏公子切磋两招。”

“黄公子也会功夫？”夏初有点诧异。她看苏缜长得斯文白净，觉得他就是个家境富裕的读书人，没想到还会功夫。

这样的翩翩佳公子要是打起架来，得是怎样一种风流倜傥撷花拦月的风姿啊！夏初看着苏缜，脑补了许多武侠片里少侠的模样，觉得心都要化了。再想想自己打架打得那灰头土脸的样子……

她可不会那御风踏雪的漂亮架势，她会的都是实用的搏击术。怎么打？总不能也像打许陆似的，兜着人家两条腿往外扔吧！那简直是亵渎！

想到这里，夏初便红着脸摆了摆手：“还是不要打架的好，伤感情。”

苏缜不知道她都想了些什么，冷不丁听见这句，不禁微微一笑：“男人间切磋武艺通常是增进感情的，又不是仇家要拼个你死我活，何来伤感情一说？”

夏初有点尴尬地清了清喉咙，欠身起来斟了茶：“哦……聊了这么半天，还没问黄公子你今天找我出来是什么事呢。”

苏缜“啊”了一声，抱歉地一笑：“聊得兴起，把正事差点儿都忘了。”说罢将那张照片拿了出来，递给夏初，“最近事情多，耽搁了。”

“不碍事不碍事。”夏初小心翼翼地接在手里，照片上的父母和哥哥依然笑意温暖。她爱惜地抹了抹，略有伤感地一笑，“谢谢你！”

“这画上的人，是你的家人？”苏缜问道。

“嗯，我的父母，还有我……我妹妹。”

“他们现在……”

夏初从怀里把钱包掏出来，将照片仔细地放好，恋恋不舍地又看了看：“他们都已经不在了。”

苏缜也不是没有想到过，但听见夏初将这句话，淡淡地如叹气一般说出来，仍是随着情绪小有伤感："抱歉……"

"没关系。"夏初合上钱包，抿嘴笑了笑，"那时候我还小，有时恍惚得记不起他们的样子，就拿出来看一看。"

"我该早点儿还给你。"

"能再找回来已经是意外之喜了，黄公子可千万别自责，不然我都不晓得该如何谢你才是。"

苏缜笑着打趣道："那你现在打算如何谢我？"

"嗯……要是黄公子不嫌弃，等我预支了第一个月的月钱，请你吃饭可好？"

吃饭？这个谢礼对苏缜而言倒是新鲜，他爽快地答应："自然是好的。"

"那就这么说定了！"夏初举起茶杯来对着苏缜，苏缜愣了一下，随即会意，也举起茶杯来与她轻轻碰了碰。

"黄公子住在哪里？等我发了钱好到府上找你。"

"这个……最近我可能要出门一趟，还是等我回来再去找你吧。"

夏初不疑有他，就这么愉快地决定了。

五天后，李二平的赔偿金拿到手了。

被关押期间的实际损失以及精神赔偿由朝廷出，另一部分则是冯步云给的民事赔偿。

这是夏初给的建议：刑事处罚附带民事赔偿。

这条不单适用于朝廷对冤案的赔偿，也包括所有刑事案件。积极缴清民事赔偿金额的，只要受害者家属同意，便可以罪降一等。

虽然这有点拿钱买命的嫌疑，可毕竟受害者家属也还是要生活下去的。杀人偿命是没错，可你这命又吃不得穿不得。

所以，冯步云家里哭着喊着去李二平家里把钱赔了，生怕她的父母不松口。最后，算上朝廷赔的，赔偿金倒有千两之多。

李二平他娘拿到这笔钱就晕了。而冯步云则如愿以偿地被流放武塔县，好歹算是把命保住了。

当这一切尘埃落定，夏初才敢去李二平的墓前祭拜。

二平娘怕自己姑娘孤单，终于在她死后同意了她与阮喜的婚事。阮家给办了冥婚，将李二平与阮喜合葬在了一处。

夏初觉得，倘若人死之后真的有灵魂，李二平也许并不愿意如此吧。毕竟阮喜的自私和怯懦，也是李二平冤死狱中的一大助因。

如今已是三月初一，天气已经回暖了，风里带着初春特有的煦暖味道，缓缓地掠过这新土坟茔。

夏初用手抹了抹墓碑上的浮土，一言不发地站在墓前，站了很久。

夏初在蒋熙元的慷慨帮助下，在城南安丰坊置下了一处小院，花了三百两银子。

之所以贵出来一些，是因为这房子里带一些简单的家具，夏初可以拎包入住，另一个原因则是这里离蒋熙元的敦义坊不远，她上班可以蹭车。

反正她这是无首付无利息的友情按揭，蒋熙元也不差这点儿钱。

夏初满意得不得了。

穿越过来一个多月，自己不光间接实现了自己的警察梦想，还在首都置了一处不动产。放在现代，这得够她奋斗一辈子的啊！

三月初三上巳节，衙门放三天假，夏初准备搬家。

初四搬家当天，许陆、武三金几个不值班的主动要求帮忙，夏初直说不用，但他们也只当是客气。等真来了，发现确实是不用。

夏初啥都没有。

“头儿，你以前的日子都是怎么过的啊？”武三金问她。

夏初负手围着院子转着，信口说道：“你们头儿，我，以前都是在山上跟师父学艺的，今年年初才学成下山。”

“在哪儿学的艺啊？”武三金眼巴巴地问道。

“景山。”

“景山？景山在哪儿？”

“在北海旁边。说了你们也不知道。那地方有奇门遁甲，我现在想回也回不去了。”

几个人正在院里聊着，就听有人拍院门，许陆开门一看却是今天当值的王槐，跑得一脑门子汗，进了院子直奔夏初：“头儿！衙门有人报案！”

赶到府衙时，夏初看见门口停了辆马车，一个下人打扮的人正跳脚搓手地在车边上站着，旁边由值班的吴琏陪着。吴琏看见夏初他们几个后，赶忙招了招手。

来报案的是一个车夫，说是从西郊万佛寺赶过来的。说他家小姐三月三跟家中女眷去踏青烧香，昨晚就住在山上禅房里，可今天人就找不到了。

“我家夫人都急疯了！寺里都翻遍了也没寻着人影，就让我赶回来到府衙报案。官爷，您赶紧带人过去帮着找找吧，万佛山那么大，我们找不过来啊！”

“你家主子是谁？”

“家主是吏部侍郎刘钟，刘大人。”

夏初想了一下：“许陆、武三金，你们俩现在跟我走。郑琏，你去刘府里看一下，如果刘小姐回家了，就去万佛寺知会一声。王槐，你去把仵作找来，晚饭之前务必赶到万佛寺。”

众人一凛，齐声应了个“是”。

车夫在旁边听完夏初的安排后，有点不理解：“找仵作干什么？官爷，得多带几个人啊！”

夏初看了看他，没有说话。

失踪的人不排除已经死亡的可能，为防万一自然是要带着仵作的。

夏初他们三人上了车夫赶来的马车。路上，夏初问那车夫具体的情形，可车夫也说不上来：“我们下人都没上山，就在山下看着马车的，午饭前夫人的丫鬟跑下来让我到府衙报案，我就来了。”

“你一直在山下？有没有看到过你家小姐下山？”

那车夫摇了摇头：“白天里是没看见，夜里就不知道了。不过我家小姐是个大家闺秀，半夜应该不会跑出来。”

夏初见问不出更多的东西来，只能等到了万佛山再说了。但愿他们到的时候那刘小姐已经被找到了。

路上，夏初让许陆跟她说了说万佛寺里面的情况。

万佛山是西京周围最高的山，因为山上有很多石刻佛像洞，故名万佛山。万佛寺便在那山顶上，因为距离西京城有一段距离，再加上山势较高爬起来需要时间，一般去礼佛烧香的人都会在那里的禅房住一晚上，所以万佛寺里面的禅房很多。

“三月三踏青……那万佛寺里的人应该少不了吧？”

“估计禅房都住满了吧。”许陆说，“一般香客头天上山，住一晚上，第二天在寺里用过斋饭之后下山回城，回到西京正好是晚饭前。”

“啧，那等咱们过去人岂不是都走光了？”

“不一定，上巳节的假期是三天，大多会住到明天再走。眼下时节天气正好，除了烧香礼佛，还可以踏青。”

等夏初他们到万佛寺时，天还没黑，但日头已经偏西了。进了山门一路往里到了大雄宝殿的院子，就看见一个华衣妇人正站在院子里的紫藤架下，脸色苍白，双眼红肿，对着面前的一个老和尚哭诉。

“方丈，方丈！我求求您了，您帮我找找我的女儿。我女儿一向乖巧懂事，她不会就这么不声不响地自己离开的。我就这么一个女儿，您把她帮我找着，我倾家荡产供养您啊，方丈……”

“阿弥陀佛，施主先不要着慌，老衲已经散了寺中僧侣遍山寻去了。这无关香火钱，令爱在寺中走失，寻人也是老衲应做之事。”

那刘夫人越发伤心起来，哭得不能自已，靠在身边的丫鬟肩上，气儿都要上不来了。

夏初走过去：“这位是刘夫人？”

刘夫人转头一看见夏初身上的捕快装扮，便伸手紧紧拉住，说的还是那些话，让夏初他们赶紧帮忙找人。

“当然当然，您先别急。”说罢又对那方丈道：“方丈，还要麻烦您把已经找过的地方告诉我们一下，另请将可以帮忙的僧侣集中起来，由我们统一安排有序搜索，您看是否合适？”

“没有问题。”方丈欣然应允。

夏初嘱咐了许陆几句，让他带着武三金跟方丈去了，自己则留下来问刘夫人些情况。

刘夫人的情绪很不稳定，夏初让丫鬟给她倒了杯茶，好言劝说了几句，她这才勉强止住眼泪。

刘家的这位小姐名叫刘樱，今年十六岁。昨天与刘家夫人、庶夫人，带着家中的两个女孩还有几个丫鬟到万佛山踏青、烧香。

这是一早就定好了的事，刘夫人也邀了别家相熟的女眷，刘樱那边还有几个手帕交未出阁的女孩。这些官家的女眷彼此联系颇多，算是各家老爷在朝堂之外的一种关系维系。

“昨儿都好着呢，下午小樱带着她妹妹跟其他家的小姐在山里转了转，回来用了晚饭后她们小辈儿聊她们的，我们聊我们的。回房前我还去看了小樱，都没事。”

“那您是什么时候发现她不见的？”

“今儿早起吃早饭的时候她就没来，我以为她是贪睡了，可看见她妹妹榕儿，榕儿却说小樱不在房里，早起就没见着。山里早上空气好，我以为她又跟姐妹去转悠了，也没太在意。后来我就去大殿听经拜佛去了。可是……可是……”

刘夫人说着眼泪又掉了下来，声音也激动起来：“可是等我听完了诵经出来，看见别家的几个姑娘在院里聊天，却没有我家小樱，我就过去问问。这一问才知道，她们早上谁都没看见过小樱，我这才慌了神地让人去找。”

夏初赶忙又安慰了她几句，让她别着急。

“我哪能不急啊？从早起到现在都好几个时辰了，我嗓子都喊哑了。别家的姑娘丫鬟也都帮着找，还惊动了方丈，连锁着门的藏经楼都进去看了。你说……你说小樱她去哪儿了啊……”说罢又恸哭了起来。

夏初隔着帽子挠了挠头。

这么找都没找到，要么就是刘樱自己偷偷离开了万佛山，要么就是凶多吉少了。夏初现在也不敢说，总归活要见人死要见尸的，眼下只能等搜山那边的消息了。

天擦黑的时候，王槐带着仵作过来了，夏初安排他们去跟着一起搜山，自己也跟了过去。

搜山的人已经从山顶搜到半山腰了，漫山遍野都是“刘樱刘樱”的喊声，喊得人心神不宁的。方丈叫了不少僧人帮忙，但散到山上后，看上去也只是零星的一点。

万佛山有大小五个山峰，万佛寺在主峰的顶上，越往下搜搜查的面积就越大，也就越困难，天黑后就更麻烦了。

夏初擎了个火把，安排搜山的人横向排开，做地毯式的搜索，可越搜，夏初心里越觉得没谱。

天已经很晚了，假如刘樱还在这山上倒好说，是死是活早晚能找出来，可她要是不在这里了呢？难道要把这整个万佛山搜一遍才算完？

正想着，就听见有人在远处喊道：“那边是不是？是个人吗？”

夏初一听，赶忙叫自己的捕快往声音的来源处跑过去。走到近前，只见一块大石旁边站着几个僧人，都半垂着头，一手举着火把，一手支起单掌竖在胸前，低声念着经。

夏初一看这情形，心里“咯噔”一下。看来刘樱已经死了。

僧人为夏初闪出一个缺口，夏初这才看见一个穿着鹅黄春装的女孩儿，姿势怪异地仰面躺在大石旁的地上，衣服散乱，头上都是血，年轻的面庞惨白，透出一股死气。

夏初叫了仵作过来，又让武三金回万佛寺找个可以抬人的东西来，嘱咐他先不要惊动刘夫人，免得来了以后情绪失控，连验尸都验不了。

仵作上前查验尸体，僧侣举着火把给他照亮，却也都转过了脸去。

“尸体女性，身长四尺九寸。尸体呈全身僵硬，看尸斑的状况，判断死亡时间应该在昨晚亥时到子时之间。头骨左侧碎裂，左侧肩膀骨折，左腿小腿骨骨折。脖颈处有青紫痕，痕迹长四寸，宽约一寸。皮肤有出血点，眼底发红。”

“这是……窒息死亡的特征。那头部骨折的伤不是致命伤？”夏初问道。

“对。另外，死者外衣衣襟、中衣被外力扯破，裙内亵裤上有少量血迹。”仵作站起身来，“夏捕头，大概就是这些了。”

夏初点点头：“死者头骨骨折，是掉下来的时候撞的？”

“应该是。撞击的面积较大。”仵作又看了看尸体，指着她的肩膀和小腿道，“死者骨折伤很多，都在左侧，应该是掉下来的时候左侧身体碰到了大石的边缘，然后再落到此处的。”

夏初仰头往上看了看，可是天太黑，什么都看不见。

“你说死者亵裤上有少量血迹，你有没有检查她是否被侵犯了？”

仵作的表情有点怪异：“看情形应该是的，但是……莫说这是个官家小姐，就算是平头百姓家的姑娘我也是不能验的。猥亵尸体的罪名我可担不起。”

夏初一想也是，这个时代嘛。

这时候武三金回来了，带了一块结实的布来，与王槐一起将刘樱的尸体兜起来往山上抬。夏初又举着火把在原地看了看，确定这里不是第一现场后才跟着离开。

第五章 世间千百态

回到寺院，刘夫人一见官差用布兜着个东西进来，便明白了，一口气没上来直接昏了过去。

夏初请方丈安排了一间空房，将刘樱的尸体放了进去。有与刘樱交好的姐妹听见信儿都赶了过来，站在门口看了一眼，就都哭了起来。

过了一会儿，刘夫人醒转过来，被丫鬟搀着到了放尸体的房间，愣怔了片刻后便扑在尸体上号啕大哭起来，听得人心头发酸。

夏初让武三金和王槐今晚轮流在这房前守着，自己带着许陆进了旁边的房间。不一会儿仵作便把验尸的报告给夏初送了过来，夏初拿在手里，借着烛光坐在炕上直皱眉。

“头儿，看出什么问题了吗？”

夏初把报告交给许陆：“你看看，先告诉我你的想法。”

“我的？”许陆在身上抹了抹手接过去。他喜欢查案推理这个过程，不然凭着一身功夫去大户人家看家护院，比衙门轻松不说，挣得也不少。之前都是跟在赵捕头屁股后面，极少有机会发表意见，现在夏初让他说，他心里有点激动。

许陆看了一会儿道：“我认为刘樱是被掐死的。可能是死前受到侵犯，在这个过程中被失手掐死的。”

“再说详细点。”

“如果是被勒死的，她的脖子上应该会有挣扎时的抓痕，但刘樱脖子上没有，而且，这个痕迹不是环绕的。看这个痕迹的宽度……多半是个男人吧。头儿，对吗？”

“嗯。”夏初把报告拿过来，“可如果是被掐的，应该也能看出挣扎的痕迹，比如指甲里会有一些残留物之类的，刘樱没有。也许她在这之前就已经死了。”

“都死了为什么还要再掐？”

“可能凶手不确定她是否死透了，怕在抛尸的过程中她突然醒过来，多做了一重保险？”

许陆点头：“也有可能。”

“目前尸检报告上看不出更多的东西，现在我很想确认这刘樱到底有没有被侵犯，只不过……”夏初觉得这事有难度。

“她的衣服被撕成那个样子，亵裤上还有血迹，应该是被侵犯过的。”

“你怎么知道撕开衣服就一定是被强奸过？那些血就一定是失身后流的血？”

“推测吧，以前都会依照这些来判断。”许陆想了想，“验那个地方……她家人肯定不会同意的。”

“验身的话，有助于划定嫌疑人范围。”夏初把验尸报告放在床沿上，敲了敲，“如果刘樱没有被侵犯，那她应该就是被谋杀的。”

许陆接口道：“如果她曾经被侵犯，那就有可能是色恶之徒临时起意，先奸而后杀。那么咱们的重点就要放在寺中的男性身上。”

“嗯，放男性身上是没错，但也不一定是临时起意，也没准儿是仇杀。”夏初咬了咬手指，“现在分析什么还都早了点儿。总之，是否被侵犯是一个可以切入的点，最好还是想办法验一验。”

“那她家就是不让查又怎么办呢？”

夏初烦恼地挠挠帽子：“要不偷偷地查……”

“可别！”许陆拦着她，“万一让人发现了可是要入监的。”

“嗯……”夏初低头想了一下，然后对许陆说，“这样吧，明天一早，你先去把寺里的人初步排查一遍。问清楚三月三日戌时之后这些人都在做什么，有没有人能证明。找出可疑的报给我。验身的事，找机会再说。”

这晚夏初睡得不是很好，隔壁间的刘夫人似乎是一直没走，哭声断断续续的，在这静谧的山中夜晚听着有点瘆人。

天刚有一点儿亮的时候，夏初就起来了，因为她实在是太饿了。昨天中午饭就没来得及吃，晚饭也耽搁了。

夏初推门出去问了正在扫地的僧人后便直奔饭堂，清淡的斋饭吃了两大碗才算缓过点劲儿来。

等吃完了饭出来已是天光熹微，万佛寺里荡着淡淡的雾气，檀香阵阵，僧众已经开始了早课，喃喃低语般的念经声听得人心很静，磬钵“铛”的一声被敲响，仿佛天音，清越悠长得久久回响。

怎么会在寺中杀人呢？夏初真是觉得罪过。

刘夫人带着两个丫鬟找到夏初。这刘夫人看上去要比昨日苍老了许多，双眼红肿，嘴唇干得都爆了皮，恐怕泪都流干了。

丫鬟见到夏初“扑通”一声便跪在了夏初面前，眼泪簌簌地掉：“官爷，您可一定要为我们小姐做主！我们小姐……小姐她死得太惨了！”

“官爷……”刘夫人颤颤巍巍地伸手抓住了夏初的胳膊，“我就这么一个女儿，宝贝珍珠般养到了十六岁啊……这简直是活生生地摘了我的心去啊……”刘夫人已经哭不出眼泪来了，颤抖着虚弱的声音，乞求地看着夏初。

夏初用力抿了抿嘴唇，眼眶发热。

天下母亲的那颗心，她如何不明白。为了孩子，豁出命去也是肯的。

自己那么珍爱的孩子，从自己的身体里带着血肉来到世上，看着她蹒跚学步，看着她牙牙学语，辛苦而又幸福地看着她一天天长成亭亭玉立的模样。

只一夜的工夫，再见却是那样凄惨的一具尸体，如何受得了。

“刘夫人节哀，我一定会找出杀害令爱的凶手，不管是谁，绝不姑息，您放心。另外，我还需要您配合我提供一些线索，好让凶手早日伏法。”

刘夫人点点头，指了指跪在地上的丫鬟：“这是竹青，是我们小樱的贴身丫鬟。女儿……女儿她大了，有些事这丫鬟比我还要清楚。”

“好，您先回房休息，我向她了解一下情况。”夏初原本想提一下验身的事，但看刘夫人的这个情绪，怕再刺激她，只好先缓缓。

夏初把竹青带进屋里，找了王槐过来帮她做笔录。

“你最后一次见到你家小姐是什么时候？”

竹青掏出帕子来擦了擦眼睛：“就是三月初三的晚上，小姐用完了斋饭出来，跟几个姑娘还有说有笑的。我过去，她就说不用我跟着了，所以我就回了丫鬟住的通铺间，跟人聊天。等到过了戌时，我见小姐那边一直也没叫我，就躺下睡觉了。”

“晚上你有没有听见过什么异常的响动？”

“没有。通铺有个婆子打呼噜打得很响，吵得我半天睡不着，估计得是到了亥时才迷迷糊糊地睡着，倒是没听见什么。”

“初四早上呢？你一般什么时候去伺候你家小姐起床？”

“平日里是卯时才伺候梳洗，寺里的斋饭开得早，我没醒过来。起床的时候大概都卯时一刻了，我去了小姐的房里看她不在，想着她是去吃斋饭了，我也就没去找。”

“那你家小姐也没叫你？她自己梳洗的？”

竹青的表情显得有点犹豫，舔了舔嘴唇，才道：“没叫我。”

“那你不觉得奇怪吗？”

竹青低头用帕子擦擦鼻子：“有……有时候小姐是不用我伺候的，倒也不是特别奇怪。”

夏初留意了她说这些话时的表情，知她定是有所隐瞒，便道：“竹青，你刚才跪在地上请我为你们家小姐做主，那么首要的就是不要对我有所隐瞒。我不知道你想隐瞒的理由是什么，但是你隐瞒的却有可能是破案的关键。”

竹青低着头没说话，显然还在犹豫。

夏初便又加了把柴道：“除非你请我为你家小姐做主这话并非真心。”

“当然真心！”竹青急急忙忙地说，说完后咬了咬下唇，“其实……其实我没去伺候，是因为二小姐在。”

“二小姐？”夏初不太明白，“二小姐在跟不用你伺候有什么关系？”

“因为……因为有二小姐伺候。”

竹青说完后，夏初回想了一下刘家的家庭关系，这竹青所说的这二小姐，应该就是刘家庶夫人的女儿——刘榕，于是心中大概明白了是怎么一回事。

“刘樱与刘榕的关系不好吗？”

“其实也还可以，不过就是出门在外的时候使唤使唤罢了，谁让她是庶出的呢。就像庶夫人也是要伺候夫人的。”竹青不以为意，可见是习惯了的。

“所以那天晚上是刘榕做了你该做的工作，对吗？”

“嗯。二小姐跟小姐住在一个屋里，伺候起来也方便。”

“竹青，你是刘樱的贴身丫鬟，那三月三日晚上你有没有发现她有什么情绪上的异常？比如生气难过？有没有见过什么特别的人？”

竹青仔细地想了想：“没有呀……看上去心情挺好的。一直都是跟各家小姐在一起。”

等竹青走了，夏初问王槐：“怎么？庶出的女儿还得伺候嫡出的？都这样吗？”

“那倒不是。庶出的虽然身份是低了不少，但毕竟也还是小姐，家里有丫鬟婆子，怎么会让小姐去伺候？”王槐道。

“我觉得也是。”夏初站起身来，“走吧，去找刘榕。”

刘榕比刘樱小了不到半岁，但是看身量似乎是刘榕更高一些，五官看上去比刘樱漂亮许多。这也算是大部分人家的特点，庶出的往往比嫡出的漂亮，谁让妾室一般比正室好看呢。

夏初不着痕迹地打量了刘榕一番，心中对这姑娘有了个初步的定位。

刘榕不算很瘦，穿着件浅米色的半肩，搭着檀香色的襦裙，眉宇间的神色有些郁郁的，带着点习惯性的小心，在一身暖调子衣裙的衬托下仍是显得清冷。

就算竹青不说，也能看出来，刘榕在刘府的日子过得并不舒心。

夏初进到刘樱与刘榕共同住着的禅房里，先是四下看了看，见没什么异常之处才在桌前坐下。刘榕已经倒好了两杯茶，放在了夏初和王槐面前。

“刘榕，你坐。”

“哦。”刘榕拢了拢裙子坐下，低着头。

“你不必紧张，我们就是向你问些情况。”夏初看刘榕点了点头，才道，“你与刘樱平时关系怎么样？”

“还算可以。就是有时候姐姐心情不好了说话不太中听，倒也没什么。”

“那刘樱让你伺候她梳洗这类的事情，也都是你心甘情愿做的？”

刘榕抬起头来，微微愣了一下：“倒不是心甘情愿……不过我也习惯了，姐姐那人就是那个样子的，每每一到外面来就要拉着我住一起，别人看着会觉得我们姐妹间亲厚。但她又少不了人伺候，我就多做一些了。”

“三月三那晚，你们一直在一起吗？”

“没有。”刘榕摇头，“帮姐姐梳洗完我就想到寺里转转，姐姐她不去，我就自己出门了。”

“那大概是什么时间？刘樱没有与你一起？”

“大概是戌时前后吧。其实，我不希望姐姐与我一起，我喜欢一个人静静的。府里规矩多，难得到寺里来能自由一会儿。”

“那就是说从戌时之后一直是你一个人？有没有碰见谁？什么时候回去的？”

刘榕看了夏初一眼，想了想道：“我没遇见什么人，但不知道有没有人看到我。我转了挺久的，后来有些冷了就回了房，也不知道是什么时候。”

“那时候你姐姐在房里吗？”

刘榕眨了眨眼睛：“应该在吧。她不是早上不见的吗？我回屋的时候怕吵到她，就自己摸到床上睡了。早起醒来没看见她，我以为是我昨天累了所以睡得沉，没听见她起身呢。不过她的被子是我叠的。”她指了指床上。

夏初笑了一下：“那昨天夜里你也就没有听见什么动静了吧？”

“没有。我躺下就睡着了，一觉睡到天亮。”

“好吧，刘小姐先好好歇着。”夏初带着王槐起身往门口走，夏初回头看了她的腿一眼，刘榕便停下了脚步，有点尴尬地笑了笑，“昨天寺里黑，不小心撞到了石栏上。”

“女孩子家，天黑后还是尽量别一个人活动。”

刘榕不好意思地抿了抿嘴，点点头。

“哦对了，二小姐对你姐姐的死怎么看？”

刘榕似乎没能立刻明白她的意思，停了一会儿后才道：“姐姐死得很惨，请官爷一定要还姐姐一个公道。”

夏初浅浅一笑：“当然。”

从刘榕的房里出来后，王槐追着夏初问道：“头儿，我觉得，这刘榕是不是有点问题啊？”

夏初整了整自己的袖口，眼皮不抬地说：“连你都觉得有问题，她能没问题吗？”

王槐一下子也没听出夏初这是讽刺他呢，还挺高兴。半晌后反应过来了，便苦下一张脸来：“头儿，您就教教我呗。你看我后来一次都没迟到过。”

“你没迟到是你应该做的，这有什么？”夏初转头笑吟吟地看着他，“我在衙门里给你们培训过几次，但主要还得看你自己用不用心。你看人家许陆……”

夏初说到这里一拍脑门：“哦对，他现在应该在排查呢，估计忙不过来。”

“排查什么？”

夏初打量了王槐几眼：“你不是要求进步吗？去帮许陆排查去，从基础工作学起。”

“头儿，你干什么去？”

“我去看看寺里的格局。”夏初一边走，一边头也不回地摆了摆手。

万佛寺的规模中等，从山门进来之后是放生池和钟楼、鼓楼，然后便是弥勒殿。弥勒殿后的主院有两进，一个是大雄宝殿的院子，再往后则是藏经楼。

主院东西两侧各有一个跨院，西侧是僧人的生活住处，东侧则是禅房的院子并一个竹园。

夏初沿路在万佛寺转了一圈，除了僧侣的房间之外都看了个遍，然后又沿着中间的路一直走到了藏经楼，也没发现什么旁门左道。

如果刘榕说的话是真话，那么戌时前后刘樱应该还在房里，就算她说的是假话，那至少酉时后刘夫人去的时候她是在的。

酉时后山门就闭上了，如果刘樱从那里出去，看门的僧侣不会不知道。

那她是从哪里出去的呢？难道是翻墙？

夏初皱眉想了一会儿，回头看了一眼两层高的藏经楼，忽然想起那个黄公子约她见面，去的就是云经寺藏经楼后面的禅院。

这万佛寺的藏经楼后面会不会也有禅院？

夏初跑了两步绕过去，果然，在藏经楼后面有一个月亮门，门两边的墙都是寺院围墙连过来的，不绕到楼后，只从前面看的话会觉得已经走到头了。

她从那月亮门穿出去，后面果然也像云经寺那样，石板路的西侧有个小禅院，细密的竹篱笆围着，里面是很田园风格的禅室。路的东侧是一片竹林，竹林与藏经楼后的围墙中间有一条窄窄的碎石子路，尽头便是一扇小门。

那门上只是门闩并没有挂锁，夏初拉开门出去，沿着脚踩出来的小径一路走，走了没一会儿小路便与大路汇合，再过去就是万佛山的石刻佛洞了。

夏初观察了一路也没发现什么可疑之处，等走到路的交会处，她左右看了看，回忆昨晚发现刘樱尸体的大概位置，往北走了一段，一边走，一边观察着山坡的一侧。

这条路上都是人为铺就的碎石，可能是为了压灰。夏初踩着碎石走了几步，回头再看，发现这路上什么脚印也留不下，实在讨厌。

走了约莫五十多米的时候，夏初终于发现了路侧有一个位置的灌木有被压倒的痕迹。她拽了根结实的灌木枝探出头去看了看，见这一侧的山势颇为陡峭，倒确实适合抛尸。

夏初站直了身子，环顾一圈。眼下她站的这个位置距离那条小路约莫有个二十米左右，距离禅房后墙也不远。山中的夜晚很静谧，如果刘樱被杀前曾经呼救过，按道理，总该会有人听见点儿什么才对。

究竟这里是不是第一现场呢？还是刘樱压根儿没有呼救过？

假设刘樱是主动离开禅房，她没有呼救，会不会是熟人作案？如果是熟人作案，那刘樱到这里是不是私会来了？

可如果是私会，为什么刘樱又会被杀？难道私会中两人起了口角失手杀人？私会的对象强求不成霸王硬上弓，然后灭口？或者私会的人与凶手不是一个人？

夏初冒了一脑子的问号出来，发现可能性实在太多，而眼下的线索却又太少。范围大得无边无际，想从里面找出一个方向来，好像比从山里搜出尸体还费劲。

她抱臂想了一会儿，又揪着崖边的灌木探出头去，想看看崖下是不是那个大石的位置。

这回探出去的距离有点大，夏初觉得重心有点往前栽，心中暗叫不好不好。手臂用力想把自己拽回来时，偏偏那讨厌的碎石子打了滑，眼瞧着就要栽下去了。

完蛋!

她一手抓紧了灌木枝，另一只手胡乱地向后伸着，想要捞住个东西把自己的重心带回去。这本是个下意识的动作，可没想到这一捞，还真让她给捞着了。

借着力量终于算是稳住了身形，夏初长舒一口气，往后退了一大步回到安全的位置，暗道万幸。

她握了握拳头，忽然意识到自己手里还抓着刚才救命的东西，回过头往自己的手上一看，居然看见了另外一只手。

她顺着手看到了胳膊，顺着胳膊看到了肩膀，再顺着肩膀就看见了那张说熟悉也不算熟悉，却让人忘不掉的脸，不禁惊喜道："黄公子？你回来了？"

苏缜一时没反应过来这"回来了"是什么意思，愣了片刻才突然记起来，上次见面他告诉夏初自己出门了，于是忙点了点头："是，刚回来。"

两人相视一笑，忽然想起手还拽在一起，赶忙松开来，互相拱手见了个礼。苏缜看了看夏初身上的衣裳，笑道："这捕快的衣裳很精神。"

"是捕头。"

"哦对，夏捕头，失敬失敬。"

"你怎么会在这里？"俩人异口同声问道。

"我在这里查案子。"夏初看了一眼山崖，苦笑道，"结果自己差点儿变成案子，还要多谢黄公子及时搭救，这下子一顿饭是不是不够了？"

苏缜笑道："你的月钱还够吗？"

"这月的不够可以下月请嘛。"夏初偷偷地揉了揉手心，想把刚才苏缜拉着她的那种感觉抹下去。她长这么大还没跟别的男的拉过手，怎么手掌上的感觉那么怪呢?

"扭到手了？"

"没有没有。"夏初甩了甩手，"你怎么从这边上山来了？"

"这边清静。"苏缜看了看她，"也幸好是从这边上来的。"

夏初不好意思地挠了挠头："让黄公子见笑了！怎么，黄公子是来山上踏青的吗？还是礼佛？"

"都不是。"苏缜默了默，"今天是家母冥诞。"

夏初轻轻地"哦"了一下，与他一起慢慢地往前走，鞋子踩在碎石子上，发出细碎而粗糙的"咔咔"声。

"怎么不去云经寺呢？"夏初没话找话地问道。

"家母未嫁时最喜欢每年上巳节来万佛寺，与她的手帕交一起过个生辰，踏青，再跪在佛前许个新一岁的愿望。”

“那她后来许的一定是你平安快乐。”夏初冲他微笑了一下。

苏缜也浅浅一笑，却摇了摇头：“嫁人后她就没再来过了。”

“那也不打紧。”夏初仰头看了看碧蓝的天空，忽然有点小小的伤感，静默了片刻后缓缓地说，“我记得小时候我的母亲带我去过寺院。”

苏缜慢慢地走，静静地听着。

“那时候我什么都不懂，进到昏暗的殿里，看见硕大无比的人坐着，直接就被吓得大哭起来。”夏初沉浸在回忆里，自嘲地一笑。

“母亲把我抱出去，给我擦了眼泪，还告诉我那个硕大的人就是佛，是世界上最慈悲最好的人。她还说，她已经告诉佛了，说夏初是最好最乖的孩子，佛一定会很爱我，会让我平安快乐。”

苏缜转头看了看夏初：“你的母亲对你很好。”

“哪有母亲对孩子不好的呢？”夏初眯了眯眼睛，深深地吸了一口气，又慢慢吐出，“我不知道佛爱不爱我，但我知道母亲很爱我。她是我心中的佛，虽然她已经不在我身边了，但她一定希望我平安快乐。”

“是吗……”苏缜垂眸看着路上的碎石子，像是自问。

“是。黄公子，令堂即便不来万佛寺，她也一定是希望你平安快乐的。母亲都是这样的。”夏初浅浅一笑，语调如同这三月初的风，温暖而淡淡的。

万佛寺中传来清脆的磬钵声，苏缜看着夏初，没有说话。

走过这不长的一段路，很快回到了那个小门处。那门不知道什么时候已经被打开了，夏初与苏缜走近，见安良探出了头来，看见夏初也是颇为惊讶。

“夏公子？你怎么在这里？”

“查案。”夏初笑道，“我就说今天怎么没看见你，原来在这里躲着。”

“哪是躲着啊？哎，夏公子穿捕快的衣服还真好看。”

“是捕头。”夏初还没开口，苏缜却先一步替她说道。

夏初忍不住笑出声来，对苏缜摆了摆手：“案子那边还有很多事要问，黄公子有空了记得来找我，我请你吃饭。”

“好。”苏缜点点头，目送着夏初跑回了寺中。

安良诧异地瞄了苏缜一眼：“奴才是不是听错了？请吃饭？”

“有问题？”

“奴才多嘴了。”安良低头让开路，“云空大师已经在禅院里等您了。”

万佛寺禅院里的青草冒了绿，院里引了濯泉水汇入一方小池塘。细细的水流声是基调，满院的宁静，偶有小鲤鱼翻出水面溅起小朵水花，像一曲中的错音，让苏缜回过神来。

“施主心不静啊。”云空大师说。

“这是母后的第一个冥诞。”苏缜转过头，“我竟然想不起上一年她的生辰自己都在做什么。她活着的时候我曾经怨过她，现在又后悔错过了那些时光，好像自己什么都没为她做过。”

云空呵呵一笑：“佛说爱别离，倒是别离了方知是爱。”

苏缜默然片刻，缓缓地说：“来的路上我还在想，我不是一个好儿子，也不知道母后到底算不算是一个好母亲，我们好像从来没有机会了解彼此，这生母子的缘分就匆匆地尽了。如果母后还在，我很想知道我所做的是否就是她所期望的……”

“施主，你的母亲所期望的，无非是你的平安。”

苏缜摇了摇头，苦笑道：“大师不了解我的母后……”

“我了解。”云空打断他，而后静静地笑了一下，“天下的母亲皆是同心。”

苏缜怔了怔，仿佛刚刚那声磬钵的声音又悠然响起，打在心上，忽然让他涌起些许悲伤。悲伤来得并不浓烈，好像泉水泡了陈茶，缓缓地染上清苦的色彩，释出涩涩的味道。

他叫母妃、母后叫得已经习惯了，也习惯了她治理后宫的强势与威仪，习惯了去敬畏，习惯了去揣测，习惯了他们之间的隔阂。是他想得太多了，唯独少了单纯的孺慕之情。

夏初说：“令堂一定是希望你平安快乐。母亲都是这样的。”

云空说：“天下母亲皆是同心。”

其实，不管她做过什么，那也是他的母亲，最后用命保住了他的母亲。

夏初那边看过了抛尸的地方后，觉得给刘樱验身一事得试着说说了，于是从禅院那边回来后便直奔刘夫人的房间。

刘大人与刘家嫡子刘松听到噩耗后也已经赶过来了，正在刘夫人房里坐着，见夏初进来，刘松便起身见礼。

夏初与他回了礼，又对刘大人一拱手：“刘大人，小的夏初，是府衙的捕头。”

刘钟看了她一眼，眼里满是不信任：“你是捕头？”

“正是。”

刘钟冷哼了一声：“府衙没人了吗？找个牙都没长齐的小子做捕头。”

夏初听了很不高兴，沉了脸回道：“前任赵捕头的牙长得倒是齐的，还不是制造冤狱胡乱抓人，最后落个秋后问斩。刘大人，您是吏部侍郎，此番难道是来考核吏治的不成？”

“放肆！”刘钟一拍桌子站了起来，“就凭你也能查案？！我女儿到现在死了快两天了，你们抓到人了吗？！府衙都是干什么吃的？”

蛮不讲理这是！

夏初也火了，冷声讽刺道：“大人不如将我绑了送到府衙去算了，既然你也无所谓谁是真凶，只要抓到人，那抓谁不是抓？”

“混账！这样的话岂是一个捕快该说的！”

“捕快该说的话？刘大人，从我进门到现在，您可给了我说话的机会？”

刘松一看这小捕头挺生猛，赶紧上前拉架，劝下自己的父亲后又劝夏初：“夏捕头莫见怪，任谁家里出了这样的事心里都难受的，脾气一时压不住也是有的，您多担待则个。”

夏初知他说得在理，火便也下去了不少，想起那验身之事又觉得不能就这么被刘钟给压住了，不然绝对办不成。

“刘公子是个明理之人，那便允在下问一句，令尊到底发的什么火？是我们府衙到现在不抓人，还是我们消极怠工不查案？是质疑在下能力不足，还是嫌在下年纪小？烦请给个痛快话，在下也好看着怎么解决。”

“这……”刘松苦笑不已，心道你这让我怎么问啊？

刘钟在旁边也听见了，虽然仍是气哼哼的，但夏初问得他还真回答不上来，不言不语地独自愠了半天的气，才冷言道：“你要说什么？”

夏初清了清嗓子：“查案，我等责无旁贷。但受害者家属的配合对我们亦是万分重要。倘若大人您不配合，我等也是有心无力。小的这么说，不知大人您是否有异议？”

刘钟没说话，刘松看了眼父亲的神色，道：“自然是没有异议的。需要问什么，需要我们做什么，夏捕头您尽管说就是，我们当然全力配合。”

“嗯，令爱的尸体情况想必你们都已经看到了。我们怀疑令爱死前曾经受到过侵犯，但也只是怀疑而无法确定。因为不能验尸。”

刘钟拧着眉看了看夏初：“不是已经验过了？”

“缺了最关键的一环。”夏初说完看着刘钟，刘钟一时没明白，想了一下才意识到夏初说的是什么，不禁暴怒，“岂有此理？想都不要想！”

夏初也不恼，好言劝道：“小的明白，作为父母，情感上很难接受。但小的也请刘大人想一想，逝者已去，是那些虚无的所谓清白重要，还是还死者一个公道比较重要。”

说完，她又转向刘夫人，“夫人既然参佛，便应该明白佛家所说。身体，不过是这一世灵魂所寄，倘若令爱灵魂难安，您空守一具皮囊又有何意义？那皮囊一空，其实也已经不是您的女儿了。”

夏初假模假式地往天花板上看了看：“令爱大抵也在看着吧……”

刘夫人也抬起头来，愣怔半晌，“哇”的一声又哭了：“女儿啊……”

经过了一番从心理到玄学，从施压到劝慰的全方位立体游说，刘家终于同意了验尸的事，但不同意身为男性的杨仵作来做。

夏初觉得这个让步已经足够了，便让武三金快马回城，去莳花馆把那个负责给楼里姑娘验身检查的婆娘找来。

夏初办成了这件事，心情颇好，回到屋里就看许陆和王槐正拿着一摞笔录在那里讨论。

“不错嘛。”夏初在桌边坐下来给自己倒了杯茶，赞赏道，“这么有工作积极性，我心甚慰啊！”

“谢头儿夸奖！”王槐是个十分需要别人认同的捕快，听到夏初的表扬，便笑容灿烂地拱了拱手。

许陆把笔录交给夏初：“头儿，排查得差不多了，总算是赶在午饭前问完了，不然过了午饭好多人就要走了。”他一边说，一边捻着上面的几张道，“这几个人是在案发当晚没有不在场证明的，有男有女，主要是这两个。”他点着最上面的两个名字。

“方义，闫正弘？”夏初粗略地扫了一遍，“说说情况。”

“这闫正弘说他当晚在屋里读书，没见过什么女子。”许陆微微撇了下嘴，“这闫正弘是读书人，傲得很，我去问他话时他极不耐烦，还说这佛门清静之地就不该让女子来，只会惹麻烦。”

“这叫什么读书人？”夏初用手指在闫正弘的名字上重重点了两下，哼道。

“酸得很。”许陆摇头笑了笑，“我问了一圈，当晚没人见过闫正弘，也就是说没人能给他做证。不过闫家与刘家交集甚少，他说他压根儿不认识刘樱，看上去倒是没有什么作案动机。”

“他说不认识就不认识？”夏初拿笔在闫正弘的名字下划了一道，瞧了一会儿后才道，“行，你继续说吧。”

“我觉得这个方义颇为可疑。他曾经与刘樱定过亲，但后来刘樱那边又退婚了。其实也不算是定亲，只不过两家口头上说下的，后来方家请了媒人去提亲的时候刘家却没答应。刘家不愿意说这事，还是刘樱要好的姐妹偶然提到的。”

“为什么会退婚问出来了吗？”

“嗯。方大人是从五品，原本两家的门户差不多，但年后刘大人升了四品，好像是有点瞧不上方家的意思。女儿嘛，又是唯一的嫡女，自然想要高嫁的。”

“噢，这么个意思啊！倒是有作案动机。”夏初低了头认真地看着那张笔录，看了一会儿不禁挑了下眉毛，“嗯？那天晚上他与刘樱见过面？”

许陆点头：“这也是刘樱的一个姐妹说的，她说是她帮刘樱带的话儿给方义，约了方义晚上到跨院六角亭见面。”

“走！”夏初站起身来，却又猛然扶住了桌子，闭眼扶额。许陆一见忙问道：“头儿，你怎么了？”

夏初缓了口气：“你去告诉方义，就说我下午要找他问话，请他暂时不要回城。如果回去也没事，我就直接找到他府上。”

“好。那，你这是……”

夏初摆摆手，慢悠悠地往外走：“我先去吃饭，要饿死了……”

夏初睡得晚起得早，吃过了饭后有点犯困。她在去问案和去睡觉之间挣扎了一下，还是跑到井边打水洗了把脸，打起精神来去找方义了。

许陆跟在她后面，看她精神不济的样子说：“头儿，要不我去问得了。”

夏初摇头：“不是现场询问会漏掉很多细节。”

“我保证笔录记得一个字都不漏。”

“那不一样，文字又没有表情。”夏初回头指了指自己的脸，“他动一下眉毛抿一下嘴，什么时候会停顿什么时候会低头，都可能是线索，你记不下来。许陆你别着急，晚一点儿再独立办案总比办错案要好。”

许陆点点头，安心地跟着夏初走了。

夏初到的时候方义正在屋里看书，看见他们便起身见礼，丝毫没有因为他们耽搁了自己回城而感到不耐烦。

夏初注意了一下方义看的那本书，是一本《妙法莲华经》。

方义的身高得有一米八，肩宽腿长，生得一表人才，说话的声音很温和，脸上挂着礼貌的笑容，让人觉得亲切且不虚假，颇有儒雅之气。身上穿的衣服并不华贵，但是平整干净，跟他的房间一样，虽是暂住但仍收拾得一丝不苟。可见是个十分自律的人。

面对这样一个人，夏初的声音也不自觉地柔和有礼了很多：“方公子这次是独自一人来的万佛寺？”

“噢，这次我是与妹妹一起来的，她想到郊外踏青，我正好也想参禅礼佛，便一起过来了。夏捕头，喝茶！”

“谢谢！”夏初端起茶盏来饮了一口，“方公子知道我来是为什么吧？”

方义笑了一下：“是为了刘家小姐的案子。今天上午许捕快已经来问过我一次了，案发当晚确实没有人能证明我在何处。夏捕头如果有什么疑问，尽管问就是了。”

哎呀，这个态度太让人喜欢了！夏初在心里默默地给他点了个赞。

“冒昧地问一句，方公子与刘樱是什么关系？”

“这实在不是我想提起的一个话题。”方义沉默了一下，端起茶盏来缓缓地抿了一口，“家父原本与刘大人关系不错，私下里便订了我与刘小姐的婚事。只是家无主母，家父过了好些日子才请了媒婆去提亲，但刘家却不认此事……当然，刘大人的做法也不是不能理解，但对我方家来说毕竟是有些侮辱了。”

“令堂已经不在了吗？”

“嗯，去世很多年了。早些年父亲曾因为一些事被贬职到禹州，家母便是在那期间去世的，家父回来后深觉对不起母亲，一直没有续弦。我与小妹的婚事也有点被耽搁了。”

“噢，很抱歉。”

方义宽和地一笑：“无妨，已经过去很多年了。”

“方公子，据说三月三日晚，你曾经与刘樱见过面，可有此事？”

方义的表情略微有点不自然，犹豫了一下才点点头：“确实是见过。她找尤家的二小姐来传话，约我申时三刻在六角亭见面，正是吃完斋饭后。”

“你去了吗？”

“原本是不愿意去的，我虽谈不上恨刘家，但毕竟刘家的做法也为我所不齿。可刘小姐本人却也没有错。”方义顿了顿，“私心里说，我也想知道刘小姐约我是想说什么。”

“那她对你说了什么？”

“她说……”方义略略地皱了下眉头，倒像是有点厌烦的样子，“她说退婚一事是她爹娘的意思，她也觉得自己双亲的做法欠妥，想替他们向我道个歉。还说她会回去再劝一劝爹娘，看能不能让他们改变主意。”

“那么，刘樱本人其实还是很愿意与你成亲的？”

“也许是吧。不过即便她愿意，我也是不赞同的。我们方家虽不是什么高门大户，但也由不得别人如此戏弄。”

“你这样说的？”

方义笑了笑：“当然没有，总不好当面让一个姑娘家如此下不来台。”

“你与刘樱聊了有多久？何时分的手？”

“很短。大致也就说了那些话我就先一步走了，一来是没有什么好说的，二来我也怕别人撞见说出闲话。时间嘛，我去找钟公子的时候也才不过酉时，这点想必许捕快是已经查证过的了。”

夏初点了点头：“是查证过，但钟公子说你与他聊了一个时辰后就走了，那之后你便回房了？”

“是，回房了。”方义换了个坐姿，很肯定地说道。

“但是我们问过你隔壁的人，说三月三日晚你屋里的灯一直没有亮过。”夏初一边问，一边盯着他脸上的表情变化，想寻出些破绽来。

“噢，是没有亮过。”方义低头笑了笑，回答得很自然，“因为我在屋里打坐。”

“打坐？”

“对，打坐。我信佛，每天都要打坐。不光那晚上没点灯，昨晚也没点的。”

夏初看着他，有点发愣。这个说法让夏初判断不出真假来，如果说是打坐，那没人看见以及没有点灯也是正常的。

她下意识地看了一眼那本《妙法莲花经》：“方公子，那本经书可否给我看一下？”

“这个？”方义拿起来递给了夏初。

夏初拿在手里翻了翻，闲聊般问道：“方公子读到哪里了？”

“刚开始读没多久，刚读到第十二品，提婆达多，是文殊入龙宫讲法华经，龙女闻经成佛之事。”方义道，“这次到万佛寺原本还想着看有没有机会见到云空大师，向他请教一二的。”

夏初听不明白这些，但翻到第十二品倒确实是方义说的这个拗口的名字，遂将手中的书放下，犹不甘心地问道：“打坐之后你又出去了吗？”

“没有，直接就歇下了。”

夏初抽了抽嘴角：“没有洗漱？”

方义一乐：“洗漱之事当然是要在打坐之前做的，还焚了香。”

说辞虽然没什么破绽，但有作案动机又有作案时间，夏初一时想不起要问什么来，却还有点不想放弃。正一边思索，一边喝着茶拖延时间，这时就听到房间的门响了一下。

夏初回过头去，见是一妙龄少女推了门进来。

少女中等身材，穿着浅草色的春装，衬得皮肤白皙，像株清晨舒展开来的小树，十分清新可人。模样也很俊俏，长得与方义有些相像。

少女看见夏初他们先是怔了怔，随即表情像是有些不悦的样子，目光越过夏初看着方义："哥，咱们怎么还不回城？再不走天就晚了。"

"还有点事，一会儿就走，你先去收拾吧。"方义冲她笑了笑，笑容中有安抚的意味，又对夏初道："这是舍妹，方若蓝。"

方若蓝走到方义身边，瘪了瘪嘴，侧眼看着夏初问他："早上不是问过一遍了吗？连我都问了，怎么还要问？"

许陆在一旁解释道："方小姐，因为案发当晚方公子没有能证明自己去处的证人，所以我们再过来详细了解一下。"

"他就在屋里啊！"方若蓝在方义身边坐下来，"怎么就没人能证明了呢？我就能证明。"

方若蓝说完，方义十分诧异地看了她一眼："你来找过我？"

方若蓝点头："对啊。我看你在打坐，所以就没出声。"

得，有证人了。

夏初有点失望，将目光转向方若蓝，问道："请问方小姐，你是什么时辰过来的？"

"不记得了。"方若蓝硬邦邦地回了一句。

方义抱歉地对夏初笑了笑，又低声对方若蓝说："若蓝，你好好说话，官差问案子也是公事。"

方若蓝这才不情愿地说："我真不记得了，反正是挺晚的了。大概酉时三刻我来过一次，哥哥不在，我就回房了。自己待了一会儿觉得没意思，就去找林家的那两个姐妹说话去了，然后……怎么也得戌时过半了吧。"

"方小姐这么晚来找方公子，是为什么？"

方若蓝听夏初这样问，表情越发不悦，咬了咬下唇，瞟了方义一眼："那不得问我哥前天晚上做什么去了吗？"

"我？"方义不太明白，"我做什么了？"

"别以为我不知道。"方若蓝哼了一声，"你那天就是见刘樱去了，我听见尤家二小姐跟你说话了。我就是想看看你有没有回来，哥，那刘家如此侮辱方家，你怎么还要跟她见面？要是传出你与她有私情，让爹爹的面子往哪儿搁？"

方义一听，不禁笑着摇了摇头："是是，不过就是短短地见了一面，后来我就去钟公子那里了。不信你可以问官差，他们都调查过的。”

方若蓝面色这才稍缓了一些：“那就好。那刘家小姐的亲不结是好的，她可不像面上看来那么温柔，要真娶回家来可就有你受的了。”

夏初一听，赶忙揪住话头，插话问道：“方小姐何出此言？”

“你们不是查了一天了吗？这都没查出来？！”方若蓝睨了夏初一眼。

夏初吸了口气，假假地一笑：“还请方小姐详细说一说？”

“我那些姐妹私底下可是说了好一阵子呢。”方若蓝看了方义一眼，“你也听听。大概七八天前吧，刘樱房里有个叫珠儿的小丫鬟自尽了，刘家就让珠儿家人把尸体领了回去。”

“这个事情我知道。”方义说，“刘家不光给她结了当月的月钱，还额外给了些发丧的银子，算是宽厚的。”

“什么呀！那都是做给外人看的！珠儿家把人领回去，换衣裳的时候发现她身上好多伤，都是让人打的、扎的。”方若蓝不屑地一哼，“珠儿就是刘樱房里的，你说这伤都是哪儿来的？珠儿家里的哥哥看见伤，不干了，认定是刘家将人给逼死的，上门找了好几回。”

“方小姐，这些你都是听谁说的？”夏初问她。

“没有不透风的墙，反正就是传出来了。”方若蓝怕夏初不信，又道，“这是真事儿。就我们来万佛寺的那天，刘樱的马车还让珠儿哥哥给拦了。这是林家小姐亲眼瞧见的。”

还有这么一档子事？！

夏初眼睛一亮，看了许陆一眼，许陆点点头示意他已经记下来了。二人又问了问关于那珠儿的事情，便向方家兄妹告辞。

“许陆，现在去找林家小姐把这事问问，如果已经走了就追出去问。”

“好！”许陆把那摞笔录交给夏初，转身便走。夏初一边翻看，一边沿着寺中的路无目的地走，等眼睛从笔录上移开时，发现已经走到了大雄宝殿。

藏经楼的飞檐上挂着铃铛，里面的铛子随着风轻轻地飘着，偶尔撞出一点儿细微的声响。夏初忽然想起苏缜来，也不知道他现在还在不在。

这么想着，夏初的脚步就已经往藏经楼后面过去了。

到了禅院，夏初没看见安良，不知道他们是不是回去了。她在禅院门口踱了几步，试着推了一下竹门，没想到门“吱呀”一声就开了。夏初试探着往里走，里面静静的，好像没有人。

这禅院比云经寺的更好看一些，大概是因为地势的便利引了泉水进来，有了水就多了几分灵气。

禅室的门开着，里面光线很暗，夏初以为没人便探了探头，结果头一探进去，赫然发现里面坐了个须眉皆白的老僧。

夏初跟做了贼似的，转身就想跑，却听那老僧缓缓开口问道：“姑娘有事吗？”

“哦，没有。我就是……”夏初说着忽然停了下来，“姑娘？！”

“嗯？”老僧这才睁开眼睛，瞧了夏初几眼后呵呵笑了笑，“要是用眼睛看，倒还真以为面前的是个小公子。”

用眼睛看？夏初没听明白，不用眼睛看用哪里看？

老僧像是看出了她的疑惑，又呵呵笑了两声，慢悠悠地站起身来走到门口，越过夏初走到鱼塘边停住了脚，弯腰抓了把鱼食洒进去：“眼睛能看到的太少喽，眼睛只能看见心想让它看见的东西，它却反过来要蒙蔽心的宽阔。”

夏初一点儿都没听明白，她觉得打禅这东西就是怎么缥缈怎么来，与她所一贯奉行的“用事实说话”似乎截然相反。

老僧又笑了笑：“你看见寺里有人找你了吗？”

“啊？”夏初被他说得一愣。

“去吧，寺里有人找你。”老僧说完负着手往禅院外走去，直奔那道小门。夏初一看他去的方向，职业病直接发作：“高僧！三月初三晚上您在禅院吗？有没有看到过什么可疑的人，或者可疑的声响？”

“嗯？”老僧回头看着她，忍不住笑道，“我在万佛洞入定十余天，今天才刚回来，尘世间的事莫要问我喽。”

夏初有点抓狂，她也听不懂这和尚什么意思，但见他就要出门离去，忙道：“大……大师！”

“怎么了？”

“您可别告诉别人我是个女的，我这才刚当上捕头……”

“不说。”老僧点点头，“你的身份、你从哪儿来，我都不说。”

我从哪儿来？

夏初看着那扇门关上，怔了怔，忽然觉得后脖颈子发僵。他这句话什么意思？！是不是自己想多了？！

夏初满脑子问号地回了寺里，转过大雄宝殿就看见蒋熙元正从前面走过来，他一见夏初便道：“正找你呢。”

还真有人找？！

夏初下意识地回头看了一眼，心说自己刚才看见的究竟是人是鬼还是仙啊，难不成是土地公公显灵了？

“你干什么去了？”蒋熙元伸手在她眼前晃了晃。

“自然是查案子，我还能干什么？”夏初反问了他一句，“大人怎么过来了？”

夏初瞅他面色显得有点疲惫：“不是回家了吗？怎么倒像是被荼毒了一番似的？”

蒋熙元捏了捏眉心，避开了夏初的问题：“出了大案怎么也不知会一声？”

“骠骑将军府的门我等怎么敢随便乱闯，而且这不是还在放假吗？”

“亏得我勤勉，早一日去了衙门，正好碰上武三金去找人，我就跟着一起过来了。”

“不对吧？”夏初瞄他一眼，讪笑道，“我可是让武三金去莳花馆找人的，大人，您确实勤勉……”

蒋熙元被她无情戳穿，不禁伸手点着她道：“你看你现在这叫个什么态度？调侃上司，毫无尊敬可言。”

“调侃就是不尊敬？太狭隘了。”夏初诡秘地一笑，“耳朵只听到心让它听到的话，那么有限，却反过来蒙蔽了心的宽阔。”

“……什么意思？”

夏初暗暗放心，既然蒋熙元也不明白，看来倒不是自己智商有问题。

“说正事吧，那验身的婆子带来了吗？”

“带来了。”蒋熙元没好气地说，“已经安排去验尸了。”

验身婆子的检查结果很快就出来了，证实刘樱确实曾经受到过侵犯。刘夫人听见这个结果又哭了起来，刘钟面色铁青，站在蒋熙元面前想说点什么，最后却只是重重地叹了口气。

蒋熙元向刘钟保证一定会全力以赴，还死者、还刘家一个公道。

刘家人带着刘樱的尸体走了。夏初召集了几个捕快，与蒋熙元一块儿开了个专案研讨会，会上，夏捕头将案情进展做了简要的陈述，并对下一步的工作做出了安排。

“因为验身的结果已经出来了，所以现在咱们可以将嫌疑人锁定在男性身上。”夏初将笔录放在桌上，“武三金，现在就去通知闫正弘，让他暂时不要离开万佛寺。他在案发当晚没有不在场证明，如果离开，按畏罪潜逃处理。”

“啊？”武三金有点为难，“那……要是已经走了呢？或者人家要是有事非要走，我还真押牢里去啊？”

“人命关天！什么事比人命重要，嗯？！”夏初伸出拇指来一指蒋熙元，“你要是搞不定就找蒋大人出面。现在就去！赶快！人走了就给我追回来！”

武三金抄起他面前的纸就冲了出去。

蒋熙元慢慢地转过头看着夏初："你拿我当什么了？"

"上司、领导、无所不能的蒋青天。"夏初眼皮不抬地说，说完转向许陆，"许陆，珠儿哥哥这条线你继续跟，现在你就去她家。"她把笔录推到许陆面前，"记住，如果他当晚有不在场的证明，一定要把证明落到实处，务必查清；如果没有不在场证明，就将他带回衙门暂时扣押，此人嫌疑很大。"

"明白。"

"扣押归扣押，不许用刑，所需一切条件尽量满足，并告知家属。"

"好。"许陆把纸折起来放好。

夏初安排完了这条线，又转向王槐："我记得你以前做过泥瓦匠。现在我需要一张万佛寺的平面图，你把这件事给我办了。要包括寺里寺外的所有通道、小路、门，还有禅房。明天下午我就要，明白吗？"

"明白。"

夏初点点头，站起身来一拍巴掌："散会！"

蒋熙元拽住她的袖子："怎么好像……没我什么事？"

"对啊！本来也没想到大人您会来啊。"

"合着还是我多事儿了？！有你这么跟上司……"

"敬爱的蒋大人，"夏初走到门口把门拉开，躬了躬身，"不如咱们先吃饭去吧。"

吃饭的时候万佛寺的人已经少了很多，夏初吃着清淡的粥菜，十分罪过地想要吃点肉。她抬眼看了看对面的蒋熙元，纵然算得上秀色，但还没达到可餐的地步，吸引力尚不如肘子。

如果是黄公子呢？

夏初觉得黄公子是她平生所见过长得最好看的男人，甚至也可以包括女人。那人性格看上去有些清淡，但是气质上却有种十分压得住场子的感觉，挺矛盾。

如果此时是黄公子坐在对面呢……

更不行。夏初估计自己更不会有心思吃饭了，直接就被秀色填饱了。且那样的一个人物，被自己跟肘子放在一起比，啧，想想都罪过。

蒋熙元那边自顾自吃得斯文又迅速，不知道对面人脑子里想的荒诞事。

吃到一半，夏初看见那个被她列作嫌疑人的闫正弘从外面走了进来，一脸的不高兴，眼睛扫过夏初，理也没理，直接去吃饭了。

"那人就是个书呆子。"蒋熙元说。

“你认识他？”

“一看就是，定是又酸又倔，迂腐得很。”

“你小点儿声！”夏初冲他压了压手掌，横了他一眼，不悦道，“回头我还要问他话，既然知道他倔，大人你就别给我添麻烦了。”

“我真是太纵容你了！”蒋熙元把筷子往碗上一放，“我身为你的上司，主动放弃休假到现场协助查案，你非但觉得我多余，还嫌我麻烦！夏初，我能把你提上来，也能把你踢下去。”

“大人我错了。”夏初熟练地道歉。

“嗯，知道就好。”

等闫正弘那边吃完了饭，夏初和蒋熙元直接把他堵在了饭堂门口。闫正弘看了他们两眼：“官爷，我饭后还没有散步。”

夏初与蒋熙元面面相觑。

“晚饭后要走一走才不至于积食，二位不知道吗？”看闫正弘那表情，好像不知道这事儿是个天大的罪过一般。

“闫公子，先耽误你点儿时间，一会儿您再散步可好？毕竟人命关天。”

闫正弘负手梗了梗脖子，拔高了声音道：“那跟我有什么关系？你们已经耽误我回城了，我今天回不去，明天还要耽误去书院，你们耽误我可以，我耽误一会儿你们的时间就不行？难道你们的时间是时间，我的时间就不是时间了不成？！”

“好！好好好……”夏初举手认输。这闫公子年纪不大，倒是一身小知识分子的臭毛病。

“闫公子不介意我们跟您一起散散步吧？”蒋熙元皮笑肉不笑地说，“我们也刚吃完饭。”

“那有什么可介意的？寺院的路又不是我家的。”闫正弘迈步开走，边走还边絮叨，“凡事都要讲道理是不是？我这人只认道理，凡是道理通的，我很好说话。读遍天下万卷书，所求不就是个理字吗？”

夏初轻轻地“哎哟”了一声，烦躁地揉了揉额角。她可真不喜欢这样的人，念书念得好似脑子都已经没了回路，变成翻页的了。

蒋熙元看夏初的样子，不禁暗笑，心说这家伙到底还是年纪小了些，好恶全挂在脸上。

“闫公子，三月初三那天晚上，你说你一直在自己房里看书？”蒋熙元问。

“对。读书之事一日不可荒废。”闫正弘严肃地说，同时也对不看书的人表现出了带有莫名优越感的鄙夷，“各家的那些个所谓公子，总是喜欢那些带着脂粉味的诗词曲子，俗不可耐，我怎可与他们同流合污？”

蒋熙元扯着嘴角笑了笑：“闫公子真有一颗圣贤之心啊！”

“过奖。”闫正弘竟是谦虚地把这句话受了，弄得蒋熙元哭笑不得。

“那天晚上闫公子有没有听到什么特别的动静？”

“什么特别的动静？寺庙之内，能有什么特别的动静？”闫正弘拧了眉毛反问蒋熙元，显得很是不悦，倒把蒋熙元问得一愣。

“大人该去问那些公子哥儿们。”闫正弘甩袖哼了一声。

夏初莫名其妙地看了看蒋熙元。蒋熙元也不太明白，默默地想了一会儿，忽然无声地笑了起来，而后有些无奈地说：“闫公子误会了，我说的不是那种动静，我是说……比如打斗、呼救之类的声音。”

闫正弘的脸腾地红了，憋了半天才生硬地说：“哪种动静？大人说的什么意思？我没听见，什么动静都没听见！”

夏初这才恍然大悟，心中又将闫正弘鄙视了一把。

蒋熙元又问了闫正弘一些问题，他除了不能给出证明人，整体的回答倒是没有什么破绽。问了不到半个时辰，闫大公子散步结束准备回房。

“我们想去闫公子住的禅房看一眼，不知是否方便？”夏初忽然问道。

闫正弘打量了夏初几眼，冷笑一声：“凭什么？我说了，我这个人就认道理，你们说出个道理来，我自无不允。”

“官差查案，当然是有道理的，但官差的道理并不是随便就能说给别人听的，毕竟案子还没结。闫公子读万卷书，却连这点道理都不懂吗？”夏初也冷笑着回答，“我们闯进去也无不可，现在征求你的同意，只不过是出于礼貌罢了。”

“你们这叫仗势欺人！别以为我只是平头百姓，就任你们拿捏！”闫正弘大声地说。

“这话错了，平头百姓我们也不会随意拿捏。”夏初说罢不再与他磕牙，越过他直奔他住的那个禅房而去。

闫正弘因为是在回城的路上被叫回来的，所以行李都打着包放在地上。蒋熙元摇头，踱着步子在他屋里走了走，四壁空空，除了床上铺着被褥，实在也没什么可看的。

夏初走到行李旁边打开了书箱，闫正弘不悦地走过来，“啪”地合上盖子：“这里都是我的书，莫要翻乱了！”

夏初瞟了他一眼，不咸不淡地说：“闫公子，人命之事比你这箱子书重要得多。”

“书是我的书，那人命又与我何干？人不是我杀的，死的也不是我的家人。”

夏初皱眉："我们叫你回来正是因为你有嫌疑，你说不是你杀的没用。另外劝公子一句，读书读得毫无恻隐之心，全无仗义作为，讲出千万条道理来也不过是酸腐。"

闫正弘冷笑一声："女子就该不出二门，持家养性，没事花枝招展地跑来万佛山做什么？说是礼佛踏青，实则想看男子，更有那私订终身苟合偷欢之事，实在龌龊！谁知道那刘樱做了什么才落得那般下场，纵有恻隐之心仗义之气，也没有乱用的道理。"

夏初简直要被他气笑了，冷眼看了他一会儿，觉得实在缺乏沟通的基础，便捏着他的袖子将他的手拽开，重又打开盖子探手进去。三翻两翻地，夏初的手指碰到个软软的东西，她捏住了一拎，便拎出一个海棠色的香包来。

夏初侧眼看了看闫正弘，闫正弘的表情有点儿不自然，移开视线："山中小咬多，我怕蛀了我的书。"

蒋熙元走过来拿过香包翻看了两下，又嗅了嗅："绣工不错，这香是茉莉配了薄荷叶的，算不上名贵，但香气淡雅提神，确实也防蛀。"

蒋熙元将香包轻轻一抛，夏初半空接住握在手里，瞄了闫正弘一眼："闫公子，这香包我们暂扣了。明日回城，麻烦您跟我们到府衙去一趟。"

"凭什么？"

"没什么凭什么！"夏初回头吼道，吼完顺了顺气继续说，"你不去，我们也有办法让你去！"

言罢，两人不再理会闫正弘说些什么，开门出去了。出了门，夏初叫来武三金，指了指闫正弘的屋子："看住了他。"

回了房，夏初吹燃火折子点上蜡，把笔录和那香包都往桌上一扔："什么东西！"

"值得这么生气？"

"不值得，但就是火大，他说的那也叫人话？！"夏初狠狠地叹了口气，又伸手将那香包拿在了手里，思忖了一会儿道，"这应该是个女子送他的，但又不是专门为他绣的，不然不会用这样的颜色。"

"嗯。"蒋熙元倒了两杯茶，心不在焉地应和着，"应该是从身上解下来送给闫正弘的，示爱或者定情的。你怎么不直接问问他？"

"一个字也不想听他说了，烦躁。"夏初皱了皱眉，"大人，我错了。"

"你怎么错了？"

"我刚才真的有了个不好的念头，就是把他带回府衙，不问青红皂白地先打一顿再说。让他知道这世界上不是什么都有道理好讲的！装什么圣人君子……"

蒋熙元大笑："伪君子比真小人更令人恶心。"

夏初默然片刻，摇头："没有差别的，并不是说占了个'真'字就高出一筹，都一样的恶心。"

夏初手里轻轻地揉着那个香包，闭起眼睛来想了一会儿："明天回城去找竹青问问，这香包如果是刘樱的……"

"如何？"

"那她的品味实在也太差了！"夏初把香包往桌上一拍，"算了，我这有点不尊敬逝者了。"

"闫正弘一个读书人，在佛寺中奸杀女子……我怎么想象不出来呢？"

"大人以为读书人如何？没听过一句话吗？流氓不可怕，就怕流氓有文化。"夏初摇摇头，心说自己从前读的那些案件卷宗里，没少看到高学历者杀人虐尸的案例，冷血得让她觉得恐怖。

有文化的变态，是变态中的战斗机。

蒋熙元听夏初说完，不禁扶额苦笑："你哪里来的这些歪理？景国重文，鼓励读书，春闱全凭笔下乾坤遴选士子才俊。你这话要是让皇上听见，非砍了你不成。"

"我又不认识皇上，要是皇上知道了，也必然是大人您给穿的小鞋。"夏初呵呵一笑，眯起眼睛来看着蒋熙元，道，"您看，我没说错吧。只有有了文化，小鞋才能穿得到位。"

蒋熙元照着夏初的脑袋敲了一下："别没事儿消遣上司！"

"大人我错了。"夏初揉揉脑袋，拉过自己的包袱将笔录和香包放了进去，"明天上午回城，希望许陆那边能有点突破。"

"别抱什么希望，我觉得凶手不会是那个什么珠儿的哥哥。"

"为什么？"夏初问道。

"我听你说，珠儿的哥哥觉得珠儿是被刘樱虐待自尽的，他肯定恨透了刘樱。假如说你有个妹妹，她被人欺负丢了性命，你除了想杀掉那个人之外，会有别的想法吗？"

"我没有妹妹。"

"我是说假如。"

"假如……"夏初枕住了自己的手臂，垂下眼帘，烛光轻摇映得她神情好似也模糊了起来。沉默了许久，夏初才轻声地说，"不知道。首先我就不会让她受欺负，拼了命也会护住她的。"

蒋熙元被她的声音戳得心头莫名一酸，昏黄的灯下，看夏初那张清秀的面庞仿佛也笼上了一层淡淡的哀伤似的。他小心地探问道："你……以前是不是有妹妹？"

"没有过。"夏初摇头，"大人，你继续说吧。"

蒋熙元的情绪被夏初带得有点跑偏，一时掰不回来，不知道怎么开口。

夏初替他说道："大人的意思是，珠儿哥哥恨透了刘樱，有可能杀了她，却不太可能侵犯她，是吗？"

"嗯，是。"

"蒋大人这是以己度人，但珠儿哥哥却不一定是蒋大人这样的人。对于刘樱那样身份的姑娘，侮辱可能比死亡还让她痛苦。"

"嗯——"蒋熙元想了想后，点点头，"是我想当然了。"

夏初坐起身子来问他："大人，你是不是很疼爱你的妹妹？"

蒋熙元想了一下，扑哧笑了："小时候我总欺负她，大了一些后知道让着她了，她就开始欺负我。兄妹中我与她最亲近，她是大家闺秀，唯有在我面前才像个自在的小姑娘。"

"是那个要入主中宫的妹妹吗？"

蒋熙元沉默地点了点头，声音也低落了几分："以后便不能像从前那样了。中宫不好坐，我很替她担心。咏薇其实很可爱，我倒宁愿她嫁个吃穿不愁的人家，一辈子无忧无虑的。"

"是呢。"夏初认真地听着，抿了抿嘴，露出两个浅浅的酒窝，"大人是个好哥哥，真羡慕你的妹妹。"

蒋熙元笑了笑，忽然回过神来不解地问："你羡慕我妹妹？"

"我是说羡慕大人你有个妹妹。"

"你是这么说的吗？"

"是。羡慕你有个妹妹，我就没有。"

因为我就是个妹妹，一个失去了哥哥的妹妹。

第二天吃过了早饭，王槐便把夏初要的寺院平面图给拿来了。夏初竖起大拇指赞了他一句："就喜欢这么有效率的。"

王槐眼睛有点发红，显然睡得不够，但是精神很好，尤其是听夏初夸了他之后，身子挺得倍儿直："头儿，你要不要对一下，保证没错的。"

"是要对一下。"夏初笑眯眯地说，看王槐脸上显出一丝失望，忙又解释道，"噢，我相信你画得没错，我的意思是我要把几个点记一下。"

王槐这才释然。

蒋熙元跟夏初一起看着那张平面图，又瞄了一眼走开的王槐："不赖，一次就把他们打服帖了，现在办事一点儿都不拖沓。”

“光打有什么用？”夏初笑了笑，“大人知道什么叫恩威并施吗？”

“知道。你怎么个恩法？”

“很简单嘛。”夏初背着手，脸上毫不掩饰自己的小得意，“一是激励，二是培养兴趣。努力工作有好处，那自然就努力工作了，根本不用催促。”

“你怎么激励的？”

“我设了三个等级，半年一次考核。表现突出的就升上去一级，连续三次考核成绩平平无进步的就降一级，不好的我就直接开除掉。”

“你下手够狠的。”

“我只对没用的人下手狠。大人，我手下十二个捕快，只要有一个混日子能混下去，早晚带得所有人都去混日子。”

蒋熙元颔首赞同：“那你手下的捕快升级有什么好处？”

“加薪水啊！”

蒋熙元诧异道：“胡闹啊！捕快的月钱都是既定的，朝廷每个月都是按人头给钱，你哪儿来的钱给他们加薪？！”

“眼下还没有加，至少也要半年后了。大人，如果朝廷有加薪的事儿您可告诉我，别直接告诉捕快，坏了我的计划。”

“朝廷不加薪。”

“朝廷真抠门儿。”

“再说说你那培养兴趣是什么意思？”

夏初指了指自己：“大人看我，你不给我加薪，朝廷也不给我加，但我仍然在工作上兢兢业业，认真努力。为什么？”

蒋熙元撇了撇嘴。

“对！就是因为我对查案有兴趣。兴趣是第一生产力，只要是有兴趣做的事，白干都是愿意的。当然，我就是打个比方。”夏初摆了摆手继续道，“比如刘起对九姑娘有兴趣，赔钱都是愿意的；再比如……大人对什么有兴趣？”

蒋熙元茫然地想了好一会儿：“姑娘吧……”

“哦……”夏初缓缓点头，“真是个奢侈的兴趣。”

“你没兴趣？”

“我……”夏初被他噎了一下。想说有，怕他兴起拉着自己去逛青楼；想说没有，怕他会以为自己对男人有兴趣……

可他要是以为自己对男人有兴趣似乎也没错，说没错，却好像又是错的。

夏初脑子一阵混乱，不知道应该怎么答话，索性十分官方地说：“我的事业才刚起步，正是奋斗的时候，精力还是应该放在工作和学习上。”

蒋熙元跟看怪物似的看着夏初负手离开，愣了好一会儿才追了上去。

夏初拿着王槐画的万佛寺平面图，将刘樱三月初三晚上去过的地方都勾了出来，又与蒋熙元一起绕过藏经楼去了后面的禅院。

“没想到这里有个禅院吧！”夏初打了个响指。

蒋熙元十分淡然道：“我知道这儿有个禅院。”

“没意思。”夏初哼了一声走进月亮门，指着竹林边的那扇小门说，“三月初三晚上，刘樱应该就是从这里离开的万佛寺。”

蒋熙元左右打量了一下：“这地方偏，她大晚上来这里做什么？”不等夏初说话，蒋熙元便竖起手掌挡住了她，自问自答地说，“私会。”

“嗯，我也是这么想的。可是私会的目的却也不一定是男女之情，大人不要理解得太狭隘。”

蒋熙元额上的青筋蹦了蹦：“我理解得很宽泛。与情郎偷偷相约叫私会，私下里做一些上不得台面的事也叫私会，行吗？”

“对。主要是‘私会’的这个‘会’，那必然是有另外一个人存在，那另外一个人很可能就是凶手。目前嫌疑最大的……就是珠儿哥哥和闫正弘。”

夏初说到这里却微微蹙了眉头：“嗯……我觉得不太对，错了。”

“哪里错了？”

“珠儿哥哥那里。珠儿哥哥已经在刘府当着刘樱的面闹过几次了，刘樱肯定知道他找自己是为什么，又怎么会夜深人静的只身一人跑出来跟他见面？”

“如果是劫持呢？”

“当晚在禅房里住的人我们都已经问遍了，没有人听见过异常的动静。假设他是将刘樱打昏带出去的，先不说这样十分冒险，单说他最后的目的是杀死刘樱，那何不在禅房动手？杀完人自己跑比带着个人跑容易多了。”

蒋熙元点点头：“所以我说珠儿哥哥那边你别抱太大希望。”

“分析分析！我要的是分析，大人，您那叫猜。”夏初不满地说。

“殊途同归。”蒋熙元得意地一笑。

夏初不与他再纠缠这个问题，走上前将门闩拉开走了出去，一边走一边说道：“闫正弘的那个香包是个很大的疑点。”夏初转过身看着蒋熙元，理顺了一下思路。

“假设，刘樱真就不长眼地相中了闫正弘，偷偷送了个香包给他，他借机向刘樱发出私会的邀请。月黑风高孤男寡女，那道貌岸然的伪君子色从心中起想要对刘樱做点什么，刘樱不从，然后……”

“说得通。但是夏初，你在说闫正弘的时候，能不能别加上那么多前缀？这样显得十分不客观。”

“我这些前缀本身都十分客观。大人，排查了这一圈之后，闫正弘是唯一不能提供不在场证明的男人，三月初三晚上，他有充分的作案时间，而那个香包可以说是个作案动机。”

“推理上是说得通的，等回城找刘家人过来认一下香包，如果确实是刘樱的，那后面的事也就好问了，不怕他不交代。”

夏初挠了挠头：“可话又说回来。刘樱在被害之前悄悄地约过方义，如果她是与闫正弘私会，那她约方义又算什么意思呢？”

第六章

自由自在心

夏初分析得脑袋直发木，蒋熙元摆了摆手让她打住："这里面可能性很多，别猜了，先弄清楚香包是不是刘樱的再分析下面的不迟。"

"要不是刘樱的怎么办呢……"夏初叹了口气，回身对着万佛寺拜了拜，"佛祖保佑这案子能破。"

"临时抱佛脚有什么用？"

"那怎么办啊？除了闫正弘这条线之外，我没有更多线索了啊！如果不是闫正弘，我查谁去呢？"

"我昨天看过你的笔录了，还有一个人可以查一下。"

"谁？"

"刘榕。"蒋熙元一边慢悠悠地往前走，一边慢悠悠地说，"刘榕也是一个具备作案时间的人，而且我看你在笔录下面标注了三个字：没感情。大概是你在问话的过程中看出来的，刘榕对刘樱的死没有表现出任何悲伤的情绪。我猜得没错吧？"

"不错，大人有进步。"夏初赞赏地对蒋熙元点点头，换回蒋熙元不屑的鄙夷。

"通常来说，自己的亲人死了，就算与自己的关系很一般，也不会完全无动于衷。刘榕不悲伤，很可能是她对刘樱的死是感到开心的，但又不能表现出来，两厢抵消就变成了平淡。"蒋熙元说道。

夏初微微颔首表示赞同，却又道："可刘榕是个女的。"

"同谋。"蒋熙元说，"至少刘榕比别人更了解刘樱，更容易把她引出来。"

夏初转着眼睛想了想："嗯，有道理。比如，刘榕假借方义或闫正弘的名义将刘樱约到后面，那边再告诉珠儿哥哥刘樱要与他说珠儿的事，两厢一碰面……"

夏初正说着，回头却见蒋熙元正往山崖外探出半个身子去，根本没听自己说话。

"大人你悠着点！回头你要脚滑了，我可拽不住你这么大的个头儿。"话虽这么说，夏初却仍是走到他身边揪住了他的袖子。

蒋熙元回头看了她一眼，见她拉着自己的袖子，眼神满怀担忧地看着自己，有点小感动，于是弯唇笑了笑。

他折了一根树枝往下钩了钩，再将树枝拎起来时，枝头上多了一根杏黄色的穗子。蒋熙元取下来，回身放到了夏初手里："看上去还挺新。"

夏初惊讶不已，看看穗子，又看看蒋熙元："大人你怎么发现的？有透视眼不成？！"

"看这里。"蒋熙元弯腰从路旁的灌木枝上捏起个东西，夏初眨眨眼，屁颠屁颠地换了个对着阳光的角度，这才看见他指间有一根丝线。

夏初看着那根丝线由衷地感叹："这都能让你看见，真是好眼力！"

"小意思。"蒋熙元矜持地谦虚了一下，"你看看那根穗子，看能不能有什么发现。"

"噢。"夏初摊开手仔细地翻看了一会儿，说，"从系绳的断口来看应该是被外力拉断的，可能是人为也可能是被灌木枝挂掉的。穗子确实还很新，但是不能确定是不是跟这次的案子有关系。"

"十有八九吧。这条路是给车走的，但上山礼佛的都讲虔诚，很少有人坐车，除非是身体不好腿脚不便的人。再说，好好地走着路，为什么要往崖边上来凑？"

"这是个什么穗子？蒋大人看得出来吗？"

"看不出来。但从这条丝线挂着的高度看，应该是在腰部的位置，这个位置上会用到穗子的无非荷包香囊、扇套或者玉佩。这个杏黄的颜色多半应该是个女子的，不过也不一定。"

又一个荷包吗？

夏初简直要怀疑这万佛寺里是不是有卖旅游纪念品的了，哪儿就东一个西一个这样的东西。

夏初往前走了两步，指着一处说："那天我来这里发现有树枝被压折的情况，按我估计的距离，这下面应该跟发现尸体的那块大石垂直的位置差不多。如果刘樱的尸体是从这里被抛下去的，那这个穗子很有可能是从刘樱身上挂掉的，或者说是凶手的东西。”

“找到第一案发现场了吗？”

“没有，漫山遍野的太难找了。”

蒋熙元原地走了几步：“那你有没有想过这里就是第一现场？”说罢，回身伸手一拽夏初的胳膊，将她拉到自己身前。

夏初一惊，抵住蒋熙元的胸口往后挣了挣：“干……干什么？！”

“模拟案发现场啊。”蒋熙元十分坦然地说，一边说，一边把手放在了夏初的腰上，捏了捏，“你的腰怎么这么细啊？”

还细？！就这样，还是往腰上缠了两圈东西呢！

夏初急得脸都红了，生怕他再捏到别处去。她推着蒋熙元，尽量与他拉开距离，慌里慌张地说：“那，那是因为小时候饿的！大人，你……你说就行了，别比画了。”

“你干什么？脸怎么那么红？”

“我痒痒！”夏初吼了一嗓子，用力把蒋熙元推到一边去，使劲搓了搓自己的腰，“痒痒会脸红，不知道啊！”

“嗯……不知道。”蒋熙元支起胳膊挠了挠下巴，若有所思地看着夏初，神色忽然间变得有点古怪，“夏初啊……”

夏初挑起眉毛警惕地盯了蒋熙元一眼：“大人要说什么？”

“嗯……没什么，等案子结了我请你去莳花馆。”

“去莳花馆干什么？”夏初有点跟不上他思维的跨度。

“去莳花馆能干什么？吃饭喝酒，听姑娘唱曲儿，你要是愿意的话，点个姑娘也没问题，我请你。”蒋熙元拍着胸脯说，笑得有点假。

“不……我不喜欢……”

“不喜欢什么？你不会是不喜欢姑娘吧？”

“我……”夏初担心自己的性别暴露了，后背冒了一层的汗。支吾了几声后突然有点急了，大声道，“大人，你到底要说什么？痛快点儿说了吧！”

蒋熙元做了个安抚的手势，用手指点了点自己的眉心，思忖着开口道：“也没什么，我就是觉得你……直说了吧，如果你喜欢男人呢，我得先把话跟你说清楚。”

“说什么清楚？”夏初听得眉毛都皱起来了。

“我很欣赏你的能力，但是我不是断袖，我只喜欢姑娘，所以……”

夏初愣愣地听着，片刻后忽然明白了蒋熙元的意思，气得头发根都要立起来了，当即一个侧踢直奔蒋熙元的脑门。

蒋熙元双臂交叉一挡，往后撤了一步站稳，再看时，夏初已经大步流星地走了。

“喂！”蒋熙元喊了她一声，夏初理也不理。

神经病！自恋狂！你才是断袖，你们全家都是断袖！断得不能再断，断得就剩个背心了！

夏初很生气，后果很严重。

吃早饭的时候，夏初、王槐和武三金坐在一起，低声讨论着案情。蒋熙元端着两个素包子过来往桌上一放，还没来得及说话，夏初就站起身来走了。

再低头，两个素包子已经被王槐和武三金分了。

“真是上梁不正下梁歪，你们眼里还有没有我这个京兆尹？”蒋熙元气道。

“大人，您是得罪我们头儿了吗？”

蒋熙元眯起眼睛来看了看两个吃包子的：“凭什么就是我得罪他？！还有，你俩给我认清楚，我才是你们的头儿！”

他转头看着夏初越走越远的背影，心道：这小子还真是分不清上下高低了，我是你上司！有你求我的时候！

蒋熙元饭也没胃口吃了，一抖衣摆，甩着袖子气哼哼地出了饭厅。

夏初生气归生气，但是将熙元说的第一现场的事她倒是没忘，叫上王槐和武三金，在离开万佛寺之前去模拟了一下。

答案是：不能排除。

夏初之前的思路上有个盲点，她觉得奸杀这种事应该是在一个相对隐蔽的地方发生，而不是大大咧咧地在路边。可实际上，这条路白天走的人就不多，晚上则是根本就没有人，与树林山洞其实没区别的。

夏初扫清这个盲点之后，觉得作案的这个人心理素质真不错。

因为这种“应该隐蔽”的心理暗示不是独属于夏初一个人的。什么叫做贼心虚呢？这也是其中一种心虚的表现，而凶手克服了这种心虚。

下山离开万佛寺回城，蒋熙元骑了自己的马，王槐驾着府衙的马车，夏初便带着那个莳花馆的验身婆子坐在车里。后面还跟着闫正弘的车，武三金赶着。

蒋熙元跟着马车旁走了一会儿，几次想给夏初找点儿什么麻烦，讽刺她几句或者跟她斗斗嘴之类的。但是夏初就稳稳当当地在车里坐着，连个头都不露。

跟了几里路之后，蒋熙元索性扬鞭一打马，扬起丈高的烟尘来，先行一步了。

等蒋熙元的马蹄声远了，夏初才把车帘掀起来。暖洋洋的风霎时灌满了车里，夏初舒服得叹了口气，挪了个舒服的姿势靠着。

“头儿，你跟大人吵架了？”王槐在车前面侧着头问她。

夏初冷冷一笑：“怎么会呢？我们那么人见人爱花见花开的蒋大人，我敬爱都来不及，吵什么吵？”

“那你们这……”

“讨论案情出现分歧而已。”

那验身的婆子在莳花馆许多年了，具备了所有婆子的典型特质，此时听见夏初他们提到了案子，便探头凑过来问：“官爷，案子有着落了吗？”

“还在查。”夏初含糊地回了一句，关于案情本身她不想说太多。

“哟！还没找到人呢？我看这寺里的人可都已经回去了呀，那是不是就逮不着了啊？”

夏初听得不太爽：“法网恢恢，疏而不漏，怎么会逮不着？不过是个时间早晚的问题。”

婆子是个粗人，听不明白那什么漏不漏的话，只是继续发挥着自己的打探与八卦精神，又问：“官爷，那后面车里跟的是不是就是杀人犯啊？”

“不要乱说，不过是有嫌疑而已。”夏初严谨地纠正婆子的话。

“有嫌疑还不就是杀人犯？”婆子有自己的一套理解，“他要是没杀人，咋就会有嫌疑吗？官爷，您说是不是？”

夏初“啧”了一声，皱了皱眉头，吓唬道：“这话不要乱说，假如你去跟别人乱说，我也是可以抓你的。”

婆子睁大眼睛赶紧道：“不说不说。唉，我这不就是跟您这里问问吗？官爷，我可是好心，那刘家小姐死得惨，我心里不忍，盼着早点儿抓到凶手呢。”

“哦，这次的事情还要多谢你了。”夏初说完便将目光转向车外，不愿意再跟这婆子多说了。缺乏交流基础，说话累得慌。

可那婆子并没有这样的自觉，依旧喋喋不休地说：“官爷，您可不知道，刘家小姐那话儿伤得厉害呢，受罪啊。我看那刘夫人哭得惨，真是不忍心告诉她。”

夏初心不在焉地点了点头，把婆子刚刚说的这句在心里过了一遍，忽然觉出点儿问题来，便回头问道：“你刚才说伤得厉害？什么地方伤得厉害？”

婆子侧目看了看夏初，表情有些暧昧：“唉，怎么说呀。我看您年纪尚轻，是不是还没娶亲呀？”

“你直说就是，现在我是问案子，不是跟你闲聊天。”

“噢，得了，反正婆子我年岁大了也没皮没脸的。”婆子想了想说，“楼里有时候有姑娘也会伤着，有些男人就是好这口的。那刘家小姐可不光是被破了身，依我的经验看，是受了折腾的。”

夏初有点脸红，抹了抹鼻子：“是什么样的伤？你能分辨得出来吗？”

“像是被什么东西划了好多细口子。”婆子翻着眼珠想了想，“我也不是仵作，您要是问我是什么东西，我可说不上来。”

夏初隐约觉得有些问题，一时又想不出来哪里不对。

午饭前，一行人终于到了府衙。蒋熙元早就到了，正坐在刘起的师爷书房里跟许陆说话。

夏初进去看了蒋熙元一眼，便转向许陆问道：“怎么样，珠儿哥哥那边有没有什么突破？”

“我正跟蒋大人汇报这件事呢。珠儿哥哥不是凶手，他在三月初三当晚有不在场证明。”

“什么证明？很充分吗？”

“特别充分，我都去调查过了。笔录我刚给了蒋大人。”许陆转头看着蒋熙元。笔录正在蒋熙元手里拿着，他听许陆这样一说不禁坏笑了一下，抖了抖笔录，睨了夏初一眼。

幼稚！

夏初没搭理蒋熙元，问许陆：“我不看了，你直接跟我说吧。”

“嗯。是这样的，珠儿哥哥三月初三确实到过万佛山，当时还拦了刘樱的马车让她给个说法。可刘樱没有理他，让车夫直接打马冲过去了。他哥气不过，从万佛山回去之后带着家中父母弟弟到刘大人家门口烧纸去了。”

“烧纸？”

“那天正好是珠儿的头七。那一家人哭号的声音很大，刘大人的街坊都听见了，看见的人也不少。我找了几家问过，情况属实。”

夏初点了点头：“这个不在场证明果然够充分。那街坊们确定那天晚上在场的是珠儿哥哥？不是什么其他人？”

“确定。”许陆笑了笑，“我想过这个问题，所以特地还问过的。珠儿死了之后，她哥没少往刘家去闹，所以不少街坊都是见过的，能够确定。”

得，又排除一个。

“又排除了一个。”蒋熙元把夏初心中所想说了出来，将手中的笔录递给了许陆，许陆接过来转交给了夏初。夏初闷头看着，连句谢谢也没说。

蒋熙元不高兴了，起身出了房间。

一直坐在一边的刘起瞧出些端倪来："夏兄弟，你跟我家少爷是吵架了？"

"你们怎么都这么问？"夏初抬起头来回了一句，又没好气儿地说，"没吵架，就是懒得讲话而已。"

旁边的许陆抱着胳膊，摆出一副兴致勃勃准备听故事的架势。夏初瞥了他一眼："没事做了是不是？很闲是吗？"

"没有啊。"许陆很无辜，"我就是……"

夏初把那个海棠色的香包和那条穗子拿了出来递给他："去刘家，找刘樱的丫鬟竹青问一问，这些是不是刘樱的东西。"

"是。"许陆抓过香包，回头对刘起使了个眼色，推门走了。

刘起颠儿颠儿地跑到夏初跟前："我们少爷怎么得罪你了？"

"哟？你倒知道是他得罪我？"夏初侧目道，"到底还是你了解他，是吧？"

"那是。"刘起得意地笑了笑，"我家少爷那性子，有时候幼稚得很，夏兄弟别跟他一般见识。"

"谁稀罕跟他一般见识。"夏初嘟囔着说，"自恋狂！"

"对对对。"刘起听见后猛点头，"他就是那样的。不过这也怪不得我们少爷，他家世好，功夫好，生的模样也好，又是个风流倜傥出了名的。其实也不是他自恋，恋他的人的确也不少就是了。"

"嗬。"夏初不屑地冷笑了一声，"怎么着？大众情人，青春偶像啊？"

"差不多。"刘起中肯地点了点头，"原先尹家的归禾公子还能压过我家少爷一头，不过现在归禾公子不在了。再有嘛……今上也是个宋玉潘安之姿，只不过人家是皇上，惦记的人自然是没我家少爷多。"

"刘兄还真是不吝夸奖您家少爷。"夏初讪讪地道，将手中的笔录交给了刘起，"这个笔录麻烦您归档。我饿了，我先吃饭去了，吃完饭还要再查一查闫正弘。"

夏初一开门，余光瞥见蒋熙元就在门口，于是目不斜视地走了。

刘起随后跟出来，看见黑着脸的蒋熙元："少爷？你在这里干什么呢？"

"谁让你那么多废话的？"蒋熙元劈头盖脸地问。

"我没说你的坏话啊。"

"好话也不能说！"

刘起不明白了："为什么？这算个什么道理？"

蒋熙元瞪了他一眼，回头看了看，压低了点声音说："你不觉得夏初有点奇怪吗？”

刘起一脸的茫然，想了一会儿摇摇头：“哪里奇怪了？”

“细皮嫩肉的太清秀，有时候有些小动作还带点儿女气。今儿早上我摸他的腰，他的反应十分奇怪，我怀疑……”

刘起一脸的悚然：“少爷，你还摸人家腰？！”

蒋熙元拍了他脑袋一下：“想什么呢？我那是要模拟案发现场。”说完两手往刘起腰上一拍，扶住了。

刘起下意识地屈腿撤步，摆出防御的姿势来，然后愣愣地低头看了看，又抬头问：“怎么了？”

蒋熙元在他腰上捏了两把，松开手：“你看！你这样的反应我觉得比较正常。夏初当时却脸红了。”

“那怎么了？我跟你多熟，小时候被你抱着腰摔地上摔了多少次，我会脸红才奇怪。”

“啧。跟你这个木头我说不明白！”

“少爷，你就说你怀疑什么吧。”

蒋熙元竖起手掌挡在嘴边，靠近刘起的耳朵小声地说：“我怀疑，这个夏初是从哪个南风馆跑出来的小倌，改换了姓名到莳花馆做杂役。难怪我查不到他的背景。”

“小倌？！”

“你小点儿声！”蒋熙元又拍了他一下，“这话你烂在肚子里，别胡说出去。”

刘起皱了下鼻子，斜眼对蒋熙元说：“少爷，说句公道话，你这样可是不对的。不管夏兄弟原来是什么人，但是他的能力有目共睹，你可不能因为人家以前的事就瞧不起人。”

“我当然没有瞧不起他！怎么可能？”蒋熙元高声地否认，清了清嗓子又道，“共事当然没问题，我也很认同他的能力。但是如果他以前是小倌，保不齐是喜欢男人的，这每天相处下来……”他眉毛挑了挑，“是不是？”

刘起看着蒋熙元，想了好一会儿才恍然大悟：“噢——噢噢噢！”

“你噢什么啊？”

“难怪夏兄弟说你自恋狂。”刘起低声笑了起来，片刻后又变成了仰声大笑，只笑得捂着肚子，“少爷啊！你是不是想得太多了？你就这么跟他说了？难怪他懒得理你。哎哟……”

蒋熙元火冒三丈，把刘起往旁边一推，甩开袖子大步离去。刘起在后面追，一边笑，一边问他：“少爷你干什么去？不吃饭了？”

“不用你管！你这个叛徒！”

“哎哟，少爷，我喜欢你！我喜欢你还不成吗？”

夏初在食堂里打了两个喷嚏，揉了揉鼻子，继续吃饭。饭还没吃完，郑琏就跑进来找她，说闫正弘的父母来了，给安排在门房里候着呢。

“他们怎么来了？谁告诉他家人的？”夏初蹙眉问道。

“是跟着闫正弘去万佛寺的丫鬟回家报的信。”

“嘀。”夏初一拍脑门，懊恼自己忘了嘱咐这一块儿了。她烦躁地抓了一把自己的帽子，“许陆回来了吗？”

“还没有呢。”郑琏说。

“行吧，先去看看。”夏初把手里的半个馒头扔在碗里，对厨娘嚷了一句，“帮我留着，我一会儿回来吃。”

夏初那边一进门房，闫正弘他爹就站了起来，轻轻揪了揪自己下巴上的胡子，义正词严地说：“我儿犯了什么罪？如果不是红袖回家告诉我们，你们是不是就打算将我儿不明不白地关起来！这还有没有王法了？”

郑琏在一旁低声对夏初说：“这是闫正弘的父亲，是鹿鸣书院的夫子。”

夏初不慌不忙地对闫夫子一揖：“我们没有关押闫公子，带他回来不过是问话。问过之后如无疑问，自然就会让令郎回家。您大可不必如此紧张。”

“哼！我闫家虽不是官宦之家，但也不是任人拿捏的平头百姓。”闫夫子负手挺了挺脊背，“我为师多年，桃李满天下，历届会试春闱都有门生登榜中举。可不要以为读书人就好欺负！”

夏初心中冷笑，扶了门边的椅子坐下来，说：“当然。有句话我与令郎说过，现在再与您说一遍。我们既不会偏袒有罪的官员，更不会欺压无辜的百姓，官府办案讲的是证据。万佛山出了人命……”

“万佛山出了人命，与我们有何相干？”

真是“不是一家人，不入一家门”。闫正弘果然是甚似其父！

“当然有关系。所有人都有配合官府查案的义务，官员也罢、百姓也罢，或者您这种讲道理的读书人，都不例外！”夏初忍不住出言讽刺道。

闫夫子似乎是没听出来话里的讽刺：“好！我喜欢讲道理的人。”说完，一抖衣摆坐了下来，“你既然这样说，倒是与我说说看，你们到底有什么证据，要把我儿带回府衙。”

"案发当晚，住在万佛寺禅房的所有男性中，令郎是唯一一个不能提供不在场证明的。相关的证据正在确认中，一会儿应该就有结果了，您别急。"

"我的儿子我清楚得很，他从小就很听话，明事理知进退，从来不会做那些歪的邪的，检点自律得很。弘儿晚上惯常都是挑灯夜读，不能提供证明有什么奇怪的？"闫夫子冷哼了一声，"再说，你们凭什么只查男性？我儿一个读书人，没力气杀人！"

"只查男性不是因为力气，而是……"夏初说到这里突然顿了顿，想起了验身婆子在回来的路上与她提起的事情。

是啊，为什么一定是男性呢？就因为刘樱曾遭人侵犯？如果这也是一个伪造的证据呢？那他们所查的方向岂不是全都错了？

刘榕。

夏初脑子里立刻冒出了这个名字。

那边闫夫子见夏初话说了一半没声音了，等了一会儿后不耐烦地追问："而是什么？"

"没什么……"夏初心不在焉地摇了摇头。

闫夫子以为是自己的话说通了夏初，不禁有些得意，眯着眼睛晃了晃脑袋："这秀才遇上兵，有些事总是讲不明白的。不是我想要责怪你们府衙，只不过你们这么草率，实在是太不负责了，我儿无罪你们也要抓来，就算查清了，多少也是会影响名声的。"

夏初低头想着自己的事情，闫夫子絮絮叨叨的声音就像唐僧念咒，吵得她头疼。这时郑琏推门进来，在夏初耳边说了两句话，夏初听完立刻站起身来走了出去。

外面，许陆拿着那个香包，见夏初出来后便走上前，在她询问的目光中摇了摇头："香包不是刘樱的，竹青已经仔细辨认过了。"

"那条穗子呢？"

"竹青说好像也不是，她不记得刘樱有杏黄色的荷包或者玉佩穗子。至少，出事那天刘樱身上并没有杏黄色的东西。"

夏初点头表示知道了，将那个香包拿在手里，回头指了指站在门边的闫正弘的丫鬟红袖："你跟我进来一下。"

进了屋，夏初把那香包放在红袖面前问："这个香包你认识吗？是你们公子的东西吗？"

红袖只瞄了一眼，就红着脸低下头去，低声道："这……这是我送给少爷的香包。"

“你？！”夏初有点气闷地往窗外看了看，缓和了一下情绪，“你要说实话，不然做伪证的罪也是很重的。”

红袖“扑通”一声跪了下来：“不敢不敢，我说的是实话。这个香包是少爷问我要的，他说天儿热了怕小咬蛀了书，就让我给他绣个香包，他要得急，我……我就把自己香包里的香换掉，送给他了。”

“你起来。”夏初抬了抬手。

红袖没有动，有点急切地继续说道：“官爷可莫要冤枉了我家少爷，他没有杀人的。三月初三的晚上少爷一直与我在一起，我能做证，我能做证的！”

“什么意思？”夏初眉头一拧，“三月初三晚上他跟你在一起？你在他房里？待到几时？”

“我……我……”红袖回头看了闫夫人一眼，咬了咬下唇，“我一整夜都在少爷房里的……”

“混账！”闫夫子火了，指着红袖说，“弘儿一向洁身自好，怎么可能成宿地与你厮混！诬蔑主子，回去就把你发卖了！”

红袖掩嘴哭了起来：“老爷，现在官爷怀疑少爷杀了人，我就是拼了被您发卖也要说的呀！我已是少爷的人了，怎能看着少爷受冤枉？”

闫夫子还要再说，却被闫夫人拦了下来：“好了好了，你就莫要责怪红袖了。弘儿那孩子一向只知道读书，身边早就该有个贴身照应的人了。”说完，她看着红袖的目光分外和善起来，“行了，丫头，知道护着弘儿，闫家不会亏待你的。”

眼瞧着就要变成大团圆的戏码了。

夏初皱着眉头，瞧着这红袖的样子还是觉得不太对。这么重要的事，她怎么之前不说？

她不能只听这红袖的一面之词，毕竟之前都是排查过的，虽然丫鬟下人不是主要的排查目标，但这么重要的事怎么之前红袖不说？思忖片刻后，她让几个人等一下，自己去找了闫正弘。

闫正弘见了夏初还是那个态度，待她问起三月初三晚上的行踪时，闫正弘更加不耐烦：“不是说了吗？那天我自己在房里读书，你们还要问几遍？”

“闫公子，说实话，要不是有必要，我也懒得再与你多讲一句话的。”

“哼，秀才遇到兵，当然是没话可讲。”

“但是现在有人说，三月初三晚上，你的房里并不是只有你一个人。”

闫正弘一愣，拍着桌子霍然起身：“胡说八道！”

夏初皮笑肉不笑地扯了扯嘴角，抹着自己的手指，眼皮也不抬地说：“我劝闫公子认清利害，到底是杀人的罪名重一些，还是私通的罪名重一些？”

“夏捕头！注意你的措辞！谁说我们是私通……”闫正弘说到一半发现说漏了嘴，急忙停住。片刻后，他理直气壮的模样就像被戳扁的气球，迅速地瘪了下去。

夏初也站起身来，前倾身体撑着桌子，语气严肃地问他：“我最后再问你一遍，三月三日晚上你到底去了哪儿，做了什么？”

“我……我……”闫正弘结结巴巴地开口，一脸的懊恼，“还是我爹说得对，女人果真是不能沾。我嘱咐过红袖别乱说，她真是一点信义都没有！”

信义？合着你打算始乱终弃，到头来还怨人家没信义？这到底是个什么人？脑子里有多少便便才能被堵成这样，张嘴就是满口屁话。

夏初冷眼瞧着闫正弘，自己劝了自己半天，才勉强按下暴揍他一顿的冲动，冷声道：“行了，令尊令堂都来了，跟我出去吧。”

“啊？！”闫正弘一脸惊慌地跟着夏初往外走，“我爹也来了？！谁告诉他的？是不是又是红袖？我爹有没有说什么？回去他非要骂死我不成啊！红袖这个小蹄子！”

夏初完全不想再听他说哪怕一个字了，手握成拳，几乎是小跑一样的速度把闫正弘带去了门房。

一见面，闫夫子就骂了起来，说他有辱门风不思进取，怎么能与丫鬟搞在一起，太令他失望了云云。

闫夫人则在旁边劝着自己的相公，说儿子大了，该有这心思的时候总压着怎么成。又怪他平日里太严苛，弄得儿子只知道一味地读书，她还生怕儿子人事不通，现在反倒好了。

夏初算是明白这闫正弘的性格是怎么来的了。趁那边一家三口解决家庭纠纷时，夏初把红袖叫了出来，问她这么重要的事为什么之前不说，是否对别的还有所隐瞒。

“没有了没有了。”红袖笑得喜不自胜，神情中带着一丝得意，全然没有对着闫家人时的那种楚楚可怜样儿，“官爷见谅呀，我之前不说也就是想等这么个机会罢了。”

“什么意思？”

“我与少爷的事少爷不肯说，总敷衍我。我知道他是怕老爷骂他。可我那边又不能直接去跟夫人说，万一少爷死活不承认，那我不就成了诬蔑家主了？现在这个机会多好。”红袖掩嘴呵呵地笑着。

“我琢磨着，要是少爷被收了监，老爷夫人肯定就知道了呀。这时候我再说便由不得少爷不承认了，就算他不承认，也能有你们府衙调查出来不是？还显得我深明大义忠心为主，岂不是一举两得？之前我还生怕你们不查我们少爷呢！”红袖脆生生地说。

夏初愣怔地看着面前这个娇小的丫鬟，只得在风中凌乱。

“哎呀，官爷您行行好，成人之美是君子所为，您可别说出去。”红袖探头看了一眼，“要走了，我先过去了。”

夏初站在府衙前的甬道上看着闫家人走远，对旁边的许陆叹了口气：“活活被那个丫鬟给当枪使了。”

“厉害啊！这闫正弘恐怕将来有的受了。”许陆同情地叹了口气。

那边的京兆尹蒋大人还不知道自己堂堂的京城衙门被个丫鬟涮了一把，此时正坐在侍德楼里愤愤不平地享用自己的午餐。

“我就是这么没有官威的人吗？”蒋熙元问刘起。

刘起点了点头，随即又赶紧摇头：“少爷您哪里需要摆官威嘛。”

“该摆还是得摆！”蒋熙元拿口布抹了下嘴，“从夏初算起，包括他下面的那些个捕快，有一个算一个，都不把我放在眼里。”

“少爷，话也不是这么说的。”

“那怎么说？”蒋熙元指指他，“还有你，一丘之貉。”

刘起拱手致歉，却道：“您看，我跟您这么多年了，按说我是您的家仆，可我一直也都没大没小的惯了。但您要是说我不把您放在眼里，那也是不对的。”

“你还知道自己没大没小？”

“知道。”刘起正了正神色，“可我却是打心眼儿里尊敬您的。我觉得吧，这总好过那些架势十足的官老爷，别人面上对他唯唯诺诺的，可转过身去却不屑一顾，一句好话没有。”

蒋熙元想了想，心里舒服了一些：“那倒也是。”

“我与那些捕快私下里聊天，他们都说您好。”刘起竖起大拇指来对着蒋熙元晃了晃，“说您平易近人，不摆架子，不苛待属下，为人正直又断案清明，比起以前的京兆尹可是强了不是一星半点。”

“真这么说的？”

“那还能有假？少爷，让人家喜欢和尊重，比让人家怕你可难多了。”

蒋熙元心情大好了起来，忍了忍，却还是没忍住笑了起来：“行，刘起你有进步，这么有水准的话也说得出来。”

刘起谦虚地笑了笑，心说：少爷的痒痒肉真是一挠一个准啊！

蒋熙元决定不再与夏初计较了，回了府衙后就让人找夏初过来，王槐却回他说夏初出去了。

“他去哪儿了？”

“不知道啊，头儿没说。闫正弘那边走了之后有个人来找他，他就走了。”

“什么人找他？”蒋熙元稍稍警醒起来。

“不认识。是个年纪不大的男子，看穿着倒是挺讲究的。”

“男的？”蒋熙元脑子里霎时闪过无数或正经或龌龊的念头，等回过神来又觉得心里不太舒服，刚刚晴好的心情，又变多云了。

“你刚刚说闫正弘走了？怎么回事？”

“噢，事情查清楚了，闫正弘三月初三晚上有不在场的证明，还有，那个香包也不是刘樱的，所以就先放走了。”

“到我书房来说清楚。”

王槐却站着没动，垂手躬了躬身说：“这事儿许陆比较清楚，不过头儿让他去查刘榕了。大人，我这也正要出去呢。”

“你干什么去？”

“头儿安排我跟郑琏去查一查刘樱的社会关系，看还有没有珠儿哥哥那样的情况存在。”

蒋熙元闷闷地挥了挥手：“那你去吧。”

叫走夏初的人自然是安良。

夏初见了他轻松地一打招呼，跳上了车：“你怎么知道我今天回来？”

安良呵呵一笑：“我哪能知道啊，赶巧了过来问问，您就正好在呢。”

这事儿说起来确实是巧了。

苏缜今天批完折子，看没什么事情便想出宫来走走。他从小到大都生活在宫里，还没等到出宫自立府邸，就直接继承了皇位。眼下他上无父母，又还没有大婚没有选秀，便想好好把握这段此生难得的自由时光。

所谓好好把握，其实也就是出宫来，像个普通的公子那样在街上转转罢了。安良有时候思及这点，觉得皇上也挺可怜的。

今儿苏缜走到侍德楼想要吃午饭的时候，刚巧就看见蒋熙元从里面走了出来。安良想上前打个招呼，却被苏缜给拦住了。

“蒋熙元回来了，那也就是说府衙的人从万佛寺回来了？”苏缜问道。

“应该是这个意思吧。”安良答道。

苏缜微微一笑，阳光之下差点儿晃瞎了安良的眼，直恨自己为啥不是个女子。

“你去府衙把夏初找来，他不是要请我吃饭吗？那就今天吧。想着避开着点儿蒋熙元。”苏缜说完，兴致盎然地先一步进了侍德楼，问小二要了个雅间点了壶茶水，十分有耐心地等着夏初的到来。

所以安良说是巧合，倒也不算是骗人。

安良把车在侍德楼门前停下，让小二牵了马去，引着夏初往楼上走。夏初看着这高大上的门面，心中直打鼓。

“夏公子？”安良回头瞧她。

夏初这才深吸了一口气，正了正身上捕快的衣服，端起架势来走了进去。

小二一看见夏初这身装扮，便十分狗腿地迎上来赔着笑道：“哟，官爷，官爷，您这是吃酒啊还是用饭？瞧您脸儿生，定是刚刚升职高就的，您赏脸到我们这儿来，真是让敝店蓬荜生辉啊！”

夏初哪里受过这样的马屁，被拍得有点不知所措，只得清了清嗓子说：“你忙你的，不用管我。”

“行行，您里面请里面请，需要什么尽管招呼。”小二点头哈腰地目送夏初上楼。

进门见了苏缜，夏初才长舒了一口气：“好可怕。”

“谁？我吗？”苏缜不解地问。

夏初在他对面坐下来，笑道：“当然不是。是店小二，马屁拍得太露骨，实在是受不了。看来以后还是少穿这身衣服晃荡了。”

苏缜也笑了笑：“马屁拍得让人害怕，挺失败的。店小二大概没想到会有这样的效果。”

“我记得有人说过，看别人拍马屁需要很好的心理承受力，原来被别人拍马屁更需要勇气。”夏初端起茶喝一口润了润喉，又看了那茶盏一眼，“黄公子说得没错，沏茶还真是要水好，别看这酒楼这么豪华，茶确实不如云经寺的。”

苏缜暗暗好笑，心道这夏初虽不会品茶，但是口味却被吊高了。有雪顶岩雾茶珠玉在前，估计在他眼里很难再有好茶了。

“侍德楼的茶也算勉强能喝。”苏缜就着这话也喝了一口，“不过商家是要利润的，顶级茶的成本高，并不合算。”

夏初点点头，心里的小算盘扒拉了一下，状似无意地问道：“我没来过这里，不知道这里一壶茶要多少钱？”

苏缜也不知道，扬声叫了安良进来，安良道：“这是古陀山的极品白茶，一斤要五十两银子，这一壶大概两钱茶叶。”

“一斤五十两。一壶两钱，一斤等于十六两，一两等于……”夏初微蹙着眉头，用手指在桌下划拉着算账，“那也就是说……”

“整算的话，差不多一两银子吧。”苏缜替她回答道。

安良点了点头：“对，这是市面上茶的价格，呵呵，在侍德楼里当然就不是这个价了。这壶茶这里是二两银子，对半的利润。”

“噢，二两。”夏初点点头，心算了一下，忽然回过神儿来，站起身来失声道，“多少？！一壶茶二两银子？！”

这是抢钱吗？！她一个月是十两银子的月钱，不低了，按照物价换算过来基本上可以说是月薪过万，那这壶茶岂不是要——两千块钱？！

一壶茶两千块钱，那一顿饭岂不是要吃掉她一套房子！

听说过房奴，她夏初总不能开天辟地地做一个饭奴吧！要不要这么丢脸！

“怎么了？”

夏初有点惊慌失措地看着他：“那……黄公子，我是要请你吃饭的。”

苏缜不太明白地眨眨眼：“是啊，这事儿我记得。”

夏初直勾勾地看着苏缜，心中呐喊道：“公子啊！咱们根本就不是一个级别的好不好？我要请你吃饭，你总得找个我能承受得起的呀！我不能卖身请客去啊！”

苏缜完全不明白夏初这是怎么了，他从来不知道侍德楼的饭菜价格，也不知道这个价格对于普通的工薪阶层意味着什么。

反正他每次来基本都是蒋熙元掏钱，蒋熙元私下里开着青楼，很有钱。就算是苏缜自己来，这一顿饭对于富有天下的皇上而言，根本也不叫事儿。

苏缜与夏初，整个一白天不懂夜的黑，你永远不懂我伤悲。

对视了半晌，夏初终于迂回着开口：“黄公子，这大酒楼其实就是环境好，服务好，但要说饭菜的味道，那还真是一般般。大路货，没有意思的。”

“大路货？”苏缜不懂。反正他除了御膳吃的都是大酒楼。

夏初十分肯定地点点头：“我知道有个地方，东西特别好吃，老板人也很好。绝对比这里有味道。黄公子有没有兴趣去尝试一下？”

苏缜明显有点犹豫。在他的认知里，侍德楼是京城最好的酒楼，他不相信还有什么地方会比这里更好。

夏初拿出心灵鸡汤的架势鼓励说：“黄公子，人生需要探索与发现。一成不变的生活很无趣，可我们往往无力改变。也许，一次新的尝试能让你发现生活的不同，能够看见转角处别样的风景。”

这个时代没有心灵鸡汤，更不要提泛滥的问题，短短几句话，确实打动了苏缜。

一成不变的生活很无趣——包括做皇上。

夏初终于成功地把苏缜从侍德楼里带了出来，出门的时候咬着牙结那壶茶钱，可店小二却不肯要，直推说："官爷这就太见外了，原想着给您尝尝我们的拿手好菜，结果您这儿只点了一壶茶。您说，我们再要您的钱，您这不是打我们的脸吗？"

"那不行。"夏初非要把那一两银子付了。

"哎哟，我的爷啊！"店小二又把那银子推回去，"我这真不是要让您欠份情，一两银子哪值您这么大的情面？要不这钱您先记着，下回来的时候咱一并算，这总行了吧？"

话说到这份儿上，夏初要是再坚持就显得忒矫情了。她也知道这么大的酒楼根本不会在乎这一两银子，于是便把钱收起来，出了门。

苏缜看见京城的捕头这么清如水明如镜的，自然心中高兴。暗暗地赞赏道："不错！真是朕的好捕头！"

上了马车，夏初先让安良驾车回了一趟自己的小院。她得换身衣服，这身衣服去小店吃饭，老板估计要吓坏了。

等换了衣服出来，夏初一身轻松地指示着安良走到了城南大通坊。到了一条小巷口，马车进不去了，夏初便招呼着苏缜下了车。

苏缜与安良对视了一眼，安良背着夏初用口型对苏缜说："闵风在。"

苏缜这才略略地放了心，不着痕迹地捏了下自己袖中的暗箭，随着夏初走进了巷子。安良则留在了巷口看马车，夏初回头对他说会让人送碗羊汤出来。

安良很感动。

"我以前与李二平来过这里，那次她过生辰，我和阮喜还有她，我们三个人分了一碗羊汤。"

夏初抿嘴浅浅地笑了一下，眼中满是怀念和伤感。

"是上个月被冤死的李二平？"

"黄公子也听说那个案子了？李二平是我的朋友，虽然最后案子破了，相关的人也都受到了惩罚，但二平再也活不过来了。"

"我都听说了，很遗憾！"苏缜想起这件事来仍觉得有些愧疚，尤其是他与夏初越来越熟悉之后。

"我以前跟她说，等我以后有钱了，就请她敞开了喝羊肉汤，想要几碗要几碗，想喝几次喝几次……”夏初快速地眨了眨眼，抹抹鼻子，“哎，不说这个了。”

“很抱歉！”苏缜小声说。

“你抱歉什么呀？”夏初笑道，“到了到了，来，进去坐。”

这是个砖和泥坯混搭垒砌的院子，院子上搭了个旧布棚，门口幌子看上去也很有年头了，还打了补丁，写了“福记”两个字。

夏初一进门，就有个衣着陈旧但却很干净的老头迎了过来，像街坊般招呼道：“来喝羊汤啊，院里坐吧，现在天气好，坐院里舒服。”说完抬眼看见苏缜，笑了笑，“这位公子好福气。”

苏缜客气地点了点头，只当他是小买卖人的口彩。

“福叔身体好着呢？”夏初笑问道。

“嗯嗯，好着呢好着呢。街里街坊的还能再喝我几年的汤，等我哪天没了，这汤也就没喽。”

“福叔，给我们三碗羊汤，三张饼，另外来两碟爽口的小菜。噢，有一份麻烦您送到巷口那辆马车那里。”

“行嘞行嘞，你们坐着吧。”福叔转身进去忙活了。

夏初点了菜，寻了一处角落坐下，拿过抹布来把桌子仔细地擦了擦，这才招呼苏缜坐下。

“福叔跟福婶的羊汤做得很好，遗憾福婶前两年去世了，两个人也没有孩子，所以福叔才会那么说。”夏初从筷笼里抽出筷子来递给苏缜，“我这也是听李二平说的。”

“你与李二平真是相交甚笃。”

“嗯，逆境下结识的朋友，很珍贵。有人说共患难却不能同富贵，可我却觉得，若患难时的朋友将唯一的一张饼分了一半给你，待到富贵时，为他散去万贯家财也是值得的。万两金银的一半，当真是不如一张饼的一半来得珍贵。”

“说的是。”苏缜轻轻颔首，垂下眼眸有一搭无一搭地抹着手中的筷子。

说话间，福叔端了两碗羊汤上来，还有一碟子自己腌渍的乳瓜。夏初刚要下筷子，苏缜却指了指夏初面前的碗：“咱们换一换。”

“怎么了？”

“没事，你的那只碗看着比较顺眼。”

夏初虽然觉得莫名其妙，却还是与他换了。换好后，夏初捧着碗沿把鼻子凑上去嗅了嗅，很陶醉地“嗯”了一声：“真是香啊！”

苏缜低头看着面前的汤，有点含糊。不可否认，这碗羊汤浓白清亮，肉质看上去也很酥烂，闻着只有羊肉的香而没有膻气。只不过这东西难道能比御厨做得还好？

夏初已经拿起了一张饼，掰了几块泡进汤里，又用筷子戳了戳让饼吸满羊汤，然后夹起来放进嘴里，一脸的满足。

“要这么吃的吗？”苏缜拿起饼看了看。

“看你个人喜好，我觉得这样比较好吃，饼很入味儿的，建议你试试。”夏初眼中充满了鼓励，苏缜不好拒绝，便也学着她的样子掰了几块放进了汤里。

“怎么样？”夏初看见苏缜的眼神亮了亮，知道他喜欢。

“味道确实是好！”苏缜吃出了味儿，便又掰了几块扔了进去。夏初嘻嘻一笑：“怎样，人生处处是惊喜吧？正所谓：龙有龙的苦恼，虫有虫的乐趣。”

“嗯。看来我以前吃的真就是大路货，虽然精致好看，但也失了食材本身的味道。这汤看着毫不起眼，却滋味十足，说实话，我从来不知道羊肉原味是这样的。”

“我估计西京这样的小铺子很多的，别看不起眼，却可能是几代人传下来的手艺。回头我找找去，咱得空都吃一圈。”

一个非常随口的邀约，却让苏缜心中生出些期待来。他侧头想了想，一笑，微微点了点头。

随着苏缜的这一笑，夏初的心也跟着“扑通”跳了一下。

很迷人。

夏初实在太喜欢看他这样的笑了，就像窥到了他心中的小小单纯，露出了与他年纪相符的情绪来。他一定不常这样笑的，夏初这么觉得。

“黄公子，你家里是做什么的？”

“我吗？”苏缜手指叩了叩桌子，“嗯，祖上传下来的营生，吃喝不愁，但也比较辛苦。”

“哦，从商的？那是比较辛苦。”

苏缜莞尔：“嗯，从商的，手下人多事儿也多。”

福叔忙完了厨子里的事，拎着个三弦走出来坐到了院子里。夏初一见，便笑道：“福叔，唱一段听听吧。”

福叔呵呵笑着，跷起腿来不紧不慢地调了弦子，随手一拨拉便出了一段调子，清了清嗓子开了腔：

辛荑放，春草绿江南，风暖漫吹池水皱。鸳鸯戏，荷荷正田田，凭栏听窗细雨天。心相印，转瞬又经年，冰雪自关情谊暖。结金兰，谁知个中隐机缘，当惊喜，却看兄弟是凰鸾，是凰鸾。

福叔的一副老嗓子里全是沧桑，配上低哑的弦子声，倒是相得益彰，别有一番韵味。苏缜听得有趣，夏初却听得有点心虚。

兄弟是凰鸾……这福叔不会是看出点儿什么来了吧?

夏初偷偷地瞄了一眼苏缜，又转头去看福叔，福叔却对她意味深长地笑了笑，弄得夏初心里一个激灵。冷不丁想起了万佛寺的那个老僧来。

人老了都是要成精啊!

夏初匆匆忙忙地叫了个好之后便忙不迭地让福叔结了账。这顿饭总共才花费了一钱银子，这让夏初甚为满意，也让苏缜十分诧异。

离开福记，苏缜又问了问夏初市面上的东西都售价几何，一圈问下来方知道自己习惯了的消费，其实是多么奢侈。

此时日头正好，两个人又都吃得很饱，苏缜便让安良赶了车远远地跟着，与夏初一道往城南明德门的方向溜达。

“黄公子，我得跟你说实话。其实今天带你去吃羊汤，主要是因为我承担不起侍德楼的消费，但我又很想表达一下对你的谢意。希望你不会见怪！”夏初有点尴尬地说。

苏缜一听便笑了起来：“之前我并不知道京城的消费会有这么大的差别，没与你打招呼便直接去了侍德楼，是我考虑得不周到了。”

“那种小店对你来说可能太简陋了。”夏初想起刚刚苏缜坐在旧木桌前，扶着一只旧碗，斯斯文文喝汤吃饼的样子，就忍不住笑了，“说真的，你坐在里面连我看着都觉得怪怪的。”

“我不觉得。”苏缜诚恳地说，“以前你与李二平分一碗羊汤一张饼的时候，一定觉得那是天下至美的味道。那顿饭的情谊远比吃什么要珍贵。我一个人对着一桌的珍馐美馔，却远不如小巷里与朋友对面而坐来得惬意。”

夏初看了看苏缜，弯唇一笑，露出两个浅浅的酒窝来。苏缜看在眼里，觉得十分诚挚而美好。

“能与黄公子做朋友，是我的荣幸。”

“我也很荣幸。那羊汤十分美味，谢谢你，夏初！”

夏初很高兴。倒不是因为苏缜没有责怪她小气，或者没有不满于小店的简陋，而让她终于免于做一个饭奴。她高兴，是因为苏缜能够理解。

苏缜的富贵也许是她所不能想象的，但他能理解心意本身的价值，理解这一碗羊汤的意义，而不是用价格去衡量。

黄公子是一个真诚的有钱人——夏初定义。

两人溜达着从明德门出了城。城外路边西侧有个亭子，能看见官道笔直地通往远方，还能看见已经葱绿的原平山和山上的道观。

夏初展臂，将春天的风拥了满怀："舒服！"

苏缜也学着她的样子展开双臂，轻轻地闭起了眼睛。

温热而不刺眼的阳光照在脸上，眼前一片鹅黄。风轻拂，听得见花瓣被卷落枝头的簌簌声，偶尔还有去年的枯叶轻快地飞过，而有时候风里什么都没有，只是带着春天里暖暖的熏人欲醉的味道。

慢慢的，静静的，很惬意。

无须千山万水的旅行，也不用远远地远离自己熟悉的生活，只要心情自在，在哪里都是自由。

苏缜有一瞬间甚至冒起一个念头，那就是把夏初调进宫中来做个御前侍卫。可这也只是一瞬间的想法。

与夏初在一起聊聊天，听她说点儿天马行空的话，做一些自己以前从来没有做过的事，体会抛开身份后真正的自己。短短的时间里，他好像可以卸掉压在身上十几年的负累，摘去所有戴在脸上的面具。

他不是皇上，只是苏缜。

皇上富有天下，却唯朋友最是难得。从前他有蒋熙元，但慢慢地，两人的身份差异显现，尤其是在他登了皇位之后，蒋熙元再也不能用朋友之心待他，而他，一样也是不能了。

把夏初调进宫中，她恐怕也会变成另外一个蒋熙元，那样就太遗憾了。

夏初转过头看着他，浅浅地笑了笑。苏缜睁开眼睛，见自己被她看着便有点不好意思，清了清嗓子在亭中坐了下来，寻了个话头道："上次在万佛山碰见你，你说你在查案子，查得还顺利吗？"

"不是很顺利。"夏初看了看远处的原平山，懒懒地摇了摇头。

"我听说是刘钟刘大人家的女儿被害了？是这个案子吧？"

"这你都知道？"夏初收回目光瞧了他一眼，"也是，从商的，尤其是买卖做得大的，肯定跟官员有联系的。"

"这你都知道？"苏缜学着她的口吻回了一句，说完两人都笑了起来。

"眼下只能先从刘樱周围的人际关系入手，不行的话就再扩大到刘大人的人际关系。查到现在，我也只是认定这并不是一起一时兴起的奸杀案。"

"刘钟的人际关系……"苏缜叩着下颌想了想，忽然记起一事来，"好像是上个月吧，我听说方简去向刘家提亲，刘家没答应，俩人还因为这事儿吵过一架。"

“是的。可巧方家的公子方义那天也在万佛寺，不过他虽然有动机，可这动机在我看来并不怎么强烈。而且他也没有作案时间。”夏初耸了下肩膀，“方义的口碑似乎很不错。”

“是不错，我也听说过。当初方大人被贬职，方大奶奶过世，方家大房整个是靠方义撑住的。直到方简回来分了家，方义才算卸下这副重担。年纪轻轻的实属不易。”

夏初认真地听着，听完感慨道：“这样说来，他这样的人就更不会因为求娶不成这样的事情杀人了，这么坚韧，不会那么冲动的。”

“方义……如果我没记错的话，今年应该快有二十岁了。居然亲事还没有定下来，好容易定一个还是如此结果。”

“他有这么困难吗？”夏初不解地问，“方大人虽不是什么高官，但好歹也是个京官呢。且不说家庭，就说方义仪表堂堂，气质儒雅，肯定有不少姑娘喜欢才对。”

“也许是命不好。”苏缜笑了笑。

“这也能信吗？”夏初嗤之以鼻，“估计是有什么隐情，不好明说，只能说命不好了。”

“嗯——”苏缜想了想，微微地蹙了蹙眉头，“我隐约有个印象，好像听谁说过这个方义定亲的事……”

“什么事？”

苏缜沉默了好一会儿，揉了揉眉心：“好像是……他有个未婚妻死了。”

“死了？是病死的还是被害？”夏初警醒起来，她是不太相信所谓命的问题。

“我记不得了，连是不是有这样一桩事也不能肯定。不过我可以帮你问问。”

“好啊。”夏初点点头，笑道，“那我再请你吃饭啊。”

苏缜弯唇一笑：“一言为定！”

转天卯时，夏初按时到府衙上工，先召集捕快们开了个工作会。

京城并不止刘樱这一桩案子，还有一些鸡鸣狗盗诈骗通奸之类的事情需要府衙来处理的。

工作分发下去，捕快各自开始执行各自的任务，夏初则又把刘樱的卷宗拿出来，准备把所有的笔录再过一遍，看有没有什么遗漏的线索。

看了不到半个时辰，蒋熙元来了，进门一屁股坐在夏初的桌子旁，打量了她几眼：“你昨天下午出去了？”

“是啊。”夏初眼皮不抬地说。

“干什么去了？”

“我干什么去了与大人有什么相干吗？”

“当然！”蒋熙元理直气壮地说，“工作的时间你擅自离岗，作为上司莫非还不能问了？”

夏初抬眼瞄了瞄他，把笔往桌上一放，叉起双手来说道：“那好，府衙每天的工作时间从卯时开始，午时用饭和休息，下午未时开工。昨天我是未时三刻离开的府衙，请问大人当时在哪儿？就算我想请假，向谁去请？”

蒋熙元被她问得一愣。夏初见他不说话，便又重新拿起笔来。

“至少现在你可以补请，旷工还要旷得理直气壮，真没见过。”

夏初头也不抬地说：“好，那我现在向大人您补请昨天下午的半天假。不过大人，上巳节三天的假期我只休了一天，那两天不知道何时补给我？”

“你现在怎么这么计较？”蒋熙元气道。

“大人如果不跟我计较，我自然也不会计较。”夏初又把笔放下了，“大人要是想跟我说话就说，不用费力地找一个这么蹩脚的开场。”

“什么叫蹩脚的开场？”蒋熙元站起来一拍桌子，“我身为你的上司问你昨天下午去哪儿了难道不对？抛开上司不说，作为朋友，我问你昨天下午去哪儿了，难道不行？！”

夏初也站了起来：“大人，您这么关心我，这倒不怕我误会什么了是不是？”

蒋熙元的气焰顿时矮了几分，喉结动了动：“那天是我说话不走脑子，你别往心里去。”

夏初悻悻地一笑：“岂敢岂敢？您是大人，您大人都不计我小人过，我小人又岂敢怪您大人。”

“你看！我都道歉了！”

“我又没有不接受。”

蒋熙元咬了咬牙：“那你还能不能好好说话了？”

“能。”夏初笑了起来，伸出手掌递给蒋熙元，蒋熙元有气无力地往她手上一拍，重新又坐了下去。他看了一会儿埋头查看卷宗的夏初，还是忍不住问道，“你昨天下午到底干什么去了？”

夏初微微皱了下眉头：“大人你怎么这么好奇？我昨天见朋友去了。”

“男的？”

“男的。”夏初顺嘴回道，说完又抬起头来，“又来了是不是？”

“没有没有。”蒋熙元连忙否认，“你不是说你没什么朋友吗？”

“以前没有，现在还不许有？我又没有自闭症，不是独行侠。大人你刚才不还说是我的朋友。”

“自闭症是什么？”

“哎，你大概明白是什么意思不就好了。”夏初摊了摊手。

“是个什么朋友？我怎么没听你提起过？”

“现在不就听见了？”夏初转了转眼睛，笑嘻嘻地看着蒋熙元，“我那个朋友相当不错，家境富裕，人长得也特别好看。大人你不是问我是不是喜欢男人吗？我觉得吧，如果是我那个朋友，我还真有可能喜欢上他。”

蒋熙元一听，先是愣了愣，有些不知该如何反应，或者说什么。按惯常的模式，他现在该是出言讽刺几句的大好时机，可这会儿心里却捞不出一句话来，挺失落的。片刻后，他才讪讪地摸了摸鼻子：“有机会引荐一下。”

“我看还是算了吧。”夏初摆摆手，“回头打击到大人你就不好了。啧，看我这话说的，再好看，家境再富裕难道还能比得过大人你去？”

蒋熙元看夏初笑得狡诈，这才回过神儿来：“夏初！你就是故意的！”

夏初仰天大笑起来，拍掉蒋熙元指着她的手，乐不可支地说：“不说了不说了。我还是问你点儿正事吧。”

“什么正事儿？”蒋熙元黑着脸，郁闷地说。

“大人知道方义以前定过亲吗？”

“按他的年龄推算，定过亲也不奇怪。”蒋熙元摇头表示不知道，顿了顿，忽然又说，“等等，你这么一说似乎有点印象，好像还不止一次。”

“不止一次？”夏初撑起身子来往前探了探，“你是说，他在刘樱之前定亲定了不止一次？”

“好像是，其中有一个……是死了？”蒋熙元捶了一下手掌，“对！是死了。”

“还真是有这事儿啊……”夏初觉得蹊跷，提笔将这件事记了下来。写完后，她把自己刚刚整理的笔录摘要推到蒋熙元面前，“这是目前还没有查清楚的东西。”

“你这两笔字啊，难道就不能……”

“看内容。”夏初不高兴地打断他，指着那张纸说，“回来的路上，验身的婆子又与我说了一些她查验出来的细节。现在我觉得之前咱们锁定的范围可能太窄了。”

夏初与蒋熙元说了那验身婆子的话，说得有点遮遮掩掩的，但蒋熙元还是听明白了，道："依你的意思，作案的不一定是男的？"

"对。如果将范围扩大一下，那么，那条穗子就可以解释得通。杏黄的颜色多数是女性佩戴，对吗？如果不是刘樱的，那么很可能就是凶手的。"

"嗯——这样说来的话，刘榕的嫌疑就比较大了。当晚在万佛寺的禅房中，唯一没有不在场证明的就是刘榕。如果真是她……那她可够狠的。"蒋熙元难以理解地摇了摇头。

"说的是。另外，我把方义也重新放进嫌疑人的名单里来了。"

"为什么？他不是有不在场证明吗？"

"直觉吧。可能是因为他之前两次定亲的事。如果大人你记得没错，他等于是连续三次定亲失败，说是巧合我很难信服。"

夏初又把方义的那份问讯笔录抽了出来，一目十行地看了看："给他做不在场证明的是他的妹妹方若蓝。虽然当时他的反应没有什么破绽，但亲人间的证明还是要打一些折扣的。再加上定亲的事情，我觉得还是有必要重新再查一查他。"

蒋熙元想了想道："话虽如此说，但就算你再去问，我想也还会是同样的结果。如果上次他说了谎话，这几天来他只会把自己的谎话变得完整、圆满，再问，也难问出破绽来。除非你能找到别的突破口，打破他现有口供的完整性。"

夏初缓缓地点头："对，刘榕那边也是同样的道理。唉，是我之前设定范围有问题了，走了弯路。如果没有婆子验身的事情，也许能更早查到这一步。"她十分懊恼地叹了口气。

蒋熙元却不以为意："如果不是你，而是其他捕快，可能看见中衣亵裤上的血就直接认定被侵犯过了。所以，没有婆子验身的事，也可能会走其他的弯路。不必太介意，把伤验清楚本身并不是错的。"

夏初听完微微释怀，道："现在许陆在查刘榕，咱们可以先查查方义定亲的事。"

宫中御书房中，苏缜也在问安良同样的问题。

安良毕恭毕敬地低着头，垂手道："皇上，您昨天回来问过奴才之后，奴才想了半宿，也找闵风帮着回忆了一下，总算是想起来了。"

"想起来就说。"

"是。"安良清了清嗓子，"去年年中与方公子定亲的是许延寿许大人家的长女，那次是已经下了聘的，后来不知道是为什么许家硬是退了婚。"

"那个长女现在嫁人了吗？"

“那奴才就不清楚了，许大人后来外放做官去了，家眷应该也跟着一起去了吧。”

苏缜点点头，端过茶盏来轻轻地抹着：“你继续说。”

“是。去年九月中的时候，洪政洪大人家的次女跟方公子定了亲，不过后来洪大人因为庶人苏绎的事情受到牵连，免官流放，当时又赶上先皇驾崩。奴才只知道洪家小姐死了，具体的时间实在想不起来了，约莫是去年十月的事情吧。”

“怎么死的？”

“好像是意外死亡，是不是被杀的不知道。当时事情多，奴才也就没细打听。”

苏缜手上的动作顿了顿：“死在哪儿？京城吗？”

“应该是的。洪大人因为处理女儿的丧事而耽搁了启程的日子，要不然奴才连他女儿死的事都不会知道的。”安良停了停，又说道，“方公子定亲的事情，方大人该是最清楚的，皇上不如请方大人过来问一问。”

“笑话。”苏缜浅浅地蹙了下眉头。他一个一国之君，召见臣下觐见，问人家儿子定亲的事，这算什么?

但转念一想，自己现在问安良，仿佛也是有点可笑的。

何至于如此上心呢？夏初本就是国库掏钱养的捕头，这些事就该他自己去解决才对，怎么自己就那么顺理成章地答应了要替他打听了？

苏缜不再多问，让安良退了下去。也无须嘱咐，安良自然知道什么事可以说，什么事不该说。

空无一人的御书房里，苏缜又半倚在榻上出了会儿神，最终还是起身走到了书案前，提笔将刚才安良所说的事情写了下来，封好。

既是朋友，就要放下身段认真地去做朋友，帮个忙总是应该的。

苏缜这么对自己说。

下午的时候，刘钟刘大人找上府衙的门了，问他们刘樱的案子为什么到现在都没有结。夏初直接把刘钟请进了蒋熙元的书房，看着蒋熙元想掐死自己的眼神，她毫无愧疚地闪了。

晚上，夏初搭着蒋熙元的车回家，下车时她对蒋熙元说再见，蒋熙元只是疲惫地挥了挥手，一句话都懒得再讲。

夏初笑了笑，转身进了门。院门一推开，就看见地上扔了个白花花的方形物件，夏初捡起来一看方知是个信封，薄薄的，信封上一个字都没有写。

她拿着信左右看了看，见没有什么人，这才关上门进了屋。

点上灯拆开信封，夏初展平信纸后轻轻地“哇”了一声：“字太漂亮了。”

信纸是很普通的生宣，纵列的小楷如同打了格子一般，齐齐整整。单字结构匀称舒展，字字相连又如行云流水一般，笔锋抑扬的节奏信手拈来，颇见功力。

夏初不懂字，但好歹用毛笔写了这些日子，虽然自己的字没什么进步，但什么样的字称得上好，她现在还是多少能看出来点儿。比如刘起的字，她现在就不会再夸奖了。

行行粗看下去，末尾见了落款一个“黄”字后，夏初不经意地笑了，手指沿着那个字的笔画游走了一遍，又自言自语地赞叹：“字写得真好，果真字如其人……”

赏完了字，夏初这才开始看内容，阅后大喜，恨不得马上冲到蒋熙元那里，把他揪起来跟自己讨论一番，最终勉强忍住。

真好啊！黄公子简直就是古代的活雷锋！太仗义了！

夏初翻腾出纸笔来铺在桌上，十分认真地将苏缜的这封信誊写了一遍，写得比以往任何一份文书都认真，似乎不如此，她就觉得对不起这封信的内容。

等誊写完成，夏初将苏缜那封信又按之前的折痕折好，装回信封，放进了自己床头的矮柜抽屉里。

那抽屉里原本空无一物，现在躺进去一个洁白的信封，分外醒目。夏初拉着抽屉看了又看，这才慢慢地合上，关好了柜门。

这厢夏初收到了苏缜给她提供的情报，第二天一早，许陆那边也给她带来了一些新的消息。

“所以说，刘樱与刘榕的关系不是不好，而是非常不好？”夏初听了许陆的汇报后眼睛一亮。

许陆点头：“面上可能看不出来，但就我调查出来的这些事情，我觉得说刘榕不恨她是不可能的，那得是多宽的胸怀。”

这时，蒋熙元推门走了进来，看许陆和夏初两人脸对脸趴在桌上，俱是一脸亢奋的不知在说什么，心里一阵的不爽：“干什么鬼鬼祟祟的？编派上司呢？”

“大人什么时候疑心这么重了？”夏初推了推许陆的胳膊肘，许陆站起来把位子让给蒋熙元，自己坐到了一边。

“我这不叫疑心，叫推理。”

夏初笑着拍了拍桌子，顺手抄过桌上的茶壶，满满地给蒋熙元倒了杯茶。蒋熙元低头一看，满得无从下口，无奈地说：“我很早就想说这个问题了，夏初，你知不知道什么叫酒满茶半？”

夏初一怔，急急地说：“啊？不是茶满酒半吗？”

“谁说的？”

夏初有点脸红，支吾了一声：“没……没人说，我就好像从哪儿听过一耳朵。”

她以前穷得什么似的，哪有机会跟人喝茶。就算喝，也就是与同学在饭馆里凑一桌，点一壶免费的茶水，谁会讲究这个啊？

她还一直以为茶水就要倒满呢，此刻蒋熙元一说，她再回想起自己以前犯的傻，尴尬得不行。

“其实也没关系……”蒋熙元看她这个样子，觉得倒像是自己说错了什么，缓声安慰道，“无伤大雅的事儿，就是热茶倒得太满，不好端而已。”

“……这我倒没想到。”

“没事没事。”蒋熙元又拿过一只杯子来，捏着杯沿匀了半杯出去推到了夏初面前。怕她尴尬，忙换了话题道，“你跟许陆在说什么？”

许陆非常有眼力见儿地接话道：“大人，刚刚我们在说刘榕的事。”

“噢？”蒋熙元扭脸看着许陆，“你查出什么新的情况来了？”

“刘榕的丫鬟没有去万佛寺，所以当时没有问到，这次我先去问了她的丫鬟冬梅。冬梅说刘樱对刘榕一向不太好，说是妹妹，却经常使唤她。”

蒋熙元看了夏初一眼，见她手扶着杯子，脸上尴尬的神色已经缓和了许多，这才说：“这个情况上次在万佛寺的时候问过，刘榕也没有否认。”

“这倒不能称为作案动机。”夏初在一旁补充道，“不过，刘樱欺负刘榕并不是光是‘使唤’这么小儿科的。冬梅说，刘榕最气刘樱的是，她在婚事上使的绊儿。”

第七章 相知不相识

原来，这刘榕比刘樱长得漂亮，虽是庶出，却也得了不少人家的青睐，尤其是那些同为庶出的公子。刘樱虽然瞧不上庶出的，但看刘榕如此抢手深为不爽。

坊间娶媳嫁女，约定俗成的是按齿序来，但定亲这事儿并不需要如此。可刘樱不答应，说妹妹定了亲而姐姐没有，她的脸往哪儿放？愣是拦着不让刘榕把亲事定下来。

刘樱的母亲是正室主母，当然偏向自己女儿。刘榕母女没办法，只能眼睁睁地看着不少优秀的适龄小伙子与自己失之交臂。

为此，刘榕暗里没少掉眼泪。

“这事儿从刘榕十三岁之后便开始了，到现在已经两年多快三年了。刘樱那边挑挑拣拣地总也定不下来，刘榕就也只能耽搁着。眼看着京城靠谱的适龄男子都有了着落，她原本就是庶出，选择面越来越窄。”

蒋熙元听完，手指抹了抹下唇，似是十分不屑地笑了一声：“刘榕呆板，刘樱骄纵。我就说，京城的姑娘不过如此，无趣。”

夏初看着蒋熙元眨了眨眼睛，低声咕哝：“不是说自己不是断袖吗？”

蒋熙元转头一挑眉毛：“你有意见？”

“我能有什么意见。”夏初动了动嘴，含混不清地说了一句，看蒋熙元吸了口气像是要有长篇大论蹦出，赶忙抢在他前面说，“冬梅还说了一个线索！”

蒋熙元一番话被噎了回去，心口直发堵：“说！”

“听许陆说吧，我刚才还没听完大人你就进来了。”夏初说完，看了一眼蒋熙元的神色，“我这话可没别的意思啊！”

许陆接过话去：“我问冬梅最近这些日子刘榕有没有什么异常，冬梅说刘榕心情很不好。这刘榕一贯看上去都是郁郁寡欢的样子，冬梅若说她心情不好，我想应该是很不好了。”

“从什么时候开始心情不好的？”

“说有好长一段时间了，她都有点记不得了，非要说的话，可能是从年前就开始了。说刘榕不爱出门，有时候一天连屋子也不出，她好几次瞧见刘榕自己偷偷地哭。冬梅的意思是，刘樱欺负她欺负得狠了。”

“怎么个狠法？”蒋熙元和夏初异口同声地问道。

许陆一愣，随即笑着说道：“噢，说她时常听见刘樱对刘榕说‘我的亲事定了，你的也就快了，急什么’，或者‘庶女就是庶女啊，这是命，你怨谁呢’，大概就是这些话。”

“这些有什么吗？”夏初不解，“依照刘樱能让刘榕当她丫鬟伺候她的作为，这些话我估计刘榕早该听习惯了。”

“冬梅倒也是这么说的。不过她说刘榕这一段时间心情不好，听了这些话气得不行，还曾经在屋里砸了一套茶具。但冬梅也替自家姑娘辩解，说她性子一贯软弱，被姐姐欺负这么多年都没吱声，不会杀人的。”

“冬梅当然向着自家的姑娘说话。”夏初不以为然，伸手把许陆整理的笔录要了过来，一手捏着纸看，一手拿着茶杯一口口地饮着，微微地皱着眉头。

蒋熙元看她喝得差不多了，就把茶杯从她手里抓过来，倒了大半杯，再塞回她手里。蒋熙元的动作顺畅而自然，夏初接得也很自然，只有一边的许陆瞧着，微微有些侧目。

“你们说……”夏初点了点手里的纸，“年前到现在，发生什么特别的事情了吗？刘榕为什么心情不好？”

蒋熙元低头想了一下，唇角一勾：“刘樱定亲的事。”

“对对！”许陆点头，“刘樱与方义的婚事告吹，那刘榕的婚事又要耽搁了。”

夏初却缓缓地摇了摇头：“那是上个月的事，年前……”

“我说了。刘樱定亲的事。”蒋熙元看着夏初，笑容不变，却多了一丝得意在里面。

夏初忽然也笑了起来，一打响指：“对！”

许陆一脸茫然地看了看自己的两个领导，忽然觉得特别挫败："什么意思？"

"你再想想。"夏初没有直接回答许陆，从袖中把誊写的那份关于方义定亲之事的信笺拿了出来，递给了蒋熙元。

蒋熙元展开看完后，诧异道："你哪里查出来的？我让刘起去问，他都还没给我回信呢。你这个……准确吗？"

夏初嘿嘿一笑："我自然有我的道道。名字都这么详细了，应该是八九不离十的。大人，你以前在刑部做事，如果是命案，卷宗最后是不是都归到刑部去了？"

"嗯，如果府衙没有私自扣压或者出现疏漏，应该是在刑部。"蒋熙元扫了一眼那张信笺，"是去年十月的命案，那应该递上去了。如果不是命案，就没办法了。"

"喏，时间虽不甚详细，但也有个大概的范围了，拜托大人去找找看？看能不能找到卷宗。"

"那你干什么去？"

"我去会一会刘榕啊！"

夏初再见到刘榕时，她比在万佛寺的时候憔悴了很多，也瘦了一些。神情中那谨小慎微的模样越发深了。

刘榕看见夏初和许陆有点吃惊，在刘夫人审视的目光中，硬着头皮屈膝见了礼："不知道二位官爷找我有什么事？"

夏初请她起身落座，琢磨了一下，转头对刘夫人道："刘夫人，不知可否让我与刘榕单独谈一谈？"

刘夫人看了看刘榕，眼中的戾气一闪而过，问夏初道："官爷，是不是小樱的死有眉目了？"

"惭愧，事情还在调查中。但是刘夫人请放心，我们一定会还刘樱一个公道的。"

"我岂会信不过官差？"刘夫人端起茶来，也不喝，只是捏着茶盖"刺啦刺啦"地刮着，余光瞥见刘榕正小心翼翼地看她，便将茶盅重重地往桌上一放。

刘榕似乎是下意识地哆嗦了一下，慌忙低下了头，脸红红的，像是要哭。

夏初微微蹙眉，又问刘夫人："刘夫人？我与刘榕单独谈一谈，方便吗？"

刘夫人站起身来："方便。官爷您尽管谈。"她走到刘榕面前，伸手重重地捋了几下刘榕的头发，刘榕明显吃痛，却也不敢出声。

"官爷问你什么，你可要好好地答！你的姐姐还没有瞑目，小樱她一定看着你呢！"话尾有些哽咽，说完，刘夫人转身大步而去，房门摔得砰然作响。

夏初纳闷地看着刘夫人离去的方向，一声低低的抽泣将她的目光拉了回来。

“刘夫人对你一直这样吗？”夏初问刘榕。

刘榕用手帕掩着脸，耸动肩膀无声地哭了一会儿，这才抬起头来说：“母亲以前……虽谈不上亲切，但也不是这样的。”

“那是从刘樱死了之后？”

刘榕点了点头：“姐姐的丧事办完后，母亲好像就看不得我了似的。有时候看着我出神，忽然又会勃然大怒，问我为什么活着，姐姐却死了。”

夏初默默地叹了口气，劝慰道：“丧女之痛，也难免如此。”

“可是那与我有什么关系？又不是我撺掇着她去与方家退亲的！”刘榕低声说，眼泪“吧嗒吧嗒”地往下掉，又不敢哭出声来，忙用帕子掩住了嘴。

这几天她过得太艰难了，她想躲着刘夫人，可刘夫人却还总是找她。叫她过去后又横挑鼻子竖挑眼的，说她如何的不堪，说刘樱如何如何的懂事、知礼，说着说着就哭。哭了之后，对她又是各种夹枪带棒的言语侮辱，简直就是个疯子。刘榕觉得自己也快被她逼疯了。

“这与方家退亲之事有什么关系？”夏初问。

刘榕的哽咽之声微微一顿，随即擦了擦眼睛，说：“母亲说，如果与方家定了亲，姐姐这次就去不了万佛寺了，要在家准备自己的嫁妆。如果不去万佛寺，姐姐也就不会死了。官爷，您说这算什么道理？”

“那你知道刘樱与方义的亲事为什么没定下来吗？”夏初问道，问完之后将她面前的茶推了推，刘榕抬起头来道谢，目光却没与夏初对上，便又低下了头去。

“母亲听说方公子的命硬。之前定了亲的姑娘没过门就死了，所以她死活非让爹爹把这门亲事给拒了，现在又后悔……”刘榕不满地嘟囔了一句，“亲事没定，姐姐不还是死了吗？命来着，与方公子又有什么关系？”

“方公子命硬？”夏初一听这话，便猜刘夫人大概是知道了方义之前定亲的事，“刘夫人是听谁说的这话？”

“那谁知道。”刘榕的手指抠了抠茶桌上的桌布，神色恨恨道，“之前见方公子一表人才，便一定要与人家结亲。等听了流言蜚语又那样对方家……现在，谁知道是不是报应来的。”

夏初看了她一会儿，开门见山地直接问道：“刘榕，你对你姐姐的死，好像一点儿都不觉得难过。”

“我……”刘榕抬起眼来，手指有些发僵般绷着，神情颇为复杂地盯着夏初。

夏初在她的目光里微微笑了一下，缓声道：“上次我问你的时候，你说你与刘樱的关系还可以，而实际上据我们的调查，似乎并不是这样的。我现在再问你，你怎么说？”

夏初再问刘榕她与刘樱的关系，语气已经与在万佛寺时的询问迥然不同，刘榕显然也听得出来这里的区别。

她咬着下唇，胸口一起一伏的，憋在心里的话似是想要脱口而出，却仍是有些犹豫，有所顾忌。夏初顺势往前推了推她的情绪：“她一直都那么欺负你吗？”

刘榕怔了只是一瞬，随即便疾声说：“我知道有官差找过冬梅了，既然您都知道了，那我也就不瞒着了。”

话一出口，刘榕的表情松快了点儿，似哭似笑地扯动了一下嘴角：“官爷，您说得对，姐姐的死我是真的不太难过。听到她死讯的那一刻，我甚至还是有些开心的。可死者为大，她死了的这些日子，我倒也不觉得自己如何讨厌她了。”

“那么，三月初三晚上的事，你之前与我说的是不是有所隐瞒？”

刘榕愣了一下，转过头去似乎是在回忆，夏初不着痕迹地探了探头，却看她眼睛向下看着，并不是回忆的样子。

刘榕回过头来，神色笃定地说：“那天晚上我伺候她梳洗之后，她又说了许多不中听的话，所以我才跑了出去，并不是特意要出去散步的。那晚我回来的时候……姐姐好像是不在房里的，我也没理会就去睡了。”

“她不在，你不觉得奇怪？”

“姐姐不在我高兴得很，奇怪不奇怪的也就没有多想。”刘榕没什么感情色彩地说。

“第二天大家漫山遍野找人的时候，你怎么不说？”

刘榕轻轻叹了口气：“如果我能知道之后的事，我晚上发现她不在时就会说的。可我已经隐瞒了，就只好接着装作不知。否则母亲肯定会斥责我，我不想平白地受她拖累。我是确实没想到她竟然死了，这种事……谁能想到呢？我猜想最坏的结果，也不过就是她与人私会，污了自己的闺誉罢了。”

这倒也在情理之中。夏初点了点头：“你说刘樱那天晚上说了很多不中听的话，你还记得她说什么了吗？”

“还不就是那些话。说让我多去烧香，保佑她亲事定下来，不然我也休想好过。”

“你的亲事一直都没有定？”

刘榕沉默了一会儿，呼吸略有点急促，恨道：“我的婚事？我怕是没指望了。姐姐未嫁而丧，倘若我嫁人，母亲不知道会刺心成什么样了。她如何见得我好？我过得越好她就越生气。”

“那你打算怎么办？”

“我……”刘榕话到嘴边脱口欲出，却又泄了气，“我也不知道。大不了落发出家去算了。”

这时，许陆停了笔抬起头来，问刘榕道：“刘小姐，请问你认识方义方公子吗？”

刘榕飞快地看了许陆一眼，又看了看夏初，点了点头：“怎么了？”

“例行的问话而已。”夏初替许陆解释，又补问了一句，“你什么时候认识的方公子？”

“谈不上认识吧。以前见过一面，后来他与方大人到我家里来过。”

“这次，你在万佛寺见过他吗？”

“见过。万佛寺就那么大的地方，难免碰见的。二位官爷为什么这么问？”刘榕有点警惕，沉默了片刻后忽然坐直了身子，手按住茶桌的边缘，道，“你们不会是怀疑方公子吧？”

夏初笑了笑：“为什么这么觉得？”

“你们不要胡乱怀疑，不可能是他！”刘榕站起身来往后退了一步，看上去似乎是生气了，“方公子绝不可能做这样的事！”

“噢？那又是为什么？你很了解方公子？”

刘榕盯着夏初，嘴唇微微地动了动后又沉默了一下，随即仰起头说道：“你们之前找了冬梅，现在又来找我，定是觉得我有嫌疑。”她冷笑了一下，“无妨，若是觉得我有嫌疑尽管带我去府衙。反正这家里我也待不下去了，母亲既然见不得我好，那干脆拿我的命去赔了姐姐的命算了！”

“人是谁杀的就是谁杀的。我们不会胡乱抓人抵罪，当然，也不会让真凶逍遥法外。抓人基于证据，定罪基于律法，刘小姐若是自身磊落，尽可放心就是。”夏初说完，十分坦然地看着刘榕。

刘榕什么都没有说，但眼中的神色看上去并未放松半分。

夏初心里叹了口气，知道刘榕的抵触情绪上来了，今天再问下去恐怕也问不出更多的东西来了。

夏初与许陆起身，准备告辞。

刘榕依旧微微仰头站在那里，依旧以一种防卫且警惕的神情看着他俩，有些憔悴的面容上，那双眼睛显得格外晶亮。

夏初冲她温和一笑，转过身后又像是突然想起了什么似的，顿足站住，转回了头去：“刘小姐，可否看一下你的荷包？”

刘榕狐疑地皱了皱眉头，伸手摸了摸荷包，捋过穗子后轻轻地抓住：“为什么？”

“也没什么。我记得在万佛寺见你那次，你好像没有带荷包。是吗？”

刘榕的脸色变了变，有些恼火地说：“当然是带了的。这与您有什么关系吗？”

夏初看了许陆一眼，朝他使了个眼色，歪了歪头。许陆会意。两人对刘榕拱手告辞：“打扰刘小姐了。”

离开刘榕那里，夏初独自一人去找了刘夫人，问了问她关于当时拒绝与方家定亲的事。结果刘夫人哭得气都要上不来了，一边哭，一边捶着自己的腿，直喊后悔。

夏初看什么也问不出来，只好安抚了两句，离开了刘府。

到了府外，许陆已经在等她了。

“如何？”

“冬梅说刘榕确实有一个杏黄色的荷包，她记得去万佛寺的时候刘榕是带着的，回来后她没见刘榕带过。”许陆说完又补充道，“最近刘府中有丧事，大家穿得都素净，杏黄这颜色喜气了点儿，也可能是刘榕自己收起来了。”

“你觉得像是自己收起来了吗？”夏初问他。

许陆叉起双臂，将捕快的佩刀抱在怀里：“不像。说起荷包的时候她神色不对。头儿，既然这刘榕的嫌疑这么大，为什么不带回府衙去？”

“一来还没有切实的证据，二来，我还有点问题想不通。”夏初仰头看了看天，啧了一声，“咱们带她回府衙去羁押审查，不管她最终有罪或者无罪，名声必定是要受影响的。她一个女孩子家，如今生活已是不易了。更何况，那刘夫人正是敏感的时候，万一就此认定刘榕就是凶手，咱们可就把她害了。”

许陆点了点头：“说得也是。万一她是无罪的，咱们就有罪了。”

“嗯，你这么想很好。”夏初回头，一副孺子可教的赞赏表情，“反正刘榕也跑不了。”

“可是，头儿，你觉得认定刘榕是凶手，还存在什么问题？”

“动机。”

“她恨刘樱，这个动机还不够吗？而且她也说了，三月三日晚上刘樱又说了许多不中听的话，刘榕愤而杀人，也是说得通的。”

“不对，这里有一个矛盾点。”夏初看着许陆，给他留了一点儿思考的时间后，继续道，“如果刘樱的死是个男人所为，那么我们可以怀疑是凶手临时起意。但现在如果怀疑凶手是刘榕，她是个女的，那么刘樱的死状就明显是精心策划过的，就不会是冲动杀人。”

许陆恍然大悟般点点头：“倒也是。”

“顺这个推导下去，如果我们说刘榕是精心策划杀死的刘樱，那么她想要得到什么呢？很明显，刘樱死后她的处境更差了啊。”夏初叹了口气，“所以说，动机，是个问题。”

许陆又要提问，却被夏初拦住了：“你让我捋一捋，我现在也说不出更多的什么。嗯——下午你拿着那个穗子去找冬梅，让她辨认一下是不是刘榕的东西。”

“好。”

回了府衙，正赶上午饭开饭，夏初与许陆直奔了食堂。

“哟？蒋大人今天屈尊纡贵来与民同乐了？”夏初甩了衣服下摆，跨步坐到了蒋熙元的对面。

“等你呢。”蒋熙元用筷子扒拉着碗里的饭菜，显然胃口一般。夏初进来之前，他正考虑是不是要提高一下食堂的伙食标准。

“是卷宗找到了吗？”

“哪有那么快。”蒋熙元放下筷子说，“我让刘起去刑部了，找到就会拿回来。”

“那大人等我是为了什么事？”夏初随口一问，目光却跟随着许陆，见他拿了两只碗后便扬声道，“许陆，给我多拿一个馒头，多来点肉菜！”

许陆刚要应声，蒋熙元也扬声道：“不用给他拿了，你自己吃吧。”

“为……”

夏初一个“为什么”还没问出口，蒋熙元已经站起来了，揪着她肩膀拽她起身：“跟我出去吃饭。”

“我饿得扛不住了，大人你让我在这里赶紧吃了吧！”

蒋熙元没松手，回头看她：“你怎么一天到晚这么饿？也不见胖，东西都吃哪里去了？”

“我长个子呢。”

“走吧，别废话了，大人我也饿着呢。”

许陆举着两只空碗，看着蒋熙元和夏初俩人一路绊着嘴出了食堂，这才悻悻地独自去盛饭了。

刚出府衙的门口，远远就看见王槐快步走了过来，不热的天儿却是满头的汗。到了门口瞧见蒋熙元和夏初，愣了愣：“大人，头儿，你们这是出门？”

“你是查到什么了吗？”夏初问他。

“您不是让我去查刘樱的社会关系吗？我查得差不多了，所以就回来交差。”

“有什么特别的发现？”

王槐犹豫着摇摇头：“我没发现什么特别的。”

“那你走这么急做什么？”

“这不是赶着食堂开饭嘛。晚了没菜了。”

蒋熙元笑了一声，看夏初一脸垮掉的表情，出言讽刺道：“还真是有什么样的领导，就有什么样的下属。”

“嗯，说的是。我身为大人的下属，很赞同这句话。”夏初不甘示弱地回了一句。然后对王槐笑道：“得了，你也别往食堂赶了，算你走运，今天蒋大人请客。走吧，一起吃饭，顺便说说案子。”

还不等蒋熙元开口，王槐便抢先一步说：“多谢大人！”说完擦了擦汗，一步就站到了夏初身后。

“你报复心真重！”蒋熙元附到夏初耳朵边低声说。夏初往一边偏了偏头，小声地笑道：“大人又不是才知道。”

饭就是在附近的酒楼解决的。

夏初和王槐一人手里拿着一个馒头，一边吃，一边叽里咕噜地说着调查的结果。腮帮子都塞得鼓鼓的，眼睛看着记录，手里的筷子却一点没耽误夹菜。

蒋熙元坐在俩人对面，沉默而斯文地吃着，心里感觉怪怪的。看着他俩风卷残云的样子，似乎自己用餐的礼仪和讲究都显得特别矫情。又好像自己吃进嘴里的菜，没有夏初他们吃得香似的。

“刘樱日常里往来的都是各个官家小姐，没什么特别的。跟她关系最好的就是白家的姐妹，还有这个尤家的二小姐。”王槐说。

“嗯嗯。”夏初咬了口馒头，又飞快地塞了一口肘子，三嚼两嚼咽下去后说，“我有印象，这几个人上巳节也是去了万佛寺的。”

“对，当时已经都问过了。就是这个尤家二小姐给方义传的消息，私下里与刘樱见面的。我问过她们，她们都说刘樱一个官家小姐平日出门也不多，按说是不太会与人结仇的。”

夏初点了点头，目光顺着王槐的记录往下看，看到尤二小姐的名字旁边潦草地写了个字，几乎洇成了一团，便问道：“旁边这是个什么字？”

王槐凑过去看了一眼：“噢，问话的时候，尤小姐提到的另外一个人，说原本她们几个的关系是很好的，经常一起出门喝茶聊天，只不过这个人死了。”

夏初蹙了下眉头，又仔细地辨认了一下，抬起头来看了看蒋熙元。蒋熙元正夹了一块蘑菇，被她这一眼看得松了手，蘑菇“啪嗒嗒”一声掉回了盘子里，他一脸茫然地问道：“什么意思？写的不会是个‘蒋’字吧？”

夏初被他的样子逗笑了，将手里的记录递过去，转头问王槐：“她说的是洪小姐？”

“对。”王槐点点头，“去年先帝的万寿节之后，洪大人被贬官流放，尤家就不让她再与洪小姐联系了。洪小姐丧事时她央求着想去上炷香，家里人都没让去。”

“她怎么会提起洪家小姐的？”

“说起刘樱难过了呗，原本她们几个关系最好，现在有两个都死了。”

夏初把吃了一半的馒头放下，喝了口茶，手指敲着茶杯侧头沉思。蒋熙元把那份记录一目十行地看了，放在桌上，手指敲着桌面，也沉思起来。

王槐一看这架势，也不敢吃了，放了筷子也想沉思，却不知道该沉思什么。

“刘樱与这几位小姐出门的时候，刘榕会跟着吗？”夏初问道。

王槐赶忙道：“嗯，这个我特地问了，尤家小姐说刘榕有时会出来，不过要刘樱叫她她才会一起，在一起的时候刘榕很少说话。白家小姐不太喜欢刘樱这点，觉得刘樱带着刘榕的时候，那种处处摆优越感的样子，有些刺眼。”

什么意思呢？死神来了？一个都跑不了？还是古代女版马加爵？

夏初脑子里冒出了很多念头，可她又觉得不太对。如果刘榕是因为心理扭曲，想要展开一系列杀人活动，报复这帮身份优越的官家小姐，她最先下手的应该是刘樱才对，又怎么会是洪小姐呢？

“有点越查越乱的感觉。”蒋熙元苦笑道。

夏初心不在焉地重新拿起馒头来，咬了一口，嚼了半天也咽不下去，索性又放回碗里。眉头始终舒展不开，连蒋熙元与她说话她都没反应。

蒋熙元叹了口气，起身拍了她肩膀一下：“走吧，回府衙慢慢想去。”

“噢。”夏初站起身来，又伸手去拿那半个馒头，却被蒋熙元一巴掌拍开了，“别要了。”

“浪费！万一我下午又饿了怎么办？”

蒋熙元抬手掂了掂手中的油纸包：“打包了点心。”说完，哼了一声，甩袖下楼。

夏初一行出了酒楼，走过安崇街进了府衙的大门。他们前脚进了府衙，后脚便有一辆马车从街上奔了过去。

车上坐着安良，正驾车往城南跑。他一只脚架在车板上，另一只脚晃荡着，脸上明明白白地写了三个大字："不高兴。"

"你说，主子非要喝那羊汤，这要是吃坏了肚子，我小命还要不要了？！"

"那玩意儿好喝吗？确实也还行。可也不至于这么馋人啊！我那天也喝了的。"

"主子吃上瘾可麻烦了！回头我得在内务府设个职位，叫'司汤'，每天专门负责往城南来买羊汤。也不对呀，那索性把做汤的老头带走不就好了？"安良回头看了看车里，一怔，又看了看车顶。

"闵风！"他低声喊了一句，撇撇嘴，自言自语道，"暗卫真是不懂礼貌，什么时候跑的也不打个招呼。"

话音刚落，就听闵风在他旁边低声道："下车买俩包子。"

安良被吓了一跳，回过身白了闵风一眼："不就是会功夫嘛，显摆什么呀？"

闵风笑了笑，扔给安良一个包子，靠在车上不言语。安良嫌他闷，也不管他是不是在听，嘴依旧不闲着地说："主子对万佛寺的案子还挺上心，那天问我方公子定亲的事，今天又找了刘大人去御书房。你说，主子是不是要重用刘钟刘大人了？"

闵风仍是一笑，不做回答。

"上次主子对莳花馆的案子上心，后来吴宗淮就倒台了。所以，这次这么上心肯定不是无缘无故的。可刘钟似乎没犯什么错，那……十有八九是要升官了？"安良挠挠头，"我怎么不明白呢？要说，这刘钟也没什么突出的啊！"

"吏部……主子这一阵子不是要推进吏治改革吗？"安良恍然大悟般，说完自己点了点头，"靠谱，应该就是这个事儿了。"

"安良。"闵风说话了。安良侧了侧耳朵，准备听听他的高见。

"该拐弯了。"闵风道。

府衙中，蒋熙元的书房里，夏初与蒋熙元面对面而坐，各捧着一盏香茗。

"刘榕在说起方义的时候，回护之意十分明显，我与许陆问起她是不是认识方义之后，她便产生了抵触的情绪。很显然，刘榕与方义的关系不简单。"夏初咬了一下手指，"嗯，这样说也不对，应该说，刘榕对方义并不只是对一个陌生人，或者泛泛之交的情感。"

"两人有私情？"

"可能是，也可能是刘榕对方义单方面有情。方义那边咱们还没去，不好说。"

蒋熙元想了想，道："有没有可能是刘榕对方义有情，因嫉妒而生恨，杀害了洪小姐和刘樱？"

“可刘樱与方义的亲事并没有定下来啊。”

“你忘了？三月初三晚上，刘樱约了方义跨院见面，说要回去劝一劝爹娘，看能不能有回转的余地。从刘樱让刘夫人给刘榕定亲下绊子一事看来，刘夫人对刘樱还是比较溺爱的，如果刘樱铁了心要嫁给方义，也并不是完全没可能。”

夏初缓缓点了点头，随即又摇了摇头：“就算刘樱肯，以那天方义的态度来看，方义也是不愿意的。定亲毕竟是双方面的，不是刘樱对她娘耍性子就有用的。更何况，就算刘榕杀了刘樱，难道她就能嫁给方义了吗？”

蒋熙元叩了叩下颌：“倒也是。所以你觉得刘榕虽然嫌疑很大，但是杀人的动机却不是那么充分。”

“正是。刘榕杀掉刘樱，以目前所掌握的情况来看，对她似乎没有任何好处。”

“假设刘榕在杀掉刘樱之前，并没有预料到目前的情况会是这样的呢？可能她单纯地以为只要除掉了刘樱，就没有人再找她的麻烦，她的亲事再没有人捣乱了呢？”

夏初往椅子背上一靠，苦恼地挠了挠头：“大人你说的倒是也在理。也许刘榕没想过之后的问题，把刘樱看作最大的障碍，一直蓄谋除掉刘樱。那么上巳节去万佛寺的确是个好机会。”

“那就把刘榕带到府衙来审吧。”蒋熙元说。

蒋熙元想传唤刘榕，夏初却没有接这个茬儿，她沉默了一会儿说：“大人觉得洪家小姐的死亡，与刘樱的死亡有关系吗？”

“咱们现在还不知道洪家小姐是怎么死的。”蒋熙元看着夏初的表情，不禁笑了笑，“夏初，你好像很不愿意将刘榕收监问案啊。”

“嗯，有点同情她。”夏初坐直了身子，“没事搞什么妻妾嘛，弄出这嫡出庶出的麻烦事来。都是一家人，非要从出身上分出个三六九等，有意思吗？”

蒋熙元笑道：“你以后是不打算纳妾了？”

“怎么，大人以后打算纳妾？”夏初瞟了蒋熙元一眼，目光漫过他的脸，未作停留便离开了，看上去似乎带着点儿不屑。

这目光把蒋熙元已到嘴边的话挡了回去，让他微微一滞。实话也罢玩笑也罢，那个“当然”却不知为何有点说不出来。

“我都没打算娶妻，何谈纳妾？”蒋熙元说。

“我也没打算娶妻，更不要说纳妾。”夏初说。

“还说你不是断袖！”两个人异口同声地指着对方说。

蒋熙元懒懒地靠回了椅子上，低声嘟囔：“我就知道是这句……”

申时未到，许陆回来了，把那条穗子放在桌上，对夏初说："我问过冬梅了，她说这不是刘榕的东西。"

"噢？"夏初捋了捋那条穗子，反倒疑心起来，"她怎么认出来的？上午她不是还说刘榕有个杏黄的荷包，怎么，杏黄与杏黄颜色差别很大？"

"那倒不是。"许陆笑道，"我要不问这一遭，还真不知道她们女人麻烦到这样一个程度。"

她们女人……

夏初默默地在心里咀嚼着这四个字，无声地叹了口气。

"区别在这里。"许陆指着穗子头上扎口的绑线说，"冬梅说，刘榕那个荷包的穗子是她帮着打的，这条线她用的是月白的颜色，而不是这种五色的丝线。而且她打穗子，这个扎口比较高，上面的头留得没有这么长。"

夏初点点头，心说，从这个角度看来，果然是"她们"女人……

"头儿，线索又断掉了。"

"我知道……"夏初把那条穗子捏在手里甩了甩，"难道这东西的出现只是个巧合不成？"

蒋熙元伸手把那条穗子拿过去，放到了一边："从它既然查不出什么，就别被它限制住了，就当它不存在吧。"

"那现在查什么呢？"许陆问道。

"把重点放在方义与刘榕的关系上，如果能确认刘榕对方义，或者两人之间有某种私情，那么刘榕的作案动机基本就可以成立。到时候……"蒋熙元看了夏初一眼，"带回来审吧，必要时采取一些手段。"

"不能刑讯逼供！"夏初反对。

"没听说过。有的人就是不打不招的，我知道你同情刘榕，但是你也得分清什么更重要一些。不要妇人之仁。"

"这不是妇人之仁。如果办案靠刑讯逼供，我们跟那冯步云又有什么区别？"

"你总说要讲证据，如果没有证据，这案子你是打算要做成无头公案吗？"蒋熙元沉着脸说，"那下次刘大人再找来的时候，你别再往我这里推。改日御前他参咱们府衙一本，你倒是再也不用与我们这等昏官同流合污了。"

"大人强词夺理，我什么时候说要做成无头公案了？又什么时候说你是个昏官了？臆测别人的想法，再以臆测之辞指责他人，算个什么道理？"

"我强词夺理？"蒋熙元冷笑，"你倒是忘了当初你踹柳莺房门的时候了是不是？没那么一出，柳莺又岂会告诉你实话？那就不算刑讯逼供了？"

“我那只是气极而已，再说我当时并非官差，又何谈刑讯。话说回来，就算柳莺什么都不说也无妨。”夏初站起身来，手撑在桌子上大声说，“大人再回想一下，没有柳莺的供词是不是我就真的抓不出真凶？口供算个什么东西，我要的是站得住脚的杀人动机、确凿的证据、没有漏洞的推理！”

“你根本就是炫技！沉迷于你的推理。”蒋熙元也站了起来，挑衅地看着矮了自己多半个头的夏初，“这里是府衙，要的是结果，刑讯是尽快达成结果的辅助手段。”

“那你为什么不干脆把刘榕打晕了，拉过来按上手印结案就算了！”夏初吼道，“所谓刑讯，根本就是先入为主！完全就是个屁！”

蒋熙元瞪着夏初，突然伸手拉住她的胳膊往身后一扭：“你再说？！”

夏初一踹桌子，借力把蒋熙元撞在了墙上，曲肘向后就打，被蒋熙元一掌拍开。夏初又改攻他肋下，蒋熙元索性把她这只胳膊也抓住了。

夏初气得大叫：“你他妈说不过就动手，算什么上司？”说罢用力地一蹬桌子，蒋熙元再次被撞在墙上。

“上司个屁！有你这么顶撞、殴打上司的下属吗？”蒋熙元被撞得不轻，感觉肺里的气“噗”的一声全被压出来了。夏初那边还没完没了地往后撞。

许陆站在一边，想拉架又不太敢上手，急得团团转。正在这时，刘起推门进来，一看屋里的景象，满脸笑容诡异地凝固，直接愣在了当场。

“师爷师爷，您来了就好了。”许陆松口气，指了指蒋熙元和夏初，“您赶紧把他们二位拉开吧。”

夏初的两只胳膊都被蒋熙元拉在身后，一脚踹在桌子沿上，一直把蒋熙元往后撞。

蒋熙元被撞得肋骨都要断了，往前推夏初的身子，夏初干脆两条腿都抵在了桌沿上，就是不让蒋熙元动弹。蒋熙元干脆一脚把桌子踹开，夏初失了支撑扑倒在地，把蒋熙元也一并给拽倒了。

好好的书房，纸笔砚台扔了一地，桌子斜在一边。地上趴着俩人，堂堂京兆尹压在国都府衙的捕头身上，仍都不死心地在较劲，形象全无。

刘起终于回过了神来，走上前蹲在二位面前：“少爷，夏兄弟，你们俩这是在干什么？还是……准备干什么？”

蒋熙元和夏初抬起头来看着刘起。

“起来说话吧，这样不别扭吗？”刘起苦笑了一下。

蒋熙元犹豫片刻后先松了手，把夏初的胳膊一掼，哼了一声走到一边坐下来整理衣服头发。夏初从地上爬起来，恨恨地瞪了蒋熙元一眼。

书房施展不开，不然自己未必会输给蒋熙元！夏初不甘心地想。

刘起诧异地打量着夏初，指了指她的脑袋："夏兄弟，你的头发……"

夏初扒拉了一下自己的短发，弯腰捡起帽子掸了掸："大惊小怪。前几天生火做饭燎掉了，不行啊？"

蒋熙元在一边"扑哧"笑出声，捂着自己的肋下拍了拍桌子，猛然间笑得前仰后合，特别大声。他起身走过来使劲地揉了揉夏初的脑袋："还留了一点，算是上天待你不薄。我要是你，就干脆剃秃算了。你这么心慈性善的，直接就能出家了，多好。"

"你还要继续是不是？我心善难道错了？就算被说妇人之仁，也好过被人说能力不足，断案只会屈打成招！"

"你说谁能力不足？"

"少爷，少爷！"刘起拦住蒋熙元，"您是大人，跟下属打架不合适，真的不合适。"

"他跟上司打架难道合适？！"蒋熙元恨道。

"夏兄弟，这我可要批评你了。好歹我们少爷也是三品大员，这传出去像个什么样子，官威何在啊？"刘起对夏初使劲地使眼色，夏初这才咽下话不再说了。

刘起和许陆一起收拾书房，夏初和蒋熙元各自坐在椅子上喝水，谁也不看谁，谁也不跟谁讲话。

等收拾妥当，刘起才把自己找来的东西放在桌上："洪家小姐的卷宗找到了。"

夏初和蒋熙元都抬起头来，看意思都要往书桌方向去，但见对方动了，又各自坐了回去。

刘起有点尴尬，左右打量了几次，最后只好抓着许陆说："刑部有洪家小姐的卷宗，那就说明她不是自然死亡，而是被杀或者自杀。"

许陆把卷宗翻开，拿出仵作验尸的报告单子来，清了清嗓子大声说："死者系死亡后被推入水中，头部曾遭重击，颈上勒痕长约四寸，窒息死亡。死者外衣、亵衣被外力扯破……"

许陆念了一半，手里的报告单子便被夏初抢走了，蒋熙元慢了一步。

"好像啊……"夏初把洪月容的验尸报告看完，低声念叨了一句后转头对着蒋熙元，嘴张开话未出口，又硬生生地别过头对许陆道："与刘樱的死状很相似。刘樱是从山上被抛下去的，头撞在了大石上，所以咱们看不出她头部是否有被击打的痕迹。没准儿刘樱也被打过。"

“不知道这个洪月容有没有被侵犯过。”许陆说。

“当时一定是没有验身的，不过报告上也没有提到她身上有血迹。”夏初把验尸报告放在桌上，去翻现场记录。

蒋熙元抖了抖手里的纸：“从现场记录来看，那时的捕快只是怀疑凶手强奸未遂，失手扼死洪月容。扼死后因为害怕而沉尸逃走。”

夏初不想跟蒋熙元讲话，可又很想讨论案情。两厢权衡了一下，还是暂时放下了自己的小情绪，捋了捋头发，不情不愿地问：“杀害洪月容的凶手抓到了吗？”

蒋熙元往后翻了翻，摇了摇头：“没有。”他放下记录说道，“洪家报洪月容失踪是在十月初一一早，第二天，也就是十月初二尸体被找到了。在后来查案的这个阶段当中，洪月容他爹被贬官了，准备流放，所以府衙和官差看起来并不上心，最后就是个悬案，反正也没人追究。”

“真给我们捕快界抹黑！”夏初愤愤不平地把记录拿起来，一边看，一边问道，“这上面没写洪月容九月三十出门去干什么，是去见什么人，还是去了什么地方？怎么都没写？”

“九月三十是先帝的万寿节。”

“所以呢？”夏初不太明白，她又没过过万寿节，万圣节倒是过过。

蒋熙元倒被她弄得莫名其妙了，双臂抱在胸前瞧着她：“万寿节两市开百戏，城南升平坊也是，全城热闹得很，洪月容那天出门完全不需要理由。”

夏初不说话了，继续埋头看笔录。蒋熙元凑近了一点儿问她：“去年万寿节你在哪儿？”

“反正不在西京。”夏初回了一句，马上调转话题说，“从洪月容的死状来看，我觉得刘樱和洪月容的死很可能是同一个人作案，可以并案放在一起做推理。”

蒋熙元意味不明地哼了一声：“怎么推理？”

夏初抽出一张纸来铺在蒋熙元的书桌上，拿起刚刚被摔断了的墨，粗手粗脚地在砚台里使劲磨了几下，然后提笔写下“刘樱”“洪月容”两个名字。

蒋熙元默默地哀叹了一声。

他的极品松烟墨啊，他的名家雕刻歙砚啊，他的上好蚕丝生宣啊！

“刘樱与洪月容这两个死者的交集，目前看来有两个。”夏初一边说一边写，“一个是刘榕，一个是方义。而这两个人正是咱们目前的首要怀疑对象。”

“如果刘榕是凶手。”她抬头看着蒋熙元说，“大人你刚才说，她想要除掉刘樱的理由，可能是觉得刘樱一死，就没有人再找她的麻烦，没有人会作梗她的婚事了。那么，她杀死洪月容的理由是什么呢？”

“为了方义！”许陆抢答，“洪月容与方义定亲，刘榕杀了洪月容阻止他们的婚事。她可能想自己嫁给方义，但没想到方义却与刘樱定亲了，所以刘榕又杀掉了刘樱。”

夏初没点头也没摇头：“大人你觉得呢？”

蒋熙元沉吟了片刻后说：“洪月容是去年九月底被杀，刘樱是今年三月被杀，中间隔了足有半年的时间。从许陆调查的关于刘榕的情况看，这期间刘榕并没有任何想要与方义定亲的行为。许陆，是吗？”

许陆回想了一下：“嗯，是没有。”

“倘若她是为了嫁给方义而杀掉洪月容，那杀人之后她等的时间未免也太长了一点儿。都能为了这件事杀人了，那得是多强烈的感情啊！”夏初说。

“刘榕是庶女，而方义是方家的嫡子，她可能也知道自己想嫁给方义很难，所以没有提？”蒋熙元又说了一个可能性。

“那她还杀人？”

“你就是觉得刘榕无辜是不是？你这就不叫先入为主了？”蒋熙元讽刺道。

“多少也有一点儿。”夏初不否认，悻悻地说，“毕竟大人你没有去问讯过刘榕，对她缺乏比较直观的认识。”

“怎么都是你有理……”

夏初咬着笔头想了想：“不知道去年万寿节刘榕在什么地方，有没有作案时间。现在去问……我觉得有点悬啊。”

“如果洪月容的死只是个意外呢？”刘起插话道。

“纵观方义的定亲血泪史，三次失败，我怎么都不觉得是意外。就算是意外，也得是排除了所有与刘樱案关联的可能性之后再认定。”夏初拍了拍那份卷宗，叹口气，“还是去问问方义吧，看他怎么说。虽然他没有作案时间……啧，好像也没什么作案动机啊！”

蒋熙元听着，心里忽然一动：“会不会是方义压根儿就不想成亲？就像……”

“嘿！”夏初看着蒋熙元意味深长的眼神，哭笑不得，“不想成亲就别定亲了呗，哪有跟人家定了亲，又费尽心思去把人家杀了的？大人你也不想成亲，搁你你会这么做吗？这法子也太笨了。”

“少爷！你不想成亲？！”刘起探出头来。

“一边儿去！”蒋熙元挥挥手，又警告道，“你回家不要给我乱说！”

夏初把卷宗收好：“卷宗我先拿回去研究研究，明天……”她目光扫过屋里的几个人，“谁跟我一起去找方义啊？”

蒋熙元把夏初的帽子拿过来扔到了她头上，手推着她的脖子往外就走：“我送你回去，明天早上接了你直接去方府。”

“早上？多早？日上三竿前大人你起得来吗？”

“刚才你殴打上司一事我已经不计较了，你要懂得见好就收。”

“殴打这词不合适。大人知道什么叫正当防卫吗？”

“啧，我就应该把你流放到禹州去，那样算是我的正当防卫。”

刘起和许陆目送着蒋熙元和夏初一路斗嘴离开，等声音远了，俩人才回过神来，面面相觑。

“是我想多了吗？我怎么老觉得这么不对劲儿呢？”许陆说。

“是你想多了吧……”刘起又回头看了一眼门口，“我家少爷花名在外，不会的……”

“师爷，看来你也觉得不对劲儿啊。”

“那一定是我不对劲儿。”刘起沉重地点点头，“一定是我不对劲儿了。”

许陆又目送刘起离开，站在空荡荡的书房里愣了一会儿，叹了口气。

“全都不对劲儿……”

夏初回了自己的小院，一进门，就看见地上放了个洁白的四方物体，心中猛然一跳，急忙捡了起来。

同样的信封，同样的信纸，同样好看齐整的字迹，同样一个落款的“黄”字。

夏初小心地把信纸在桌上展平，忽然就对着这封信笑了起来，双手掩住了嘴，眼睛偷偷地往窗外身后看了看，生怕让人瞧见似的。

“方简……”夏初草草地看了一眼，“啧，到底是富商啊，路子真广。”

待仔细看完了苏缜的信，夏初坐立不安地跑到院子里走了两圈，心中那叫一个雀跃，直恨月亮走得太慢，太阳升得太晚。

激动的心情无处发泄，夏初又跑回屋里，拿起信纸“啵”地亲了一口。亲完又觉得不好意思，顺势把纸盖在脸上。

纸上有淡淡的香气，就像苏缜身上那种特别的香味，很清淡，有点凉凉的味道，好似夏夜风里的昙花，不知何时飘进了梦中。

夏初把信纸放在桌上再次展平，手指抚过那个“黄”字，极轻极轻地说了声“谢谢”，眉眼间都是自己不曾发现的腼腆笑意。

寝宫中，苏缜沐浴后换了松快的衣衫，光脚踩在长绒的地毯上，慢慢地走到窗前的榻上坐下来，伸手推开了窗子。凝脂般的皮肤，星子般的双眸，如瀑的长发披在身后，一点儿慵懒之意。

榻桌上暖暖的一盏宫灯，与冷冷的月色相融，映出了如幻的色彩，衬得这清俊少年好像仙泉边趁夜化出人形的一株花，不似人间凡品。

安良端了安神的茶进来，远远地站着没有上前，怕打扰到这如画般美好的场景。

倒是苏缜先看见了安良："在那里站着干什么？"

"奴才瞧着皇上想事情想得出神，没敢打扰。"安良一边说着，一边把茶盅放在了桌上。

苏缜端起来慢慢地饮着，又抬头看了看夜色："你说他这时候看见那封信了吗？"

"看见了吧，都这个时辰了。"安良回道，脸上挂着惯常的笑容，轻声说，"皇上很挂心那案子呀。"

苏缜却摇了摇头，把茶盅放下，浅浅一笑："谈不上，帮朋友个忙而已。"

安良点头称是："蒋大人初任京兆尹之职，这算是他经办的第一件大案呢。"

苏缜的笑意深了一些："朕说的不是他。"

安良微微一怔，便明白苏缜口中的那个"朋友"竟说的是夏初，不禁有一丝不以为然。他心里觉得以夏初那样的身份，无论如何是够不上与皇上做朋友的。

虽然那个人还不错。

苏缜手臂支着桌子，手掌撑着头，看安良的神情便知道他在想什么，于是笑道："觉得他不配？"

"奴才不敢。"

"你们都说不敢，可不敢是什么意思呢？不过是碍于朕的身份、朕的权力罢了。有一天朕不是朕，你们也便没有什么不敢的了。"

安良"扑通"一声跪在地上："奴才的意思是，奴才没这么想。"

苏缜看着他，脸上的笑容渐渐淡了下去，换作一点儿意兴阑珊的口吻道："安良，你有朋友吗？"

"啊？"安良愣了愣，咽了咽唾沫，小心地说道，"有……闵风，御膳房的何优，还……还有司织署的连公公……"

"你的朋友里，没有朕？"

"奴才……"安良想说不敢，可想起刚才苏缜的话，那个"不敢"又咽了回去，一时竟不知如何作答。

苏缜转头看着窗外，缓缓地说：“你与朕自小一起长大，蒋熙元也是，还有闵风。你们在我身边我没的选择，你们也没的选择，无非是父皇母后的挑选和安排。你们来便走不了，唯有忠心。可忠心，毕竟不是朋友之情，你们不能以朋友之心待朕，朕其实也是的。”

“奴才不是不想，奴才是真不敢把皇上当朋友……但奴才很忠心的。”

苏缜莞尔，让安良站起来，看着他又笑了笑：“朕没有怪罪你的意思。可夏初不一样。他是唯一一个朕自己选择的朋友，你懂吗？”

安良想了想，壮着胆子说道：“可夏公子不知道您是皇上啊，如果知道了，对您也一样，是忠心。”

“会吗？”

“奴才也不知道。”安良说。

苏缜默然片刻：“那便最好不知道吧。”

夜里苏缜便做了梦。梦见夏初跪在他的面前，以额触地：“皇上，臣罪该万死，臣再也不敢带您去吃羊汤了。臣自请致仕，告老还乡……”

苏缜从梦中惊醒过来，回过神后长舒了一口气，转头见安良正笑眯眯地站在他床边，帐外一众伺候梳洗的宫娥太监。

“皇上，该起身了。”安良说。

“嗯。”苏缜坐起来，趿上鞋，“安排完御书房的事，去给朕买碗羊汤回来。”

“又……又买……”安良嘴角抽了抽，“奴才遵旨！”

夏初晨起洗了澡，清清爽爽地坐在院子里，心急难安地等着蒋熙元。这一等就等到了将近巳时，门板才被叩响。

夏初沉着脸把门打开，看见蒋熙元后假笑了一下：“大人来得真早。”

“怕你还没起。”

夏初运了运气，出门把门板一撞，三下两下上好了锁，跳进了马车里。

“咱们现在去方家？”

“随便！”夏初没好气地说，“大人要是想吃个饭、听个戏再去，我也没意见的。您是上司。”

蒋熙元悻悻地上了车，让车夫往方家赶去。

方简方大人家住在北城西市附近，两进的院子带个花园，不算大。夏初和蒋熙元到了方府门口，正好看见院门打开，方义从里面走了出来，看见夏初微微一愣。

“方公子要出门？”

方义笑着点了点头："不过倒也不是什么急事，二位找我可还是为了刘家小姐的那桩案子？"

"是，有些情况想要问一问，方公子现在方便吗？"

方义侧身闪开大门："方便，二位请进吧！"依旧温和有礼。

随着方义进了门，迎面遇见方若蓝抱着只猫走了过来："哥？你不是要出门吗？怎么又回来了？"

"府衙的官差过来问我点儿事，我晚些再出去。"

方若蓝看见夏初，脸登时便沉了下去，把怀里的猫往地上一扔："怎么又来了？万佛寺里已经问了那么多次了，还问不完？"

"若蓝。"方义板起脸来，"没礼貌。"

方若蓝瘪了瘪嘴，虽没有说话却也站在原地没有动。方义对夏初二人歉意地笑了笑："小妹被惯坏了，莫怪。"

方义绕过方若蓝带着他们进了客厅，夏初进门坐定却见方若蓝也跟了进来，远远地找个椅子坐下了。

"若蓝，你先回屋去。"

"为什么？官差不是问案子吗？那天我也在万佛寺，凭什么不能在这里？"方若蓝往后靠了靠，一副打死不走的样子。

方义看着她，不急不恼的样子，却也不说话。方若蓝与他默不作声地僵持了一会儿，最终还是站起身来，气恼地走了。

方义尴尬地看了看夏初，夏初宽和一笑，有点羡慕地说："你妹妹与你的感情真好。"

"嗯，若蓝幼时母亲就过世了，父亲又不在身边，我俩相依为命，感情确实是不错。只是我当时也不过是个半大的孩子，只知道一味地护着她，弄得她现在有些任性了。"方义笑着叹了口气。

夏初看着方义谈起妹妹的样子，稍稍地走了下神，随后又笑道："方公子的事我略有耳闻，令妹有你这样一个兄长，是她的福气。"

方义谦虚地摆了摆手。

"其实我们这次来，倒也不全是为了刘家小姐的事。"

"噢？那还有什么别的事吗？只要我能帮得上忙的，自然知无不言。"

夏初微微沉吟片刻，那边蒋熙元把话接了过去，说："是想问问洪月容的事，不知道方公子还有没有印象了？"

方义似是没有想到，愣怔了一下，而后点点头："洪小姐的事，当然记得，也不过是刚过去半年而已。”

“能与我们说说当时的情形吗？”

“嗯……”方义低头想了想，“我与洪小姐是去年八月中定的亲，聘礼已经下了，也换过了庚帖，原本是定在十月十六完婚的。我记得是……万寿节的转天吧，一早洪家的长公子就来敲门，问我洪小姐有没有来过。”

“万寿节那天你在哪儿？”

“我去了原平山。”方义回答得很快，也很肯定。见夏初略有疑惑，方义便笑道，“原本若蓝让我带她上街去看百戏，可后来她又约了自己的几个好友，把我撂在了家里。我记得那天早上就开始下雪，我一时兴起，就骑马出城去仙羽观登山赏雪去了。”

“自己去的？”

“嗯，自己去的。那天人们都上街看百戏，所以山上几乎没有人，景色十分好。我喜欢一个人静静的，自由。”

夏初觉得这话有点耳熟，却又想不起来在哪儿听过。

“那天你在原平山待到什么时候？”

方义侧头想了一会儿：“那天我一直在仙羽观，后来雪下得越来越大，到天快黑了我才返回城中。噢，我在仙羽观遇到了一个道长，跟他聊了很久。”

“如果我没记错，方公子不是信佛的吗？”夏初问道。

“是的。我母亲信佛故而我也信佛。不过我也很想听一听别的宗教的教义，看佛道之间究竟有什么区别。那道长很有趣，不似那些正统的道长不苟言笑云山雾罩似的玄虚，反而十分入世，所以聊了很久。”

“是不是胖墩墩的，看上去像个骗子？”蒋熙元忽然问了一句。

方义忍不住笑着点了点头：“虽然像个骗子，但不是骗子，只不过矮胖矮胖的，而且有一点世俗罢了。我很喜欢他这一点，不掩饰，不虚伪。”

“你认识？”夏初回头问蒋熙元。

“谈不上，知道而已。”蒋熙元甩开那有点不好的记忆，继续问方义道，“那天回城之后你就直接回家了吗？有没有去别的地方？”

“是先回的家。我那天回来路过升平坊的时候，看见官兵在搜查。我怕是出了什么大事，赶紧回了家，到家一看若蓝还没回来我便又出去找她。”

“你去了哪里？”

“东市。若蓝说她那天是去东市看戏的。”

“找到了？”

“没有。我去的时候戏已经差不多都散了，东市那边也出了点儿状况，我寻她寻不到又回了家。再回来的时候若蓝已经在家里了。”

夏初觉得方义这番说辞，说没漏洞却好像处处都是漏洞，中间他能有大把的机会去杀死洪月容。可说有漏洞，夏初又觉得不像，他的每个眼神还有夏初所能捕捉到的细微表情，都不像在撒谎。

蒋熙元那边也琢磨了一下。

去年万寿节的事他很清楚，甚至当时他不在场的地方，后来也都弄得一清二楚了。这方义所提到的，并无什么明显破绽。

方义见二人都在思索，便起身给他们续了茶：“我好像又没有不在场的证明，是这样吗？”

夏初有些抱歉地点点头：“你刚才说十月初一早上洪家公子来找你？”

“对。他问我洪小姐在不在我这里的时候我很吃惊，还以为若蓝没打招呼便把洪小姐带回家来了。”

“若蓝？她认识洪月容？”

“当然。一般定亲后，两家女眷自然会走动得勤一些。我家没有主母，所以只能是若蓝与洪家小姐多走动。”

“噢。”夏初还不知道有这样的规矩，“所以，万寿节那天若蓝是与洪月容去的东市？”

“应该不止她们俩，但都有谁我却没问。那天洪公子找来后我把若蓝叫出来问了问，若蓝说洪小姐那天一直喊冷，天还没黑就走了，她把洪小姐送到她家的巷口后才自己回的家。”

“那就是说，洪小姐到了巷口却没进家门？”

“这我就不清楚了。”方义据实回答道，“可能是吧。洪家后来报了案，我也跟着一起寻人，最后是在莲池找到的。听说是河工收拾残荷时捞上来的。那日子，要是过几天湖水封冻，就更找不到了。”

方义惋惜地叹了口气，但也不见悲伤之色。

夏初回头看了一眼正在认命做笔录的蒋熙元，等他收了笔才继续问道：“方公子认识刘家二小姐刘榕吗？”

方义略显诧异地看了夏初一眼：“怎么？”

夏初觉得方义的这个反应很有意思：“不怎么，方公子认识吗？”

方义捋了捋衣袖：“当然是认识的，她是刘樱的妹妹……我见过几次。”

“那你还记得你第一次见到刘榕是什么时候吗？”

“在洪家小姐的丧礼上。”方义回忆道，“那时洪大人已经被贬了官，虽然只是被牵连的，但从洪小姐的丧礼也能看出几分人情冷暖。丧礼十分冷清，洪小姐素日那些手帕交都碍于家中压力没有去，连若蓝都不肯去，为此我还说了她一顿。”

“那方公子怎么会去呢？令尊没有拦着？”蒋熙元插着问了一句。

方义笑了笑：“家父如果是那样拜高踩低之人，当年也就不会被贬官了。洪小姐死得可怜，毕竟我与她也是有过婚约的，我不去于心难安。”

“你与刘樱也是在洪月容的丧礼上碰面的吗？”

“没有，刘大小姐并没有去，只有刘榕去了，所以我才记得。”方义低头沉默了一会儿，感叹道，“她平日里与洪小姐关系并不是最亲密的，到最后却只有她去上了炷香，想来颇令人感慨。”

听方义说完了洪月容丧礼之事后，夏初意味深长地笑了一下：“方公子肖似乃父，是个性情耿直之人。正因如此，你才对同样重情义的刘榕另眼相看的吧？”

方义一时没反应过来，看了夏初一会儿后，那温和的脸上第一次露出些不耐：“恕在下愚钝，不知夏捕头这话是什么意思？”

“就是字面上的意思。不知道方公子有没有意识到，你在说起洪月容、刘樱的时候，用的都是洪小姐、刘小姐的称呼，唯独对刘榕，却是直呼其名。”

方义愣了一下，抿了抿嘴唇，没有说话。

“还有一事。我听说方公子请令尊去刘家提亲，原本是想要与刘榕结亲的。但两家的家长合计一番后，却定下将刘樱许配给你了。是这样吗？”

这下不光方义的表情千变万化，连蒋熙元的表情也精彩了起来。他戳了夏初的胳膊一下，附耳低声问道：“你怎么知道的？没听你提过啊。”

“我猜的。”夏初狡黠地笑了笑，不再理蒋熙元，只是看着方义，等他的回答。

方义犹豫了好一会儿，才开口问道：“夏捕头如何知道此事的？这件事……只有家父与我清楚而已。”

夏初却笑而不答。

方义承认了之后长长地舒了口气，像是卸去了心头的一桩事般，又像是在叹息，脸上露出了点儿苦涩笑容来：“当时也怪我说得不清楚。我与父亲说想娶刘家小姐为妻，原是想征求一下父亲的意见。毕竟他是在朝为官的，与何人结亲他也要从他的角度做一番考虑。不想，父亲觉得这么多年来亏欠我良多，转天就去找刘大人将这件事口头定了下来。”

方义无奈地摇头道："我看父亲兴冲冲地与我说起亲事，我实在不忍心说他弄错了。或许你们觉得我愚孝，实则不然。父亲这么多年来一直想要补偿我和若蓝，甚至都不肯再续弦，可是我已经成年，需要他的地方很少。这一次他终于能为我做一件事了……"

方义仰起头来眨了眨眼，语速放得十分缓慢："那时候，我觉得父亲就像个小孩子。他为我做了一件事，然后期待着我的肯定与表扬。我怎么开口呢？我看着他紧张而又期待的目光，在嘴边的话却怎么都说不出来。他年纪大了，可能他能为我做的也只有亲事了，我不忍心说他错了，真的不忍心看他失望或者尴尬的表情。也许你们不理解吧……"

"我明白。"夏初的眼眶有点发热，忙拿过一张笔录来低头假装看着，将那阵泪意忍了过去。整理好了情绪才继续问道，"那也就是说，刘家当时对定亲之事翻脸不认账，其实你是乐见其成的？"

"当然。"方义点了点头，"我去了刘府几次，对刘樱也喜欢不起来。倒是偶尔与刘榕的相处更愉快一些。与刘樱的亲事我一直如鲠在喉，就在我犹豫着是否要告诉父亲的时候，父亲上门提亲被拒了。

"父亲起初还没敢告诉我，怕我难过，为了我，他在朝房与刘大人吵了一架。我听说亲事被拒后，心情一下开朗很多，这才与父亲说出之前的乌龙事来。也算是宽慰他吧。"

方义轻笑着摇摇头："当时父亲的表情很有意思。好在结果不错，父亲便说之前的事不再提了，等过一阵看看能不能向刘榕提亲。不过……我知道这恐怕很难了。"

"刘榕知道这些事吗？"

方义沉默着没有说话，或者是思考着如何开口，总之，半天都没有动静。

夏初想了想，便直言相告道："方公子，三月初三晚刘榕并没有不在场证明，所以我们现在认为她有杀害刘樱的嫌疑。但如果她知道这些事，也许……"

"不可能！不是刘榕杀的。"方义没等夏初把话说完，就斩钉截铁地说道。

夏初眨了眨眼睛。当时她在与刘榕透露出怀疑方义的意思时，刘榕说得也是这么斩钉截铁：不可能。

莫不是……

"方公子，莫非当晚你其实是与刘榕在一起的？"夏初问道。

方义的表情变了变，却仍是犹犹豫豫地说："这件事……"

"这件事关系重大。"夏初肃然了语气道，"这事人命关天。方公子，你不是迂腐之人，真觉得私会一闺阁女子的声誉比人命还要重要不成？更何况，如果你不说实话，刘榕的嫌疑很难洗清。”

方义低下头，片刻后复又抬起头来：“是，当晚我确实与刘榕在一起。”

夏初与蒋熙元对视了一眼，神色都有点复杂。

“你们几时见面，去了哪里，又是何时分开的？请你务必说实话。”

“其实……我与刘榕只是偶然碰见的。她在万佛寺中散步，我也是。”方义抿嘴笑了一下，“我们都是喜静的人，倒算是有默契，就恰巧碰见了。遇见之后一路走到了跨院，她问我与她姐姐见面聊得如何，亲事可还有希望。我就与她说了我和她姐姐定亲的乌龙事。嗯……也表露了心迹。”

“然后呢？”

“刘榕起先很高兴，但很快又沉默了。我知道刘榕对我也是有意的，只可惜造化弄人，谁又想得到呢，也怪不了谁。”

“你们在一起待到什么时辰？”

“挺晚的，约莫着得快要亥时过半的样子了，当时禅房的灯已经都熄了。话说开了之后，我们聊了很多。刘榕还哭了一阵，她说自己的命不好，生为庶女没人在意，姐姐欺负主母冷待，婚事也没人真心要为自己做主。”方义叹了口气，神情颇为复杂。

“其实我的命才是真不好。最早我与许家小姐定亲，结果人家退了亲，与洪家小姐定亲，洪小姐又死了，与刘小姐定亲，最后居然是这样的一个结果。”方义说到此处，下意识地捏了捏袖子，忽然想到了什么，便从袖子里掏出一个荷包来。

“这是那晚刘榕送给我的。她说今生恐怕只有这一点点缘分了，她让我拿着这荷包，但求来世别再这般错过就好。”方义轻轻地捏着那个荷包，“我信佛，不修今生修来世，也许是我前世修得不好吧。可是，就这样错过了，我却是用多少佛经也压不住心底的不甘心……”

夏初看见方义手里是一只杏黄色的荷包，穗子是用月白丝线扎的头，与冬梅说的一模一样。

“你与刘榕分开之后又去过哪里吗？”

“没有了，后来我就回了自己的禅房，打坐，想平一平心底的情绪。”

夏初与蒋熙元问完了话，离开方府，方义送他们二人到了门口。夏初心里莫名地觉得发沉，回头再看方义，其实觉得他与刘榕当真算得上是般配的。

站在门口，方义勉强撑起的笑容显得有些疲惫，温和中多了许多的苦涩。

“我听说刘榕的境况不太好，可我又无能为力。如果刘小姐没死，我还能有机会向刘家提一提，可现在这样，刘夫人已经把我看作她女儿的未亡人了。大概，不管我娶谁都不可以再娶刘榕了吧。”

“你怎么看？”回府衙的路上，蒋熙元问夏初。

“真是可惜了这一对儿。”

“我是问你案子……”

“这一下又排除了俩。”夏初把帽子扯下来，痛苦地抱住了头，“怎么办啊？”

“你这头发真是火燎的？”蒋熙元捏了一縻捻了捻，“你是披着头发生火做饭的？”

“大人，不是说案子吗？”夏初抬起头来横了他一眼。

蒋熙元一笑：“说起来……也还行。”

“什么还行？”

“你这头发，这样看着虽然怪是怪了点儿，但也不算难看。”

“不是说案子吗？”

到了府衙，还没进门刘起就从里面冲了出来，看见蒋熙元，一愣，急忙道：“少爷，你回来就好了，刚才家里派人过来找你呢。”

“家里？将军府？”

“是啊，不是将军府还能是哪儿？”

“出什么事了？”

“说是小姐那边崩溃了，把自己关在房里不肯出来。”

“她这是又闹什么？”蒋熙元皱了皱眉头，“是不是又被教习的嬷嬷说了？行吧，回去看看去吧，这丫头真不让人省心。”

蒋熙元与刘起上了车，又撩开帘子对夏初道：“你自己吃饭吧。”

夏初心说可不就是我自己吃饭嘛，这算个什么话？她站在原地看着蒋熙元的车走远，心头淡淡的失落。

都有哥哥啊……

站了一会儿，夏初抹了抹鼻子，转身准备去食堂吃饭。转过身，就听见有人叫她，回头一看，见路上停了架马车，安良小心翼翼地探出个头来，冲她招招手。

“小良？你怎么在这儿？”夏初跑过去。

“别提了，我家公子吃那羊汤上瘾了，我这正要给他去买呢。”

夏初听完眼睛一亮，撑着车板跳上去：“正好，带我一块儿过去吧，我正好也没吃饭，搭个便车解决午饭去。”

安良略微犹豫了一下，便扬鞭打马继续往福记去了。

第八章 不解心中事

去往福记的路上，夏初问安良：“你家公子怎么不自己来吃？”

“公子最近忙，没有时间。”安良悄悄地瞟了夏初一眼。他虽然觉得夏初人不错，但也没觉得有什么太特别的地方，怎么皇上就把他当了朋友呢？

夏初有点不好意思：“那真是麻烦他帮我打听到那么多消息了。你家公子路子真的挺宽的，我们大人都打听不到这一步。真不知道怎么谢他才好。”

“是，我家公子的路子非常宽。”

“你家究竟是做什么生意的？”

“什么都做。”安良扭头对夏初道，“不过我家很低调，你轻易也打听不到的。”

夏初忙笑着解释说：“我没有要打听的意思。你家公子人不错，他做什么的都不要紧。朋友嘛，他不嫌我落魄，我也不会介意他富贵的。”

“介意我们公子富贵？”安良对夏初的这个逻辑表示无语，讪讪地重复了一句。

夏初却点了点头，看着前面的路说：“说‘介意’这个词可能也不太合适，但实际就是这个意思。严格说起来，介意的并不是对方，而是自己。”

“不明白。”

夏初笑道：“就是说面对比自己高阶层的人，很难做到以平常心相待。再简单点儿的例子，比如咱们见到皇上，肯定是三跪九叩啊，万岁万万岁啊……就不会用平常心去看待他的优点、缺点，根本没办法交流。”

安良在沉默中想起了昨晚苏缜对他说的那番话，不禁默默地在心里叹口气。果然，还是不知道的好。

夏初手搭在眉上，仰头看了看晴朗的天色，随口说道："所以皇上一般都很孤单的。"

"你怎么知道？"安良问她。

"猜的嘛。你看，除了亲戚，没有与他平等的人，自然也就没有朋友，没朋友还不孤单？噢，亲戚其实都不算是与他平等的。"夏初摇摇头，"细想，你不觉得挺可怜吗？"

安良含含糊糊地"嗯"了一声，将马车勒停在福记的巷口。

从福记打包了羊汤，夏初便让安良赶紧回去给他家公子送饭："我来结账。这顿不算请客，小良，回去跟你家公子捎个话，回头我请他去吃别的好东西。"

安良看了看手里的食盒，也没多客气。出了门却忍不住苦笑，心说可别再带皇上到处吃饭了，再这么下去他可要满京城地买饭了。那就不是一个"司汤"的职位能解决得了的，那恐怕要一个"买饭局"才应付得过来了。

夏初美美地喝了顿羊汤，轻抚着肚子溜达回府衙去看卷宗了。蒋熙元可没她那样的好命，早上起晚了先去接夏初，劳心劳力地又是问案又是做笔录，到晌午连口水都没喝上就给拽回了将军府。

"咏薇你开门！"蒋熙元"砰砰"砸了几下，肚子一阵紧缩，响亮地叫了一声。

屋里没动静。

"咏薇！"蒋熙元吼了一嗓子，气道，"你想干什么啊？除了给家里添乱，你还能不能干点儿别的？开门！不开门我就踹了。府衙那边忙着呢。"

"你忙你的，不愿意管我就不要管。"咏薇在屋里抽噎着说了一句，带着浓浓的鼻音。

蒋熙元叹了口气，放缓了声音道："你先把门打开，有什么事我去跟家里说，你这样我怎么帮你？"

屋里又是半天没动静，蒋熙元等了一会儿，正要再砸门的时候，屋门开了。蒋咏薇委屈地倚着门，眼睛红红的，一身粉白的春装，捏着月白的帕子按在鼻子上，一副柔弱可怜的样子看着蒋熙元。

蒋熙元一见她这样子，"扑哧"一声就笑了，伸手把她的帕子拽下来："梨花带雨？倒是学得不错，谁教你的这副样子？"

蒋咏薇气恼地一跺脚，瘪了瘪嘴，眼睛里又含上了泪："哥！我是让你帮我，不是让你笑话我的！”

“帮你什么？”蒋熙元收敛了笑容，负起手来看着她。

蒋咏薇抽了下鼻子，底气不足地说：“哥哥……我能不学礼仪了吗？”

蒋熙元看着她没说话。

“我就知道……”蒋咏薇看了他一会儿，泄气地低下头去，抠了抠门板上的雕花，委屈地说道，“大婚礼仪怎么那么复杂？做皇后要学的东西怎么那么多？好烦啊。我学不会怎么办？”

“那就再学一遍。”蒋熙元也叹口气，用手里的帕子给咏薇擦了擦眼泪，“我知道你压力大。别急，慢慢来，你又不笨。咏薇，当初听说要嫁给皇上时，你兴奋得一宿没睡着，现在这点事儿就过不去了？”

“我怕犯错了皇上会嫌我笨。哥，皇上要是不喜欢我……怎么办？”

蒋熙元上前一步，拉着咏薇的胳膊进了屋里，把她按坐在月牙凳上，温声道：“咏薇，哥与你说点实际的话。”

蒋咏薇抬头看着他，似乎是知道蒋熙元要说什么似的，目光中有一点儿畏缩。

“你入中宫，如果皇上能喜欢你是最好的，如果不能，你也只当是理应如此就行了。我最担心的不是你的礼数到不到位，不是你能不能管理好后宫的琐事，也不是皇上喜不喜欢你，我担心的是你太过牵挂皇上，让你失了分寸，失了自己。”

“不牵挂惦念皇上怎么行？我将来是皇后，我们是夫妻呀！”咏薇不服气地说。

“你们是夫妻，可他是皇上。”蒋熙元的目光中尽是忧心，抚了抚咏薇光滑的头发，“即使他会爱你，你也要警醒着自己才好。咏薇，皇上就不该是用来爱的。”

蒋咏薇听着，只是默默地不作声。

皇上不是用来爱的吗？她见过皇上的，那样俊美清逸的少年，她看一眼便喜欢上了，让她如何不爱呢？

皇上虽然贵为天子，但也是个有七情六欲的人啊！好几个皇后的候选人，皇上就选了她，那一定是记得她的，一定是有一点儿喜欢她的。

她有好的样貌，好的家世，弹得一手好琴，习得一手好书画，再好好地研习礼数，皇上为什么会不喜欢她呢？

将来她入主中宫，一定会做一个贤德的皇后，替他管理后宫，为他生儿育女，他们鸾凤和鸣举案齐眉，怎么就不能爱呢？不爱，那嫁给他做什么？

“如果……”蒋熙元顿了顿，思忖着道，“如果你后悔了，现在或许还有转圜的余地，我可以……”

咏薇一听这话立刻醒了神，忙道："没有！哥，你可千万别与皇上说什么我后悔了之类的话。"她的脸红了红，低头拽了一下手中的帕子，"我没有。"

言罢，咏薇深吸了一口气站起身来，推着蒋熙元道："好了好了，我会好好习礼的，不会再闹了，你去忙你的吧。"

蒋熙元无奈叹气："咏薇……"

"哥，你放心，我知道我该怎么做的，不会让你让爹娘操心了。"咏薇把蒋熙元推到门口，对他弯唇一笑，笑得单纯而倔强，妍丽的笑脸像初开的桃花般美好，却看得蒋熙元一阵揪心。

但愿吧，但愿只是他杞人忧天，但愿苏缜与咏薇真的会是一对璧人，但愿一切都如戏文般的美好，但愿……

蒋熙元从咏薇的小院离开，又去找了自己的母亲，让她多提点着咏薇，切莫把一切想得太美好。

蒋夫人摇摇头："我说？你说她都不听的。小女儿家的心思，岂是管得了的啊？"她轻轻地叹了口气，"你们都大了，父母养儿女千日，终归路还都是要你们自己走的。我和你父亲不指望家里有多兴旺多富贵，蒋家今天的光景已经足够了，你们能平平安安的就好。"

"我明白，所以才担心咏薇。"

"担心有什么用呢……"蒋夫人看着门外晃眼的春日暖阳，低声道，"怎样，其实也都是命。到一时，再说一时的话吧。"

话虽是这个道理，但蒋熙元心里还是放不下的。可放不下，却也说不出什么来了。

"莫说咏薇了。元儿，你何时定亲娶亲啊？"

"我？！"蒋熙元下意识地往后退了退身子，"好好的怎么又说起我来了？您又不缺孙子抱，总催我做什么？"

"笑话！再过几个月你都十九了，京城哪家还有十九了不定亲的？你什么时候能收收心啊？一天到晚在外面不知道野什么，祖母那边……"

"亲娘！府衙那边还有案子要忙，我先走了。"蒋熙元起身往外就走，一边走，一边回头说，"您可别没事再把那些姑娘往家请了啊！我不见。"

蒋夫人伸手指着他，直到蒋熙元的身影在门口消失了好一会儿，她才把手放下来，恨恨地叹了口气。

蒋熙元回到府衙，已经过了未时，他没回自己的书房，而是径直去找了夏初。

夏初正在屋里埋头整理卷宗，皱着眉，咬着笔，连蒋熙元推门进来都没听见。蒋熙元轻手轻脚地到她身边，探头看了看，幽幽地问："你吃饭了吗？"

夏初哆嗦了一下，笔往起一扬，直接给蒋熙元的领口上画了一笔，回头看见是他，没好气地说："大人，你吓我一跳。都什么点儿了，当然吃了。"

"你吃了啊？我还没吃呢，陪我吃饭去。"

蒋熙元不顾夏初的嗷嗷反对，拎着她就往外走。一直到了府衙对面的酒楼坐好后，夏初才气哼哼地把手里的笔拍在桌上："你把我的思路全打断了。"

"有什么思路了？"

"还没有。"

"那有什么打断不打断的？"蒋熙元叫了小二过来，要了两个简单的菜，"陪我吃完饭，再一起想吧。"

"家里没事了？"

"嗯。"蒋熙元点头，脸色却沉了沉，"劝了小妹几句，但她听不进去。"

"要嫁给皇上，肯定压力很大啊！三宫六院那么多情敌，还不能吃醋，想想都压抑。大人，为什么要让妹妹进宫呢？你也不像那种很有权力野心的人啊！"

蒋熙元抬眼看了看她："你怎么知道我没有权力野心？"

夏初愣了一下，随即笑道："觉得。"她往前倾了倾身子，压低了点儿声音道，"你们家已经那么富贵了，没必要更富贵的，是不是？"

"有人会嫌自己更富贵吗？"

"有啊。"夏初点点头。

"谁？"

"明白人。"夏初狡黠地一笑，"水满则溢月满则亏嘛。"

蒋熙元轻哼地笑了一声："你倒是明白。"

夏初不以为意："道理很多人都明白，可真到自己身上时，哪知道何时算是满呢？总觉得还能更进一步，再满一点儿。"

蒋熙元默然片刻，有点烦躁地说："就算明白又有什么用？不是我们家想让小妹入宫，是小妹自己想要入宫。"

夏初了然地点点头，随即又摇摇头，叹气道："你妹妹喜欢皇上啊，那恐怕就比较辛苦了。"

"这你如何知道，你又没见过皇上。"

"皇上嘛。我没见过皇上，但是看过那些书、戏文什么的。皇上的后宫，那都是朝廷的投影，哪有什么爱不爱的，是吧？皇后，其实也不过是个职位罢了。"夏初有点惋惜地说，"如果是我，我是说，如果我有妹妹，就算绑了她也不会让她进宫的。”

“很难选择。”蒋熙元实话实说道，“你没有妹妹可能没有切身体会，小妹她从小就是全家的掌上明珠，她真心的愿望实在不忍心辜负。纵然不那么乐观，却总还是侥幸地希望一切会很美好。我虽不是长兄，却也有那如父的心情，谁让她从小与我感情最好呢。”

“嗯。”夏初点了点头，“都是好哥哥。”

“都？”

“方义啊。他是长兄，小时候家里又是那样的光景，他和妹妹才真是相依为命。你看他与方若蓝的样子，那才真有长兄如父的感觉。”

“他比我厉害。”蒋熙元由衷夸赞道，“听说方家老太太很不喜欢自己的大儿媳妇，连带两个孩子也不太上心。父亲贬官流放不一定回得来，母亲又亡故，真是不知道他俩怎么过来的。换了我，恐怕就破罐子破摔了。”

“大人谦虚，您是未经过逆境而已，真到那种时候，您绝对不会比任何人差的。人的潜力是无穷的嘛。”夏初拍了拍马屁。

“是吗？说得你好像历经沧桑似的。”

夏初不置可否地笑了笑：“赶紧吃，我心神不宁的，想赶紧回去看卷宗呢。”

蒋熙元夹了一筷子豆腐：“为什么心神不宁？”

“不知道。”夏初想了想说，“不知道，觉得有什么事儿漏了似的。”

在夏初的不断催促中，蒋熙元心急火燎地吃完了这顿饭，又心急火燎地回了府衙。

夏初一进门就直奔卷宗而去，手忙脚乱地翻了又翻，把在万佛寺记录的那份方义的询问笔录找了出来，匆匆地看了一遍后往桌上一拍：“有问题！”

蒋熙元把笔录拿起来问：“什么问题？”

夏初指着笔录上的一行字说：“那天问方义的时候，方义说他酉时去了朋友那里聊天，一个时辰后回了房，然后在屋里打坐。但是他今天的供词却说，那晚他一直与刘榕在一起。”

“是啊，这个已经知道了。我觉得他今天的口供更可信一些。”

夏初摆摆手，继续说道：“刘榕说，她是戌时离开的房间，后来与方义聊到了将近子时才分开。”

“对。”

“方义聊完天离开朋友那里，也差不多是戌时。也就是说方义与刘榕是戌时左右见的面，可以这样认为吧？以万佛寺的规模，不至于溜达半个时辰还碰不见。”

蒋熙元点点头，手里拿着那份笔录却没看，干脆只听夏初分析的结果。

“可是，方若蓝那天却说，她大概在戌时三刻的时候去过方义的房里，看见他在打坐。如果方义没有说谎，那么那个时候他根本不在房里！”

蒋熙元眉头一皱，这才低头去细看那份笔录，看完之后轻轻地放在桌上，半晌后才道：“方义又在说谎？”

“不知道。”夏初摇头，“上午方义说他与刘榕分开后回房打坐，我记得打坐这一节，觉得口供对得上，却漏了时间这个问题。总之，方义和方若蓝，肯定有一个人是撒了谎的。”

“你觉得呢？”

“我不敢随便觉得。”夏初敲了敲那份笔录，“又或者，这两个人都在撒谎？串供的时候没对好？”

“有必要再去找刘榕对一下说法，如果刘榕所说与方义的相符，那就是方若蓝在撒谎。”蒋熙元道。

“那……要是这三个人合谋呢？”夏初有点没底气地问。

“图什么？”

夏初沉吟了一下，索性坐了下来，把刘榕和方义的笔录都翻了出来：“那不如一点点地捋一捋。如果是方义撒谎图什么，刘榕又图什么？要是方若蓝撒谎，她图什么呢？”

“作案动机？”

“对，作案动机。”夏初把帽子摘下来扔到一边，露出一头利落的短发，“说真的，我现在真是不知道凶手的作案动机是什么了。不管他们谁是凶手，我甚至怀疑，凶手是否是这三个人，或者这三个人中的一个。”

蒋熙元想了想，却道：“夏初，其实这不重要。”

“怎么不重要？”

“作案动机的可能性太多，凭咱们在这里空想其实很难接近事实真相。有的人杀人只为一句话，有的甚至只因为一个无心的眼神，你无法用咱们两个人的思维去解释所有人的行为。”

夏初愣了愣，随即深以为然地说了个对。

“与其找作案动机，不如放在作案的时间和条件上。”蒋熙元抿嘴笑了笑，有一丝的得意，“今天上午你问话的重点在寻找或者排除方义的嫌疑，所以会忽略你所关注的重点之外的事情。”

“大人……您有话直说。”

“洪月容。”

夏初愣了一瞬，随即便明白了蒋熙元的意思：“也就是说……”

“洪月容与刘樱的交集，除了方义和刘榕外，还有方若蓝。而洪月容生前见过的最后一个人，目前有迹可查的，也是方若蓝。”

夏初虽然明白蒋熙元所说的每一个字，却仍是一脸不明白的样子：“可是方若蓝她……”

“不要用咱们的思维去解释别人的行为。”蒋熙元沉默了一下，微微叹了口气，“如果真的是方若蓝做的，那倒是也有一种说得通的逻辑。”

“恋兄情结？”

方若蓝幼时，父亲贬官母亲病故，又不受家里长辈的待见，那样漫长冰冷的日子，唯一能让她依靠并且给她安全感的只有方义。

“方若蓝会有恋兄情结，倒是也不奇怪。恋兄恋到这种地步的……”夏初见过恋兄的，一般就像个宅斗戏码，搅和到哥哥与嫂子离婚为止。她还真没见过演成《法制进行时》的……

“你说的什么情结我不太明白，我猜你的意思是畸恋？”

“差不多。”夏初站起身来往外推蒋熙元，“走走走，现在就去找方若蓝。”

酉时，夏初与蒋熙元到了方府，敲开门后却被告知方义与方若蓝都不在家。方简听下人报说蒋熙元来了，便将二人请进了客厅。

方简的模样基本就是个中年版的方义，也是一身儒雅之气，见面不卑不亢地与蒋熙元拱手问好，让人上了茶：“犬子说，今天上午二位来过一趟了。这晌儿过来，不知有何事指教？”

“哦，上午确实来过一次，问了令郎一些事，是关于刘大人家大小姐命案的。现在过来，是想找令爱了解一些情况。”蒋熙元说。

“若蓝？”方简不解，“她与刘家小姐的命案有何关系？”

蒋熙元想了想，迂回着问道：“令郎与令爱，二人平日里关系如何？”

方简甚是欣慰般笑了笑：“哦，他们兄妹二人的关系是极好的。蒋大人应该知道，下官曾被贬官流放，当时不知道自己是不是还能有活着回来的一天，流放之地又穷苦不堪，于是便把家眷都留在了京城。”

“嗯，这个事情我知道。”

“想来惭愧啊！”方简叹气，“本以为是对他们最好的安排，却没想到他们母子三人却过得那样辛苦，回头再看，当年我竟是把家扔给了孩子。幸亏方义争气，替我守住了家又带大了妹妹。我这个做父亲的……真是亏欠他们太多了。”

“令爱与您的关系如何？”

方简苦笑了两声：“我离开的时候若蓝还小，回来时她已经是大姑娘了。整整八年，我在她八年的人生里没有留下蛛丝马迹，她根本都不记得我这个做父亲的了，凡事只听她哥哥的。我虽有些伤心，但也怨不得谁。”

夏初看着方简自责无奈的样子，心中恻然。因为调查案子，她多少也对方简这个人有了些了解。

当年方简是因为弹劾当今皇上的舅舅袁维桢，被袁维桢反咬一口。亏得当年先帝心里已有了整治袁维桢的念头，才不至于要了他的命，只是贬官发配了而已。

方简是个铮臣，骨头硬得很，可面对方义和方若蓝时，却硬不起来了。从方简的叙述中看得出，他对这双儿女甚至是有些讨好的。

夏初有点走神，蒋熙元等了一会儿没听见夏初再问话，狐疑地看了她一眼，推了推她的手肘，这才把夏初的注意力给召唤了回来。

“怎么了你？”蒋熙元低声问她。

夏初有点不好意思，摇了摇头，继续打起精神来问道：“方大人，令郎与令爱为何都没有定亲？”

“我回京之后分了家，然后就开始张罗着给他们定亲。若蓝那时候对我还很有敌意，说我一回来就想要拆散他们兄妹，要把她轰走。方义的亲事一直定得不顺利，不过想娶若蓝的人家却是不少。可是那孩子倔得很，说她哥哥不定亲她就不定。我……唉，我在这俩孩子面前，实在也没有资格摆什么父亲的威严。”方简低头叹了口气。

蒋熙元与夏初交换了一个眼神，觉得事情也许真的是像他们所猜测的那样了。

正说着，方义回来了，进来看见夏初二人后不禁愣了一下，眉头微微一蹙：“蒋大人，夏捕头，您二位这是……”

“他们来找若蓝问点事儿。”方简说道，“若蓝呢？怎么没跟你一起回来？”

“若蓝？她还没回来吗？”

屋里的几个人都愣了愣，方简最先站起身来，有点慌张地说：“她不是与你一起出去的吗？”

“是啊，我去把先前借的书还给朋友，原本是要上午去的。”方义看了蒋熙元一眼，“出门的时候若蓝说要去胭脂铺子，给朋友选个生辰的礼物，所以跟我一起走了。怎么……”

话说到一半，方义不说了，转身往外就走：“我去找找。”

蒋熙元与夏初也起身，匆匆向方简告辞，跟着方义离开了方府。三个人先奔了东市的胭脂铺，与店铺的伙计形容了一下，那伙计说下午的时候确实有个穿着紫色衣衫的姑娘来过，买了盒香粉。

几人算了下时间，约莫是一个多时辰之前的事了，按说早该回家了。

方义的脸色有点发白，额上渗出了点汗珠："若蓝能去哪儿呢？"

"方公子先别着急，我们分头找找，保不齐是遇见了什么朋友，去哪儿喝茶聊天，忘了时间了。"夏初安抚道。

"可这天都黑了！"方义疾声道，说完匀了匀气息，"抱歉，我只是心急。"

"我明白，我们……"

这时，蒋熙元拽了拽夏初的袖子，夏初回过头去，却见蒋熙元的表情有点凝重地说："去刘府看看。"

夏初心中"咯噔"了一下："你是说，刘榕？"

"刘榕？"方义听见了他们的话，皱了眉头道，"好吧。二位官爷去忙，我自己去找若蓝。"

"方公子与我们一同去吧，但愿刘榕此时还在家中。"蒋熙元说完，便往刘府的方向走去。

方义不甚明白地看着蒋熙元，又问夏初他这是什么意思，夏初抿了抿嘴不知道如何解释，只得劝他跟着一起过去。

到了刘府，蒋熙元敲了门后问开门的人刘榕是否在家，那人说刘榕下午出门了，再问别的却也说不上来，便让他们稍等。片刻后，刘家的庶夫人，也就是刘榕的亲娘走了出来，神色中带着一丝惊疑地对蒋熙元见了礼，问道："是不是榕儿有什么事了？"

"夫人为何如此问？"蒋熙元道。

"您不是府衙的官爷吗？这府衙的人来找……"

"您先别慌。"蒋熙元稳了稳她的情绪，"刘榕什么时候出去的？她有没有说去哪里，或者见谁？"

"你们找她，是……"

夏初看这刘榕娘言语含糊，像是有所隐瞒，心中不免有些着急起来："夫人，我们现在担心刘榕会有危险，不管您知道什么，请您务必说实话。"

方义原本站在门外的墙根处，心中挂念着若蓝的去向，此刻一听说刘榕有危险，便走到门口问夏初："夏捕头，你说刘榕有危险是什么意思？"

刘榕娘一看见方义，不禁倒吸了一口凉气，结结巴巴地指着他说："方……

方公子？你，你怎么在这儿？！榕儿呢？”

三人莫名其妙地看着刘榕娘，方义回道：“我与二位大人出来寻找舍妹的，他们说要来刘府，我便也跟着过来了。”

“不对！不对！”刘榕娘冲了出来，伸手抓住方义的胳膊，带着哭腔地问，“你把榕儿带去哪里了？榕儿呢？”

“我？我不知道啊……”方义一头的雾水。

刘榕娘脸都白了，使劲地抠着方义的胳膊，喊道：“榕儿说她跟你走了呀！她说她跟你走的啊！我的榕儿呢？你怎么不知道？”

夏初掰开刘榕娘的手，把方义拉到一边，又回头问道：“夫人你冷静点，你慢慢说，到底是怎么回事？”

刘榕娘哪里冷静得下来，浑身都抖了起来：“下午榕儿过来找我，她说她要走了。从万佛寺回来她就说她要走，说与方公子约好的。”她死死地盯着方义，“怎么你不知道？你怎么现在说不知道？不是你要带她走的吗？怎么会不知道？！”

夏初和蒋熙元都扭头看着方义，却见方义的脸色变得极不好看。

刘榕娘哭了出来，扶着夏初的手臂像是无力站立一般：“我可怜的榕儿，我的榕儿！我知道女儿家与人私奔是错的，可她在这个家里哪里还有活路？夫人对她像仇人似的，我以为或许走了倒还能有个奔头。怎么现在你又什么都不知道……”

“你要与刘榕私奔？”蒋熙元问方义。

方义的嘴唇颤了颤，犹豫了一下轻轻地点了点头，又赶忙解释说：“可并不是现在啊。我总要等刘小姐的事情尘埃落定，等妹妹定了亲的……我，我今天并没有约刘榕。”

“为什么打算私奔？”

方义苦笑：“刘夫人现在对刘榕的态度，怎么可能再把刘榕许配给我？不私奔，我们还有别的办法吗？”

夏初回想着她最后一次询问刘榕时的情形，当她问起刘榕今后的打算时，刘榕仿佛是想要说什么的，可话到嘴边却又是一种无奈的回应。

原来是这个打算……

“私奔这个事，除了刘榕你还与谁说起过吗？”

方义摇了摇头：“既然是私奔，又怎么会与别人说起呢？”

“你再好好想想！”夏初疾声问道。虽然她心中已经有了一个答案，但仍是怀着点侥幸，希望刘樱的案子不是方若蓝做的，希望刘榕今日之事也与方若蓝无关。

蒋熙元若是听得到她的想法，一定又要说她妇人之仁。是，她妇人之仁，谁让她原本就是个妇人呢。

她太知道那种孤苦的感觉了，太知道走不完的寂寞里那种渴望依赖的心情了。方家兄妹的童年不幸，却幸在还有亲情，还有彼此相依相守。如果事情是方若蓝做的，真不知道方义要如何去面对这样的结果。

夏初实在不希望这珍贵的兄妹感情，最后满是血腥的味道。

方义到底是个聪明人，夏初如此问他，他便明白了。那个知道他想与刘榕私奔的人，便是今天约走刘榕的人。而看着夏初的目光，他也清楚，夏初心里也知道这个人是谁。

若蓝。

上午夏初与蒋熙元找过方义之后，方若蓝就来了，问他喜欢刘榕的事是不是真的，她在外面全都听见了。

“哥，你命硬，要是真的喜欢刘榕就别害了她。”方若蓝说。

方义苦笑：“连你也信那算命的鬼话不成？你小时候还有人说你于室不祥，会害了方家呢，那算命的话要是能信，你早就被送到老家乡下去了。”

方若蓝沉默了一下：“刘家不会让刘榕嫁给你的。哥，你趁早死了这条心吧。”

“我知道……”

“那就好。”

方义低头想了想，换了温和的口吻，有些语重心长地对方若蓝说：“若蓝，我与爹都很操心你的亲事，我知道你舍不得家里，但你也不能就这样一直耽搁着。亲事早晚还是要定的。”

“我说了，你不定亲我就不定！”方若蓝提高了点声音，抓着方义的胳膊晃了晃，“哥，从前爹没回来的时候，我们两人的日子不也过得好好的吗？怎么爹一回来，你们就想把我赶出家去？”

“怎么是把你赶出家呢？女孩子大了当然要嫁人的。等你的亲事定了，我也就没什么后顾之忧了。”方义拍了拍若蓝的手，“听话，哥一定会给你找个好人家的。”

“不！”方若蓝站起身来，脸色发红，“自己的爹娘、祖母都能抛下我不管，哪会有什么好人家？哥，我不嫁，不嫁！我不离开你！”

“若蓝！”方义的语气里有些许不耐烦，“爹听见这话是要伤心的。你十六岁了，该懂事了。”

“你怕爹伤心，倒不管我伤不伤心。小时候爹去做他的铮臣了，把我扔给娘，结果娘却什么都扛不住，她走了，又把我扔给你。现在连你也不想照顾我了，你又要把我扔给别人……”方若蓝定定地看着方义，眼泪簌簌落下。

方义又心软起来，起身走到她面前，把她肩上的一缕头发轻轻拨到她的身后，低声说：“你怎么能这么想呢？没有人想要抛下你不管，即使你嫁了人，你也永远是我的妹妹。你嫁人，是会有更多的人照顾你、爱护你的。我下午要去见的人，是我多年的好友，他见过你，也很喜欢你……”

“哥……”

“哥放心不下你，但又不能照顾你一辈子，所以希望你能嫁个好人家，有人能替我照顾你。明白吗？”

“哥，你是不是还是不死心，是不是还是想求娶刘榕？刘樱不与你定亲，你还嫌他们刘家侮辱你侮辱得不够吗？”

方义淡淡地笑了一下：“哥把你从小带大，操心了十年家中之事，也想能有自己的生活，想为自己活，你能理解吗？我喜欢刘榕，想和她在一起，就算刘家不答应也没什么的。我其实……也想自私一回。”

方若蓝愣了愣，侧头看着方义，忽然笑得有些古怪：“你是要去照顾刘榕一辈子，对吗？所以你不能照顾我一辈子……”

方义见与方若蓝讲不通道理，有点无奈：“就算没有刘榕，哥也不能永远照顾你的。”

“是吗？”方若蓝抹了抹眼泪，转头看着门外的日光，幽幽地说，“好啊，哥哥既然不死心，我就祝你们百年好合吧。”

夏初等着方义的回答，方义却始终没有开口告诉她，他想与刘榕私奔的事只告诉了方若蓝，他说不出来，也不相信这个已经摆在了眼前的答案。

蒋熙元那边却是等不及了，他让方义留下先安抚一下刘榕娘，然后拉着夏初要走。

“我……还得去找若蓝。”方义说。

蒋熙元蹙了蹙眉头：“随你吧。”

说完，他便让夏初先回府衙，将能动用的人都散出去找人。自己则回了将军府，从家里也叫些人出来一起帮忙。

“以洪月容和刘樱的死亡情形来看，方若蓝如果想要动手，那么选择的地点一定会具备两个条件：一是人少，二是适合抛尸。酉时城门就关了，所以她们应该不会去城外，应该就在城中。”夏初与蒋熙元快速地说了个大致的寻人方向。

“我知道。”

“希望咱们又是错的。”在路口分开时夏初这么说。

“这次应该是对的了。”蒋熙元没再多说，转身离开。

寻找刘榕和方若蓝虽然动用了不少人，但动静不算大，可这动静却是逃不过苏缜暗卫的眼睛。

闵风得到消息后，略略地想了一下，便去找了安良，问他是否要将这件事报给皇上。

“找人就找人呗。皇上刚批完折子，这点儿小事报上去做什么？”安良摇头。

闵风淡定地点点头：“安公公斟酌吧。”

等闵风走了，安良抱着拂尘倚在廊柱上，左思右想了一会儿，觉得似乎不太妥当，最后还是寻了个由头进去见苏缜了。

苏缜看了看安良送上来的小点心，不解道：“朕没说饿。”

“这是奴才今儿去买羊汤的时候，从街上带回来的，不是御膳房的东西。”安良笑得眼睛一眯，“皇上您尝尝？”

“街上的？”苏缜捏起一块咬了一小口，微微摇头，“点心倒是不如宫里的好，太甜。”

“皇上，这是夏公子推荐的小点心。今天奴才去买羊汤，遇见他了，那羊汤还是夏公子付的账，说是谢谢皇上的那两封信。”

“是吗？”苏缜弯唇一笑，又吃了一口点心，“那案子进展得如何了？”

“刚才闵风来还和奴才说呢，估计那案子差不多了，现在府衙那边正满城地找刘家二小姐和方小姐。具体怎么回事倒还不清楚。”

“找两个女子？”苏缜不太明白。他给夏初那些线索的时候，自己也简单地想过，他觉得好像是方义的嫌疑比较大，又或者是方义与刘榕一起作案。

这方小姐又是怎么回事？找她做什么？

苏缜一边寻思着，一边又不知不觉地吃了两块点心，然后拿过布巾子擦了擦手，对安良道：“你让闵风遣些暗卫出去，也找找吧。”

“啊？”安良讶然，“让暗卫……帮府衙找人？”

“去吧。”

刘榕和方若蓝，最后是被许陆在城南一处废弃的戏楼后院找到的。

有了大致的定位后，找人也比较有方向，毕竟西京城中适合杀人、抛尸的地方不算太多。

夏初赶到时，刘榕正垂头坐在戏台的台阶上，抱着肩膀，头上有一些血迹，但看上去并无大碍。

“方若蓝呢？”夏初问许陆。

“在后院。”许陆说完与夏初一并往后院走，“不过，还没醒过来呢。”

“还没醒是什么意思？”夏初顿住脚步，疑惑地眨眨眼。

剧情大反转？刘榕把方若蓝打昏了？

“好像让人点了穴了。可我不会解穴，所以她还一直昏着。”

夏初还是听不明白，也没再多问，加快脚步去了后院。这院子虽然废弃了，但还不算十分破败，砖缝里新冒出的草胡乱地长着，却没有去年的枯草，看上去废弃时间并不长。

方若蓝在地上躺着，像睡着了似的。夏初走过去看了看她，又从地上捡起一根手臂粗的木棒来，交给了许陆。

“谁点的穴？”

“不知道，我来的时候就是这样了。当时刘榕也昏着，可我只叫醒了刘榕，方若蓝就一直这样，气息挺匀的，也没什么伤，所以我估计是让人点了穴。没看见别人。”

这是碰见雷锋了吗？怎么还有这样的事？

夏初打量了一下院子，指了指院角处的一口井：“看来她是打算抛进井里。可她怎么知道这里有口井的？”

“噢，这戏院是去年入冬才废弃的，原来的东家是个当官的，后来受苏绎的牵连发配了，这儿被工部收了，还没处理。以前这地方经常有大姑娘小媳妇来听戏，估计方若蓝也来过吧。”

“不会是以前洪家的产业吧……”

“这个我还真不知道。”许陆说。

“行吧，先让人把刘榕和方若蓝都带回府衙去，找个郎中给刘榕看看伤。”

回到府衙时，夏初远远就看见方义与刘榕娘在门口站着。她脚下稍稍地缓了一步，默默地叹了口气。

刘榕娘看见刘榕，快步迎上去将她抱进了怀里，一个字都没能说出来，放声大哭。刘榕没有哭，她越过自己娘的肩膀，目光有些空洞地看着方义。

方义也远远地看着她，片刻后终于挪动了脚步，走过刘榕的身边时却只稍稍顿足，然后走向了她身后还在昏迷中的方若蓝。

错肩而过时，刘榕闭上了眼睛，低头倚在了娘的肩上。

过了一会儿，得到消息的蒋熙元赶回了府衙，给方若蓝解了穴。方若蓝醒过来，恍惚了一瞬后，眼中渐露惊恐，目光四下寻找后伸出双手抱住了方义。

“若蓝……”方义揽住她的肩膀，心情复杂地轻轻唤了一声妹妹的名字，叹息哽在喉中，再说不出更多的话来。

夏初让许陆留在门口看着，然后拉着蒋熙元退了出来。

“现在不审吗？”蒋熙元问她。

“大人审吧，我……人抓到了，没我什么事了。”夏初低声说，回头又看了一眼烛光昏暗的监牢。

“洪月容、刘樱都是无辜的人，方若蓝没什么值得同情的。”蒋熙元道。

夏初抬头看着蒋熙元，抿嘴像是笑了笑：“我的职业素养还是不太够啊，总是忍不住把自己的情绪带进案子里来。大人说得没错，这里面有两条无辜的人命。其实，我也不是同情方若蓝。”

她叹口气，抬脚把地上的一块小碎石踢得远远的，直到那“咕噜咕噜”的声音停下来，她才继续道：“我是同情方义。同情他对方若蓝的那份亲情，也同情他与刘榕的那份爱情。”

“我明白。”

“大人，我去捕快房歇一会儿，有事您再叫我吧。”

夏初回了捕快房，没有点灯，拢着自己蜷卧在了床上，在黑暗中浅浅地叹了口气。她以为自己是睡不着的，可终究还是累了，迷迷糊糊地进入了梦乡。

“小初，进去！别出来，也不要出声，一会儿哥哥来找你。”哥哥把她塞进衣柜里，胡乱地拽了几件衣服把她盖住，又关上了门。

“哥哥，要玩藏猫猫吗？”她问。

“别出声！一会儿哥哥来找你。”

衣柜里面黑漆漆的，什么都看不见，衣柜外面有乱糟糟的声音，她听见爸爸喊了哥哥的名字，她猜，哥哥一定又是捣蛋犯了错，被爸爸骂了。

几声很响的声音后，屋里没声音了。夏初偷偷捂住嘴笑了笑，知道藏猫猫开始了，她把衣服往自己头上盖了盖，想等门开的时候吓哥哥一跳。

不过她那时好像忘了，是哥哥把她藏进衣柜的。他藏的他再找，那多奇怪。

过了好久，久到她已经在衣服堆里睡着了，哥哥都没再打开门。柜门再开时，门外站着的不是哥哥，也不是爸爸妈妈，而是一个穿着警察制服的叔叔。

“叔叔。”夏初甜甜一笑。

叔叔看着她，勉强笑了笑：“小初，把眼睛闭上，叔叔抱你出来。”

“哥哥呢？”

叔叔没说话，伸手将她抱进了怀里，又拽了件衣服盖在她的头上。她想把衣服拉下来，却被按住了：“小初乖乖的，叔叔带你走。”

“叔叔，哥哥还没来找我呢。”

哥哥再也没有来找她。

那是一起轰动全城的枪杀案，是一个歹徒对警察的报复。她在短短的几分钟里，失去了父母和哥哥，直到后来她懂事了才知道，那是一次永别的藏猫猫。

再不会有人来找她了。

蒋熙元是在清晨时分来的捕快房，带着刘榕的笔录和方若蓝的口供。

夏初还在睡，还是那样蜷卧的姿势，显得人小小的。蒋熙元悄悄地走到床边，想伸手把她推醒，手按在她的肩上，却极轻地拍了两下。

夏初睡得很安静，睫毛如鸦羽般覆住了灵动的眼睛，嘴唇微微张着，听不见一点儿呼吸的声音，像瓷窑里烧出来的一只娃娃。

蒋熙元把手放在她鼻子下探了探，她就伸手挠了挠，却没有醒，只是把脸埋进了手掌里，露着元宝般的耳朵和短发下一截白嫩的脖颈。他莞尔一笑，把卷宗放在旁边的桌上，又轻手轻脚地走了出去。

方若蓝的口供出来后，所有的细节便都对应上了。

三月初三晚，方若蓝先是悄悄约了刘樱戌时到后山路，说方义想要见她。然后便去禅房与几个好友聊天，戌时，她借口如厕离开了一小段时间。

就是在这段时间里，方若蓝跑到后山路见了刘樱，用木棒利落地敲昏了她，再用木棒按住刘樱的脖子，将她扼死，之后又回到了禅房。

没有人会觉得出门如厕属于离开，所以当时许陆排查的时候，并没有发现方若蓝的作案时间。那些姐妹都说方若蓝一直与她们在一起。

等聊完了天，大家各自散去歇息，方若蓝才再次返回作案现场，伪造了刘樱被奸杀的状态，然后抛尸崖下。

“我不喜欢她们。”方若蓝在被审问的时候对蒋熙元说，“其实原本也不想杀掉她们的，谁让她们执迷不悟，非要嫁给我哥的。”

“你难道不认为你哥迟早是要娶亲的吗？”

方若蓝摇头：“那时候许家小姐与我哥定了亲，我去找了个算命的，让他跟许夫人说这门亲事不吉，许家不就退亲了吗？可洪家偏就不信，如何，果然是不吉的吧？”

“那刘家退亲也是你从中作梗？”

“嗯。刘樱如果不去找我哥哥，我也没想杀她的。”方若蓝哼了一声，“是她

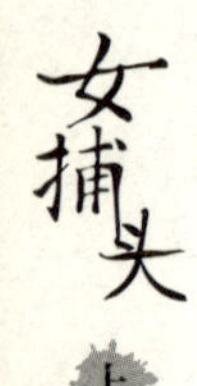

自己不检点，一听说我哥哥约她，她大半夜的就跑来了，死了是好的。我知道向刘家提亲是哥哥的意思，我也想让哥哥看看所谓的大家闺秀都是个什么样子。”

蒋熙元扶了扶额角，有点说不出话来。

“要不是你们来找我哥问话，我还不知道原来我哥是看上了刘榕。”她低头揪了揪自己的手指，有点懊恼，“杀刘樱可能杀错了。我要是不杀刘樱，你们也怀疑不到我，也就不会在我想杀刘榕的时候赶过来了。”

蒋熙元摇摇头：“刘榕的母亲知道刘榕离开是打算与方义远走高飞，你这样做岂不是害了你哥哥？”

“你们不是找作案时间吗？”方若蓝抬起头来说道，“我哥哥又没有作案时间，你们会拿他如何？”

“你就不怕连累了你哥的名声？”

方若蓝笑了，往后靠了靠：“那多好。刘榕因为要与我哥私奔而被杀，这样就没有谁再敢把姑娘许配给他了，也省得我一次次地费心思。我知道哥哥是个好人就行了，我不会离开他，他慢慢会明白的。谁也别想抢走我哥。”

事后，蒋熙元对夏初感慨道：“她知道杀人不对，但好像始终不觉得自己的思路有问题。”

“严重的恋兄情结。”夏初说道，“她童年的经历让她极度缺乏安全感，认为只有方义是可以信任和依赖的人，对所有可能改变她与方义之间关系的人，都抱有敌意，连她爹在内。她的世界里，只容得下自己与方义，她觉得方义也应该如此。”

“那方义也真是可怜。那么小就撑着家，带大了妹妹，好容易一切平顺，妹妹也长大了，却弄出这么个事情来。”

夏初垂眸点了点头：“是。最可怜的就是他了。”

刘樱被杀的案子就此告破，连同之前洪月容那件无头公案一起了结了。刘钟刘大人送了个牌匾给蒋熙元以示感谢，蒋熙元接了，却又悄悄地对夏初说：“真是不实用。”

谷雨过后，北方兴州、临风一带显露出了干旱的迹象，地方官的折子递到京城，说有些商家已经开始囤积货物准备抬价。

苏缜先期让户部拨了笔款过去，尽量把民生物价稳住，又让他们拿出赈灾款的筹措方案，免得临阵抓瞎。弄得户部尚书很是辛苦。

工部左侍郎和水利司的人也被苏缜轰去了兴州，一方面掌握旱情的第一手资料，另一方面提早准备蓄水存水的一系列措施，以防大旱。

忙过了这段时间后，苏缜再见到夏初已经是四月初，接近立夏的时节了。

春雨过后，明媚透亮的阳光里，苏缜一袭月白色长衫，腰束蛋青色的丝绦，一种纯净少年与稳重男人的混合气质，淡然而立，耀眼而夺目地出现在了夏初面前。那份光彩，把邻家院子里探出头的那株盛放的广玉兰都比了下去，看得夏初一股热血冲上脑门，脸颊发红。

罪过罪过。

夏初觉得自己一贯是个注重内涵的人，曾经对那些看见美男而尖叫犯痴的女同胞嗤之以鼻。直到现在她才幡然醒悟，不是她不肤浅，只是自己的审美标准可能太高了，从前，那是没有能入她法眼的美男罢了。

“夏初。”苏缜见她走过来，便笑了笑。

不行了，真是心脏病都要犯了！夏初悄悄抚了抚心口。

“有日子没见了。”苏缜细细地打量了夏初一番，“好像长高了一点儿。”

“谢谢，黄公子好像也长高了。”夏初说完有点想咬自己的舌头。心说：这个见面打招呼的寒暄方式，也太傻气了！于是忙又补救道，“小良上次带回去的那羊汤的味道还可以吗？”

这句话说完，夏初又是一阵懊恼。那羊汤都是近一个月之前的事了，这么说话，简直像是怕他忘了自己请过他一碗外带羊汤似的！

“我的意思是……你的那两封信帮了大忙了，今天我请客！”夏初一边说，一边默默地擦了擦汗。

苏缜莞尔：“能帮上忙就好，不必客气。哦，还要谢谢你请的羊汤。”

“忘了吧忘了吧，我，我就是……”夏初百爪挠心，自己把自己整得十分羞愧，胡乱地搪塞了两句，便钻进了车里。

“今天准备带我去哪儿？”苏缜随后上车，稳稳落座，问道。

夏初想了想，掀了帘子对安良说：“小良，咱们去宣阳坊那边的三柳巷吧。”

“那有什么特别的？”苏缜问。

“那有个卖凉面的摊子……”夏初话说到一半，转头看了看苏缜那一身白净华贵的衣服，遂道，“小良，还是去吃永平坊的西京八碗吧，就在广济堂药铺旁边，你认得吗？”

“认得。”安良应了一声，将车赶了起来。心说这地方倒是比福记离皇宫近一些，过两天出来买的时候还方便点儿。

“你知道的地方不少。”

“其实我也没去过。因为之前答应了要请你吃饭，特地向我们大人打听的，他推荐的地方，应该还不错。”夏初对苏缜笑了笑，“噢，我们大人就是京兆尹蒋熙元，黄公子认得他吗？”

“听说过，没什么交情。”苏缜笑吟吟地顺口答道，“他倒是个人物。”

“是呢，将来皇上的小舅子。”夏初呵呵一笑，双手叠在脑后倚在车壁上，“我一直觉得皇上就是传说中的人，是不真实的存在，现在一想到我与皇上之间其实只隔着一个人，就觉得很有趣。”

“你想见皇上？”苏缜侧头看着夏初的表情，试探着问道。

可夏初却摇了摇头：“随便一句话就能合法地要人命的人，我可不敢见。”

“哪有那么可怕……”苏缜有点郁闷地说。

“黄公子见过吗？我倒是听说皇上长得很不错，当然，也是我们大人说的。”夏初转头看着苏缜，抿嘴笑了笑，“我觉得应该没有黄公子好看。”

苏缜头一次听见这么直白的夸奖，不禁一怔，脸上隐隐有发热的感觉，赶忙转过了头去。

西京八碗是西京的特色菜，许多酒楼都有卖，都是八碗菜，但所用食材略有差别，味道更是什么样的都有，良莠不齐。

永平坊卖西京八碗的叫顺水楼，除了西京八碗也卖别的，可能他家的西京八碗做得实在名声在外，所以多数一说起来都叫：永平坊的西京八碗。

就像常说的“和平门烤鸭店”，其实人家叫全聚德。夏初这么分析。

几天前，夏初与蒋熙元很热闹地聊了一通西京美食，但总体感觉像是鸡同鸭讲。夏初所知道的都是福记那样的小店，而蒋熙元所推荐的都是坐商大酒楼。

也就是夏初进去吃饭还得贷款的那种。

而这个顺水楼，算是蒋大财主推荐的最接地气的一家了，工薪消费。

“虽然叫个‘楼’，但其实不算大。我是偶然去吃的，环境不怎么样，但味道相当惊艳，是我吃过的最有滋味的西京八碗。有机会带你去尝尝。”蒋熙元带着几分向往地说。

这个机会，现在夏初自己创造了。

顺水楼在永平坊东北边的一条巷子口，没临着主街，但也不算远。夏初与苏缜往顺水楼走，一拐进那巷子，她便抽了抽鼻子，蹙眉道：“什么味儿啊？”

苏缜也微微地掩了下鼻子：“有点怪。”

顺水楼的伙计从店里冲出来，伸手迎着他俩，苦笑道：“二位客官请进，这味儿可不是我们店里的。您二位放心，我们这里的食材保证新鲜干净。”

夏初询问地看了看苏缜，苏缜打了个手势，意思是他随意。夏初犹豫了一下，还是提步走了进去。

她饿了，扛不住了。

进到顺水楼里，那怪味果然没有那么明显了，夏初问那伙计："你家的西京八碗名声在外，怎么也不换个好一些的门面呢？"

伙计回道："我们掌柜的怕门面大了、客人多了后他忙不过来，菜品交给别人做又不放心，怕走了味道，最后反倒砸了自己的招牌。"

夏初点点头："有道理，你们掌柜真是业界良心。就是这巷子环境有点差啊！"

"嗬，您也知道旁边的广济堂是个药铺，上次我就看见他们一马车拉过来，蛇虫鼠蚁的，硌硬死人了！平时没这么大味儿，这几天不知道又进了什么药了。过几天就好了。"

顺水楼没有雅间，夏初与苏缜便找了个离门远一些的地方坐下了。楼里的桌凳似乎都有些年头了，棕黑色，泛着包浆般的油腻光泽，和食肆里特有的一种陈年菜油味儿。

苏缜拿起伙计送上的茶杯，默默地看了看，又放下了。夏初笑了笑，把茶碗敛到自己面前，倒进去一些热茶，小心地转着茶杯把杯壁烫了一遍，然后泼到地上，又重新斟好递给了苏缜。

苏缜有点不好意思地咳了一下，端起茶杯来用茶水沾了沾唇："最近不忙了？"

"嗯，最近都是些盗窃、讹诈、欺男霸女的案子。虽然也是犯罪，但没有人命，心情上会觉得好一些，不那么压抑了。"

"我听说，方简方大人辞官了。"苏缜说道。所谓听说，自然是说辞，方简奏请辞官回乡的折子还是他亲批的。

夏初微微一愣，随即低头转了转桌上的茶杯："这我倒不知道。不过方若蓝被判了绞刑，可以留个全尸。怎么说呢，所谓全尸也不过就是心理安慰罢了。现在方若蓝死了，方大人辞官了，也不知道那方义如何了。这一家子……"

"很让人感慨。"苏缜接口道。

夏初点了点头："案子虽然破了，但其实我一点儿也不开心。方若蓝固然罪有应得，但也是个可怜的人。以前我认为杀人者十恶不赦，再强大的理由也不能支撑到剥夺他人性命的行为。可是，从马庆全到方若蓝，似乎都是其情可悯。"

"人活于世都有苦衷，深究下去，可能没有谁是完全的坏人。"苏缜下意识地摸了一下自己的手掌。

他的手上还没有沾过血，即使是经历了争夺皇位那样你死我亡的事。

可是，母后不是因为自己而死的吗？苏绎不是因为自己而死的吗？还有那些他连名字都不知道的小卒、暗卫，甚至李二平，都不能说与自己没有关系。

这是以前，至于以后，他坐在那张龙椅上，又怎么可能不去攥上几条人命？

“也没有谁是完全的好人吧？”苏缜微微苦笑了一下，又说。

“人都有好的一面和坏的一面。”夏初道，“从我的角度来说，所谓好人坏人，应该是以法律做准绳的，法律是个硬道理。而黄公子你刚才说的意思，则是以道德为准绳的。法律层面，触犯了法律的就是坏人，而道德层面就柔软多了，也宽泛多了，所以才会有那种辩证的看法。”

苏缜听得很认真，听完却问：“什么叫辩证的看法？”

夏初叩着下颌想了想，开口道：“我以前看到过一首诗：山近月远觉月小，便道此山大于月。若人有眼大如天，还见山小月更阔。黄公子能明白的吧？大小、好坏，都是个立场问题。辩证地看，应该是……更全面地看待问题，而不是只出于自己的立场。”

苏缜点了点头，这个意思他是明白的，只是从前没有用一个词去概括。他想了想又问道：“可你是捕头，如果你的立场有变化，会不会影响判断？”

“以法律为准绳捉拿罪犯是我的职责，这个立场是不能变的、唯一的。而职责之外，我的立场只是我私人的情绪，专业一些的话，要互不影响才对。就像医生的职责是救人，不能因为他不喜欢这个人就袖手旁观。对吗？”

“是这么个道理。”

夏初有点不好意思地笑了笑：“这也是我这两天琢磨的，也是怕情绪影响了自己的职业信仰。”

说话间，伙计单手端了菜盘走过来，上面码着几个瓷碗，利落地放在了桌上，一边放，一边高声道：“瓦块熏鱼、黄焖鸡、卤汁酥肉、红烩三鲜、甜虾豆腐蛋、爆炒鹦哥菜、红豆八宝饭、羊骨汤。二位慢用，有事儿您招呼。”

碗的尺寸虽然不大，八个碗倒也足足摆了一桌子，红黄绿白黑，颜色十分丰富，八碗里有肉有菜，且肉类皆不重复。谈不上精致，但也颇有心思，不愧西京名菜。

夏初拿起筷子对苏缜微微颔首道：“答谢宴，黄公子不要嫌粗糙。”

苏缜还没开口，那伙计又去而复返，将一小壶酒放在了桌上。夏初眨眨眼：“上错了吧？我们没有点酒。”

“掌柜送的。”伙计笑着说，“这两天巷子里不是老有股怪味儿吗？有的客人到巷口就不进来了。这仍愿意来吃饭的，我们掌柜心里有份感激，所以都送壶酒。”

“你们掌柜真会做生意。”

“开门的买卖，这不都得指着你们捧场赏饭嘛。您二位慢用！”

夏初饶有兴致地倒了点儿在酒盏中，抿了一口后吐了吐舌头："有点辣。"

苏缜也倒了些，随即点点头："是有点辣。"

"辣就辣吧。"夏初干脆多倒了一些，举起来，"我也就不以茶代酒了。黄公子，正式地说一句谢谢，更重要的是，再正式地说一句：很高兴认识你。"

苏缜也把酒盏举了起来："谢谢就不必了，倒是那句'很高兴认识你'……"

"如何？"

"我也很高兴。非常高兴！"苏缜说完，将盏中酒一饮而尽。

夏初也把酒干了，喝下去只觉得像是吞了一团火，从喉咙一路烧到胃里，赶紧夹了口菜吃。苏缜忍了一下，最后也是忍不住张嘴呼了口气出来。

蒋熙元推荐的地方果真不错，苏缜和夏初吃得十分惊喜，一会儿说这个好，一会儿说那个更好。美食伴着浓酒，吃到最后俩人都是脸颊发红，额头也渗了汗，十分畅快。

"呵呵……"夏初放下筷子揉了揉肚子，"我记得，有一次看见了个尸体后，足足两天没吃下饭去，等缓过劲儿后猛吃了一顿，好像都没有现在这么撑呢。"

"尸体，不过就是不会喘气的人罢了。"苏缜眯着眼睛慢慢地喝着已经变凉的茶。

夏初伸出一根手指在他面前摆了摆，摇头道："非也。你知道什么叫巨人观吗？"

"什么叫巨人观？"

"尸体的腐败扩展到全身，膨胀成一个庞然大物，就好像随时会爆掉一样。"夏初张开两手往外扩了扩，"眼睛突出来，舌头也伸出来，皮肤是那种污浊的绿色……"

"喂！我说你小点儿声！还让不让人吃饭了！"旁边一个穿绿色长衫的胖子把筷子往桌上一拍，怒气冲冲地喝道。

夏初赔笑道了歉，然后掩嘴笑了笑，往前探了探身子，压低了声音说："能想象得到吗？那可不只是不会喘气的人。"

苏缜也探身过去，侧头悄悄地瞄了一眼旁边桌的胖子，微微点头，小声说："大概能想象到一点儿。"

夏初顺着他的目光看了一眼，随即"扑哧"笑出声，又赶忙掩住了嘴，憋得肩膀直耸。两人相隔不过三寸远，苏缜的鼻尖嗅见她身上洁净的皂角香，混着淡淡的酒味，抬眼再看她泛着红晕的脸颊，忽然特别想咬上一口。

夏初渐渐忍住了笑，侧头正好对上了苏缜的目光，心口像是被谁迅速地攥了一把，酸酸涨涨的，而且还停了一拍。

愣怔片刻后，夏初怯怯开口："我……好像喝多了。"

"我好像也是。"

两人各自在凳子上坐好，各自沉默，各自揣测起各自不太明白的心事来。

结了账从顺水楼出来，夏初觉得脚下有点发软，站在门口深吸了一口气，随即又呸了一声："唉，这味道真差劲儿。"

送出门的伙计苦笑："客官，这话您别在门口说啊，不知道的以为您说的是饭菜的味道呢。"

夏初大笑，回头拍了伙计的肩膀一下，大声道："饭菜的味道好极了！赞！"

"多谢多谢！"伙计悄悄地活动了一下肩膀，这一下还没活动完，苏缜便也学着夏初的样子拍了他一下，"甚好！"

伙计揉着肩膀目送夏初和苏缜走出巷子，自言自语道："这么清秀文雅的人，怎么手劲儿这么大……"

从顺水楼出来晃晃悠悠地走到巷口，夏初没理会安良诧异的目光，手脚并用地爬进了车里，歪头倚在车壁上莫名地笑了两声："不行，看来以后是不能喝酒了。"

"嗯……"苏缜也上了车，听见这句后便跟着附和地点点头。是不能喝酒了，宫中的那些精酿淡酒喝喝还好，这烈酒喝完整个人好像都有点不对头似的。

安良担忧地看了苏缜两眼，苏缜冲他挥了挥手，他只好咽下所有的话，放下帘子，赶车先把夏初送回了她家，然后才掉头回宫。

夏初进门后晕头涨脑地舀水抹了把脸，然后愣神站在院子里，眼前挥之不去的都是苏缜的笑容、苏缜的目光。片刻后，她索性舀了一大盆的水，把整张脸都埋了进去。

女扮男装是为了实现心中理想，不是为了想这些的！

夏初憋着一口气，对自己猛做了一番心理建设，而后"呼啦"一声把头抬了起来。等盆中的水渐渐归于平静，她看着水中的自己，努力地笑了一下。

苏缜在车上睡着了，一直到了宫中永巷才被安良轻声叫醒。

"皇上啊……"安良瘪着嘴看着苏缜，"虽然让皇上舒心高兴才是奴才的分内之事，可奴才立志想要做个正直的太监的。您这微服出宫倒没什么，可是……"

苏缜的脚步也有点虚浮，他扶着安良的肩膀笑了笑："可是什么？可是一个皇上，一个天子，在粗陋食肆里喝醉酒，实在有失体统是吗？"

安良扶稳了苏缜慢慢地往寝宫里走："奴才是怕您喝坏了身子。"

"一顿酒喝不坏身子，可一顿酒却能喝来难得的开心，难道不值得？"苏缜仰头深吸了一口气，“嗯……宫里的味道。”

“比那小巷子的气味好多了。”安良说。

“可我闻了十六年了。”苏缜浅浅地叹气，“安良，有多少人想做皇上？很多人，包括我，在没有坐上皇位之前。可有多少人知道做皇上的乏味？很少，但我知道。”

“皇上，回宫了，您得换个自称了。”安良弱弱地说。

“朕？”苏缜笑了一声，“乏味。不能大笑，不能大哭，吃什么穿什么，说什么做什么，都有人在盯着，我稍有失礼的举动就像天要塌了似的。每天那么多的奏折，每天那么多人告诉我那么多事，都要听，都要问，都要解决。万万的百姓，泱泱的国土，一点儿都不敢懈怠。安良，我不是我自己，我是皇上。”

“皇上，奴才知道您辛苦。”

“是辛苦。不过今天夏初告诉我一个词，叫‘辩证’，事情总要看得全面一些才好。所以，我是皇上，我得到了许多自然也会失去很多，其实没什么可抱怨的。”

“皇上，奴才知道……”安良鼻子微酸。知道什么？好像也不太知道什么。

苏缜停下脚步，掐着自己的指尖对安良说：“所以，就那么一点点。”

“一点点？”

“一点点的自由，一点点的时间，不做皇上，试着做我自己。”苏缜低下头，声音也随之低了下去，“有时候，我都不知道真正的自己该是什么样子的。”

“皇上，奴才……奴才不说了，以后也不说了。”

苏缜沉默了一会儿，忽然伸手把安良的肩膀扳过来，让他面对着自己，然后探头往他面前凑了凑。

安良吓了一跳，睁大了眼睛，脑袋直往后缩：“皇……皇上……”

“别动！”苏缜把安良的脑袋拉回来，贴近自己面前三寸左右的地方停住。安良气儿都不敢喘了，不知道苏缜这是要干什么。

难道这是个暗示脑袋要搬家的动作？

静止了一会儿后，苏缜把安良放开去，犹自摇了摇头。

“皇上……”安良咽了咽唾沫，心神不宁地跟在苏缜身后，“奴才是不是说错什么话了？做错什么事了？”

苏缜似乎是没听见，一边走，一边低声道：“朕一点儿都不想咬你。”

安良差点儿就哭了。心说：酒这东西，真害人！

天色将黑未黑时，蒋熙元从浴室出来，从衣柜里挑了件黛青色的织菱纹长

衫，交给丫鬟去熏了香，又仔细地拢好了头发，发带飘在脑后，鬓边额前留出的碎发，随意得很讲究。腰挂与长衫同色的绣异兽纹扇套，搭着蟹青色的荷包，精蚕丝拧成的穗子随步伐轻晃，夕阳下颇有流光溢彩的感觉。

刘起坐在院子里仰头看天，百无聊赖。等蒋熙元出来后，他瞟了一眼自家少爷那生怕别人不知道他是个花花公子的模样，默默撇嘴："少爷，就是去莳花馆而已，至于打扮得这么精心。"

蒋熙元"哗啦"一声合上扇子，敲了敲刘起的胳膊，缓缓摇头："所以，你应该知道为什么九湘看不上你了。"

"大丈夫不拘小节。"刘起说。

"不拘小节是这么用的吗？"

"我就是个武夫，少爷您别嚼我的字眼儿，就是那么个意思，您明白就行。"

蒋熙元不以为然地负手往前走，继续说道："不拘小节与大丈夫有什么关系？好像非要活得粗糙才叫男人似的。"

刘起挠挠头："少爷，自打夏初来了以后，我觉得您越发能言善辩了。"

蒋熙元回头"扑哧"一笑："少爷我一直如此。什么叫'自打夏初来了'？现在我不与你计较这上下主次的关系，这才叫不拘小节。"

"您也就与我计较这上下主次的关系，在夏初那里可没有。我跟您多少年了，您这么区别对待……"刘起低头用鞋底搓了搓地上的草，蚊声道，"不是我瞎猜，少爷，您这么下去可危险了。"

没人回答。刘起心说坏了，少爷生气了。

"算了，我……也就是那么一说，您自己心里有数就行。"刘起说完，慢慢地抬起头来，这才发现蒋熙元早已经走到大门口了，根本没听见。

"少，少爷……"刘起叹口气，跟了上去。

蒋熙元与刘起出门，刚走到巷口，远远地就看见有人快步往这边过来。蒋熙元眯眼看了看："瞧着好像夏初。"

"就是夏初。"刘起说。

这会儿的工夫，夏初已经到了跟前，瞧见蒋熙元也是一愣："大人？正要去找你呢。"她上下打量了一番，呵呵一笑，"这是要去莳花馆吗？"

蒋熙元大大方方地点头："走吧，一起去吧。总说请你去你总是推三阻四的，今儿正好赶上了，就别推辞了。"

"我不去。"夏初往后退了一步，"我找您有正经事说。"

"走吧。"蒋熙元拽着她的胳膊，"正经事到莳花馆一样说。大人我锦衣华服的，你就让我在巷子里站着跟你说话不成？”

“我不去，我又不是没去过，大人忘了我以前是在那里做工的？”

蒋熙元笑道：“从后院进去洗碗，和从楼面进去消费能一样吗？好歹也见识见识灯红酒绿。老看卷宗你不腻吗？”他凑近夏初小声问，“莫非，你小子还真是断袖不成？要不，咱们去南风馆？我豁出去陪你一趟。”

“大人，你正经一点儿！”

蒋熙元吸了吸鼻子，微微蹙了下眉头：“你喝酒了？”

“有这么大的味儿？”夏初缩了下脖子，闻了闻自己的手臂。她下午睡了一觉，还没来得及洗澡就跑出来了，“中午喝的，也没喝多少。”

“去哪儿喝的？”

“永平坊的西京八碗，就是大人你推荐的那家。别说，味道还真是不错。”

“怎么自己先去吃了？不是说我带你去的吗？”蒋熙元拔高了点儿声调，满满的不乐意。

“嘿！不让你请客还不高兴？我是跟黄公子去的，他也说不错。”

“哦。”蒋熙元听了夏初的话，心里有点儿不太舒服，像是自己的东西被人抢了似的，“你又见那个黄公子了？”

“是啊。”夏初浑然不觉蒋熙元语气中的那点儿情绪，心里又冒出了苏缜的模样来，唇角漫上一点儿浅浅的笑意。

蒋熙元看在眼里，越发不爽，酸溜溜道：“西京官多富人多，纨绔更多，尽有些男女通吃的主儿，都是女人看多了乏味，便打起清俊小后生的主意。那黄公子什么底细你清楚吗？你可别傻乎乎地上了人家的套儿。”

夏初有点不高兴，侧目看了蒋熙元一眼，反唇相讥道：“别人说这话也就罢了，但西京公子里看女人看得多的，大人怎么也在一掌之内，莫非也乏味了不成？”

“是乏味！但再乏味我也不会喜欢男人。”

夏初被他的态度弄得气也不是，笑也不是：“这可怪了。你不喜欢就不喜欢吧。人家黄公子跟大人你素不相识，你何必那样去揣测他？再说，就算他好男风、爱男人，那也是我的事，他是我的朋友。大人你又生的什么气？”

“谁说我生气了？”蒋熙元哼哼地冷笑了一声，“说得对啊，那是你的朋友，你的事，我操的什么心？”

刘起跟在俩人身后，把蒋熙元的态度看了个真真切切。那真是天空飘来五个字儿：这回要出事儿！

第九章 渐欲迷人眼

两人说话间，夏初已经不知不觉地跟着蒋熙元走到了莳花馆的门口，莺声燕语脂浓粉香的，让夏初猛然回过神来。刚想要转头开溜，却被蒋熙元一把按住了肩膀："想跑？！不行！你得赔我！"说罢拖着她便往莳花馆里走。

"放手放手！成何体统？"夏初一边往后退，一边去掰蒋熙元的手，可自己的力气不够大，挣脱不开。

"这算什么啊？哪有拖着个男人往青楼里拽的！你都到青楼了，那么多姑娘呢，你还让我陪什么？神经病，神经病啊！"夏初一路低声骂着，一路被蒋熙元拖上了二楼的雅间。

门口迎客的姑娘捏着帕子都看傻了眼。

蒋大人好生猛！

到了雅间，蒋熙元把夏初往里一推，凶巴巴地指着她道："叫唤什么？谁说让你陪我了，我是让你赔我！"

夏初揉着肩膀眨了眨眼："大人你没事吧？"

蒋熙元大步走进去，往榻上一歪，沉着脸道："赔！赔偿的赔！说好了我带你去吃西京八碗，谁让你自己去的。还喝酒……"

夏初被他给气乐了，走过去在他对面坐下来："你这是不讲理。"

蒋熙元低头理了理自己的荷包穗子，觉得好好的心情都被败坏掉了。可转念一想自己也不明白，怎么就败坏掉了呢？

夏初自斟自饮地喝了会儿茶，抬眼瞧了瞧蒋熙元，

无奈地也给他倒了一杯放过去："我说大人，我还没生气呢，你沉着个脸干什么？就像谁欠了你几百两银子似的。"

"你本来就欠了我几百两银子！"

"好好好好。"夏初摊开双手，"反正我来也来了，赔你一顿饭行了吧？"

这日子过的，到处欠饭。

"不用。"蒋熙元坐直了身子，喝了口茶。

"你看，我说赔你一顿，你还拿糖。"

蒋熙元瞟了她一眼："你请我在这吃一顿，还得我借给你钱。"

"……"

九湘那边听见楼里姑娘议论蒋熙元，说他拖了个俊秀的男子进了雅间，便立刻放下手中的算盘，拎着裙摆往楼上跑。

刘起在后面追着她："湘，你急什么啊？"

九湘回过头来，漂亮的杏核眼中闪着兴奋的光芒："急着看看怎么回事啊！"

刘起心中吃味："你这么激动干什么？那男的是我们府衙的捕头，就是之前在你这儿做工的夏初。"

九湘一听更是来了精神，手里捏着小团扇，三步并作两步就上了楼，刘起也只好追了上去。两人到了雅间的门口，耳朵趴在门上仔细地偷听。就听房间里蒋熙元的声音说道："你确定吗？"

而后便是夏初的声音："我不是很确定，所以才来找大人的。结果一见面大人你就说这些莫名其妙的话。"

"怎么莫名其妙了呢？我也是……也是为你好。"

"咱们不说这个了。大家都是成年人嘛，对自己负责就行了。"

"你觉得应该怎么办？"

"这种事情……我听大人你的。"

"说得好像你很听话似的。"

九湘与刘起对视一眼，一个满眼八卦，一个满脸担心。

"难道是摊牌了？"刘起低声地嘀咕了一句。话音刚落，就听蒋熙元扬声道："刘起？在外面干什么呢？"

九湘责怪地点了点刘起的肩膀，站直身子，整了整衣服，换上温柔的笑容推门而入："大人来了怎么也不与我招呼一声？"

"没来得及。"蒋熙元讪讪地说，"正好，你让人备点儿酒菜来。"

夏初一听，赶忙道："我可不喝酒，中午的那顿才刚醒。"

蒋熙元脖子一梗："你能跟黄公子喝，怎么就不能跟我喝？"

"我与黄公子是朋友间难得相聚，喝点儿酒也顺理成章。跟大人你这里大宝天天见的，没事儿喝的什么酒啊？"

"什么大宝天天见？"蒋熙元纳闷地问了一句，又马上丢开这细节不理，不满地说，"你跟他才见了几次就能喝酒了？怎么大人我跟你大宝天天见，偶尔喝这一点儿酒倒不行了呢？这算什么道理？"

"不喝！我这儿还有正事要说呢。"夏初皱着眉头说道。

九湘笑吟吟地站在一边听着，目光在蒋熙元和夏初之间转来转去，眼瞅着俩人呛了起来，赶忙打圆场道："去年的梅子酒启封了，那酒清淡味儿甜，夏初你可以尝一尝，不醉人的。"

夏初虽然对蒋熙元这个上司缺乏敬畏，却对九湘这个曾经的上司还有点敬畏之心。听九湘这么一说，也不好驳了她的面子，便不说话了。

"合着你就不听我的……"蒋熙元瞄她一眼，闷闷地说。

九湘轻轻地摇了摇扇子，对夏初微微一笑："我去安排一下，你们聊着。"

刘起坐在茶桌边上正非常努力地看着蒋熙元的一举一动，似乎想看透自家少爷究竟在想什么。九湘走过他身边，兜起他的胳膊将他拖了出去。

"少爷这是要栽。我还没见过他对哪个姑娘这么患得患失呢。"走得远了一些后，刘起才悲痛地摇了摇头。

"挺好。"九湘说。

"你好像还挺高兴？"

九湘哼了一声："我心里痛快。当初他惹得我这里好几个清倌寻死觅活地为他守身如玉，要不是我说不能毁自家的生意，现在莳花馆非关张了不可。他是玩得不亦乐乎四处留情，虽然不惹那些良家妇女，但青楼的姑娘也是姑娘啊。"

刘起苦笑："你怎么这么说我家少爷。他不过就是没什么常性罢了，他对那些姑娘也是真好。"

"你家少爷啊，就是喜欢那种被人捧着追着的感觉，喜欢自己受人倾慕。真喜欢上他了，他又嫌麻烦，也不想想后果。夏菡的事你总记得吧？其实红尘女子最是有情有义的，经不得撩拨，过不去真情。他能栽一跟头最好，不然总是小孩儿的脾性，瞧见好的就要揽着，拿到手里又弃之不顾。"

"说不过你。"刘起投降，沉默了一会儿又问她，"湘，你怎么看？少爷是不是真的有点喜欢上夏初了？"

"是呀。而且，目前瞧着那夏初对他可没什么意思呢。楼里那么多姑娘，一个个的什么心思我都看得清楚，见得多了，一看一个准儿的。”

“可夏初是男的。你也看得准？”

九湘眼波一转，弯唇笑了笑，用力地摇了几下扇子：“嗯，那更好呀。让他尝尝求之不得的滋味，好好地寤寐思服去吧。”

九湘和刘起离开后，夏初清了清嗓子继续对蒋熙元道：“接着说刚才的事。”

“刚才说到哪儿了？哦，怎么办……”蒋熙元轻轻地叩了叩下颌，“通常来说，除非有人报失踪案，或者发现了尸体报案，府衙才会启动查案的程序。你说你在永平坊那儿闻见的味道像是尸臭，可你又不确定，这贸然去搜恐怕不大好。找得出来也就罢了，要是找不出来，人家可都是很忌讳的。”

“我也知道，所以才来问大人您的。顺水楼的伙计说那种怪味已经飘了有两天了，可能是广济堂进了什么药。我确实也闻到有药味，但尸臭的味道总归比较特别，什么药能发出那样的味道？”

“你当时怎么没去广济堂问问？”

夏初讪讪地抹了抹鼻子，低声道：“味道还不是特别重，而且我压根儿没往那方面想。后来不是喝了点儿酒吗？睡醒后回忆了一下，才觉得有问题。”

“行吧，明天先去探探，视情况而定吧。总之，如果真的是尸臭，过两天只会越来越浓，想藏是藏不住的。”

“说的也是。”夏初想了想，“有尸臭，说明尸体已经开始腐败了，不知道会腐败成什么样子。我可不想再看那种膨胀的尸体了。”

“夏初……”蒋熙元皱眉打断了她，“初夏夜良辰美景如斯，你能不能先把尸体的事儿放一放啊？”

夏初笑了笑，手肘撑在桌上支着头，透过半开的窗子看着外面的夜色茫茫。

初夏了，又快到她的生日了，过了生日她就十七岁了。原本以为，自己的十七岁会与十六岁一样，冬去春来后，在初夏的时节去家人的墓前坐上半天，与他们说说自己的生活，说说自己的开心与不开心，然后回到警校的宿舍里默默地吃上一碗面。

原本以为，自己的生活轨迹会与那些师姐们一样，实习、工作，过些年去大学里进修个文凭。或者做得好了就进到刑侦队去，穿着警服或者便衣，驾着车走在城市的车水马龙里。

与同事加班加点地侦破案件，与他们插科打诨地寻找些人生乐趣，也许会遇到一个顺眼的人，会结婚，会生子。波澜不惊或者跌宕起伏地过完平凡的一生。

谁能想到生活会变成如今的模样呢？

倒退半年，让夏初发挥她最大的想象力，她也不会想到自己会来到这里，遇到这些人，遇到这些事，不会想到自己如今穿着古装，扮着男人，做着捕头。

以后会怎样呢？她也完全不知道，觉得想也是没用的。她已经从一个笃信"人定胜天"的人，转变成了一个相信"冥冥中自有安排"、相信命运的人。

命运，真是太强大了。

夏初默默地惆怅命运之时，蒋熙元就坐在对面静静地看着她，看着看着就有点儿出神了。他想起了第一次见到夏初时的样子，也是在莳花馆，夏初一身粗布的衣裳，鼻头脸颊都被寒风扫得红红的，倔强地要给自己的朋友讨还一个公道。

想来，他自己真是慧眼识人，从杂役堆里挖出这么块活宝来，聪敏慧黠却又真实纯朴得可爱。从他做了京兆尹，夏初做了捕头之后，他就觉得生活充满了乐趣。从前在刑部的时候，真是能不去就不去，哪里像现在这样有动力？睁眼起床后就想往府衙里冲。

自己真是太会挑人了！蒋熙元这么想着，真恨不得分身出一个自己来拍拍自己的肩膀，说："你干得漂亮！"

九湘带人端着酒菜进来的时候，就看见了蒋熙元那么一副对着夏初傻笑的表情，小小地震惊了一下，随即抿唇一笑："大人，酒菜来了。"

蒋熙元与夏初落座后，九湘把那壶梅子酒给他们斟上，便识趣地退了出去。蒋熙元举杯抬手与夏初碰了碰，夏初侧头看着蒋熙元一脸的笑容，不禁奇道："大人，你这情绪变化真快！刚才还一脸的不高兴呢，这会儿怎么就笑得这么甜腻了？"

"哼哼，我是大人，岂会与你置气。"蒋熙元仰首把酒喝了，"你刚才想什么呢？那么出神？"

夏初也喝了一口酒，垂眸想了想问他："大人，你信命吗？"

"怎么？"

"你觉得命运这个东西，真的存在吗？"夏初抬头，看着表情茫然且有丝凝重却又不知如何开口的蒋熙元，不禁笑了起来，"算了，大人你就是命好，什么都不用想。"

"这叫什么话？"蒋熙元说完，默默地想了想，又觉得夏初说得也不无道理。

从来都是命运多舛的人才会感慨命运，从来都是努力后仍求而不得的才会归于命运。命运，这词说出来就好像带了几分消极，带了几分无奈似的。

他没想过。之所以没想过，倒也真的是因为自己命好吧。他生命中有所求便有所得，一切都那么理所当然。

梅子酒有淡淡的甜味，还有点点爽口的酸，比起中午喝的那壶酒，实在是适口太多了。夏初慢慢地抿着，怕自己再喝多了。

可能是这酒太好喝了，也可能是自己有点心事，到最后，夏初还是喝得有点醺醺然。回到家里，夏初把自己的钱包拿了出来，借着昏暗的烛光，手指轻轻地抹过自己至亲的脸庞。

他们笑着，永远定格在了那里。茫茫世界中只留下了自己，孤单的，面对未知而漫长的人生。

转天一早，夏初先去衙门应卯，安排了一下工作。等蒋熙元来了之后，便叫上许陆，三人一起去了永平坊。

到了广济堂的那条巷子口，蒋熙元仰头嗅了嗅空气中的味道："确实有点不对劲儿。"

许陆也跟着点头："像是尸臭。药材的味道，混合得再多也不应该是这样的。可会不会是什么角落里死了猫狗之类的？"

"也不是没可能。不过这巷子一点儿都不荒，也挺干净。要是荒宅里出这种味道，倒十有八九是死猫死狗了。"蒋熙元道。

夏初不赞同："要是荒宅，就更得看看是不是死了人了。不过要真是荒宅倒好办了，直接进去就好了。"

三个人慢慢地往巷子里走，一边走，一边抽着鼻子闻味道。夏初有点想笑，觉得他们简直就像三只警犬。一直走到一扇双开大门前，三人停下了脚步。

"好像这里的味道重一些。"

夏初扒着门缝往里瞧了瞧："没人。这门里是什么地方？"

蒋熙元撩起长衫的下摆，提步纵身跃起，点了一下墙边的拴马柱，又轻又稳地站在了墙沿上。

夏初看得瞠目结舌，片刻后悻悻地对许陆说："以后再别夸我功夫好了。"

许陆看着蒋熙元，点了点头。

等蒋熙元从墙头跳下来，夏初对他坚定地伸出大拇指："大人深藏不露，以往是属下造次了。"

蒋熙元一乐，把夏初的手拍到一边："行了，难道以后你就不造次了？"

"嗯，大人懂我。"夏初嘿嘿一笑，正了正色问道，"大人上墙头看见什么了吗？"

“这应该是广济堂的后院。”蒋熙元转身往巷外走，“去广济堂问问吧。”

广济堂算是西京比较大的一个药铺，药品种类比别家的齐全。东家姓喻，祖上曾是个太医，后来从宫中出来后利用人脉开始做药材生意，经三代，生意做得一直还不错，家里算是弃医从商了。喻家在城南有一处庄子，叫百草庄，有约莫八十多亩的良田，主要种一些适宜西京气候的药材。

三人到了广济堂的门面，看意思是刚开门，看店的伙计正在擦拭着柜台。店里坐着个五十来岁的男子，喝着茶，花白头发花白胡须，精瘦精瘦的。

伙计看见有人来了，忙扔下抹布笑脸相迎：“三位是拿药还是问诊？”

“你们掌柜的在吗？”蒋熙元一边说着，一边看了看那个中年人。伙计笑道：“掌柜去外地进药了，得过些天才能回来。这位是我们这里坐堂的柳大夫。”

柳大夫坐在椅子上看了他们三人一眼，微微颔首算是打了招呼。

“三位找我们掌柜的有什么事吗？”

“我们是府衙的，有点事想要问一下。”蒋熙元说。

伙计一听，笑容僵了僵，有点紧张地说：“府衙？这……”

夏初走到柜台前冲他笑了笑：“别紧张。我们就是接到投诉，说这两天广济堂附近总是有股怪味儿，所以过来看看是怎么回事。”

“投诉？怎么……这事儿会投诉到府衙去了……”伙计不解地看着夏初，愣了一会儿后，赶忙道，“是有股怪味儿，但也不一定就是我们这儿的啊。最近天气暖和了，前两天又下雨返潮，那顺水楼做饭做菜的，没准儿是什么肉没处理好臭掉了。说实话，我也想找呢。”

“我们刚才看了一圈了，巷子里那扇双开大门是你们这儿的后门吧？那里的味道更重一些，应该不是顺水楼的问题。”夏初道。

柳大夫在一边忽然开了腔：“就是。如果没人问诊，我都不想在诊室里坐着，熏得脑仁疼。我问唐奎是不是有药材坏了，他非说不是。我行医问诊半辈子了，可不想给人诊完病，让人拿坏了的药材回去。”

叫唐奎的伙计一听，有点急了，对柳大夫道：“您可别胡说。广济堂什么时候卖过坏的药材。我已经把后面的库房整理过一遍了，药都好着呢。”

唐奎说完又看着夏初：“我们东家就是掌柜，这里的药材，要么就是自家种的，要么就是掌柜亲自去外地采买的。您也应该听说过我们的字号，三代药商，怎么会为了点药材砸了自己的招牌？”

“自然。”夏初点点头，微微一笑，不与他再说这些，直截了当地问，“方便去后院看一下吗？”

唐奎勉强笑了笑："您这话说的，哪敢不让您去呀？"一边说着，他一边到柜台的一端掀起板子走了出来，做了个请的手势。又回头对柳大夫道，"柳大夫，您帮我看下门面。"

广济堂店铺南端是个穿廊，穿廊东侧设了间屋子，用作诊室。夏初往里看了一眼，陈设十分简单，白灰的墙，一张桌子几张椅子而已。

穿廊尽头一扇门，过去便是后院。后院中庭挺开阔，四面围合的格局，东面墙上开了扇大门，就是刚才夏初他们在巷子里看见的那扇。

"这儿开这么大的一扇门做什么？"夏初指了指。

"哦，是为了送货时马车可以直接进来，这后院是我们的库房。东家主要做药材生意，这广济堂算是个捎带手的副业。您到京城各药铺问问，保管哪家都有从我们这里进的药。"唐奎的语气中带着几分得意。

唐奎从腰里摸出钥匙，把西侧的房门打开，让开了路："这个库房比较大，我前天整理了一遍，干干净净的，药材都好着呢。"

库房里沿墙码了许多麻布袋，还有一些大的木箱子，堆得挺高。靠里的地方有个大架子，上面许多瓦罐瓷瓶的东西，都是不同种类的药材。夏初闻了闻，药香浓郁，遂退了出来。

除了这个大库房，南侧与店面相连的还有个小库房，放些常用的药，主要是用来补给自家药铺的药材。后院的西侧有个小灶房，沿墙根堆了些劈好的劈柴。

"那间是什么？也是库房？"夏初指了指北屋。

"那是我们东家的屋子，来人谈生意、看药材、交割款项什么的，在自家院里不是方便嘛。"唐奎说。

"方便打开看一下吗？"

"哟，我可没有这屋的钥匙。东家的屋子我哪好随便进的。"

夏初走过去，拾步上了台阶，到门前吸了吸鼻子，回头对蒋熙元道："大人你过来一下，我觉得这里的味道浓一些。"

蒋熙元过去，闻了闻之后点点头："是，应该就是这里。"

唐奎赔笑道："东家去临风了，走了好几天了已经，这屋可没人进去过。您看那锁可是好好的呢。"

蒋熙元没理会唐奎，走过去后闻了闻，微微蹙眉："我鼻子都要失灵了，现在都已经有点闻不到那怪味了。"

"我也是。"夏初揪了揪那把黄铜锁，又推了推门，刚准备转身又忽然顿住了，凑到门边去把那铜锁掀了起来。

“大人！”夏初忽然大声喊道，“你看这儿！”

“你吓我一跳。”蒋熙元嗔了一句，也凑了过去。

夏初手指着铜锁锁扣下的木棱，那木棱上有一点儿略深的颜色。门是深棕色的，这一块略深的颜色不过拇指肚大小，乍看上去很像木纹的一块疤。

“血？”蒋熙元问。

夏初舔了下手指沾了点唾沫，在那颜色的边缘处抹了一下，而后翻过手指，指尖上一点棕红的颜色：“不是血的话，总不会是木头掉色了吧？”

唐奎有点慌张地走过来：“官爷，怎么的了？”

夏初把手指伸到唐奎面前，唐奎缩头看了一眼，不太明白。夏初拍了拍他的肩膀，顺便蹭了下手指：“伙计，把门打开！”

“可我没钥匙啊。”

夏初正要说破门，许陆插话道：“开锁啊，好说。”说罢，他站在原地踅摸了两圈，然后跑到诊室里，抢了柳大夫一根针灸用的银针出来，在手里窝了一下，拽起那把铜锁，小心翼翼地把银针探了进去。

三两下，就听“啪嗒”一声，锁开了。

“你还会这手艺？”夏初讶异地看着他。

许陆谦虚一笑：“以前混江湖的，这种雕虫小技还是会一些的。”

人才！

夏初对唐奎道：“等你们东家回来了，你要是觉得不好交代，让他来找府衙。”说完伸手一推两扇门的中间，门板应声打开了。

开门的瞬间，一股臭味儿飘了出来。

夏初站在门口先观察了一番，然后才迈步进去。正对门口是一对硬木圈椅，中间隔着茶桌，后面的墙上挂着红木的云石屏，屋里左侧有个半屏的雕花槅扇，里面是个书案台子，放着笔墨砚台还有算盘，书案后面是个柜子，门都关着。

夏初小心地往里走，等走到槅扇旁边的时候她弯腰看了看，从腰里摸出段滑石来在地上画了个圈：“这有条血印子，看着……好像是鞋帮蹭过去的。”

蒋熙元拍了拍她的肩膀，往她左边指了指：“你看那儿。”

夏初顺他的手指看过去。左侧是一扇关着的双开的镂万字纹木门，镂花处贴着麻白的棉纸，棉纸上赫然一串喷溅血迹。

“那里面是什么？”

唐奎也跟进来了，看见那串血迹，腿像是有点发软，扶着书案的边缘似笑似哭地说：“里面是……是我们东家的卧房。有时候东家在城里应酬晚了，会……

会住在这儿。”

夏初运了口气，用袖子掩住了口鼻，往前伸着胳膊慢慢地往那扇门靠近。手碰到门后，又像触了电似的缩了回来。

门后会是个什么情形她有点不敢想。她上的警校，立志要做个警察，可她毕竟还没有毕业，没有被各种狰狞的尸体锤炼过，心理素质还不过硬。

蒋熙元暗笑了一下，上前把夏初拉到身后，慢慢地将两扇门推开了。

“没有尸体，睁眼吧。”蒋熙元拍了拍夏初。夏初半睁开一只眼睛往里面看了看，随即站直了身子，诧异地看着屋里的情形。

屋里除了没有尸体，可以说是一室狼藉，地上的血迹形态各异，喷溅的、流溢的、滴落的、拖移的。牙黄的床单被团成一团胡乱地扔在地上，上面也是血迹斑斑。

这里的臭味更浓了一些，让人直想作呕。几人掩住口鼻，仍是阻挡不了这味道的渗入。夏初想进去看一眼，可这一会儿的工夫就有点扛不住，于是对蒋熙元摆了摆手，转头跑了出去。

“肯定是尸臭味。”夏初深深地吸了口气。昨天来的时候觉得这附近的味道难闻，可此时这室外的空气简直清新得要命。

蒋熙元也从屋里走了出来，抬起胳膊闻了闻自己，嫌弃地皱了皱眉头。

“头儿，这么大味道，尸体肯定就在那屋里。”许陆说。

“屋里有一张雕花床，床侧是一个乌木的矮柜，矮柜上面摞了个樟木箱子。估计尸体不是在矮柜里，就是在樟木箱子里吧。”夏初回想着刚刚自己匆匆一瞥看到的情形。

“目前可以判断死者是死于外伤，喷溅血液的量很大，从门上棉纸血迹的高度推测，应该是头部或颈部的致命伤。拖拽的血迹是藏匿尸体时留下的。另外，凶手有清理现场的打算，但后来又放弃了。以这个臭味的浓度看，估计得死了三四天了吧。”

“我进去看看。”许陆听完返身就要往里走，夏初一把拽住他，“你先回趟府衙，再叫两个人来，把杨仵作也带过来。还有，找点儿厚棉布。”

“厚棉布？”

“捂着点儿啊！你不嫌臭？”

许陆呵呵笑了两声，快步走了。

夏初转身问唐奎：“伙计，这屋子锁了有多久了？”

唐奎从屋里出来后一直蹲在墙边发呆，听夏初问他话，先是愣了愣，随即起身奔过来“扑通”一声就跪下了，脸色煞白：“官爷，我可什么都不知道啊！我什么都不知道啊！”

“你先别慌，起来说话。”

“这屋子，这屋子……”唐奎站起来，有些慌张，一下下抠着自己的手背，“七八天吧，我跟东家点过药材后，东家就回庄子里准备去临风的事了，后来……后来没人进去过。”

“这屋子的钥匙只有你们东家有吗？”

“这……这我不知道啊！反正我是没有，我真的什么都不知道。”唐奎的声音里带着哭腔，“我就是个伙计，如果不是出货进货，我连后院都很少来的。”

“晚上呢？这里没人看店？”

这下唐奎是真哭了，拿袖子擦着眼泪：“是……是我看店。我……我就睡在诊室，那有张正骨的床。老爷……我可真没杀人，我是不是说不清楚了……”

唐奎这一哭，倒把夏初搞得直想乐：“我就是大概问问情况，你要是没杀人，我们不会把你如何的，别担心。”

许陆回来之前，夏初与蒋熙元谁都没再进那间屋子。蒋熙元纯粹是嫌臭，而蒋熙元不进去，夏初也不进去。因为她从前见过巨人观的腐尸，留下了极其糟糕的印象，有点不敢独自面对。

商量了一下后，蒋熙元留在院里看能不能找到什么疑点，而夏初则去铺子里问了问那位柳大夫。

柳大夫还是坐在铺面的椅子上喝着茶，听夏初说广济堂后院死了人，手一抖，急忙问道：“不是病死的吧？”

“虽然现在还没有见到尸体，但可以肯定不是病死的，是被杀的。”夏初虽然觉得他的关注点有点怪，但还是做了回答。

柳大夫像是松了口气，放下茶盅捋了捋花白的胡子：“不是病死的就好，不然我这名声怕是要坏了的。”

“您倒是很爱惜羽毛。”夏初皮笑肉不笑地说。

“行医者所依赖的其实就是个名声。”他用手指点了点夏初，“后生，我知道你在想什么。可名声怎么来的？还不是多少年一点点攒下来的，我当然要爱惜。”

“倒也是。”夏初点点头，可又觉得有说不出的别扭，想了想说道，“爱惜名声是没错，但人命当前，您倒先关心自己的名声……”

“出了人命我就必须悲痛？你悲痛你的就好了，为什么要管我怎么想？”

夏初舔了舔嘴唇：“若无恻隐之心，又怎来的医者父母之心？”

“有心无术更误事。夏捕头，我知道你，年纪轻轻上任捕头两个月破了两桩大案，年少而有所成，容易看高了自己。”柳大夫拂须一笑，“你是捕快，查案就行；我是大夫，治病就行。能做好自己该做的事，比你有什么样的情绪实用得多。不然，再多的恻隐之心也只是笑话。”

夏初看着这位须发花白的柳大夫，有很多话想表达，但只是微微摇了摇头，没再与他辩驳下去。

她又问了柳大夫广济堂最近的情况，柳大夫的说法跟唐奎差不多，也说最近没看见过什么人，完全不知道后院怎么会有死人。

夏初回后院去找蒋熙元，把柳大夫的话与他说了说，又问他有没有什么发现。蒋熙元缓缓点了点头：“倒是有几点疑问。”

“你等等。”夏初找唐奎要了纸笔来，在台阶上坐下，才道，“行了，你说吧。”

“别写了，你先听听，我记得住，回头我写下来给你。看你写字我着急。”

夏初不满地横了他一眼：“嫌我字丑，又不给我机会练习。”

“平时在府衙里有的是机会你不写，有时间去喝酒，事到临头了又说要练字。”蒋熙元哼笑一声指了指她，“你还挺有理？”

“你怎么老对我喝酒的事耿耿于怀呢？昨天你让我陪你喝，我也喝了，还有完没完啊？”夏初把纸笔扔到一边站了起来，不等蒋熙元说话，又皱眉摆了摆手，“行了，不是掰扯这个的时候。你说疑点吧。”

夏初的话里带出了些许不耐烦的语气，这让蒋熙元有点生气，低头沉着脸好一会儿没言语。夏初暗暗叹了口气，心说自己这上司怎么这脾性？跟个孩子似的，还得哄啊！

“大人，大人我错了。”夏初走到他跟前，屈身仰头去看蒋熙元的脸，“我态度不好，您就别跟我怄气了。”

蒋熙元瞧着夏初笑吟吟的模样，怔了一瞬，而后弯唇浅浅一笑，拍了她额头一下：“行了，说正事吧。”

夏初直起身子来挠了挠额头，不知道蒋熙元到底是个什么情绪，像生气又好像没生气，说高兴又绝对不是高兴。总之，怪怪的。

蒋熙元把夏初带到灶房旁边，指了指那垛柴火：“这儿有柴火，但我看了一圈，院子里却没有斧子。我问过唐奎了，他说原本斧子是在灶房门口立着的，现在确实不见了。如果我没猜错，凶器应该就是斧子了。”

“嗯……这个等验了尸体就知道了。斧子刃宽分量重，杨仵作肯定看得出来。”

“这不是重点。”

夏初半仰起头瞧他，笑道：“合着说了半天不是重点。”

“正经一点儿！”蒋熙元清了清嗓子道，“凶手用院子里的斧子杀人，说明凶手并不是有预谋的杀人，没有自己携带凶器。而且，凶手应该是个熟悉这里的人，他知道斧子放在哪儿。”

夏初唇角一弯刚要笑，便瞧见蒋熙元眯起眼睛瞟了她一眼，于是赶忙收敛了笑容，严肃认真地说道：“那倒不一定。”

“怎么不一定？”

“大人是富贵人，不知道这些干活的事儿情有可原。其实劈柴的斧子，不是放在柴堆上，就是放在灶房门后的，不难找，各家都差不多。”

蒋熙元郁闷地皱了下眉头，不情不愿地问：“为什么？”

“就像菜刀一般放在砧板旁边是一个道理，方便。柴堆上方有挡雨的檐，斧子这东西铁头木把儿，最好也是避水的。有的家是放在灶房，是因为生火添柴时常常需要再加工一下，比如劈得更细一些。而放在灶房门后，则是因为那地方不会走路经过，也就不会因为不小心踢到而伤着脚了。”

“我白分析了？”

“没有没有。”夏初赶忙道，又眉目端肃、煞有介事地说，“大人分析的这两点，都是特别有价值的线索。”

蒋熙元嘴角向下撇了撇，轻哼了一声扭过头去。

夏初憋不住笑出声来，走上前拍了拍他的肩膀：“大人别这样，你命好没劈过柴，这事儿怪得了谁呢？”

正说着话，许陆便带着人来了。杨仵作让唐奎找了一些青蒿和草木灰来夹在棉布里，让大家都围着点儿口鼻。青蒿这东西有香气，而且有抗疟抗菌的作用，草木灰可以消毒。

围上棉布后，夏初交代了一些现场保护的注意事项，接着几人重新进了屋子。尸臭的味道主要是尸胺和腐胺，这种味道臭得十分刺激，不管怎么防护也还是能闻到，但好歹做了些防范措施，多少比刚才从容了一些。

卧房里的血迹太多，夏初让郑琏把血迹的位置、大小和形状都记录下来，然后推着许陆跟杨仵作一起往柜子和樟木箱子的位置走过去。

蒋熙元站在门口看着，扬手把口布系得更紧了一点儿，叫夏初：“夏初，你过来跟郑琏记录血迹吧，别漏掉什么蛛丝马迹了。”

夏初顿住脚回过头去。她确实不想去看尸体，眼下还什么都没见到呢，她已经开始有点反胃了，但不看尸体她又觉得不行，便有点踌躇地说："可是……尸体那边……"

"我过去。"蒋熙元一边说着，一边走进去，把夏初拉到身后，指了指郑琏，便去找杨仵作了。

在杨仵作打开箱子之前，许陆先把箱子和柜子细细地看了一遍，扬声对郑琏说："郑哥，箱子上有血迹，大约四寸长三寸宽，看上去是手指和手掌抹的。"

"记下了。"郑琏回道。

许陆这才与杨仵作一道轻轻地将箱子的铜扣打开，将盖子掀了起来。盖子碰到墙上的时候，夏初站了起来，踮着脚往这边张望了一眼："怎么样？"

许陆和杨仵作都回过头去，摇了摇头："没有，就是衣服。"说完，许陆又弯腰把柜子门打开，还是说道，"柜子里也没有。"

"没有？"夏初快步走过来，往箱子里一探头，果然，里面就是一些整齐叠放的衣服。柜子里则是一些账册样子的东西。

屋里就是一张雕花床，一个柜子一个箱子，还有一张四方的小茶桌和两个月牙凳，再没有别的了。

夏初也顾不得害怕了，蹲到床边往下面看了一眼，空荡荡的。她又掀起床褥来，抬开一块床板。床板下直接就能看到地上的青砖，也是什么都没有。

她站起来，有点茫然地看着蒋熙元："尸体呢？"

这尸臭的味道这么浓，不可能没有尸体啊？可尸体呢？她听说过大变活人，还没听说过大变死人的。

"尸体肯定在这里，就算是诈尸也只会是在这里蹦，不会离开这屋子的。"蒋熙元说。

"大人，你……你不要说这么可怕的话。"

蒋熙元的眼睛弯了弯，可能是笑了。他拉着夏初走到门边西侧的墙角："你看这里，这些都是喷溅血液，与门上的血迹连贯，床幔上也有。地上的则是圆形滴落的血迹，死者应该是在那里遇害的。"

夏初用嘴做了个深呼吸，冷静了一些，把墙角的那些血迹仔细看了一遍，半晌才道："这样看的话，死者可能是想要离开，然后被杀死在这里。"

"借你用一下。"夏初把蒋熙元推在墙角，摆弄着变换了几个位置，"死者应该是背对墙壁，然后身体左侧受伤，头或者脖子。因着凶器的力量，他的身体会向右偏。所以这边床幔上的血迹很大一片。也就是说，死者被伤后趴在了床沿上。”

“我不趴。”

夏初笑道：“那咱们跳过这一步。”她指了指地上，“你看，死者先是撞在了床沿上，可能是挣扎了两下后就倒在了地上。大人来，躺这里就行。”

蒋熙元额上的青筋蹦了蹦，冷不丁地伸腿把夏初一绊。夏初完全没有防备，惊呼一声就往后仰倒过去，眼瞧着就要四脚朝天了，蒋熙元又伸手把她捞住，眯着眼睛道：“嗯，大概是倒在这个位置上。这一块儿的血可能比较多，凶手主要想清理这部分，所以这里的血被擦过。”

“蒋……”

“什么？”

“蒋大人。我错了，您赶紧让我起来吧……”

“你再戏弄我？”

夏初眨巴眨巴眼睛：“不敢了，真的不敢了。”

蒋熙元把夏初拎起来，旁边的郑琏闷声笑了笑：“头儿，输了啊。”

夏初清了清嗓子，没理他，负着手看着地上慢慢地走着：“这是拖拽的血迹，不是太明显，可能是等了一会儿才拖过来的，死者的血已经流得不是那么多了，所以滴落的血迹也不多。一直……到这里。”

她轻轻拍了一下那个四方的茶桌。

茶桌上盖着一块染蓝靛色的棉桌布，不怎么讲究，一直垂到离地一尺左右的高度。桌上茶盘里的壶杯都是完好的，不过看上去有些凌乱。

许陆过来把桌布掀开看了一眼：“还是没东西。”

蒋熙元想了想：“把桌子搬开。”

桌子移开后，桌下的方砖上血迹多了些，还有半只模糊的血手印。郑琏过来把血手印的尺寸量了一下，记到了纸上。

蒋熙元从茶盘里拿过一只杯子，蹲在地上在那块方砖上轻轻地敲了几下：“空的，撬开看看吧，十有八九就是这里了。”

几个人都围在了方砖旁边，许陆上手试着抠了一下，微微一顿：“比一般的砖薄很多。”说完，十分轻松地便把整块方砖掀了起来，露出半扇酱色的木板来。

许陆又掀开旁边的一块砖，一个完整的地窖门便呈现在眼前。窖门的锁扣已经被毁掉了，从茬口上看应该就是斧子。

同时，尸臭味也更浓了一些。

“卧室里放个地窖做什么？”夏初不太明白。她曾经在农村见过地窖，印象里，地窖都应该是在院子里，用来保存蔬菜瓜果的。

“这是放银两的银窖。”蒋熙元给她普及知识，“做货物流通生意的或者镖局的，一般都会有个银窖，因为大多数商号的银票并不是全国流通，兑现很麻烦，所以与外埠的货物往来还是用现银的比较多。现场银货两讫也比较放心。”

原来是现金保险箱。她还以为古代做生意都是用银票呢，像电视里演的那样，谈拢买卖后几张纸潇洒地往桌上一拍，合着实际上还得“吭哧吭哧”搬银子。夏初受教般点点头：“这么说来，凶手果然是个对广济堂很熟悉的人。”

“我早就说了，你不信。”蒋熙元得意道。

“我信啊！我不是说了很有价值吗？是大人不信我说的。”夏初说完，低头去看那扇木板门，表情有点凝重，沉吟片刻后才点点头，“打开吧。”

银窖门打开，众人这才领会到什么叫臭！

那真是半生闻到的所有臭味加起来都没有这么臭！

尸臭本来就是一种极臭的味道，现在又在一个密闭的空间里闷了不知道多久，门板一打开，那味道恶劣得几个人同时干呕了起来。青蒿和厚棉布根本不是这尸臭味的对手，大家伙儿迅速败下阵来，失了节操般争先恐后地往外跑。

蒋熙元想干脆直接跑走算了，反正他一个京兆尹也不是非得在案发现场的。往门口走了几步，又想起夏初好像很怕尸体，觉得就这么把她留下来盯着现场，似乎太不够意思了。

犹豫了一会儿后，他还是决定留下了。

到了院里，唐奎和柳大夫也都捂着鼻子正在观望：“官爷，怎么比刚才更臭了啊？”

“找到尸体了。”

唐奎松开手“啊”了一声，又赶紧捂住鼻子：“死的是谁呀？”

“还不知道。”夏初担忧地看了杨仵作一眼，“这尸体要怎么验？”

她记得大剂量的腐胺和尸胺不仅易燃，而且还有毒，但她毕竟不是学法医的，不太确定到底所谓的大剂量是多大，现在臭成这种浓度算不算大剂量。可古代没有防化服、眼镜这些东西，冷光灯更是没有，杨仵作举着烛火下去万一把自己炸了或者熏晕了怎么办。

人家就是个打工的，总得保障人家的劳动安全不是？

杨仵作也不太确定该怎么办。他不是没接触过腐尸，但都是在室外或者野外这种相对开阔的地方，臭归臭，可是没有这么浓郁的臭。

沉默了一会儿后，夏初叹口气：“先……散散味儿吧。”

她有些忧郁地往顺水楼的方向看了一眼，心说自己以后是不是再也不会来吃西京八碗了？这心理障碍太严重了。

后来听说，这股子臭味散布了整个永平坊，连临近的坊间都能闻到，附近的几户半个月吃饭都不香。

等了有一个时辰，已经是午饭的时间了，但是谁都没有胃口。夏初要了点儿烈酒过来沾湿棉布捂在口鼻上，又塞了更多青蒿，把自己勒得鼻子都要塌了，才小心翼翼地又走了回去。

在屋里站了会儿，除了臭和有点想流眼泪之外倒没有更多的不适，再往里走，浓度已经平衡得差不多了。

夏初给杨仵作多做了几重防护，把他所有裸露在外的皮肤能包的都包起来了，又嘱咐他一旦觉得不适就马上上来。杨仵作被包得额头都冒了汗，嘴已经张不开了，只能艰难地点了点头。

夏初看着他的眼睛忧心不已。眼角膜这东西最脆弱，她真恨自己穿越的时候没带副眼镜过来。

正胡思乱想的时候，杨仵作那边已经半个身子下到了银窖里，然后顺着梯子慢慢地爬进了银窖，到了下面后他哼了一声，许陆便用绳子顺了一只风灯下去。

过了片刻，夏初清楚地听见银窖里传出一声干呕的声音，自己的脸也跟着白了白。

连杨仵作都要吐了，这尸体不定腐烂成什么样了。

杨仵作说不出话来，只能先把尸体的状况记在脑子里。上面的人都觉得时间特别漫长，时不时地喊句话，杨仵作就哼一声，证明自己还没晕。

过了大约半刻钟的时间，杨仵作在下面哼了几声，许陆便把一卷粗麻绳和一块大床单递了下去。杨仵作用床单盖好尸体，又用绳子绑好，自己先爬了上来。

夏初和蒋熙元把杨仵作带到院子里，三下五除二把他身上的防护措施除了下来。

“杨仵作，辛苦了！”夏初衷心地表示感谢。

杨仵作摆摆手，猛吸了一口气，之后又是一阵干呕，整张脸都憋红了。缓了片刻后才道：“死者女性，身高约5尺，年龄应该在二十岁左右，尸体已经气肿状膨胀，皮肤呈污绿色。根据银窖内的温度推算，死亡时间应该在五天左右。致命伤在左侧脖颈，是宽刃利器造成的。哦，窖里找到一把斧子。另外还有一处伤在后背，肩胛骨被砍裂了，应该是同一个凶器造成的。”

夏初捂着嘴认真地听着，胃里一阵阵地翻腾，很想吐。

"最近有人报过女性失踪吗？"蒋熙元问夏初。

夏初摇了摇头，闷声道："上月底有人报过，但是已经找到了，再没有其他的了。"

说话间，许陆忽然从屋里夺门而出，奔入院中扯开脸上的棉布，"哇哇"地吐了起来。身后郑琏慢悠悠地走出来，瞧着许陆的样子呵呵一笑："不行了吧？让你别看别看的。"

夏初本来就忍得很辛苦了，结果许陆这一吐，终于是带得她突破了那个临界点，自己也跑到墙根，吐了。

蒋熙元问唐奎要了杯水，走到夏初身后，拍了拍她的后背，好笑地说："你都没看见尸体，吐个什么劲儿？"

"我……我以前见过……"夏初咳了咳，接过水杯漱了漱口，这才把那股劲儿压下去，眼里还含着泪，有点可怜巴巴地说，"这是我的问题，身为一个捕头，害怕尸体实在是太不应该了……"

蒋熙元看着夏初，心说这小子平时要强得跟什么似的，倒也有这副㞞样子。他在心中得意狂笑，觉得这回算是揪住了夏初的软肋，可以使劲儿地嘲笑她一回了。

可话到嘴边不知怎的就换了调调："不用勉强自己，验尸有仵作就可以了。"说罢还揪着袖口抹了抹夏初额头渗出的细汗，"难受的话就歇会儿。"

"没事，吐啊吐啊的，就习惯了。"

许陆那边孤独地扶着墙，远远地瞧着蒋熙元又给夏初擦汗又给夏初递水，反观自己，忍不住对郑琏道："郑哥，你也给我端杯水吧？"

"又不是走不动，自己要去。"郑琏连眼皮都没抬一下。把许陆憋屈得够呛。

夏初想让唐奎进去辨认一下尸体，唐奎看见了许陆和她的反应，说死也不肯，就差给夏初跪下了。

"我去看看吧！"柳大夫走了过来，问郑琏那里要了块棉布捂住口鼻。

"柳大夫？"夏初有点惊讶，"您去看？那种巨人观的尸体挺恐怖的，您……"

柳大夫很淡然地看了夏初一眼："我能做的就尽力去做，还是说，夏捕头觉得我现在掉两滴眼泪，说几句'好惨'更有用？"

夏初脸上热了一下，微微低了头没有回答。

柳大夫随着仵作进去了。蒋熙元不解地用手肘推了夏初一下："怎么了这是？你得罪这个柳大夫了？"

夏初抬头看了看柳大夫的背影，微微叹气："也不算是，好像是价值观相左。这个柳大夫真是……怎么说呢？"

"怎么说？"

"不知道怎么说。身为一个大夫，好像心肠有点太硬了，说句不好听的，我感觉他挺冷血的，对不相干的人一点儿感情都不愿意投入。可现在他又主动去认尸，我也不知道这样的人算不算好。"

夏初甚至可以想象，柳大夫平时看病也是这样的，手一搭脉，告诉患者："甭治了，回去想吃什么吃什么，准备后事吧。"

可夏初也不知道，是这样的大夫比较好呢，还是那种告诉你没事，让你满怀希望地吃药、问诊，花下大笔医药费后还是治不好的大夫比较好。

一种是照顾了感情，却不实用。而柳大夫这种十分实用，却让人难以接受。

蒋熙元听夏初说完，道："都不算好，但也不算坏。完全不投入感情不好，但投入过多的感情也不好。凡事还是中庸为佳。"

夏初抬头去看蒋熙元，眨眨眼："大人说得好有道理。"

蒋熙元颇为受用："你看，上次方若蓝的案子，你投入的感情就有点多了。"

夏初闷闷地点了点头："嗯，我知道。以后注意。"

柳大夫与仵作去而复返，至夏初面前，柳大夫道："尸体模样改变得太厉害，我也不太能确认，但应该是东家的夫人曹氏。"他指了一下自己的手腕，"以前我给曹氏问过诊，所以那个翠玉的镯子我看着有些眼熟。"

夏初看柳大夫的脸色也不太好看，并不像他表现出来的那么淡定，便拱手一揖："辛苦柳大夫了！"

"客气！"

"哦，再劳驾问一下，四五天前曹氏可曾来过广济堂？"

柳大夫摇头："五天前是四月初一，是家父的忌日，所以我没在这里。四月初二……我在，但没看见喻夫人来过。"他低头又仔细地想了想，仍是摇头，"喻夫人很少来广济堂。"

夏初让柳大夫先去歇息，又以同样的话去问唐奎，唐奎茫然地摇摇头，随即又睁大了眼睛，失声道："怎么，那尸体是喻夫人吗？！"

"还得让喻家的人来确认一下，目前看来，应该是吧。"

唐奎"咦"了一声，犹是不信地道："这……怎么会？夫人怎么会在后院房里？"他又看了看柳大夫离开的方向，"别是看错了吧？"

"不管是谁，干系一样重大。"夏初说完侧头琢磨了一下，问道，"你家夫人有没有后门和这间屋子的钥匙？"

“夫人平时很少来的，我是没见她用过钥匙。”唐奎抖抖手，“东家不在，要真是夫人死在这里了，我可怎么交代……”说着说着，又抹着眼睛哭了起来。

夏初也懒得劝他了，叫了许陆过来，让他带着唐奎到城外百草庄通知喻家人过来认尸。

尸体已经腐烂了，这天儿渐暖，绝对不能再放了。

柳大夫让自己的徒弟帮着上了店铺的门板后，便准备先回家了，蒋熙元叮嘱他最近不要离开西京，可能随时有情况要向他了解。

广济堂店铺中，虽然还是能闻见臭味，但因为有大量的药物气味与之相混合，倒也不至于忍受不了。府衙的这几个人占着人家的铺面，拿了写方子的纸笔，开始讨论案情。

夏初比较相信柳大夫认尸的结果，喻夫人死在喻家自己铺面的房间里，比一个毫不相干的人死在这里要更合理一些。

当然，也更让人浮想联翩一些。

“广济堂每天都会开门营业，如果唐奎他们不知道曹氏来过，那么曹氏肯定是从后门进的院子。这个应该是没有什么疑问的。”夏初说道。

蒋熙元颔首：“这点是没什么疑问，但疑问是她为什么要从后门进来。”

“为什么？”郑琏靠在柜台上问了一句。夏初反问他，“你觉得为什么？”

郑琏想都没想地说：“就是不想唐奎他们看见呗。”

“倒是没错，但也跟没说一样。”蒋熙元给了一句评价，见郑琏愣神儿，便道，“你倒是记下来啊。”

“第二个疑问是，曹氏的死亡时间在五天前，这么长的时间为什么会没有人报案？她是喻家的夫人，失踪四五天的时间不可能没人注意。”蒋熙元继续道。

郑琏那边一听，提笔唰唰地写了下来。

“我刚刚还想到了一点。”夏初说，“咱们通过‘隐藏的银窖’这个线索认为凶手是熟悉广济堂的人，而能知道银窖位置的人必然是喻家人，喻家人杀了喻家人又扔在喻家的地盘，这指向性太明确了，明确得我都忍不住怀疑。”

“你觉得是栽赃？”蒋熙元问道。

“不是。我的意思是，这有没有可能是一起单纯的入室抢劫？先不管曹氏为什么要偷偷地来广济堂，反正她就是在这儿。她是喻家的夫人，极有可能是知道银窖的位置的，有人入室威逼她说出银窖的所在，然后将其杀害，最后再把尸体扔下去。这样的话比较好解释为什么门上的锁都是完好的，只有银窖的锁是被砸开的。因为喻夫人有那两把钥匙，却没有银窖的钥匙。”

“那银窖里丢钱了吗？”王琏问道。

“还不知道，这个还得找出广济堂的账本来，然后再核对一下才知道。”

蒋熙元沉默了半晌，缓缓摇头：“不对，如果是入室抢劫，那么有一点是说不通的。”

“哪一点？”

“他为什么要去擦地上的血？”蒋熙元扭头看着夏初，挑了下眉毛。

夏初一听便明白了，这确实是抢劫推论的一个漏洞。如果是入室抢劫的悍匪，他的目标是钱，拿了钱逃之夭夭，一辈子再不会进这个屋子，那他擦血做什么？

总不会是想收拾屋子。掩盖现场痕迹？且不说是否掩盖得了，关键是没有必要。在没有血液鉴定、指纹鉴定、DNA和摄像头的古代社会，如果是流窜作案单纯抢劫，只要不在现场被发现，想逮住非常难。

夏初刚要说话，瞧见蒋熙元的表情，不禁侧目道：“哟？大人你这个表情是……得意？”

“没有啊。”话虽这么说，蒋熙元却微微坐直了点儿身子，弯唇一笑，“且问夏捕头，本官我说的是否有道理呢？”

夏初别过头去，没有直接回答他，迂回地答道：“那咱们还是应该从喻家以及与曹氏相关的人入手。回到最早的那个推断——熟人作案，激情杀人。”

“什么叫激情杀人？”郑琏问道。

“就是凶手原本没有想要杀人，受到刺激后失去理智，就是说失控了，才将被害人杀死。跟方若蓝那种预谋杀人不同。”夏初耐心地对郑琏解释道。

蒋熙元思忖了一下道：“现在最大的疑惑，还是曹氏是如何出现在广济堂的。”

夏初眨眨眼：“大人的意思是，凶手是个有钥匙的人？”

“我的意思是，那把开启了门的钥匙，究竟是从哪儿来的。”蒋熙元对夏初挑了下眉毛，“曹氏出现在广济堂是‘瓜’，那么钥匙的来历便是‘藤’。现场有钥匙吗？”

夏初扬声喊来了杨仵作，让他去搜一下尸体身上有没有钥匙。杨仵作去了回来，说并未发现钥匙。

“没钥匙？”

“没有。”杨仵作很肯定地点点头，脸皱得有点苦，可见刚才去搜尸体的感觉极其不好，“我在银窖里的时候也看了，除了银箱和一把斧子之外，还有一顶帷帽，再没有别的东西。”

夏初叩了叩下巴，道：“钥匙自然是不会自己跑的。有两种可能：要么就是她与有钥匙的人一起来的；要么，就是她自己用钥匙开门，凶手尾随，凶手杀了人之后封闭现场，将钥匙带走了。这个事还是得问他们百草庄的人才知道。”

“嗯。伙计和大夫都不知道曹氏来了广济堂，家里也没有人报案，也就是说完全没人知道她的行踪。这么隐秘……”蒋熙元站起身来踱了两步，牵唇笑了一下，对夏初道，“你觉得会是为什么？”

夏初眯眼看了看蒋熙元：“大人能不能笑得正经些，咱们是在查案。”

蒋熙元轻咳一声，坐回了椅子上：“好吧，等喻家的人过来，问问再说吧。”

喻家人到的时候已经是下午了，来的人叫喻示寂，二十来岁的样子，身高腿长，生得不错。估计路上已经打听过广济堂的事情了，所以脸色并不好看。

夏初乍看还以为这是东家喻温平的兄弟之类的，后听他自我介绍才知道，原来这位是喻家的长子。

喻示寂进到铺面后扫了一眼，便到蒋熙元面前拱手见了礼，之后又看了看夏初，眼中微微闪过一丝迟疑，随即便道：“这位想必就是夏捕头了，听说您年轻有为，没想到竟是如此年轻。久仰久仰！”

神情举止间带着生意人的那种世故。

夏初与他客气了两句后便让许陆带他去认尸。等喻示寂去了后院，夏初才对蒋熙元道：“原来那曹氏夫人是个续弦。”

蒋熙元幽幽地感叹了一句：“年轻的续弦正室，很有故事的感觉啊！”

夏初一乐：“大人如果去写戏文，应该也是一把好手。”她见蒋熙元瞥她，忙又补充了一句，“不过大人说得对。”

过了没一会儿，就听见后院传来了干呕的声音。夏初与蒋熙元对视了一眼：“看来认完尸了。”

喻示寂再回到铺面时，脸色更白了一层，嘴唇都白了，就剩下眼睛红红的。他摸到椅子边坐了下来，唐奎给他倒了杯茶放进他的手里。

喻示寂愣神地看着那茶水半晌后，合上眼睛长长地叹了口气。

“喻公子可认得那尸体？”

喻示寂缓缓点头，声音有点沙哑地说：“看上去应该是我的继母，曹雪莲。她……她怎么会……”

夏初静等了一会儿，等他情绪稍有平复，睁了眼睛后，才继续问道：“死者死亡的时间已经有五天了，你们家里没发现她不在家吗？”

喻示寂摇了摇头：“我不太清楚。”

“你不清楚？”夏初不解，“你们不在一个庄子里住着吗？”

“我已成家，与内人住在东跨院，距离父亲的中院有一些距离。家父去临风收药了，我这几天都没往中院去过。”喻示寂脸色苍白，说话有气无力的，也不知道是被何种情绪影响。伤心抑或紧张？还是刚才被吓到了？

“令尊是什么时候离京的？”

“三月末，三十日，早上走的。”

“你最后一次见到曹氏是哪天？”

喻示寂看了夏初一眼，片刻后摇了摇头：“记不清了，可能是父亲出发的那天早上吧。这几天的确没见到她，最近没有大宗的买卖，而且内人前些日子生产，还未出月，我一直都在家照应着。”

夏初缓缓点了点头，记了下来，继而又问道：“据你所知，喻夫人是否有广济堂后门和待客厅的钥匙？”

“没有。”喻示寂不假思索地回道，说完又想了想，略显烦躁地说，“我不知道，父亲的钥匙如果没有带走的话，也算是有吧。”

“喻公子有那两把钥匙吗？”

喻示寂怔了片刻，点点头，下意识地摸了摸腰间，而后说道：“有，不过出来得急，没有带在身上。”

“这两把钥匙还有谁有？”

“家父和庄子里的管事都有。”喻示寂疲惫地叹了口气，闭上眼睛倚在椅背上，捏了捏眉心，“大人，我现在心思很乱。家里出了这样的事……可否让我静静神？”

看喻示寂这个样子，夏初怕再问下去他会对问案产生抵触心理，就看了看蒋熙元，用眼神征求了一下他的意见，看是否改天再问。

蒋熙元想了一下，点点头，对喻示寂道：“喻公子，令尊现在在外埠，贵府是否要派人去通知此事？”

喻示寂没说话，只是点了点头。

“我们会派捕快跟贵府的人同去，行程能快一些。那先这样，喻夫人这边的事情你先处理着，不过最近可能少不了要找公子或者府上了解些情况。如果您那边有什么新的线索，也请尽快告知府衙。也请暂时不要离开西京。”

“自然自然！”喻示寂起身想要与蒋熙元告辞，站起来才发现蒋熙元并没有动，自己太着急了，像是在轰人，不禁有些尴尬。蒋熙元无所谓地笑了笑，带着夏初几人出了门。

从广济堂出来，夏初回头看了一眼门上的牌匾，招呼了许陆过来，问他道：

“你刚才跟唐奎去百草庄，了解到什么情况了吗？”

“我在路上问了唐奎一些话。”许陆顿了顿，组织了一下语言，继续道，“唐奎说，百草庄和广济堂的生意现在是喻示寂和喻温平一起在打理。这两年外出购药的事已经开始转给喻示寂做了，但因为喻示寂夫人生产的事，这次才是喻温平去的。”

“嗯，你继续说。”

“喻温平去购药的这几天里，广济堂只是按部就班地开门做生意，没有什么大宗货物的往来，所以也没有用到库房。唐奎发誓说他从没有打开过后门，更没进过喻温平的房间。”许陆苦笑了一下，“那唐奎吓得不轻，五句话里得有三句是给自己辩白的。”

“你觉得唐奎可疑吗？”

“那倒不觉得。虽然每天待在广济堂的人最具备作案时间和作案条件，但如果真是他们做的，不会任由尸体腐烂发臭，早早地便可以处理了。”

“有道理。”夏初点点头说，“不过从这点上来说，也可以反推回去。行凶者可能是没有机会处理尸体，也有可能就没想过二次处理尸体。毕竟再次搬动尸体也是有风险的，如果我们不发现尸体，等喻温平回来再发现还不知道要多少天。时间越长，于凶手越有利。”

蒋熙元回头问许陆：“喻示寂听说广济堂死了人时，是什么反应？”

“我先见到的是百草庄的王管事，他去请的喻示寂，所以我见到喻示寂的时候他已经知道了这件事，我没能看见他的第一反应。我见到他时，他的表情挺凝重的，有点不知所措。”

“有没有说什么？”

“没有，一路上不是发呆就是叹气，要么就是闭着眼睛。眼圈红红的，看着挺难过的样子。我不知道这边有没有什么新的线索发现，所以也没敢问他话，怕漏出什么来。”

蒋熙元笑着点点头：“你现在倒是挺细致。”

“人总要进步的嘛。”许陆谦虚地笑了笑，“头儿说的，要有梦想。”

“你什么梦想？”

“当捕头。”许陆道。

蒋熙元转头去看夏初：“那你岂不是危险了？”

夏初得意地一笑：“这有什么？不想当捕头的捕快就不是好捕快。”

“那你有什么梦想？不是做京兆尹吧？”

夏初道："刑部是不是统管全国的命案审核？那样的话，我挺想去刑部的。刑部侍郎？刑部尚书？都行。"

"还'都行'？！你这梦想挺大的啊！"

"那当然，梦想嘛。常言道：人没有梦想，跟咸鱼有什么分别？"

蒋熙元失笑："这哪儿来的常言？夏初，你这不叫梦想，叫妄想。侍郎、尚书，那都得是考了功名才能做的官，就凭你那两笔破字，乡试你都过不去。"

夏初被一语戳中要害，讪讪地撇了撇嘴："那我的梦想就是当捕头，现在梦想实现了，多好！"

蒋熙元与许陆都笑了起来，蒋熙元冲她竖起大拇指："我平生所见乐观之人，你是头一份的。"

"我就当好话听着了。行了，扯远了啊。"夏初清清嗓子，把话题重又拉回到案子上，问蒋熙元，"大人好像挺怀疑喻示寂的，为什么？"

"既然分析了可能是熟人作案，那喻家人的嫌疑就很大了。另外，我就是觉得那个人……"蒋熙元叩了叩下颌，想不出一个合适的词来形容喻示寂给他的感觉。

夏初回忆了一下与喻示寂短暂的交谈，然后指着自己的眼睛说："眼神？"

"眼神。"蒋熙元点点头，又学着夏初的样子耸了下肩膀，"我不喜欢他。好吧，你是不是又要说破案需要证据和完整的、没有漏洞的推理？"

"是啊！"夏初忍不住笑出声来，"不过，我也不太喜欢他。"

夏初安排了许陆和郑琏去调查喻家的家庭关系，尤其是与曹雪莲相关的、有矛盾的、有牵扯的，都要特别注意。

两人领了任务离开，蒋熙元拽了拽夏初，皱着眉头说："咱们是不是能先离开这里？"

"啊？"夏初愣了一下，"大人饿了？正好，你不是想要吃西京八碗吗？就在这门口了，我请你吃吧。"

蒋熙元跟看神经病似的看着她："你就不嫌臭吗？"

"我都有点闻习惯了……"

蒋熙元二话不说拽着她就走，步子大得都快飞起来了，夏初碎步小跑在后面跟着，挣扎道："大人！大人！别走太远了，我还想排查一下附近的商户住家，看看有没有线索呢。"

"不管，反正我是不过来了！要查你自己查！"

"大人这样可不好！工作的事怎么还这么挑三拣四的？身为京兆尹，不能这么娇气。”

蒋熙元回头瞪她：“哦？你也知道我是京兆尹。京兆尹可不光是负责审案查案的，你当我是司法参？”

“司法参？”夏初眨眨眼，“司法参是什么？”

“亏你还是个府衙的捕头！司录、司户、司法、司兵、司仓、司士，这些都是京兆尹的下属，都是我的职责范畴，你还以为我只管断案不成？我平时是不是关照你太多了？”

“其他的我倒是都见过，不知道还有个司法参啊！”夏初睁大眼睛瞧着他，一脸的无知，“这么说，司法参应该才是我的上司了？那大人你老跟着我办案做什么？”

蒋熙元被她给气乐了：“合着还是我的错了？”

“不不不，我倒不是这个意思。”夏初赶忙解释，“我就是想问，司法参是谁啊？我上任捕头两个多月了，居然连真正的上司都没见过，这岂不是很搞笑？！”

蒋熙元扭头继续行路，夏初不依不饶地跟着他问：“大人，你倒是告诉我啊。”

“自己的上司是谁，自己打听去。”

夏初冲着蒋熙元的背影龇了下牙，然后默默地盘算起自己新上司的问题。

蒋熙元这个上司吧，有时虽然很幼稚，但不得不说他很聪明，对于断案推理也颇有天分，经常能指出她思维上的盲点。这两个多月来，他们的合作还是十分默契的。

也很愉快。

如果换了别人，要也是个善于断案查案的还好说，要是摊上个意在钻营的，她以后工作起来可能就比较麻烦了。

不过，夏初转念又想，这司法参是谁呢？她不知道司法参的存在也就罢了，可司法参不应该不知道捕头的存在啊！就算他不管自己，可见一面打打招呼还是必要的。司法参，又不是高僧隐士，不该这么神龙见首不见尾的。

既然查案属于司法参的职责范围，他这样不闻不问的难道不是失职吗？蒋熙元每每与自己一起查案，司法参失职他又如何不知道？

蒋熙元虽谈不上有多敬业，但如此姑息却也不像他的做派。

夏初闷声想了一会儿，便追上几步走在蒋熙元的身边，嘿嘿地笑了两声：“大人，这司法参不会是你自己兼任的吧？”

蒋熙元迅速地看她一眼，又转头去看别处。

夏初走到他前面去，转身面对着他，往后退着走，边走边笑：“猜对了是不是？大人，不承认就没意思了。”

“我没不承认。”蒋熙元轻哼了一声。

夏初笑得越发开心：“大人你卖的什么关子啊，害我瞎担心。”

“你担心什么？”

“担心换个上司工作就没这么顺畅了，还是跟大人你工作比较开心。”

蒋熙元霎时就高兴了起来，连那股臭味都不觉得难闻了。他想忍着不笑，摆摆威严，但终于还是没忍住，唇角扬得越来越高。

蒋熙元想说自己与夏初一起工作也很愉快，但又怕她太得意了。他又想说自己十分辛苦，又怕夏初以后不想麻烦他，查案再也不叫他了。

当初冯步云手下的几个官员，因为案子的牵扯被贬官或者干脆免官了，比如司兵和司士，当然，还有那个司法参。这也是苏缜的意思，他要把旧朝的、属于吴宗淮那帮老臣的关键势力拔除出去。

蒋熙元接任京兆尹后，吏部陆续帮他补了官员上来，但这个司法参一直没寻到合适的人。他原意是从刑部调人过来，但钱鸣昌借着那冤案补偿和一系列律法改革的事情，哭诉人手不够，事情便耽搁了下来。

这一耽搁，蒋熙元也就没再找吏部催这个事情，与夏初办了方若蓝的案子后，干脆就自己兼任了这个职位。

“你知道就好了。”蒋熙元最终模棱两可地说了一句。

“明白，明白。”夏初笑得眼睛弯弯的，轻盈地一转身。迎面正过来一辆堆满了麻袋的独轮车，眼瞧着就要朝夏初撞过去。

蒋熙元眼疾手快地拽着她的手往旁边一拉，那独轮车的麻袋几乎是擦着夏初的鼻尖过去的。

“让你不好好走路。”蒋熙元道。他转头去看夏初的情况，却见她眉头紧锁，嘴唇轻颤，脸色很是不好看。她的手还握在自己的手里，蒋熙元就觉得夏初手上越来越收紧力气，于是忙问道：“吓着了？不至于吧？”

“大……大人。”夏初声音里带着哭腔说，“那车，轧到我的脚了……疼，疼疼！啊啊啊啊！”

第十章 身在此山中

夏初瘸了。

蒋熙元和许陆扶着她挨回了府衙，又遣了个捕快去找郎中。夏初坐在捕快值班房的床上，脱了鞋袜一看，大脚趾整个肿了起来，指甲里紫红一片，那车上也不知道装的是什么，死沉，趾骨没被轧折了已算万幸了。

郎中来了以后给她放淤血，上药包扎，夏初疼得要命，却又顾及捕快的颜面不肯叫唤出声，咬着牙直挠墙，小脸憋了个通红，额头上全是汗。

蒋熙元在一边看着，“咝咝”地直吸凉气。刘起瞥他一眼，幽幽地说：“少爷，心疼啊？”随即便被蒋熙元一脚踹了出去。

也不知道是真伤得厉害了，还是那郎中看在府衙的面子上特别精心，夏初的脚趾被包得滚圆，就像不小心踢了个大元宵黏在了脚上。脚趾叉在那里十分可笑。

蒋熙元瞧着呵呵直乐，夏初气急败坏地拽过被子扔在自己脚上盖住，震到了伤，又是好一阵的捶床。

“大人还笑得出来？”

“那是。要不是我拉你一把，恐怕你现在浑身都要包起来了。”

夏初腹诽，要不是他拉自己那一下，自己顶多就是撞在麻袋上，受力面积要比一个脚指头大得多，力道分散后，最糟糕也就摔个四脚朝天罢了。可这话她不能说，毕竟蒋熙元是好心拉自己一把，轧伤脚趾只是个意外，谁让自己不好好走路呢。

“我伤一点儿倒是没关系，反正我也摔打惯了。”

夏初坏坏地笑了一下，慢悠悠地说，“可是下午我不能去永平坊查案了啊，大人，怎么办？”

蒋熙元脸一黑：“找你的捕快去！还敢支使起我来了。”说罢，甩袖而出。

过了一会儿，王槐便满脸兴奋地奔了进来：“头儿，蒋大人说有任务？”

夏初一瞧，心说蒋熙元真会挑人。这王槐在捕快中可以说是资质平平，但特别努力，特别喜欢办案，特别需要别人的认同。

夏初原想摆蒋熙元一道，怂恿他再去永平坊的，谁让他在路上的时候抛出个司法参摆了自己一道，间接害得自己受伤呢？

可这蒋熙元要是遣了别人过来也就罢了，王槐吧，她还真是不想拒绝。夏初暗想，自己这个上司还真挺会忖度人心，当官的就是不一样。

其实夏初这么分析蒋熙元，多少有点冤枉。他的身世背景，决定了他并不太需要官场钻营。对付什么人用什么办法，说什么话，并不是官场历练出来的，而是出于他的本能罢了。

就像他知道如何去让那些姑娘开心，让自己被人喜欢一样，也是骨子里带出来的。并不是理论知识。

所以，轮到蒋熙元需要忖度自己的时候，他就完全没了想法。

所以，他也不明白，自己这样急急忙忙地跑回将军府，问父亲要了御赐的创伤药到底是出于一种什么样的心理。

总之，他就是不想看见夏初一瘸一拐地走路，不想看见她再疼得直挠墙了。他心里不舒服。

他看着疼。

转天，夏初没有去府衙应卯，蒋熙元让她在家歇着不要动，许陆、王槐调查回来的结果在下午时分也被送到了夏初的家里。

跟着许陆一起过来的，还有一食盒的点心和新鲜的水果，许陆说这些都是蒋熙元让他带来慰问病人的。

夏初打开一看，点心自然是精致漂亮的，最主要是那些水果，有荔枝、樱桃，还有一个大菠萝，各个饱满水灵，好像还沾着果园的晨雾似的。

“不赖嘛！”夏初抓起菠萝使劲地嗅了嗅，转手扔给许陆，“去厨房洗洗切了吧，咱们一起吃。”

“啊？”许陆接过菠萝，愣了愣，又放回到夏初手里，“可别，这么贵重的东西你还是自己慢慢吃吧。蒋大人特别给你的。”

“贵重？”

夏初是习惯了现代社会生活的，现代社会里水果四季都有，基本已经没了时令的概念，再加上物流很发达，想吃什么水果都不是难事。她潜意识里还觉得，水果虽好，但也不是什么特别了不得的东西，慰问给点儿水果很正常。

“这水果很贵重吗？”

“头儿，说你聪明吧，怎么有时候净犯傻呢？西京不产菠萝、荔枝这些东西的，樱桃如今还没下来，这些水果一看就是南方快马运过来的，肯定是骠骑大将军府的。我估计，就是大将军自己也没多少。”

“啊……”

许陆又道：“估摸着还是因为蒋家小姐要做皇后了，宫里特别给的，不然大将军府都不一定有。”

“啊？！”夏初有点傻眼，怔了怔，赶紧把菠萝放回食盒里盖好，“那我可不敢从大将军和未来皇后的嘴里抢食，赶紧还回去吧。”

“这都带来了……”

“那就再带回去呗。我是脚指头伤了，又不是感冒发烧，有没有水果吃对脚指头能有多大帮助？”

许陆打开食盒把点心拿出来放在桌上，又端详了几眼那些水果，想了一会儿后说道：“头儿，要说咱们大人对你是真不错啊！”

“嗯，他那人是不错，没什么官架子。”

许陆摆手：“哎，我不是那个意思。”他压低了点声音，问道，“头儿，你就不觉得蒋大人对你挺特别的吗？”

“哪儿特别？特别喜欢跟我斗嘴倒是真的。”夏初呵呵地笑着。

“你说，要是我受伤了，蒋大人会给我送点心送水果吗？”许陆问。

“我是捕头嘛！”

“上个月司录白大人犯了胸痹，差点过去，蒋大人也没这么上心啊。”

“他跟白司录不太熟嘛。”

许陆侧眼看着她不说话了，神情略带了一点儿鄙夷，仿佛在看一根木头。夏初叩了叩桌子，似笑非笑地看着他问：“你到底想说什么？不是号称江湖儿女吗？说话这么不痛快。”

许陆凑近了一点儿，道：“我跟刘起刘大人私下里聊过，他跟我的感觉一样。”

“什么感觉？”夏初诧异地看着他，“你跟刘起？你们俩有感觉了？！”

“不是！”许陆拍了拍脑门，叹口气，“唉，算了……”

夏初捏了块点心放在嘴里，细嚼慢咽地吃完后才瞄了许陆一眼，说："许陆，我觉得你不是这么八卦的人，今天你说这乱七八糟的一堆，是刘起跟你嚼的？"

许陆被她看得心里一惊，咽了咽唾沫："头儿……要不，你把这事儿忘了吧，当我什么都没说。"

"当然。这种废话我记它做什么呢？"夏初垂眸笑了笑，语气却严肃了一些，"今天我就当什么都没听见。许陆，不要在背地里编派大人，不管是跟谁，蒋大人是个好人、好官，他不摆官架子，不等于你们可以对他不尊敬。"

"头儿，我其实不是……"

"记着就行了，这事儿不说了。"

许陆默默地点头。他听得出来，夏初有点生气了，这让他颇感意外。平日里，许陆看夏初与蒋熙元吵吵闹闹的，没想到她私下里会这么维护蒋熙元的名声。

"说正事儿吧，你调查的结果如何？"夏初把点心往许陆面前推了推，又给他添了茶，恢复了一贯的模样和语调。

许陆调整了一下情绪，说："喻家的情况倒不是很复杂。喻温平是他那一辈儿唯一的男丁，上面有三个姐姐。景德元年，也就是二十二年前喻温平娶妻向氏，两年后得子喻示寂。向氏有孕期间，喻温平收了个通房，是向氏的陪嫁丫鬟，叫兰燕儿。兰燕儿被收了房之后，没两年也生下一子喻示戎，今年十八岁。"

"向氏有孕期间收通房？"

"是的，后来兰燕儿生了儿子后被抬做了妾。向氏六年前过世，两年后喻温平娶了续弦夫人，也就是曹雪莲。"

夏初手叩桌沿想了想："那喻家的两个儿子，对曹雪莲这个继母是什么看法？"

许陆犹豫了一下，实话实说道："这个……我只是查了喻家的家庭成员、关系，至于他们之间相处得如何还没来得及展开调查。"

"喔，抱歉。是我问得有点多了。"夏初对他笑了笑，让他别介意，"喻家就这些人？"

"嗯，比较简单。百草庄的管事姓王，那天我去百草庄，接待我的就是王管事。他是当年跟着喻家老爷子走南闯北过来的，喻温平不在的时候，就是王管家与喻示寂一同打理庄子和广济堂。"

夏初听到这里，不禁笑了起来："这还简单？"

"这还不简单？就这么几个人而已，喻家人丁不太旺。"

夏初点了点许陆，心说你一看就没读过宅斗的小说，男人思维，太直线了。她跳着脚到桌子旁边拉开抽屉拿了纸笔墨出来，又跳着脚回来，往桌上一拍，撸胳膊挽袖子：“来，我给你分析一下。”

“头儿，你说我写。”

“去！我又不是手受伤了。”夏初轰开他。

许陆悻悻地收回手，默默地想：夏初这两笔字啊！他就算手伤了都写不到那么难看。自己这个上司秀气又聪明的，怎么这字就成这样呢？真让人费解。

夏初蘸墨下笔，在纸上写下喻示寂的名字：“你看，现在喻示寂是嫡子，已经开始逐步接管生意。如果没有什么意外的话，将来百草庄和广济堂都是他的。”

“嗯，对。”许陆点点头。

“曹雪莲是个续弦，但也是正室夫人。她如果将来生了儿子，也是嫡子啊。”夏初写上曹雪莲的名字，又在她名字下写了三个数字，“曹雪莲还很年轻，假设她将来生了儿子，兴许还不止一个，那么等喻温平百年之后，喻示寂要面对的就是一个正值盛年的当家主母，而且还是他的长辈，还要面对一帮有资格占有家产的弟弟。”

许陆的眉头渐渐收拢，严肃地点点头。

“喻示寂才刚刚得了儿子。假设曹雪莲活着，那么曹雪莲的儿子跟喻示寂的儿子基本一样大，却是他儿子的长辈。可以说，他和他儿子的将来都可能会被曹雪莲压得直不起腰来，原本只属于他的东西，很可能会出现一帮人来瓜分。”

夏初在纸上划了几条线，把张好好的纸划得乱七八糟，根本看不出什么跟什么来，但是许陆却明白了夏初这番话的意思。

“头儿！你别说还真是，我怎么就没想到呢？”

“这事儿吧……”夏初嘿嘿笑了两声，没往下说。许陆当然不知道，现代的那些宅斗小说已经把这些关系挖掘到了一种什么程度，几本看下来，想把大宅门里的人往好处想都难。

真是处处皆知识啊！不知道哪块儿云彩就有雨了。谁说言情小说没用的呢？

“还有那个兰燕儿。她是向氏的陪嫁丫鬟，向氏在的时候她做妾当然心甘情愿，可向氏过世了，难道她就没有点活泛的心思？”夏初又把兰燕儿的名字写在那张纸上。

“那倒不一定。”许陆指了指兰燕儿的名字，“她的身份低，要不是生了儿子恐怕连妾都是做不成的，怎么会去觊觎主母之位？”

“做不做得成是一回事，有没有这个心思是另一回事。直觉上讲，兰燕儿一定不服气曹雪莲，就算不为自己也会为自己儿子打算的。你不是成亲了吗？怎么还这么不了解女人？”

许陆笑道："头儿，你都没成亲呢，怎么就这么了解女人了？"

正说着，就听有人叩门。许陆跑出去把院门打开，一看是王槐。王槐一脑门子细汗，兴冲冲地走了进来，一进门就大声喊道："头儿！我来了！"

"进来！"

许陆和王槐一起进了客厅，许陆把之前自己坐的地方让给了王槐，王槐落座后还什么都没说，先塞了两块点心。许陆想拦都没来得及。

"头儿！我把对着广济堂前门后门的街坊都走了一遍，腿儿都跑细了。"

许陆在旁边哼笑了一声："你把整个永平坊走一遍也没多远的路，至于吗？"

"嘿！我说你小子跟我抬杠是不是？我又不是直线来去，一家家地走访能一样吗？"王槐说着，又抓了块点心吃了。许陆又没拦住，不禁气道，"你别吃了！"

"头儿都没说什么呢，看你小气的！"王槐撇了撇嘴。

"蒋大人让我给头儿带的，全他妈让你吃了！"

王槐一愣，嘴里的点心都忘了嚼了，有点不知道是该吞下去还是该吐出来，憋红了脸，半晌才道："你他妈的不早说！"

"你就吃东西利索！我早说？我来得及说吗我？"

夏初揉了揉额角："哎呀哎呀，吵死了你们俩！大老爷们儿为块点心起哄，也真好意思。"她瞥了一眼地上的食盒，想了想，索性道，"许陆，去把这些水果也洗洗切切，反正送都送来了，都吃了！"

蒋熙元专门给夏初带来的点心和水果，在友好和谐的氛围中被三个人瓜分殆尽。吃爽了，王槐把走访永平坊的结果也对夏初汇报完了。

永平坊不算一个大坊间，北侧靠主街也有不少商铺店面，但人流比起东西市或者升平坊、平光街这样的地方就差得远了。所以许陆笑话王槐夸大其词，也不是没有道理的。

广济堂在永平坊靠东北的位置上，街对面是一个卖鞋的坐商，街不宽，这家的伙计站在柜台后面能直接看见广济堂的药柜。王槐走访时，那伙计回忆起五天前的事倒是挺清楚，十分明确地说没看见过什么年轻的女子进广济堂。

王槐问他怎么记得这么清楚，那伙计就讪讪一笑："那两天下雨，鞋铺子没生意，我闲在柜台里都要长毛了，除了看着对面广济堂还能干什么？"

"那天广济堂的伙计唐奎和柳大夫他们都在吗？"王槐问他。

"在啊！"伙计仍旧十分肯定地说，"对了，柳大夫好像是不在。不过唐奎肯定在，我隔着街还跟他磕了半天牙呢。"

问完了鞋铺子，王槐又去了旁边的当铺，还有斜对面的蜜饯铺子和一个住家，这两家的回答要么是没注意，要么就跟鞋铺的伙计差不多。

“你没去广济堂后门的那条巷子里问问？”夏初问王槐。

王槐一笑，笑得有一点儿得意：“那当然得去了。那条巷子是南北贯穿永平坊的，北头，也就是靠近广济堂后门的这边没有住家，除了他家的后门外，还有顺水楼的后门和一家绣坊的后门。”

“看你这么得意，有所发现吧？”夏初用筷子扎起一块菠萝放进嘴里。

王槐不好意思地挠挠头，端正了态度，从怀里掏出两张笔录放在了桌上。

夏初拿起来看着，一旁的王槐说道：“这个叫崔大花的是咏绣春的管事，她回忆说，四月初一上午，她拿了点零布从后门送出来给自家的妹妹，让她拿回家做东西，看见个男的从广济堂的后门进去了。”

夏初“嗯”了一声，目光还是放在那张笔录上，却微微皱了下眉头。这眉头一皱，弄得王槐心里一下忐忑了起来，后面的话有点不敢说了。

夏初半晌没听见他的声音，才抬起头来：“继续说啊。”

“头儿，是不是有什么问题？”王槐小心翼翼地问道。

“问题当然要有，要是没问题不就破案了吗？”夏初鼓励了他一下，“你继续说，前面说得很好。”

王槐这才放下心来，继续说道：“我问了崔管事认不认识那个男的，她说当时下着雨，就站在后门檐下，她把裹着零布的包裹塞给她妹妹后，就跑回去了，也就是扫了一眼的工夫。不过她说那男的个子挺高的，打着伞，没看见长相。”

“崔管事有没有说，那男的是如何进的后院？是直接推门进去的，还是开了锁再进去的？”

王槐一怔，支吾着说不出个所以然来。

“你没问？”夏初抬眼看着他，见王槐眼神闪躲，便对他说，“我知道，发现尸体的当天你不在现场，但你既然接了要去排查走访的工作，那么之前的卷宗就应该看得仔细一些。卷宗你看了吗？”

王槐小幅度地摇了摇头，又辩解道：“不过我问过郑琏的，他给我说得也挺详细的。我读东西慢，还不如听郑琏说。”

“哦，郑琏倒真是个好说话的。他给你讲，他是没事情做了吗？这么闲。”夏初不冷不热地说。

王槐一看把郑琏给坑进来了，又赶快往回找补：“也没有，我也就是问了问主要的东西，他跟我说了重点而已。”

夏初把手中的笔录往桌上一扔，横了王槐一眼：“还有个准儿吗？一会儿说郑琏说得详细，一会儿说他只是讲了重点。怎么着王槐？破广济堂案子之前，我是不是还要先把你的口供核对清楚了先？你跟这里捣的什么乱？”

王槐有些不高兴，垂了眼皮，不忿道：“就是漏了个问题，大不了一会儿我再跑一趟，去补问一下就是了。我这一上午跑得挺辛苦的，怎么就成了捣乱了？”

夏初有点恼火，冷声道：“也对，把卷宗看那么仔细干什么？等我问到哪儿你就查到哪儿就是了。也就是多跑几趟，多费点儿时间的问题。是我的问题，多余要求你。你索性下次也别找我要案子办了，咱们都省心。”

许陆赶忙悄悄戳了王槐一下，王槐闷声不说话了。

屋里沉默了好一会儿，夏初挠了挠鬓角，叹了口气道：“王槐，我觉得你是个挺努力的人，经常努力得我都不好意思责怪你。”

夏初抬眼看了看他：“如果你觉得你可以再用心一些，那下次就尽量多用心；如果不行，你也不用这么努力地表现。不用每个捕快都得会破案，武三金不会推理分析，但能把看管、驾车、押送这些事完成得很好，也是个好捕快。”

王槐撇了撇嘴，显得十分委屈。

“你委屈吗？卷宗本来你就应该看的，你没看，问起你来还前言不搭后语，各种的搪塞理由；辩不下去了又一副无所谓的样子。你有什么可委屈的？”

许陆知道王槐好面子，怕他再说出什么不过脑子的话来，赶忙从中转圜道：“头儿，王槐虽然做得不够好，但知道努力总比不努力要强，对不对？”

王槐看了许陆一眼，讪笑道：“我就是个笨的，努力也是瞎掰。”

夏初一看，不禁暗暗叹气，意识到自己不该这么说话。王槐好面子，本来就有点不服气许陆，自己偏偏又在许陆面前说他。也难怪他会搪塞、遮掩，其实他倒也未必不知道问题出在哪儿。

思及此，夏初便先开口道：“谁说你王槐笨的？做事谁都难免会出点儿纰漏的。主要是，不怕走错路，最怕不知道哪条路是对的，你说呢？”

王槐“嗯”了一声，脸色稍缓。夏初对他笑了笑：“其实吧，都是说别人容易。我肯定也有很多的问题。你们要是觉得我哪儿做错了，记着告诉我，省得我在错误的路上一路狂奔不回头，要是撞了墙就是你们害的。”

许陆十分捧场地笑了起来，王槐心里释然了一点儿，便也跟着笑了笑。

因为王槐漏问了些问题，夏初便想亲自往永平坊走一趟。许陆拦了两句，夏初没理，蹦蹦跳跳地回了卧室，用了些蒋熙元给她的药膏，再重新包扎好，三人一起出了门。

曹雪莲的尸体已经运走了，所以永平坊的那股臭味也没那么明显了。夏初三人到了那个叫咏绣春的成衣铺，刚站在大门口环视了两眼，里面便走出一个三十多岁的女子来，身材高挑，眉眼带笑。盘着发，簪着两支白玉花头钗，一身绸裙罗裳，虽不算高档但也不俗气，十分合衬。

“这就是那个叫崔大花的管事。”王槐低声介绍道。

“看着还行啊，怎么叫这么个接地气的名字……”夏初嘀咕了一句。这时崔大花已经走到了近前，看清楚王槐之后，脸上的笑容就有些假了：“官爷，您怎么又过来了？还是问案子？”

“崔管事，打扰了，还是关于广济堂的事情，有些细节想再与您确认一下。”夏初客气地拱了拱手，“在下府衙捕头，敝姓夏，夏初。”

崔大花脸上的笑容索性收了起来，叹口气道：“哎，这怪忙的……行吧，三位进来吧，有什么事麻烦您快点问就好。”

到了咏绣春的待客厅，崔大花请他们入座，又让人上了茶，自己只侧身坐了半个椅子，腰杆挺得笔直，好像随时弹起来就走的样子。

“崔管事，听说五天前你看见一个男子进了广济堂的后门，是吗？”

崔大花点头：“没错，是看见了。”

“能与我详细描述一下那男子吗？”

“哦——”崔大花想了想，“个子好像挺高。那天下雨，他打着伞我也看不见脸。咳，其实我就是扫见了一眼而已，您问我详细的，我还真说不出来。”

“衣服呢？”夏初笑了笑，“崔管事是成衣铺的管事，对衣服肯定很敏感吧？”

崔大花一拍手，而后掩嘴笑了笑：“您要是不问，我还真不知道应该说什么！衣服这事儿还真让您说着了。那人穿的是银鼠灰的长衫，是密州锦的。我离得远看不清纹样，但那种颜色我知道，是去年年初才染出来的，亮度高色质匀，不容易脱色的，是上等的料子。刚出来的时候，西京只有瑞锦那样的高档成衣铺才有的卖，今年价格下来了一些，别的成衣铺也开始有了，我家也有一点儿，但还是贵。”

夏初虽然听不太懂，但听得很认真，总归是抓住了重要的一点：这人不穷！

“崔管事有没有注意到他进门时，是推门进去的，还是开了锁后进去的？”

“推门进去的。”崔大花说得很爽快，看夏初想问话，便竖起手掌拦住了她，直截了当地说，“我看见他的时候，他正走到门口，伸手把门推开了一点缝，往里看了看，然后稍微收了点儿伞就直接进去了。”

“还记得时间吗？你是几时看见的这个男人？”

崔大花撇歪着头想了想：“差不多巳时吧，最多也就是巳时一刻。”

"除了这个男人，您还看见过别人吗？或者，有没有听见什么不寻常的动静？"

崔大花摇了摇头，又呵呵一笑："谁大雨天跑到外面去呀。动静就更没有了，那天又是打雷又是下雨的，有也听不见。后来，就净闻见臭了。"她厌恶地扇了扇鼻子。

"崔管事见过喻家的夫人吗？"

"夫人？哪个？之前的那个夫人倒是见过几次，新夫人就没见过了。"

夏初觉得问得差不多了，便站起身来准备告辞。崔大花也站了起来，上下打量了夏初几眼，那热情的笑容忽然在脸上蔓延开来："夏捕头，您还没成亲吧？"

"噢，是是。"夏初以为崔大花这是夸她年轻有为，便客气地笑了笑。哪想到这崔管事接下去却说，"我一看就看出来了，家里没个女人打点，是差点意思。"

夏初脸一黑，就觉得脑子里"嗡"的一声，不禁暗暗哭喊道：姑奶奶，我要什么女人打点？！我自己就是女人好不好？

那边崔大花的注意力全在夏初的一身衣服上了，根本没看见她的脸色："这棉质长衫舒服是舒服，但穿在身上软塌塌的太不提气了。也许您是个性格随意的人，可您也得知道人靠衣装的道理是不是？您是官差，走出门去得让人看见您的精气神儿才好呀。"

"崔管事……"

"我们咏绣春虽然比不上瑞锦那样的店，可我们的衣服实惠。您瞧我这身，穿出去一点儿也不比瑞锦的差不是？这人靠衣裳，衣裳也得靠人撑。夏捕头您长得这么俊，没几身好衣裳岂不是白瞎了这张脸、这副身板了？"

"崔，崔管事……"

"没事，我们这儿有成衣，您过来试试。好呢就拿上两身，您要想定做也没问题，我都给您算便宜些。这衣服一上身啊，您就知道我刚才说的一点儿都不是虚言了……"

"崔……崔管事，你慢点儿，我脚疼……"

许陆和王槐，瞠目结舌地看着夏初被崔大花给架走了。

半个时辰后，许陆和王槐的肩上一人背了一个包袱，夏初一脸满足地一瘸一拐地走在他们前面。

爽啊！

从小到大，她还从来没有这么大手笔地购物过，虽然买的三件都是男装，但那也是自己穿的。除了衣服，崔大花还口若悬河地给她推销了腰带、束袖、荷包和扇套之类的配饰。要不是她现在头发还不够长，不足以支撑起发带、簪子之类的东西，估计还会花更多钱。

女人，都是天生的购物狂。

回到家，夏初一眼就看见了蒋熙元在她的院门口站着。初夏的日光被树影筛得斑驳，灰砖的墙和发旧的木门像一张老照片，散发着时光旧物的气质。一枝藤蔓探出墙来悠然轻晃，三五片绿叶点缀出了生机。

蒋熙元一身竹青色的长衫落落站于其中，半倚着墙，有点懒懒的样子，既融合又跳脱。侧脸被阳光刻出美好的线条，神情清淡得似乎在想事情，又好像只在沐着日光而已。让人不忍打扰。

好看！

夏初真想能有一部相机，把这幅画面拍下来。

“大人！”王槐粗粗的一嗓子，把夏初所有的情绪都喊没了。

蒋熙元转过头，叉起双臂，看着夏初一瘸一拐地走过来，又看了看王槐和许陆拎的包袱，不禁扬了扬眉毛：“你的脚好得挺快啊！这就逛街去了？”

“没有，去永平坊的咏绣春了解点儿案子的情况，那管事的太能推销了，顺手就买了几件衣服。”夏初掏钥匙打开院门，扶着院门回过头来，“大人，你不是一跳就能翻墙吗？”

“我又不是飞贼！你要是同意我翻墙进院子，还不如直接给我把钥匙。”蒋熙元一边说一边挤进了门里，“咏绣春的衣服很一般。”

夏初默默地白了他一眼：“我又不是大人你，我就穿得起咏绣春。三件素缎长衫加一堆零碎六两银子，要是瑞锦，得够我半套房钱了。”

蒋熙元似乎很鄙夷她的小家子气：“想买跟我说一声。”

“算了吧，房子的钱我还没还完哪。衣服这东西有几件像样的就行了，我也不是您那个身份，穿得那么好干什么？又不面圣。”

进了客厅，夏初才问蒋熙元：“大人过来找我有事？”

“对。有两件事，第一件是上午唐奎到府衙来了，说百草庄王管家清点了银窖里的银子，与账本对过了，发现少了五百两的现银。”

夏初稍稍惊了一下，随即皱眉问道：“肯定没错吗？”

“嗯，说喻温平出发去临风前从银窖里取的银子，当时都是清点过的，账上记得清清楚楚，肯定没错。”

“五百两……那银窖里一共有多少两？”

“一千一百二十两的现银，没全拿走。不过，如果是盗窃的话，拿五百两也不算少了，这些银子的重量大概是一趟可以从银窖里取出的。”

“那何必还要盗窃现银，银票多好？揣兜里就走了。”

“银票的兑现很麻烦。盗窃后最容易被抓到的地方，一个是当铺，一个就是钱庄。哪有五百两现银直接？”

“难道还真是入室抢劫？”夏初心里不太认可这种可能性，“不应该吧？我还是觉得之前的分析比较靠谱，看现场的那些细节都不像盗窃。”

“嗯。”蒋熙元清了清嗓子，端起茶壶来想给自己倒杯茶喝。刚才他在门口等了好一会儿了，渴得要命，结果进来后夏初连杯水都不给。

壶往起一端，结果劲儿用大了，因为是空的，差点儿直接扔到身后去。蒋熙元举着茶壶愣了愣，夏初“扑哧”一声先笑了出来。

王槐赶紧把茶壶从蒋熙元手上接过，去找铜壶续水。夏初叫住他：“壶在厨房，不过没有热水了，你起火烧一点儿吧。哦……好像也没有水了，桶在水缸旁边，顺便麻烦你帮我挑一点儿，井就在巷子东口。”

蒋熙元收回手，揣进袖中直摇头：“你这日子怎么过的……”

对于蒋熙元的揶揄，夏初不以为意道：“我平时晚上回来打水的，昨天不是脚伤了吗？我日子过得好着呢，大人不用摆出这同情的眼神。”

蒋熙元“嘁”了一声。

“大人要是自己生活，肯定还不如我呢。”夏初回击。

“我为什么要自己生活？有丫鬟小厮伙夫厨子不用？”

夏初张了张嘴，想说的话没说出来，只是耸了耸肩：“好吧，大人命好，这种事情上，我不与你争。大人说第二件事吧。”

刚才这一通的打岔，蒋熙元险些把第二件事忘了，略略一怔，才道：“第二件事，曹雪莲失踪五天，之所以没有人报案，是因为她说她要回娘家去住些日子。”

“可是她压根儿没回去，是吧？”

“对。”

夏初点点头：“她去广济堂到底要干什么呢？不光行踪不想让人知道，理由也不想让人知道。你说，她是私会？可私会怎么会到自己丈夫的地盘上去？见什么人？可不管见什么人，既然她有心瞒着家里，就不该去广济堂才是。”

“一个人出现在她本不该出现的地方，而且还被杀了，她出现的理由肯定是破案的关键，查吧。”

王槐端了茶水进来，夏初诧异道：“这么快？”

“我去隔壁院借了壶热水，大人你先喝着，我现在打水烧水去。”

“麻烦你了，王槐！”夏初点头道谢，王槐摆摆手走了。蒋熙元抿了口茶，皱皱眉头，可能实在是太渴了，接着又喝了第二口，然后才放下茶杯：“不好喝。”

“嘿，这真是吃饱了骂厨子。”夏初笑道。

“回头你给拿点好茶叶来。行了，你说说你今天有什么收获吧。”

夏初把今天在咏绣春问到的情况与蒋熙元说了，而后说道：“崔管事说那个男的是推门进的后院，再排除掉唐奎说他这几天都没开过后门的情况，也就是说，在他之前后院已经有人进去了，在唐奎不知道的情况下。”

“嗯，你继续说。”

“咱们不妨来假设一下。假设那个男的是为了偷钱，那么看见后门已经打开的情况下，一般会认为里面是有人的，正常情况下他应该不会再继续行动了才对，毕竟他只有一个人，很冒险。大人觉得呢？”

“这个我同意。”蒋熙元笑了笑，“疑点太多，咱们不妨把盗窃的这个可能性彻底排除。应该将失银这件事作为其中一个线索，而不是主要线索去查。”

“妥！”夏初用力地点了下头，提笔开始整理这两天的笔录。

蒋熙元一边喝水，一边看着她毫无章法地在那里写字，半刻钟后终于还是忍不了了，伸手抽住笔管把毛笔从她手里拽了出来。

“你这么握笔怎么可能写好字？”

“不这么握笔我连字都不会写了。”

“你真是……”蒋熙元蘸了蘸墨汁，把笔锋捋顺了，“还是我来吧。研墨！”

简单地捋了捋案情天便已黑了，几个人一起出门吃了晚饭，夏初还打包了些点心做明天的早餐，被蒋熙元嘲笑了一番，说她得过且过，不讲究。

夏初原想着转天上午去百草庄问案子的，不过蒋熙元没同意，让她在家把脚养一下。夏初答应了，满以为蒋熙元会替她去，结果蒋熙元却被召进宫中面圣去了。

到了御书房，苏缜直接扔给他一个折子，蒋熙元心里一紧，还以为是有人弹劾他。打开一看，却是关于兴州一带旱情的折子。

“谷雨之后到现在，那边就只下了一两场的小雨，立夏前后正是农作物需水的关键期，要是再没有一两场大雨，兴州一带的农作物歉收是一定的了。”

“臣听说，皇上早早就已遣了工部的人过去主持蓄水井窖的修建了，怎么？旱情比预想的要严重？”

“是比预想的严重，不过好在只是兴州、临风等四个郡县，倒也影响不会很大。朕只是担心当地的民生。”苏缜一边说着，一边又翻出个折子来递给了蒋熙元，“朕已经让户部拟个减免税赋和筹措赈灾银两的法子了。”

蒋熙元接过来粗粗地看了一遍，没敢轻易接茬儿。他知道，苏缜找他过来绝对不是说这些的，也不是让他评价户部的工作水平的。后面一定有个转折，转折之后，才是与自己息息相关的事情。而且，肯定不是什么好事。

“不过……”

来了！蒋熙元暗道。

“户部也有户部的难处，新朝甫立，用钱的地方确实多。”苏缜说到这里停了下来，看了蒋熙元一眼，“你有什么好的建议？”

蒋熙元暗暗苦笑了一下，不疾不徐地说：“京畿六郡，筹措一些赈灾的钱粮，支援一下兴州四个郡县应该是不成问题的。臣回去安排一下，抓紧时间督办此事。”

苏缜微微一笑，不再多嘱咐，他知道蒋熙元既然说了，就一定能办好。

“除了上朝，你现在倒是很少进宫了。府衙里的事情忙吗？”

“按部就班，倒也还好。”

“那……”苏缜想了想，终究还是忍不住问道，“夏初这捕头做得还顺手？”

“很好。虽然年纪不大，但查案很有天分，如今也压得住手下那帮捕快，是个合格的捕头。”蒋熙元说起夏初的时候，脸上不自觉地就带了笑容。

苏缜默不作声地看着，心中滑过一股淡淡的、让自己不太舒服的情绪。

“最近有什么大案子吗？”

“嗯，昨天在永平坊广济堂药铺里发现一具女尸。”

“永平坊？”苏缜眼皮微微一跳。

“正是。说起来，能发现尸体还多亏了夏初。他与朋友去顺水楼吃饭，闻见那附近有一股怪味儿，觉得是尸臭味……”蒋熙元抬眼看苏缜的表情有些不好看，忙住了口，“皇上恕罪，臣不该说这有辱圣听之事。”

苏缜轻轻摸了摸鼻子，又将香茶端起来使劲嗅了嗅，才把记忆中的那股子怪味儿轰出脑海。低头看见手里碧绿的茶汤，却又不自觉地想起了夏初说的膨胀的绿色尸体，忍不住联想了一下，胃里一阵翻腾。

“皇上？”

“没事。”苏缜把茶扔到一边，强压住反胃的感觉，“你先去忙你的吧。”

蒋熙元离开后，苏缜趴在桌上干呕了一声。安良正从后面端了茶点进来，听见这么一声，吓坏了，扭头就要跑出去找太医，让苏缜给拦了下来。

“皇上，您不舒服可别扛着，身体要紧。”

苏缜深吸了一口气，瞄了瞄安良：“安良，可还记得那天在永平坊闻见的那股怪味儿？”

“奴才记得。”安良不明所以地点点头。

“你知道那是什么味道吗？”

“回皇上，不是广济堂药铺里有药材坏了吗？”

苏缜唇角极轻地弯了一弯：“那是尸臭的味道。尸臭就是腐烂的尸体散发出来的臭味。据夏初说，尸体腐烂时会先膨胀到正常人的数倍大小，胀满了气，浑身绿色……”他的语调轻轻的，半眯着眼睛看着安良，有点诱导想象的意味。

“皇，皇上……”安良往后退了半步，捂住嘴，咽了口唾沫。

“朕记得，那天你的车就停在广济堂药铺的后门。离尸体很近……”

“皇上……”安良觉得已经有什么东西到嗓子眼儿了，只好使劲地忍着。

苏缜微微一笑，拿起龙书案上的折子，不再说什么了。

安良退出御书房，急匆匆地跑到茶水间找了颗酸甜的蜜饯梅子含在嘴里，这才舒了口气。心里一边委屈，一边自责，默默地批评自己没能劝住皇上出宫，好好的一个少年天子，什么时候变得这么顽皮了呢？

日头偏西的时候，夏初正坐在院子里，吹着徐徐凉风翻看着手里的卷宗。忽然听见有人叩门，她扬声问了一句是谁，没人答话，便只好站起身来趿着鞋，微跛着脚去开门。

门一开，夏初就愣住了。门外站着的竟然是苏缜，而苏缜看见夏初，也是一愣：“夏初，你的头发怎么了？”

夏初赶紧去摸自己的脑袋，这才记起来自己没戴帽子，只好又把那生火燎了头发的说辞搬了出来。

“黄公子，你怎么来了？”

“路过，就想看看你在不在。是不是太唐突了？”

“没有没有没有。”夏初赶忙说，手足无措地拽了拽自己的衣服，这才想起让开门，将苏缜请进了院里。

这是苏缜第一次进到夏初的家里，心情有点小小的激动，虽然自己也不知道到底激动个什么劲儿。

院子中架了个葡萄架，爬着刚舒展开新叶的葡萄藤，架下有个粗瓷鱼缸。苏缜走过去，兴致盎然地往里看了一眼，却没看见鱼，只看见了一缸底的水，还飘着些绿色的絮状物。

夏初尴尬地笑了笑：“这都是前房主留下的东西，我……我还没抽出时间来打理。”

苏缜现在对绿色的东西都有点抵触，轻皱了一下眉头别开了眼。他瞧了瞧夏初，见她走路的姿势有点怪，便问道："你这是怎么了？又跟手下的捕快打架了？"

"哪能天天打啊？我这是被车轧到脚了，意外，意外而已。没事。"夏初手忙脚乱地跑进厅里拿了只茶杯出来，用水冲了冲，给苏缜倒了杯茶。

"我这里的茶叶很一般，黄公子凑合着喝。"

"客气了！"苏缜坐下来喝了一口茶，随即暗暗一笑。

心说：夏初这还真不是客气，这茶果然很一般。

茶虽一般，但苏缜也不是很在意，抿了几口之后放下茶杯，看着桌上的卷宗问："我听说永平坊那边出了命案，你现在在忙这个事情吧？"

"是啊。"夏初拍了拍卷宗，"说起来，要不是咱们那天恰好去永平坊吃饭，还不知道什么时候能发现尸体。"

"尸体的味道已经飘出来了，想必败坏得很厉害吧？你们做捕快真是不易。"

夏初不好意思地笑了笑："其实……我没敢看。唉，不能想了，想起那个味道就难受。我真是乌鸦嘴，那天中午还与你说起巨人观，结果转天就发现了尸体。不过话说回来，兴许是那个味道牵出了我潜意识里的联想，才会与你聊起来尸体的事吧。"

苏缜轻笑了一声："既然如此，今天还是不要聊这个的好。"

"对对对。不聊，不聊……那天吧……怪我煞风景，黄公子别介意。"夏初的脸色因为窘迫而有点发红，心中暗骂自己那天酒后失态。

那天她不是吃饱了撑的是什么呢？面对着这么一个俊美的少年，不聊点儿风花雪月柳绿花红的，没事跟人家聊什么尸体。

苏缜看着夏初微红的脸色，不禁又想起那天醉眼蒙眬时她的样子，红红的，嫩嫩的，让人想要捧在手里，想要轻咬上一口。

"黄公子不是在想尸体吧？"夏初看苏缜出神，小声地唤了他一句。

"不是，没有想尸体……"苏缜轻轻地咳了一声，有点局促地笑了笑，"哦对了，说到尸体，正好……"他把手里拎着的一个纸包放在了桌上，"我带了些蜜渍的梅子来送你。"

夏初道了谢，心说这正好是个什么意思？转念一想又明白了，不禁有些哭笑不得。

这个黄公子，还真是别样的幽默。

带礼物的事其实是安良建议的，他说去别人家里拜访空手是不太好的。苏缜想从宫中库房选个小礼，又觉得不妥当，一来怕蒋熙元看到后把他的身份暴露了，二来怕太贵重了恐怕夏初不收。

思来想去，还是安良说送朋友礼物最好送对方需要的。苏缜记得夏初说那种腐烂的尸体很恶心，她曾经两天没吃下饭去。现在腐烂的尸体又出现了，他不过就是听听都难受，夏初想必更不舒服。这样推己及人地一想，礼物就成了一包蜜渍梅子。

所以，景国皇帝，以私人身份送出去的第一份礼物，竟然是一包梅子。

夏初打开纸包吃了一颗，酸甜清爽十分适口，随即又吃了一颗。两颗酸梅子下肚，一下就觉得饿了起来。她揉了下肚子，问苏缜："黄公子吃饭了吗？"

"还没有。"

"那正好一起出去吃吧？我去换件衣服。"夏初站起身来，跛着脚往屋里走。苏缜却叫住了她："你行动不方便还是别乱动了，我让小良去买点儿回来算了。你是想喝羊汤，还是想吃西京八碗？"

夏初笑了起来，觉得苏缜还挺可爱，带他吃一样他就记一样。就像刚学会了一项技能的小孩，逮着机会就想用一用。

她低头琢磨了一下，道："黄公子要是不嫌弃的话，不如就在我这里凑合一顿。中午的时候，我刚让人帮我买了些菜和肉回来，都新鲜着呢。本来我也是打算自己做饭的。"

"你会做饭？"苏缜很惊讶地问了一句。

"是啊，不过手艺一般。"夏初挽起了袖子，返身往厨房走去。

苏缜独自在院子里坐着，悄悄地翻了一下桌子上的一摞卷宗，看见其中夹着几张字迹特别潦草的，便知道是夏初的手笔，不禁偷偷笑了笑。坐了一会儿觉得有点无聊，便也起身去了厨房。

夏初那边已经乒乒乓乓地忙活开了，洗菜切菜生火炒菜，身影满厨房地飞，还能抽出时间来与苏缜聊聊天。

备好了的菜一下锅，就发出很大的"噼啪"声，油烟喷出来弥漫了整个厨房。夏初往后跳了一步，转头看见苏缜已经被埋在烟里，头脸都看不见了，但身形还稳稳地站着。

夏初赶紧让苏缜出去，苏缜却摇摇头，用袖子扇开了眼前的油烟，坚持要在厨房看着。

炒菜做饭，这是苏缜十分陌生的情景，谈不上有多美好，但他格外喜欢。

中间几次，苏缜觉得自己是不是应该帮忙做点儿什么，却又不能肯定做饭这种事能不能让别人帮忙，有没有什么忌讳之类的，也不好意思问。

话又说回来了，就算能帮，他也完全不知道自己能做什么。

没过一会儿，三道菜出锅，夏初一只手就把三个盘子端了出来，另一只手上还拿着碗和筷子。苏缜哪儿见过这样端盘子的，看得心惊肉跳，直到她把盘子安全地放在桌上，才替她松口气。

“清炒小白菜，酿豆腐，还有木须肉。”夏初把三道菜介绍了一下，都是苏缜没听过的名字、没看过的菜式。

她用筷子扎了一个馒头递给苏缜，苏缜举在手里，有点呆萌。

夏初忍不住笑道：“黄公子应该没吃过这么家常的东西吧？尝尝看好不好吃，这些都不算我最拿手的，不过食材有限，就只能做出这些了。”

“看上去都十分可口，想不到你还有这样的手艺，真是让人刮目相看。”苏缜道了谢，夹了一筷子木须肉放进嘴里，嚼了两口正要说好，忽然一股姜的味道在口腔里蔓延开来，冲进鼻子，直顶上脑门。

苏缜最讨厌吃姜，这姜味一出来惹得他眉头皱了起来，下意识地就想把嘴里的东西吐出来。夏初一看他的表情，赶忙问道：“怎么了？是不是不好吃？”

苏缜抬起头，见她半是渴望半是担忧的表情，一时有点不知道该怎么办，只好紧紧地抿着嘴，十分勉强地笑了笑。

夏初放下筷子，红着脸站起身来说：“算了，咱们还是出去吃吧，我的手艺太家常了，你估计是吃不惯的。”

苏缜有点慌神，眼看着夏初就要把菜端走，索性心一横，把那口菜咽了下去。一边按住了夏初的手说：“不用，菜很好。”

“真的？”夏初将信将疑地看着他，“没关系的，真的不用勉强。”

苏缜轻轻地笑了一下，撕了一小块馒头，又夹着菜继续吃了。夏初观察了一会儿他的面部表情，这才放下心来，重新坐下开始吃饭。

这顿饭对于苏缜来说，可以说是痛并快乐着。

痛，是因为夏初特别喜欢用姜，三道菜里全都放了姜。苏缜吃得很慢，一边与夏初聊天，一边不着痕迹地尽量避着姜夹菜，但姜丝太过细碎，吃到最后，他舌尖发麻，倒也觉不出姜的味道了。

而快乐，是因为这自在温馨的气氛。是苏缜从小到大，从来没有体会到的感觉，没有烦琐的规矩，没有面目模糊的宫人伺候，没有安良拿着根银针扎来扎去，平添心烦。

门外，安良从打盹儿的状态中被饿醒了，睁开惺忪的眼睛一瞧，见闵风正倚在马车壁上，手里攥着一截嫩嫩的葡萄藤，仰头看着墨蓝色的夜空。也是难得的放松姿态。

“闵风？你怎么跑这里待着来了？”安良用鞭子头戳了戳闵风的胳膊，“咱主子呢？你不管了？”

“不用了。”闵风回身拿过一个纸包来扔给安良，“包子。”

“给我的？啧，真周到，我正饿着呢。”安良笑呵呵地把纸包打开，塞了一个包子进嘴里，口齿不清地问，“是主子让你出来的？”

“是我觉得没必要跟着了。”

安良把那口包子努力地咽下去，顺了顺：“没必要是什么意思？你是说，夏初没危险了？”

闵风点了点头。

“也是啊，现在主子出来袖箭也不带了，一起吃了几次饭都没什么事，已经没什么戒心了。”

“嗯，不过越是没戒心的时候越得谨慎点儿。”安良又塞了一个包子，“可是吧，我觉得夏公子人还行，从面相看得出来，不像坏人。你知道吗，主子说夏公子是他的朋友。朋友啊！真不知道他们夏家哪辈子积福了，可惜他自己还不知道呢。”

“不知道挺好。”

“是，主子也是这么说的。唉，时常想想呢，我也挺同情咱们主子的。看着吧好像要什么有什么，其实，是要什么没什么。想找个能说说知心话的人，还得隐姓埋名的……可能大婚之后就好了吧，听说皇后是个知书达理的人。”

“希望是吧……”

“啧，跟你这闷嘴葫芦聊天真没意思，我说三句你说三个字。”安良瞥了闵风一眼，想了想，伸手扒拉他，“闵大人……你刚才那话什么意思？我听你这话音儿，怎么不对劲儿呢？有什么事儿你可别瞒着我。”

闵风低头看着手里的葡萄藤，半晌后，扔给了安良：“夏初院里葡萄藤上掐下来的。”

“你手怎么这么欠啊？”

闵风笑了笑：“不掐尖就长不出葡萄。”

“什么意思？”

“等到葡萄熟了，主子不知道还会不会来了。”

“什……”安良刚开口要问，闵风便原地一蹿消失在了夜色之中，也不知道他去了哪里。安良只好对着虚空里气哼哼地说，“什么意思啊？讨厌……”

院子里，苏缜与夏初吃完了饭，夏初重新添了茶水清口，两人随意地聊了一会儿后，话题又不知不觉地转到了永平坊的案子上。

“黄公子认识百草庄的喻家吗？”夏初问道。

苏缜摇头：“听说过而已。”

“我以为西京的商家之间多少都会有些联系呢。”夏初倒是没表现出失望的意思，只是耸了下肩膀，“没事，只是随口一问罢了。”

“已经开始着手调查了？”

“嗯。要不是因为脚伤，今天就应该去百草庄的。我还以为我们大人会去，结果听说他进宫面圣去了。真是耽误事儿啊！”

苏缜微窘：“我不知道你脚伤了。”

“嗯？”夏初听他没头没脑地说了这么一句，不明就里地眨眨眼。

“我是说，我那里有很好的伤药，早知道带来给你了。”苏缜遮掩了一句，稍稍沉默了片刻后，又轻声问道，“还疼吗？”

夏初脸上莫名一热，低下头摆弄了一下筷子：“嗯……不怎么疼。”

院子里静静的，无声的风摇曳着簇新的葡萄叶。气氛在一瞬间好像被什么改变了，初夏黄昏的清凉里，裹进了暖暖的、甜甜的味道。

她悄悄抬头看了一眼坐在对面的苏缜，脑子里忽然冒出了不知在哪里听过的一段诗来：草在结它的种子，风在摇它的叶子，我们站着，不说话，就十分美好。

这里没有草尖的露水，没有被阳光晒暖的门，他们也没有站着。在这个市井的小院里，面对着一桌吃剩了的菜汤，他们对面而坐，暮光昏沉。

夏初也觉得十分美好。

苏缜抬头看着小院上方靛蓝色的天空，忽然想到了什么似的，问夏初：“我记得你说过你生于初夏，所以叫夏初，那你的生日是不是快要到了？”

夏初抿嘴一笑，点了点头：“快了，我是四月初十的生日。前两天我们大人也问来着，还说要请我去侍德楼吃一顿。嗯……黄公子要是不介意的话，一起来吧？”

“蒋熙元？”苏缜暗暗地笑了笑，摇了摇头，“既是蒋大人做东，我岂有不请而至的道理，那太失礼了。”

“不是不是。怪我没说清楚。”夏初赶忙解释，“我的生日哪里有让别人请客的道理？肯定是我做东的。原本，我还想着怎么去请你呢，恰好你今天就来了。”她略带羞赧地笑了笑，“这还真……真挺巧的。”

可苏缜却仍是摇头：“我与蒋大人不熟，怕见面尴尬，倒弄得你不自在了。”

“不会的，我们大人人很好，也很好说话的。我与他提起过你，他说有机会让我引荐一下。黄公子是从商的嘛，多个朋友多条路。”夏初看苏缜不置可否地听着，也觉得自己这些话是有些傻气的，扯了这么多有的没的，反倒没什么诚意了。

思及此，她的话语便顿了顿，摸了摸鼻子，有点不好意思地说：“其实……这些倒是都不重要。”

“哦？那重要的是……”

“重要的是，我很希望你能来。”

苏缜静静地看着她的样子，侧头想了想，随即弯唇一笑，轻声应了个“好”。

转天早上，夏初到府衙去应卯，想问问蒋熙元要不要一起去百草庄。蒋熙元接了筹措钱粮的事情，哪里还顾得上案子，从书案里抬起头来时眉头都展不开。

夏初坏笑了两声：“大人忙吧，我自己去百草庄了。”

“你的脚怎么样了？”

“好多了，大人给的药实在不错。不光见效快，而且脚都香喷喷的。”夏初抬起一只脚来晃了晃，换得蒋熙元一脸的嫌弃。夏初大笑而去。

许陆驾车，夏初也坐在车厢外面，垂着脚，仰着头，半眯着眼睛轻声哼着歌。许陆悄悄瞟了瞟她，忍不住说：“头儿，你这哼哼的是什么？”

夏初稍稍加大了点声音：“宁静的夏天，天空中繁星点点，心里头有些思念，思念着你的脸……”她嘿嘿一笑，转头问许陆，“好听吗？”

许陆别开了一点脸，十分敷衍地点了下头。

“不好听？”

许陆没敢直接回答，机智地说：“头儿，你今天心情不错啊？”

“嗯。今天天气好啊！”夏初闭上眼睛，感受着迎面扑在自己脸上的微风，半冷半暖，有点潮湿的清爽。

许陆抬眼看了看天上铅灰色的云，决定还是闭嘴算了。

百草庄在西京城外二十里，过了原平山还要走上一会儿，夏初他们走到原平山附近时天开始下雨，等车行到百草庄的时候已是暴雨如注。

百草庄门口廊下两盏白纸灯被风雨打得直转悠，院墙外白纸黑字的“恕报不周”被雨打湿，已经洇开了。

雨声如瀑，雨帘劈天盖地的，一片雾白的混沌。因着丧事接待吊唁，百草庄的大门是开着的，门内，接待丧仪的下人一身素缟，都正站在檐下避雨，表情木然地看着冒雨而来的马车。

夏初隔帘看着，觉得眼前的情景多少有点悚然。

百草庄用来接待客人的堂院里也都挂了白灯，正屋用作灵堂，里面只放着个牌位，尸体应该已经下葬了。一股药草香和纸灰的味道在空气中荡着，这么大的雨都没能扑下去那浓浓的味道。

夏初与许陆沿着游廊先到灵堂里给曹雪莲上了炷香，算是基本的礼节。喻示寂身披重孝鞠躬还礼，抬起头来，脸上尽是疲惫之色。他旁边还站着一个青年男子，同样披着孝，表情却是一副不太耐烦的样子，斜着肩膀，家属还礼的时候只是十分敷衍地点了下头而已。

夏初到喻示寂身前，说了句“节哀”，却也不知道人家是不是“哀”。

喻示寂拱了拱手：“这么大的雨还要前来查案，夏捕头辛苦了。不知案子可有什么进展？”

夏初含糊其词地说了句还在查，侧头瞄了瞄旁边的男子，喻示寂一见，忙上前一步介绍道：“这是舍弟喻示戎。示戎，这是府衙的夏捕头！”

喻示戎与他哥哥长得不是很像，气质也迥然不同，眉宇间并无精明算计，却隐隐地透着股戾气。听见喻示寂介绍夏初时只是打量了两眼，“哦”了一声，又转头去看门外的雨，脚跟在地上捻着，显得有些烦躁。

“喻二公子这是要出门去？”夏初问他。

喻示戎这才转过头来，略显诧异地看了看夏初，随即皱了眉头：“谁说我要出去？”

夏初浅浅地笑了一下，摇头，没再说什么。喻示寂陪他们到了灵堂的门口，道：“二位官爷今天过来是想要问些什么？我这里现在得守着灵堂，怕是走不开……”

“哦，贵府丧仪之中我们过来问案子，确实是唐突了些。”

喻示寂惶恐地摆了摆手：“夏捕头莫要如此说。我们喻家主母遇害，还要仰仗官府为她讨还一个公道。夏捕头冒雨前来，如此尽心尽责又岂有唐突之理，我们谢还谢不过来呢。”

夏初干笑了两声：“是，你说得对，能理解就好。”

“理解，理解。”

正说着，就见沿游廊走过来一个六十来岁的男人，头发白得不多，皮肤棕黑，精瘦精瘦的，微垂的眼皮和眼角的鱼尾纹露出笑意和蔼的样子，可那隐藏在眼皮下的眼睛，却一点儿都不含糊地透着精明。

“大少爷。”那人走过来后对喻示寂颔首点头，口称着大少爷，却没有什么下人的谨慎。

喻示寂回过头去：“祥伯，您过来了，正好，府衙的人来问案子的事。”

这位喻示寂口中的祥伯便是那个王管事，论起来其实可以算是喻温平的长辈，喻示寂爷爷辈儿的人。所谓祥伯的“伯”并不是辈分称谓，而是种尊敬。

夏初从来都对老人有一种发自内心的敬畏，可能是因为自己的年纪小。在年轻的人面前，她还能仗着现代知识摄取量的优势撑一撑见识，但面对老人的时候，他们身上那种由岁月积累散发出来的厚重，直接就把她击败了。

那是一年年全凭时间打磨出来的岁月包浆，她这嫩胳膊嫩腿的根本不够看。

祥伯拱手见礼，笑容可掬：“辛苦二位官爷了！老朽是这百草庄的管事，别的本事没有，就是仗着年长对这庄子里上上下下的人和事还算清楚，您有什么想问想查的，我一定知无不言。您这边请！”

“多谢祥伯！”夏初道谢，随着他去了堂院的东厢房。转过游廊的时候，夏初又回头看了一眼，见那喻示戎正走到了门口与喻示寂说话，喻示寂似乎很是不悦，用手指了指他，甩袖走进了灵堂。

喻示戎低头骂了一句，脸色很是气恼，抬眼时看见夏初正瞧着他，便也走回了灵堂。

由于距离远，雨声大，夏初根本什么都听不见。唯一能断定的，就是这兄弟二人的关系不怎么融洽，就像她之前与许陆分析过的那样。

进了屋，看了茶，主位的两张椅子空着，夏初和许陆落座一侧，祥伯坐在他们的对面，扶着膝盖，稍稍往前倾着身子，姿态放得略低。

夏初下意识地要摆出恭敬的态度，但转念一想，她这是在问案子，不是重阳节敬老慰问来了，虽不必趾高气扬恶形恶状，但腔调还是很重要的。于是便坐直了身子，端起茶来静静地喝着。

祥伯笑了笑，好似了然夏初的那点小心思，开口问道：“二位官爷，可有什么老朽能帮上忙的地方？”

夏初这才放下茶盅，问他：“祥伯，您在百草庄多少年了？”

“哟……”祥伯以老人特有的姿态，仰头叹了口气，“我十二岁进的庄子，十六岁开始跟着老爷子跑买卖。说起来，得有五十年了。”

“看来喻家对您不错。”

“呵呵，老爷子是个好人啊，可惜去得早了。东家人也不错，还能念旧情养着我这把老骨头，我就知足了。”

夏初笑意淡淡地听着，点头道：“祥伯您这是客气，您现在还在帮着打理百草庄和广济堂的生意呢，喻家上下对您都尊敬得很。”

“哦……”祥伯微微愣了一下，又呵呵地笑着，“官爷，说是那么说，还是那句话啊，东家念旧情，可我不能倚老卖老不知道自己的斤两。您说是不是？”

夏初抿嘴一笑，含糊点头，端起茶碗来又喝了口茶，放下茶碗后也不再兜圈子了，直截了当地问：“主母曹氏……这个人素日里与别人相处得如何？”

祥伯垂下眼皮叹了口气，缓缓地说：“夫人嫁到庄里三年了，一直都安安静静的，说话轻声细语，家宅管得也是清爽利落。平日里啊，夫人对东家是嘘寒问暖，对下人也从不责骂，唉，好好的一个人……”

贤妻良母的典范啊！

“她与妾室、前房儿女相处得也都和睦？”夏初问道。

“我瞧着是挺好的。”祥伯点头，“这大少爷二少爷也都不是小孩子了。而且夫人性子静，不与人起口角的。”

“这样啊。”夏初慢慢点了点头。心说要是这么一个没有破绽的贤妻良母，怎么就自己进城偷偷去了广济堂，还被人杀了呢？

夏初不着痕迹地打量着这位祥伯，觉得事情只有两种可能：一个是这曹雪莲有什么事藏得比较深，祥伯根本不知道；还有一种可能，那就是祥伯在和稀泥。

“祥伯，您最后一次看见喻夫人是什么时候？”

“应该是四月初一吧。嗯，对，是四月初一。东家是头天中午走的，第二天上午吃过早饭，我在庄子门口碰见了夫人，她跟我说要回娘家去看看。”

“可据我们所知，喻夫人并没有回娘家。”

祥伯抬眼皮看了看夏初，略显为难地说：“这个现在我们也知道了，但夫人确实是这么跟我说的。”

“那你们夫人有没有说她回娘家要住多少天？四月初一到发现尸体的初五，要说时间也不算短了。家里没人问过吗？”

祥伯说着，又叹了口气：“说起来也确实是我失职了。这雨季到了，我这老胳膊老腿的总是酸疼，也是懒怠了，想着只要东家回来之前去请夫人回来就行了。谁想到会出这样的事情……”

“你们东家什么时候回来？”

“原定是四月中下旬。唉，出了这么大的事，真不知道要怎么向东家交代。”祥伯抖了抖手，一脸的愁云。

夏初觉得祥伯好像滑得像颗滚了油的珠子，捏不住。他态度不错，话也说得不少，却感觉没什么有用的内容。那皱纹堆垒却永远带着微笑的沧桑面容，让夏初对他的微表情无力解读。

夏初想见一见喻温平的妾室兰燕儿，祥伯拍了下腿："不巧，兰姨娘这两天染了风寒正发着烧，您刚才也瞧见了，她连灵堂都没去。怕是不方便啊……"

"那确实是不巧……"夏初揉了揉额角，"祥伯，广济堂后门和待客厅的钥匙，现在有几把？我们方便看一下吗？"

祥伯点了点头，从腰间把一串钥匙解了下来递给了夏初，又指给她看哪一把是后门的，哪一把是待客厅的。夏初把钥匙攥在手里掂了掂："听说喻大少爷那里也有，能顺道给我们看一下吗？"

祥伯笑了一下："当然，您稍等，我去给您取来。"

趁祥伯离开的工夫，夏初又仔细地看了看钥匙的各个缝隙，没发现什么蛛丝马迹。不一会儿祥伯去而复返，手里又拿了一串黄铜的钥匙来。

"这串钥匙看上去很新啊。"夏初抬眼看着祥伯问道。

"我这串都用了十多年了，大少爷的这串是接手生意后新配的。"

"就这两串？"

"东家那里还有，应该是随身带走了吧，这个我就不方便去找了。"

夏初点点头，把钥匙还给了祥伯："四月初一的时候，二位少爷可都在庄子里？"

"哟，官爷，这个我倒是没亲眼瞧见，也不好跟您乱说。那两天下雨，我这腿疼得一直在屋里歇着。这少爷是不是出门，也用不着知会我这下人不是？"

夏初与许陆对视了一眼，都觉得有点无奈。夏初琢磨了一下，索性放弃跟这个老头在这里打太极了，直接让他请喻示戎过来问话。

等了好一会儿，喻示戎才晃晃荡荡地走进来。进了屋后，他只是瞥了夏初一眼，就往主位上懒散地一坐，又吆喝着下人给他添了盏茶来。

"大雨天的，你们也真不嫌麻烦。"喻示戎开口的第一句话就带着浓浓的不屑。

夏初不以为意地笑了一声："怎么不嫌麻烦？当然嫌麻烦，谁让我们没那么好的命像喻公子生在富贵人家呢。得靠这份工生活。"

"哟嗬，现在衙门的人都挺会说话啊。"喻示戎这才正眼去看夏初，仔细打量了一番后，歪嘴一笑，"夏捕头？大名如雷贯耳啊，想不到是这么清秀的一个小哥儿。"

"怎么说话呢？"许陆呵斥了一声。

喻示戎往后一仰，吊着眼睛看许陆："怎么说话？我这是在夸你们捕头呢，错了？"

夏初冲许陆摆了下手，问喻示戎："我们来查喻夫人的命案，喻公子这么不耐烦？是与喻夫人的关系不好？"

"哪里看出来的？好着呢。"

"不像。"夏初摇头笑道，"你是庶子，令尊续弦娶了个年轻的夫人，压了你母亲一头，你与她关系好还真是难得。"

喻示戎十分不屑地"扑哧"一笑，跷起腿来抖着："夏捕头就甭操心我们的家务事了。你要问我什么就问，反正她不是我杀的。"

"我也没说是你杀的。"夏初讪笑了一声，换了个口吻问道，"喻公子，四月初一的时候你在什么地方？"

"我去泰广楼听戏了。"

"四月初一的时候，喻公子见过喻夫人吗？"

喻示戎抿了口茶，从茶碗边沿瞄了夏初一眼："没见过。我说了，我听戏去了。"

"噢。那喻公子还记得是什么戏吗？"

喻示戎把腿放了下来，往前倾了倾身子，轻蔑地一笑："你这是怀疑我呗？我听的红鬃烈马。怎么着，不信的话我给你唱一段？"

夏初摆了摆手："例行问话而已，喻公子不用这么急着辩白。再请问一下，那出戏是什么时辰演的？"

"上午。噢不对，中午，午饭之后。"

"喻公子你当天与什么人在一起，或者见过谁吗？"

"没有。我自己去五丰楼吃的午饭，出来就去看戏了。不信你去问五丰楼的店小二，不过人家记不记得我就不知道了，都这么多天了。"

"下雨天儿的自己去吃饭、看戏？喻公子兴致不错啊！"

"有谁规定下雨天不能看戏的？泰广楼人多着呢！"喻示戎的脾气有点上来了，"我自己一个人怎么了？没人给我做证，你们是不是就认为是我杀的人啊！"

夏初有些反感他的这个答话方式，垂眸摆了摆手："再说一遍，这是例行问话。你说的这些情况，我们会去核实的。"

"核实去啊！以为我怕你们是吗？"喻示戎"嘁"了一声，"你们府衙不是号称断案清明吗？断去呀！我又没杀人，怕你们啊？"

夏初有点恼，皱了皱眉："看过戏之后呢，喻公子又去过什么地方吗？"

"回家了。晚饭在家吃的。"喻示戎哼哼一笑，横着眼睛看看夏初，"问完了没有？"

"你大哥与曹雪莲的关系如何？"

"我们阖家欢乐，都好得很，甭费劲套话了。我说，到底问完没有？"

"喻公子这脾气很急啊，还是有什么急事？"

"跟你有关系吗？"喻示戎把手里的茶盅往桌上随手一扔，站起身来。

"行吧。喻公子要是知道什么、想起什么，万勿对府衙有所隐瞒。纵然喻公子不喜继母，但总是事关你喻家声誉的。"

"哟，我可没说我不喜欢继母，少他妈绕我！曹氏年轻漂亮又温柔安静，我们可喜欢得紧呢。"他话尾轻声挑起，还冲夏初挑衅似的挤了下眼睛，"漂亮的谁不喜欢？"

夏初厌恶地转过头："喻公子忙去吧，多谢了！"

中

女捕头

爱默丁◎著

北京联合出版公司
Beijing United Publishing Co.,Ltd.

目录

第十一章 远近皆不是

问过了喻示戎，夏初又请来了喻示寂。喻示寂说的与那天在广济堂的情形差不多。他说他四月初一那天一直在家，下着雨又没什么事，用过了早饭便回房歇着了。

“也就是说，上午的时间里并没有人在家中看到过你？”

“夏捕头可以去问问内人，她是知道的。小儿夜啼，成夜睡不安稳，白日里也就懒怠了一些。家父不在，偷个闲。”喻示寂坦然答道。

夏初为难。喻示寂的夫人还未出月子，这下雨天儿的当然不能愣让人过来问话，而自己又是个男装打扮，去家宅内院更不合适。

问祥伯，祥伯便找了个折中的法子，把喻示寂院里的丫鬟佩兰找来问了问，佩兰说喻示寂用罢早饭就去书房了，与喻示寂说的出入不大。

夏初对这种自家人的口供将信将疑，那佩兰回话也只是低着头，说得倒是很平顺，瞧不出什么端倪来。既无破绽，便只得先这样过去了。

问过了喻示寂，夏初起身走到门口的廊庑下，深吸了两口气，纾解一下自己郁闷的心情。

“头儿，要不然搜一搜百草庄吧？咏绣春的崔大花不是说有个人穿着密州锦的衣服吗？搜到那件衣服，至少可以拿个人回府衙审问，多少还能有点进展。”

“是可以搜，但目前，我觉得没用。”

“为什么？”

"确实是有一个男的进了百草庄，关于那个男的，现在有三种可能性：第一，曹雪莲在他到达之前已经死了；第二，曹雪莲是被他杀的；第三，曹雪莲在他离开之后被杀。对吗？"

许陆想了想后点点头。

"如果是第三种，那么他根本什么都不知道；如果是第二种，他的衣服上一定会有大量的血迹，那件衣服肯定已经不在了；如果是第一种，则他应该根本进不去广济堂，除非他撞见了凶手是谁。"

"也许就是这种可能呢？带回府衙审讯，正好让他说出凶手是谁。"

"假设是他撞见了凶手，但他既没有呼救也没有报案，那就说明他想要替凶手隐瞒罪行。既然如此，又怎么会轻易开口？没有证据，光凭刑讯逼供，打出来的话你又知道是真还是假？他说是谁你就抓谁吗？抓来再接着打？"

许陆不说话了。

"况且我最反对刑讯，你是知道的。"夏初顿了顿，又道，"想从那衣服入手，倒不如一家家地去查订货单子，那料子既然贵，十有八九是量身定做的。不过这个工作量有点太大了，西京少说也得有百十来家成衣铺子，得从去年查到今年，而且咱们现在根本不知道那个人是谁。"

"那倒也是。"

"这个线索可以先放着，等有了大致的目标再去查还有可能。"

夏初仰头看着天，雨已经小了不少，变得有些绵密起来，看样子应该还会下上一阵子，回城都是土路，泡软了肯定很难走了。

难走……

"哎！"夏初拍了一下廊柱子，"笨啊！差点儿把这事儿给漏了。"

许陆还沉浸在对那个神秘男子的猜测中，被夏初惊了一小下，忙不迭地问："怎么了？头儿，是想到什么了吗？"

"马车啊！"

曹雪莲说要回娘家，虽然没有带着自己的丫鬟，但肯定是要坐马车的。她去了哪里，别人不知道，车夫肯定是知道的。

夏初又找来了祥伯，让他把四月初一带曹雪莲进城的车夫找来问话。那车夫姓周，叫周全，是个二十来岁的男子，浓眉大眼面皮黝黑，看上去十分憨直，见了夏初和许陆便口称大老爷，撩袍要跪，让许陆赶紧给拦下了。

"周全，四月初一的时候是你送你们夫人进城的？"

周全一边点头一边“嗯”了几声：“是，夫人进城一般都是我送。”

“那天你是送你们夫人回的娘家？”

“没有，那天夫人让我送她去的延福坊。”

“延福坊？延福坊什么地方？”

“就到延福坊东南角的巷子口。”周全回想了一下说，“夫人说要买点东西给娘家捎上，我就说驾车送她过去，那天下雨嘛，路不好走的。夫人说不用，她说那儿离她娘家很近了，买完东西她自己走过去就行。让我先回来了。”

“她以前也是这样吗？”

“以前啊……好像没有吧，都是直接到曹家门口的。”

“那你呢？你送她到了延福坊之后，就回百草庄了？”

“对啊。”周全理所当然地点点头，“我就驾车回来了，回来正赶上开饭。”

夏初无奈地笑了一下，追问道：“那你就不觉得奇怪吗？”

周全眨眨眼睛，摇头：“夫人想自己走回去啊，我也说了要送，夫人没让啊。”

夏初无力地点了点头，心说这个周全真是一点好奇心都没有，放到现代也是一块给领导开车的好材料，什么都不走心，真安全。

“那你还记得到延福坊的时候大概是什么时辰吗？”

“大概是辰时过半吧，那天下雨路上不太好走，车驾得慢。”

“你看见你们夫人下车后往哪个方向走了吗？”

周全斜着眼睛一边回忆，一边还用手指在虚空里划拉：“左西右东……嗯，看样子是往东边的四方街去的。”

问过了周全之后，外面的雨也基本停了，夏初与许陆从百草庄告辞回城。

初夏雨后的空气里饱含了清爽的水汽，微风吹来泥土和青草的香气，有一点点凉。天空仍是有些低垂的，乌云将破未破，被阳光镀了一圈的金边，泻下的日光如芒，丝丝缕缕地照在松林茂盛的原平山，还有已经长出青茬的麦田里。

夏初坐在许陆的旁边，跷着一条腿，随马车一起一伏地颠簸。她把帽子摘了下来，迎风甩了甩自己的一头短发，舒服地叹了口气。刚刚在百草庄收获的一腔郁闷，也纾解了很多。

车子不快不慢地走过五里亭，眼看安化门在望时，就见从城里方向一匹快马驰骋而出，带起一串松软的泥土来。马上一人呈虚坐状态，身子前倾，单手持缰，另一只手扬鞭打马，姿态甚是潇洒。

许陆和夏初愣愣地看着那匹马越跑越近，嗖地就从他们的马车旁边奔了过去。两人对视了一眼，许陆道：“我怎么瞧着那人像是蒋大人？”

“你瞧着也像？我还以为是自己眼花了呢。”

静默了片刻后，许陆猛地把马车勒停了，夏初撑着车板跳下车，往那匹马的方向看过去，却见那匹马也停了下来，正在原地打着转，颇为踌躇的样子。

夏初乐了，双手拢在嘴边，深吸了一口气，铆足了劲儿喊道：“蒋大人！！！”

那匹马立刻就不转了，一调头，又疾驰了回来，一直跑到夏初跟前才停下。蒋熙元从马上俯身看着夏初：“刚才一晃而过，我还以为自己看错了。”

“大人这是干什么去啊？”

“去百草庄找你们去，怎么，已经都问完了？”

“嗯。”夏初点点头，“大人你不是忙公事呢吗？怎么跑出来了？”

“把事情安排下去了，抽点儿时间出来，想看看你们这边的进展。紧赶慢赶的，还是没赶上。”蒋熙元眼睛笑成一个弯儿，伸手摸了摸夏初细细软软的头发。

“嘿！大人真敬业，属下佩服。”夏初转头去看蒋熙元那匹漂亮的白马，马也正弯着脖子看着她，大眼睛、长睫毛，瞧着就那么善良可爱。

“怎么样？有收获吗？”蒋熙元从马上跳了下来，掏出几块饴糖来放在夏初手中，又抓着她的手腕送到了马的嘴巴旁边，白马嗅了一下，伸出舌头来把饴糖舔走了。

夏初的手心被白马软软舔过，禁不住嘿嘿地笑了两声，随后一边摸着白马的鬃毛，一边说：“收获肯定是有的，不过疑问也多，回去还得再整理整理笔录。”

“你会骑马吗？”

夏初摇摇头：“没骑过。”话虽如此说，蒋熙元却见她眼睛晶亮，一脸的跃跃欲试，于是便笑了笑，抓住白马的嚼口冲夏初扬了扬眉毛：“上马。”

“好嘞！”夏初巴不得他说这一句，生怕他反悔似的小跑着绕到鞍子旁边，扶住马鞍脚踩着马镫就往上蹿。

蒋熙元个子高，马也高，夏初蹬得有点吃力，蒋熙元好心想要帮她一把，结果手刚挨到夏初的屁股，夏初就像触了电似的，噌一下就坐到了马鞍上，回头冲他龇牙：“不要乱碰！”

蒋熙元的手还支在半空，呈一个托碗的状态，被夏初斥了这一句后有点没反应过来，愣愣地看着她。

夏初被他看得尴尬起来，扭头去抖缰绳，嘴里还“驾驾”地喊着，想赶紧跑远点，可白马一点面子都不给，甩了下飘逸的鬃毛，低下头去嗅路边的草。夏初使劲拽着缰绳让它抬头，一来二去的，一人一马就扯上了劲儿。

蒋熙元轻嗤了一声，上前拍了一下白马的脖子，白马立刻把头仰了起来。

“前脚掌踩实马镫！腿夹紧！腰挺直！握紧缰绳！”蒋熙元矫正了夏初的姿势，等夏初刚刚坐直，他便一巴掌拍在马屁股上。只听得夏初一声轻呼，白马往前一蹿，颠颠地跑了起来。

蒋熙元乐呵呵地看着，然后坐在了许陆驾着的马车上：“走吧，跟着点。”他的注意力都在夏初身上，完全没注意到旁边许陆那意味深长的眼神。

白马奔跑的速度不快，这让夏初从紧张中迅速地稳定了情绪，风凉凉地从耳畔掠过，仿佛是找到了策马驰骋江湖般的快意，瞬间觉得自己侠气十足。

跑了一会儿后，夏初胆子大了一点，于是试着抖了一下缰绳。白马挺了一下头，加快了些速度，夏初得意地抿嘴笑了笑，犹嫌不足，继续抖缰绳，扬声喊了个“驾”。

缰绳勒得很松，白马又得了驱使的命令，于是彻底撒开蹄子跑了起来。

马往前一蹿，夏初的身子便大幅度地往后仰了过去。她惊叫了一声，手中的缰绳勒紧，勒得白马仰起头来。可它才刚撒了蹄子跑起来，不肯停，原地抬了下马蹄子，又继续向前狂奔。

夏初一下子就慌了，以前从书上电视上看见的那些骑马的理论知识忘了个一干二净，手里的缰绳也忘了勒，只是凭本能地双腿夹紧了马腹。还好她练过散打和跆拳道，腿部的力量还不错，险险地没掉下来。

可这一来，白马跑得更欢了。

夏初都快哭了，往前俯着身子，手死死地抠着马鞍，冲着马说道：“吁吁吁！吁一下，吁——！停，停车……”

白马没理她。

蒋熙元坐在车上看着夏初骑着他的白马绝尘而去，对许陆笑道：“夏初骑马还挺有天赋，上马就能跑起来，不错。”

许陆也点点头：“头儿做什么都有模有样的。”

两人的马车走得比白马慢很多，眼瞧着夏初的身影越来越小，许陆眨眨眼：“瞧着不太对啊，大人。头儿怎么坐得歪歪扭扭的，马跑那么快，不会摔下来吧？”

正说着，蒋熙元就听见远远的一个声音传来：“大人！救命啊！”

蒋熙元噌地就在车板上站了起来，手指按在唇边打了个响亮的呼哨。已经跑远的白马猛地停了蹄子，转过头来。

夏初长舒了一口气，这口气还没喘匀实，白马转了身四蹄奋起，像见了主人的小狗似的，狂奔着冲蒋熙元跑了回来。

蒋熙元就听见马背上的喊声由远及近，夏初的面孔渐渐清晰，那张脸已经快跟白马一个颜色了。

蒋熙元撩起长衫下摆，提气一点车板跃向白马，抓住缰绳后一个翻身就坐在了夏初的身后，单手扶住夏初的腰，另一只手接过缰绳来勒紧，白马缓下速度，最后在马车边上停了下来。

夏初两眼直勾勾地看着前方发愣，手脚发软，掌心发麻，指甲因为抠马鞍抠得太紧，劈了好几个。

“你怎么把缰绳松了？”

“我……我哪还记得什么缰绳啊。”夏初把手覆在脸上，抹了把冷汗，这才喘匀了一口气，“吓死我了。”

蒋熙元笑了笑，摸了摸夏初的头顶：“没事没事。”说着又把缰绳递进夏初的手里，“抓紧缰绳，我教你怎么骑。”

夏初触了电似的把缰绳一扔，喊道：“还骑？！我可不骑了！”

蒋熙元大笑起来，揶揄道：“就这点儿胆子，跟个小姑娘似的。”

夏初一听，也不知道是急于掩饰自己的性别还是被激起了好胜心，伸手又重新拉过缰绳：“谁跟小姑娘似的！再来！我还就不信了……”

许陆瞪大了眼睛，看着蒋熙元坐在夏初身后，一会儿拍拍她的腰，一会儿扶扶她的胳膊，驱着白马在这雨后的官道上跑过来跑过去。

虽然夏初之前有过撇清和警告，但许陆还是一点都不想说服自己将这俩人看作单纯的上下级关系，只是默默地把这事儿记在了心里，盘算着能从刘起那儿坑出几顿饭来。

夏初身体的协调性很好，学东西也快，没一会儿就大致摸到了门道，等蒋熙元松开手让她自己驾马跑了几圈后，她又好了伤疤忘了疼地把蒋熙元轰下了马去。

白马在夏初的驾驭下，开始匀速地往安化门跑，蒋熙元坐在马车上，像看着雏鸟展翅的老鸟，欣慰中带着一点怅然若失。他觉得夏初学东西很快，这很好，但又暗暗地失落她学东西为什么这么快。

手里残留着刚才扶着夏初腰部时的触感，眼前闪着夏初白嫩的耳根，软软的耳垂。她短发里散发出来的清新皂角味道，有一点暖，在鼻尖萦绕不去。

也不是天香国色，也不是娇媚如丝，也不是馥郁如兰。蒋熙元却觉得自己留恋得不得了，心口滚烫而紧张着，跳动有力。

他在回过神来的时候才意识到自己在笑，思维重又捋过自己刚刚的情绪，笑容忽然就僵硬地凝固在了脸上，一股寒气蹿上了脖颈。

这感觉不对啊！这感觉太不对了！

夏初从马上远远地回过头来，冲他挥了一下手：“大人！城门到了。”

蒋熙元跟做了亏心事儿似的，迅速地转过头去，无目的地张望，耳朵却支起来去听夏初要说什么。可夏初说完那句之后，就没了声音，他等了一会儿才敢转回头去，目光虚虚地掠过夏初的背影，默默地对自己念叨：我不是断袖，我不好男风，夏初是我的下属，夏初是我的朋友，我不是断袖，我不好男风……

一直到了府衙门口，夏初勒停了马，踩着上马石从马背上跳了下来。虽然后面骑马骑得很顺利，但毕竟也是紧张的，这一下马就觉得腿和胳膊还是有点发软。但是，很过瘾啊！

“大人，我骑得还不错吧？”夏初带着一丝得意，冲蒋熙元笑了笑，粉红的嘴唇弯成弧，露出洁白整齐的牙齿，还有颊边浅浅的小酒窝，笑得蒋熙元心理防线溃败。

蒋熙元瞄了她一眼，急匆匆地掠过她的身边，快步走进了府衙的大门。夏初纳闷地看着他的背影，转头问许陆：“大人这是怎么了？”

许陆缓缓摇头：“不知道，从进了城一句话都没说过。大人的心思，吾等小卒不好揣测。”

夏初耸了耸肩，把马交给府衙的门子，也跟着走了进去。蒋熙元一路直奔自己的书房，等到了门口一回头，发现夏初跟在他的后面，心里一惊，好像自己的什么秘密被发现了似的，大声道：“你要干什么？”

夏初愣了愣：“汇报今天去百草庄得到的线索啊。”

“着急吗？”

夏初哑口无言地看着他，不知道如何作答。蒋熙元避开她的眼神：“我忙得很，京畿筹粮抽税的事很多，案情你去跟许陆说吧。”说完就像逃开什么怪物似的，拉开门钻了进去，把夏初关在了门外。

跟许陆说？她今天就是跟许陆去的啊！

夏初摸摸鼻子，回想了一下，也没觉得自己今天哪儿得罪了蒋熙元，他这是怎么了？琢磨了一下还是完全没头绪，她只好转头走了。

蒋熙元听着夏初离开的脚步声，松了口气，步履缓慢地走到书案前坐下，拿起放在案上的文书却又直直发愣。安静的书房里，满耳都是自己咚咚的心跳声。

夏初的心比较宽，回了捕快房吆喝上几个捕快一起去食堂吃饭，一边吃着，一边说着案子。

“周全说曹雪莲是在延福坊东南角下的车，往四方街的方向走的。你们谁比较熟悉那边？跟我先说说。”

“我知道！”武三金使劲地嚼了几口，把嘴里的馒头咽下去，“我姐姐家就在延福坊，东南角往四方街的路上有个牌楼，那条街上基本都是住家，有几家皮硝打铁之类的小商户，但拐到四方街那边商家就多了。”

夏初咬着筷子头想了一下，道：“你们怎么看？”

王槐抢了话说道：“会不会是曹雪莲趁着自家老爷不在，偷偷地出门跟情人私会去了？就像上次那个刘樱，不也是因为私会被人杀的吗？”

“不对不对。”许陆摆摆手。

“怎么不对了？”王槐不服。

“她要是跟人去私会，还去广济堂干什么？就好好地私会不就完了？”许陆放下手里的馒头，掰着手指头说，“周全把曹雪莲送到延福坊的时间是辰时过半，崔大花看见那个神秘男人的时间是巳时过半，当时广济堂的后门已经开了，中间不过一个时辰的时间，这段时间怎么看都不像情人私会。”

武三金闷声地嗯了嗯：“我觉得许哥说得有道理。”

王槐梗了下脖子：“那广济堂后门开了难道就能证明是曹雪莲已经在那儿了？没准是别人呢？”说到这儿，王槐眼神一亮，有点兴奋，“会不会是这样……”

“哪样？”

“喻家有人欠了别人的钱，想偷家里的现银还上，于是偷溜进了广济堂后院。那个穿灰衣服的神秘男子就是债主，他是应约去拿钱的，所以他到的时候门是开着的。曹雪莲私会之后路过永平坊，看门开着就进去一探究竟，正好看见了有人偷钱。那个偷钱的惊慌之下就把曹雪莲杀了扔在银窖里。”

王槐把自己猜测的主要内容说完之后，又声情并茂地加入了现场角色的演绎，一会儿捏着嗓子学女声，一会儿横眉立目地扮凶手。

旁边几个人一边吃一边听，津津有味。

王槐说完了自己的推测之后，兴奋地问道：“头儿，头儿！怎么样，我猜测的有没有道理？”

夏初笑了笑，看着另外几个人：“你们觉得呢？”

武三金点点头：“听着好像也挺有道理的。”

许陆还是摆了摆手：“不对，不对。”

“嘿！我说你小子成心跟我抬杠是不是？怎么又不对了？”王槐被他浇了冷水，愤愤地说。

“咱就算曹雪莲是私会去了，那她私会完了去哪儿？要么就是回娘家，因为她跟家里说的是回娘家嘛，要不然呢就是回百草庄，但不管去哪儿，从延福坊出来都不会路过广济堂的。她去广济堂干什么？”

“嗯嗯。”武三金又点点头，“是，我觉得许哥说得有道理。”

王槐拍了武三金一下，气道：“又有道理！什么都有道理，你有没有个准儿！”

夏初吃完了饭，抹抹嘴揉了揉肚子：“许陆说得有道理。曹雪莲为什么要去广济堂仍是个最大的问题。现在能肯定的是，她去广济堂之前去了延福坊，这两个点之间相隔得并不远，所以，时间上应该是连接起来的。”

王槐很失落地点了点头，不甘心地瞄了许陆一眼。夏初冲他笑了笑：“王槐你说得也不错，但是没解决核心问题。蒋大人早就说过，她去广济堂的原因很可能就是她被害的原因，找到原因就能摸出凶手。现在呢，这个原因没人知道，或者说有人知道却不肯说，所以，接下来就要辛苦大家了。”

“排查延福坊？”许陆问。

“对。”夏初无奈地摊了摊手，“没办法，只能使拙力气，一家家地去问了。曹雪莲穿的是锈红色如意纹的襦裙，米色上装。”

“长什么样子？”王槐问道。

夏初一窒，长什么样子她还真不知道，莫说她没去看那巨人观的尸体，就是看了也是不知道的。想到巨人观，夏初的胃有些许的不舒服，蹙眉叹了口气。

“头儿……”一直在旁边没说话的郑琏开腔道，“我记得杨仵作说，银窖里还扔着一顶帷帽，应该是曹雪莲的吧？她如果戴着帷帽，问长相就没用了。”

夏初一打响指，赞许地指了郑琏一下：“对！你不说我差点儿忘了。就这样，锈红色如意纹襦裙，米色上装，身高五尺左右，头戴帷帽。兄弟们，一家家地问吧！”

夏初让许陆带了一班捕快去了延福坊，她自己则去泰广楼的戏院和五丰楼验证一下喻示戎的证词。

原本她想去问问蒋熙元要不要一起去的，也顺便把案子的进展跟他说说，快走到蒋熙元的书房时，夏初却又转头走了。

他正忙着，而且司法参只是他的一个兼任，自己能解决的问题牵扯他太多时间、精力也是不好的。所以想想还是算了。

泰广楼离西市不远，是西京城里最大的戏楼，有不少名角都是在这里唱红的，属于古代星工厂。现在景国最红的角得有一半在泰广楼驻场，只要是开戏的日子，都是门庭若市的。

西京的东市，商铺以档次高消费高的大商户为主，而西市，则是以异国商品铺子和茶楼酒肆为主，很大程度上是由泰广楼的周边消费带动起来的。

比如，西市的茶楼酒肆都有两层，且靠窗的位置都安的是大开的窗户，就是因为那些名震京师或扬名全国的名角儿会从西市的路上经过，有不少戏迷戏痴不吝花大笔银子买这样一个位置，就等着看名角儿们的马车从自己眼皮子底下过去。

夏初去的时候，泰广楼所在的巷子里站满了人，对面的酒楼上沿窗户探出一溜的脑袋来，但整条巷子里却没有什么声音，看上去有点恐怖。

夏初左右张望了一下，对旁边的一位中年人拱了拱手："这位大哥，这是干什么呢？"

"小点声。"那位大哥急忙摆了摆手，"这听戏呢，你别吵吵，回头当心挨骂。"

"听戏？"夏初纳闷道，"听戏不进戏楼子，站在外面干什么？"

"这不是进不去嘛！"大哥一拍大腿，跟丢了几百两银子似的，"月筱红的戏，估摸着里面站得连个弯腰的地儿都不剩了，我们这挤不进去的，只能站外面听点西皮流水的音儿了。"

"月筱红是谁？"

大哥一听，鄙夷地看了一眼夏初，挥挥袖子，连跟她说话的兴趣都没了："得得得，您该干吗干吗去吧，别在这儿搅和我了。"

夏初挠挠头，扫了一眼巷子里的人，心说这古代人追星的劲头可真一点儿不比现代人逊色啊！

她小心翼翼地绕着人群往泰广楼门口走去，抬脚刚上了台阶就被人拦住了："这位，里面没地方了，您要听戏改天请早吧。"

"噢，我不听戏，我就是跟您打听一下，四月初一您这泰广楼上是什么戏？"

那人奇怪地看了看她，皮笑肉不笑地说："这真奇了，还有人打听之前演的戏呢。”

“这么多人在外面杵着就为了听点锣鼓的音儿，我还觉得奇怪呢。”夏初笑道，“得了，劳您驾告诉我一下吧，四月初一的戏码。”

“四月初一啊，上午是一出武戏《九龙杯》，下午演的是《红鬃烈马》。成了吗？您还有哪天的老戏码要问？远的不说，这一个月的我都能告诉您，反正我这儿闲着也是闲着。”

“还真是《红鬃烈马》啊……”夏初自言自语地说。那看门的听见了，不禁嘿嘿地一乐：“合着您这是考校我来了？答上来了有赏钱没有啊？”

夏初摆摆手，向他道了谢之后又挤出了巷子，心说这看门的真贫。

泰广楼的巷口就是五丰楼，夏初进去打听了一圈儿，但是没人记得喻示戎。这倒也不奇怪，酒楼每天迎来送往的那么多人，六七天前的食客，如果没闹出点事儿来谁会记得呢？

夏初的脚还没好利索，走了这半天又开始有点疼了起来。此时眼瞧着时间也不早了，她索性也不回府衙了，慢慢悠悠地往家走。

从西市回家的路上，夏初寻了个做小面的摊子，要了一碗面和一碟小菜打发晚饭。吃过饭结了账，刚起身出了面摊的布棚，就见一个人从她眼前走了过去。

夏初起先没在意，回想了一下又觉得眼熟，转头看那背影倒觉得有点像广济堂的柳大夫，身上还背着个游方郎中似的褡裢，走过去一段后在一个挂了灯的门前停了下来。

那门开着，柳大夫驻足往左右看了看，紧接着门里走出一个青年男子来，与柳大夫笑言了两句，便请他进去了。

夏初琢磨了一下，缓步走过去看了看，只见那门上有一道石匾，刻了三个字——知意楼。

门里门外来往的都是男子，传出来的也是欢声笑语。

只稍稍猜测，便知这地方约莫就是传说中的南风馆了吧。

夏初回转小面摊子，向那摊主求证了一下。那摊主看着夏初频频点头，却笑得意味深长的模样，弄得夏初心惊，赶忙跑开了。

其实她倒不是吃惊南风馆，而是吃惊柳大夫会去南风馆，这与柳大夫其人留给她的印象实在是大大不符。只不过夏初看他身上挂着个褡裢，也没准是去给南风馆里的小倌诊病去了？可是从时间以及刚才迎他进去的那个男子的表情判断，却又不太像。

她在附近踌躇了一会儿，还是没敢进去，只好将这事儿记下来，改日再差人查一查了。

到了家门口正掏出钥匙来想开门，就见锁上挂着个巴掌大小的蛋青色锦缎袋子，两条精致饱满的丝线穗子随微风轻摆。

夏初好奇地解下来捏了捏，手感像是个小小的瓷罐子，还有一张纸。她心头一跳，一种抑制不住的期盼涌上心头，又没敢立刻打开一看究竟，生怕自己自作多情地想错了，倒宁可答案揭晓得再晚一点儿。

夏初开了门进院，又闩好门闩，进厨房里烧了水，又洗了手抹了脸，再去点上灯。那个锦缎袋子始终在院里的小石桌上放着，她每路过一次就看一眼，却一直憋住了劲儿没去碰。

直到再没什么可以做的了，夏初才坐到石桌旁边，小心翼翼地解开了袋子的扎口。袋子里装的是一个月白釉的小罐子，用天青色的八股丝线拧成绳，交叉打结勒紧了盖子，成结处还有一粒糯白的珠子，素雅又精致。

夏初又把袋子里的纸抽了出来展开，一看，满心的期盼便都落到了实处。短短一行清隽小字，落款依旧是一个“黄”字。

“罐中药膏于跌打扭伤有奇效，祝早愈。”

一行字，夏初反复地看了几遍，这才妥善地重又叠好，把瓷罐上的丝绳解下来，打开罐子闻了闻。

药膏的味道有点凉凉的，馨香淡淡。夏初又闻了一下，起身到屋里把蒋熙元给他的那罐药膏也拿了出来，两边比较了一下，发现味道是一样的。

“大人你这个骗子，不是说是御赐的吗？”夏初小声嘀咕了一句，歪着头想了想，心说这黄公子家会不会是皇商啊？那也难怪有钱。

夏初把鞋袜脱下来，倒水洗了脚，被轧过的地方还有些紫胀，不过已经好了很多了，看来这药膏的确是有奇效。她看了看桌上的两罐药，最后还是选择了苏缜给的那罐，挖出一些来抹在了伤处。

夏初把那天青色的丝绳打了个结，在手腕上绕了两圈做成个手链，小珠子轻轻地贴在腕子上，凉凉的。微风吹过，葡萄叶子抖了抖，不知是哪处的槐花香随风潜入，她仰起头嗅了嗅，似有淡酒滑过心头，熏得人心似醉。

第二天，蒋熙元得了召见进宫。在御书房里把筹粮钱的工作进展汇报了一下。苏缜认真地听完后甚是满意，让安良端了茶点给他：“熙元，看你这眼下乌青的，想必是为这事颇费辛苦。”

蒋熙元起身称不敢：“臣在其位谋其事，应当应分，岂有称辛苦的道理。”

这事是麻烦点儿，但还不至于说辛苦成什么样。蒋熙元昨夜里没睡好，实在也不是为了工作，所以他这惶恐的姿态也不算是装的。

“喝茶。”苏缜说着，自己也端起茶碗来，略微踌躇了一下才道，“等事情忙完了，好好歇一歇，下个月朕大婚恐怕还有的辛苦。”

“是。”蒋熙元点点头，“事情脉络都理得差不多了，下面就是实际执行的事了，臣也不会太辛苦了。”

“嗯……”苏缜轻轻地抹着茶碗盖子，沉默着像在忖度什么。蒋熙元看见觉得有点儿奇怪，脑子里过了许多念头却也猜不透，忍不住问道：“皇上，是不是还有什么事需要臣去做？”

苏缜抬起头看着他，有点欲说还休的样子，颇为犹豫。他需要蒋熙元做的是四月初十不要出现，夏初过生日请了他，他也应了，可他又暂时不想与蒋熙元碰上，漏了身份。

当然，他可以要求蒋熙元替他瞒着，但那毕竟不如全然不知来得自然。蒋熙元若是怕夏初说错话做错事，好心暗示提点，以夏初察言观色的能力，难免不会起疑心。那可不是他想看见的结果。

“京畿筹粮筹款赈兴州旱灾，办法细则你已经做得差不多了，朕就是担心……”苏缜顿了顿，没往下说。倒不是故意留扣儿试探蒋熙元，他只是觉得自己想做的事情有点不合适。

一个皇上，为了给朋友过个生辰，就把一位三品大员支离京城。虽然支开的理由倒也勉强算得上充分，但毕竟存了私心，不免让他反复自省，这样会不会像个昏君所为。

“皇上是担心京畿官员借机克扣，粮钱筹得之后，真正送去兴州的数量却要大打折扣？”蒋熙元说完后看了看苏缜的神色，又道，“臣也有这个担心，所以准备把京畿司户派过去督查此事，待钱粮送往兴州之后，再对账收讫，务必把中间的差额损耗降到最低。只是，皇上恕臣直言，这种事情很难避免干净。”

“朕明白。”苏缜想了又想，那句让他去京畿督办此事的话还是没说出来，心底叹了口气。罢了，只当自己食言于夏初，等过了日子再补份歉礼吧。

正想着，蒋熙元那边却犹豫着开口了：“臣……想亲往京畿走一圈儿看看。京畿各郡皆说仓满粮足，但怕会有官员蓄意隐瞒。想矫上意从本地苛收粮税，再从发粮钱之事上克扣，两头捞油水，于赈灾之事不利，于皇上及朝廷之誉更是极大的损害，不如亲眼看一下来得踏实。”

苏缜一下子没反应过来，看了蒋熙元一会儿，见他神色不似往常，心中疑惑，便暂将去京畿的问题放下：“熙元，你是不是遇见什么事了？”

“皇上，臣没什么事。”蒋熙元笑了笑，“臣就是觉得，常年待在京城里，什么消息都靠文书，难免双眼蒙蔽。再者，自臣上任京兆尹以来，还没往京畿各郡看过，不了解实际的情形，怕日后做事会失之偏颇，想当然了。”

刚刚蒋熙元说他要去京畿走一圈儿的时候，苏缜心中暗惊，几乎以为蒋熙元是已经知道了什么，不然怎么自己这边正想着要不要支开他的时候，他便恰巧要主动离开呢？

蒋熙元这人一向最是喜安逸爱享受的，去年与他去了趟禹州，一路上也不肯亏着自己，回来便说还是京城好，还被他讽刺数落了几句。怎么这又主动要出京了呢？

蒋熙元是了解他，但若是了解到这种程度，就算他不是皇上，也要心惊的。再者，如果他是知道了自己隐匿身份与夏初时常见面，那么夏初知不知道？如果夏初知道却佯装不知，那也是另一重让人疑心之事了。

“皇上？”蒋熙元见苏缜出神不语，只得小心地追问，“臣去也不过几日，不会耽搁京中事务的。”

苏缜回过神来，顺口便问道：“夏初那边如何？”

“夏初？夏初……如何？”蒋熙元心里也是一惊。

蒋熙元忽然想要离京跑一圈儿的原因，与他昨晚没睡好的原因是一样的，都是因为夏初。或者说，都是因为他猛然意识到自己对夏初的感情趋于不正常化。

他是喜欢女孩子的，从小到大都是喜欢漂亮姑娘的，对于好男风爱同性的人，虽说谈不上鄙夷，但也的确不能理解。大把美貌温软的女子不爱，跟个与自己同样扁平的男人有什么可爱的？

况且，他之前信誓旦旦地跟夏初说了，就算他喜欢男人自己也坚决不能接受的，如今自己先动了歪念，这算是怎么回事儿啊！大嘴巴抽自己的事他可干不出来。

蒋熙元深思一宿，觉得自己是这段时间工作忙，眼前晃悠的全是男人，素得久了，所以看见个姑娘般清秀的夏初，便起了错觉。

一定是一种错觉。

所以，蒋熙元决定与夏初拉开点儿距离，自己到外面走一圈儿，静一静，回来就会好的。故此，才有了他向苏缜提出去趟京畿各郡的事儿。

结果，苏缜一语点出了夏初的名字，让蒋熙元背后直冒冷汗，还以为苏缜是看出来了什么，直心虚。

“夏初……夏初现在忙着广济堂的凶杀案。他，他他，他工作能力不错，臣离开几日不会有影响的。”

苏缜看蒋熙元的样子倒确实不像自己所猜测的那般，稍稍放下心来：“既如此，那你便去吧。”

“是。臣安排一下府衙事务，明日便启程。”

“甚好。”

明天正好四月初十，蒋熙元想躲开夏初的生辰，而苏缜正想赶上夏初的生辰，所以一个说得笃定，一个答应得痛快。两厢说完，都觉得哪儿有点别扭，又都想不出个所以然来。

君臣二人对视了一眼，各自心虚地转开了头。

夏初对此茫然无知，一大早起来喜滋滋地上了药，穿戴整齐奔了府衙，先去找了捧茶闲坐的刘起。

刘起已经闲得快要长毛了，挂了个师爷的名号，但实际上谁也用不着他。京畿筹粮的事有司户参、司仓参的大人们忙乎，他一个武举出身的人在这种事上并无经验心得。

之前还跟着夏初办办案子，但夏初念他是蒋熙元的亲信家仆，不好支使，也就不好意思来找他。蒋熙元以前去哪儿都带着他，现在却老与夏初黏在一处，似乎已经把他给忘了。

整个一舅舅不亲姥姥不爱，只能闲得与俩主簿磕磕牙。如今主簿都去忙着写筹粮之事发往京畿各郡的文书了，连磕牙的人都没有了。

人性本贱，忙的时候想偷闲，真闲下来了又觉得自己不被需要，没有价值，郁郁不乐。

所以，夏初的到来，几乎让刘起有些感动。

“刘大哥！”

“哎！”刘起站起身，伸平了双手忙不迭地将夏初拉进了屋里，给她倒上茶，殷殷之色溢于言表，“夏兄弟找我有事？”

“嗯。”夏初喝了口茶润了润嗓子，对刘起扬了扬眉毛，笑得一副意味不明的样子，“我有事儿请刘大哥帮忙啊。”

“没问题！说吧！”刘起一拍胸脯。

“我现在在办的案子里有个情况，想找九姑娘帮我打听一下，刘大哥与九姑娘交情好，有面儿，所以我就先来找你了。”

刘起一听更乐了，挺直了身板道：“走，现在就带你过去。”

夏初差点儿呛住，匆忙又喝了口茶，颠颠地跟着刘起跑了出去。到了莳花馆，九湘才刚起床，发髻着装都很清淡随意，倒显出几分出尘之味来。

夏初看着九湘的身段，真个是玲珑有致，该挺的地方挺，该细的地方细，举手投足间妩媚而不艳俗，清丽中又有姝妍之姿，真是令人羡慕。

反观自己，扮作男人这么久也没人发现，真不知道是该觉得高兴还是觉得悲哀。夏初低头看了一眼自己原本就没什么料，现在还被绑得一马平川的胸脯，默默地叹了口气。

“湘，这身打扮好看。”刘起有些笨拙地夸了一句，换来九湘不以为意地一哂，“刚睡醒，有什么好看的。”

“什么时候都好看。”刘起黝黑的面庞上笑容腼腆。

夏初被刘起的话说得起了一身的鸡皮疙瘩，她瞄了一下二人，默默扶额。

这便是典型的屌丝与女神了吧。

刘起瞧着九湘傻乐了一会儿，这才想起自己是来干什么的，忙指着夏初说：“我是带夏初过来的，她有点事情想要问你。”

九湘换了个姿势坐着，笑容可亲了不少：“有什么事你直接来找我就好了，蒋大人是我的东家，不用客气的。怎么，蒋大人没跟着你吗？”

夏初听这话有点儿别扭。什么叫蒋大人没跟着，她是下属，应该是她跟着蒋大人才对。

还不等夏初说话，刘起又忙不迭地道：“夏初比较腼腆，说我与你熟，所以让我带她过来的。”

九湘憋不住差点儿笑了，心说刘起这个笨蛋，人家夏初那是成心给你创造机会，她腼腆？当初破李二平的案子时，她怕过什么啊！

“是呀，你与我多熟啊。我爱喝大红袍你就送我龙井，我喜欢广陵香你就送我沉水香，我的生辰你带我去湖边赏景，吹得我发烧三天。真不知道怎么谢你呢。”

刘起闷闷地挠了挠头：“我看少爷带姑娘去湖边赏景，姑娘们都是高兴的。”

“嗯嗯，你们少爷带人去赏荷吹风，是不错，可我的生辰是腊月里！”九湘说着来了气，用团扇敲了敲桌子，“东施效颦！”

夏初憋不住噗地笑出声来，又赶忙捂住了嘴。

九湘运了运气，不再理刘起，对夏初道：“你说吧，看有什么我能帮得上忙的。”

夏初忍住了笑，正了正神色，把昨天在街上看见柳大夫的那件事与九湘和刘起说了：“九姑娘知道那个知意楼吗？”

九湘微微一笑：“知道。海水梦悠悠，君愁我亦愁。南风知我意，吹梦到西洲。故名知意楼，是这西京城里不错的南风馆。我自然是没有去过，但听说做得挺风雅的，所以体面些的人爱去，消费也是不低。”

“我见那柳大夫挂着褡裢去的，也不知道是不是去给人诊病了。如果九姑娘有路子能帮我问一下最好，不过也不勉强。”夏初搓了搓手，“柳大夫那个人比较好面子，我也不想唐突了人家。再有，那地方，我不太敢进……”

九湘咯咯地笑了两声，拍了拍夏初的手：“不勉强，我与那知意楼的老鸨倒是也见过几面，问一句的事儿罢了。”她意味深长地看了夏初几眼：“你不进去也是对的。”

夏初笑盈盈地道谢，并没有觉得九湘拍她手有什么不妥的地方，可刘起瞧见了，心中却起了疙瘩。踌躇片刻后，小心翼翼地伸出手去，往九湘的手上也轻轻地拍了拍：“湘，那就辛苦你了。”

九湘一扇子把他的手打开：“动手动脚的，做什么！”

刘起这个委屈啊！耷着嘴角看着九湘：“那你刚才拍夏初，怎么就不嫌动手动脚了。”

经刘起这一提醒，夏初心里咯噔一下，悄悄地去看九湘的神色。九湘也瞄她一眼，弯唇一笑，又对刘起说：“你个木头脑袋，你懂什么。”

刘起愈发郁闷。九湘从桌上的碟子里取了颗花生，轻轻地捻去了皮，放进刘起的手里，又顺势拍了一下：“行了吧？碰下手而已，你在意个什么劲儿。”

刘起多云转晴，美滋滋地把花生粒托在掌心，而后十分欠揍地补了一句：“其实我是怕夏兄弟不高兴。”

唉……夏初都有点不忍心看下去了。

刘起再次被九湘轰出去之后，屋里的气氛凝滞了片刻，夏初有点心虚地冲九湘干笑了两声，九湘也回了她两声干笑。

“男人都蠢得很，是不是？”九湘眼角含笑，托着香腮，妩媚地冲夏初挑了下眉毛，“夏姑娘。”

夏初也猜到了个大概，此时九湘点明了，便也谈不上多惊心了，只是有点尴尬地抓了抓头：“九姑娘眼力好。不过你是怎么看出来的？”

“当初知道李二平是女扮男装时我就留了心的，后来你与蒋大人过来，我便肯定了。你个子高，举止间又没有什么女儿家的娇态，倒是扮得很像。只不过我见的男人多，见的女人也多，术业有专攻罢了。”

“九姑娘没告诉蒋大人吧？”

九湘笑得颇有内容的样子，摇了摇头：“告诉他做什么。放心吧，只要你自己不说，我便佯装不知道就是了。”

夏初松了口气，起身对九湘一揖：“先谢过九姑娘了。我此举，没有恶意的。”

“我知道，我也不是多事之人。不过，你一个姑娘家如此也不容易，好自为之就是，若有什么事需要我帮忙，尽可来找我。”九湘淡淡然地说。

九湘说她会尽快遣人去问知意楼的事，言罢也不再多说，夏初便从九湘的屋里离开了，心有余悸地松了口气。

刘起坐在楼梯口等着她，手里那两粒花生还没舍得吃。夏初过去拍了他肩膀一下：“刘大哥，我的事情办完了。”

“九湘留你又说了什么没？”

夏初转了转眼睛，笑道：“有啊，她说刘大哥你总是这么不开窍，实在让她为难呢。你也是的，蒋大人花名在外，那么会讨女孩子欢心，你怎么就没学到点呢？”

“我又没少爷长得好看，也没他有钱。”刘起灰心地拍了拍自己的脖颈，站起身来，“九湘不喜欢我，我开了窍又有什么用？”

“是吗？谁说九姑娘不喜欢你的？”夏初一蹦一蹦地往楼下走。刘起一听她这话，愣怔片刻，急忙追在她身后问：“怎么怎么？九湘说她喜欢我？”

“那倒没有。”

刘起眼睛里的光迅速地灭了。夏初乐不可支，故意抻了一会儿后才道：“刘大哥，刚才九姑娘抱怨，说她爱喝大红袍你却送了她龙井，是不是？”

“那明前龙井比大红袍贵多了啊！”

“那不是重点。九姑娘不高兴的是你不知道她的喜好，还有那广陵香和沉水香的问题也是一样，但是，注意，注意！九姑娘屋里焚的可是沉水香，茶想必也是喝了的。”

刘起苦笑：“是啊，那两样东西都挺贵的。”

夏初咬牙，摇头叹了口气，恨铁不成钢地说："刘大哥，你还真不是一般的不开窍。贵贱不是问题，人家九姑娘又不缺那点儿钱。关键是她即使抱怨却没辜负了你的心意，对不对？还有，你腊月天拽着人家去湖边，她要是讨厌你，完全可以不去的啊！何必把自己冻病。"

"是啊……"

"是啊是啊。"夏初讪笑了一声，"你真是一点儿都不懂女人心思。"

"那她要是喜欢我，干吗不嫁给我？我向她求过亲的。"

夏初哭笑不得地瞧着刘起："刘大哥，你可长点儿心吧。老话说得好，人家想要吃梨子的时候，你非要给人家苹果，就算苹果比梨子贵又如何？"

"这是什么老话？"

"不要在意这些细节。"夏初叹口气，语重心长地道，"你想让九姑娘觉得你在乎人家，就得真的知道人家到底想要什么。不是凭着自己的喜好来，到头来又反怪人家不领情。"

刘起郑重其事地点点头："很有道理。"想了想又笑道："夏兄弟年纪不大，倒是很了解女人心思，嗯，与我家少爷不分伯仲。"

夏初给了他一个白眼："这有什么！在这点上，男人女人还不都是一样？刘大哥只要推己及人地去想自然就会想明白。"她冲刘起摆了摆手，"不多说了，回府衙去了。"

刘起与她一起回了府衙，一路上又讨教了女子一般都爱些什么东西。夏初很有说的欲望，可又怕说多了让刘起起了疑心。其实刘起倒没什么，神经粗得跟电缆线似的，她就是怕他哪天跟蒋熙元念叨起来，让蒋熙元起疑。

蒋熙元可不是那么好对付的。

所以，不管刘起问什么，夏初都是说半句留三句，只从虚处着手，尽是以前从网上看来的爱情箴言。有用没用的夏初也不知道，她也没实践过，反正刘起听得很认真，频频点头称是。

回到府衙，正赶上午饭开饭。刘起赞她的最后一句话是："夏兄弟的时间总是卡得这么好，永远错不过午饭。"

走过甬道，正看见蒋熙元负着手低着头慢慢地往外走着，夏初伸直手臂挥了挥："大人！"

蒋熙元猛地抬起头来，略显慌张地往两边看了看，这会儿工夫，夏初已经跑到他面前了："大人，你这是要出去？"

“哦，是。”蒋熙元点点头，目光掠过夏初的笑脸，心脏猛一缩紧，而后便不受控制地一通乱跳，跳得他直觉得恐怖。

“我刚跟刘大哥去莳花馆了。”

“嗯？这刚什么时辰……”

夏初掩嘴笑了起来：“什么什么时辰，我是去找九姑娘打听些案子上的事。大人记得那个柳大夫吗？昨天……”

“我明天要离京。”蒋熙元忽然插了一句话。

“明天离京？”夏初眨巴了一下眼睛，“这么急？大人要去哪儿？”

“还是钱粮之事，到京畿各郡看一眼。有什么事你……你就与刘起商量着来吧，解决不了的可以找司录白大人，或者等我回来。”蒋熙元说完抿了抿嘴，“有什么问题吗？”

夏初摇了摇头：“没什么问题，案子我会抓紧查的，放心吧！大人你一路顺风。”

夏初说完一路顺风之后，蒋熙元沉默地看了她几眼：“好，就这样。”说完掠过她身边，大步流星地往外走，一边走一边忍不住失落地想：“他也不问问我什么时候回来。”

正想着，就听夏初在后面喊道：“大人！你什么时候回来啊！”

蒋熙元听见，粲然一笑，转瞬又觉得自己这样的情绪不对，匆忙收好了笑容回过头去：“不用你管，好好查你的案。”

夏初和刘起目送着蒋熙元离开，莫名其妙地对视了一眼。夏初挤出一个苦笑来：“刘大哥，大人这是生气了？我没得罪他啊……”

刘起想了想，分析道：“可能是钱粮之事太麻烦了。我们少爷是个喜欢安逸享受的人，去京畿各郡肯定是皇上安排的，大概他心里不痛快吧。”

夏初觉得有道理，便点点头，与刘起紧赶慢赶地去食堂抢午饭了。

吃饭闲聊时，夏初与刘起说起了昨天她去泰广楼的事情：“这月筱红是什么人？怎么会有那么多人站在楼外，那能听见什么啊？”

“月筱红你不知道？！”刘起跷起腿来，脸上有一种痴迷之色，“现在最红的旦角，唱青衣的。身段那个软啊，唱腔不像别的旦角那么高亢，但特别有韵味儿，尤其悲腔特别好听。”

说着，刘起还咿呀呀地哼了两句，又摇头：“不成，我学不出来。德方班的经常在泰广楼演，夏兄弟得空应该去听听。今儿演的应该是《鸳鸯冢》。”

夏初从埋头苦吃中抬起头来："你怎么知道的？"

"泰广楼每天演什么戏会有安排，虽然经常也会临时改戏。咳，只要往西市那边一过去，想不知道演的什么都难。"

夏初一听，不禁啧了一声："那要是这么说来，喻示戎的话不一定是真的啊。"

"什么？"刘起没听明白。

夏初摆摆手，狼吞虎咽地赶紧把碗里的饭吃了，快步走到捕快房推门一看，许陆、王槐他们去四方街那边排查还都没回来，只有几个办其他案子的捕快正午休闲聊。她扫了一眼，招招手把一个叫常青的叫了出来。

"怎么了？头儿。"

"你手里现在有什么事？"

"没什么事儿了，那个打折人家腿后逃跑的案犯今儿早上让我给逮回来了。您有事儿吩咐，我一准儿办好。"

"行。百草庄的喻家你知道吗？"

"知道。"

"喻家庶子喻示戎，你去帮我查查这个人，他交往比较密切的朋友、经常去的地方、最近有没有什么反常之类的。如果能查清他四月初一去了哪儿最好。办得成吗？"

常青摩拳擦掌："肯定行！我爹是地保，您让我查这个绝对是找对人了，肯定能查个底儿掉。头儿，我一直想参与件大案子呢，您老带着许陆、王槐他们，我想表现都没机会。您不能忒偏心了不是。"

夏初看着他笑了笑："你要是嘴没有这么碎，我肯定带着你。"

常青拍了拍自己的嘴："哎哟，真是！您早说啊，合着我就亏在我这张嘴上了！您早说我早改多好呢。这参不进大案子里去，回头考核加薪的，您也想不起我来……"

"你看，我已经说了啊！"夏初指了他一下，"你还这么多话。成了，你去吧，尽快查，不该说的别到处乱说，明白吗？"

"明白明白。我……"常青一捂嘴，"少说，少说。我这就办差去。"

蒋熙元回了敦义坊的宅子，独自在屋里坐了一会儿之后，起身打开了书柜上的一个抽屉，从里面拿出一个长方锦盒来。

挑开盒钮，里面躺着一柄玉竹扇骨的扇子，聚头处嵌了颗拇指盖大小的羊脂玉石，坠了月白的扇子穗。玉竹色青玉石莹白，搭配得十分素雅。

蒋熙元把扇子从盒里取出来，小心翼翼地展开。扇面上是一幅山水图，远山设色，只是淡淡的绿，有轻雾袅袅，近景处蒲草细韧如丝，江上，一叶小舟鼓帆轻发。

这是他从结庐画院里寻到的一幅扇面，一眼便相中了这画中生机勃勃的初夏风景，便买了下来，又去配了玉竹扇骨，准备夏初生辰的时候送给他。

现在，蒋熙元回过头去想，再看着手中的这把扇子，发现自己不知不觉中对夏初有些太上心了。

他看了好一会儿，又把扇子一折一折地合拢，放回到锦盒里，收了起来。

所谓矫枉必须过正。

蒋熙元觉得，既然自己之前是对夏初太上心了，那么今后就要对她特别不上心才行。等过上一段时间，应该就能恢复正常了。

就像今天他离开府衙的时候做得就很好。对夏初凶一点儿，夏初如果识趣的话就不会像之前那么接近自己，不经常见面就不会出现那些奇怪的想法，不会出现错觉。另外，等从京畿回来，他还要再去找吏部，把司法参这个职位给补上。

蒋熙元默默地对自己点了点头，觉得这一步步地“远离夏初困扰”的计划基本靠谱。

嗯……可能还要经常去莳花馆吧。

蒋熙元深吸一口气，把书柜上的抽屉关好按紧。这玩笑真是开大了！自己的心从来都是对漂亮姑娘敞开的，夏初一个男的跑进来捣什么乱！

他潇洒地掸了下袖子，负手转身往外走，走到门口时脚踩住门槛又顿住了身形。原地愣了片刻后，又缓缓地回过头去，看着那个紧闭的抽屉。

矫枉过正……那要是掰折了怎么办？毕竟要一起共事，恐怕也不好吧？

去延福坊排查的几个捕快回到府衙的时候，天已经擦黑了。夏初以为他们今天查不出消息来，和刘起整理完了之前的笔录，正准备拾掇拾掇回家了。

“头儿，头儿！”王槐先一步推门跑了进来，一脸兴奋地说，“查着了！”

夏初愣了一下，随即把手里的东西往桌上一扔：“曹雪莲的行踪查到了？！赶紧说。”

王槐在夏初身边的椅子上坐下来，拎壶倒了杯茶水，润了润嗓子道：“四方街一整条街都是商铺，我们问了一圈儿都没线索，那真是着急啊！本来以为没戏了的，后来我说把排查的范围扩大一些，最后终于在四方街东头的一个巷子里问出了点儿东西来。”

说话间，许陆和郑琏他们几个也都走了进来，郑琏听见王槐最后说的那句话，不禁轻哼了一声，用手肘碰了碰许陆的胳膊，许陆冲他无奈一笑，把他拽到一边，一声不吭地坐下。

夏初转头时正看见他俩的这些动作，不禁问道：“怎么了？”

许陆没说话，郑琏阴阳怪气地道：“没怎么。咱们府衙多亏了有王槐王捕快，不然我们真是大海走船失了舵，啥都不会干了。”

刘起听见了抬起头来，对郑琏道：“这话说得怎么听着那么别扭啊？有什么话敞开说呗，都是弟兄的……”

王槐紧跟着补话道：“就是的！郑哥，我比您年轻，经验也少，肯定有做得不周全的地方。这样，咱先把正事儿说了，天儿挺晚的了，头儿还得回家呢。”

“少跟这儿得了便宜还卖乖！”郑琏站起身来指着王槐道，“排查四方街，我们一家一家地走，你倒好，钻进一家里一待就是半天，你干吗呢？！我们查了几家，你才查几家？末了还好意思支使我们扩大排查范围。我呸！你当你是谁啊！”

王槐被他骂恼了，胸脯一挺脖子一梗：“我查的时间长那是因为查得仔细！上次头儿已经说过我一次了，我这知错能改碍着你屁事！那我说扩大排查范围有错吗？最后问也是我问出来的啊！”

“放屁！”郑琏又啐了一声，“许陆那儿正安排我们分方向扩大排查呢，用得着你多那句嘴？！最后要不是许陆又回庆仁堂细问了一遍，你他妈现在能说出什么来？”

“许陆又是个屁啊！他凭什么安排？他能安排凭什么我不能安排！”

眼瞧着俩人越走越近、互不相让的劲儿，刘起赶紧过去从中分开：“哎哎哎，行了，行了！”

夏初听到这儿已经大致明白了，觉得很烦，拍了下桌子大声道：“要吵出去吵！先他妈给我把正事儿说清楚了！”

王槐和郑琏互相瞪了一眼后，王槐正要开口与夏初汇报，夏初却把他的话头给拦住了：“许陆，你说。”

郑琏幸灾乐祸地嗤笑一声，晃悠悠地走回座位上坐下了，王槐那边却登时涨红了脸，一言不发地扭头就走了出去。

夏初皱了皱眉头，看了刘起一眼。刘起冲她撇了下嘴，显然对王槐这样情绪化的反应很是不屑。

王槐爱面子，需要认同，夏初一直鼓励、认可他。但是不是认可得他有点飘飘然了？不知道自己的斤两了？从上次问询崔大花，到刚刚的事情，王槐大有受不得挫折批评的意思。

夏初叹口气，心里也是不高兴。王槐一个大老爷们，怎么就这么点儿心眼！那么大年纪了，难道还得让别人都哄着他才行？

她灌了两口半凉的茶，冲许陆晃了晃手：“不管他，你说你的。今天查到什么情况了？”

虽然郑琏和王槐吵架话里捎上了许陆，但好在许陆心也宽，也没什么不好的情绪，四平八稳地道：“是这样的，四方街那边有一个叫庆仁堂的药铺，据药铺的伙计说，四月初一的时候有个女的去他们那里问过诊，而且拿了药。从描述的装扮、问诊的时间来看，很可能就是曹雪莲。”

“药铺？”夏初诧异地眨了眨眼睛，“她家就是开药铺做药材买卖的，怎么会去别的药铺问诊拿药？”

许陆神秘兮兮地一笑，抹了抹鼻子：“这个事非常有意思的。我们问了坐堂的大夫，大夫说，如果他没记错的话，那个女子抓了一副堕胎的药。”

“堕胎？！”夏初和刘起齐声惊讶道。

许陆点点头：“对，堕胎。我怕弄错了，特地让庆仁堂的伙计把四月初一当天的售药流水账找了出来，从抓走的药材记账上让大夫反推回去。大夫看过了，说那就是堕胎的药，他说，那个女子已有两个月的身孕了。”

说完，许陆从怀里摸出一张纸来展开放在桌上：“这是我抄录的那个方子。”

夏初不懂药理，看了也是白看，只是愣神地瞧着，脑子里恨不得有一万个想法涌了出来，挤在一起抓不着个头绪。

沉默了好一会儿，夏初才重新开口问道：“那伙计记得时间吗？就是曹雪莲到庆仁堂和离开庆仁堂的时间。”

一旁的郑琏插话道：“就是这个事！王槐根本没想起来问，问出了曹雪莲到庆仁堂是抓堕胎药去后就急着要回来。还是许陆心细，把方子又找出来确认，还细问了时间。”他不屑地嘁了一声，“王槐就想着回来邀功。头儿，我可没想从中得到点儿什么，我就是看不惯。”

啧，这男人们斗起来也挺有看头的。

夏初挠了挠脖子，点头道：“行了，我知道了。”

郑琏这才放心地坐了回去。许陆依然是那样子，不急不躁的，从头到尾对这件事没发表一句话的看法。夏初赞赏地冲他笑了笑："你先继续说。"

"嗯。时间这个问题上我们比较走运，庆仁堂的伙计那天正给他们掌柜的熬一剂风寒药，因为要盯着时辰，所以记得比较清楚。据他说，曹雪莲是辰时过半到的店里，问诊、拿药，大约是辰时三刻离开的。"

"辰时三刻……"夏初伸出手掌来，曲着手指头准备计算时间，许陆笑道，"我算过时间了。周全说他把曹雪莲送到延福坊的时候是辰时过半，也就是说，曹雪莲从马车上下来之后就直接去了庆仁堂。"

"从庆仁堂到广济堂需要多长时间？"

"很近，半刻钟不到就能走过去。我与郑琏实地走了一遍，就算女子的步伐小一些，再算上当天下雨，巳时之前也能到了。"

"那也就是说，时间基本对上了？"夏初的眼睛亮了亮，对许陆挑了挑大拇指，"许陆，你现在可以啊！越来越细致了。"

许陆也没推辞夏初的夸奖，只是谦虚地笑了笑。夏初把那张药方拿起来抖了抖："堕胎药……曹雪莲借口回娘家去了庆仁堂，看来她是知道自己有孕了。一个嫁了人的妇人，有孕了却要选择堕胎，这意味着什么？"

"孩子不是她相公的！"郑琏答道。

"对。现在从时间上看，曹雪莲从百草庄出来去了庆仁堂，从庆仁堂出来又去了广济堂，这是接得上的。可问题依然是，她为什么要去广济堂呢？"

"不知道。"郑琏摇了摇头，问许陆，"你有什么想法？"

许陆也摇了摇头。众人沉默着不说话，屋里静静的，忽然就听夏初的肚子响亮地叫了一声，夏初赶忙捂住，尴尬地笑了笑："饿了，饿了。咱们先吃饭去吧，对面的庆丰包子铺，我请客。"

"不用。"郑琏站起身来伸了个懒腰，"我家里头的准备饭了，我回去吃就行。"

夏初看他们跑了一天也累了，便让他们先回家歇着，刘起也跟着一起走了。她把桌上的卷宗拾掇了一下，吹了蜡烛，准备去填一下肚子。

外面天已经黑了，夏初抬头看了一眼半圆的月亮，哼着不成调的曲子往外走。刚出府衙大门走了没两步，就看见一匹白马从另一边跑了过来，蒋熙元从马上跳下来，把缰绳往拴马柱上一套，大步流星地跑了进去。

夏初左右看了看，又揉了揉肚子，犹豫了一下后，也跟着走了进去。

蒋熙元一路直奔捕快房，推开门后往里探了探头，进了屋。夏初以为他是回来取什么文书之类的东西，明天出差用，本打算在门口拦他一下，顺便讹上一顿晚饭的，现在看他贼头贼脑地进了捕快房，不禁好奇起来。

蒋熙元进了房间也没点灯，借着微弱的月光，轻手轻脚地走到书桌旁边，把那个装着扇子的锦盒轻轻地放在了桌上。

他在桌边站了一会儿，又把盒子拿了起来，想了想，又转身放在了旁边的柜子上，走开两步后回头看了看，再次走回去把盒子拿了起来。

放哪儿呢？既能让夏初看见，又能显得很随意。

原本蒋熙元是不打算把这个扇子送出来的，可在家里思前想后，觉得反正准备都准备了，不送出来也是浪费。

在一起工作的嘛，生辰送个礼物应该也不算很扎眼的事情。万一刘起、许陆他们都送了礼物，自己不送倒显得不近人情。好歹自己也是个上司，冷淡归冷淡，但是面子上总要过得去才好。

他明天要离京，说好的生辰饭是吃不成了，送个礼物想来也不算过分。

蒋熙元小规模地修订了一下自己的脱困计划。觉得虽然要远离夏初，但这事儿还是得逐渐冷淡下去才行。他以前对付那些姑娘的时候曾经总结过，突然的冷淡只会换来对方热情的反扑，那样一来更麻烦。

蒋熙元如此这般分析了一遍后，便高高兴兴地拿了扇子出门了。

夏初此时站在门口，屏着呼吸眯着眼睛往里看，勉强能看见蒋熙元在屋里磨蹭转圈，到处翻找。心中愈发奇怪，于是伸手把门给推开了。

“谁！”蒋熙元下意识地把锦盒往身后一藏。

“大人，你干什么呢？”夏初从窗台上摸到火折子，吹燃了点起了灯。屋里亮了许多，只见蒋熙元双手背后，靠着书柜，一脸的戒备：“夏初？你怎么在这儿？”

两人互相打量了一会儿，夏初往里走了几步：“大人你这是在找什么东西？”

“嗯……嗯！”蒋熙元点了点头，手在身后轻轻地抠开柜子的柜门，把锦盒塞了进去，这才放松了点神态，“你大晚上的不回家，干什么呢？”

夏初满眼狐疑地瞧着他：“找东西？找东西怎么不点灯？能看见吗？”

“我夜视能力不错。”

夏初干笑了一声，心说你是猫啊？还夜视能力不错。她一步步慢慢地走到蒋熙元身边，蒋熙元的心脏就跟着一步步地越跳越快。

“拿出来！”夏初一拽蒋熙元的胳膊，看他手里空空的，不禁一愣。她刚才依稀是看见他手里有东西的，看错了？

“那只手！”

蒋熙元把两只手在她面前摊开，无辜地笑了一下：“什么？”

“没什么……”夏初仰头冲他嘿嘿一笑，“逗你玩儿呢。大人，你来找什么？属下我帮你找？这捕快房我熟。”

“嗯，不着急，我就是闲着没事……”蒋熙元一边说一边飞快地想着借口，“想……看一看那个……广济堂的案子！”

夏初一听，来了精神：“大人来得真是时候！那个案子有了新的线索，我们刚才还在讨论这个事情呢，所以才走得晚了。”

“什么线索？”

“曹雪莲……”夏初刚说了个名字，就听自己的肚子响亮悠长地又叫唤了一声，她尴尬地一笑，手捂在胃上，“我正准备去对面庆丰包子铺吃饭呢。大人吃晚饭了吗？要不要一起？咱们边吃边说。”

蒋熙元犹豫了一下：“只是吃一顿饭，说说案子。”

夏初莫名其妙地看着他：“那……大人还想干什么？”

“我没想干什么。”蒋熙元警惕地说道，“你不要误会就好。”

“啊？”

“我的意思是……”蒋熙元看夏初直勾勾地盯着自己，心虚地转过头去，清了清嗓子道：“其实你办案我放心，不过，既然恰巧遇上了，说一说也无妨。但是我明天要离京，所以后面的事还是得你……我是说我管不了。”

蒋熙元说完，越过她大步地往外走，夏初吹熄了灯紧跟其后，思忖了一下问道：“大人你今天怎么这么奇怪？你是不是对我……”

“我没有！”蒋熙元猛地停下脚步来，回头瞪着夏初，一副大义凛然的表情，“你不要误会，我对你完全没有别的想法。”

夏初点点头，松心地笑了笑：“大人对我没意见就好，我还以为是我工作方面有什么问题，惹你不满意了呢。”

蒋熙元一噎，心里说不出是松了口气还是失落，悻悻地点点头：“没有。”

第十二章 心悦两不知

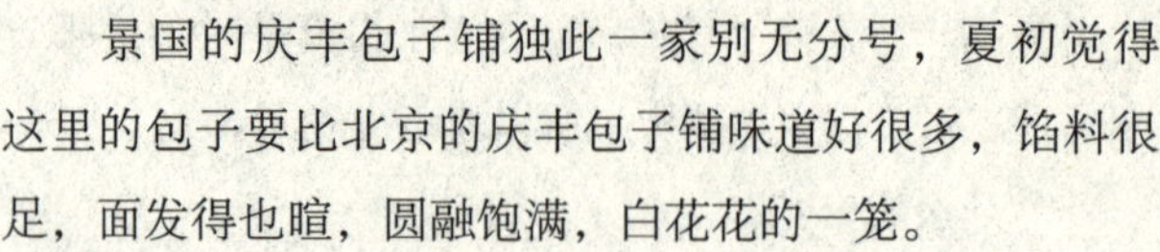

景国的庆丰包子铺独此一家别无分号，夏初觉得这里的包子要比北京的庆丰包子铺味道好很多，馅料很足，面发得也暄，圆融饱满，白花花的一笼。

有人说那种甜腻到死的马卡龙西点叫少女的酥胸，夏初在现代时没舍得吃过，但她第一次看见这包子的时候，就觉得马卡龙的那个别称实在太名不副实了，还是这包子更形象。

有了这个联想之后，蒋熙元吃包子的时候，夏初坐在他对面嘿嘿直笑，蒋熙元问她笑什么，她却摇头不肯说。

如果告诉他自己给庆丰包子起的别称，蒋熙元肯定要打人的，夏初想。

欢乐地吃了三个肉包子之后，夏初没有那么饿了，这才把今天许陆他们调查回来的线索与蒋熙元说了说。

“那个孩子十有八九是喻示寂的。”蒋熙元听完之后说道。

“为什么不是喻示戎的？”夏初问他。

“你为什么不问会不会是祥伯的？”

“那你为什么不怀疑是柳大夫的？”

“那我还说是唐奎的呢！”

两人对视一眼，悄悄地抽了口气，都摇了摇头。夏初道：“别这样，咱们这样子对死者挺不尊重的。”

“反正那孩子不是喻温平的。”蒋熙元不以为意地说，“这点上我与你意见一致。我之所以怀疑是喻示寂的，是有我的道理的。”

“你说说看。”夏初又拿起一个包子来，“愿闻其详。”

“现在百草庄的生意喻示寂已经开始接手了，这两年外出购药的事大多由喻示寂来负责，偏偏这次他没有去。而喻温平的离开，正好给曹雪莲落胎提供了时间。”

“喻示寂是因为妻子生产而没有去的。”

“就算没有妻子生产，他肯定也能找到别的理由。况且，女人生产他一个男人留下来有什么用？”蒋熙元想了想道，“你刚才不是说，喻示寂说过小儿夜啼的话吗？这事儿是很烦的，按说他应该更愿意走才对。”

夏初瞥他一眼：“女人生产，难道丈夫不应该留下来照顾吗？”

“家里有佣人丫鬟，要他有什么用？”

“那能一样吗？丈夫给予的不是生活上的照顾，而是感情上的慰藉。毕竟那孩子有丈夫的一份啊！”

“男人自然以事业为重，围着老婆孩子热炕头算什么？就算是务农的，也要扛锄头下地干活，不然妻子是照顾了，全家人吃什么？难道你将来有了孩子，就一心围着孩子转？府衙的事儿不管了？月钱不要了？”

“跟我有什么关系！我还远着呢。”夏初脸上微微一红，咬了口包子，随即又意味不明地笑了笑，“如果将来我有了孩子，我是一定会陪着的，必须的！”

蒋熙元看着夏初，脑补出她一手抱着孩子，一手搂着妻子的画面来，微微有点不自在。转瞬，又因为这不自在而变得更加不自在起来，沉了沉脸色道：“扯太远了。”

“是啊……扯太远了。”夏初抹了抹嘴巴，“接着说案子的事儿。”

“我说完了。你说说你的看法，我没有见过喻示戎，不了解。你为什么怀疑他？”

夏初想了想：“说实话，我倒没有直接怀疑那孩子是不是他的，只不过我觉得他的态度很奇怪。他看上去是在极力撇清与曹雪莲的关系，这反而让人生疑。另外一点，曹雪莲死在广济堂，喻示寂与广济堂的关系太近了，太容易被怀疑到了。”

“之前咱们分析过，这次凶杀应该属于激情杀人，所以曹雪莲被杀死在什么地方，凶手并没有经过仔细的策划。死在哪儿都不奇怪。”

“这么说也有道理。作为凶手，激情杀人不挑地点倒是没错，可曹雪莲会出现在哪儿却是值得商榷的。”夏初点点头，“按照正常的逻辑，她去庆仁堂拿了药，下一步就应该是赶紧把药吃了的，难道她是去广济堂吃药？”

蒋熙元打了个响指：“有可能！你想，百草庄是做什么的？药材生意，对于药品肯定是十分敏感的，她在家煎药如果万一被什么人看到了，问起来，她很难搪塞。所以这药不能在家吃。”

“那她去娘家吃不就完了？”夏初不赞同，“她娘家人对药材不了解，退一步说，就算是发现了，难道还能大义灭亲不成？”

“这么猜测的也是你，反对的也是你。”蒋熙元喝了口茶，觉得难喝得要命，便招手过来让包子铺的伙计结账。

夏初把他拦下来，摸出几个钱来放在桌上：“这顿我请。原本明天我生辰要请大人你的，可你突然要离京……”

“就请一顿包子？！”

夏初哈哈一笑：“生日过早不过晚嘛。等你回来再补请你好一些的，但就不算作生日了。这顿包子算生日饭，单请你的！来，大人快祝我生日快乐！”

蒋熙元看了她片刻，弯唇一笑：“嗯，生日快乐。”

二人从包子铺出来，蒋熙元牵上他的白马，两人一起往回家的方向溜达。在蒋熙元的计划中，他应该拒绝与夏初一起吃饭，可因为夏初要谈案子，所以他只好勉为其难地跟着一起去了。

吃完饭呢，蒋熙元是想潇洒上马，说明天要早起，先行一步了。可他吃得怪撑的，也想要走一走。夏初的家与他家是同一个方向，总不能说各走各的，只好一起走了。

真是没办法。

蒋熙元走在夏初的身边，靠近她的那一侧身体仿佛长了鼻子眼睛，每一次夏初不小心碰到他的袖子，擦过他的手背，都被他清晰地感知到了。

他怕她碰到自己，又很想她离自己再近一些。

到了夏初家的路口，夏初挥手与他再见：“大人，明天一路顺风，早点儿回来。”

蒋熙元笑着点了点头，看着夏初头也不回地消失在夜色中，怅然若失地叹了口气，拉着白马走了。

西京城在这初夏的夜晚静了下来，树梢枝头有嫩嫩的叶，点点的花，馨香裹进风里欢畅地游走在空荡的街巷。

夏初支开半扇窗，把风放进了屋里，沉沉睡去。蒋熙元也支开半扇窗，却犹自出神，心里的困扰如同浓夜般化不开，搅不散。

皇宫中，轻风入室，吹得烛影微微一晃，安良打了个大大的哈欠，又赶忙掩住了嘴，忧心地看了一眼自己的主子："皇上，该歇着了。"

苏缜没理会他，依旧埋头批着折子。安良无奈，轻手轻脚地退了出去，站在门边继续候着。

闵风也不知道从哪儿冒了出来，一言不发地站在安良身边，与他一起抬头看天。安良一转头吓了一跳："嗬！你倒是出个声儿啊！怎么样？蒋大人明天肯定离京？"

"嗯。"

"嗯嗯……"安良冲他撇撇嘴，"多说几个字能累着您啊！皇上刚才说了，明儿上午你去确认一下，务必看着蒋大人出城。别回头撞上……"他伸手做了个抹脖子的动作，"我可就玩儿完了。"

"好。"

又是一个字！安良无奈地翻了下眼睛，扭头看见一个小太监正捧了个锦盒急匆匆地往这边走，便赶忙迎了过去："哎哟！可算是来了，皇上刚才还问起来呢。"

"安公公，您可别说了。这事儿可把倪大人折腾得够呛，撂下笔腰疾就犯了，让人搀回家去的。"小太监把锦盒仔细地交在安良的手上，赔着笑道，"皇上那边您可得帮着美言两句，我们是真尽力了。"

安良拍了拍小太监："放心，我都明白，这事儿吧……"他笑了笑："是难为你们了。"

"行行，有安公公这句话我就放心了。"

"这事儿你去嘱咐好，敢乱说的话，留神割了你们的舌头。"

小太监赶紧点头，躬着身子就跑了。闵风在一边看着，不禁笑了笑："安公公好生威风。"

安良横他一眼："嘿！挤兑我的时候你倒话多！"

闵风摇了摇头："皇上要叫你了。"

话音刚落，就听见苏缜在里面喊了一声安良。安良应了一声，诧异地看了看闵风："神人啊！"

"我听见放笔的声音了。"

安良捧着那锦盒走了进去，苏缜正从书案后站起来伸了伸胳膊："做好了？"

"好了。"

"打开看看。"

苏缜坐在榻上，端起温热的茶来饮了一口，看着安良从锦盒里拿出一卷纸来，在他面前展开。

“奴才觉得，这幅已经是最像的了。”

苏缜看了一下，给了一个勉强的评价。安良笑道：“要说，还是皇上亲笔画的夏公子最像。”

“自然，见得多也就记得清楚。”苏缜走到那幅画前又仔细地看了看，“朕记得夏公子的鼻子、嘴与他的父亲肖似，而眼睛更像他母亲，这小女孩画得倒是像。不过，衣服就完全不对了。”

“奴才听说倪苑监撂下笔腰疾就犯了，眼下都起不来床了。奴才觉得，他连见都没有见过，只参照着夏公子的画像加上奴才的形容，画成这样已实属不易了。”

苏缜点点头：“罢了，但愿他认得出来吧。”

苏缜看完后，安良把手里的画小心翼翼地卷好，重新放回锦盒里：“奴才觉得，皇上这份心意更重要。其实阖宫里随便拿个东西出去都足够分量了。”

苏缜不以为意地道：“送金玉器物也不是不行，但朕觉得未免过于应付了，夏初毕竟不是那种在意钱帛之人。”

“正是，正是。”安良狗腿地笑道，“夏公子若是那种人，皇上也就不稀罕与他做朋友了。”

苏缜弯唇笑了笑，笑容里隐隐几分涩意：“也不知道明年是否依旧。”

安良沉默了片刻，低声地说：“奴才希望皇上的这个朋友能长长久久的，哪怕不能常见，心中总是个挂念。奴才一定替皇上瞒好。”

苏缜回头看了安良一眼，点点头。

四月初十，休沐。

夏初睡到了自然醒，起床后觉得浑身神清气爽，挑水烧水，好好地洗了个澡，然后把从咏绣春新买的衣服挨个上身试了一遍。没有镜子，她便在做饭的铁锅里倒上水，跳到灶台上照了个大概，最后选定了一身豇豆红的束袖长衫，还有那些零零碎碎的装饰也都挂在了身上。

装扮完毕，夏初看还有点儿时间，便去了趟莳花馆找九湘，问问她柳大夫的事打听得如何了。

九湘依旧是刚刚起床，看见夏初时不禁怔了怔：“夏初，你的头发怎么了？”

“啊？”夏初往脑袋顶上一摸，暗叫糟糕，“坏了！忘记买帽子了！”而后，只好又把那烧火做饭燎了头发的说辞说了一遍。

一边说，夏初一边想要不要多吃点黑芝麻补补，让自己的头发赶紧长长，这进度慢得太急人了。

九湘听完后掩嘴笑了笑：“女孩子家一把青丝最是要紧的，你也太不在意了。”她把夏初上上下下地打量了一番，“这身衣服倒是比捕快的衣裤合衬多了。”

“还可以吧？”夏初抻了抻袖子，“蒋大人还嫌弃说不够讲究。”

“谁也讲究不过他去。”九湘的眼波一转，“大人怎么没跟着你一起来？”

“噢，他离京办差去了。今儿府衙休沐，我这晌没什么事，就说过来问问那柳大夫的情况，不知道九姑娘可打听到什么消息了？”

“知意楼？哦，我让人去问了，那柳大夫是不是叫柳槐实？”

“对，就是他。”

“嗯。知意楼的老鸨说，柳槐实在那有一个相好的小倌，叫紫苏。一个槐实，一个紫苏，俩药材倒是挺般配。”

“啊？真的是去找小倌的？！”夏初不由自主地脑补了柳大夫与一个妖妖调调的男子在一起的场景，只是一想到一个美男搭上他的肩膀，画面就自动卡壳了。

她想不出柳大夫的反应来，总觉得柳大夫下一步应该是说：“小哥请自重，在下爱惜名声，还要指着名声行医呢。”

柳大夫喜欢男人？还是说，只是像许多京城的公子那样，看乏了女人就去看看男人，换换口味？但他瞧着不像那样随便的人，难道是真爱？

“他跟那个叫紫苏的小倌认识多久了？”

九湘闲闲地摇了摇扇子，继续道：“不久，今年正月里紫苏生了场病，老鸨子就请的柳槐实去诊病，这病诊完了俩人也就搭上了。据说感情还不错，但柳槐实想给紫苏赎身可就差得远了，知意楼的小倌可不是那么容易出来的。”

“他想给紫苏赎身？”

“我就那么一说。知意楼那地方跟我们莳花馆一样的，来消费贵，想把人带走更贵。我估摸着，以一个大夫的身家，就是扒了他的皮也不够银子赎人。”

“知意楼很贵？”

“没有莳花馆贵，但就南风馆而言，算不得便宜了。去那个地方的，还是富家的公子、老爷多一些。”九湘用扇子给她扇了扇风，“想什么呢？这愁眉不展的，留神以后眉心挤出皱纹来。”

“在想他的消费水平。”

“这也不好说。比如莳花馆最便宜的茶是三钱银子，客人也可以只点上一壶茶坐一晚上，只是那样就没有姑娘愿意陪着了。干看着别人温香软玉的，只要自己别臊得慌我也不会轰人。点了姑娘陪着坐坐，总要点些酒菜，这最少也要十两八两，还不算给姑娘的赏钱。若是再有点儿别的……”九湘笑了笑，“不封顶。”

夏初干笑了两声，道：“好贵。”

“良心价。”

夏初耸了下肩膀：“关于柳大夫的事，还有什么别的吗？”

“我也就问到这么多。知意楼是南风馆，与我们青楼交集不多。”九湘冲她挤了下眼睛，“可惜蒋大人不在，不然让他去知意楼帮你探探，多好。”

“那他一定会认为我在整他。九姑娘有所不知，我们大人曾经以为我是断袖，还特别跟我说明了，让我不要打他的主意。”夏初一边说，一边笑得捶了捶腿，“那个自恋啊！叹为观止。”

“噢——还有这么档子事。”九湘捻了粒花生放进嘴里，心说：蒋大人啊蒋大人，你给自己刨的坑，不可谓不深呀！

九湘想留夏初一起吃个午饭，夏初没应。苏缜那天说今天下午会去找她，但她不知道具体的时辰，所以匆匆与九湘告辞，路上买了烧饼夹牛肉，顶着一头短发，在路人的指指点点中跑回了家。

苏缜来的时候不到未时。

夏初的小院门朝南开，正是日头稍偏的时辰。听见叩门的声音后，夏初的心也跟着一跳，高声地应了一句便跑去开门。

门开双侧，夏初打开，猛然间却像打开了一幅画。画中，苏缜的剪影卓然而立，侧脸被光勾勒出美好的轮廓，如玉般温润，如竹般清逸。翩翩少年，那般的耀眼。

“夏初，生日快乐。”苏缜对她微笑，缓缓而又郑重地说。微风识趣，恰巧而至，于是衣袂微动，发梢轻拂。

这一瞬间，夏初觉得世界都安静了，变慢了。明明不是初相见，却像邂逅般令人怦然。

这一瞬间，夏初忽然后悔自己为什么是以男子的面目呈现，呈现在这个会让每个女孩都心动的光景面前。她本该松绾青丝，白玉簪头，红妆敷面，浅笑嫣然的；本该含着羞赧的笑容，盈盈地唤上一声黄公子的。

“你今天穿得很不一样。”苏缜看着她，“这身衣服比捕快的制服好看很多。”

夏初这才回过神来，不好意思地笑了笑：“新买的衣服，第一次穿。”她侧身让开门请苏缜进去，目光追随着他的身影，自嘲地笑了一下。

她懊恼，在如斯少年的面前自己却也是个男的。可她也庆幸，倘若如今她是女子身份，也许根本就不会认识他了，更遑论这样的相处。

苏缜走到院中，看见那张小石桌后莞尔一笑，将手中的锦盒放在了桌上，回头问夏初："脚好些了？"

"噢，已经没事了，黄公子的药很管用。"夏初隔着衣袖摸了摸手腕上的丝绳，略有羞涩地对他弯唇笑了笑，"多谢。"

"不必客气。"他轻轻拍了一下桌上的锦盒，对夏初道，"带了个礼物，一点心意，不知道你会不会喜欢。"

夏初放下心中涩涩的情绪，嘿嘿一笑："黄公子太客气了，你能来我就已经很高兴了。不过，不巧的是我们大人有事离京了，今天不能介绍你们认识了。"

"我知道。"苏缜顺口答道，说完后心里一惊，忙又笑道，"我的意思是……你上次也说了，见蒋大人并不重要，重要的是我能来。于我也是。"

夏初走到石桌前把那个锦盒小心地捧在手里，抚了抚："好精致的盒子。"

苏缜失笑道："若是礼物不好，是不是你就要把盒子留下了？"

夏初也笑起来："也行。不过黄公子的眼光自然是不会差的。"说着，她便把盒钮打开。盒子里静静躺着一个用丝线扎起的纸卷，而不是什么金玉奇石或者光怪陆离的东西。

她还以为像苏缜这种富家公子，送礼物必然是豪气冲天，现在打开一看里面居然只是这么素净的一卷纸，不免让她越发地好奇，也更期待起来。

如此郑重，难道是名人字画御笔墨宝不成？

苏缜的心情有点忐忑，既期待又紧张，轻轻扬了下头，"打开看看。"

夏初看了他一眼，把纸卷拿出来，放下盒子，又小心地解开了丝线，将那个幅面不大的纸卷慢慢展开。

当整幅画慢慢呈现在她面前的时候，夏初愣了。

苏缜在一旁解释道："日子有点久了，我记得不是很清楚，也不知道你能不能认得出来。这个是……"

"我的照片……"夏初喃喃地说。

苏缜笑了笑，道："你说过，想家人的时候你就会把照片拿出来看看。所以，送你一张大一些的，这样挂在屋里随时都能看到。可好？"

夏初看着手里的画，出神半晌，缓缓地点了点头。

画里的四个人错落而置，与照片上的样子一样，只是发型衣服都变成了这古代的装束。细论眉眼的话倒也谈不上特别的像，但那一家四口温暖的氛围却洋溢于纸上。

夏初转头看着苏缜，抿嘴一笑，忽然觉得眼眶发热鼻子发酸，又赶忙转开了脸，努力地想把眼泪咽回去。

她把画小心地放在盒子里，使劲地眨了眨眼睛，又用手扇了扇，深吸了一口气，努力地冲苏缜笑了笑，“黄公子……”

“嗯？”

“谢谢你。”夏初搓了搓手，“我是想说……这是我平生收到的，最好最好的礼物。”她又有点想哭，低下头，抬手拨了拨额前的头发，而后看着苏缜的眼睛，用力地，一字一字地说道：“最好最好的。”

如果可以，她真的想给苏缜一个拥抱。

苏缜目不转睛地看着夏初，看着她眼中泪光盈盈，竟有点心疼。他知道夏初的眼泪并不是难过，可他却替夏初感到难过。

“你能喜欢这礼物就好。”

安良说过，送礼物就要送朋友需要的。他想，夏初所需要的一定不是金银珠宝，一定不是权势官职。她最需要的，最想要的，却偏偏是最不可能得到的。

是想珍惜，却没有机会珍惜的家人和亲情。那种遗憾，是无论多么坚强乐观，也永远抹不去的心中伤痛。

他想说，他明白。

夏初又把画拿在手里反复地看了看，苏缜则要来她的那张照片，对照着比了比哪里不太像：“这次有点仓促，改天重画一幅给你。”

“不用，这幅已经很好了。”夏初指了指画上的小男孩，“这个是我，很像。”

苏缜不好意思地笑道：“其实只有这个是我画的。因为记你记得最清楚。”

夏初没听过甜言蜜语，也不知道苏缜的这一句算不算甜言蜜语。她想，或许是听者有心，可能是自作多情，但总归那微沉而透彻的嗓音说出的这句话，感觉那样特别。

她去厨房找了一点面出来，加水熬成糊，与苏缜一起仔细地把这幅画贴在了墙上，贴在她每天一睁眼就能看到的地方。她希望他们能够看见自己每一天的坚强，在这孤单而又温暖的人间。

贴完了画，苏缜和夏初傻站在屋里，谁也没有说话。主要的原因是，两人都很茫然，接下来要去做什么。

夏初只知道自己要过生日了，可最近案子忙，她也没空想这生日到底要怎么过，就想着要吃顿饭。但眼下午饭已过晚饭还早，这段时间用来干什么呢？

往年她的生日都是去家人的墓上去祭扫，再自己吃碗面。她倒是给朋友庆祝过生日，无外乎就是去唱唱歌，西京城肯定是没有这种设施的，想都不要想。也不知道古人过生日都会做点儿什么。

夏初为了掩饰自己的无知，便笑呵呵地问苏缜："黄公子，我往年也没过过生日，不知道黄公子有什么建议吗？咱们应该去哪儿？"

苏缜被她给问住了。

他没有给别人过过生日。或者可以这么说，他没有给一个普通人过过生日。他爹的生日，那是万寿节，阵势之大，礼节之繁复，完全没有可以参考的地方。

宫中嫔妃或者皇兄弟的生日，也就是开个筵席，让舞姬合着丝竹之音来上一段，区别只在于跳的是什么舞。

他以为夏初自会有安排，哪想到她竟然问起自己来了。

"你想去什么地方吗？我都随意。"苏缜又把球踢了回去。

"黄公子是客，主随客便。"夏初硬拗了个理由，又推回给了苏缜。

苏缜一听这蹩脚的话，便知道她是真的不知道要做什么了，而不是纯粹跟自己客气。他心说这样推来推去的也不是个事儿，想了想道："我有点渴了，能不能给我沏点儿茶？"

"啊？"夏初一愣，随即忙点了点头，"哦，好，好，稍等一下。"

等夏初前脚迈出屋门，苏缜便仰头低声喊了一声闵风。屋顶上的一片瓦被轻轻揭开，露出闵风的半张脸来："公子。"

"通常过生日都会干什么？"

"吃饭、喝酒、去青楼。或者去青楼吃饭喝酒。"

苏缜脸一沉，指了他一下，又往屋外看了一眼："再想！"

"听戏。"

"去安排。"苏缜冲他挥了挥手，闵风应了个是，那片瓦便重新盖了回去。苏缜去厨房找到夏初的时候，夏初刚舀了一壶水，正准备往灶上放，见他进来便道："黄公子稍等一下，热水还要现烧。"

"不用了，我想到一个地方不知道是否合你的意。"

"什么地方？"

“泰广楼。你喜欢听戏吗？”

“我怎么都好啊！”夏初松口气，有去处就好啊，要不然把人家请来在家里干坐着，未免也太尴尬了。“前两天还听人说起来呢，说德方班有个唱旦角的，现在红得不得了，我挺好奇的。”

“那正好，听过戏再吃个饭。意下如何。”

“意下相当不错。”夏初把铜壶往灶上一扔，掸了掸衣摆，扣上自己那不伦不类的捕快帽子，“走着！”

安良驾车载着苏缜和夏初奔西市泰广楼，车行到路口便进不去了。苏缜隔帘看着乌泱泱的人群，便让安良去看看怎么回事。

“小良，不用看了，这都是听戏的。”夏初撩开车帘出去，站在车板上望了一眼，对苏缜道，“我把这事儿给忘了，咱这想看戏可不一定能有位子。”

苏缜不置可否地笑了笑，对安良道：“你过去看看，若是有地方了便来找我们。我们在对面茶楼等着。”

安良自然明白苏缜的意思，便依言去了。

茶楼里也是满满当当的，苏缜和夏初只好在外面站着。人群挤挤挨挨的，高声或低语的说话声嘈杂不已，让苏缜很不适应。

夏初看着这么多人也是有点心烦，回头去看苏缜，见他一袭月白长衫于人群中，仿若明月置于星河，看一眼，就觉得那烦躁之意退散得干干净净了。

苏缜把目光从人群之中收回来，微微侧头看着夏初，“你总看着我做什么？”

夏初十分坦诚地说：“眼睛累，不想看别处，看着黄公子养养眼睛。”

苏缜被她说得有点不好意思，不知怎样回答她才算妥当，只好摸摸鼻子转过了头去。不一会儿，他又回头看着夏初，目不转睛，须臾点了点头：“这法子倒还不错。”

夏初愣了一下，随即忍不住笑出声来。

她私心里猜测着，苏缜平时的生活一定十分刻板、规矩，夸张点儿说也许还有点压抑。他就像那种从小到大的优等生，可能属于“别人家的孩子”那个范畴，长辈给的压力大，自己给自己的压力也很大。最后压出来个少年老成的性子。

这得是什么样的成长环境啊，想想也是胸闷。

夏初隐约地想过，究竟为什么他们贫富差距如此之大，他却愿意来找她，与她做朋友。大概就是因为与自己在一起他才得以放松吧。

真是个可怜的富二代。

正这时，人群中一阵骚动，满巷子的人都往巷口拥过去，有人激动地喊着：“月老板来了”，声音渐大。然后一辆马车被簇拥着从巷口缓慢地行了进来。夏初看着戏迷痴狂的表情，听着人群发出来的呼喊声，觉得与现代明星走红毯无异，她几乎有种听见了相机快门声的错觉。

“月筱红？”苏缜问道。

夏初点点头：“黄公子也知道？我说的那个很红的旦角就是他了。”

马车停在泰广楼的门口，车帘一掀，车里走下来一个清瘦的年轻男子，看上去最多十八九岁的样子，穿着银鼠灰色的长衫，他慢转身看了一眼簇拥的人群，若有似无地一笑。

下面的人群喊得更猛了。月筱红朝左右侧各轻轻点了点头，算是打了招呼，然后便被泰广楼的人护送着进后台去了。

真有风情。

夏初正饶有兴致地看着，忽然间瞧见人群外围的一个瘦小男子，眼睛左右地瞄着，手却探进了人群中，等再拿出来的时候，手上便多了一个荷包。他把那荷包一收，迅速换了个地方站好，挤着前面的人，一边喊着月老板一边又探了手进去。

夏初嘿嘿一乐，对苏缜道：“黄公子等我一下。”

“怎么了？”

夏初摆摆手没说话，大步走到那个瘦小男子身边站定，等他正拿了荷包出来时，才捏住了他的手腕。

那男子一惊，松手就要把荷包扔在地上，夏初冲他笑了笑：“没用，你袖子里还有一个呢，扔了这个，另一个你要怎么解释？”

“爷，爷，您行行好饶我这一遭。”那男子苦着脸道，“我这也是没辙，我家里……”

他这一说夏初更乐了：“你家里是母亲病了还是父亲病了？”

“我……我儿子病了。”男子硬着头皮说道。

“行了吧，把荷包都拿出来。”夏初拍了拍他的袖子。那男子挣了两下手腕没有挣开，这才一脸颓丧地从袖子里把刚刚偷来的那个荷包拿出来，连同手里的那个都给了夏初，嘟囔道：“得，算我今儿倒霉，才刚开张就碰见个管闲事的。”

夏初摇了摇头：“我还真不是管闲事儿，不过你今儿倒霉倒是真的。我是府衙的捕快，跟我走一趟吧。”

夏初这话一说完，那男子脸色登时就变了，疯了似的往后就退，愣是把夏初拽了个趔趄。夏初一只手拿着两个荷包也空不出手来，单手到底是力气有限，愣是被他挣脱开去，眼瞧着那人跟兔子似的就蹿没了人影。

苏缜走过来问她是怎么回事，夏初只是耸耸肩道："一个小偷，跑了。"

"怎么不喊我帮忙？"

"人太多，我不想弄出太大的动静来，回头群情激愤的，一人一脚都够把他踹死的了。算了，反正偷的荷包拿回来了。"夏初掂了掂手里的两个荷包，转身拍了拍那第二个被偷的人，说他的荷包掉了。

那人道了谢将荷包收好，夏初又走到旁边去找被偷的第一个人。到了那人旁边一拍他肩膀："兄弟，你荷包掉了。"

那人回过头来一愣，低头看了看夏初手里的荷包，便赶忙退出人群双手接过，拱手道："多谢这位兄台。"

苏缜一见这人，便倒抽了一口冷气，刚想往旁边躲闪却已经晚了，那人抬头看见苏缜后惊讶地张了张嘴，手里的荷包差点儿给扔出去："皇……"

苏缜一看躲是躲不了了，赶紧上前一步拍了拍他的肩膀，背对着夏初对他使了个眼色，轻轻地摇了摇头，口中道："李公子，这么巧？"

夏初一看这情形，便道："黄公子，原来你们认识啊？"

苏缜转过身去对她笑了笑："是，这位是新科进士李檀，李公子。"说话间，手上又用力地捏了捏李檀的肩膀。

李檀没想到居然在这碰见了皇上，严重的不真实感让他脑子蒙了一瞬，直到苏缜的手劲让他回过来神儿。他虽是个读书人，但到底也是不笨的，立刻便明白了苏缜的意思，调整好情绪后马上入戏，对夏初道："幸会幸会，原来都是朋友，真是要多谢这位……"

"幸会，我姓夏。"夏初接口道。

"噢，真是多谢夏公子了。"李檀看了看夏初，又看了看苏缜，"那您二位忙着，我就不打扰了。"

"李公子不听戏了吗？"夏初问。

李檀心说我哪还敢听戏啊！今儿看见这一出还不够？

"我就是路过，路过。"他转头看了一眼月筱红的马车，"正赶上月筱红来了，我就凑凑热闹罢了。我还有事，改天若有机会再与夏公子闲叙。"

苏缜一听，忙说道："李公子既然有事，也就不耽搁你了，改日朕……真的要与你好好叙一叙。"

“呵呵。”李檀一边拱手一边往后退，“不敢不敢，哦，我的意思是好的，好的。”说完又对夏初点了点头，转身逃似的快步远离。

李檀这边刚走了没两步，便有个小公子打扮的姑娘迎面蹿出来，扬声道：“李檀，你找到……”

李檀一捂她的嘴，拖着她走出了苏缜与夏初的视线。夏初远远地看着，偷偷一笑，低声对苏缜道：“我知道这李公子为什么跑得这么快了。”

苏缜心中一惊，没敢转头，只是偷眼瞄了瞄夏初的神情，小心地问：“为什么？”

“你没看见刚才的那个找他的小公子吗？身量那么小，肯定是个姑娘。这李公子大概是偷偷地约了哪家的小姐出来看戏，怕被你看见吧。”

苏缜暗暗地松了口气，笑道：“大概是吧。”

安良回来了，寻见苏缜后擦了擦额头，借机邀功：“公子，今儿是月筱红的戏，位置可是不好找呢，小的可是费了不少的心思，才寻到个二楼靠近戏台的雅座儿。”

“是吗？”苏缜对安良笑了笑，用手指点了点他的肩膀，回头对夏初道，“走吧。”

不远处的一条巷子里，闵风看苏缜往戏楼里去了，这才收起手中的短刀，对他面前一个抖似筛糠的华衣公子哥道：“多少钱？”

那公子哥哭着嗓子道：“您要多少……我给多少。壮士，别……别杀我。”

闵风浅蹙了一下眉头：“雅座茶钱。”

“啊？”

闵风见他不说话，也懒得再问了，掏出张银票塞进他怀里，拍了拍：“走吧。”

“啊？”

“回家去。”闵风说完，将短刀隐进袖中，返身汇入了人流之中。那华衣公子愣了好半晌，才想起从怀中摸出银票来看一眼，看完后他挠了挠头，哭着脸低声嘀咕：“这，这到底什么意思啊……”

苏缜与夏初分着人流往泰广楼门口走，夏初挤在人群里走得有点艰难，但心情十分雀跃。以前，除了在春晚上听几段戏外她还没再听过，但对戏楼这种地方一直心存向往之情。

那些被叫作老板的角儿，那些一掷千金捧角儿的公子小姐，还有那些满堂的叫好声，她都很想亲眼见见，亲身体会一下。

泰广楼的大门口被人挤了个水泄不通。里面的座儿已经满了，但还有一帮人想要寻个站的地方，那个特别贫的门子叉腰站在门口，遇神劝神，遇鬼骂鬼，全给挡了回去。

夏初踮脚看着他，觉得大有点舌战群雄的意思，不禁暗暗发笑。这边没留神，人群里挤出一个大汉来，直奔夏初撞过去。

苏缜瞧见，抬手往夏初的肩膀上一揽，将她拉到了自己的身前。夏初还没反应过来时，便猝不及防地倚在了苏缜的肩膀上。

“人太多，小心一点儿。”苏缜低头嘱咐道。

夏初下意识地点了点头，等苏缜身上那好闻的清淡香气飘进鼻腔，她才忽然意识到自己正靠在苏缜的身上。苏缜手掌的温度透过衣料清晰地烙在夏初的肩膀上，让她浑身都紧绷了起来，站得笔直。

一副僵硬的小鸟依人状态。

夏初抬眼偷看苏缜，目光轻轻一点又赶紧避开来，生怕他转过头来看自己，看见自己脸庞发热，看见自己的紧张。

苏缜将手从她肩上移开，心中莫名焦躁，勉强一笑，对夏初道：“唐突了。”

“没，没事。人，人真是很多哈。”夏初呵呵地笑了笑，清了清嗓子，正想要从苏缜身边挪开点儿距离，身后猛地又被人一撞。她一低头，脑门直接磕在了苏缜的嘴上。

夏初赶紧往后仰起了头，目瞪口呆地看着苏缜。苏缜也看着她，心脏没由来地跳空了一拍。

“对……对不起。”夏初摸了自己脑门一下，又看了看自己的手指头，还好，没怎么出油。

不，不对！她鄙视了自己一把，现在不是担心出油的问题！

“你……”夏初伸手想摸一摸苏缜的嘴，手抬起来又觉得不合适，转而摸了摸自己的鼻子，“没磕疼吧？”

苏缜的脑子稍微有点乱，答非所问地道：“好像那边可以上二楼。”

“那真不错。”夏初也胡乱地应了一句。两人便一前一后闷声不语地奔台阶处去了。

泰广楼分两层，一层散座，堂中挑空，二层三面绕戏台的都是雅座。安良已经先上来了，看见苏缜和夏初后便冲他们招手，引到了闵风强买来的座位上。

戏楼里已经响了锣鼓点儿，急急风的节奏，有跑龙套的戏子从后台上来，在台上翻几个跟头或者三三两两地过上几招，算是暖场。

夏初被这快节奏的锣鼓点儿敲得心情激动，暂时忘了刚刚的尴尬，扭头问苏缜："黄公子平时爱听戏吗？"

"还好。平时多是请堂会，来戏楼听戏倒是头一回。"

"也是。"夏初点点头，心说果然不是一个消费档次的。

安良让戏楼小二上了茶点，苏缜侧头问他："今儿什么戏？"

"今儿是老生和花旦的戏，《游龙戏凤》。月筱红应花旦，平时月筱红唱正旦青衣的时候多，花旦戏少，所以今天外面的人格外多。"安良回道。

苏缜"嗯"了一声，把"游龙戏凤"四个字在心里过了一遍，忽然侧头对安良道："《游龙戏凤》？"

安良一怔，旋即笑得有点尴尬："今儿就赶上这出了……"

"《游龙戏凤》？"夏初道，"是不是关于皇帝微服出宫与民间女子的爱情故事？"

苏缜有点心虚地点点头："你听过？"

"没有，但一听这名字就是这么回事。"夏初端起茶来喝了一口，又轻轻放下，叹了口气道："悲剧啊。"

"夏公子，这出《游龙戏凤》不是悲剧。"安良在一旁解释道。

夏初不以为意地笑了笑："戏当然不是悲的，但这故事是悲的。"

"那民间女子不知几辈儿的造化，得了皇上的垂青，怎么就悲了呢？"安良不赞同地说。

"怎么不悲呢？我们那儿也有《游龙戏凤》的故事，说有个皇帝出宫喜欢上了一个叫李凤的姑娘，带着她离了家乡。几日欢好后又把她给抛下了，那李凤身在异乡又怀了孩子，无人过问，产子后郁郁而终。戏嘛，自然就表现这皇上与李凤的奇遇，谁又知道戏外真实的李凤是哪种境遇呢？"

"那定是个昏君。"安良愤愤然地说，"可不是所有皇帝都是如此的。"

"倒确实是昏君，可这种事与昏不昏君也没多大关系。姑且就算那个皇帝没有抛下李凤，李凤随他入宫了又能如何？皇上的牵绊那么多，总不会独爱她一人的。她没有家世背景，在宫里还不是要被欺负死？"

夏初抓了块点心，顺口问苏缜："黄公子，你说是不是？"

苏缜面色微沉，被夏初问起来也不知道如何作答，只是牵动唇角勉强地笑了一下："不清楚。"

安良看着苏缜的神情，百爪挠心，急急地道："我不知道夏公子故国是何处，但既在景国便是景帝的臣民，莫要乱说话。我们的皇上可是一等一的好人，可别拿你们的昏君来比，留神掉了脑袋。"

"安良。"苏缜抬手对他一摆，"你话太多了。"

安良应了个是，犹有不甘地退到了一边。既担心苏缜不高兴，又有点担心夏初惹了苏缜不高兴，招祸上身，死都不知道自己怎么死的。

夏初有点不解地回头看了看安良，低声问苏缜："是不是我说错什么了？小良看上去不太高兴。"

"有吗？"苏缜回头问安良，声音沉沉的，"你不高兴？"

安良瘪了瘪嘴："小的是月筱红的戏迷，听夏公子这么说，替月老板叫委屈罢了。"

夏初失笑道："你明明是替那皇上叫委屈，我才是替月老板叫委屈。哎，不过一出戏罢了，哪来的那么多民间传奇。我们大人说过，咱们的皇上十分勤勉国事，哪来的时间四处奇遇去，对不对？"

安良仰头去看天花板，自觉已经无力再说些什么了。

说话间，台上的急急风一停，紧接着转作夺头的锣鼓点儿，戏要开场了。夏初不再多说，将注意力放在了戏台之上。可苏缜的情绪并没有被带起来，他转头看了她一眼。心里的情绪略微有些复杂。

他承认夏初说得有道理，戏文不过就是戏文，那所谓皇上出宫与民间女子相爱的故事，也就是文人风花雪月的幻想。

他是皇上，出宫来无非就是散散心，享受一下自由的感觉，莫说他警醒着自己不能发生这种事，就算真发生了，想要把一个民间的女子带进宫，那些臣子还不定要怎么闹翻天了。

他若不爱，又何必招惹；他若心爱，却又不能护她周全，倒还不如不爱。

就像自己的母后，说起来当年也是长宠不衰，家世厚位份高，可那又如何呢？还不是常常寂冷地独坐宫中，还要时时提防着后宫的勾心斗角。有夫君却不能亲近，有儿女却不得团圆。

苏缜浅浅地叹了口气。夏初没说错，这游龙戏凤一出传奇佳话，若深究其结果，当真算得上一出悲剧吧。

戏台上，月筱红已经上场了，贴了片子扮了女装，当真看不出男儿相来，身段柔美得让夏初自叹弗如。台下亦是叫好声不断。

只不过，夏初看了一会儿后就没了兴致。原因很简单，她听不太懂。

不懂得唱腔念白的韵味倒也还好说，可词儿都听不明白就没法破了。她忘了，以前从电视里看戏，那都是带字幕的。

看着看着，夏初便走神了，开始在脑子里回顾起广济堂案子的案情来。

一大段老生与花旦的西皮流水后，满场叫好声差点儿把顶棚掀了，却唯独苏缜与夏初所在的位置，俩人皆是安安静静地各自出神。

苏缜被叫好声打断了思绪，转头一看夏初，见她锁着眉，指甲轻轻地刮着自己的嘴唇不知道在想什么，便问道："不喜欢听？"

"也不是。"夏初对他笑了笑，"说出来黄公子别笑话我。"

"怎么？"

夏初往他身边靠了靠，虚掩着嘴低声道："我听不太懂。"

苏缜不禁莞尔："早知道便不来听戏了。"

"见识一下也挺好的，回去与我们刘师爷吹嘘一下，好歹我是见过月筱红了。"

两人各自饮了口茶，终于是将目光放在了戏台上。苏缜有一搭无一搭地与夏初说着戏词，讲了讲这看戏究竟要看什么，告诉她为何唱旦角的人那么多，偏就这月筱红这么红，他的唱腔好在哪里。

夏初听得饶有兴致，再配合着现场的演出，终于摸到了一点儿门道。

可惜刚听出一点儿滋味来，散戏的曲子就响起来了，两个主角缓缓上场谢幕，登时便有大把的银钱往台上扔过去，这幕谢得很是缓慢冗长。有戏班子的人用长竹竿挑着个篓子沿边走着，二楼的公子们便把银票银锭放进篓子里。

篓子绕到苏缜跟前，安良从怀里掏出一张银票来放了进去，夏初也去摸钱袋，却被苏缜按住了："戏我来请。"

夏初往那篓子里张望了一眼，悄悄地吐了一下舌头，对苏缜道："那就多谢黄公子了，我的这点钱放进去好像有点丢脸。"

安良在一边道："这也还不算什么，那些捧戏子的老爷公子哥儿们手笔才大呢，比去青楼消费还高。"

苏缜回头看他一脸正儿八经的表情，忍不住揶揄道："你还去过青楼？"

安良委屈地对苏缜瘪了瘪嘴："小的自然是没去过。"

夏初并不明白这主仆二人的话里有什么玄机，说道："青楼多贵啊！哪里是一般人消费得起的，是不是？小良，还是攒钱娶个媳妇是正事儿。"她摆了摆手，"别往那地方去砸银子。"

安良听完都快哭了。他做个太监容易嘛!

苏缜闷声笑了笑，起身拍了拍安良的肩膀以示安慰：“好了，散戏了，找地方吃饭去吧。”

苏缜本想带夏初去吃侍德楼的，上次他们去过，结果是夏初被一壶茶的价格给吓了出来。

他与夏初说了这个想法后，夏初说什么也不答应：“刚才看戏的茶钱已经是你掏的了。虽然我不如黄公子有钱，但怎么说今天我生日，饭总要我来请才行。”

苏缜见她如此说也就不好再坚持。

西市这边有不少番邦的店铺，自然也有不少异域饮食的餐馆，夏初寻了一家环境干净的进去，要了几个推荐的菜。

点罢了正菜后，夏初又要了一碗面，还习惯性地说今天是自己的生日，可不可以赠送。在现代的时候去餐馆吃饭，凡是说过生日的，一般都会给碗清汤面意思一下。

可西京城里的餐馆却没这规矩。也不是没这规矩，最主要的是没有人这么做过。有钱人家做寿都是大排场，不会到馆子里来，穷人家过生日就自己在家下碗面了。哪有人掏钱下了馆子却还要省这一碗面钱的?

好在这伙计也是伶俐，算了一下便知道送碗清汤面一点儿都不亏，便痛快地答应了。又顺势追问他们要不要来点儿酒。

苏缜与夏初对视了一眼，都有点含糊。按道理过生日喝点儿酒也是应该的，但上次喝酒之后那醺醉中朦胧的气氛，又让两个人多少有点犯嘀咕。

“不用了，我们酒量不好。”夏初对伙计摆了摆手。

“公子，过生日嘛，人说无酒不成筵席。”还不等夏初说话，那伙计又道，“您酒量不好也没关系，我们这有酒劲温和的葡萄酒，您尝尝?”

“葡萄酒?你是说那种……葡萄酒?”夏初来了兴致。

“咳，我不知道公子您说的是哪种葡萄酒，不过您尝尝保证不后悔，京城卖这种酒的可是不多，都是西疆的琐琐葡萄酿的呢。这酒甜酸适口而且不上头，酒量不好也无妨的。”伙计不遗余力地游说道。

夏初看着苏缜，征询他的意见。苏缜是喝过葡萄酒的，知道这酒不算烈，便道：“你若想喝的话来点儿也无妨。毕竟是生日。”

“好！”夏初轻拍了一下桌面，一副豪气干云豁出去的架势，“那就先来一壶吧。”

“好嘞！葡萄酒一壶！”伙计高声吆喝了一句。

没一会儿的工夫酒就上来了，店伙计把执壶和酒杯放在桌上，又给他们一人斟了一杯：“二位尝尝。菜一会儿就得，您先喝着，有事儿尽管招呼。”

苏缜举起杯来，往前探了探：“夏初，生日快乐。”

“多谢黄公子今天能陪我过生日。还有，谢谢你请我听戏。哦，还有，谢谢你送给我的礼物。还有……”

苏缜笑道：“你要一杯酒全谢完？”

“那就……”谢谢你让我认识你吧，夏初在心里默默地说。她与苏缜碰了杯，两人将杯中酒一饮而尽。

“好喝吗？”苏缜又给夏初斟上了一杯。

“不错，偏甜，要不是其中夹杂着热辣的酒味，倒挺像果汁的。”

碰过了一杯后，两人便开始浅酌。不一会儿菜和面也都端了上来，夏初又要了只空碗，将那碗寿面挑出半碗来递给了苏缜。

苏缜接过来用筷子挑着吃了，滋味可以说相当寡淡，但滋味又可以说是相当厚重。一碗面，夏初分给了他半碗，他觉得就像夏初曾经说过的，她与李二平和阮喜分一碗羊汤那样，仿佛是昭示着作为朋友的某种资格。

他吃得很认真，一根面都没有剩下。

吃得酣畅聊得兴起，便又添了一壶酒来，等吃罢了饭菜，酒也都见干了。夏初的脸上染了淡淡的红晕，处在一个微醺与半醉的临界点上，十分舒服。

苏缜也喝得恰到好处，心情颇好，与夏初谈兴正浓，很怕这一天就这样结束了，直想时间过得慢一点儿，再慢一点儿。

慢到今天的太阳永远不西沉才好。

一阵风透过半开的窗子徐徐灌入，夏初微微地仰起脸来嗅了嗅，轻声吟道：“春有百花秋有月，夏有凉风冬有雪。若无闲事挂心头，便是人间好时节。”

“人间好时节……”苏缜垂眸轻轻摇头，“只是何时才能没有闲事挂心头？”

夏初支起胳膊来托着下颌，对苏缜一笑：“一瞬间也是好的。”

一瞬间也是好的。

苏缜忽然就被这平平的一句话给触动了。过往经年，多少生死喜怒，沉淀后再回想起来也就是那一个个的瞬间罢了。

他所能回忆的瞬间，似乎总是那么灰暗。每一个他能回忆起来的眼神，曾经都带着心机，每一句话都曾经意味深长，那就是他成长的基调。母后触柱的那个瞬间，他听见父皇驾崩消息的那个瞬间，看见皇兄尸身的那个瞬间，都像噩梦缠绕成网，兜住他的生命。

一瞬间也是好的。他似乎也隐隐地这么期盼过，期盼有一些事，有一些景，有几个灿烂美好的瞬间，能让他反复地去咀嚼回味，会害怕忘记，会在想起时忍不住柔软了内心，弯起唇角。

苏缜抬起眼来，看见夏初正举着酒杯慢慢地摇晃，微微地眯着眼睛，笑意浅浅，一副陶醉的模样，他便有些羡慕起来。

她真是个很容易快乐，也很容易让别人快乐的人。

苏缜默不作声地看着她，忽然注意到夏初腕子上的那根丝绳，只觉得眼熟，一时间没想起出处在哪里，于是问道："你手腕上的那是……"

"这个？"夏初抬起手腕看了一眼，转了转那粒珠子，"你送给我的那罐药上的系绳，我瞧着精致又好看，所以顺手就戴上了。"

"难怪看着眼熟。"经她这一说，苏缜这才记起来。没想到这随手的东西却让她用作了饰物。

苏缜啜了一口葡萄酒，唇边浅含了一抹笑意，眼睛却看着夏初的腕子。那手腕有些瘦削，约莫一掌的粗细，天青色的丝绳和糯白的珠子本是极普通的宫中物什，他从未放在眼里，但被夏初绕在手腕上却显得格外精致起来。

苏缜看着她的手腕，忽然有种想要握在手里的冲动，一晃神的工夫又赶紧错开眼去，犹自尴尬地清了清嗓子，寻了个话题道："刚刚在戏楼里看你出神，在想什么？"

夏初眨了眨眼睛，回忆了一下，说："哦，那时候在想案子的事。就是上次我说的那个广济堂的案子，现在线索挺多，我有点抓不着头绪。"

"线索多不是好事吗？"

夏初摇了摇头："单一线索最好，锁定嫌犯顺着一条路揪下去，找到动机、作案时间，人证或者物证，这案子就破了。可线索多就好像走迷宫，看着都是路，但揪下去却不知道哪条才能走得通，会费更多的周章。"

"广济堂的案子死者是谁？"苏缜问道，问完又说，"哦，要是不方便说也无妨。"

"这倒没什么不方便的。死者是广济堂东家的妻子，也就是百草庄的庄主夫人。"夏初想了想，索性多说了一点，"我去过百草庄，也不知道是不是我疑心重，倒觉得他们每个人都挺可疑的。噢，还有广济堂的一个大夫，我也觉得有点问题。”

苏缜沉吟片刻后说道：“我没接触过案件，但倘若是谋杀的话，似乎一般逃不出那几个理由去：情杀、仇杀或者图财害命。对吗？”

“对，绝大多数的谋杀都是这三个理由，可那个曹雪莲的死状却不像谋杀，更像是激情杀人，因为现场处理得十分潦草，作案工具也是广济堂的。说起激情杀人，是指凶手被激怒而将人杀害，一般事前都会与死者有过争执。但这争执的理由可就多了去了，我们现在在查的也就是这个，这就说来话长了。”

“我虽不太了解案情，但乍一想的话，能与一女子起口角并将其杀害的缘由，恐怕是与情有关。”

夏初打了个响指，指了指他，赞道：“黄公子厉害啊！昨天刚查到的，曹雪莲被害时身怀有孕，而且她在死前曾去一家药铺抓了堕胎的药。”

“堕胎？那也就是说这个孩子不是她丈夫的？”

“我们也是这样认为的。”

“如果是这样，那么她的丈夫不是最该被怀疑的人吗？”

“按道理说是的，但她的丈夫不在京城，在死者被害之前就已经离京了。而且这件事是不是就是她被杀害的理由，还有待查证，现在还不能妄下定论，不然有可能会忽略了其他的线索。查案很怕有盲点，会禁锢了思路。”

夏初拿起一支筷子来无意识地在盘子里划拉着：“百草庄的人给我的感觉都很不对劲儿，语焉不详，态度暧昧，话也说得是半真半假，可又捉不住明确的把柄。要是有窃听器就好了，在他们屋里都安一个。”

“什么器？”

“噢，是我幻想中的东西，类似于……顺风耳？你坐在别处，却能听见他们说话。”

苏缜一听不禁笑了笑，道：“要真是有这样的好东西，两军阵前岂不是无往不利了？”

“那倒不是。你想啊，既然你有，那保不齐别人也有的，这样一来岂不是又平衡了？”

“也是。”苏缜转头看了一眼外面日渐西沉的天空，忽然对夏初道，“不如去看看？”

“看看？看什么？”

“百草庄。”

“啊？”夏初还没反应过来，苏缜已经站了起来，从荷包里掏出个银锭放在桌上，抓起夏初的手腕便往外走。

夏初回头看着那锭银子，愣愣地被苏缜拉着走了几步后，大声道：“不对啊，黄公子，说好了这顿是我请的。”

“无妨。”

“不是……”夏初被苏缜拽着走出了餐馆的大门，心还记挂在那一锭银子上，“你给得太多了啊！黄公子……”

苏缜充耳不闻，夏初手腕处细嫩的皮肤，微凉的触感，从他的掌心直抵心头。说他心猿意马可能不合适，但终归脑子是乱的，也全然不顾自己抓着一个男人手腕的行为有多么诡异。

他心里明白自己身为一个皇帝，这样做是不对的。他想起了夏初说的那个皇帝，那个带走了李凤的皇帝。那是个昏君，可昏君到底是自在，想做什么就去做什么了。他不是昏君，可这时候他遏制不住地想任性一回，放肆一回。

“若无闲事挂心头，便是人间好时节。”把那些国事的负累、身份的枷锁都统统抛开，或许以后无聊苦闷时，他便能有这样一次恣意妄为的经历可以让他回忆。

而他内心深处更希望的是，再多与夏初相处一会儿，哪怕多一个时辰也是好的，真的，哪怕只是多一瞬间也是好的。也是自在的、高兴的。

苏缜告诉安良要出城后，安良愣是没反应过来，好像不明白“出城”两个字是什么意思似的看着苏缜。愣怔了好一会儿，表情一变，安良连说话都走音了：“出城？！皇……不，不行啊！这都什么时辰了？”

苏缜把安良拽到一边，意味不明地对他笑了笑，用指甲在他脖子上划了一下：“安良，朕知道你是个忠仆，可忠仆，总得是活人做的。”

安良咽了咽唾沫：“公子，您……您又喝酒了？”

“这跟喝酒没关系，朕酒量好得很。”苏缜笑着拍了一下他的胳膊，“走吧，再晚城门要关了。”说完，撑着车板便跳了上去，又从帘子里对他勾了勾手指。

跟喝酒没关系？骗鬼啊！

安良觉得苏缜的心里好像锁了个顽童，酒就是开锁的钥匙，一喝完酒就有点本性毕露的意思。他使劲地攥了攥手里的鞭子，抬头四处踅摸，压低了声音喊闵风。喊了几声后闵风便从身后拍了他一下：“要出城？”

“是啊！”安良急得跺了跺脚，“赶紧劝劝啊！这还得了，这事儿要让别人知道了，咱们这脑袋就真得搬家了啊！”

“谁知道？”

安良眨了眨眼。谁知道?

他转念想了想，也是啊！宫里没有太后没有皇后，没有妃子，自己的领导除了皇上之外别无他人。也就是说，除了皇上，没有人能让他屁股开花脑袋搬家。

安良回过神儿来后，指了指闵风：“话虽少，倒句句在点儿上。不过你可跟好了，皇上最近贪玩了些，可别出点儿什么意外。”

“老气横秋。”

没等安良回嘴的话说出口，闵风一闪便不见了。安良左右瞥了两下，哼道：“会功夫了不起啊！神出鬼没……”

紧赶慢赶的，赶在关城门之前出了城。安良回头看了一眼高高的城墙，心想这可怎么回来啊！

罢了，事已至此，也只能硬着头皮继续赶车了。好在是俩大男人要去办案，这夏公子要是个女的，岂不是真的要游龙戏凤了？

车行在城外官道上，夏初卷起车帘看着远处，倦鸟晚归，鸦叫声声，飞入大片被西沉的日头染成金橘色的天空。漫漫无边际的平原风景，树木如剪影般贴在天边，光芒透过叶间明灭，粼粼如挂满了细小的金铃。

车飞驰，好像路就没有尽头似的。

夏初忽然轻轻地笑了起来，觉得这简直像一次说走就走的旅行，也仿佛给了她一次奋不顾身的爱情般的错觉。

只可惜是错觉。纵然美好。

夏初的笑被苏缜尽收眼底。他不知道夏初在想什么，不愿去问，也不敢去问。他也有心生怯意的时候，那是在面对着自己不知如何拆解的心情，回避着不想深思的情绪，掩埋起未知一切可能的时候。

此时此刻。

第十三章 一纸糊涂账

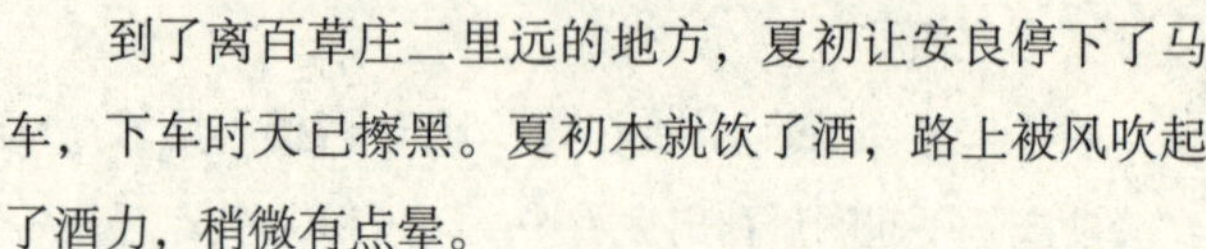

到了离百草庄二里远的地方，夏初让安良停下了马车，下车时天已擦黑。夏初本就饮了酒，路上被风吹起了酒力，稍微有点晕。

苏缜从她身后走过来，把她头上的帽子一揪，扔回了车里："这帽子不好看，刚才一直想说。"

"买衣服的时候忘买帽子了。"夏初拍了拍自己的头顶，嘿嘿一笑，"这是捕快的帽子，是有点不搭。"

苏缜浅笑吟吟地看着她，伸出手指撩了撩她额前的头发，在她脑门上轻轻一点："这样就挺好。"

"还是希望能快点儿长长些，夏天就要到了，戴着帽子太热了！"夏初远远地往前指了一下，"那就是百草庄了。不过，咱们真的要去啊？"

苏缜转头打量了安良一番，把安良看得心里直含糊，才听他说："把你的衣服换给我。"

安良错愕不已，揪着自己的衣服："这……这如何使得？"

"脱下来。"苏缜说着，便一边解开自己的衣襟扣子一边往车上去了。等苏缜再下车时，已经是一身藏蓝色的衣裤了。衣裤都有些短，看上去有点奇怪，但怎么看也还是好看的。

夏初忍着笑点了点头，这真是：只要长得好看，怎么穿都是对的。

苏缜整了整袖口，把腰带紧了紧，又打量了一下夏初的装束："还好你穿的衣服颜色暗些，不然还真找不

到第二件衣服换给你了。”

夏初这才恍然大悟：“夜行衣啊！”

“不然你以为呢？我穿着一身白衣服，倒生怕护院看不见了。”

“我还以为你是怕把衣服弄脏了呢。”

苏缜觉得这话说得莫名可爱，不禁笑了笑，往前走了几步后回头对夏初扬了扬头：“走吧。”

夏初跟过去，却有点退缩：“黄公子，私闯民宅可是违法的，打死勿论，谁都不例外。我这知法犯法的……会不会不太合适？”

“有我呢。”苏缜的语气淡淡的，淡得就像在说：知道了。

夏初也不知道他哪里来的自信，心说有你有什么用吗？好歹我还是个捕头，万一被逮住了也能在蒋大人面前卖点儿面子，总归是为了办案的。

难道你还要用钱砸垮对方不成？关键是百草庄也不穷啊！

夏初略微踌躇了一瞬，看着苏缜挺拔的背影，还有短了一截的袖子中露出的手腕，她弯唇一笑，忽然什么都懒得想了。

一步三跳地追上苏缜，夏初与他并肩而行，笑嘻嘻地说：“要是万一被发现了，可要跑得快些，咱只要不被当场打死就好。”

苏缜听得好笑，只是轻轻摇了摇头。

太阳已经完全沉了下去，只剩下天边一点点青色，半满的月亮悄悄挂在了东边的天空。暮色之下，只有百草庄门前的两盏门灯轻轻地晃着。

百草庄附近有十几户的庄户，都是给喻家种草药的，零零散散都离得比较远。临近庄子时，夏初与苏缜离开官道拐进了小土路，路很窄，开着不知名的野花。

虽然准备干的不是什么光明正大之事，但两个人都不紧张，错开半步距离不急不缓地走着，倒像是饭后散步，月下赏景。

麦草间的螽斯和纺织娘开始鸣叫，夏暑未至，所以声音听上去格外清冷，就像有人出神地在琴键上叮咚弹奏，却不知这弹琴之人心怀何事，是愁是喜。

夏初没有说话，苏缜也没有说话，却又很清晰地感受到了彼此的存在，如此光景，倒没有比无声更悦耳的了。

到了百草庄跟前，苏缜和夏初沿着外围走了一圈后，在一墙角处停了下来。苏缜按了按夏初的肩膀，让她等一下，自己仰头估了估围墙的高度，退后了几步向前一冲一跃，手搭墙沿借力，轻轻松松地便站在了墙头上。

动作行云流水一气呵成，夏初仰头看着高高在上的苏缜，内心里轻轻地

“哇”了一声。漂亮啊！这要是穿着那合身的月白长衫，一出夜探百草庄就要被他演绎成决战紫禁之巅了。

苏缜蹲下身来，对夏初轻声地说：“这是东跨院，如果没猜错的话，这应该是喻家长子的住处，你要看这里吗？”

夏初站在墙沿下猛点头，苏缜对她挥手，道：“上来。”

说得真容易！

夏初心说我怎么上去啊！她左右看了看，也没找到什么可以踏脚的地方，只好学着苏缜的样子往后退了几步，深吸一口气猛冲向前。

一跃！夏初的手倒是抓着墙沿了，但是人也拍在了墙上，吊住了。

苏缜闷笑了一声，走过去抓住了夏初的手腕，道：“脚踩住墙面，向上用力。”

夏初按苏缜说的，脚开始在墙上乱踩，就像只被人按住了脑袋的壁虎般挣扎了几番，终于是被她踩住了一条砖缝。她憋住气，借着那一点点的力道往上一蹿，加上苏缜就势一拽，总算是把半个身子挂在了墙沿上。

费了老鼻子的劲，夏初总算是坐在了墙沿上，长长地出了一口气。

“你不是说你会功夫吗？”苏缜在她身边坐下来，压低着声音问道。

“我的功夫都是搏击术，以打倒对手为目的……”她转头看了看苏缜，“幸好啊！”

“幸好什么？”

夏初凑近苏缜一些，压着声音小声地说：“我记得黄公子曾说要与我切磋武艺，幸好我没答应。要真是不知天高地厚地答应了，岂不是会输得很难看？看来，人谦虚点儿果然是没坏处的。”

“那倒也不见得。有的人练的是轻巧功夫，有的人练的是下盘稳固。就像比刀剑赢了的，若是拼暗器却完全不是对手。”

“客气，客气。”夏初干笑了两声，又道，“黄公子，你字写得那么漂亮，学问也一定很棒，功夫又这么好，从商还真是可惜了。”

苏缜笑了笑：“从商有何不好吗？”

“不是说‘习得文武艺，货卖帝王家’吗？你要是考个功名，一定是国家栋梁。”

苏缜哑然，不知道要怎么回答她，静默了片刻后说：“夏初，你的脸脏了。”说完，还不等夏初问他哪里脏了，他就已伸出手去在她鼻子上蹭了蹭。

苏缜的手指细长，凉凉的，有一点儿潮湿。可抹过夏初的鼻尖后，夏初就觉得鼻头发热，紧接着脸都开始发热，最后连耳朵都热了起来。

夏初胡乱地抹了抹脸，打破这有点莫名暧昧的气氛，说道：“这是喻示寂的院子？”

“喻示寂？是喻家长子？应该是，厢房也好跨院也罢，位于东侧的通常是长子居所。”

话音刚落，就听见北房里传出一阵婴儿的啼哭声。夏初点点头：“果然是。”

屋里点着烛火，有妇人的影子映在窗上，弯腰从一处抱起了襁褓，轻轻地晃着走到另一边，递给了另外一个女人。

婴儿的啼哭声不止，有妇人轻哄的声音传来，夹杂着一些说话的声音。屋里影影绰绰走来走去的都是女人的身影。

夏初还以为喻示寂不在，正想着，就听见一个男人的声音道：“烦死了！”紧接着，窗上便出现了个男人的身形，走到门前大力地将门推开。

夏初下意识地往苏缜身后藏了藏，藏完了又觉得自己特可笑，重新坐好。

“一天到晚就知道哭，哭！”喻示寂回头冲屋里吼了一句。

吼完这一句，婴儿哭得更厉害了。

有中年妇人的声音从屋里传出来，好言道：“大少爷，这婴儿哪有不哭的？谁不是这么长起来的呢？您莫发火，回头吓着孩子。”

喻示寂冷笑：“从他生下来，家里就没一天安生的，就没一件顺心的事儿！”

“大少爷，您可别这么说呀……”

“让他说去！”屋里那抱着孩子的女人扬声喊了一句，声音尖细，“事儿都是大人做下的，如今倒怪起孩子来了。”

“大少奶奶……”

喻示寂回身迈进屋里一步，气道：“少在这指桑骂槐的！你幸灾乐祸个什么劲，喻家出了什么事跟你没关系是怎么的！”

“指桑骂槐？我倒是指的什么骂什么？喻家的事儿那是你们喻家自己不积德，我管得了吗？你可别惹急了我，撕破了颜面我倒看看咱们谁更没脸！”

喻示寂就要往里冲，那中年的婆子赶紧拦下来：“大少爷，大少爷您可少说两句吧，大少奶奶就是脾气急了点儿。那孩子可也是喻家的后不是？”

喻示寂瞪了会儿眼睛，甩袖大步而去。那婆子往外追出去两步，就听屋里喻少奶奶大声道：“刘妈，回来！让他爱去哪儿去哪儿，在眼前也是心烦。”

刘妈在门口叹气，关上了屋门，道：“大少奶奶，您这是何必呢？”

喻少奶奶低头亲了亲孩子的脸，没再多说什么。

苏缜推了推夏初的胳膊，往跨院门处一指，只见喻示寂正开了门往外走。

“跟着看看去。”

两个人猫着身子在墙沿上走，也走不快，好在庄子里都点着廊灯，倒不至于跟丢了。喻示寂那边显然也没有什么特定要去的地方，漫无目的，越走脚步越慢了起来，沿游廊走到去往后花园的入口处时，终于是停了脚步。

夏初与苏缜也停了下来，坐在游廊上方的女儿墙上，静静的不敢出声。

忽然，就听廊下喻示寂低声道：“谁？”

喻示寂这一问把夏初吓了一跳，以为自己已经暴露了，起身就想逃。身形还未动便被苏缜按住了肩膀。

“跟着我。”苏缜几乎是用气声说的这三个字，指了指游廊，然后又对夏初比画了一个往前走的手势。

夏初点点头，便跟着他往旁边蹭过去一小段距离，两人肩挨肩地在屋脊上坐定，视线与游廊形成一个斜角，正好能看见廊下的情形。

“大少爷怎么还不歇息？”游廊的另一侧慢悠悠地走过来一个人，穿着暗驼色的衣裤，负着手，花白的头发很有特点。他对喻示寂呵呵地笑了两声，带出一阵咳嗽来，然后一口痰飞出游廊落进花圃，“后花园里没掌灯，大少爷是不是害怕？”

夏初一听就觉得祥伯说话的语调不对劲儿，跟上次她来百草庄时的恭敬态度完全不同。她心里有点小激动，觉得接下来两人的对话一定很有爆点。这时，苏缜贴近夏初的耳边，用手拢着嘴小声问她：“这人是谁？”

夏初也学着苏缜的样子，凑近他的耳边，说：“祥伯，百草庄的管事。”

夏初说话时的气息钻进苏缜的耳朵里，有点痒，痒得他浑身都不对劲儿了起来。夏初还要再说话，可苏缜不敢再让她对着自己的耳朵说了，便冲她摆了摆手，又指了指游廊。

夏初转过了头，苏缜趁机会赶紧抓了一下自己的耳垂，险些打了个激灵。

“祥伯，你说这话什么意思？”喻示寂显然也听出了祥伯语调中的不恭，不禁皱了皱眉。

“没什么。”祥伯在游廊里坐了下来，背对着夏初他们，也看不清是个什么表情，只听他那副老哑嗓说道，“我正为点儿事情烦心，出来遛遛，正好碰上大少爷了就想跟您说说，也好帮我这老头子拿个主意。”

喻示寂没说话，迟疑了片刻也在游廊中坐了下来。

祥伯叹了口气，但也没有多少郁结的感觉，说道："我呢，也没什么本事，奔波了大半辈子，跟着老太爷，跟着老爷，谈不上挣下什么家业来，最多混个吃穿不愁罢了……"

"祥伯这话，说得好像我们喻家亏待了您似的。"

"那当然不是这个意思。"祥伯摆了摆手，"到底是我福薄，家里就一个儿子，原指望着他能成器的。可他不像大少爷您啊，这么有出息。"

他看着喻示寂笑了笑，喻示寂却有点不耐烦："您那儿子又怎么了？"

"是这么回事儿。"祥伯往喻示寂跟前坐了坐，"去年他与人合开了个当铺，结果朝奉选得不好，连着几件死当的物件都打了眼。那合伙的一看形势不好就偷偷吞了账上的钱跑了。我那儿子死心眼，到人去屋空了才发现，本钱赔了不说还欠了一屁股的烂账。"

"报官了？"喻示寂问。

"哦，呵呵。"祥伯意味不明地笑了笑，摇摇头，"不好办啊……"

"怎么呢？"

祥伯顿了顿："咳，不妨直说了吧。我的那点儿钱哪够给他开当铺的，所以当时就从庄里的账上挪了点儿。"

"多少钱？"

"其实也不算多，一千二百两。"

夏初在房顶上听见这个数，不禁舌，这还不算多？一千二百两，这个祥伯还真是不拿自己当外人。

"一千二百两？！"喻示寂噌地站起身来，往前迈了一步，皱着眉头斥道："祥伯，你胆子未免也太大了！"

"少爷您坐。"祥伯起身拍了拍他的肩膀，被喻示寂一掌挥开。他略有尴尬地笑道："我已经用自己的棺材本还了三百两了，上月查账的时候用柜上的钱拆补了一下。东家去兴州之前才补回柜上去的，可我觉得吧，老这么补来补去的也不是长久之计不是？"

"长久之计？"喻示寂冷笑道，"祥伯，我看你在我们喻家是太得势了！还讲的什么长久之计。"

"大少爷……"

"行了！"喻示寂竖起手掌来拦住祥伯的话头，"你也不用跟我说了，我还敬你是个长辈，等我父亲回来你与他说去就是。"

“东家若是知道了，我这个管事也就做到头了。”祥伯也不慌张，慢悠悠地又坐下来，“说可以，大少爷只要不怕我年老糊涂，说出点儿别的事来就行。”

喻示寂的表情微变，放低了声音道：“你什么意思？”

祥伯哼笑了一声，从腰间抽出旱烟袋来，放上烟叶不慌不忙地压实了，打了火镰点燃，吧嗒吧嗒地嘬了两口，才道：“夫人死得冤。”

夏初一听这话，赶忙往前倾了倾身子，生怕漏掉点儿什么。苏缜瞧见，便伸手拉住了她的手臂，怕她一激动会掉下去。

喻示寂那里动了动嘴唇，半晌才道：“死得冤不冤跟我有什么关系。”

“是吗？”祥伯又嘶哑着笑了两声，用力地吸了几口旱烟，然后跷起腿来把烟锅子在鞋底磕了磕，搓灭了火星，“四月初一大少爷不在家吧？”

喻示寂眼不错珠地盯着他，道：“跟你有什么关系？”

“我是腿疼，可我眼睛不瞎耳朵也不聋。大少爷别忘了我在庄子里多少年了，你爹都是我看着长起来的，如今这帮老伙计跟着我干的时候，你可还正吃奶呢。”

“少在这倚老卖老的。你想说什么？总之我告诉你，曹氏的死跟我没关系。”

“我可没说有关系。”祥伯转头看着喻示寂，慢条斯理地道，“可大少爷你跟我说终归也是没用，我也不想听，重要的是官府觉得有没有关系，对不对？”

“对对对。”喻示寂冷笑道，“那你报官去就是了。”

“行啊。”祥伯站起身来拍了拍裤子，作势要走，“我再多问一句，前些日子大少爷借了我的那串钥匙是做什么去了？”

喻示寂畏缩地往后退了一小步，随即又往前走了一步：“你站住！”

祥伯回头看着他，呵呵地笑了两声。喻示寂的目光往两边瞟了瞟，继续盯着祥伯，沉默了好一会儿才道：“你到底想干什么？”

“想请大少爷帮我把亏空的钱补上。”

“做梦！快入土的人了，你也好意思！”

祥伯也不恼，笑道：“你跟曹氏的那点事儿，你说东家知道了会怎么想？不过这最多算家丑，也值不得九百两银子，你毕竟是东家亲儿。但现在曹氏死了，这是人命，多少钱大少爷你也不亏的。你好意思做，我又有什么不好意思的？”

“官府来查案的时候你不说，你现在翻供，人家凭什么信你！”

“大少爷怎么不懂珍惜呢？我之前那是在帮你，不是我嘱咐佩兰说你初一在家，你以为你还能好端端地在这儿？自古私情最易惹杀祸，你猜官府信不信？说实话，我是信的。更何况那串钥匙……呵呵，什么叫百口莫辩？大少爷尽管掂量掂量，九百两银子和你自己的命，哪个重些。”

“我没杀人！”

“那是，谁杀了人也不会满街嚷嚷去。”祥伯又笑了两声，“不忙不忙，大少爷再好好想想？我等你两天，就两天。东家差不多快回来了。”

说罢，祥伯背着手哼着曲儿不紧不慢地走了。

喻示寂白着脸在原地站了好一会儿，然后一拳捶在了身边的廊柱上，大约是使的劲儿大了，又皱眉甩了甩手。

他一脸阴鸷的戾气，用力地往地上啐了一口，眼睛盯着祥伯离开的方向，咬牙切齿地道：“老东西！比曹雪莲更他妈该死！”

等喻示寂也走远了，夏初才长长地呼出一口气来，两眼放光地回头看着苏缜，握拳往他肩上轻轻一捶：“黄公子，这一趟来得真值！”

“运气不错。”苏缜这才松开了抓着夏初的手，“还想再看看什么？”

“黄公子能知道妾室一般住在什么位置吗？”

苏缜站起身来看了看：“不好说。”他指了指西边的一处道，“那边应该是主院，正室会住在那里，妾室则一般会在偏房或者偏院。”

“有点儿远。”夏初也站了起来，顺着苏缜的手指看了看，“好像不太好过去。”

“走游廊，都是通着的。”

房顶与游廊之间有一个落差，苏缜跳得十分轻巧，稳稳地站在了游廊顶上。夏初就没有这等身轻如燕的本事了，只能先坐在房顶上，再用脚踩稳了游廊顶上的瓦，把身子顺下去。

从游廊再上房顶，从房顶再下游廊，夏初大有翻山越岭之感。做这梁上之事本来就有些紧张，再加上她衣衫长，走得手忙脚乱的，等快到主院的时候，额上已经有点冒汗了。她蹲在房顶上看着苏缜，无奈地笑了笑：“跟你一比，我觉得自己真是笨拙得可以。”

苏缜跳下去，回过身，十分自然地对夏初伸出手道：“这就到了。”

夏初看着他的手稍微犹豫了一下，便将手交在了他的手里，借力跳到了游廊上。

这有什么嘛！现代人见面谁跟谁还不握个手呢？与朋友去爬山，谁还不许拉谁一把呢？夏初暗暗地对自己道，着意地去忽略着苏缜手心的温度，忽略他手指的力度，忽略那种奇怪的感觉。

不用多想，真的不用多想。

正院里的屋子都黑乎乎的，只有院门处挂了两盏风灯。夏初与苏缜翻过屋脊往偏院里看，这偏院里的屋子倒是亮着灯。可还不等两人站稳当，就听屋里传出一阵犬吠之声。

夏初与苏缜对视了一眼，心道不好。

正想着，前院的狗便也跟着叫唤了起来，迅速地就连成了一片。

天已经黑了，这城外的百草庄方圆十里内都很静谧，这狗一叫唤起来就显得声音特别大，搅得气氛陡然紧张。

夏初往房顶上一伏，转头有点焦急地问苏缜："现在怎么办？"

苏缜看看她，弯唇一笑，不紧不慢地说："还能怎么办，跑吧。"

按道理来说，这种情况下说的这句话应该是语速很快的，表情惊慌的，再伴着一些肢体的动作，这样形成一个完整的信息传达，接收者才能在第一时间做出下意识的反应。

可苏缜这句话说得太四平八稳了，表情也温文尔雅的，身子更是一动都没动。这就让夏初的信息接收十分错位，如同指着右边让人往左跑一样。她就好像没听懂这句话似的，眨眼看着苏缜，道："怎么个跑法？"

偏院里的狗叫得很凶，可能屋里的人嫌吵，便给放了出来。那短腿的白毛狗一出来就开始对着房顶猛叫。

它身后跟着个丫鬟打扮的小姑娘，伸脚轻轻踢了那白毛狗屁股一下："别叫了，留神一会儿姨娘打你。"

苏缜拽了拽夏初的肩膀让她站起来，指了指他们来时的方向，两个人开始一前一后地往旁边慢慢移动。

白毛狗狗仗人势叫得特别欢畅，仰头看着房顶上的俩人，直蹦跶，就差伸爪子指着了。夏初抽空看了它一眼，心想你就安安静静地做个宠物狗不行吗?

可能狗叫唤得实在太反常了，那小姑娘呵斥无效，终于是抬起头来看了一眼。夏初正好扭头看着那只狗，见丫鬟抬头，当时就愣在原地不敢动了。

四目相对，两人都还没反应过来的时候，苏缜伸手拉着夏初的胳膊就往前跑。这一动，那小丫鬟也终于回过神来，开了高八度的嗓子，尖声大叫道："有贼啊！"

护院们听见犬吠声，原本就在看是怎么回事，这一嗓子划破黑夜，终于给了护院们一个明确的方向。

"这下完蛋了！"夏初一手抓着自己长衫的下摆，另一只手被苏缜拽着，歪歪扭扭地在房上快步走着。她真后悔自己今天没事干臭美什么，穿了这么一件不便利的衣裳来，太不适合做贼了。

"黄公子，你要能跑就先跑，我是捕快，那管事的祥伯见过我，总归不至于被就地打死。"夏初在苏缜身后急急地说道。苏缜没回头，只是犹自笑了笑，手没松，步子也没乱。

护院在地上跑总归比他们在房上跑要快很多，夏初听见吆喝声比刚才近了不少，空气中已经弥漫着一股火把燃烧时的油烟味儿了。心情紧张，脚下也越发慌乱起来，好几次差点儿滑倒，幸亏都被苏缜给拽住了。

拐到刚才他俩偷听喻示寂与祥伯对话的那个地方，就看见喻示寂正步履匆匆地往正院去，深锁着眉头，沿路抓着个家丁问出了什么事，低声咒骂。夏初和苏缜在房上矮了矮身子，等他走远了才敢再继续动。

这一耽搁，夏初还以为铁定要被护院追上了呢，已经做足了与人和狗大战三百回合的心理准备，甚至已经开始考虑等蒋熙元回来时要怎么跟他解释的问题，如果她不被就地打死的话。她几乎能想象到，蒋熙元听到她与黄公子一起夜探百草庄之后的表情。

肯定又是一张别扭的脸，也不知道黄公子隔空哪儿惹着他了。

胡思乱想的工夫，两人已经到了墙边。夏初回头看了一眼，发现护院们并没有如她所想的那样追上来，反而离得远了很多。不等她觉得纳闷，就听见轻巧的一声，苏缜已经跳下墙去了。

"下来。"苏缜还是那气定神闲的样子，站在墙下看着她。

"好！"夏初一点儿没含糊，蹲下身子手扶着墙沿就往下跳，刚离开墙沿就想起来今天穿的不是裤子，而是长衫。

不过已经来不及了，因为是蹲着跳下来的，衣摆比她先落地了一瞬，她一脚踩在自己的衣摆上，一个趔趄直接就扑进了苏缜怀里。

苏缜也没想到。夏初怎么说也是会点儿功夫的，上墙不行，跳墙总该是没问题的，所以压根儿没想过要去扶一把。他听见夏初落地的声音，然后便是短促的一声叫唤，紧接着一张脸就扑了过来。

惯性加上速度，夏初再回过神儿的时候已经趴在地上了，身下压着苏缜。

"黄公子！黄公子，你没事吧？"夏初撑起身子来问苏缜。

苏缜轻咳了一声："你……先起来。"

“啊？”夏初蒙了一瞬，随即赶忙爬起来从他身上移开。她想去拉苏缜一把，结果却一脚踩在了他手上。

夏初都快哭了，一连串的“对不起”。苏缜从地上坐起身，握了握拳活动了一下手掌，发现没什么大碍。他转头看着夏初，夜色太浓，看不清她的表情，但可以想象她现在不知所措的样子。

“你不是说你会功夫吗？”苏缜道。

“以后不敢说了。”夏初紧张兮兮地道，拉过苏缜的手来捏了捏，“没破吧？骨头没事吧？疼不疼？”

“没事。”苏缜站起身来掸了掸裤子，“走吧。”

两人顺原路走回到车边时，安良正靠在车壁上打盹。苏缜过去推了推他，安良迷迷糊糊地睁开眼，一看见苏缜马上就惊醒了过来，跳下车一躬身：“皇……”

苏缜猛地咳了一声。

“公子……你们回来了？”安良默默地出了一身冷汗。

苏缜回车里换衣服的空当，安良往百草庄的方向看了一眼：“是狗叫吗？”

夏初捋了一把自己乱糟糟的短发：“别提了……”

太糟心了！这一趟走的，收获是有，可丢人丢得更厉害。

苏缜换好了衣裳，夜色下那身月白的长衫挺打眼。虽然以苏缜这等姿色什么衣服都衬得起来，但好衣服总归还是托人的。刚才他穿着安良的衣服倒还好，现在这月上仙人下凡的模样，让夏初觉得一下子就有了距离感。

再回顾刚才那番遭遇，觉得自己简直是造孽啊！于是低下头，越发沮丧。

苏缜打量着她，不禁笑问道：“怎么了？”

“愧疚……”

苏缜越发想笑：“上车吧。”

安良调转了马头，慢悠悠地将车赶了起来。车里点了一盏灯，昏黄温暖，夏初微锁着眉头，抿着嘴唇，黑白分明的一双眼睛满是歉意地看着苏缜：“黄公子，给你添麻烦了。”

苏缜被她看得心中软软的，有一种特别想要保护她的欲望，凝神片刻后莞尔一笑：“怎么像个姑娘家似的。”

夏初心里一惊，立刻挺直了身子，左顾右盼地活动了一下脖子，刻意压沉了嗓子指了指他，笑道：“黄公子真爱说笑。”

说完，又干笑了两声，大马金刀地坐到苏缜身边，还拍了拍他的肩膀：“怎么样？手没事吧？”

苏缜觉得怪怪的，又说不上哪里怪，愣了一下，伸出手来动了动：“没事。”

夏初哈哈一笑，又拍了拍他的肩膀，还把胳膊肘架了上去：“人说一起做过好事的叫朋友，一起做了坏事的才叫哥们儿！”

“哥们儿？”

“就是特别铁的兄弟。”夏初又笑了两声，跷起脚来抖了抖，手蹭着下巴摸着压根儿没有的胡茬儿。

抖了几下脚后，夏初暗暗思忖着自己这样子是不是戏有点过，显得太粗鄙了，会不会招黄公子讨厌，毕竟人家那么温文尔雅的。

可转念又一想，粗鄙就粗鄙吧，总比被怀疑了性别的好。

苏缜倒没有觉得夏初粗鄙，只是有点好笑，他隐约觉得夏初这副样子是装出来的，与之前的状态衔接得很不自然。他想了想，心中便有了一个答案。

刚刚他说夏初像个姑娘，想必她不太愿意听别人这么说，所以才故意做出这样的姿态来。

这他倒是能够理解。小时候他长得就漂亮，唇红面嫩，各宫的嫔妃看见他都喜欢赞上一句，说他俊得像个小姑娘似的，太后也说过。

等他稍大一点儿有了性别意识后，就开始特别厌恶这种称赞，于是，他走路要故意迈着大四方步，说话要故意粗声粗气，玩的时候要故意把自己弄得脏兮兮的，还特别钟情于习武骑射这类男性化十足的活动。

现在回想起来也是很可笑的，但心情是那个心情。男人嘛，谁愿意被人说像个女孩呢？想来夏初也是这样，长得清秀的少年大抵都有这样的心态。

“抱歉。”苏缜忽然说道。

夏初停下已经抖得有点发酸的脚，莫名其妙地眨了眨眼睛：“抱歉？”

“刚才的话……说你像个姑娘。”苏缜往后仰了仰靠在车壁上，侧首对她一笑，“我没有别的意思。”

“哈哈，好说好说，黄公子不用道歉，我明白的。我……我知道自己是个汉子就行了。”夏初说到最后十分心虚，声音也低了下去。

“嗯，当然。”苏缜也像夏初那样拍了拍她的肩膀，“翻墙上房这样的事，姑娘家怎么会干？”

夏初一噎，心里直发堵，却也只能强笑着道：“那是。”

真是自作孽不可活。

马车走得比来时慢得多，可再慢，这条路毕竟也是长度有限，眼瞧着西京城的城墙依稀在望，安良却犯起愁来了。

怎么办？他是掏了自己大内的腰牌让人开城门把车放进去，还是在城外找个车马店投宿？

开城门的动静有点儿大。夏初是这西京的捕头，知道城门开关的规矩，以他一个“京城富商的随从”，怎么可能会叫开城门？万一城门卫盘查起来，皇上的身份还真不好说了。

而车马店那种地方都是准备天亮入城的贩夫走卒待的，鱼龙混杂。皇上这衣着气度的人住进去，再引出别人的歹心来，简直比识破身份还麻烦。

安良一筹莫展，思来想去只好勒停了马车，隔帘轻声地问道：“公子？”

“嗯？”苏缜回他的声音更轻，轻得几乎听不见。

“城门关了，您看……”安良说到这儿就停了下来，没提供任何意见。既然他问了，那么苏缜也就能知道他是不敢擅作主张，故而他的意见也就不重要了。

等了一会儿，安良没听见车里有动静，想了想便伸手将车帘撩开了一角，“公……”刚冒出半个字来，安良就把其他的话语都吞了回去。

车里的灯还亮着，蜡已烧了一半，而车厢的座位上，并排坐着的苏缜与夏初却已经都睡着了。夏初的头歪在苏缜的肩膀上，苏缜的头就靠在她的头上，姿势算不得舒服，但睡得都挺香。

看来刚才苏缜“嗯”的那一声不过就是迷糊中的一个下意识的反应罢了。

安良一看这情形，便将车帘子又撂下了。心想，得了，皇上都睡了这车还怎么动？也好，不操心了，就在这儿待着吧。

这时节的早晚还有些凉，尤其城外比较空旷，小风一吹就扫得安良身上一个哆嗦。他把车窗上挡风的帘子都放下来，整好，自己抄着手在这黑漆漆的官道上原地转磨，独自思索着自己的工作问题。

安良很矛盾。从那次皇上酒后与他吐露心声后，他的心就松动了很多。只要不出什么事儿，他还是支持皇上出宫来散散心的。

宫里憋屈，他也知道。

可眼瞧着皇上这心越散越大，如今已经发展到夜不归宿了，他身为皇上身边的总管太监，是不是应该谏言一下？可谏言什么呢？皇上出来归出来，可也没流连花街柳巷地糟践身体，更没有误过早朝，慢待了国事。

安良这正莫衷一是，就觉得耳边一阵风，一个声音幽幽地道：“怎么了？”

安良忍不住浑身一激灵，吓得全身都麻了，一口凉气吸回去噎住了嗓子，发出“呃”的一声，僵住。

闵风绕到他面前，回头看了一眼停在路边的马车：“怎么不走了？”

安良看清楚面前是闵风，这才把噎进去的那口气呼了出来，吊着眼睛瞪着比自己高出大半个头的闵风，挤着牙缝恶狠狠地小声道：“荒郊野外的，你要吓死我？”

闵风一笑，摇了摇头，意思是：没有。

安良被他堵了一下，闭起眼睛叹了口气：“大人，我当然知道你不是要吓死我，我的意思是你刚才把我吓了一跳！你能不能别这么神出鬼没的？你走路能不能有点儿声？”

“不行，我是暗卫。”闵风正儿八经地说。

安良一口老血差点儿喷出来，无奈又疲惫地摆了摆手，走得离马车远了一些，才道：“算了，你厉害，我说不过你。”

“说什么？”

“没有，没有。”安良对他拱手认输，“闵大人，是小的我自己发癔症，胡说八道。”

“怎么把车停在这儿？”

安良用下巴远远地指了指马车：“皇上和夏公子睡了，我不敢动，就停这儿了。”

闵风歪了歪头，表情有点古怪：“皇上和夏公子睡了？怎么睡？”

“怎么睡？”安良不明白他问的是什么意思，眨了眨眼，“就……闭着眼睛睡呗，还能怎么睡？”

“噢。”闵风摸了下鼻子，不说话了。

安良没有细琢磨闵风的话，用脚在地上探了探，挪了一块石头坐了上去，“估摸着是喝了酒又跑去上房爬墙的，累了。不过瞧着皇上倒是挺高兴的……”

安良的声音渐次低下去，最后几不可闻地叹了口气。闵风站在他旁边，抱臂点了点头。

两个人都没再说什么。不远处那辆低调奢华的马车静静地停在路边，连马都阖上眼睛睡了。车帘的缝隙里透出一丝丝金丝线般的光，也只有在这种旷野的黑暗中才看得见。车里两个人相靠而眠，睡得仿佛全无心事。

第二天清晨，夏初是被辘辘的车轮声从睡梦中唤醒的。

醒来的时候她有点茫然，不知道身在何处，只觉得有点冷，于是缩了缩身子。

又闭了一会儿眼睛神识才算回归，记起昨天夜里是在马车上迷迷糊糊睡着的。她感受了一下，发现那车轮声并不是来自自己所在的马车，于是便睁开眼坐了起来。

一起身，夏初便捂着脖子抽了口气。

也不知道昨晚是个什么睡姿，落枕了，脖子只能往右偏着。她艰难地转着身子看了一眼，什么也没看到。苏缜不在车里，只剩下桌上一段燃尽的蜡烛证明她对于昨晚的记忆并没有错。

安良正坐在车外看天发呆，感觉到马车晃了晃，便回身将帘子撩了起来："夏公子醒了？"

"嗯。"夏初歪着脑袋看着他，打了个小哈欠，"现在是什么时辰了？"

"寅时一刻。城门已经开了，夏公子现在要回家吗？还是直接去府衙？"

"你家公子呢？"

安良瞄了她一眼，道："公子家里有事，所以赶着城门一开就先回去了，让我在这儿等夏公子你醒了后送你进城。"

夏初听完心中有点失落，苏缜离开，说明她的生日终于还是结束了，下一次再见他又不知道是什么时候了。她恍了下神，见安良看着她，便有点尴尬地说："真是不好意思。那小良你就先送我回家吧。"

安良心说你不好意思也是对的，睡得那么香，把我们皇上肩膀都枕麻了。以天子为枕，你这也算是古今第一人了。

安良送夏初回了家之后就告辞了，夏初梗着脖子舀水洗脸，又咬牙用凉水把头发洗了洗，水淋淋地回屋去换衣裳。

一进屋，便看见了昨天贴在墙上的那张画，好像一家人正笑意盈盈地看着她。夏初停下了脚步看着，昨天生日时的事情又翻上了心头。她一点点地回想，苏缜的表情，苏缜的话，他的动作他的笑容，还有昨天睡梦中那若有若无的清淡香气。

夏初笑了笑，有点不好意思地低下头去，用脚搓了搓地面。片刻后又抬起头来，对那幅画说："爸妈，哥哥，早上好。"

话语有点陌生，但说出来心里却很满足。她做了个深呼吸，觉得神清气爽，于是换好衣服戴上帽子出了门，赶到府衙时正好卯时。

捕快们都已经到了，正坐在房里喝茶，许陆他们几个围在一起说着广济堂案子的案情，王槐却自己坐在一边，一言不发。

夏初把帽子摘下来放在桌上，拨了拨还没干透的头发："许陆，你带人去趟百草庄，把喻示寂带来，还有祥伯。"

许陆捧着茶愣了一下："有进展？"

"对。"夏初歪着脖子点了点头，"哦，还记得上次咱们去百草庄看见的那两串钥匙吗？你问他们要过来，然后去查一查最近有没有人配过。"

许陆把茶杯放到桌上站起身来，想了想便有了思路，拍了拍武三金："金子，走，咱俩去一趟。"

夏初坐到桌前，一边揉着脖子一边对郑琏说："郑琏，你去德方班查一下月筱红。"

"月筱红？！"郑琏噌地站起来两步走到夏初跟前，"真的？"

夏初往后仰了仰头，笑道："什么真不真的，让你去查案又不是戏迷见面会，激动什么。"

"好好好！"郑琏搓了搓手，兴奋的表情溢于言表，乐了一会儿才想起来问："头儿，查什么？"

"查他与喻家的人有没有什么关系，四月初一上午他做了什么。还有，你去咏绣春叫上崔大花，让她辨认一下那天她看见的人是不是月筱红。如果这些都没什么疑点的话，就问问他那件银鼠灰的长衫吧，看是哪儿做的。"

"这么多。"郑琏找了纸笔过来，一边问着一边把这些问题都记了下来。

"别漏掉什么，问仔细，听仔细，看仔细。"夏初道。

"放心吧，头儿。"郑琏把纸叠起来放进怀里，瞟了一眼坐在墙角的王槐，"我这人没什么本事，就是老实谦虚，知道自己的斤两。"

夏初也跟着看了一眼王槐，皱了皱眉头："行了，别说这些有的没的，赶紧去。对了，你去问问刘师爷，看他愿不愿意跟你一起去。"

"刘师爷？"

"嗯。"夏初笑了笑，"他是月筱红的戏迷。去吧。"

王槐抬起头来看着夏初，有点犹豫地说："头儿，那我……"

夏初冲他摆了摆手，扫了一眼屋里的几个人："常青呢？"

有捕快说道："哦，他早上过来了，说等您来了请您去班房一趟，他把人给带来了。"

"人？他带什么人来了？"

"赌坊的人。"

夏初到班房的时候，见常青与那赌坊的管事正聊得热火朝天，不知道的还以为是在茶楼摆了茶点会老友。

夏初轻咳了一声，常青听见赶忙站起身来，两边介绍道：“这是我们府衙的夏捕头。头儿，这是天禄赌坊的钱管事。”

钱管事？夏初心说这名字真是合衬，赌坊里啥都不管事，也就钱管事儿。

钱管事一脸油滑的精明，两撇小胡子一笑直发颤：“夏捕头，久仰久仰，真是年轻有为啊！我们这小生意还得指望您多照应。”

夏初低头笑了一下：“你们自己照应好自己吧，别犯了事儿惹到我手里就行。”

言外之意就是惹到我手里就要你们好看。

钱管事被夏初呛了回来，讪讪的，自己给自己打着圆场道：“夏捕头说笑了，我们虽是赌坊，但场子都本分得很。帮人找点儿乐子，小赌怡情嘛。”

常青让钱管事坐下，对夏初道：“头儿，您不是让我去查喻示戎嘛，我找了几个地头上吃得开的兄弟去问了，您猜怎么着，那喻示戎还算有点名气。”他伸出尾指来摆了摆，“就是这名气有点臭。”

“多臭？”

“一般臭。毕竟人家里是做生意的，买卖虽然没见得有多大，但总归还是有底子的。”常青指了一下钱管事，“喻示戎好赌，大概一年多前开始去赌坊，起先是打打马吊麻将，玩得也不大，后来就开始玩色子、押宝那种输赢开得快的，玩的也大了。原先从来不欠银子，时不时地还能打点儿赏，后来开始欠银子，最多的时候一次欠了八十两，输急眼把衣裳都押上去了。这输了吧还不服，骂骂咧咧地找碴儿，说赌坊做局害他……”

钱管事赶忙插话道：“可没有，这可真没有！西京是什么藏龙卧虎的地儿啊，比他腰粗的有的是，我们哪至于害他去，为那区区八十两银子？”

钱管事不屑地嗤了一声。

“噢？那多少钱值得你们害一把？”夏初问道。

钱管事一凛，忙笑道：“我们老老实实开的赌坊，谁也不害，马吊麻将的都凭技术，开宝的全凭运气。来玩的愿赌服输，我们也得愿赌服输不是？诚信经营，全靠诚信经营。”

夏初不欲与他计较，毕竟去赌坊的都是成年人，也都有手有脚，没人绑了他们去。虽然赌博这事儿她持强烈反对意见，但那些赌徒不管落到什么下场，也都是活该。并不是说整治取缔了赌坊，赌这件事就能销声匿迹的。

“常青，你接着说，简练点。”

常青拍了拍嘴：“得，我这话赶话的又说多了。是这样，我从几个兄弟那打听到了喻示戎常去天禄赌坊，所以我就过去问问情况。钱管事说，喻示戎四月初一的时候确实去过他们那，是下午去的。”

夏初转头问钱管事：“如今都过去十天了，你是怎么记得这么清楚的？”

“四月初一那天下雨，闲人多，我们赌坊里人也多。我那正忙着就听见有人吵吵起来了，就赶紧过去看看。我过去的时候看见喻示戎正用手点着一个小个子男人，让他没钱就一边儿待着去，把地方让出来。那小个子男人气不过，与他嚷了几句，喻示戎便让伙计轰人。”

“轰了？”

钱掌柜不屑地笑了笑，说：“怎么可能啊？他一个客人凭什么让我们伙计去轰别的客人。更何况这喻示戎也没少欠银子，一会儿轰谁还不一定呢。他还欠着我们赌坊银子呢。”

“欠了多少？”

“倒是也不多，三十两左右，就是三月末的事，是签了赊账的，说过些日子来还。我那天看他来了就先问他赊欠的账目的事，他倒是挺大方的，甩张银票出来就把账给填了。”钱管事想了想又道，“噢，还要了壶好茶。”

常青这时又在旁边补充着说：“据说那小子手风还挺顺，上桌后就赢了二十多两，不过后来又输回去了。”

“是吗？”夏初不咸不淡地说，抬眼看了看钱管事，笑道，“那当然是要输回去的，是不是啊，钱管事？”

钱管事干笑了两声：“咳，哪有一直赢的道理，他……”

夏初竖起手掌来拦住了他的话，想了想问道：“他输了多少？”

“那天输了得有一百两还多，眼睛都输红了，被别人哄得可能有点挂不住，这才收手。玩到了……约莫未时三刻？”钱管事一边回想着一边说。

一百两可真不是个小数目了。

“钱管事，喻示戎那天穿的什么衣裳你还有印象吗？”

“这个……”钱管事寻思了一下，“这个还真记不起来了，好像不是浅色的。”他无奈一笑，“那天天色暗，我这大男人的也不太注意这些。”

夏初点了点头也没深究，问了问他喻示戎的银票是哪家票号的，还有一些其他细节，又敲打了他几句后，便让他走了。

“头儿，怎么样怎么样？我这次差事办得还成？”等钱管事走了之后常青便凑了上来，吊着膀子兴致勃勃地问道。

“不错。”

常青挺高兴：“我是没许陆那两下子，可我地头熟啊！三教九流的认识的也多，就算我不认识我爹也认识。回头您想着我点儿，让我也碰碰大案子。”

“你还挺有追求。”

他笑了笑，抹抹鼻子：“咳，我就是市井小门小户的家世，能有什么追求。我爹就是看不惯我天天混着，才托人给我送府衙里当差来了。头儿，我跟您说实话你可别不高兴，主要是接触大案子能在您和大人面前多露脸不是？回头加饷啥的也能想起我来。”他捏起两个手指来捻了捻，“对吧。”

夏初看着他。她当然不能说常青这么想不对，谁家不得过日子呢。可她又很担心，身为公职人员对钱太上心，怕一有机会就会心思活泛，起了杂念。职业道德是要讲的，但单用道德去约束，就等于把监管的权力交给了掌权之人自身，自己管自己能有个屁用呢？再说，人和人的道德标准是有差别的。

就比如常青这样曾经街上混的，大概也不觉得拿事主点儿钱是什么大事。

思及此，她便对常青道：“这次差事办得不错，但评价一个捕快的标准可并不只是你寻了多少的线索，破了多少的案子，那都是面儿上的。”

常青愣了愣，不甚明白地问：“那还有什么？”

夏初一笑：“你自己琢磨琢磨。一个好捕快应该是什么样子，想不明白就去问问你爹，问问街坊邻里，问问大街小巷的商铺，问问摆摊卖货的商贩，不难。”她把话说到这儿为止，没再继续，转口道：“刚才钱管事说喻示戎付的银票都是隆昌的，你去问问，看能不能问出什么来。”

“问什么？”

“广济堂的银窖里可是丢了五百两银子的。”夏初道。

常青走了，夏初一站起来眼前就是一黑。早上一来就忙叨叨的，连早饭都没来得及吃，这会儿饿劲儿上来一阵的空虚，急忙跑去对面的庆丰包子铺买了几个包子。

买包子的时候夏初忽然想起了王槐，隐约他好像跟自己说了什么话，被钱管事一岔就给忘了。她付了铜板拿着包子回到捕快房，捕快们该忙的都去忙了，就算不忙的也都跑出去装忙了，一个人没有。

“嘿，走得这么干净。”夏初嘟囔了一句。就着温茶吃掉了包子，掩着嘴打了个小饱嗝，夏初浑身都舒坦了，除了脖子。

隆昌票号离府衙不算远，但常青回来的速度之快还是让夏初诧异了一下。常青腋下夹着个用包袱皮裹起来的东西，笑道：“出门正好看见一个兄弟驾车要出城，我就让他捎我过去了。”

“说说吧。”

“我让票号的人查了四月初一的账目，时间上大概锁定了上午辰时到下午未时之间。辰时曹雪莲还在百草庄，未时的时候喻示戎已经到赌坊了。如果是在这个区间里喻示戎去兑过银票，他才有嫌疑，不然他的钱爱哪儿来的哪儿来的，跟凶杀案没有关系。头儿，这么说没错吧？”

夏初想了一下，侧头对常青道：“是这么回事，可以啊你。”

常青挑了挑眉毛，一丝得意：“咳，小意思，要不我怎么这么快就回来了呢。”

夏初一笑：“给个表扬。那说吧，结果呢？”

“有嫌疑。”常青把那个包袱皮打开，拿出本账册来，翻到一页指给夏初，“四月初一大雨，去兑银票的人不多，那个时间段总共就去了两个人，一个是用银票兑现银，兑了五十两，另外一个是用现银换银票，二百两。”

“你把人家账册都拿来了？”

“他们不想给，说账册拿走没法做生意了。”常青笑道，挥了下手，“那哪成啊！府衙办案，要什么东西哪有不给的道理，是不是？”

夏初内心里哀叹一声：“下次别这样。”

“啊？”

“票号又没有嫌疑，何必摆这没必要的威风。你问到线索回来告诉我就是了，若是弄不清再带回来也好说，你都问清楚了还要拿人家账册，你这不是招人恨吗？”

夏初瞥他一眼：“你当你是西京扛把子啊！”

常青把账册合了起来：“扛把子是什么东西？”

夏初一时溜出来这么个词，也不知道应该怎么解释，想了想说：“就是有头有脸有兄弟的人，头头儿。”说到这儿她狡黠一笑，伸手指了指自己，“比如我，我就是捕快里的扛把子！”

“头儿，这听着怎么感觉像黑话呢？”

“呵呵。”夏初干笑了两声，“不说这个了，你继续。你说喻示戎有嫌疑，也就是说你认为那个去换二百两银票的人是喻示戎？”

“不是我认为。票号的人说得很清楚，就是他。那伙计认识喻示戎。那家票号离天禄赌坊很近，喻示戎不是曾经闹过事吗？票号里的伙计见过他。”

“只有二百两？”

“对，二百两。”

这跟广济堂丢的钱数目也对不上啊。难道还有三百两没兑换？三百两揣身上也沉着呢，还是说被他给藏到什么地方去了？

“头儿，怎么着？下面还查什么？”常青问。

“把喻示戎带来。”夏初扭头看他，伸手一指大门，“还有，赶紧给人家把账册还了去，道个歉。以后记得文明执法。”

常青撇了撇嘴，但也没耽搁，卷着账册走了。夏初想去把今天查到的情况写到卷宗里去，刚准备开柜子拿卷宗，许陆就进来了：“头儿，我回来了。”

夏初呼了口气，心说怎么这么忙呢？此时她倒是分外地怀念起蒋熙元来了。

他在的时候不觉得，这忽然甩手走了，夏初才意识到蒋熙元当真是替她担了不少的事情。细想起来大人对她确实是不错的，十分宽容，看来等他回来之后得对他好点儿才行。

也不知道他现在跑到哪儿了，什么时候才能回京。没人斗嘴也是挺无聊的。

夏初关上柜门与许陆坐下，问道：“怎么样？人带过来了？”

“我让人先把喻示寂和祥伯带过来了，我去问了一下钥匙的事。有结果。”

“这么快？”夏初小惊讶了一下，“我以为还得找上两天呢。”

许陆笑了笑，把那两套钥匙拿出来放在桌上，道：“我看卷宗里提到，大人问过喻示寂关于钥匙的问题，当时他说钥匙在家。倘若钥匙真的是新配的，那肯定很着急，因为不知道哪天咱们就去了。这一套钥匙配下来按说是需要三五天时间的，他那时在守灵，不会找太远的铺子。所以我直接问了离百草庄最近的，一下就问到了。”

夏初点点头，心里滑过去一个疑问，还来不及细想，许陆接着说道：“那锁匠对这套钥匙印象挺深，说是初五傍晚拿来的，加了不少钱让他越快做出来越好。那锁匠赶了一宿，第二天下午做好的。”

他点了点桌上那串新的钥匙：“就是这个。也就是说初五咱们问到钥匙后他回去便赶忙去配了，所以初七的时候咱们看见了两套。这喻示寂的嫌疑颇大。”

夏初又点了点头，沉默着没说话。

许陆等了一会儿，问道：“怎么？是不是有什么问题？”

“对，有问题，好像有个很大的问题。”夏初微蹙着眉头说。

许陆心里一惊，忙问：“什么问题？”

“说出来咱俩捋一捋。”夏初摆弄着桌上的两串钥匙，一边想一边道：“如果说喻示寂知道自己的钥匙不见了，他为什么早不去配，要等咱们问起来之后才匆忙去配钥匙？”

“也许他并不知道自己的钥匙丢了？咱们问起来之后才发现，怕引起咱们的怀疑才去配的钥匙。”

“对……”夏初沉吟了一下道，“咱们在案发现场没有找到钥匙，钥匙很可能是被凶手拿走了，因为门是从外面锁上的。可如果喻示寂是凶手，那其实等于他的钥匙并没有丢。对吗？”

许陆恍然地点点头，想了想又道：“那有没有可能是买凶杀人？”

“那何必在广济堂杀？而且你见过哪个杀手用斧子的？”夏初笑了笑，“好，咱们就设定是喻示寂杀的人，钥匙又因为某种原因不见了，他若是怕引起怀疑的话，早就应该去配了才对，何必等到咱们问起来？”

许陆叩着下颌想了想：“倒也是。如果他是为了撇清嫌疑，知道曹氏死了才去配钥匙，反而说明他之前并不知道曹氏死了。这么说钥匙倒成了他的无罪证明了？”

“嗯，不过至少从这配钥匙的事情上看，曹雪莲去广济堂时用的就是喻示寂的钥匙是没错了。走吧，过去问问。”说罢，夏初起身往门口走去，又回头对许陆道，“把卷宗带上，还有纸笔。”

许陆应了一声，拉开柜门去拿卷宗，入眼却瞧见一个细长的锦盒。他拿起来掂了掂，不重，且不说里面装的是什么，单看这盒子的精致程度就觉得挺高级，有腔调，不像是捕快的东西。

“头儿，这是你的吗？”许陆拿起盒子来问夏初，“放这儿别再给丢了。”

夏初笑道：“这话说的，咱们这是府衙，这房间是捕快的，这要是被人偷了那事儿可大了。”她远远地看了一眼，说：“没见过，不是我的。”

许陆一听不是夏初的，便把盒子放了回去，拿出卷宗来跟着她走了。

班房里，喻示寂和祥伯沉默地坐着，武三金在屋里站着看着他俩，想来他们也不好说什么，两人面朝两侧，脸色都有些阴郁。

夏初一看这情形，挺好，这俩人现在有矛盾，分分钟变猪一样的队友。

夏初笑模笑样地走到祥伯面前：“祥伯，辛苦您跑这一趟了，您之前说的我们都查了，只不过有些事情还要再跟您详细了解一下。”

祥伯看夏初态度不错，喜兴里带着恭敬，也没多想，便呵呵地笑道：“夏捕头客气了，应该的，应该的。”

旁边的喻示寂脸色却变了变，狐疑地盯着祥伯。他已经答应祥伯替他想办法填那笔烂账了，难不成祥伯还首鼠两端？

夏初悄悄地瞄了一眼喻示寂，回头问许陆把钥匙拿了过来，挑出那串旧的捋了捋递给祥伯："这个您收好了，十分感谢。锁匠那边我们已经去问过了。"

祥伯还惯常地笑着，笑里面却多了几分茫然，不太明白地看着夏初："锁匠？"

"对。四月初五确实有人去配过这串钥匙。"

祥伯那儿还没反应过来，喻示寂却已经蹿了起来。从许陆问他要走了那串钥匙开始他就很紧张，到了这儿等了好一晌也没人过来问话，心里越发惴惴不安，现在听见夏初这么说，那根弦"啪"的一下就断了。

"胡说八道！"他指着祥伯对夏初说，"栽赃！夏捕头您别听他乱说，这老家伙欠了我的钱，这是憋着要害我，想把那笔钱抹了！"

夏初暗笑了一下没说话，看了一眼祥伯。

祥伯到底老道一些，冷着脸迂回地提醒喻示寂："大少爷，我要想害你总得真的先欠了你的钱才对，我欠了吗？我在喻家五十年了，害你做什么。"

夏初听祥伯的话音儿，知道他这是明白了，忙趁着喻示寂还没反应过来，说道："祥伯，您先别急，我来问他就行。"说完便拉着祥伯起身，咋咋呼呼地让武三金把人先带出去了，没给祥伯再说话的机会。

"喻示寂！"夏初回过头来就大喊了一声，把正在发蒙的喻示寂喊得脑子更乱了，"事到如今，你说是不说？"

夏初把那串新配的钥匙掷在喻示寂面前，叮叮啷啷的一串响动，把喻示寂吓了一跳，脸色越发难看。

"你也看见了，祥伯可已经都交代了，他是不是栽赃你你自己心里清楚得很。说吧，这串是新配的，你自己的钥匙呢？"

"我的钥匙……被曹氏借走了。"喻示寂咽了咽唾沫。

"借走了？她借你的钥匙做什么？她去广济堂干什么？四月初一你到底干什么去了？有没有人证物证？曹雪莲死在广济堂，是不是你让人做的？"夏初叽里咕噜地快速问了一串儿，内容不重要，关键是气势，就跟戏里的急急风鼓点似的。

鼓点一停，夏初砰地一拍桌子，两指一并，横眉立目地指着喻示寂："说！人是不是你杀的？"

这一下子，把许陆都吓了一跳，喻示寂跟断了线的风筝似的就跌在椅子里了，回过神来，嘶哑着声音急急地说："我没杀她，我发誓我没杀她！"

"你没杀？你说没杀就没杀？"夏初继续诈道。

"没杀，我真的没杀啊！是，我是与曹雪莲有私，可……可那是她缠着我，我也是一时糊涂。"

夏初眯了眯眼睛："她缠着你？"

"她是年轻漂亮，可她毕竟也是我名义上的母亲，这事儿要是让我父亲知道了，不会轻饶我的。万一……万一传扬出去我这脸还往哪儿放？我们喻家的声誉就毁了。我跟她说，可是她不听啊！成日里哭哭啼啼的。"喻示寂说得很急，刚才给吓白的脸，这会儿格外的红。

许陆在旁边低头做着笔录，忽然间冷笑了一声。

夏初也想冷笑。心说这真是个有责任心的长子，吃干抹净腻歪了才想起自己的脸，想起喻家的名声。

夏初停顿了一下，在喻示寂忐忑的目光中，缓缓地问道："说吧，曹氏问你借钥匙做什么？"

"她说要去广济堂帮我父亲拿点儿东西，我父亲把钥匙带走了，所以问我借。"

夏初一听，皱了皱眉头："拿东西？拿什么东西？"

喻示寂有点含糊地道："我当时着急出门，就没问……"

"钥匙是什么时候给她的？"

"父亲出发的那天，哦，是下午。"

夏初与许陆对视了一眼。看来曹雪莲要去广济堂是之前就计划好的，并不是忽然有什么状况让她过去的。不过就不知道她去广济堂做什么了。

"你说你急着出门是做什么去了？"

"啊？"喻示寂愣了一下，踌躇了片刻后才道，"去了一个朋友家里。"

"哪个朋友，说名字，我们要核查。"

喻示寂的目光闪了闪："我……我去了鹤松堂药铺。"

"鹤松堂？"夏初看他一副支吾着不知如何言说的样子，心中隐隐猜到可能会是什么事，于是冷声道，"干什么去了？横竖我们要去查，你也就不妨自己说了吧，还省得给别人添麻烦。"

喻示寂如坐针毡般在椅子上蹭了蹭，思想斗争了一会儿，叹了口气道："罢了，那……我去鹤松堂找薛娘子了。他相公也出门购药了，我就……"

"情人？"夏初笑了笑，"你还挺忙的，家里媳妇给你生孩子，你这边勾搭着继母，那边还有个情人？"

喻示寂苦笑了一下："男人嘛。夏捕头应该明白的。"

我明白个屁！夏初暗骂，你也好意思叫男人！

"以前曹雪莲问你借过钥匙吗？"

喻示寂回忆了一下道："好久前也借过一次，但因为什么不记得了，印象里也是父亲不在家的时候。所以我也就没多想。"

"你倒是挺放心的，把广济堂的钥匙给她，就不怕她把银窖搬空了？"

"她不是那样的人。"喻示寂想也没想地说，说完又赶忙补了一句，"我是说，她也是喻家的人，偷自己家的钱做什么。"

夏初又想起那天夜探百草庄的时候，喻示寂跟她媳妇说的话来了。这人，本事尚不知如何，倒还挺大男子主义的，嫁进他家他就觉得应该俯首帖耳了。

"她拿着你的钥匙，那么多天不见踪影，你就没想过有问题？"

喻示寂摇了摇头："她说她会回娘家住几天，所以这钥匙的事儿我也没多想，反正父亲不在，铺里也没有什么事，有事也有祥伯照应。那天府衙让我去认尸，问起了钥匙我才想起来，怕你们怀疑我，回家就赶紧去配了一套。"

说完他又疾声道："我说的都是实话，我连薛娘子的事情都认了。钥匙确实是我给她的，但是人真的不是我杀的！夏捕头，您可千万查明白了。"

在问他话之前，其实夏初已经基本排除了他的嫌疑，但他现在这样说，夏初却不置可否。

"你有银鼠灰色的衣服吗？密州锦的。"

喻示寂茫然了一下，感觉夏初的话题跳得有点快："灰的？有。"他不知道夏初问这话的目的，又补充道，"灰的好穿耐脏，哪个男人没几件灰的？"

"银鼠灰！密州锦！没问你灰。"

"这……这有什么区别吗？"喻示寂的表情就跟夏初的话有多么可笑似的。夏初默默扶额。算了，别说他了，要不是那次崔大花给她看过，她也分不清楚。估计男人里懂这些的，也就是蒋大人那种爱打扮的才能说出一二了。

夏初抛开了衣服的事，又问道："曹雪莲怀孕的事你知道吗？"

"啊？"喻示寂的脑子又被她的跳跃思维闪了一下。

夏初眉头一皱："知道不知道？啊什么啊！"

"知……"喻示寂说了一个字，又改口道，"她倒是跟我说过，不过她也不是太确定，所以我也没当一回事。女人嘛，就爱用点儿小手段，哄几句就是了。再者，就算真怀孕，谁知道孩子到底是谁的？真是我的也无妨，怎么都是喻家的血脉。"

夏初听得心里直犯恶心，闭了闭眼睛，暗暗地叹口气。心说这曹雪莲不是缺心眼就是动了真情了。可对喻示寂这种男人动真情，那不是缺心眼又是什么？

"行吧。"夏初站起身来，"许陆，你看看你还有什么要问的，要是……"

“夏捕头。”喻示寂站起身来，赔着笑急急地道，“您看，这人真的不是我杀的，不信您去查，我说的都是实话。就是想请您高抬贵手，我跟曹氏的事，还有与薛娘子的事，夏捕头您能不能别……”

“关我屁事！”夏初冷声道，“你自己做的事还想让府衙给你兜着？你当我们这是什么地儿？许陆，问完了就将他收监，口供查明白了再放人。”

“夏捕头！夏捕头……”喻示寂慌神地喊她。

夏初没理，掸了下衣袖施施然地走了。其实她倒不是不相信喻示寂所说的，可她就是想关上他几天，不然她心里憋得慌。

看来喻示寂对付女人很有两把刷子的，年轻女子深宅寂寞，那真是一勾搭一个准。不过，这女人犯起傻来也真可怕，给点温存就当成是爱，哄上两句就以为是体贴，也不管这人渣成什么样。

夏初都不知道是不是应该同情她，私心里说句不好听的，她真是有些自找。

可转念又想，现在这社会不比现代，女子嫁人有几个是自己能说了算的，但凡曹雪莲有选择的余地，又怎么肯给一个比她大二十岁的做填房呢？一枝鲜嫩红杏憋在老院子里，不甘心，要出墙，这好像也不是不能理解的。

夏初无奈地叹了叹女人的命运，负着手在院里溜达，把刚才喻示寂的话又回想了一遍。

曹雪莲死前的行为现在基本都已经连上了。喻温平离开后她就去找喻示寂借了钥匙，然后第二天一早进城后在延福坊下了车去了庆仁堂，从庆仁堂出来后去了广济堂的后院，然后……就死在了那里。

但这中间的关键问题还是没解开，她为什么要去广济堂？

莫非真是偷钱去了？那钱呢？喻示戎去隆昌票号兑换的那二百两银子是不是广济堂的？如果是的话，其余的三百两去哪儿了？

夏初感觉像捏到了一团乱麻里的那个疙瘩，但是一时半刻的还瞧不真切。

正想着，就听见许陆在院子的另一边叫她，她走过去一拍他肩膀：“走，开饭了！”

“嘿！我这过来正准备说开饭的事儿呢。”许陆一挑大拇指。

夏初一边吃一边把常青调查回来的情况跟许陆通了个气，王槐端着饭碗远远地看见，犹豫着要不要过去一起吃，刚迈开步子，就看见郑琏和刘起进来了，一进门刘起就冲夏初笑，高声道：“我就说，开饭的点儿一准能在饭堂找着你。”

说着，两人热热闹闹地走过去了。王槐停下了脚步，低头看了看手里的饭菜，就近找了一个饭桌自己吃了。

“怎么去了这么久？”夏初问郑琏。

“咳，人家月筱红今天早场有台戏，我们到的时候夺头的点儿已经都响了，总不能把人家从台上拽下来不是？”郑琏笑道，又瞥了瞥刘起，“喏，这回我们刘师爷可过瘾了。”

“泣颜回，携手向花间，暂把幽怀同散……”刘起尖着嗓子唱了一句，引得大家伙儿拍桌狂笑。许陆道：“青衣都让你给唱成小生了。”

“哎哟，许陆，你可别抬举他了，这哪是小生啊！可别糟践小生了。”郑琏道。

“太监嗓。”夏初补了个刀，又掀起一阵笑来，皆啧啧称是。刘起知道是玩笑，也不恼，摸了摸自己的下巴颏儿：“太监？嘁，瞧咱这胡子。”

夏初笑道：“说你唱戏太监嗓，又没说你是太监，跟胡子有什么关系。”

刘起嘿嘿一乐，目光在夏初脸上一寻索：“别说，夏兄弟你这脸蛋倒是干净。”

夏初脑子里嗡了一声，心说这简直是自己给自己刨坑啊！抬眼见桌上的人都往她这看过来，赶忙一挥手：“看什么看！嫉妒啊！我是不会唱戏，要是会唱肯定也是个角儿，这叫祖师爷赏饭吃！那月筱红脸蛋干净不干净？刘大哥你瞧仔细了没？”

刘起歪头一想：“干净啊！人家唱旦角的嘛。”一提起月筱红刘起又两眼放光，亢奋地说：“哎哟，那扮相别提多好看了，身段软着呢。尤其那唱腔，怎么说来着？低回婉转……”

夏初一看刚才那话题差不多揭过去了，警报解除，便拦了刘起一句：“行了行了，刘大哥先吃饭吧。”又问郑琏，“说说，问出什么来没有？”

“我们带着那崔大花去了泰广楼，她远远地看了一下就说那天那个人不是月筱红。月筱红身量比较小，很好区分。”郑琏往嘴里填了口菜，继续道，“头儿，一件衣裳这很容易相似的吧，有钱就能买。”

“是啊，只不过那天刚巧看见了，都撞眼睛里了还不问问，万一是上天给我的启示呢？”夏初边吃边道，“看来我运气没那么好。”

许陆接口道：“还是你之前说得对，就算真是那个人杀的，衣服上肯定都是血，早就扔了。我看衣服这线索就拉倒吧。”

夏初点了点头，嚼了几口菜忽然停了下来，问许陆：“不对啊！”

“哪里不对了？”

“他把衣服扔了，那他当时穿着什么走的啊？”

第十四章 心事付与谁

夏初说完，桌上的人都抬起头来，愣怔了一瞬。

夏初把馒头往碗里一放，往前倾了倾身子："他是不能穿着带血的衣裳走，可也不能穿着中衣亵裤就走了吧？那得多扎眼啊！"

"换衣服了？他还带着衣服去的？"

"不对不对。"郑琏站起身子摆了摆手，转头对夏初道，"头儿，现场是我做的记录，我记得那个衣箱上有个血手印，会不会是凶手顺手拿了喻温平的一件衣服走了？"

夏初拍了一下手："嗯，也就是说，穿了哪件不重要，重要的是丢了哪件。"

许陆一听，三口两口地把饭吃了，掸了掸衣服站起来："我去问问，那衣箱的衣服总不会是喻温平自己收拾的。"

"我跟你一起去。"夏初也站起身来，腿还没迈出凳子又顿住了，"不行，我还让常青带了喻示戎过来呢。"

"我去吧。"郑琏一拍许陆，推着他往外走去。

夏初重新坐下来，又把碗里剩下的菜给吃了个一点不剩："查月筱红查得多余了。"

"怎么多余呢！"刘起扬了扬眉毛，凑近夏初道，"夏兄弟，回头没事儿就找个理由查查他，我还能多听几场戏。"

"哟？"夏初侧头瞧着他，"刘大哥，月筱红再好那也是个男的，又成不了亲。你还不如让我没事多去查查九姑娘呢，是不是？”

“男的也好啊……”刘起眯着眼睛感慨了一句，又急忙说道，“玩笑，玩笑。夏兄弟你可别跟九湘说去。”

“我闲的啊我，拆你的台做什么。”夏初笑了两声，又问他，“如何啊，最近你跟九姑娘有没有什么进展？”

刘起一晃脑袋：“我最近也不忙，所以去偷偷找过九湘的丫鬟，把她的喜好全都问出来了，记在纸上，看见是她喜欢的就买给她。她还真挺高兴的。夏兄弟，还要多谢你了，你的主意不错。”

“好，再接再厉，争取早日让我吃上你们的喜酒。”夏初握起拳头给他鼓了鼓劲，想了一下又道，“我问个事，刘大哥你别不高兴啊。”

“不会不会，你尽管问。”

“我没有一点儿瞧不起九姑娘的意思，但毕竟她是个青楼的老鸨子，你求娶，家里人不会反对吗？”

“咳。”刘起低头笑了一下，“我爹当年是跟着大将军上战场时阵亡的，我是个遗腹子，大将军对我很是照顾。我娘前些年过世了，我现在是孤家寡人一个，没人反对。再说，九湘的身份也不是你想的那样。”

“噢？九湘什么身份？”

“九湘以前也是个官家小姐，后来她父亲犯了事被处斩了，女眷官卖，她就被卖进了青楼。那时候她也就五六岁吧，等于是在青楼里长大的。后来少爷遇见她了，瞧着模样好就开始追求。说起来吧，少爷对付女人挺有一套的，很少失手，唯独一次折戟就是在九湘手里。”

“刘大哥，那你这不是跟你家少爷抢女人吗？”

刘起摆摆手：“那都是几年前了。少爷也没什么常性，追她不成也就算了，接触中反倒觉得她很有意思，挺欣赏，等到挂牌的时候……”

“蒋大人把九姑娘承包了？”

“没有，给赎出来了。”刘起说到这儿就笑了起来，“他说九湘爽利干练，放在青楼或者给人家做小都可惜了，他愿意出钱给九湘做生意，赚钱了他分红，赔钱了都算他的。结果你猜九湘怎么着？”

夏初瞥他一眼，心说这还用猜？明摆着现在九湘是莳花馆的老鸨啊！

“少爷把她赎出来，结果她拿着少爷的钱又开了个青楼。现在什么样你也瞧见了，我们少爷看人还是挺准的。”刘起又指了指夏初，“夏兄弟你也是啊，之前是青楼的杂役，年纪又小，这换任何一个人都不敢把捕头这个位置给你的。”

“是，是，是。”夏初忙点头，“蒋大人的知遇之恩我永生难忘，结草衔环，无以为报。”

话虽这么说着，夏初心里却道：看人准？到现在连我的性别都没看出来呢。

话说到这儿，刘起动了动嘴唇，想提醒她一下少爷对她的异状，让她小心一些。虽然公子哥二世祖里好男风的不算稀罕，可夏初毕竟不是小倌。要是闹出上司调戏下属，或者下属勾引上司之类的传闻，少爷是没什么事，她可就没法在这混了。

但这话要怎么说呢？许陆曾经给他带过话，说他在夏初面前提过两句，结果惹得夏初很不高兴。为此，许陆愣是讹了他三天的饭。

不好办啊！

惹了少爷他不好过，可如果夏初因为自己说了什么而对少爷的态度有所改变，那等于还是惹了少爷，还是不好过。再者，九湘也说过夏初似乎完全无意于少爷，而自己是少爷的家仆，说多了反倒更显得居心叵测。

刘起这边胡思乱想间，夏初已经站起来了，抹抹嘴：“我去看卷宗了。”

刘起默默地叹口气也站起身来，看着夏初的背影不知怎的又想起月筱红来了，一边走，一边忍不住荒腔走板地小声哼道：虽任它春去秋淡，终归是遗憾绵绵，哎呀呀，我的少爷呀……

夏初回捕快房整理了一下笔录，看看这些人的口供有没有什么漏洞，又拣出几个关键的点来交给手下的捕快，让他们去核实一遍。

武三金过来问祥伯怎么办，说老头子饿得够呛了。夏初一拍脑门，这才把他给想起来，忙道：“赶紧让人给他送点饭去，送完就让他走吧。”

“不关他？”

夏初托着腮帮子想了想，咕哝道：“挪用资金加上敲诈勒索……嗯，还是先关着吧，等他们东家回来再说。”

“好。”武三金转头就走，夏初又把他叫住，“喻温平还没回来呢？”

“快了吧，这都去了六天了，马车到兴州差不多两天吧，按说也该回来了。”

到了下午快酉时，许陆和郑琏俩人回来了，说喻温平放在广济堂的衣裳不多，有两身见客穿的，还有两身日常的，都是临时用来替换的，脏了就让唐奎拿回家去请他婆娘帮忙洗一洗。

郑琏道：“头儿，跟您料的一样，那衣箱里的衣服确实少了一件。但是具体少了哪件唐奎却说不上来，所以我们又去找了唐奎家里的，她说她三月底倒是帮着洗过两件，好像是有一件酱红的，还有件灰的，洗干净是交给唐奎带回店里的。”

夏初冲他笑了笑：“辛苦了。结果呢？”

“没找到灰色的。”

夏初听这“灰色”就皱眉。真是左一件灰右一件灰，这帮人就不能穿点辨识度高的衣服吗？

都是有钱人，你看人家黄公子，你看人家蒋大人。品味啊……

正说着，门被推开，刘起探进头来道：“嘿，你们都没走呢？一起吃饭去吗？”

夏初一看刘起的衣裳，心中悲鸣了一声：“刘大哥，你怎么穿件灰的衣服？”

许陆和郑琏都笑了起来。刘起不明所以地低头看了看：“穿灰的怎么了？灰的耐穿不爱脏，多好。”

“你肤色黑嘛。你看人家九姑娘多会穿衣服，你也不跟人家讨教讨教。”夏初冲他挤了挤眼睛，“女的在这方面都好为人师的。”

“真的？”刘起眼睛亮了亮，“这倒是个办法。”

许陆和郑琏兴致勃勃地看着刘起：“哎哎，刘师爷，什么姑娘？您这是看上谁家姑娘了？”

“少废话！”刘起大手一挥，“到底吃不吃饭？”

夏初看了眼天色，估摸着今儿常青可能是没找到喻示戎，八成带不来了，便敛了敛桌上的东西放进柜子里。

打开柜门又瞧见那个锦盒，就回头问刘起：“刘大哥，这东西是您的吗？”刘起正在被许陆和郑琏八卦围攻，扬头瞧了一眼就说不是。

夏初心说这还真怪了。

她之前没仔细看清楚，这会儿瞧着倒觉得这盒子十分精致，也不知道里面装的是什么，怎么莫名其妙地出现在放卷宗的柜子里。

难道是有人行贿不成？可行贿不留名，这人也未免太二了点吧。

她正想打开看看，那边刘起已经被揶揄得受不了了，直喊着她快点。夏初应了一声，便又把那盒子放了回去。

京城之外，被夏初无意间说“二”的蒋熙元，正心不在焉地跟当地官员吃着饭，身边莺声燕语脂粉浓香。

三品已算大员，何况是京官，更何况是京畿官员的上司，再更何况是蒋熙元这个皇上未来的小舅子，接待他的规格简直高到不能再高，投其所好已经投到不能再投。

京兆郡郡守张南江的功课基本已经从蒋熙元的头发丝做到了脚后跟，针对这花名在外的风流公子，他觉得没有比青楼更合适的消遣场所了。

要说，此举其实真算不得聪明。就算张南江不知道蒋熙元私下里开着青楼，也该知道这里的青楼就算再好又如何比得过京城的？

人才都是爱往大城市跑的，不管什么人才。

但话说回来，蒋熙元的心不在焉实则跟姑娘漂不漂亮也没什么关系，他现在真是人在京畿心在都城，任凭丝竹绕耳笑语盈盈，风流公子有了心事分分钟变柳下惠。

在蒋熙元长时间的沉默中，张南江觉察到了不对劲儿，便对蒋熙元身边的一个姑娘使了个眼色。那姑娘睄了他一眼欣然领命，倒了杯酒凑到了蒋熙元的身边，软糯地说道："蒋大人，让红香陪您饮杯酒可好？"

蒋熙元抬起眼来懒洋洋地对她笑了一下，正要接过酒杯来，红香却缩了下手，笑道："大人别动。"说罢，身子贴上蒋熙元的手臂，将酒杯递到了他的嘴边。

这都是楼里姑娘爱玩的把戏，蒋熙元见怪不怪，只是笑了笑便就着红香的手把酒喝了。红香弯唇一哂，眼角眉梢仿佛都写着"我要勾引你"，她抖开手中的帕子给他蘸了蘸嘴角，樱唇轻启："香吗？"

蒋熙元轻笑了一下，慢声问道："什么香吗？"

"红香喽。"她揪着帕子翘着尾指指了指自己，笑起来。

蒋熙元将她的帕子抽出来，在手里捻了捻，笑眯眯地伸出手臂搭在红香的肩上。红香往他怀里靠过去，肩膀压住了头发，于是便兜手将头发都理到了另一侧，露出修长的脖颈和半只雪白的香肩，艳丽撩人。

蒋熙元看见，脑海里却忽然浮现出夏初那白嫩嫩的脖子来，那颗从离京后就沉寂寂的心就不经意地悄然悸动，对夏初的想念好像开了闸的洪水，拦都拦不住地涌了出来。

他的手不由自主地放在了红香的脖子上，轻轻摩挲着，唇边的笑不觉间朦胧起来。眼睛虽看着红香，可眼里却压根儿没有红香。

红香当自己引他动情，心中得意，于是软绵绵地唤了一声大人。

绵媚之声却如惊雷，唤得蒋熙元猛地醒过神来，愣了一瞬后手如被针扎似的往回一缩，顺手将红香推到了一边。

“大人？”红香愣了愣，神色从不解变成委屈，咬了咬下唇，还要再靠过来，蒋熙元却呼地站起身来，躲了过去。

他僵硬地站着，心里惊恐不已，耳根发烫，脸居然还可耻地红了！

蒋熙元简直不能相信也不敢回想刚才自己在干什么！多少年流连花丛间，到如今他搂着个娇媚的女人，脑子里却居然在想个男人？！

要命！真是鬼迷心窍了不成！

“蒋大人，蒋大人。”一直关注着这边的张南江赶紧过来救场，扭头瞪了红香一眼，又赔着笑道，“您这一表人才气度不凡，楼里姑娘的芳心都乱了，一时伺候不周，您可别见怪。来，下官敬您一杯。”

蒋熙元看着张南江，一腔不知从何而来的烦躁没个出口，顶得他脑子直发蒙，言语便骤然冷了下来：“敬什么？”

“敬……敬……”张南江哑然，往日里说顺嘴的应酬话全被蒋熙元这不善的语气给吓了回去。

“我不是来游山玩水领略你京兆郡的风土人情的。兴州大旱，我到京畿督查筹措钱粮之事，要的是你把事情办好！”蒋熙元鼻子不是鼻子眼不是眼地说，看了看桌上的酒菜和满桌惊慌沉默的官员，硬着头皮说，“少弄这些乱七八糟的！”言罢，也不等张南江再说什么，便甩了袖子大步离去。

出了门，小风一吹，蒋熙元才长长地呼了一口气，回头瞧了一眼青楼的门楣，想起刚才那一瞬间的悸动，觉得自己都快要哭了。

蒋熙元对自己无比地鄙视，对自己曾经的认知，曾经说过的话产生了深深的怀疑，陷入空前的自我否认中。

他说他绝不会喜欢男人。可现在他对夏初不是喜欢又是什么？可恨的是，即使他如此清晰地意识到了问题，即使他极为排斥再向前一步的可能性，即使他知道应该就此悬崖勒马，但这马怎么好像勒不停呢？

他出京是为了逃避自己对夏初产生的错觉，但出来了之后却又特别地想要回到那种错觉中，甚至总在不经意间思念着那种错觉，还有那个给他错觉的人。

这件事儿真是太他妈让人矛盾了，太让人苦恼了！

蒋熙元仰头看着沉默的天空和静静的月亮，主观上越不愿去想她，那思念好像越是强烈，让他的心情烦躁到了极点。他现在很想揪着谁打一顿，或者干脆被人打一顿也行。

蒋熙元一腔愁绪，寄相思于明月，但被相思的人收不收得到却另说了。

夏初那厢和刘起他们几个出了门，正在对面庆丰包子铺要了几笼包子，几碟小菜，一顿饭吃得热热闹闹，哪有空去看月亮。

第二天夏初一到府衙便看见了常青，正要问他喻示戎的事，他却先一步说人已经带来了。

“这么早？”夏初诧异道，心说常青这积极性够高的。

“不是，昨晚上就带过来了。”常青有点嘚瑟地说，“昨天找他半天都没见到人，我就到城门口去堵着去了，琢磨着只要他没在城里眠花宿柳的，城门关之前他总得出城回家吧？嘿嘿，还就真让我给堵上了。不过我带他过来的时候你已经回家了。”

“昨天晚上？那现在他人呢？”

“在牢里关着呢。”

“关牢里了？！”夏初惊讶过后皱了皱眉，“什么啊你就把人往牢里关。”

“那让他走了，明儿要是再找不着人怎么办？万一他要是跑了呢？”

夏初瞟了常青一眼：“就这理由？”

“嘿嘿。”常青圈起手臂来坏笑了一下，“那小子跟我爹翅儿，嘴里不干净。姥姥的，小爷我没当街揍他一顿就是顾及咱府衙捕快的名声，真他妈可气。”

常青说完问她要不要现在去问喻示戎，夏初点了点头，转念一想，却道：“算了，反正关都关了，也不差这一会儿了。”

常青一乐：“就是。”

夏初打了个响指一转身：“走，先吃早饭去！”

上次在百草庄时，喻示戎给夏初留下的印象极其不好，浑不吝，说起话来就跟天王老子都欠了他钱似的。私心里讲，能把他关起来夏初感觉也是挺爽的，对付喻示戎那种人，还是常青这样的比较有用。

吃罢饭，她又跟常青把已知的喻示戎四月初一的行为捋了捋，快到巳时了才慢悠悠地奔了牢房。

进了牢房就听见喻示戎在嚷嚷，嗓子都哑了，嚷得也非常没创意，就是“放我出去”。

这种话不是废话吗？但凡能放你出去还关你干什么？

走到牢监前，喻示戎正暴躁地用脚四处乱踹，看见常青就扑到木栅上指着他恶狠狠地道：“王八蛋！等老子出去弄不死你的！”

常青抬起一脚就踹在了木栅上，把木栅踹得直掉灰。他动了动脖子，又掰了掰手腕："你他妈是谁老子？有种再给我说一遍。"

常青说话声音不大，但是喻示戎却下意识地缩了一下身子。

"牢头！"常青扬了扬手，"把门打开。"

喻示戎又往后退了两步，眦目喊道："干什么？干什么，你们！打人了！捕快打人了！救命啊！"

这下把夏初都给逗乐了。

常青哼笑了一声，踹了牢门进去走到喻示戎面前："闭嘴。"喻示戎咽了咽唾沫，什么也不敢说了，尿得一塌糊涂。

夏初也跟着走了进来，扇了扇鼻子，对牢头道："去搬个桌子和凳子，哦，还有，给我添盏灯，哦，再给我来壶茶。"

喻示戎靠墙站着，浑身看上去紧绷绷的，眼里满是恐惧和戒备，眼下一片乌青，瞧意思昨晚应该是没睡。

刑讯有一种手段就是不让人睡觉，精神和肉体双重摧残，夏初心说他们没逼喻示戎，喻示戎倒自己先把自己摆了一道。虽然这一宿不睡实在也算不上什么，但足可见他是非常紧张的。

紧张就说明心理压力很大，心理压力大就说明这家伙心里有事儿。常青的做法虽然有待商榷，但就讯问而言，也算是歪打正着了吧。

牢头把夏初要的东西送来，茶不怎么样，但是味儿很重，热腾腾的茶水从杯子里氤氲出淡淡雾气，浓浓的茶香很快就溢满了牢房。夏初和常青姿态悠闲地坐下，抬眼看着对面的喻示戎，传递出一种"我们要跟你死磕"的信号。

"喻示戎。"夏初清了清嗓子开口，什么缓冲都没做，直接问道，"四月初一你到底都干了什么，说吧。"

"我说了，我看戏去了！"喻示戎梗着脖子大声道。

夏初和常青都没说话，俩人无动于衷地看着他，喻示戎的神色越来越慌，他用力地抿了抿嘴："我没杀人。"

"问你四月初一干什么了，听不懂话是吗？"常青有点不耐烦。

"那我说了你们又不信！"喻示戎高声嚷道，"我说了你们不信，那还问什么问！"

夏初把卷宗拽到面前，打开，翻了翻，眼皮不抬地说："三月廿五，你在天禄赌坊欠了三十二两银子，还账的时间是四月初一。去天禄赌坊之前，你先去了隆昌票号，在那换了二百两的银票，对吗？”

夏初抬眼看着他，喻示戎脸色发白，额上渗出细密的汗来。

常青看着喻示戎的脸色，不怀好意地笑了两声，环臂侧身坐在条凳上，半眯着眼睛对喻示戎说：“嘿，我说喻二公子，我们头儿问你是不是换了银子去赌坊了。傻了你？”

喻示戎略微回过点神来，怨恨地看了常青一眼，吸了口气重新挺起胸脯，不服气似的说：“我是去天禄赌坊了，怎么着！我那是怕父亲知道我又赌钱的事儿才那么说的。”

“钱哪儿来的？”

“我娘给的！”

“给你二百两现银？”

“怎么了！不许啊！小爷家有钱！”喻示戎梗着脖子说。

“你他妈是谁的爷！”常青火了，抄起茶杯就砸了过去，正砸在他脑袋边的墙上，吓得喻示戎闭眼抱头，大叫了一声。

夏初皱了皱眉头，站起身来合上卷宗，又拿起来往桌上啪地一摔：“常青，找他娘核实一下去。”

常青也跟着站了起来，指了指他：“行，喻二公子就踏实在这儿待着，得空我让你认识认识谁是爷。”

两人说完作势就往外走。喻示戎表情抽搐地看着他们走出了牢房，眼瞧着要上锁了才扑过去，终于崩溃：“放我出去！我要出去！我……我没罪！我不待在这儿！”

“我们要听实话。”

“那……那我说了你们信吗？你们答应放我出去，我就说实话。”

夏初对他道：“喻示戎，你没资格跟我们讨价还价。怎么着，说是不说？”

常青皱起眉头：“哑巴了？！”

喻示戎是有点浑，浑人也就跟文明人耍耍流氓，但遇见更浑的就不够看了。相比于夏初，他显然更怕常青，被常青一吼又哆嗦了一下，这才点了点头。

夏初和常青重新走进牢房坐好，摊开纸笔卷宗看着他，等了一会儿却听他说道：

“说实话……我自己都不信。”

常青烦了，一拍桌子吼道：“你他妈的烦不烦！废话这么多……”

喻示戎吸了吸鼻子道："那……那我也不知道她怎么就死了，我走的时候她可活得好好的呢。"

夏初看了常青一眼，虽然心中并不赞同他这么耍威风，但也不得不承认有的人还就是敬酒不吃吃罚酒，骨头贱。她还是太文绉绉了点儿。

"你走的时候？你从哪儿走？"夏初问道。

喻示戎抬起头来，想说，话到嘴边又开始犹豫。常青又一拍桌子，拍得桌上的茶杯都跳了跳："问你话呢！"

"我家的药铺。"

"接着说！你去干什么去了！"常青又吼了一声。震得夏初耳朵嗡嗡响，心说这常青也太爆了点儿，一瞥间，看到常青正在桌下揉着自己的手掌，她差点儿没憋住笑出来。

"我……我找她要钱。我欠了赌坊的钱，我娘那边又不肯给我，所以我就问曹氏要。"

"她凭什么给你钱？"夏初问道。

"上月初她跟我大哥在花园里私会让我瞧见了，我说她要是不给钱我就告诉父亲去。她给过我几回，我都输光了，月末又欠了赌坊的银子，再问她要她说她的体己钱已经都给我了，实在是没有了。我让她自己想办法去。"

"喻示寂知道你敲诈她吗？"

"这算敲诈吗？"喻示戎愣了一下，急忙道，"不算吧。那也是她先做出那见不得人的事儿的，我帮她保守秘密，那封口费总得要给的。"

夏初差点儿被他给气乐了，合着这货觉得封口费是个合法的费用："你怎么不问喻示寂要钱？"

"他？"喻示戎鄙夷地皱了皱鼻子，"他一直就看我不顺眼。况且他是嫡出长子，父亲信他比信我多，他才不会给我钱，到时惹急了再给我下个套，反咬一口说我诬陷他，那到时候父亲问起来，曹氏肯定也不会说实话，我找谁做证去？"

"你倒不傻。"夏初摇了摇头，"那你怎么不怕曹氏说你诬陷？"

"曹氏那女人没什么主见，性子软和，吓唬她两句她就怕了。我说要是她敢把这件事说出去，我就砸了她娘家，让人打折他爹的腿。"

"那你怎么会去广济堂？"

"父亲不是去兴州了吗？我就想趁这机会多玩玩，着急让她把钱给我。她就说她四月初一要回娘家，让我下午去她娘家拿钱。"

"你问她要多少钱？"

"五十两。父亲这人手紧，我知道她也没多少钱。我想着去了赌坊先把欠账还一半，剩下的等赢了钱再还。四月初一下雨，我在家待着闲得难受，就琢磨着早点儿去算了，拿了钱还能多玩几把。进了城我就直奔她娘家，结果路上就看见她进了庆仁堂药铺。"

"然后呢？"

"我就奇怪，因为我家就是开药铺的，她跑到别家药铺去干什么。我以为她是私会来了，当时还挺高兴。"

常青哼笑了一声："你他妈有病吧？自家主母跟别人私会你高兴个屁！"

"不是，您想啊，她要是跟庆仁堂的掌柜或者东家私会，那至少对方有钱啊。万一将来她扛不住跟我哥说了，我哥反咬我一口，我这不还有一重保障吗？"

"行吧……你继续。"夏初很无语。看起来这喻示戎也不笨，可惜脑子用的全不是地方。

"我在门口等了一会儿，看她出来了，怀里还抱着包药，就觉得这事儿不正常了。她出了庆仁堂没往她娘家走，却去了反方向，我就把马车撂在那儿撑了伞跟着，结果就看她从后门进了我家的铺子。"

"然后你也跟进去了？"

喻示戎点点头："跟进去了。瞧着她鬼鬼祟祟的，不知道她想干什么。我进去的时候她正开银窖的门呢，被我逮了个正着，合着她是想先从这儿拿五十两银子给我。那我一看银窖门都开了，我还拿五十两就太傻了，所以就多拿了一些，反正就算父亲发现丢了钱也是找她。"

原来是这小子，这样一来崔大花的口供倒是对上了。夏初把崔大花的那份笔录抽出来看了看，暂时放在一边："之后呢？你继续说。"

"之后我问她去庆仁堂药铺干什么，她不肯说，我看那包药在桌上放着就抢过来了，看了之后我就问她是不是怀孕了。"

"你看药就能知道？"

"我家是做药材生意的，做生意我不行，但那些莪术、红花、牛膝什么的我还都认识，药性也知道。再加上她这么隐秘行事，倒是也不难猜。我看她是想要堕胎，就知道她怀的肯定是我哥的孩子。"

"上次我们去百草庄查案的时候，你怎么不说？"

"我哪敢说啊。"喻示戎低头叹了口气，"听说曹氏死在广济堂的时候我吓得够呛，生怕你们查到我那天去过百草庄，我觉得这事我说不清楚。后来这几天我也没敢再去赌坊了。”

“你在隆昌票号换了二百两银子，剩下的钱呢？”

喻示戎一愣：“什么剩下的钱？我就拿了二百两，都换了啊。”

“你只拿了二百两？不是五百两吗？”

“就二百两！我想着来日方长。”他好像终于有了底气似的，抬手指着牢房外，“哪个王八犊子说的五百两！你把他叫来，看我打不死他的！”

“你打谁啊你。”常青嘲笑道，“家里有俩臭钱还他妈装起二世祖来了？瞧你那㞞样，真欠收拾。”

喻示戎的气焰已经完全被灭了，常青这么说他，他也没再还嘴。

夏初微蹙着眉头寻思，喻示戎前面已经承认了他的银两来自广济堂银窖，那承认二百两跟承认五百两并没有区别，完全没必要在这个地方撒谎。

也就是说，三百两银子不知去向。

目前已确切知道的是，四月初一有三个人进过广济堂，曹雪莲、喻示戎还有唐奎。三百两肯定不会是曹雪莲拿的，如果喻示戎说的是真话，那似乎就只剩下唐奎了。

难道是唐奎谋财害命？这伙计藏得这么深？夏初想起他哭的样子就觉得不像。

她低头看了看口供，发现是自己想当然了。喻示戎确实是跟在曹雪莲后面进的广济堂，但跟在曹雪莲后面进广济堂的却不一定只是喻示戎。想到这儿夏初便问喻示戎：“四月初一那天，你穿的什么衣服？”

“衣服？”喻示戎愣了愣，“就平常的衣服，长衫子。”

“我是说颜色。”

他扭头想了想：“哦，穿的是一件酱红的衣服。这不是说穿红的吉利吗？玩的时候想着能运气好一些。”

不是银鼠灰？夏初眨了眨眼，心说四月初一那天广济堂可够热闹的啊！

问完了话，夏初并没有把喻示戎放出去，只是让牢头给他送点饭过去，气得喻示戎想要开骂，看见常青的表情又把话咽了回去。

出了牢房，夏初对常青道：“下午你去把喻示戎的这些口供核实一下，嫌疑排除了的话可以先放人，如果有对不上的地方你就再审。”

“我审？”常青指了指自己。

“是啊，他好像比较怕你，你审比我审管用。”夏初耸了耸肩。

快走到捕快房时，还没进门，就听见屋里有人大嗓门地说话，常青一听便道：“看来裘财从兴州回来了。”

裘财正在屋里跟许陆说着话，看见夏初进来便起身笑道：“头儿！我回来了！”话一出口便感觉震得屋子里嗡嗡的。

“辛苦辛苦。什么时候到的西京？”

“昨儿晚上，到城外的时候城门已经关了，我就在百草庄借宿了一宿，今儿早晨进城回家收拾了一下才过来。”

“喻温平呢？”

裘财爽朗地笑道：“在家歇着呢。咳，别提了，我们到了兴州找着他，把事情一说，他听完晃了几晃当时就晕过去了，我还帮着把他抬到药铺，让郎中给扎醒的。郎中说是急火攻心。这一路上他就躺在马车里回来的，要不怎么这么慢呢？”

“路上他说什么没有？”

裘财想了想：“问我凶手抓到没有，让府衙一定要替他夫人做主。大概也就这些。”

“现在他人呢？”

“在家歇着呢。本来就病恹恹地回来的，一路车马劳顿，回到西京那脸都快没血色了。头儿，他的俩儿子是不是都让您给抓来了？还有一个姓王的管事？”

夏初点了点头：“都在咱们这儿关着呢。”

“昨晚上老远地就听到他的那个妾室闹腾啊，喻温平让人过来问我，我也不了解现在情况怎么样了，就搪塞了两句。凶手是他家老二吗？”

夏初笑了两声：“目前看不是，不过那小子也不是什么好东西，先关着。”

“我刚听许陆说人不是那个长子杀的，也不是老二的话，能是谁啊？”

“我要知道是谁不就抓人了吗？”夏初瞥他一眼，“你没问问他们那一路的情况？”

裘财眨了眨眼睛：“到了那儿把事儿一说，喻温平就晕了，醒过来后他交代了两句我们就赶紧往回走。再说，我也不知道该问什么啊。”

夏初一想也是，裘财跟着喻家人去往兴州的时候就知道死的人是曹雪莲，其他的还什么情况都没摸清呢，也的确是不知道该问什么。

裘财又道：“对了，昨晚上在百草庄的时候听说庄子里前天夜里闹贼了，倒是没丢什么东西，也不知道跟案子有没有关系。”

夏初一听，低头清了清嗓子，含糊着应付了几句便把这个话题给岔过去了。

她把喻示戎和喻示寂的口供跟几个人说了说，几个人听完后先七嘴八舌地把这俩货给骂了一顿，直说曹雪莲可怜。

“活得就够冤的，死得更冤！”裘财愤愤地说。

许陆沉默了一会儿道：“头儿，如果喻示戎说的是实话，那也就是说在他之后还有人去过广济堂。这个人应该就是崔大花看见的那个，而且那对不上的三百两银子也是他拿走的。”

夏初点头：“我觉得是。四月初一，广济堂偷偷溜进去了一个曹雪莲，还有一个喻示戎，还有一个银鼠灰，不会那么巧再有一个了吧？这概率就够低的了。”

常青在一旁道：“螳螂捕蝉，一个接着一个。”

夏初心里一动，扭头看着常青：“栽赃？”

“嗯？”常青没明白。

“如果不是崔大花碰巧看见了银鼠灰，那么事情应该是到喻示戎就为止了，咱们可能压根儿不知道还有另一个人的存在。会不会是喻示戎跟着曹雪莲进去后，银鼠灰觉得是个机会，就杀掉曹雪莲然后偷了钱？”

裘财摇头：“嗬，杀个人才拿三百两，不值啊！要是我，能搬的都给他搬走了。”

“你多大力气啊！大下雨天的搬一堆东西，生怕别人不起疑啊？”夏初道，不过话虽这么说，但说少不少说多也不算多，要是去莳花馆也就几宿温存的事儿。想到这，她忽然站起来道：“得！忘了一个人。”

“谁啊？”

“柳大夫！四月初一他说去给他爹扫墓了，不在广济堂，说起来他也有从后门进去的可能。”

“柳大夫？广济堂的那个？”常青忽然问道，“他给他爹扫墓？”

夏初听他这意思好像是知道什么，忙问道：“怎么？你认识？”

“我干爹跟那老家伙吵过一架，七八年前了吧，那会儿我干爹是西市那片的地保，还帮他作保过户过房子。干娘病的那会儿找了他去诊病，结果他不给开药，说没用了，把我干爹气得够呛。他不是西京人啊！怎么着？连他爹的坟地一起搬过来了？”

“嘿！那你不早说！”夏初道。

“那我之前也没跟这个案子，我哪知道去。”常青摊了摊手，表示无辜。

夏初瞥了他一眼，也说不出什么来。

柳大夫去知意楼这件事也构不成犯罪的疑点，只不过是她感觉与柳大夫此人的个性不符罢了，这么私人的事便也没往卷宗里写。但现在照常青这么说，柳大夫这就不是私事了。

夏初灌了口茶水，想叫常青跟他去一趟，但想想常青和柳大夫的脾气，觉得不太妥当，便冲许陆勾了勾手："许陆，还是你跟我去一趟吧。"

广济堂因为案子的事已经歇业了，夏初和许陆便直接去了他家。柳大夫住在离西市不远的一条巷子里，穿过巷子过了街便是知意楼。两人到门口看了看，便叩响了门环。

等了一会儿没有动静，许陆又敲了敲，还是没声音。正琢磨着这柳大夫是不是不在家，要不要去知意楼找找的时候，门里忽然有人问了一声，一听声音，是柳大夫没错。

"夏捕头？"柳槐实打开门看见夏初，微微地愣了一下，表情变化倒是不大，而后便侧开身让两人进去。又冲许陆点了点头，算是打了招呼。

柳槐实的院子不算大，但是十分整洁干净，静悄悄的。他招呼着夏初和许陆在院里坐下，回屋端了茶出来放在桌上，无甚表情地道："茶不好，二位别介意。"

夏初与他客气了两句，随意地打量了一番院子，问道："柳大夫一个人住在这里？家眷呢？"

柳槐实看了她一眼，没有说话。这一眼看得夏初有点奇怪，她觉得这并不是一个关系多大的问题，只不过随口一问罢了，于是忙说道："是不是我冒犯了什么？还请柳大夫勿怪我不知之罪。"

柳大夫沉吟了一下，开门见山地道："夏捕头去查过知意楼了？"

夏初有点意外，犹豫了一下后点了点头："紫苏告诉您的？"

"对。"柳槐实毫无遮掩之意，"或许我该谢谢夏捕头您，不是让捕快大张旗鼓去问的。算是全了我的颜面。"

夏初被他说得有几分茫然，与许陆对视了一眼后微微一笑，说："好男风的大有人在，这也……不算一件丢脸的事吧？"

"我不是好男风。"

"不好男风？那您去知意楼是……"

柳槐实摆了摆手："这么说吧，大多数好男风者实则男女皆可，不过图一时新鲜罢了，但我不行。我不喜欢女人，只喜欢男人。所以这个'好'字并不恰当，不知道二位能不能理解？"

夏初点点头，被柳槐实坦诚的态度弄得稍微有点尴尬，倒好像自己以小人之心对上了人家坦荡君子之气的感觉，于是微微一笑："柳大夫，想不到您还挺坦诚的。"

柳槐实似笑非笑地扯了扯嘴角："今天二位过来自然不是问我知意楼的事，定是与命案有关，我若不坦诚一些，若无端惹了怀疑岂不麻烦？"他给夏初又添了茶，"应该说，已经惹了怀疑了吧。"

夏初没有点头也没有摇头，直言道："确实是有一些事想找您核实一下。"

"请讲。"柳槐实整了一下衣袖，好整以暇地听着。

"我听说柳大夫并不是西京人士？"

柳槐实点了点头："灵武郡锦城人。"

"上次在广济堂，您说四月初一的时候您不在，是去给令尊扫墓了。那您不是西京人，令尊的墓却在西京吗？"

"不在。"柳槐实干脆利索地回答道，说完垂眸想了想："那天我去了原平山。"

夏初干笑了一声，不太相信的样子。许陆问道："去原平山这事儿有什么内情值得隐瞒吗？柳大夫上次何故要撒谎？"

柳槐实看了看他，垂眸不语，也不知道是不想说还是在考虑措辞。

夏初等了一会儿，微微皱了下眉头："柳大夫，您刚才也说了，命案当前，我们既然来找您了自然是有找您的缘故，希望您能说实话。"

柳槐实抬起头来，半晌轻轻地叹了口气："夏捕头可愿意听个故事？"

"故事？"

"我说谎，与命案并无关系，只不过是爱惜名声罢了。夏捕头与我论过此事，说我太过爱惜羽毛，这话倒是没错的，因为失去过所以格外珍惜，我已半百之年实在经不得折腾了。"

柳槐实说完停顿了一下，看着夏初。夏初想了想便明白了他的意思，便道："我们只是查案，与案件无关之事我们听过则已，断不会做无聊之事，于柳大夫的名声有碍的。但如若与案件有关，还请柳大夫恕我无能为力。"

"嗯。"柳槐实点了点头，抬头看了会儿天，像是在琢磨要从何说起，终于开口时声音却柔软缓慢了一点儿，"事情过去有快二十年了，如果现在问起锦城年纪大一些的人，可能有人还会有印象。说起来，当时也是一桩谋杀案。"

"谋杀案？"夏初心里一凛，万没想到柳槐实一开口会说出这样一句话来，

"什么谋杀案？与您有关？"

柳槐实点了点头："被告谋杀的那个人，就是我。"

初夏西京的一个午后，夏初带着排查嫌疑、讯问口供的任务坐在了柳槐实的院子里，没想到却听了一段似乎只有戏文里才有的故事。

柳槐实家境贫寒，父亲去世得很早，母亲改嫁时嫌他拖累，便找了个老郎中让他去学徒。说是学徒，其实就等于把他送给那老郎中了。

老郎中无儿无女，柳槐实一直照顾他的生活，大一点儿了便开始跟他行医帮他打下手，那老郎中倒也倾囊相授医术药理。柳槐实在岐黄之道上颇有天分，人也刻苦，年纪轻轻的就攒下了些名声。

老郎中过世的时候把自己的小医馆给了他，他醉心于自己的专业，加之也无父母为他操持，亲事便一直耽搁着。直到有一天他去给一户富商诊病，去了几次之后，那富商便找了媒婆替自己的小女儿上门说亲了。

夏初听到这里的时候悄悄地打量了一下柳槐实，虽然他现在年纪大了，发须有些花白，但从眉眼中倒能推断出他年轻时的模样是绝对不差的，加上学医之人自有一派不紧不慢的气度，即使穷了点儿，会有闺阁女子折心倒也不奇怪。

就算是现在这样，气质稳重，身板直挺，也是个美颜大叔的模样。

"我那时一心都在医术上，并没有觉察出自己其实对女人毫无兴趣。"柳槐实说到这儿的时候苦笑了一下，"当时也是有私心的。我那时正想要开一家药铺，一来抓药的利润能改善生活，二来我也是有济世救人的理想，有些穷苦人找我诊病，我开了方子人家却抓不起药，我要是自己有药铺就能灵活很多。"

来提亲的是富商，家境殷实，柳槐实权衡了一下便答应了。富商的女儿对他也是真心喜爱，人虽未嫁却已经帮着柳槐实将药铺开了起来。

一切都很顺利时，柳槐实成亲了。洞房花烛夜的人生大喜之日却成了柳槐实的噩梦，他也是从那时才惊觉自己的问题。娇美年轻，对他一腔爱恋的新妇，却丝毫引不起柳槐实的兴趣。

或许回过头再看，那一晚不算是柳槐实的噩梦，只是噩梦的开始吧。

起初，柳槐实的妻子并没觉得有什么问题，虽然自己的相公不碰她，但对她也还算不错，相敬如宾。但是时间长了就不行了，在妻子一次次的吵闹与追问下，柳槐实才对她说了实话。

可他的妻子并不理解，好男风之人多的是，可人家也照样结婚生子，娶妻纳妾，为什么柳槐实却连碰都不愿意碰自己，她觉得一切都是他的借口罢了。

“我觉得我对不起她，欠了她，一切都是我的错。我也很想能像其他人那样生活，但我做不到。那段日子很折磨人，但碍于世俗我们似乎也只能这样关起门来互相折磨下去，不知道什么时候算是头。”柳槐实回忆起来，脸上仿佛仍带着那时的疲惫。

那段日子终究还是有到头的时候，不然也就不会有现在身在西京的柳槐实了。

事情的变化大概也是在这样一个初夏的日子里，一个年轻的书生到他的药铺来问诊。柳槐实甚至在二十年后的今天仍能准确地说出那天的情形来。

书生穿着一身洗得半旧的淡蓝色长布衫，身形瘦削，脸色有些苍白，一双眼睛却温和而有神采。他从灿烂的阳光里走进了药铺，走到了柳槐实的面前，继而，走进了他的生活。

用柳槐实的话说，这个叫方时的书生虽然瘦弱，却让他觉得自己的生命都亮了起来，有了不一样的色彩。

并不是所有的爱情都要以干柴烈火的姿态呈现，有一种感情卑微到了怯懦，说的大概就是柳槐实。他悉心地照顾着方时的身体，小心翼翼地维护着自己与他的关系，不敢表露，不敢逾矩。

他的喜爱之心有多强烈，相处之时就有多谨慎，觉得只要能够看见他就好，听他说话就好，就这样一直以朋友之情似乎也能天荒地老。

而他从来不了解女人的敏锐。他以为自己深埋了内心，可他的妻子，却从他不经意的出神和浅笑中嗅到了异常。

柳槐实讲述到这里忽然停了下来，那从浸满温情的回忆到凄然的表情，让夏初看得有些心酸。

她应该猜得到将要发生的事，而将要发生的事其实早已发生了。

“我以为无休止的吵闹已经是最糟的，但其实吵闹当真不算什么。如果能预见得到后来，我宁可让她一辈子与我吵闹下去。”柳槐实缓缓地说。

妻子的表现一直很平淡，从来没有关注过她感情的柳槐实完全无法察觉这平淡之下到底隐藏了什么，他以为，他的心思隐藏得如他所以为的那样好。

方时的病情忽然急转直下，柳槐实心急如焚，衣不解带地为他翻阅医书，寻找药方。可一服服的药喝下去，他却依旧每况愈下，只不到一个月便无力回天。

弥留之际，柳槐实去看他，方时的眼里再也没有了那温和的神采，他用枯瘦的手拉住了柳槐实，眼中蓄满了泪水，像是有许多的话要说，可最后也只是无声地唤了他的名字。

那种铺天盖地般的悲伤，犹如寒天堕入冰湖，没有力气呼吸，也没有力气哭泣。他以为那就是生命所不能承受的最痛，可惜不是。

最痛之事，是在他知道了方时的死是他妻子所为，而真正害死方时的，原来是自己。爱之深切却又求而不得会让人心思如狂，比如他的妻子，比如柳槐实。

他的妻子以为自己的敌人是方时，可其实她的敌人从来都是柳槐实而已。

知道了真相的柳槐实与妻子彻底撕破了脸，而他的妻子做得更加彻底。她先是四处散播柳槐实与方时的关系，又说是柳槐实因为厌恶方时的纠缠而故意将其治死。

她的身份让她的话显得十分可信，方时的家人愤怒之下带人砸了柳槐实的药铺，又把他揪去了衙门。

罪名是谋杀。

如果当时柳槐实死了，便也就那样死了。幸或不幸的，那时锦城的父母官倒算清廉善断，柳槐实谋杀的证据并不充足，关了他一段时日，打了板子小惩大诫，便将他放了出来。

柳槐实的妻子也耗尽了心力和感情，一纸和离终于了结了他们之间多年的折磨。柳槐实失去了所有的东西，他从老郎中那里继承的医馆，他悉心经营的药铺，他积累多年的名声，他济世救人的理想，还有他所爱的人。

他成了别人茶余饭后的笑话，锦城再也没有了他的立足之地。

“有段时间我很想死，但那段时间过去之后，是死是活其实也都不重要了。”柳槐实说，“我改了名字离开锦城，做了个游方郎中，也就那样活着吧。十年前东家去外地购药的时候大病了一场，碰巧我路过将他救了。他觉得我医术不错，便带我到了西京安排在广济堂，生活算是稳定下来了。”

柳槐实疲倦般叹了口气，声音又恢复了那板平的腔调：“如果你们不来，这些事我可能就带进棺材了，但既然你们来了，我不说恐怕你们倒会查得更仔细。毕竟我有过谋杀的罪名，若是传了出去，人们才不会去了解这后面都发生过什么，不会管我是否冤枉。我可以不在乎，但东家是个好人，于我有恩，我不想带累了广济堂。如今我坦白了这些，还请二位能够理解。”

夏初点了点头表示理解：“四月初一您真的是去原平山了？”

“四月初一其实是方时的忌日。原平山下有片松林，方时最爱松柏，说松柏不畏寒冬，浴风雪而常青，所以我每年都会去。那天下雨，我在城门口遇到过德方班的管事章仁青，他去广济堂问过诊，我们打了个招呼，夏捕头若是不信可以去问他。”

“这些事你们东家知道吗？”

柳槐实摇摇头：“不知道。以前东家看我孤单还曾经要替我说上一门亲事，我只说自己怀念亡妻无意再娶。于情爱婚姻，这辈子我已再无念想。”

“那您与紫苏是……”

“紫苏啊……”柳槐实笑了一下，“听他念一念诗，与他谈谈文章戏文罢了。”他顿了顿，微微地仰起头来，“他与方时长得很像，可终究不是他。”

夏初鼻子一酸，差点儿被他给说哭了。

她曾觉得柳大夫这人有点冷血，想来曾经也是炽热的，险些把自己烧成了灰。也不是没有感情，只是早已随着方时的死逝去了。槐实，是不是就是怀时，怀念方时？可惜一味药，却治不好这绵延多年的思念。

夏初看了许陆一眼，而许陆早已经停笔没再记录了。

默默地喝了几口茶，缓和了一会儿情绪，夏初才慢慢地从柳槐实的故事中抽离出来。

“柳大夫，还有一事我想请问一下。”

“请讲，只要我知道，不会隐瞒。”

“我记得在广济堂的时候，您说您曾经给喻夫人问过诊，那最近呢？问过吗？”

柳槐实道：“最近没有，喻夫人的身体倒是还不错。怎么？”

“是这样，经我们的调查，这喻夫人死的时候已经怀有近两个月的身孕了。这件事您知道吗？”

“怀孕？”柳槐实听完，表情可以说是相当错愕，“不会吧？”

夏初眨眨眼睛，觉得柳槐实的这个反应不太对，忙往前倾了倾身子：“为什么这么说？”

柳槐实往后退了一点儿，避开夏初的目光，皱了皱眉头：“我就是觉得意外。”

“为什么会觉得意外？”夏初仍是追问。

柳大夫想了想，似乎镇定了一些，对夏初道：“你们查到这个消息的时候，难道不意外吗？”

一句话，把夏初给顶了回去。夏初悻悻地点了点头。意外，他们当时也是很意外的，柳槐实这么说好像也没什么问题，可她就是觉得怪怪的。

夏初直觉柳槐实对曹雪莲怀孕一事的反应不太对。

心理学的课程她还没学多少就穿越过来了，微表情这类理论也都是看剧了解的，并不系统，只知皮毛。但她笃信一点，一定是有某些细微的动作表情已经传达出了内在的含义，所以才会形成“直觉”这种东西。她只是说不出来而已。

这不需要精深的理论知识，是每个人都具备的能力。

夏初拆分不出到底是什么给了她“柳大夫有所隐瞒”的直觉，但她可以先把这个点定下来，再进行反推。

府衙知道曹氏怀孕的消息确实是意外的，但更意外的是曹氏抓药堕胎这一节。而这件事她并没有告诉柳槐实。

那么柳槐实的惊讶就显然有些过了。正常来说，一个已婚的女人怀孕，这不是在情理之中的吗？就算是一尸两命的结果，也应该会有一些惋惜、愤慨之类的关联情绪，可柳槐实并没有。

就说他不是一个感情外露的人，但如果是这样的话，他的惊讶就更显得不寻常了。

莫非是柳槐实也像他们一样，知道曹氏所怀的孩子并不是喻温平的？

这就有点问题了。

夏初想会不会是他和喻温平之间也是恋人，所以在听说曹氏有孕时才会显得惊讶。毕竟两个人相识已久，年纪也算相当。但很快夏初就把这个想法否定了。

暂不说柳槐实对方时的感情这种无从查证的事，单就柳槐实而言，如果他与喻温平的恋人关系已经到了听说对方的妻子怀孕会惊讶的程度，那喻温平何必在原配去世后再娶一房？他不是没有子嗣，不存在什么社会压力，也没有掩人耳目的必要。

夏初咬着手指头想了想，忽然抬眼看了看柳槐实，微微一笑：“柳大夫，您说您给曹氏问过诊，那喻温平的身体是不是也是你在照顾？”

柳槐实有点犹豫，表情微微滞了滞才点点头：“嗯，喻家人有点头疼脑热的，都是我来问诊的。”

“喻温平的身体怎么样？”夏初盯着柳槐实的表情，进一步问道，“我是说，喻温平的身体是不是根本不能让曹氏有孕？”

柳槐实愣了愣，手握拳虚掩在嘴边轻咳了两声，有点不自在。又明显是考虑了一番后才说：“东家年纪不小了，年轻时跑生意自己也不太在意，身体亏得有点厉害。但是，是否能让夫人受孕……这倒不好把话说绝了。”

不好说绝了吗？夏初倒觉得未必。

到现在，夏初才发现他们其实都忽略了一个问题：曹氏为什么会去堕胎。

他们想当然的推导出她所怀的孩子不是喻温平的，但是却忘了，曹氏是如何知道那孩子不是喻温平的？

一种可能是喻温平这几个月里都没有碰过她，另一种可能则是他身体有问题，莫说无法使女子受孕，可能连行房都有困难。

喻温平碰没碰过曹雪莲柳槐实不可能知道，他作为大夫所能知道的，便也只会是后一种了。

一旦怀孕就穿帮，所以曹氏才必须要堕胎。这种事通常男人都相当在乎，喻温平算是对柳槐实有恩，所以柳槐实要帮他隐瞒倒也不是不能理解。

柳槐实不想说，她也就不再逼问，又闲叙了几句后便起身与他告辞。

出得门来天色已经擦黑，夏初和许陆也就没再回府衙，在街边吃了碗小面后便各自回家了。

夏初到了家门口，正准备掏钥匙，忽然动作一顿，愣了片刻后笑了起来，抬手将挂在门上的一个纸包解了下来。

纸包只是普通的白纸包，用丝绳十字交叉地系着。也不用多想，夏初断定这肯定又是苏缜送来的快递。她觉得黄公子倒是有意思，真爱给人惊喜。

这样的男人莫说万里挑一，就是十万百万里也不见得能挑出一个来。

模样好，气质好，家境富裕，学识好，功夫好，还很有生活情趣。真是高富帅中的贵族，贵族中的高富帅。

只可惜啊，自己虽与他有缘，却是男人之间的感情罢了。夏初低头抹了把脸，把纸包拎在手里进了门。

不远处的房顶上，闵风静静地看着，没什么表情，眼神中倒是颇多内容。等夏初进去了他才站起来，转身要走时却犹豫了一下，换了个方向，轻巧地跃过巷子站到了夏初的屋顶上，俯看着她的院子。

夏初进屋点上了灯，对着墙上的画说了一声“我回来了”，而后便迫不及待地将那个纸包放在了桌上。

她深吸了一口气，用手按了按，觉得手感软软的，却摸不出到底是什么。她托腮想了想，头两次他送来的是关于案子的线索，是她需要的；上一次是知道她脚伤了送来的药，也是她需要的；生日时他送了一幅画，更是她需要的。

那么这一次是什么？应该也是自己需要的吧。

自己需要什么呢？夏初盯着那个纸包，答案近在咫尺，只要拆开就知道了，可她却还不想揭晓，想把这惊喜的时间尽量延长些。

如果此时苏缜就在面前，她似乎能想象得到他的动作和表情，一定是抱着双臂，微微地歪着头，脸上带着淡淡而迷人的笑容。

只是想着，夏初就觉得脸热心跳。她双手捂住脸，闷声笑了笑，而后又清清嗓子，收回发散的情绪，把注意力重新放在那个纸包上。

想了一会儿后夏初打了个响指，开始动手拆包装。等丝绳解开纸张摊平，里面果然放着两顶帽子，一张纸笺放在帽子上，只写了两个字：试试。

夏初忍俊不禁，想起了那个《挠挠》的相声，还好苏缜倒没有那么恶趣味，没有给她包了一层又一层。

两顶帽子，一个是绛紫色的，一个是灰色的，都是软缎儒冠的样式。夏初看着那顶灰色的帽子一阵暗笑，心说自己果然也是看人下菜碟的，这黄公子送来的灰色帽子，她倒看着一点不心烦，越看越喜欢。

余光瞥见那张纸笺，夏初便将头上捕快的帽子摘了下去，换上了绛紫色的那顶，然后举着灯直奔了厨房。

闵风坐在房上看着夏初戴着帽子出来，直奔了厨房，不一会儿又看她小心翼翼地端了个黑色的粗陶碗出来，放在石桌上。正纳闷她在干什么，就见她拉近了油灯，美滋滋地对着那碗水照了起来。

闵风笑了一下，淡得几乎看不出来，随即又垂眸无声地叹了口气，起身离开。

回到宫中转过御书房前的影壁，就看见司织署的连顺公公跟安良从里面退了出来。连顺手里端着个托盘，出来后与安良站在廊庑下说了几句话，然后便往门口走过来。

闵风往旁边错开了一步，一袭黑衣被夜色完全隐没，连顺一点儿都没瞧见，端着托盘就从他身边走了过去。他瞄了一眼托盘里的东西，等连顺走远后他才慢悠悠、无声无息地走到安良身边说："什么东西？"

安良抖了一下，回过头来拍了拍胸口："闵大人，您要是老这样，我非短命不可。"闵风听完无所谓地笑了笑，看那意思他没觉得这样出现有什么问题，也不打算改。

安良白了他一眼，问道："东西送到了？夏公子看见了吗？喜欢吗？"

"嗯。"

时间仿佛凝滞了片刻，安良看着他："完了？"

"嗯。"

“闵大人……”安良扶住旁边的廊柱，匀了匀气息，“一会儿皇上问起来，你让我怎么回话？难道也跟你似的‘嗯’两声？”

闵风没回答他，也没再多说夏初的事，回头看了一眼影壁：“刚刚连顺拿着的那是大婚礼服？”

“嗯。”安良没好气儿地道。说完侧目等着看闵风的反应，结果闵风什么都没再问，安安静静地做他的美男子，倒把安良给憋了个够呛。

忍了又忍终于还是没忍住，道：“刚刚那件是皇上的，皇上试过了，真是好看。哎，你是没看见皇后那件，霞帔上缀了一百零八颗这么大的南海珍珠呢！”他用手比画了一下，夸张地赞道：“差点儿晃瞎了我的眼。”

闵风点点头，还是没有说话。

安良自顾自地继续说道：“眼瞅着婚期越来越近，连顺那儿忙得灯烛都不够点了。太常寺鸿胪寺那边也是。今儿下午礼部尚书在书房里待了半天，说大婚的纳采纳征之事，真真是庞杂得很，我在旁边听着都觉得头疼。”他摆了摆手，叹口气。

安良今儿在御书房里伺候着，礼部尚书的声音在静谧午后的书房里显得特别聒噪，苏缜单手支在书案上，轻轻地撑着下颌，微侧着身子，似乎是在听，但安良知道皇上的心思早已经不知道飘去了哪里。

他悄悄看着苏缜的侧脸，心里忽然莫名的一阵酸楚。近来，他总是想起那次酒后苏缜对他说的话，想起来就忧伤得很。

皇上要大婚了，这宫里要多个主子了，以后还要有嫔妃，按说是好事。可往后怕是再不能像从前那样没事就出宫去了吧。而宫外那个生动爱笑的皇上，是不是以后也很难再见到了？其实他更喜欢那样的皇上呢。

“安公公叹什么气？”闵风问他。

“也没什么。”安良抽离思绪，有点惆怅地说，“以后怕是不能常常出宫了。”

闵风转过头看着御书房里透出的灯光，沉默着，什么也没有说。

戌时三刻，苏缜才批完折子，从御书房里走出来，安良挑着灯给他照着脚下的路，往寝宫走。

“闵风回来了吗？”苏缜问他。

“嗯。”安良顺口回道，回完了之后心里一惊，忙道，“回皇上，闵大人戌时不到回来的。”

“东西夏初拿到了？”

“自然是拿到了。要不然闵大人也不会回来。”

"好。"苏缜仰起头看着深蓝如墨的天空，手在肩膀上揉了揉，须臾，动作一顿，低下头无声地笑了起来。慢慢地走慢慢地回想，笑容也慢慢地凝在了唇角，变得有几分惘然。

为何惘然，却也说不清楚。

司织署送来他大婚要穿的礼服时，他心里竟隐约有些排斥，仿佛那精美华丽的礼服是道枷锁一般。说洞房花烛人生大喜之时，他想象着，却心无涟漪。而他也不知道这样的心情于一个皇上而言，是不是正常的。

还是他在体会过作为黄真的快乐后，变得贪心了?

之前他想要一时二刻不被身份牵绊的自由，后来他想要一个以平常心待之的朋友，再后来，他想要给漫长的枯燥添一些回忆，任性一次，肆意一次。

他都去做了，可仍觉得不够，心中似乎有什么地方空着，摸不着，填不满。

"人是不是都是贪得无厌的？"苏缜忽然问道。

安良正专心挑灯引路，冷不丁听见这么一句没头没脑的话，一时间不敢轻易作答，思索了一番才不痛不痒地说："奴才觉得，这也要分人、分事儿吧。"

"怎么分？"

安良心里一抽，咽了咽唾沫，小声地道："奴……奴才觉得，如果事儿是坏事儿才叫贪得无厌，如果是好事儿，就……就叫更上一层楼。"

苏缜忍不住笑了笑："你越来越油滑了。"

安良勉强一笑："坏人才叫油滑，奴才是好人，应该叫圆融。"

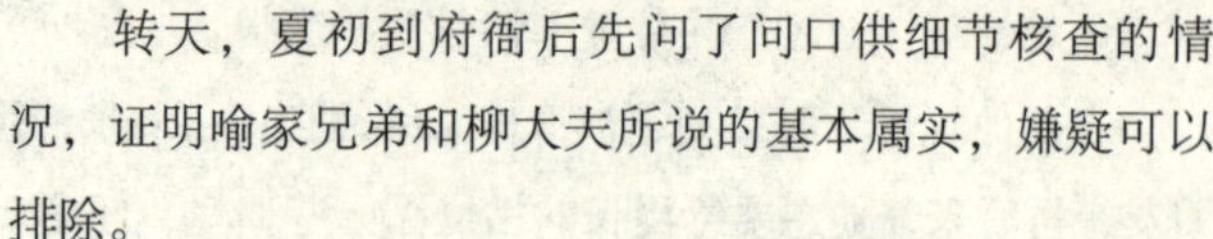

第十五章 君愁我亦愁

转天，夏初到府衙后先问了问口供细节核查的情况，证明喻家兄弟和柳大夫所说的基本属实，嫌疑可以排除。

许陆在一边听着，听完了感觉比较郁闷：“都排除了，都排除了查谁去？”

夏初用笔杆磕了磕桌子，不以为意地说：“谁说都排除了？喻温平不是回来了吗？”

“他？他不是去兴州了吗？裘财把人从兴州带回来的，这总是没错的……”许陆话说了一半停了停，“你的意思是他半路折返，回广济堂杀了曹雪莲？”

“时间上完全行得通。三月卅他离京，四月一日快马折返，杀完人之后再出城呗。”夏初道，“你不觉得，其实他的作案动机最充分吗？唯一的问题就是作案时间，只要把这个时间差找出来，他的嫌疑其实比他俩儿子大多了。”

裘财听完转头问常青：“回得来吗？我骑马到兴州走了两天呢。”

“笨吧你就！”常青瞥他一眼，“非得跑到兴州再回来，半路回来不行？”

“喔，也是。”裘财点点头，“头儿说的在理。”

许陆却没立刻表态，皱着眉想了一会儿说道：“我有几个问题不明白。”

“什么问题？说出来讨论讨论。”

“喻温平佯装带人离京购药，走到半路后再快马返

回京城，杀了曹雪莲。时间上当然是说得通的，可这样一来不就是谋杀了吗？”

“杀就是杀了，有什么区别？”裘财说。

“当然有区别，这里面有矛盾。如果是谋杀，现场怎么会乱成那个样子？而且是谋杀的话，他有几百个方式千万个地点，用斧子把人砍死在广济堂完全是最糟糕的一种，说不好听的，哪怕他把曹雪莲弄死在家都比在广济堂强。”

裘财答不上来，转头去看夏初：“头儿，许陆说得有道理吗？”

“有。”夏初点了点头，“我明白你的意思了，是我先入为主了。”

“头儿，什么意思？没明白。”裘财问道。

夏初组织了一下语言后给他解释道：“曹雪莲是因为受了喻示戎的敲诈后去找喻示寂借钥匙，然后去广济堂拿钱。这里面有很大的偶然性。咱们现在是以事情已经发生后的视点回头去看的，但在曹雪莲被杀死之前，不可能有人知道。”

裘财听完一脸茫然，左右看了看：“我怎么没听明白呢？常青，你明白了吗？”

“简单啊！”常青坏笑道，“头儿的意思就是：你突发奇想去吃包子，结果你的仇家埋伏在包子铺把你砍死了。”

“狗屁！”

“举个例子，急什么？总归就是：你的仇家怎么知道你要去吃包子的？”

“我爱吃包子啊！”

“嘿！我说你这筋真够直的，你天天跟住在包子铺似的，可曹雪莲很少去广济堂啊！”

裘财还是没转过这根筋来，但看别人的反应又觉得这事儿好像应该挺简单的，也不好意思再问，含糊着点了点头，自己琢磨去了。

“喻温平杀妻这种可能性，看似说得通，但细分析起来却有问题。”夏初歪着头想了一会儿，“不管怎么说，喻温平是肯定要问问的，许陆，你跟我再去一趟百草庄。”

“好。”许陆应声，起身去收拾做笔录的东西。扭头看了一眼常青，“你也跟着一起去吧。”

“得嘞！”常青眉开眼笑地站起来，“头儿，您现在可算是能想着我了，怎么样？我办事能力还行吧？这两天是不是话也少多了？您放心，我心里有底。我话虽多，但也是分什么时候说的。我那帮兄弟还问我这几天忙什么呢，我一个字儿没跟他们透露。”他嘿嘿一笑，“等案子破了，小爷我好好跟他们显摆显摆。”

许陆转过身来，眼睛在房间里一通乱瞟，忽然伸出手来朝半空拍了一下：

"哎哟，这天儿暖和了，蝇虫又开始嗡嗡了。"

"没你这样的啊！"常青一指许陆，笑道，"许哥，我可一直以为你是好人的。"

夏初大笑起来，扣上帽子带着俩人出门了。

到百草庄的时候差不多辰时三刻，百草庄的二管家听门子报说府衙来人了，大惊失色，赶紧跑了出来，看着夏初他们三个时一脸的戒备。

喻家的两个少爷和管事祥伯全给带去府衙了，而且带去了就没放回来。东家这前脚才刚回来，府衙又来人了，他想想也是怕了，直怀疑喻家是不是跟府衙有私仇。

"三位这是……"二管家站在门口，打心眼里不愿意让他们进去。

"哦，我们来找你们东家喻温平了解一些情况。"夏初道。

"东家……东家现在病着呢。您看，我家二位少爷和祥伯您都给请去了，这还能有什么情况了解不清楚的？"二管家语气虽然客气，但言辞中的不满却表露得明明白白。

夏初正想要解释说明一下此番前来的必要性，常青却向前一步，抄着手说："你是东家还是京兆尹？官差要问谁要问什么，轮得到你打听吗？躲开。"

二管家提了一口气想说点儿什么，常青却一伸胳膊把他给拦开了，回头对夏初道："头儿，进去吧。"

夏初觉得有点尴尬，她不是一个爱抖威风的人，但这个时候她总不能去向着外人拆常青的台，便只好硬着头皮走了进去。

常青又回头对二管家说："去，找你们东家去。"

二管家没辙，只好叫了个家丁先把他们带去客厅稍等，自己一路腹诽着去向喻温平通报了。

在客厅里喝着茶，常青对夏初道："头儿，我知道刚才我那么做您打心里并不赞同，但这事儿吧我还真得跟你说道说道。"

"说什么？"

"我先说可没有别的意思啊，说完了您别不高兴。"

夏初笑了笑："你说，我又不是不讲道理的人，说得在理我当然会听。"

常青坐直了点身子："我知道您讲道理，可是吧，这道理也不是说跟谁讲都有用。就比如喻示戎那样的，您要是跟他讲道理，保不齐到现在他都不跟您说实话。"

"喻示戎是嫌犯，审讯凶一点儿倒是没问题，可刚才那管家也是做自己分内的事，他又没罪，跟他那么凶做什么？说出去跟府衙仗势欺人似的。”

“他做分内的事，咱就不是分内的事儿了？他分内的事儿是为东家分忧，咱分内的事儿可是替死人申冤，谁的事儿重要啊，是不是？”

夏初听他这么一说，倒也觉得有道理，想了想遂点头道：“倒也是。”

“府衙就是有府衙的威风，您不摆，他觉得您好欺负，摆出来他才觉得正常。您看咱大人……”

“哎，大人也从来不耍威风。”夏初拦了他一句，笃定地说。

常青笑道：“大人不需要摆威风，人家本来就威风，今儿要是换了大人过来，您看那管事敢不敢拦。”

自带气场？夏初想象了一下，觉得可能是这么回事，有点郁闷地道：“那就是说我威严不够呗……”

许陆在一旁替夏初开解道：“咱大人腰杆多硬，人家什么家世，从一出生就带着威风来的，那气度学是学不来的。我觉得头儿这样挺好，干吗官差就得横眉立目的？”

“不是横眉立目的问题。”常青摆摆手，“我就是觉得，像这无关紧要的人，一句话就能解决的事，何必废那么多话。就说大人，那也不是跟谁都那么威风，不也是分人吗？你看他对咱们头儿，多平易近人。”

许陆一听常青这话，心里咯噔一下，迅速地看了夏初一眼，生怕常青重蹈他的覆辙惹了她不高兴，忙道：“大人对咱们都挺平易近人的。”

“嘿，我说许哥你啥眼神啊，能一样吗？”

许陆当然也知道不一样，但也只能硬掰：“我觉得一样。”

“许哥你就是抬杠。你家也住南城，你坐过大人的马车？还有，上次是谁跟我念叨，说头儿吐了大人给倒水，自己吐了没人管的？那次……”

“别胡说啊！我什么时候说过！”许陆一边说一边直冲常青挤眉弄眼，让他闭嘴。常青是个精明的，一看许陆这表情立刻就不说了，眨了眨眼，用嘴形无声地问他：“怎么了？”

“不高兴。”许陆也无声地回答他，用手悄悄地指了夏初一下。常青的眼睛滴溜乱转，满眼都是话，虽心痒难耐但也忍住了没再问下去。

夏初的表情很平淡，因为常青和许陆那边的对话夏初并没有听，她正十分认真地琢磨着官威的问题。

她觉得常青说得没错，在有些无关紧要的人或者无关紧要的事情上是可以处理得简单一些，有些一百句话能解决的问题，简单的一句话也可以解决。

可能是她太理想化了？致力于文明执法，构建和谐的警民关系，但不能否认的是，的确有的人就是吃硬不吃软擅长蹬鼻子上脸，你跟他好好说话他就觉得你好打发。

可是抖威风这样的事也是个技术活，她这模样的抖得起来吗？时间长了成了习惯，自己别真变成个女流氓吧？这事儿还得谨慎地研究研究，等蒋熙元回来也问问他的意见，毕竟自己是在他手下混饭的。

这时候，那个二管家从外面走了进来，垂手说道：“我们东家现在病着见不得风，几位若是不介意就请到屋里吧。”

夏初想道谢请他引路，想起官威的问题后略微犹豫了一下，这一犹豫之后再说客气话就没意思了，她索性就昂起头，目不斜视地走了出去。

常青咧嘴笑了一下，转而睨了二管家一眼，绷起脸来道：“带路！”

他们跟着二管家穿过二门到了正院，也就是那天晚上夏初和苏缜被狗发现的那个地方。夏初起先还没意识到，等听见两声低低的狗叫时，才忽然想起来。

又是那条白毛的短腿狗，在正院到偏院的门槛处站着，看见夏初就发出一连串的声音，很不满意的样子。

夏初悄悄地冲它呲了下牙，结果它叫得更猛了，短腿一踹越过门槛就往夏初这儿跑。还没跑两步，正房的门打开，一个女人迈步出来一指那白毛狗：“畜生！抓贼的本事没有，净知道冲着不相干的人发狠。”

这女人三十多岁的年纪，身材高大，有点中年发福，两道眉毛画得又细又弯，但仍然化不去那种经年而成的凌厉，眼睛有些发红，看着像是刚刚哭过的样子。

夏初他们几个离正屋的门并不远，但那女人出来后瞧都没瞧他们一眼，手里捏着帕子骂了句狗，走过去又踹了一脚，把狗踹回了偏院。

常青问二管事：“这女的是谁啊？”

“噢，那是兰姨娘。”

兰姨娘？兰燕儿？夏初心说这名字跟本人真是一点儿都不搭啊！

上次来的时候兰燕儿在生病，夏初没见过她，但印象里觉得这么小巧的一个名字，就算骨子里不是白莲花，至少面上也应该是温柔可人的。没想到是这么一个大个子的女人，还挺泼辣的样子，让夏初想起了《骆驼祥子》里的虎妞来。

喻温平这口味挺重啊！

夏初又琢磨了一下她刚才的话，回头问常青：“我说，她刚才不是在指桑骂槐挤兑咱们捕快呢吧？”

常青摆摆手：“管她是不是呢。”他又压低了声音道：“头儿，这样的娘们儿不能惹。你跟她掰持她不讲理，你跟她犯浑她估计比你还浑，一个女的，跟她撕脖子掐架也不合适。就当没听见吧。”

夏初哼笑了一声：“你也有怕的时候啊。”

“嗯，我娘就这样。”常青苦着脸笑了笑，轻推了她一下，仨人这才跟着二管家进了屋。

屋里的空气不太好，有股混浊的药味，连带着光线都好像黯淡了几分。喻温平戴着个帽子歪在榻上，脸色十分难看，腿上盖着薄毯，正用清水漱了口往痰盂里吐。

“东家，这是府衙的夏捕头。”二管家低声说。喻温平抬起头来，用布巾抹了抹嘴，坐直一点儿身子，勉强打起精神来对夏初点了点头：“夏捕头，失礼了，您几位随意坐吧。”

夏初在喻温平对面坐下，与他隔了一个榻桌。许陆和常青则坐在了旁边的椅子上。

“夏捕头，内人的案子……”喻温平喘了一下，闭起眼睛来扶额叹了口气，“给你们添麻烦了。”

“分内之事。”夏初道，“二管家说您病着，本不该扰您休息，但关于案子有些事我们也不得不问，还望理解。相信喻东家也想早日将凶手缉拿归案，尊夫人泉下有知也好瞑目。”

“我明白。”喻温平有气无力地说，顿了一下又道，“夏捕头，不知我那两个儿子可与案子有关？”

夏初踌躇了一下，摇摇头：“目前看来，他们二人与本案并无直接关系。”

喻温平点头道：“那就好。敢问夏捕头，既无关系因何不放人呢？”

夏初抬眼看了看他，心说这位大叔一句都不问案子进展，直接问他俩儿子，看来对曹氏也没有多上心。裘财说他听见消息后昏过去，还真不知道是个什么情绪导致的了。

夏初随意地笑了笑，道：“我只说并无直接关系，没说完全没关系。不过喻东家尽管放心，他们只是暂时被羁押而已，府衙不会把他们如何的。”

“我离京不过几天，想不到家里却出了这样的事，让您见笑了。”喻温平又歪在了引枕上，闭着眼睛恹恹地说，“家门不幸啊。”

“一尸两命，确实是不幸。”夏初说完抬眼看着喻温平。喻温平的眼睛虽然闭着，却能看出眼珠子动了动，随即缓缓睁开，却没看向夏初。

“一尸两命……”喻温平重复了一下这四个字，表情变化不大，只是嘴角微微地抽动了一下，点了点头。

仅此而已？夏初心说这反应也太平淡了。

依夏初之前的猜想，如果喻温平真如她所料的那样不能使曹氏受孕，正常情况下，他骤然听说此事，至少应该有一个从惊讶到愤怒的反应过程。或者哪怕他矢口否认说不可能，那也是对的。

如果是夏初料错了，喻温平并不知道那孩子不是自己的，他失去了一个孩子，总该有些悲痛的情绪。

现在这种反应，唯一的可能就是，他之前已经知道了曹氏怀孕的事，并且也知道了孩子不是自己的，那才勉强算正常。

那样一来，他的杀人嫌疑就非常大了。可如果人真是他杀的，一般都会想要掩饰自己的动机，怎么他连装都不装一下？

“您之前知道这件事吗？”夏初问道。

喻温平沉默片刻摇了摇头，随即又点了点头：“之前并不知道，回来以后知道的。”

“回来以后知道的？您如何知道的？”夏初追问道。

“燕儿告诉我的，她是听示戎说的。我之前还说她胡扯，眼下看来是真的了。”他看了夏初一眼，情绪有点复杂，“让您见笑了。”

“不会。”夏初敷衍了一句，脑子忽然有点乱，便端起茶来一边慢慢地喝一边飞快地思索。

按喻示戎的口供，他的确是知道曹氏有孕的，这没错，他是兰燕儿的儿子，那么私下里把这件事告诉兰燕儿倒也不足为奇。如果是兰燕儿告诉的喻温平，那么他知道曹氏怀孕，并且也知道曹氏计划堕胎，都是合情合理的。

不管喻温平到底能不能使曹氏受孕，有了堕胎这一节，再笨的人都能知道这孩子来路不正了。

这样一来，他刚才的反应倒也丝毫不奇怪了。

他的反应是不奇怪了，可夏初这边却失去了判断喻温平第一反应的机会。她暗暗懊恼，后悔没在喻温平回家的第一时间就过来问话，不过现在后悔也是没用了。

夏初想了想，觉得现在也只能看他在时间上有没有破绽了，于是便放下茶盏问道："喻东家，您是三月卅离京的？"

"嗯，一早就走了。"

"三月卅晚上你们是在什么地方投宿的？"

"京兆郡的管阳城外，福来客栈，往年去兴州都是这个路线，地方也是老地方。从京城过去的药商大都在那落脚。"

"四月初一呢？"

喻温平咳了两声，往痰盂里吐了口痰，顺了顺气道："四月初一是在柳家堡，我们在那儿有处宅子。"

"柳家堡？在什么地方？"

"在梁城北，盐川山脚下，是个小地方，山上产血山草。"

夏初还不太了解景国的地理，没什么概念，但许陆听了却疑惑地皱了下眉头，道："梁城？那离管阳城并不远，如此的话，四月初一你们走得可有点儿慢啊。"

按许陆的说法，从西京到管阳城快马大概四个时辰就到了，马车会慢很多，算上中午吃饭，至少得七八个时辰。

喻温平说他们三月卅是早上寅时二刻出发的，酉时到的管阳城外，这个时间倒是没什么问题。但是从管阳城到梁城，马车走两三个时辰就差不多了，不需要一天的时间。

喻温平听许陆问完，笑了笑："四月初一下雨走得慢了些，其实就算走快了也没用，我们原本就是要到柳家堡落脚的，要在那收血山草。每年都是如此。"

夏初接过话去问道："四月初一的时候你一直在柳家堡吗？"

喻温平莫名一笑："当然。夏捕头这么问的意思……莫非是怀疑我？"

夏初也笑了笑："喻东家怎么这么说？"

"内人四月初一被杀，现在你们问我四月初一时的去向，显而易见。"喻温平道，咳了两声又摆了摆手，"我没别的意思，你们公事公办，我理解。"

"您理解就好。与您同去的都有什么人吗？我想要见一下。"

"都是庄里的人。不过都还在兴州没回来，我是听说出事了才赶回来的，其他人还要些日子。毕竟生意还是要继续做的。"

"也就是说，你刚才所说的行程没有人能证明。"

"话也不能这样说，等伙计回来自然就能证明了。"喻温平垂眸想了片刻后，抬眼去看夏初，有点欲言又止的意思。

"喻东家有什么问题？"夏初问他。

“嗯……”喻温平似乎颇为犹豫，夏初也没急着问，而是耐心地等着。过了好一会儿他才继续道，“内人的案子，不知能否撤案？”

“撤案？”夏初一下子没能明白他说的是哪两个字，自然也不明白他究竟是什么意思。

“我的意思是，如果我们喻家不追究凶手，府衙还会继续查吗？”

夏初这才知道他说的是什么，不禁皱起眉头：“你们不追究凶手？你们为什么不追究凶手，那是一条人命！死的是你夫人。”

喻温平半阖着眼睛牵动嘴角一笑，有点冷笑的意思：“她虽是死得冤，但如今也以正妻之位葬入祖坟，日后也会进我喻家祠堂，算是全了个身后清白之名，若是到此为止也不见得就是坏事。曹氏不守妇道，犬子罔顾人伦，传出去我们喻家就成了个笑话，将来还如何在京中立足？”

夏初被他这席话说得震惊不已，忍不住冷笑起来：“曹氏不守妇道，喻示寂枉顾人伦是你治家不力，教子无方，这些是不是笑话我不知道，但到现在为止，我听到的最大的笑话，是你居然为了虚有的名声而任你妻子枉死而不顾。”

喻温平因为恼怒而脸色微微发红，却也不好发作，猛咳了一阵后，缓了缓情绪道：“罢了罢了，夏捕头，若是不能撤就不撤。在下只请您高抬贵手，这些事不要宣扬也就是了。唉，她是死了，可喻家毕竟还活着啊……”

从喻温平的房里出来，夏初简直怒不可遏，看见二管家也鼻子不是鼻子眼睛不是眼睛的，把人家挤兑得够呛。

“头儿，要不把喻温平先带走吧，反正他家人也都在里面，不差他一个了。”常青说道，“我觉得人就是他杀的，不然他干吗不想咱们查？要我说，带回去打一顿，看他招不招。”

“怎么带啊！那副病恹恹的德性，带到牢里再给我死在里面！还打一顿？！再说了，裘财确实是从兴州把人给带回来的，现在没有证据证明他杀人了！”夏初高声怒道。

“头儿，情绪归情绪，案子归案子，还是得冷静判断一下。就算人真是喻温平杀的，咱们也得弄清楚来龙去脉才行，这疑点还没解决呢。”许陆说道，“说句实话，其实有喻温平那样想法的人也不在少数。”

“不在少数？”

“嗯，宗族势力强大的家庭在处理女子不贞的事情上常用私刑，死人的也不是没有。对外说个暴毙，府衙就算知道了也不好管的。曹雪莲这是被杀死在外面了，倘若她在百草庄被悄悄处理了，死了也就死了。”

夏初看着许陆，半天说不出话来。

她能说什么？告诉许陆人人生而平等？妇女在政治、经济、文化、社会和家庭生活等各方面享有同男子平等的权利？太荒谬了。这社会，什么玩意儿啊！

夏初回头又瞪了一眼百草庄的大门：“找人盯着喻温平，不许他离开京城半步！常青，准备出发！去那个柳什么什么家堡走一趟。等他的伙计回来黄花菜都凉了，还能记得个屁！”

“得嘞！”常青笑着应下，觉得夏初这斯文秀气的模样骂脏话时候的样子特别好玩，又问，“头儿，我自己去？”

“我跟你一起去！”夏初咬了咬牙，也不知道在跟谁较劲，“许陆，我不在府衙期间有什么事你先替我盯着。”

夏初这股子为广大古代妇女命运郁积的邪火一直憋回了家，进了门便叮叮咣咣地挑水烧水洗了个澡，等清清爽爽地从澡间里出来，忽然听门口好像有人在低声地说话。

她心里一惊，以为是有贼来踩点，便抄了一把扫帚握在手里，蹑手蹑脚地走过去，还不等她走到门前，那门外的声音却忽然停了。

夏初等了一会儿，听见一个颇为熟悉的声音小声说：“皇……”

另一个声音也低声道：“闭嘴！他过来了，敲门。”

夏初心说这黄公子耳力够好的，她掩嘴无声地笑了一下，郁郁的心情一扫而空，玩心大起，准备猛地开门吓他一下。

门外，安良正举起手来去拍门环，手往前一送的工夫，门忽地两边打开，夏初探出头来，一张笑脸还没来得及让苏缜看清楚，安良的巴掌已经过去了，不偏不倚正打在夏初的脑门上，脆脆的一声响。

三个人全愣了。

最先反应过来的是安良，他腿一软就要往下跪，苏缜余光瞧见他这反应不对，伸手便把他抄了起来。他一手拎着安良，另一只手里半开着一把扇子，对夏初尴尬地笑了一下：“我……路过，所以就想来看看你。这……你没事吧？”

“夏公子……”安良可怜巴巴地看着夏初，“小的真是没想到这门突然开了。”

夏初这才回过神来，有点脸红：“没事没事，怪我，我听见你们说话想开门吓你们一下。可见人是不能存坏心，遭报应遭得真快。”

苏缜把安良松开，安良赶忙往后退了几步：“小的去看着马车，公子，你们聊，你们聊。”说完转身就跑。

夏初侧身把苏缜让进院子：“黄公子是不是来了有一会儿了？”

“没有，刚到而已。”苏缜从她身边走过，低头看了看她的额头，“红了。”

夏初以为他说自己脸红，赶紧用手捂住脸降了降温：“热水熏的，我刚洗完……”说到这儿，她猛然想起自己裹胸的布刚洗完还在院里晾着，不禁倒抽了一口凉气。

“怎么了？”苏缜看她神色惊变，忙问道。

夏初一个箭步挡在苏缜面前：“黄公子！”

“嗯？”

“你……你，你，你吃晚饭了吗？”

“还没有。”苏缜微笑，“要一起出去吃吗？或者让我再尝尝你的手艺也好。”

“出去吃，出去吃！我，我家里今天没有菜。”夏初一边说一边把苏缜往外赶，“咱们这就走，黄公子想吃什么？”

苏缜觉察出夏初的态度怪异，却不知道为什么，往外退了半步，道：“不用这么急，你不换件衣服吗？我等你。”

“不用不用，这件就可以。”夏初往前进了半步，拦着苏缜，“那个，巷口有家抻面的摊子还不错，黄公子不介意地方简陋的话，咱们就去那凑合一顿吧。”

“帽子……”

“没关系，我这头发反正也没干呢，戴了也累赘。”夏初摆摆手。

苏缜不说话了，站在门外的台阶上看了一会儿夏初，有点失落地笑了一下：“今天忽然造访是我唐突了，夏公子如果不方便的话我也就不打扰了。”

“我……没有。”夏初听他叫自己夏公子，莫名就觉得有点委屈，又不知道要怎么解释。

“没关系，我就是路过而已，你忙你的吧。”说完，苏缜对她拱了拱手退下台阶往巷子里走去。

“黄公子。”夏初追出去两步伸手拉住了他的袖子，“你……你先别走，稍微等我一下就好。”

苏缜不置可否地看着她，她松开手，又强调了一下：“真的，你先别走。”然后转身跑回了院子，到院门时还回头看了他一眼，生怕他跑掉。

苏缜的确站着没动，但心里却翻腾得有点厉害，滋味挺复杂。

他也不是生气，就是心里觉得不舒服。在夏初拦着他进院子的时候，他觉得自己好像被嫌弃了；在她说帽子太累赘时，他竟有种被辜负了的感觉。

其实细想起来哪有这么严重。

所以这才很奇怪。苏缜还从来没遇到过类似这样的情绪，他不否认自己是个对事情很敏感的人，但敏感成这样似乎也成问题。

怎么回事呢？

夏初冲回院子里，生怕苏缜等得不耐烦走掉，于是七手八脚地把晾着的裹胸布和中衣都收了起来，团成一团扔进了屋中的柜子里，又赶紧跑了出来。

出门见苏缜还在原地站着没动，这才稍稍地松了口气，一身轻松地走上前去："黄公子，进去坐坐吧。"

苏缜想忍着不问，终究还是没忍住："刚刚是有什么要紧的事吗？"

要紧！实在太要紧了！夏初心里说道，对着苏缜却摇了摇头："没什么要紧的，就是院子里太乱了，觉得失礼，所以收拾了一下。"

"如此而已？"苏缜放下心来，心情也没有那么郁闷了。

"嗯嗯。"夏初用力地点了点头，猛然想起一辙来，忙补充道："是这样，明天我要离京一趟，所以在收拾东西。"说完，她笑了笑，觉得自己话编得很圆满。

"离京？去哪儿？"

"别在这儿站着了。"夏初弯腰伸手做了个请的手势，"先进去吧，等我换好了衣裳咱们再出去吃饭，慢慢聊。"

随夏初进了院子，在那张颇为熟悉的小石桌前坐定，夏初给他倒了茶水，自己进屋去换衣裳。

苏缜浅酌慢饮，打开壶盖看了看，琢磨着下次让安良找点儿好些的茶叶给她送来，想到这儿他又往院里寻索了一遍，看夏初还缺点儿什么，记下来，回头一点点地帮她添置上。

天气渐暖，夜幕也起得晚了，此时不过擦黑的光景。葡萄叶子又舒展了很多，小院的空气里有干净温暖的皂角香。皂角这样普通的东西，在他心里却好像是独属于夏初的，觉得特别的好闻。

苏缜又想起了那天的清晨，他醒来时闻到的就是这种味道。夏初细密柔软的发丝好像绒绒的蒲公英。那时日光熹微，空气清冷，她团着身子睡得很安稳，匀匀的呼吸，睫羽轻闪，让人不忍打扰。

他还记得那一刻自己的心情，心里是从未有过的那种宁静，觉得自己被全心地信赖和依靠的感觉，实在很好。

苏缜轻轻地叹了一口气，抬头看着摇曳的葡萄藤，浅浅的笑容溢满了眼角唇边。

闵风在屋顶上坐着，把自己的存在感隐藏得很好，他看着苏缜，把他的每一个表情都尽收眼底，片刻，也轻轻地叹了口气。

他也不知道自己这样做是不是对的，没人可以给他答案。他也只能认为他认定的“好”便是对的了。

夏初在屋里可没苏缜那么悠闲，着急忙慌地给自己缠着裹胸，额头直冒汗。弄好了内衣再挑外衣，穿好了外衣又在两顶帽子间犹豫了一会儿，最后拿了绛紫的那顶戴上，仔细地看了看周身，挺直脊背，整理好笑容，推门而出。

苏缜听见门响转过头去，目不转睛地看了夏初一会儿，把夏初看得直含糊，拽拽袖子又正正帽子，询问道：“行吗？”

苏缜站起身来，拿起扇子在掌心敲了敲，笑道：“夏公子好姿容。”

夏初笑了起来，拱手道：“岂敢岂敢，在黄公子面前美玉也不过顽石。在下觉得，这通身唯一可赞的，就是这顶帽子了。”她指了指自己的头。

苏缜走到她面前，很自然地伸出手帮她理了一下帽子后面的飘带。夏初抬眼看着他长长的睫毛，忽然意识到他离自己好近，这样的动作好亲昵，她甚至都能感觉到苏缜皮肤的温度和呼吸间的气息了。

也不知道心脏是停跳了还是跳得太快了，夏初觉得自己的胸腔似乎变得无限大，有种找不到心在哪儿的感觉。

“黄公子……”

“嗯？”苏缜看着她，有点紧张地抿了下嘴唇，“怎么？”

夏初把手缓缓地攀上心脏的位置，看着他，只觉得移不开眼去，半晌后小声且认真地说：“也没什么。咱们别吃抻面了吧。”

苏缜神色一松，缓了口气息道：“我以为你要说什么要紧的事，弄得我还有点紧张。不吃抻面就不吃吧，不如寻一家好点儿的馆子，我请你。”

夏初点点头，又问他：“黄公子紧张什么？”

苏缜想了想却没有说：“走吧。”

说是紧张，其实苏缜觉得那更像是害怕，怕夏初像之前那样把他拦在门外，怕她说：“黄公子，以后都别再来找我了。”

从小到大，他还是第一次这样没自信，怕另外一个人会不喜欢他。

两人出了门，在城里兜转了一会儿，找了一家人不多环境不错的馆子。事实证明，环境好且人不多的馆子，不是死贵就是难吃。

很不幸，他们遇见了后者。

这是苏缜遇见夏初以来吃过的最不好吃的一顿饭，不过他也不太在乎，咬着像劈柴一样的鸡肉，仍然可以吃得很斯文。

夏初那边心不在焉的全然不在饭菜上，脑子里杂七杂八的很多散碎念头，时不时抬眼看看苏缜，目光复杂。

苏缜终于被她看得起了疑心，放下筷子摸了一下自己的下巴："在想什么？"

夏初赶忙垂下眼摇了摇头，扒了一口饭塞住自己的嘴。

她想的事情没法说，虽然她特别想知道。

刚才苏缜那个亲昵的动作好像点醒了她心里的某个念头，再回想之前的一些蛛丝马迹，让她忍不住去揣测苏缜是不是喜欢自己，并为此心跳得一塌糊涂。

身为女子，她真希望苏缜是喜欢自己的。能被这样的男人喜欢，简直做梦都要笑醒了，可事情难办在，她现在是个男的啊！

她总不能直截了当地问人家是弯是直，就算问了，结果也是可以预见的荒唐。

如果黄公子是因为喜欢男人而喜欢她，那她算不算感情欺诈？如果人家是个直男，那她又算不算把人家掰弯了？左右都不对。

而更糟糕的结果是，不管他是不是喜欢男人，其实都跟自己没关系。自己在这儿完全是自作多情，想太多。

苏缜看夏初表情变换，好像是有什么事在心中犹豫不决，便也跟着担心起来。前思后想了一会儿，忍不住小心地问道："夏初，是不是我给你造成什么困扰了？"

夏初被他说中心事，脸腾地一下红了，愣了片刻后灵光一闪，用了个迂回的办法问道："倒也不是。我就是在想……黄公子娶亲了吗？"

"我……"苏缜稍稍地移开目光，不知道为什么有点不太想面对这个问题，须臾，才开口回答道，"还没有……"

夏初还没来得及体会出自己听到这个"没有"时是什么心情，就听苏缜继续道："不过，快了。"

"哦……"夏初木然地点了点头，随即又忙撑起笑容道，"已经定亲了是不是？恭喜恭喜，能嫁给黄公子的姑娘真是好福气！那个……结婚的时候可别忘了请我去呀，哈哈。"

苏缜没有说话，静静地看着夏初，突然特别想告诉她这没什么好恭喜的，那只是他作为皇帝必须要做的事而已，他一点儿都不想要。他想告诉她，这辛苦争来的皇位，万人仰止的身份有多累，有多孤单，有多束缚，就像黄金的枷锁，华丽而沉重。

如果他有得选，他还想像上次那样，拉着她奔向夕阳里的某个地方，张开双臂揽清风入怀，说说话，哪怕就是静静地坐着也是好的。

但是不行。他的心情，在所有知道他身份的人面前，他不愿意说；唯一他愿意倾诉的人面前，却又碍于身份的隐瞒而不能说。这真是矛盾的事。

夏初那边还在说着话，说到最后，连她自己也不知道自己究竟在说什么了，笑得脸皮直发僵，但苏缜就沉默地坐着，也不把话接过去，尴尬得她直有点想哭。

"黄公子。"夏初说不下去了，润了润发干的喉咙，道，"你，你说句话。"

苏缜若有似无地笑了一下："说什么？"

"说……"夏初看了他一眼，稍稍低下头去，抹了抹自己的手指，"说什么都行。比如……你什么时候成亲，娶的是谁家姑娘，漂亮不漂亮……都行。"

沉默了片刻，苏缜道："你说你明天要离京？去哪儿？"

"啊？"夏初脑子被闪了一下，反应过来后勉强一笑，不知是因为终于有了话题松了口气，还是因为岔开了话题而失落，"去一趟梁城那边，查案子。"

"梁城？在京兆郡，倒是不远。那边出了什么大案子吗，需要你跑过去？"

"没有，还是广济堂的那个案子，有点情况需要了解，等不及了。"夏初用筷子戳了戳面前硬邦邦的鸡肉，"我还挺期待的，来了这么久还没离开过京城呢。"

"没离开过京城？你不是从很西很西边的地方来的吗？"苏缜似笑非笑地问她。

夏初惊了一下，赶忙坐直了身子道："那不一样，埋头赶路的心情……而且一路上……对了，不知道梁城有没有什么特产，回头我带礼物给你。收了你不少东西，我总得表示表示。黄公子想要什么东西吗？或者好吃的？"

"都好。"苏缜笑了笑，没有拒绝。

夏初想，苏缜送给她的都是她恰好需要的，可是他又需要什么呢？也许是一份庆贺新婚的贺礼吧。这么好的男人有主了，但就算没主，也不会是她的。

夏初心里感伤淡淡的，可不管是浓是淡，这份感伤也根本无从安放。她默默地嘲笑了一下自己，什么都没说出来。

这顿饭，在接下来的时间里气氛不冷不热，夏初有心活跃一点儿，但自己的情绪本身就有点沉甸甸的，又哪里活跃得起来。她越是想表现得自然，就越不自然，好像每个笑容都显得很浮夸似的。

夏初真是讨厌死今晚的自己了，也怕这样的自己会让苏缜觉得讨厌。到最后，小心翼翼地竟不太敢说话了。

吃罢了晚饭，夏初回了家。苏缜坐在马车里手支着下颌，隔帘看着车外的街巷。

天已经黑了，过眼也只能看见稀稀落落的门灯，昏昏欲睡般缓缓向后，无端的就让人觉得沉闷。

回到宫中，苏缜先去了御书房，站在书案边随手拿起一封折子来，打开一看，是礼部呈上来的关于大婚纳采礼的清单。他皱了皱眉头，又把折子合起来放了回去。

安良正让人端了茶进来，看见苏缜的表情后，轻声道："皇上，今儿就别看折子了，早点儿安寝吧。"

苏缜不置可否地嗯了一声，却站着没动。安良想了想，以为是夏初那边说了什么不该说的话，惹皇上烦心了，便小心地道："皇上最近事务繁杂，若是出宫去也不得开心，倒不如多歇一歇，龙体为重啊。"

苏缜回头想对安良说点儿什么，可安良一个太监，他又觉得好些话不该说，不能说，也不知道从何说起。

他不开心，是因为看出夏初有心事。他不知道她的心事是否与自己有关，也辨不清自己究竟希不希望与自己有关。

今晚的一切似乎都不太对，或许安良说得对，如果出宫也不得开心的话，得空还不如多休息休息。但是不出宫，要怎么见夏初呢？

苏缜沉默地接过茶盅来，刚送到嘴边就愣住了。

不对，这里面似乎有什么概念被自己给偷换了。

从前他出宫时，都是挑不太忙的日子，偷得浮生半日闲。可他今天批了一天的折子，与吏部、礼部还有尚书省的大臣说了许多的话，他那时明明已经很累了。可他就是想出去。

他想看看夏初明朗的笑容，想听他叫自己"黄公子"时的声音，想看他戴上自己送她的帽子自得的神情，想看他说起案子时微微蹙起的眉头，随意地吃点东西，随意地聊聊天……

好像就是这些。好像想起这些就让他觉得愉悦。可是，从什么时候开始，出宫就等同于了去见夏初？从什么时候开始，去见夏初就等同于了快乐？

往日里夏初高兴，他便也高兴；今天夏初沉闷，他便也沉闷。夏初拦着他进门的时候他心情失落，夏初请他进去他又欢喜起来。

他的情绪什么时候竟不知不觉地被夏初给左右了？为什么就被她给左右了？

苏缜端着茶盅愣了好一会儿，然后不可置信地笑了一下，反手叮的一声将茶盖盖上，扔回了茶盘里。动作有点重，把那端茶的小太监吓了一跳。

安良赶紧把那小太监给支了下去，轻声地问道："皇上……是不是累了？"

苏缜犹自出神地站在龙书案前，就像没听见似的。安良悄悄地探头瞄了一眼，见苏缜表情有些怪异，像是笑又好像没在笑，眼睛盯着一个角落，仿佛那个角落能给他什么揭破世间玄妙的答案一般。

安良没见过苏缜这样的表情，一时不知道该怎么办，各种话滚到嘴边又都给咽了回去。长久的沉默，让他后背如芒刺针扎一般，难受得要命。

过了不知道多久，苏缜才动了动，抬手缓缓地放在那摞奏折上，手指微微地敲了敲，随后将刚刚那本被他扔回去的纳采礼清单抓在了手里，大步地走到了书案后。

安良忙上前两步候着，苏缜却没用他，自己注了点儿水到砚台里，拿起朱墨胡乱地研开，抄起笔来在折子上走笔游龙地一挥，然后扔给了安良："交礼部。"

"皇……"还没等安良的那个"上"字说出口，苏缜已经将笔掷下，逃也似的走了，给了安良一个看不清的背影。

安良咽了咽唾沫，小心地把折子翻开看了一眼，见苏缜批了两个字：速办。墨研得不匀，落笔也很用力，笔锋都有点飞了。他拿着那本折子愣了好一晌，心说这到底是怎么了？

转天一早，夏初就背着小包袱去了府衙，跟常青去府衙马厩各找了一匹马，虽然她的这匹没有蒋熙元的那匹漂亮，但也还算顺眼，很好欺负的样子。

常青跟她牵着马一前一后地走出来，道："头儿，你这是没睡好啊？"

"激动的。"夏初随口说着，把马牵到上马石旁边，踩着镫子坐了上去。这匹黄马上下地点了点头，又甩了甩鬃毛，把夏初弄得有点害怕。她回头对常青道："你骑术怎么样？"

"一般般，能跑快马。"常青也坐上马去，把缰绳往起一拉，拍了拍马脖子，"哎，虽然我不是跑江湖的，但好歹咱也是捕快，骑马这事儿算是必备的技能。没事儿，头儿，您跑您的，我能跟上。放心。"

“不是……”夏初哭笑不得，“我是说，路上你跑慢点儿，照应着我一下，我其实不太会骑马。”

“啊？”常青愣了愣，“您这是逗我呢吧？”

“谁有空逗你啊。我这是第二次骑马，上次骑的是蒋大人那匹，而且大人还一直在旁边教我。”

“那您就要去梁城？！别了，您要是信得过我，我就带个捕快去，该查该问的一准不会漏下。别回头路上您再摔了，我可担待不起。”常青说着就要下马，被夏初赶紧给拦住了。

“一回生两回熟，我要不骑岂不是永远都不会骑了。捕快必备的技能，我哪能不会，你慢着点儿就是了，没事！有事也不用你担着。”夏初觉得这就跟拿了驾照要上路一个道理，紧张归紧张，过去就好了。她技术虽然不好，但是胆子大，马这东西又不是车，人家马自己还能有个判断呢，不会往树上撞的。

夏初深吸一口气，回忆了一下蒋熙元的骑马教学课，挺直了身板一夹马腹喊了一声驾，这黄马还算听话，甩着尾巴起步了。

一直到出了城门都很平稳，夏初和常青都放下心来，到了城外官道上，夏初胆子也大了一点儿，便扬鞭打马开始跑了。

马跑得不算很快，一直到中午才走了不到一半的路程，两人在官道旁一个庄户的食肆里简单吃了午饭。下马的时候夏初因为夹马夹得紧张，觉得腿都软了，走路直有点儿打晃，手心全是汗，胳膊也因为一路的紧绷而肌肉发酸，拿起筷子来都微微地发颤。

常青瞧着就乐，一条腿翘在长凳上，咬着个馒头口齿不清地说：“要我说，不歇这一晌可能还好，歇这一会儿下午再继续跑，恐怕就吃不住劲儿了。我第一次骑马跑远路就是这样，最后都是拿胳膊肘勒缰绳才勒停的。”

夏初不以为意地道：“饿啊，要是不歇着吃饭，别说勒停马了，保不齐半路就头昏眼花地栽下来。没事，这就是长时间保持一个动作造成的肌肉紧张，揉一揉就好了。”

吃了饭，夏初就跑到外面压腿松肌肉，浑身乱颤了半天，觉得差不多了才翻身上马。可一坐到马上她就觉得有点不对头了，姿势恢复到骑马时的状态就开始觉得酸疼。可常青那边已经打马起步了，夏初只得咬牙跟了上去。

因为没力气，所以骑马的姿势也松散了很多，她的黄马像没了束缚似的，跟着常青的马开始狂奔。夏初开始害怕起来，喊了常青一声但常青没听见，也只好继续扛着。

按上午的进程，他们大概得酉时才能到京兆郡，结果下午快了不少，未时二刻不到就到了京兆郡的管阳城了。常青停下马准备打听一下喻温平所说的那个福来客栈，刚跳下马，就听见身后一声短促的叫唤。

回头一看，见夏初正在那匹黄马旁边的地上坐着，手捂着脚腕，脸埋在膝盖里一声不吭。常青吓了一跳，赶紧跑过去蹲在夏初旁边："头儿？怎么的了这是？"

夏初摆摆手，半晌才抬起头来，抽了一口冷气道："脚往镫子里塞得太实了，下马的时候没撤出来，被马镫子绊了一下，栽了。"

"我就说嘛！"

"你说什么说！路上喊你你也听不见，我的马就跟着你的马一路狂奔，说好的跑慢点儿呢？说好的照应着点儿呢？"她指了指常青，把手按在他肩上，"扶我起来！"

常青无奈地点点头，拉着夏初的胳膊把她拽了起来："得，是我的不是，您走两步瞧瞧，看有没有哪儿伤着了。"

夏初走了半步，右脚没事，被马镫子绊住的左脚却落不了地了，一着地脚腕就跟断了似的。她把手探进靴子里面按了按，觉得好像是肿了。

"扭了是不是？"常青问她。

"是。"夏初一屁股又坐回了地上，愤愤地说，"你说回去我是不是得找个算命的看看啊？我是不是走路踩着什么不该踩的了，怎么光伤脚呢！以前天天练功夫也没怎么伤到过，这倒好，左脚伤完伤右脚。"

"我看人正过骨，来来，我试试。"常青摩拳擦掌地就要扒她靴子，被夏初一掌给推到一边去了："你再给我掰折了！筋骨这东西是随便正着试试的吗！"

"那得嘞，咱也先甭找什么福来客栈了，趁着城门没关赶紧进城找个跌打大夫去吧。"常青说着又把夏初给拽了起来，夏初脚一沾地又是一阵龇牙咧嘴。

常青一个人牵着两匹马，还搀着夏初，原本以为的帝都捕快策马入城风光全没了，狼狈得不行，一路絮絮叨叨地进了管阳城，打听了半天总算找了个医馆。

夏初伤得倒不是很厉害，就是扭到筋造成的水肿，只不过脚踝肿得像个小馒头，瞧着挺吓人的。

给她治伤的老大夫的嘴比常青还碎，一边给她揉淤血一边抱怨今年药材涨得厉害，说他这小医馆入不敷出，家里上有老下有小吃饭不易云云。

夏初被他念叨得直不好意思，咬牙忍痛地敷了药，不住地道谢不说，临走还多给了人家一钱银子，弄得常青直冲她翻白眼。

出了医馆时酉时已过，夏初拎着一小罐膏药金鸡独立地站在街上，让常青去打听一下哪儿有便宜的客栈。

常青笑她不懂府衙的规矩："出门办差哪有自己花钱住客栈的啊？咱是官差，要么就是去驿站，要么直接去当地衙门借住。"

"那……驿站和衙门哪个比较好？"

"衙门啊！咱是西京的官差，咱顶头上司蒋大人可是京兆郡郡守的上司呢，去衙门肯定好酒好菜地招呼。头儿，相信我，没错的！"

夏初从善如流地点点头："行，那就听你的了。"

虽然是跟着常青往当地衙门去投宿，但夏初也没觉得事情会像他说的那样。毕竟她只是个没官品的捕头，就算是从西京过来的，顶多人家就是客气点儿罢了。她路上还嘱咐常青别瞎摆威风，回头让人背地里说出什么不好听的，也给蒋熙元丢人。

常青敷衍地点点头，笑了一声没多说。

等到了衙门，夏初这才见识到了什么叫京官，什么叫靠山，什么叫狐假虎威。

捕头这种官职虽然不入品，但架不住她能在蒋熙元面前露脸，而蒋熙元身份的威力之大，简直让夏初受宠若惊。

听说西京的捕头跛着脚来管阳城办差后，衙门里值班的捕快腰就一直没直起来，高接远迎地把他们请进来，把能叫的人都给折腾起来忙乎，给他们安排了客房，起灶烧水，差杂役去酒楼里定了上好的酒菜过来，又赶紧去给管阳城县令报了信儿。

夏初连说个不的机会都没有，就被管阳的捕快用软轿抬进了待客厅，还要去给她请个郎中再看看脚，被她死说活说地拦下了。

夏初暗暗咂舌，她一个捕头到这儿都是如此待遇，蒋熙元来的时候得什么样呢？会不会被烧高香供起来，再摆上两个猪头啊？

她跟蒋熙元处得熟了，虽然知道他的身世背景不得了，但打心里却从来没当他是个人物。这种感觉，就像在街边烧烤摊认识了个穿人字拖的大哥，然后又忽然在奥斯卡红毯上发现对方一身爱马仕在招手微笑一般。

有点错乱。

直到酒菜摆上桌，夏初还处在一种不知所措的状态里。

常青冲夏初嘿嘿地乐，眉毛乱飞，跷着二郎腿一派大爷的模样，被管阳捕快捧得十分受用。夏初当小人物当惯了，极不习惯这种被人捧着的场面，坐在那儿比管阳捕快显得还紧张，饭菜都咽不下去了，最后索性把一切都推给常青，自己只管埋头吃饭。

常青是个能混的，见什么人说什么话的本领极强，就着酒菜一通乱盖，把他们来京兆郡要办的差事说得大有保家卫国金戈铁马之势，唬得人家一愣一愣的。

“瞧见没有，这是我们夏捕头。别看年轻，那可是蒋大人一手提拔上来的！蒋大人是什么人不用我多说了吧，他能随随便便地提拔人吗？”常青竖起大拇指来伸到夏初面前，被夏初一巴掌拍走。

“看见没，夏捕头那真是兢兢业业做事，不图名不图利，为什么？”

“为什么？”管阳捕快问道。

“你看你们这觉悟就不行了吧。什么叫国泰民安？国泰，风调雨顺五谷丰登，无外忧无内患；民安，那就是百姓安居乐业啊！百姓怎么安居乐业？还不都靠咱做捕快的保一方平安！你们以为捕快就是随随便便一个差事吗？那也是身负社稷重任，为皇上担着一份责任的！”

“是是是。”管阳捕快十分受教地点着头，又看向夏初，“夏捕头，厉害厉害。我们也是听说过您的事儿的，今日得见更是受教。”

夏初呛了一下，用手肘推了推常青，让他差不多得了，别回头明天县令再让她留下来做个劳模报告。

常青闪了闪身，笑道：“来，帮我把酒满上。”他端起酒盅来喝了一口，一指夏初的脚，“我们夏捕头脚都伤了还来坚持办案，这种精神你们可得学着点儿。受教，那不是就嘴上说说就行的。”

话音刚落，就听外面一个声音道：“又伤了？”

夏初正塞了一口菜进嘴里，一听这声音就愣住了，抬头往门口一看，就见一个身影闪了进来，步履很急，眨眼的工夫就走到了她的面前。

夏初鼓着嘴抬头看他，含混地说了句话。蒋熙元盯着她看了一会儿，弯唇一笑：“又让车轧了？”

“无息……”夏初说。

“什么？”蒋熙元没听明白。

夏初赶紧嚼了几口把菜咽下去：“不是，下马的时候摔了一跟头，扭着了。”

“你骑马来的？！”

“那不然呢，走着？”夏初耸了耸肩膀。

旁边跟着蒋熙元一起过来的刘县令心里咯噔一下，心说这小子就这么跟蒋熙元说话？那可是蒋熙元啊！这位西京捕头别是蒋熙元的什么亲戚吧？思及此，心中便警醒起来，给夏初打了个“不能得罪”的标记。

“你那骑马技术，只扭到脚真算是万幸了。”蒋熙元回头看了常青一眼，他觉得常青有点面生，叫不出名字来，直接道：“你就没拦着点儿？”

常青从蒋熙元进来的那一刻就已经正襟危坐了，此时被他一问，忙道：“拦了，但是没拦住。头儿心里记挂着案子……”他看了一眼蒋熙元的神色，顺嘴一个马屁道，“也记挂大人您。您不在西京，我们破案明显没有您在的时候那么顺遂了。这不是知道您来京畿了吗？路上我还想着会不会碰着您呢，结果就还真遇上了，这真是……”

蒋熙元伸手一拦，没让常青再说下去，不过心里是十二分的舒爽，尤其是那句“也记挂大人您”。他撩起衣摆坐下来，对夏初道：“我过两天就回去了。”

“嗯。”夏初点了点头，“没事，您忙您的，我们查完案子就回去，应该用不了多久的。”

蒋熙元一噎，瞥了她一眼，忍不住道：“那你是打算甩开我在京畿查案了？”

夏初把筷子放下，奇道：“大人这说的什么话？怎么叫甩开你查案呢？我这不是……我是……”她想了想觉得不对，“是大人你先离京的啊！怎么就成了我们甩开你了呢？”

“那现在你不是来了吗？你知道我在京畿，来了也不打算打声招呼是怎么的？怎么说我现在也兼着司法参呢。”

“京畿这么大，我怎么知道大人你在哪儿？要是非得打了招呼才能查案，我是不是还得花七八天的时间先把你找到啊！那我还何必跑这一趟呢？”

“有你这么跟上司说话的吗？”

“上司也得讲道理啊！大人你不能一说不过我就摆身份。”

刘县令不知道蒋熙元和夏初一贯这么说话，还以为他们这就是要吵起来了，脸都白了，赶忙劝和道：“大人，夏捕头，二位有话好好说，吵架多伤和气，都是为了公事，为了公事嘛……”

夏初和蒋熙元一起看了刘县令一眼，看得刘县令莫名其妙。常青忙起身道：“刘县令，没事没事，我们夏捕头就是脾气直一点儿罢了，您别担心。”

脾气直？刘县令抽了抽嘴角，心说这哪是直的问题，简直都开刃了啊！按说蒋熙元也不是个好伺候的主啊，前几天还把张郡守给斥了一顿，怎么这会儿容忍度这么高呢?

蒋熙元缓了缓心里的郁闷，指着她的脚道：“这模样你还怎么查案？”

“脚瘸了嘛，又不是脑子瘸了……”夏初咕哝了一句。

刘县令怕他们再次交锋，自己的心脏承受力有限，赶紧接过话茬儿道：“蒋大人，夏捕头，既然是到了管阳城了，那我们自然没有不配合的道理。呐，我这衙门虽小，但几个捕快还是调得出来的，夏捕头这伤了脚不方便，要查什么只管言语。管阳的捕快自是没有蒋大人手下的好本事，但至少地头熟。”

夏初想了想，觉得有道理，便扔下蒋熙元不再理会，客客气气地对刘县令把他们要查的事情简单地说了说。

“福来客栈的掌柜，还有见过喻温平的伙计，麻烦您给请过来一下。梁城那边不知道您方不方便？”

“没什么不方便的，都是京畿的地方，我与那梁城县令还是同科的进士呢。”

“那就麻烦您了。梁城外有个叫柳家堡的地方，我要查的喻家据说在那有个庄子。”夏初回头指了指常青，“到时让他跟着去一趟，该问什么他都是清楚的，若有疑问再带人过来就是，您看可以吗？”

“没问题。”刘县令笑了笑，对旁边的管阳捕快道，“都听清楚了？明儿先去福来客栈找人，回来拿着我的信笺去趟梁城。这边你好生照应着。”

说完，刘县令又对蒋熙元拱手道：“蒋大人，您看这安排还有什么不妥的地方吗？”

“你给我在这儿也安排个地方住。”蒋熙元道。

刘县令愣了一下，随即赶忙应下来，又寒暄了几句便出去安排了。

夏初吃美了，心情舒畅，揉揉肚子撑着桌子站起身来，准备回房间去洗洗睡了。这一天跑马下来浑身酸疼。

常青要过来扶她，却被蒋熙元眼疾手快地给抢了过去。常青手在半空里支了一会儿，才悻悻地放下去，瞧着蒋熙元和夏初的背影，脑子里忽然冒出“般配”二字来。想了想觉得不对，便晃着有点喝蒙的脑袋，转身走了。

天黑以后的衙门内院挺安静的，没了旁人后，蒋熙元倒开始不自在起来了，手扶着夏初的胳膊，心里扑腾得厉害。

刚才他正在跟刘县令吃饭，听说他来了之后放下筷子就过来了，一路上激动得手心直冒汗，满脑子想的都是：他来了！他是不是来找我的？他应该不是来找我的，万一他就是来找我的呢？可万一他不是来找我的呢……

他设想了很多方案，自己应该怎么说怎么做，但一见面听说他又受伤了，那乱七八糟的想法便都抛在了脑后。

现在夜深人静，他格外想念的家伙就在眼前，那种让他感到混乱的情绪便又上来了，但设想好的剧本却早就跑偏到不知哪里去了。

他手里抓着夏初的胳膊，有一种想要甩开他潇洒离去，又想拽过来抱进怀里的纠结感，左右为难，两头鄙视，自己与自己争斗得不可开交。

夏初一瘸一拐地往前走，走了一会儿就觉得自己胳膊疼，低头看了一眼，发现蒋熙元捏自己胳膊捏得骨节都发白了，不禁呲了一声："大人，我脚已经伤了，回头胳膊再断了，这工伤的银子我可要敲一大笔的。"

蒋熙元一惊之下猛地回过神来，烫着了似的松开了手，又往后撤了一大步。

夏初把大部分的重心都放在了蒋熙元那边，他这冷不丁的一松手，夏初立刻就失去平衡歪了过去。她下意识地用脚一撑，伤处一用力就是钻心地疼，把伤脚往回一收，"嗵"的一声，结结实实地跪在了地上。

蒋熙元的神思还处于半游离状态，根本没看清夏初摔倒的整个过程，直接见她突然跪在了自己面前，不禁吓了一跳："你干什么？"

夏初是直接用膝盖着地的，灰砖地硬邦邦的，她觉得膝盖简直是要碎了，疼得眼泪都飙了出来，听蒋熙元这么一问，不禁怒从心头起，抬起头来大声道："我干什么？！我给你跪了啊！有你这么扶人的吗！说松手就松手，你倒是说一声啊……"

夏初眼里含着泪，一脸哭相，又气又委屈。吼完之后索性屁股一歪坐在地上，手都不知道该揉哪儿了。

实在是太倒霉了！她一定要去找个算命的看看了，再这么下去，以后恐怕就要摇着轮椅去查案了。

蒋熙元慌了，蹲在她身边爹着手不知道该怎么办，看着她那模样就觉得心疼得不行，小心地问她："没事吧？"

夏初恶狠狠地冲他一龇牙："没事？！没事你自己试试！"

蒋熙元懊恼地拍了拍自己的脖子，伸手去拉夏初的胳膊："你先起来，起来我看看，不行的话赶紧去医馆。"

夏初把他的手拽开，抹了把眼睛，道："不用，大人你跟我八字相克，别碰我！你再扶我我怕我接下来会摔坏脑子。"她瞟了蒋熙元一眼："我让你扶我就已经是摔坏脑子了。"

“这叫什么话！我又不是故意的。”

“哈？！你要是故意的还了得了？我跟你得有多大的仇，你这么整治我。”

“你凶什么凶！你……你先起来。”蒋熙元伸手，又被夏初给打了回去。

“我自己能起来！”夏初说着就要爬起来，蒋熙元要帮她，她嗷了一声就要咬他的手。蒋熙元把手往回一缩，也恼了：“我道歉了，你别得理不饶人。”

“我得理不饶人？！明知道我站不稳有可能导致二次受伤的结果，还要松手，往严重了说，大人你这叫故意伤害。往小了说，看着我要摔倒了都不说扶一把，就叫袖手旁观。不管从法律还是道德上说都站不住脚！走开！”夏初哼了一声，咬着牙从地上站了起来，瞪了蒋熙元一眼，歪歪扭扭地扶墙就走。

蒋熙元原本有点恼火，可看着她那副样子又想笑，便冲着她喊道：“你逞什么强！”

夏初没理他。

“你给我站住！”蒋熙元又喊了一声。

“我傻啊我！”夏初低声咕哝了一声，一步没停。她脚也疼膝盖也疼，关键是伤还没集中在一边，哪条腿都用不上力气，走得格外辛苦。

刚走出去没几步，就听身后蒋熙元大踏步地追了上来，她正要回头让他走远点儿，忽然就觉得脑袋往横里一歪，有点大头朝下的感觉，还没反应过来怎么回事，身子就腾空而起了。

在最初的瞬间里，夏初还以为蒋熙元动手打人了，她手握成拳准备还击，拳头还没挥出去，就发现不是这么回事。

自己这是被人给抱起来了。

夏初的脑子空白了一瞬，瞠目结舌地看了蒋熙元一会儿后，脸腾地一下就红了，伸手薅住了他的衣肩：“放……放放，放下！”

蒋熙元迅速地睨了她一眼，十分嫌弃的样子，倒好像怀里抱了个什么脏东西似的。夏初被他这副表情给憋屈到了，挣扎着要往下跳，蒋熙元手指一勾掐了她一下：“别乱动！”

夏初二话不说出拳就往他脸上招呼，蒋熙元歪头躲过去，手臂一松，夏初猛地就往下掉，她一声惊呼还没出口，蒋熙元又把她捞了起来，眯起眼睛哼了一声：“你再折腾我就把你扔出去，你信不信？我一个三品大员屈尊纡贵地扶你回屋，你说我故意伤人，我好心抱你回去，你还要打我？”

“我用你抱啊！我用你扶啊！你自己要做这么自降身份的事，又把账算在我身上，倒好像我还欠了你一个人情似的！放我下来！”夏初急得要命，再怎么说她也是个女的啊！

蒋熙元低头看她一眼，忽然乐了：“啧，你脸红什么？”

“废话！你被个大老爷们抱一个试试。”夏初别过脸去，一个鲤鱼打挺便从蒋熙元的怀里挣脱跳了下去，脚一落地，闷哼了一声，直接就坐地上了。

蒋熙元看了看自己空荡荡的手臂，无奈地叹了口气，蹲下来看着疼得直吸凉气的夏初，戳了她脑门一下：“让你折腾，活该！”

“什么人啊……”夏初鄙视地看了他一眼，“唉，我真是错了。”

“错哪儿了？”

“我就不该听信常青那家伙的谗言，到衙门来蹭吃蹭喝，不来衙门也就碰不见大人你了，碰不见大人你，我也就不至于变成个半残了。老话说得好啊，贪小便宜是没有好下场的。”

蒋熙元听完却意外地没有回嘴，夏初本来想好了要再接什么话的，可蒋熙元这一沉默倒让她有点慌了，抬头看他，觉得他脸色不太好看，忙赔笑道：“大人……你别这么严肃，我就随便那么一说。”

蒋熙元配合着她干笑了一声，摸了摸鼻子：“我有这么讨你厌烦？”

“啊？”夏初赶紧摆手，“没有没有，我开玩笑的。收回，我收回。”

蒋熙元抬眼看了看她，幽幽地问道：“那我离京这么多天，你就……”

“嗯？”夏初如忠犬般看着他，等着他下面的话。可蒋熙元话到此处却不知道要怎么往下说了。

按照以往追姑娘的经验，他应该说：“你就没有想我吗？一点儿也好。”而姑娘一般会羞红了脸，或者言不由衷地说一句没有，或者羞答答地笑而不语，又或者柔荑攀上他的肩膀，软绵绵地说一句“想得心都疼了呢”之类的。

但夏初绝对不会是以上的反应。根据他的了解，她要么哈哈大笑，要么一脸茫然地反问他“想你干什么”，更有可能是给他一拳，说一句“想个屁，恶不恶心”……

思及此，蒋熙元暗暗地啧了一声，心说自己喜欢的这是个什么人啊？是个男人也就算了，还是个外秀内糙的。自己这是什么眼光啊？

可话说回来，他问夏初一句想不想又能怎样？喜欢归喜欢，但喜欢之后呢？这事儿还能有什么下文吗？难道他要把夏初当小倌那样养起来？别说夏初不肯，从他的角度说，他也是不肯的。

“大人？你到底要说什么？”夏初等不及地问道。

蒋熙元叹口气，临时改了口道：“我离京这么多天，你就一直忙这个案子呢？”

夏初一听，手撑着地面艰难地站了起来，拍拍裤子道：“大人啊，你可不知道这案子多麻烦，百草庄那些人个个不是省油的灯，曹雪莲也真是够惨的。”

蒋熙元看一说起案子来夏初就这么有精神，心里不免有点失落，默默地又扶住了她的手臂：“曹雪莲怀的那孩子是谁的查清楚了？”

夏初撑着他的手臂慢慢地往前走，一边走一边道：“嗯，大人你说对了，就是喻示寂的。”她低头笑了笑，有点不好意思地道，“大人……我向你道歉。”

“又道的什么歉？”蒋熙元嗤笑一声，早习惯了她勇于认错却从来不改的臭毛病。

“大人你在京城的时候，查什么找什么都显得挺容易的，我没觉得什么。你这一离开，我才发现你真是帮我分担了不少，嘿嘿……”

夏初挠了挠头：“那个吧……我挺感激的，本来还想着你回去以后要对你恭敬一些的，结果这一见面，我是不是又惹你讨厌了？”

“你还想过我？”

“想！肯定的啊！”夏初伸手发誓，“刚才我有不敬之处，大人你别往心里去。”

蒋熙元低头笑了笑：“不用道歉，这样挺好。”

“刚才看你不说话，还以为你生气了。”夏初笑了笑，“没生气吧？”

“没有，怎么会呢。”

蒋熙元的心忽然就变得软软的，所有纷乱的情绪都化在了里面。虽然他知道夏初所说的“想”并不是他心头的那种思念，但这样似乎也很好了。

第十六章 相思不可言

蒋熙元搀着夏初慢慢地蹓跶，夏初把他不在期间的案情进展都给汇报了，主要是关于喻家两兄弟，还有她这次来京兆郡查喻温平的缘故。蒋熙元听完只是点了点头。

“大人有什么想法吗？”夏初问他。

蒋熙元思索了片刻后问道：“喻家人差不多都让你问遍了，我记得喻温平有个妾室。怎么没听你提起来？她没有嫌疑吗？”

“兰燕儿？”夏初鼓了鼓嘴，摇头道，“用斧子砍人这样的行为太不像女人的作风了，所以我没有问过她。”

“万一是女扮男装呢？悍妇也不是没有。”

“哈哈。怎么会女扮男装呢？”夏初肝儿颤了两下，十分浮夸地笑道，接收到蒋熙元莫名其妙的目光后，忙收敛了一下，正色道：“不管是不是女扮男装，我想过这个问题，认为兰燕儿没有杀她的理由。”

“妾室杀主母，嗯，比如原来的太傅尹家就出过这样的事。”

“我可没听说过哪个妾室杀主母用的是斧子。”夏初耸了耸肩，“当然，怎么杀不重要，重要的是兰燕儿杀曹雪莲做什么？与曹雪莲有染的是喻示寂，又不是她的亲儿子喻示戎，如果她要害主母，只要把这件事捅出去就好了。”

夏初摊开手，看着蒋熙元：“大人，女人杀另一个女人一般不会是因为那个女人本身，大多是因为男人，如果女人可以利用男人除掉另一个女人，女人为什么还

要自己动手呢？"

蒋熙元消化了一下，道："你再重说一遍。"

"喻示戎和祥伯都知道曹雪莲和喻示寂的事，兰燕儿天天在家，难道一点儿蛛丝马迹都看不出来？如果她想争主母之位，对她来说最经济的做法是把这件事告诉喻温平，这样主母和长子一起完蛋，多好，杀人干什么？成本太高。"

"那如果她就是不知道呢？"

"你看，灰衣人进门的时候门是开着的，也就是说当时曹雪莲和喻示戎还在，假设灰衣人是兰燕儿，就算她之前不知道，当时也知道了，那么问题便又回到了咱们刚才所说的杀人成本上了。而且，要挟曹雪莲的是她亲儿子，她悄无声息地把人杀了，她儿子岂不是说不清了？"

"嗯。"蒋熙元点了点头，"也对，如果不是崔大花偶然看见了那个人，喻示戎的确是很难说清楚的。"

"对嘛。当然，事情也没有绝对的，比如兰燕儿身材高壮，穿上男装的话估计不好分辨，万一她就是脑子缺根筋杀了曹雪莲呢？"

"身材高壮……"蒋熙元听完笑了一声，"难怪原配过世后喻温平要续弦。"

"说案情呢，大人你在琢磨什么？"夏初不满地瞥了他一眼，"嗯对，还有就是这个续弦的问题。原配过世后喻温平没把她提拔成正室，一定是有原因的，那么曹雪莲死了她就仍然不会是正室，杀主母上位也不太可能。"

"你怎么没审审兰燕儿？"

"我觉得她的嫌疑是排在喻温平后面的，如果这一趟没有什么斩获的话，回去就找兰燕儿。如果兰燕儿也没问题……"

"如何？"

"那我的问题就大了！死胡同了有没有？可能又要全部重新查起。"夏初撇了撇嘴，"大人会不会扣我月钱？"

"有可能。"蒋熙元笑道，说完后抬头四下里看了看，"你的房间在什么位置？"

"在客房那边吧。"夏初也跟着张望了几眼，顿了顿，"大人，合着你不知道啊？"

"我又没来过管阳的衙门，我怎么知道。人家给你安排了客房，你怎么不问清楚在哪儿？"

"我是要跟常青一起回客房的，常青问了，我为什么还要问？要不是大人你非要搀我，估计我早睡下了。”夏初叹口气，又咕哝道，“也就不至于磕到膝盖了。”

“还说！”蒋熙元瞪她一眼，“刚才还跟我道歉，说要对我尊敬点儿，这刚片刻的工夫，又来了是不是？”

“那……大人你说你扶着我乱走了这半天才说你不认识，这事儿干得让我怎么尊敬得起来啊？”

“你自己的房间自己都不知道，少说我。”

夏初乐了，揶揄道：“大人，你知道自己住的房间吗？”

蒋熙元被夏初给呛住了，站在原地想了想，一按夏初的肩膀，把她按坐在花圃旁的一块扁平寿山石上：“你老实在这儿等我，我去问问。”

蒋熙元很快去而复返，身后还跟着个管阳的捕快。那管阳捕快先带着他们去了夏初住的房间，蒋熙元进到屋里看了一圈觉得条件还算可以，便让她早点休息，又嘱咐她睡前想着换了伤药。

夏初敷衍地答应下来，等蒋熙元一离开便立刻栽倒在了床上，直接睡了过去。

蒋熙元离开的时候回头看了一眼，虽然看不见夏初，但知道她就在那儿，心里便又是一阵微微的悸动。

他知道自己的“远离夏初困扰”计划算是失败了，从意识到这个问题开始，他好像就掉进了流沙坑，越挣扎陷得越快。

远离了这么多天，对夏初的喜爱和牵挂有增无减，困扰得更厉害了。

他此刻才觉得自己真是大错特错了，傻得可以。那时明明已经动心了，他却还要人为地拉开距离，在这个动心之外再加上思念。这都明明是他从前用来对付姑娘们的伎俩啊！有张有弛忽冷忽热，欲擒而故纵则无往不利。

如今刀尖向里，自己戳自己一刀，真是有点活该。

袖子真的就这么断了吗？夏初若是知道了，会不会笑翻了天？想起以前自己对她说的话，蒋熙元就觉得脸疼。

他负手叹了口气，走在前面的管阳捕快便紧张地问他是不是有什么照应不周之处。他摆了摆手，伸手拿过捕快手里的风灯，问了自己住处的位置，便把他打发走了。

蒋熙元拎着灯慢慢地走，试图把自己的想法理理清楚，想找出几个理由来解释自己的情绪，看有没有可能是自己误会了自己。可找到一个自己就否决一个，一直到了自己住的地方，也没个结果，却越想越乱。

夜里躺在床上他又做了几个梦，梦里他抱着夏初，夏初搂着他的脖颈亲上了他的面颊，还没等他激动起来，夏初便笑吟吟地退开了，面孔一闪就变成了刘起黝黑的脸，刘起窝在他怀里，羞涩地问他：“少爷，你喜欢男人为什么不早说呢？”

蒋熙元从梦里惊醒过来，看看窗户，发现窗纸还是深灰色的，天还没亮。他愣了好一会儿，猛地躺倒，用被子把脸给盖了起来。

夏初这一晚上睡得不错，也因为休息得太好了，所以昨天马上的颠簸全反应了出来，腰腿胳膊无一不酸疼，倒显不出脚踝的疼了。

收拾完了个人卫生，夏初推开门就看见常青正坐在自己门口的台阶上，他不知道从哪儿弄了根黄瓜，吃得正欢。

“我的早饭呢？”夏初问他。

常青回过头来，指了指一间屋子，压低了声音道：“大人在那个屋里呢，早饭也在。”

“你在这儿干什么？”

“我跟大人那儿大眼瞪小眼的，太尴尬。”常青站起身来拍了拍裤子，“头儿，你真能睡。我饿得不行了，去后面菜园子里偷了根黄瓜。走吧，赶紧吃饭去，一会儿可能福来客栈的掌柜就带回来了。”

夏初一听，赶忙跛着伤脚，忍着全身的酸疼往常青指的那间屋子里去。

蒋熙元在夏初开门的那一刻就听见动静了，自己给自己猛做了一番心理建设，让自己冷静。可能做得有点过火，所以表情严肃得寒冰三尺一般。结果一看见夏初的走路姿势，一脸严肃悉数开裂，笑得完全没了形象。

“别笑！吃饭！”夏初直挺挺地坐在凳子上，气恼地磕了磕筷子。

“脚还疼吗？”

“还有点儿。”

“膝盖还疼吗？”

夏初白他一眼。

“浑身都疼了？”

“大人你有完没完啊！”

蒋熙元大笑起来，霎时间觉得心情特别好。他夹了几筷子的菜放到她面前的碟子里，放缓了声音道：“随意吃点儿，中午带你去吃好东西。”

“嗯？这儿有什么特别的东西吗？”

“葫芦宴。”蒋熙元冲她挑了挑眉毛，“没听过吧？”

夏初一边喝着粥吃着菜，一边浅皱了一下眉毛："葫芦宴？什么玩意儿？药吗？"

蒋熙元又笑了起来。旁边的常青端着粥碗，使劲地隐藏着自己的存在感，眼睛滴溜乱转地透过碗沿看着蒋熙元，心说蒋大人的笑点可真低。

吃罢了早饭，有管阳捕快过来找常青，说刘县令的信笺写好了，问他要不要现在启程去柳家堡。夏初嘱咐了他几句，让他走了。

辰时不到，福来客栈的掌柜并一个店面伙计来了。估计管阳的捕快也没说找他们干吗，所以俩人都有点畏缩，进门扫了一眼，目光掠过夏初，看见蒋熙元后才赶忙跪了下去。

夏初摸了摸鼻子，也看了蒋熙元一眼，觉得常青所言倒是不假，看来威仪这东西她欠缺的不是一星半点儿。

福来客栈的掌柜姓唐，四十多岁的一个胖子。夏初问他认不认识西京百草庄的喻温平，他话还没说倒先急出了一脑门的汗来。

唐掌柜说他与喻温平倒是挺熟的，以前每年喻温平外出购药都会在他们店里投宿，他有时候也会从过路的脚夫或采药人那儿收一些药材上来，价格合适的话喻温平还会从他跟前买走。

"他今年也到你店里投宿了吗？"

"来了来了。"唐掌柜擦了擦汗，"头两年都是他儿子来的，今年他说他家里添丁了，所以他便再代他儿子走一趟，还说往后就好生歇着，享享天伦之乐了。"

"日子还记得吗？"

"哦……"唐掌柜翻着眼睛想了想，"三月底吧，三月卅？"他推了旁边的伙计一下，"是不是三月卅？"

伙计忙点头："是是，转天发的工钱，我记得。"

"然后呢？他什么时候离的店？"

唐掌柜又推那伙计，伙计便道："转天一早。行商赶路的走得都早，丑末寅初吧，天儿还没亮利索呢。"

"喻温平也是那个时辰走的？"夏初问道。

"是吧？"伙计看了看唐掌柜，唐掌柜瞪他一眼，从牙缝里挤着话说，"问你呢！你看我干什么，我那时辰又不在。"

伙计苦笑了一下："应该是吧。那要走还不都一块儿走了。"

蒋熙元把茶盅放下，抬眼看了看唐掌柜："你干什么去了？"

唐掌柜肉乎乎的两腮颤了颤，汗以肉眼可见的速度滴了下来："我我……我家住城里，头天晚上回家了。我娘病了，真的，现在还在床上躺着呢，您，您可以差人去看。"

"喻温平来的时候你在吗？"

唐掌柜猛点头："在在。那个……我前些日子从一个过路脚夫手里收了一斤八两铁皮石斛上来，价格有点高，所以一直放着，最近往兴州去收药的药商比较多，我想卖出去呢。喻东家来了之后给买走了，所以我才回的家。"

"铁皮石斛？"蒋熙元手指敲了敲桌子，"你卖了多少钱？"

"一百二十两。"

夏初惊了一下，脱口道："这么贵？！"她完全不了解药材的价格，只知道什么鹿茸人参灵芝这些东西贵，这铁皮石斛什么玩意？一斤八两也就一小锅粥的重量，怎么能卖这么多钱？

夏初那边喊了一声好贵，把唐掌柜吓了一跳，赶紧解释道："官爷，这真不算贵了。那里面还有二钱的枫斗呢！不是想买就买得到的。那脚夫不懂行价，其实这点东西进了京城远不止这个价格。更何况今年药价都贵。"

夏初眨了眨眼，听得云里雾里，听完了还是那个感觉：好贵！

"铁皮石斛长在悬崖岩边，很难采，价格自然高。"蒋熙元笑了笑，又道，"滋阴补肾，属于益补的东西，穷人吃不起这东西。枫斗的价格尤其高。"

"大人还懂药材呢？"夏初钦佩地看着他。

蒋熙元把手拢在嘴上，贴近夏初的耳边低声道："我祖父在吃，所以我知道。"

骠骑大将军在吃？夏初释然，那看来贵得有道理。喻温平大价钱买走，十有八九也是给自己留着的吧，补肾嘛。

话问到这，夏初心里有了个大致的猜测，又问了唐掌柜和那伙计一些喻温平当天的动向，便让他们回去了。

唐掌柜他们一离开，夏初就想跟蒋熙元说说案子，但蒋熙元更想带夏初去吃饭："常青去了柳家堡，等他那边的消息回来再一并说不迟。你现在分析半天，回头他那边带回个反证来，说了也白说。"

夏初一想倒是也有道理，遂暂时将案子放下，站起身来。一起身带动浑身的酸疼，便又坐下了："我忘了，我脚还伤着呢，午饭就别出去了。"

"从衙门要辆马车，这又不是多大的事儿。"

"我懒得……"夏初顿了顿，低头琢磨了一下后，改口道，"也行。大人知道管阳这边有什么特产吗？集市什么的，我想看看。”

“做什么？”蒋熙元纳闷，刚才连走路都懒得走，怎么这眨眼的工夫又想逛集市了？

夏初半阖下眼皮，撩了一下头发，不甚在意般说道：“噢，给朋友带个礼物。”

“朋友？”蒋熙元打量了她一眼，心里有点不爽，却故意笑说，“不用了，我现在就在管阳，礼物就免了。”

“谁说是给大人你的，”夏初睨着他，笑道，“给黄公子的。”

“我就知道。”蒋熙元极轻地哼了一声，低头掸了一下自己的袖子，以此表现出心中的不屑，“看意思你这袖子也断了，是吗？”

“你才断了呢。”夏初顺嘴反驳道，低头想了想又看着他，不解道：“大人，‘也’是什么意思？”

蒋熙元脑子里嗡的一声，觉得自己脑门上渗出了汗来，伸手一摸却什么都没有，手缓缓抚过额头的片刻里，他犹豫着是不是要干脆向夏初坦白算了，等手放下时，冲口而出的话却变成了：“我是说那个黄公子。”

“别胡说。”夏初抹了抹自己的手指，浅蹙着眉头往窗外看着窗外，“人家黄公子快要成亲了，我想买个礼物做贺礼。”

蒋熙元端起茶盅来，不以为意地道：“成亲又怎么样，那也不说明什么。”

“需要说明什么吗？”夏初瞟了他一眼，回过头来道，“大人你把心思放正一点儿好不好？你一个风流公子哥，怎么老在‘断袖’二字上徘徊呢？”

蒋熙元有点心虚，呼呼地吹着已经半凉的茶水，没有吱声。

“大人，你到底去不去？”夏初撑着桌子站起来，“反正东西我是肯定要买的，话已经说出去了，你要是不去的话我就自己去了。”

“不去！”蒋熙元道。

“行。”

一刻钟后，管阳衙门的车夫把马车勒停在了集市的巷口，扭身对车里说：“前面进去就是管阳城的集市了，往东走有不少酒楼，南边一直下去是柳巷……”

“谢谢了。”夏初撩开车帘拦住了车夫的话头，弯腰从车厢里走出来，车里又伸出一只手臂来拽了她一下，“下得去吗？先回来！”

“小瞧人。”夏初小心翼翼地坐在车板上，右脚先够到地面，把身体的重心放上去，然后屁股才挪了下来。她掸了掸裤子，回身扬头对蒋熙元笑了一声：“这有何难。莫说崴了一只脚，就是折了两条腿我一样生活自理。”

蒋熙元跟着从车里出来，轻身跳下："你的意思是我多余跟你出来？"

"那倒也不是。照顾我确实是不用的，但是……"夏初嘿嘿一笑，"大人你眼光好，肯定比我会挑礼物。"

"没给男人送过礼物，不会挑。"蒋熙元愤愤地道。话虽如此说，他仍是问道，"那黄公子做什么生意的？做得大吗？"

夏初不知他的用意，有点警惕地道："这与礼物有什么关系吗？"

"你以为我问是为什么？自然是有关系的。"蒋熙元瞄她一眼，拍了拍自己的胳膊让她扶着，一边慢慢往前走，一边说道："要是小商户，就随意买点好彩头的东西就行，要是大商家，还是要讲究一些的。"

"不管大小，我也只买得起所谓'随意'的东西。"夏初道，目光看着前方路上熙攘的街市，轻轻地叹了口气，"倒也不是买得起买不起的问题，心意价值几何，不靠钱衡量。"

她忽然有点想念苏缜。也许这一刻苏缜能出现在她面前，她可能会忍不住要问问他，如果她是个女的，会不会改变什么？

但苏缜不可能出现，所以注定什么也不会改变。这想法真是挺愚蠢的。

"心意？"蒋熙元扯着嘴角笑了一下，有点发酸地说，"那我可能真的帮不上忙了，我不知道你对他什么心意。"

"大人你又要说什么？能什么心意，朋友之心。"夏初转头去看街边的小摊子，"很好的朋友。"

"你的那个黄公子到底是做什么生意的？"

"什么叫'我的黄公子'？大人你别老往坑里带我。"夏初横了他一眼，侧头想了想道，"我估计家里是个皇商吧，很有钱的样子，也可能是个官商？总之人很好，完全没有铜臭气，也不张扬。"

"你连他家里做什么的都不知道？这叫什么朋友？"蒋熙元不屑地说。

"是不是朋友，跟家里是做什么的有何关系？我又不做买卖。"夏初不以为然地说，"君子之交淡如水。"

"你这哪有淡如水的样子，浓得像锅粥。那他叫什么你总知道吧？"

"黄真。真假的真。"夏初回头冲他笑了一下，"大人认识吗？不过他说他不认识你，倒是听说过，说你是个人物。"

黄真？蒋熙元在脑子里搜寻了一番，倒不记得印象里西京有这么一位公子。按夏初所形容的，样貌清俊，家境不俗，就算他不认识总也该听说过才对。

低调成这样？蒋熙元甚至有点怀疑，会不会是归禾公子改头换面又回来了，不过这名字可太一般了，不像那位矫情的书生会给自己起的化名。

看来回京后得让人问问才行。

夏初看蒋熙元出神，便问他："大人在想什么呢？这么出神？"

"没什么。"蒋熙元摇摇头，"印象里我好像没听过这个名字。"

"那有什么奇怪的，西京那么大。"夏初不以为意地说，"本来前几天过生日的时候想请你一起的，给你们引荐一下的。结果大人你跑了，只能再找机会了。"

蒋熙元本来还想再问问这位黄真住在哪儿，可一听到夏初说起生日，便想起了自己要送给她的那把扇子。他低头往夏初腰上看了一眼，发现没有扇套，正要开口问她有没有收到自己的礼物，夏初却忽然松开手走到了路边。

"这个好不好？"夏初从摊子上拎起一个小玉坠儿来晃了晃，"看着挺可爱的。"

蒋熙元撇了撇嘴："可爱？这东西叫辟邪，就不该是可爱的玩意。"他接在手里掂了一下："最次等的玉料，雕工太差。你送人家这么个东西，是想让他怎么处理？戴着？还是供着？还是干脆扔着不管？"

那摊子的摊主听见不乐意了："我说这位爷，我这就是个小摊子，您瞧不上眼就往那边去，天工坊，那儿东西好价格也好，别让我们这不值钱的玩意糟污了您的眼睛。"说完欠起身来把那个玉坠从蒋熙元手里夺了回去，嫌弃地吹了吹，又嘟囔道："一钱银子的东西还挑玉料挑雕工？"

蒋熙元转过身要与那摊主辩一辩，夏初赶忙把他给推走了："人家说得也对，大人你说话也太不留情面了。"

"我与你说话呢，哪里是说给他听的？"蒋熙元看了一眼不远处的天工坊，反手拽住夏初就走，"他说得倒是对，你净挑点一钱银子的东西如何拿得出手？"

"那多少钱的合适？黄公子本身就是有钱人，我就是砸锅卖铁换个东西，也不准有他日常的一套行头值钱，咱就不考虑绝对价值了吧？"夏初一跛一跛地跟在他身后，急忙地说。

"有我呢，你愁什么钱。"

"那也是你的钱啊！不是我的，出来借早晚还是要还的。"

蒋熙元头也不回地说："反正你欠我的也还不清了，还差这一点儿吗？"

"啊？我不就欠了你一笔房钱吗？我每个月都说要还的，是大人你不要，你可不能私自加利息坑我啊！"

蒋熙元停下来回头看着她，逆着光，夏初看不清他的表情，只听他说道：“我说还不清就是还不清，你要是想还……”

“怎么着？”夏初眯了眯眼睛，“签卖身契啊？”

蒋熙元沉默了片刻，弯唇一笑，手掌盖在夏初的眼睛上，低声道：“你就欠着吧。”

人和人之间最理不清的关系就是债，所以这世上最利落的话就是：咱们两清了，以后谁也不欠谁的。

蒋熙元听夏初说要还钱时，脑子里蹦出的就是这句，引申开去的含义令他心慌。还了钱，如果有一天他不再是京兆尹，不再是她的上司，那他俩之间是不是就两清了？那怎么行呢。山不来就我，我总得有个理由去就山。

既然你不知道我对你的情，总得记得你欠我的钱，想着我对你的好。

蒋熙元知道这想法挺可笑的，但也不会比他突然发现自己喜欢上个男人更可笑，笑也是自己笑自己，怕什么呢？

怎么牵挂都是牵挂，只要是牵挂就行，所以，你就欠着吧。

蒋熙元说完这句话，便把手从夏初的眼睛上拿开了，阳光刺眼，夏初还没来得及看清蒋熙元的表情，他就已经转过了身去。

夏初不明白蒋熙元这句话背后深刻的含义，跟在他身后道：“别呀……那多不好意思。该还还是要还的，大人你虽然不缺钱，但那是你的……”

“真婆妈。”蒋熙元回了一句。

夏初闭嘴了。心说还有这样的事呢？原来跟土豪做朋友是这样的。欠债的要还钱，债主还嫌烦？有钱也不用这么高调啊！

两人前后脚进了天工坊，夏初粗略地一扫就想出去了，看着就贵！可店里伙计比夏初那一眼扫得还快，看见蒋熙元就知道这人是顶着银子进来的，赶忙招呼道：“公子想看看什么？先坐下喝盏茶，想看什么我给您拿。”

蒋熙元“嗯”了一声便在茶桌前坐下了，又悠悠地抬起眼皮道：“送朋友成亲的贺礼，找点寓意好的，取几样来看看。”

“行嘞。”伙计拿了两只杯子放在茶桌上，沏上茶，“您稍等。”

夏初心里哀号了一声，臊眉耷眼地蹭过去：“大人，咱看看就得了，这地方闻着味儿都贵。”

“别这么穷气。”

“我本来就穷，我倒想阔气呢，我阔得起来吗？”夏初坐下来拿起茶杯喝了一口后蹙了蹙眉头，“这茶还挺不错的。”

“不错就喝吧，你这是什么表情？”

夏初压低了声音道：“供客人免费喝的茶都这么好，这地方得多贵？”她指了指手里的茶水：“这些都是要加进成本里去的。本来五两的东西也要卖你五十两，咱何苦做这冤大头？”

“天工坊不靠这个赚银子。”蒋熙元淡淡地道。

“不可能！”夏初嗤之以鼻，“大人你不缺钱，也不做买卖，哪懂这些？”

正说着，那伙计就抱了几只锦盒出来，身后还跟着一个年轻的男子，眉目俊朗身形挺拔，一身天青色的束袖长衫，看着比蒋熙元还讲究。

夏初用胳膊肘推了推蒋熙元，压低了声音说：“瞧瞧，这东家一定很会赚钱。”

蒋熙元抬头看见那男子后愣了一下，空气停滞了片刻，蒋熙元站起身，拱手一揖：“林公子，想不到你也在这儿。”

“蒋大人有礼了。”林钰回了个礼。两人站直了身子，相视笑了笑，笑得都有点假。林钰偏头看了夏初一眼，冲她微微一笑，又对蒋熙元道，“想不到在西京没遇到过蒋大人，却在管阳碰见了。哦，还没恭喜蒋大人高升。”

“哪里哪里，林公子客气了。”蒋熙元干笑了两声。

“听伙计说蒋大人是要选一份成亲的贺礼？是准备送给令妹的？”

“哦，不是。”蒋熙元回头看了一下夏初，“是夏捕头要选一个送给朋友，我过来帮着看看。”

“夏捕头？姓夏？”林钰眨了眨眼睛，想起前几天李檀跟他说过的一桩事来，但也不能确定李檀说的是不是就是眼前这位。林钰暗想着，笑容里便多了几分打量和窥视的意思。

夏初听得莫名其妙。夏捕头可不姓夏吗？夏捕头难道还姓张？她也对林钰客气地笑了笑：“幸会。”

那边伙计已经把锦盒都打开了，垂手立在一边，挂着职业的笑容道：“蒋大人，您看一下，这都是天工坊新做的，西疆的上等玉料，都是名家手笔。”

蒋熙元轻推了夏初一下，与她一起过去看。夏初不懂玉也不懂艺术，但老话说得好，不怕不识货，就怕货比货。

有了刚才小摊上的玉坠一节，眼下再看这天工坊的物件，说云泥之别也不为过。蒋熙元拿起一个摆件往夏初面前递了递：“这个如何？”

“您好眼力。”一旁的伙计接口道，“这是比翼鸟，做新婚贺礼再合适不过了。”

“合适。”蒋熙元垂眸笑了一下，“祝黄公子与他的夫人双栖双飞，白头到老。”

蒋熙元手里拿的是一树春发时节的虬枝，枝头向一侧伸展出去，上面两只鸟雕得毫毛毕现、神态如生。整个摆件通体透白，润得像块油脂，最难得的是树枝与紫檀木底座相触面积很小，也不知道怎么立住的，平衡得十分微妙。

这摆件无论从原料、雕工还是寓意，都做足了。夏初咽了咽唾沫，瞟了一眼那个伙计，心说这真是一行有一行的门道，人家粗粗一看就知道该拿什么价位的东西出来，果真不服不行。

“如何？”蒋熙元问她。

“太……太大。”夏初本来想说太贵，顾及蒋熙元的面子才改了口，又看了一眼其他的几件，“都太大。”

“你想要什么大小的？”

“就……”夏初比画了一个碗的大小，想想不行，又缩成一个茶盅的尺寸，想想还是不行，最后食指与拇指相接成一个环，递到蒋熙元面前，“这么大就行。”

尺寸每缩一下蒋熙元就无奈一分，最后看着夏初的手道：“还没这鸟大呢。”

“其实有鸟蛋大小就够了。”夏初小心翼翼地压着蒋熙元的胳膊，让他把那摆件放回盒子里，“大人，要不咱们再去看看别的？又不一定非得是玉器。”

她不想送太贵重的东西给苏缜，以他们之间财力的悬殊，恐怕再贵重的东西到了苏缜那儿也只是寻常。

她想送给他的，是一份有着自己标签的礼物，想要有件东西能烙下自己的痕迹，算是对自己心情的一个安放，即便苏缜不明白也没关系。

夏初在心里嘲笑自己，觉得这好像个女汉子默默喜欢上蓝颜知己的俗气网络吐槽，可叹连锅鸡汤都不是。

对于苏缜成亲的事，她表现得无所谓，她说得也无所谓，她也只能无所谓。因为事情本来就该是如此的。

一件没有希望的事，为什么却会有失望？夏初真是不明白，自己明明就没买彩票，为何还总期望着中奖呢？这到底是个什么心态？

但不管怎么说，她就是拦不住自己的心情变得很复杂，复杂到她都不知道究竟要如何去定义了。

林钰笑眯眯地走到桌边，拦住了伙计收拾锦盒的动作，让他再去拿一些小的把件和玉坠过来。夏初想拒绝，又担心自己的穷气会扫了蒋熙元的面子，只好默默地盘算一会儿找什么理由搪塞过去，赶紧离开这金玉满堂的地方是真的。

林钰打开那个枝头双栖的摆件，仔细地看了看："真是不错，西京的铺子里都没有这样好的东西。"他又把盒子盖上，"董千寿这几年很少做这种大的摆件了。拿出来售卖可惜了。"

"董千寿的？"蒋熙元一听，便将手按在了盒盖上，"真品？"

"天工坊什么时候卖过假的东西。"林钰把盒子往自己身前挪了挪。

"董千寿做的多是文人雅趣题材，这种比翼鸟连理枝的东西可不像他的风格。"

"说的是。"林钰不以为意地笑了笑，对蒋熙元的质疑丝毫没有要解释的意思。

蒋熙元抱臂看着那个盒子，而后伸出手，对林钰笑了一下："我再看看。"

夏初冷眼瞧着，总觉得这俩人之间有种不太对付的感觉，可说有过节呢，却也不太像，关系好像微妙得很。该不会是情敌吧？

伙计端了几个铺着绒布的木盘过来，放在桌上："大人，公子，二位看看这些有没有合意的。"

夏初走上前假装认真地看了看，正想说"黄公子不太喜欢金玉之器"这类的话，余光便瞥见木盘角落里放着的一个东西，她眼睛一亮，伸手取了过来。

这是用紫玉雕成的卵形坠子，只有半只婴儿手掌的大小。坠子中间的颜色浓，边缘稍淡，紫色最浓的部分被雕成一小串晶莹剔透的葡萄，挂在藤蔓和叶片中间。

坠子的丝绳和流苏是两色的绿，像是从叶子上延展出了藤蔓，虽没有刚才那个比翼鸟雕得好，但却是个颇有巧思的小物件。

"伙计，这个多少钱？"夏初把葡萄托在掌心里问道。

"这个啊……"伙计看了看林钰，林钰便踱跶过来，看了一眼后笑道，"这个东西，应该是块大料子上裁下来的给学徒练手用的，价格嘛……夏公子想要这件？紫玉的东西我这儿还有一些好的。"

"我不是想要紫玉的东西，只是想要这串葡萄。"夏初手指一弯握成拳，笑了笑，"东家您……给个实价吧。"

林钰看着她，眼睛笑成弯弯的一线，笑得夏初直有点发毛，以为他会开出什么邪门的价格来，没想到片刻后林钰却摆了摆手："小物件，夏捕头喜欢就拿着吧。在西京时在下也耳闻夏捕头之事，今日见面算是个缘分。"

"东家的意思是……"

"算在下送的。"林钰回头对蒋熙元笑道，"大人，那比翼鸟的摆件我可就送不起了，但怎么说也是有点交情的，三百五十两应该算是个实价了吧？"

蒋熙元那边正在喝茶，呛了一下，抬眼看了看林钰，闷声道："那就麻烦林公子帮我包起来吧。"

夏初被三百五十两这个数给惊了一下，手里握着那个葡萄坠子，不敢再问价格，想放回去说声谢谢却又不舍得。直到蒋熙元喊她走，她才怯怯地跟过去，走到林钰身边的时候动了动嘴，结果啥都没说出来，憋了个面红耳赤就出门了。

走了一段路之后，夏初停下脚步："不行，大人你还是借我点钱吧，我还是得把这玉坠的钱给付了。初次见面就白拿人家东西，太不像话了。"

"白拿？"蒋熙元笑她傻气，"你那玩意才多少钱，他卖给我这个摆件，这铺子一年不开张都行了。"

"贵了？"夏初听他这么说心里倒踏实了点儿，笑道，"那你还买？"

"玉无价。更何况皇上喜欢董千寿的东西。董大家老了，这几年很少再做东西，我在西京还让人找来着，这林钰，八成是听到风声了。"蒋熙元看了看手里用锦缎包起来的盒子，"这摆件虽不是董大家巅峰时的作品，但物以稀为贵，三百五十两谈不上什么实价，倒也不算敲诈太狠。"

"送给皇上啊！那是不算贵。"夏初吃吃地笑了两声，"大人，你跟这林公子是不是情敌啊？是不是惹过人家心爱的姑娘？我瞧着他对你笑得有点不阴不阳的。"

"算是有点过节，不过都过去了，我跟他不熟。"蒋熙元顿住脚步回头又道，"我跟他不是情敌，你别瞎猜，他心爱的姑娘我可惹不起。"

"还有你惹不起的姑娘呢？"

"他心爱的姑娘如今可是安元公主，他是皇上的妹妹的哥哥。"

夏初挠了挠脖子，想了想道："大人你再说一遍，我怎么觉得听不懂呢？"

蒋熙元想了一下："太复杂了，有时间当故事给你讲吧。"

天工坊门口，林钰抱臂倚在门框上笑吟吟地目送着蒋熙元和夏初走远，返身进了店里。晚镜从侧门掀了帘子走出来，往门口张望了一下："在笑什么？"

"刚才蒋熙元来了，我把董千寿的那个比翼鸟摆件卖给他了。"

"这么巧？"晚镜抿嘴笑了一下，"原本就是要卖给他的，这下倒省得往西京拿了，可见他跟这东西也是有缘。"

"还有一桩事。"林钰揽住晚镜的肩膀让她在茶桌前坐下，指了指桌上的两个杯子，“跟蒋熙元一起来的是个姓夏的公子。”

“夏？”晚镜侧头想了想，“不会是上次李檀说起的那个人吧？”

“不知道。不过巧得很，他也想买个贺礼送朋友新婚。”林钰挑了挑眉毛，“我把他挑中的东西送他了，是个葡萄紫玉坠子。回头留心一下。”

“刺探这事做什么？”晚镜瞟了他一眼，“如今我虽是公主，但他毕竟也是皇上。留心出结果了又如何？”

“好奇罢了。听戏文评书里，皇上微服出宫多是为女子，你这皇兄却是与一男子，以前苏绎……”林钰说到这儿猛地停了下来，看了晚镜一眼，“西京无聊而已。”

晚镜垂眸默然片刻，幽幽地道：“许是宫里更加无聊。每次我进宫的时候都觉得那地方森冷，设身处地地想想，觉得他纵然是一国之君却也孤单堪怜，早慧也罢，老成也罢，说到底还只是未及弱冠的少年而已。”

林钰摸了摸鼻子：“是我玩心太重。罢了，这事我不提就是了。”

晚镜沉默着点点头，给自己倒了一杯茶。她总觉得苏缜与张禾是有些相似的，同有一种在喧闹人群中也会跳脱出来的孤单色调。但苏缜可能要比张禾幸运许多，毕竟是要大婚了，但愿蒋熙元的妹妹是个解语知心的姑娘吧。

被太阳照得白花花的管阳城市集街道上，蒋熙元拎着他的摆件，夏初揣着她的坠子，两人吃罢了那所谓的“葫芦宴”，一路慢悠悠地晃荡着往衙门走。

“噱头。”夏初道，“我以为吃的是葫芦，结果只是把菜品放在瓢里。”

“葫芦上都雕着故事画，品菜、赏画看看风花雪月的故事，管阳城文人士子的一桩风雅事。你怎么这么大意见？”

“做菜就好好做菜，画画就好好画画，弄得吃也吃不尽兴，看也看不真切，文人士子真好哄。”夏初皱了皱鼻子，“再说，大人你就没有什么不好的联想吗？”

“什么联想？”

“什么东西用瓢喂啊！”

蒋熙元心里这个郁闷啊！这顿饭吃的，真冤。

他再次疑惑自己到底为什么会喜欢夏初，这个穷气、固执、牙尖嘴利的家伙，而且完全不解风情，什么精致的东西到了他那儿都要以实用价值去衡量。

书读得少，字写得丑，除了会破案根本就是一无是处。

“大人你嘟囔什么呢？”夏初捏了捏蒋熙元的胳膊，微仰着脸看着一脑门子阴云的蒋熙元，“偷偷骂我呢吧？”

“何必‘偷偷’骂你。”

夏初朗声笑了起来：“等葫芦长成的季节，我给大人你做顿真正的葫芦宴。”

“葫芦能吃？”蒋熙元转头看着她。

“当然。”夏初也看着他，“青葫芦去皮刨成丝，新鲜的时候可以拌馅蒸包子包饺子，晒干的葫芦丝蒸肉烩菜都很好吃。”

明晃晃的阳光下，夏初的眼睛和笑容都很生动，有一丝自得，仿佛在说一件特别了不起的事情，好像夏日里山野田边绽开的金露梅，生机勃勃得耀眼。

蒋熙元心跳错空一拍，笑了笑又转开了头。

回到衙门时午时还没过。夏初和蒋熙元气儿还没喘匀常青就回来了，走进来的时候步子迈得很大，衣袂翻飞，浑身上下写满了得意。

“大人！头儿！”常青举起手臂来大声地打了个招呼，三步并作两步进了屋。

“你怎么这么快就回来了？”夏初诧异道。

“嘿嘿。”常青坐在下手座上，喝了口茶道，“我就没去柳家堡。”

“什么意思？你没去？！你没去你……”

“别急别急。”常青摆摆手，“是这么回事。我跟管阳捕快到了梁城，先去了衙门，把刘县令的信笺一递，人家挺痛快地就遣了个捕快跟我们往柳家堡去。我路上就跟这俩捕快聊天，那俩人说最近京畿的衙门都在忙乎赈兴州旱灾的事。”他看了一眼蒋熙元，“就是大人您督办的事。”

“说你自己的事。”蒋熙元皱了皱眉头，“说重点。”

“是。那梁城捕快有点抱怨，说京畿今年也旱，入夏后还没下过雨，仓粮都给了兴州，要是今年京畿粮食也歉收了，倒不知道找哪儿来支援京畿了。”常青说到这儿就停了下来，看着夏初挑了挑眉毛。

夏初一下子没反应过来，愣了半晌后眼睛一亮，一打响指：“明白了！”

常青嘿嘿地笑，夏初也嘿嘿地笑。蒋熙元一头雾水地看着他俩，问夏初：“你明白什么了？”

“事情串上了。”夏初扶着桌子站起身来，“大人，我要回京！您跟我一起吗？一起的话我路上跟你细说。”

蒋熙元也站起来：“现在就走？你这脚还瘸着呢。”

“现在就走。”夏初回头冲他一笑，“要辆马车嘛，多大的事儿呢。”

刘县令听说蒋熙元要走，便准备了一辆马车，又找了个好的车把式。车上没塞什么贵重的礼物，而是放了不少管阳当地的土特产，核桃蜜枣之类的玩意儿。

这事儿办得就比较有心机了。蒋熙元不是寒窗十载考取功名上来的官，世家子弟，根本就不把钱放在眼里，说不好听的，你咬碎了牙花千两银子给他送个礼，人家可能还嫌你俗，搞不好还要质疑你的动机，闲着没事了再查查你财产的来路。

一车土特产，量大便宜不说，还显得送礼之人很实在。刘县令把蒋熙元一行送到了管阳城外五里亭，挥手看着马车走远，松了口气。

这车土特产讨没讨到蒋熙元的欢心不知道，但肯定讨到了夏初的欢心。从另一个角度讲，讨到了夏初的欢心也就等于讨到了蒋熙元的欢心。刘县令运气不错。

夏初遣了常青快马奔赴兴州。常青领命走了，她想问蒋熙元要不要自己骑马先回京城，因为她坐马车会比较慢。

蒋熙元当然不愿意："我带着贵重的玉石摆件，不能跑快马。"

夏初觉得也是，三百多两银子的东西啊！比她的房子还贵，小心点儿也是对的。夏初的骑术很差劲，所以她根本想象不出骑术好是什么意思。

莫说带着个包装好的玉石摆件快马回京，就是让蒋熙元托着一碗汤快马跑回去，到西京也不会洒出来，最多是凉了。

离开管阳城十几里后，蒋熙元便以要听她说案子为借口，坐进了马车里。他的白马在车后面跟着，孤零零地很不开心。

夏初出发前刚给脚换过药，车里便也有一些苦苦的药味。蒋熙元打开袋子找了找，拿出一包蜜枣来放在夏初手里，夏初捏了一颗放在嘴里，笑道："我是脚上的药，嘴里又不苦。要不我塞靴子里几颗算了。"

蒋熙元嫌弃地撇嘴："说得真恶心。"

"这不就说说嘛，大人你别想象就好了。"夏初耸耸肩，"回京以后不抹这个药了，味道难闻而且还黏腻腻的，袜子都脏了。"

"管阳城小医馆的药哪里能跟我给你的那罐比？啧啧，我看你下次还是随身带着吧，你保不齐什么时候就伤了。"

夏初垂眸笑而不语，又吃了一颗蜜枣。

蒋熙元又找出了一袋子核桃，还有食盒里的几块管阳特色糕饼，往夏初面前一放："边吃边说。"

"说什么？"夏初愣了一下，"哦，案子是吧。"

她坐直了身子，清了清嗓子开口说道："在排查过喻家二位少爷的嫌疑后，我们就开始怀疑喻温平。"

“从得知曹雪莲怀有身孕的时候就应该怀疑喻温平了。”

“哎，这话现在就不要说了嘛。”夏初不以为意地道，“当时嫌疑人那么多，他一来没有作案时间，二来当时人不在西京，我那时候就算怀疑他也没什么意义。而且就算是后来，也还是有几个问题解释不清的。”

“什么问题？”

“假设他是因为曹雪莲红杏出墙愤而杀人，那么他到底是什么时候知道的？如果是之前知道的，那为什么之前不杀？总不会冷静了几天后自己越想越气，再愤而杀人的。如果他是当时在广济堂知道的，那他为什么会在广济堂？他原本是去兴州收药去的，对吧？”

蒋熙元听完点了点头：“那现在明显是第二点有了解释。他在福来客栈花大价钱买了铁皮石斛，加上兴州闹旱药价看涨，所以他回广济堂拿钱去了。”

“嗯，问完福来客栈唐掌柜之后，他回广济堂的理由就有了解释，是成立的。但他究竟有没有回广济堂却是另一回事，有理由不等于就做过。”夏初狡黠地笑了一笑，停下来拿出一个核桃，四处看了一圈，抄起车上的一把小凳就要砸。

蒋熙元躲了一下，伸手拉住她的腕子：“你太吓人了，给我。”

夏初把凳子递给他，蒋熙元啧了一声：“核桃！”

夏初又把核桃递给他，他却没松开夏初的腕子，手里捏了捏，撩开一点她的束袖：“这是个什么东西？”

“绳子。”夏初把手抽回来，又把袖子盖上了。

“为什么系个绳子在手上？我瞧瞧。”蒋熙元还要再看，夏初却躲了躲，道：“有什么好看的，又不是稀罕的东西，我就是戴着保平安的。”

“噢，那看来不怎么管用啊。回头还是再去寺庙道观求一个的好，省得你一天到晚伤这儿伤那儿的。”蒋熙元恶劣地笑了一下，接过夏初递来的核桃，放在手里用拇指一捏，核桃应声而裂。

“嚯！”夏初盯着他手里的核桃，愣了片刻，自己又拿了一个出来放在手中，铆足了力气捏下去，脸都憋红了，可核桃还是那个圆滚滚的核桃。蒋熙元大笑，又拿了过去，咔的一声，又碎了。

他把两只核桃放进夏初手里，指了指桌上的糕点：“要不你捏那个试试？”

夏初白他一眼：“大人你那是九阴白骨爪吗？头骨捏不捏得碎？”

“没捏过。九阴白骨爪是个什么东西？听着好像什么邪门的武功。”

“差不多吧。我从杂书里看到的，估计是瞎编乱造的。”夏初挑拣着手里的核桃肉一边吃一边说道，“但捏碎核桃也挺厉害的了，大人你功夫真好！”

“核桃本就有缝，好捏。”蒋熙元听了夏初的话，也不知道是不是应该高兴，他自小习武，一身功夫却因为捏核桃被夏初仰视，感受有点复杂，“刚才说到哪儿了？”

“什么东西？”

“案子。”

“噢噢，刚才说喻温平回广济堂的理由有了，但还得确认他有没有回去。常青没有去柳家堡，就算去了很可能也问不出什么。如果我是喻温平，回了广济堂杀了人再回来，肯定会嘱咐伙计不要说他离开过。他的伙计在他手下讨生活，饭碗自然是最重要的。而且伙计的话，哪有他自己所说的来得有力？”

“喻温平说过什么？”

“那天在百草庄，许陆问他从管阳城到柳家堡为什么走了那么久，他先说那天下雨，后又解释说他们原本就要在柳家堡落脚。”

蒋熙元这才笑了笑：“合着就是这么个关节，你比常青还能卖关子。这喻温平也算是百密一疏吧。”

“谈不上密，他就是想当然了。”夏初想了想对蒋熙元笑道，“大人，我觉得遇见你特别幸运。”

蒋熙元听了，心脏又开始不受控制地突突跳，很激动却又不想表露出来，故作淡定地弯唇一笑：“遇见我当然是你的幸运。”

“原本我也是想当然了。四月初一时西京那么大的雨，京畿这边离着也不算远，所以那天下雨也很正常，我们谁都没觉得这点可疑。倘若这次我没有崴到脚，肯定就跟常青住在城外驿站了，也就不会碰见大人您，那么也就不会有刘县令发信笺让梁城捕快协查了，那自然也就没有现在的结果。”

“哦……这么个幸运啊。”蒋熙元哭笑不得地暗暗叹了口气，感觉心灵有点受伤。

“也就是常青嘴碎爱跟人聊天，要不然梁城捕快也不会说出没下雨的事来。这里面好大的运气成分，蒋大人你就是命好，没说的！”

“不用客气了，我也不是故意要如此的……”蒋熙元幽幽地道，默默地转过了头去，自己安抚自己的心绪。

他还命好呢？他都喜欢上男人了他还命好？要是对夏初的这种感觉始终过不去，他的命简直惨透了。

他蒋熙元自诩风流倜傥，拈花惹草无往不利，红颜芳心手到擒来，难道就此就栽在了这么一个家伙手里？为他牵挂，为他叹息，为他的一颦一笑一言一语而心潮起伏？说出去要笑死人了。

他脑子里浮现出了九湘的脸，绢扇半掩面，咯咯地笑着："大人，您这怎么是好啊？您说您这样一来，可让那些为您心伤的姑娘情何以堪呢？合着不是姑娘不香不软，原来您是偏爱分桃的滋味呀，呵呵呵。"

"少爷您可不能这样。您要是好男风，去个知意楼，调戏小厮书童什么的也就算了。夏初怎么说也是您的下属，您可不能把府衙当成自己的后院啊！回头再让别人误会我跟您的关系……"刘起大概会这么说。

至于夏初，他估计要跟自己打一架吧："大人你不是说你不是断袖吗？还自恋自大地嘱咐我不能喜欢你，你现在什么意思？耍我呢？好玩是吗？走开！"

蒋熙元哀叹了一声，歪头靠在车壁上："怎么办啊……"

"什么怎么办？"夏初正吃着核桃，听见蒋熙元说了这么一句不禁问道。

"什么什么怎么办？！"蒋熙元一惊，回过神来慌张地看着夏初，"什么？"

夏初莫名其妙地道："大人你说的'怎么办啊'，我哪知道什么怎么办？"

"你怎么听见的？！"

夏初跟看神经病似的看着他："你说的呀，我还能怎么听见的？"

"我说出来了？！"

夏初点点头。

"我还说什么别的没有？"蒋熙元紧张地问道。

夏初失笑，上上下下地打量着他，眉毛一挑，凑近他一点儿道："大人，你在想什么呢？你还有什么要说没说的吗？说出来听听吧。"

蒋熙元心跳得连手都快要抖起来了，他喉头一动，咽了口唾沫："你……还吃核桃吗？"

夏初他们是下午出发的，擦黑时只走到了双陇镇，离西京还有三四个时辰的路程。双陇镇处在京畿通往西京的官道上，常日里来往的商贾走卒很多，所以镇子不算小，客栈也多。车夫驾轻就熟地找了一家客栈，停了车。

蒋熙元站在客栈门口仰头看了一眼，店小二便跑出来招呼了。蒋熙元把夏初扶下马车后先进店里看了看，轻轻皱了下眉头。他还没开口，夏初就进来了，张口问道："这多少钱一晚上？"

"上房五两银子一晚上，普通单间二两，四人间是五钱银子。我们这儿没有通铺，前面巷子左转……”

夏初指了指蒋熙元，对小二说：“我们这位爷像是要住通铺的吗？”

“那自然不是。”小二搓了搓手，“小的眼拙，顺嘴就出来了，您别见怪。”

“不好。”蒋熙元看了一圈儿摇摇头，“双陇镇最好的客栈在哪儿？”

“我们这儿就是啊！”小二拔高了点声音道，“我们这儿还有天字号房呢！在后院，总共三间，都是带花厅的呢。院是独立的，饭堂都跟前楼分着，十五两一间。”

“天字号房现在有人住吗？”蒋熙元问道。小二摇了摇头：“都空着呢。”

“那三间我都要了。带路吧。”

“哎，哎哟，行嘞！您这边请！”小二的眼睛都放光了，躬身引着他们就往后面走。夏初跳着脚追到蒋熙元身边，低声问道：“大人，你包三间干什么？”

“有外人看着烦。再者，这儿的客栈住的都是赶路行商的，明儿天不亮就得闹哄哄地起身赶路，我睡不好。”

“我出门办差可没有十五两一晚上的房钱预算，回去账房不给报的。”夏初揪着他的袖子，“一天才给报一两，你这么有钱，怎么府衙那么抠门？”

“府衙又不是我开的，跟我有什么关系。这该报多少钱也不是我定的，朝廷都有规定。有我在你操心房钱干什么？”蒋熙元回头对她道，“要是这次出来碰不上我，你是不是就打算住通铺去了？”

“那倒不至于。昨天住在府衙省了一天的钱，估计我会住个单间吧。哦，也不是，我可能会找个便宜的客栈住个单间。”

“你还真准备卡着一两银子花？”蒋熙元哼笑了一声，“衙门的人出来办差亮一亮身份，住一宿吃一顿都是小事，不讹点走的就算厚道的了。你倒挺实在。”

夏初听完瞟了他一眼：“这样的事大人知道，不管的吗？那岂不是不作为？”

“你不用这么嫉恶如仇，下面自有他们自己平衡的办法。你看着一根杈子碍眼想砍了，可砍了这根指不定会塌掉哪里，到时可能更难收拾。千百年一朝一代都是如此下来的，除非全部塌掉重建，否则还不如不动。”他回头看了看夏初，“你不同意？”

“不知道，我没在大人那个高度，也想不了大人那么多。但我觉得错的就是错的，找出一万个不得已的理由，它终归还是错的。”

蒋熙元宽容地笑了一下：“你总得允许这世上有错误的东西存在，而且它必然是要存在的。只不过两害相权，有时取其轻，有时取其不得已。”

夏初不是太懂，所以暂时也反驳不出什么来，低头不说话了。

小二在一处院门前停下，把门推开："二位，就是这儿了。这离前楼后厨都有点儿距离，所以清静得很。"他带两人进了院子，把几间屋子的门都打开来给他们看，又都点上了灯。

夏初没住过客栈，觉得还挺不错的。三间客房围合成个院子，院里有花圃凉凳大鱼缸。房间里没有什么怪味儿，床铺家具都是硬木雕花的，被褥看上去干净得让人很放心。蒋熙元的目光则很挑剔，粗略地扫了扫也就觉得还算能住。

"送两桶洗澡水过来，再备桌上等菜席，不要太油腻，茶要好一些的。"蒋熙元对小二吩咐道。

小二点头，又告诉他们院门边有根系绳，拽一下楼面那边就能听见，会过来人伺候，说完便下去了，过了没一会儿热水就送到了二人的屋里。

"你的脚怎么样？"蒋熙元一指夏初的脚，"能洗澡吗？用不用我帮你？"

夏初被吓了一跳，一边往后退一边拼命地摆手："大人你开什么玩笑！"

蒋熙元莫名其妙："干什么反应这么大？"

夏初干笑了两声，她忘了自己是男的了，忙清了清嗓子道："怎么说你也是个朝廷三品大员，帮我洗澡算怎么回事？"

蒋熙元联想了一下，心里说不上哪里别扭，于是撇了下嘴道："谁要帮你洗澡了，我是怕你爬不进浴桶去。"说完扭头就走，"自己小心点儿。"

进了屋，蒋熙元脱了衣裳散开头发，把自己泡进桶里，手臂架在桶的边缘上，侧耳听了听夏初那边的动静，什么声儿都没有。

他呼了口气，想着刚才夏初说洗澡的事，心里头就觉得怪怪的。这个怪不是因为夏初，而是因为自己。

好像……他也没什么兴趣看夏初的身体似的。相反的，想象一下俩男人赤裸相对，他还觉得挺不舒服。可他不是断袖了吗？

断袖的、好男风的都干什么？蒋熙元当然不会认为是俩男人坐在一起，从诗词歌赋聊到人生哲学。既然如此，他怎么没兴趣呢？怎么他断袖断得这么高尚？

他低头看了一眼水中的自己，还是觉得很别扭。这到底断袖了还是没断？是误会自己了？可要说是误会，那些让人眩晕的心跳又是怎么回事？

难道是胸痹症的前兆不成？

蒋熙元想不明白，各种问题堆积在一起让他的心情格外地复杂，觉得回京城后可能有必要往知意楼走一趟，做个确认才好。不然，就只能去医馆请个脉了，别年纪轻轻就暴毙了。

夏初那边再三确认门已经闩好后才敢脱衣裳，解了裹胸的布，狠狠地喘了口气。她搬了个椅子又找了个凳子给自己做了个台阶，小心翼翼地爬进了桶里。

昨天跑了一天的马，紧张出一身的汗来，晚上直接就睡了，今天又是赶路，她觉得自己都要臭了，泡进水里才觉得松快了不少。

等洗完爬出来的时候已经浑身松软，肚子也饿得狂叫。她拿出干净的裹胸布，又看了看自己，思忖着是不是不裹也看不出来，犹豫再三，还是给自己勒上了。

为什么胸部不再平一些呢？夏初一边缠着布条一边想，想着想着觉得好生悲哀。已经无料成这样了还要嫌大，她也算是女中豪杰了吧。

从房里出去时天又暗了不少，夜晚的凉风将起，白日的热气未散，半冷半热的空气好像泾渭分明，体感十分奇特。此时院里已经点上了院灯，说亮不亮，说黑也不黑，感觉上很像入夜时准备营业的露天酒吧。

蒋熙元已经坐在了院子里，换了一身料子轻软的酒红色广袖长衫，没有束腰带，手支在桌子上撑脸颊露出半截胳膊来，半阖着眼睛不知道在想什么，挺出神的样子。头发披散着，丝丝缕缕地落在肩膀上，整个人看上去慵懒随意，十分舒服。

夏初看着，莞尔一笑，觉得这样的蒋熙元真的是很有欺骗性，若是不知道他幼稚本性的女人，恐怕此刻他眼皮一抬，浅浅一笑，魂儿就要被他勾飞了。

不得不承认，蒋熙元安安静静的时候，气质真好。

夏初以前不太喜欢有钱人，她倒不是仇富，主要是那些有钱人都太想让别人知道他们有钱了。但她不讨厌蒋熙元有钱，并不是因为她借了人家的钱就手短，主要是他花钱花得太浑然天成了，好像做再土豪的事儿也没有烟火气。

原来所谓贵族跟有钱人完全是两种概念。世家子弟的气质是装不出来的，那是优渥生活和大把金银多年浇灌而成的没心没肺。

而苏缜呢？夏初情不自禁地就想到了他，她觉得苏缜跟蒋熙元好像又不一样，但具体哪儿不一样她又说不出来。

蒋熙元抬起眼来看着夏初："怎么还穿着脏衣服，不嫌臭啊？"

一句话，朦胧的美感顷刻间荡然无存，就像一首巴萨诺瓦的曲子忽然切换到了最炫民族风。夏初瞥他一眼，走过去："中衣换了，外衣我就带了这一件。才穿了第二天，哪就至于臭了？"

桌上的饭菜已经摆好了，夏初在桌前坐下，二话不说拿起筷子吃了起来。蒋熙元这才端起碗来，偷偷摸摸地打量着夏初的身材，皱了下眉头。

吃饭的时候闲聊，蒋熙元问起夏初为什么会买个葡萄的坠子送人，是不是有什么特殊的含义。

“葡萄嘛，兴旺绵延，多子多福。也没什么特殊的含义。”夏初吃着饭，头也不抬地说道，“等大人你成亲的时候，我也送……”

“也送葡萄？”蒋熙元笑道，“你不会送我一串真葡萄打发我吧？”

夏初看了他一眼，抿嘴笑着摇了摇头：“不送葡萄。大人你要成亲的话记得早点儿告诉我，我好有时间攒钱准备礼物。”

“我没说要成亲。”

“那得了，我这礼物就省了，谢大人体谅我。”

“下月初二我的生辰。”蒋熙元往前凑了凑，盯着她，“你要送我什么？”

“真的假的？下月初二？”夏初侧头想了一下，咧嘴笑得一口白牙，“别说，还真挺像的。”

“什么意思？像什么？”蒋熙元有点警惕地问，觉得夏初这样一笑就没什么好话。

“没什么。”五月初的生辰要是换成西元历很可能是双子座，别说，蒋熙元这性格好像还真有点双子的意思。夏初暗笑了一声，“我家乡那儿有种说法，说五月初生辰的男人风流花心。”

“哪儿来的这么一说？！”蒋熙元嘴角抽了抽，心说果然不是好话，“五月初生辰的男人花心，那四月初十的呢？你家乡那儿怎么说？”

“抠门儿。”

嗯，这样说来好像倒是对的。蒋熙元赞同地点了点头。

吃罢晚饭，蒋熙元和夏初又有一搭无一搭地斗了会儿嘴，天色暗露水重，院里也不好再坐了，便各自回屋休息去。

躺在床上，夏初把那块葡萄玉坠子又拿了出来，手指划着雕刻的线条轻轻摩挲。光线暗淡时，这葡萄颜色深得好似又熟透了几分。

蒋熙元给这坠子估价五到八两银子，因为这块紫玉里有一条裂绺，虽然工匠处理得巧妙，不仔细看也看不太出来，但还是会影响价格。

但她不在意，她相信苏缜也不会在意。

她轻轻地叹口气，把坠子仔细地放回到锦袋中，妥帖地收进包袱。她还没送给过苏缜东西，想不到第一份礼物就是新婚的贺礼了。

这叫什么？恨不相逢未嫁时？夏初想想觉得不对，她现在也没嫁。或者应该叫恨不相逢女儿身？事业与感情不可兼得？又好像都不对。

想来想去也是无从安放，那缓缓的温暖，那一点儿的悸动与暧昧，那样悄然流淌在心间的美好。若有矫情的文字描述，大概就是：一切未曾开始就已经结束了，我与你的感情只存在于自己搭建的想象中，仿若清晨荷尖上的一滴露水，阳光升起时只得一刻的光芒，便再也无处寻觅。

好酸。夏初抿嘴笑了一下，翻了个身把脸埋在枕头里，轻轻地念了一声：黄真。

她还从来没叫过他的名字呢，或许下次见面可以叫一声试试。

胡思乱想着就这样睡着了，再睁眼已是晨光微露，窗纸泛白，惆怅入眠竟然也是一夜无梦。夏初觉得自己心还是挺大的。

吃罢了早饭后去结房钱，店小二告知钱已经由管阳衙门的那个车夫给结了。夏初觉得很不合适，蒋熙元倒没说什么，拉着她上路了。

彼时，苏缜正沉默地坐在御书房的软榻上，意兴阑珊地听着礼部尚书唱单，一样样地念着准备要送去蒋府的纳采礼。

这些都是有制可循的东西，大抵几样的变动礼部也不会弄出什么大的错处来。相比此，苏缜倒是更想知道夏初何时回来，他说要给自己带的礼物会是什么。

他很期待，期待之后又强令自己不要去期待。

从他意识到自己的情绪被夏初所左右，他就知道自己犯错了，所以他不能再继续放任自己错下去。

当年苏绎爱上一个男人，为他倾注痴情，落得身败名裂。苏缜那时不理解，此时也不理解，觉得苏绎仅凭此一项便不会是个好皇帝。皇帝，就应该像自己的父皇那样，只喜而不爱，对人对物皆应如此。

他要做个好皇帝，就不该被任何人左右了情感，那是件危险的事情。

他觉得忘却是可以很容易的。男人也好女人也好，友情也罢爱情也罢，都不过是日久而生情，相离则情淡。左不过就是回到初时不曾相见而已，回到宫中无趣又刻板的生活罢了。反正这么多年他已经习惯了。

他不信自己会被感情所牵绊，不信会成为苏绎那样的痴情人，他真的不信。

苏缜垂眸浅淡地笑了一下，一点儿自嘲，一点儿不屑。对夏初，不管那是什么样的情感，都该到此为止。所谓亡羊补牢，为时未晚。

“皇上，纳采之物如此可妥当？”礼部尚书阖上礼单，小心翼翼地问道。

“嗯？”苏缜这才回过神来，随意地点点头，“依此准备就是。”

“是。”礼部尚书松快地笑了笑，又拿出另外一份单子来，“还有这纳征之物的清单，臣……”

苏缜微微地蹙了下眉头，摆摆手：“朕乏了。一切按制即可，你看着办吧。”

礼部尚书躬身应下，不敢再多言，他抬眼看了看安良，安良上前把他手里的两份单子接了过来放在一旁的榻桌上，礼部尚书便拱手告退了。

礼部尚书离开后，苏缜出神地看着榻桌上的两本清单，御书房里静默得连熏炉的轻烟都几乎带出了声响。片刻后，苏缜忽然站起身来往外走，安良一怔，急忙跟上：“皇上，您是要出宫吗？”

苏缜脚下一顿，似笑非笑地回头看他，把安良看得险些一个激灵，不知道自己是不是说错话了，支吾道：“奴才觉得今天天儿不错……”

“还有呢？”苏缜云淡风轻般问道。

安良可不会觉得苏缜真的是云淡风轻，他咽了咽唾沫，摇摇头：“没……没有了，就是……天儿，不错。”

“嗯。”苏缜负手深吸了一口气，想了想道，“天儿是不错，去安排一下，朕要练练拳脚。”说罢快步往外走，大步流星，走得衣袂翻飞。

安良赶忙应下来，跟着苏缜一溜小跑出了御书房，出门去四下张望也没能寻见闵风的身影，不禁暗暗叫苦。

这两天他觉得苏缜不太对劲，好像精力特别旺盛，除了埋头批折子就是找大臣议事，空闲的时候便去找御卫练拳脚，那个打法在他看来多少有点寻衅滋事的感觉。非等累到不行了才回寝宫，倒头便睡。

其实也说不上不好，可就是感觉不对。安良看着苏缜挺拔的背影，抹了一把脖子上的汗。心说，这日子过的，太他妈紧张了！

第十七章 心有千千结

近晌午时，蒋熙元和夏初进西京城直奔了府衙，车停下后，夏初先一步钻了出来，跳着脚一跛一跛地。蒋熙元在她之后下来，看着她的模样暗暗发笑。

夏初进了捕快房，屋里只有王槐和裘财在："许陆呢？"她问道。

"城东有个伤人的案子，许哥带人过去了。有啥吩咐您跟我说，我去办。"裘财起身说道，目光扫过夏初的脚踝，"头儿，你脚又怎么了？"

夏初摆了摆手："我脚没事。这样，裘财你现在就去百草庄把喻温平带来。"

"怎么？案子破了？"裘财上前一步问道，声音大得夏初直皱眉头。

"你小点儿声说话，早晚让你给震聋了。"夏初掏了下耳朵，"有进展，你先把人带来，还要审。"

"行！"裘财利落地应下，转身就要走，王槐从旁边过来一把拽住了裘财，转头对夏初道："头儿，你是不打算再用我了吗？"

夏初眨眨眼："这是哪里的话？"她看王槐脸色微微有些涨红，神色似怒似哭，十分复杂，这才想起之前的事来，于是转而笑道，"大老爷们的，一点儿小事哪至于这么憋屈？我最近忙得没顾上找你，没有别的意思。你也别多想，好好做事、查案就是了。"

"那我……"

"跟裘财一起去百草庄带人过来吧。"夏初轻拍了

王槐肩膀一下，给了他一个鼓励的笑容，“带人就是，尽量少惊动无关的人。”

王槐与裘财一起出了门去套车，裘财见王槐脸色仍是闷闷的，便宽慰道：“我说，你这真不至于的，头儿不是那种给人小鞋穿的人，想太多了你。”

王槐把马牵过来递给裘财，依旧沉着脸，硬邦邦地道：“把车套上。”

裘财也有点不高兴，没接缰绳：“你给我甩脸色干什么？我又没得罪你。你不高人一等我不低你一头，你这命令谁呢？”

王槐冷笑道：“你不低人一等？这两天许陆让你干什么你不屁颠颠地就去了？从前我混得得脸的时候让你套个车，你也有这么多话？”

裘财也恼了：“尿货！就他妈跟我这儿强横，刚才在头儿面前你怎么连个屁都不放！你还得脸？”他哼了一声，“别说头儿了，你就是有许陆一半的能耐，我他妈都甘心叫你一声爷。”他啐了一声，心里惦记着夏初交代的事儿，也不想在府衙里把事儿闹得难看，便缓了缓情绪，劈手夺过王槐手里的缰绳把车套上了。

王槐心里憋屈得很，恨得直咬牙。他一直是瞧不上裘财的，可今天夏初一进门直接就找裘财，完全当他不存在。搁以前，总归是他出门办事带上个谁，今儿夏初说的却是让他跟着裘财。

“你上不上车！”裘财吼了一声。王槐运了口气，跳上车钻进车厢里不再言语。

王槐心里过不去的事，其实在夏初那里压根儿没当回事。要不是王槐说起来，夏初都要把之前他与许陆的那点儿龃龉给忘了。她之所以让裘财去带喻温平，完全是因为裘财之前去过百草庄，也是他从兴州带喻温平回来的，相对熟悉一点儿罢了。

此时夏初坐在捕快房里拿着把蒲扇扇风，哪里知道王槐的心情。

蒋熙元推门进来，看见夏初手里的蒲扇后愣了一下：“你怎么用蒲扇？”

夏初手里一顿，莫名其妙地看了一眼蒲扇：“扇风不用蒲扇用什么？刀啊？”

“我送你的扇子呢？”蒋熙元一边说一边往里走，直奔放卷宗的柜子。夏初跟着他的背影转头过去，问道：“什么扇子？”

蒋熙元把柜门一打开，就看见那只锦盒歪躺在柜子的灰暗角落里，一副明珠蒙尘的委屈样。他有点发呆地看着盒子，忽然觉得自己就跟这礼物一样委屈。

夏初好奇地凑过来，顺着他的目光看过去，也看见了那个盒子，不禁笑道：“这盒子是大人你的吧？我还说是谁的东西呢，这么精致的东西一看就不是捕快的。”她猛摇了几下大蒲扇，“放在这儿也不怕丢了，赶紧收好吧。”

“夏初！”蒋熙元咬牙切齿地瞪着她道，“你就没打开看看？你就不好奇这是个什么东西？你平时那点机灵都抖到哪儿去了？”

夏初觉得蒋熙元这股子邪火来路不明，便有丝不悦地打量了他几眼：“有话好好说，我又没得罪你。又不是我的东西，我不打开还有错了？再说，我机灵不机灵跟这有什么关系，我抖在哪儿又碍着大人你什么事了？”

蒋熙元被她给气着了，倒不是气她跟自己抬杠，而是气她这么理直气壮地就把自己的心意给辜负了。他把盒子掏出来，砰的一声拍在桌子上：“打开！”

夏初被蒋熙元的举动吓得一愣，看看盒子又看看他，冷着脸往椅子上一坐，摇着蒲扇道：“就不！”

夏初这个人基本上属于顺毛驴，吃软不吃硬。蒋熙元这个人比夏初的毛还顺，更是吃软不吃硬。

那可怜的生日礼物被拍在桌上，无奈地等待着去承受自己不可预知的命运。蒋熙元写了一脸的不高兴，阴云密布地看着夏初，夏初梗着脖子看着另一边，一把蒲扇摇得呼呼作响。

“打开！”

“不开！”夏初瞟他一眼，“大人，你说出个道理来！”

“你要什么道理？”蒋熙元叉起双臂俯视着夏初，“我是你上司，让你打开你就打开，这就是道理。”

夏初把蒲扇往桌上一扔：“又来了！一有什么事就摆出上司的身份压我。你是我的上司不是我的少爷，我是你的下属不是你的奴仆。这盒子里是什么东西？是证物吗？要是证物我就开，公事上说一不二。不客气地说，出了府衙的大门我喊你一声大人，那是我心存敬意，可你不能什么事都摆身份强令我执行。这就是道理！”

“行行行。”蒋熙元被她给气得冷笑连连，“倒是谁在管阳城的时候说要对我好一些的？原来出了这府衙大门，你恨不得认都不认识我。嗯？”

“大人你这是偷换概念，是欲加之罪。”夏初清了清嗓子，耐下性子说道，“理想的同事关系难道不是上班时责任分明，下班后挽手逛街吗？但这得建立在互相尊重的基础上，而尊重是双方面的，你尊重我，我当然也会尊重你。对不对？”

“挽手逛街？什么玩意儿？”蒋熙元撇了撇嘴。

“就是这个意思，这不重要。大人你刚才一进门劈头盖脸就是一顿吆喝，为什么？我要是有错你就说，我要是没错那就是你错。盒子开不开根本不重要，但是道理咱们要先说清楚。”

盒子开不开不重要？蒋熙元的心已经在暴走了。他精心准备的礼物，虽然送的方式蹩脚了一些，但心意总是真诚的。亏得这几天他在京兆郡还时不时地猜测夏初会不会喜欢呢！

合着人家根本就没看。没看不说，还把礼物扔在角落里，现在让他打开，他竟然还要跟自己讲道理，还说不重要！

蒋熙元简直沮丧到了极点。

表错情！用错心！夏初这个没心没肺的东西！

蒋熙元心口起伏，脑子被情绪顶得一阵阵地发蒙，勉强地压制住内心的狂躁，缓缓地沉声说道：“我不想跟你讲道理，我就希望你把它打开。”

“我说了，这不重要啊。打开一个盒子……”夏初话还没说完，蒋熙元猛地上前推住了她的肩膀，把她推抵在了墙上。

肩胛骨撞在墙面，倒是不疼，不过夏初被吓了一跳，心里的火腾地就上来了。她昂起头，可看见蒋熙元的神情后，想要冲口而出的话却哽在了喉咙里，愣没说出来。

蒋熙元的眼神有些复杂，目光直逼进她眼中，眸子好像被火灼热的黑色宝石，莫名地就觉得有温度，烧得夏初的脸直发烫。

按她惯常的性格来说，这时候她应该会飞起一脚把蒋熙元踹开，大不了再打一架，等气氛冷静了再跟他把相互尊重、人与人是平等的这类概念灌输一下。

可现在看着蒋熙元的目光，夏初竟然有点不知道如何是好，因为她看不明白，这不像是愤怒却又比愤怒火力更甚的眼神，究竟是怎么了。她有点紧张地舔了舔嘴唇：“大人你……”

蒋熙元脑子里轰的一声，就觉得一股热血直冲上头顶，排山倒海似的覆盖住了自己的理智，几乎窒息。这一刻他好想吻上去，想让所有一切都去他妈的算了！

如同驾着一叶舟，不顾一切后果地要撞上礁石，听一声回响，受一刻震颤，就此沉入海中换取一刻的痛快，哪怕结果是溺死也不管了。

蒋熙元往前探了半寸的距离，却终于还是倾尽全力，用最后一丝的理智拽住了冲动，硬生生地转过头去，往后退了一步。这才喘出了一口气来。

这感觉实在是让人恐惧。蒋熙元怕自己再崩溃，索性不看夏初，低头垂手地站在桌边平息自己心口的叫嚣。

夏初活动了一下肩膀，想了想，道："行吧，大人我也不跟你辩论了。可能是旅途劳顿你心情也不太好，我一时逞口舌之快。一点儿小事，真没必要。"

口舌之快……

蒋熙元脑子又是一晕，眼前全是刚才夏初看着他时的表情，还有舌尖滑过嘴唇的画面，弄得他连个"口舌之快"都要想歪了去。

夏初干笑了两声："我打开就是了。大人你有大量，就别生气了。"说罢，她便伸手去拿那锦盒，可还不等她的手碰到盒子，蒋熙元却先她一步将盒子抽走了。

夏初手空空的，抬头看他，哄小孩似的说道："好了，我道歉。上司就是上司还不行吗？以后您指哪儿我打哪儿，好不好？"她凑近一步，探过头歪着脑袋去看蒋熙元的表情，"别生气了。咱们不是经常这么唇枪舌剑的吗？"

唇枪舌剑……

蒋熙元心神又是一荡，别开了头去不敢看着夏初。

"到底还要不要打开？"夏初挪了一步，再次出现在蒋熙元的视野里。蒋熙元摸了摸鼻子，他自己也很纠结。

送个礼物送到这样的地步，这还怎么往下送，送出去了要说什么？太尴尬了。

"不用了。"蒋熙元浅浅地叹口气，把盒子拿在了身后，"也没什么重要的，谁让你非跟我杠上了呢？"

"怎么是我……"夏初刚说出口，又马上摊了摊手，"好吧。那大人我请你吃包子去吧，算我惹你生气的赔礼，行不？"

"我没生气。"

"还没生气呢？"夏初夸张地揉了揉肩膀，笑道，"凶得啊，简直是想把我生吞活剥了似的。"

生吞活剥……

蒋熙元又情不自禁地产生了联想，心里随即就是一声哀号。这可要了命了！这还让不让人活了！

"行了！你你你，你别说了。"蒋熙元神色慌乱地说道，话音还没落下，人已经逃似的快步离开了捕快房。

"大人！还吃不吃包子啊！"夏初追出门去喊他。蒋熙元瞧着轻功是不错，眨眼的工夫就跑得看不见人影了。

夏初看着蒋熙元消失的方向耸了耸肩："怎么了吗这是？"她走回屋里重新

坐下来，拿起蒲扇扇风，觉得好像漏了点什么事儿似的。

刚才到底是因为什么跟蒋熙元呛起来的？

她正想往回倒一倒事情的经过，许陆推门进来了，看见夏初后愣了一下："头儿，什么时候回来的？"

"刚刚才回来。听裘财说你去城南办案子了？"

"嗯，报案的说是被人伤了，查了一下其实是起口角打了一架，他打不过人家就来报案，想讹点钱。错虽不在对方，但出手的确是狠了点儿，我让那方出了些医药费。平了。"许陆简单地说了说，又笑道，"头儿，这才三四天的工夫就回来了。看来管阳郡那边有收获？"

"嗯。我让裘财和王槐去百草庄拿人了。"

"是喻温平？"

夏初点点头，不等许陆再问什么便站起身来："吃饭去，边吃边说。等吃完了饭喻温平大概也就带回来了，下午跟我一起审审。"

许陆揉了下鼻子，思忖了一下道："我下午还得去处理点别的事，恐怕没空。"

"那算了。"夏初随口应道，但回头看许陆的表情又感觉不是太对劲，便追问道，"要是真有案子你就去忙你的，但要是有什么别的事儿，许陆，你可得跟我说。"

"没什么。"许陆犹豫了一下道，"既然是王槐去百草庄拿人，头儿你就带着他审吧。我跟他之前结的疙瘩还没解开，没必要非这会儿让他吃心。"

"他吃什么心？"夏初讶然。

许陆苦笑地摆摆手："没事，过一阵儿也就好了。走吧，再晚就抢不上饭了。"

夏初还是想问许陆，可许陆说什么都不肯再详谈了，只是说王槐这人心重，让夏初别太针对他。夏初深感无奈，她确实没有半分针对王槐的意思，连许陆都这么说，可见她做得到底有多差劲了。

一顿饭吃得相当沉闷，夏初觉得搞人事工作真难！大有死人好查活人难缠的意思。

下午许陆果然是外出了，未时刚过，喻温平就被带到了府衙。

夏初看见他的时候惊讶了一下，这喻温平也不知道是病情加重还是意识到了什么，脸色白里透黄，嘴唇干巴巴的，破着皮，眼白里尽是血丝，眼下乌青一片，看上去苍老而颓废。

“夏捕头。”喻温平缓慢地拱了拱手，虽中气虚弱不堪却仍没有失了礼，甚至还勉强地堆出了一个笑容来。

夏初也勉强地笑了笑，心里竟泛出一丝同情：“喻东家这身体还没好利索？”

喻温平轻笑了一声，没有说话，也不知道是个什么意思。

夏初让王槐和裘财把喻温平先带去班房，自己则跑去找蒋熙元，问问他要不要来一起听听案子。

夏初到了蒋熙元的书房敲了半天的门也没动静，路过的府衙杂役见了，说蒋熙元半个多时辰前就出门了。夏初一听也只得作罢，心里倒是有点不太踏实，一路往班房走一路进行了深刻的自我批评。

细想蒋熙元对自己是相当不错的，领导做到这个份儿上跟妇联主任也是有一拼了，从生活到心情关心得很全面。夏初反观自己，的确是差了一些。

可是……

她仰头看了看天，浅蹙眉头。客观上她应该做出调整，对蒋熙元要尊重礼让，那是个恩人来的。但主观上却好像有个声音告诉自己：就这样挺好。

这样的相处模式，好像很……安全。

安全？这个词合适吗？夏初挑挑拣拣也找不出一个别的词来形容微妙的感觉，如同她不明白自己为什么会有这样的感觉。或者说，这更像是她的一个直觉。

她分析不出来，也无法像那时推断柳槐实那样去推断自己，因为她连个立足点都找不到。所谓医不自医，自己想弄明白自己，实在太难。

走到了班房的门口，夏初收敛起发散的思绪，推门而入。

王槐和裘财都跷着腿坐在凳子上，喻温平靠墙而立，半低着头，一副随时要晕过去的样子。夏初看见王槐后发自内心地有点不自在，不知道自己怎么做怎么说才算是对的，她轻咳了一声，目光在裘财和王槐身上扫了一个来回后，对裘财道：“去搬个凳子让他坐下。”

王槐挺了挺脊背，呼了口气，坐姿都松快了几分，道：“头儿，没必要吧？他来的路上还好着呢，这会儿装得半死不活的。”

夏初笑了一下，想反问他，是不是让别人站着自己坐着，特别威风？她动了动嘴，又想起许陆说的话来，终于还是把这句讽刺给咽了回去。

裘财还是听夏初的搬来了凳子，让喻温平坐下了。夏初带着一点儿同情，问话问得相对比较温和。喻温平的情绪恹恹的，问什么回答都是“不记得了”或者

"夏捕头想怎么说就怎么说吧"。

"喻东家是个倔强的人啊。"夏初笑了笑，喻温平虽然呈现出一种消极抵抗的态度，但她倒也不急不恼，"没关系，记忆时常会有差错，但有些东西不会。"

夏初让裘财把喻温平带去牢房羁押，让牢头给他床被子，添些热水。王槐看着喻温平被带走，讽刺道："这老东西嘴倒是硬。"

夏初嗯了一声，耸耸肩："你去牢里看看，喻家两个少爷还有祥伯是不是还关着呢，是的话……"她想了想，"先放回去吧。"

"头儿你干什么去？"王槐跟着夏初走了一步。

夏初回头对他笑道："我回家啊。从管阳回来直接就过来了，回去收拾收拾。有什么急事的话……"她本想说先找许陆商量，觉得不妥，便摆了摆手，"应该也不至于有什么急事，不行就去家里找我吧。"

天气越来越热，夏初走回家时已是一身的汗，进门便赶紧担水烧水洗澡。洗过澡又洗裹胸布和中衣，晾晒的时候她琢磨了一下，便把裹胸布拿了下来在里屋找了个地方挂了起来。

她怕苏缜再像上次那样突然造访，总不能次次拦着不让进门。

拾掇完了之后，夏初舒了口气，这才从包袱里把紫玉坠子取了出来，放在手里看了又看。

"黄公子，这是我在管阳看见的一个坠子，虽然不值什么钱，但是我的一点儿心意。"夏初唇角弯出一个笑容来，把葡萄往前递了递。

房间里空荡荡的，并没有人接过去。夏初默默地看着前方，仿佛是看见了苏缜浅浅的笑容，听见他语气清淡却又郑重地说了一声谢谢。

"不用谢，祝你新婚快乐，多子多福……"夏初说着，笑容却微微一僵，缓缓地把手缩了回来，笑容也跟着一并消失了。

"黄公子，这是我送你的新婚礼物。其实……其实我是个女的。"夏初对着葡萄低声地说，说完又摇了摇头，"算了，其实我是个男的。黄公子，你要结婚了，结了婚可别忘了兄弟……"

她又摇摇头。

"黄公子，其实我是个同性恋。"夏初说，说完拍了自己脑门一下，"什么玩意儿啊……"

她用手指捋着嫩绿的流苏，沉默了半晌后喃喃自语道："我还是第一次喜欢上一个人，也不知道该怎么办……可能幸好是你要结婚了吧，不然我更不知道要怎么办了。”

她叹了口气，拉开柜子里的小抽屉。抽屉里还静静地躺着苏缜送给她的东西，两封信，两张纸笺，两张包装纸，还有一罐药膏。

夏初把这些东西一样一样地拿出来，展开仔细地看了，又一样样地收好，连同那个坠子一起放了进去。

是谁说的那种屁话？什么我喜欢你与你无关？我喜欢你，就好希望你也能喜欢我，希望牵着你的手，希望月上柳梢头，希望每一天都是春暖花开，我静静地看着你，希望看见你也是如此地看着我。

可是那种屁话似乎也是真的，我喜欢你，看来真的跟你无关了。

夏初趴在床上满腹惆怅，不一会儿，就睡着了。

梦中，院子里的葡萄架上结满了熟透的葡萄，一粒粒闪着幽紫光芒，她站在架子下仰头看着呵呵地笑：“有钱了！这下好了！”

她伸手去摘，却有另一双手先她一步把所有的葡萄都摘走了，放进了一个锦盒里。夏初急得要命，大喊那些葡萄都是她的。蒋熙元的脸忽然出现在她面前，目光灼热地看着她，就像在捕快房时那样。

“还给我。”夏初说。

“就不。”蒋熙元说。

她飞起一脚把蒋熙元踹在墙上，焦急地看了一眼大门：“快给我，黄公子来敲门了！我要送给他！”

蒋熙元无动于衷，那敲门声却越来越大。夏初急得快要哭出来了，伸手去抢，手一下子拍在了墙上，把她从梦里给拽了出来。

夏初睁开眼看了看灰暗的房间，梦中那焦心的情绪还没退下去，有点恍惚。尚不等她完全清醒过来，敲门声便再度传来。

不是梦？

她愣了一下，腾地翻身而起，一边冲着门外大喊等一下，一边手忙脚乱地缠上裹胸布，然后才冲了出去。

夏初还以为梦境成真，真的是苏缜来了，可门一打开却见门外站的是郑琏，不禁有些失望。郑琏见夏初开了门，便拽着袖子擦了擦额头的汗，急火火地道：“头儿！出事儿了！”

“怎么了？”

“喻温平快要不行了！”郑琏一跺脚，重重地叹了一声。

“什么不行了？”夏初愣了愣，瞬间又反应了过来，拔高了声音道，“不行了？！怎么回事！”

“先走，先走，我路上跟你说。”郑琏拉着夏初就要走，夏初一抬手，蹙眉想了一下：“你现在赶紧去柳大夫家把他带去府衙，把情况跟柳大夫说仔细。他清楚喻温平的身体状况。”

郑琏犹豫了一下：“大夫？那你……”

“我自己去府衙就行。你赶紧的。”

郑琏没再多说什么，转身走了。夏初回屋拿了锁头把院门锁好，一瘸一拐连跑带颠地往府衙去了。

到府衙的时候酉时已过，但不少捕快并没有走，捕快房里还点着灯。夏初进去看见了一屋子的人，神情各异地回头看她。

“人呢？”夏初着急忙慌地问道。

裘财用下巴指了指一个角落，有人闪开视线，夏初便看见了坐在角落椅子上的王槐。她啧了一声：“我问喻温平呢？”

“还在牢里。”许陆走了出来，沉声对夏初道，“看上去不太好，我们也不敢动他，你去看看。”

“头儿！”裘财大声地喊了一句，许陆回头对他皱了皱眉，裘财哼了一声没再说话。夏初也没顾上看这许多，跟着许陆往牢房去了。

进了监牢，夏初让牢头开门，见喻温平躺在干草铺上，身上盖着床破被子，脸色看着比被子还破败，浑身紧绷绷地抽搐，气若游丝。草铺旁边一摊污物，应该是吐出来的。

“怎么回事？”夏初蹲下去看了看，回头问许陆。

“病着，不扛打。”许陆道。

夏初一听就火了，站起身来推了许陆一把，吼道：“谁让你们用刑的！我说了多少次了！”

许陆没说话，牢头在一旁插话道：“夏捕头，不是许老弟打的。”

“谁？！”

“下午王槐过来，说您交代他把喻家那三个人先放了，我就去提人。”牢头道，“后来他又让我打开这个牢房，说要问喻温平话，我寻思着应该也是您交代的，就给他开门了。等我回来，就这样了。”

“混账！”夏初转头往外看了一眼，见王槐不在这儿，也不知道该骂谁，只得暂时按下怒气，对牢头道，“你赶紧去看看郑琏回来没有，来了赶紧把柳大夫带过来。”

“夏捕头，这本就是个杀人的嫌犯，咱给他操的什么心呢？”牢头指了指喻温平，“反正也是该死。”

“放……”夏初把那个屁字生生地咽了回去，“让你去就赶紧去！”

牢头这才悻悻点点头，返身出去了。

柳槐实来得还算快，步履匆匆地跑了进来，进门一看见喻温平的样子，声音里都带上哭腔了：“东家？东家……”

夏初拍了拍柳槐实的肩膀：“柳大夫，您先稳稳情绪，救人要紧。”

柳槐实点点头，抹了一下额头上的细汗，将身上的褡裢拿了下来。夏初看了一会儿，也帮不上什么忙，便让许陆在这儿盯着。

牢房门口站着几个捕快正闲聊天，看见夏初出来了，便都噤了噤声，夏初扫了一眼：“王槐呢？”

其中一个捕快笑了一声，有点幸灾乐祸地说：“捕快房呢，裘财看着他呢。”

夏初白了他一眼，亦是冷笑了一声：“看见共事的闯了祸，你倒挺高兴啊？”那捕快不说话了，夏初甩袖而去。

进了捕快房，王槐站起身来，刚开口喊了一声头儿，夏初冲过去就给了他一拳，把他后面的话都打了回去。

“王槐！能耐大啊你！”夏初指着他怒道。

王槐擦了下脸，有点不可置信地看着夏初，沉默了片刻后大声吼道：“怎么了！怎么了！我替你问供审犯人我还错了？！”他从桌上抄起两张纸来，又重重地一拍，“你问不出来，我问出来了！我他妈的哪儿又不对了？”

夏初把口供拿起来，两手一攥，用力地掷在地上：“我他妈的用不着！我说了多少次，府衙审案不能用刑讯！你当我说话是放屁？！”

王槐看了一眼地上的纸团，怒气勃然：“我为什么！我他妈的难道不是为了办案！”他扬手一指监牢的方向，“他杀了人，死了也是活该！”

“他杀了人自有审判，只有律法能让他死！你算个屁！”夏初指着王槐，恨道，“我告诉你，今儿喻温平要是死在牢里，你就是杀人犯！”

王槐愣了一下，打开夏初指着他的手，有点歇斯底里地喊道：“放屁！我没杀人！他自己病了那是他的报应！他死了也是他的报应！你就是看我不顺眼！我做什么错什么！我做什么都不对！”

“错了就是错了！你狂妄自大，目无法纪，执法犯法，你想让我怎么看你！”夏初气得嘴唇直抖，“冯步云为什么被流放，前任赵捕头还在死囚牢里关着，你都忘了是不是！”

“我没杀人！我是捕快！我是为了办案！”王槐一步站到夏初面前，红着眼瞪着夏初。裘财一看，赶紧上前把王槐推到一边：“你还来劲了你。”

王槐被推了个趔趄，靠在墙角似哭似笑，指了指夏初又指了指裘财：“王八蛋！你们都看我笑话，你们这群王八蛋……”

夏初心情败坏，烦躁到了极点，转身出了捕快房。外面天已经黑了，夏初往牢房方向走了一段后，在廊下倚着墙坐了下去，抱着膝盖发呆。

蒋熙元下午回了将军府，帮着家里忙了忙即将到来的纳采礼事宜，他看着咏薇娇羞而喜的样子，心情很复杂。原本要在府里待上一晚的，结果晚饭前刘起来了，告诉他衙门里出了事。

蒋熙元匆匆赶来，进到府衙找了一圈后才看见在墙根蜷成一团的夏初，夜色里灰墙下，看上去小小的很可怜。

“夏初？”蒋熙元扶着膝盖弯下腰，轻轻地唤了她一声。

夏初动了动，抬起头来瓮声瓮气地叫了一声大人。蒋熙元被她叫得心都疼了，便也倚着她身边坐了下来，伸手摸了摸她的头：“怎么了？”

“喻温平……要是就这么死了可怎么办？”夏初抹了把脸，“王槐太可恨了，一点儿都不想后果。”

“其实……”蒋熙元想了想措辞，“也不至于那么严重，你别担心。”

“是吗？”夏初叹了口气，“大人也是这么觉得的？喻温平杀了人就该死，所以怎么死不是死呢？”她转头看着蒋熙元，“对吗？”

蒋熙元并不觉得这是个多严重的事情，他知道夏初希望他否认，可他也知道，就算自己否认了她也不会信，索性便没有说话。

夏初没有再追问，仍是浅浅地叹气：“可是这样一来，我们与冯步云他们有什么区别呢？”她仰头看了看沉沉的夜色，“莳花馆的案子，如果当初不是大人和我一起找疑点，查出凶手，那时案发的情形府衙也可以认定李二平就是凶手，是不是李二平也死得无所谓呢？”

“喻温平的事情已经清楚了，这……不一样。”

“一样。大人，我想做个好捕快，想维护正义，可什么是正义？”夏初看着他缓缓地说道，“不是我们认为是对的才叫正义，因为我们也会犯错。结果正义，程序也要正义，所有人看得到的正义才是正义。这个案子查了这么久，如果最后却要用一顿拳脚来审判，那不是很荒唐吗？”

“我觉得你有时候太理想化了。”蒋熙元轻声道。

“嗯。”夏初点点头，“我……我是不是不太适合做捕快？”

“乱说。”蒋熙元伸出胳膊绕过夏初的身后，犹豫了一下后轻轻地放在了她的肩膀上，拍了拍，“你做得很好。王槐的事你不用这么紧张，我倒是能理解他。”

“其实我也理解。”夏初苦笑了一下，“这些日子我好像不太重用他，他偏又是个好面子的人。王槐不是坏人，也谈不上作恶，他用他以为对的方式处理了这件事，大概是想证明给我看，给所有人看。”

“既然如此，说说也就是了，下不为例。”

“大人……”夏初沉默了一下，“我好像说过，我的父亲也是个捕头。”

蒋熙元点了点头。

“他死的时候我还太小，也不知道他是不是一个好捕头。我相信应该是的，记忆中他很爱笑，很爽朗，我觉得那样的人都不会是坏人。可他死得很冤枉。”

“是得罪了什么人？”蒋熙元问道，

“不算是吧。”夏初摇摇头，停顿了一下，“他是被人杀死的。那个凶手有个弟弟，他俩犯了案被我父亲抓了。可能是审理过程中有人用刑，他弟弟死了，死得不明不白。他坐了几年的监牢，出狱后要讨个说法却没人给他，他便杀了当初抓他们的人。”

蒋熙元捏了捏夏初的肩膀，不知道该说些什么才是妥当的，还没组织好语言，便又听夏初继续道：“不是一个人，而是一家人。”

蒋熙元愣了愣，随即心里像是被人狠狠地一揪，有点不知所措地重复着夏初的话：“一家人……”

“嗯。”夏初飞快地眨了眨眼，挠了一下眉毛，“有人说我父亲太倒霉了，有人说我太可怜了。他们的惋惜是真的，同情也是真的，可事情为什么会发生？到头来也没人与我说清楚。我是不是也应该去找出当初用刑的人？我是不是也应该杀了他？归根结底是那个人害了一对兄弟，害了我们的一家。”

她转头看着蒋熙元，努力地笑了一下：“我那样算不算正义？大人你觉得呢？”

蒋熙元还是没有说话，也说不出话来。他从没听夏初说起过自己的身世，他猜测过她的家人都不在了，但他猜不到她的失去是如此惨烈。

他忽然觉得夏初每天的笑容原来那么可贵，可贵在她有多么积极和努力，才能笑得那样明朗。在有理由颓废时选择坚强，如此可爱。

可爱得让人心疼。

夏初长长地呼出一口气来，轻声道：“当初审案的人也是以正义的理由吧？犯人嘛，不老实交代就打，反正是个坏人。杀了我父亲的人也觉得他自己是正义的吧？你们不给我公道我就自己去讨公道，反正都是捕快。结果又如何呢？那谁来给我父母，给我哥哥一个正义的结果？他们何罪？”

“我明白了。”蒋熙元隔着帽子揉了揉夏初的脑袋，“夏初，你期望的正义，你要维护的正义，你想要做的，我一定都帮你，好吗？有我呢。”

夏初听了，心里像是忽然被人撑住了一角，即便他只是安慰着说说，便也如同大雨天气里不期然罩在头顶的伞。夏初鼻子一酸，把头埋在了胳膊上蹭了蹭：“大人……”

“嗯？”

“你真是个好人。”夏初埋着头闷闷地说。

蒋熙元无声地笑了一下：“还……行吧。”

“大人，我觉得你好像我的哥哥……”

“是……是吧。”

“上午的事我向你道歉。”

“那倒也不用了，反正道了歉你也不改。”蒋熙元搂了搂她的肩膀，收回了手臂，他仰头看了看天空，温声道，“我没生气，我不会生你的气。”

“大人大量。”夏初抬起头对他笑了，让他觉得很美好，他便也笑了。

没有风的夜晚，月亮初升，蒋熙元从未如此不顾及形象地坐在地上。此刻与夏初并肩，其他的倒也不重要了。

蒋熙元的心中好像无形地架起了一份责任，保护的责任，疼惜的责任，特别想要为夏初做点儿什么。这是与上午在捕快房时的那种冲动完全不一样的感觉，似乎更充实，更让他心潮澎湃。

他很想抱一抱夏初，没有企图，也不掺杂任何占有的情欲，只是想让她觉得自己可以依靠。

昏暗中，远远地传来了许陆的声音，夏初猛然站起身来，脸色变了变：“喻温平那边有结果了……”

蒋熙元也站了起来，拍了拍她的肩：“去看看吧。”说完迈步而行，走在了夏初前面。

喻温平的情况暂时稳住了，这让夏初大松了一口气。蒋熙元让人给搬来了一套像样点儿的被褥放进了牢房，对柳槐实道："柳大夫，这两天还要委屈你在府衙安顿，喻温平这里也许还有需要。"

"大人，这儿环境太差，怕是不利于东家的身体。"柳槐实说，脸色有些不好看。

蒋熙元笑了一下，对柳槐实的话不置可否。夏初在一旁道："柳大夫，你们东家现在有重大的杀人嫌疑，若是逃了，事情更不好收拾。"

柳槐实皱了皱眉，转身看了一眼喻温平，低声自语似的说："人都病着还要用刑，你们官差真是……"

夏初苦笑了一下，找来捕快让他给柳槐实找个住的地方，又让牢头格外留心喻温平的情形，一有问题马上报来。牢头明显对"救治杀人犯"这样的事不理解，夏初只好威胁他，说若耽搁了便要与他问责，他这才喏喏应下。

从牢房里出来，夏初觉得疲劳如水般涌了上来，大概是刚才太紧张之故。许陆问她王槐那边要怎么办，夏初也有点含糊，便看了看蒋熙元。

"都回去吧，明日按时应卯。"

"王槐也回去？"许陆问道。

蒋熙元看了他两眼，弯唇一笑："自然。"

许陆点了点头："那我这就去安排。"说罢拱了拱手，快步走了。

蒋熙元看着许陆的背影，沉默了一会儿后转头问夏初："你饿了吗？带你吃饭去。"

夏初摸了摸自己的肚子："其实更想洗洗睡了，但如果不吃晚饭恐怕半夜会饿醒，到时候更有的折腾了。"

"所以呢？"蒋熙元好笑地挑了挑眉毛。

"嘿嘿，咱们吃饭去吧。"

两天后，常青从兴州回来了。夏初整理了卷宗，找常青、许陆几人开了个会，把案子捋了一遍，又让人将证物一一记录在案，这才呈送蒋熙元。

转过天来，蒋熙元升堂审案，传唤喻家二子、兰燕儿及柳槐实等相关人等入堂听审。有闲来无事的百姓听了信，也来围观，站在堂外低声议论。

夏初环视了一圈，最后将目光放在蒋熙元身上，对他笑了笑。蒋熙元刚巧也看过来，微微牵了牵唇角，笑得很浅很柔和。

许陆站在夏初旁边，侧过头低声问道："头儿，这案子还有必要过堂吗？搁以前就直接判了，再贴个告示，呈报刑部核准就行了。"

"有必要。"夏初点了点头，"司法透明。"

过堂审理喻温平的案件其实并不是夏初要求的。许陆说得没错，以往此类的案件就直接判了，但她把卷宗报给蒋熙元后，蒋熙元却放在了一边："夏初，升堂审案吧。"

"为什么？"夏初问他。

"你说了，所有人看得到的正义才是正义。"他起身绕过书桌站到夏初身边，凑近她扬了扬眉，"我也说了，你想要做的，我一定都帮你。"

夏初看着蒋熙元，有一瞬的愕然，怔了片刻后伸手猛打了蒋熙元的胳膊一下，激动地说："大人啊！你不知道你有多先进！"

夏初没想到，蒋熙元原来是这么一个实干家。她以为他说帮自己，无非就是站在自己一边，给自己提供更多的帮助和便利，却不料蒋熙元直接将她的理想以非常实际的方式推进了。

司法透明在现代也仍在不断地推进中，而他一个古人竟然把自己那天的话完全理解了，而且说干就干。蒋熙元的形象在夏初眼中瞬间无比高大光辉了起来，以至于她激动之下，只好以打他来表达心中的激动与崇敬。

"透明？"许陆此时却还不是太明白，夏初摆了下手："回头给你们做培训。"她笑眯眯地用下巴指了指蒋熙元，"咱们大人帅啊！"

许陆看过去，一脸茫然，觉得此时与夏初默契全无。蒋熙元那边轻咳了一声，他也不好再多说了，随众敲动杀威棒，肃静厅堂。

喻温平的案子审起来并没有什么悬念，之前的调查很详尽，加上常青从兴州取回的百草庄购药账册，广济堂的支出和购药支出根本对不上。

记性可能出错，数据总不会有太大差池。花出去的钱比带出去的钱多，难道还能是在兴州做了小额贷款不成？

林林总总，实物证据加上各路的口供，已然十分充足，指向明确，陈列开来完全可以做到零口供定罪。

蒋熙元更是口才了得，干巴巴的证据愣被他说得跌宕起伏，描述还原现场、剖析推断心理，抑扬顿挫，大有咄咄之势。喻温平起初还挣扎了两下，后来便彻底地蔫了。

喻温平一五一十地交代了杀人的经过，却对杀人的缘由千方百计地躲避着不提，蒋熙元厚道了一把，在这点上也没有多加追问，没有将其子与主母通奸之事抖开。不过只要智商正常的，大抵也能猜出是怎么一回事了，所谓欲盖弥彰。

一番审讯下来，蒋熙元判了喻温平秋后处斩，收监入狱。百姓看罢纷纷散去，该去买菜的买菜，该去喝酒的喝酒，别人的生死恩怨总归与自己是无关的，权当是听了一段书。

夏初觉得，这大概就是最好的结果。没有人觉得不平，便没有人议论，就好比一件事说开来了，便很快被人抛诸脑后，淡忘掉。

她觉得府衙就应该是这样的，像默默维护机器运转的工人，让人平时忘记它的存在，当需要的时候又能有所倚仗。但这话说出去就要惹人侧目了，大概还会笑话她傻，官府嘛，出门不就是应该敲锣打鼓摆威风地震慑民众?

就连她所认为的思想先进的蒋熙元也对此不置可否，虽然没有明确地笑话她傻。夏初大有孤独之感，浅浅叹息道："我又理想化了。"

"嗯。很理想化。"蒋熙元给她夹了几块羊肉，放进她面前的碟子里，想了想对她道，"你要知道，衙门从来不怕办错案子。若是有人喊了冤枉，笨一些的官员暴力相待，中等的便是不理不睬，聪明点的便重启案件，查明后给个平冤告示。"

"然后呢？"

"暴力的打死不计，但有隐患；中等的消磨拖延，也是无可奈何；聪明的往往便得了青天的匾，百姓歌功颂德。百姓觉得是官就会欺民，所以你不欺负他们，他们便觉得你还不错，若你肯给他们一些助益，你便是好官。而你说的……"

蒋熙元停顿了一下，看着夏初一脸的鄙夷和不屑，笑了笑，继续道："若百姓觉得你应该给他们做主，但凡你做错了一件事，你便是个恶官了。明白吗？"

"这是集体的斯德哥尔摩综合征吗？"夏初喃喃地说，木然地嚼着羊肉，片刻后将手里的筷子放在了桌上，"打仨巴掌给个甜枣？那应该是为官之术吧，我不能苟同……"

"你不需要苟同，或者说这与某一个人的态度并无关系。我可以尽力帮你在西京府衙维持你所希望的正义，但改变不了所有人的想法。"

"看来我只适合做个捕快，捕头已经是极限了。"

"嗯。"蒋熙元点点头。

"大人也这么觉得？"夏初沮丧地叹了口气，"我学不来这些，我脑子太直了。”

“不，我的意思是，以你那几笔破字，想考功名大抵是没希望了。”蒋熙元淡淡地说道，又夹了筷子菜给她。

“大人，你能不能婉转点……”

天气已经热了，主卖西京八碗的这个顺水楼，夏初以为她会忘不了那尸臭的味道，再也不会踏足，不过现在仍是来了。

她请客，算是补上了对蒋熙元的一次承诺。街对面，广济堂的铺子门板紧闭，牌匾上已经落了一层的薄灰。

半个月前，喻温平从这儿拿了钱出发，满心想的大抵都是自家的生意。那时一切都还好，任谁也不会想到，那时的离开就是他人生的结局了。

后来，夏初听说广济堂的铺子贱卖了，出手给了棺材铺。一个死过人的铺子，可能也就棺材铺敢接了吧。她没再去关注喻家其他人的下落，倒是有一次在街上偶然看见过喻示戎。

他穿得已不如往日体面光鲜，正跟着常青在路边摊喝酒，姿态谨慎而讨好。夏初瞠目结舌，觉得世道人心当真难测。当然，这都是后话了。

此时她还在顺水楼，与蒋熙元对面而坐，天马行空地聊着天儿。安静下来的时候，夏初会转头看一看另一边空荡荡的桌子。

那里，她与苏缜来的时候坐过。那次他们聊了很多很愉快，他们喝醉了酒，现在回想起来仍觉得是次很值得回忆的回忆。

但却不如小院中的那个傍晚更令她心动，所谓无声胜有声大概就是这个意思。有时候她独坐在院子里，还能想起那时那刻的味道。

她从管阳回京已经有几天了，一直在等着苏缜来找她。为此她特意向府衙的园丁讨教，回去剪了自家葡萄的枝，以期能结出一两串葡萄来。

她还清理了院中的鱼缸，又去市场买了几条小金鱼来。希望下次苏缜俯身去看时，能给他看到一个比较美好的画面。她的裹胸布再也没有晾进过院子里。她在家的时候，铜壶里总是会备着些热水，温在炉子上。

她做好了许多的准备，等着苏缜的造访，等着送出那块紫玉的坠子。

可是，苏缜却一直没有出现。

“你在想什么？”蒋熙元伸手在她眼前晃了晃，唤她回神。

夏初笑了笑：“觉得日子过得真快，眨眼天儿已经这么热了呢。”

蒋熙元将王槐停职，其他事情也没再追究。这停职其实也就是府衙单方面的说辞，因为从那天之后，王槐就没有再出现过了。

一个被停职的人不再出现，跟被开除没有实质性区别。捕快们私下里经常会谈起，有心软的说王槐其实也还不错，以往审案哪有不动刑的？偏偏撞上个夏初，真是倒霉。

有不喜王槐之人不以为然，说他活该。府衙那么多捕快，怎么就偏偏他撞在了夏初的刀刃上？还不是之前以为自己得脸，得意忘形了？你看看人家许陆。

夏初没听到这些议论，只是觉得不用再面对王槐，不用想以后要如何处理与他的关系，让她大松了一口气。

她组织起捕快，给他们讲了讲喻温平案庭审的必要性和它的重要意义，众人听得倒是认真，但从眼神里看过去，多数还是茫然。夏初暗叹，心说果然不能指望每个人都像蒋熙元那样。

会上，夏初再次强调了府衙不许有刑讯之事，别的地方她管不了，但在她的眼皮子底下不允许。这件事大家倒是听明白了，毕竟王槐的实例就摆在不远处。捕快们意味深长地彼此交换了个眼神，点头应下。

夏初践行上任之初许下的诺言，把自己画的饼烙了出来。她给许陆加了一两银子的薪水，给常青加了五钱。钱不算多，但相对于捕快的基本工资而言，也不算少，主要是个激励。

常青很高兴，许陆的高兴表现得很内敛。

这笔额外支出府衙里没有，夏初知会了账房，让从自己每月的月钱里划过去。反正她现在不需要养家，多一两五钱和少一两五钱没影响。主要是蒋熙元说什么也不要她还房钱，这让她想起时心中颇为不安，想不起来的时候备感轻松。

始终让她想起来就心塞的，是苏缜。不知为什么一直没有出现的苏缜。她分析可能是因为要忙婚礼的事，没有时间来找她，但想到这儿，就更心塞了。

莫名的情绪堵在胸口，如同送不出去的坠子。

转眼已是四月廿六。

这天艳阳高照，有微风，天很蓝，宫中的芍药次第开放，渲染出了喜气。

这是个不错的日子，早在隆冬腊月里时钦天监便算出了这一天，工整地写在了折子的第一行，呈给了苏缜。

日子是苏缜亲自勾的。那一天落下的朱笔没有半分犹豫，他没有特别地期待这个日子，也没有特别地排斥这个日子。

原本这一天该像每一天那样，纳采之礼，不过是这一天中的一件需要他去做的事而已。但此时此刻，当纳采正副使二人跪在他的面前，等候他口谕“以礼纳采”时，苏缜却犹豫了片刻。

这个犹豫在此时其实毫无意义，或者说，从一开始就毫无意义。他是皇上，富有天下，统御万民，但并不是随心所欲。他很明白，他不可能在此时甩袖而去，他甚至不能让自己犹豫的时间再长哪怕一个须臾。

那四个字终究还是要说出来的。正副使三跪九叩，接过大学士递来的金节，带着仪仗队伍，带着沉甸甸的赐物往蒋家府邸而去。

苏缜面无表情地看着，直到明媚的阳光刺得他眼睛睁不开，这么多天仿佛用之不尽的精力，瞬间便尽了。他觉得很累。

他知道夏初回来了，于是坚持不相见的信念变得愈发艰难起来。他以为只要塞满了自己的时间，就不会心心念念，却不料这种想念竟然变成了背景，变成了基调，哪怕他只是喝上一口茶的间隙，都会冒出来。

苏缜想开口找闵风，让他去看看，哪怕回来惜字如金地告诉他“夏公子一切都好”，他都觉得会舒服一些。可想了想，还是罢了。

坚持得很累。也不知道究竟需要多久，相隔的距离才能淡化掉想念。

行纳采之礼的正副使出了宫门，一路往蒋府而行，路两边挤满了看热闹的百姓，从皇城外沿街一直挤到了蒋府门口。

近蒋府的一条巷子口，夏初就挤在人群之中，踩着旁边墙根下常日里给老头儿晒太阳的一块石头，抻着脖子往皇城方向看。

常青不知道从哪儿冒了出来，拍了夏初一下：“头儿？您怎么跟这儿站着呢？费不费劲啊？下来下来。”

“这儿有块石头，站得高。”夏初说道。

“哎哟。再高能高出几尺去？您也不怕晒蒙了。”常青笑着把夏初拽了下来，“这地方我熟，跟我走，给您找个舒坦的地方去。”

“我对这儿不熟，你可不要骗我。”夏初笑嘻嘻地跳了下来，跟着常青绕开主街的人群，七拐八拐又再钻出来。出来一看，正是将军府蒋家旁边。

常青带着夏初进了一个茶楼，状态随意到这茶楼仿佛是他家开的，直接上二楼寻了窗边一处凉快的桌子坐下，往外一指：“头儿，瞧见没，那就是将军府大门。一会儿兴许能看见蒋大人。”

有小二来抹了抹桌子上了茶，恭敬而亲切地与常青说了几句话，等小二下去了，夏初喝了口茶润润嗓子道：“看他干什么？府衙里天天见的。我想看看皇上。”

常青乐了：“头儿你真逗，皇上是什么人，怎么可能亲自出宫来行纳采之礼？”

“不来啊？”夏初有点失望，又问，“那迎娶的时候呢，会不会来？”

“当然不会。”常青又招呼着要了盘瓜子磕牙，发报机似的一边嗑着瓜子一边说道，“咱蒋大人跟皇上关系好，要是想见皇上，您求求蒋大人去呗。”

“我为这事儿求他？那我也太没溜儿了。”夏初撇了撇嘴。心说自己就是好奇罢了，又不是追星的脑残粉。

“嘿，头儿，你还别说……”常青跷起腿来，用手指点了点桌子，“我觉着您不管为什么事儿求他，他保不齐都能应了。”

“我的要求一贯合理，为什么不应？”夏初也跷起腿来，捏着茶碗看向窗外。天气虽热，但日头晒不到的地方倒有清风徐徐，十分舒服。

常青想了想，觉得自己想表达的不是这个意思，但想表达的意思又不知道怎么表达：“要不您下次提个不合理的试试？”

“提什么不合理的？”夏初抓了把瓜子。

“比如……给捕快每人加十两银子的月钱！”常青哈哈笑道。

“美的你！”夏初捏起一颗瓜子来扔到他脑袋上，又道，“你就这点儿出息，既然是妄想还不说多点儿？才十两！”

“一万两！”常青发狠似的说，说完又满眼憧憬，“哎哟，一万两啊！怎么花啊，这么多钱！”

“这你才应该去问咱们蒋大人。一万两，估计有他的帮助，不出半个月你就又得来府衙上工领月钱了。”

常青叹了一声：“我真羡慕咱们大人。人家那是什么命啊！有权、有钱、有才、有貌……”他掰着手指头一样样地数下来，一拍桌子，“我要是个女人，打破了头也要嫁给他！”

“嘀！”夏初嗑着瓜子瞟了常青一眼，“你还有这心思呢？我看你现在捯饬捯饬兴许也行，常姑娘。”

“我不行，我看头儿您行。”常青笑道，笑完了又颇有几分认真地打量着夏初，“别说，真的！您扮个女的应该还挺漂亮。”

“少胡扯！”夏初冲常青使劲摆手，搅乱了他的目光，又心虚地把目光放在窗外，“再敢说，小心爷揍你！”

正说着，就听外面有了动静。夏初赶忙把瓜子皮往桌上一扔，扒着窗户看出去。远处一队锦衣兵丁列队跑了过来，将街上的人群往两边清开，一直清到蒋家大门前，而后每隔丈远站一个，背对道路。

过了一会儿，一个人快步跑过来直奔蒋家，大概是来通风报信说队伍快要到了。一会儿又跑来一个，然后再一个，一个比一个跑得快，搞得气氛陡然紧张。

约莫两刻钟的工夫后，远远地便听见开道锣声，放眼望去，夏初瞧见一条流动的红色缓缓地过来了，一眼没看见头。

“嚯！”夏初手搭在眉骨上远眺，“这是多少东西啊！咱蒋大人家不会放不下吧？”

“哪至于啊！”常青伸手指了指那条队列，“这里估计得有一半是宫里赏赐的筵席菜品、美酒，其余的还有一多半是给皇后的，等纳采后还要带回宫中，剩下的才是赐给蒋府的。”

“你知道的不少啊！”

“常某不才，正经学问没有，就知道点儿这杂学旁收的玩意儿。您要是问我西京城的事儿，我知道得更多。”常青压低了点儿声音道，“别说这个，就是皇上的事我也知道点儿。嘿嘿，我说了，要不是进了府衙做捕快，我就是一地头蛇。”

“皇上的事？皇上什么事？”

“头儿你不知道吧，以前有人传过，说咱们大人跟皇上是分桃断袖的交情。”常青附在夏初耳边说道。

夏初一听便乐不可支：“别瞎扯了，咱们大人才不是断袖。”

“咳，就是传个乐子呗，谁当真啊。不过以前的齐王苏绎就是断袖，这坊间都知道。我见过齐王，那也是仪表堂堂的男人。啧，皇上我是没见过，听说长得甚美，都赶上从前的归禾公子了。”

夏初没说话，心中却不以为然。她想象不出来那归禾公子什么样，她不太相信还有谁能比她的黄公子长得更好看，那得好看成什么样才算完？

想起苏缜来，夏初又是惆怅淡淡，也不知道他究竟还会不会来。难道那一顿饭菜难吃、气氛古怪的晚饭，就是她与苏缜最后的晚餐了不成？

这一天，蒋府格外热闹。年过七旬的骠骑大将军蒋柱棠率家人跪于仪门，迎接纳采使，聆听传制。

这是帝后大婚的第一个大礼，纳采之后等于大婚已是礼成一半。至此，蒋家第三代最小的姑娘蒋咏薇，将蒋家的光耀推上了一个新的高度。

传制后，蒋府开宴，亲王、国公及朝中二品以上官员皆奉旨赴宴。夏初趴在茶楼窗户上看着一个个高官携礼而至，心里不太厚道地想：这也就是在古代，要是放到现代去得是多大的风险？一个炸弹进去，国家就瘫痪了。

没什么可看的后，夏初与常青就地要了几个小菜把晚饭给解决了。隔着一条街、几道墙，还有若干的桌子，蒋熙元也在解决晚饭，但他不如夏初吃得痛快。

这种筵席，不可能吃得痛快。

且不说觥筹交错和那些场面上的应付，只说他作为西京著名的大龄单身男青年、仪表堂堂的朝中三品、皇上最堪信赖的伙伴，只那些“吾家有女初长成”的爹们，就快要把蒋熙元盯出洞来了。

他嘴皮子说木了，脸也笑僵了，面对各种直接间接的探问，已经懒得再寻什么借口，只是干喝酒，不再说话。

官员们从他这儿得不着什么说法，又去转战他爹蒋悯，弄得蒋悯只要一得了空闲就瞪他，让他觉得自己很不孝，让当爹的费眼了。

筵席一直持续到了天擦黑，客人才算散尽。蒋熙元酒喝得有点多，脑子昏沉沉的，人都走没了他还在笑，笑得客套而敷衍，也不知道是对谁。

蒋夫人过来把他从座位上拽了起来，拉回到自己屋子里，让丫鬟去把醒酒汤热了。蒋熙元对着蒋夫人也是笑，一言不发。

“这孩子……”蒋夫人揪了揪他的脸，“你喝了多少这是？”

蒋熙元托着脑袋不说话。

丫鬟端了汤进来，蒋夫人接过去用勺子搅了搅，吹凉一勺喂给蒋熙元，蒋熙元乖乖地张嘴喝了，又皱皱眉头：“好难喝。”

“酒好喝！”蒋夫人嗔了一句，又喂给他一勺，“元儿啊，你跟娘说说，你到底怎么想的？”

“嗯？”蒋熙元挠了挠头，“我想什么？”

“你说想什么？”蒋夫人放下汤盅，道，“最近给你留心了几家的小姐，都是不错的。你这么大了不能总也没个定数。”她叹了口气，“都是我给你惯的。你爹也跟我说了，回头我们给你定下门亲事……”

“不行！”蒋熙元斩钉截铁地说。

“不行也得行！”蒋夫人佯怒地板起脸来，“你到底想干什么？一天到晚一肚子蔫主意。这几年给你问了多少小姐姑娘的，你这个瞧不上那个不愿意，你说你得找个称心的，人呢？”

“找了。”蒋熙元闷闷地说。

“找了？”蒋夫人两眼一亮，站起身走到蒋熙元身边，“哪家的姑娘？”

“不是哪家的姑娘。”

蒋熙元的这个“不是”指的是“姑娘”，但听在蒋夫人耳朵里，这个“不是”指的却是“哪家”。

蒋夫人有点发急地道：“元儿啊！如今咱们也是结了皇亲的，你喜不喜欢是一回事，这门户无论如何得要说得过去才行。你可别寻那些闲花野草的！”

蒋熙元沉默着不说话，片刻后意味不明地笑了一下：“我又没说要娶。”

“那就行。”蒋夫人这才放了点心，“若真是喜欢，等成了亲再纳进来就是了。”

蒋熙元听了心里忽然无比烦躁，不禁皱起眉来：“我也没说要成亲。”

“胡说！你几个哥哥的孩子都满地跑了，咏薇眼瞧着也出嫁了，我容你胡闹了这些年，还没闹够？你……”

“娘……”蒋熙元忽然伸手拉住了蒋夫人，抬起头来看着她，神色竟有几分可怜，像小时候犯了错要求娘来安慰的样子。蒋夫人话语一滞，被他看得直心疼，关切地柔和了声音：“怎么了？”

蒋熙元看了她一会儿，什么也没说。蒋夫人焦心地追问了几句，蒋熙元却也只说没事。

蒋夫人虽是内院女子，但也并非不通情事。从蒋熙元长大之后，这孩子总是见人三分笑的，如今这模样，不可能没事。

想了想，她约莫猜到蒋熙元这是遇见过不去的心坎了，便叹口气，伸手缓缓地捋了捋他的头发：“元儿啊，娘不知道你到底看上谁了，你不说，娘也不问你了。我知道你是个知道轻重晓得分寸的，有些事你拗不过去，拗不过去就退一步。退一步，其实也就没什么过不去的了。”

蒋熙元心中有苦说不出来。如果夏初是个女子，他才不想管什么门第，说什么也要把她娶进来。可夏初不是，不但不是女子，而且还不喜欢他。这事儿他闹翻了天也是没用的。

他何尝不想退一步，但他退哪儿去呢？他根本一步都没有走。

“我知道。”蒋熙元叹气般说道。蒋夫人还想再说点什么，好多话翻腾了一遍，又不知道该说什么好，只好无声地点了点头。

蒋熙元从蒋夫人那里离开，还是有些晕。他想去看看咏薇，再嘱咐她一些话，可走到咏薇的院门口却又停下了脚步。

他说什么呢？告诉她要恪守中宫之礼，对苏缜可以敬，可以亲，但是不要爱。这话他说过，说得言之凿凿，也无奈过咏薇的执迷。

如今他说不出来了。倘若有另外一个人来告诉他，对夏初，他可以为朋友，可以做知己，却不要去爱，他要如何？

原来是情难自禁。

咏薇要面对的何尝不是他蒋熙元的困扰？若是他能知道，这又何尝不是夏初与苏缜的困扰。皆是说人容易说己难，谁又比谁聪明多少呢？都是情难自禁罢了。

蒋熙元离开了将军府，也不知道该往哪儿去，独自一个人随意晃荡着穿过几个坊间，远远地瞧见路边一处掌了灯的院门，隐有悠悠的琴声传了出来。

他以为自己走到了升平坊，左右看看却又不是。正要转身离开，就见有人往那院门处去了，至门口，一个年轻男子迎了出来，伸手搭上那人的肩膀，浅笑着将人拉了进去。

蒋熙元浑身一个激灵，扭头就走，走了几步又在路上站住了脚，慢慢地回过头去。

知意楼。

蒋熙元当然知道这个地方，但他从来没动心思进去过，甚至连一丝好奇心也没有过。不过他现在好奇了，但不是对知意楼，而是对他自己。

他转回了身，一步一步地走过去，以十分缓慢的姿态路过了知意楼的大门，走了一段后停下来，再一步步地走回去。

门内站着说话的一个小倌瞧见了，弯唇一笑，迎出门来站在了蒋熙元的面前，挡住了他的去路："公子走了一个来回了，还要走？"

这小倌长得挺清秀，有些阴柔，眉梢眼角在无意间带出些许风情，倒也不做作，看着并不讨厌。

小倌见蒋熙元不说话，便轻轻地凑近他嗅了嗅："饮酒了？我让人弄些醒酒的酽茶，再摆几色点心，公子歇歇再走可好？"

说完，他看蒋熙元也没有什么拒绝的意思，便搭住他的肩膀将他带进了知意楼。

知意楼不像升平坊的那些青楼，入内并没有一个敞开的大厅，直接就是四面围合的游廊。游廊中间一方小园景，一个广袖白衣男子散发而坐，低着头正捻拨琴弦，似乎周遭一切都与他无关。

琴桌旁薰香炉里青烟淡淡，散着一种青茶般的香气，不像青楼里那种熏暖的香。这知意楼看着更像一处雅致茶楼，而不是什么香艳之所，这让蒋熙元放松了一点儿，由着那小倌为他引路前行。

到了一个房间门口，小倌推门带着蒋熙元走了进去。房间的布置倒也颇为雅致，没什么引人遐想或勾人欲望的东西，像个书斋茶舍似的。

"公子歇一下，我让人去泡茶。"小倌转身要走，蒋熙元回头叫住他，清了下嗓子问道："你怎么称呼？"

"公子唤我紫苏就好，公子呢？"

"姓……刘。"蒋熙元道。

紫苏笑了笑，像是知道他的掩饰却不在意："刘公子坐吧。"说完便出去了。蒋熙元觉得紫苏这个名字有点耳熟，一时也想不起来在哪儿听过。他捏了捏眉心，觉得自己如此颇为荒唐，大有鬼使神差的意思。

可不就是鬼使神差吗？蒋熙元自嘲地笑了一下，在屋里走了一圈后拉过把椅子坐在了桌前。坐了一会儿后觉得酒劲儿冲得自己发昏，便干脆趴在了桌上。

不一会儿紫苏便回来了，端着茶盘，进门看见蒋熙元趴着便笑了笑，轻轻地将茶盘放在桌上，手扶着蒋熙元的肩膀，俯身贴在他耳边说："刘公子，若是难受便躺一会儿吧。"

蒋熙元坐直了身子摇摇头："不用。"

"要醒酒其实喝什么都不管用，小憩一会儿酒力就能散掉大半。"紫苏说着，伸手将蒋熙元发髻上的簪子抽了出来，头发倾泻而下。他撩开蒋熙元的头发，静静地看了一会儿，"公子长得很好看。幸好没早遇见，否则怕是不想再看见别人了。"

蒋熙元沉默地看着他，紫苏便也沉默。屋里茶香袅袅，蒋熙元闻得出那是暖胃的姜红茶香气，有丝丝的辛辣味道。

对视了半晌后，紫苏弯唇一笑，探过身子贴得更近了一些，停顿一下看了看蒋熙元的反应，便又近了几分，嘴唇几乎碰到了蒋熙元的面颊。

蒋熙元也不躲，只是垂眸看着近在咫尺的紫苏，就在紫苏的手臂要圈上他的脖颈时，他却忽然笑了。

蒋熙元往后倾了倾身体，拉开与紫苏的距离，手指插在发丝中撑住了额头，侧头看着紫苏，笑得懒散且意味不明。

紫苏有一瞬的恍神，随即也坐直了身子："公子在笑什么？"

蒋熙元轻轻摇头，却又笑意更深了几分，仿佛是紫苏可笑，又好像是自己可笑，他也不知道究竟是在笑谁。

那天在捕快房汹涌而来的冲动，没有出现。

紫苏美吗？挺美的。皮肤细白，五官精致，高挺的鼻梁和柳眉平添几分英气，略有点阴柔，略有点羸弱。

像夏初一样，有一种很中性的美感。可他不喜欢，一点儿也不喜欢，毫无感觉，因为他还有心思去分辨茶壶里那姜红茶的香气，甚至觉得那壶茶都更吸引他一些。

蒋熙元笑出了声，低沉的，肩膀轻轻颤抖，似乎乐不可支。他觉得自己真傻，觉得很茫然，觉得这下可能更糟糕了。

上天入地，大千世界的男男女女，是不是就只剩下夏初了？他情之所系是不是只有夏初？他的情不自禁是不是只为夏初？

在夏初面前，他忽然有了那么多的情绪，竟也会急于表现，竟也会无理取闹。他就像个情窦初开的小子，心动如擂，慌乱而不知所措。

蒋熙元渐渐地敛起了自己莫名的发笑，以一声叹息做了结尾。他想，夏初一定是老天派来整治他的，惩罚他这些年自诩的风流，自以为是。

紫苏拎起茶壶来给蒋熙元倒了一杯茶，放到了他的面前："公子既然不好男风，又何必勉强自己？"

蒋熙元端起茶来喝了，胃里瞬时便暖和了起来："我并不知道。"

"公子来知意楼就是想知道这个？"紫苏浅浅一笑，"难得公子的眼睛这般清明，可却也太清明了。公子看着我的时候，就像看着一个并不熟识的路人，虽没有厌烦，但也毫无情欲。哪怕还醉着。"紫苏又给斟了一杯茶给他，"公子不喜欢男人，以后便不要再试了。"

蒋熙元转了转手里的茶杯："也不尽然。若是真的不喜欢，我又何必来试？"

"那便是公子痴情。"

蒋熙元的心猛地缩了一下，轻笑着道："是吗？"痴情，他还没用过这个词。

紫苏站起身来走到床边，打开柜子拿出一把梳子来，站在了蒋熙元的身后，慢慢地替他拢着头发。

"我不会揣测人心，但会看人的眼睛。我认识的一个人也是这样，从我第一次看见他就知道，我其实是另外一个人罢了。”紫苏笑了一下，“但在公子眼里，我连另外一个人也不是。”

他拢好了蒋熙元的头发，手法轻柔地替他盘上发髻，插好了簪子。“那个人说过，爱上谁都不是错的，唯有后悔才最摧心。其实我很羡慕，不管爱上谁，总归是爱过，苦也罢甜也罢，也都没有比这更好的了。”

蒋熙元默默地把茶喝了，站起身来，从袖中掏出一张银票放在了桌上。紫苏看了一眼：“不必了。”

“茶钱。”蒋熙元对他点了点头，转身而去。

中庭小院中的那个白衣男子还在抚琴，也许是换了首曲子，也许没换，但蒋熙元觉得不同了。心中的混乱似乎澄净了一些，但也没有好太多。

如果他不是贪玩，早早地娶上一房妻室，可能到现在什么事都没有。没有苦恼，但也没有了这苦恼所带来的甘苦相杂的滋味，总归是爱上了谁。

唯有后悔最摧心。但蒋熙元不知道究竟怎样做才不叫后悔，而所谓后悔，却偏偏只有过去之后才知道。

第十八章 柳暗花明处

知意楼后面的街上，夏初步履匆匆而过，手里小心翼翼地拿了细细一卷纸。下午在茶楼吃罢饭离开后，她在街上转了转，买了一只小锦盒，又从纸店里寻了这么一张淡绿色的彩纸来。

回到家中，夏初把葡萄坠子拿了出来，放在手里看了好一会儿后放进了小锦盒，仔细地扣好盖子。她去厨房捏了点面熬成糊，又翻出剪子裁了那张彩纸，把锦盒包了起来，封上口。

看了看，觉得不太平整，便又拆开，重新包了一次。都弄妥当了，夏初又看着盒子发呆。

苏缜不来，她居然毫无办法找到他。夏初这才觉得自己对苏缜的了解实在是太少了，没有电话和微信，不知道他住在哪里的情况下，他就像掉进了海里的一滴水，全无踪迹可寻。

最早她是没想到要问，后来苏缜总是会出现，她就习惯了，便也忘了要问。她总觉得苏缜会在自己想到他的时候就来了，可现在自己想了他很多天了，他在哪儿呢?

夏初帮他找了很多的理由，默默推算着每一个理由所需要的时间，告诉自己他下午就会来了，他晚上就会来了，或者他明天应该就来了。

但是没有。

夏初把包好的礼物重新放回了抽屉里，抬头看了一眼墙上贴的画。这幅画就像是一首歌里最动人心的一句歌词，再往后，歌曲却戛然而止，堵在那里让人抓心挠

肺，却无计可施。

西京这几天还挺太平，也就是几个小案子，或者判罚或者调解，很快便都结了。夏初找来常青，问他听没听说过一个叫黄真的商人，常青侧头想了好一会儿却是摇头。

“我帮你打听打听去？”常青问。

夏初低头抹了下鼻子，觉得若是让黄公子知道了自己在人肉搜索他，可能也不太好，便道：“倒也不用，你不知道就算了，我不过是随口问问。”

“真不用？”

“真不用。”夏初摆摆手肯定地道。

常青这才作罢，返身走了两步又转回来，神神鬼鬼地道：“对了，头儿，您知道王槐最近干吗呢吗？”

“不知道。”

“他去了个镖局应工，好像还是个小头目，毕竟是在衙门里待过的，月钱开得挺高。”

“那挺好。”夏初无可无不可地笑了一下，“羡慕啊？”

“没有！”常青赶紧否认，耸肩笑道，“月钱再高也没衙门里的公差体面，再说，能高到哪儿去，是不是？”

“你最近遇见他了？有没有说什么？”夏初问。

“没有，都是听说的而已。以他那人的性子，就算看见我也保不齐要远远地躲开呢。”常青不屑地哼了一声，“无大量难成大事。”

夏初干笑了两声。对于王槐，她始终有些褒贬不明。最初时，王槐与许陆都是夏初看重之人，后来许陆能力更胜一筹，威望水涨船高，王槐心理失衡是必然的。

后来的事，夏初觉得也是自己处理得不好，但时间倒回去再看，她还是不知道怎样处理才算好。有了错总不能不去批评，不能没有惩戒。不是说知耻而后勇的吗？显然王槐并没有这样的意识。

只能说她处理得不算聪明，而王槐的反应更算不得聪明。

私心里她也挺想为王槐开脱开脱的，毕竟这个时代的社会背景和普遍认知在这儿摆着，就像蒋熙元说的那样。所以在这个背景下其实也说不得王槐错得多离谱。

但她要想在府衙里绝了刑讯这档子事，总得有个开刀的人，倒霉的王槐就这么撞上来了。如果她还有机会再见到王槐，她是不是应该与他推心置腹地谈一谈？

但有些关系的基础破裂了，就再无修复的可能。王槐已经不属于府衙的人，夏初和他已经完全没了再沟通的基础，也就只能这样了。

许陆这些日子心情很好，他在一群捕快中明显成为了一个领头人的角色，在找不到夏初的时候，捕快遇到什么事都会问他拿个主意，基本是个副捕头了。

就在他春风得意之时，蒋熙元却忽然找到了他。

离府衙不远的一个小酒楼里，许陆略有点紧张地坐在蒋熙元的对面，但面上却没流露出紧张，只有分寸合宜的恭敬："大人找我有什么事吗？"

"你工作做得不错。"

许陆心里放松了一点儿，点头致谢："应该的。"

"但方法不对。"蒋熙元一句话又把许陆的紧张给拱了上来。他勉强地笑了笑："若有失当之处，还请大人指正。"

蒋熙元浅浅一笑："你比王槐有能力，更重要的是你比他聪明得多。你与他的龃龉我问过了，事情你比我更清楚，我也就不再重复。"

"承大人谬赞了，王槐的事到如此地步我也很遗憾。其实无非都是共事间的一些摩擦罢了，倒也谈不上龃龉。"许陆诚恳地说。

蒋熙元摆摆手："我说了，事情我已经问过了。包括排查庆仁堂药铺，也包括喻温平出事的那个下午你究竟做了什么。"

"我……"许陆心里猛地一颤，忙道，"小的没有做什么。"

"你做的事都放得到明面上，所以我说你很聪明。你很善于忖度人心，顺水推舟。你知道王槐的弱点在什么地方，他跟你杠上的确不智。"蒋熙元端起茶杯来浅浅地饮了口茶，轻蹙了一下眉头，"最主要的是，你也知道夏初的禁忌在哪儿，轻轻松松地便把王槐推过了那条线。"

许陆愣愣地看着蒋熙元，背上沁出一层冷汗来。

面对许陆掩饰不住的慌张，蒋熙元只是笑了一下。

"不想做捕头的捕快不是好捕快。好像你是这么说的。"蒋熙元点了点头，"你对权力有野心，稳当而且相当会处事。"

"大人……"

"单就这些而言，我倒是也挺欣赏。"蒋熙元用手指点了点桌子，"其实夏初也不是你的对手，你对她的恭敬有几分是真的，你自己心里清楚。"

"小的对夏捕头并无异议。"

"从前你对王槐也无异议。我猜，从前赵捕头在的时候，你大概颇有怀才不遇之感。如今换了班子，想要有番作为也是理所应当，你不止于此。如今没有的，往后便会有。”

许陆稍微有些着恼：“大人不可以臆测断人之罪。”

“会忖度人心的不只你一个人。”蒋熙元不以为然地笑了笑，“就像你知道王槐会变成什么样子，我也知道你会变成什么样子。”

许陆沉默不说话，片刻后嗤笑一声往后靠在了椅背上：“大人对夏捕头实在不错，却也好得未免失之偏颇了。”

“我不想你利用他。”

“小的没有。”许陆侧着头，眼皮不抬地说。

“你挤走了王槐，可能下一步还会想要挤走常青，这都需要夏初来出面完成。我不喜欢你将他顶在前面，替你的野心冲锋陷阵，再将他架空起来。”蒋熙元把茶杯顿在桌上，神情也严肃了些许，“你说我失之偏颇，对，我确实偏向夏初。包括今天我出面与你谈这一番，其实都证明了我的偏心。原本你没有资格值得我如此做。”

许陆看着蒋熙元不说话。蒋熙元也看着他，忽然有些恶劣地笑了一下：“你没有办法。斗倒王槐太容易了，但你想斗倒夏初却不可能，因为你斗不倒我。”

许陆垂下眼，自嘲地笑了笑：“大人说的是。那大人希望我如何？”

“我说了，你的能力我认可。平心而论，你这样的人适合在官场里混，甚至只做个捕头都有些屈才了。”蒋熙元松了松肩膀，语气放缓了一些，“管阳城有个捕头的空缺，如果你想去就尽快去吧。”

许陆抬起头来，有点不敢置信地看着蒋熙元：“捕头？”

“捕头。”蒋熙元点点头，“我已经给刘县令知会过了，依我所看到的，我相信你能是个好捕头。不过许陆你也得知道，我之所以能够看见你的能力，实则也是因为夏初。你现在所能做的一切，都是因为夏初的到来而给了你施展的余地，他有缺点，但他所能改变的你还做不到，这点上你比他差得远。”

许陆不知道是因为激动还是因为什么旁的缘故，脸色微红，嘴唇轻轻地颤着。

蒋熙元站起身来：“今天的话我不会告诉夏初，相信你也不会。往后的路你好自为之，有些自以为是的聪明，并不是没人看得到。”

蒋熙元走了，许陆独自一个人坐在桌前盯着面前的茶，直到它再也散不出一点水汽，才轻轻地叹了口气。

两天后，许陆交接完了手头的案子，动身往管阳城赴任。夏初对许陆的这个升迁感觉非常突然，有点不舍，但还是很替许陆感到高兴。

许陆走前，她找齐了所有的捕快，自掏腰包进酒楼给许陆践行。一帮大男人坐一堆儿吃饭，又是践行，必然要有酒。饮了酒什么混话便也都出来了，夏初坐在里面好不自在，却也没有办法，听得面红耳赤，好在有酒掩饰着。

许陆跟着众人笑闹，但情绪始终不是很高。酒过三巡，许陆终于还是举起了酒杯走到夏初跟前："头儿，敬你一杯酒。"

"敬过了啊！"夏初红着脸站起来，话虽这样说却还是端起了酒杯，看着许陆叹了口气，"还真有些舍不得呢，你稳当又有能力，不舍得放你走。但你升职去做捕头了，我也真为你感到高兴。你去了管阳可别忘了我们，有空回来看看。好好干！一定要做个好捕头！"

"会的。"许陆笑了笑，将杯中酒一饮而尽。他看着夏初泛红的脸，诚挚地笑，忽然有些明白了蒋熙元的话。他是比夏初差得远，差在了一腔的热忱，差在了一颗真诚的心。

酒席散了，夏初挥别许陆，一个人晃荡荡地往家的方向走，刚转过酒楼的巷口就看见蒋熙元正环臂站在墙根处，倚着墙，似笑不笑地看着她。

"哎哟？大人你怎么在这儿？"夏初用力地挥了挥手，"大人好！"

蒋熙元见她这副样子，嗤笑一声，上前几步拉住了夏初的胳膊："又喝多了你。"

"又什么又？"夏初咯咯地笑了两声，"哟哟，切可闹……"

"说的这是什么？"蒋熙元扶着东倒西歪的夏初，"走得了吗？"

"能！"夏初推开他，往前迈了两步又回过头去，"怎么样？怎……么……样！"

"送你回家。"蒋熙元跟过去，把她那两只爹开的胳膊收拢，顺势将她搂在了身侧。夏初浑身软绵绵的，头重脚轻，直接就把身体的重量交在了蒋熙元的身上，打了个酒嗝。

蒋熙元无奈一笑，扇了扇鼻子："臭死了。"

"哪有！香香的。"夏初抬起胳膊来闻了闻自己，又伸过去递到蒋熙元的面前，"你闻，闻一下就吃饱了。哈哈，全是菜味儿。"

蒋熙元躲了一下，拉住她的胳膊绕在自己的身上。这一来，两人就变成了面对面的，贴得很近。夏初一低头，把脑袋顶在了蒋熙元的胸口，吸了一下鼻子："臭死了。"

"谁？"

"我。"

蒋熙元莞尔，低下头嗅了嗅夏初的头发，腾出一只手来将她散落在耳侧的碎发别了过去，再多的，也不知该如何是好。

什么才是后悔？是终究掩埋了自己的心，还是将它捧出来？也许当年的苏绎在面对归禾公子时也问过自己吧。那个结果他一定很后悔，后悔得摧心，但如果当年他什么都不说，是不是也要后悔？

最后悔的，大概就是这么遇上了，然后不明所以地爱上了。

夏初缓了缓酒劲儿，叹口气抬起头来，伸手往前方一指，大声道："回家！"

酒楼离夏初家不算远，夏初几乎是闭着眼睛走回去的。路上，蒋熙元问她，如果他不来找她，她要怎么回去。

夏初嘿嘿一笑："大人如果不来，我也一样能回去。这人啊，一旦有了依靠就会想要依靠，倘若没有，什么都做得到的。"

"是吗？"蒋熙元侧头看了她一眼。

"是。其实还是要靠自己，想要活成什么样的人，就会成为什么样的人。其他的一切都是借口。"夏初用肩膀顶了顶蒋熙元，"大人大人！是不是很有哲理？"

蒋熙元不知道什么叫哲理，也没有问，轻声地道："你自己一个人，是不是活得很难？"

"没有没有。"夏初闭着眼睛摆了摆手，"我这不是好好地长了这么大吗？"

"我陪着你好不好？"

"好啊！你这不就是陪着我吗？"

"夏初……"

"嗯？"

"你有心仪的人吗？"

夏初笑了两声："大人要给我介绍对象啊？可别，你的朋友圈非富即贵，我可是高攀不起的。"她睁开眼睛瞄了蒋熙元一下，"哟？大人这是什么表情？是不是要跟我聊一聊感情？"

夏初站直了身子，咋呼道："大人有喜欢的人了？！"

蒋熙元眼带笑意，似真似假地说："是啊，我喜欢你啊，你瞧不出来？"

夏初大笑着拽了拽蒋熙元的袖子："我瞧瞧我瞧瞧，挺结实的啊，没断啊！"她学着蒋熙元当初的表情和语气，"我不是断袖，我只喜欢姑娘。"

"我又没说我是断袖。"蒋熙元凑近到夏初面前，依旧是一副玩笑的口吻道，"你是男是女都没关系。动心吗？"

夏初愣了一下，心里忽然有一种怪怪的感觉蔓延开来，直达四肢百骸，手指尖都发麻了，又直冲上脑门，让她觉得天旋地转。她猛地往旁边跑了两步，扶着墙“哇”的一声就吐了出来。

蒋熙元站在原地苦笑了一下，走过去拍着她的后背：“不至于吧？我说说而已，你就恶心得想吐了？”

夏初说不出话来，胡乱地摆了摆手，吐得眼泪直流，浑身发抖，要多狼狈有多狼狈。混沌中，夏初想：得亏我是个男的啊！身为女人我也太没样了。

蒋熙元把她扶起来，揪着袖子给她擦了擦脸上的泪，觉得好笑又觉得心疼：“好受点儿了？”

夏初点点头，浑身颤了一下，倚在墙上一点儿力气都没有了。

“没我你回得去吗？”

“大人，我错了。”

蒋熙元又笑了起来，掩饰住心中的失落，把夏初拽起来让他靠在自己身上：“我再不想听你说这句话了，烦死了。”

“那……大人，你是对的。”夏初哼唧了一声，重重地喘着气。吐得好累。

月亮不是圆的，光芒也黯淡。夜晚静静的巷子里，蒋熙元搂着夏初慢慢地走着。他听得见夏初的呼吸，听得见自己的心跳。

也许这就已经是他与他最近的距离了吧。

到了夏初的家门口，夏初把钥匙拿出来要去开门，蒋熙元从她手中把钥匙抽走：“看得见锁眼吗？”

“喵……”夏初半睁开眼睛看他，“我视力好得很。”

蒋熙元把门推开扶着她进了屋，又掌上灯：“水在哪儿？我去给你倒一杯。”

“没有热的……”

“水缸在厨房吗？”

“大人……我觉得你应该不会烧水。”夏初幽幽地说。蒋熙元不说话了，摩挲了一下手掌：“告诉我怎么弄。”

“门后面有柴，草纸在窗台上，你拿火折子先……”夏初说了一半，撑着床板站了起来，“还是我自己来吧。”

蒋熙元挫败地叹口气，拿起灯，跟着夏初去了厨房。夏初吹燃了火折子点燃草纸放进炉膛里，又折了几根细柴扔进去，等火苗大一些了再放一些。蒋熙元在一边看着，默默记忆。

“再递给我点柴。”夏初往后一伸手，蒋熙元却握住了她的手把她拽了起来：“我来。”说完拿了几根劈柴塞了进去。劈柴粗大，一进去便把火苗给压灭了。

“捣乱啊！火还没起来呢，不能放劈柴，要放也得先从下面放，哪能一下放这么多！”夏初跺了下脚。

蒋熙元扭头白了她一眼：“再来就是了。行了，你出去！我知道怎么弄了。”

他把那几根劈柴又掏出来扔在一边，按照夏初之前的程序重新点了草纸，慢慢地加细柴，等火大了，才又一根根小心翼翼地把劈柴放了进去。

“吹一吹。”夏初在一旁道。

“怎么吹？”

“冲着火吹，小点劲儿。”

蒋熙元把身子伏得更低了一些，往灶膛里吹了一下，膛里的尘灰卷了出来，呛得他直咳嗽。夏初把他拽起来，笑道：“大人终于也食人间烟火了。”

“还不错吧！”蒋熙元往灶里看了一眼，见火苗已经起来了，便拎着铜壶去舀水，有点兴致勃勃的样子。夏初看着他，忍不住直发笑。

热水有了，夏初捧着杯子倚在床上，一边吹气一边喝着，头还晕着，但胃里一下就舒服了很多。蒋熙元也给自己倒了一杯，坐在她旁边，一边喝水一边四面环顾，目光便落在了墙上贴的那幅画上。

“这是什么？”他问夏初。

“我的家人。”夏初也跟着他看过去。

蒋熙元站起来走得近了一些，他能认出画中的夏初，倒是挺像的。看了看，觉得这画风有点眼熟：“你自己画的？看不出来你那两笔破字，倒会画画。”

“不是，是黄公子送我的，生日礼物。”夏初道，说完垂下眼吹了吹水雾。

蒋熙元有点吃味。他的礼物送得一塌糊涂，而且最终还没送出去，这黄公子的礼物送得倒好，还被贴在了墙上，每日看着。

“他见过你的家人？”

“没有，我以前丢过一个钱包，里面有我家人的肖像，那钱包碰巧被黄公子拾到了，我也是这么认识他的。”夏初抬眼去看那幅画，“其实不是很像，但心意真的很让我感动。”

蒋熙元又去看了看那幅画，不想承认也得承认，这礼物的确很有心。如果是他，他也会很感动。

高手啊！蒋熙元暗暗地道。

“你还是小心一些那个黄公子吧。”蒋熙元说。

夏初微微蹙眉：“又来了，大人也没有见过他，怎么对他这么大的成见？”

蒋熙元犹豫了一下，看着夏初道：“我让人去打听过了，西京城没有黄真这个人。”

夏初一愣，随即笑了一下：“不可能。他就是西京人士，不然哪会时常出现。大人如何打听？还能挨个去问不成？”

“西京人虽然多，但富商也不过就那么几个，更遑论皇商，这一点儿都不难问。”蒋熙元很认真地说，“要么他就不是西京人，要么他就不叫这个名字，总之这两点上他有一点是骗了你的。所以你还是小心一点儿的好。”

见夏初沉默着不说话，蒋熙元便追问道：“听见了吗？”

夏初嗤笑了一声：“听见了，不过我小心什么？小心他骗我财还是骗我色？论财，我没他有钱，论色我没他好看，有什么可骗的。”

“你也没我有钱，没我好看。”蒋熙元说。

夏初没有明白他话里的含义，只是听他这么夸自己便忍不住大笑起来：“那大人你要骗我什么？”

“我没有骗你。我叫蒋熙元，我住在敦义坊，蒋家在骠骑大将军府。他叫什么？他住在哪里？家里做的什么生意？”

“那又有什么关系。”夏初看着蒋熙元，“那我又是谁？我是不是真的叫夏初，我以前住在哪里？我从什么地方来？大人觉得我有没有骗你？”

“我自己会判断。”

“我自己也会判断。”夏初低头看着手里的杯子，“大人不用替我操心。”

蒋熙元把茶杯往旁边的桌上一放，站起身来：“随便你。”说完头也不回地走了。

夏初听着院门“砰”的一声被关上，撇了撇嘴却依旧低着头，吁吁地吹着杯子里的水，吹着吹着，眼睛一眨就落下泪来。

她捧着杯子哭了起来，越哭越想哭，难过，又或者仅仅是喝多了。

黄真，名字里有个真，又怎么会是假的？她不信，但她知道，蒋熙元不会骗她。

苏缜当时随口说了这个名字时，也许潜意识里也是这么想的，他希望这一切都是真的，真的自由，真的快乐。

人总是这样的，遮掩的东西总想去强调，就像夏初总是要强调她是个男人，就像苏缜对自己说夏初不过是个偶然认识的朋友。

因为心虚。

可人总是骗不了自己的，夏初知道自己是个女人，苏缜也在不断的挣扎与排斥中意识到，夏初不可能只是个偶然认识的朋友。

夜已深，苏缜还不想睡，坐在寝宫的软榻上，遣去了所有的宫人，包括安良。偌大的房间里只有他一个人，占据着很小的一个角落，静静出神。

他记不清自己有多久没有见到夏初了，实际有多久也不重要，在他的感觉中似乎已经很久很久了。他所遏制的想念，在他疲惫时便更加汹涌地反扑上来，让他根本无从去抵抗。

他把每一次的相见都重新回忆，才发现，连最初在街上撞到也算在内，他们相见的次数不过两掌之内。

在他意识到自己的异常之前，如果能多见几次面就好了，那样就能有更多可以去想念的了。苏缜这么想。

他起身来推开了窗子，外面是个很好的夜晚，可惜宫里的螽斯和纺织娘都被捕了出去，静悄悄的。每一块石头，每一棵树都待在它们应该存在的位置上，每一朵花都绚烂得无懈可击，了无生趣。

原来，这样也是好的。夏初说一成不变的生活很无趣，说一次新的尝试能让人发现生活的不同，可她没说有些尝试的结果却让人不堪承受。

比如思念。

“怪不得昨夜得一梦，五爪金龙落房中……”苏缜轻声唱了一句《游龙戏凤》中的唱词，仿若看见那天的夏初笑着说，“这姑娘也挺会说话啊，我才不信她真能梦见了”。

苏缜笑了一下，他真想梦见些什么，解一解心中所思，却是唯梦闲人不梦君。

“安良。”苏缜唤了一声。安良推门而入，上前躬身而立：“皇上。”

“宫里多久没开戏了？”

安良一愣：“回皇上，许久了，自打去年先皇病重就没有开过。”

“朕想听戏。”苏缜从窗外把目光收回来，“德方班的，去安排吧。”

“是。”安良退了一步，“皇上，夜深露重的，早些歇息才是，明儿个要早朝。”

苏缜没有说话，仍是安安静静地坐着。安良又躬了下身子，退了出去，到了寝殿的门口才叹了口气。

"安公公。"黑暗里有人叫了他一声。安良顺声音看过去，闵风一身黑衣黑裤的，就像凭空里变出来的一样，走到了他的面前。

"闵大人，今儿是你值夜了？"

闵风抱臂而立，点了点头。安良笑道："最近皇上也不出宫了，你也清闲许多。唉，可怜我啊……"

"你也清闲许多。"

"可没有。"安良苦着脸摇了摇头，"出宫吧，虽然总惦记着皇上别遇见事，别吃坏了东西，可皇上高兴我也就高兴。现在倒是不担心那些了，却更紧张了。"安良扭头问他，"你说我是不是命贱？"

闵风一笑，看了他一眼没说话。

安良白他一眼："皇上刚才说要听戏，赶明儿我得让人安排去。"

"明天看戏？"

"看不了。这得先看皇上什么时候有空，还得看哪天是常日子，别赶上哪位先皇、先皇后或者什么皇子太妃之类的忌日，然后还得呈报曲目，核实戏班子的人员名单……"安良掰着手指头一样样地数过去，"事儿多着呢。"

"是德方班？"闵风问道。

"大人你听见了？这耳朵也忒灵了。"

"猜的。"

"那你再帮我猜猜，唱点儿什么好？这不年不节的要听戏，也不知道该唱什么段子才应景。"安良笑说。

闵风回头看了一眼寝宫，眼里有一丝犹豫："《游龙戏凤》。"

安良一听直摆手："那可不成，宫里不能唱这个，回头让那些刻板的老臣知道了，非骂死我不成。教坏皇上。"

闵风不置可否地点了点头，没再说话。

转天上过了早朝，苏缜把蒋熙元留下了。蒋熙元也不知道有什么事，因为苏缜不说话，两人对面而坐，一杯接一杯地饮茶。

"最近有什么事吗？"苏缜放下茶盏问道。

"倒是没什么。"蒋熙元也把茶盏放下来，"前几日京畿呈报说连下了几场雨，不至于闹旱歉收，到秋收应该能把支应兴州的仓空补上。"

苏缜点了点头，瞄了他一眼，故作无意地问道："也没什么大案子吧？"

"没有，清平得很。"蒋熙元笑了笑。

这样一来苏缜也不好再问下去了，又沉默地拿起茶盏来。蒋熙元又说了一些旁的事情，苏缜只是听着，随意地插上两句话，显得意兴阑珊。

坐了一会儿，苏缜便让蒋熙元回去了，弄得蒋熙元莫名其妙，揣测着是否与大婚之事有关，或者干脆是与咏薇有关，心中不免惴惴。

出了御书房的宫门，迎面碰见了安良，蒋熙元与他打了个招呼，看他一脑门子薄汗，便笑道："大热天儿的安公公自己跑什么？指派个下面的人去忙不就完了？"

"蒋大人就别调侃我了。"安良与蒋熙元相熟，说话便也随意，"有的事儿我敢指派，有的事可不敢。办砸了谁赔我脑袋？"

"皇上砍过谁的脑袋？"

"唉，就是那个意思。这不是皇上要听戏嘛，这事儿我哪敢交代别人，回头不尽心骂的还是我。"安良道。

"听戏？"蒋熙元一笑，"皇上兴致挺高啊，宫里可有日子没开戏了。"

"兴致高倒好了。其实我也摸不准，但皇上想听就得去办。"他拱了拱手，"蒋大人，我不跟您这儿磕牙了，这还有事儿呢。"

"行，你忙你的去吧。"蒋熙元看着安良走进去，莫名其妙地摇摇头。他不记得苏缜爱听戏啊，这又是想起什么来了？

出了宫，蒋熙元往府衙方向走，走了一段之后又转向回了将军府，一来他昨天甩袖而去，现在还没想好怎么再跟夏初说话，二来他想去看看咏薇。

蒋熙元到的时候，咏薇正在屋里熟悉礼节，走几步便下拜，走几步又下跪叩头，对着空气用清脆的嗓音说着吾皇万岁。抬起头来时，一双眼睛晶亮，显然对即将到来的中宫生活充满了期待。

或者说，对苏缜充满了期待。

蒋熙元倚着门边静静地看着，直到咏薇看见了他，站起身步履轻快地跑到他的面前："哥，怎么来了不出声？"

"皇上都没喊你平身，我哪敢说话？"蒋熙元笑道，换回咏薇一记粉拳。她白皙的脸上有暑气嘘出的微红，像一朵粉嫩将开的桃花，很好看。

"大婚的礼节都熟悉了？"

"嗯。"咏薇点点头，又轻轻地撅起嘴来拉着蒋熙元的胳膊晃了晃，"可是我好紧张。哥，我要是到时紧张得忘记了可怎么是好？"

"忘就忘吧，皇上也不会把你退回来。"蒋熙元拍了她脑门一下，"紧张什么？”

“皇上这么说的？”

“皇上怎么可能这么说，我说的。”蒋熙元大笑，绕过咏薇走进门去，拿起广口的水晶杯子，坐在桌前给自己倒了一杯清凉的果茶。

茶也是粉红色的，漂着细如米的蜜渍桂花。这是咏薇爱喝的东西。咏薇是蒋家人，蒋家人都很讲究，这是个奇怪的事。

因为他爷爷蒋柱棠和他爹蒋悯都是武将出身，两个人都是铮铮的汉子，说不好听的，一盆水是拿来先洗脚还是先洗脸他们都无所谓。蒋熙元想，也许是两位长辈都太粗糙了，所以物极必反，他们兄妹几个才特别地讲究。

“这时候你别逗我。”咏薇不乐意地说，又轻轻叹了口气，“皇上怎么也不来看看我呢？婚礼之前，新郎不是都要偷偷地来看看新娘吗？戏文里都是这样的。”

“那是戏文，这是现实。你说的是新郎，但他是皇上。”

“也许他偷偷地来过，我不知道？”咏薇转了转眼睛，“哥，最近皇上出宫了吗？你可不许骗我，你就告诉我嘛，也让我安安心。”

“你安心。”

“怎么？”咏薇眼睛一亮，充满期待地看着他。

“皇上最近没出宫。”蒋熙元笑道，“你别胡思乱想了，做好你的本分是真的。”

“这话可真不像你说的……”

蒋熙元沉默了一下，问她：“大婚之后，过些日子就会后宫选秀。咏薇，前朝时后宫的事情你虽没有亲身经历，但是也都听过，那不是个安逸的地方。”

“我知道。”咏薇的神色黯淡了几分，“我不会害人的。”

“更要防着别人害你。我知道你是聪明的姑娘，但有时候并不需要你聪明，心里明白，表面糊涂才好。”

咏薇点头。蒋熙元不知道她懂不懂，其实她就算懂了也没用，他深深地觉得，这种事看性格，凭天分，往往不是筹谋而是本能罢了。

但他真是放心不下，严重了说，他还有些害怕。害怕自己这个如花般娇艳的小妹，有一天会被森冷的皇宫碾落成泥，而他却什么也做不了。

“哥，要是有事你会帮我吗？肯定会吗？”咏薇问他。

“当然。”

咏薇笑了起来，把刚才的那点沉重又抛到了脑后。兴致勃勃地打开妆奁盒子，拿出她新打好的陪嫁首饰给蒋熙元看，蒋熙元没什么兴趣，但是也能说出些道道来，说得咏薇很高兴。

蒋熙元口干舌燥，喝了一口果茶，甜得他发腻，便又放下了："要出嫁的姑娘这么兴高采烈，娘瞧见八成要伤心了。"

"那你赶紧成亲，娘就把这伤心给忘了。"

"臭丫头，这事儿哪就轮得到你说了。"

"本宫命令你尽快给本宫娶个嫂子回来。"咏薇端起架势，瞬间从神态到气质都成熟了不少。蒋熙元看着她笑，却不说话。

"怎么样？"咏薇放下身段问他自己的姿态如何。

"咏薇……"蒋熙元收起了调笑的表情，"从前嘱咐你的话我不再说了，路是你自己选的，想好要怎么走。你很快会是皇后，我会对你称臣，但不管你是谁你都是我的妹妹。记得住吗？"

咏薇被他说得伤感起来，眼里蓄了水汽，轻轻地点头靠在了蒋熙元的肩上："我知道的，哥，你永远是我哥哥。"

"记得就好。所以我的事你少管。"蒋熙元轻飘飘地道。

咏薇被气坏了。她还以为蒋熙元是跟她话离别，没想到是在这儿等着她呢。她伸手去抓蒋熙元，蒋熙元却先她一步跑了。

回府衙的路上，蒋熙元路过瓷器店时从里面买了一套茶具出来，青花的，很精致。他拎在手里，准备以此作为突破口跟夏初搭个话。

他可以主动和解，但他仍对那个黄公子所怀的心思抱有深深的疑惑。他也不是吃醋。嗯，他还是有点吃醋，但他没什么资格吃醋。

道理是这样的，就算那个黄公子像他一样喜欢夏初，也完全没必要隐去姓名家世才对。夏初又不是小倌。他怕什么呢？心里没鬼怕什么呢？

蒋熙元回想着那幅碍眼的画，总觉得那画里有种奇怪的熟悉感。走着走着，他忽然顿住了脚步，觉得有哪里不太对。

哪里不对？

蒋熙元微眯起眼睛仰头看了看天。他记得很清楚，喻温平出事的那个晚上，夏初对他说起了自己的身世，他说他有个哥哥。他相信自己没有记错，因为夏初还说他像自己的哥哥。

画上是有四个人的，两个成年人，另外两个，一个是夏初，旁边还有一个小女孩。那么，这里面谁是哥哥？

蒋熙元站在路中间，觉得脸直发烫，不知是烈日晒的还是源于气血上涌。纵然不停地告诉自己冷静点，再冷静点，但还是架不住心狂跳。

过了好一会儿，蒋熙元像忽然醒过来了似的，把手里拎着的茶具往旁边卖雪花落的摊子上一放，转身往夏初家的方向跑去。

他一刻都等不了了，他得去看看！

一路跑到夏初家的门口，蒋熙元已是浑身汗湿，脑门亮晶晶的，从来没有过这么不讲仪表的时候，只不过现在他根本顾不得这个了。

院门上挂着锁，证明夏初不在。蒋熙元往两边看了看，提身一跃，踩住墙壁借力，手按住墙头轻轻一撑，翻身进了院子。

他站在墙根平复了一下呼吸，轻手轻脚地走了进去。院子里静悄悄的，与他昨晚离开时一样。鱼缸里的鱼翻了一下水面，搅出“啵”的一声，吓了蒋熙元一跳。

这真是做贼心虚。

他走到房门口，手按在门把手上顿了顿，然后才小心地拉开了门。那幅画就在墙上贴着，蒋熙元慢慢地走到画前，一时间，屋里的空气都好像凝滞了似的，他只能听见自己的呼吸声，还有如擂鼓般的心跳。

四个人，夏初的父母，还有……“两个”夏初。

蒋熙元的嘴角渐渐扬出一抹笑意，这笑容越来越深，最后哧哧有声。他将手握拳放在唇上，目不转睛地看着。

此刻他很想喊出声来，笑着，却又有点想哭。

蒋熙元觉得自己像重生了一般，浑身都轻松了。

走在街上，灼人的阳光是温暖，喧闹的声响是乐章，熙攘的人群是热情，油腻的食摊是温馨。一切都是美好的。

他忍不住笑出声来，连周遭人的侧目都像是对他最诚挚的恭贺。

这些日子以来的彷徨与痛苦，此刻被奇妙地转化成了另外一种截然相反的情绪。仿佛从谷底直接跃上了山峰，仿佛从黑夜直接走进了光明，眼前豁然开朗，云蒸霞蔚，美不胜收。

他想去问问夏初，迫不及待地想看看她惊慌失措的表情。蒋熙元走了一路，想了一路，笑了一路，步履生风。

但快走到府衙门口的时候，脚步却渐渐地慢了下来。最初的兴奋情绪过去后，蒋熙元开始想着之后要怎样做，这样往后一想，他便觉得事情可能还不能简单地处理，对夏初的秘密一戳了之。

蒋熙元看了一眼府衙的大门，拐了个弯走进旁边的小巷子，寻了个阴凉地儿，倚着墙思索了起来。

他如此地去揭开夏初想要隐藏的秘密，能得到的无外乎两种结果，最有可能的一种是夏初请求他保守秘密，让她继续以男人的身份在府衙做下去。但他要替她保守到什么时候？永远地帮她瞒下去？那这样一来，对于所有人来说，他蒋熙元等于喜欢的还是个男人，将来也不会有结果。

如果他不替夏初隐瞒，那么就是第二种可能：让夏初对所有人承认了自己是个女人。如此，他蒋熙元的困扰是不在了，可夏初势必就要离开府衙。那么他所承诺夏初的，要帮助夏初的那些她的理想也就无从谈起。夏初会开心吗？

倘若夏初既不请他隐瞒，又不主动坦白，而是惊惶之下干脆一走了之，自己去哪儿寻她？那才是彻底没希望了。

因为这里面有个非常重要的因素：从他的角度说，不管夏初是男是女，他都已经全盘认清了自己喜欢她的现实，但从夏初的角度说，不管她是男是女，她都还不喜欢自己。

就算他有天大的本事，偏就对这一点全然无可奈何。

思来想去，蒋熙元觉得这件事还不能贸然行事，要徐图之。之前“远离夏初困扰”的计划已经全盘失败了，这个“得到夏初的心”的计划则不容有失。

对付女子他有办法，但夏初不是普通的女子。他没见过哪个女子会像她那样大大咧咧，没见过哪个女子胆大到扮成男人还敢应了官差，更没见过哪个女子会像她那样对男人的社会存有理想。最主要的是，他还从没有对哪个女子如此地动过真情。

蒋熙元回了府衙，寻了一圈却没有看见夏初，常青说夏初早上来应卯了，待了一会儿之后说要去巡巡街，又出去了。

“她没问起我？”蒋熙元道。

“没有啊，您不是上朝去了吗？”常青说，说完呵呵地笑了笑，“大人，恕小的多嘴问一句，您是不是又跟我们头儿吵架了？我瞧着他情绪不好。”

蒋熙元睨了常青一眼：“吵架？我们什么时候吵过架？”说完抽身而去。常青挠了挠头，心说，大人，您当我们都是瞎的啊！

夏初的确是巡街去了，自己一个人，谁也没带，只带上了满心难过。昨晚上她哭了好久，借着酒劲把一直郁积在心里的情绪发泄了出来，哭着哭着就睡着了。早上起来时两只眼睛肿得睁不开，自己拿凉水捂了好久才消下去一些，但整个人由内而外地没精神。

常青问她，她只说是昨天晚上喝多了，没睡好。常青觉得这两点有点矛盾。

西京的街上今天很太平，连个吵架的都没有，让夏初想转移点注意力都没机会。响晴白日，她瞧着所有人都那么喜气洋洋的，反衬得自己像永远吃不到饭的灰太郎。

夏初走着走着就到了升平坊，驻足抬头一看，正是莳花馆的门口。她犹豫了一下，迈步走了进去。

正是晌午，莳花馆还没开门做生意，几个茶奉正聚在一角闲聊，看见夏初进来便都投了目光过来。有还认识夏初的过来招呼道："哟，这不是夏初夏捕头吗？"

夏初勉强一笑："好久不见。"

"可不敢跟您经常见着。"那茶奉笑道，"怎么着？夏捕头这是衣锦还乡视察来了？"

夏初听他这酸溜溜的口气，搁往常一定会不甘示弱地回两句，不过她今天没心情："九姑娘在吗？"

"啧啧，不一样就是不一样了啊！如今一来也是直接能找九姑娘的了。"

"在吗？"

"嗬！您问我啊？九姑娘可是我们顶头的，您想见就见，我可是见不着。"

夏初懒得再搭理他，径自往楼上走去。听身后那人还在与别人说："瞅见没，从前咱们这儿的杂役，现在人家也能挎着刀从楼面进来了。咱是没这造化，但咱这份小钱挣得踏实。"

后面再说了点儿什么夏初没听见，只听见那几个人私语了一番，而后轰声而笑。

夏初记得这个茶奉从前跟她关系还不错的，想不到今日再见却是这么个面目。她没有对不起他，她只是混得比他好一些罢了。

可往往就是这样，我不好你不好我们才好，我不好而你好了，你就是我仇人。有人忍得了陌生人抢出万贯家财，却忍不了身边人挣下三两银子。

她的钱挣得有什么不踏实的？每一文都光明得能闪瞎他的狗眼！

九湘看见夏初颇为意外，还越过她往后面看了一眼。夏初笑了笑："今天刘大哥没跟着，我自己来的。"

"没来好。见天儿在我眼前晃悠，烦都烦死了。"九湘招呼着夏初坐下，给她倒了茶，"又有什么要我帮忙的？"

夏初低头一看茶水，大红袍，十有八九是刘起投其所好送来的。她喝了一口放下杯子："没什么事，就是路过了进来找你说说话。"

九湘抿着这杯的边缘瞄着她，随即笑道："那还是有事找我帮忙。"

"啊？"夏初不明所以地愣了愣。九湘勾起手指点了她下巴一下，微微一扬眉："看你这没精打采的样子，遇见什么难事儿了？"

夏初低头不说话。九湘凑近她一点儿，试探地问道："是关于蒋大人？"

"不是。"

九湘一听，浅浅地"噢"了一声，心说那还真是个事儿了。

两人沉默不语。夏初其实也不知道要说什么，她只是想找个没有负累的地方，但又不想孤单地待着。九湘知道她的身份，她在她面前至少不必再遮掩这一点，于是便进来了。

"是遇见什么人了？动了芳心？"九湘问道。

"没有。"夏初连忙否认。

"这有什么好遮掩的。你这满脸写着失意，我还能瞧不出来？"九湘叹了口气，"我就觉得你总这样也不是个办法，别的事混得过去，终究自己的心事混不过去。"

夏初挠了挠头，显得很为难："真的不是……"

"真不是？那就怪了？既不是感情上有了波折，又不是让我帮你查案，那你找我还能是为什么？"九湘说完顿了顿，突然像是想到了什么似的，蹙眉问道："难道是刘起？他是不是有什么事瞒着我？难怪最近这么殷勤……"

"不是不是。"夏初哭笑不得，赶紧拦住了九湘的自说自话，"刘大哥好着呢，你可千万别瞎猜，我可负不起责。"

九湘又狐疑地看了看她，见她不像是说谎，这才松下肩膀摇了摇手里的扇子："我想他也不会。那你这晌过来是做什么？难不成还真是就说说话？不可能吧。"

"嗯……其实就是个小事儿，我想听听你的意见。"

"说吧。"九湘笑了笑，"不过你可不像是会为了小事儿为难的人。"

"真是小事。"夏初抿了抿嘴唇，"是这样，我有一个朋友，特别好的朋友，人也不错的。可他有事骗了我……"

"那叫什么人不错？"

"你若是见了就知道的，他不是坏人。"夏初低头抠了抠手指，"我觉得他骗我肯定有他的苦衷，你见过的人多，遇的事儿也多。你觉得这会是个什么情况？"

"他骗你什么了？"

"我不知道他叫什么，是做什么的，也不知道他家在何处。他有说过一些，但……说的好像都是假的。”

九湘愕然片刻，随即失笑道：“你这傻丫头。亏你说什么特别好的朋友，到头来连这些都不知道。”她顿了顿，“难不成他知道你是女的了？”

风流公子化个名字去勾引姑娘，吃干抹净后销声匿迹这样的事倒也不是没有。

夏初摇了摇头：“他不知道。”

“那他是不是有龙阳之癖？瞧上你这个清秀小公子了？”

夏初的脸微微一红，摇头道：“没有，他已经快要结婚了。”

“结婚和好男风又不冲突。”九湘摇着扇子想了想，“他与你在一起的时候，有没有动手动脚的，或者暗示过什么？”

夏初脸更红了一点儿，但仍是摇头。

九湘沉吟了一下，正了正色道：“那瞒住姓名做什么？你既不是女子，他又不好男风，这京城公子间的交往有什么见不得光的？不过，夏初，事有反常必为妖，你现在倒不该发愁，反该留心他有没有什么旁的企图了。”

夏初眨了眨眼，心里更难受了：“九姑娘，你怎么也这样说？”

“还有谁这么说？”

“蒋大人……”

“他没帮你查查？”

“这就是他查出来的。”夏初垂眸叹了口气，“可是，我宁愿不知道。”

蒋熙元和九湘没有负担，可以直截了当把一个说谎的人归进骗子的行列，打上坏人的标签。但是她不行，她的负担，便是对苏缜的喜欢。

她以真诚之心待人，而人却以欺瞒之心对她，这事儿不公平，而且很让人沮丧。夏初心里明白，但却不愿意接受。

她不愿意那些美好的回忆，那些让她心动的瞬间随着一个谎言便悉数崩塌。像上错了弦的琴，照着从前的谱子再弹起时，却不再是让她心动的曲子，而是怪异可笑的声音。

毕竟她与苏缜，可能剩下的只有那点儿回忆了。

九湘见夏初沮丧的模样，不禁微微蹙眉道：“夏初，你与我说实话，你口口声声说的这个朋友，真的只是朋友？”

夏初仰起脸来冲她笑着说：“那还能是什么？我知道九姑娘是关心我，不过我与他真的只是朋友。往后……”

九湘偏了偏头：“往后如何？”

"往后也不如何。"夏初拿起壶来，给九湘和自己都添了茶，"我就是心里有些烦闷，路过这里进来与你聊聊罢了，你别往旁处想。"

九湘端起茶杯喝了一口，轻笑了一声："但愿吧，你若是真没旁的心思，也就不会与我三两句地反复强调了。罢了，你不说我也不追问就是，只要你自己留神别着了什么道就行。"

夏初脸一红，端起茶放在唇边轻轻地吹着。两个人沉默了一会儿后，九湘才又问道："蒋大人近日如何？"

"不错啊。"夏初把杯子一放，笑意盈然，"蒋大人真是个好官，我很佩服他。九姑娘听说前几日喻温平的案子了吗？那个案子……"

"我不是问这个，还有什么别的事吗？"九湘的眼神如窥视般打量着夏初的表情，换得夏初一脸茫然的傻笑。

"还有？还有就是他妹妹要做皇后了，最近家里的事有点忙。九姑娘是要问这个吗？"

"其实也不是。"九湘收回了目光，讪讪一笑，"他还没看出你是个女子来？"

夏初摇了摇头："九姑娘可千万别告诉他，我这捕头还想往下做呢。"

"一个捕头有什么好做的？"九湘不以为然。她是不明白，夏初一个好好的姑娘家，怎么就这么爱穿着肥衣大裤的满街跑，受这份累："你总不可能一直瞒下去，以后要怎么办？"

"不知道。眼下没人怀疑就先这样，万一露了马脚……就跑路吧。"夏初挠了挠头，"毕竟欺瞒官府这样的事，追究起来也是桩罪呢。"

"有蒋大人你怕什么？"九湘低声地嘟囔了一句。夏初听到也咕哝道："怕的就是他。"

"嗯？"九湘侧目看着她，"怎么讲？"

夏初咧嘴笑了笑："没什么，怕给他添麻烦，怎么说我也是他提拔上来的。"说完，她便站起身来对九湘拱了拱手，"叨扰九姑娘了，我接着巡街去了。"

九湘看着夏初离开，半晌后托着香腮靠在桌沿上叹了口气："真够难办的。"

出了莳花馆，夏初一路走街串巷地溜达，心里隐隐期待着能在哪个转角不期然地遇见苏缜。但当这个想法一冒出来，她又赶忙让自己不要去想。

她觉得自己越是想，就越是遇不见。这道理好像等公交车，想等哪辆，哪辆就越不来。

好比她当初远远地跑去万佛山查案都能碰见苏缜，现在就这么在京城晃悠却遍寻不着。老天就是有这种耍人玩的恶趣味，让你心想事成仿佛就显不出它的权威了似的。

不知不觉地走到了西市，泰广楼前依然是人潮涌动，跟四月初十那天别无二致，看来今天大概又是月筱红的戏。夏初瞧着楼，瞧着人，莫名其妙地想起了那句“人面不知何处去，桃花依旧笑春风”来，心中不免感伤。

正想着，隔着一街的人群，远远地就看见泰广楼后门开了半扇，有个人从里面走了出来，穿着藏蓝的绸衣布裤，身形有些眼熟。

夏初抻着脖子，左躲右闪地将目光锁定在那个人身上。那蓝衣人出了门，往两边看了看，微微皱了皱眉头。

这下，夏初便看清楚了长相，心里猛地一紧，踮起脚来喊了一声“小良”。安良的动作略微顿了顿，往夏初的这个方向看了一眼，而后又转开了目光，低下头朝着另一个方向走了。

“小良！”夏初又急急地喊了一声，拨开人群要追过去，可人流太拥挤，拨开一个便又有一个钻到眼前挡住她。

夏初不敢挪开眼睛，怕一闪神安良就不见了。她喊着安良，但喊声又都被湮没在了一片嘈杂中。安良始终没有听见，步履匆匆地往前走，离她越来越远。

夏初急得快要哭了，不管不顾地推搡着人往前冲，好容易冲过了人流，安良却已经不见了踪影。

她不死心地跑过去，往每条巷子里看，一直追出了西市，直追出了两个坊间却也没能再看见安良的影子。

“小良！”夏初站在街中间拢着嘴喊了一声，没人答她。街上人来人往，放眼看去皆是陌生人。没有小良，更没有黄公子。

太阳晒得夏初眼前直发黑，却又亮得睁不开眼睛，她四下看着，却又什么都看不进眼里，满目茫然。

小良在京城，那黄公子应该也在京城。既然在京城，为什么不来找她？说好了她会从京兆郡带礼物给他的，他连一点点的时间都抽不出来吗？

哪怕只是在街上驻足一刻也好。她不求别的什么，就希望见他一面而已，把礼物给他而已，对他说一声祝福而已。

夏初擦了擦额头上的汗，手往下，又遮住了眼睛。她没哭，但她真想哭。

安良从一条巷子里探出头来，远远地看了一眼夏初的背影，又缩回了脑袋，无可奈何地摇了摇头，转身回宫了。

进宫换好了衣裳，安良抱着拂尘往御书房走，路上遇见了几个小太监跟他请安，他也只是点头敷衍着应了应。进了御书房侧门，从茶间里端了备好清茶，他整了整精神撩帘进了书房。

苏缜正支着额头坐在书案后看折子，手里拿着朱笔一下下地在砚台边上抹着，微蹙着眉头。安良屏气把茶水轻轻地搁在案上，瞄了苏缜一眼。

这个模样的皇上，是安良从前经常能看见的，无法揣测他在想什么，也不知道是高兴还是不高兴，波澜不惊。老成的，让人恍惚觉得几十年后他也还是这样。

“皇上，喝口茶歇歇再批吧。”安良轻声地道。

“去哪儿了？”苏缜放下折子和笔，头也不抬地问道。

“回皇上，奴才刚刚去泰广楼找德方班安排进宫唱戏的事了。”安良低头恭敬地答道，说完，他犹豫了一下，抬头看了一眼，却没说话。

苏缜抿了口茶：“有什么事就说。”

“是……”安良轻清了一下嗓子，“倒也没什么事，就是……奴才刚才在泰广楼前看见夏公子了。”

苏缜端着茶碗的手一顿，茶汤轻轻地晃了一下：“然后呢？”

“夏公子也看见奴才了，叫奴才，但奴才没敢应。”安良小心地窥了一下苏缜的神色，倒也看不出什么端倪来，便继续道，“主要是奴才怕不知道要怎么解释去泰广楼做什么，怕夏公子细问起来走了嘴，暴露了皇上的身份。还有……”

“什么？”

“还有……奴才怕夏公子问起皇上，奴才不知道该怎么说才好。”

安良说完，御书房里便陷入了一片沉默。苏缜依旧看着茶盅里的茶水，好半晌后才低声问道：“他瞧着可还好？”

“回皇上，夏公子看上去还不错。就是他瞧见奴才却没追上，看着挺着急的，应该也是惦记着皇上呢。”安良回道。

苏缜好像是笑了一下，又好像没笑，片刻后缓缓地垂下眼帘，将茶盅放在了桌上：“知道了，下去吧。”

“是。”安良躬了躬身子，轻手轻脚地退了下去，到茶间门口撩开帘子回头又瞧了一眼苏缜，见他仍是那样坐着，神情倒比他来时更让人看不透了。

夏初那边从西市离开，索性也没了巡街的心思，情绪低落地走回了府衙。到了捕快房门口，就听见常青在里面叽里呱啦地说着话，心里一阵烦躁，推开门便道：“你们这么闲吗？工作时间……”

“夏初，回来了？”蒋熙元笑眯眯地冲她摆了摆手，把夏初的半句话给堵了回去。常青站起身来，赔着笑了笑，“头儿，大人这过来问问咱们最近的事儿，我这不是正汇报呢嘛。那什么，既然您回来了，我就去忙我的了，您跟大人说，您说……”

常青一边说着，一边闪出了房间。夏初扭头看了他一眼，又转过身把目光放在了蒋熙元身上，沉着脸挑了挑眉毛：“大人看上去春风满面的，这是遇见什么天大的喜事了吗？”

“嗯，天儿好，心情自然就好。”蒋熙元站起身来走到夏初面前，抹了她额头一下，“晒得脸都红了，这大热的天儿巡什么街？巡街让下面的捕快去就是了。”

夏初往后躲了躲，莫名其妙地看着他：“大人，那这天儿到底是好还是不好？怎么说话颠三倒四的？”

蒋熙元看着她，笑得十分温柔。

他现在看夏初，怎么看怎么是个女子，虽然身材直削平板，但骨架明明就很小，腰也偏细；皮肤细嫩，一点胡茬儿都没有，也没有喉结；声音不纤细，但与男子的低沉还是有差距的。

怎么自己之前就没看出来呢？怎么一点儿都没往这方面想呢？还以为是夏初年纪小，发育晚呢。明明就是个标致的姑娘，明明就是！

夏初被蒋熙元看得直发毛，咽了咽唾沫，往后退了一步：“大人你……你能不能别这么看着我？”

“怎么？”蒋熙元眼睛笑成一轮弯月，微微往前倾了倾身子，柔声问道。

夏初浑身不自在地打了个哆嗦，她抽了抽嘴角，捂着心口道：“有……有点儿恶心。”

夏初说完，蒋熙元的笑容便僵在了脸上，随即眉头一皱：“恶心？”

夏初搓了搓双臂，呼出一口气来坐到了旁边的椅子上，给自己倒了杯茶：“大人，你到底有什么事儿就直说吧，别那样谄媚，看着好难受。”

“谄媚？”

夏初咬着杯子点了点头：“好像是这么个感觉。”她想了想问道，“大人你是不是有事求我？”

“求你？”

夏初觉得好笑：“大人你能别总是俩字俩字地重复我的话吗？”

蒋熙元匀了匀堵住心口的闷气，盯着夏初踌躇了片刻，这才重新调整了一下脸部的肌肉，扯出一个稍微雅致点儿的笑容来：“巡了半天的街，肚子饿不饿？”

夏初愣了一下，把手里的茶杯往桌上一放，从椅子上弹起来往外就走：“坏了！食堂要没有饭了！”

蒋熙元从后面一把揪住夏初的领子，手指揉了揉自己的额角，有点无力地说：“已经没有了。走吧，出去吃。”

“那去吃庆丰包子吧，听裘财说那新添了猪肉扁豆馅的。”夏初道。

“不能吃点儿好的吗？”

“不年不节的，为什么？”夏初不明所以地眨了眨眼睛，“月钱还没发下来，我手头紧。”

蒋熙元浅蹙了一下眉头：“有我在，你总抠着你那点儿银子干什么？”

“大人话不能这样说。你有钱是你的，愿意请我是您仁义，但我不能把您的慷慨算进自己日常开销里去，对不对？吃一顿记一顿的好，吃习惯了当成理所当然的就不对了。”夏初两袖清风般掸了下袖子，又笑了笑说道，“再者，大人的生辰不是快要到了吗？我得留钱买贺礼。”

蒋熙元心头登时一暖，有点感动地低头笑了一下，又伸出双臂轻轻地抱住了夏初，俯着点身子把下巴搁在了夏初的肩上：“你还记得我的生辰，我真的很高兴。”他觉得夏初好像是浑身抖了一下，紧接着，一只微凉的手掌便拍在了他脑门上。

夏初推着蒋熙元的脑门把他从自己肩上推开，双眼不住地在他脸上打量，表情有些阴沉地开口问道：“你到底是谁？”

“嗯？”蒋熙元愣了愣，“什么是谁？”

“要么就是我们大人脑子坏了，要么……”夏初单腿往后撤了半步，扎稳了身形，随即大喝一声，“你根本不是我们大人！”

话音未落，夏初一拳已经挥了过来，蒋熙元一闪身，抬手把夏初这一拳接在掌中，往自己身前拽了一下，低头问她道：“我怎么就不是你们大人了？”

“我们大人才没你这么肉麻！”夏初右手被蒋熙元拽着，便屈起左臂用手肘攻击，“从刚才就看你不对劲儿！”

蒋熙元简直哭笑不得，抬手又把夏初的左臂捞住收进怀里，心说这姑娘到底什么心态？自己明明是温柔地对她，怎么反倒换来一顿拳脚？

“我这是温柔，怎么就成了肉麻？！”蒋熙元在她耳边说道。

气息嘘得夏初耳朵发痒，浑身又忍不住一个哆嗦，不禁撇了撇嘴道：“扯！我们大人就不是那温柔的人！妖孽，现形！”

夏初两只胳膊都被制住，使不上，于是她一个转身跳起，两只脚踹了一下面前的窗台，想借后坐力把蒋熙元压倒在地。

蒋熙元见招拆招，她那边刚跃起来，他这边就把手一松，身子往侧边一躲，夏初这力直接使空了，自己跟自己较着劲就往地上摔过去。

“我去！”夏初没想到蒋熙元使了这么个阴招，但也没办法了，她可不会什么空中转体。眼瞧着就要摔个四脚朝天，蒋熙元弯腰伸手，又把她托住了。

他低头看着夏初，恨得牙根直痒痒：“你再说一遍试试？谁不是温柔的人？谁是妖孽！真是不能给你好脸。”

夏初眨了眨眼睛，拽着蒋熙元的胳膊站直了身子：“这两句话倒是像大人说的。”她仔细地打量了一番，忽然伸手在他下巴上摸了摸，摸得蒋熙元心跳直加速。

“我是听说江湖有一种易容术……”夏初不好意思地挠挠头，“大人我错了。”

“谁会易容跑到这府衙来跟你逗闷子？”蒋熙元被她给气笑了。

“那大人你为什么要跟我逗闷子？”

蒋熙元一噎，盯了她一会儿后拔高了声音道：“我没有在跟你逗闷子！”他摆了摆手：“算了算了，大人我心乱。你……你让我好好想想。”

夏初不明就里，挠着下巴看着蒋熙元离开了捕快房。

她觉得男人的行为模式真的很难懂。前面有个黄公子，好端端就再也不见了人影，不知道自己到底哪里得罪了他；眼前有个蒋熙元，不知道搭错了哪根筋，忽然跟变了个人似的，拿着肉麻当有趣。

等她回过神来，赶忙拉开门冲了出去，喊道：“大人！到底还吃不吃饭啊！”

蒋熙元这时已经走回了自己的书房，刘起正在书房门口等他：“少爷，后天您生辰，夫人让您初二下午就回将军府去，家里备了席。”

“是吗？”蒋熙元看了刘起一眼，“你回去跟我母亲说一声，我这事情多走不开，改天再回去看她。我年纪轻轻的，过不过生辰没什么要紧的。”

“少爷……”刘起显得有点为难，“夫人嘱咐了半天呢，让您一定得回去。”

“那也行。”蒋熙元不咸不淡地笑了一声，“你今晚上回去跟我母亲说，既是家宴，席间便不要见外客，若应了，我初二下午一定回去。”

刘起愣了愣，显然不太明白：“少爷，这又是什么意思？”

“你回去照说就是了。”

“行吧。”刘起点点头，转身要走，蒋熙元又叫住他：“你与九湘近来如何？”

刘起有点不好意思地笑了笑：“我觉得还行。九湘有时还是那么凶巴巴的，但凶归凶，话里话外对我还挺关心。”

"是吗？"蒋熙元转过身去面对着刘起，抱臂倚在门上，"你都干什么了？"

"其实也没干什么。"刘起半是羞赧半是得意，表情十分欠揍地搓了搓手，"要说这事儿还多亏了夏兄弟。"

"夏初？"

"嗯。以前我送东西就傻送，瞧见什么好就买给人家，可夏兄弟说了，自己觉得好的不一定人家觉得好，还是得弄清楚人家到底想要什么。"

"这不是废话吗？"蒋熙元不屑地哼了一声。

刘起摆了摆手："少爷您还别瞧不上眼。说实话，从前您追姑娘，您觉得您给的都是姑娘想要的？但其实是您给什么姑娘喜欢什么罢了。姑娘想要什么您知道吗？"

蒋熙元皱了皱眉头，没说话。

"九湘说了，噢，夏兄弟也说过。谁真稀罕那些脂粉钗环的？人家稀罕的都是这些东西后面咱用的心。"刘起挺了挺脊背，清了清嗓子，"当年您追九湘没追上……"

"你这是在我面前显摆？"蒋熙元语气凉森森地说。

"没有，少爷您别恼。"刘起赔着笑说道，"我就是举个例子。我的意思是，当初是您没用心。"

蒋熙元沉默了片刻："怎么才叫用心？"

"这个……"刘起仰头想了想，"这个我可说不上来。"他指了指自己，"您看我这个样子，应该就是用心了吧。"

蒋熙元看着刘起黝黑的一张脸还有那汗津津的脑门，不禁抽了抽嘴角，转身推开门就要进屋。

刘起两步上前站到蒋熙元身边，语气惊喜中带着好奇，好奇中带着八卦，八卦中带着促狭，道："少爷，您这是又看上哪个姑娘了吗？"

"你把重音放在'姑娘'两个字上是什么意思？"蒋熙元睨他。

"呵呵，少爷您净多心。"刘起退了一步，再退一步，绕过花门跑了。

蒋熙元哼了一声。他知道刘起什么意思，搁前几天他保不齐又要为这个事纠结一番，不过眼下不一样了。

没错！他蒋熙元就是看上了个姑娘，一个叫夏初的姑娘！

这下谁都甭想再拦着他。

第十九章 黯然独自凉

转天已是五月初一。早起夏初把自己装钱的匣子拿出来，将银两铜钱排开点了一遍。她算了算时间，然后拣了二钱银子来放回了匣子里，想了想，又拿出来了一钱。

扣好轻飘飘的钱匣，她把桌上的钱悉数扫进钱袋子，贴身揣好出了门。到府衙里应了个卯，喝了会儿茶，问了一圈最近一些小案子的进展，之后看没什么要紧的事便说要去巡街，溜了出来。

阴天，云层浅灰却不厚，空气里有一股潮湿的味道，似乎不远处哪里在下雨，微风里带着丝丝清凉的水汽。这是夏日里难得的好天气，无雨也无阳。

街上人还不是很多，夏初扶着佩刀走在街上，时不时地与两边面熟的摊贩打着招呼，问一问身体，说两句生意，或者敲打敲打街边游手好闲的混混。

到了东市，夏初在街上无目的地转悠，她想给蒋熙元找个不太掉价但是自己还能负担得起的礼物，寻了好一会儿，她不得不承认自己想找的这种东西根本不存在，因为那两个条件本来就是矛盾的。

转了一会儿，夏初迈步进了一家书画店，找了最小的一张画问了下价格，然后暗暗咂舌，扭身要走。转身时忽然瞧见柜台后面摆了一溜儿的盒子，看尺寸觉得有几分眼熟，于是便又走回来指着那些盒子问伙计："伙计，那盒子里装的什么东西？"

伙计回头看了看，堆着一脸的笑容道："官爷问这个啊，这里面装的都是扇子。"

“扇子？”夏初眼睛一亮，轻捶了一下自己的手掌，“拿几把来看看，那什么，拿便宜点的！”

夏初从书画店离开的时候，荷包里丁零零的还剩下一钱银子。她盯着手里的扇子盒暗暗叹了口气。

一把扇子足够她在包子铺吃一个月包子的，这还是便宜的。艺术这种精神层面的东西果然是在物质层面之上的，她觉得她还是做个俗人比较靠谱。

夏初在附近寻了个面摊，要了一个小碗的清汤面，吃完像没吃似的，只好又要了一碗，狠狠心加了两块酱肉进去。

吃罢饭，夏初怀抱着扇子往府衙走，走到平光街该拐弯的时候犹豫了一下，停了两步后又继续往西走过去。

昨天在西市碰见了安良，她知道今天应该不会再有那么好的运气，可偏偏又一边告诉着自己不可能，一边脚不听使唤地要再去看看。

夏初打心里觉得自己不应该这样。所谓朋友之道，乃“上赶着不是买卖”，苏缜先是隐瞒自己的个人信息，现在又干脆销声匿迹，她也该潇洒地挥一挥衣袖不带走一片云彩才是。可她不光没能潇洒挥袖，心里还拽着满天的乌云，就跟今天这天气一样。

走到西市，还没拐到泰广楼，夏初就听见一片吵嚷声。她以为又赶上月老板开戏，死忠粉沿路欢呼接驾呢，可走近了细一听又不对，那不是欢呼声，还就是吵起来了。

泰广楼的正门口堆满了人，连水牌都翻在了地上。看门的还是那个特别贫的门子，此刻正站在椅子上唾沫横飞地说着什么，语速极快，大有舌战群儒之势。

夏初凑不到近前，便拉着旁边一个正抻着脖子围观的年轻公子问道：“这位公子，这是怎么了？出什么事了？”

那公子不耐烦地回过头来，一看夏初一身捕快的衣服，那点不悦之色便悉数散了，笑道：“官爷有所不知，这泰广楼店大欺客，原本安排今儿上午是月老板的一出《龙凤阁》，不知怎的给换成了一出老生花脸的《银宫山》，那门子说《龙凤阁》改在下午了。这不少人就是冲着月老板来的，就从上午等到这会儿。结果水牌一出来，写的倒是《龙凤阁》，可青衣却换成福成班的八岁红了。”

“所以就急眼了？”

“那可不得急眼嘛！这溜溜地等了几个时辰，这不是要着人玩儿吗？”这公子拔高了点声音说，显得甚是愤慨。

“难怪。”夏初点了点头，“你也等着听看月老板的戏呢？”

那公子摇着扇子一笑：“噢，那倒不是，我就是路过看看热闹。”

夏初抽了抽嘴角：“公子好雅兴。”

“咳，别提了。”那公子啧了一声道，“我本不爱听戏，但听说这月筱红扮相好身段好，上个月就说来看一场，结果好容易占了个茶座还让人抢了，命差点儿没了。”他摆摆手，心有余悸地道：“不看了，太危险。”

“嚯！还有这么抢座的呢？”夏初皱了皱眉头，“你怎么没报案？”

那公子笑了笑，又晃了晃扇子：“这不是也没伤着么，再说，那人抢归抢，抢完还给了我银子，算起来我还算赚了不少。”

夏初不说话了，心道，这西京真是个神奇的地方，什么新鲜事儿都有。

这边她正说着话，泰广楼大门前忽然“啪”的一声响，也不知道谁从旁边饭馆里顺了个鸡蛋，越过人群正砸在那门子脑袋上。

门子站在椅子上像个雕塑一样愣住，鸡蛋清和鸡蛋黄便颤悠悠地从他脑袋顶滴了下来。他抬手摸了一下，紧接着伸直胳膊指着门前的人就是一声大骂：“我X你姥姥！”

人群一下子静了片刻。夏初旁边那位公子激动不已，合起扇子一击掌心，大喊了一声“好”。这一声出去，顷刻间，场面更乱了。

夏初一看不好，这再下去非演变成群体事件不可，便丢下那个闲得很的公子，铆足了劲儿往门前冲过去。

人都在往前拥，脸上或是激愤或是激动，这里有多少是真不高兴，有多少就是趁乱起哄的，很难说。泰广楼的护卫也都出来了，拿着棍棒拦着，夏初生怕这些护卫一个不冷静动了手可就麻烦了。

她抱着佩刀扶着帽子贴着墙根往里挤，一边挤一边喊着“大家冷静”，可喊破了嗓子也没人听她的。好容易挤到一个护卫跟前，她一把抓住他的棍棒：“赶紧！让我过去！”

那护卫一看夏初，虽然狼狈了点儿，但是个捕快倒是没错，便侧开点儿身子让夏初钻了进去。

那个门子站在护卫身后，顶着一脑袋鸡蛋还在跳脚骂街，夏初两步过去就把他拽开了，对他吼道：“吵什么吵！没听说过顾客就是上帝！回去洗脸去！”

那门子正在气头上，胳膊一甩：“你他妈谁啊你！”

夏初左手扶住刀鞘，右手把官刀往外抽了一截：“你他妈不认识我，认识刀吗，嗯？”

门子一看，往后缩了缩脖子，嘴唇动了动犹有不忿地还想再说点儿什么，夏初又把刀往前递了一下，那门子这才抹着脑袋离开了。场外戏迷的火主要是被这门子给拱起来的，把这多嘴的门子弄走，算是釜底抽薪。没了拱火的，水才能慢慢凉下去。

夏初转头看了一眼人群，心里有点发怵，少不得给自己鼓了把劲儿。她把刚才门子站的高凳子拽过来，自己爬了上去，将佩刀抱在胸前用力地清了清嗓子，大声道：“都闹什么闹！”

“废话！这泰广楼水牌子一日三变的，耍我们呢？！”有个大个儿的汉子吼了一句。夏初循声过去，一指他：“你是领头儿的？”

“什……什么领头儿的？”那汉子愣了愣，随即又拔高了声音，“我这是代表大家说话！我们要看月老板的戏！”

夏初乐了，拍了拍手里的刀说道：“人太多，七嘴八舌的我听不清楚，你要是能代表我就跟你说。你过来！”

那汉子又是一愣，旁边的人都转过头去看他，有人用肩膀顶了顶他：“去啊，官爷让你过去呢。”

“你怎么不过去？！”那汉子一瞪眼，旁边的人讪笑了一声：“我又不是代表。”

自古民不与官斗，夏初虽然看着瘦弱了些，但一身捕快的行头一把皮鞘的佩刀，那就是洞开的衙门大门在她身后戳着。佛小不要紧，庙大最重要。

见那汉子不动，夏初心里的底气足了不少，扯开了嗓子继续道：“泰广楼临时改戏，不服不忿的现在就跟我去衙门，联名告他们一个诈骗，骗了多少钱衙门一准让他们吐出来，那是他们理亏！要是在这砸了人家场子闹出伤亡来，那就是你们理亏，衙门该抓的一个不会少！别以为法不责众！”

一群人不说话了，旁边一个护卫扭头道：“哎？我们可没收茶钱呢！怎么就诈骗了！”

“没收钱？”夏初眨了眨眼睛。她还以为这戏院跟现代一样，是先买票后看戏呢，合着是先上车再补票啊！她一听又转过头去，大声道：“没收钱你们这闹什么闹！你们这堵着门是想堵出个什么结果来？！”

“我们要听月老板的戏！”

“月老板是人不是神，就不兴有个头疼脑热崴脚倒嗓的？你们闹就能把月老板闹出来了？！再闹，治你们个非法集会！”夏初拍了拍手里的刀，“不信试试！”

人群里还有人不满地嚷嚷，但比起刚才好了很多。夏初叉腰看着，努力地散发着作为一个捕头该有的威严。

又僵持了一会儿后，外围便开始有人三三两两地散去。夏初松了口气，可这一口气还没松匀实，远远地就听见有个声音连哭带号的，越来越近，一下子，刚刚稳定的状况又开始有点躁动起来。

夏初踮着脚看过去，就见一个布衣布裤的男子如丧考妣般冲了过来，到泰广楼门口“嗵”的一声就跪下了，隔着人群冲着门口大哭道：“月老板没了！月老板没了啊！”

包括夏初在内，所有人都愣住了。有人先反应了过来，冲到那人面前把他拎起来：“你这胡说什么呢？！月老板怎么了？”

“月老板没了！”那人哇的一声号开了，“我刚从德方班那边过来，那……那都起了幡儿了！”

这下可坏事了。一帮人原本就等月筱红的戏等了大半天，一股子火还没下去，一瓢油又浇上来了。月筱红是不是真的没了还不知道，但就算没了也不是没在这泰广楼里，但戏迷不管这个，一个晴天霹雳下来哪还有什么冷静的判断，撒了欢儿就往泰广楼里冲，劲头儿更盛刚才。

夏初还在椅子上站着呢，甚至还没从月筱红的丧讯里回过神来，眨眼的工夫，原本挡在她身前的护卫已经被冲开了，人就像受了惊的北美野牛似的涌了过来。

夏初脚下椅子高，一冲一晃的立刻就失了重心，向后仰倒了过去。她伸手想拉住点什么，但眼前哪有能给她落手的地方。

她心中大叫不好，自己一旦摔在地上，就算不被活活踩死，也肯定得被踩断掉七八根骨头。

正这时，一道天青色的身影从人群后面呼地一下腾了起来，点着前面人的肩膀欺近，到门前，侧过身脚一踹门廊柱子跃到了夏初跟前，一伏身，准确地从一堆人里抓住了夏初的手，把她给拔了出来。手臂捞住了夏初的腰，另一只手抓着廊下横梁将身形提起，再一荡，便荡出了人群。

夏初已经完全蒙了，只觉得大难不死、神爱世人。

愣神的工夫，就听那神道：“你可真不让人省心！”

夏初稀里糊涂地看着从天而降的蒋熙元，心中余悸未消，也忘了自己现在还被他搂着腰拽在怀里。她张了张嘴，梦游似的说："神了……"

蒋熙元哧的一声就笑了。

与此同时，就听见一阵急火火的锣声，夏初回头看过去，见几个捕快带着一帮不知道哪儿来的人冲进了人群，没片刻的工夫就把人群给冲散了。

常青仰着头抱着臂慢条斯理地走到泰广楼门前，往里面看了一眼，对着身后的人招了下手："去！把冲进去的人都给我带出来！"说完转头看着夏初，笑得意味不明，扬声道，"头儿，怎么样？大人来得还算及时吧？"

夏初又回头看了蒋熙元一眼，这才惊觉自己跟他贴得太近了，她甚至都能感觉到蒋熙元薄衫下结实的肌肉。夏初推了蒋熙元一把，红着脸握拳咳了一声，对蒋熙元潦草地一拱手，粗声粗气地说："大人好功夫！"

说完扭身朝常青跑过去，一边后怕地想：得亏束了胸，不然胸再平怕也是要穿帮的了。蒋熙元看着夏初仓皇的模样，弯唇一笑，觉得甚是有趣。

夏初过去问了常青才知道，原来泰广楼这边一吵起来，就有人去府衙给常青报了信儿，常青便带着几个在府衙的捕快奔过来了，路上遇见一帮在路边看斗鸡的兄弟，贪热闹，就跟着一起来了。

为什么蒋熙元也过来了？夏初没想起来问，常青也就没多说。其实蒋熙元是常青请上的，这是常青的一个心眼，因为他不知道这边会闹成什么样子，夏初不在，若是闹得不可收拾他得有个能顶事儿的人扛着。

他去请蒋熙元本来是有点不合适的，但他说了一句："夏捕头出门巡街了，保不齐就在西市。"他没敢把话说死，因为他也不知道夏初究竟在不在，但蒋熙元还是二话不说地来了。

常青来的路上暗暗咂舌。他觉得蒋熙元对夏初不一般，但没想到如此不一般，不免暗暗地八卦，也警醒着自己日后在府衙行事的分寸。

蒋熙元猜得出常青的心思，他不喜别人利用夏初，但如此利用自己他则完全没有意见。现在他一点儿也不介意别人怎么想，甚至觉得自己应该再做得过分一点儿，最好让夏初骑虎难下才好。在不引起夏初反感的前提下，一点点地推低夏初的底线，提高她对自己的接受度。

夏初就这么被自己的下属和上司心照不宣地算计了，茫然无知。

泰广楼的场面稳定了下来，戏园子也不是完全没损失，砸了些杯盘倒了些桌椅，但这也不算什么了。收拾了一会儿后照常开了戏，但园子里还不如园子外面热闹，号哭月筱红的戏迷把八岁红的声音都盖过去了，把这位名伶气得够呛，但月筱红人都没了，他也是有火没地方撒，草草唱了一折就散戏了。

除了八岁红，其次郁闷的人当属夏初。

稳定了场面、驱散了人群之后，她在地上找到了自己给蒋熙元买的礼物，已经活活地变成了一片烂纸和几条竹劈儿。

夏初把扇子从地上捏起来，一抖，全散了，心疼得她直嘬牙花子。蒋熙元站在她身边看着，问她这是什么东西，夏初把散掉的扇骨托在手里递到他面前，苦着脸说："大人，这是我给你的生辰礼物。"

蒋熙元看着她手里的东西愣了愣，随即大笑着敛进自己的手中："行了！我收了！"

"算我先欠着你的，明儿正日子怕是赶不上了，回头发了月钱我再买个新的去。"夏初重重地叹了口气，她心都疼了，这东西太他妈贵了啊！

蒋熙元往地上寻了寻，指着那片被人踩烂了的扇面儿问道："原本画的是什么？"

"仕女啊！好几个呢。"夏初撇撇嘴，"想投你所好来着。"

蒋熙元又笑了起来，点点头，语气肯定地道："没错！是投我所好，我喜欢姑娘，不过，不是仕女。"

"可是没有人画青楼的姑娘。"夏初耸耸肩。

蒋熙元微敛了笑意，几分认真地看着夏初道："我也不喜欢青楼的姑娘。"

夏初瞟了他一眼，觉得那目光怪异难以形容，似有许多话藏在里面没有说，却又有种迫不及待想让人挖掘出来的渴望。好像在说：来猜！快来猜我喜欢什么姑娘啊！

她在蒋熙元的注视下咽了咽唾沫："大人你这两天怎么这么奇怪？"

"哪里奇怪？"

"哪里都奇怪。"

"讨厌吗？"

"嗯……"夏初想了想没说话，抻了抻衣袖，挺背负手，"回府衙去吧。也不知道月筱红是不是真的没了，刘大哥若是知道肯定要伤心了。"

夏初先行了一步，丢给蒋熙元一个背影。她回想着蒋熙元的神情，讨厌吗？倒是不讨厌，但让她有点心慌，慌的似乎也不是神情本身，而是蒋熙元莫名其妙的改变，好像蕴藏着什么她猜不透的意图。

夏初与蒋熙元回了府衙，到门口的时候正遇见刘起从大门走出来，站在门口张望，好像在犹豫着往哪儿去。夏初招呼了他一声，刘起转头看见他们，三步并作两步地跑过来。

还没等夏初告诉他月筱红的事，刘起先开口对蒋熙元道："少爷，我把您的话跟夫人说了，夫人冲我发了好大一通脾气。"

蒋熙元把昨天刘起说的事已经忘了，这会儿听见刘起的话不禁愣了愣："发脾气？我说什么了？"

"就是明儿个您生辰不回家的事啊！"刘起唉了一声，"夫人说她可是约了好几家的小姐明儿到家里赴宴的，您这不回去……"

蒋熙元猛然想了起来，迅速地瞟了夏初一眼，一推刘起："你在这儿瞎嚷嚷什么？到我书房说去！"

"不是……"刘起往后踉跄半步，"夫人让我绑也要把您绑回去，少爷您就当可怜可怜我，明儿……"

蒋熙元上前曲肘一搂刘起的脖子，就把他后面的话给勒了回去，一边拖拽着刘起往府衙里走，一边回头对夏初道："你回捕快房歇着去吧，看看身上有没有伤着，要是伤着了就找大夫，医药费记我这儿……"

夏初看着那主仆二人走远，挠了挠头，随即缩脖子一笑。看来蒋熙元是遇到了大龄单身男青年的常见问题——被家里催婚了。

其实算起来蒋熙元过了生辰也就二十岁，这年纪放到现代大学还没毕业，搁现在却已经成了剩男了。不知道这两天他的怪异与这事儿有没有关系。

按说以蒋熙元的条件，上赶着想嫁他的没有一城也得有多半城，这是挑拣成什么样才能把自己剩下。夏初心想：也不知道到底什么样的姑娘能入他的法眼。

一边琢磨着一边往府衙里走，夏初又想起黄公子来。黄公子才不过十七岁，可人家都已经要成亲了。她浅浅地叹了口气。古人结婚太早，太早！过两年她也差不多二十了，如果扮男装扮不下去换了性别，坐地变成个没人要的老姑娘，想想真可怕。

蒋熙元拽着刘起进了自己的书房，把门一关，瞪了他一眼："好你个忠仆，也不分个场合地点，什么事都往外抖。"

"少爷我错了。"刘起道。

蒋熙元呛了一声："别学夏初说话！"

刘起悻悻地道："您看，我自小跟在您身边，没有功劳也有苦劳。夏兄弟一说这话您就没脾气，我一说就挨骂，您这心偏得也太明显了。"

蒋熙元被他给气笑了，慢悠悠地转到书案后坐下，抽出扇子来甩开，眼皮不抬地道："行了，说正事儿吧，我母亲那边还说什么了？"

"说要是您不回去的话，夫人她就自己挑个可心的帮您定下来。"刘起说完眨了眨眼，"少爷，昨天我跟您说夫人让您回家的时候，您是不是就知道了？"

"嗯。"他想了想把扇子阖上，对刘起勾了勾手，刘起走上前去，蒋熙元对他道："你回去跟母亲说我明儿回家，等开席后你寻个由头把我叫出来就是了。"

"这能行吗？那要是真有您看着喜欢的呢？"

"不可能！"

"怎么不可能呢？"刘起愣了一下，忽然失声道，"少爷您真断袖了？"

"混账！"蒋熙元挥起扇子敲在刘起脑袋上，"西京城的那帮闺秀还不就是那样，要看上早看上了，哪还至于到今天这般田地？"他说着说着声音渐低，最后不由自主地叹了口气，"真是挑战啊……"

刘起听见这话，还以为他是让自己说中了心事，只是不好意思承认，一时间百感交集，低沉嗓音，颇有点语重心长地说："少爷，您……不管您到底变成什么您也永远是我的少爷，我……希望您幸福、快乐。"

蒋熙元听了，硌硬得浑身汗毛都奓了起来，忽然明白了昨天夏初说的"有点恶心"是个什么感觉。他冷冷地瞄了刘起一眼，不咸不淡地道："对了，有件事还忘了告诉你。"

"嗯嗯，少爷您说……"刘起摸了摸鼻子，"能帮您做的，我刘起……"

"月筱红死了。"

刘起猛地抬起头来："谁？！"

"月筱红。"蒋熙元一字一字清晰地说道，说完，眼瞧着刘起的表情从惊到悲，捂着心口大有凄怆悲歌之势，心里不厚道地痛快了。

在刘起听到月筱红的死讯时，这个消息也到了宫里。

小太监跟安良说德方班遣人来报了，进宫开戏的名单也重新写过呈了上来，虽然《游龙戏凤》这出戏还能唱，但旦角却换了人。

安良拿着那本新的名单，思来想去也不敢擅自做了主张，又拿不定主意这点小事儿是不是应该报给苏缜，只好先奔去找闵风，让他给自己支个办法。搁以前不会如此，可皇上最近总是怪怪的，他心里没底。

好比上次闵风说让德方班唱《游龙戏凤》，他还说这戏不能在宫里唱，结果转天苏缜就专门跟他说要有《游龙戏凤》这出。

他也不知道闵风为什么能捏得准苏缜的脉，这让他还有点吃味，毕竟自己才是皇上最亲近的内侍。

安良见了闵风，既有事要求他，又不想让闵风瞧出自己是摸不准皇上的心情才来找他的，话问出口别别扭扭的。闵风看在眼里，明白在心里，也无心戳破，沉默了一下道："这戏看来不用开了。"

安良看看手里的单子，疑道："闵大人的意思是这戏非月筱红不可？皇上什么时候成月老板的戏迷了？"

闵风摇了摇头："不是月筱红。"

安良又想了想，一跺脚："你就不能多说俩字，把话说明白了吗？我的闵大人！"

"说不明白。安公公还是去呈报吧。"闵风拱了拱手，握着剑走了。安良站在原地数了数，十三个字儿，不少，但等于没说。

安良走了，闵风跃身坐到了一棵枫树上，仰头透过层层叠叠的树叶看着灰沉沉的天，又想起四月初十那天皇上与夏初看戏时的情形，不禁默默叹了口气。

皇上迷的不是月筱红，而是月筱红所代表的那一天。皇上也很可怜，想睹物思人还要绕这么大的一个圈子。

他在想自己是不是做错了，但之所以会犹疑是不是错，盖因为不知道什么才是对的。要是当初不相见多好，可要是当初不相见，真的就好吗？他不知道。

如闵风所说的那样，安良惴惴不安地把月筱红的事情说了，苏缜听后愣了愣，随即垂下眼眸沉默半晌，低声苦笑了一下："罢了，不听了。"

安良见苏缜神情有点沮丧，便壮起胆子道："皇上，奴才也觉得宫里听戏没什么滋味。皇上若是闷了，奴才陪您出去走走可好？"

苏缜仿佛是没听见这句话，看着手里的茶盏，缓缓地捏起盖子，又"叮"的一声放下："月筱红死了……"

安良抬眼快速地瞧了苏缜一眼，不明白他是何意，点头道："是。来报的人说是暴病身亡，月筱红一直有哮症，大约是夜里发了病。"

苏缜并不关心月筱红，他甚至连月筱红的扮相都不记得了。他只记得那天是四月初十，他想听月筱红再唱一出《游龙戏凤》，想有一个背景让他沉迷其中，敞开地回忆一下。

可月筱红死了，这个西京名伶的突然死亡忽然让苏缜感到一种无由来的恐慌，一种旦夕祸福的无常之感。

那天他赏了百两银票，那天他和夏初饮了一壶白茶，那天他与夏初讲了月筱红的唱腔，那天夏初还夸奖月筱红扮相柔美更甚女子。那天，就是从德方班急急风的鼓点中开始，如今还时常回响在心里。

然后月筱红突然就死了，那是他第一次看月筱红的戏，竟不料也是最后一次。

苏缜想起了那天他与夏初道别的傍晚，天色在将黑未黑的边缘，夏初对他笑了笑，然后转身跑进了巷子，身影渐渐模糊。

他在回宫的路上还在想夏初何时会回来，还在猜她会送给自己什么东西，然后，一切戛然而止。原本是他自己要掐断的念想，此刻他却忽然有些害怕了。

会不会就再也见不到？是不是她转身前的那个笑容就是结局？夏初若有一天离开，会不会终自己漫漫一生，也再不能多看她哪怕一眼？无论生死，自此两茫茫？苏缜这么想着，就觉得心里空得发疼。

他很想找个人问问，问自己要如何做才是对的。皇帝要学着隐忍和放弃，但苏缜却不想遗憾和后悔。可什么才是不遗憾不后悔的结局，他又该问谁呢？

他忽然想起了苏绎，那个为了一个男人失去所有，甚至性命的皇兄。那时他曾暗暗地笑过苏绎的痴，笑他何苦在自身难保的情况下坦诚自己隐秘的感情。

他还曾经想过，若是他便不会那么做，那样的不洒脱。来日得了天下何须去说，来日若失了身家更不必再说。可现在他好像能明白苏绎了，他害怕后悔。

谁能洒脱？既动了感情，还谈什么洒脱？

苏缜放下茶碗站了起来，安良近前两步准备伺候，可苏缜却摆了摆手，轻声道："不必跟着，朕想自己走走。"

外面依然是阴沉的天，无雨也无阳，辨不清下一刻洒下来的究竟会是什么。

转过天来，夏初的耳朵被月筱红的死讯塞满了。平时她也没觉得自己身边有这么多的戏迷，如今月筱红一死，仿佛个个都成了戏曲专家似的。

夏初虽然不懂戏也不熟悉月筱红，但她同样感到惋惜。对她而言，月筱红已经化身为了一个符号，代表着她与苏缜的一次心动回忆，就像泰广楼、福记羊汤还有那一抽屉信笺和礼物一样。

也许是她可以用来回忆苏缜的东西比较多，也许是她不像苏缜那样可以选择相见或者不相见，所以对于月筱红的死，她并没有苏缜那样的感伤。

自从在泰广楼门前看见过安良之后，夏初独自一人分析了很久。她认为苏缜并不是没有时间，因为即便没有时间出来，他也可以像从前那样来封信，安良有时间去趟泰广楼就有时间给她送信。

所以苏缜是根本没有打算来见自己。为什么？她不知道。她猜不出苏缜消失的理由，因为她连他是谁其实都不知道，但她却得接受他消失这件事情。她也只能接受。

也许对苏缜来说，她没有自己想象的那么重要。她把苏缜当朋友，她默默地喜欢着他，可那毕竟是自己的事，她没道理也不可能要求苏缜给予她同样的心，更没立场去埋怨什么。

自己开心、自己难过、自己辗转反侧，这就叫糟心的暗恋。

府衙今天没有什么案子，也许是连贼人宵小都在哀悼月筱红的死，没了作案的心情。蒋熙元奉母命回家出席"非诚勿扰"了，刘起因为月筱红的死而心情郁闷，气压低得夏初跟他说两句话就直犯困。

这一天，无聊透了。

下午未时三刻，眼瞧着就要下班时常青来了，进得门来一脸神经质的诡秘，凑到她身边压低了声音道："头儿，有人报案。"

夏初看他的模样好笑，也学着他的样子压低了嗓子道："真的啊？是什么人来报案啊？"

常青把手拢在嘴边，声音更低了："他说他是德方班的小厮。"

夏初用气声问道："德方班的小厮？干什么？莫非月筱红死得蹊跷？"

正这时，刘起突然"咣"的一声推门而入，把屋里的俩人吓了一跳，下意识地噤了声。刘起见夏初和常青窃窃私语，凑得极近，便皱了眉头，上前去一把将常青拽开，问他："你凑那么近干什么？"

"没有啊……"常青莫名其妙地看着刘起，"我就是跟头儿说事儿呢。"

"说事儿也不能凑那么近！"刘起一挑眉毛，"留神大人见了不高兴。"

常青眼珠子骨碌一转，随即了然地点点头，笑道："是是是，多谢刘师爷提点。哦，我这正跟头儿说有人报案的事儿，您知道来报案的是什么人吗？"

"知道啊，我过来就是为这个事。"刘起扭头对夏初说道，"我刚才看见府衙门口站的那个人了，上次查喻温平案子的时候我在泰广楼见过，是月筱红的跟班小厮。夏兄弟，你赶紧去问问，是不是有什么事。"

夏初点点头站起身来，走过刘起身边的时候问他："刘大哥，刚才你说的话什么意思？大人为什么会不高兴？"

刘起听她这么一问，心里有点含糊起来。难道说他家少爷的断袖之事夏初还不知道？又或者那袖子不是对夏初断的？少爷改戏了？以少爷那没长性的性子倒也不是没有可能。

夏初看刘起打愣，便挥手在他眼前晃了晃："刘大哥？想什么呢？"

刘起回过神来漱了漱嗓子，正色道："私相耳语总归不好，大人若见了怕又要以为你在说他坏话，何必呢？"

夏初一听也有道理，便不再多问，带上常青去见那个来报案的人了，刘起也快步跟了上去。

报案的少年十四五岁的年纪，穿着普通的布衣裤，一脸憔悴，但瞧着却是个十分机灵的模样。常青把他带到班房，他见了夏初便伏地跪倒，道："官爷，我们月老板死得蹊跷，小的恳请官爷去查查，若真为贼人所害，还请官爷给月老板做主，莫让他枉死不得瞑目。"话尾已然带了哭腔。

夏初让常青拉他起来，又给他倒了杯茶水，温声道："你是月筱红的跟班小厮？叫什么名字？"

"小的名叫金二顺。"他抬起头来，眼睛泛着红丝，声音哽咽却言语清晰地道："小的做月老板的跟班有三年了。官爷，小的人微言轻，说的话您能信吗？"

夏初对他点点头，鼓励道："不存在人微言轻，府衙只认事实。你先说说看。我听说月老板是突发急症没的，你觉得哪里蹊跷？"

金二顺捏了捏手里的茶杯，沉了一口气说道："月老板是有哮症，据说是小时候落下的，人说月老板唱腔特别，大约也有这方面的缘故。但月老板的病并不严重，往年犯病多是在春季里，随身也带着药，若是憋气了闻上两口就好。出事儿头天晚上月老板还好好的，这是夏季，也没有飞花柳絮，怎么睡一觉就犯了哮症呢？小的就是觉得不对。"

"哮症吗？"夏初叩了叩下颌。哮症就是哮喘，她对医理没什么了解，但以前有同学有这个病。这病搁在现代倒也不是多大的事儿，但古时候医疗条件不行，若是严重了是能要人命的。

但照金二顺的说法，也是有点蹊跷。夏初问金二顺："是你第一个发现月老板死了的吗？"

金二顺一听这话，眨眼掉下滴眼泪来，迅速反手给抹了去："是。月老板生活很有规律，早晨不用叫起的，小的一般在外面候着就行。但五月初一那天寅时过半了月老板都没叫我，小的就敲门了，结果敲了半天都没声。推门进去的时候看月老板的床幔还挂着呢，小的唤了几句也没动静，就壮胆撩了帘子……"

“月老板当时什么状态？你说得详细一点儿。”

“趴着，被子有点乱，手往外伸着。”金二顺又回忆了一下，摇了摇头，“当时床幔还挂着，所以床里有点暗，小的也没顾上仔细看，就觉得月老板不太对劲儿。小的拍了拍月老板的胳膊，感觉是硬的，吓坏了，就跑出去找人了。”

硬的？那死亡时间不算很短，算时间的话，差不多入睡之后没多久人就没了。“小的出去找人，六哥听信儿过来了之后就把我们都遣出去了，再后来就开始忙乎丧事了。”金二顺抬头看着夏初，语气有几分焦急，“官爷，小的说的都是实话，知道的也就这么多。小的这两天一直在灵堂守着，这会儿是趁了休息的工夫过来的，得赶紧回去才行。”

夏初一听，语速也加快了点：“只有你觉得月老板死得蹊跷？德方班就没别人怀疑吗？”

“小的也不知道。管事跟我们说月老板是犯了哮症过世的，小的若不是跟了月老板几年大概也不会觉得有什么问题。”金二顺站起身来，“官爷，小的得走了，您若是信小的的话就遣人去查查，您若是不信……”他红着脸握了握拳头，“小的也没有办法。小的听说府衙夏捕头最是公正，这才斗胆过来试一试的。”

夏初也站了起来，对他点点头：“我知道了，你先回去吧。月老板的事儿我会去问一问的。”

金二顺得了这句话，当即跪地磕了个头：“小的谢谢官爷。”

金二顺走了，班房里夏初回头看了看常青和刘起：“这应该算是报案了吧？”

常青把手里的笔放下，拎起笔录来抖了抖：“有笔录记在咱府衙的纸上，那自然算是报案了。”

刘起情绪稍有点激动，一掌拍在夏初的肩上，把夏初拍得身子一歪。刘起道：“夏兄弟！莫说是有人找到府衙说这个事，就算是在大街上听见一耳朵也得查！可不能让月筱红就这么不明不白地死了啊！”

“我知道。”夏初把刘起的手从自己肩上挪开，想了想对常青道，“明天一早你跟我去趟德方班，我先找人去问问哮症的事儿，心里也好有个底。要真是哮症也就罢了，要不是的话便是谋杀。你路子野，去找你那帮兄弟扫听一下，看月筱红那边最近有没有什么特别的事。”

“行嘞！”常青把桌上的东西敛好往外走，刘起跟过去说，“我跟你一起去。”常青应下，刘起刚跟着他走出班房，忽然一拍脑门，脸色都变了：“坏了！我把我们家少爷给忘了！”

原本是蒋熙元昨天交代他的，让他寻个由头把自己从“相亲宴”上解救出来，结果被月筱红的事儿一岔，他竟给忘了。

此刻蒋熙元正坐在将军府的园子里，蒋夫人带着他的几个嫂子，还有一帮官家夫人带着自己家适龄未嫁的小姐，正使出浑身解数地表现着，抚琴作诗、画画烹茶。整个园子里除了下人就他一个爷们儿，各种脂粉香烘得他头晕。

蒋熙元撑着脑袋坐着，报以礼节性的微笑，实则心里已经把刘起大卸八块好几回了。太无聊了，实在是太无聊了！

蒋夫人见蒋熙元走神，便用手指悄悄杵了一下他的腰，低声不满地说：“你又想什么呢？我跟你爹商量了许久才请的这些官家小姐来赴宴，都是京城高门大户，教养好模样好，个个知书达理，你倒是好生瞧瞧啊！”

蒋熙元稍稍坐直了点身子，意兴阑珊地道：“儿子这不是一直瞧着吗？”

不是他刻薄，说实在话，这帮大家闺秀真论起琴茶诗画来也不比莳花馆的姑娘强多少，但模样却比莳花馆的姑娘差远了。青楼姑娘勾引起人来，一个眼神就化了百炼钢，这些闺秀说穿了也是奔着勾引人来的，却还要藏着掖着，显得分外矫情。

“那你倒是瞧上谁没有？”

“谁也没瞧上。”蒋熙元扫了一圈，压低了声音对蒋夫人道，“娘，咱蒋家人丁兴旺，我上头一堆的哥哥嫂子，下面一堆的侄子侄女，您又不缺含饴弄孙之乐，我也不是嫡长子，您老盯着我的婚事做什么？我自有打算的。”

蒋夫人瞟他一眼，不咸不淡地说：“为娘我说了，你的打算归你的打算，婚事归婚事。休想给我娶个跌了身份的小户女回来，成了亲，爱怎么折腾是你的事。”

蒋熙元看蒋夫人一副铁了心的样子，心中暗暗叫苦，思忖了一下只得先暂退一步，道：“儿子知道。娘，不过有句话我以前说过，现在也还是这个意思。儿子要娶就得娶个自己可心的人，您可莫要心急了胡乱塞给我一个，这事儿您无论如何得应了我。”

蒋夫人稍稍放了点心，加上蒋熙元今天乖乖地回家来了，她气儿也比较顺，便道：“娘若是不应你早早地就给你定了，还用等到现在？但门当户对这一节没得商量，你也无论如何得答应着。”

蒋熙元挠了挠鬓角，胡乱地点了点头。不管怎样，先稳住家里再说，实在不行他就去找苏缜，看能不能在自己的婚事上求个恩典。当然，这个前提是他得先让夏初对自己动心才行。

这时，刘起终于是来了。进得园子里，刘起先扛着蒋熙元飞来的眼刀给蒋夫人请了安，然后才说府衙里有事要请蒋熙元过去一趟。

蒋夫人不太高兴地问刘起："这都什么时辰了，什么事儿急成这样，生辰日子非得把人叫走？"

刘起低眉顺眼地拱手道："回夫人，这名伶月筱红不是没了吗，府衙刚有人报案说他死得蹊跷。这戏子的事儿原本倒也没什么要紧，要紧在德方班刚接了入宫开戏之事，衙役们怕这里面有旁的枝节，所以得请大人回去拿个主意才好。"

不管什么小事，但凡沾上宫里，沾上皇上，那就是要紧的大事儿。蒋夫人一听刘起这么说，也没办法阻拦，只好先放蒋熙元走了。

蒋熙元起身与一众大家闺秀道别，脚步轻快地离开了园子。出了园子，蒋熙元拍了拍刘起："行，这借口找得不错，你也是学聪明了。"

刘起眨眨眼，表情有点严肃地道："不是借口，确实是有人报案来了。夏兄弟明儿一早就去德方班问案子去。"

转天一早，夏初寅时三刻起身，衣服不用选，脂粉不用扑，连头发都不用梳。洗了脸用手指理了理一头生长缓慢的短发，戴上帽子就出门了。这就是做男人的好处！

出了门上了锁，刚拐出巷子就看见蒋熙元正倚在墙根站着，抱臂晒暖，半眯着眼睛，懒洋洋地像只刚睡醒的猫。

"大人？你在这儿干什么呢？"夏初十分惊奇地问道，

"你不是要去德方班问案子吗？我上午也没什么事，跟你过去看看。"蒋熙元走到她身前打量了一番，"我要是许你常日里不穿捕快服，你会穿什么？"

"我干吗不穿捕快服？"夏初拽了拽身上的衣服，挺直腰板，"这是我的身份，穿着好办事。前天在泰广楼门口，要不是因为穿着捕快的衣服，谁能听我说话？"

"你还好意思说？要不是我去得及时你小命都没了。"蒋熙元笑道，说完又正了正神色，"下次别那么做，太危险，听见了吗？"

"意外嘛。本来场面都稳定下来了，谁能想到月筱红死了呢？"夏初摊了摊手，又侧头看着蒋熙元，"不过大人你那功夫真帅啊！得空教教我。"

教你？蒋熙元意味不明地笑了笑，教了你以后还有我什么事？"从小习的功夫，你现在年纪大了，学不来，甭想了。"

女人讨厌别人说自己年纪大，夏初也不例外，更何况她现在还是水嫩的十七岁，凭什么就年纪大了！夏初堵心地撇了撇嘴，回道："是啊，算起来我都满十七了，大人昨儿过了生辰也二十了呢，难怪蒋夫人着急。大人，昨儿的生辰宴怎么样？可瞧上什么才貌双全的姑娘了？”

蒋熙元瞬时也被她堵了心，皱眉叹了口气，转念一想却又笑了，淡淡地道：“为什么非得才貌双全的姑娘？在家供着早晚上香不成？娶妻要过日子，性子好最要紧，我偏喜欢那种开朗的，有话能直说，开心会大笑的，吵架都是乐趣。”

“这叫开朗吗？这好像叫没心没肺吧？”

蒋熙元看着她笑，点点头：“可不就是吗？偏偏就喜欢那没心没肺的。”

“难怪到现在娶不上个媳妇。”夏初耸了耸肩，“大人你口味可真特别。”

蒋熙元笑意更浓，与她并肩走着，阳光晒得浑身都暖洋洋的，他伸了伸胳膊，手在夏初肩膀处转了转又收了回来：“可不就是吗？我也觉得特别。”

德方班在城南大通坊有处院子，也是这些年红了几个角儿之后新置下的，离夏初所在的安丰坊不算远，走一会儿就到了。

院子一进待客的厅堂临时改作了灵堂，已经是丧仪的第三天了，来上香的人还是不少，都是月筱红的戏迷。夏初和蒋熙元进了院子说明了来意，小厮便去找管事的了。夏初也想给月筱红上炷香，但被蒋熙元给拦住了，他说月筱红再红那也是个戏子，官差给戏子上香，让人瞧见了都是笑话。

这就叫阶级。夏初无奈，只得作罢，无不惋惜地对蒋熙元道：“可惜了，我还看过月筱红的一场戏呢。”

“你？”蒋熙元讶异地瞧着夏初，“不记得你爱听戏啊，什么时候看的？”

“就我生辰那天，那会儿大人你正好离京办差去了。”

蒋熙元一听是她生辰那天，马上便想到了她墙上的那幅画，随即明白了过来，含着点酸味儿道：“是跟黄公子？你俩倒颇有兴致，生辰听戏。”

“不然干什么？原本是想吃顿饭，引荐一下大人你和黄公子认识认识的，免得一说起他来你就语气怪怪的，谁让你不在呢。”夏初说完转头看着他，“大人你为什么啊？对黄公子这么大偏见。”

“是偏见吗？”蒋熙元哼笑了一声，“我倒觉得你对他是偏见，只见好不见坏，姓甚名谁都不知道，还处处维护着。”

提起这事儿来夏初就心烦，别过头去不说话了。蒋熙元默了默，放缓了语气问道：“那紫玉的葡萄坠子送给他了？”

“没有。”夏初闷闷地说道，“从管阳回来之后就一直没见着他，估计是忙着婚事走不开。反正就是份小礼，给不给也不耽误吃穿。”

蒋熙元看夏初这样子就知道她是嘴硬，其实心里很介意，他挺心疼，但听说黄公子一直没出现，心里又有点暗喜。一时间也不知道脸上该是什么表情，该说什么话才好，既怕惹恼了夏初又不想违心地宽慰她。

好在这时德方班的管事章仁青来了，才给蒋熙元解了这不大不小的围。

章仁青比夏初想象的年轻，三十多岁的样子，中等的个子但身板挺拔。大概是因为月筱红的事，显得人有些疲惫，见了蒋熙元和夏初带出三分笑意来，不是真笑，但在如今的情境下倒也不算别扭。

章仁青原本正在后院与泰广楼的人说着以后排戏的事，听人报说府衙来人了，心里一沉，觉得这刚亮起来的天都暗了。

泰广楼是西京大戏楼，全国的戏班子都想挤进去登台，德方班熬到今天这步不容易。在泰广楼唱戏的班子，现在就数德方班排的日子多，这里面有很大一部分因素是因为月筱红，现在月筱红没了，泰广楼立刻找上门来说要减日子。

泰广楼的事儿还没说利索，府衙又来了人，章仁青愁得头发都要白了。见了蒋熙元和夏初，能挤出三分假笑已属不易。

章仁青对两人拱手见礼，命人上了好茶后，道谢入座，恭敬地问道："不知二位大人今天来有何事见教？"

"章管事，我们今天来是因为府衙接到了报案，说月筱红的死或有蹊跷，所以过来问一问。"

"报案？"章仁青拧了下眉头，"什么人报的案？"

夏初原本没打算瞒着金二顺的事，但看章仁青的这个表情，便下意识地把话含糊了过去，道："谁报的案不重要，既然有人报了，府衙不闻不问是不可能的。"

夏初这么说，章仁青自是不好再多追问，沉沉地叹了口气道："月老板自小就有哮症，许是近些天辛苦了些，引出了病来。"

"哮症多发于春季，怎么这天都热了倒犯了病？而且他既然自小就有这病，怎么随身没带着药吗？"

"这我就不懂了。但话说回来，若是除了春季外别的季节都不会犯病，那也就没必要随身带着药了不是？"章仁青道。

"那，发现月筱红死了之后你们就直接收尸入殓了？没找大夫来看看究竟是何缘故？"

章仁青苦笑了一下："人都硬了，还找的什么大夫。急火火地买了棺材布置灵堂，这天儿热，停灵三天就得下葬了。"

"停灵三天？"夏初眨眨眼，"那岂不是今天就要下葬了？"

"是，今儿巳时三刻。让人算过时辰了。"

"不行。"蒋熙元突然插口道。他转了一下手里的茶杯，眼皮不抬地说，"府衙接了案子，没我们允许，这人不能埋。"

章仁青一听就有点发急："大人，德方班给月老板办丧停了戏，这得等发丧了才好再开戏，人不埋怎么办？这还有几十口子就等着吃饭呢。大人，您给句话，这报案之人到底是谁，莫不是什么瞎了心的同行成心要给我们德方班添恶心吧？"

"想开戏？"蒋熙元看着他，"那就先开棺吧。"

"使不得啊！"章仁青站起身来，深躬下去，"大人，您可怜可怜月老板，这入了棺再见天，魂灵难安啊！要是让月老板的那些戏迷知道了，您……"

"我？"蒋熙元轻轻笑了一声，"衙门还怕月筱红的戏迷来找麻烦不成？你们德方班势力够大的，威胁我呢？"

章仁青"嗵"的一声就跪了下去："不敢，小的绝没有这个意思。小的是怕戏迷找我们德方班的麻烦，我们担不起啊！月老板没了，可德方班还想在京城唱下去呢，大人，我这儿求您高抬贵手。"

"章管事，我们又不是要在大庭广众之下开棺，你不必这么紧张。"夏初让章仁青起来，但章仁青没动。夏初又道，"哮症致死是因为窒息，窒息死亡的症状一看便能看出来，弄不出多大的动静。若当真无事误报……"

夏初还要劝说章仁青，蒋熙元却忽然拦住了她的话，看了看章仁青，慢悠悠地说道："行了，我知道你的顾虑，也不必扯这么多借口。德方班这刚接了宫里的事由月筱红就突然死了。若是病死倒也没话说，但若是命案，你们一个戏班子怕是担不起诘问。"蒋熙元叩了叩桌面，"你先起来。"

章仁青抖着手站了起来，不敢再落座，垂头一言不发地立在桌边。

蒋熙元笑了一声："你倒当月筱红是个人物。"

"大人……"章仁青长叹了一口气，"德方班再怎样红也就是个江湖班子，月筱红再红也就是个戏子。可我们身居江湖猜不准庙堂之事，上头不问则已，问了，我们德方班就是个死，什么都不用再提了。我不是不心疼月老板，我是实在不敢冒这个险啊！"

夏初一听这话，不禁问道："那也就是说，章管事也觉得月筱红死得蹊跷？"

章仁青点头，揪着袖口按了按眼角："我不知道那报案的是谁，但所说之事倒与我的怀疑一样。我原想着，等月老板发送了再自己查一查，查出来私下解决也就是了。”

章仁青想要隐瞒不报的理由倒也不是不合理，但夏初想起上次喻温平的案子来，那时喻温平也是不想府衙查案，也有他的理由，所以夏初并没有放下对章仁青的疑问。

“章管事，你最后见到月筱红是什么时候？”

“四月三十，那天我和程班主都在泰广楼，因为宫里的安公公要与我们定下入宫的日子。从泰广楼回来之后我把准备要入宫的人召在一起说了说，让他们精心准备着，别坏了事。说完之后就让他们散了，那就是我最后见到月老板。”章仁青一五一十地说道。

“当时月筱红还好好的？”

“好好的。”章仁青回忆着道，“月老板当时挺高兴的，毕竟合着整个景国也没几个伶人能有这样的机会。若是从宫里再得了赏赐，月老板这旦角的第一把交椅就算是坐稳了。给皇上唱过戏的人，那真能算半个爷了。”

“之后还有谁见过月筱红吗？”

章仁青摇摇头：“我不知道，说完这事儿我就回家了。然后早起过来就听说了月老板的事，当时我觉得天都塌了。”他哽咽了一下，“真是晴天霹雳。”

“你与月筱红平日里关系怎么样？”

“官爷啊，我知道您这么问是什么意思。”他又抹了抹眼角，“我做德方班的大管事有五年了，这五年我真是殚精竭虑，眼瞧着就要进宫唱戏了，而且宫里专点的就是我们德方班，这就是一个戏班子顶头的荣耀啊！这节骨眼儿上，莫说我与月老板关系不错，就算不好我也不能拆了自己的台不是？”

夏初听完觉得倒也是这么个理儿，想了想便起身道：“章管事，我想去月筱红住的房间看一眼，劳烦您给带个路。”

章仁青忙敛了敛情绪，站起身来带着夏初和蒋熙元往外走，夏初刚迈出屋门就听见常青的声音：“头儿，不是说好了今儿早起带我一起过来的吗？怎么您把我给撂在府衙了？”

夏初一拍脑门儿，抱歉地对常青笑了笑：“咳，早起碰见咱们大人了，我这跟他一说话就把你给忘了。你来得倒正好，先回趟府衙把杨仵作叫过来吧。”

“好嘛，我在府衙通等，您……”常青话没说完就看见蒋熙元从屋里走了出来，立刻便改了口风道，“您跟大人先问着案子。老杨我已经叫着一起来了，您有事儿喊我们就是了。”

夏初一听常青说带了杨仵作过来，不禁夸奖道："常青，你现在真是越来越机灵了。"

常青笑呵呵地走过来，对蒋熙元先见了礼，而后道："咳，这不是省得再跑一趟了吗，有尸体自然得有仵作不是？"

章仁青听见这话回过头来，躬身说道："大人，几位官爷，这开棺的事可是一定要做吗？虽然月老板是个戏子，但死者为大，这入殓后再开棺也是不敬啊！"

"这跟他是不是戏子没关系，府衙要查的是一条人命案，何为敬何为不敬？章管事再好好想想，也不妨站在你们月老板的角度想想。"夏初淡淡地道，不再多费唇舌，让章仁青继续引路往月筱红的住处走去。

月筱红是角儿，住的是东跨院里的一间正房，院里还有几间厢房，也都住着人。跨院中间一处空场，摆着日常练功的一些东西，夏初左右看了看，问章仁青："这两边厢房住的都是什么人？"

章仁青站住脚，给夏初把院里的人员构成说了说。

正房里进门一个小花厅，左右各一间房，比较大的那间给了月筱红，西间住的是蓝素秋，也是唱旦角的。东厢两间，大间住的是唱老生的大师兄程信海，隔壁是两个唱小生的；西厢大间是班里行三的，也是个唱老生的，旁边是老五和老六，一个工刀马旦，一个工小生；南边是一些入科年头短的孩子，住个通铺，旁边一间就是小厮之类的伺候人的。

这宅子还有个西跨院，章仁青也跟夏初简单地说了说。夏初细算了一下，只这一个跨院里就住了有二十人，这宅子还真是够拥挤的。

进了月筱红的房间，夏初一看就觉得查不出什么线索来了，因为屋里整整齐齐，已经被人给收拾过了。

屋里的陈设十分简单，一张床一个衣箱，中间一个圆茶桌，靠墙有个五斗柜，再无其他。夏初与蒋熙元在屋里转了转，打开五斗柜瞧了一眼，里面空荡荡的就是点儿杂物。

章仁青上前道："这斗柜从前放的都是月老板自己用的物什，还有些戏迷送的头面首饰。月老板不在了，这些东西放着怕丢了，就收到班子的箱子里去了。"

"你们收了？"夏初回头道，"月筱红没家人了？"

"官爷，这唱戏的有家人也等于没有，但凡有个活路的，谁舍得把孩子送来受这份罪。"章仁青叹了口气，又道，"官爷，要说家人，这班里的老六倒也勉强算得上是月老板的家人。开棺的事，要不我唤老六过来问问吧。那小子是个倔脾气，我要是私自拿了主张他怕是要跟我闹个没完了。”

“老六？”夏初记得昨天金二顺好像提过一个什么六哥，不知道是不是同一个人，“这老六是谁？”

“汤宝昕，工小生的，入科行六，月老板晚一些行九。他就住在这院里的西厢房。当年是他带着月老板投奔的德方班。现在正在灵堂呢，我唤他去。”

夏初点了点头，让他先去了。她与蒋熙元又把屋里看了一遍，门窗都好好的，实在看不出什么疑点来，遂出门到院子里等着。

“大人在想什么呢？”夏初看蒋熙元挺沉默，便问道。

蒋熙元摇了摇头，微蹙着眉，道：“我也不知道，总觉得有点事该想一想，又不知道该想什么。”

“这叫什么话？”夏初失笑，“还有这样想事儿的呢？”

“说的是，我也觉得挺奇怪。啧，细琢磨也觉得没事，但心里说不上哪里有点不踏实。”他晃了晃头，“算了，不想了。”

夏初走到一排放着兵器的架子前，拿起缨枪来掂了掂：“嚯！这可比我想象的沉多了。唱戏还真是不容易。”

“戏子娱人为业，虽是老板老板地叫着，但终归还是下九流的行当。唱戏跟班子签的多是卖身契，从小练功，罪受得大了。月筱红算是唱出来了，正当红，是可惜。”

“大人还知道这些呢？”夏初看着他，“我以为你从小养尊处优，才不会知道这些底层的事。”

“夏初，你说你的家人都不在了，你小时候是怎么过来的？”蒋熙元问她。

“先跟着祖母过了两年，后来祖母也病故了，没亲戚愿意收留，我就进了孤儿院，哦，就是恤孤院。”夏初一边新奇地看着院里的东西，一边闲聊似的说道，“我们那儿不兴卖身，我没那么惨。”她回头冲蒋熙元一笑，“就是穷，从小到大都穷。”

“想家人吗？有机会陪你回家乡看看。”

夏初手里的动作滞了滞，而后摇头：“习惯了，也不怎么想。”

蒋熙元伸手把她手里的缨枪拿过去，放回了架子上，看着她道：“那就算了。还是留在西京吧，好歹我在这儿。”

“我没说要离开西京啊，至少现在还没打算走。”

“以后呢？”

“以后的事谁说得好。”夏初微微地别过头去，随即又回过头来笑道，“没准遇见什么有钱人家的小姐看上我，我就入赘去了呢。”

“净胡扯。”蒋熙元失笑。心说，有钱人家的小姐看上你你敢入赘？你不被吓死就算好的。

章仁青回来得挺快，回来时身后跟着一个高瘦的年轻男子，还有一个就是去府衙报案的金二顺。

“官爷，这就是汤宝昕，还有这个叫金二顺，是月老板的跟班小厮，我不知道您要问什么就一并给叫来了。”

金二顺在汤宝昕身后抬头看了夏初一眼，显得有点紧张，又迅速地低下了头去。夏初让章仁青给他们找了个地方，她先把汤宝昕叫了进去。

汤宝昕一身缟素，脸色十分差，眼下一片乌青，开口说话嗓子都是哑的。章仁青说他是唱小生的，按说嗓门应该很清亮才是，瞧现在这意思真是伤心狠了。

夏初递了杯茶给他，问他与月筱红是个什么样的关系，汤宝昕说起话来有些吃力，好像每个字儿都是咬着牙的，这样才能让自己不哭出来。七尺男儿这般模样，瞧着颇让人动容。

“我与小九是同乡，小时候家里挨门住的，后来家乡遭了灾，我们跟乡亲一路南下逃荒。逃荒出来没多久就遇上了因灾落草的贼寇，贼人心狠，把人全给杀了。是他爹临死前把我们按进了泥沟子里，我俩才捡了条命。”

汤宝昕用手掩住眼睛，哽咽了片刻后，继续道：“那时候我九岁他六岁，俩孩子活着也就是等死。幸好路上遇见了德方班，我就央着班主把我俩给买了。卖身的银子一文没有，就求口饭，能活着就行。”

蒋熙元下意识地看了夏初一眼，见夏初表情有些哀伤，怕汤宝昕勾着她想起自己的遭遇来，让她难过，便插话打断了他的叙述，问道：“你最后一次见着月筱红是什么时候？”

夏初缓了下神，心里明白蒋熙元忽然插话的缘故，便转头对他弯唇一笑，意思是她没关系。蒋熙元便也对她笑了笑。

“他入殓的衣裳……是我换的。”汤宝昕说。

“我是问他活着的时候，你最后一次见到他。”

“四月三十晚上。”汤宝昕抬起头来问蒋熙元，“大人，章管事说您是来问案子的，是不是小九的死有问题？”

“你觉得有没有问题？”夏初反过来问他。

汤宝昕一愣，扶额支在桌子上，极疲惫地道："听了死讯我整个人都要垮了，这三天我都没阖眼，什么都不敢想……小九有哮症，逃荒时落下的病根，就是去得太突然了。"

夏初提笔记了下来，瞧着外面时辰不早了，便对汤宝昕道："现在有人向府衙报案，怀疑月筱红并非暴病而亡，案子府衙已经接了，现在要查，有些事还需要你这边配合。"

汤宝昕抬起头来，愣怔半晌："不是暴病？"说完霍然起身，"不是暴病？！那他是怎么死的？是被人害的？"

"这正是我们要查的。"夏初伸手往下按了按，示意他坐下，"但现在屋里已经收拾干净了，人也装殓入棺了，要查的话颇有难度。"

汤宝昕一听，当即直挺挺地跪了下去："大人，若小九真是被人所害，你们可一定要为小九做主啊！我……我钱财不多，但就是借债，就是卖出我这一条命去我都在所不惜，求您一定要还小九一个公道！"

夏初一听他这话，便知道他是误会这个"颇有难度"的意思了，大概以为是官差问他伸手要钱呢。不禁暗暗摇头，心说这位的脑筋未免也太直了点儿。

"你先起来。"夏初起身拽了他一把，把他按回到凳子上，等他情绪稍稍平复后才道，"你误会我的意思了，我说的难度是说线索，要查案总得有线索才行，明白吗？"

"明白。"汤宝昕点了点头，"您要什么线索？"

"刚才我与章管事也说了，他说你还算得上月筱红半个家人，所以这事儿要问问你的意见。"夏初停顿了一下，道，"我们要开棺验尸。"

汤宝昕万没想到夏初说了这么个事儿，章仁青叫他过来的路上什么都没告诉他，乍然听见仿佛是没听明白似的，茫然了好一会儿才回过神来。这一回过神来便又从凳子上弹了起来，还往后退了两步，高声道："不行！绝对不行！"

汤宝昕反应很强烈。夏初虽然知道对古代人来说开棺是个忌讳，但还是觉得他的反应大了点儿，毕竟月筱红还没封棺更没下葬，只是打开棺材看一看，比挖坟掘墓的温和多了。

刚才还说要倾家荡产，舍了命也在所不辞呢。夏初看着他，便起了点疑心，思忖了一下问道："你在怕什么？"

汤宝昕嘴唇颤了颤，看着夏初不说话，又瞧了蒋熙元一眼，那感觉像是指望蒋熙元能帮他说句话似的，让夏初觉得有些好笑。

夏初也向蒋熙元看过去，蒋熙元正拢着袖子端坐，不知在想什么，接收到夏初的目光后便对她笑吟吟地挑了下眉毛，把夏初肉麻得一激灵。

“府衙查案轮不到你说不。”蒋熙元不咸不淡地开了腔，“知会你一声是顾念你与月筱红的情分罢了。”说完他把夏初拽了起来，“去灵堂。”

“大人！”汤宝昕两步冲到了屋门口，叉开双臂拦住房门，急得苍白的脸都转了红，“你们……你们要怎么验？”

“让开。”蒋熙元沉了脸。夏初是平民心态，无所谓，但蒋熙元是世家子弟，还没见过有人敢这么无礼地拦着他的去路，挡着门的。

“不……不行。”汤宝昕有点害怕，但还是死拦着门不放，依旧问道，“你们开棺，要怎么验？”

蒋熙元火了，可夏初却觉得越发不对劲儿。要是汤宝昕反对开棺，他现在拦在门前就该说“不行，不能开棺”之类的，但是他反复地只是问要怎么验，那潜台词就是：棺不是不可以开的。

既然能开棺，那怎么验又有什么要紧？现在又不兴解剖，还能怎么验？无非就是看看尸体口唇皮肤颜色，判断是否死于窒息，解开衣襟看看身上有无勒伤，有没有挣扎的痕迹之类的。

夏初眼睛骨碌一转，忽然想到一个可能，不禁轻轻地抽了口气。心说，不会吧……

这时，蒋熙元身子往前动了一下，夏初一把就把他拽住了。蒋熙元扭头看她，正一脸的不高兴，她便背对着汤宝昕对蒋熙元使了个眼色，皱了下眉头，又撇了撇嘴，能调动的五官都动了动。蒋熙元没憋住，哧地笑了一声。

夏初白他一眼，回过头去看了看汤宝昕，扯着嘴角对他笑了一下，道：“验尸，自然是除去衣物，验一验身上有无致命伤……”

“不行！”没等夏初把话说完，汤宝昕就斩钉截铁地来了一句，“我今天就是撞死在灵前也不会同意！要是硬来，府衙便是逼死人命！”

蒋熙元那边忽然轻轻地“哦”了一声，迅速而又悄无声息地看了看夏初，唇角一弯，乐了。夏初自是没看见他的表情，听汤宝昕把话说完后，对他摆了摆手：“你少安毋躁。其实倒也不用非得除去衣物，窒息死亡看也是能看得出来，我们只开棺瞧瞧，这样如何？”

汤宝昕的身体松了松，情绪明显缓和了一点儿，却又将信将疑地问道：“真的？”夏初一看他的这个反应，估摸着自己猜得应该不错，倒不妨诈一诈。可还没等她把话问出来，蒋熙元已经先一步说道：“府衙为的是查案，又不是要存心折辱逝者，更何况……”他笑了笑，“月筱红还是一个女子。”

夏初和汤宝昕同时转过头盯着蒋熙元，皆是一副不敢置信的模样。汤宝昕也倒罢了，蒋熙元看着夏初的表情，心里那叫一个痛快！

夏初吃惊，因为她之所以能想到这么一个可能，盖因为她也是同道中人，若不然谁会去想一个名震京师的男旦根本就是个女人呢？女扮男装最怕什么，夏初比谁都清楚。所以没费什么周章就想通了其中关节。

可蒋熙元怎么也这么快就想通了？夏初心里不免有点发毛。他一个人的头脑就能刮起这么大的风暴来？这风暴不会也刮到过自己身上吧？不知道刮出真相没有。

汤宝昕的嘴巴开了又合，仿佛是很多的话一齐涌上来，结果因为太多给堵住了。夏初先回过神来，不太自然地漱了漱嗓子，伸手把汤宝昕拽回到了凳子上，对他道：“既然你没否认，看来是真的了？说说吧，怎么回事。”

事情已经露了馅儿，汤宝昕看上去倒也踏实了，这才又把刚才的事情重新说了一遍。

月筱红本家姓阮，没有名字，在家时排行第四，汤宝昕小时候一直喊她阮四娘。遭灾的事是没错，遭了贼寇失了亲人也没错，但汤宝昕带着她投奔德方班的时候班主却不肯收女孩。

戏班子里都是男人，登台唱戏的也都是男人，不需要丫鬟伺候。阮四娘那时候病着，班主就劝汤宝昕把阮四娘送到青楼去，能得点儿傍身的银子不说，还能给阮四娘看了病，往后贵贱不说好歹饿不死。

汤宝昕不肯，头磕在地上脑门都见了血。他的命是阮四娘的爹救下来的，他不能为了自己活命一转身就把人家闺女送进勾栏院去，他就是死也得跟阮四娘死在一起。

那时候班主的媳妇还活着，挺可怜俩孩子，便让班主把俩人留下了。阮四娘命大，没被一场病夺了小命，但落下了哮症的病根。那时候德方班没现在富裕，班子里也不养闲人，阮四娘病好了之后班主媳妇就把她扮成个小子模样，给自己家和戏班里帮忙做点杂工。

四娘平时在班主媳妇那住着，每天出入戏班与一帮小子也渐渐混熟了，耳濡目染的自然也听了不少戏。有一天在班主家里干活时，自己随口唱了几句，正巧就被班主给听见了。

班主痴戏，叫了阮四娘过来再给他多唱一些，阮四娘就唱了。班主听完大呼可惜，觉得生个女儿身真真瞎了这把嗓子，想了几日后他问阮四娘愿不愿意学戏，阮四娘当然愿意。班主认定了阮四娘能红，憋了几天给她起了一个艺名：月筱红。于是这事儿便这么顺水推舟地下来了。

“你跟月筱红到底是什么关系？”夏初听完之后问道。

汤宝昕眼睛一红，低了头，闷声道：“我想娶她。当初卖身进德方班时一文钱没要，这些年也替他们赚了不少银子。小九再过年就十八了，我俩攒了些银子，想回头赎了身就寻个地方过日子去，不唱戏了。”

蒋熙元幽幽地叹了口气：“你也不容易啊。”

汤宝昕当即就掉了眼泪，捂着眼睛，颤抖着声音道：“没想到，她……”

这时，就听门被叩响了几声，章仁青在门外问道：“大人，再过一个时辰就要起灵了。”那意思是问棺还开不开，不开的话就准备封棺了。

夏初扬声让他等一下，站起身来准备往外走，汤宝昕抹了把脸从凳子上直接就跪到了地上：“官爷，现在事儿您都知道了，小九要真是被人害死的，您可一定要为她做主啊！我求求您了！”

“你放心。”夏初过去拍了拍他的肩，让他起来。汤宝昕没动，犹豫了一下又道：“我还有个不情之请，万望官爷应了我。”

“你说吧。”

“这些年我一直想着让小九能恢复女儿身做了我的媳妇，可现在她人已经不在了，官爷就莫要让旁人再知晓了这件事吧。小九爱戏，您就……就全了她这一世的名伶之誉吧。”

夏初回想起月筱红在台上的光彩模样，不禁轻声叹气，于是点点头算是答应了，又问道：“这事儿都有谁知道？”

“师娘去世之后，就只有我和师父知道了。”汤宝昕说完，以额触地，恭敬地给夏初和蒋熙元磕了个头，“小的多谢二位大人。”

门打开，夏初跟在蒋熙元后面走了出去，告诉章仁青清了灵堂里的人，他们要开棺验尸。章仁青愣了愣，忙答应着去安排了。

蒋熙元退后半步站在夏初身侧，笑得含义颇深，问她道：“怎么了？怎么脸色这么不好看？怕什么呢？”

“大人你看出来了？”夏初臊眉耷眼地叹了口气。

蒋熙元心头一喜，心肝一起颤了颤，贴得离她更近了一些，温声道：“当然看出来了。你定是有你的苦衷，不过你别担心，有我呢，回去咱慢慢说。”

“怎么慢慢说啊！”夏初愁容满面地抬头看着蒋熙元，“赶紧验了尸还得下葬呢，这都眼前的事了，还慢慢说……”

“验尸？”蒋熙元愣了愣，一时间没能明白夏初的意思。

“是啊！”夏初看了一眼走在前面的汤宝昕，压低了声音道，“答应完他我就后悔了。虽然刚才说是看看就行，那怎么可能啊！不摸摸碰碰的怎么验？难道光看脸就能看出哪儿有问题来？现在我答应他了，自然就不能再让杨仵作去验了，常青也不行，大人，您金贵当然是不能碰这些，那不只有我验了吗！”

蒋熙元哭笑不得：“合着你怕的是这个？”

“怕死了，想着就觉得后脊背发凉。”夏初浑身紧绷绷地抖了一下。

蒋熙元站住了脚，无奈地直发笑。他还以为是夏初知道自己知道了她的秘密呢，闹了半天是为了验尸的事，这丫头，他真不知道该说什么好。

他挠了挠头，追上夏初的步伐，对她道：“行了，我来吧。”

“干什么？”夏初扭头瞧着他。

“验尸啊，你不是害怕吗？”蒋熙元对她挤了下眼睛，笑道，“你承认你胆小？”

夏初听他说完前半句后，心里头一暖，可还没等她客气的话说出口，蒋熙元的后半句话就出来了。夏初愣了愣，随即觉得自己挂了一脑门子的黑线下来，不禁抽了抽嘴角：“大人，你怎么……”

“嗯？”蒋熙元笑容满面地看着她，“怎么这么好？”

“怎么这么幼稚啊！”

第二十章 无计话别离

常青和杨仵作还在头进院子里等着，寻了一处阴凉的地方喝茶闲聊，常青口沫横飞地讲着戏理唱腔，杨仵作在旁边听得兴致勃勃。抬头看见夏初和蒋熙元过来了，常青便迎了上去，问下面有什么要做的。

“准备开棺。”夏初深吸了一口气，又徐徐吐出，“你跟杨仵作进去帮我把棺材打开，然后在外面等着就是。”

“等着？”常青指了指自己又指指杨仵作，“我们？那谁验尸？”

“我。”夏初苦笑了一下，看常青一脸不解地想要追问，忙起手拦住了他的话，“不用问那么多，回头再与你解释。一会儿你们看着点儿门，别放了闲杂人进去就是。”

常青含糊点头，与杨仵作面面相觑，不知道到底是个什么讲究，与夏初和蒋熙元一道往灵堂里走过去。章仁青和汤宝昕也要跟着，却被夏初给拦了下去。

虽然月筱红是女子，她也是女子，触碰并不是问题，但汤宝昕并不知道。所以夏初对他只说开棺看一看，而实际并不可能，所以汤宝昕不能进去看着，另外夏初也怕开棺后汤宝昕哭起丧来，到时还不够劝他的呢。

汤宝昕眼里全是话，一万个不放心的样子，夏初只得道：“我既应了你，自然有分寸。”不再多言。

改作灵堂的厅阔三间，不大也不小，家什都搬出去了，只留了个条案放在棺材前，上面摆了几样瓜果、灵位和油灯，两边挂了白布幡，还有人马轿子一类的纸

扎，纸人惨白的脸上涂着廉价的红胭脂，瞧着很是瘆人。

屋里烟火缭绕，混着棺材上新干的桐油味、草纸灰味，呛得人想流泪。夏初抹了下眼睛，心说这样也不错，不管真假，谁来都能挤出点眼泪来。

关了门后静悄悄的，能听见外面有人说话。不过隔了个门板的厚度，却像两重天似的，堂内烟气缓缓地荡着，气温虽不低，但就是觉得凉飕飕的。

常青和杨仵作都上了炷香，念叨了两句，夏初一看，忙也有样学样的做了。棺材不是薄板，但也不是什么好料子，不算重。常青和杨仵作两个男人足够，上前先推着试了试之后，便用了些力气，然后便是一阵咯吱吱的木头摩擦声。

夏初下意识地轻轻哆嗦了一下，往蒋熙元身边蹭了一小步。蒋熙元便也往她身边靠了靠，低声问道："害怕？"

"气氛，主要是气氛。"夏初缩了缩脖子，有一种看鬼片的感觉，直害怕棺材板一推开，月筱红就会浓妆艳抹地从里面坐起来对着她笑。

棺材盖板推开了一半，还架在上面，方便一会儿再盖回去。杨仵作探头往里瞧了一眼后就退开了，出门前对夏初道："嘴唇绀色，应该是窒息而死的。"

常青和杨仵作往外走，蒋熙元也跟着往外走，夏初一把就将他的胳膊拽住了，有点慌张地问："大人你干什么去？！"

"我在外面等你，你验得仔细一些，别漏下什么。"蒋熙元说完抽出自己的胳膊，在夏初肩上鼓励地拍了拍。

"别走！"夏初扑过去又把他拽住，见常青回头看她，她只好逞能地笑了笑，松开了蒋熙元，对常青挥了挥手让他赶紧离开。等常青出了门，夏初的脸立刻就苦了起来，"大人刚才不还要帮我验尸的吗？这会儿怎么连待都不待了？害怕了不成？"

蒋熙元瞧着她，认真地点了点头："主要是气氛。我在外面等你。"

"大……大人！"

蒋熙元悄然一笑："你是不是害怕了？是的话，我就留下来。"

夏初偷眼瞄了瞄已经开了盖的棺材，咬了咬牙："是……是有点儿，行了吧。"

蒋熙元看着她的样子，满意地笑了。就是嘛，你一个姑娘家的没事逞的什么强？男人就是男人，女人就是女人，有些事不是你装就能装得出来的。非逼着你慢慢认识到这点不可。

目的达到了，蒋熙元也就不再拿搪，带着夏初走到了棺材边上。夏初趋步跟在蒋熙元后面，走到棺材边上时才从他身后探出头，小心翼翼地往棺材里看。

棺材底部垫着一层麻白的褥子，月筱红安安静静地躺在里面，穿着件藕色薄长衫，头发梳成髻，用一根玉簪子别着，齐齐整整。尸体还没有开始肿胀，面部有些青紫，嘴唇紫红，看着的确是缺氧窒息死亡的状态。

月筱红的模样并不可怖，但毕竟是个尸体了，夏初想伸手过去撩了脖领看看有没有勒痕，手颤巍巍地探进去，还没碰着就被蒋熙元给拽住了："你要看什么地方，我来就行了。脖子？"

说完，蒋熙元已经利落地把领口往下拽了拽："没伤痕。"

夏初愣愣地点了点头，这才看着蒋熙元不好意思地笑了一下："这怎么好意思呢，大人。"

"那你来？"

夏初很想点头，但脖子僵僵得不肯往下弯，她实在是没勇气说"我来"。在蒋熙元的注视下，夏初红着脸缓缓地低下了头，低声对蒋熙元道："那个……得看看胸前有没有什么异常。"

蒋熙元瞥她一眼，松开了月筱红的领口，凝了凝神，从月筱红的锁骨开始慢慢地往下轻轻按压。夏季衣料轻薄，若是身上有致命的利刃伤或者骨折，手指便能感觉出来。

夏初看着蒋熙元的手，觉得自己也忒不争气了。这是朝廷三品大员，皇帝的伴读兼未来大舅子啊！那么讲究爱干净的一个人。她偷偷地瞄了蒋熙元一眼，看着他认真的神情，心里有些感动，便用极低的声音轻轻地说了声："谢谢"。

蒋熙元停了停手里的动作，回头看着她，笑道："怎么谢？"

夏初把头埋在胸口："我也……不知道。"

"那就记着吧。"蒋熙元淡淡地道，说完又转过了头去。不一会儿，按夏初所说的验完了，他收回手来，不着痕迹地在棺材沿上蹭了蹭，想把手指上的感觉蹭掉，皱了皱眉头说："没有异状。有没有可能在后心？"

"应该不会。"夏初摇头，"来报案的金二顺说，当时是他第一个发现的尸体，尸体是趴着的，如果后背有伤他一眼就可以看到。现场没有血迹，应该不是利刃伤。"

"早说啊！早说我何必还要摸这一趟。"

"也不是啊，万一是钝性挤压造成的肋骨或胸骨骨折，外表看不出来，但损伤心肺也有可能引起窒息。"

"你知道得还挺多。"

"昨晚上去找了趟柳大夫，他说的。"夏初从袖子里把自己的手绢掏出来递给了蒋熙元，"擦擦手。"

蒋熙元弯唇一笑，把手绢接了过来放在手里揉着："现在胸前没有异状，还要验什么？"

"手……"

"手？看什么？"

"如果是被人捂死造成的窒息，濒死时必定会有挣扎，指甲缝里可能会有些东西，皮肤组织或者衣服纤维什么的。"夏初道。

皮肤组织？衣服纤维？蒋熙元不知道那是什么东西，但凭猜倒是也能猜出一二，横竖他早已习惯了夏初蹦些奇怪的词来，便没有多问，只是疑惑道："哮症发作的时候喘不上气，自己不是也会抓挠的吗？就算指甲里有东西，又如何判断是哪儿来的？"

"发病窒息的时候，死者会处于昏迷或者半昏迷的状态，没力气抓挠了。这也是柳大夫说的。"

蒋熙元这才点了点头，伸手拉着月筱红的袖子把她的手臂拽了起来。月筱红的手紫绀十分明显，夏初凑得稍微近了一点仔细地瞧了瞧，指甲齐整而且还挺干净。她有点含糊，心说不会是汤宝昕整理遗容的时候太仔细了，连指甲缝都给剔干净了吧？可谁会在伤心过度的情况下做这么细枝末节的事？要真是他干的，那反而有问题了。

"这有处伤。"蒋熙元说道，让夏初看月筱红的手背。那处伤在手背接近手腕的位置，看形状应该是从拇指的位置划下去的，起始的地方略深。

"是利器划伤的。"夏初道，"可这伤也忒小了。"

"嗯？"蒋熙元忽然疑了一声，把月筱红的胳膊放下去，将袖子又往上拉了拉。月筱红的薄衫是宽袖的，内里套的中衣袖子也比较松，这一拉，便露出了胳膊来。

人死亡之后会出现尸斑，是因为血液不再流动坠积在尸体下部形成的，但月筱红胳膊上的几处青紫明显不是尸斑，而是生前受的伤。

蒋熙元与夏初对视一眼，索性把袖子撩得更高了一些，将两只胳膊都查了一遍，这才发现她胳膊上的伤还不少，有新有旧的样子。除了刚刚手背上的一处破损伤外，另一只手上也有，但不多，伤口也都不大、不深。

夏初有点迷糊。这算疑点吗？应该也算。要是没有这些伤，她基本就要判定月筱红是发病导致窒息死亡了。可这些伤又太小，离致人死亡还差得远，也构不成什么太有力的疑点。

蒋熙元显然与她想法一致，他把月筱红的袖子重新盖好，道："若不是个女子，倒可以解开衣服看一看，但这事我就不好做了。"

蒋熙元这么说了，夏初当然也不能说她可以解人家衣服，想了想道："就算身上也有瘀伤，以这种程度远不至于致人死亡。"

"先这样吧。暂且记下来，等详细问过了口供再说。"蒋熙元说完，把夏初的手绢往自己袖管里一塞，离开了棺材旁。

蒋熙元和夏初从灵堂里退了出来，等在院里的一帮人都围了过来，问情形如何。夏初没说有问题也没说没问题，只道还要再做询问。

这个回答搞得所有人都很迷茫，夏初也没法细讲，因为她也很迷茫，便让章仁青该做什么做什么，德方班的人近日一概不许离京，等候府衙传讯。

时辰差不多了，章仁青让人把棺盖重新盖好，打开灵堂大门，准备起灵下葬，院里院外哭声一片。今日这情形不好再找人问话，夏初他们便先行离开了。

在回府衙的路上，夏初把金二顺和汤宝昕所说的，还有验尸时看到的状况与杨仵作说了一下，杨仵作听完之后也说那种瘀伤不会致死，道："内脏受损的话可能会吐血、咯血，总是要折腾上一段的，不会睡着睡着就无声无息地死了的。"

"嗯。今儿听章管事说东跨院正房里还住着个人，回头问问他有没有听见什么动静。"夏初叹口气，这一上午让她心惊肉跳的事儿太多，脑子都有点乱了。

"那人叫什么来着？"她扭头询问地去看蒋熙元，蒋熙元正走神，夏初便推了推他的胳膊，"大人你在想什么？"

"没什么。"蒋熙元摇了摇头，"你刚刚问我什么？"

"月筱红住的那间正房里，西头那间也住着一个人，是谁来着？"

"好像是叫什么……蓝素秋？"

"蓝素秋？"常青搭进话来，"那也是个大青衣，还有刀马旦的功夫，算是个角儿。要说起来，其实他戏路比月筱红宽，只是唱腔上没有月老板有特点。"

夏初点点头："东跨院正房里东西两间一个住的月筱红一个住的他，估摸着也应该是个台柱子。"说完她抬头看了一眼天，忽然加快了脚步，"赶紧的，再晚要赶不上开饭了。"

蒋熙元一把将夏初薅住，挥挥手让常青和杨仵作先回去，然后拽着她去酒楼吃饭了。杨仵作回头瞧了瞧走远的蒋熙元和夏初，有点担忧地问常青："我说常青，这大人和夏捕头是不是对我不太满意？怎么今儿个验尸都没用我呢？这会儿又甩开咱俩，是不是有什么事咱们听不得？”

常青也回头看了一眼，嘿嘿一笑：“听得听不得又怎么着？让你听的你就好好听，避着你的你也别胡琢磨。操那份闲心干什么？”

“咳，我年岁也不小了，全家指着我这份工吃饭呐，除了验尸我也没别的本事，要是府衙不要我了我坐地就得饿死。不像你啊，你现在衙门里外都混得有模有样。”杨仵作叹口气。

常青的表情露出一丝得意来，心情颇好，便对杨仵作道：“如今府衙不比从前，实打实的得干活。老杨，别说我没提醒你，你得记着一条：大人跟我们头儿的关系好，咱这府衙里，你宁可把各司的大人得罪了，也别得罪我们头儿。”

“是呢是呢，这我倒也瞧出来了。”杨仵作点点头，把常青的话放在心里思忖了一番，遂道谢，请他平日里多帮衬着自己一些。两人干脆也就没回府衙，在街边寻了个小馆子，杨仵作请客，又拉着常青多聊了一会儿。

蒋熙元、夏初没回府衙吃饭，常青和杨仵作也没回去，又因为月筱红现在是否为病死尚不明确，这事便暂时没与别人提起。这一来，搞得整个府衙都不知道这几个人到底去了哪里。所以安良偷偷摸摸地来府衙找人的时候，既没碰见不该碰见的人，也没找到该找的人，问都问不到消息，只得无功而返。

安良有些惴惴不安地奔了云经寺给苏缜回话，到禅房外时碰见了闵风，便与闵风念叨了几句：“好容易出来一趟，还找不到人。过几天行纳征礼，忙叨叨地又不知道什么时候才能出来了。”

闵风虚倚在竹扉上听他说完，问道：“你喜欢出来？”

安良怔了怔，轻声道：“倒也不是。咳，又岂是我喜欢不喜欢的呢？”说罢轻轻推开门走了进去。

苏缜正在禅房里饮着茶，瞧着茶盏里氤氲而起的淡淡水雾，不禁想起与夏初的第一次见面来。

那时候天儿还冷着，禅院的浅塘里还没注水，白丁香的枝上才刚刚冒出芽尖，感觉上不过是眨眼间的事儿，禅院却已如换了天地，人，也换了心境。

塘里起了点点浮萍，三五尾小鱼游弋，那蓬蓬的白丁香也在不觉中过了盛花期。如今满院郁郁的葱绿，藤蔓绕紧了竹墙，青苔覆上了石阶，夏日来得仿佛悄无声息却又不容置疑。

那时他还疑心着、防备着，揣着袖箭看夏初在他对面侃侃而谈。那天她穿着一身杂役的服装，极其普通。但在苏缜的回忆里，那时的夏初与后来穿上了捕快服的夏初、与穿着长衫的夏初是一样的。

他也相信，若有一天夏初穿了这天下最华贵的衣衫，她也仍然是她。不随顺境或逆境而改变的晶亮眼睛、明朗笑容，还有真诚的心。

安良的身影从丁香树后闪了出来，苏缜看见，心陡然便提了起来，竟有一点无措的紧张。

待到安良走近到禅房的门口，苏缜却没见他身后跟着别人："人呢？"他问安良。

安良敛袖躬身，低声道："夏公子不在家中也不在府衙，奴才不敢在府衙门前久等，便先回来复命了。夏公子许是查案去了，要不奴才晚些再去寻一趟？"

苏缜轻轻地"哦"了一声，心中也不知道是失望，还是松了口气，想了片刻后摆了摆手："算了。"

安良闻言应了个是，从院里退了出去。闵风仍在院外，抱着佩剑倚着竹墙看天，安良也学着他的样子，叉起双臂抬起头，叹了口气。

好半晌相对无言之后，安良憋不住开口试探道："闵大人，我觉着有什么地方不对劲儿，大人可有这样的感觉？"

"什么地方？"闵风一动未动，也没什么表情。

安良往他身边挪了几步，压低了声音道："我与大人你是朋友，说了您就当没听见就是了，能应下吗？不然你可就是害死我，我做鬼也不放过你。"

闵风极轻微地弯了弯唇角，转过头瞧着他："安公公还是不说的好。"

安良被他噎了回去，随即悻悻点头："也好。"言罢又迈步挪了回去，忍了一会儿终于还是没忍住，转头背对着闵风自己嘟囔道："唉，也不知是福是祸了。"

闵风听得真真切切，没说话。

苏缜面前的岩雾茶已经凉了，他垂眸瞧着。这段日子他都没再喝岩雾茶，初时是为了刻意避免想起夏初来，后来就想给她留着，他知道她喜欢。

云经寺是他与夏初第一次见面的地方，他便也想在这儿做个告别，这里静，也许自己就能平平静静地把想说的话说出来。

夏初是他前行路上不小心拐入的一处桃花源，虽好，却不能容他盘桓不去。一片天下，一丈龙椅，不管他想或不想，到底是争来了。所以，这副担子，也无论他想挑或者不想，都必须挑下去。

再美好的错误，终究还是个错误。

自古都说帝王最是无情，其实不是真的无情，而是不能有情。情是暖的，化了筋骨便是软肋，被人捏住不单会倾覆了自己，到头来也会害了对方。

若不曾相见相识就好了，若管得住自己的心就好了，若她是个女子……

苏缜自嘲地轻笑了一声，如今想这些也都没什么意义了。绕了一个很大的圈，事情还是回到了最初他所以为的那样，此后深宫之中，望月而坐，便想想那初夏时节摇曳的葡萄藤，想想那淡淡的皂角香，想想落在自己肩头的柔软短发，或许直到自己再也想不起来了，时光也就匆匆地过了。

他编好了理由，铆足了力气出得宫来，想要与夏初告别，却因为没能找到夏初而泄了这口气。心里说不上是什么样的滋味，有点逃过一劫的庆幸，也有终将还是不得不面对的苦涩。

茶凉透了。苏缜站起身来，又看了看对面空空荡荡的蒲团，缓步而出。

安良伺候着苏缜从云经寺后门上了马车，闵风隐去了踪影，马走车行，拐出巷子便汇入了街道中。

苏缜让安良拐了个弯往南去，他说想再喝一碗福记羊汤。安良调转了马头，心里却越发不踏实起来。皇上闷在宫里的时候，他总想着出宫来散散心就好了，今天终于是出来了，可感觉却好像更糟糕了。

昨晚离了御书房，皇上让他挑灯引路却没回寝宫。沿路缓缓兜转时，他觉得这华美的亭台楼阁之间只有皇上一个人，似乎连他都是不存在的，无比空旷寂寞。

停下脚步时，他左右观瞧了半晌才反应过来是哪儿，不禁低声地劝道："皇上，这崇仁宫已经荒了许久了，虽已入夏，夜里还是风凉露重，皇上保重龙体要紧。奴才伺候您回宫早些安置了吧。"

他挑着灯，只照得见皇上的一片衣摆，衣摆下，那双明黄的朝靴一动未动。他不知道皇上在想些什么，却觉得莫名心慌。

"朕……到底还是不如他。"这声音轻轻淡淡的，化进了夜里。

他初时以为自己是听错了，低着头不敢多问。静了好一会儿，脚步轻响，他忙拎起灯快步地跟了上去。走了一段之后他回头去看，崇仁宫一片黯淡，只有飞檐层叠，在墨蓝的天空中留下无声的剪影。

他不知道皇上为什么会突然跑去苏绎出宫立府前的住处，隐约觉得或许与今天出宫之事有关。

昨天一夜，他都在想着皇上说的那句话——朕不如他。不如苏绎吗？不如那个敢为了一个男子抛却一切，乃至性命的兄长？

他是个公公，他年纪尚轻，他不通情事，但他不傻。

可他宁愿什么也想不明白。

马车到了福记羊汤的巷口，安良勒停车跑了进去，不一会儿两手空空地又从里面出来了，有一点儿不知所措。

“怎么了？”苏缜问他。

安良犹豫了一下，低声道：“公子，福叔已经不在了。”

苏缜看着他，手在膝上缓缓握成了拳，半晌后手掌一松，便轻轻合眼靠在了车壁上：“知道了，回宫吧。”

转天是上朝的日子，蒋熙元进宫去了，夏初带着常青去了德方班。

路上时她反复犹豫，是不是应该把月筱红的真实性别告诉常青，可她知道常青这人话多，外面三教九流的兄弟也多，万一哪天他话赶话地说走了嘴，不消半天大概就能传遍西京城。那样一来，她便是对汤宝昕食言了。

左思右想还是觉得不行，到了德方班后她便安排常青先去排查其他人，看四月三十晚上都有谁见过月筱红，什么时候，有无异状。

而夏初则找到了章仁青，让他安排一下，她要找德方班班主问话。章仁青遣人去了，自己陪夏初在花厅坐着。夏初观察了他一会儿，见他虽是显得颇为疲惫，神色间却并无异状，这才问道：“章管事，昨天验尸时我见月筱红身上有不少淤青和伤口，你可知道是怎么回事？”

章仁青听完没有什么惊异的表情，也不紧张，点点头回道：“这些日子月老板在学刀马旦的戏，磕碰也是常有的。”

“学刀马旦？她以前不唱的吗？”

“是。月老板身子骨不太好，但要强，前些日子让蓝素秋挤对了几句，便铆了劲要把刀马旦也拿下来。”章仁青苦笑了一下，继续道，“班主本劝他不必的。他的嗓子唱悲腔更好听，青衣无人能出其右。原本这次进宫要唱的那出《游龙戏凤》是花旦戏，若是得了皇赏，花旦也算是坐稳了。可惜……”

章仁青的话里透出浓浓的遗憾，月筱红一死，进宫已是全无希望了，与这样的机会失之交臂，大概会成他这辈子都解不开的心结。

夏初听见“游龙戏凤”四个字，恍惚了一下。她记得黄公子在泰广楼给她讲过，也说月筱红的嗓子唱青衣正旦更合适一些。那时他离她很近，笑容温和清浅，低声侃侃而谈，锣鼓点与叫好的声音震耳嘈杂，却仍盖不过他那好听的声音去。

可这才不到月余，黄公子品评的月筱红不在了，连黄公子也消失了。

“夏捕头？”章仁青见夏初出神不说话，便唤了她一声，“可是想到什么问题了？若有什么想问的，您尽管问就是。”

夏初回过神来，不好意思地笑了一下，这才又问道：“刚才你说月筱红要学刀马旦的戏，是因为被蓝素秋挤对了几句，具体是怎么回事？”

章仁青理了理袖口，颇无奈地摇摇头：“月老板戏好人红，素秋也是唱旦角的，心里一直不太服气，言语上给月老板添添堵也是常有。素秋唯一强过月老板的就是这刀马旦的身手，那天练功缨枪指到了月老板的脖子，把月老板给惹恼了，这才有了学刀马旦的事。唉，这自小扮了女人唱戏，性子也都像女人似的了。”

“缨枪指到月筱红的脖子？是玩笑的？”

“玩笑的……”章仁青说着便看了看夏初，“夏捕头的意思是怀疑素秋……”

“没有。”夏初摆了摆手，“现在也都只是问问，章管事不用想太多。”

说话间，便有个十来岁的小子扶着班主走了进来。班主约莫有五十多岁的模样，头发花白，一身青色的布衣裤，脸色蜡黄，精神十分不好。

章仁青起身让班主坐下，两厢介绍了一下。班主姓程名世云，是德方班开班老班主的儿子，自小跟着自己爹学了戏，老班主过世后便接了这班主的位置，一辈子没离开过戏班子。

章仁青低声对夏初道：“月老板是班主从小带大的，跟亲子也无异了。月老板去了之后班主便病了，这才将能下床，您多担待。”

夏初表示理解，再看程世云，眼里便多了几分怜悯之意：“叨扰程班主了，逝者已去，您节哀顺变，多保重身体才好。”

程世云喉头动了动，点头间眼圈便红了，呜咽一声，什么话都没说出来。夏初叹了口气，对章仁青道：“我有些话想私下里问问程班主，不知方便不方便。”

章仁青自然不会说不，让人找了个软垫来撑住程世云的后腰，带上门，将花厅留给了夏初。

“程班主，月筱红是女子的事我已经知道了。”夏初开诚布公地先把这个撂到明处，后面的话才好问。

程世云一听这话，愣了愣，随即胸口颤颤地喘了几口粗气，闷声哭了起来。夏初慌了，也不知道要怎么劝，生怕他情绪激动再昏过去。

紧张地等了好一会儿，程世云才缓缓平复了情绪，用袖子抹了把眼泪，沙哑着声音道：“小九啊……小九命苦啊！”

“是不容易，一个姑娘家……”夏初附和着说道。

“她来的时候才这么点大。”程世云颤巍巍地比画了一下，“眨眼十多年了，学戏苦啊，一个小闺女也熬过来了，这正好的时候……正好啊……”

“程班主节哀。”夏初看程世云情绪又有点激动，赶忙岔话道，“刚才听章管事说，月筱红这阵子正学刀马旦的戏，可有此事？”

程世云点点头：“她哪怕只唱青衣也够吃一辈子的了，偏要难为自己。那孩子要强，摔打得尽是伤也不吭气，我心疼她，她就说没事，怕年纪再大点儿想学也学不成了。”

程世云沉浸在回忆里，脸上微微地见了点儿笑容：“有时候倒觉得她是亲的，与我一样，都痴戏。听见那西皮流水，听见胡琴儿就打心里那么爱……”说着说着，表情又哀戚了下去：“这么年轻轻地去了，那把嗓子以后还往哪儿听去呢。”

夏初被他带入了情绪，也跟着感伤起来，托着腮，听他把月筱红过往的事儿说了好半天。直到程世云亏了气力，咳嗽起来，夏初才想起自己是干什么来的，不禁把自己骂了一番，敛了敛精神问道：“程班主，这德方班里有与月筱红有过节的吗？”

程世云抬起眼皮看了夏初一眼，沉沉点头：“那倔六子。”

“倔六子？”夏初眨眨眼，“您是说汤宝昕？”见程世云点头表示肯定，不禁纳闷道：“汤宝昕不是与月筱红关系很好吗？昨天问过他，他说当年还是他带着月筱红投奔的德方班，磕破了头您才收下的。”

“那是从前。”程世云哼了一声，捂着心口缓了缓气息，不屑地道，“那时候收下他是看他身板还不错，也是个有情义的孩子，但终究资质一般了。现在小九儿唱成了角儿，红透了西京城，他想求娶，倒不知安了什么心思。”

“您的意思是月筱红并不想嫁他？”

“小九爱戏，吃多少苦受多少罪才有的今天，嫁他？凭的什么！”程世云说得激动，一瞪眼，痰气上涌便费力地咳了起来。

夏初浅浅地抽了口冷气。心说到底是演戏的啊，昨天她瞧汤宝昕的样子，可丝毫看不出端倪来，只觉得是一对青梅竹马抵不住老天捉弄，造化弄人。

夏初有点头大。

按金二顺所说，他发现了月筱红的异状去喊人，第一个进屋的就是汤宝昕，而最后给月筱红装殓的还是汤宝昕。如果月筱红真的是被害身亡，那么依程班主所言，汤宝昕的嫌疑颇大。这事儿还真不好问了。

程世云那边情绪几个起落之后已然撑不住了，夏初只好先让人将他扶去休息了。出得门来见常青正搬了把椅子在墙根躲阴凉，端着茶，看着院子里一帮光头小子背词儿练功，津津有味。

“你倒挺舒服。”夏初走过去用脚踢了踢他的椅子。

常青噌地站了起来，笑呵呵地让出了椅子，道：“咳，哪知道您问了这么半天，我这儿早完事了。”

“问仔细了？有什么收获吗？”

“没有收获我哪敢在这儿坐着。”常青从旁边又拽过一把椅子来，拿杯子给夏初添了杯温茶，“来，我慢慢跟您说。”

常青这边把他问到的情况与夏初说了，说到一半，他忽然停下话头往门口看过去，然后压低了声音道：“头儿，那个就是蓝素秋。”

夏初顺着他的目光转了头，见一个穿着蓝灰色长衫的男子从门口走了进来。男子中等身高，很瘦，手搭在额上挡着日头，轻蹙着眉，进来后目光往院里睨了睨，不屑般微仰起下巴来，穿过侧门往东跨院走过去。

那几步走得很有特点，步子比戏台上的碎步略大，上身不动，胯左右轻摆，显得腰肢很细。夏初瞧着觉得别扭，忍不住说：“怎么这样走路。”

“咳，这睁开眼就扮女人，除了上茅房的时候低头瞧瞧，哪还想得起自己是个男的呢。”常青笑道。

蓝素秋那边刚拐去东跨院，紧接着蒋熙元便进来了，一大步便迈进了阳光里。晃晃的白日下，一身水青的薄长衫束了宽腰带，身高腿长，背挺肩阔，散发着健康坦荡的男人味。

夏初此时瞧着蒋熙元，眼睛舒服多了，不禁啧了两声，喃喃地道：“真是……就怕货比货啊！”

蒋熙元也瞧见了夏初，粲然一笑，迈步而至，朗声道：“在这儿躲懒呢？”

常青再次起身把凳子让了出来。夏初此时看着蒋熙元就觉得痛快，不计较地笑了笑：“我那儿刚问过程班主，这正听常青说他调查的情况呢。大人怎么过来了？不是上朝去了吗？”

“这都什么时辰了，早散朝了，还与皇上说了会儿话。”蒋熙元伸手拿过夏初的杯子，喝了一口水。夏初要拦没拦住，“我的杯子！”

“那怕什么？”蒋熙元冲她挤了下眼睛，“走得渴了。我又没嫌你。”

夏初没好气儿地瞥他一眼，推开蒋熙元递回来的杯子，又让常青去拿了个干净的："大人心情挺好？皇上赏你官了还是送你钱了？"

蒋熙元笑道："皇上又不是我，我又不是你，哪有这等好事？"

夏初没反应过来蒋熙元说的什么意思，还没等她想明白，蒋熙元接着道："皇上问起府衙最近在忙什么案子，我说了说。他说你是个有能力的，让我好生用着，别埋没了。"

"皇上听说过我？"夏初心里稍稍有些激动，"还夸我了？"

蒋熙元邀功似的说："有我在御前，当然是听说过你的，也自然是要夸你的。"

夏初呵呵一笑："这样啊。那我就不谢皇上了，反正我也见不着他，他也听不见我，还是谢谢大人比较实惠。"

"怎么谢我？"

"您赶紧把这月的月钱让账房发了吧，我再想谢您的事。我快要穷死了！"

笑闹了几句，夏初把话题重新带回案子上，让常青继续说。蒋熙元半路加进来，按道理常青应该把事情从头说一遍，但常青却十分有眼色地没这么做，拣着重点对夏初汇报完之后，道："大人，我去问问我那帮兄弟有没有打听出什么情况来，详细的您问我们头儿就是了。"

蒋熙元乐了，拍拍常青的肩膀："干得不错！去吧。"

常青走了，夏初警惕地看了蒋熙元一眼："大人，你跟常青是不是有什么阴谋？"

"我跟他能有什么阴谋？"蒋熙元低头拨了拨桌上的茶杯，挑眼看着夏初，"你是不是做了什么亏心事？怕什么？"

"我光明磊落，能做什么亏心事！"夏初梗了梗脖子。

蒋熙元笑意愈深，点点头："嗯，那就是了。男子汉大丈夫，别像个女子似的疑神疑鬼才好，你说呢？"

夏初抿了下嘴唇，压低了嗓子呵呵地笑："那当然。大人咱们说说案子吧。"

"好，你说吧。"蒋熙元端起茶杯来喝水，把满腹的闷笑压了回去。

"依目前问出来的，有两个人比较可疑，一是汤宝昕，二是蓝素秋。"

"汤宝昕？他有什么疑点？"

夏初叹口气："昨天咱们问他的时候，感觉上他与月筱红青梅竹马，两情相悦，却碍于月筱红的男子身份暂时不能在一起，但两人对将来也有所安排和打算。"

"是啊。"蒋熙元看着夏初，点点头，"男子的身份的确很碍事。"

夏初没听出蒋熙元的弦外之音，继续道："可今天我听程班主的意思，却是月筱红根本没有要嫁给汤宝昕的意思。"

"噢？"蒋熙元道，"月筱红死了，知道她女子身份的两个人又各执一词，这样一来岂不是死无对证？"

"倒也不是。"夏初摆了摆手，"其实我更偏向于程班主的说法。"

"为什么？"

"因为月筱红最近在学刀马旦的戏。"

蒋熙元一听便明白了，点点头："你的意思是，倘若真像汤宝昕所言，他们两个打算赎身去过日子的话，那月筱红根本没必要这么做。她显然还是想继续唱下去的。"

"就是这个意思。但这事就麻烦了，因为第一个确认月筱红尸体和最后一个给月筱红装殓的人，都是他。月筱红是个女子，装殓之事不假手他人完全合理，但要是从另一个方面去想，也算疑点。"

蒋熙元思忖了一下道："我想不出他的动机。就算月筱红不打算嫁给他，那也不是一朝一夕的事，何必在这个时候杀她？就像章仁青所说，德方班要入宫唱戏，这时节出了命案，宫里不问则已，问了，谁也扛不过去，岂不是也断了自己的活路？"

"宫里问了吗？"夏初问道。

蒋熙元笑了笑："算是问了吧。我把这事儿与皇上说了说，皇上只是听着，倒是没说什么。其实说到底不过是个戏子，这里面若不牵扯到别的阴谋，宫里不会多问。"

"皇上爱听戏？"

"谈不上爱，以前后宫人多的时候倒经常会开戏，皇上也只是偶尔陪着听听罢了。"

"意思是现在后宫人少？皇上不都是三宫六院的吗？"

"现在后宫没人。"蒋熙元顿了顿，浅浅地叹了口气，"今上继位时年纪尚轻，还未娶亲。新朝甫立事情多，也没见哪个女官或宫女得了位份，许是皇上没这心思。大婚之后应该会逐渐充实后宫吧。"

夏初知道他是忧心自己妹妹的将来，遂不再多问了，心里却觉得这皇帝当得还真寂寞。后宫没人，那么大的宫殿，待着得多烦闷。

蒋熙元挺奇怪为什么苏缜忽然会想听戏，以前陪妃嫔太后听戏的时候他总是坐不住，时常半路偷偷地溜出来，现在怎么忽然转了性？

他今天旁敲侧击地问了问，苏缜却什么都没说。他觉得苏缜这些日子像是心情不太好，但也只是感觉。他捋了捋朝中的大小事情，也没觉得有什么值得特别烦心的，故而猜不出个所以然。

他与苏缜自小一起长大，不说了如指掌，但总能推断出个七八分，这次则不然，让他心里多少有点不安。

两人沉默了一会儿，蒋熙元才道："看来汤宝昕那边还要再问问，刚才你说蓝素秋，又是怎么回事？"

"蓝素秋与月筱红不是太对付。四月三十晚上有人听见月筱红房间里有声音，在跟人说话，大概是戌时。戏班里都是丑时起床练功，很早，所以戌时差不多都睡了，但正房东西两侧的灯都亮着。所以，要么就是蓝素秋在月筱红房里，要不然蓝素秋总该听见些响动才对。"

蒋熙元点了点头站起身来："我饿了，先去吃点儿东西。下午回来先找蓝素秋。"

夏初跟着他起身，笑道："今儿我还没喊饿，怎么大人倒先喊饿了。"

"今儿上朝，早上起得太早了。"

下午回来，夏初让章仁青给他们腾了个花厅，将蓝素秋叫了过来。蓝素秋还是那身青灰的长衫，还是那几步走，进来的时候蒋熙元和夏初都稍稍皱了眉头。

"二位官爷。"蓝素秋进门行礼，不像男子那样拱手，而是手放在身前浅浅鞠了个躬，动作缓慢而柔美。嗓音拿着点腔调，不难听，但是有点怪。

夏初这才看清楚蓝素秋的长相，柳叶眉，丹凤眼不算大，唇角含笑，配上他的神情，除了鼻梁挺直了一些外，看上去十分阴柔。

夏初让蓝素秋在下首凳子上坐了，他侧头躬身轻声道谢，捋了长衫坐在了凳子沿上。夏初默默地看着，心说这比自己可有女人味多了。

"蓝素秋，你与月筱红平时关系如何？"夏初问道。

蓝素秋垂眸微微一笑，又抬起眼来瞧着夏初，慢慢地说："官爷，我若是说不好，您是不是要怀疑是我害死了他？"

"你怎知她是被害死的？"夏初也笑了笑。

"我并不知道。只是昨儿个您几位官爷来了，这猜，也能猜出七八分。"他伸手揽袖比画了个手势，尾指翘得很好看，"他死了，我也甚是惋惜，但若不是府衙来了人，我还真以为他是暴病而亡的呢。管事那里，可是什么都没有说的。”蓝素秋说完又垂下了眼，静静地坐着。

“你还没回答我的问题。”

蓝素秋看着夏初，怔了怔，随即掩唇轻笑一声：“呀，是呢，官爷莫怪。我与月筱红……关系谈不上好，倒也谈不上多坏。想必您也是问过的，我与他都是唱旦角的，这一山二虎岂有不争？如今他人也不在了，我倒不妨与官爷透个实话，我是不服他，但也不得不承认，他略胜我一筹。”

“四月三十晚上，你都做了什么？”

“没做什么。”蓝素秋稍稍换了个姿势，半低着头道，“吃完饭回房歇下了。入宫唱戏没有我什么事，我不歇着还能做什么？”

“你嫉妒月筱红有机会进宫唱戏？”

蓝素秋轻轻地哼了一声，看了看自己的手，道：“进宫唱戏是机会难得，但也福祸相依，唱好了得了赏自然是皆大欢喜，若是得罪了贵人，有没有命出宫就两说了。”

“你说那晚你吃过饭便回屋歇下了，但却有人看见戌时前后你房里的灯还亮着，你在做什么？”

“回屋歇着，也不一定就是睡了。”

“那有没有人找过月筱红？你可听见过什么动静？”

蓝素秋眼波一转，嘴唇微张刚想说个没有，夏初便打断了他的话：“有人听见戌时前后月筱红房里有人说话。这外面都有人听见了，你与她住得近，既然没睡，不会一点儿都没听着吧？”

夏初看蓝素秋眼中闪过一丝慌乱，便道：“你去找她做什么？”

“我……”蓝素秋瞧着是慌了，可这捂胸掩嘴，左右观瞧的模样却还是像在唱戏，让人瞧不出到底是真慌了还是在演戏，“我是去与他说了几句话，可，可我回屋的时候她可是好好的呢，官爷莫要疑我。”

“问你什么你要照实说，懂吗？”见蓝素秋又几分怯意地点了头，夏初才继续问道，“你与她都说什么了？”

“我……倒也没说什么。”蓝素秋往前倾了倾身子，“六哥走了之后我过去的，无非就是想看看他的笑话罢了。”

“汤宝昕？他之前去了吗？”

蓝素秋点点头：“月筱红从管事那儿回来六哥就过来了。我隐约听着两人是有点争执，估摸着也是因为进宫唱戏的事吧。月筱红是定了的，大师兄应老生，这小生却要在四哥和六哥中挑一个。素日里月筱红与四哥搭戏搭得多，但却与六哥关系好，谁进宫谁不进宫，月筱红应该能说上话。”

夏初又迷糊了起来：“你说月筱红与汤宝昕关系好？”

“是呢。我瞧着月筱红与六哥，可不只是师兄弟那么简单。咳，其实两人自小是一起来的，比旁人亲厚也正常，我可没别的意思。”蓝素秋掩嘴一笑，有点嘲讽，有点不屑，“他旦角扮得多了，难免人戏不分。”

夏初与蒋熙元面面相觑，相视闷笑不已。

蓝素秋说，那晚他听见汤宝昕去找了月筱红，没一会儿两人便争执了起来，但声音很低，好像是刻意压着的，他也没听见什么话。等汤宝昕摔门走了，他便去找月筱红了。

“我就在门口站了一会儿，说了几句话而已。”蓝素秋看着夏初，眼波又往蒋熙元那边眄过去。蒋熙元抬眼一看他，他便移开了目光，翘指按了按自己的鬓角，侧头轻轻弯出一点儿笑容来。

蒋熙元周身一阵恶寒，强忍着没打哆嗦，别开头奋笔疾书地做笔录。夏初看在眼里暗暗发笑，清了清嗓子又问蓝素秋：“你都说什么了？”

“也没有什么呀。我就说……”蓝素秋伸出手虚虚一指，端坐在凳子上起了身段，拿腔拿调地道，“小九，六哥素日待你不错，这入宫唱戏的事怎好不提携着六哥呢？我这冷眼瞧着都替六哥寒心了呢，你倒是个心肠硬的。”

“那月筱红怎么说？”

“呀，他瞧着可正在气头上呢，对我也没个好脸。说什么……噢，说‘我平日里与四哥搭戏，改将来你蓝素秋入了宫再提携六哥不迟。’”蓝素秋一摊手，“瞧瞧，我们小九这宫还没入，口气可已经不小了呢。他那话不中听，我便说今次是德方班入宫，不是你月筱红，唱得好了大家沾光，若是唱不好掉脑袋的却是你月筱红。莫说这次没我的份儿，即便有，我也要掂量掂量去不去呢。”

夏初听完笑了笑：“这话说得可是有点酸。”

“人敬我三分，我敬人一尺。谁让他拿话刺我的呢？”蓝素秋轻哼了一声，说完又像想到了什么似的，对着蒋熙元道，“官爷，我可都没进月筱红的屋门，他月筱红是气得发了哮症也好，被人害去性命也罢，可万万与我没关系。”

蒋熙元低着头没理他，他便悻悻地白了蒋熙元一眼。夏初憋着笑去看蒋熙元，蒋熙元则抬眼对她挑了挑眉毛，表情很是有趣。

“你与汤宝昕关系如何？”夏初又问蓝素秋。

“一起搭戏的，关系自然不错。”他叹口气，有点愤愤地道，“只是前阵子因为这刀马旦的事，六哥好几天没给我好脸呢。他许是心疼月筱红摔打，可学戏不就是这样？月筱红自己愿意学，他与我撒的什么火。”

蓝素秋话说到这儿又幽幽地叹了口气：“六哥就这脾气，嘴上说不想小九学刀马旦，可人家受了伤还是巴巴地送药去。哪像我，吃苦受伤也没人疼呵着。”

夏初身为个女的都有点受不了蓝素秋这副小媳妇样了，便换了话问道：“程班主对月筱红如何？”

“好呀，班子里谁也越不过去。师娘活着的时候小九一直住在师父那儿，师父又最爱他的唱腔，真真是跟亲子无异。小九这一死……师父就病了。”蓝素秋捂着心口，惆怅地叹了口气，“小九命真好。”

夏初无语，心说蓝素秋这算的什么账，人都死了还说人家命好。

问得差不多了，夏初便让蓝素秋先离开，蓝素秋盈盈一拜，摆着胯袅袅而去。她从蒋熙元手里把笔录拿了过来，两页纸写得甚是工整好看。蒋熙元在一旁道：“京兆尹兼司法参，还要兼你的文书。”

“常青若是在，当然不会让大人你写。谁让你们全都嫌弃我的字难看呢。”夏初头也不抬地说道。

蒋熙元无奈，心说这也都是自找的，偏偏还乐得做，实在也没立场说什么了。夏初看了一遍后将笔录收好，道：“汤宝昕当晚去过月筱红房里，在蓝素秋之前，虽然有过争吵，但毕竟蓝素秋去的时候她还好好的。所以争吵导致激情杀人这个应该可以排除。”

“验完尸时就可以排除。如果不是激情杀人，那么就是谋杀？可是现在连月筱红究竟是不是被人杀死的还不确定，你要怎么查？”蒋熙元问道。

“既然要查，自然是当作他杀来查。把所有他杀的疑点都排除了之后才能确认她是死于哮症。尸体上看不出疑点，眼下当然是从作案时间、动机来找线索，明摆着一帮人的话各执一词，谁跟谁说的都不一样，这可有的查了。”

蒋熙元思忖着点了点头：“比起是谁杀的，我倒更想知道月筱红是怎么死的。”

“这是一码事，知道是怎么死的，也就知道是谁杀的，知道是谁杀的，自然也就知道她是怎么死的了。”夏初手指点着桌子想了想，“戌时的时候月筱红还好好的，到早上人已经僵了，死亡时间应该就是在蓝素秋离开之后没多久。莫不是在蓝素秋之后，还有人去过月筱红那里？”

“话都是蓝素秋说的，就那么可信吗？他说他走的时候月筱红还没事，谁能做证？”蒋熙元口吻不屑地道，“戏子就是戏子，我倒有点看不出他哪句是真，哪句是在演了。”

夏初听完不禁大笑，道：“大人很不喜欢蓝素秋啊，可怜人家还一直对你眉目传情呢。大人好魅力。”

“少给我添堵！”蒋熙元瞥她一眼，嫌恶地皱了皱眉头，“瞧着实在别扭。这男人扮了女人的，的确不如女扮男装的好看。”说完，他笑眯眯地侧头打量着夏初，又道，“不过倒也不一定，我觉得，若是你扮了女装应该还是不错的。”

夏初心里咯噔一下，随即板着脸站起身来：“大人要是喜欢看女人，就往莳花馆去看，别没事消遣我。时候不早了，我去找汤宝昕。”

蒋熙元见夏初沉了脸，不知道她是不是真的生气了，赶忙也跟着站起来：“玩笑话，莫往心里去。”

夏初也不是生气，就是有点不安。从知道月筱红是个女人之后，她总觉得蒋熙元的话里话外透着些许古怪，可又不知道是不是因为自己心虚犯了疑心病。

夏初先一步出了花厅，见常青在外面站着，挺意外：“你怎么又回来了？”

常青迎上来几步道：“我回了衙门没一会儿，就有个兄弟过来找我，说月筱红前阵子去给人家唱堂会，险得被那家公子占了便宜，戏班里有人把那公子给打了。我这得了信儿赶紧就过来跟您说一声。”

“什么时候的事儿？”

“差不多半个月前吧。具体的我还没细问，我让我那兄弟在府衙等着呢，您要是现在先不回去，我就让他明儿再过来一趟。”

夏初有点犹豫，蒋熙元上前站在她身边，说：“先回府衙去吧，现在问过了汤宝昕，若是常青所说的事与他有关系，还得再找一趟。不如一次问得细致点儿。”

夏初想了想觉得也有道理。月筱红被人占便宜，如果当时汤宝昕也在场，以他的性格，打人的人很可能就是他。

三人回了府衙，蒋熙元回书房去处理这一天的公文，让夏初走时来找他，他今儿让人套了车来，可以捎她回家。夏初一听有车坐，自然满口应下，跟着常青去班房了。蒋熙元驻足看着夏初的背影，浅浅地笑了笑。

常青说的那个兄弟正在班房里坐着，瘦瘦高高的，眼睛大得惊人，见了夏初便起身抱拳见了礼，瞧着还是个练家子的做派。

“这是我兄弟曼哥，姓江，打小的街坊，现在在关员外家做护院，就是请了德方班去唱堂会的那家。”常青介绍道。

夏初请他坐下，让他把当天的事详细说说。那曼哥便道：“回官爷的话，那天是四月十二，我们老爷做寿，就请了德方班的来唱堂会。我当时在前院，看不见也听不真切，就跟着兄弟聊天。等堂会唱完了后，管事的带着德方班的出来前院吃饭，做寿嘛，肯定也得给人家一桌席面，我那会儿才见着的月筱红。”

常青推了他一下：“曼哥，您挑着重点说。”

夏初对常青笑了笑，心说你还有嫌别人啰嗦的时候呢？

曼哥也冲常青笑，大约与夏初所想一样，弄得常青有点尴尬。曼哥拍了拍常青肩膀以示安慰，转头继续说道：“月老板坐下没一会儿，莲白就过来把人请走了。噢，莲白就是我们五少爷跟前的小厮。我当时还乐呢，五少爷好男风，我寻思着这一叫走准是没好事儿。果不其然。”

“你说后来你们少爷被人打了，是这个五少爷吗？”

“正是。月老板离开没一会儿，那席上又站起一个人来，也要跟着过去。我拦了他一下，他说他找月老板有急事嘱咐。可他一个大男人也不能就这么自己往内院跑不是？我就寻了个老妈子，让她带着那人过去了。然后我就听说五少爷让人给打了，估摸着就是这么回子事儿吧，准是后面跟着的那位过去仗义了一把。”

“后来跟过去的那人你认识吗？”

曼哥摇了摇头：“不认识。那男的跟我差不多身板，长得倒是挺白净的。”

夏初一听这形容，估摸着应该就是汤宝昕了。

“后来这事儿怎么解决的？”

“私了的。一来打得也不重，二来我们老爷也顾及名声。请个堂会，自家儿子调戏戏子还被打了，传出去太难听，就让德方班赔钱了事。”曼哥说到这儿，把那双大眼睛睁得更大了一些，“官爷，这是青子找我我才说的这事儿，要是让我们老爷知道了，我这饭碗可就丢了。”

“我明白，你放心就是。”夏初点点头，想了想又问道，“后来你们五少爷如何？这事儿就过去了？”

“咳，让老爷给训了一顿，跪了三天的祠堂。不过去能怎么着？”

“四月三十晚上你们五少爷在家吗？”

“这我可不知道了。不过我回去可以帮您问问，回头告诉青子，再让他给您回个话。”

“行。”夏初见这曼哥说话办事儿挺痛快，遂站起身来也对他抱了抱拳，道过谢后让常青送他出去了。

天儿也晚了，夏初回捕快房把笔录放好，与蒋熙元一道出府衙先奔了对面酒楼解决晚饭。府衙旁边的巷子里有人探头看着，等两人走远了，那人才缩回头去，走到一驾马车前低声道：“公子，夏公子倒是出来了，可蒋大人也在旁边跟着呢。您看……是不是改天再过来？”

“去安丰坊吧。我等他。”

夏初与蒋熙元在府衙对面的小酒楼简单吃了两个菜，夏初把曼哥告诉她的情况与蒋熙元说了说，又道这个事情听上去价值不是很大。

关五公子所为无非是见色起意，谈不上情杀，就算他真的怀恨在心，要报复按理也该是去报复汤宝昕才是。

“目前看来，除了蓝素秋之外，月筱红的死对谁都没有明确的好处。”夏初扒了一筷子饭，迅速地嚼了，压低了声音问蒋熙元，“你说，她的死会不会与宫里有关系？比如有谁不想她进宫？进宫会坏了什么人的事儿之类的。”

蒋熙元失笑道：“不过一个戏子而已，能成什么事，又能坏什么事？”

夏初眨了眨眼睛，依旧一脸诡秘的样子：“月筱红会不会是什么身怀绝技的女侠？与人密谋想要……”

“夏初。”蒋熙元拦住她的话，“这话千万别乱说。”

“噢。”夏初悻悻地皱了皱鼻子，嘟囔道，“不过随便说说而已，不至于这么紧张吧……”

“至于。”蒋熙元的表情有点严肃，“此刻你面前坐的是我也就罢了，若是别人怀了叵测之心，这话传出去对德方班便是灭顶之灾，连你也逃不了干系。”

“玩笑也不许开的吗？”

蒋熙元放下筷子，缓了缓语气道：“今上并非以太子之位登基为帝，士子阶层仍有复立正统的声音，加上那次借李二平冤案打击了一些老臣，暗中难免有蠢蠢欲动的势力。有等着揪皇上错处大做文章之人，便也有借拥护皇上想要仕途投机之人，抓住风吹草动便会添油加醋，借以宣肆自己的忠心耿耿。”

夏初不明白朝中之事，但这个道理她倒是能听明白，却也不以为然：“咳，我也就是与大人你玩笑几句罢了。我一个小人物，就算我想说，谁听啊。”

蒋熙元摇摇头：“莫不把自己当回事。夏初，你虽无品阶却是这帝都西京的捕头，这位置有的是人盯着。你以为你前任的赵捕头简单吗？那也是从前吏部尚书的表侄。更何况你与我走得近。”

夏初下意识地往后仰了仰，仔细地瞧着蒋熙元，见他不像是在骗自己，不禁微微吸了口凉气："说得好吓人。我可不知道这么多，我就是想做捕快查案而已。"

"我知道。"蒋熙元轻笑了一声，"不过你也别怕，现在我在京兆尹的位置上，你安心查你的案子就是了。"

夏初怔了怔："大人会有一天不做京兆尹了吗？"

"我不知道。"蒋熙元又把筷子拿了起来，夹了一撮蘑菇放到夏初的盘子里，"但我肯定不会在京兆尹的位置上坐一辈子，至于何时调职，会调到哪里，这就要看皇上的意思了。"

听蒋熙元这么说，夏初忽然觉得心里怪怪的，想象着他有一天不在府衙时的情形，心里就没着没落。

"吃饭。"蒋熙元冲她一笑，"放心，即便不在府衙我也不会不管你的。"

话虽这么说，夏初的心里却还是有点发沉。没了蒋熙元在府衙，她所推行并坚持的这一套还会被认可吗？还能有人支持吗？她还能做得这么顺利，这么开心吗？最关键的是，到时她还敢在府衙待着吗？

"夏初，你要做一辈子捕头吗？"蒋熙元忽然问道。

夏初抬眼看了看他，复又垂眸看着自己面前的碗，胃口尽失。片刻后她摇了摇头："我也不知道……"

从酒楼出来后天已擦黑，蒋熙元把夏初送回了安丰坊，停到巷口后夏初跳下车，走了几步后又跑回来，撩开车帘探了个头进去，小声地说："大人，我记住了，以后不会乱说话，也不会给大人你添麻烦的。"

蒋熙元看着她笑了笑："不碍事。万事有我，做你自己就好。"

夏初对他挥了挥手，撂下车帘跑进了巷子。蒋熙元目送着她的身影消失，让车夫调转马头去将军府。纳征礼快到了，家里忙，他也不好总在外面躲懒。更何况纳征之后很快就要大婚，咏薇进了宫后想再见就没那么容易了，能多见一面便多见一面吧。

夏初开锁进了院子，还没等她走回屋里，就听院门被人叩响了。她以为是蒋熙元又想起什么事找她，打开门，一声"大人"还没喊出来就愣住了。

那月白长衫的少年公子静静地站在门外，好像天上仙子踏露而至，不经意地敲开了她的门。他注视着她，目光柔和得像映了一弯月牙的湖水。

他就这么来了。

夏初想了好久，盼了好久，原本以为没机会再见时，他却又这样不期然地出现在了自己的面前，让她觉得自己像是在做梦一般。愣了好半晌后，她才喃喃地叫了一声黄公子。

苏缜原本想好了开场白，可当门被打开，夏初真的站在他面前时，他只觉得心像是被人紧紧地捏住，捏得又酸又疼，什么都忘了。

好一会儿，夏初才回过神来，想挤出个笑容却觉得有点艰难，因为她现在更想哭。可能是觉得高兴，可能是觉得委屈，可能是一直压在心里的情绪终于可以释放出来了。

她将门让开，稍稍低了头："许久不见了，公子进来坐吧。"

苏缜点点头，迈步而入，走过她身边的时候想要说点儿什么，千回百转最后却只是说了句："家里……事情多。"

"没关系。"夏初背对着他将院门合拢，深深地吸了几口气，"我晓得的，公子不必抱歉。"

夏初请苏缜在院里的石桌边坐下，借口烧水沏茶，躲进了厨房里。燃了草纸，加了柴，炉烟呛得她直流眼泪。

铜壶架在灶上等水开，夏初却没有出去，她在黑漆漆的厨房里盯着壶下冒出来的丝丝火苗，想着她所知的和未知的关于苏缜的一切，情绪纷乱不已。

小院里一切如旧，架上的葡萄叶片更宽更展了一些，长出了新鲜的嫩枝，惬意地轻轻摇着。苏缜抬头看着，叶间的天空一如那天深深的蓝，没有星星也没有月光，曾经注视过的叶片此时却已经找不到了。

算来其实不到一月的时光，可能是因为在心里回忆了太多次，无形地拉长了想念，重见，竟让他生出隔世之感。

夏初端了茶出来放在石桌上，情绪已然平复了很多，便也能对着苏缜笑了："茶还是那些茶，公子将就着喝吧。"

苏缜端起来，放在嘴边轻轻地吹了吹："近来这些日子可好？"

"老样子，去衙门上工，查案子。"夏初抿了一口茶，烫得嘴皮疼，便又放下了，"噢，公子听说了吗？月筱红死了。咱们还一起听过她的戏，真可惜。"

"听说了。"苏缜随意地点点头，看着夏初，想着要如何开口说自己要说的话。

"我记得小良是月老板的戏迷，伤心了吧？"

"他倒是没与我说过。"

“我在泰广楼前看见过他一次，是他吗？”夏初抬眼看了看，又转开了头。

苏缜怔了怔，心里陡然生出一些不太妙的感觉来。他朝中事情多，偶有闲暇也被愁绪所占。他只是想再见夏初一面，用黄真的身份与她做个告别，又不是打算对付夏初，哪里会想得这么周密，被夏初这么一问便下意识地点了点头，道：“家中想要请一场堂会，遣了小良去问一问。”

“是为了婚礼？”

“算是吧。”

夏初浅浅一笑：“公子这么久没来，我还以为你不在西京呢。偶然看见了小良之后才想到，公子要成亲了，又怎么会不在呢，就估计是事情忙走不开。”

苏缜心里稍稍放松了一些，轻轻地舒了口气：“抱歉，原本你办差回来后我就应该来的，事情多……便耽搁了。”

“无妨，公子今天不是来了吗。”夏初低下头，“不知道公子哪天成亲？我想要送份贺礼去，送不起什么贵重的东西，但也想聊表心意。好歹朋友一场，希望公子不会嫌弃。”

苏缜听了，心里咯噔一下，看着夏初不知道要如何作答。

夏初等了一会儿等不到苏缜开口，暗暗地苦笑了一下，这才抬起头来：“不方便就算了。婚事当前，公子能抽出时间来找我，也可以了。”

“夏初。”苏缜不敢让夏初再问下去了，手放在桌下轻轻地握了握拳，提了一口气，略有点心急地道，“我……我是来向你道别的。”

夏初凝视着苏缜，没觉得意外，心中只是一片酸涩。良久，她才能调动起自己的五官，扯出一抹似哭似笑的表情来，将身子往后倾了倾，几乎无声地说了一句：“是吗？”

苏缜心里难过，不敢看她，却又不舍得不看她，后面的话几乎不知道是如何说出来的。夏初安静地听他说完后，微微一笑：“去西疆行商吗？西疆很远啊。公子家里是做什么生意的？”

“很多……”

“公子。”夏初忽然不想再听下去了，开口打断了苏缜的话，“我与公子偶然相识，觉得你虽身家富贵，却难得真诚。你助我查案，赠我所需，生辰礼物一节更是令我分外感动。我待公子如知己亲朋，也丝毫不想怀疑公子待我之心。但公子究竟有何隐情，何故让你来与我道别之时，仍要骗我呢？”

夏初说完，抬起头来看着苏缜。

还是这一方石桌，那时候她看着对面的人，觉得好近，今天却觉得好远，远得甚至连面目都模糊了起来似的。

苏缜说今天是来道别的，她的心情又何尝不是道别，对“黄公子”的道别。

她真希望苏缜可以给她一个解释。既然他今天来了，便也说明自己在他心中并非一个路人；他想要与自己道别，说明他也不是毫不珍惜他们之间的情谊。既然如此，何必再骗她？只要他开口，无论他有什么样的苦衷，她都可以理解。

对于这段无法宣诸于口的暗恋，她从没想要求得什么结果，只想好好地存下回忆，只想得到一个释然，干净完整。

她看着他，捕捉着他神情中的每一点变化，直看得心里发苦。他只是望着自己，那明明是有许多想要说的眼神，偏偏却又闭口不言。

“你都知道什么了？”良久的沉默后，苏缜声音略带沙哑地问道。

夏初怔了怔，随即轻轻嗤笑了一声，失望透了。她略有点气恼地道：“我什么都不知道。只知道西京没有一户姓黄的富商，也没有一个叫作黄真的公子。”

“你去查了？”

“我没有查，偶然知道了而已。公子究竟有多么天大的秘密我听不起？”夏初侧头看着他，“公子怕什么呢？”

他怕得太多了。怕坐不稳母后用命为他换来的皇位，怕朝堂上一双双盯紧了他的眼睛，怕有人挖出藏在他心里的这份禁忌的爱，怕终有一天自己会害了她。

他今天也不该来。他应该断得干干净净，应该忘得彻彻底底，可他忍不住。他对自己说要道别，可这道别却更像自己给自己寻的一个借口，很站得住脚的借口。他想用这个借口再见夏初一次，最后一次。

他没想到夏初已经知道了黄真的身份是假的，想想刚才扯的谎，只觉得自己分外可笑。

“从管阳回来，我每天都想着你什么时候会来，我给你带了礼物，院子和石桌每天都打扫干净，鱼缸里还养了几条小金鱼。我想，黄公子许是太忙了，能让小良来一趟也行，可是小良也没来；我想黄公子也许不在西京，是行商去了？还是迎亲去了？等你有空了自然会来的。你来了，要道别，可向我道别的却已经不是黄公子了。”

苏缜静静地看着她，静静地听着。夏初说的每一句，放在他心里都是疼的，可就算是疼，他也想一字不差地记住。有几个瞬间，他几乎忍不住想要脱口而出自己的身份。可说了又能怎样？换得她的谅解又能怎样？除了让她惶恐之外，不会有半分改变。终究该断的还是要断，断在哪里都是断。

“夏初，西京也许没有黄真黄公子，但在你面前的仍是黄公子。”

“现在我也只能这么想了。”夏初不置可否地笑了笑，“你叫我夏初，可我又该叫你什么呢？我惦念的朋友，姓甚名谁家住哪里做何营生，我一概不知，我怎么才能说服自己我真的认识你？我从管阳带了礼物回来要怎么给你呢？我想见你的时候要怎么找你呢？只能坐等着你从天而降，这算什么呢？”

夏初越说越急，抬眼看见苏缜的神情，便说不下去了。她沮丧地叹了口气，一把揪下头上的帽子，烦躁地捋了捋头发：“算了，好歹你还来与我道别，你要是就如此地消失了，我岂不是也无可奈何？抱歉，我并不是想让公子尴尬。只是这些话放在心里难受，既然是来道别，那就不妨痛痛快快地道别了吧。”

她吸了吸鼻子站起身来：“公子等我一下，我去拿个东西。”

夏初进了屋，苏缜转头看了看院里的那口鱼缸，缓缓起身。他还记得那次他探头去看，里面只有残存的雨水，还有一团团污糟的青苔。而现在，几尾红白的小鱼正静静地凫在水中。

苏缜低头看着，不期然地便有一滴水掉了进去，惊得鱼儿摆尾四处散开。他怔了怔，抬手捂住了自己的眼睛，掌心一片潮湿。

也好，这未尝不是一种办法，他骗了她，她讨厌他，即便将来再如何思念，也寻不到理由来找她了。

夏初从柜子里把那个包好的盒子拿了出来，托在手里出神地看了好半天。她怎么也没料到，这礼物送出去时会是这样一番情境。

这算什么呢？手信礼？新婚贺礼？还是离别纪念？

还要送出去吗？它还有价值吗？究竟它是该放在黄公子的手里，让他记得自己这样一个朋友，还是应该留在自己手里，让自己缅怀这段说不清道不明的情谊？

她想起了这紫玉葡萄坠子中的那条裂绺，蒋熙元说它折损了这个坠子的价值，那时她完全不在乎，觉得黄公子也不会在乎。

而此刻想来，那道裂绺却如同黄公子的谎言一般，即便无损于表面的完整，却也是永远抹不去的瑕疵了。

罢了，既然是道别，不妨痛快彻底一些吧。

走出屋子时，夏初看见苏缜依旧在石桌前坐着，桌上一盏油灯如豆，让他看上去分外不真实，像是投影出来的一张画。

她做了个深呼吸，缓步走到苏缜身边，将那个盒子放在了他的面前：“公子，这是我从管阳给你带的礼物，算是……一个纪念吧。”

苏缜看着那个包着浅绿色花笺的盒子，没有伸手，轻轻地阖上眼，说了声谢谢。

“不用客气。礼物不算贵重，公子若是喜欢就收着吧，若是不喜欢……”夏初顿了顿，“也……请你收着吧。”

她转了转身，仰头看着已经黑下去的天空，长长地吐了一口气，像是自言自语般说道：“看我这葡萄，即便有心修枝，终究还是没能开出花，坐上果。可能是我误会了吧，兴许这根本就不是葡萄藤。但已经长成这样子了，我又舍不得剪了去，也挺好的。我不再盼着它结出葡萄来就是了。”

“夏初……”苏缜忽然起身，伸手便将她揽进了怀里。

夏初正背对着苏缜，冷不丁就靠进了他的胸膛。她瞬间僵住了身子，只觉得脑子里一片空白，一口气猛地停在了胸口，噎得生疼。

“别动……也别回头。”苏缜低声说。

气息轻颤着拂过耳边，身后的胸膛里，心跳得似乎比她还要乱。这一刻，夏初便全然明白了苏缜对她到底是怎样的心情。她没有猜错，可惜猜对了却只是更深的无可奈何。

还不如就糊涂着。

夏初不敢说话，也不想说话。她怕自己一开口就会忍不住告诉他自己喜欢他，告诉他自己是个女孩子。

然后呢？

是让苏缜退亲另娶，还是让自己伏低做小？她都做不到。她不想让苏缜为难，也不想让自己为难。

如此道别……真是来得正好。

“夏初……”苏缜把头埋在夏初的肩上，含混不清地叫了一声她的名字，道别的话却一个字都说不出来。

为什么你不是个女子？为何朕唯独会对你动了心？

朕从没想过自己会爱上一个男子，事情如此荒唐可笑，可事情却就是这样了。朕现在真希望自己是个昏君，希望自己能不管不顾地带你回宫，可昏君保不了自己，更护不住你。朕又如何忍得了你被世人口诛笔伐，如何忍得了你背负禁脔之名阴郁一生，如何忍得了自己也许终有一日要亲自了结了你。

“能否……再叫我一声黄公子？能否就当我是黄公子？”苏缜的声音里有几

分乞求。

不是他骗了夏初，而是他骗了自己，他终究不是黄公子，也做不了黄公子。他给自己织了一个梦，又不得不让自己从梦里醒过来。

心动了，也只能是在梦里。

夏初闭了闭眼睛，轻声地说："黄公子，西疆路途遥远，你要多多保重。"

起风了，吹动头顶的葡萄藤，叶片轻轻作响。风掠过这小小的院子，似有一声呜咽。片刻之后，夏初的肩上一松，清凉的风立刻扫去了身后的温度，想留也留不住。

她没敢回头，直到听见院门轻轻阖上，才虚脱般坐在了石凳上。

盼望了很久的人终于出现了，准备了许久的礼物也终于送出去了，她想说的也都说了出来，心事已了。黄公子走了，再也不会出现了。

对面的位置已经空了，盒子已经不在了，茶也已经凉了，依旧满满一杯。夏初一眨不眨地看着，眼泪簌簌而落，连擦都不想去擦。

转天早起，安良去唤苏缜起身，进了宫门却发现苏缜已经起了，正坐在明黄的纱帐中。

"皇上，您起身了怎么也不唤奴才一声？"安良小心翼翼地问道。

"你过来。"

安良让后面的宫人退后几步，轻轻撩开纱帐走了进去，看见苏缜却是一惊，紧张地道："皇上，可是龙体欠安？奴才去传太医。"

"不必。"苏缜从枕边拿了一个盒子递给他，"去造办处，找一色紫玉的珠子串上。"

安良接过去打开瞧了一眼，凭他的眼力也能看出这不过是个普通的货色，但想起昨晚的事来，也知道这东西怕是不能用成色雕工去衡量，定要嘱咐着造办处一万个小心着才行。

"皇上，奴才多嘴问一句，这坠子是要做腰配，还是……"

"手串。"腰配扇坠总要离身，而他现在能握住的，也只有这个坠子了。

苏缜站起身来，脸色有些苍白，眼里都是血丝。他一夜未眠，手握着这块紫玉的葡萄，一闭上眼睛便是夏初的那个小院，还有院子里夏初的背影。

他庆幸在自己关上院门时夏初没有回头。

告别，最好的便是不要回头。

"更衣，去御书房。"苏缜揭帐而出。

下

女捕头

爱默丁◎著

U0898960

北京联合出版公司
Beijing United Publishing Co.,Ltd.

目录

第二十一章 相思几处愁

卯时的府衙，人陆陆续续都来了，彼此寒暄，或客气地说一说天气，或熟络地聊一聊京中趣事、朝中长短。时间很公平地把每个人都带进了崭新的一天，却好像唯独把夏初留在了昨夜里。

常青神清气爽地坐在椅子上看着夏初，手指点了点下巴，不太理解地问："过敏？什么意思？"

"你见过有的人吃了海鲜，身上会起小红点点吗？"夏初看了他一眼，却更像是瞟了他一眼。红肿的两只眼睛睁不开，看谁都是一副鄙视的神情，显得有些猥琐。

常青点点头，笑道："但没见过起在眼睛上，把眼睛起成大红疙瘩的。"

"每个人的过敏反应不一样！"夏初站起身来，用力地揉了揉眼睛，"走，跟我去德方班问案子。"

"这么早？不等大人了？"

"不等。"夏初心说躲的就是他，过敏这种蹩脚的说辞只能骗骗常青。那还是因为常青是自己的下属，不敢多问。蒋熙元才不会信，刨根问底起来，她还真不知道要怎么说。

趁着时间还早，赶紧走！夏初扣好帽子，拉开门，一脑袋就撞在了蒋熙元身上。蒋熙元伸手托住夏初的肩膀往上一推，半秒没犹豫地问道："眼睛怎么了？"

夏初心里哀叹一声，低头躲开他的目光，小声道："过敏了。"

"过敏？"蒋熙元没听过这个词，"那是什么？"

常青分外乖巧地凑上来，道："大人见过有的人吃

了海鲜，身上会起小红点点吗？就是那玩意儿。”

蒋熙元看看常青，常青对他耸了耸肩。他又看了看夏初，心道，亏她想得出来这么个理由，这眼睛分明是哭过的。

他昨晚与夏初一起吃的晚饭，送她回家的时候还好好的，这回家之后又遇见什么事了吗？把眼睛哭成这样，必然不是简单的难过了。

夏初的日常生活很简单，认识的人也不复杂。蒋熙元用排除法略略分析了一下，大致也就猜到是怎么回事了，心情霎时变得烦躁而复杂了起来。

“大人别堵门，赶紧忙您的去，我带常青问案子去了。”夏初缩着肩膀就要往外钻，被蒋熙元一把捞了回来，用手臂钳着她的脖子，对常青道：“常青，你去问问那个曼哥有没有答复，没有就让他尽快去问，然后把汤宝昕带府衙来。岂有嫌疑人坐在家里让官差天天跑腿的道理。”

蒋熙元一边说一边挟持夏初往外走：“去我那儿，我有事问你。”夏初伸手抓了抓门框，没抓住，便去掰蒋熙元的胳膊，可怎么也掰不开。

“老实点！”蒋熙元低声斥了一句。

“大人你放手！我要去查案子，大人你不要妨碍公务！”

蒋熙元手臂又收了几分力气，把夏初的叫嚣给勒了回去：“找你有事。我是上司，我让你去由不得你不去。”

常青目送二位远走，无奈地摊了摊手：“难道我不是官差吗，还不是得跑腿？”说完叹口气，认命地走了。

进了书房，蒋熙元把夏初按在椅子上，俯身凑到她的面前瞧着：“哭得挺厉害啊。”夏初往后躲了躲，别开头去，心虚又嘴硬地否认道：“我没有。”

蒋熙元回身给她拧了个凉手巾，递过去：“敷着吧。”

夏初瞄了一眼他的神色，接过来盖在了眼睛上。她看不见蒋熙元，只觉得屋里静悄悄的，好半天才听见他轻轻叹了口气道：“满眼的血丝，昨晚上没睡？”

夏初把手巾拿下来，冲他嘿嘿地笑，插科打诨地指着自己道：“大人好眼力啊！就这小眯缝眼还能看见血丝呢？”

蒋熙元看着她，却没笑。夏初的表情僵了僵，悻悻地又用手巾盖住了眼睛，撇了撇嘴角解释道：“我就是突然想我娘了，就很突然……大人，你可能不理解。”

她轻轻地揉着眼窝，嘴唇不停地抿着，看得出情绪有些压抑。蒋熙元瞧着她，很想把她抱进怀里温言地哄一哄，手伸出去，犹豫了一瞬又放下，轻声说：“我理解。即便以前不理解，现在也能理解。”

夏初一听，飞快地把手巾揭下来，有点惊惶地看着蒋熙元：“大人你……”

蒋熙元先是一愣，随即便明白了，忍不住在她脑门上戳了一下：“我娘好好的！”她以为他理解什么？理解丧母之痛？她还真以为自己信了她的借口不成？

“抱歉。”夏初不好意思地摸了摸鼻子，“大人，你说吧，找我什么事？”

“困吗？”蒋熙元问她。

“不困啊！”夏初努力地睁了睁眼睛，连眉毛都挑了起来。

“困就在那边的软榻上睡一会儿，我看公文，不吵你。”蒋熙元说完，便走到桌边坐了下去。

“嘿！”夏初站起身来，把手巾扔回到架子上，“合着大人找我没事啊！没事我就查我的案子去了。”

“不许走。”蒋熙元头也不抬地道。夏初横了他一眼，脚步不停地往门口去，手刚按在门把上，就听蒋熙元幽幽地道，“你敢走一个试试。现在走了，明儿就不用来府衙了。”

“凭什么？！”

“凭我是你上司。”听夏初那边吸了口气，他紧接着道，“就是用身份压你，你能如何？”

“又来了！净吓唬人，我不信你会开除了我。”

“推门。”蒋熙元把手里的公文放下，靠在椅背上似笑非笑地看着她，“我让你信我一次。”

夏初咽了咽唾沫，眯着眼睛打量着蒋熙元，轻轻地把门推开了一条缝。蒋熙元无奈地叹了口气，揉揉额角，放缓了声音道：“又不是害你，你这么倔干什么？”

蒋熙元放软了态度，夏初也就不好再硬顶着了：“不是倔。我不困你非让我睡，这算哪出啊？哪有牛不喝水强按头的道理。”

“牛太倔，不按脑袋能把自己渴死，我还指着它耕地呢。”

“牛现在想去耕地啊！”

“可我现在不想耕地。去，歇着去，常青回来了我再叫你。”蒋熙元重新拿起公文来，淡淡地道，“你要是不困的话我就跟你聊聊。”

“聊什么？”

“聊聊你娘。自己一个人闷头痛哭，怕是不好受，说说就好了。”

夏初心虚地不说话了，她觉得蒋熙元好像话里有话，却又不敢细问，心中不禁暗暗后悔，后悔自己为什么今天不干脆请假算了。可不来府衙她能去哪儿？不能顶着这样两只眼满街游走，也更不想在家待着。昨晚黄公子的那杯茶还在石桌上放着呢，她瞧见就难受。

“大人，我真的……”

“知道了，躺着去吧。”蒋熙元冲她挥了挥手。夏初叹了口气，走到软榻边上把自己扔了上去，又坐了起来："我躺了啊。"

蒋熙元皱了皱眉头，把手里的公文往桌上啪地一扔，高声道："给我躺着！不到半个时辰不许起来，你以为我是打不过你还是治不了你！软硬不吃是不是？！"

夏初赶紧又把自己撂倒了，背对着他，不再吱声。

蒋熙元也没有再说话。屋里只能听见纸张翻起又阖上的沙沙声，一页又一页。夏初在这样细微而重复的声响中逐渐放松了下来。

她今天不知道为什么，有点怕蒋熙元。可能是怕他戳破自己拙劣的借口，怕他会窥知自己更多的秘密，也可能，她并不是怕，而是潜意识里并没有那么想走。

她来上班，她要查案，她想用事情填满自己的时间，用时间来填平心中的难过。除此之外，她也不知道还能怎么办，连个可以让自己软弱、让自己诉说的地方都找不到。

别的女孩子失恋了、难过了，可以找找闺蜜，可以扑进妈妈怀里，她却没那个福气。昨晚哭得口干舌燥时连一杯热水都没有，备感凄凉。

此时有个人在身边，至少让她感觉不会那么孤单。即使心事无法分担，却也觉得安稳了许多。

她真的疲倦了，原本是被蒋熙元吆喝着躺下的，不情不愿，但没一会儿便在书页的轻响中沉沉地睡了过去。

蒋熙元看了一会儿公文，听见夏初的呼吸渐渐匀了，便将手里的东西轻轻放下，从柜子里拿出自己的一件长衫盖在了她的身上，又替她摘了帽子。

天很晴，知了还没有开始鸣叫，阳光从打开的半扇窗子里漏进来。窗边花架上的茉莉沐光初绽，嫩白的花朵散发着淡淡的馨香，满室轻轻曼曼的静谧。

蒋熙元站在榻边看着夏初，目光温柔而怜惜。他想捋一捋她软软的短发，又怕会碰醒了她，醒了，她又要穿上"铠甲"，精神抖擞地把难过埋进心里了。

这是个姿色普通的姑娘，尚算清秀；这是个琴棋书画样样不通的姑娘，只爱破案；这是个无家无势的姑娘，还很抠门。

但这是个他喜欢的姑娘，怎么看都觉得她可爱。她的倔强让他头疼，却也坚强得让他心疼。他想不管不顾地采撷，想让她为了自己绾髻梳妆，做回女人的模样，却也想守在她的身旁，替她挡风遮雨，让她无忧无虑，让她以自己的姿态昂起头，灿烂地绽放。

他也不知道自己究竟应该怎么做，但他知道，无论为她做什么，他都甘之如饴，都为之欣喜。

他想把心捧出来交给她，可她哭了，却不是为了自己。

夏初醒过来的时候茫然了，不知道自己身在何地，想了好一会儿才想起自己是被蒋熙元轰到这里睡觉的，而她竟然还真睡着了。

“醒了？”蒋熙元的声音传来。夏初一骨碌就爬了起来，腿一麻，又跌了回去。

蒋熙元从公文上移开目光，笑意浅淡地看了看她：“瞧着好多了。”

夏初眨了眨眼睛，果然觉得视野清明开阔了很多。她伸了个懒腰：“我睡了很久？”

“一会儿而已，还难受吗？”

不问还好，一问，夏初心里那股苦涩便又漫了上来。也许是睡了一觉的缘故，此时又恍惚觉得苏缜的道别像是自己做的一个梦，隔出了一点儿不真实的感觉。她稍稍地低了头，背过身去把蒋熙元的长衫慢慢地叠了起来，平整地放在了榻上，清清嗓子道：“我不难受。”

丫头醒了，熟睡时那柔软又乖巧的样子便悉数收了起来。蒋熙元弯唇默默地笑了一下，觉得有点遗憾。

“早起吃饭了吗？”他问她。见夏初摇头，蒋熙元便扬头用下巴指了指茶桌的方向，“那儿有小点心，你先垫一垫，离午饭还有些时候。”

夏初回头看了看那碟点心，松软粉白地堆了一碟子。她走过去捏起一块来，又摸了摸茶壶，热乎乎的。她唇角稍稍一撇，眼眶有点发热。

“大人。”夏初咬了一口点心，连同喉咙里酸胀的感觉一同咽了下去，“如果刚才我推门走了，你真的会把我踢出府衙吗？”

“不是没可能。”

她低声笑了一下，说：“不信，昨天不是还说不会不管我？”

“踢你出府衙又不等于不管你。”蒋熙元低声说着，瞟了她一眼，重又拿起了桌上的公文。片刻后似是无奈般浅浅叹了口气，“有时候我还真想把你踢出去，你真让我头疼。快吃吧。”

常青那边奉了蒋熙元的吩咐，去德方班带汤宝昕来府衙，这一走就是一个上午。德方班离府衙不近，但再远也是在城里，慢慢溜达着一个时辰也能走个来回了。

夏初在府衙等得心急火燎，一直等到过了午时还没见人，便想要出去看看，刚走到捕快房外的廊庑下，就听见常青喊她。

夏初回过头去，有点不满地说：“回来了不说过来找我。你干什么去了？带个人带了这么长时间。人呢？”

“这才刚回来，把人先带去班房等着了。头儿，我得先跟您说说这事儿。”常青做了个手势，意思是让夏初先回捕快房去。

“怎么了？”夏初一边问着，一边与常青转身回了屋。

进到屋里，常青揪着袖子擦了擦脑门上的汗，放低了声音道：“我早上先去了关家问了曼哥，曼哥说他打听了，关五公子四月三十晚上没出去。”

“你的意思是嫌疑能排除？”

“能吧。我觉着，他与汤宝昕起了冲突，要报复也该报复汤宝昕才是。不过我让曼哥留意着，要有什么异常的情况就再给咱们报上来。”

关五公子并没有杀月筱红的动机，这与夏初想的倒也一致，便点了点头，又问道：“那便先留意着就是。怎的，这点儿事耽搁这么久？”

“不是，主要是耽搁在德方班了。我去的时候汤宝昕正在院里跪着，外衣都被扒去了，穿着中衣，身上瞧着是被打了的。”

夏初一惊，忙问道：“打了？怎么回事？”

常青说到这事便恼火地叹了口气：“就是那个蓝素秋！您跟大人问过他之后，他便到处与人说四月三十晚上汤宝昕与月筱红吵过架，保不齐是半夜回来害了月筱红。程班主和章管事正为这件事上火，就揪着汤宝昕让他说出个所以然来。汤宝昕不认，还与程班主顶撞了起来，程班主便让人把他按在了院里，动了规矩。我去的时候还闹着呢。”

“私设刑堂还了得？！”夏初一拍桌子，“府衙都不许刑讯，德方班倒比衙门还嚣张。”

“这还不算什么。”常青说得口干舌燥，抄起茶壶倒了杯水，咕咚灌下去，抹了抹嘴继续道，“月筱红的灵堂要摆到头七，眼下还有不少戏迷去吊唁，今天班子里头审汤宝昕，就被去吊唁的戏迷知道了。这下子好了，一帮人呼天抢地地嚷嚷，说要亲手宰了汤宝昕以慰月老板在天之灵。”

“胡说，月筱红到底是怎么死的府衙还没个定论，他们瞎搗什么乱！”

“谁说不是呢。”常青也无可奈何，啧了一声说，“可他们不管这个。我去了就围着我问我为什么让凶手逍遥法外，问府衙是干什么吃的。头儿，我把汤宝昕带出来可是费了老鼻子劲儿了，差点儿就被围殴在德方班的门口。就现在，还有戏迷在府衙门口等着呢。”

“等什么？”

“等着府衙升堂审案啊！章仁青也跟着过来了，他说来龙去脉他知道得比较清楚，要是升堂的话他能做个人证。”

“什么就升堂审案，眼下连个眉目都没有呢！”夏初皱了皱眉头，心里暗悔自己问完话后没叮嘱蓝素秋两句。她倒是把他当个男人看，没想到这伪娘如此八婆。

“我也这么说，但没人听。”常青摊了摊手。

“行吧，先去问问再说。”

常青点了点头，跟着夏初走出了捕快房：“头儿，我先去吃点儿东西，饿死了。”夏初挥手让他去了，自己直奔班房。

班房里，章仁青在墙边的凳子上坐着，脸色很不好看；汤宝昕则贴着对面的墙站着，头发有些蓬乱，低垂着头。

听见夏初进来了，汤宝昕抬起头来看了一眼，苍白的脸上唯有双目通红，备显颓丧。

夏初一看那双眼睛，不禁心有戚戚焉地充满了同情。想想月筱红又想想自己，看着汤宝昕便联想到了苏缜，竟觉得颇有几分相似之处。不过生离与死别之差罢了。

章仁青从凳子上站起来，对夏初拱手见礼，道：“官爷，我是来升堂做证的。月老板被人谋害一事，德方班已经私下里查过一遍了，事情我都清楚，您尽管问就是了。”

夏初转头看着他，冷嗤了一声，慢悠悠地道：“章管事好本事，不过一天的工夫就把案子查清楚了，夏某佩服。”

章仁青听夏初这话音不对，自知是心急说错话了，不禁默默地擦了把冷汗，赔着笑道：“在下没别的意思。只是事情出在德方班，人头熟悉，问起来方便一些罢了，谈不上查案。月老板的事还要仰仗官爷做主。”

夏初把卷宗扔在桌上，拉了把椅子坐下：“那就请章管事说说，您都查清楚什么了？”

“是这样的。”章仁青清了清嗓子说道，“蓝素秋那边说与您交代过，四月三十晚上汤宝昕曾经去过月老板房里，两人还吵了起来。后来这事儿在班子里传开了，与汤宝昕住在同一屋的老五便与我说，那天晚上汤宝昕戌时回了屋，可躺下之后没一会儿又偷偷地出去了。”

“出去了？”夏初听完转头问汤宝昕，“有这事儿吗？”

“有的，他之前是认了的。”章仁青道。夏初瞟他一眼，觉得章仁青的态度似乎十分急切，心中便存了点儿疑惑，冷声道：“我在问他，章管事少安毋躁。”

汤宝昕那边仍是低着头，反手抹了下鼻子，点了点头算是承认了。

“出去干什么了？”

汤宝昕稍稍抬头，垂着眼皮闷声道：“我心里头烦闷，去后院厨房偷了壶酒，喝酒去了。我没有去找小九，更没害她。”

夏初这边还没开口，章仁青又抢着说道：“我们问他他也是这么说的，可他说喝酒去了，又没人瞧见，到底去了哪里干了什么，还不是由得他胡编。”

夏初有点烦，皱了皱眉头问他："那章管事觉得他是做什么去了？"

"定是悄悄溜进月老板房里，下了毒手的。"章仁青哼了一声，"今早把他押在院里问话时，还有班子里的孩子说半个多月前就撞见过他与月老板吵架，孩子童言无忌自是不会说谎。问他有无此事，吵的什么，他又不肯明说。这汤宝昕言语支吾，心中必然有鬼。"

夏初扯了扯嘴角。汤宝昕语焉不详也在情理之中，若是吵的什么说明白了，恐怕月筱红的女儿身也就藏不住了。

只是章仁青不知道这件事，程班主却是知道的，可他也没帮汤宝昕说话，不知道是怎么个心思。心里头想着，便提笔记了下来。

"章管事挺笃定？那您觉得汤宝昕是如何杀害的月筱红？"

"这……"章仁青顿了顿，"这怕是只有他自己才知道了。我们在班子里动了规矩，他却嘴硬不肯说，还要仰仗府衙详审。"

"你的意思是让府衙替你们德方班打他几板子，打到他认了罪行为止？"

章仁青有几分不解，犹豫着说道："这府衙的规矩我们自然是不懂的。但也听说这犯事之人往往不打不招，总得要吃点儿苦头才晓得厉害。"

章仁青一说这刑讯的事，夏初越发反感了起来，面有不悦地说道："西京府衙不打人。"她端起茶碗来抿了一口，又侧目将章仁青上下扫了个来回，问道，"章管事，你与汤宝昕可是有什么私仇不成？"

章仁青一愣，随即捏着衣摆往前进了一步，急急地道："官爷，我与他素无恩怨，我就是心疼月老板。"他叹口气，"正当红啊，年纪轻轻的就没了。"

"是吗？"夏初瞧了瞧一直沉默的汤宝昕，接着道，"就算汤宝昕没有月筱红名声大，好歹也是你德方班的人，章管事这样急切地要让府衙逼供，未免也太无情了吧？"

话刚问完，班房的门便被推开了，常青探进头来瞧了一眼，低声对夏初道："头儿，您方便来一下吗？"

"怎么了？"夏初把茶盏放下，问道。

常青只是看着她不说话，夏初便起身出门跟着他到了廊庑下。常青扬头往府衙大门处指了一下，道："府衙门口又聚了不少人，都是来陈情的，让咱们严惩凶手。门子那边过来找我，问是不是轰了去。"

夏初听完，一下子便想起上次在泰广楼门口的事来，心里还有点后怕："多少人？闹起来了？"

"不算多，十多个人的样子。倒是还没闹起来。"

"那就好。"夏初松了口气，"跟我过去看看再说。"

到了门口，夏初在门房后面张望了一眼，见两个门子像门神似的，正金刀大马拿着架势。门外站了几撮人，有向里张望的，有三两交谈的，神色或诡秘或愤愤。这时有人扬脖子喊一声，问为什么还不升堂，引来一片附和。门子便大声呵斥了回去。

“这帮闲人。从德方班跟过来的没几个人，有的大概是路过听了两耳朵就站进去了，跟着起哄。”常青在一旁说道，“再这么让他们待下去，人只会越来越多。闯衙门他们倒是不敢，但是围在这儿总归是不好看。”

夏初寻思了一下道：“好看不好看另说，德方班私审汤宝昕已经闹了误会，不能再这么以讹传讹了。你去说说，府衙正在审问，自会秉公断案还月筱红一个公道，让他们赶紧散了。”

“得嘞，那我让门子把人轰走去。”

夏初点点头。对付这种场面常青比她更合适一些。“告诉门子，不许动粗。”她又回头叮嘱了一句，见常青应了个是，这才转头走了。

半路上遇见正往门口去的蒋熙元，蒋熙元问她出了什么事，夏初摆摆手道：“没事，一些月老板的戏迷围在门口想讨公道，人不多，我让常青先劝回去。”

“怎么会有戏迷过来？”蒋熙元问道。

“都是那个蓝素秋多嘴！哦，还有德方班也是，竟私设刑堂逼供汤宝昕，还好常青去了把人带来了，要不然还不知道会怎样。”

蒋熙元听完又细问了一下，夏初便把章仁青所说的与他讲了讲。话说完，愤愤地抬脚把路上的一块小石子踢走：“章仁青认定了汤宝昕是凶手，居然还让我给他些教训，怕他不招供。他好像挺急切的，我觉得有点可疑。”

蒋熙元听完想了想，随即笑了笑说道：“可疑倒不一定。昨天我回家听刘起念叨，说原本月筱红下葬之后德方班就要回泰广楼开戏的，但新挂出来的水牌上最近却没有他们。”

“那是什么意思？”夏初不解。

“月筱红原本是被钦点入宫唱戏的，现在人死了，而且可能是死于非命。泰广楼恐怕是担心万一上头问起来会被牵连进去，所以没给德方班排场子吧。”

夏初不屑地轻笑道：“大人，你说过，这月筱红再红也就是个戏子，还能翻出什么大事来？皇上不是不怎么爱听戏吗，哪有闲工夫管这事儿？”

“我知道，但别人不知道，就算泰广楼的东家也知道，那也是多一事不如少一事。万一有人拿这事做文章，泰广楼不开他们的戏，自然就高高挂起，与他们无关了。”

还是蒋熙元昨天与她说的那个道理，夏初听完琢磨了一下便明白了：“那意思也就是说，月筱红的案子一天不断，西京就没有戏楼敢开德方班的戏，所以他们才这么着急要推个凶手出来，是吗？”

“应该是。”蒋熙元点了点头，“德方班几十口子都指望唱戏糊口，没戏唱就断了生计，牺牲一个汤宝昕能保全戏班，章仁青自然急切。那天咱们问程世云时，他对汤宝昕也颇多怨怼，不帮他也在情理之中。”

夏初沉默了一会儿，驻足长长地叹了口气：“看着德方班我算明白什么叫福祸相依了，好好的一趟美差变成祸事。啧，大人，你说皇上知道吗，他一念之间就弄得一个戏班几十号人人仰马翻的？”

蒋熙元也停下脚步，笑着摇了摇头：“这桩事皇上大概不知道，但你说的这种情况他自然是知道的。所以，你以为皇上好当吗？”

“我只知道臣子不好做。皇帝那么大的权力，让人生就生，让人死就死，谁见了谁磕头，都小心伺候着，当得好不好全看他自己了，反正也没人能管他。”夏初想了想又补充道，“还有，皇后也不好当。”

蒋熙元笑起来：“皇上是握着人的生死，但别人的生死也是自己的生死，动一步都是要思虑清楚的。就像你说的，他的一念就能让几十口子人仰马翻，现在你瞧见的只不过是个戏班子，章仁青他们还要拨拉着自己的算盘，若是换了朝堂上呢？皇上在万人之上，看着是没人管得了，可实际上人与自己对弈才是最难的。”

夏初听完觉得跟没听一样，道理似乎是明白的，但很不透彻。从前她也看过几本小说，但涉及皇帝的都只是后宫女人斗争时的摆设和工具，前朝什么情形她缺乏想象空间。

她知道皇帝姓苏，年纪好像与自己差不多大。自己听都觉得这么玄乎的事，那与自己年纪相仿的少年真应付得来吗？这么想着，夏初便问了出来。

“今上年纪虽不大，但心思却很缜密。我不是与你讲过当年夺位之事吗，你觉得呢？”蒋熙元道。

夏初耸了耸肩：“好吧，我就不替皇上瞎操心了，留给你妹妹去操心吧。”

“我那个妹妹哪是个肯操心的。”蒋熙元想起来就不免忧心。昨晚回家去，他只感觉咏薇恨嫁得厉害，一颗心系在苏缜身上，凭他怎么敲打都只应付着说自己心里有数。

夏初看蒋熙元神色担忧，便劝道：“既来之则安之吧，大人，你别太担心了。你与皇上关系那么好，他总不会对你妹妹太糟糕的。”

“满朝臣子，谁又与皇上关系不好呢？”蒋熙元语焉不详地说了一句。能予便能取，皇权边若是指着情分立足，早晚是要摔的。

夏初也不知道该接什么了，只好把话题又扯回到案子上，一路走着，谈论了几个疑点，回到了班房。与夏初之前进去时一样，屋里两个人还是同样的格局，一坐一站，汤宝昕看上去好像从头到尾就没动过。

章仁青看见蒋熙元跟着来了，神色微微一变，起身见礼后垂着手不敢吱声，态度敬中有畏，不像对夏初那样上来就说个没完。

蒋熙元淡淡地瞥了他一眼，于上首座坐下，什么都没说。这倒弄得章仁青惶惶不安，看着夏初的眼神里净是话，又不敢贸然开口。

“章管事，你说四月三十晚上汤宝昕回屋后又出去了，那你可问到他是何时回去的？”夏初问道。

“有。”章仁青忙不迭地点头答道，“他回屋时碰到了东西，惊醒了老五，老五还骂了他一句。老五倒不记得具体时辰，只说再睡着没一会儿就到了起身的点儿了。估摸着，应该是快到丑时那会儿了吧。”

夏初听完后了然地点了点头：“行了，我们有话要单独问汤宝昕，你先回去吧。”

章仁青显然有些不太情愿：“官爷，汤宝昕他……”

“汤宝昕如何府衙自有定论，还得向管事交代一声不成？”蒋熙元抬眼瞧了瞧他。章仁青道了一声不敢，又瞄了汤宝昕一眼，这才退了出去。

章仁青走了，汤宝昕才缓缓地抬起头来，不等夏初问话，他嘴唇一颤，哽咽着道：“我没杀小九，我护着她还嫌不够，怎么可能会杀她。我就是自己死也不会杀她……”

蒋熙元看看汤宝昕的模样，无声地叹了口气，语气格外轻缓地道：“行了，你也先别难过，坐下吧。”

夏初挺意外地看了他一眼，心说这不太像大人的风格啊！蒋熙元接收到夏初的目光，便也看过来，苦笑了一下摇摇头，弄得夏初越发云里雾里。

夏初觉得自己与月筱红是同道中人，又哪里想得到蒋熙元也将自己的心情投射在了汤宝昕身上，觉得他其情可悯，不禁心有戚戚焉。

他甚至觉得自己在某种程度上还不如汤宝昕，至少月筱红还知道汤宝昕喜欢她。这不光粗枝大叶还心系他人的夏初，要到什么时候才能瞧见自己呢？

蒋熙元想着，哽在心头的一口气便幽幽地叹了出来。

夏初轻咳了两声，凑近到蒋熙元身边低声问道：“大人，是有什么问题吗？”

“没有，没有……”蒋熙元唇角一抹浅浅的苦笑，看着夏初的神情里带上了些许的无奈与委屈，片刻后轻声地说，“乖，问案子吧。”

夏初浑身一个激灵，瞪大了眼睛瞧着蒋熙元，心说大人这是又犯病了啊！

蒋熙元看着夏初错愕的表情，拢起心中失意，对她低声笑道：“又嫌我恶心？”

夏初瞄了汤宝昕一眼，觉得这也不是说话斗嘴的时候，便摇了摇头：“大人一有心事就如此，属下不敢嫌弃，您安坐，属下乖乖问案了。”

夏初留给蒋熙元一个侧脸，蒋熙元默默看了几眼，安慰自己这算不算也是一种进步。自己把情话萎缩压扁到这么个干巴巴的程度，换她一个不嫌弃。

蒋熙元啊蒋熙元，你现在混得怎么这么惨呢？他心中忍不住苦笑连连。

夏初那边已经摊开了纸笔，一边在砚台上来回地掭着笔尖，一边问汤宝昕：“汤宝昕，四月三十晚上你与月筱红到底因何争吵？我与大人已知月筱红的身份，你大可不必顾虑，照实说。”

汤宝昕抹了下眼睛，声音哀戚地说道：“怪我。小九那天原本挺高兴的，因为要进宫唱戏去了，可我这心里却不是滋味。我去找她，问她是不是不愿意嫁给我了，这一来二去便吵了起来。”

夏初提笔记着，头也不抬地说：“她进宫唱戏与嫁不嫁给你有什么关系？”

“小九已经是角儿了，我却一直没唱出名堂来。师父瞧不上我，觉得我配不上小九。她进宫唱戏若是得了封赏，德方班就全指着她撑门面了，这要唱到什么时候算个头？偏偏小九还挺高兴，我不知道她想没想过这一层，当时怨她没有想过我们俩要怎么办。”

夏初听完皱了皱眉头，觉得汤宝昕的话与程班主所讲出入甚大。按程世云的说法，汤宝昕求娶不过是一厢情愿，可听汤宝昕的意思，却是两厢情愿，只不过一个着急一个不着急而已。

“月筱红可明确说过她愿意嫁给你？”夏初问道。

汤宝昕确定地点点头：“年根上我们还说过什么时候赎身的事，小九说想再赚一些，将来离开了班子也好多点儿傍身的钱。可这半年多小九越来越红，泰广楼排的场子也越来越多，我再问她她就总说还想再唱唱戏，为这事儿我们私下里也没少吵。她爱戏台子，我却怕她爱戏台子不肯走，一来二去，倒弄得她在我面前什么也不敢说了，现在想想，我又何必……”他懊恼地抓了抓额头。

“章仁青说有班子里的小孩撞见过你们争吵，也是因为这事儿？”

汤宝昕想了一下道：“半个多月前，大概是那次唱堂会回来吧。”

“关家的那次堂会？”

“您知道？”汤宝昕略有点惊讶地说。夏初点点头，说道：“那件事情我们差不多都清楚了，你就说你与月筱红的事吧。”

“那次回去后师父给我动了规矩，在院里跪了一宿。这倒没什么，可管事的说那次堂会赔出去的钱要让我出，拿了我攒的钱不说，往后唱戏的赏银也没我的份儿了。”汤宝昕说到这儿有点激动起来，声音也高了几分，“那都是我攒着为了以后过日子使的！我急了，就去求师父让他跟管事的说说，师父不管，还骂我不成器，将来也给不了小九好日子过，我便与师父顶撞了起来。”

“那你与月筱红又是为什么吵的？”

汤宝昕这时说起来脸上仍有不平之色，别着头说道：“小九过来劝合，拽着我回屋了。小九也怪我做事太冲动，我当时还在气头上，就说自己还不都是为了她，她一个女子怎的一点儿都不知道爱惜自己，若是被人占去了便宜怎么办。小九便也恼了，说自己就是个下九流的戏子，若是嫌弃就别娶。我知道自己说错了话，想转圜，可小九说完扔下药就走了。我们争执的时候倒是有个孩子进屋来找五哥，让我轰出去了。”

“药？什么药？”蒋熙元坐直了身子，忽然问了一句。

“伤药。与关五打架我也挂了彩，回来又惹恼了师父，被师父用木刀片抽了一顿，小九拿来给我抹伤的。”汤宝昕说着，眼睛一眨，吧嗒落了滴泪下来，“小九虽扮了男装，却也是个温柔的姑娘，对我也好。如今人没了我才想，娶不娶有什么重要，她高兴我就应该陪着她高兴，她想唱戏我就该陪着她唱下去，我何必那么逼着她……”

汤宝昕说不下去了，窝起身子来低声地抽泣，越哭越伤心，声音也越来越大。夏初被他哭得心里难受，几次想劝又不知道该劝什么，话提起来又放下，叹了一声又一声。

人没了，说什么也都没用了。

等汤宝昕哭声渐止，蒋熙元才问他：“四月三十晚上你去月筱红房里，除了与她有过争吵，还做过什么别的事吗？”

汤宝昕用袖口擦了擦脸，有些茫然地抬起头来，想了一下觉得是明白了蒋熙元的意思，微微正色道：“没有。我与小九虽两情相悦，但一直恪守规矩，从没有做过什么逾矩的事儿。”

夏初的思路直接被汤宝昕带跑偏了，侧头低声问他道：“大人的意思是剧烈的房事活动有可能引发哮症？”

“不是！”蒋熙元哭笑不得。夏初若是个男子也就罢了，她一个女子问出这话来一脸正经，一点儿羞赧之色也没有，反倒弄得他这个听的人有点不自在。

他轻咳了一声，对汤宝昕道：“我是问当晚你有没有给过月筱红什么东西？”

“东西……”汤宝昕低头想了一下，摇摇头，刚要张口回话，却又哦了一声，“那天小九练功伤了手，我带了药过去，大人问的是这个吗？”

“伤药？”

“嗯。就是小九留在我那儿的那瓶。”

夏初听到这儿才明白了蒋熙元的意思，接过话问道：“现在那瓶药呢？”

汤宝昕摇头：“这几天这么忙乱，哪里在意这个。官爷，那瓶药有问题吗？前些日子我还用过的。”

夏初问了一下汤宝昕那药瓶的样子，随即起身快步走了出去，跑到捕快房找常青。常青没在，郑琏正在屋里整理东西，听见她喊常青便道：“常青出去了，您有事儿交代我，我去办。”

夏初犹豫了一瞬便点点头：“行，你认识德方班在哪儿吧？”

“那当然认识。”

“你现在马上过去一趟，去找一瓶药膏，拳头大的瓷瓶子，上面有广济堂的字样。快去吧，找到了尽快回来，找不到就问谁见过，务必把下落打听清楚。”夏初快语说道，“另外，再问一问德方班的后厨，五月初一有没有人发现少过一壶酒。”

郑琏认真地听着，仔细地记下来，一拍胸脯道：“放心，肯定办好。”说完抓着佩刀便出门了。

郑琏前脚走，蒋熙元便过来了，夏初问他是不是又从汤宝昕那儿问出了什么来，蒋熙元说先命人将他收押了。

“这就收了，还不知道那药有没有问题呢。”夏初皱了皱眉头，不太赞同地说，“原本德方班和那些戏迷就认定了汤宝昕是凶手，这一收押怕是让他们觉得坐实了罪证，如果汤宝昕无辜……”

“你先别急。”蒋熙元摆了摆手，“如果那瓶药果真有问题他的干系就大了，无论结果如何，现在暂且收押也不为过，没问题再放人也不迟。现在外面已经认定了他是凶手，你放他回去恐怕他也落不到好，再惹出些别的麻烦来，还不如先留在府衙，对他反而安全些。”

夏初听完想了想，觉得不无道理，便点了头，又道：“我倒觉得不像是汤宝昕做的。哭成那个样子……”

蒋熙元笑道：“哭得你心软了？”

“倒不是心软。就是觉得，他杀月筱红干什么呢，因为她没有嫁给自己？那杀了岂不是更娶不到。”夏初轻声叹气，“大人，若你真心喜欢一个女子，求娶不得，你会动杀念吗？”

“不会。但人与人毕竟不同。”蒋熙元看着夏初，缓缓地道，“我若真心喜欢一个女子，即便最后嫁的不是我，我也希望她能平安快乐。”他稍稍移开了目光，“要有人惹她难过，我倒真想教训了那人。”

“大人有喜欢的人了？”夏初问道，问完后轻轻皱了下眉，歪头想了想，“我怎么觉得这句话我好像问过？”

蒋熙元一怔，随即忍不住笑出声来，抚着额点了点头：“是问过，那天你喝多了，自己说过什么竟都给忘了。”

“也不是全忘了。”夏初有点尴尬地抹了抹鼻子，“有的还是记得的。”

蒋熙元脸上笑容未竟，微微地眯起眼睛看着她：“我说的你都忘了，关于黄公子的是不是都还记得？”他顿了顿，轻笑了一声，“啧，真让人难过。”

“我不是故意想忘的，也不是故意想记得的。”夏初落寞一笑，“可能是记住了不该记住的，把不该忘的给忘了。”

她对黄公子始终不肯说出自己身份的事耿耿于怀，昨夜里她还想过，若是从来不知道就好了。他来道别，圆满地以那个虚假的身份退场，她也可以当他真的行商去了西疆，送别好友，后会无期。那样，现在的心情会不会好一些，会不会单纯一些？

但她没有想出答案。

蒋熙元看着夏初的侧脸，将她眉宇间的失意尽收眼底，不禁对那个黄公子多了几分恶感：“那块紫玉的坠子，你送出去了？”

“大人怎么突然问起这个？”

“说到他了就想起问一问，知道他的身份了吗？何故骗你？”

“也谈不上是谁骗谁。就这样吧。”夏初撇了撇嘴角，压住心底的难过，对蒋熙元道，“西京本就没有黄公子，大人以后也不用提他了。”

夏初说完，怕自己在蒋熙元面前露出太多情绪，便推说日头晒人，调头跑了。蒋熙元看着她略显仓皇的样子，默默叹息。

夏初酒醉那晚他说的话是真的，她听完当作了玩笑，笑完又给忘了；刚刚他说的难过也是真的，她还是当作了玩笑，笑完又想起了那个黄公子。

他也很想认真地把话说出来，却仍是不敢，怕之后不知如何是好，怕自己一时的急进会把她推得离自己更远。

真情真意全藏进笑话里，这才真的像个笑话。

他对黄公子全无好感，但又很羡慕他，羡慕他实实在在走进了夏初的心里。猜不出那会是个什么样的人，得了夏初的青睐。

蒋熙元想起夏初墙上贴的那幅画，回忆着夏初曾经说起的关于黄公子的点点滴滴，说不上何处有种微妙的熟悉感，让他觉得这个人自己似乎是认识的。这感觉很不舒服，就像是一团薄雾，若有似无地存在着，挥不去也摸不着。

蒋熙元正环臂出神，司户白大人小心翼翼地走了过来叫了他一声。蒋熙元回过神来，对他微点了下头："回来了。"

"是。"白大人恭敬谨慎地笑道，"京畿赋税库粮的呈报都交给户部了，税银比去年上半年多出不少，尚书说会递折子上去。"

"今上继位不久，倒是在意这个。"蒋熙元淡淡地点头，与白大人一路往书房慢慢地走。新帝继位也如同新官上任，都是想百尺竿头更进一步的。

"大人何不自己先递了折子？户部呈上去功劳便都是户部的了。"白大人道。

蒋熙元笑了笑："这些事原本就是户部的。今天多了你要抢功，来日少了你可要争过？白大人把分内的事做好就是。"

白大人被敲打了几句，讪讪地应了，又道："对了，刚才我去户部，听说青城郡淮水又闹灾了。"

"严重吗？"

"不清楚，属下听了一耳朵而已，工部那边已经被叫去御书房了。"

蒋熙元嗯了一声没说话。淮水总是不稳当，隔个几年总要或大或小地闹上一次，只是如今皇上与咏薇大婚在即，别有人拿灾来做文章对咏薇不利就好。

御书房中，苏缜给工部看了青城郡守的奏报，让他尽快拟个对策出来，又传谕让户部报个赈灾粮饷筹措的方案。

工部领了旨下去，苏缜又把奏报看了一遍。这是六天前的三百里飞递，青城郡的受灾面积和人口数目都还不甚清楚。用了三百里飞递，也许是灾情不算太严重，也可能是青城郡官员拖延时间，有瞒报虚报之意。

想着那些远在两千里之外的官员此时可能正坐在一起，商量着要从户部敲多少银两下来，苏缜就觉得无比烦躁。只是鞭长莫及，他也不能仅凭了疑心便去裁撤官员，灾情已起，越动只会越乱。

苏缜捏了下眉心，把奏报扔在桌上，伸手去拿案旁的茶盏，袖中的坠子滑了出来碰到盏沿，发出一声清脆的声响。他赶忙收回了手，把坠子握在掌心，触手的冰凉一下子凉进心里，瞬间便远了神思。那被公务填盖下去的难过漫漫而来，无从抵抗地就渗满了心扉。

苏缜垂眸看着，轻轻摩挲，手指划过圆润的葡萄和缠盘的枝蔓，心中纷乱如斯。

紫玉透彻，那一道浅浅的绺裂在凝视下变得分明，像谶语一般早早地就在了，终于是画在了心上。

相见争如不见，有情何似无情。偏偏造化弄人。

他沉默片刻，又将坠子仔细地拢进了袖中，站起身来。安良上前半步听候差遣，苏缜却什么都没说，慢慢踱步走出了书房。

外面已是日头西斜，白花花的阳光换作了耀眼的橙色，天地一片金黄。有昏鸦惊翅而起，聒噪地叫着飞进天空。

苏缜看着它们飞过宫宇，飞出皇城，直到再也寻不见踪迹。他的影子被拉长在金砖玉台之上，静静伫立着，唯有衣摆随风轻颤，似欲飞而不能，被那些鸟儿抛却在了这里。

安良不忍他的孤清，上前半步轻声道："皇上，您忙了一天，歇一晌吧，奴才这就命人传膳。"

苏缜浅浅点头，收回目光转过了身，暮鼓之声不期然地咚咚响起，他又循着那声音看过去，直到余音消散。

"一天了……"苏缜轻声地说，低下头，眼中一片落寞。

夏初也听见了鼓声，起身推开了门，站在廊庑下望着天空。夕阳透过府衙院中老树层叠的树叶，明灭如灿灿金铃，也有倦鸟归巢也有鸦叫声声，一如她生辰那天飞驰在官道上看见的。

只是境随心转，那天的心情只留在了那天。说走就走的旅行终有回来的时候，理智也终成了感情的桎梏，岂能真的奋不顾身。

相见已是恨晚，那么相别得早一些也好。夏初对自己说。

她一下下默默地数着暮鼓，觉得自己就像那鼓，被敲得空荡荡的。酉时了，她一点儿都不想回家，怕触景生情，怕反复想起，那感觉格外孤单，好像连自己都不陪着自己了。

郑琏踏着鼓声匆匆地跑了进来，远远瞧见夏初便扬着手高声喊道："头儿！找着了！找着了！"

夏初敛起四散的神思，对他招了下手，快步迎了过去。郑琏气喘吁吁，把手中的一个小瓷罐递给了夏初，有些兴奋地道："就在月筱红屋里的那个斗柜抽屉里，一翻就翻着了，您看是不是这个？"

夏初瞧了一眼，瓷罐不太精致，红布包软木塞的盖子，上面清楚地写着"广济堂"三个字。她揪开盖子借着光瞧了瞧，里面褐色的药膏不太多，闻了闻就是一股中药味。

她又把盖子扣了起来："酒呢，问了吗？"

"问了问了。"郑琏忙点头道，"但后厨的厨子说记不清楚，那天早起就出了事，谁还顾得上看这些零碎，但后厨确实是有酒，班主好喝两口。"

夏初听完便让郑琏先走了，自己拿着那瓶药想了一会儿，跑到府衙后院去找厨子养的那条狗，准备先试试到底有毒没毒。

那条叫银子的狗见了夏初，尾巴摇得欢快，挣着脖颈上的链子原地跳脚。夏初过去摸了摸它的头，它舒服地眯起眼睛、呵呵地吐着舌头。夏初心软得一塌糊涂，看了看手里的药又看了看银子，起身走了。

夏初又到伙房旁边去找猫，经伙夫指点才寻到窝在柴房角落里的那只花猫。花猫警惕地看着夏初，把怀里正吃奶的小猫仔搂了搂。夏初便又退了出去。

“张六，你这儿还有没有什么活物？”夏初问伙夫道。

“昨儿买了口猪还没杀，捕头您要干什么？”

“我想试试毒。”

张六正打了个哈欠，被夏初惊在了半截儿，张着嘴看着她。夏初干笑了两声，“那……有活鱼吗？来一条，大一点儿的。”

蒋熙元与白大人说完了事，出来找夏初，想带她一起去吃个晚饭，到了捕快房却没找着她。裘财值班，郑琏还没走，正与他说着话。蒋熙元进门时只听见了“王槐”两个字，便顺口问道：“王槐怎么了？”

裘财和郑琏赶忙站起身来，给蒋熙元问了个好，郑琏道：“王槐没怎么，就是我今天出去的时候碰见他了。他现在混得倒是挺齐整，见着我说话阴阳怪气的，我拿话刺了他几句。这正跟裘财念叨呢。”

蒋熙元嗯了一声：“瞧见夏初了吗？”

“瞧见了，我刚回来把药给她，她往后院去了。”郑琏道。

蒋熙元到后院看见夏初的时候，她正蹲在地上对着一个木盆说话，张六蹲得远一些，捂着嘴，也盯着那个木盆。

蒋熙元悄悄地走过去，张六看见他要开口，却被拦住了。走到近前，只听见夏初对那木盆说了一声“早登极乐”，又双手合十拜了拜。

蒋熙元笑了一声：“你在这儿作什么法呢？”

夏初回过头对他道：“试毒呢。”

蒋熙元这才往木盆里看去，里面一条一尺多长的鲫鱼已经翻了肚皮，死鱼眼瞪着天，模样没什么变化，但就是让他觉得有点恶心，便别开了眼去。

“有毒？”

夏初站起身来点了点头：“只用柴火挑了一点点，死得极快。”她把药罐拿在手里，道，“这是郑琏在月筱红的房间里找到的，就在那个斗柜里。如果这就是汤宝昕给她的那一罐……”

“如何？”

“大人觉得汤宝昕的嫌疑大吗？”

蒋熙元略想了一下，弯了弯唇角：“你的意思是，就算这药是汤宝昕送过去的，可毒却不一定是他放的。”

“月筱红的头面首饰都被拿走了，说明停灵期间一定有不少人出入过她的房间，汤宝昕更是。如果毒是他下的，他得有多自信才毫不心虚地让这罐药留在斗柜里，总不会是忘了吧？”

“不过这也只是按常理推测，不能用来排除汤宝昕的嫌疑。”夏初掂了掂那罐药，轻轻地皱了皱眉，“月筱红手上的伤口不大，按说抹得也不会很多，什么毒这么厉害这样子就能让人毙命？毒药我不太了解，大人懂吗？”

蒋熙元摇头：“不懂，就知道一个砒霜一个牵机药，平生还没机会见过被毒死的人。”他把药拿过来瞧了瞧，“先去审汤宝昕吧。”

府衙的监牢里，牢头正和一个年轻的守监喝酒聊天，见蒋熙元和夏初进来了，便抄起桌上的酒壶飞快地往旁边竹篓里一扔，躬身迎了过来。

“酒是藏了，你这一口酒气要怎么藏？”蒋熙元问他。那牢头浑身一紧，软了膝盖就要跪下去。蒋熙元摆了摆手，“行了，汤宝昕处，引路吧。”

牢头连说了几个以后不敢了，这才从墙上把灯笼摘下来点上，直嘱咐着夏初和蒋熙元脚下小心。牢房里没有灯，是怕犯人会拿灯火把牢房点了，廊中倒是置了几盏油灯，可油少灯如豆，根本没什么用处。牢头的棉纸灯笼晃悠悠地照出一小片昏黄的地面，夏初低头走路，眼睛瞪得都酸了。

蒋熙元放缓了脚步回过身，把胳膊伸给她：“借你扶一下？”

“不用。平地里还能摔了跟头不成？”夏初抿嘴笑了笑，幽暗的油灯映在她眸子里，晶亮晶亮的。蒋熙元收回手臂，也没勉强，只是让她留些神，说牢房里耗子多，大得像猫似的。

夏初咽了咽唾沫，不着痕迹地往前快走了几步，跟紧了蒋熙元。蒋熙元佯作不明所以地问她怎么了，她摇头说没什么，低头看路，错过了他眼底的一抹奸笑。

牢头在汤宝昕的牢房前停下来，挑高了灯笼，用力拍了拍木栅：“汤宝昕！”

汤宝昕在德方班被折腾了半天，又受了问讯，还痛哭了一场，这会儿已经累得睡了过去。听见有人喊他的名字，稍稍惺忪了双眼，嗯了一声却没起来。

“起来！”牢头中气十足地吼了一嗓子，牢房里有回声，听得格外噪人。这嗓子吼完，汤宝昕才醒过神从草铺上爬了起来，走到了木栅跟前。夏初让牢头先离开，把灯笼接过来往高处举了举。

汤宝昕被灯笼照得眯了眯眼睛，手抓在臂粗的栅栏上，条件反射似的说：“官爷，我没杀小九。”

夏初借着灯光仔细地看着他的神情，问道：“你最近去过药铺吗？”

汤宝昕很茫然地想了想，不明所以地道：“药铺？没有啊。”

蒋熙元把那罐药往前递了一下："你说你给月筱红送了伤药，看看，是不是这一罐。"

汤宝昕伸手要拿，蒋熙元却给闪了过去："看就是了。"

他偏头仔细地瞧了瞧，似是又勾起了从前的回忆，微微地耷着唇角点了头。

"四月三十晚上你给她送了药过去，她抹了吗？"夏初问道。

"抹了吧？"汤宝昕不太确定地说，稍想了一下又道，"那天晚上我与她吵架，后来放下药就走了。小九入殓的时候我帮她净身换的衣服……"他喉头一酸，哽咽了一下，"满身净是练功落的伤。那些划伤的地方看着是搽了药的，我蘸水帮她都擦干净了。"

夏初与蒋熙元对视了一眼，蒋熙元又问道："这药之前一直在你那里放着，有别人接触过吗？"

"小九那次帮我上完药就一直放在我那儿，别人……"汤宝昕歪着头想了想，"五哥的一个小徒弟前些日子被缨枪戳了手，我借给过他。"

"什么时候的事？他把药拿走了？"

"我记得是……四月二十五还是二十六的时候吧，五哥问我借了药就在屋里抹了，那孩子伤得也不厉害。"他说完这些，像是咂摸过味儿来，不觉皱起了眉，"官爷，这药有什么问题？"

"现在查不到月筱红的死因，所以我们怀疑这药有毒。"蒋熙元说道，"汤宝昕，你最好说实话，免得受皮肉之苦。"

"有毒？"汤宝昕像是没有反应过来，怔怔地重复了一下那两个字，随即表情一变，高声嚷道，"不可能！"

他伸出手要去抓那罐药，蒋熙元退了半步将药搁在了身后，什么也没说，只是看着他。汤宝昕发急地抓着木栅，声音愈发地大了起来："这是小九给我的药，她给我抹过，我前些天还用过的！怎么可能有毒！"

夏初提高了声音诈道："你还不说实话！"

"就是实话！"汤宝昕的声音比她还大，又伸了手出去，"您要是不信就把药给我，我这就试给你看！"

"好。若是有毒就说明人是你杀的，死了也是罪有应得！"夏初把灯笼放下，从袖子里拿出一个小木勺，从蒋熙元身后拿了药罐出来，从里面挖出一块褐色的药膏递到汤宝昕面前。

汤宝昕伸手去拿，夏初又躲了躲，神情严肃地盯着他道："汤宝昕，你可要想好了！现在认还来得及，若是你杀月筱红有什么不得已的内情，说出来，或许也罪不至死。想清楚。"

汤宝昕什么都没说，踮起脚一把便将夏初手里的木勺抢了过去，想都没想就放进了嘴里，赌气似的瞪着夏初，用力咽了下去："我清楚得很！"

两人看着他，片刻后蒋熙元点点头，拿起灯笼对夏初道："走吧。"

"官爷……"汤宝昕那边愣了愣，看蒋熙元与夏初真的要走，便隔着栅栏跟着挪了几步，用力地挤着想探出头去，"官爷！我没死！"

夏初回头笑了笑："一勺秋梨膏当然死不了。"说完便与蒋熙元走远了。

汤宝昕咂摸了一下嘴里的滋味，又凉又甜，方知是诈他的，又高声地喊道："我没杀小九！我没有！官爷你一定要信了我的，要给小九个公道啊！"

蒋熙元走到门口，把那罐秋梨膏放在桌上，对牢头道："这东西倒不错，吃完嗓子立刻就亮了，送你了。"

出了牢房，夏初呼了一口气，与蒋熙元异口同声地道："应该不是他。"

这招谈不上高明，不过是用了点儿激将法，再利用了平民对府衙办案流程的无知，诈的不过是汤宝昕的第一反应而已。而汤宝昕从头至尾对那罐子药没有半分犹豫，也毫无揣测的神情，他是真的不相信那药有毒。

这至少说明了三点：第一，是有人在他不知情的情况下接触了那罐药；第二，从五哥问他借药这一节看，别人是知道他有伤药的；第三，下毒的时间就在四月二十五到三十这几天里。

夏初道："那么现在的问题是，药在汤宝昕那里，如果人不是他杀的，那这个人是怎么算准了他会把药给月筱红送去的？"

"两种可能：一是药到了月筱红那里时才放的毒，二是这人想杀的原本不是月筱红，而是汤宝昕。"

夏初眨着眼睛看着他，他也看着夏初，夏初在想事情，而他在想着夏初。

片刻后，夏初才十分认真地点了点头："这样一来，范围说大倒是也不大，如果是第一种可能，那么蓝素秋的嫌疑最大；如果是第二种可能，那就是程世云，或者是关五公子，这俩人都有动机。"

"对。蓝素秋到底在月筱红那里说了什么，做了什么，咱们听见的全都是他的一面之词。毕竟最后一个见过月筱红的是他，他说他只在门口站了一会儿，却没人可以证明。"

夏初含糊地点了点头，想了想又道："可是咱们第一次听到'药'这个事就是从他嘴里，如果是他放的毒，他何必主动提起。况且还是那个问题，从月筱红死到现在这么多天，他不销毁证据吗？"

蒋熙元轻摆手指："现在咱们找到了这个疑点，可矛头指向的不是汤宝昕吗？"

“栽赃？借刀杀人？”

“没查到药的事月筱红就可能最终被认定死于哮症，要是查到了，那药也是汤宝昕送过去的，能撇干净。若不是他，那么就是近期与汤宝昕有矛盾的人，程世云或者关五。程世云就在德方班，行事方便，但关五若是买通德方班内部的人也一样不难，毕竟那院子里人多杂得很。”

夏初咬了咬嘴唇，眉头不展：“似乎挺清晰的，可现在却实实在在有个问题。”

“知道。”蒋熙元听完便笑了笑，“府衙不能刑讯，若是不肯主动招认，现在咱们就等于没有切实的证据可以定罪。”

为什么官差喜欢动板子打人，实在是因为这个方法太容易了。你不说，打到你说就是了，你说了便就是你做的，手印一按哪儿还需要管什么证据不证据的。

现在他们能确认药里有毒，能锁定几个嫌疑人的范围，但在没有板子威慑的情况下凶手就很可能拒不认罪，即使审问中他们觉得这个人再可疑也是没办法的。自己相信自己的判断容易，但要让所有人相信，靠的还是证据。

就像她现在虽不认为汤宝昕是凶手，却也不能放了他一样，也是因为没有能够让人信服的证据。

“坚持不动刑？”蒋熙元问她。

夏初毫不犹豫地点点头：“大人不要强我所难。”

“这自然。说了会帮你又岂会食言。”蒋熙元把药罐托在手里道，“现在证据不是没有，而是已经在手里了。查清是什么毒，从何处来的，再顺藤摸瓜就是。”

“也是啊！我把自己绕进去了。”夏初眼睛一亮，“行！我这就去问柳大夫，药是广济堂的，他肯定知道原本是什么成分，又多了什么成分。”

蒋熙元把她拽住：“柳大夫又不是府衙的人，大晚上过去不嫌太叨扰？”

“那我去看看卷宗，看有没有什么漏掉的疑点。”

“站住！”蒋熙元瞧着她这拼命找事让自己忙的样子，觉得好笑又心疼，“你要是实在不想回家，就跟我去吃饭。”

“我没有啊。”夏初状似不明所以地说。

“嗯，我是不想回家。初八是纳征礼，三天后便是皇上大婚，这些天我都要在家里忙了。”蒋熙元对夏初浅浅地笑着，“算你陪我吃饭，好几天见不着了。”

“就要荣升皇亲国戚了啊。”夏初做了个勉为其难的表情，“好吧，反正那么高规格的婚礼我也没资格到场，提前与皇上的大舅子吃一顿，沾沾喜气也好。”

“说的是。”蒋熙元把药罐子在手里掂了一下，忽然神色一变，“糟！这是那罐秋梨膏！”

“啊？！”夏初大惊失色，调头就往牢房跑，蒋熙元却在她身后大笑起来。

夏初驻足回头，看着他站在浅浅夜色中，笑得开怀而放肆，弄得她想恼也不是，绷了片刻便也笑了。

真幼稚！这人怕是心头全无烦恼吧，还真让人羡慕……夏初想。

夏初把药罐先放到捕快房柜子里锁好，与蒋熙元一道出了府衙。两人走远了一点，寻了个平常不怎么去的酒楼尝个新鲜。

前脚进了酒楼，不远处便有人从一个路边摊上探出了头，冷眼看着酒楼的门口，不屑地哼笑了一声。

“王哥，你这笑得瘆人，看什么呢？”旁边的人顺着他的目光看过去，却没瞧出端倪，便捏了酒盅往他杯子上一碰，含混着道，“酒楼的酒菜就是个贵，不如这摊子上的有滋味。有那钱，还不如去窑子里摸两把呢！”

“你个赖货！你当人家王哥跟你似的呢！”旁边有人呛了一句，又转而举起杯来对王槐笑道，“来来，王哥，喝酒喝酒，我敬您一杯。”

王槐转着杯子，却没抬手，心思还在刚才看见夏初和蒋熙元的那一眼上。

“王哥，您是斯文人，平时也不跟我们出来乐呵。这难得坐一起喝个酒，您总得赏点儿面子不是？”那敬酒的人说道。

王槐离开府衙的内情知道的人不多，况且，就算知道，其实这刑讯之事对外人来讲也不叫事儿。官差不打人，那还叫官差？

比起许陆他查案略逊，比起常青他路子不宽，可那是在府衙，出了府衙他也算有点本事。镖局里都是糙人，大字不识，王槐怎么说也是当过公差的人，在府衙不显，但放在这里面已经算是斯文人了。镖局东家对他挺器重，让他做了管事，这帮兄弟对他也挺服气。

王槐觉得这样的状态还行，可镖局管事比起府衙捕快毕竟低了不是一星半点儿。好好的差事没了，明明他又没做错什么！故而何时想起来心中都是怨愤难平，尤其是对夏初。

“喝酒！”他举杯碰了，仰头把盅里的酒喝了个干净，热辣辣地从喉咙一直烧到胃里，心里的那股火气也顶了上来。他将酒盅往桌上一顿，冷笑一声，“镖局的都是兄弟，咱是糙人，可咱干净！公差算个屁，老子跟他们混得恶心！”

“公差还算个屁？！要是我能进府衙做捕快，我老子得从坟里笑出来。”

王槐一听更觉得憋气，便瞥了他一眼，捏着颗花生捻去了皮，无所谓地道：“话不是乱说的，你们不信就算了。”

坐在王槐旁边的人凑过来，用肩膀碰了碰他：“别价，说说，说说。这衙门见天高高在上的，我们想瞅都瞅不着。王哥？槐爷？我把酒给您满上，您跟兄弟们聊聊。”

王槐左右瞟了瞟一桌子人，见都在看着自己，便把手里的花生一掷，端起酒来又灌了下去，酒盅一顿，道："行！今儿爷就给你们聊聊。"

他拿着筷子指了指那家酒楼的大门："知道我刚才瞧见谁了吗？"

"谁啊？"

"知道西京府衙夏初夏捕头吗？"他说完看了一圈，见有人点头有人摇头，又道，"那知道京兆尹蒋大人吗？"

"哟，这话说的，别说西京了，全景国数过去估计也没几个不知道的。"有人接住了话，又压低了声音问王槐，"哎，那传言是不是真的？蒋大人跟……"他指了指天，把后面的话隐了过去，但意思谁都明白。

"那不知道，这事咱也不敢胡猜。"王槐摆了摆手，"但这位蒋大人跟这夏捕头的事，倒是真的。"

"什么事儿是真的？"有人没听明白，追问了一句。有人听明白了，诡笑着轻轻拍了拍桌子，两根手指一对，"龙阳之好啊！是不是，王哥？"

也有人质疑道："不能吧？我听人说蒋大人还挺风流的，人家那身份要什么样的姑娘没有啊！可别瞎说。"

"我瞎说？"王槐转着桌上的酒盅说，"你们见过夏初吗？"

旁边那人说："我见过，前些日子在泰广楼门口，差点儿让人踩扁了，有人跟拎小鸡仔似的把他给拎出来。长得瘦巴巴的，倒是挺秀气。"

秀气这词是好词，但放到这会儿便有些意味深长了。

王槐抿了口酒："对了。这个夏初，不过就十几岁的年纪，没家世没背景。"他点点桌子，"西京捕头什么位置？要不是仗着蒋大人的势，他凭什么坐上去？可不就是长得秀气吗？浑身一股子娘儿们气，屁本事没有。"

"可我听说他上任后还是破了不少案子的。"

"那是他破的吗？没我们没蒋大人他破得了吗？就凭他？！我呸！"王槐照地啐了一口，"就说那次我查广济堂的案子，我把口供都问出来了，愣让他给撕了，说不作数。"

"为什么啊？"

"要抢头功啊！线索我们都查清楚了，证据都列在那儿了，他屁嘛没干就等着最后问个口供，这口供让我问去了他当然不乐意。"王槐愤愤地说道，又是一声冷哼，"我也是傻，明知道有蒋大人给他撑着腰，还跟他顶。可我就是气不过！一帮捕快熬到死也不准能成了捕头，他凭什么衣服一脱屁股一翘就压在我们头上！你们说是不是！"

"消消气，消消气。"有人给王槐斟上酒，"那这活也是没法干，王哥您是个有气性的。”

另一人一脸恍然大悟的表情，低声道：“我可听说那蒋大人到现在都没成亲呢，合着是这么回事。”

“可不就是吗？”王槐又看着刚才质疑他的人，问道，“怎么着，老杜，觉得我是瞎说吗？”

那个叫杜山的人不说话了，低头想了一会摇摇头：“那要照你这么说，我看月老板的事，指着府衙是没戏了。”

王槐拊了下掌，笑道：“不说还忘了，老杜可是月老板的铁杆戏迷。您啊，甭想了，人死灯灭，死就死了吧。”

“凭什么！哪有白死的道理？”杜山一拍桌子，气道，“德方班都把凶手送到府衙去了，府衙就压着不升堂，也不知道干什么吃的！”

有人顺着杜哥的话问起月筱红的事来，王槐没插嘴，坐在凳子上默默地抿着酒，听见杜哥越说越气，这才出声拦了一句：“杜哥，您在这儿说破天去也没用不是？”

杜山看着他，觉得他眼里冒着贼光，想到他曾经是府衙的人保不齐还真有办法，便举了酒盅跟他一磕：“王管事，我杜山没爹没娘，媳妇也跟人跑了，我就好听个戏，就喜欢月老板！这月老板不能白死，您要是有辙就说，兹能给月老板把仇报了，我干什么都成！”

王槐喝了口酒，道：“辙我倒是有，也简单，但我一个人干不了。兄弟们要是愿意，咱就帮老杜了桩心事，也顺便教训一下那小子，当为民除害了！”说完忙又补充道，“都是兄弟，我可不会害你们，这放心。”

一桌人都来了精神，往王槐身前凑过去。王槐很满意这种感觉，微微地眯着眼睛笑了笑，也往前倾了倾身子，低声说道：“这事儿啊，咱得这么办。”

第二十二章 衷情不须悔

酒楼里，夏初和蒋熙元全然不知道自己已经被王槐编排得那般不堪，正点了几个菜吃着，蒋熙元还要了一壶酒。

"锦城春。我以前在锦城喝过，米酒的底，偏甜。"他给夏初倒了一杯，"西京这里的稍微差点儿，不过可以尝尝。"

夏初低头看着桌上的酒，白瓷酒盅里一汪淡淡的粉色，很是讨人喜欢。她端起杯子嗅了嗅："倒是挺好看的，不过好端端的喝酒干什么？"

"不是要恭喜我荣升皇亲国戚？"蒋熙元笑道，对着夏初举了举杯。

"那就恭喜大人了。"夏初与他轻轻一碰，喝了一小口这锦城春，抿了抿嘴赞道，"还真的挺好喝的。"

蒋熙元看夏初仰头就把余下的大半盅酒喝了，又想放纵着让她一醉了事，又怕她真的喝多了难受，稍一纠结，还是嘱咐道："少喝一点儿，别像上次似的。"

夏初嘴里应着手里却没停又给自己倒了一杯，倒完才想起来给蒋熙元也添上，直到浅粉的酒水将要溢满杯子时停了下来，小心地往他面前推了推。笑道："酒满茶半，大人教过的。"

那是好久之前的事了，蒋熙元记得。那时候夏初还是个男孩子，那时候他还没意识到自己的心已悄然向她偏移，那时候他万没想自己会一头栽了进去，也没想到自己直到现在都没爬上来。

蒋熙元忆了忆往昔，觉得如此不可思议。无声轻叹，端起酒来往后仰过身子，懒懒地靠在椅背上。窗外

夜色无奇，并没有值得叹咏之处，落在他眼里却仍能勾出满腹心事来。

他捏着杯子抿了一口又一口，酒入愁肠便漾起了思绪，轻声述道："纳采礼那天我喝多了，从来没有过的事。"

"都是恭喜大人即将荣升皇亲国戚的吧？"

"不是。"蒋熙元慢慢地摇头，"都是想要荣升我蒋熙元老丈人的。"

"荣升……"夏初失笑道，"大人你还真不谦虚啊！"

"不谦虚。与蒋家结亲，用上个荣升也不算是太过分。"

"看意思，没一个得逞的？"

蒋熙元弯了弯唇，拎起酒壶又给自己倒上了一杯："西京的官家小姐在我看来长得都是一个样。知书达理、举止端庄，见了夫君便拢袖低眉问安。每天三句话'相公该起身了，相公该用饭了，相公该就寝了'。"他依次地伸出三个手指，"看人都不直接看。好没有意思，不喜欢。"

夏初听得直笑："大人你是高门大户里长起来的，怎么那么反骨呢？你说喜欢那没心没肺的……"她啧啧摇头，"就算真的没心没肺，见着你也要藏着的，谁知道你是这口味。难怪一直娶不到媳妇。"

蒋熙元听完轻轻拍着桌子笑了起来，眼睛弯成好看的两弯新月。可笑着笑着他又觉得心里发苦，渐渐地没了笑意，凝望片刻后，道："那天我喝多了，你猜我去了哪里。"

"莳花馆呗，还能去哪儿？"夏初一边给自己倒满酒，一边头也不抬地说道。

"知意楼。"

夏初手一抖，酒倒多了。她把酒壶顿在桌上，吸了口气，睁大了眼睛："我没听错吧！西京几个知意楼，是不是重名了？"

蒋熙元捏着酒盅伸出一根手指来，顺手又把酒仰头灌了下去："你没听错。西京只有一个知意楼，那个南风馆。"

夏初惊得半晌没说出话来，往旁边看了一眼，压低了声音道："大人，你跟我开玩笑吧？"

蒋熙元支起胳膊托着腮，笑眯眯地歪头看着夏初："我像是开玩笑吗？"

夏初揣摩了一下他的神情，还真是不知道他到底说真说假，便道："大人你不是说过最讨厌断袖，最鄙夷好男风之人的吗？"

"有吗？"蒋熙元明知道有的，他就是这么对夏初说的，却不想承认。那次在万佛山多可笑，他一本正经地告诉夏初让她不要对自己有什么非分之想，现在这报应来得可真爽！

"我不记得了。"他索性抵赖，"那天醉酒，鬼使神差地就去了知意楼。别说，那地方布置得还挺风雅。”

“大人你是去参观去了？”

蒋熙元淡笑不语。

“那是……好奇？”夏初假模假式地叼着酒杯抿酒，两眼晶亮地瞄着他，满心的八卦就要爆棚了。蒋熙元把酒杯放在脸侧，冰着自己有点发热的面颊，微翘唇角，“那天我在知意楼遇见一个人。”

“谁？”

“心思很通透的一个小倌。他与我说了一句话，他说爱上谁都不是错，唯有后悔最摧心。”蒋熙元的声音虚荡着，就像青春电影里的旁白那样念了出来。

“他说的时候我还不太明白，后来明白了却不太赞同。这话倒是对的，可说不说都一样。”轻笑了一声继续又说道，“对错用来评判结果，没有结果时谁知道对错，又何来的后悔。”他颇认真地看着夏初，像是坐而论道般诚心在与她探讨问题，“夏初，你有后悔的事吗？”

“我？”夏初一下子便想起了黄公子，想起了昨晚，想起了他与自己忍而不发的情感。她喜欢黄公子吗？——喜欢。可从她知道他要成亲之后，其实心里就已经在与他、与自己心底那份糊涂又美好的感情告别了。

只不过在这缓缓抽离的过程中，黄公子更果断地一刀斩下，让她有点疼。

蒋熙元此时问她，她便在心里默默地问自己。

会后悔吗？如此问过了自己她才明白蒋熙元的意思。也许昨天转过身去抱住他，告诉他自己是个女孩，自己也喜欢他，今日光景或许全然不同。

但是，是会更好还是会更坏，却也不一定。哪条路是对的？只能选择当下觉得正确的那条，而选择了这条的同时便永远失去了探寻另一条的机会，有什么可犹豫彷徨的，有什么可回首的，已是全无意义。

果然，这话对是对，真的就像没说一样。夏初抿唇弯出一点儿涩涩的弧度，徐徐开口道：“我没有后悔的事。”

她喝了一口锦城春，甜甜的酒香在唇齿间铺开，再缓缓滑进喉咙，被酒的辛辣灼得酸痛，险些沁出泪来。

蒋熙元不敢看她含着薄薄泪光的眼睛，怕按捺不住自己冲过去把她揽进怀里。于是稍稍地转开了头，低声道：“我也不后悔。”

夏初悄悄抹了下眼睛，又浮起笑容来：“大人不后悔什么？”

“所有的事。”他顿了顿，对着平淡的夜色，用平淡的口吻说，“过去的，将来的，我选择的以及我要接受的。”轻笑了一声，又道，“哦，这话不对，我选择的其实就是我要接受的，种因得果。即使摧心，也不后悔。”

可能所有的感情该是从相识之初就早已被写好了结局，只是自己不知道罢了。日子像书页般轻轻揭过，也许自己无论做什么，也都只是向着那个结局靠得更近一些而已。

不安中怀着希冀，畏惧却又迫不及待。

“我还以为大人没心事没烦恼呢。”

“我是人，又不是神。”蒋熙元瞥她一眼，“你真瞧得起我。”

“岂敢瞧不起。”夏初满了酒，不等他举杯就伸过去磕了磕他的杯沿，豪气道，“满饮此杯，祝大人心事早消烦恼尽散。”

蒋熙元端起酒杯来一饮而尽，把万语千言都压在了心里。

两人干了杯，这才抄起筷子开始吃菜，说了点儿别的话之后，夏初又把知意楼那一茬给想起来了，按在心里想了又想，憋不住地问道：“大人啊，你说你去了知意楼，遇见了一个人，那后来呢？”

“后来我就走了啊！”蒋熙元笑道，“难道我还宿在南风馆，做了恩客不成？”

“就……没了？”夏初不信。那什么爱的对错，摧不摧心的话，岂会是随意就跟人说起来的。

蒋熙元不说话了，又在笑，脸色微微发红，不知道是醉了还是回想起什么事来。夏初看着他，想着那种深刻而稍显肉麻的对话，脑海中浮现了蒋熙元与一清秀小倌的种种影像。古风画卷，唯美而暧昧，然后就顺着这条走筋的思路越想越偏。

“你想什么呢？”蒋熙元觉得她看着自己的眼神古古怪怪，看得他浑身不自在。

夏初被他唤回了神，心虚地端起酒杯来喝酒，偷眼瞄他忽然就呛了一下，然后自己闷声地笑了起来，独自消遣着。蒋熙元追问不止，她便推脱道：“大人你讲故事讲一半，剩下的我只好自己补了。”

蒋熙元微微一怔，既没笑也没恼，垂眸沉默了一下道：“不是我不说，而是你现在还不想听。”

“为什么？”

“等你想听的时候就知道为什么了。”蒋熙元凝视她片刻，忽然伸出手来托住她的下巴抹了一下，“酒都喝到下巴上去了。”

他收回手看了眼自己的手指，放在唇上轻轻一吮，若无其事地又拿起了筷子。

夏初脑子忽地一蒙，一股热血顶上了脑门，觉得脸都烧了起来，看着蒋熙元直愣愣地发呆。蒋熙元抬眼瞧她：“怎么了，脸这么红？”

夏初忙用双手捂住了脸，低头不敢再看，闷声地说没什么，使劲地夹菜吃。但蒋熙元拇指在唇上轻轻一擦的瞬间总是跳出来，搅得她心神不宁。

她想问问他是个什么意思，又觉得他可能只是喝了酒，随兴做了这么个动作而已，就比如手上沾了水，顺便擦在裤子上一个道理。开口问反倒显得自己心虚，就像自己特别在意似的。

可是谁随手擦会擦在嘴上？！夏初仍觉得哪里不对，联想起之前他说的知意楼之事，似乎略有所悟，但又不能肯定。心中越发惴惴不安，怕自己想多了，又怕自己想少了，越想越乱。

蒋熙元闷声坏笑，慢条斯理地夹着面前的豆腐，也不出声，由着夏初自己在那儿胡思乱想。等吃得差不多了，他才幽幽地道："吃这么多，不难受？"

"嗯……"夏初仍是不敢抬头，掩嘴轻声地打了个嗝，把筷子往旁边一放，"还行。"

"现在想回家了？"

夏初点了点头，站起身来："多谢大人，那……我先走了。"说完扭头就走。

"等等。"蒋熙元掏出几块碎银子往桌上一扔，"送你回去。"

"不用了。"她呵呵地干笑了两声，"我今儿没喝醉。"

"我醉了，你送我回去。"蒋熙元走到她身边拉着她往外就走。夏初用力地往后退了一下把自己钉在原地，"大人……我想问个问题。"

"问吧。"

夏初咽了咽唾沫，组织了一下措辞道："你还没说你为什么要去知意楼。"

"你觉得呢？"他稍稍侧了头，落下鬓角的几绺头发，微微地勾着唇角，笑得有几分迷离之态，眼神里分明有话。夏初没敢应声，蒋熙元的笑意便愈发深了，"如果我说我真的断袖了，你怕吗？"

夏初心里一紧，又赶紧安抚了一下自己，让自己别瞎猜，假笑道："我有什么可怕的？我就是关心大人一下而已，大人你断袖不断袖的与我何干，断袖了你也还是府衙的大人、我的上司嘛。"

"那你还问什么。"蒋熙元转过头去，"走吧。"

外面天已全黑，新月畔星斗茫茫地坠进银河里，夜色好看了起来。蒋熙元仰起头，晚风拂过轻软如荑，喝下去的酒便一直散到了指尖，有轻微的酥麻。他舒心般叹了口气，抬手将髻上的发簪取下，一头长发便缕缕而落。

夏初正跟着走出来，瞧见这一景，眼一呆嘴一张，踏空了脚下一屁股坐在了台阶上。蒋熙元听见动静回头看她，笑道："真笨。"

夏初没理会他的嘲讽，惊道："大人你干什么呢？！发酒疯了？"

"抽刀断水水更流，举杯消愁愁更愁，人生在世不称意，明朝散发弄扁舟。"蒋熙元伸手把她拽起来，手臂顺势绕在她的肩上，"扁舟，我醉了，送我回去。"

“扁舟？”夏初扶稳了他，抬手把他的头发拢到身后，也顾不上多问了，一边走一边抱怨道，“大人，你这酒量也忒差劲了！照这么看来，想跟你结亲的也不多吧，有三五个人就够把你灌醉了。”

“有一个就够。”蒋熙元交了些重量在夏初身上，低声道，“等她灌我的时候，我一杯就倒。”

待两人走远了，酒楼外的摊子上才重新响起了窃窃私语之声。王槐对着两人消失的方向仰了仰头：“看见了吗？怎么样，觉得是我乱说吗？”

摊子上静了一瞬，随即爆起一阵哄笑，七八个酒盏碰在一堆后散开，纷纷仰头饮了。

“明儿瞧咱的了！”王槐把杯子一顿，哼笑道。

在蒋熙元的坚持下，最后还是他送了夏初回家，一直送到了院门口。夏初打开门问他自己回不回得去，蒋熙元笑而不语地点了点头。

夏初进了院子要关门，他又用手臂将门撑住，探进一点儿身子：“这几天我会让刘起在府衙，有什么解决不了的事你就让他去将军府找我，知道吗？”

话是正经话，可搭上醉意朦胧的笑容轻声道出，却有点诱惑的味道。夏初十分认真地点点头，企图把气氛扯回到公事公办里：“我明白，大人尽管放心就是。”

蒋熙元似乎存心不让她得逞，又凑得近了一些：“你喝醉了吗？”他身上有淡淡的清凉气息，混上了微甜的酒香，很像夏初在现代时闻到过的一种薄荷酒。离太近，即便夜色之中她都看到了他轻颤的睫羽，气氛霎时又变得暧昧起来。她忙往后退了半步：“我没有，好得很。”

蒋熙元笑起来，牙齿整齐洁白，显得坦荡无辜，似乎所有的举动都只是夏初自己想多了而已：“喝了酒能睡个好觉，进去吧。”

他把门往外拉，只余寸宽的缝隙时顿了顿，对着院里的夏初道：“关于我的事，你千万别胡思乱想。”言毕，门板轻声合拢。

夏初回了屋子，蒋熙元却站在院外没有马上离开。他拿出发簪来把头发随意地别成髻，眉眼唇角的笑意间哪还有丝毫酒醉的模样。

他看着院门默默地道：“若能好睡便好睡，若仍是心重难眠，与其让你想别人，倒还不如来想我。”静立片刻后，返身离开，

小半宿，夏初才觉得自己是不是上了蒋熙元的当了。

他临走不说那句话可能还好，这一说她把脑子想成了一团乱麻，最后实在是扛不住酒力，沉沉入梦。她所畏惧的夜晚就如此稀里糊涂地过去了，竟是一夜好眠。

清晨起来夏初走到院里，乍见苏缜用过的那个茶杯仍然在石桌上，熹微的日光里，仿佛前世遗留的一段故事。

她低头看着，里面的茶水已经蒸发得只剩下了半杯，在杯壁上留下了一圈圈印迹。默然片刻后，她把杯子拿进厨房，犹豫了一下浸进水盆里，仔细地洗干净了。

既然留不住，唯一能选择的就只有让它过去。

睡得饱了，夏初神清气爽地早早到了府衙，其他人还没来。她便把那罐子药从柜子里拿了出来，自己去找柳大夫。

广济堂关门之后柳大夫就没再去别的药铺坐堂，自己一个人在家，有人慕了他的名前来寻诊，他便看一看赚些粥米钱，没有家累，过得倒也恬淡自然。

夏初见了他寒暄两句后，便将那罐药放在了桌上："这药罐上写着'广济堂'的字样，您瞧瞧是从前广济堂的药吗？"

柳大夫拔开盖子闻了闻，点头道："没错，这方子还是从前我配的，止血愈伤用的。"

"那您能分辨出里面有没有混过其他药物吗？"

"其他药物？什么药？"柳大夫说着就要拿手去挑那药膏，被夏初赶紧拦住了，说道，"毒药，您别碰。昨天我试过的，只用了一丁点，一条鱼即刻毙命。"

柳大夫吓了一跳，把药放在了桌上："什么药毒性这么厉害？"

"这正是我想问您的。"夏初苦笑，"我若是能分辨得出来，也就不必来麻烦您了。有桩命案可能与此有关，还请您帮个忙。"

柳大夫听完，想了一下起身去找了张纸和小木棍来，从罐子里挑了一点药在纸上抹开，嗅了嗅又迎着光仔细地看了半晌。

"如何？"夏初满怀希望地问道。古代的鉴定手段是落后，但毒物也同样不发达，有毒物质并不算多，都是取材自然的，不像现代有那么多的化学毒剂。夏初本以为不会太难辨别出来才是，但见柳大夫锁着眉，又觉得自己大概是想简单了。

柳大夫沉吟片刻，捋着胡子说："纸好好的，所以不是什么腐蚀性的东西。也不是砒霜，砒霜是矿石，粉末不能完全化开，这里面并没有。"

"那除了砒霜之外还有什么别的烈性毒药吗？"

"马钱子毒性很烈。"

"马钱子？这里面有吗？"夏初又重燃希望，急急地问道。

"马钱子也是药材，若真是它混进去确实不太好分辨，毕竟这都已经制成膏了。"柳大夫指了指那罐药，又道，"这样，你先与我说说那死者的状况，应该可以推断出来。"

夏初便忙把查问到的关于月筱红的死状，还有验尸的情形告诉了柳大夫。可他一听完就摇了头："不是马钱子。"

"您确定？"

“马钱子又叫牵机药。之所以有这个名字，是因为中了这个毒死去的人头脚会佝偻相接，状似牵机。但你说那个死者却是平趴在床上的，所以不是马钱子中毒。她唇手紫绀，倒是窒息的状况。”

柳大夫又想了想，依旧摇头：“还有就是钩吻，那个倒是会产生窒息，可依你所说那人的伤口并不大，以这点用药的量来说，不至于死人才是。”

夏初听完愣了半晌：“没别的了？”

“老夫所知的也就这些了。”柳大夫抱歉地说道，“是药三分毒，故而毒也有三分药性，钩吻、马钱子和砒霜也多有入方，皆在一个用量。量恰好了就是药，量过了便是毒。这罐药是外伤药，只用在身上几个细小的口子，这些毒药其实都不至于即刻毙命。”

夏初十分失望地向他道了谢，无功而去，拿着那罐子药有点不知该如何是好。路过西市的时候，她看了看高高的泰广楼，思绪又被牵到了那场游龙戏凤中。那天台上的月筱红已经红颜化了白骨；那天台下的黄公子也已消失在了茫茫人海之中，让人不胜感慨。

想到苏缜，夏初仍是意料之中的难过，但她知道，即使再难过的心情终究也会过去。就像再美好的过往也已变成回忆一般。

她索性便放任了自己的心情，一路回想着相遇相识，回想着一点一滴，慢慢地走回了府衙。

而此时泰广楼对面的茶楼里已是人声满满，掌柜没料到早起生意就这么好，与店小二一起穿行人群之中，拎着茶壶端着果饼身影匆匆，间或地对坐在堂中的王槐投去感激的一瞥。

王槐一早就来了，对坐在他对面的杜哥高谈月筱红的案情，有其他兄弟跑去旁边的茶楼散信儿，渐渐便聚拢了满满一堂的人。

王槐的口才当然不如常青，但他毕竟曾经是个捕快，故而说起案子和府衙之事也头头是道，信手拈来，颇有几分可信。

“我说，你说的这些是不是真的！那府衙昨个就不升堂，说没证据，现在既然查到了证据，为什么还不审！”有人站在外围大声地问道。

王槐朗声一笑，也高声地回道：“这位兄弟还是想得浅了。汤宝昕是他府衙查出来的吗？——不是。那是人家德方班揪出来的，这你们都知道吧。”

有人附和着说知道，也有人问，这凶手就是凶手，谁揪出来的不一样？

“那怎么能一样！月老板那是要去宫里唱戏的，这突然就没了，上头可盯着呢。问起来这案子谁破的，难道要说德方班不成？你们不信就看着吧，到时府衙定会推出个别的凶手来，那才是他夏初的功劳！”王槐十分笃定地说道。

他在夏初手底下干过，清楚他的路数。现在府衙不升堂，那就说明凶手很可能并不是汤宝昕，而是另有其人。但偏偏所有人都认定了月筱红就是汤宝昕杀的，王槐顺势这边又补充进了昨天在街上碰见郑琏一节，把这事儿坐得越发真实了。

“不杀真凶，那怎么能算是给月老板一个交代！府衙当我们好糊弄是不是！”有人愤愤地喊道，“他夏初算个什么东西！”

“哎，你可别这么说。”王槐笑呵呵地拦话道，“人家那个资历那个年岁，背后要是没人哪做得了捕头，怎么就不算东西呢？可就算有人保着他做捕头，他也得装模作样交点成绩上去不是？”

“可我听说夏捕头没什么背景啊，谁保着他？”有人问道。

有王槐的兄弟站在人群里接过话去：“还能有谁保着，他在府衙做捕头，自然是府衙的顶头上司才保得了啊！”

“那不是一样的问题吗？他又没背景，府衙蒋大人保他干什么？”

“哟，那您问我我问谁去？这要是一男一女的倒好猜，俩男人之间还能有什么事儿不成？可别乱说话。”

这话是反着说的，但反着说更有效果。人群里马上就有人把这话掰开揉碎地猜了起来。嗡嗡地议论了一会儿后，杜山便大声地问王槐：“我说，那蒋大人真跟夏捕头不清不楚的？你在府衙待过，总能看出什么来吧？”

“这我可不能说。虽然现在我不在府衙了，但我也不是那背后说人的人。”王槐摆了摆手，“刚才说的那些，你们姑且一听便是。咱都是平头百姓，又成不了声势，上头听不见还不就由着他闹腾？可叹诸位一心想帮月老板讨个公道，但我看啊，这事儿也就这样了，就看他夏初想杀谁吧，反正肯定不是汤宝昕。”

“那不成！”杜山一拍桌子站了起来，“月老板的事不能就这么不明不白的！”

“不能不明不白的！”一群人也跟着喊道。

王槐站起身来，叹道：“月老板若泉下有知，当欣慰啊！可你们跟这儿喊有什么用？”

不知是谁突然嚷了一句：“去府衙！让夏初说个明白！”

“对！去府衙！”

夏初从柳大夫那儿回了府衙，又去找了杨仵作，觉得可能是柳大夫看活人看得多，而杨仵作看死人看得多，兴许能说出点道道来。

可结果依旧让夏初失望，杨仵作也说不出所以然来。“那据您所知，西京谁对毒药比较了解？”

有了上次常青的点拨，杨仵作对夏初的态度极好，笑得春风和煦，道：“属下确实不知。属下觉得，或许您可以问一问常青，他认识的人多，这种江湖事应该会比属下更熟悉一些。”

江湖事？夏初脑子里蹦出了那些一日丧命散、含笑半步癫之类的名字，难道这药膏里的毒也那么离奇不成？她不太相信，这毕竟不是武侠小说。

“行，那我去找常青问问，多谢。”

“哟，可不敢，可不敢！这都是属下分内的。”杨仵作稍显惶恐地说道。夏初莫名其妙，心说这杨仵作是吃错药了吗？

还不等她去找常青，常青便已经找了过来，一脸焦色地推门而入，差点儿跟夏初撞了个满怀。夏初一拍他：“正要找你你自己倒撞过来了。”

“您先别找我了，还是赶紧去门口看看吧！”常青跺了下脚，“月筱红的戏迷又来了！”

“还是那帮人？”夏初一边问一边跟着常青往外走，“上次你怎么跟他们说的？”

常青抹了一把汗，脚下步履匆匆直嫌夏初走得太慢，急火火地道：“就按您说的告诉他们的，他们也没再嚷嚷什么。今天不知道是怎么回事，又找上来了，而且……”他说得太急，呛了一嗓子，咳了起来。

“而且什么？”夏初追问，还不等常青回答，她便已经看到了府衙外的情形，当即变了脸色，倒吸了一口冷气道：“怎么这么多人……”

西京泰广楼外本就是戏迷扎堆的地方，这些天也都在谈论月筱红的事，原本就有诸多猜测。上午王槐带着兄弟自唱自和搅起了舆论，又引过去不少人，这人一多便成势，势一成情绪越发激动，胆子也都大了。

茶楼里不满百人的队伍叫嚣着往府衙来给月筱红讨说法，如同雪球滚了一路，等到府衙门口时已经比最初多了两三倍不止。

这里面有不少是真为月筱红抱不平的，也有凑热闹的，还有唯恐天下不乱推波助澜的，神态心思各异，乌泱泱堵满了府衙外面的一条街。

杜山领着头，而王槐则推说不便出面站到了最外层，花了一个大子儿买了碗茶，躲在阴凉处等着看热闹。

许是因为人太多了，门子这次也没敢像上次似的站在门外，而是半藏在门后，徒劳地对着人群吼嚷，让他们散了去。可话出口如雨丝入河，半分作用也没有。

府衙的门除了节庆休假时，平日里卯时开酉时关，非有京兆尹令是不许关门的。王槐早就给杜山交代了，让他只管逼问，他们不踏进府衙门里，官府抓了人也是没理。更何况这么多人，就算是京兆尹也不敢轻举妄动。

所以杜山十分放心，如同领袖般高举着手臂，声嘶力竭地喊道：“让夏初出来说清楚！”

“让夏初滚出来！”

“开斩汤宝昕！为月老板报仇！”

“滚出来！说清楚！”

不管是谁喊一嗓子，人群马上就跟着重复，一个个脸红脖子粗，吼得大有天崩地裂之势。有新加入的人不知所以地询问情形，旁边便会有好几个人神情兴奋地解释。关于夏初“以色侍人入府衙乱查葫芦案，仗势骄横为抢功宽纵杀人犯”的说法便如病毒一般传了开来。

真的也好，假的也罢，热闹不凑白不凑，笑话不看白不看。这一会儿的工夫，跟着一起叫嚷的人数便又膨胀了不少。

夏初站在府衙门里的空场上，看着外面汹涌的人群，听着他们吼的那些话，只觉得脑子嗡嗡作响。

“他们让我说什么？”夏初喃喃地道，又转头问常青，“他们让我说什么？”

“管他说什么！”常青直咬牙，气道，“还反了天了！我让兄弟们抄家伙，轰他娘的！看是他们脖子硬还是我们刀快！”

“胡说！”夏初斥了一声，“你是捕快还是山贼，这话也敢说！”

府衙里的一些人也听见动静出来，渐渐围拢在了夏初身边，不明所以地问这到底是怎么了。夏初脑子乱得不行，没心思说话，常青便跟他们说了说情形。

那些跟着夏初的捕快自然向着夏初，听完后怒道：“月筱红是他们祖宗啊！还围起府衙来了！”

而府衙那些司户、司录的几个有品阶的大人却不是这意思。蒋熙元眼下不在，他们瞧着府衙外面一团糟乱，生怕担了责任，纷纷道：“夏初，你干什么了？还不赶紧出去让人都散了！惹这么大麻烦，别牵连了别人！”

“我没干什么啊！”夏初有点害怕，更多的还是茫然。

“什么叫你没干什么？”司户白大人站了出来，指着门外，气哼哼地说，“你当我们耳朵是聋的？！明摆着是冲月筱红的事来的，那案子到底是怎么着了？”

“还在查。”夏初实话实说地答道，“昨天刚从德方班搜出了新的证物，汤宝昕……”

“你跟我说不着。”白大人摆手打断了夏初的话，不耐烦地说，“去去去，去跟他们说去！赶紧把人给弄走！”一边说一边用手往外推她。

“白大人！”常青急了，“外面这么多人，我们头儿出去有什么用！您这好歹帮着一起拿个主意才是，怎么还把人往外推呢？”

“事儿是他干的，他不出去难道我出去！”白大人吼得胡子都颤了起来，“你个捕快，怎么跟上司说话呢！”

“哟嗬！您还知道您是上司？”常青的脾气上来了，阴阳怪气地说道，“有功抢功，有事儿推事儿。啧，难怪都要读书考功名，这上司还真好当。”

白大人气得脸都红了，旁边几个大人也见不得常青不把白大人放在眼里，不把白大人放在眼里就等于不把他们放在眼里，纷纷加进来斥责。捕快这边有直脾气看不过眼的，又开始帮着常青说话。

外面的喊声还在继续，毫无将息的意思；里面的六品官们跟捕快也开始吵得不可开交，越骂越勇。

夏初在两团糟乱中间，终于忍不住大吼了一声：“都给我闭嘴！”她回头指着那帮只管骂架不管事的大人，“反正也是不管，哪儿凉快哪儿待着去！”

“姓夏的你，你也太……”

“闭嘴！”夏初一嗓子骂了回去，深深地吸了口气，又紧紧地握了握拳头，转身大步地往门外走去。几个捕快面面相觑，也跟了过去。

大门离得不远，可这几十步走起来格外漫长。夏初也很害怕，可是她觉得自己一定得去说清楚。

他们为什么不满？他们为什么要围住府衙？他们到底让自己说什么？她自问坐得正、行得端，既如此，为什么要躲在门里害怕？她不应该害怕。

夏初在踏出府衙大门时人群诡异地安静了一瞬。她放眼看了看满街的人，用力地按下心中的畏惧，昂起头来高声道：“我就是夏初！有什么不解之事尽管问！我一定解答清楚！”

她知道月筱红的戏迷都认为汤宝昕是凶手，但觉得事情只要解释清楚，人群自然会散去。她不怕解释，她所做的一切都合理合法，禁得住拷问。

可夏初还是想得太简单了，低估了“众怒”的概念，小看了“群情激愤”这个词，没理解“人云亦云”的内涵。

她是想回答，可是人们根本就没有问，看见夏初出来便越发激动起来，高声嚷着让她滚出府衙，斩了汤宝昕。

“你们的心情我理解，但案子府衙正在查，查清案情自然会给诸位一个交代，会还月筱红一个公道！”夏初扯着嗓子大声地喊道。

“查个屁！德方班早就查清楚了！”

“对！汤宝昕杀人偿命！”

夏初等这一轮喊声过去，又耐下性子道：“凶手并不一定是汤宝昕，府衙不能滥杀无辜！请各位要相信府衙定会秉公执法！”

人群外围的王槐侧耳听见这句话，忍不住拍腿笑了起来。他在茶楼已经说了，夏初就是要再推出一个人来说是凶手，好显示她的查案能力，为的是坐稳捕头的位置。她不说这话还好，一说却正中了自己的圈套。

府衙外的人一听夏初如此说，便愈发信了王槐的话，顿时哄声四起。站在前面的杜山指着她骂道："放屁！把汤宝昕交出来！不能让你这个二尾子得了逞！"

"说什么呢！"裘财听不下去了，一瞪眼跨到了前面，揪起杜山的脖领子吼道，"活得不耐烦了！再说一遍试试！"

杜山也是个高壮的练家子，并不惧，伸手也抓住了裘财，不甘示弱地喊道："在个变童小倌手下做事，你也算男人！有种你打一个试试！"

这话实在太难听，夏初就在旁边，等于一口唾沫啐在了脸上。她愣了愣，不明白这话从何而来，还以为是自己听错了什么，想细问让他说清楚。

可裘财的暴脾气如何经得起这样一激，杜山话音刚落，他便挥起拳头就往他脸上招呼了去。

裘财挥起拳头的一瞬，夏初猛然反应了过来，叫了一声"别打"。

可惜已经晚了。

肉碰肉发出一声脆响来，杜山往后一个趔趄，再抬头嘴角已经挂了血。他怒目圆睁地照地一啐，沉了沉气喊道："你大爷！官差打人了！！"喊完扬着拳头也给了裘财一拳。捕快一看自己兄弟被打，立刻都冲出去帮裘财。

"官差打人了！夏初纵下行凶啦！"杜山身边的人群一边喊叫一边也开始招呼拳脚，府衙门口迅速地打成了一团。

场面彻底失控了。

势态瞬间炸开了，以府衙门口为中心，像是湖水里投进了一枚重石，混乱一圈圈开始向外波及。

有怕事的开始往外钻，有好事的开始往里涌，人挤着人撞得乱七八糟，中间又生了口角也开始吵起来。府衙对面的茶摊子也被人撞翻了，粗瓷碗碎了一地，那摊主火气也大了，揪着撞了摊子的人便开始打。

王槐乐不可支，从地上捡起一个还算完整的碗，瞧准了夏初那边甩手扔了过去，随即便有人高声骂了起来，打得愈发来劲。

夏初冲到捕快与百姓中间，一边拦着捕快让他们不要打人，一边喊着让百姓冷静一点儿，左推右搡想把两边的人分开。

可打红了眼的一帮老爷们儿哪里听得进去，不光没能分开两边，自己身上也挨了不少拳脚。夏初急得嗓子都喊哑了，却也是徒劳无功。

终于有捕快失了理智，抽了个空隙伸手就去拔自己的佩刀。夏初离得近，听见当啷一声，大惊失色，不顾一切地挤过去将他的佩刀按了回去。有人从后面撞了她一下，她站立不稳扑倒在了府衙门前的台阶上，手臂一阵钻心地疼，想爬起来却觉得浑身都没了力气。

杜山那边把裘财甩到一边，一眼便看见了夏初，瞪着眼撸起袖子便冲了过来。若搁平时，夏初自然是能与他打上一打的，输赢未可知，但刚才她拉架已经脱了力，胳膊一动就疼，已是无力招架。

她看着杜山，心底竟生出一种绝望之感，无声地问了个为什么。

杜山已经打红了眼，根本不理会她到底在说什么，大步近前，扬起拳头使了全力往夏初脸上打了过去。夏初脑子一片空白，下意识地闭上眼睛，可却没等到拳头落下。

再睁开眼时，杜山已经跌出去了老远，正按着自己的胳膊声声惨叫。还不等夏初弄明白到底发生了什么，就觉得身子一轻，自己腾空而起。

这感觉有点熟悉。

她转过头，毫不意外地看见了蒋熙元的侧脸，刹那间心里便是一松，觉得这可怕的事情终于是可以过去了。那强压在心底的恐惧也像是终于找到了出口，不顾一切地涌了出来。

她瘪了瘪嘴，觉得喉咙哽得酸疼，勉强地叫了一声“大人”，眼泪便簌簌而落，再说不出更多的话来了。

“别怕。”蒋熙元紧了紧手臂，面色阴沉地往人群中看了一眼，抱着夏初转身进了衙门。

蒋熙元这边进去没一会儿，府衙外便步伐齐整地跑来一众兵丁，直接将人群从中间分开，然后往两边压过去，瞬间便清开了府衙的大门。

刘起负手信步而至，往两边看了一眼，皱起眉头来高声道：“亲兵听令！将府衙门前道路肃清，至东西路口把守，仍有擅闯者死伤勿论！”

兵丁人数不算多，一个个目不斜视站得笔挺，手中虽没有武器，但阵仗一出便显出了不同。刘起话音一落，百十号人干脆利落地齐齐应声，喊出了直冲云霄的气势。

西京百姓哪里见过这样的阵势，一句“死伤勿论”直吓得四散而去，转眼街上就只剩下一片狼藉，人影也寻不见了。

“刘师爷，您可来了，我都要急死了！”常青身上的衣服被撕开了几条口子，脸上也挂了彩，他揉着胳膊走到刘起面前，别别扭扭地笑了一下。

刘起收起了刚才的一脸端肃，抓着他急急地道：“我出去的时候不只是在叫嚷吗？这怎么还打起来了？！”

“这说起来就复杂了，事情有点怪。”常青摇摇头，回身找了一下，“大人呢？”

“比我们先过来的啊！”刘起也跟着四下看了看，“马还在那儿呢，人呢？”

蒋熙元抱着夏初一步不停地直接奔了自己的书房。夏初窝在他怀里也没有力气挣扎了，哭得十分压抑，整个人都在轻微地抖着。

她的帽子早已经不知道掉到了哪里，短发纷乱，额边的头发被泪水浸湿贴在脸上，眼圈殷红，泪水仍是不停地掉，一脸狼狈。她越过蒋熙元的肩膀看着府衙的大门，泪眼中尽是委屈与茫然。

她怎么也不明白。就在一个时辰之前，她还在为月筱红的案子忙前跑后，为何转眼间她就成了月筱红案的罪人、杀人犯的帮凶。

她认真努力地查案，想让西京府衙成为百姓可以依靠可以信赖、有了冤情有了不平时，能找到一个真正为他们做主的地方。

这是她的理想，从做了这个捕头开始她一直在努力。

她没有敲诈案犯，没有徇私枉法，没有刑讯逼供，没有制造冤狱，清清白白兢兢业业，为什么他们都看不到？这么多人，就没一个为她鸣一句不平的吗？为什么气势汹汹地来责问，却又不肯好好听她说？

为什么自己在他们眼里像是十恶不赦的人？她到底做错什么了？

夏初的眼泪掉在蒋熙元的肩上，烫得他心都疼了。

“别哭了。”他侧头用面颊贴了贴夏初的额发，轻声地道，“你没有做错什么。不值得。”

进了书房，他将夏初放在软榻上。夏初想抬手擦一擦眼泪，刚一动，手臂便疼得她直咧嘴。

“别乱动！”蒋熙元疾声拦住，然后小心地托起了她的胳膊。还没等她反应过来，蒋熙元便拽着她的袖子用力一扯，袖子刺啦一声被扯了半截下来。

夏初到这时这才看见，自己的小臂上有一条三四寸长的口子，割得颇深，地上已经滴落了一片殷红，而那半截袖子早被血浸透了。这一下惊得她也忘记哭了，愣愣地看着那条口子，完全不知道自己是什么时候伤的。

“抬着手臂，别动。”蒋熙元回身打开柜子从抽屉里翻伤药，抽屉卡了一下，他便烦躁地将抽屉猛拽出来，任里面的东西撒了一地。

翻出伤药后他蹲在夏初面前，观察了一下伤口，然后屏住气小心翼翼将药粉抖出来撒在了上面。药粉一撒上去，疼得夏初直抽气。

“疼吗？”蒋熙元停了下来，蹙眉看着她，眼中满是焦急与心疼，“忍一忍。”

夏初咬着下唇点了点头，皱眉转开了目光，不敢再看自己的伤。

上好了止血的药粉，蒋熙元又翻了一条干净的布巾，一边仔细地帮她缠着伤口，一边道：“昨天嘱咐你的话你全不记得了是不是？”

“什么话？”

“我说我留了刘起在府衙，有事你就让他去找我。”他抬眼看了看夏初，又低下头去，“怎么不去找我？自己往前冲什么冲，亏得是常青机灵知会了刘起，不然你打算怎么办？”

“我只是想出去说清楚而已……”

“说清楚了吗？”蒋熙元恼火的声音高了起来，“那么多人，你说得清楚吗！逞的什么能！”

夏初怔了怔，想起刚刚在府衙门口时的情形，嘴一瘪，眼里又浮起泪来。蒋熙元又气她又心疼她，伸手抹了她掉下来的眼泪，柔软了声音：“好了，不说了。”

他想想都觉得后怕。刘起跑来告诉他府衙被几百人围了，不知道什么缘故都在针对夏初的时候，他头都要炸了。一刻都没犹豫，跑去抢了他祖父的手令调了一队将军府的亲兵就跑了出来。

幸亏没犹豫，幸亏……

他蘸水拧了条手巾，夏初想要接过去他却没给，展平了帮她擦了脸上的眼泪和灰土。夏初一动不动任他擦着，他擦得很轻，凉丝丝的潮气抚过，她的心情也缓缓地平静了下来，取而代之的是无尽的疲惫感。

蒋熙元拿了自己的一件衣服出来给她穿在外面，轻轻地理了理她的头发：“走吧。先到敦义坊我的宅子那里住着。”

夏初摇了摇头：“我回家。”

“你的伤药每天都得换，自己要怎么弄？敦义坊有下人，伺候起来方便一些。”

夏初低头默然片刻，抬眼看着蒋熙元道：“不了。外面已经传说我与大人不清不楚的了，我再住进敦义坊，岂不是坐实了这些？”

“不清不楚？”蒋熙元没听见那些话，自然也不知道那些人除了案情外，还在夏初的身家清白上做了文章。

夏初缓缓地站起身来：“我要回家，药我自己也可以换。”

“这时候就不要这么倔了。”

“不是倔，我就是想自己静一静。”她低下头去，郁郁地道，“大人，我要请两天假。哦，我早上去问了柳大夫，他也不知道那罐药里是什么毒，大人要是有路子就再问问别人吧。想必之后我再查这案子也很难，只好麻烦您了。”说完推了门往外走。

“夏初！”蒋熙元追过去。

夏初立于门边回头，勉强一笑：“我是捕头，虽然年轻但也自问对得起这个职位，不是靠着任何见不得光的事爬上来的；您是好官，用人不拘一格，但绝不会任人唯亲只手遮天。我们清清白白，是不是？”

蒋熙元心里一紧，不知道要如何回答这句话，只是追问道：“那些人到底说什么了？”

“我不想说，但大人早晚会知道。”夏初顿了顿，“我脑子挺乱的，大人让我静一静，没什么事也别来找我，我不想让人看见。”

言毕，房门轻轻合拢。蒋熙元愣了片刻后推开门追了出去，见夏初已经匆匆忙忙走出了好远。他想叫她，还没来得及开口刘起就突然从旁边跑了过来，拉着他急道：“少爷！府里都炸锅了！老太爷气得够呛，遣人出来要拿你回去呢，您赶紧想个办法吧！”

蒋熙元的目光却仍旧看着夏初离去的方向，追着她已经变得很小的身影。她外罩着自己的衣服，那衣服有点大，衬得她身形瘦削孤小，独自一个人匆匆地走过公堂前白花花的空场，带着满身的伤。

那身影真的是灼痛了蒋熙元的眼睛，让他觉得自己空有力气却无所适从。身边的刘起还在聒噪地为他着急，他却如入定了一般站在那里，直到夏初的身影再也看不到了，才喃喃地说：“我能有什么办法……”

夏初出了府衙的大门时那些蒋府亲兵已经撤走了，但街上依旧没什么人。她看着满街的狼藉，心里沉甸甸地发酸。

有人瞧见夏初便拢起嘴来与旁人窃窃私语，目光时不时地瞟过来，窥视中带着轻蔑，那点细微的笑声刺得夏初耳膜发疼。她能猜到他们在说什么，那些叫嚷已在街上散去，却还留在她的心里。

她站在门口有些却步，恨不得就此躲在府衙中慢慢霉了自己，也不想往后就活在这样的目光与私语中，她没有那么好的心理承受能力。

脚下缓了缓，又低下头，深吸了一口气后夏初步履匆匆地钻进了旁边的巷子，绕路回家了。

西京天子脚下，几百人围了府衙，加上蒋熙元又私自带了将军府亲兵上街，这事绝对是个爆炸性的大事件。有好事官员心痒难耐，不等蒋熙元御前奏禀，便想办法将事情捅到了苏缜面前。

彼时苏缜正在为青城郡淮水水灾一事与工部户部商议对策。青城郡的奏报从三百里换成了六百里飞递，情形较上次详细了不少。

奏报中言辞急切地说，入夏以来青城及周边几个郡县雨水一直丰沛，郡守为防水患已着人加固河堤，怎料河堤加固中突遇雨量忽增，暴雨连下三日将河堤冲垮。淮水支游被倒灌也漫了出来，大水几乎覆盖整个青城郡，下游郡县也受到了波及。

只青城一郡便有几十万顷良田被淹，民居损毁无计，百姓牲畜死伤无计。青城郡衙门已开仓放粮并安置灾民，但仓粮有限，叩请朝廷尽快筹粮赈灾。

苏缜眉头不展，工部与户部的官员都在御书房，皆是一脑门子的汗，你一言我一语的，有的出主意，有的叫苦。

安良在御书房外听说了府衙的事后心里一惊，再听着御书房里的叽叽喳喳，急得直抖手。原地转了好一会儿磨，最后一咬牙，推门进去。他走到苏缜身边，躬身低声地道："皇上……"

"说。"苏缜看也没看他一眼，语气有些不耐烦。

安良缩了缩脖子，犹豫了一下，道："皇上，刚刚有月筱红的戏迷为了命案一事围了府衙，不过已经被驱散了。"

"知道了。"苏缜蹙眉挥了挥手，端起旁边的茶来喝了一口。水还没咽下去，忽然便反应了过来，惊而转头看着安良，"你说什么？"

"奴才说……"

苏缜没等他说完，站起身来往旁边的屋子走过去，留下一帮官员面面相觑，不知道出了什么事。安良小步匆匆地跟着苏缜进去，一进门苏缜便低声道："说清楚！"

"奴才也知道得不详尽，就是刚刚有人去送公文，听那些小黄门说的，原话是府衙办月筱红的案子出了纰漏，惹了民怨沸腾，蒋大人压制不住，蒋府便动了亲兵。"安良说道。

"可有伤亡？夏初现在如何？"苏缜脱口问道。

"回皇上，伤亡倒是没听说，夏公子如何奴才就更不知道了。"安良说完后思忖了一下，谨慎地道，"奴才觉着……蒋大人并不是那样的人。"

苏缜冷笑了一声。

他当然知道蒋熙元不是那样的人，这传进来的话简单几句，却字字都是针对蒋家的。只是他也不明白，蒋熙元是个很晓得利害的人，怎么如此会毛躁地动了亲兵？

而更让他担忧的是夏初。如果事情是针对月筱红的命案，那么最直接受到质问的一定是捕头夏初。几百人围了府衙，不知她现在如何？有没有伤到？有没有被蒋熙元责问？心情又是怎样？

苏缜在深宫之中觉得鞭长莫及，稍想开去便是心似油煎般难熬，想哪怕远远地瞧上一眼，看看她的情形也好。他下意识地摸了摸手上的坠子，往手中一握："更衣，出宫！"

“皇上！”安良一惊，上前一步拦在苏缜面前，惶恐道，“皇上，奴才知道您焦心什么，这才片刻不敢耽搁地告诉您。可是……可是，皇上，您三思啊！”

苏缜被安良一叫，脚步猛地便顿在了门口。房门开着，漫漫金砖从脚下延伸出去，御书房之中，一众的官员正满脸焦色地低语着淮水之事。

是啊，他急糊涂了，他怎么能走呢？千里之外正满目疮痍，那里千千万万的百姓流离失所，正眼巴巴地盼着朝廷的安抚，盼着一口粮食救命。

夏初是他心头珍藏，但无论他如何在意，对于一个皇帝而言，相比起千万黎民百姓的生存而言，还是太微不足道了。

苏缜闭了闭眼睛：“让闵风去看看情形，查问清缘由、经过。”他沉声缓缓地说道，“还有，看看夏初有没有事，回来后报我，不管多晚。”

他缓步而回，重新坐在了龙书案后，商议之声再起。安良松了口气，应了苏缜的交代也不敢耽搁，轻手轻脚走出了御书房。在书房门口，他又回头看了一眼龙书案后面的苏缜，不禁暗暗叹气摇头。

皇上为什么会对夏初存了别样的心思？他不知道，探寻缘故或者评判对错都没有意义，事情就是这样了。九五之尊的身份，却什么都不能说也不能做，想见不敢见，就连关心一下似乎也隔了万重的障碍。

他的皇上，怎么这么可怜呢？

到见了闵风，安良还是那副伤感的模样：“正直的太监不好做。我知道皇上心里有分寸，可拦着皇上的时候我还是挺不忍心的。闵大人，您能明白吗？”

闵风点头表示明白。

“平日闲暇出去也就出去了，这正议事的时候皇上要是就这么走了，定有眼明耳聪的人探出踪迹来。再惹出点儿别的事来，那可真是不好收拾了。闵大人，您能明白吗？”

闵风继续点头。

安良叹口气：“我就是感慨一下，不跟您说我也没别人可说了。闵大人，那就劳烦您跑一趟吧，您可问得详细点。”

“知道了。御前伺候去吧。”

闵风一眨眼就不见了。安良抱着拂尘拢着手，眯眼看了看西斜的日头。这一天天过得真快，这一天天又过得真慢，皇上得什么时候才算熬出来呢？大婚之后是不是就好了？但愿这夏公子可别再整出什么事儿来才好。

蒋熙元那边被自己爷爷蒋柱棠派人押回了将军府，进了堂上，蒋悯一脚就把蒋熙元踹在了地上：“你个孽障！反了天了还！”

蒋夫人心疼儿子，可这事儿蒋熙元的确做得太不妥当了，她也不好护着，只是拉着蒋悯让他消消气，让他听蒋熙元说说，没准有什么不得已。

“不得已个屁！”蒋悯吼得房梁都要掉灰了，“这逆子是嫌咱们蒋家一门命都太长！”他气吼吼地满屋子踅摸东西，实在没找着，抬脚就想脱鞋，被蒋夫人赶紧拦下了。

蒋熙元垂头在堂中跪着，前面是蒋柱棠一下下地蹾着自己的拐杖，后面是蒋悯声如洪钟的叫嚷。

“祖父，父亲，孩儿知错了。”蒋熙元道。

“你知道个屁！”蒋悯喊道，“咏薇要入宫了你知不知道！多少双眼睛盯着咱们蒋家呢你知不知道！”

“儿子知道，儿子明日一早便去御前陈情，皇上若是责问，儿子一力承担。”

“你承担个屁！”

蒋夫人听不下去了，拉着蒋悯的胳膊：“老爷，您这别老屁来屁去的，你倒听元儿把话说清楚了啊。”

蒋柱棠咳了一声，屋里便安静了下来。他面沉似水，缓缓地运了口气，一开口，比蒋悯声音还大：“他就是个屁！这是你们教的好儿子！啊？！”

蒋悯和蒋夫人一听，也忙跪了下来。蒋柱棠话音未落，扬起手中拐杖照着蒋熙元就抡了过去，那几棍子真是一点儿没惜力，蒋夫人当时就哭了。

蒋柱棠习武出身，虽然老了但底子在那儿摆着，这几下着实不轻。蒋熙元却连躲的意思也没有，生生地挨着， 声没吭。

蒋柱棠收回拐杖打量了他几眼，气儿便消了一些，缓了缓语气道：“说说吧，到底什么了不得的事，让你敢抢了我的手令调亲兵去的。”

蒋柱棠的满堂孙辈中他最喜欢的就是蒋熙元。蒋熙元自小聪明，长得也好，又是个嘴甜会来事儿的，总是哄得他乐呵呵的。

可越是喜欢就越怕他不成器。蒋柱棠倒不在乎蒋熙元做多大官成多大势，他就怕他长成个纨绔子弟，不像个男人。

刚刚那几拐杖下去，要是蒋熙元嗷嗷叫唤，满屋跑着求饶或者依旧拿话哄他，那他就太失望了，这孙子不要也罢，趁早让蒋悯远远送走别在京中惹事。

既然蒋熙元一声不吭地扛了，那就证明这孩子还是知道对错知道轻重的，还算有点担当。事情虽是错了，但至少态度还是对的。

蒋熙元应着蒋柱棠的话道：“府衙被人围了，不肖孩儿怕事情演变得不可收拾，情急之下调了府中亲兵过去维持秩序。出发前孩儿已命所有亲兵解了武器，手无兵刃，只是借人并非出兵。”

蒋柱棠猛一蹾拐杖："这就是你想的搪塞之言？！不可收拾？再不可收拾也有禁军出面！跟蒋府何干！"

蒋柱棠的话蒋熙元无从反驳，因为说得有道理。

将军府的亲兵，是先帝高宗对战功赫赫的老将的恩典，说白了就是个福利配套，大概意思是"朕信任你"。

随着近几十年并无大的战事，这个福利也不发放了。就算在当年，也不过就三个将军府有这待遇，护国大将军和柱国公都已过世，现在就只剩下了蒋柱棠这里还有。街上出了亲兵连个栽赃的人都没有，一准是蒋家的，别无分号。

京中私自动兵是大忌，幸亏禁军来得慢，若是及时赶到了，禁军就是把那些兵丁就地全杀了恐怕也不会被问责。可话又说回来了，如果禁军的动作迅速，他也就不必带着亲兵过去了。

蒋熙元虽然在动兵丁之前也做了准备，卸了兵甲刀刃，但"借人清道"这个说法也只是个文字游戏罢了，全在苏缜信或不信之间。

事已至此，只能是来什么接着什么了，反正他已经做了，也没后悔。苏缜若是顾念交情这事儿便没什么，若是不念交情，最坏也就是免了他的官职，他也无所谓了。

他倒是很想把理由说出来，说他这轻妄之举是为了个姑娘，说他已心有所属，冲冠一怒为了红颜。可是不行。眼下家里人都在气头上，若是知道了怕是直接把夏初定位成了祸根，往后再想转圜恐怕难了。

蒋熙元沉默以对的态度让蒋悯大为光火。他不相信蒋熙元这么没分寸，觉得这里面定是有他不知道的缘故，又推着他让他趁早说了实话，家里人也好帮着拿个主意。但蒋熙元说来说去就是那几句话，问急了就说他现在就去宫门前跪着去，把蒋悯给气得够呛，大骂不止。

蒋柱棠看了蒋熙元半晌，伸手拦住了蒋悯，沉沉地一叹气，拄着拐杖站了起来："行了，不说就不说吧。明日我进宫去见皇上。"

"祖父……"蒋熙元想说不用，却被蒋柱棠一眼给瞪了回去。蒋柱棠拿拐杖戳了他一下，"去！祠堂给我跪着去，不到咏薇大婚不许出来！"

蒋熙元前脚被关进祠堂，他的二哥蒋熙同后脚便回来了，一进门便找蒋熙元，蒋悯气哼哼地道："死了！"

蒋熙同一愣，随即皱了眉道："父亲莫说气话，我找他是有事要问。今天府衙前闹了事，父亲可知晓了？"

蒋夫人赶紧打眼色让他别提这事，蒋熙同不解，细问下方知那骚乱是蒋熙元带了亲兵出去平的，不由得心惊了好一阵。

“元儿挨了老太爷几棍子，那狠呀，就没当是亲孙子。可怜我的儿啊……”蒋夫人又心疼地擦了擦眼睛。

蒋熙同蹙眉沉吟了片刻后道：“母亲先别哭了，多少棍子也不过是皮外伤罢了。还是尽快给元儿说上一门亲事方是正理。”

蒋夫人的哭声戛然而止，莫名其妙地道：“这俩事儿有什么关系？元儿的婚事我没少提，可我也应了他，聘哪家的姑娘都得他点了头方能成。”

“那母亲恐怕就有得等了。”蒋熙同叹口气，犹豫了一下之后，便将刚才在街上听来的那些风言风语与蒋悯和蒋夫人说了。

蒋夫人听完便捂着心口跌坐在了椅子上，哭丧着脸道：“这可怎么是好！同儿啊，你是不是听错了？元儿怎么会任个小倌做捕头，他不是没分寸的孩子啊！”

“他有个屁分寸！有分寸他是怎么进祠堂跪着的！”蒋悯气得拍了桌子。

蒋熙同抚着蒋夫人的后心安慰道：“母亲别急，父亲您也先别发火。我这不是听了信儿就急忙赶回来了嘛，就是想问他个究竟，别是以讹传讹了。”

“问问问！”蒋悯也跳了起来，“浑小子！懂事之后风流几年，末了给老子改戏了！要是真的，看我不打断他的腿！”

蒋熙元此时在祠堂里待得也不老实，透着门缝正嘱咐刘起从家里拿上好的创伤药去给夏初，顺便看看她有没有事，让她别担心，凡事有他呢。

“少爷啊，有您什么呀，您现在门儿都出不去了，您还能怎么着？”刘起焦心又无奈地说。

“让你去你就去！”蒋熙元斥道，“以为我进了祠堂永远不出去了？少爷我还没变成牌位呢！办不好你等着的！”

“是是是。”刘起草草拱手，调头跑了。

刘起刚走，蒋悯就带着蒋夫人和蒋熙同杀过来了，气势汹汹。蒋熙元从门缝里看见，急忙回去跪好了。

门咣当一声被推开，蒋悯指着蒋熙元道：“臭小子！你给老子说清楚，那个夏初到底是怎么回事！”

蒋熙元浑身一紧，惊诧回头，装傻道：“夏初？府衙的捕头？什么怎么回事？”

蒋熙同让蒋悯少安毋躁，上前一步蹲在蒋熙元面前把街上听来的话与他说了，语重心长地问道：“熙元，到底有没有这回事？你当着列祖列宗，与家人说个实话。”

蒋熙元听他说完，这才知道府衙前的那场骚乱中到底都发生了什么，也才明白夏初临走前与他说的那些话的意思。

变童？小倌？他在心中冷笑不已，不知是谁如此恶毒，想了这么个事出来中伤他与夏初。难怪夏初那样消沉，连案子都扔下了。

“熙元，说话啊！”蒋熙同见他走神，忍不住催促了一句。

蒋熙元看他一眼，转过头对着一排排自己祖宗的牌位举起手臂，一字字清晰地大声道：“列祖列宗在上，我蒋熙元与夏初绝无苟且之事，此言既出当以性命担保，若有虚言……”

“哎哟，行了行了。”蒋夫人过来握住了他的手，“没有就好，没有就好。”

蒋悯也松了口气，神色仍有不忿地道：“那个什么夏初，你还是趁早从府衙打发了出去，省得再起什么事端，听见没有？”

“不行。”蒋熙元想也没想，斩钉截铁地道，“孩儿无错，夏初更无错。孩儿不能以他人之错惩罚无辜之人。”

“嘿！”蒋悯火气又上来了，“外面都传成这样了，你还……”

“父亲。”他头也不回地朗声道，“孩儿斗胆问父亲一句，若是战场之上有敌人离间中伤我堪用之人、无辜兵将，父亲即使明知他无错，是否也要一杀了之？”

“我又没让你杀他！”

“与杀她何异？人活的不只是一条命。她是孩儿带进府衙并擢升为捕头的，需用时便用，流言中伤时便弃之保全自身，这样的事孩儿做不出来。”蒋熙元仰了仰头，“我蒋熙元就是拼了一切，也要保她这个西京捕头，要还她声誉清白。父亲不必再说了。”

蒋悯沉默下来，看了蒋熙元片刻后负手离去，蒋夫人也追了出去。蒋熙同拍了拍他的肩：“你好自为之。”

走到院外，蒋夫人大难不死般舒着气，念叨道：“我就说元儿不是那样的孩子，如今可听见了？”

蒋悯定住脚步瞥了她一眼：“夫人，他今日发的誓再毒也管不到来日，此番他愿意仗义就仗义，那个什么初的夏的他不肯打发就不打发，我没二话。但这事儿有一不能有二，你啊，趁早把婚事给定了。”

“那我不是答应他……”

“答应怎么着！”蒋悯梗着脖子道，“你怎么不问问他答应没答应生在蒋家！老子生他养他，他哪儿来这么多道理！”

蒋夫人不说话了。蒋悯哼了一声：“我这就找老太爷去，明儿老太爷要进宫，若是皇上无责怪之意。我看这事儿最好在皇上面前也念叨念叨，省得这小子占了先机，将来拿圣谕压着咱们。这浑小子，什么都干得出来！”

刘起那边拿了伤药去找夏初，到她家时天已经擦黑了。他站在门口拍了半天的门，才听见夏初在里面问了一句：“谁啊？”

“夏兄弟，是我，刘起。”刘起高声地回道，默默摇头。以前他来找夏初都是问都不问直接开门的，这莫非是吓怕了不成?

夏初开了门，露出一张神情郁郁的面容来。刘起啧啧地摇了摇头：“夏兄弟，你还好吧？”

夏初没答话，苦笑了一下请刘起进去，闷声问道：“是大人让你过来的？”

“嗯。”刘起把药瓶从怀里掏了出来放在桌上，“少爷让我来给你送药，嘱咐你每天都得换，别让伤口与布粘在一起。”

“知道了。”夏初把药瓶拿在手里垂眸看了看，重又放在了桌上。蒋熙元果然是不露面，遣了刘起过来。让他别来找自己是她说的，但他真的就不来了，夏初心里又有点莫名的失落。

“我给大人添麻烦了。”夏初盯着那瓶药，轻声地说道，说完低下了头，“等我歇两天就去府衙辞职。”

刘起被她吓了一跳，忙道：“可别胡说，什么辞职不辞职的！我出来前少爷还让我转告你，让你别胡思乱想，这事儿交给他就是了，你只管歇着。等他能出来了就来看你。”

夏初弯唇笑了一下，不置可否。

这事儿能交给谁呢？方才只是府衙前闹事者信口雌黄，这会儿工夫怕是全西京都知道了。自己眨眼间身败名裂如何去补？悠悠之口如何去堵？不光是自己，这连蒋熙元都牵扯了进去，他恐怕也要避嫌的吧。

“大人的好意我领了……”夏初依旧低声地说着，说到一半停下来，眨了眨眼睛抬起头，“能出来？这是什么意思？”

“咳！”刘起一拍桌子，“少爷抢了我们老太爷的手令，调了亲兵去清府衙门前的骚乱。家里都炸了锅了，现在少爷正在祠堂里跪着呢。”

第二十三章 人言何所畏

夏初并不太清楚这亲兵是个什么概念，动用亲兵是多大的娄子。但从刘起的表情和遣词来看，似乎犯错不小。

她往前冲了冲身子，撞得桌上药瓶杯盏乱晃，面有急色地问道：“大人跪祠堂要跪多久？之后呢，老将军会不会把大人怎么样？”

刘起摇头：“我们少爷毕竟也是老将军的亲孙，能把他怎么样？打几拐杖少爷倒是也扛得住，跪祠堂更不叫事儿。现在怕就怕皇上会责问，再有点好事的官员添油加醋，那才真是麻烦。”

“皇上？”夏初张了张嘴，瞪眼直勾勾地看着刘起，心里凉了半截，“皇上要是真责问下来，会怎么样？”

刘起叹气道：“现在说不好。但依我估计也不会有太大的事情，怎么说小姐也是马上要入主中宫了，皇上多少会给蒋家几分面子的。”他安慰地拍了拍夏初的肩膀，“甭担心，少爷最多就调个职降个官，最差也就是回家歇着，性命定是无虞的。”

“这还不够？！”夏初一听蒋熙元可能会被调职，登时便有点怒了，“就算是不该动亲兵，可毕竟也是起了骚乱在先。大人带人去平了，又没有死伤，这事儿难道不是有功的吗？！大人平时做事清明，尽职尽责，就因为这么一件事就要调职降官，皇上不长脑子的吗？！”

“哎哟，我说夏兄弟，这话你也敢瞎嚷嚷！”刘起急得直拍桌子，下意识地往两边看了看，低声道，“你不要命了！”

夏初听了这话愈发反感，却又想起蒋熙元说过的关于谨言慎行的话来，便按下心中不满，只将情绪写在了

脸上，锁紧了眉头。

刘起看他不再说了，这才松口气，语重心长地嘱咐道：“夏兄弟，我知道这事你很委屈，但不管怎样你现在也是在风口浪尖。话宁可不说也别乱说，别再给少爷添了没必要的麻烦是真的。”

夏初抬眼看了看他，抿紧了嘴唇点点头，又问道：“刘大哥，我这边能做点儿什么？我去将军府请罪行不行？老将军要是有火气冲我来，要打要罚我都认。或者，皇上真要究责，究我的就是，反正我孑然一身也不怕什么。”

刘起看夏初这样的态度，心里便舒服了一些，好歹他的少爷没一片心意喂了白眼狼。

他站起身来对夏初摆摆手：“你怕不怕什么也没用。你虽然是孑然一身，但正因为如此你才做不了什么。你啊，还是踏踏实实养好伤，别让我们少爷担心。少爷做事不会不想后果的，既然做了就肯定承受得起。”

可是我承受不起啊！夏初心说。

事情因她而起，受罚受罪的怎么能是蒋熙元呢？若他真是就这样被调职降官或者干脆夺了官，她要怎么办？都怪她太天真幼稚，真以为自己能干才把事情处理成了现在的状况，若是蒋熙元真有事，自己撞墙的心怕是都有了。

她跟着刘起走到了院门口，刘起又顿住脚回头说道：“少爷本不让我说这些，但我觉得你还是知道的好。”

“当然。”夏初猛点头，急忙道，“刘大哥，要是有什么事你可千万别瞒着我。”她低垂了头，有些无力地说，“麻烦你跟大人说……”

“说什么？”

“这次……我真的知道错了。”

“你也没错。这事来得蹊跷，我会去查的。”刘起笑了笑，“少爷此番都是为了你，你别辜负了我们少爷就好。歇着去吧，没什么事的话尽量少出门，我有空就过来。”说完他迈步出了院子，替夏初关上了院门。

出了门，刘起在门口站了片刻，抬头往两边的房上瞅了瞅。毕竟是夏日时节，虽夜色渐浓但仍是留着几分透彻，细看了一会儿也没看出什么异状来，便嘀咕道：“没人？难道是野猫不成？”

待刘起走远了，旁边一棵杨树的树冠里才露出闵风的身形。他缓缓呼了一口气，又回头看了一眼夏初的院子，手中剑挽到身侧，脚尖轻点树枝纵身一跃，眨眼便融进了夜色之中。

送走了刘起，夏初在门边呆立了半晌后才步履沉重地走了回去。院里的石桌上放着蒋熙元让刘起送来的药，还有个食盒。夏初打开看了，里面是些酥点还有几样菜，都是她爱吃的。

食盒底层放了张纸笺，认得出是蒋熙元的字，龙飞凤舞的，嘱咐她别多想，吃饱就睡。夏初拿着那张纸笑了一下，又抹抹眼泪，心头滋味难言。

真的都是为了她。

要不是自己太傻太天真，蒋熙元也不至于被关了祠堂。刘起说是没事，可她哪能放心。皇上那种职业的人，万一真翻脸了怎么办？那结果一定不是蒋熙元承受得起的，更不是自己承受得起的。

不辜负？恐怕现在已经辜负了吧。

夏初重重地叹气，拿起那瓶药来出神，忽然越琢磨越有点不对劲儿。

刘起说的不辜负……是自己理解的那个意思吗？

"少爷此番都是为了你，你别辜负了我们少爷就好。"

蒋熙元在工作上一向对她十分支持，这次她受不白之冤，他仗义行事受了责罚，刘起让自己别辜负了他的信任和帮助。

说得通。夏初犹自点了点头，可眉头却拢得更紧了一些。

如果换另外一种意思呢？蒋熙元对自己的感情不一般，所以对她的工作十分支持，这次听说她受了围攻情急之下动了亲兵，刘起让自己别辜负了他的一片心。

也说得通。

感情？她又想起昨夜与蒋熙元一起吃饭的情景来，那个手指在唇上一吮的动作腾地便跳了出来，还有他的那句话："如果我说我断袖，你怕吗？"

为什么要问她怕不怕？他断袖……

"我怕吗？"夏初喃喃自语，盯着手里的药，心脏开始不受控制地狂跳，跳得脑子一阵阵发蒙。

不会吧？是自己想多了吧……

她握着那瓶药在院子里慌乱地疾走了几圈，再回想起过去蒋熙元对她说的话，做的事，全都变得暧昧不清了起来，仿佛都在印证着她的猜测。

"不对，不对！"夏初深呼吸了几口，让自己冷静下来，"这是疑人偷斧，这是主观成见对客观真实的认知障碍，这是假想事实的先入为主。"

可再想，再分析，夏初却怎么也摆脱不了这个认知了。她烦躁胡乱地抓了抓头发，摇摇头把这事儿先甩开，对自己道："现在不是想这个的时候。首要的是大人不要有事，其次是要搞清楚这次的事件到底因何而起，给自己洗清冤屈。"

她握了握拳头，努力地忽略掉自己过速的心跳："就是这样！"

说完，思路却仍是不自觉地发散开了，呆立半晌后她回过神来，气恼地捶了捶头，快步跑进房里，七手八脚地扯开被子钻了进去。

过了好一会儿，就听屋里传来闷声闷气的一声大叫：“不要再想啦！”

此刻的蒋熙元正在墙根坐着，上身的衣服褪了一半下去，露出结实匀称的肌肉，一边听着刘起的回话，一边扭着身子给自己上药。蒋柱棠下手不轻，在他手臂上打出三条青紫的伤，也亏他是练过才没被敲折了骨头。

“少爷，虽然您嘱咐了，可我觉得这事还是得让夏兄弟知道。”刘起蹲在外面隔着门低声地说道，“您这委屈不能白受。”

蒋熙元咝咝地吸了口凉气，把药盖起来放到了一边：“谁说我委屈了！”

“我啊！”刘起理直气壮地说，“我瞧着委屈。跟您从小长到大，还没见您对谁那么上过心呢。我想了，是男是女怕什么的，少爷您觉得高兴就好。”

“混账！”蒋熙元哭笑不得，起身过去猛推了一下门，把门外的刘起惊了一跳，往后蹦了一步，又听门内说道，“你少自作聪明！不用替我操心这事儿，要怎么做我自有打算。你再敢多嘴我就把九湘娶了！”

“少爷，您不能这样！”刘起站起身来急说道，“再说，九湘也未必想要嫁您啊！”

门板又呼扇了一下。

刘起暗暗地撇了撇嘴：“知道了！少爷，您也别吓唬我，我以后不多嘴就是了。”

“滚回去睡觉去！明儿去给我查查这次的事怎么挑起来的，别擅自做主，有消息回来报我。”

刘起应了下来，袖着手走了。

蒋熙元低头寻思了一下，忽而笑了笑，忽而又摇头，最后叹了口气，抬头看着满墙的牌位道：“祖宗们，你们也不说帮帮我，子孙的婚事袖手旁观可不好。”

话音甫落，他忽然神情微凛，屏了屏气息，侧身闪到了门边，凝神去听院里的动静。祠堂外的院子很静，夜虫的叫声清脆，轻风摇竹细细摩擦，除此之外似乎再无动静。

但只是似乎。

万籁俱寂中有人踏夜而来，步子很轻，气息又稳又长，是个高手。但明显这位没打算隐去自己的踪迹，不然他可能连听都听不到。

蒋熙元往旁边看了看，顺手抄起窗台上的茶壶拎在了手里。少顷，就听祠堂铜锁的锁舌发出咔嗒一声轻响，随即一个声音道：“不用怕，是我。”

蒋熙元的身体立刻放松了下来，浅笑一声：“我怕？”

门被推开，缝隙里漏进一缕淡淡的月光，瞬间又没了踪影。蒋熙元换了个姿态倚在门边瞧着进来的人，眯眼笑了笑："还真是好可怕。不是打不过你，就怕你掏出什么圣谕来，明儿个我就悄然无声地变成牌位挂在墙上了。"

闵风进了蒋家祠堂，转身把剑放在了窗台上，沉声道："不会。停灵至少三天。"

"所以明天还变不成牌位是吗？你也挺会开玩笑。"蒋熙元笑了起来，晃了晃手里的茶壶，倒了杯水递过去，"我这有上好的白开水，闵大人请。"

"来听听你怎么说，不必客气。"闵风接过水来转手又放了回去。

"借人清道。"蒋熙元自然知道闵风过来要问的是什么，便也直奔主题，话出口颇是理直气壮的样子，"其实我带着蒋府的下人去也是一样的，只不过下人散在各处，敛起来太麻烦而已。"

闵风听完点了点头："倒是好借口。"

"信，便不是借口；不信，连借口都不是。"蒋熙元摇头笑了笑，"皇上既然让你来问，可见也是半信不信。难过。"

"你想多了。"闵风手上一动，不知从哪儿掏出两个油纸包来扔给蒋熙元，回身把剑拿了起来，"好生跪着吧。"说完就要走。蒋熙元上前半步："问完了？皇上那边就没带个话出来？"

闵风摇了摇头。

蒋熙元打量他片刻，嗤笑道："是了，我也是多此一问。你这闷嘴的葫芦，该说的一字不落，不该说的一字不吐，想攀交情都没个下手的地方。"

闵风垂眸未置可否，心中却默默地把蒋熙元的话给否认了。他是暗卫，他忠心，他做事谨慎周密，可他毕竟也是个有血有肉的人。什么是该说的，什么是不该说的，有时也难免会存有私心。

蒋熙元话出口见闵风毫无反应，连个眼神也不递给他，只得放弃打探，转而说起了另外一件事："既然来了也别白来，我这正有一桩事不知道该找谁，可否麻烦闵大人帮我打听一下？"

"说吧。"

"我想找一种毒药。"

"毒药？"

蒋熙元点了点头："应该不是普通的毒药。"他把月筱红的死状与闵风说了，又道，"这案子眼下就这么一个证物，知道了是什么毒才好查下去，才有可能结案。江湖事你比我知道得多，可否帮我问问？"

"我没空。"闵风说完头也不回地走了，门板一关，随即一声锁舌卡住的声音传来。蒋熙元挑了挑眉毛，低声道："你这个……"

“城西长宁坊鬼市，凤蘅，自己去问吧。”闵风在门外说道。院里夜虫竹梢声响依旧，闵风话音似乎还没落，气息却已经消失得无影无踪了。

“故弄玄虚。”蒋熙元轻哼了一声，掂了掂手里的油纸包，打开一看，两个大肉包子还冒着热气儿。

“放在哪儿带进来的呢？”他一手一个拿着捏了捏，忍不住暗笑，“我太邪恶了……”

闵风离开蒋府回了宫，苏缜还在御书房没有歇息。安良在门口踱着步子，看见他来了赶忙迎了过来：“闵大人，您可来了，皇上刚还问呢。怎么样，问清楚了？”

闵风点了点头，越过安良走了进去。安良一跺脚，心说你就不能跟我念叨两句吗！随后也轻手轻脚地跟过去，站在门边一副安于职守的样子，耳朵却支了起来。

闵风进门单膝点地问了安，苏缜把手里的折子放下让他平身：“说吧。”

“是。”闵风立于龙书案下，微低着头道，“骚乱因月筱红一案而起，有人在茶楼传了两件事：一是府衙断案不清拖延不审，二是蒋大人任人唯亲，纵容豢养的小倌为祸。蒋大人当时不在府衙，听闻后便率蒋府亲兵驱散骚乱，兵丁出门前皆已卸去兵甲刀刃，蒋大人的解释是‘借人清道’，并非用兵。”

苏缜侧身靠在扶枕上，手里摩挲着那枚坠子，听完后动作一顿，转而握在了手心里，抬眼问闵风：“豢养小倌，说的可是夏初？”

“正是。”

“何故有这样的说法？”

“中伤无所谓理由，且夏公子人年轻。”闵风言简意赅地答道。

“是吗？”苏缜看了闵风片刻，勾唇淡淡一笑，声音有些清冷地道，“他动了蒋府亲兵，顶了禁军应做之事，倒还真是大公无私。借人清道……很会找说辞。”

苏缜与蒋熙元从小一起读书习武，一起长大，交情匪浅。可以说，没有人比蒋熙元更了解他，自然，恐怕也没有人比他更了解蒋熙元。

蒋熙元与他本质上讲是同样的性子，只不过蒋熙元少了身份的负累，更加外放开朗，更易将自己的心迹表露而已，但这并不是说他就是个毛躁不虑后果之人。

他敢带着亲兵出府，肯定便也想过这样做的后果。既然想过却仍要做，必然有着非做不可的理由。

“蒋熙元可知道朕与夏初相识之事？”苏缜问闵风。

“微臣不清楚。但就微臣所见，应是不知情。”

不知情？苏缜握紧了手中的坠子沉吟片刻，面色渐冷，让闵风抬起头来回话。他看着闵风的表情，轻声缓言地问道：“那坊间传言可有印证？”

闵风看着苏缜，神色未动：“断无此事。蒋大人并非那等下作之人。”

苏缜静静地看着他，须臾，神色稍缓，这才端起茶浅浅地抿了一口。

蒋熙元擅动亲兵，他能揣测的无非这两种可能，一是蒋熙元知晓了他与夏初的交情，替他回护；二是真如传闻一般，他本身与夏初不清不楚。

相较而言，他更在意的反倒是第二种可能。毕竟夏初为他所珍视，他的退缩与放弃都是怕她会负上为人所不齿的身份，怕自己的喜欢会害了她。可如果他忍了这种种思念与煎熬之后，夏初却被蒋熙元所累，那他无论如何不能原谅。

既然都不是，他回头倒得好好地问一问缘故了。苏缜放下茶盏，浅浅地叹了口气："夏初如何？你去看了吗？"

"骚乱中受了轻伤，无大碍。"

"伤在哪儿？"

"手臂。"

"如何伤的？"

"臣不知，不曾看到伤口。"

"他……"苏缜想问问闵风夏初现在情绪如何，只说了一个字，又把后面的话咽了回去，"罢了。"

闵风重又低下了头去，低声道："夏公子歇息在家，除受伤之外，一切尚好。"

苏缜不置可否地"嗯"了一声："可查到生事者为何人？"

"王槐。以前的捕快，如今镖局管事。"

"王槐……"苏缜沉默片刻，嘴唇轻轻地动了下，最终却换了几乎轻不可闻的一声叹息，"暂时不动，你先下去吧。"

闵风应了个"是"，退身出去了。

御书房里静似荒芜了一般，几十盏烛火映得光亮如白昼，毫无朦胧的美感。龙书案上堆满了奏折，林林总总的内容里全是冷硬的现实，容不下一点儿柔软。

苏缜独坐在书案后，低头看着手掌中的那枚紫玉葡萄坠子出神。

夏初现在真的一切尚好？见过她在堂上侃侃审案，见过她查询线索的专注，见过她谈起案情时的神采。她真的很喜欢那份职业，如今却被误解，被中伤，如何还能安好？

可，好如何？不好如何？横竖他什么都做不了。夏初是开心还是难过，是喜悦还是悲伤，他关心，却统统和他无关。

之前夏初受了伤，他还能让人送瓶药过去，现在却连这个都做不到了。他失去了所有关心她的权力，只能远远地看着、听着。

他想让闵风去杀了那个王槐，可事情由他而起，他死了矛头难免会再指向夏初，只能等尘埃落定再说。而等尘埃落定，大概也轮不到他出手了。

不能靠近也就罢了，甚至想默默为她做点儿什么似乎也没办法。黄真果然是消失了，而苏缜与夏初从无交集，无从插手。

都道是关心则方寸乱，可现在方知原来无关才最伤人。

道别的话再难终有讲完的时候，终有转身而去的一刻。可这想念绵长，心绪难挨，要到什么时候才能过去呢？他也想忘了，可偏偏又有事闯进来，像是成心与他作对一般。放不下的忧心。

苏缜有点头疼，脑袋也有点昏沉，可房中的清神香却非让他醒着，因为他得醒着。他还有许多的事情要做，不管他现在感受如何，心情如何。

今日如此，明日亦是如此。

明日除了淮水水灾之事，恐怕弹劾蒋熙元和蒋家的奏折也会堆上案头，包括蒋咏薇入宫一事。淮水闹灾的消息一传来，便有人做了文章，说中宫德行不够，天有警示之象，明日再加上"蒋家跋扈"的说法，又要闹得沸反盈天。

他真想宣旨这大婚不办了，这中宫不娶了。

可蒋家无错，一门忠心，当初夺位若是没了蒋家的助力，现在也不是他坐在这里了。蒋家代表的是当初从龙夺位的一众臣子，他现在根基尚不稳，断不能寒了这些臣子的心。

每天思前想后，怕顾此失彼，怕行差踏错，恨不得连梦里都是小心翼翼的。他的人生，从来都是如此不酣畅。可却都已经习惯了。唯一任性的一次，也像是做了一场梦。

苏缜扬声唤了安良进来，有些疲惫地道："给朕拿壶酒来。"

安良愣了一下，劝道："皇上，您都忙了一天了，这夜深饮酒伤身啊。"

苏缜闭上了眼睛，叹口气轻声地说："朕只是想睡觉。"

转天上午，蒋柱棠认真地穿妥朝服，拄着他的拐杖坐车进宫去了。苏缜彼时正在看着关于弹劾蒋熙元的折子，听安良通报说蒋柱棠求见，不禁微微惊讶。他以为会是蒋熙元御前陈情，没想到竟然是老将军亲自出面。

他又看了看手里的奏折，苦笑了一下，合起来扔到了一边，将蒋柱棠宣了进来。

蒋柱棠年近七十，身板还算硬朗，只是年轻征战落了腿伤，走路有些吃力。进来便要跪拜，苏缜走出龙书案将他扶住，让安良搬了凳子来，又给他端了茶。

"老将军今日怎么有空进宫来了？"苏缜问道。

"老臣现在这把岁数，有的就只剩下空了。"蒋柱棠说起话来仍是中气十足，笑得也大声。苏缜也跟着他笑了笑说："老将军身子硬朗，朕瞧着也高兴。"

蒋柱棠捶了捶腿："皇上瞧着老臣高兴，那老臣这张脸还能卖上一卖，这要是皇上瞧着不高兴，老臣想卖都卖不出去了。"

苏缜但笑不语，慢慢地走回了书案后，顺手拿起几本奏折来翻了翻，头也不抬地道："老将军多虑了。府衙骚乱，禁军接报整兵都需要时间，的确也怕远水不解近渴。蒋熙元所做虽欠妥当，倒也不是大错。"

蒋柱棠闻言心中稍安，起身又要拜下，仍是被苏缜抬手给拦住了。苏缜笑吟吟地请他饮茶，思忖了一下，缓声说道："只是，虽无大错却也终究是错了，若全然不究，怕是难平朝中议论。熙元年轻而居高位，如此一来，对他也并非好事。"

蒋柱棠四平八稳地喝了一口茶，放在一边，朗声笑道："当然当然！老臣前来也是这个意思。"他抹了抹胡子继续道，"那小子是该好生敲打敲打。若是依老臣所想，干脆让他回家，安生娶个媳妇，再给老臣添几个重孙是正经的。"

苏缜微微挑了下眉梢，随即含笑摇头："老将军这就是说笑了。朕登基不久，朝中用人之际，您倒是心疼孙儿。朕虽要罚，却不能轻易放了。"

蒋柱棠随着这话笑了几声，苍老松弛的眼皮下神色闪了闪，换了口吻道："皇上有所不知。其实，此番擅动亲兵，臣也是多有怂恿纵容之意。"

"哦？老将军此话怎讲？"

蒋柱棠沉吟了一下，轻叹了一口气："皇上，容老臣说一句实话吧。老臣起于草莽，得了先帝赏识才有如今一门兴旺。蒋家已是三代蒙圣恩，如今儿孙多有入仕，居高位者也不止一二，圣恩隆重。如今咏薇要入主中宫，这皇后娘家为外戚，树大招风，臣难免心中惶恐。"

"老将军的意思是，蒋府无错造错，给朕一个冷落蒋家的理由？"

"恕老臣直言了。"

苏缜低头暗暗地笑了一下，心说这粗人在官场磨了几十年也成精了。他如今自是绝无疑心防备蒋家之意，但将来的日子还很长，会是什么光景实在很难说。

他眼下不想，别人也会推着他去想，这堆满了案头的弹劾奏章足以说明问题。倘若来日行差踏错让人揪了把柄，他再想保全恐怕也是大费周章，难免顾此失彼，或者干脆连他也保不得。

蒋家递了这么个不大不小的错处想暂避锋芒，蒋柱棠又把话撂在了明处，若如此私下里有了共识，他手脚便会松快不少。苏缜的心情开朗了些许，这一番话下来，对蒋熙元动兵一事倒也去了不少疑虑。

"老将军真性情，朕倒甚是喜欢。"苏缜神色愉悦地喝了口茶，"朕信得过蒋家，更信得过蒋熙元。有错自然要罚，但当日之功朕也绝不会忘了。若无蒋家助力，朕也不是今日光景。老将军只管宽心便是。"

“臣不敢居功。”蒋柱棠低下头去，浑浊的眼中半是无奈半是宽心。苏缜的话绕了圈子，既没有否认他的说法，也算是安了他的心。

“老将军谦虚了。”

“臣还有一事相求。”蒋柱棠拱了手道，“亲兵一例乃先帝对老臣的信任与恩典，只是现在家国安稳久无战事，臣想请皇上裁撤。”

苏缜挑眼看了看他：“老将军不必如此。”

“必要必要。”蒋柱棠笑道，“这兵在蒋府也吃着不少口粮，还得置办新衣。人老手紧，心疼得慌。臣以为倒不如归了禁军，或者，干脆散了，蒋府置他们些田地，好生过日子去吧。”

苏缜像听见了笑话一般，甚是愉悦地与蒋柱棠说笑了几句，撂下个“此事再议”，便揭了过去。蒋柱棠知道这事儿多半就是这样了，心里算是彻底踏实了下来，想起蒋悯昨天找他说的事，便融在话里与苏缜念叨了几句。

“赐婚……”苏缜此刻心情难得不错，听完后弯唇一笑，道，“朕从前倒是私下答应过他，只是延宕到现在他也没再提起，怕是心未有所属。这样，老将军也别让他跪着了，明日让他进宫来，朕帮您问问他便是。”

辞别苏缜，蒋柱棠坐马车回了将军府，远远地瞧见自家管事正在指挥着下人扫门头，挂红披绿地为大婚做着布置，默默地舒了口气。

如此方算是妥当了吧?

今上初登大宝重用蒋家自然是好的，若有一日羽翼丰满了，往时助力之功难免会成为来日掣肘之罪。

从咏薇定下要入主中宫之日起，他就在想着如何敛了蒋家的锋芒。昨日的事情在他意料之外，却也给了他一个很好的台阶。与其这次强保了蒋熙元，承了皇上一个情，倒不如顺流而下。风口浪尖，他还真舍不得让熙元顶上去，花无百日红，盛极必衰，闲散富贵方是长久之计。

蒋家不必烈火油烹，只要子孙安稳，他百年之后也能瞑目了。只希望家国太平再无蒋家用武之地，儿孙也能明白他这份苦心便好了。

刘起一早就去了西市查事，在茶楼问了一圈后很快便把王槐给问了出来。西市茶楼里还有人在谈着月筱红的案子，而更多的说的则是蒋熙元与夏初的那所谓“秘辛”。

刘起听见了难免来气，说人家不辨是非以讹传讹。可人家却说有人看得真真的，蒋大人到府衙前可是抱着夏初进去的，这哪里是清清白白的意思。

弄得刘起干生闷气却无力反驳。这事儿非说是假的，刘起也觉得底气不足，毕竟自家少爷对人家夏初还是存了点儿不轨的心思的。可那毕竟只是心思，起心动念若也当了罪，西京城的人得斩去一半。

也亏得蒋熙元嘱咐了刘起不要妄动，不然他有火没地方撒，真有可能冲去镖局把王槐宰了。眼下他只能笨嘴拙舌地与人吵上几句，愤愤而出。

下午把消息带给了仍在祠堂的蒋熙元后，蒋熙元深叹小人难养，叹完之后却与苏缜不谋而合，没让刘起去动他。

“解铃还需系铃人。”蒋熙元倚着门道，“等铃解了再说不迟，不过一个王槐，死起来太容易了。”

刘起憋了一肚子的气闷和不忿，领了蒋熙元的令又去酒楼买菜，装了满满一食盒，给夏初送饭去了。夏初今日的精神尚可，就是眼圈发黑，刘起问她是不是伤口疼没有睡好，她只是支支吾吾说了个是。

“夏兄弟，你放心吧，我们老太爷今儿进宫去了，没坏消息就是好消息。还有，那流言的事我也问出来了，你猜是谁背后下的绊儿？”他一边说着，一边给夏初把裹着伤口的布揭开。他手重，也没有蒋熙元那么精心，扯得夏初龇牙咧嘴又不敢吱声，从牙缝里挤着问道：“谁啊？”

“王槐！那死性不改的东西，当初停了他的职是给他留了面子，可这人给脸不要脸！”刘起说得来气，“嗞”的一声便把那最后一层布给揭开了。夏初疼得大叫一声，一头扎在桌上，按着自己的胳膊说不出话来。

刘起瞄了一眼，笑道：“手重了点，不过快了是反而不疼的。喏，伤口已经结了血痂，等红肿消了痂落了就好了。”

夏初忍过那一阵疼，抬头喘了口气，无奈地道：“多谢刘大哥了。”

“客气什么！”刘起大手一挥，又接着之前的话题说道，“少爷说了，王槐暂时先不动。夏兄弟，你说一个王槐咱有什么可顾忌的！要我说，就该给他断条胳膊折条腿，这不知天高地厚的玩意儿！”

夏初有点无精打采地看着自己的伤，没有搭话。

得知这背后兴风作浪的人是王槐，让夏初颇不是滋味。她进府衙后第一个打交道的人就是王槐，也曾经合作得不错，那人也算是有上进心。

当初喻温平的事也许是她的反应太大了一些，后来有些后悔了，却再也没了与王槐转圜的机会。如今事情变成这样让她始料未及，越发懊恼。

她有着现代人的骄傲，固守着自己的那套价值观，难免以俯视的态度去看待古人，总认为自己是对的。她那时太心急了，她要的正义也太方正了。她曾经质疑过蒋熙元的一些处世哲学，不赞同他在某些事情上的让步与宽容，如今再思量起来，也许他才是对的。

社会是方正时，自己的方正才能嵌进去；可眼前的社会是圆融的，太过方正便难免伤了别人也伤了自己。

此时她才理解蒋熙元说她理想化是个什么意思。以自己这点阅历和经验，能坐在捕头的位置上安稳到现在，蒋熙元的的确确是帮了她不少，在她的棱角外包裹了一层柔软，让她横冲直撞。

这蒋熙元一不在，自己便捅了这么大的娄子。所以，那些人说是蒋熙元保着她，某种意义上倒也没有错。

想到这儿，夏初难免又想起了昨晚纠缠了自己一宿的命题。她抬眼偷瞄了一下刘起，犹豫了好一会儿，才清清嗓子佯作无意地问道："刘大哥，昨天你说让我别辜负了大人，是指什么？"

夏初这一问，问得刘起心肝一颤，也偷瞄了她一眼，又迅速地移开了目光："指什么？就是指那个意思呗。"

"哪……哪个意思？"

"还能有哪个意思。"刘起抹了抹鼻子，语气肯定地说，"就是别辜负了大人对你的好！哦，我是说，别辜负了大人对你的信任，还有帮助。"

"这样啊……"

"当然！肯定没别的意思，夏兄弟，你可千万别误会。我读书少，说话也随意。"刘起大声地道，转而低头拎起脚边的铜壶晃了晃，笑道，"哟！你看看，热水都没了！我去烧水，烧水！"说完跳起来就跑了。

夏初狐疑地看着刘起的背影，觉得有点古怪，可转念又想是不是还是那个认知障碍的问题。人家刘起言之凿凿的，自己还非要从里面拆解出什么深层次的含义来不成？难道还非得人家说蒋熙元对自己有别的意思才满意？

夏初不好再多问了，问多了倒显得自己别有居心，只是心中的猜疑半分未减，那团纠结的疙瘩系得越发紧了。

她叹口气，举着手臂去看自己的那道伤，血痂紫黑紫黑的，瞧着有点狰狞。许是那药粉不错，还真没有什么感染的迹象，实在是万幸。

夏初看了一会儿后忽然觉得少了点儿什么东西，细一琢磨才意识到是自己系在手腕上的那条绳子不见了。她心里瞬间一紧，站起身来想找一找，但起身之后思量了片刻，垂眸涩涩一笑，又作罢了。

了犹未了何妨以不了了之。

福叔已经不在了，月筱红已经死了，现在绳子也丢了；屋里还剩下那罐药，过些日子干涸或者坏掉，也会不存在；那些信那幅画，无论多么精心珍藏，迟早会变成泛黄的故纸，写的画的，都不过是再也回不去的过往。

她记得自己的一个大学学姐曾与她感慨，说自己的邮箱密码丢了，她想找回时看着自己当年设下的问题，竟一个也回答不上来。

夏初问她问题是什么，那学姐闷闷地说：“你的梦想是什么？你最喜欢的人叫什么？”

当时夏初乐不可支，可学姐却没笑：“夏初你还小，不懂这种伤感。”

想着学姐话尾的一声叹息，夏初如今也叹息了。早晚自己也会如此的吧？记忆随着逝去的东西而变淡，心情随着时间的流逝而稀薄，最终，不了了之。

不知道现在黄公子在哪里，是否听说了关于她的事情，听说了又会怎么想？是会信了流言，还是信她的为人？她曾有一瞬暗暗希望他能来看一看自己，或者哪怕让小良来问一句。

可惜没有。

他告别得真彻底，也许真的是去了西疆行商，路途遥远，后会无期。夏初看着自己如今空荡荡的手腕愣怔片刻，轻轻拢下了袖子。

刘起烧了水后又帮夏初重新上了药，用轻薄的绫子护了伤口，匆匆而去，生怕夏初再问他什么。

闷头吃了点刘起送来的饭菜，夏初思忖着是不是要出门去找王槐，与他当面对质说个清楚。冤有头债有主，他报复可以，手段这么下作还扯进无辜的蒋熙元，实在是不可原谅。

但想一想也是无用。

她找了王槐又能说什么呢？她是没做错什么，是有理的，可昨天府衙前她一样有理，结果又如何？——还不是越描越黑。与流氓讲道理不会有什么好结果的，事情已经这样了，她不能再莽撞行事给蒋熙元添麻烦。

更何况，她一想起陌生人那些带着窥视的目光，那些窃窃私语和尖酸的笑声，就觉得头皮发麻，也没勇气出门。

接下来的日子要怎么办？蒋熙元那边自身难保，能不能再回府衙都说不准了，而她这边更是。没有了蒋熙元的府衙，她可能也真的待不下去了，再可能，也许西京她都留不下了。

当初进府衙时的激情壮志，此刻全化作了心头的惆怅。她把自己扔在床上，渐渐地困意翻涌，沉沉地睡了过去。

半梦半醒的时候，夏初觉得旁边好像有人，初时以为自己是在做梦，但那存在感始终挥之不去，终于把她从睡梦中推了出来。

屋里很暗，看光线约莫已是傍晚，满室飘着清淡的茶香，闻着很是舒服。夏初咕哝着翻了个身，忽然就听屋里一个声音道：“睡醒了？”

夏初猛地睁开眼睛坐起身来，起得太快，一脑袋磕在了床头上，撞出一声脆响。她揉着脑袋，一边吸着气一边惊道：“大人你怎么在这儿？！你从祠堂出来了？你什么时候来的？你怎么进来的？”

蒋熙元被她的一串问题问得笑了起来，放下手里的茶杯，道：“我来找你，敲门没人应声。我想你应该是不会出去，怕你出什么事，只好翻墙进来了。”

“我……我睡着了。”

“我看见了。”蒋熙元非常坦然地点点头。

夏初看着他好好坐在这儿，两天来悬着的心安稳了不少，可这一安稳，又开始有些不自在起来。此刻她再见到蒋熙元总觉得有点不一样了，好像他每句话每个眼神都带着暗示一般，自己反而心虚得不知道如何开口，有些手足无措地拉过被子给自己盖上了。

“还要睡？”

“没有。”她揪了揪手里的被头，看自己这下意识的掩盖举动有点可笑，便蹭到床边坐在床沿上低头穿鞋。中间偷眼瞄了瞄蒋熙元，想从他的神情里看出些蛛丝马迹，却又有点怕看出端倪来。一碰到他的目光便急忙闪开，依旧忙乎着自己的那双鞋。

蒋熙元看夏初有点奇怪，忍不住问她怎么了。夏初摇摇头直说没事，话在她心里绕了几个来回，最后还是咽了回去。

问他是不是对自己有意思？他说不是自己就丢人丢大了，以后还怎么面对他；他说是，自己又能怎么办？总不能主动开口问了人家，再义正词严地拒绝了去，那不是有病吗！

提了鞋又整了整衣服，整完衣服又理了理头发，理完头发又仔细地叠了被子，最后实在没什么可做的，夏初才低头问道：“大人，你家里没事了？老将军没把你怎么样吧？”

蒋熙元一直慢悠悠地喝茶，看着她在那儿瞎忙，终于等到她开口了，这才拎起茶壶也给她倒了一杯，示意她坐下。夏初摸了摸鼻子坐下，双手捧着茶杯仍是不抬头。

蒋熙元歪头看着她，笑道：“我这不是好好的吗？”

夏初迅速地看了他一眼，点点头：“没事就好。那皇上呢，有没有责怪你？”

蒋熙元轻轻地叹了口气，沉声道：“皇上发了好大的脾气。明天我进宫请罪，能不能出来就不一定了，所以来看看你。”

“啊？！”夏初猛地抬起头来，满眼惊愕，脸色都有些变了，往前倾了身子急声道，“刘大哥不是说没事的吗！怎么会这样？！大人你说出不来是什么意思？！”

她脑子里闪念间涌起了无数的猜测。那些从前在电视里看来的情景，什么投监入狱、严刑逼供、三尺白绫、满门抄斩全都冒了出来，越想越惊心，越想脸色越白，攥了一手的冷汗。

蒋熙元目不转睛地看着她，忽然嘴唇一弯笑出了声来，轻轻一挑眉，慢悠悠地问道：“你是担心我啊？”

夏初愣了愣，随即明白蒋熙元又是在耍她，心头猛地一松。这提着的一口气还没呼出来，眼泪却先毫无预兆地落了下来。

这下蒋熙元也愣了。

他觉得夏初今天精神不佳，醒来后连眼皮都不愿意抬，便想逗逗她，惹她与自己拌上几句嘴也好。可这玩笑似乎是开大了，不光没把她逗精神，居然还把她给逗哭了。

“我……我随口一说罢了。”蒋熙元对着夏初的眼泪慌得嘴都笨了，欠起身要帮她擦眼泪，手伸过来却被夏初一巴掌狠狠地拍开了。

“这事儿是能拿来随口一说的吗！”夏初高声地骂道，反手抹了把眼睛，气得脸都红了。

“我错了，你别哭了。”

“我这是喜极而泣！”夏初狠狠地一跺脚，站起身冲出了屋子。蒋熙元慌慌张张地跟出去，见夏初冲到水缸旁边直接伸手捧了水出来，胡乱地抹着脸，嘴里嘀嘀咕咕地不知道还在骂着自己什么。

他站在她身后一步的位置，轻轻揉了揉自己被夏初拍得又麻又痒的掌心，神色中慢慢地浮上一丝不可置信。

他本无试探之意，见她哭了心中只剩慌乱，直到此时才转过闷儿来。

她被自己吓到了，被他可能面临的遭遇吓哭了，那也就是说，她对他是在意的。不管这在意有多深，终究是有的。

值了！

那种久盼甘霖不至，入夜忽闻雨声的激动化作暖流融在心中，荡得他心跳不已，竟也有点想哭的冲动。

蒋熙元的心柔软得几乎化成了水，手心汗津津的，就像初次想要表白的懵懂少年，因为鼓足了勇气而紧张得微微颤抖：“夏初，其实我……”

“别说话！”夏初背对着他竖起手掌来，咬牙切齿地道，“我现在什么都不想听你说！”

“不是……”

“不是什么不是！”夏初转过头，顺手从水缸里捞起一捧水冲着蒋熙元扬了过去，声如急令地道，“这次的事情是我处理得不好，我很愧疚你知不知道！”

她往前迈了一步：“我很怕连累你，连累蒋家你知不知道！你要是真被皇上关了杀了，我万死难辞其咎你知不知道！我没脸活下去了你知不知道！”

她声音越来越大，脸色因为恼怒而发红，横眉立目地一步步站到蒋熙元面前，手指一戳他的胸口：“知不知道！”

蒋熙元默默地看着她，忽然莞尔一笑，抬手抓住了她的手指：“知道了。这次是大人我错了。”

夏初的手指上传来他掌心的温度，脸忽地一红，慌忙将手抽了出来，往后退了两大步。她侧头看着旁边的旮旯，有点忐忑，摸了摸鼻子语气梆硬地道：“大人你来找我是有什么事？”

蒋熙元那些想说的话原本就在嘴边，却突然被她这冷硬的口气给堵了回去，一下子便泄了那股勇气，懊恼无比。

“别生我气了。”他往前近了一步，夏初立刻往后退了一步，始终不看他，蚊声道：“我没生气，大人你赶紧走吧。”说完，她自己默默地皱眉，心说自己说的这是什么屁话。

刚才的玩笑她知道蒋熙元本身并无恶意。这事说到底是自己与王槐结怨被他泼了脏水，蒋熙元无辜被波及也就罢了，人家顶着雷帮自己把事态平息，还受了罚，这一出来就跑过来看自己。不管他到底对自己什么心思，这份恩情和帮助总是要承、要记着的。

一开口就轰人，这算什么？这不是白眼狼吗？

夏初挠了挠头，试着转圜道：“大人，我没别的意思。”

“你是不是不想看见我？”蒋熙元这话问出来就后悔，生怕她点头说一个“是”，一时间心都提到了嗓子眼了，忍不住咽了咽唾沫。

夏初一听他这么问，想是自己刚才的话说得真是过分了，忙道：“不是，我不是这个意思。我就是……就是……”

蒋熙元看着夏初欲言又止的表情，心中疑惑。回想起刚刚在屋里她好像也是这样，从醒过来看见自己后，神情间总带着一种踌躇，还有逃避。之前还以为她是刚起床没醒过神来，现在再琢磨却感觉不是那么回事了。

他略一思索，便想起那天她离开府衙前说的那番“别来找自己，不想别人误会”的话来了，心中便有些了然。想来她是分外在意那些流言的，惧怕别人的议论和眼光，才对自己有如此态度。

王槐散的那些流言着实可恶，一边质疑打击了夏初的能力和职业操守，另一边连她的人格都要诋毁。看来这厮离了府衙倒是有进步，会使阴招了。

除掉王槐实在太容易，难的是那些悠悠之口，难的是让夏初重新找回信心，找回对查案的热情。

蒋熙元想着，不觉间便浅蹙了眉头，暂且将心中种种情绪按下，拿定了主意道："天晚了，你不饿吗？走，跟我出去吃饭。"

夏初愣了一下，眼中有畏缩之意，立刻摇头道："我不去。"

果然。蒋熙元暗暗地叹了口气："就当是我道歉了。给个面子。"

"不用。我不去，大人你自己吃吧。"

"那你吃什么？"

"刘大哥送来的菜还没吃完，我热一热就行，不然浪费了。"夏初道。

"等吃完了呢？我不让刘起再给你送了呢？你要在家饿死不成？"

夏初沉默了一下说："等大人你这边确定没事了我就去向府衙辞职。景国这么大，我又不是非得在西京饿死。"

蒋熙元皱了皱眉头，心说这丫头死倔死倔的，可这倔总得倔的是个地方才行。辞职？离京？这算什么办法，简直可笑！

他冷了冷声音："这倒也是个不错的主意。本来还想跟你说说月筱红案子的事，如今看来你也是无所谓了。"

夏初瞄了他一眼，依旧又转过头去盯着那个旮旯，半低着头郁郁地道："跟我还有什么关系吗？我再去查案，也就是白白听别人的奚落与嘲笑罢了。大人你查案也挺在行的，相信你……"

"我没空。"蒋熙元开口打断了她的话，"明天我要进宫请罪，后日便是纳征礼，然后还有大婚的事，桩桩件件对我来说都比案子重要。你要是铁了心不管，那这案子也就这样了。"

夏初一听便皱了眉头，转头盯着他问道："什么叫也就这样了？"

"判汤宝昕一个秋后问斩，给百姓一个交代。你只管躲着你的，过上个把月被人淡忘了你再出门就是，或者想离京也随你。我走了。"蒋熙元说完转身便走。

夏初急了，快步追过去拦住他道："大人你明知道月筱红不是汤宝昕杀的，什么叫就这样了？难道为了安抚舆论就滥杀无辜？！"

蒋熙元停住脚，轻飘飘地道："难道舆论不该在意吗？舍一个汤宝昕皆大欢喜，有什么不好？不过是个戏子。"

"舆论是舆论，真相是真相！要是舆论能作为断案的依据，还要捕快干什么？还要大人你干什么！去茶楼做个调查问卷就什么都解决了！"夏初气道。她简直不能相信蒋熙元会说出这样的话来。

“舆论是舆论，真相是真相。”蒋熙元重复了一遍她的话，板起脸来转身看着她，“那我问你，你夏初是我蒋熙元豢养的小倌吗？你与我之间可有苟且？你做这个捕头可是卖身求荣而得？你所查案件所拘案犯可都经得起查验？那些人所说的可是真相？”

夏初的气势一下子就被灭了，垂下头低声道：“这不一样。”

“你不想舆论杀了汤宝昕，倒是不在乎舆论杀了你自己！是不是？！”蒋熙元疾声斥了一句，伸手拉起她的手腕，“夏初你给我抬起头来！你问心无愧，自己要的正义自己去拿！”说完也不再理会她的犹豫与含糊，拽着她便出了门。

这一路，夏初都被蒋熙元拽着，怎么也撤不出手。她尴尬得不行，低头小步地被他拖在身后，一会儿揪揪帽子，一会儿挠挠鼻子，生怕别人认出她来。

等蒋熙元停了脚步松开手，她抬头一看，自己竟被他带到了府衙门口的庆丰包子铺。铺子门口的大灶上垒了高高的笼屉，热气腾腾。正是饭点儿，门口的棚子下满满当当的都是人。

夏初往后退了一步，转身就想走，蒋熙元头也不回淡淡地说：“夏初，你要走就走。走了，以后也别让我再看见你。”

夏初有些委屈地张了张嘴，但蒋熙元压根儿没打算再听她说什么，信步走进了棚中，扔她一个人在街边。

她平时看惯了蒋熙元笑吟吟春风和煦的样子，没发现这人板起脸来这么吓人，做起事来这么绝。

他硬拉着自己出门吃饭也就罢了，还非要找这府衙门口，而且是人最多的地方。西京别的地方可能还认不出她夏初是谁，但这儿的人八成都知道，估计那天在现场看了笑话的也不在少数。

夏初看着满棚的食客，只觉得头皮一阵阵发紧，满手都是汗。她知道自己不应该走，知道蒋熙元出门前的那顿斥责不无道理，可知道是一回事，真要面对是另一回事。

就在夏初犹豫的时候，蒋熙元已经寻了一张空桌坐下了，还不知死活地招呼她：“夏初！这儿有空位子，过来坐！”

瞬间，棚子里便诡异地安静了下来。夏初赶忙低下了头，可仍是能感觉到那些食客的目光聚了过来。她真想马上找个地缝钻了，土遁回家。

她又往后退了一步，把自己藏在了黑暗中，这才敢微微抬眼，越过人群看向了蒋熙元。

蒋熙元单手支在桌上，用拳头轻轻地顶着下巴，也在看着她。她紧紧地抿起嘴唇，对着他摇了摇头，眼中满是乞求，可蒋熙元却毫不在意地粲然一笑，轻轻招了招手。

棚下的风灯昏黄，四周的人群神色各异，目光里全是内容。蒋熙元安坐其中，一派清风霁月的坦荡，仿佛世间无物，笑她庸人自扰。

蒋熙元的笑容让她心中稍安，目光落进她眼里像是无声的鼓励，耳边仿佛又听见他说："夏初你给我抬起头来！你问心无愧，自己要的正义自己去拿！"

她把这话在心中重复了几遍，深深地做了几个深呼吸。眼睛盯紧了蒋熙元，终于脚下一动，目不斜视地走了进去。

几步的距离漫长无比，那些目光如有形一般追在她身上。夏初握紧了拳头不断地告诉自己，抬头！挺胸！她问心无愧，她对得起自己的良心，不能也不应该屈服在别人的目光和误解里，退缩与畏惧永远帮不了自己。

死就死吧！更何况她还不会死，怕个屁！

终于挨到了桌前，落座之后，蒋熙元冲她笑了笑，又像往常一样的温和模样了。他扬声招呼道："老板娘，一屉酱肉的一屉三鲜的，再来一碟五香花生。"

老板娘应了一声转身而去，路过旁边几桌时悄悄地挑眉递着眼色，点头轻声笑道："就是他，没错。"

几声了然的笑声传过来，格外刺耳。有人低声地说道："你说他们也不避嫌？都这样了还敢出门呢？夏初这脸皮可够厚的。"

"都这样了还避什么避？再说，脸长得好看就行了，厚不厚有什么关系。"有人接口道，说完又是一阵窃窃的笑声。议论之声嗡嗡作响，像千百只苍蝇在飞。

蒋熙元到底是势大背景深，所以这些恶毒的话多是冲着夏初而来。夏初听得一清二楚，虽然已有了心理准备，虽然告诉自己不要在乎，但真听见了仍是刺心得厉害。

"看着我。"蒋熙元低声地说，见夏初怯怯抬眼，他便点头一笑，"吃完这顿饭你就知道了，除了肚子饱一些，你还是你，不会有区别。信吗？"

夏初轻轻地牵了牵唇角，目光紧盯着蒋熙元，好像他是黑暗中唯一可遵循前进的光芒一般，"信。"她说。

"很好。"蒋熙元抽了双筷子递给她，"知道我为什么带你来吃包子吗？"

夏初略略踌躇一下点头道："大人想告诉我，最坏无非如此，没什么可怕的。"

蒋熙元却笑道："一会儿咱们还有地方要去，我只是觉得吃包子比较快罢了。"

夏初听了这个回答不禁哑然，须臾，终于是笑了起来。

是呢，吃包子比较快。她还有要做的事，哪来的时间去计较别人怎么说怎么看，傻子才会停下自己的脚步去向那些不相干的人解释，用自己的畏缩满足别人的好奇与窥视。

那些议论的人说了一会儿，见夏初这边全无反应便也无趣了，话题逐渐多了起来。一顿饭平静地吃完，夏初把最后一颗花生剥了放进嘴里，一边细细地嚼咽，一边悄悄地看着蒋熙元。

“怎么了？”蒋熙元问她。

她抿嘴含笑地摇摇头，又静了片刻才轻声道：“谢谢。”

常青这两天有些无精打采的，但还是踩着卯时的点儿到了府衙。之前的骚乱早已平息，但他却觉得这混乱才刚开始。

这两天府衙的捕快基本都被不同的人问了同一个问题：你们夏捕头跟蒋大人的事儿是不是真的？

常青被问得很烦，起先还气冲冲地解释，后来这火气也被磨没了，现在他索性连解释都不想解释。新近得了一些月筱红案子的线索，他攥在手里也不知道该怎么办才好。夏初不在，蒋熙元也不在，暂理司法参的白司户能避则避，什么事都压着，尤其对月筱红案听都不想听，连个拿主意的都没有。

他慢悠悠地推开了捕快房的门，看了一眼桌边上坐的人，随意地说了一声早上好。说完后自己愣了一下，瞬时瞪大了眼睛：“头儿？！我天！我不是眼花了吧！”

夏初神清气爽地抬起头来，放下笔，笑得甚是灿烂：“来了？”

常青快步走过去，撑着桌边俯身仔细地打量着她，又惊又喜，半晌才开口问道：“头儿，你没事了？”

“伤口有点痒，过些天应该就没事了。”夏初抬了抬胳膊。

“不是，我是说……”常青搓了搓手，但瞧着夏初的样子也觉得不用再多问了，于是便笑了起来，“没事就好了。”

夏初把桌上的卷宗合上，站起身来把佩刀拿在了手里：“走吧，跟我出去问案子去。”

“哪个案子？”

“还能哪个？月筱红的案子。”她抬头一笑，神神秘秘地道，“有新线索了。”

常青一听便不由得有些担心，思忖了一下委婉地道：“头儿，你胳膊还伤着呢，有线索告诉我就是，我去查，你在府衙里歇着拿个主意就好。”

“我知道你担心什么。”夏初感激地拍拍他的肩膀，“我也想明白了，认识我的人自然相信我，不认识我的人又与我何干。随便他们说什么怎么看，横竖我也不会少块肉。多余解释，其实那天在府衙门口也是多余解释。”

常青有些意外，但心却放了下来，不禁赞道：“行！坦荡！”他给夏初推开了门，兜手做了个请，“走着！我这也有新的线索，是关于蓝素秋的，咱边走边说。”

“好！”夏初笑了笑迈步而出，清晨的阳光透过屋檐缕缕落下，耀目而温暖。有路过的人看见了她，表情或惊喜或讶异，神情或鼓励或鄙夷，她都坦然地看过去，微笑着打了个招呼。

“夏初你给我抬起头来！你问心无愧，自己要的正义自己去拿！”她昂了昂头，整了整衣冠，带着常青阔步往府衙门口走去。

而此时的蒋熙元已经早早地候在了御书房外。今天不是上朝的日子，一早苏缜便先宣了户部的人布置青城郡赈灾一事，而他蒋熙元的事只能靠后。

他站在一棵侧柏下，百无聊赖地用手指拨拉着松针，没有丝毫担心的模样。安良端了盏凉茶出来递给他，笑吟吟地道：“天儿热，大人去去暑气。”

“多谢安公公了。”蒋熙元接过去，安良抄起手来冲他笑，“我瞧大人一点儿也不担心啊。”

“看见安公公这笑模样，就知道我也没什么可担心的。”蒋熙元喝了口茶，沁凉的感觉从喉咙一路滑到心口，甚是舒畅。

“大人说笑了不是。老将军昨天来过了，哪轮得着我这奴才的脸做鉴天仪。”安良打趣道，说完又凑近了一些，挑了挑眉毛低声说，“大人改日娶亲了，可想着给我留壶喜酒。”

“娶亲？”蒋熙元不明所以地笑了笑，眉头却稍稍拢紧了一些，“谁说我要娶亲的？”

“咳，早晚有这一天不是？”安良揶揄地用胳膊肘轻轻碰了碰他，“得了，我御前听候去了。”

安良走了，蒋熙元却站在原地暗暗心惊。这不难猜，定是祖父昨日进宫来与苏缜说过些什么被安良听去了，他这才过来打趣自己。可今晨祖父叫他过去训话时，却是只字未提这个事啊！

莫不是家长们真背着自己定了亲事？怕他任性不从，直接捅到苏缜这里要御旨赐婚来了？若真是这样可就坏了，圣旨，那是绝对再没有转圜余地的东西了。

这下子蒋熙元再也淡定不下来了，三两口饮了茶搁在一边，负手在侧柏下琢磨想对策，时间简直分秒难挨。

快近巳时，户部的人才擦着汗从御书房里出来，一个个愁眉不展地低声说着话，谁也没瞧见站在一边的蒋熙元。蒋熙元看着他们离开，知道该轮到自己面圣了，忽然又开始觉得刚才的时间过得太快，什么主意还都没想出来。

远远地看见安良过来请他，他这才深深地吸了口气，心说不管了，横竖现在圣旨没宣到蒋府去，无论如何他一定得把苏缜拦住了，哪怕撒泼打滚也在所不惜！

御书房里摆了冰，转轮扇出丝丝的凉意，比外面舒服得多。苏缜正捏着眉心养神，听见蒋熙元问安的声音才睁开眼，默然地看了他片刻后叫了平身，道："外面有这么热？怎的满头是汗？"

"臣是紧张的。"蒋熙元道。

"你紧张？"苏缜笑了起来，"你还会有紧张的时候？"

"臣以往没做过什么错事，自然不紧张。如今犯错了要御前领罚，当然紧张。"蒋熙元恭谨地说道。

苏缜听完微微一笑："别人也就罢了，你蒋熙元在朕面前说这话，反倒显得居心叵测。"

"臣不敢。"蒋熙元单膝点地跪下，惶恐般低了头。

"行了，起来吧。"苏缜看也不看他伸手去拿茶盏，那紫玉坠子滑出袖口轻蹭盏沿，发出一点儿响动。他缩了一下手，将坠子重新塞回了袖子里，整整袖口笑道，"不用在朕面前装模作样的，昨天老将军来了，与朕说过什么想必你也是知道了。你可有什么想说的？"

蒋熙元抬起头来，想说自己亦是认同祖父之言，但话未出口又觉得不对，唯恐这话说出来连同赐婚一事也带了进去，便改口道："臣没什么想要说的，错便是错了，臣甘愿领罚。"

"熙元，你与朕大可不必打这种官腔，说如此表面的话。"苏缜轻轻摇了摇头，"朕倒是不妨与你说句心里话。"他抿了口茶，"老将军所言之事，其实朕大可不必理会。"

蒋熙元略有愕然地看着他："臣愿闻其详。"

"朕登基时日尚短，朝中正是用人之际，有多少真正堪用之人想来你也清楚。你祖父怕水满则溢，而朕怕什么呢？"苏缜说到这顿了顿，"朕本该想用你们时便用，不想用时，顺了朝臣之意弃之，又有何关系？"

蒋熙元心中陡然一紧，有些猜不出苏缜这番话的用意来，没敢应声。

御书房里静了片刻，又听苏缜轻轻地笑了一息："想想还是算了，朕难得有个朋友，也想替你谋个长远之计。"

蒋熙元听了这句话不由得心中一震，松了口气的同时也有些感动，撩袍拜下谢恩。他自然不会以为苏缜只是为他、为蒋家谋个长久，但话中亦是能辨出几分真意的。

他了解苏缜，若他是个只顾念情谊的人，也就不会是今天的他了。

这次他擅动亲兵犯了错，朝中揪住了穷追猛打的不在少数。他蒋熙元代表的就是蒋家，蒋家代表的则是拥护皇权一党。吴宗淮一事纵然暂时打压了前朝老臣，但人在心不死，暗流仍在。

此番苏缜与蒋家暗里达成共识，便可放手压制而不担心寒了蒋家忠心。如此顺应了朝中之议，那些以为他畏惧退缩之人必然渐渐张狂，他搅浑了一池子水等着大浪淘沙就是；而另一边迎娶咏薇不误又能安了拥皇一派之心，毕竟蒋家还好好立在那儿，中宫仍然姓蒋。

若不是蒋熙元知道自己动兵一事纯属偶然，知道那韬光养晦的话是祖父自己说的，还真要疑心这一切都是苏缜事先想好的了。这顺水推舟推得真好。

明白归明白，蒋熙元却也不是不承他这个情，一个天子能对自己说出这样坦诚的话，也真的是出于信任。自己动了亲兵而皇帝还能如此待之，说不感念也是假的。

谢过了恩，苏缜便将拟好的折子递给了他："既然是来领罚的，便好生看看朕罚得可有道理。"

蒋熙元接过来草草一眼，便看见了"国子监博士"一职，心下一动，抬眼看向了苏缜。苏缜见他的神情便知道他明白了自己的意思，于是微微一笑："正三品降至正五品之职，你可认了？"

"臣领旨谢恩。"蒋熙元拜下，又道，"臣有一个不情之请，还望皇上恩准。"

"说。"

"臣叩请皇上让臣再留任京兆尹一职一段时日。"

苏缜微微地眯了眯眼睛，想起闵风所说的流言，不禁有些疑心："留任一段时日，可是有什么放不下的？"

"月筱红一案。"蒋熙元干脆利落地说，"此案在臣任上闹得沸沸扬扬，臣不了结此案心有不甘。"

"准了，尽快就是。"苏缜放下心来，走到蒋熙元身边让他起身，"忙了半日朕乏得很，陪朕去散散心。"他笑了一下，"老将军来见朕，倒还说了一桩事，正好朕也与你聊聊。"

蒋熙元心里咯噔一下，心说，来了！

外面的日头极亮，有些热，苏缜与蒋熙元并肩沿着廊庑走过了两仪门。过了两仪门便是后宫所在，按说蒋熙元是不该进来的，只不过如今也是空着，倒不必太忌讳。

到凤仪宫前驻了足，苏缜让安良去清了里面洒扫布置的宫人，带着蒋熙元走了进去。

凤仪宫是中宫所在，也就是蒋咏薇大婚后即将居住的地方。苏缜笑言让他好生看看，有没有亏待了他的妹妹。蒋熙元谨慎应对，心思却全在别处，只想着等苏缜问他婚配之事时他该如何作答。

“熙元，朕要大婚了！”迈出正殿时，苏缜说道，话尾不经意地带出了点儿叹息。蒋熙元听见只当他是寻常感慨这人生大事，未多想，话便顺口而出：“臣恭喜皇上，这是我蒋家的荣耀。咏薇性子开朗，知书达理，定能好好辅佐皇上。”

“朕知道。”他仰起头来看着湛蓝的天空，唇边似是挂着笑容。可蒋熙元瞧着只觉得他这笑容里似乎尽是落寞之意，心中便有些发沉。

忽地联系上了刚刚的那声轻叹，不觉间稍稍拢了眉头，又疑心自己是不是看差了、想多了。再想去细细分辨一下时，苏缜却已经收回了目光，依旧是惯常的模样，对他道：“你比朕还要年长，怎到现在也没个动静？老将军可是急坏了。”

“臣倒是不急。”

苏缜浅笑：“儿时朕与你玩笑，若你成婚了朕便去主婚。如今朕不是皇子也不是亲王，这主婚怕是不行了，赐婚倒是可以。”

“是，臣记得。”蒋熙元苦笑了一下，“臣还记得那时臣便说，要娶定娶真心爱慕的女子，若是凭家里胡乱塞一个，便是翘家也不从。故而……”

“幼时玩笑之语罢了。”苏缜摆摆手打断了他的话，“不成亲总归心性不定，你也二十了，西京城中这般年纪还不成亲的也是少见。”他转头看着蒋熙元，眼里的笑容让人有些看不透，轻声道，“何苦白白惹人猜测。你说呢？”

蒋熙元心中陡然一惊：“皇上是听说了那些无稽之言？”

“虽是无稽之言，总归名誉有伤。你也的确早到了成家之年，也何苦带累了……夏初。”苏缜缓声道，念及这个名字心中仍是酸涩不已，说完便转过身，沿着廊庑慢慢地往正殿后面绕过去。

蒋熙元怔了片刻后才跟上去，在他身后默默地走着。想苏缜既然已经提到了夏初，那他是否应该借着这个机会把夏初是女子的事情说出来。

说出来，可以求苏缜赐个恩典，自此再不怕家里催促他婚配之事。可如此硬把夏初绑在自己身边夏初会不会生气？他曾说要求娶心爱之人，若不然就是翘家也不从，那夏初会不会也是同样的想法？

想想又觉得不会，那毕竟是赐婚，不从是要掉脑袋的。

可转念一想也不行，以夏初那样的倔脾气，如果就是不从，自己又怎么可能看着她为此丢了性命。少不得还要再求恩典，解了这赐婚圣旨。

真到了那一步，落了笑话不说，他与夏初也算是彻底没希望了。难得她刚开始对自己有些在意，万不能就这么功亏一篑了。况且他也真的是不想勉强她，赐婚之事他本想是留到夏初肯嫁给他而家中反对时再用的办法。

“在想什么？”苏缜回头问他。

蒋熙元愣了一下，这才意识到刚刚苏缜与他说了话，便略有些心虚地道："也没什么，臣刚刚走神了。"

苏缜哦了一声，默默地看了他片刻，才又拾回刚刚的话道："昨日老将军与朕已经提了，刘腾的嫡长女和沈平峦的嫡女都是不错的。你若是没有中意的女子，倒不妨从别的角度考虑一下婚事。刘沈两家都是清流一派，与蒋家联姻不无益处。"

他顿了顿，侧头看着蒋熙元："求娶真心爱慕之人固然好，但那时朕还说过另一句话，不知道你还记得不记得？"

蒋熙元乍听有点儿茫然，未等蹙眉便记了起来。

也是儿时的那一天，他与苏缜说娶妻定娶心头所爱。苏缜听了他的翘家之词后只是清浅地笑了一笑，道："我却是连翘家的机会也没有，倒索性今生便不要遇见心爱之人的好。"

"那样岂不遗憾。"那时蒋熙元不赞同地摇了摇头。

"遗憾如何？现实总归是现实。"苏缜那时候是这样说的。

现在他把这话又撂给了蒋熙元，意思已经相当明白了——让他面对现实，赶紧成婚。

话说到这儿，蒋熙元知道这事儿已容不得他再含糊其词下去了，心一横，便索性撩袍跪了下去，朗声道："臣的婚姻之事让皇上和家人费心了，是臣的不是。然，臣心中已有心仪女子，且非她不娶。还望皇上悯臣一片痴心。"

"哦？"苏缜一听这话便来了兴致，伸手将他从地上扶起来，笑道，"你倒是瞒得紧，怎么从没听你提起过？起来说。"

蒋熙元就着苏缜的手起身，正要答话，目光扫过苏缜的手腕，却一下子呆住了。

第二十四章 情义两难全

苏缜的手按在蒋熙元的胳膊上，那明黄的袖管里滑出半只紫玉的玉坠来，坠子上雕琢了一串莹莹的葡萄，枝叶缠绵，缀着双色绿丝线打的流苏。与之前唯一不同的是这坠子上又加了十八颗紫玉串珠。

蒋熙元以为自己眼花，一眨不眨地直盯着那坠子，盯得眼睛发酸。可是没错，他甚至连那道绺裂都看见了。

别人或许不认得，但他却再清楚不过了。

四月中，管阳城，天工坊，那天他带着微酸吃味的心情，陪着夏初给那位黄公子买了一份新婚贺礼——一个紫玉的葡萄坠子。

只是这葡萄坠子，怎么竟挂在了苏缜的手腕上？！

"朕在问你话，你怎么净走神？"苏缜轻推了一下他的手臂收回了手，那枚坠子滑了出来，他顺手便握在了掌心，轻轻地揉着，仿佛已经如此做过千百次了。

蒋熙元将这熟稔的姿势看在眼里，愈发惊心不已。

苏缜见他不答话，不禁笑道："既然已经说了何不说个痛快。是哪家的姑娘，怎么你家人却不知情？还心急火燎地请朕来问你的意思。"

蒋熙元硬生生地拉回自己的心神来，胡乱搪塞道："那姑娘……那姑娘……只是个普通的姑娘。臣想……等她真心属意臣时再求娶。"他说着又把头埋得更低了一些，怕苏缜看见自己此刻已经苍白的脸色，看见自己无论如何也掩饰不住的惊愕。

"真心属意你？"苏缜微微讶然，"竟还有不愿嫁你的姑娘？熙元，你也有今时今日啊！"说着便已经笑了起来。

蒋熙元闭了闭眼睛，尽力调匀了自己的呼吸，道：“是……故而臣还未与家中言明此事。”

“那便好。”苏缜笑了笑，对关于夏初与蒋熙元的流言彻底打消了疑虑，“既如此倒也不急了，朕等你的好消息就是。来日求得佳人，朕微服去讨杯喜酒喝，也见见那姑娘到底有何过人之处，能让你蒋熙元如此动心。”

轻身一转，苏缜从扇套里把扇子抽了出来，轻轻摇着向前走去，不再多问。

燥热的天气里，蒋熙元生生沁出了一身的冷汗，抬眼看着苏缜的背影，心中一团糟乱。

黄真。皇帝，苏缜。

他怎么早没参透这名字的含义？他在发现西京并没有黄真时为什么不往宫里想一想？夏初说黄公子要结婚了，他怎么就没想过苏缜也是要结婚了的呢？

偏巧那天他也买了一份新婚的贺礼，却万没想到两人所买的东西竟是送给同一个人的！只是，他的那份贺礼放在了凤仪宫的正殿，而夏初的这份贺礼，却挂在了苏缜的手腕上。

那些夏初对他提起的关于黄公子的信息，如今再想真是一通百通。

贴在夏初墙上的那幅画，画中的夏初岂不正是苏缜的手笔！他竟没有辨识出来。也难怪苏缜忽然想要听戏，他听夏初说起与黄公子听过戏时，只觉得有哪里不对劲，竟也没有深想到这一层的联系。

那种微妙的熟悉感果真不是他的错觉，那所谓的黄公子，他果然是认识的！

他怎么早没有想到？可他怎么可能想得到！苏缜居深宫之中，怎么会跑出去认识了夏初？怎么还有了这般深厚的交情？

交情……或许还不只是交情。夏初那哭红的双眼，又岂是交情那么简单？他们之间究竟是怎么一回事，到底发生了什么？

蒋熙元觉得自己有些喘不上气来，木然地跟在苏缜身后走着，无数的念头灌满了他的脑海，却又觉得一片空白。

走到凤仪宫后面的小花园里，苏缜驻足看了看，眉头轻轻一皱返身而出，对蒋熙元道：“朕先回去了，你若是想看便再看看。早些出宫去，老将军想必正等着你的回话。”说罢又拍了拍他的肩膀，“儿时的话虽是戏言，倒也不是完全不作数。若是两情相悦朕也乐得帮你一把。”

蒋熙元心里像被人狠狠地打了一拳，躬身低头：“臣……谢过皇上。”

苏缜对他轻点了一下头，又招安良近前说了句话，之后信步而去。待他走远后，蒋熙元又回头去看这凤仪宫的小花园。

花园中支了个藤架，架上攀着蓬勃的葡萄藤，绿叶摇曳，已是坐了串串青涩的小果。

“把园子里的那株葡萄去了。”

苏缜如是说道。他听得极清楚。

蒋熙元不知道自己是如何离开皇宫的，走过一幢幢殿宇，白花花的日光却晒得他一身冷汗。眼前恍惚的全是那枚紫玉的坠子，是苏缜那一声不经意的叹息，是他浅浅流露的落寞，是那架绿意盎然的葡萄藤。

真相揭开得如此彻底，他看得又是这么清楚，甚至找不到一丝的侥幸来骗骗自己，骗自己这中间也许还有误会。

他此刻有丝后怕，幸好自己没有把话彻底坦白出来，但这种庆幸却又像是明日既来的劫数，像悬在头顶的剑，让他愈发恐慌。

苏缜还不知道夏初是个女子，可即便如此却依然爱上了。那声叹息分明就是思恋，那种落寞分明就是情深，分明得让他看见，他对夏初之情并不亚于自己。

作为臣子，蒋熙元知道自己实在应该趋功避过，万不要招惹皇上的心头好才是。但作为男人，他却不愿意让步分毫。可自己对夏初志在必得，那么苏缜呢？倘若他有一天知道了夏初是女子呢？

今天不管他再如何努力，怕是也斗不过来日的一张圣旨。

退一步说，即便他让步了，成全了，他的妹妹要怎么办？一心爱慕着苏缜，即将入主中宫期盼着与他举案齐眉的咏薇怎么办？那声叹息仿佛已经宣告了她的将来，那株将被挖去的葡萄藤，似乎就是苏缜根本不愿意被别人敲开的心房。

那里住着一个人，可那却是自己所爱。

蒋熙元还从来没有如此慌乱和不知所措过。一路走出去，他不停地希望这只是一个梦，一个噩梦。他想让自己赶紧从梦里醒过来，却不能。

刘起套了车在皇城外等着蒋熙元，看见他一副魂不守舍的样子走出来，心中一惊，忙跳下车迎了过去：“少爷，少爷！怎么了这是？怎么脸色这么差？是不是皇上说了什么？是不是有什么变故了？少爷！”

蒋熙元一言不发，走过马车也没有要停脚的意思。刘起一把将他拽住：“少爷啊！你倒是说句话啊！急死我了，你这是又要去哪儿啊？”

“我去找夏初。”蒋熙元看也不看地甩开刘起的手。

刘起又把他拉了回来：“老太爷和老爷那边都等着你回话呢，明儿个就是纳采礼，您这会儿又找夏兄弟做什么？”

“放手。”蒋熙元瞪眼看着他，脸色煞白，把刘起吓了一跳，却仍是没敢松手。刘起咽了咽唾沫，鼓了鼓气道：“少爷，不是我说……您做事也得分个时候不是？之前的事刚平息些，好歹您消停两天。一家人为您吊着心呢！您说您出来直接奔了夏初那儿，若是家里知道了，您这不是把夏兄弟给害了吗？”

蒋熙元不说话了，刘起趁势连拉带拽地把他塞进了车里，马鞭一响，一刻不敢犹豫地向将军府狂奔。

蒋熙元抱头坐在车里，觉得头疼欲裂。他告诉自己冷静，一定要冷静，事情还没有糟到完全无可挽回的地步，他无论如何要想个对策才行。可脑子里却炸得嗡嗡作响，片刻不让他思索。

这一团的乱麻，到底要怎么做，怎么办！

夏初再见到蒋熙元的时候，纳采礼已经过去了。她抱着一本卷宗，在书房里找到了他：“大人，我这案子查问得差不多了，听说你今天过来，可有空听我说说？”

夏初笑眯眯地把卷宗往他桌上一放，抬眼一看便稍稍惊了一下，仔细地打量着蒋熙元道：“大人，纳采礼很累吗？怎么熬得这么憔悴，还是又喝多了？”

蒋熙元不作声地看着她，片刻后把手轻轻地按在卷宗上，勉强一笑：“累了而已，没事。”

“那……”

“东西放在这儿，我看看，如果没问题的话今日便贴出告示，你让人知会相关人等，明天升堂审案。”蒋熙元说完仍是看着她，眼中像是万语千言未竟，直看得夏初心中惴惴，有些手足无措起来。

趁着自己脸上的热度没起来，她忙接过蒋熙元的话，一边往门口走一边说：“我知道了，那……大人你先看着，我去瞧瞧汤宝昕。”

“夏初。”蒋熙元叫住了她，按着桌子站起身慢慢地踱到她身边，思忖了片刻后问道，“现在不怕了？”

夏初还以为他要说什么，心里紧张得不行，听见了这么一句后不禁暗暗松了口气，摇了摇头笑道：“不怕了。自己不害怕之后，发现真的是没什么可怕的。”

“以后呢？”

“以后？”夏初侧头想了想，“以后就学乖了，吃一堑长一智。道理和正义不是自己说出来的，认为对的只管去做，日久见人心。”她低头一笑，有点不好意思地道，“有事多与大人商量，不可莽撞，不可擅自做主。”

“如果我不在了呢？”

“什么叫不在了？”夏初抬头盯着他，眉头又不觉地皱了起来，神色微恼，“又来，大人你总吓唬我做什么？明明都已经没事了。”

“不是那个意思。”蒋熙元忍不住笑道，那笑意却未至眼底，目光胶着在她的脸上像是连眨眼也舍不得一般，“行了，先好好准备月筱红的案子吧，升堂时，你来审，我只管判。”

“我审？”

“你审。”蒋熙元郑重其事地点点头，他看夏初微微缩了下脖子，眼中有些犹豫，便浅浅一笑，“又怕了？”

夏初摇了摇头，深吸了一口气，眼神渐定，抿嘴笑道：“不怕！”

“那就好。去吧。”蒋熙元推了推她，目送着她步履坚定地推门而去，直到房门轻声合拢，脸色才渐渐地沉了下来。他走到软榻前屈身坐下，手肘支在膝上，一言不发地侧头看着空荡荡的床榻。

窗前的白茉莉经了风离枝而落，发出一声柔软的轻响，又没了声息。微尘在光线中轻舞，三尺日光之后再瞧不见踪迹。仍是这明亮静谧的书房，许久，也只听见了一声叹息。

月筱红一案在西京搅得沸沸扬扬，升堂审案的告示甫张贴出来，立刻便炸锅了。有得了信儿的月筱红的戏迷奔到泰广楼，把这消息散播得更广了一些。

于是，关于月筱红，关于夏初的话题热度再次攀升，好像每个人都成了捕快，都成了正义的化身，那点流言翻来覆去在人们口中被嚼得稀烂。

升堂这天，门口又像是要起骚乱一般乌泱泱地聚了好大一片人，声音嘈杂吵得每个捕快都皱着眉。

夏初站在堂下，冠正衣展，身板挺直高昂着头，悄悄地把手心的汗擦在了裤子上，静等着蒋熙元升堂。

蒋熙元从侧门走到了屏风后，透过层层间隙看着夏初。这大概是他最后一次以京兆尹的身份升堂审案了，他求了苏缜留任这一段时日，为的便是这桩让夏初蒙羞忍辱的案子。

他想尽自己的力，守着她陪着她，让她光明正大地拿回属于她自己的正义。这守护这陪伴还会不会再有？这倔强的神情，这明亮的双眼，他还能看多久？

蒋熙元不知道，不敢想，第一次不敢去看前方的路，害怕抬眼便是尽头。

夏初转头看了过来，瞧见他先是稍稍一愣，随即那目光里带着笑意，像是在说：我准备好了，大人你还不升堂？

蒋熙元无声地叹了口气，转屏风入座，于上首看了一眼堂外民众，揽袖高举惊堂木，顿了一顿脆声落下：“升堂！开审月筱红被杀一案！”

捕快振木而声，肃穆公堂，渐息了那些纷纷的议论。

夏初深吸了一口气迈步而出，对蒋熙元拱了一拱手：“大人，属下想先带证人章仁青上堂问话。”

夏初话音一落，堂外便有人高声道：“让夏初滚出公堂！他没资格审案！”随即旁边便有人附和了起来，刚刚静下去的公堂又乱了起来。

蒋熙元刚要拍案，夏初却先一步回过头去，横眉冷目地对堂外高声道：“今天我夏初以西京府衙捕头身份公堂问案，想听便听不想听便走。惊堂木已响，再有喧哗闹事干扰审案者便以藐视公堂论！待案子审完仍有存疑者，尽可衙前击鼓鸣冤，来一桩我夏初接一桩！”

话落，常青适时地敲响了杀威棒，一众衙役附之，堂外的声音又七零八落地吵了两句，渐渐地还是平息了下去。

蒋熙元微不可查地笑了一下，放下心来。似是又看见了那个穿着粗布衣裤在莳花馆与自己顶嘴，那个在堂上倔强不跪，声声夺人的小杂役。像旷野山坡上平凡的金露梅，坚强绽放。

他把手中的惊堂木轻轻放下，有些留恋地看了看。不是留恋这公堂，不是留恋这三品之位，留恋的只是与她并肩，与她每一天顺理成章地相见。

夏初转回头，目光扫过一个角落时顿了顿，对站在那里的王槐冷然一笑。王槐下意识地缩了缩脖子，待夏初目光移开之后便想退出人群，脚还没动，旁边吊着一只胳膊的杜山却把他拽住了，低声道：“我倒看这众目睽睽之下夏初还能玩出什么花来！等审完了，咱们一起去击鼓，老子还得让他赔我这条胳膊！”

王槐干笑了两声，胡乱地说了个是，心中却翻腾不已。他本以为夏初不会再出现在府衙了，即便流言压不死他，蒋熙元为了自身名誉也不会再用他了。

可没想到这小子竟然又回来了，竟还有胆子公堂审案，实在是大大的不妙！

公堂之上，章仁青已跪在了当中，伏地叩首自报了姓名之后，夏初走到他身边稍稍弯了腰，道：“章管事，日前你曾指证汤宝昕为杀害月筱红的凶手，一则因为月筱红死前曾与汤宝昕有过争吵，二则是汤宝昕当晚戌末到丑初之间去向不明，对吗？”

章仁青点点头，夏初却道：“是或不是，请大声说清楚。”

“是。这两点汤宝昕都曾是亲口认了的。”章仁青高声回答。

夏初听完未置可否，拿出两张纸来递给他：“笔录在此，章管事务必瞧仔细了，其中与你所言可有出入。”

章仁青瞄她一眼，有些忐忑地接了过去，粗粗地把其中的要点看了看，随即点了点头：“是，正是在下所言。”

“好，你认为汤宝昕是杀死月筱红的真凶。”夏初顿了顿，是对章仁青说话，却转头看向了公堂外的百姓，“我来告诉你为什么他不是。”

话音落，她清了清嗓子，高声道：“四月三十晚上戌时左右，汤宝昕曾去月筱红房里找过她，两人有过对话，且不止一人听到过。”

章仁青挪了挪膝盖，道：“不是对话，而是争吵。”

“你怎知是争吵？”

“是蓝素秋说的，他就住在月筱红隔壁，自然听得清楚。”

“好。”夏初点了点头，对常青道，“带蓝素秋上堂问话。”

不一会儿，蓝素秋便摆着胯走上堂来，稍低着头。一身男装却是袅袅姿态盈盈拜下，拿捏着腔调道：“草民蓝素秋，叩见大人。”

夏初走到蓝素秋跟前，道：“蓝素秋，四月三十晚上你可见到了汤宝昕到月筱红房里？”

“回官爷的话，见到了呀。”

“章仁青说你曾听到两人有过争吵，可有此事？”

“有呀。”蓝素秋眨了眨眼看着她，“上次官爷去问话时，草民也与官爷说过，可没有隐瞒什么的。”

“他们争吵的内容是什么？”

“这……”蓝素秋低头略略地想了一下，“草民只听见他们争吵，但吵的是什么却没有听到。”

“既然内容没有听到又如何知道二人是在争吵？”

“他们声音压得低，只能听得出声音挺急的，总归是有了争执才会那么说话。”蓝素秋按了按袖口，“六哥……哦，是汤宝昕平日里也常来找月筱红的，可不是那样说话的呢。”

夏初笑了笑，道：“戌时前后德方班东跨院里的人还都没有歇下，也就是说，人声嘈杂时你在房中仍能听到月筱红房中低语的声音，是这样吗？”

蓝素秋点了点头，“是。”

“汤宝昕离开之后，你说你曾去找过月筱红，当时她还好好的，并无异状。之后你就回了自己的房间对吗？当时是什么时候？”

“对。”蓝素秋依旧点头，答得十分肯定，“草民只是站在门口与她说了几句话，回房的时间应该不过戌时二刻吧。”

“嗯。那后来邻院有人争吵，你可听见了？”夏初笑眯眯地看着他眼中的惊疑，“不记得了？嘈杂时尚且听得到，安静时不该什么都听不见吧？”

“争吵？哦……是，好像是听到了。”蓝素秋躲避着夏初的目光，扶了一下脸颊，又抿了抿嘴唇说，“回屋后草民便睡下了，听得也不是太真切。”

“睡下了？”夏初莞尔一笑，“那大抵是你发梦了，因为那晚根本没人争吵。蓝素秋，你真的在屋里吗？”

“官爷……”蓝素秋急忙道，“草民说了，听得不真切，草民不是……”

夏初摆了摆手打断了蓝素秋的话，转头对蒋熙元道：“大人，属下想传唤一名人证。”

蒋熙元正目不转睛地看着她，夏初一回头正对上他的目光，心里一抖，赶忙避开了去。蒋熙元便也挪开了眼睛，垂眸道：“传。”

蓝素秋直了直身子，往侧门看过去，显得十分紧张，待看清了常青带上来的人证后，便暗暗地松了口气。

那人四十多岁的样子，一身粗衣布裤，系着布头巾，入得堂中纳头拜倒。蒋熙元让他抬起头来：“堂下所跪何人？”

“回大人，小的名叫孙平，是城南大通坊值更的。”

夏初接过话去问孙平：“四月三十晚上可是你值更？”

“正是小的。”

“当晚你曾看见过什么，如实说来，公堂之上不得妄言。”

“是。”孙平粗声粗气地答道，“小的当晚值更，子时过后曾见一人从德方班院子的侧门出来。小的以为德方班进了贼便跟过去看了看，后来认出是他们班子里的蓝素秋，就没再管了。”

蓝素秋的脸色一下子就变了，再也顾不得仪态，结结巴巴地道：“胡……胡说！”说完又转身向蒋熙元叩头，“大人！小的可没有杀月筱红，小的虽与她不睦，但没有深仇大恨呀！”

“我没说你杀了月筱红，暂且不必紧张。”夏初慢悠悠地道，又继续问孙平，“子时后夜已深，你如何知道那是蓝素秋呢？”

孙平大大咧咧地笑了笑：“咳，秋老板那两步走好认。况且，小的跟过去没多远就看他敲开了一户门，听他说‘素秋来得晚了，公子可等急了’，大概是这话。”

“多谢。”夏初问完了孙平，又转回到蓝素秋面前。蓝素秋脸都白了，嘴唇直抖。夏初对他温和一笑，“孙平所说我们已经去核实过了，那位公子也已经找到了。蓝素秋，你是否想我传他上堂对证孙平所言？”

“别！”蓝素秋伸手去抓夏初，手到她跟前又收了回来，满眼乞求之色，“官爷您饶了草民，草民是扯了谎，但这不干公子的事。您……”

他轻声地哽了哽：“求您。公子无错，草民不能害他身败名裂，官爷……”

夏初点头微微地叹了口气，心道谁说戏子无义呢，这蓝素秋瞧着一副挺轻浮的样子，却是个重情的。她正要再开口，却听堂侧一个温和的声音道：“在下……愿意上堂做证。”

堂内外的人齐刷刷地都看了过去，只见堂侧站着一个二十来岁的男子，书生模样，穿着半旧的儒衫，身板瘦弱却挺直。见百十双眼睛盯过来，难免有些瑟缩尴尬，但又语气坚定地把刚才的话重复了一遍：“在下愿意上堂做证。”

蓝素秋的眼睛当时就红了，动了动嘴唇，却没说出话来。那儒生上得堂来立而不跪，只拱了一拱手道：“在下姓刘名西江，西河人士，景德十八年中举，景德二十年入京赶考落榜。当时身上盘缠无多，又生了场大病，幸得秋老板大义相助，方在京城得一安身立命之所。如今住在大通坊备明年会试。”

一席话把自己的情况以及如何与蓝素秋相识说了个明明白白，言辞坦荡，望人听言便知是个脑筋清楚的读书人。

刘西江顿了顿，转头看了蓝素秋一眼，对他微微一笑，继续道：“在下与秋老板相交甚笃，每月初、中、末三次相约一见，在下教秋老板识文断字，秋老板则与在下研书文戏里之事，并无苟且。但秋老板在意自身乃低末伶人出身，怕来日在下高中后连累在下的名声，故嘱咐在下莫与他人提及我二人相熟之事。秋老板此番未与官差大人实情以告，亦是因为这个顾虑。还望大人理解。”

饶是刘西江如此说，堂外仍是窃窃地起了议论之声。蓝素秋抹了抹眼睛，看着刘西江，半是埋怨半是欣慰，神情颇为复杂。

刘西江深吸了一口气，缓声道：“此番涉及人命官司，官差找到在下查问，在下已将四月三十晚的情形据实以告。夏捕头本已允了在下不必当堂呈供，但……”他看了看夏初，拢袖拱手道，“在下亦有听闻这几日西京的流言，但在下也知晓夏捕头上任以来所破的几桩案件。在下相信蒋大人和夏捕头是好官、清官。故而此番上堂，一是为在下与秋老板相交之谊，二是为在下心中大义，为西京官场清廉之士尽一份绵力。”

夏初听了这话心中一阵感动，又酸又暖，低头挠了下眉心，轻声说了个谢谢。蒋熙元亦是有些感佩其重情重义之举，不禁多看了他几眼，颇有赞赏之意。

刘西江对夏初微一颔首，口称不敢当谢，再抬头目光中已不见初上堂时的紧张，声音坦然地道：“在下与秋老板相约亥时见面，但四月三十晚秋老板却来迟了，子时过后方至。当日秋老板曾与在下说了原因，盖因为与他相邻而居的月老板至子时方才熄灯就寝，他担心被人撞见自己深夜外出，故而耽搁了时辰。其他事未曾提起，但在下以人格担保秋老板并非恶人，私下里秋老板亦是常与在下夸奖月老板的唱腔，说是不可多得的青衣名伶。”

夏初点了点头，舒了口气道：“多谢刘公子此次上堂做证，需问的话公子已经说明白了，还请堂下等候。”

刘西江拱了拱手，又对蓝素秋笑着点了点头，离了公堂。夏初又问了蓝素秋，蓝素秋此刻便没有再隐瞒，说自己当时因为急着出门，一直留心着月筱红房里的动静，直到子时见她熄了灯，自己才离开。其间并无什么可疑的声响。

夏初问过了蓝素秋之后，负手转身看着章仁青："章管事可听明白了？"

章仁青愣了愣，脸色微微有些变化，想了片刻反问道："在下不甚明白。官爷刚才说要告诉在下凶手为何不是汤宝昕，可现在却只是问蓝素秋，这与汤宝昕有何关系？"

堂外便也有人附和了几句。夏初闻言一笑，也不知是对章仁青说，还是对堂外听案的百姓说："不懂查案便不要查，且不知关心则乱，搞不好反被人当了枪使，好心帮了恶人。"

"蓝素秋的证词很关键。"她轻笑了一声，竖起一根手指道，"这里面关系到一个重要的问题——死亡时间。"

蒋熙元听见那句"好心帮了恶人"的话，忍不住弯唇一笑，心里真是爱极了夏初这样的牙尖嘴利，小报复心显露无遗。

话像是说给章仁青的，可其实一语双关把那些自诩正义实则盲从之人也讽刺了，只是不知道那些人里有多少听明白了。真相大白之后，又有多少人会反思自己所为。

夏初在堂下踱着步子，一派自信坦荡，声音朗朗地问章仁青道："五月初一早晨，是月筱红的跟班小厮金二顺第一个发现了异状。请问章管事是何时得知此事的？"

"那金二顺喊人之后在下就去了。"章仁青又补充道，"汤宝昕先在下一步，在下进去时他正要扶月老板起身，在下还过去帮了一把。"

"当时月筱红的尸体是个什么情形？"

章仁青蹙眉叹了口气："在下一碰着人就知道不行了，浑身都冷硬了。汤宝昕还大喊大叫要在下去请郎中，或许是想把人支开。"

夏初对他摆了摆手，摇头道："章管事，你只说你看到的、听到的，不需要你来分析。"

章仁青面上红了红，有些尴尬，悻悻地应了个是。

夏初清了清嗓子道："人死之后全身僵硬的现象叫作尸僵，通常死亡一个时辰左右会开始出现。尸僵发生从面部开始再到颈部，然后由上及下，死亡约三个时辰后会遍及全身。依章管事所言，月筱红浑身已经僵硬，证明死亡时间在三个时辰以上。从寅时倒推回去，正是子时左右。而子时，正是蓝素秋看到月筱红熄灯的时间，也就是说，月筱红刚刚就寝便身亡了。"

她拿起记着章仁青口供的笔录来："汤宝昕戌末时分离开了自己的房间，到丑初方归，倘若是他杀死的月筱红，那么之前之后这么长的一段时间他去干什么了？”

章仁青盯了夏初一会儿，神色变得有些犹豫起来：“在下不清楚。”

“凶手杀人，除非激情之下不管不顾，多会趋于隐蔽行事。汤宝昕离开房间时同屋老五尚未熟睡，而他回房时又毛手毛脚地将同屋吵醒，中间还空余了如此长的时间。他图什么呢？生怕别人不疑心自己不成？”

章仁青不说话了，夏初又把视线移到堂外，沉了一会儿见堂外也没人说什么，便继续道：“章管事当日与我陈述汤宝昕的疑点，所疑之处并非全然没有道理，却始终忽略了最重要的一处——月筱红究竟是怎么死的。”

夏初从卷宗里又拿出几张纸捏在手里，稍稍举高，说道：“这里是第一个发现尸体的金二顺的证词，证词所言，月筱红的尸体上并无明显外伤，现场也没有血迹，尸体呈现自然的趴卧状态，枕被规整。而章管事你也第一时间看到了尸体，这份证词可有虚言？”

章仁青蹙眉回忆了一下，摇摇头：“在下进去时汤宝昕已经动了尸体，但血迹……确实是没有。不然也不会认为月老板是发了哮症去世的了。”

“这里还有一份验尸报告，乃月筱红死亡三日后蒋大人亲验。依验尸所见，月筱红并无致命外伤，无骨折，颈下无勒痕，并非外力所致窒息死亡。”她把验尸报告递给章仁青，“这份报告写后曾交与你过目，下方有你当日签章，可有作假？”

章仁青看了看：“没有，正是当日那一份。”

这时就听堂外有人低声说了一句：“谁知道验尸的时候有没有作假，包庇汤宝昕。反正也是你们验的。”

夏初一眼扫过去便盯在了那人身上，见也是个书生模样的年轻人，不禁暗叹，都是读书人，怎么差距就这么大呢？

她向前一步对那人道：“我真懒得跟你解释，但今天开堂公审，我倒也不妨说上两句。我且问你，汤宝昕可是官宦子弟？可是富贾商家？可是我与大人的亲朋好友？还是说他美艳不可方物，我们瞧上他了？”

堂外起了一片哄笑声，夏初却没笑，只是眯了眯眼睛：“我包庇他干什么？还是说我当日已知后来会有小人嚼舌散布流言，提前做了准备？”

堂外的王槐听到这儿心里一惊，错了错身就要往外挤，可跟在他旁边的几个镖局的兄弟却都瞧着他，眼里已经起了疑惑。有人低声问他：“王管事，你之前说的那些不是都在蒙我们吧？”

王槐满头都是汗，面对着旁边几个人的质疑，顶着心虚笑道：“我哪会蒙你们，我那都是分析出来的。就算案情分析错了，那蒋大人跟夏初的事……总，总不是乱说的。”

杜山上下打量着王槐，重又用那只没断的手拉住了他的胳膊："你小子是不是有鬼？你可别走！你要真是拿我们当枪使，在这儿蒙事，我杜山可饶不了你！"

"哪能，哪能啊。"王槐想抽手，奈何杜山抓得太紧，抽不出来，只得抓心挠肺地站着。

夏初说完了这些重新站回堂中："莫说汤宝昕只是平头百姓一名，就算是高官爵勋，犯了法我夏初哪怕舍了一身剐，也决不姑息！所有证词笔录，包括今日庭审的记录，结案后均会张贴在府衙外。凡存疑者皆可击鼓鸣不平，还是那句话，来一桩我夏初接一桩！"言毕，她把那几份笔录往文书案上一拍，高声道，"继续！"

堂外不知道谁喊了一声好，紧接着也同样有人附和，就像是在听书一样，一个个面带期盼之色，与来时的神情相去甚远。夏初瞧见不免暗暗苦笑，一下子贬一下子捧，这些人到底有没有自己的想法？还真好说话。

"书接……哦，言归正传！"夏初又把事儿扯了回来，"月筱红的尸体具备窒息死亡的明显特征，但并非外力所致。而当时月筱红刚刚就寝，应该还未熟睡，若是哮症发作呼吸不畅会自行用药，且她的哮症远没到瞬间便致死的程度。所以她的死因才是此案最大的疑点。"

夏初拿出那瓶广济堂的药膏在手里掂了掂："前面所言都是推断汤宝昕不是凶手，但真正能为他洗脱嫌疑的只有揪出真正的凶手。"她回头对常青道，"麻烦将程班主带上堂来问话。"

章仁青一听便愣了："程班主？官爷不会是怀疑程班主是凶手吧？"

"我不能怀疑吗？"夏初眯着眼睛笑了笑，"章管事对程班主很了解？"

"自然！"章仁青理直气壮地答道，"不可能是程班主！程班主视月老板如己出，最为爱护疼惜，是谁杀的都不可能是班主杀的。让他知道了真凶，他去杀了那人倒是极有可能的。"

"嗯。这话倒是没错，他若不是如此疼惜爱护月筱红，恐怕倒没这桩事了。"

章仁青一愣，不明就里地问道："这……这什么意思？"

"四月十二关家堂会，汤宝昕与关家少爷起了争执，害得一场堂会分文未收不说还倒赔了不少银子，章管事可记得这一桩？"夏初问他。

"记得。"章仁青还在想着关于夏初说程世云的话，顺口道，"那次回来程班主发了脾气，关起门来把汤宝昕骂了一顿，又让在下去罚了他的银子和赏红。汤宝昕不服，找班主理论，班主骂其没有良心不知尊师重道，动了规矩。"

说话间，常青已经把程世云带上了堂。程世云的脸色相当差，比几天前见又瘦了一圈，拄着拐杖，走都走不稳的样子。夏初一看这模样，便请了蒋熙元的意思没让他下跪，搬了个月牙凳给他坐着。

程世云上了堂，夏初也没即刻审他，而是继续对章仁青道："章管事恐怕有所不知，那汤宝昕所存的私房是准备给月筱红赎身的。很显然，你们程班主并不想让月筱红离开，这里面有缘故，但不便于此时详说就是了。"

章仁青惊疑不定地看了看夏初，又去看程世云："程班主？"

夏初踱到程世云面前，道："四月十二之后，我估计你也找月筱红问过她的意思，而她确有离开德方班的想法，你觉得汤宝昕的存在对月筱红继续唱戏始终是个隐患，加上他与你的争吵和不敬，你生怕他急了之后会把什么都抖出来，便起了杀心。"

"夏捕头，你可不要乱说啊！程班主身体弱，经不得刺激。"章仁青急道。

"好！那我不说，自有人说。"夏初使了个眼色，随即便有人带了个个子高挑蒙着面纱的女子上殿，入得堂中单膝跪下，行的并非中原礼节，柔声道："民女凤蘅，乃长宁坊苗栗楼掌事，依西京府衙所请上堂做证月筱红被杀一案。"

夏初对她点了点头："那么就请凤蘅掌事把四月下旬的事说一说吧，说完了我再与程班主求证。"

凤蘅叠手扶膝，道："四月十八日夜里有人到苗栗楼来找毒箭木汁，说是要出外行商，怕路经丛林荒地被野兽所伤，做防身用。手下的人与民女说了之后，民女让他过十天来取。十天后这人来了，以二十五两银子买走一瓶。就这些。"

"此人现在可在堂上？你可还认得出来？"夏初问道，往旁边退了退给凤蘅闪开视线，凤蘅转头看了一眼，道："认得，便是坐着的那一位，只是比起当日来瘦了不少。"

程世云听见凤蘅指认他也没有抬头，依旧合着眼，呼吸粗重而浑杂，拐杖在手中紧紧地握着，微微发颤。夏初看他的样子觉得不太妙，便让裘财去请个郎中来候着，又回头对凤蘅道："这毒箭木汁是什么东西，还请掌事与大家说一下吧。"

"好。"凤蘅缓声道，"南疆多毒物，但其中毒性最猛烈的当属这毒箭木。这树汁液有毒，见伤则毒发。中此毒的人或动物会因不能呼吸死亡，死亡极快，故而又叫作见血封喉。南疆多用于狩猎之用，而南疆之外极少有人知道。"

夏初点了点头，又拿起了手中的药瓶："四月二十八，程世云从鬼市买了毒箭木汁，这东西见伤毒发，放在伤药里自是再方便不过。四月二十九，程世云借练功时将汤宝昕手臂挑伤，可没想到汤宝昕并没有用药，却在转天将药给了月筱红。月筱红睡觉前抹了药，继而毒发而亡。"

她走到程世云面前，道："程班主，你惧怕汤宝昕毁了月筱红名伶之路在先，起恶念投毒杀人在后，误杀月筱红之后不思根由，反怨是汤宝昕害了月筱红。于是你怂恿章仁青私设公堂，指其为凶手，想借府衙除掉他。是这样吧？”

章仁青瞪大了眼睛听着，仍然不敢相信这凶手竟是自己一向敬重的班主，还利用了自己，想除掉汤宝昕，一时间羞恼得脸色涨红。

“幸好偶有贵人相助让我们得了线索，也幸好月筱红死后你极怒攻心一病不起，没机会去收拾这药，不然这证据还真是难找了。”夏初叹了口气，“岂知不是天意呢？程班主，你还有什么想说的吗？”

程世云原本垂头似睡非睡的样子，这时却突然睁开了眼睛，抬手一把拽住了夏初的胳膊，浑浊的双目瞪得老大，口中絮絮地念着小九、小九。

夏初吓了一跳，想抽出手来，可那程世云也不知道哪来的力气，干枯的手愣是挣脱不开，直扯得她臂上伤口发疼。

蒋熙元瞧见，起身便冲了下来。还没等到夏初身前，就听见程世云大声地说：“小九，小九呀！你可要好好唱戏！好好唱戏啊！”

说罢，一口气哽了上来，然后双眼一翻，手却仍然抓着夏初，直挺挺地往后倒了过去。蒋熙元正好赶到将夏初拉了回来，就这一眨眼的工夫，只听“砰”的一声，程世云已经连人带凳子摔在了地上。

堂上堂下霎时一片寂静，所有人连同夏初在内都被这一幕吓得有点蒙。夏初立在原地看着摔在地上的程世云，有些不知所措。蒋熙元对旁边的郑琏使了个眼色，郑琏便走上前，伸手往程世云脖子和鼻下一探，随即摇了摇头。

程世云死了。

静了一会儿后，堂外不知道谁喊了一句“罪有应得”，便也有人应和着说“活该”。有人说早就觉得不是汤宝昕干的；有人说早就觉得班主不是东西；有人说夏初干得好；有人说造谣的人该千刀万剐……

月筱红一案至此已真相大白，案犯当时就气绝身亡，蒋熙元判了汤宝昕无罪释放。这桩案子把夏初折腾得最惨，现在尘埃落定，名誉濯清，可她却没有太多成就感和满足感。程世云死前把她当作了月筱红，喊的那句话、浑浊眼中热切的盼望、隐隐的泪光，都让她心里说不出地难受，竟有丝哀凉。

程世云根本就像是个珍爱女儿的父亲，却因爱之切，一时心生恶念到头来却把自己的女儿害死了。他会栽赃汤宝昕大概也是因为愧疚太深，若不在心理上找一个责怪的人，恐怕自己早已将自己了结了。

蒋熙元命人将程世云的尸体抬了下去，见夏初愣愣出神，便拍了拍她，低声道：“别想太多了，因果报应罢了。”

夏初抿嘴微微点头，收拾了一下心情站回了公案侧边捕头的位置上，等着蒋熙元拍了惊堂木后退堂，可蒋熙元坐回案后却高声道：“常青！”

常青应了声在，迈步而出。蒋熙元挑眼往堂外看了一眼，沉声道：“将王槐押上堂来！”

所有人俱是一怔，夏初有些诧异地去看蒋熙元。蒋熙元这次却没转头，只是微微皱着眉，看着王槐所在的角落，手指轻轻地敲着桌案。常青领命过去，分开众人伸手一抓王槐的腕子，低声笑道：“王哥有日子没上堂了吧？请吧。”

王槐往后退，想要挣脱开常青的手钳，口中不服气地道：“我犯了哪条法！凭什么让我上堂！”

此时身后的杜山却把他往前推了一把，骂骂咧咧地道：“让你上堂就上堂！哪儿这么多废话！”

王槐跌跌撞撞地进了公堂之中，常青抄佩刀往他腿窝一打：“哎哟，这怎么都忘了上堂要跪着回话了呢！”

王槐跪在地上，脸色一阵青白交错，咬了咬牙抬头瞧着蒋熙元，高声问道：“大人！小的不知道犯了哪条法！”

蒋熙元冷声笑了一下，手中一顿，轻轻地握起拳头：“五月初七，你于西市闻弦茶楼妄议案情，诬蔑朝廷命官，挑唆众人聚于府衙门前闹事，你可认？”

王槐舔了下发干的嘴唇，梗着脖子道：“哪条王法规定不许百姓议论案情！小的不过就是说了自己知道的事，别人怎么猜测与小的何干！小的不认！”

“你知道的事？”蒋熙元低头看了一眼自己的掌心，淡淡地道，“你的意思是，你说了当初夏初因勘破了龚元和被杀一案而获提拔进入府衙，你说了万佛寺凶杀案、广济堂藏尸案皆是夏初所破案件，是吗？”

王槐缩了缩脖子没有答话。

蒋熙元又继续道：“你的意思是，你也说了你当初查案不利被夏初申饬，说了你因为擅用刑讯险些将案犯打死之事，是吗？”

王槐脑袋上的汗冒了下来，干巴巴地道：“小的没有造谣！”

蒋熙元笑了：“本官没有问你这件事，你只回答本官是或者不是，本官方才所言是不是都是你所知道的事，可有不实虚夸之处？”

王槐张了张嘴，没说出话来。原本他想着，自己在茶楼里并没有言之凿凿地说实过什么，只是含糊其词罢了，那些泼给夏初的脏水都是听的人自己想出来的，这怎么也算不得罪，一推就推干净了。

可没想到蒋熙元不问他说过什么，却反问他没说过的话，这下他说对不是，说不对也不是了。

蒋熙元抓起惊堂木着实地一拍，大声道：“本官问话，如实回答！”

王槐被惊了一下，身板也佝偻了下去：“是……知……知道。”

“好你个王槐！”堂外的杜山原本就因月筱红一案的真相大白憋了一肚子火，这会儿再听王槐认了蒋熙元所说，更是气冲牛斗，大吼了一声，抬脚脱了自己的布鞋便砸了进来，正打在王槐的后脑勺上。

“原来是拿我们兄弟当枪使！你个龟孙！”那一众镖局的兄弟也急了，一边骂着一边往里冲，被守在门口的捕快挡住之后，便抄着顺手的东西就往里扔。带动了群情激愤，直说听信了小人的浑话，委屈了一身清廉的好官蒋大人、公正不阿的夏捕头。

常青与一众捕快笑呵呵地瞧了会儿热闹，这才上前让众人肃静。王槐被骂屄了，往前膝行了两步，求蒋熙元：“大人，大人！小的一时糊涂，小的也没想到事情闹这么大！您饶了小的这一次，大人！”

蒋熙元有些鄙夷地看了他几眼，道：“王槐，当日你煽动百姓围了府衙，声讨夏初，你是如何觉得府衙不会乱棍驱散扣押闹事者？如何觉得捕快不会动了兵刃镇压？谁给你的信心让你觉得本官不会暗地里了解你？你是没有亲口造出谣言，你以为你上得堂来还有辩驳的机会，还有全身而退的可能，这又是谁给你的信心？！”

“是……是……”王槐悄悄地瞄了夏初一眼，张口结舌。

“是夏初！”蒋熙元抄起手边的茶盅大力掼在了他的身边，眼中薄怒，高声道，“因为你知道她爱护百姓，知道她不容法外行事，知道她是光明磊落之人！小人敢与君子相斗，不就是吃准了君子不屑小人之径吗？”

“大人……草民，草民知错，知错了！”

“草民？”蒋熙元冷哼一声，从案上拿起府衙公职的名册扔下去，“你若安分着本官倒还忘了。当日你滥用刑讯，本官只是停了你的职，你可看清楚了，你的名字还没来得及从这捕快名册中除去呢。王槐，捕快于府衙外擅议案情，恶意煽动民众，诬蔑朝廷命官，执法犯法，可不只造谣生事那么简单！来人！”

“有！”众捕快一凛，齐声应道。

“拖下去重责四十大板！刑毕发配西海充军！”蒋熙元说完，将惊堂木一拍，“退堂！”

下了堂，夏初匆匆地追了出来，跟在他身边道：“大人，怎么要审王槐也不与我说一声呢？”

蒋熙元停下脚步，转头对她一笑：“告诉你怕你不让我审。夏初，我知道你念他当日与你的交情，但小人就是小人，你对他仁慈，他也不会对你感恩。”

夏初悻悻地哦了一声，低头小声地道：“那……判得是不是有些重了？”

蒋熙元颇有无奈地道：“重？侥幸是我带了亲兵平息，若不然势态进一步失控，闹事之人冲进府衙会如何？动拳脚闹出人命会如何？你要是有了什么闪失……怎么办？”他叹了口气，“我没去杀了他不是别的缘故，只是不想你知道后生气罢了。”

夏初听这话音儿有点不对，听到后面便低了头不敢再瞧他，心中直打鼓。蚊声道：“我……我就是那么一说。毕竟心里总觉得于他有些愧疚……”

她又挠挠头：“罢了。还是要谢谢大人的，王槐审下来，之前的那些流言不攻自破，比解释或者不解释都有用……”

“谢什么。”蒋熙元弯唇浅浅一笑，帮她抻平了衣肩上的褶皱，目光温柔而眷恋。夏初没抬头，没有看见，可分明感受到了一种十分微妙的暧昧气氛，只觉得心里慌慌的。肩膀上的衣褶平了，却全皱进了心里去。

巳时本该是日光晌白的时辰，但不知何时何处起了云，慢悠悠地荡着，飘过来遮了太阳，投下一片阴凉。府衙的空场上，夏初与蒋熙元对面而立，半步之遥，蒋熙元看着夏初，夏初却低着头。

好半晌都是静静的，直到那小片云彩又飘然离去，阳光毫不犹豫地晒烫了夏初的脖子，她才眯着眼睛抬起头来，想要说点什么来打破这又暧昧又有些许尴尬的氛围。

不等夏初开口，蒋熙元却转了身，缓步往前走去。夏初犹豫着是否要跟上去，却听蒋熙元道：“后日皇帝大婚，大婚之后我就要去国子监了。”

“国子监？”夏初赶了两步走到他身侧，“做什么去？”

“五品博士。”蒋熙元看着前方轻声道，“事情虽已了了，但亲兵毕竟也是动了的。弹劾我，弹劾蒋家的奏折堆了不少，这已经算是薄惩了。”

夏初愣了一下，这才明白他的意思，不由得心中一紧，急道：“大人的意思是你要离开府衙了吗？你要调走了？”

“嗯。”蒋熙元点点头，侧头对她笑了笑，“皇上安排了姚致远接任京兆尹。他是清流一派的朝臣，年纪不小略有些古板，但为人却还算耿直。”

蒋熙元以前说过他不会一直在这个职位上，夏初为此忧心过，但总归他才做了京兆尹几个月，她以为就算调走也至少会是一两年之后的事了。哪想到无风起浪出了这么一档子事，这刚松了一口气，冷不丁又听到这么一个消息，刚舒畅点儿的心情瞬时又被堵得沉了下去。

“那天要不是蒋家亲兵来得及时，事情还不知道会演变成什么样。就算无功也不该有错才是，皇上怎么一点情面都不讲？”夏初有些不忿地道。

“不是你想的那样。官员的升降调用，有时候与对错并无关系。”蒋熙元道。

蒋熙元如此一说，夏初便也不好再说什么了，毕竟朝堂之事她也不懂。蒋熙元看她默然不语，便安慰道：“你不用太担心，只管做事就好了，像以前一样。”

怎么能一样呢？夏初心道。她低了头，看着自己的脚慢慢地一步步踩在灰砖上，沉默了好一会儿才道："我怕我做不好。"

"你一直做得很好。"

"我是说……"夏初叹了口气，抬头看了一眼蒋熙元，又转开了目光，"我怕我自己一个人，做不好。"

蒋熙元弯唇笑了一下，却不是欣喜也不是开怀："博士一职比起京兆尹要轻松得多，有什么事都可以来找我，去国子监去我家去将军府，只要你想找我。"

夏初稍稍侧了侧头，却没敢去触碰蒋熙元的目光："没有转圜的余地了吗？"

"不说这个了。"他摇头轻叹了一口气，停下脚步，换去了沉重的口吻道，"明天休沐，你把时间空出来吧。"

夏初还沉郁在蒋熙元即将离开府衙的消息里，一下子没反应过来。

"明天多睡一会儿，辰时之后我去找你。"蒋熙元拍了一下她的后背，"你先去忙吧，卸任之前我这里还有事情要处理。"说完也没给夏初再追问或者反对的机会，快步走了。

夏初站在原地张了张嘴想喊他，最终还是没有出声，目送着他越走越远，最后消失在转弯处，蒋熙元始终也没有回头。

她心事重重地发了会儿愣，这才慢慢地往捕快房走去。

夏初很明显地感觉到蒋熙元心情不好，心里像是有事压着，没了以往的轻快。只是她不知道这心事是与自己有关，还是与朝中之事有关，又或者都有关系。

而夏初的心情也不好，想到蒋熙元卸任京兆尹一事板上钉钉且近在眼前，她才真切而实在地感受到心中那种空落。他们从陌生到相识，从相识到熟悉，她来到这里的大部分时间、大部分经历都与蒋熙元有关。

可蒋熙元却忽然要从她的生活中抽离出去，猝不及防，来得太快。

那感觉有点像被迫要搬离住了很多年的房子，已经收拾完了物什，已经清空了家具。熟悉的一草一木一砖一瓦，甚至墙上无意间画上去的刻痕都让她留恋而伤感，甚至有点想哭。

她不想蒋熙元离开，这感觉甚是强烈。可她留不住，无能为力。

转天很早夏初便醒了。

她做了个梦，梦见自己在家等了一天蒋熙元都没有来找她。于是她去了府衙，去了将军府，去了他在敦义坊的宅子，去了莳花馆，可每一处都有人对她说西京根本没有蒋熙元这个人。

她不信，她大喊，她说不可能，可没人理她。周遭忽然变成了一片望不到头的旷野，荒草丛生，她就站在一片荒芜之中。

脚下没有路。她不知道自己从何而来，又能往哪里去。

醒来发现天刚蒙蒙亮，夏初知是自己做梦才松了一口气。她坐在床上发愣，又想起过了今日，过了明天的大婚蒋熙元就要离开府衙，心情便渐沉了下去，梦里的那种孤独与茫然好像也变得真切了起来。

蒋熙元则几乎一夜无眠，到鸟鸣声起才合眼浅浅地睡了一会儿。起床收拾好了衣衫，又走到柜子前拉开了抽屉，将那个一直没有送出去的扇子拿了出来。

扇子展开在手，看着恍如隔世。

默默地看了好一会儿，他把扇子又装回了锦盒，拿在手里出了门。

到安丰坊的时候刚过辰时，他让车夫在巷口等他，自己一个人慢慢地踱进了巷子。刚走到夏初的院门口，就见门轻轻地被打开了一条缝。

夏初探了头出来张望，正看见蒋熙元站在她的门口，她惊了一下，下意识地把门咣一声又关上了。关上之后觉得不对，赶忙又重新拉开，对蒋熙元不好意思地笑了笑："大人你来了。"

"怎么看见我反倒关门了？"

"吓了一跳，没想到会看见你。"她抹了一把手心的汗，觉得颇是尴尬。蒋熙元像是看明白了她的心思，笑道："等得着急了？"

"没有没有，就……随便一看，哪儿想到这么巧。"夏初低头摸了摸鼻子，赶紧转开了话，"大人你今天找我，是要带我出门还是来我家里坐一会儿的？"

"出门。"蒋熙元把身后的锦盒拿出来递给她，"不过你先把这个收了。"

"什么东西？"夏初一边说一边接在手里，让开院门往里走去。瞧着这盒子有点眼熟，便问道，"这是不是上次在捕快房的那个盒子？"

"是。"蒋熙元带上门跟着她进去，"本来是送给你的生辰礼物，结果你死倔着不肯开，我一气之下又拿回去了。"

夏初想起那桩事，忍不住失笑道："送礼本是好事，大人你却送得像要吃人似的，怪谁呢？"

蒋熙元笑了笑："不是像要吃人，是真的想要吃人。打开看看喜不喜欢。"

夏初把盒子放在桌上，挑开纽扣一看，稍稍惊讶了一下，把扇子拿出来看着蒋熙元："也是扇子？"

"是啊，只可惜你送我的那把如今七零八落地在抽屉里躺着，我始终也不知道是个什么模样，只能猜。"

"原本是要再送一个的，后来的事情一桩接一桩就给忘了。改天一定补上。"夏初把扇子打开，入眼一片清爽的浅绿，平湖泛舟，绵柳如丝，一下便明白了蒋熙元送这把扇子的意思。于是抿唇一笑，"初夏，夏初。大人真有心，我很喜欢。这画面只是看着就很凉快。”

“你喜欢就行。”蒋熙元沉默了下，道，“若论有心，却不如黄公子的那一份。”

夏初听他提起了黄公子，脸上便稍稍淡去了笑意，手指一点点地将扇子合拢起来：“不是说好不提了？”

蒋熙元未置可否地笑了一下，站起身来：“走吧。”

“去哪儿？”

“原平山。”

“原平山？”夏初侧头想了想道，“是大人说的那个仙什么观吗？有个很像骗子的胖道士？”

蒋熙元轻笑了一下，点了点头：“是我乱说话了，玄道长不是骗子。”

夏初看着蒋熙元，见他虽是笑着，可那笑好像也只在脸上却全然不在眼底。她想问问他究竟是有什么心事，又不知道怎么开口。思忖间蒋熙元便转头看了过来，问她：“怎么了？”

“大人你是不是有什么不开心的事？我……我能帮上什么忙吗？要是有我能做的事，你千万要告诉我。”

“嗯。”蒋熙元沉默了一瞬，“会的，如果你想听的话。”

“现在不说吗？”

“不着急，先走吧。”蒋熙元指了指她手中的扇子，“用着，好吗？”

夏初忙点头，回屋把之前从咏绣春买的扇套翻了出来，小心地塞了进去，挂在了腰上。两人一起出门上了车，蒋熙元与车夫说了去处后，又拿了点心出来给夏初，让她垫垫肚子。

夏初吃了两块，忽然觉得车里太过安静，侧头一看，见蒋熙元正轻靠在车壁上看着窗外，目光虽专注，却又明明散着神思，不知道在想些什么。

车子沿街前行，将一幢幢房屋，一棵棵大树抛在后面。阳光闪在期间明明灭灭，也将他的神情勾画得飘忽起来。

夏初不习惯这样的蒋熙元。在她的认知里，蒋熙元总是开朗的、阳光的，总是带着笑容，似乎这世上就没有什么事能难住他，他也不怕什么。如今不知道到底是出了什么大事，能让那样的蒋熙元有如此神态，让她十分不安。

她放下手中的点心，轻声问道：“大人，你在想什么？”

蒋熙元这才回过神来，抱歉一笑：“没什么，有点走神而已。吃好了？”

夏初点了点头，看蒋熙元仍没有想要说心事的意思，只好寻了个话题道：“大人怎么突然想去原平山了，是要去道观吗？”

“是，去仙羽观。”

“想去卜卦，还是……”

“算是吧。”蒋熙元微微合眼沉默了片刻，转头对她道，“去卜个前程。”

今上虽扬佛抑道，但原平山似乎未受到什么影响，官道上车马嘈杂，仍有不少往仙羽观去的人，或卜问凶吉，或进香游览。

夏初只在别人的口中听说过原平山，方义来过这里问道，柳槐实来过这里祭奠，还有蒋熙元说过的胖道士，葬在山脚下的传奇公子，远远近近的都是故事，让她对这地方一直存了些好奇。

出城后走了一会儿便看见了原平山。山不算高，但于一片平野之中陡然拔起，割开了地平线，倒也有几分巍峨之意，有一种踮脚便能触到天的错觉。石阶自山脚蜿蜒而上，山上青砖灰瓦的道观隐隐可见，云随轻风走，笼下一片片影子，光影明灭，备添神秘。

“那胖道长如今还在观里？”夏初揭车窗帘远远地看着，问蒋熙元。

“现在还在，下个月会与安元公主他们一起回锦城。”蒋熙元轻轻地看了她一眼，“我与你说过安元公主晚镜的故事，还记得吗？”

“当然记得。”夏初点头一笑。那次从管阳城回来之后，蒋熙元便给她讲了前朝末年的那桩故事，当时她听得入迷，觉得像远远的一个传奇。

此时蒋熙元又提起来，夏初又忍不住问道：“那安元公主真的是皇上的双生妹妹吗？”

蒋熙元淡淡地笑了一下：“皇上始终没有明确说过，但安元公主与皇上长得很像，乍见时连我也差点儿没分辨出来，更何况他们年纪相同生辰相近，即便不是双生也算难得的缘分。”

“那肯定就是了。长得肖似，年纪相同，天下哪儿有那么巧的事。”夏初笃定地道，“我想皇上也一定是认定了的，只是不好明说，毕竟涉及自己的亲娘。”

“有的事儿你糊里糊涂，有的事你倒是看得明白。”蒋熙元笑道，“你了解皇上？”

“我怎么会了解皇上，又没有见过。”夏初摆摆手，想了一下道，“不过，从夺位一事来看，今上还真是个能隐忍之人，不出手则已，一出手直接打七寸，手段够狠。但从对安元公主的态度来看，似乎又颇为重情。挺复杂，真不像那么年轻的。”

蒋熙元默然地点了点头。

“我猜，皇上应该是个子高高的，剑眉鹰目，不爱说话也不爱笑，可能还有点阴沉。”夏初叩着下颌一边想一边说道，说完向蒋熙元求证，“猜得对吗？”

“不太对。”蒋熙元垂眸把玩着手中的茶杯，轻声道，“皇上比我稍矮一点儿，模样温和俊美，小时候常有宫妃说他漂亮得像个女孩子。”他笑了一下，“儿时他也是爱说爱笑，很活泼的性子，只是环境使然，年纪越大越开始隐藏自己罢了，阴沉却谈不上。”

夏初的脑海里不期然地跳出了黄公子的模样，心中一紧，莫名发慌，有念头一闪而过，随即又犹自黯然一笑，甩开了去。

马车在原平山脚下缓缓停住，蒋熙元却没有立刻起身，沉默了一会儿才道：“到了，下车吧。”

原平山下停了不少马车，男男女女，或三两结伴或形单影只。有的面露难色约莫是来求难解之事的；有的神色羞赧，估计是来卜问姻缘的。夏初粗略地看了看，最后把目光放在了蒋熙元的身上，却是辨不出喜怒哀乐的平静。

沿石阶往上走了几步后，夏初回过头来，对蒋熙元道：“大人你真的要求签卜卦吗？我觉得……没有必要。”

蒋熙元抬头看着她，目光深深，须臾清浅地弯了一下唇角，问她：“为什么？”

“我觉得大人你并不是一个很有野心的人。”夏初缓缓地说道，又在他的目光里悄然移开了自己的注视，“是三品京兆尹还是五品国子监博士，大人不是那样在乎的人。真的是来卜问前程？”

蒋熙元笑了笑，拾级而上走到她的身边：“三品五品的我的确不在乎，但我野心却大。我不是问前程，却也是问前程。”

夏初原本想了一肚子的话，这下却被他说得糊涂了起来，眨眼看着他，不知道话要怎么接。

蒋熙元侧头看着夏初，看得有些专注，片刻浅叹了一声：“你想听我会告诉你的。”说完他沿石阶往山上走去，头也不回地道，“只怕你不想。”

“我想。”

“是吗？”蒋熙元却没再说下去，只道，“一会儿从原平山下来后，你若还是想听，便有的是时间去说。”他没再盘桓下去，轻步缓行地往山上走去。

两人走进山门，走过前殿，蒋熙元一路与她说着这仙羽观，六百多年的道观，一檐一瓦仿佛都藏着故事，粘着传说。夏初一边听一边笑，道：“我觉得这仙羽观里的草都不能随便采，没准是哪个仙人嗑了瓜果扔下凡界长出来的仙草。”

蒋熙元也笑，弯腰从旁边的草丛里摘了一朵野花递给她：“仙草。”夏初接过去捏着花蒂转了转，忽然心中微动，漫过一丝赧意。

她轻拢掌心把花虚握在手中转过身：“大人不是要找玄道长卜卦吗？走吧，

我也想见见那道长是什么模样呢。”

“夏初……”蒋熙元在身后叫住了她，等她回头，略略沉默了一下道，“没什么，走吧。”

走过前殿转过中院的门，夏初一眼便看见了院中的一块巨大山石，不禁惊叹了一声：“好怪的石头！”

“那是飞仙石。”蒋熙元跟着看了一眼，目光微微一顿，“旁边那个……就是玄道长。”

夏初顺他所指看过去，见一个身材和脸庞滚圆的道士，头顶的髻子被大脸衬得小小一团，如同大蛋糕上的一颗樱桃，极有喜感。身穿铁锈红滚了宽黑边的道袍，正眉飞色舞地与一男一女说着什么，表情略带谄媚。

“难怪你会觉得他是个骗子。”夏初掩嘴悄声地笑道，“的确很像。”

蒋熙元未置可否，看着玄道长所在的方向，忽然问道：“夏初，你可还想着黄公子？”

夏初不知道他好好的怎么忽然又提起黄公子来了，隐隐觉得有什么问题，思忖了一下道：“大人，我记得往日你不喜欢我说起黄公子的，怎么今天这都第二次提起来了，是不是有什么事？”

“是。”蒋熙元点了点头。

“关于黄公子？”夏初想了一下，忐忑地探问道，“大人是不是知道他是谁了？”

蒋熙元看着玄道长所在的方向，浅浅地点了点头：“我知道他是谁了。”

夏初心中一跳，脱口问道：“是谁？”

蒋熙元答非所问地说：“跟我去见一见玄道长吧。不过，一会儿不管看见什么都先别作声，好吗？”

夏初莫名其妙地笑了一下，被他说得心里直发慌，难免胡思乱想了起来。难不成这黄公子是个鬼，是个妖或者是个仙？

可他明明大白天出现过，自己明明拉过他的手，倚过他的肩，感受到过他的呼吸，不该那么离奇才是。

“大人，你有话直说好吗？这样……怪吓人的。”

“是挺吓人的。”蒋熙元道，“说了怕你不相信，觉得可能让你亲眼看一看比较好。”

夏初听了越发惴惴不安，落在蒋熙元身后半步，跟着他一起往飞仙石方向走过去。离着几丈远的时候，夏初就听见了那玄道长的声音，略带着点亢奋地说：“要是能接了这仙羽观，我就不回锦城去了。”

“那清凉观怎么办？”站在他旁边的男人问道。

“那清凉观由于我的缘故声名大噪，想在那儿做道长的人恐怕挤破了头，不担心。”玄道长摆了摆胖胖的手指，“完全不担心。”

“你还真不谦虚。”男子笑道。

夏初觉得这男人的声音有些耳熟，一时又想不起来在哪里听到过，她探了探头看过去，依旧只看见个背影。只是玄道长的模样更清晰了，一脸油光，与仙风道骨四个字全然无关。

“玄道长。”蒋熙元近前拱手招呼了一声。玄道长停下话头踮脚往这边看了一眼，哎哎两声小步跑了过来，到近前一挑眉毛，连胡子都跟着颤了颤：“大人还真来了啊。”

夏初看着面前的玄道长，直觉得眼睛不够大，装不下这宽大的身形。她对他客气地笑了笑，拱了拱手。

玄道长的小眼睛转过来，上下打量了夏初几眼，嘿嘿一笑，拽着蒋熙元的袖子将他拽到了一边，压低了声音道：“这姑娘有点意思。”

蒋熙元挑高尾音轻轻地嗯了一声：“道长看出来了？”

“嗬！太小瞧人了，怎么说我也是景国第一道长。”玄道长捋了一把胡子，讪讪地笑着，“听闻府衙有个年轻的夏捕头，却原来巾帼不让须眉啊！别人知道吗？这说出去也算是一桩佳话，蒋大人用人不拘一格，真是不拘一格！”

蒋熙元苦笑了一下，掏出张银票按在他胸口：“道长自己知道就好了。”

玄道长看了一眼银票，笑眯眯地收了起来：“我自己都不知道。”

夏初那边也不知道玄道长与蒋熙元在嘀咕些什么，独自站着有些尴尬，便回头去看那个刚才与玄道长说话的男子。正巧那男子也转过了头，看见夏初之后略有一点儿惊讶，向前迈了一步笑道：“夏捕头，想不到在这儿又见面了，别来无恙？”

“是林东家啊！”夏初也笑了起来，对他拱手浅浅一揖，“我刚才听您的声音便觉得耳熟，一时还没想起来。”

这时林钰旁边的女子也转过了身来，定睛看了看夏初，声音清亮宛若鹂音，带着娓娓笑意：“原来这位就是夏捕头。”

第二十五章 浅语诉深情

晚镜转过身的那一瞬间，夏初觉得自己好像看了一个不可思议的魔术。分明是黄公子在眼前，却又偏偏襦裳罗裙簪钗配环。熟悉的眉眼间不见英气，肤若脂眉如黛，一个绝世佳人盈盈而立。

她一时间竟有点想笑，几乎脱口而出要问问她为何做了女子的装扮，可马上又知道不是。再想下去，脑子又卡了壳，连晚镜对她说的什么她都没明白过来，只是直愣愣地瞧着。

蒋熙元听见晚镜说话，扔下玄道长快步走了过来。近前先看了一眼发愣的夏初，随即对晚镜拱手深施一礼："臣见过安元公主。没想到在此遇见，方才未及请安，是臣失礼了。"随后又与林钰见了礼。

晚镜看着他笑而不语，片刻才轻声道："是巧了。大人不必多礼。"

夏初听见"安元公主"四个字才回过神来，心头骤然如翻了波浪，明知道自己该做什么，却仍是被这惊骇定在了原处，手脚好像都是麻的，没了知觉。

蒋熙元眼角余光看见夏初的样子，只觉得胸口像是被压住了，心跳也跳不动，一点点地沉下去，连说话都费力气。

蒋熙元缓缓地吸了一口气，按了按夏初的胳膊。夏初转头看着他，目光中有些茫然，有些不知所措的慌乱。蒋熙元对她勉强一笑，轻声道："夏初，给安元公主请安。"

夏初微点了一下头，这才面向晚镜低下头去，拱手深躬，声似蚊蚋："西京府衙捕头夏初，参见……安元

公主。”

晚镜抬了抬手：“夏捕头不必多礼。”

夏初收了礼站直了身子，头却没有再抬起来。晚镜看了她一会儿才移开了目光，对着蒋熙元依旧是笑吟吟的模样：“没想到蒋大人今日还有空闲来仙羽观。”

蒋熙元知道晚镜不怎么喜欢他，闻言只是笑了笑：“是。”

“那想必是有要事，既如此我与林钰便不耽搁大人了。”

“是。”蒋熙元拢袖拱手，“臣改日再向公主请安。”说罢，又对林钰点了点头，轻轻拍了一下夏初的肩，向中院门外走去。夏初草草行礼，又悄悄地看了晚镜一眼，快步跟了上去。

晚镜一直目送着二人的身影走出中院，这才渐渐地敛去了笑容，轻摇着罗扇垂眸不语。林钰也收回目光，转头问她：“你是又瞧见什么了吗？”

晚镜摇摇头：“我瞧见的你也瞧见了，并无其他。”

“是吗？”林钰歪头想了一下，又笑道，“不见得，最近我又没有入宫去。”

晚镜嗔了他一眼：“别与我打这机锋。你嘴上是不探问那紫玉坠子的事了，心里倒还惦记着，早就想问了是不是？”

“没有。”林钰无辜地摊了摊手，“要不是在这儿又遇见他了，恐怕我早把这事儿给忘了。”

玄道长悄没声地探过头来：“什么紫玉坠子？”

晚镜一回头正看见玄道长一张大脸在旁边，吓了一跳。拿扇子冲他猛扇了两下风，笑道：“收了人家的银票，还要探人家的事，这可不厚道。”

玄道长嘿嘿一笑，一脸坦然：“那姑娘要是个寻常的，我才懒得多问。”

“如何不寻常？”晚镜眨了眨眼问道。

“收了人家的银票，自然就该闭口不言。我可是有职业操守的，莫问，莫问。”玄道长把手背到身后，腰身太宽，只能手指勾着手指，一步一晃地走了。

“你卖了我们的行踪这事儿又要怎么算？”晚镜微微扬声问他。玄道长头也不回地摆了摆手，走得越来越快，火球一样，片刻的工夫就滚没了身影。

林钰扳过晚镜的肩膀，神情诧异地道：“你们刚才说什么？姑娘？夏初？”

“嗯。姑娘。”晚镜用扇子打开他的手，又往蒋熙元和夏初离开的方向看了一眼。须臾，轻轻地叹了口气，“林钰，还是不问不说好。”

林钰也跟着往外看了一眼，想了一下道：“你是说夏初与蒋熙元？还是说夏初是个姑娘？”

“皆是。个人有个人的机缘，个人有个人的命，咱们如此，他们亦是如此。该来的逃不过去，该散的聚不到一起，实不必你我去别人的因缘里多上一句嘴。”她转过身缓步而行，“人也好鬼也罢，何苦去担了别人的心事。下月回锦城了，我想家了。”

仙羽观荡着淡淡香气，有道士似吟似唱的颂声喃喃萦绕。幽幽铃音，不知又超度了谁，收住了谁，将红尘纠葛化作了虚无。

夏初低着头跟在蒋熙元的身后，都不知道自己是如何走出的仙羽观。安元公主的脸在她眼前晃来晃去，她直疑心自己是不是记错了黄公子的模样。

可黄公子的样子她又怎么会记错呢？那眉眼笑容，在心里不知道画了多少遍。

安元公主与黄公子长得如此肖似，那黄公子是谁，答案便摆在了明面上，想有个别的解答都不行。

这世界怎么这么可笑？夏初想。她在北京的大街上连个明星都没遇见过，跑到这儿来竟然撞上了皇帝，竟然还做了朋友，竟然还……

原来真的有微服私访这回事吗？原来真的有游龙戏凤这出戏吗？

那不是后人吃饱了撑的编出来的故事，用来赚票房、赚眼泪、赚广告的玩意吗？自己这凡人怎么就会遇上了呢？

她回想前尘，往事倒更像是自己做的梦了。在街上的偶遇是真的吗？在福记羊汤吃饭是真的吗？在泰广楼听戏是真的吗？在马车上相依而眠是真的吗？

那些心情都是真的吗？那个拥抱，那声呜咽，那一晚自己流的泪都真的存在过吗？又或者是一枕黄粱罢了。

“夏初。”蒋熙元停下来，回头唤了她一声。

夏初抬起头来，眼里点点水光，可却是笑着的，仿佛瞧见了什么荒诞不经的事。蒋熙元微微诧异地看着她，一下子忘了自己要说什么。

两人对视了好一会儿，夏初依然是那不可置信的表情，略带茫然地问道：“大人，那真的是安元公主吗？安元公主与皇上……真的长得很像吗？”

蒋熙元点了点头。可夏初却摆手：“不对，龙凤胎不都是异卵双胞胎的吗？不会特别像的，这不科学。”她询问地看着蒋熙元，蒋熙元没有说话。少顷，夏初像泄了气一般，露出一个似笑非笑的表情，抬手捂住了自己的脸，闷声道，“我真傻，大人你是见过皇上的……”

蒋熙元默默地叹了口气，把她的手拉下来，却瞧见她满脸的泪水，心里一阵刺痛：“抱歉……”

夏初摇了摇头，反手胡乱地抹着脸上的泪，蒋熙元按住她的手把她拉进了怀里。夏初把头埋在他的肩膀上轻轻地哭了一声，含混地说：“我就是……我就是不太相信。我也没有那么想哭，可，可我也不知道……”

蒋熙元轻轻地拍着她的后背，合眼咽了咽，觉得喉咙里苦涩微咸。那日他从震惊里回过神来，他彻夜未眠地想自己要如何做才是对的。可想了很久，却发现这件事根本没有对错，只有自私。

他能做到的只有如此了。

好半天夏初才平复了情绪，眨着发红的双眼抬起头来，有些不好意思地抹了抹蒋熙元肩膀上的潮湿：“我……我失态了，抱歉。”她勉强地笑了一下，无措地甩了甩手，“是不是……很可笑？”

“还好吗？”蒋熙元轻声地问道。

夏初抿嘴点了点头，放眼望着原平山郁郁葱葱的草木，长长地叹了口气。她也不知道自己怎么就哭了，甚至哭完了都不明白自己究竟是怎样的一种心情。

这压在心底的一桩事终于有了一个答案，再觉得荒诞，再不能相信，可它终究是那个正确的答案。

盼望也盼望过了，纠结也纠结过了，气恼也气恼过了，伤心也伤心过了。五味杂陈到这一刻，积蓄的情绪缓缓展平，更多的似乎是释然。

至少她知道他是谁了，至少她能理解黄公子了。哦，现在应该唤作苏缜，唤作皇上。

夏初涩涩地笑了一下。过往黄公子的一切，她都明白了。明白了他为什么能那么轻易地就打探到官员的事；明白他为何不与蒋熙元碰面，为何那样的一个公子却在西京全无踪迹；明白为何他不告诉自己住在哪里，为何不说他是谁。

也明白他为什么会在那样的情感之下却毅然与自己道别。

黄公子，她许是他家国天下责任重担中的一隅喘息之地。她所遇见的，是蒋熙元口中那个真正的苏缜，有着爱笑的眼睛，有着单纯的情感。

她何其有幸，她不该怪他的。因为他的孤单更甚于自己，他的放弃更甚于自己，而他的难过，怕也是更甚于自己。

而今满心的歉意，却无人可致。黄公子去了西疆，而苏缜，却在那比西疆还要遥远的地方。

夏初也猜得到，安元公主是蒋熙元故意要遇见的，不然不会在自己妹妹大婚前有闲情逸致来原平山；不会一而再、再而三地提起黄公子；不会特意问她是否还记得安元公主的故事。

今天他古怪的情绪想来也与此有关，只是他说要来卜一个前程，夏初却不明白是什么意思。思及此，心中微微一沉，她便转回了目光看着蒋熙元，略带了窥测地问道：“大人，你是什么时候知道黄公子就是皇上的？”

“入宫请罪那天，我看见了那枚葡萄坠子。”

“那……”夏初顿了顿，觉得心口有点发闷，“大人还知道什么了？”

蒋熙元垂眸苦笑了一声，转身向山下走了两步，又回过头来对她道：“半山有个草庐茶肆，去坐坐吧。你想听的我都告诉你。”

“关于……皇上？”

“嗯。”蒋熙元轻轻点头，继续往下走去，“还有我自己。”

夏初跟着蒋熙元从石阶上拐出来，沿着细窄的黄土小径往山中走。山树葱葱，一下仿佛就隔出了另一个世界，身后灼人的阳光和来往的人声霎时便远了。

走了没一会儿便瞧见了那茶肆，掩映在郁郁树丛之中，黄土泥墙的矮屋，顺山势搭出一片草棚来，放了些简陋的桌椅。有缕缕焚烧的香气传来，还有咕咕的鸡叫声，瞧着更像一处农舍。

这里原是仙羽观供人歇脚的，可原平山实在不高，大多不需要歇脚就上去了。于是道士们渐渐地不再打理，后来让一对信道的老夫妻住了去。

老夫妻想沾沾仙羽观的仙气儿便以此处为了家，平日里修道念经，捎带手供些茶点。无非是一两种粗陋茶叶和白水，点心也就是咸盐炒的花生瓜子，能给人嗑嗑牙罢了。

蒋熙元走进院子招呼了一声，便有个穿着道袍梳着髻子的老妇人出来，面目甚是祥和。看了进门的二人两眼，道：“二位公子往屋后坐吧，天儿热，那边通透一些。”说完引着路绕了过去。

这矮屋前面都是山树，清幽是清幽，视野却极窄。不想，绕到屋后却是直面了原平山下的茫茫旷野，一眼望去连西京城的城墙都能看见。

山风陡然大了一些，一下子便带走了暑热。夏初稍稍展开双臂搂了一袖清风，不禁舒服地叹了口气，觉得连脑子都被吹得清明了几分。

“公子稍坐，老身去给二位沏上一壶茶来。”老妇拿起立在墙角的扫帚，把这屋后唯一的木桌椅扫了两下，返身走了。

蒋熙元对着那桌椅微皱了一下眉头，回头对夏初道：“就在这儿坐一会儿吧。粗陋是粗陋了些，难得清静凉快。我怕你一肚子的问题，等不及下山了。”

夏初站在山边极目远眺，看着远处棋盘似的西京城，稍稍眯了眯眼睛：“其实我也没有更多想要问的了。”她转头对蒋熙元笑了一下，“关于皇上。”

“不想知道关于他的更多事？”

夏初想了一下，慢慢地走到木桌椅前坐了下来：“大人认识的皇上，与我所认识的黄公子，可能真的不是一个人。我是说，不像是一个人吧。”

“不能这样分。”蒋熙元在她对面坐下，顺手揪了一片叶子在手里捋着，垂眸说道，“你看见了这一面，我看见了另一面，但终究是同一片叶子。”

夏初看着他手里的那片树叶，不免又回忆起苏缜曾经说过的一些话。关于他的家庭、他的母亲，他曾淡淡提起又轻轻放下。如今知道了他是皇帝，方知他所经历的一切，方知那不经意流露的哀伤与惆怅背后的伤痛。

思想起来，愈发为他心疼。自己寥寥的劝慰曾经多么无力，而该心疼的时候，却又已经过去了。

她犹自出了一会儿神，轻轻地吸了吸鼻子，只拣得一句话，像问起经年不见的老友故交一般问道："他现在一切都还好吗？"

"你指什么？"

"我指一切。"夏初抬头看着他，神色略有不悦，"大人既然想与我说说，何必还要带着试探呢？"

蒋熙元轻笑了一下，有点苦涩："淮水闹了灾，他现在正忙着赈灾之事。身体倒是好的，情绪……如果不想让人看出什么来，别人也就看不出什么。"

"可大人还是看出来了。"夏初扭开目光，低头一下下地划着自己的掌心。

"我不是看出来了，我只是无意间知道了。"蒋熙元低声道，"那紫玉的葡萄坠子用玉珠串成了手串，如今就戴在他的腕子上。腰佩扇坠都要离身，手串却不必，我想应该是这个缘故。"

夏初心里像被芒刺扎了一下，随着悸动带出些疼痛来，依旧低着头："原是新婚的贺礼，最后变成了临别的纪念。若知……是这样，当初不如不买。"

"当初……"蒋熙元往后仰了仰，看着西京城的方向，"所有的当初都是因为不知道以后。也许以后他知道了你是女子，又要后悔当初的告别。"

夏初愣了一下，随即心中大骇，手上顿时失了控把自己的掌心划得生疼。她猛抬头去看蒋熙元，蒋熙元也缓缓地转回了目光，眼中无波无澜了无情绪一般。

清凉的山风忽然变得刺骨了似的，刮得夏初周身起了一层鸡皮疙瘩，冷汗沁出，连血也仿佛都没了温度，心跳空空。

"夏初……"

蒋熙元一出声夏初便打了个战，起身便想跑。刚转过身那老妇却端着茶盘从墙角绕了出来，看见夏初站着，便道："水烧得慢了些，公子是不是等急了？"

老妇人步履缓慢地走到夏初身边，腾出只手来把她按回到了椅子上，笑道："这茶呢，不是什么好茶，可水好。山下松林有泉眼呢，知道的人可不多。"

她提壶斟了两杯放在桌上，又放了一小碟花生，笑呵呵地道："尝尝看，有松香味儿呢。二位慢聊着，没水了唤老身一声就行。"

老妇走了，夏初也过了那阵震惊，虽然身板僵硬挺直地坐着，却也没再跳起来。蒋熙元笑了笑，把茶推到她面前："你跑什么？"

"我……不是。"夏初有点警惕地看着蒋熙元，试探地道，"大人是不是在逗我？也……也还算好笑。”

蒋熙元抬眼看她：“你这话才是真好笑，夏初姑娘。”

夏初干笑了一声，笑完神情尴尬，低下头不知道该说什么。蒋熙元端起茶杯轻轻吹了吹：“话才说了一半，你要是就这么跑了就不怕后悔？”

“我……已经后悔了。”夏初暗暗地哀叹了一声，有气无力地问道，“大人你一直都知道？”

蒋熙元摇了摇头：“说起来还要谢谢皇上送你的那幅画。”

“那幅画？”夏初不明就里地抬起头来，“那幅画……有什么问题？”如果那幅画有问题，那苏缜也早该发现了才是。

“画本身没什么问题，只不过你在说起你的身世时曾说过你有一个哥哥，却并没说你有一个妹妹。”蒋熙元抿了一口茶，“就这样。”

夏初怔了好一会儿才找回思路弄明白了他的话，不禁抹了抹额头。手肘架在桌上支着头，发出无奈的一声苦笑：“真是……谎言就是谎言，再小心也总归是有圆不了的漏洞。”

“如果不是你那天喝醉了，如果我没有送你回去，许是到现在还蒙在鼓里。”蒋熙元轻声道，“我倒希望是天意。”

“那天啊……”她扶着头，仰起脸来问蒋熙元，“大人既然早就知道了，为何到今天才戳穿我？”

“本来不想这么快戳穿，可不戳穿你，很多话便没法说下去了。”蒋熙元把茶杯放在桌上，手指轻轻地叩着桌面，“我说了，我是来卜一个前程的。”

夏初想了想，若有所悟，默然片刻问道：“那……皇上也知道了，是吗？”

“不知道。如果他知道，我也就不必带你来仙羽观见安元公主了。”

夏初不懂他话里的意思，不免有些烦躁，坐直了身子：“大人我这人直来直去地绕不出那么多的弯子，我……”

“夏初。”蒋熙元打断了她的话，勾唇浅浅一笑，“你真的不像是一般的女子，不娇嗔不软弱，入府衙之初打架滚了一身的灰土，急了还会骂脏话。别的女子都爱抚琴作画，你却热衷查案破案。要不是那幅画，我真想不出世上还有你这样的女人。”

夏初听完撇了撇嘴，未见赧意，却好似还有一点儿自得的神情，拉过茶杯来喝了一口：“那是大人你少见多怪罢了。”

“是我少见多怪。”蒋熙元笑道，往前倾了倾身子，“我还以为我所想的那个姑娘不会出现呢。”

“哪个姑娘？”夏初一时没反应过来，有些认真地问道。

蒋熙元笑意愈甚，目光却幽深如潭含了万般心思，轻声道："我喜欢的，那个直来直去没心没肺的姑娘。"调音似羽般飘然于风中，"你以为是在说谁？"

话如轻羽缓缓落下，却直击了心湖，划出层层的波来。夏初的心咚咚直跳，血都涌到了头顶，红晕从脖子一直蹿到了耳根。

对于蒋熙元喜欢自己的事，她不是全无心理准备，可她的心理准备不是在这时候啊！不是在忽然知道了黄公子的身份，又忽然被戳穿了女儿身之后；不是前两件事造成的震撼余波未退，她脑子都要不转了的时候啊！

蒋熙元默默地看了她一会儿，道："那次在酒楼吃饭我说过，你想听的时候我会告诉你，你现在也许还不想，但我已经没办法再等了。"

夏初低着头没有说话。

"别想了。你不用给我什么回答。"蒋熙元伸过手去，夏初下意识地往后退了退。蒋熙元的动作一顿，"茶凉了，给你换一杯。"

夏初有些尴尬，微微抬头对他勉强一笑："大人……"

"我只是想让你知道而已。"他把茶重新斟满放在了夏初面前，"就像你知道皇上对你的心意那样，也知道我对你的心意。"

蒋熙元收回了手，低头看着自己面前的茶杯："那天你喝多了，我鼓足勇气说了个笑话，没想到你醒来便真当作一个笑话给忘了。"他轻声一笑，像是自嘲，轻得化在风中便没了踪影。

"不妨再说一次吧。"他抬起眼眸来看着夏初，专注而认真，"我喜欢你，是男是女我都不在乎，只要是你。不要再忘了。"

夏初怔怔地看着他，似乎是想起来了。

那个星稠月如钩的晚上，记忆的碎片模糊不清，却依稀还记得他的目光。

他说："你动心吗？"

那时自己说了什么吗？做了什么吗？自己……动心吗？

而此刻再追溯那时的记忆好像也没有必要了，晴朗天空之下，徐徐山风之中，他的每一个字都那么清楚地敲在了自己的心上。

这是她第一次遭遇面对面的表白，第一次有人明明白白认认真真地对她说：我喜欢你。而她，手足无措。

对蒋熙元的情感她朦胧而模糊，从她猜测蒋熙元对自己有意开始，她就一直没有界定清楚过。那似乎不同于对黄公子那般清晰的喜欢，却也不同于对刘起常青那般清晰的坦然。

动心吗？手悄悄攀上自己的襟口，指尖下无律的心跳，她也不知道那是否就是动心。

蒋熙元将想说的话说了出来，便放松了些许。端起茶杯来润了润因为紧张而发干的喉咙，不免暗笑自己也有这么一天，会因为诉情而紧张。

夏初抬眼悄悄地看他，遇上他的目光又慌张地避开，盯着旁边一丛开得正好的野花说："大人……你，你那时候不是说你不是……"

"不是断袖？"见夏初点头，蒋熙元便笑了起来，又是往常那明朗的模样，"是啊，所以我痛苦了一段时间，不然怎么会去知意楼？"他轻拍了一下桌子摇头叹气，"真是傻得可以。被个男人抱着，头发根都要炸起来了。"

夏初偷眼瞄他，看他往事不堪回首一脸嫌恶的表情，没忍住笑了一下，又忙掩了嘴，有点不好意思地红了脸。

蒋熙元现在说得轻松，但异地而处，夏初也能想象出他当时心中的苦楚。沉默片刻后便再不觉得有什么可笑的了，喃喃地对他说了一声"对不起"。

"是要说对不起。"蒋熙元轻声笑了笑，"你说，你是隐藏得好呢，还是不好？若是好，我又怎么会被吸引了过去，皇上又为何对你念念不忘？若是不好，我又怎么会以为自己断袖，皇上又怎么会要与你别离？"

夏初低着头，想起苏缜与自己的告别，心中仍是隐隐作痛。是自己错了，误惹了这些纠葛，如今看来真是伤人伤己。可时间倒回她能做什么？她还是放不下自己梦想的诱惑，大概仍是会扮了男装去做这个捕头。

说什么也晚了，糊里糊涂地便欠了别人这么多。她也不知道自己做女人是失败还是成功，更不知道自己做男人是失败还是成功。

真是一团乱麻，解不开。

"你真可恨。"蒋熙元道，"幸好我看见了那张画，不然也不知道现在的自己会是什么样。也许万念俱灰地听从家里安排娶个妻子，然后还要每天都看见你。佯作无事在你身边，很近，却又不可能再靠近，连丝希望都没有。想想都觉得窒息。"

"所以……"他缓缓地叹了口气，"我也能理解他的痛苦。"

"皇上？"

"皇上。"他点了点头，"我看见那个坠子，想明白了其中关节之后出了一身冷汗。我想我要怎么办，我想要怎么做才能不让皇上再见到你，不让他知道你是个女子，要怎样才能稳妥地把你留在自己身边。"

"所以大人你今天才与我说这些？"

可蒋熙元却摇头："如果是那样的话，我会瞒着你一切，再想办法把你调离西京，让你们这辈子再无相见的可能。我可以用尽手段来打动你的心，得到你这个人。我真的这么想过。"

夏初按了按自己的心口抚住情绪："那大人为何又改了主意？"

"我改了很多次主意。"蒋熙元弯唇一笑，凝视她片刻道，"可终究那都是我的主意，我思来想去直到天亮才觉得我自己的想法其实并没有那么重要。因为我不论怎么想其实都只是手段，都会是一个自私的结果。"

"我不是太明白。"

蒋熙元沉默了，喉头微动，许久才鼓起了气力，问道："夏初，你想进宫去吗？"

夏初怔了怔，不觉间已微蹙了眉头，声音里含了一丝难察的冷意，低笑道："所以，大人你在说了这番话之后，结果是想送我进宫？怕来日恼了皇上担待不起结果，尽数毁了自己的前程，这就是你要卜问的前程？"

她转开了头，心中说不出是什么滋味，觉得自己好像被他耍了，有些气恼有些酸苦。

蒋熙元挫败地笑了一声："那我现在就带你入宫岂不便宜，不单不会恼了皇上，反倒有功。"

夏初抬眼看了看他："那大人说这话究竟是什么意思？"

"我只是想给你一个选择，在你可以选择的时候。"他看着夏初，低声缓缓地道，"我把所有的一切都告诉你，包括皇上，包括我自己。其实我很为难，很不愿意，可我更怕你后悔。我觉得不该替你做了这个选择，怕你将来有一天知道了会说一句'如果当初'。"

"我知道你喜欢他，若是你愿意……我可以带你去见他，纵使我再不愿意。但若是你不愿入宫，我便是拼了一切也会护你自由。夏初，感情并不是非此即彼的选择，我只是希望你能有遵从内心的快乐。"

蒋熙元说完，觉得身上被抽去了些力气，倚在了椅背上："我来向你卜一个前程。我喜欢你，无论从前还是以后，无论什么结果都不后悔。我想要的不是你的回应，只是一个走进你心里的机会，但给或者不给，也在你。我能想到的，能做的，只有这么多了。"

夏初心头一震，抬起头来看着蒋熙元，那刚刚跳动平稳一些的心又撞了起来。她没想到蒋熙元会说这样一番话，在将自己的心事摊开，将自己的心意剖白之后又把一切交到她手里，给她承诺，也给她选择的自由，却给自己断了退路。"大人……"夏初悄悄地抹了抹眼睛，忽而一笑，"大人，你不光鬼精鬼精的，还真自信。"

"嗯？"蒋熙元挑了下眉毛，不明所以地看着她，"怎么不像好话。"

"你明知道我不会进宫，却还说出这样一番话来想要感动我。"

蒋熙元哑然地张了张嘴，向前坐直了身子，哭笑不得地道："我怎么会知道？"

"我以前说过的。"夏初仰起头瞟了他一眼，"宫里太凶险，不好生存。"

蒋熙元定睛看了她一会儿，垂眸缓缓地道："你是说过，但是往往情难自禁。我当初也知道不该爱上一个'男人'，可是情难自禁；我也知道你若无情我便休，可是情难自禁。你若不爱我，我就想尽办法让你爱上我，哪怕有一线希望。我怕……你也是这样想的。"

夏初被他这直白的情话再次说红了脸。她转头看着远处的西京城，看着城北那一片模糊不清的皇城，喃喃地道："如果情难自禁，那坠子也就不是离别的纪念，而是定情的信物了吧。"

"你想好了？"蒋熙元心中蓦然一紧，忍不住追问了一句。

夏初摇摇头："没想好。其实……也没什么可想的。"

蒋熙元缓缓地松了口气，点点头："那你等我。"

"等你？"夏初发蒙地看着他，"大人你要干什么去？"

蒋熙元粲然一笑："等我追求你。你爱上我之后，再等我娶你。"

夏初的脸霎时又被这句话炸得通红，用手背贴着脸给自己降温，直跺脚："什么什么就……大人，你自信得没边儿了！你你……正常点儿说话还会不会！"

"好了好了，话到这儿，我不说就是了。"蒋熙元笑起来，心中阴霾尽散，拉过碟子来开始认真地剥花生。

夏初简直没脾气，捂着脸皱着眉偷眼瞧着他。暗想，这么长时间总算是瞧见这位西京出名的风流公子的真面目了，要是照这个路数下去，自己非死在脑淤血上不可。

好一会儿夏初才抚平了情绪，脸色也正常了。蒋熙元拿起一颗剥好的花生，拉过夏初的手放在了她的手心："你想做捕头就继续做，想查案就继续查。等哪天累了烦了，告诉我。"

夏初拨拉着手里的花生，想到蒋熙元马上就要离开府衙，心里便烦躁了起来："还不知道今后的府衙是什么样子，也许不等我烦了，别人就烦我了。"

"那好啊。"蒋熙元笑得几分狡黠，"早知不该给姚致远递话，让他对你多加照应，应该让他凶狠一些，把你轰出去算了。"

"哎？"

"啧。我喜欢你落魄的样子。"蒋熙元摸了摸下巴，咂摸着说，"那才有点女孩子的模样，柔弱无助泪眼汪汪的，靠在我怀里。"

夏初把那颗花生往他身上一掷，又羞又恼："大人你正经一点儿！"

"正经地说？"蒋熙元正儿八经地点点头，对她浅浅一笑，"那我永远不想再看你哭了，你哭，我比你还无助。”

夏初脸又红了，她抓狂地站起身来，调头就走。蒋熙元随手掏了颗碎银子扔在桌上追了过去，笑道：“初儿……”

夏初浑身一个激灵，站定身形红着脸瞪着他，咬牙切齿地道：“大人你……”

“嗯？”

“闭嘴！”

蒋熙元扬声笑了起来。风徐徐掠过，那原本清苦的松香味中，仿佛也有了丝丝甘甜。

景熙元年五月十三，景帝苏缜大婚。

清晨天光未起时苏缜便已起身，近侍宫娥太监捧了十二章纹玄衣裳为他仔细穿好，又冠了十二旒冕，精编细做的纮系于颌下，垂缨也一丝不苟地捋得齐整浮于胸前。

安良紧张地盯着宫人的动作，生怕谁不小心系错了钮，刮抽了线。待到穿妥了这繁复的礼服他才稍稍松了口气，躬着身子仔细地瞧着自己的主子，瞧着这统御王土的皇上。

苏缜眉目清秀俊美，这礼服压去了他常日里的温润之气，直把那骨子里的气势突显了出来，让人由心而生了敬与畏。

安良不知怎的就想起了皇上与夏初在一起时的模样，时间虽过去不久，却好像已是很遥远的记忆了。那时的皇上会醉酒，会夜不归宫，会抢了他的衣裳翻墙越脊，害他每每都捏着一把汗。

如今皇上勤勉自律，仍是那波澜不惊让人瞧不透的样子，要不是他一直都跟着，怕是真想不到皇上还有那样随性爱笑的时候。他回想起来都觉得含糊，自己是不是真的见过那样的苏缜，与眼前这身着冕服气势咄咄的皇帝，仿佛不是同一个人。

苏缜侧眼看了看安良，安良立刻低垂了目光，看着地上剪花的缠枝纹样地毯，轻声道：“皇上，时辰差不多，该去奉先殿了。”

苏缜轻点了一下头，冕上垂下了珠旒微微晃了晃。他转过身的瞬间，觉得身上层层衣服压得肩膀格外沉重，腰间束带扼得自己呼吸都有些不太顺畅。

立于两旁的宫人将门打开，外面已起了熹微的日光，勾出皇宫金瓦琉璃一片璀璨，远处的天空仍是深深的蓝色。昨夜朗朗稠密星空已没了踪影，半月熄了光华薄纱一般孤零零地贴在上面，唯有一点儿星光陪伴。

那是昨夜的长庚，那是今日的启明。一夜原来这么长，可以将过往再三回想，一夜月如残镜，却映不出自己眼中究竟是何神情。

他摸了摸自己的手腕，把那枚不合于礼制，不属于衮冕的坠子仔细藏好，拢紧了袖口，缓步迈下。

大婚册立皇后不同于纳采纳征，皇后要乘凤辇从将军府向北自朱雀门入皇城，沿路两侧的店铺民宅皆闭户关窗，也不许路旁围观。御林军隔丈一人身着轻甲，扶着兵刃肃立，清退杂人护卫仪仗。

蒋咏薇也是一夜没睡，却不为心事，而是根本没有时间睡觉。出门的吉时定在未时，但清早丑时一过她便开始净身沐浴，擦身开脸。寅时有梳头的嬷嬷来给她梳头，塞了许多假发，插了十二支笄，足足一个时辰才算梳好。

此时她已是换上了宫中送来的婚仪凤袍，金丝线绣翟纹深衣，霞帔缀了明珠熠熠生彩，顶冠宝石珠花二十四，翠云堆叠，金龙翠凤衔珠珞垂于肩上，华美异常，却压得她脖子几乎挺不起来。

从昨晚开始她就水米未进，此刻因为干渴和紧张，又想喝水又想去净房。可那凤冠顶在头上她却连转个头都不敢，只能忍着。

她已经为这大婚之礼准备了几个月，真到了这一天却发现自己还是想轻松了。这要足足一天啊！眼下还没出门就已经觉得难熬，后面真不知道要怎么扛。

宫中来的礼仪姑姑给她梳好头穿妥了衣裳，妆成之后瞧了瞧，又拿起软棉布来在她额上按了按，低声道："娘娘可别再出汗了，花了妆容御前失仪怕是担待不起的。"

咏薇心中叫苦不迭，这出汗哪是她管得了的，却也只能矜持地点了点头。待礼仪姑姑离了这房间，她忙把要随自己入宫的丫鬟轻声叫到跟前，急道："芊芊，快帮我找两块棉花来！"

"小姐……不是，娘娘要棉花干什么？"

"擦汗啊！"咏薇指了指自己的脑门，压低了声音，"你瞧瞧，这回头盖头一掀皇上看见我满头大汗岂不是要嫌弃！"

芊芊也跟着着急，可又觉得不妥当："娘娘，您册封礼上要接金册的，总不能手里攥着棉花去接，那不是坏事了。"

"两小团就行，我就塞在凤冠里让汗别流下来就好，回头趁人不注意再扔了。快去快去！"芊芊赶忙跑去找棉花了，她抬手一摸又是一脸汗。

咏薇用力地深吸了两口气，想让自己的心情稳下来，可她又哪里稳得下来。终于是要嫁了，要嫁给苏缜了！自定下入宫之后她每天都在担心，担心皇上变卦，担心自己生病，担心国事不安，担心有人作梗。

一天天挨到了这一日，她又开始担心自己疏了礼仪，迈错了步子，担心苏缜不喜欢她，担心做不好中宫。

她连见到苏缜要说的第一句话都想了几百个方案，倒是芊芊提醒她说："小姐，您见了皇上，第一句自然要说'臣妾见过皇上，臣妾给皇上请安'，有什么可想的呢？"

可她依旧忐忑，忐忑得都忘了自己的样子。只记得两年前于屏风后的悄然一眼，记得那时还是皇子的苏缜的卓然风姿，记得他看过来的目光，记得他若有似无的一笑，记得他轻缓淡然的嗓音，"那是令妹？"

蒋熙元把她轰走了，可她心却落在了那里，怦然到如今。

一直撑到午时过半，礼仪姑姑来说时辰快到该去拜别高堂了。咏薇这才回转思绪，扶着芊芊的手站起身来，心中染上了点点离愁。

厅堂中蒋熙元默默地站在父母身后，看着凤冠霞帔的咏薇，心中百般道不出的滋味。他最心疼的小妹，这一拜别便是相见不易，而宫中等着她的会是什么，他却连想都不敢想。

那串紫玉葡萄坠子，就像压在他心头的一块石头。咏薇喜欢苏缜，也许是她没有夏初冷静，也许是她的喜爱更甚于夏初，她做了与夏初截然相反的选择，而他眼睁睁看着，却没别的选择。

咏薇盖了盖头，又因为凤冠太沉而不敢低头，只能瞧见眼前一片大红，像个盲人一般被前来接亲的诰命夫人扶上了凤舆。

蒋家人仪门外跪送，蒋夫人一直忍着泪，直到鞭响开道凤舆远去，才哭出声来。蒋熙元拉起蒋夫人的手，想要劝慰两句，可心里沉得却也是说不出话来，良久一声轻轻的叹息："皇上……会好好待咏薇的，母亲放心。"

苏缜不会对她太坏，可咏薇期盼的却是情爱。蒋熙元怕她心伤，怕她梦碎，怕她枯坐了韶华，怕她挨不过憔悴。可除了担心与害怕，他却又什么都做不了。蒋家再如何受信重，他与皇上的关系再如何亲近，唯独于感情一事，却是谁也帮不了谁。

街上已经戒严，可仍是架不住街巷里塞满了百姓，探头往将军府看着。御林军管得也没有那么死板，毕竟是大喜的日子，只要不闹出娄子来就算功成。

大红的凤舆自将军府抬出，鞭响净路开道，走得极为缓慢。咏薇大半天来只顾紧张了，此时听着凤舆外有百姓的欢呼之声，心中才蓦然升起了一种微妙的感慨。她嫁人了，她竟真的可以做他的妻子了。

凤舆从朱雀门中门入宫，至銮殿外停下，诰命夫人上前引咏薇走出。咏薇手持如意，手心汗津津地直怕抓不牢，直攥得骨节都泛了白。一百零八步到殿前，好似走了个天荒地老也没走完，紧张得浑身都绷紧了。

金銮大殿中已经置案摆好了金册金宝，此时苏缜已拜过宗庙换了大婚礼服御坐殿中。看着跪在殿外阳光之下一身红衣霞帔的女子，思绪却有些抽离，仿佛自己只是个不相干的人，了无情绪地旁观着这仪式隆重的婚礼。

静鞭三响，礼乐声中王公大臣行三跪九叩之礼，山呼万岁万万岁。礼部尚书捧金册于殿前，扬声颂道："朕躬膺天命袛嗣祖宗大位，统御天下。咨尔蒋氏，生于勋门，天禀纯茂，慈惠贞淑，静一诚庄。今以金册金宝立尔为皇后，于戏唯君，暨后奉神灵之统，理万物之宜，唯孝唯诚以奉九庙之祀，唯敬唯爱以承两宫之欢，唯勤致儆戒相成之益，弘樛木逮下之惠，衍螽斯蕃嗣之祥，于以表正六宫，于以母仪四海，诞膺福履，永振徽音，钦哉。"

咏薇深深拜下，高举双手接过金册，暗暗地用力清了清嗓子，声音清脆明朗叩谢吾皇万岁，将自己背了许久的礼辞说了出来。待最后一个字吐出，心头不禁长长地松了口气。

苏缜自龙椅起身走到殿外，安良奉皇后金宝随于其后。走到咏薇身前低下头，那盖头上的金绣微微刺目。他移开视线转身将金宝从安良手中的托盘拿起，沉甸甸的一块，铸得甚是精细。

他瞧了瞧，轻轻放在了咏薇的手中，听她谢恩之辞。

苏缜觉得应该对这个他连模样都不清楚的皇后说点什么，可满心疲累，没有期待也没有兴致，便转过了头去。

礼成，宫中起了钟鼓磬音，皇城外和之，随后西京城钟楼鸣响，紧慢有致敲足一百零八响，是以百姓皆闻，共贺之。

夏初仰头站在自家的小院里，看着架上叶面宽展，色已深绿的葡萄藤，一下下一直数满了一百零八声。

这钟声好像忽然就把他与自己敲开了好远好远。

她站在这曾经共处过的小院里，记得黄公子的一颦一笑，却想象不出作为皇帝的苏缜是什么样子，穿着什么样的衣裳，有着什么样的表情。

"祝你新婚快乐……黄公子。"

可他听不见。

夏初默然一笑，转身走回了屋里。

宫中设了酒宴，苏缜赐美酒举杯，饮了有七八盏。听了满耳的恭贺之词后觉得脑袋有些昏沉，便让安良给他端了醒酒的茶来，慢慢地饮着。

安良心中有些惴惴，此刻时辰差不多了，他想提醒苏缜该去凤仪宫，又不知道该不该开口，目光一会儿一下地瞟向苏缜。

苏缜不紧不慢地喝了半盏，低声道："朕知道。"他把茶放下，垂眸沉吟片刻才站起身来，"走吧。"

安良忙给门边的小太监使了个眼色，小太监便将候着的肩舆引到了殿门外。又是一片恭贺恭送之声，苏缜撑出笑容来走了出去，觉得自己就像个戏子。

上了肩舆，安良提气喊了一声摆驾，銮仪缓缓而行。苏缜支着额头半斜着身子闭目养神，半路忽而听见鸟儿惊翅的声音，便睁眼看了过去。

"是喜鹊呢，皇上。"安良笑道，"喜鹊登枝可是好兆头。"

苏缜看了一会儿，直到再瞧不见那喜鹊的影子，才又重新闭上了眼睛。

宫宴那边没了皇帝，气氛一下子便轻松了很多。素日里难得有机会聚齐这么多朝臣王公，是个攀拉关系混眼熟的大好时机，品阶低一些的便举着杯四处敬起酒来。

面上都是过得去的，谁与谁都是一副故交知己的模样，但转过脸来心里想的是什么却不好说了。新臣老臣颇有隔阂，三省六部中都暗地较着气力，说起这大婚之事话虽都是好话，但都各怀了心思。

蒋家如股市，现在飘着红，有人觉得是如日中天势头正猛；有人却觉得是强弩之末，还是观望着好；一个中宫也代表不了什么。

蒋熙元降职调任的文书还没下发，但消息早已传扬了出去，加上有说法说蒋府的亲兵也要裁撤，似乎唱衰的证据更充足一些。

这势态好得很，蒋家有失宠的迹象，那么中宫姓蒋只会让苏缜更设一层防备。往日里那些借水灾说项的老臣，今天倒是宽容了许多。

旧朝权臣一直以来被苏缜压着，幸而蒋熙元那不知天高地厚地闯了祸，连同带累了蒋家，连蒋悯都被罚了俸。苏缜手腕虽硬但毕竟还是年轻，穷追猛打下终是让了步，这让他们觉得很是扬眉吐气，还要再接再厉才是。

新臣则觉得中宫不倒蒋家就还是那个蒋家。蒋熙元动亲兵错是错了，但情有可原，罚也不过是暂时的。苏缜的态度一向分明，于权力一事上如何会轻易让了步，希望还是大大的。

都觉得各有道理，谁也瞧不上谁，一席席皮里阳秋的话说出来，倒把这宴席烘得很是热闹。

蒋咏薇坐在凤仪宫里，脖子支得酸疼，肚子饿得难受。盖头盖住了视线也瞧不见这宫里都是个什么情形，连想喝水都不敢开口，只能端足了架势坐着。

也不知道等了多久才听见有人报了一声"皇上驾到"，紧接着门轴轻响，叩拜请安之声传来。咏薇一下子就把浑身的不适都抛开了，心扑腾扑腾跳个没完，脸上想蕴一个温婉得体的笑容，可五官却像是不听使唤了似的。

直到盖头揭开，眼前视野豁然打开，她这个笑容也没酝酿好。苏缜站在她面前静静地看着她，没有惊喜也没有不喜。若不是她见过苏缜，若不是苏缜身上穿着大红的喜服，她大概都要怀疑这人是走错了地方。

她没能给苏缜一个笑容，神情因为紧张而看上去有几分淡漠，只瞧了一眼便低下了头。一旁的诰命夫人和礼仪姑姑心里都咯噔一下，赶紧让人上了合卺酒来，又说了些吉祥话，心中唯恐这位娘娘整出什么事来，完成了程序便匆匆跑了。

苏缜看着满屋满室的喜庆出了会儿神，仿佛才记起屋里还有一个人，便侧头瞧了瞧她："累了吗？"

"回皇上，臣妾不累。"咏薇看着地上合欢花的剪绒地毯轻声道。

苏缜没再说话，咏薇便也不敢出声，屋里静得一塌糊涂，她连喘气都尽量收着。过了好半天，咏薇才鼓起勇气稍稍偏了偏头道："臣妾伺候皇上更衣。"

苏缜点了下头站起身来，咏薇缓步上前，按住心里的紧张小心地把腰带解开。手绕过他的腰时稍稍向前倾了身子，那凤冠带得她头一点，险些栽在苏缜胸前。

苏缜往后撤了一步，索性抬手拦住了她："不用了，皇后先让人取了凤冠吧。"说完扬声唤了安良进来。

咏薇心中有些不安，却记着谨言慎行这条道理，以中宫之仪恪礼。见苏缜唤了安良她便退开些距离，也叫了芊芊进来。

芊芊帮咏薇去了凤冠放在一边，再回头一眼便瞧见了贴在发际上的一条棉花，惊得愣了 下，可咏薇这时却转过了身等着她给自己去了外袍了。芊芊急得要命，走上前贴在咏薇身后小声地说着棉花棉花。

咏薇不明所以地皱了皱眉头，侧头低声道："芊芊，御前别失了规矩。"

那厢里苏缜正抬眼看过来，咏薇看不见自己的脑袋顶，他却是瞧见了，不禁微微地蹙了蹙眉，疑惑了一瞬便又转开了目光。

换妥了衣衫，苏缜便吩咐安良把他昨天没批完的折子抱到外间的书房。咏薇一听这话，不禁心中一沉，满心激动紧张的情绪退了个七七八八，却也不便表现在脸上，转身上前两步拢手胸前："皇上为国事操劳，臣妾这便命人上些茶点来。"

苏缜看着她的头顶，觉得那条白棉花实在是很碍眼，迟疑了一下伸出手去，帮她摘了下来扔到了一边，道："皇后安排就是。"说完转身走了出去。

刚刚苏缜伸手的那个瞬间，咏薇不知他是何意，只觉得心猛地跳了起来，配合地往前探了探脖子。可等她看清苏缜手里的棉花，心立时就不跳了。

她竟然给忘了！

"芊芊！"等苏缜一离开，咏薇轻跺着脚，急得眼里都蓄了泪，压低了声音，"你怎么……你怎么也不告诉我！怎么不赶紧帮我摘下去！"

芊芊觉得很冤枉，不敢反驳，便抱着她的外袍跪了下去："奴婢知错了。"

咏薇又羞又恼，可这事怪得了谁呢，还不都是自己的馊主意！她一屁股坐在床沿上出神，须臾，捂着脸趴在了床头上。自己努力想给夫君留个恭谨贤惠的好印象，一颦一笑不知对镜演了多少次，哪儿想到初见竟顶了一条棉花。这下，全毁了！

苏缜倒是没想那么多，翻了折子便一心都放在了国事之上。

眼下赈灾的银两已经拨去了青城郡，现在应该还没有到。朝廷下旨周边未受灾郡县先送粮去青城郡解燃眉之急，郡守奏报里说已设了二百粥棚，形势稳定，人畜死尸已撒石灰深埋，眼下并无疫报，待水退之后再兴重建之事。总之一切都好，皇上英明万岁。

苏缜把折子扔到了一边，对郡守的话在心中打了个折扣，派出去抚民视察的官员还没到青城郡，实情如何实在是不敢太过乐观。

批完了折子已是入夜了，他揉着额角靠在了椅子上，抬眼看了看房中布置才想起今天是他大婚的日子。侧头看见手腕上的坠子，便取下来放在了手心。

他已经听说月筱红的案子结了，生事的王槐被打去了半条命流放西海。听安良说，现在西京城的舆论完全翻了过来，都在说着夏捕头的英名。

他真心为她感到高兴，高兴之余也觉得遗憾和怅然，遗憾的是自己没能为她做些什么，怅然的是自己不能当面说上一句话。

苏缜想，如果放在当初，她与他说起这桩事来，她一定会有一丝自得的神情，然后兴致勃勃地把案子讲给他听，笑得毫不矫饰。想着，他就好似已经看见她那明朗的笑容、清亮的眼睛，自己便也不自觉地有了一丝笑意。

明烛轻闪，烛芯爆出一声轻微的响动。回过神来，苏缜手中也只有一枚坠子而已。他重新戴回到腕子上，浅浅地叹了口气，看见桌上一点儿未动的点心，这才想起咏薇来。

如今面也见了，可相隔不过一墙，他却仍有点记不起她的模样，倒是记住了那条奇怪的棉花。皇后的性子看上去有些谨慎刻板，倒也谈不上有多讨厌。只是话说回来，讨厌或不讨厌又有什么关系呢？

她是蒋熙元的妹妹，是蒋家的姑娘。于他而言，她是一个象征，一个信号。就像今晚，即使他再没有兴致也一定要待在凤仪宫里，不管他在凤仪宫干什么。

他表面上是要冷落了蒋家，但不能冷落到帝后不和的地步，在哪个分寸能引出什么样的反应，都需要细细忖度。

这就是自己的婚姻，自己的洞房花烛夜。待后宫充盈了，什么时候上哪张床都是要考虑的。想想也真是可悲。

苏缜起身走进了里间，那儿臂粗的红烛已经燃了一半。咏薇还坐在床沿上，只是折腾了一天，挨不住疲惫，已经睡着了。

他轻身走到床前，解了外裳躺到了床上。枕衾床幔皆是大红，绸缎水滑冰凉。苏缜躺了一会儿又看了看倚在床边的咏薇，犹豫了一下翻起身来，扶着她的肩膀把她放躺在了床上。

咏薇哼了一声没醒，苏缜便又重躺了回去，翻了个身闭上了眼睛。早晨再睁眼的时候咏薇已经穿妥了翟衣，拢袖恭立于床边，见他醒了便低下头去："臣妾伺候皇上起身，安公公方才与臣妾说了，卯时要去奉先殿。"

苏缜坐了起来，咏薇便唤了宫人进来伺候洗漱更衣，静静地陪他用了早饭，这才一同往奉先殿去了。

大婚过后，蒋熙元降职调任的旨意正式发了下来，转天新任京兆尹姚致远便走马上任。

姚致远是个年届五十的人，法令纹重重地撇着，一脸刻板的正气。夏初站在捕快的行列里听他训了话，看着陌生的人穿上了熟悉的官服，心里怎么也提不起劲儿来。

她依然是府衙的捕头，姚致远任命后多看了她两眼，也不知道那眼神里是个什么意思。也许是因为蒋熙元格外关照过，也许是他并不满意蒋熙元的关照。但终归这过渡尚算平稳。

她对姚致远没多大好感，也没有什么恶感，只是不习惯。但好在这人也并不是冯步云之流，也许在价值观方面出入不会太大，聊以自慰。

府衙中的各司官员开始了新一轮的逢迎，有人暗悔巴结蒋熙元巴结得太早。结果他没待几个月屁股就挪了位置，要命的是，还是降职，白费了许多心思。

这一来，对于蒋熙元曾经所看重的夏初越发没了什么好脸色，夏初倒也无所谓，自己该做什么做什么，只是心里总别扭着，远没有了蒋熙元在时的兴致。

蒋熙元去了国子监就任博士，司太学，其余的几个博士和祭酒都有把岁数了，对蒋熙元多少有些不屑之意，不认为他能做得起这个博士。

还有人上了表，痛陈了国子监的重要意义，贻误教学于朝廷的危害，想让苏缜把蒋熙元赶紧弄走。苏缜看了只当没看见，表彰了几句老学究们的爱国之心便不了了之。

老学究们铁板一块，蒋熙元插不进他们中间，他也没打算这样做，常日里无事倒是多与学生混在一起。学生与他年纪相若，混熟了他倒是颇受欢迎，愈发让那几个老头看不顺眼。

国子监的事由清闲，蒋熙元几乎每日里都去找夏初，有时候带一些新奇的吃食，有时候是街边的玩意儿，都不贵重，却很有趣。这中间时不时混杂着珠花簪子、胭脂香粉，暗示之意甚浓，却全被夏初束之高阁了。

蒋熙元问她府衙如何，她总说还好，有时与他讲讲案子，兴起时仿佛又是一起查案的时光。她刻意不去问皇上，也不想问朝中之事，可身在府衙却很难避免这些事灌到耳朵里。

就像她自觉与国事无关，而实则却也逃不开朝中势态的影响。

日子缓缓滑到五月底，姚致远从吏部要的司法参上任，原凤城衙门的司法参钟弗明一番走动得了这个缺，品阶虽没变化，但毕竟是京官了。

夏初的捕头之位依然没有变化，但钟弗明却补充进了新的捕快，自己的人手，面上是过得去的，但接案子问进度查卷宗钟弗明皆不经夏初的手。很快，夏初这位置便被架空了，变成了府衙的形象代言人。

有她戳在这儿，百姓便觉得府衙就是青天。闲着一待有钱赚的日子多少人求之不得，可夏初之所以待在这里，图的却不是那点银两。为此她甚是苦闷。

姚致远是京兆尹，辖了西京及京畿郡的各项事务，但他毕竟不是蒋熙元，无暇去理会捕头捕快这样细枝末节的事情。夏初自己也觉得根本不够交情去跟他说些什么，她能留任捕头已经是蒋熙元的面子了，做人脸皮总不能太厚。

夏初起先很努力地想与钟弗明搞好关系，想维护蒋熙元创造的风气与局面，可最后还是败在了钟弗明敷衍的笑容里。

几个捕快起初一直很维护夏初，强硬排外，结果闲得几乎长毛，既不像从前冯步云在时可以受点银钱创收，也不像蒋熙元在时可以实现自我价值。慢慢地也开始接受了钟弗明的安排。

夏初每天整了衣冠上班，扶着佩刀往捕快房里一坐，三壶茶到黄昏再回家，自己都觉得可笑。

终于有一日，她在看见常青从赌坊钱管事手里接过银子，放了那打人的护卫后，心中彻底没了想法。常青红着脸支支吾吾，夏初却什么都没有说，转身离去。于是，六月下旬夏初正式向府衙告了长假，不去了。

“你想好了？”蒋熙元问道。

他不是不知道夏初如今的处境，朝中老臣现在忙着在各部衙门安排自己的人，国子监那样的地方都是暗潮涌动，更何况府衙。他有心想让夏初不必受这些干扰，不用理会庙堂之上的纠葛，但她毕竟不只是个普通的百姓，大势之下很难逃得了影响。

“嗯。”夏初郁闷地点了点头，起身进厨房把烧好的水拎了出来，沏上了茶。现如今她这茶也是好茶了，连茶杯都讲究了起来。蒋熙元来得频繁，口味刁，爱讲究，塞了一堆的好东西进来，差点儿连房子都给她换了。惹得夏初发了一通火才算作罢。

茶汤清澈碧绿，水雾氤氲香气淡淡。她扶着茶杯沉默了一会儿，道："原本是想辞了算了的，可姚大人却不许，说我一直做得不错名声也好，要是突然辞了，上面知道了问起来他不好交代，便允我休个长假。"她抬眼看了看蒋熙元，"上面……说的似乎还不是大人你。"

蒋熙元端起茶来轻轻地吹了吹，轻声道："我不清楚。"

他是托付了姚致远，但苏缜有没有也与姚致远说过什么，他不得而知。听夏初这样一说，心中不禁有些发沉。

苏缜对于夏初的情感总归是他心头横亘的一个担忧。那葡萄坠子还在苏缜的手腕上，每每瞧着都让他心惊不已。

最近朝中事多，淮水的灾情已经稳定，报了几个有功之臣等着行赏，那帮握权老臣越发春风得意。于是开始上表极力推进选秀一事，想把手也伸进后宫里去。

而他也没闲着，在国子监暗中考评着年轻学子官员，不动声色地放进各部，让他们一边历练一边查记着动向，只等这帮老臣再得意一些，寻够了痛脚好收网。待日后除了尚书省和六部那些架空苏缜皇权的老臣，也不怕没有可用之人。

苏缜打得好算盘，也沉得住气。他替苏缜分忧忙碌，却也怕苏缜闲下来，怕皇帝得了空会想起夏初，起了什么心思。

咏薇入宫一个月了，未传出什么帝后不和的事，给家中递的信中也说皇上对她礼遇有加，相待甚好，可他却还是能察觉到一丝不妥。信写得太规矩，那不是咏薇的性子，想来也是心事不好明言。

而那心事的根由是什么，或许咏薇还没他清楚。

他说出自己的心意也才不过一个月而已，夏初除了逐渐习惯了他的肉麻之外，与之前无明显不同。也许是她还没分出心思考虑这事，也许是对苏缜的感情还没有真正放下。

退一步说，就算夏初接受了他，眼下的情势中，他也不能轻易有所动作。因为在他与苏缜的交情过程里还没有遇到过这样的事情，他完全预料不出他的反应，更预计不出后果。但他再清楚不过，苏缜那人的温和只是表象。

日子看上去似乎风平浪静，但蒋熙元隐隐地感觉一切还远没有过去，或者说还没有到来。无论国事还是情事。

"告假便告假吧，也好。"蒋熙元收回思绪，抿了口茶把杯子放下，抬眼对她一笑，"接下来呢？你打算做什么？"

夏初摇了摇头："不知道，还没想好。"

蒋熙元指着自己，弯唇笑着往前凑了凑："真没想好？你再想想看？"

夏初低头像是没有看见，嘴角微微地动了动，又轻叹了一声道："我手里倒是攒了些银子，趁着天暖景好倒是可以到处去走走。这么久了我才只去过一趟管阳城。"

蒋熙元笑道："也好。再过些日子，等朝中之事平稳了，我与你一起去。"

"朝中之事平稳？"夏初挑了下眉毛抬起头来，"从我上任捕头以来，朝中之事何时平稳过？"

"也就是说，若真的平稳了，你还是愿意与我一起去的。"蒋熙元笑得有点狡猾，犹自点了点头，"该是没理解错意思。"

夏初无奈得直发笑，瞥了他一眼："大人还想理解成什么意思？想想呢，有个爱讲究又土豪的人一起，于我又没有坏处。是不是？"她见蒋熙元扬了扬眉，又道，"当然，我也就是那么一说。我还没想好要不要出去走走呢。"

"一颗甜枣都不给。"他笑了笑，抬头看了看头顶密密匝匝的葡萄叶子，微敛了笑意缓声道，"若是离京，我倒觉得可以不必回来了。"

夏初眨眨眼："这什么意思？"

蒋熙元犹豫了片刻，说道："等这波事情过去了，我想向皇上请个外放做官，去外埠做个郡守也不错。天高……"他停了停，看了夏初一眼，"也自在。"

夏初当然知道他隐去的半句话是什么，也知道他的担忧。她低头静静地喝了口茶："大人不是不喜欢离京吗？"

"此一时彼一时。"蒋熙元开诚布公地道，"无论是替咏薇想，还是替我自己，难免有私心。终归我也有怕的时候。"他顿了顿，浅声试探道，"若是我外放做官，你可愿意与我一起去？"

夏初心中微微有些发紧，低着头不说话，想不好应该给他一个什么回答。

西京她没什么放不下的，宫里的那一位除了在偶然听到些消息时泛上些伤感，也该算是过去了。只是……

她不知道自己与蒋熙元又能有什么将来。就算她接受了蒋熙元，难道自己就能进了蒋家的门？皇上会怎么想暂且不论，蒋家那样的高门能允许吗？

她没有问过蒋熙元这个问题，在自己心意未定之前她觉得问这些都太早了。她原想着再好好做几年捕头，到时情形会变成什么样也未可知。蒋熙元那么一个风流公子，没准那时对自己已经腻烦了。

把事情交给时间再好不过。

可没想到这捕头生涯结束得太快，想要过几年再琢磨的问题匆匆摆到了眼前，让她不知所措。

“让我想想……”夏初道，悄悄地看了蒋熙元一眼又低下头去，“不管怎么说我现在还是个男人身份，大人也不用太担心。”

午后艳阳高照，白花花地晃人眼，空气稠得仿佛时间已经静止，阖宫都是静悄悄的没有声息。偶有一两声蝉鸣传来，马上便被小太监用长竿粘走了。

苏缜在御书房的软榻上歇午觉，安良清退了房中的宫人，自己站在廊庑下的阴凉里，倚着廊柱打盹，不一会儿就是一身的汗，黏腻腻地醒过神来。

他揪了揪汗湿的领子，让人去给他取个凉手巾来，又命人下去备些冰盏，恐怕皇上一会儿醒过来会觉得燥热。

芊芊谨慎小心地拎着只精巧的食盒到了御书房，立于台阶之下伸头看了看安良，轻声招呼了一声。安良笑眯眯地走下了台阶：“芊芊姑娘。”

“安公公好。”芊芊福一福身，把食盒往前递了递，“天气热，皇后娘娘熬了些酸梅汤给皇上，用冰镇过了，去暑消渴的。”

安良一听不禁笑了起来，接到手里：“皇后娘娘真有心，我这正说着让人备去呢。这倒正好了。”

“有劳安公公了。”

“岂敢岂敢。”安良摆了摆手，拎着食盒要走又听芊芊唤住了他，便回过头去，“姑娘还有事？”

“娘娘想问一问，皇上今儿去凤仪宫用晚膳吗？娘娘备了鲜鲈鱼，还有腌渍好的笋子，都是清淡的。”

“我问问，若是去就差人给凤仪宫回信儿去。”安良道。

芊芊抿嘴点了点头，眼睛笑成一弯，福了福身：“那我就回话去了，等安公公的信儿。”说完轻巧地转身走了。

安良看了看她，又看了看手里的食盒，眨眼寻思了一下走回了御书房。皇后入宫月余了，虽是那样的背景却没有骄纵之意，是个端庄自持的人，也不苛待下人，这让他松了一口气。

他冷眼瞧着觉得皇上待她还不错，这一个月倒有七八次歇在了凤仪宫，只不过不怎么热乎，俩人话也不多。安良想，这现在后宫里只有中宫也就罢了，过些日子选秀纳了嫔妃，恐怕就没这么消停了。

前朝的后宫多少是非，争宠争权争位，那么多女人就一个丈夫，换到什么时候都是一个样。皇后这样的性子怕要失宠的。

不过自己就是个太监，想这些也是多余。安良把食盒里的琉璃碗取出来，啧啧地暗叹，觉得皇后性子虽平淡了点，倒也是个有情致的人。

看了看时辰，安良便端着酸梅汤进了御书房，却见苏缜已经醒了，正拿了凉手巾擦脸。他上前去把冰盏放在茶桌上，道："皇上，天儿热得很，您用点酸梅汤去去暑气。"

苏缜走到茶桌前看了一眼那透明的琉璃盏："皇后送来的？"

"是，刚送过来，娘娘亲自熬的，您瞧这冰还没化净呢。"

苏缜端起碗来喝了一口，入口酸甜，从喉咙一路清爽下去，甚是舒坦。

"有折子递上来吗？"

"尚书省和中书省都递上来了一些，已经呈在书案上了。"

苏缜放下酸梅汤，拿起那十几份折子挨个草草地翻了，又往旁边随手一扔："就这些？"

"就这些。"

"朕的爱卿们真是替朕分忧，为朕操心。"他冷哼了一声。十几份折子倒有八九份都是关于选秀之事的奏请，余的就是些关于七月万寿节的或者草诏的旨意请苏缜过目，没点儿像样的事。

六月之后，递到苏缜手中的折子越来越不像话。每每上朝时问起，各部尚书才奏报一些事由并拟了意见，说是多依前朝例办。现下四海升平无外忧内患，皇上该选秀纳妃，早日开枝散叶才是社稷之福。

苏缜心里恼火，面上却要赞老臣为他分忧解事，真乃国家栋梁。

"公主离京几天了？"苏缜问安良。

"回皇上，八天了。"安良道，"算日子差不多该到锦城了。"

苏缜点了点头，没再说什么。青城郡的水灾已经过去了，调拨的银两也早已经到了，奏报从三百里飞递转为一天一报，到现在三天一报，看上去一切都好。包括派出去的巡查官员和工部的人也是同样口径。

可是，情形太好了，没有饿殍没有疫情没有流民，反倒让苏缜生出些不安来。蒋熙元给他的密折也是这个意思，他们安在各部的人有话，说尚书省现在留中的折子越来越多，下面的很多折子根本递不到苏缜手里，颇有些言路不畅。

锦城离青城郡不远，晚镜回去之后倒可以替他探出些实情来，霁月山庄到底身份还算隐蔽一些。他就不相信赈灾银真如奏报所说，悉数发到灾民手里了。

思及此，苏缜闭目捏了捏眉心，嘱咐安良："若有弘文阁的折子，马上给朕呈上来。"他又看了一眼案上的奏折，"这些……发回去，让他们看着办吧。"

"是。"安良低头应下来。

苏缜又轻笑了一声："让御膳房也冰些酸梅汤给尚书省，老人家们大热天的殊是不易，替朕言明，朕知道他们辛苦。"

安良将案上的折子敛到箱子里，又道：“皇上，您今儿可去凤仪宫用晚膳？皇后娘娘备了鲈鱼和腌笋。”

苏缜略想了一下，点了点头。

傍晚的时候起了风，天阴了下来，咏薇便让人撤了冰碗改加了道莲子羹。两人对面而坐吃得甚是安静，待用罢了饭菜净过口，苏缜对她道：“这些日子尚书省接连递了折子，关于选秀之事。朕已经交代下去办了，后宫的安排皇后免不了多费心思。”

咏薇心里一紧，转过身接了芊芊递上来的茶放在了苏缜面前，片刻后才抬眼笑了笑。这笑容只撑了瞬间便没了，又垂眸道：“皇上言重了，这些本是臣妾分内之事。明日臣妾便安排修缮打扫各宫，前些日子臣妾已经让人典过库，家具陈设是不缺的，只是有些内造珍饰老旧过时。臣妾想，能翻新的便翻新用着，等选秀之后看还缺哪些再补也来得及。”

苏缜看了看她：“皇后安排就是。”

外面的风渐渐大了，两人用罢了饭菜便窝在屋里下棋。苏缜原本只是想解个闷儿，却意外地发现咏薇棋艺不赖，下着下着倒认真了起来。咏薇对下棋颇有几分自信，原本叮嘱着自己万不可赢过皇上，可很快就知道自己错了，她是想赢也难，一时间不免好胜之心大起。

手谈三局，咏薇输了前两局，到第三局最后一子落下，棋盘上黑白分明一眼也瞧不出胜负来。安良和芊芊帮他们数着子儿，最后咏薇执的白子险胜了三个。

咏薇听完了芊芊报的数，激动地轻拍了一下巴掌，亮晶晶的眼里尽是兴奋，又追问着芊芊：“没数错？”

芊芊点了点头，一边说着没错，一边瞟了瞟皇上，用眼神提醒着她别在皇上面前失了仪态。

咏薇却根本没会过意来，转头对苏缜粲然一笑，语调轻快地道：“皇上，臣妾可算是赢了一局呢！也不算太差是不是？”

苏缜微微讶异地看着她，不由自主地也跟着笑了笑，点头道：“皇后棋艺精湛，朕倒颇为意外。”

苏缜这一笑撞进咏薇的眼里，撞得她心头怦然而动，一时间竟没能错开眼去。待意识到了自己的失态，忙低了头站起身来，“时辰不早了，臣妾伺候皇上更衣安寝。”

洗漱之后躺在床上，苏缜很快便沉沉入梦。半夜里下了大雨，咏薇被雷声惊醒了过来，翻身听见苏缜在他身边匀声地呼吸，知道他睡得正好。幔帐之内黑漆漆的什么也看不见，咏薇却依旧睁大了眼睛，仿佛这黑暗里仍能看见他俊朗的脸庞。

她小心地探出手去摸了一下，轻轻地触到了他的眉毛后赶忙又收了回来，见他没有醒过来便偷偷地掩嘴笑了笑，又小心地碰了碰他的鼻子。苏缜动了动，把咏薇吓了一跳，赶紧翻过身去。

苏缜也翻了个身，手轻轻地搭在了咏薇的胳膊上，头也埋了过来窝在她的脖颈后面。温热的气息从脖颈耳后传来，咏薇心跳得几乎冲出了胸膛，动也不敢动，怕一动便惊醒了他，惊醒了这难得的亲密。

她入宫已经一个多月了，苏缜待她也不是不好，但这好却并不热络，夹杂着距离和陌生。他会宿在凤仪宫，但也真的只是宿在凤仪宫，咏薇也知道这并不是夫妻该有的样子，但她并不知道这是不是皇帝与皇后该有的样子。

哥哥总说皇帝不是用来爱的，她不以为意。她就是喜欢他，爱他。不爱，自己如何能心甘情愿留在这皇宫里，不爱，她要用什么支撑着自己度过以后漫长的岁月。

饭后说起选秀一事时，她心里是有些难受的，但这难受也并非不能接受。她一早就知道这后宫里不会只有她一个人，早晚姐妹成堆，她有心理准备。

虽是女儿家，但毕竟是蒋家的女儿，后宫对皇上意味着什么她都懂。如今唯愿她能应付得了将来的那一堆女子，唯愿自己真能替他解了忧烦，或者，她还有一些贪心。

她在努力做好一个中宫，希望他也能如自己爱他一般，爱上自己。

身后的苏缜又动了动，喃喃地说了个什么，咏薇没有听明白。她鼓起勇气伸出手，掌心覆在了他的手背上，手指尖传来一点儿冰凉的触感。

她摸了摸那个葡萄坠子，小心地拨到了一边，重新合上了眼。

第二十六章 你我皆凡人

弘文阁的折子是在五日后递到苏缜手中的，报的只是一些编纂书籍的杂事，落款是“弘文阁主簿李檀跪奏”。

苏缜拿到折子心里便是一沉。晚镜离京十三天，回锦城的路程就要有七八天，再暗查青城郡的事，修书快报，那必然是有相当紧急的问题，这消息才会如此快地递回京中。

他提朱笔批了，让安良送回到弘文阁去。待到下午时便换了便装，轻车简行从北边安礼门悄悄离了皇宫，往侍德楼去了。

路上，苏缜坐在车里忍不住想要冷笑。现如今三省多由老臣把持，吴宗淮一案后收敛了一段，现在给开个口子果然便又嚣张起来了。自己现在要听点实情真话还得微服出宫，像个细作一般。

诚然，这帮老臣为官时他苏缜还没出生，前朝留到如今的也都是夺位时站对了队伍的，资历老又自诩有功，却未免也太拿自己当回事了。欺他年少？可君就是君，臣就是臣，他要坐稳自己的位置，就得让臣子也守好自己的本分。

这遭压不下去，让他们架空了自己，来日若再想收权，怕他们连废立之事都能办得出来。

李檀早早地便等在侍德楼了，见苏缜进来忙起身一揖，恭敬地叫了一声公子。苏缜脸色微沉，让安良盯着雅间外面，落了座。

李檀把锦城递来的信交给了苏缜，信口封漆未开，苏缜接过来挑开信口，头也不抬地问道：“可有捎了什么话来？”

“臣大哥说，信中所言只能给您看个大概，详尽的，霁月山庄却是不方便查了。”

苏缜看着那封信，眉头越拢越紧，一刻看完后扬手便将信拍在了桌上，虽未见暴躁，但看那神情却知已是大怒了。

林钰的信不长，只写了一些在青城郡的所见，如管中窥豹，却也可见一斑。

淮水已退，受灾村县房倒屋塌，人和牲畜尸体曝露遍野无人掩埋。赈灾粮悉数入仓由郡衙县衙守卫，全郡共设粥棚不足五十，粥米稀寡几可透见。受灾严重村镇已有饿殍于路，十户九绝，欲往临县临郡逃荒者皆被镇压，其状上不达天听。

朝廷百万两赈灾银子发出去，就换来了这么一个结果。苏缜知道他们会从中盘剥，却没想到他们胆子肥得做到如此地步，居然捂住逃荒百姓，阻了言路，还敢递了折子邀功请赏。

侍德楼的这雅间里，空气静得如同暴雨前般稠密而压抑。李檀虽没看这封信，但也能猜出个七八分来。皇上让霁月山庄报密信，还要通过自己递上去，这本身已经说明了问题。

他在弘文阁，虽不是实权的部门，但朝中最近的情况总还是清楚的。苏缜虽对老臣一让再让，但他知道这位少年天子必有所打算，只是不晓得这封密信会不会让苏缜提前有所动作。

缓了一会儿，苏缜的怒色渐渐平缓了下来，仿若无事一般，将那封信仔细叠了放好：“于弘文阁不可多言。”

“臣明白。”李檀一凛，郑重地应了个是。苏缜没再多留，起身离去。

苏缜很生气，但再生气终归还是得冷静下来，因为生气全无用处。时机未到，拳出得再狠也只是打在石壁上，撼不动那些权臣反可能伤了自己。青城郡的天灾人祸，于青城郡百姓是灭顶之灾，可于他苏缜想要做的事而言却不一定是坏事。

他不是不悲悯，不是不心疼，但正反两面的事情总要有所取舍。想涤清沉疴，开创清明治世哪里会来得那么容易。他得沉住气，再难忍也得忍。

苏缜于马车中缓缓地睁开眼睛，又将那封信拿出来看了一眼，轻敲车壁唤了安良：“这个时辰蒋熙元在哪儿？”

安良瞧了瞧天儿：“这个时辰应该已经离了国子监吧。”

“往回敦义坊的路上等他。”

“公子，蒋大人要是回了将军府呢？”

苏缜轻哼了一声：“最近他的婚事被催得紧，轻易不会回去的。”安良无声地笑了笑，掉了车头往敦义坊的方向去了。

说起婚事，苏缜便又想起蒋熙元与他说过的那个女子来，后来他也没再顾上问一问如今情形如何。但看意思蒋家仍是不知道，也就是说尚无结果。

这家伙在这方面一直没什么长性，也没准已经腻烦丢在了脑后。什么非她不娶之类的话，大致也就是听听算了。

苏缜卷开车帘散一散车里的闷气，入眼看去觉得街景倒是越来越熟悉。蓦然想起这里快到安丰坊了，不由得心中一跳，随即便是浓浓的感伤席卷而来。

他想也没想让安良停了车，车停在路边上，却许久没有动静。安良看前面不远就是安丰坊，大致也猜得到苏缜是什么心思，便道："皇上可要去看看？"

看看？他何尝不想去看看。可他要怎么出现在夏初面前？他不再是黄公子了，于夏初而言他谁都不是。

他们要说什么，难道还要再让她去问一遍自己是谁，难道还让他在压抑中再与她告别一次。何苦徒惹了伤心。

静了一会儿后，车帘掀开，苏缜从车里走了下来，远远地看了一眼安丰坊的方向，对安良道："你先去敦义坊吧，若是看见蒋熙元了就带他过来，我在这附近走走。"

安良有点犹豫："公子，那您自己可小心着点儿。"说完他抬眼看了看，也寻不见闵风躲在什么地方。等苏缜慢悠悠地走了，他才幽幽地叹了口气，往敦义坊去等蒋熙元了。

蒋熙元晚上约了人去莳花馆，这日白天里倒是清闲，去国子监待了半天，下午便溜了出来，带着夏初去了莲池赏荷散心。

这本来是极为暧昧风雅的一件事，哪儿想到夏初一到莲池边上，说的第一句话却是："大人还记得吗？方义从前的那个未婚妻洪月容就是死在莲池的。"

她抽出扇子摇了摇，又半合起来指着不远处的凉亭："我看过卷宗，应该就是那里。"

蒋熙元重重地叹了口气："亏得你做捕头的时间还不算长，不然满西京在你看来恐怕都是命案现场了。"

"触景生情，触景生情。"夏初呵呵地笑了笑，"后来也不知道方义和刘榕怎么样了。"她声音中有一点儿感慨。那是她做捕头后接手的第一桩案子，那时候多有干劲儿啊！

"方义随他父亲回了老家。刘榕……我就不清楚了。"

夏初稍稍沉默了一下："两个人到底还是没有缘分。"她看了蒋熙元一眼，转身往凉亭走去。蒋熙元被她这一眼看得心里凉凉的，就觉得那"没有缘分"的话好似是说给自己听的。

他追过去走在夏初身边："莫说西京，就算整个景国看下来能有几个那样的个案？那是造化弄人罢了。"

“有缘无分的，可不都是造化弄人嘛！”夏初随口说道。说完放眼看了看，见一男子正掐了一朵初开的荷花，转身递给了一个小丫鬟，那小丫鬟抿嘴笑着接过去快步走到不远处又交给了一个年轻的女子。女子接过荷花来看着仍立于岸边的男子，羞赧一笑，四目相对满满都是情意。

“那才是人间常态。”蒋熙元说，目光又在那女子身上定了定，低声道，“你到何时才能换上女装呢？”

“等头发长了呗。”夏初耸耸肩，“也许。”

蒋熙元转过头来看着她头顶的帽子：“好漫长。改天去找柳大夫，问问他有没有能让头发生得快一些的东西。”

夏初笑道：“说得我跟谢顶了似的。”

两人又缓缓前行，微风送来阵阵清凉，携着荷花的香，浓郁得有一丝辛味。湖面有轻舟分荷而行，留了一路细碎的琵琶絮语，绵柳扶风，如若随着那乐声轻舞。唯仲夏才有的景致，软糯黏人。

“你喜欢什么颜色？”蒋熙元问她。

夏初认真地想了想，却道：“没什么特别的。绿色！我姓夏嘛。”她笑了笑，“大人问这个做什么？”

“回头去瑞锦给你做身衣服备着。”蒋熙元低了点凑近她的耳边，轻声道，“不管怎么样，我得第一个瞧见。你答应我。”

浅浅的声音像羽毛刮过耳廓，痒得夏初直缩脖子，侧开点头，又觉得脸皮发热。便打开扇子隔在自己的脸侧：“挺大个人了，撒的哪门子娇。嗯，好恶心……”

两人在莲池附近简单地吃了饭，蒋熙元说还有事要办，便先送夏初回家。夏初直说不用，蒋熙元却道：“反正我要去的是莳花馆，也顺路。”

夏初哦了一声，意味深长地冲他笑了一下。蒋熙元忙道：“是正事。”

“当然，当然。”夏初点点头，“莳花馆是大人的产业，去去也是应该的，何况还有正事。”说罢转身先行。

蒋熙元笑着摇摇头，也跟了上去。

夏天日头长，两人一路慢悠悠走到安丰坊时天还亮着，层层屋宇檐后红霞映天，蝉息鸟归巢，别样的一种安静。

夏初在巷口对蒋熙元摆了摆手，道：“我回去了，大人喝好玩好。”

蒋熙元笑道：“都说了是正事。”

“一切顺利。”夏初笑着摊了摊手，转身走进了巷子。蒋熙元笑意温柔地看着她的背影，直到消失不见才径自往莳花馆去了。

安良在敦义坊外翘首等着，见那红霞渐隐天已擦黑，便估摸着蒋熙元今儿怕是有别的事耽搁在别处了，于是拉了车准备回安丰坊接上苏缜。

刚转过车头就瞧见了苏缜，忙迎了过去，道：“公子，蒋大人还没回来。”

“我知道。”苏缜心不在焉地说了一句，蹙着眉，不知在想什么。在车旁站了一会儿又回过头去看了一眼。安良看他的神色犹疑，迟迟不动，便道：“公子，要下钥了，得回去了。”

苏缜微点了点头，坐进了车里。

方才他就在夏初家巷子对面的茶楼上，原也没想着能看见夏初，只是想寻个地方缅一缅旧事，缓一缓心情。他与自己是这么讲的。但终归心中还是有一丝希望，就远远的，哪怕看上一眼也好。

老天待他不薄，这一眼到底是看见了。苏缜见她从远处走过来的那刻，竟是有点不相信自己的眼睛，眨也不眨地把视线落在她的身上，到走近，已是双眼有些发酸了。

夏初还是老样子，依旧那身豇豆红的长衫，戴了一顶软帽，却已不是自己送的了。苦夏中稍稍清减了些，身形愈发瘦了，气色倒是不错。眉宇间的神态较以前多了点沉稳，想来也是经过了之前那些事的缘故。

她看上去一切都好，早已走出那场骚乱的阴霾。苏缜看着她说话看着她笑，觉得自己与她仿佛已是隔了两世一般，在她看不见的地方静静凝视，不发一言。

这期待却又不期然的一眼，落在心底，涟漪泛了心湖，不知是喜是悲。缓缓地，对自己此般竟生出一些怜悯来。

待到夏初进了巷子再看不见身影，他才回过神。又见蒋熙元仍在巷口站着，便将目光放在了蒋熙元的身上。正想着要不要叫他上来，蒋熙元却转过了身，唇角含着一丝笑意，步履轻快地走了。

苏缜看着他走远，心头却攀上一丝疑惑。

蒋熙元已不在府衙，何故仍与夏初走在一起？他倒不知他们二人的关系有这么好。之前的骚乱中传过蒋熙元与夏初的事，但事情业已澄清，贼首已办。难道那传言倒是真的不成？

苏缜思及此又暗暗摇了摇头。不管怎么说，夏初的品格他还是清楚的，她断不会是那种人。蒋熙元一向厌恶南风断袖之事，再者他也说了，自己有心仪的女子。或许旧时同仁偶然遇见而已，大抵是自己多想了。

进了宫，安良停下马车将车帘挂起，摆好脚凳请苏缜下车。

苏缜将那紫玉坠子握在手里，手指轻捻着串珠往御书房走，脑子里仍想着刚才安丰坊外那短短的片刻。他想起蒋熙元离开之前唇边的那抹笑，总觉得有些不对劲儿。

走到御书房外的石阶处，苏缜猛然顿住脚步停了下来，原地站了片刻后转过了头。安良不明所以地近前一步，问道："皇上，可是落了什么东西？"

苏缜盯着安良，微皱着眉头，眼中尽是打量，看得安良心里直发虚，不禁咽了咽唾沫。苏缜把目光放在他的喉咙处，又抬手摸了摸自己的脖子，随即动作一顿，神情也跟着变了变。

"心仪的……女子？"

安良没听明白，上前了半步，躬身道："皇上……"

不等安良的话问完，苏缜却是一甩手，疾声道："让闵风进来见朕！"

安良被惊得心直怦怦跳，不知道皇上突然间这是怎么了，却也不敢耽搁，急忙四下里喊闵大人。闵风闻声从门外走进来，问他何事。

"不知道啊！"安良抖了抖手，"皇上让您进去呢，看样子像是发了火。不是，也不像是发火……咳，我也说不清楚。您赶紧进去吧，自己多留点儿神。"

闵风进去的时候，御书房里的宫人都已经被遣了出去。苏缜站在龙书案前，正低头看着手里的坠子出神。闵风听得出他的呼吸有些急促不稳，这却是少有的，心里暗暗地琢磨了一下，不知是因为见了李檀，还是因为看见了夏初。

"闵风。"苏缜听见他进来了，将坠子往手心紧紧一握，走近了几步，"朕要你去查查夏初。"

闵风听见默默地怔了一怔，看着苏缜的神情，略略想了一下便明白了，不禁心中一沉。

到底，还是没能瞒过去。

苏缜见他没有反应，不由得皱了皱眉头，欲问，话到嘴边却又咽了回去，转而微微地眯了眯眼睛。

苏缜看着闵风，两人隔了半步对面而立，静静半晌。他牵动了一下唇角，好似一丝冷笑，又像是根本也没有笑："怎么不问问朕让你查什么？"

闵风依旧是什么都没说，屈身单膝点地，将手中的剑也放到了一边。苏缜俯视着他，冷声道："朕想对了？那，闵爱卿早就知道了是吗？"

闵风沉了沉："是。"

"蒋熙元告诉你的？"

闵风摇了摇头："臣在夏公子的宅子里见过一些衣物。"

"夏公子……"苏缜重复了一下这三个字，轻轻地合了合眼。这熟悉的称谓撞进心房，忽然就不再是以前的滋味了。一念思及过往，回忆都变得荒诞，而自己的心情也变得可笑了起来。

早知又何必。

那自嘲何必，那隐忍何必，那道别何必，那日复一日想见不敢见的心情又是何必。他被她瞒得如此辛苦，一瞬间甚至都有些恨了起来。可这种种繁杂的情绪，终究还是盖不过心底巨大的喜悦。

仿佛干涸的清泉重新涌出来了，枯萎的芳菲重新绽放了，熄灭的心房重新灼热了。他好想长长地叹一口气，尽数呼出这段日子的烦闷。心都轻了。

苏缜缓缓地睁开眼睛看着闵风，一字字地问道："为何不说？"

"臣以为，皇上所想的是一个朋友。"闵风抬起头来，"是以，男女并无所碍。"

"你以为？"苏缜听了这话，心中蓦然起了恼怒之气，冷然一笑，转身缓缓踱到书案前。

沉默了片刻后忽然拿起案上的青瓷水注狠狠地摔在了闵风面前。清脆的一声，在这空荡安静的御书房里格外刺耳，瓷片飞溅划过闵风的手背，割出一道伤来。

苏缜踏着那粉碎的瓷片走了过去，面若寒霜："朕所想的是什么，朕想要的是什么，何时轮到你们这些做臣子的一个个去以为？"他说得很慢，声音也不大，却语气森然，好像把这屋里的空气都冻住了一般。

闵风并起双膝跪地，低垂着头，却是不卑不亢："臣知罪。但望皇上能允臣说一句话。"

苏缜冷声道："说。朕倒想听听。"

"皇上若为夏初想，不应令她入宫为好。"

苏缜闻言咬了咬后牙，眉梢轻扬，嗤笑了一声："为何？"

"皇上以朋友之心待之，夏初是以为朋友。皇上若以妃嫔之心待之，以她的身份和性情，则应以何身份自处？恕臣直言，皇上的后宫之中，并不需要夏初那样的女子。"

苏缜的心情微微一滞，将那枚坠子在手中握得更紧了些，沉默了一瞬，道："朕自以真心情意待之。朕不需要夏初，但朕也不只是个皇帝，朕还是个男人。"他顿了顿，"朕这话已是说得多了。"

闵风抬头看了苏缜一眼。苏缜站在他面前，垂眸看着他，神情不辨喜怒，只是那握住坠子的手，骨节却已是泛白。闵风暗暗地叹了一叹，未再多言。

"闵风，此非国事，朕可以不论是非，也不问你到底是何心思，但食君之禄便应忠君之事。"苏缜手掌一松，将手串抹回到腕子上，负了手道，"朕当你堪用可信之人，令你去查夏初的底细，你既已知晓却隐瞒不报，却有是非对错。"

"臣愿领罪。"

苏缜看了看他，转过身去，轻描淡写地说："去内廷领二十板，暂到銮殿戍卫，无旨不得离宫。日头下也晒一晒，想清楚何为君臣之纲。”

这已是宽责，因为夏初的这档子事实在是有些难分难断。连苏缜自己也不知道，倘若闵风早早地告诉了自己，他会如何。也许没有了这一遭的伤与离别，便却也没了这一遭的爱与牵挂，是好，或是不好。

闵风应了个是，握剑站起身来退出了御书房。迈出门槛阖上门时，他又回头看了看。苏缜在龙书案前站着，一身寻常富贵的装束，被案上垂下的明黄桌帷衬得格外清淡。

书房内灯盏亮如白昼，但再如何亮终究还是夜晚。或许这就像是，再多后宫明艳娇媚的女子，也只是君之妻妾，是盘根中的一节，是面目模糊的前朝权势投影。花团锦簇也不过虚假，唯那一缕不经意的闲草却撩了心房，又有什么道理可以说。

他不只是个皇帝，他还是个男人。或许并非不明白，只是情何以自禁？放手岂仅仅只是为难，又或者不甘那样简单。

闵风不是不懂，不然他也不会是如今在宫中的闵风了。他想守护的人已经不在了，不过是不想夏初再蹈了覆辙。宫中何必要有那么多的痴愿，耗去那么多的年华。

可终于还是到了这一步，真是造化弄人。唯今，他也只能看着了。

从夏初无限期休假开始，蒋熙元便把外放离京这事儿放在了心里，只希望朝中之事尽早平了，他也好在御前提一提。

同理，朝中这一波事若是解决了，外埠的缺定是少不了，离京的由头并不难找。倒是去哪儿上任值得思量思量，不要离京太近，但也别去了那苦穷之地才好。

苏缜从李檀那里拿到了林钰送来的信，而蒋熙元那日去莳花馆，也见了安排在三省六部中的眼线。所谓眼线，其实就是些新科入职或者做些文书工作的官员。这些人年轻又没有太深厚的背景，扎不进老臣的圈子，老臣对他们也瞧不上眼，于是便想跟着蒋熙元搏上一把。

蒋熙元的背后是皇帝，忠于皇帝还是保险的。等打破了壁垒扳倒了老臣，自己来日便是老臣，比一点点混资历要有希望。

蒋熙元从他们说的一些事里大致也嗅到了些端倪。青城郡折子太少，状况太好，实在不像是如今格局下该有的状态。没事便是没事，有事大概就是大事了。

又听说苏缜那边下旨填充内廷空缺，为的是选秀之事。如今已经让中书省拟诏了下达各郡应诏，于是他不免又为咏薇担心了一把，也不知道那丫头是否应付得来。

夏初自从休假开始便每天睡到日上三竿，难得的懒散。爽了几日之后竟开始懒得犯懒了。无事可做便出门买了点拓本回来，终于开始攻克自己的短板——写字太丑。

这天早起洗漱之后，刚铺平了纸研好了墨，便听见有人敲门。她以为是蒋熙元过来找她，可算算日子今天却也不是休沐，那家伙再怠工，每日却都还是不误了应卯的。

夏初走出房间扬声问了一句是谁，就听外面的人声调略带亢奋地回了一句："是我呀！"

她顶不喜欢这样的回答。是我，谁知道"我"是谁？夏初不由得皱了皱眉头，又觉得这声音颇有几分耳熟。还未想出是谁，她便已经握着笔到了门口，拨开门闩的一瞬忽然却又想起来了，不禁心头猛地一跳。

安良一身精细考究的绛色内造宫装，戴着系了垂缨的弁，笑意盈盈地抱着一杆拂尘。见夏初开了门，便微微一躬身，习惯性地道："夏公子，许久不见了。"

"小良？"夏初怔了一瞬，亦是习惯性地这么叫他。待越过视线再往他身后看去，更是愣了一愣。

安良的身后，一辆榉色车驾套着匹高头枣红马，细竹篾的车帘落着，垂着天青色的压风带子，素净雅致，也格外考究。马车两侧垂首立了两男四女六个宫人，后面还有四个肃然的软甲羽林卫，挑着红羽缨枪。

她以为是苏缜在车里，眯了眼睛不动声色地仔细瞧着，光影绰绰间却见那里并没有人，心下有些纳闷。

安丰坊并不是什么富贵之地，平日里没见过这等阵仗，巷口处已是围了一堆的人，正低声议论着到底是出了什么事，是好事还是坏事。此时夏初开了门，那些目光便悉数投了过来，让夏初有些不自在。

这不过也只是一瞬的工夫，安良那边打过招呼后又掩了掩嘴，笑着改了口："咳，瞧我这是顺了嘴了，如今要改叫夏姑娘才是了。"

夏初心里猛地一惊，退了一步："夏姑娘？"

安良点了点头，依旧是一副笑模样，道："夏姑娘有所不知，小良实则姓安，全名安良，是宫中的御前太监。"说完，他笑意愈深，对夏初挤了下眼睛，想等着看夏初想明白他伺候的主子是什么人时那惊诧的表情。

可夏初愣了片刻后，却没给他期待中的反应，只是稍稍地低了头，低声叫了个安公公而已。

夏初面上是平静的模样，可心里却已是翻江倒海了。若不是之前已经知道了苏缜的身份，恐怕这面上的平静也是难了。

安良叫她夏姑娘，也就是说苏缜也已经知道了她根本就是个女儿身。如今御前太监带着这副阵仗，穿着这样的衣服毫不遮掩地来了，明摆着等于说苏缜也不打算再隐瞒身份了。

那他想干什么？只为了宣告身份，实不至于整出这么大的动静来。夏初这一思忖，不免心里一沉，抬眼看着安良，有几分小心地问道："安公公，皇上让你来，是……"

安良没想到夏初这么稳当，如今知道了苏缜的身份竟也未见紧张，微微一愣，却又笑了起来，未答夏初的话，只啧啧赞道："夏姑娘果真是有几分气度。"

说罢，他侧身招了下手，两个宫女便捧着东西随他一起进了院子。安良进去后粗粗看了一圈，那些日子陪皇上过来他也没进来几次，但此时看着却也有几分感慨。

他把目光落在那架葡萄上，又想起大婚前皇上让自己从凤仪宫移走的那一株，不禁暗暗有些感慨。

他的皇上太不容易了。这些日子虽未说过什么，但那份落寞寂然他却是看在眼里的，连大婚那样的喜庆也没能暖去半分。他替皇上难过，这等无望的思恋可要到何时才算完呢？

却不料峰回路转，这夏初竟然是个女儿身。这也算是守得云开见月明了吧？安良嘴角不自觉地含了丝笑意，如同这几天看见皇上亦是如此神情。莫说是他，就连宫里的空气仿佛都轻快了许多。

他转过身来，指了指院中的一块平地，对那宫女道："放这儿就行了。"那宫女应了个是，将一个软垫放在了地上，退到了一边。

"我想夏姑娘家中也没有香案，罢了，也不必拘着那礼了。"安良道，一边从宫女捧的托盘里拿了份明黄布帛，"我就说夏姑娘是个好福气的人。"

见夏初站在院里发愣，便有年纪大一些姑姑模样的宫女上前，谨慎地虚扶了夏初的胳膊上前："姑娘须跪下才行。"说完帮她拢了长衫的下摆，弯着腰等她屈膝。

"跪下？"夏初心中一凛，越发绷直了身子，转头对安良道，"小良……安公公，这是要宣旨？"

"是呢是呢。"安良频频地点了头，"御笔亲旨的册封，这可是莫大的荣耀啊！还特意让我来宣旨，怕那些不长眼的会怠慢了姑娘。"

夏初脑袋一蒙，张了张嘴，脱口道："可是我不想进宫。"

安良手中的圣旨已经展开，听了这话却是笑容一僵，有些不解地眨了眨眼："夏姑娘，这可是别人烧高香求都求不来的福分，你怎么……"

夏初垂下头，苦笑了一下。是啊，是求都求不来的。可当初想求的时候不能求，如今不必再求也不想再求时，来了，又岂是福分。

“民女……”她抿了抿嘴，换了自称，费力地斟酌着字句道，“民女无深厚家世，无过人才德，不过仗了点机缘有幸得见天颜。皇上……蒙皇上一番错爱，只是，民女不愿为妃为嫔。”

安良一听这话却又笑了，见那姑姑还屈身帮她敛着下摆，便上前一步虚按了一下夏初的肩膀，道：“那倒不是。皇上亦是有所考虑的，夏姑娘且听便是。”

那姑姑很有眼色地又往下拽了拽那衣摆，夏初被这力道一带，便屈了膝跪在了软垫上，抬头瞧着安良，不知道他所说的考虑是什么。

安良将手中圣旨抖了抖，清了嗓子朗声道：“咨尔夏氏女名初，天资清懿，性与贤明，是用以擢为从五品典侍，随侍笔墨。今布告天下，咸使闻之，望尔勿替钦承，尽职守忠。钦此。”

用词太复杂，夏初听完却跟没听一样，虽然的确没听见什么妃嫔之类的词，却也没听懂是什么意思。

安良合了圣旨，见夏初一脸的茫然，不禁笑了笑，扬手将跪在一旁的宫女驱开，扶了夏初起身。又将圣旨递在她手中，道：“虽只是从五品典侍，但皇上特命姑娘只是随侍笔墨，不会辛苦。”

夏初低头看了看书里明晃晃的布帛：“女官？从五品……典侍？”

安良往旁边走了几步回头看夏初，夏初会意跟了过去，他这才压低了点声音说：“我与姑娘也算熟识，有话也就不拐弯抹角了。”

“安公公请讲。”

“夏姑娘也莫怪皇上，实则女官也是委屈了姑娘。只不过姑娘身世背景浅，若真直接封了妃嫔，反倒怕成了众矢之的。”

夏初听了只觉得哭笑不得，手握了握那圣旨便按到了安良的胸前：“安公公，民女不愿进宫，这无关委屈不委屈。还请公公与皇上言明。”

安良却像是被那圣旨烫着了一般，跳开半步，惊道：“可使不得！这可使不得！违抗圣旨可是大罪，姑娘万万不要儿戏！”

“安公公。”夏初伸着胳膊往前追了一步，心里直发急，也顾不得再斟酌那些文白的言语，直咧咧地道，“皇上不是那强人所难的人，我若是抗旨，皇上还真会砍了我不成？”

安良听了这话脸色登时沉了下来，推回她的手，道：“夏姑娘，皇上会不会砍了你我不知道。可你如此，却未免太伤皇上的心了。皇上一心念着你、挂着你，这俩月是如何煎熬过来的，你可知道？国事忧患下还替你考虑这许多，生怕委屈了你，可如今你却要捏着皇上之情硬要违了圣旨，你让皇上怎么想？非要皇上折了一国之君的面子，全你一个‘不愿’？”

他顿了顿，看着夏初，又想想皇上的不易。觉得一国之君用情如此，怎还会有这等不暖人心不识抬举的？于是语气越发不悦：“旨意已颁了内廷，断无撤回的道理。夏姑娘若真是这冷硬心肠，也硬给皇上看吧。咱家只是来宣旨的。”

言罢一甩袖子，对那姑姑道：“替夏典侍挽鬓更衣。”

蒋熙元那边头天晚上将近期的事汇了汇，整成文书准备哪天进宫与苏缜呈报。歇得晚了，早起去国子监时掩不住倦意，掩嘴连连打着哈欠。

卯时敲了磬钟，不消片刻国子监中便安静了下来。他坐在案前翻了翻监生的太学应文，看了一会儿后就觉得眼睛都睁不开了，索性撂到一边，自己歪到软榻上补觉。

国子监里松柏成荫，晨鸟啁啁，甚是静谧。蒋熙元这一小憩，直到过了巳时才睁开眼，翻身看了看日头已高，展了臂坐起身来，觉得神清气爽。

他推门出去，从后院慢慢踱到雍楼，一路上与对面而来的监生寒暄了几句。待绕过雍楼后，远远地便瞧见几个官家子弟正聚在一堆聊天，听了一耳朵倒有皇上、秀女之类的话。他悄然过去站在他们身后，想偷听点摆不上台面的话，不想刚走近，就有那眼尖的监生瞧见了他。

“夫子。”几个监生得了同窗提醒的眼色，纷纷回过头来，对他拱手施礼。蒋熙元微微点了点头，笑道：“神神鬼鬼聊什么呢？”

蒋熙元不比他们大多少，授学之外，私底下鲜有夫子的架势，监生听他轻快地问起话来，便也抛了拘束，道：“学生们在说一桩趣事。”

“什么趣事？”蒋熙元走近了几步，拢袖靠在一棵树上，显出几分兴致来。其他几个监生笑了笑没说话，钱鸣昌的长子钱承训与他更相熟一些，左右看了看，便站到蒋熙元身边，说：“是关于皇上，我们也不过是私下聊聊而已，并无不敬之意。夫子可不能听完了又要罚我们才是。”

“敬不敬也不在嘴上。”蒋熙元轻笑道，“我又不是那几个老学究，你说就是了。”

钱承训指了指旁边站着的一个胖子：“阮庭这厮昨晚宿在百花楼了，今儿早起来晚了。”

阮庭脸上一红，甩了手道：“你说你的就是了，扯上我干什么！”

“不说清楚了怎么好，你家在北城，若不是晨起从百花楼那边过来，又怎么瞧见那桩事。”钱承训回了他一句，转头继续对蒋熙元道，“宫里最近正招考采女，多少家塞银子挤破头的要把姑娘送进去，可就有那走运的，闭门家中坐，册封的圣旨就从天而降了。”

“哦？”蒋熙元看了阮庭一眼，“谁家姑娘？”

阮庭接了话说道：“不知道。我路过安丰坊的时候正瞧见那车驾从巷子里出来。问了旁边的人才知道，是宫里去人册封女官的。”

蒋熙元听见安丰坊三个字，愣了一愣，站直了点身子：“你说哪儿？安丰坊？”

“安丰坊。”阮庭点点头，压低了点声音，笑道，“听那坊里的人说，那家挺神秘的，甚少与街坊走动，也没见过什么妙龄的女子，不知怎么突然就领旨入宫了。”

“许是哪户金屋娇养的女子，就等着皇上开宫，好送进去呢？”旁边一人插嘴道，“今上一表人才，泱泱大国天子，我若是女子也要往宫里扎呢。”

几人闻言都哄笑起来，闹了那人些话，等钱承训再回头要与蒋熙元说话，却发现蒋熙元已经没影了。

蒋熙元出了国子监，上了马便往安丰坊跑。这一路上他都暗暗祈祷，希望阮庭所说的那个人不是夏初，可思及苏缜对夏初的感情，心里又有些骗不了自己。内里焦灼得如同被点了一把火，越接近安丰坊越是害怕。

到了夏初家的巷口，蒋熙元未等马站稳便跳了下来。这巷子一如往日地平静，丝毫也看不出起了变化。

凡事最好的结果是“虚惊一场”。

他真希望一会儿站在那小院门口，叩响了门，然后便能看见夏初探出头来，略带惊讶地问他：“哎？大人怎么这时候过来了？”

蒋熙元站在巷口匀了口气，疾步走了进去。越走近心越凉，那地面脚印杂沓，车辙浅迹犹在，确是来过人的，等再近前，依稀能瞧见门上暗光的铜锁。

他一步便上了门前台阶，拽了拽那把锁，浑身已是如坠寒冰，却犹不甘心地拍了拍门，扬声道：“夏初！夏初！”

院里毫无回应。

蒋熙元往后退了两步，提身一跃，脚蹬墙面跃上了墙头，又稳稳地翻进了院子里。这是他第二次翻墙入内，上一次是来确认夏初究竟是不是女子，心情忐忑而激动，带着希望。

而这一次也带着希望，那一丝用来骗自己的希望。骗自己夏初只是出门上街了而已，什么宣旨入宫不过是个巧合罢了。

而此刻这一点儿希望，却更像是绝望中抓的一棵稻草罢了。

院里看上去没有任何变化，小石桌、葡萄架。那铜壶洗刷得锃亮放在厨房外的窗台上，院角排水处浅浅的水渍未干，廊檐下还挂着一顶洗过的帽子。

蒋熙元心慌地看了一圈，转头走到正屋门口，手放在门上时竟发现自己在微微发抖。

门吱呀一声推开，阳光透进短短寸余，蒋熙元眯了眯眼睛，待适应了屋里的光线后才缓步走了进去。

屋里的陈设已是再熟悉不过，西间的书案上摊开着一张纸，他走过去，见上面空无一字。旁边的那方端砚里磨好了墨，此时已经干涸，留下黑亮的印迹；松烟墨躺在一旁，紫砂水注里还盛着半盏清水。

蒋熙元轻轻地抚了抚，柔软平整的纸却犹如芒刺，从指尖扎进了心头。他收回手又去了东间，见那身豇豆红的长衫平整地叠好放在床角，下面压着中衣，上面码着腰带和束胸的棉布，床边是夏初穿的那双布鞋。

全都换下来了。

他愣愣地看着那叠衣服好半晌，心里的那一点点希望再也不见，像是被什么东西哽住了胸口，堵得发疼。抬眼看见墙上的那幅画，一如原来那般规整地贴着，画中的夏初也像从前那样浅浅地笑着。

蒋熙元伸手想要扯了去，手碰到那张纸，却转而在夏初的脸上浅浅一抹。他一眨不眨地看着画中人的笑意嫣嫣，只觉得视线渐渐模糊了起来。

造化弄人，真是好生讽刺。

那日原平山半日，他听她说不愿入宫时的那刻松心犹记，可这不过一个月的工夫，自己所做就变得那样可笑了起来。

他给她选择，可皇上却不给他们选择。那时而漫过心头的隐忧与惶惶，如今终于还是成了真。圣意面前，他微不足道，夏初亦是微不足道。

他低头轻笑了一声，无尽的嘲讽。唇角轻轻地抖着，泪已盈眶，却又生生地咽了回去，酸苦滋味直压心头。

片刻后，蒋熙元抬起头来，深深地吸了口气，转身大步离去。

安良将夏初送到了内廷，嘱咐了尚仪姑姑好生照顾着，只教导礼仪宫规，万不可苛待。得了姑姑的保证后这才往御书房复命去了。

苏缜在与礼部尚书说着选秀之事，见安良奉了茶进来，心头蓦然一紧，随即匆匆与尚书说完了事，便让他退下了。

安良见了礼，眼底颇有喜色，不等苏缜问便上前道："启禀皇上，夏典侍已经接进宫中了。按您的吩咐先送去了内廷，奴才也嘱咐过姜尚仪了，皇上尽可放心就是。"

苏缜默不作声地听完，端起茶来抿了一口，沉了沉才问道："夏初……可有说什么？”

安良有些不自然地笑了笑：“也没什么，大抵是宣旨有些突然，奴才劝了几句便也没事了。”

苏缜睨了他一眼：“照实说。”

安良一凛，屈膝跪了下去：“皇上，确是没什么。只是皇上您待夏典侍的一番心意，奴才擅言了。夏典侍是通透人儿，心里定是明白的，也自是感怀于皇上一片真心。”

苏缜看了看他，将茶盏放下，起身踱到了安良身边：“你起来吧。”

安良松了口气站起身来，谢字还未出口，就听苏缜又道：“何必巧言遮掩？朕知道，以夏初的性子，该是不愿意进宫的。”

“皇上……”安良暗暗一惊，开口又要说点儿什么，却被苏缜抬手拦住了。苏缜捋下手腕上的坠子，放在手里看了好一会儿，才低声道：“深宫寂寂，朕想逃却终归还是要回来，拖了她入宫，是朕自私。”

“皇上。”安良近前一步，躬身道，“这入宫奉君乃是子民百姓天大的福气。无论招考女官还是选秀，谁家不是争抢着想侍君左右呢？”

苏缜若有似无地笑了一笑。侍君，侍奉的是身份，是权力，而不是他。他不在意也不稀罕那些侍奉，他想要的是陪伴，是情感，是真正属于苏缜的感情，而不是皇帝。

他是自私，就这样一纸圣谕压下来将她接进宫中。可他放不开，更不敢给她选择，怕她对自己摇头，怕她退去半步再与自己告别，那便是永远的再无相见。

一个多月，难忍难咽到了如今，生生地熬着、忍着，不知何时才能放下。倘若他永不知夏初的身份也就罢了，也许事情真的也就是这样了。

可既知道了，他又如何再骗自己，那压在心底的爱恋不再苦涩，却又成了煎熬。想见她，想要她，想这生都再不经历那样的告别、那样的痛苦。

他知道她对自己有情，他猜她畏惧自己的身份。可他不要她怕，他要她再以如今的身份认识自己、看着自己、爱上自己。

自私便自私吧。既然情难舍，爱难离，那就搏上一把，总好过日后悔恨，好过漫长人生里无尽无数的自问：“如若当初……”

皇宫内廷位于西侧，掌管宫内一应事务的女官，除了在各宫服侍的之外都居于此。念及苏缜至今也不过只有一个中宫，这个范围基本可以囊括进全部女官队伍了。

姜尚仪是四品御前待诏，比夏初高了两个品阶，年纪大了一倍，面相方正神情端肃，颇有点男版姚大人的意思。

夏初顶了一头靠假发撑起的发髻，走得很小心，直怕一不留神整个头发就会掉下来，惊悚了别人。身后两个低阶的采女，原是准备为她拿包袱的，结果她什么都没带，换了这身衣服两手空空便来了。

她没有什么东西可以带。倘若今天是离京去了别处，或许那些曾经珍藏的东西她会带着留作记忆，而今却是进宫。

曾经给她回忆的那个人让她进宫，那么回忆似乎也不是很重要了。

夏初的心情颇是复杂，有一点儿再见故人的期待，也有一点儿故人不再的感慨。全变了，她不知道再见苏缜会是什么样的情形，究竟是熟悉，还是完全的陌生。

事情来得太突然，像平地里走着走着一脚踩空，不期然便掉到了另外的天地里。前一秒还说笑着的人，回转头的工夫，就不见了。

夏初穿着浅绯色的宫装，团领窄袖，遍绣菱纹，束着浅紫色的腰带，脚踏着与装同色的厚底宫鞋。这是五品女官的服制，色系像一碗草莓冰淇淋，她实在不是太喜欢。

低头看了看，便又想起那日在莲池边，蒋熙元说要第一个看她穿女装的话来。当时只是玩笑，自己还讽刺了几句，觉得肉麻兮兮好不恶心。而此刻再想起，心中却泛起异样的愧疚来，酸酸的，有那么一点儿想哭。

也不知道他现在如何，是不是还在国子监，晚上会不会去安丰坊找她，寻她不到会不会着急。若是知道她被苏缜接进了宫中，又会作何想。

思及此，夏初不禁暗悔自己没能给他留下点什么话。可当时自己被按在那儿换衣梳妆，想留言也是不太可能。她又想，早知如此，从府衙一休假就应该逃出京去，躲开这一遭；又或者她不该拦着蒋熙元给她换个住处。

可谁能想到呢？现在却是说什么都晚了。

她记得在原平山上时，蒋熙元曾许诺会护她自由，可现在夏初却希望他千万不要做什么傻事才好。她对朝堂之事一知半解，但也知道官大一级压死人，更何况一个君一个臣。苏缜有一百种方法能压得他再难翻身，可他却没有一种方法动得了苏缜。

只盼着蒋熙元被别的事绊住，近几日都发现不了她的去向；盼着自己能见到苏缜，劝他把自己放出宫去；盼着蒋熙元那些誓言信语不过说说而已。

但这些盼望她自己都不太相信，想得越多便越担心，担心得整个人都有点发慌，心神不宁。

不知不觉地便走到了尚仪宫，姜尚仪回过头来看了看夏初，审视了片刻后语调平平地说："夏典侍，这便是尚仪宫了。"

"哦。"夏初抬头看了一眼洞开的朱门，又仰头瞧了瞧门上匾额，轻轻点了点头。姜尚仪微不可察地皱了皱眉头，显然对她这个“哦”字颇是不满，却碍着安良的嘱咐不好轻易发作，耐下性子冷声道：“对品阶高的宫人女官，应话当回‘是’或者‘明白了’，对皇上娘娘或将来的妃嫔主子，应自称‘奴婢’再答，懂了吗？”

夏初仍是点头，触到姜尚仪的目光后忙又改口：“明白了。”

姜尚仪这才缓了口气，道：“新的采女前日已经入宫了，你便跟着一起先学了规矩吧。不管你与安公公是何关系，如何做的这典侍，在我眼里，没规矩就是个死人。早一天晚一天的事儿罢了。”

夏初听她说得骇人，不禁抬眼看了看她，随即才低头蔫蔫地说了个“是”。

尚仪宫虽是宫，实则却是个颇大的两进院落。夏初进去的时候，几十个新入宫的采女正一言不发地在烈日下走来走去，旁边有年纪大一些的姑姑盯着、吆喝着，这个步子大了，那个胯扭得风骚了……甚是严厉的样子。

夏初看着，不禁暗暗叫苦。心说自己这不是倒霉催的吗，跨了千百年，这是又摊上军训了啊。

姜尚仪把她领到后进院子东厢的一间，推开门：“这间就安排了你一个人住。安公公嘱咐我好生照应你，御前的面子自然是要给的。”说完，她看着夏初，却见夏初毫无意思意思的意思，不禁恼得鼻子出气儿，甩脸走了。

屋子不大，家具倒是全乎，床铺衣柜茶桌牙凳俱有，还有个妆台。夏初过去从妆台上把那面大铜镜拿了起来，瞧见自己这铅粉敷面白白的一张脸，又看了看高绾的云鬓，觉得十分搞笑，好像自己是男扮了女装。

她把铜镜扔下，缓缓地在床沿上坐了下来。良久，才叹出一口气。

也不知道什么时候才能见到苏缜，见到苏镇，自己能不能说动他，让他放自己出宫。她看着白花花的窗纸，听着远远传来宫中姑姑斥责的声音，忽然间便想象不出自己与他开口的方式。

不再是安丰坊的小院，拉开门，欣喜地叫上一声“黄公子”了。

到中午时分，蒋熙元的御前求见帖子便递了进来。安良给了苏缜，苏缜拿在手里静默了半晌，轻轻地放到了一边，命人传膳。

安良见苏缜这个态度，心中纳罕，却也没敢问什么，依言去了。

蒋熙元见安良从御书房宫门出来，只匆匆瞟了他一眼，却什么都没说就往别处去了，心中便明白了几分，不禁自嘲地凉凉一笑。

安良进进出出地忙乎，蒋熙元不叫他也不问他，就那样站在日头下等着。一直等了将近两个时辰，安良从御书房再次走了出来，终于走向了蒋熙元，拱手低声问道：“大人，您跟皇上这是……”

“没什么，一些私事罢了，自然是要多等上一等的。”蒋熙元勉强地对安良扯了扯嘴角，“皇上有口谕？”

“哦，是，是。”安良心里虽是好奇，却也不好再多问，轻咳了一声让开半步做请，“大人，您往鉴天阁移步，皇上在那儿等您。”

“鉴天阁？”蒋熙元有点意外。

自苏缜登基后，宫中便弃了国师一职，鉴天阁也随之荒废了。大半年了，怎么好端端又去了鉴天阁？

问安良，安良却笑道：“大人，皇上吩咐我带您过去，这缘由却是没说的。不过素日里不太忙时皇上自己也经常去。内廷在那里也安排了几个人，日常洒扫着。”

蒋熙元遂不再追问，听见内廷二字便小心地探安良道：“内廷如今进了采女？”

“是呢。”安良点点头，随即又笑了起来，“蒋大人是想问夏姑娘吧？”他并不知道蒋熙元与夏初之间的事，只当他是与夏初熟识，便照直了说道，“夏姑娘是今儿上午刚接进宫的，我去接的。”

“是吗？”蒋熙元略蹙了一下眉头，听见他说“夏初”两个字，心跳陡然快了几分，“她可还好？”

“怎么能不好呢？一来就亲旨封了从五品典侍之职，这可是从没有过的。皇上还特意让我去尚仪宫嘱咐照应着。”安良呵呵地笑着，回头瞧了蒋熙元一眼，“大人不知道吧，皇上与夏姑娘……哦，夏典侍，在宫外就认识了呢。”

“皇上如何知道了她是个女子？”

安良略缓了一下脚步，想了想忽然回过点闷儿来：“哎，对啊。这么说大人您早就知道了？”见蒋熙元轻点了一下头，他便拍了一下手掌，“咳，这事要早没瞒着大人您就好了，那样早早就知道了，何必还……”

“怎么？”蒋熙元见他咽了半句话下去，便问了一句。

安良意识到自己的话多了，眼前这位不再只是那个大人，还是皇后娘娘的哥哥，于是便摆摆手：“也没什么。”

蒋熙元也能想到大致是什么意思，灼热的风扑面，心里却是凉的。他没有作声，又走了一段之后才问安良：“皇后娘娘现在如何？”

“皇后娘娘万安，皇上待娘娘很好。大人尽可放心就是。”

说话间便已到了鉴天阁。鉴天阁顾名思义，并不是宫苑，而是阁。楼高五层，下宽上窄，如宽塔一般的建筑，是宫中除銮殿外最高的建筑。最后一任国师曾在此祝祷国运，鉴天卜吉，苏绎夺位败北后这国师被苏缜赐了鸩酒。

他算来算去，没算出自己的结局。就像这鉴天阁，再高高不过銮殿，再高也碰不到天。

鉴天阁的门敞了半扇，御前随侍的宫女太监都在院内廊庑下歇凉。见安良与蒋熙元进来后，便有个小太监过来，见了礼后说道："皇上在楼上，说等蒋大人到了之后让大人自己上去便可。"

安良一听，便侧开半步做了个请："大人，您请。"

蒋熙元进了阁中，沿木楼梯缓行而上，一直走到了最顶层才停下脚步。踏于楼梯上站定，却已经看见了苏缜。他一身轻薄团花银白长衫，凭栏而立，风扫过衣袂款动如白羽欲飞。

"来了？"苏缜回过头来，背着光，看不清脸上的表情，"希望你来，是与朕谈公事的。"

蒋熙元迈上最后几级台阶，往前走了几步，却未行叩拜之礼。只是微微地低了头，沉默片刻："不是。"

苏缜看了蒋熙元一会儿："朕之前还猜你究竟会不会来。为臣者，当是不会，但作为一个男人，你会。"他弯唇笑了一下，"连君臣之礼都不顾了。"

"臣若是顾忌君臣之礼，也就不必来了。"蒋熙元微微颔首，"皇上后宫之事不该臣多置喙，但臣与夏初说过，便是拼了一切也要护她周全、护她自由。所以，臣来了。"

"说得倒是不错。"苏缜抬眼看了看他，"你的一切？你的一切包括蒋家一门，你的高堂祖父、兄弟姐妹。你要如何拼？便是你舍得，朕也不想落了这幽王后主的骂名。实则你也知道朕并非迁怒之人，何必说这个。如此，还有什么要与朕说的？"

"有。"蒋熙元轻轻握了握拳头，道，"夏初无家世背景，也无关社稷，入宫对皇上并无助益，皇上何苦陷了她一生。"

"的确无甚助益。"苏缜点了点头，却道，"但朕所有的不只是社稷，从一个男人的角度来说，朕不过是想要追求自己心爱的女子。与你无异。"

"但一纸圣谕并不算追求，皇上应该给夏初自己选择的机会。"

"所以她并不是妃嫔。"苏缜淡淡地道，"今天我若是一纸封妃，又有谁能奈我何？我珍惜，故而不想用强，但我同样需要一个机会。"

苏缜转头看了看鉴天阁外，那一片皇城外模糊不清的街宇。"这鉴天阁收拾出来了，你可知为何？"他笑了一下，伸手指了指，"那边是府衙，而安丰坊更远，其实什么都看不见。朕不像你那样每天都能看见她，甚至朕以为此生也许都不会再见到她了。"

蒋熙元顺着他手指的方向看了看，心中五味杂起。如果今天不是夏初，或许他倒要感佩这深情了。想见而不能相见，凭栏而望，只不过是记忆中的言笑转身罢了。相望，却何等无望。

时间又过了月余，他以为许多事都变了，可叹苏缜这情意却未减。仿佛又是那天的一声叹息再起，挖走的那株葡萄仍迟迟未能栽回去。

今日这一遭恐怕只是空走了。怕的不是苏缜不明白，不明白可以说明白，怕的是他什么都明白，却情难自禁。

苏缜转过头来："你来，究竟是因为对夏初用情匪浅还是怕朕用情不深？又或者担心皇后，怕后宫中有人占了专宠？"

这问题问得蒋熙元心中一凛，默了默，轻轻避开剑锋道："其中必然有臣情之所至，但臣更想问一问，皇上如此做是想要给夏初一个什么样的结果？只宠不爱算不得珍惜，宠爱愈深却愈将其置于众矢之的。以夏初的身份背景，后宫之中岂有立足之地？她不适合宫中。"

"哦？"苏缜闻言不禁笑了一声，"朕便是她的立足之地，能给的朕都会给。那蒋卿你又希望夏初有一个什么样的结果？她不适合宫中却适合深宅？还是让她继续去做西京捕头？莫要忘了，这，也是朕给的。"

"皇上能给她的臣或许给不了，但她想要的，臣却可以给。她想要自由时，臣尊重她的意愿。如有一天她愿嫁臣时，臣必以正妻相娶，许她一生一世，一双人。"蒋熙元说到此，抬起了头，目光坦然地看着苏缜，"臣愿为她所愿，无论她的选择是什么。这便是臣想要的结果。"

苏缜的表情滞了滞，低头看了看手中坠子："这几日朕倒还想起一桩事来。"他把坠子从手腕上取下来，放在掌心，"这是夏初从管阳城给朕带回来的，如果朕没记错，那比翼鸟的摆件也出自管阳城，都是天工坊的东西。你认识这个，对吗？"

蒋熙元犹豫了一下，点点头："认识。"

"所以，那日凤仪宫中，你本要向朕求旨赐婚，却因为看见了这个坠子而改了主意。"苏缜将手一握，走到蒋熙元面前，"朕且不论你隐瞒之事，只问你，倘若朕与夏初并不相识，现在是否赐婚圣旨已下？那时夏初可愿嫁你？"他轻拍了一下蒋熙元的肩膀，这亲密信任的举动，却伴着几分冷淡的声音，"你那天想做的，与朕今日所做的，其实又有什么分别？"

蒋熙元未料到苏缜能将这件事翻出来，心一下便沉了下去。这件事上，无论是以君臣，或者是论朋友，他都是理亏的。那是他的私心。他给了夏初选择，但是并没有给苏缜选择的余地。

见蒋熙元不说话，苏缜便缓了缓语气："你是朝臣，是朕的亲信。朕如今最该做的是将夏初送出宫去，与你赐婚，送你这一份人情。而你最该做的，其实是早该告诉朕夏初的身份，将她送进宫来，给朕一份人情。可你与朕却在这里谈了如此一番。你当日如何不愿，便不妨以己之心度朕今日之心。”

“君臣人情……”蒋熙元苦笑了一下，“皇上置夏初于何地？”

“内廷从五品女官。”苏缜负手道，“朕于她有情，她于朕也并非无意。朕说了，朕要的是一个机会，与她重以今日身份再识再知，再叙情意。这如何不是朕给她的选择。”

“如若他日夏初不愿留在宫中，皇上当真会给夏初选择？”

苏缜不由得蹙了蹙眉，手指摩挲着掌中的那枚坠子，眯起眼睛看了看他，冷声道：“你以何立场来问朕？”

“不以立场，只以臣怜惜之心，情深之意。皇上不予臣今日所求，臣便求来日皇上能愿她所愿，予她之所求。”

“你倒是很有信心。”苏缜牵唇一笑，“朕也是。朕平生主动地争过两次。上一次争皇位，为的是母后；而这一次，朕想要为自己，为这个叫苏缜的皇帝争一人心。”

蒋熙元脸色微变，看着他的神情，像是又看见了那个初雪之夜，于宫宴之上翻覆天下的苏缜。是了，他就是这样的一个人。隐忍从来不只是隐忍，他可以放弃，但他想要的，从不让分毫。

苏缜走到蒋熙元身边，放缓了语气道：“因夏初身份一事，朕责罚了闵风，但朕不责罚你。所念的，不过就是你这因情而致的私心。于情都有私心，于世都有牵绊，你要拼了一切护着她，实则你根本不可能拼得了；我想舍了龙位与她山水之间，可我也根本不可能舍得了。回去吧。”说完，径自往楼梯口走去。

蒋熙元回过身去，扬声道：“皇上舍不了江山龙位，但臣却当真拼得了一切。”

苏缜顿住身形，默然片刻才转过身，按着楼梯的木栏，含了一点儿虚浮的笑意，道：“朕不让你拼，你便是想拼也是不行！”说完，信步走下了楼梯。

蒋熙元听着脚步声渐远，一下下如同踩在自己的心上。良久，才合上眼长长地呼出一口气。喉咙被吐不出咽不下的心疼与不甘哽得酸疼，连呼吸都扯动如割。

君臣，这便是君臣。

论情深，苏缜不逊于他；论权力，他当真是没有一点儿办法去与皇权相抗。君要臣死臣不得不死，可君要臣不死，臣就是想死亦是无门。

苏缜走出鉴天阁的时候回头看了一眼，亦是叹了口气，招呼安良过来：“鉴天阁封了吧。”

安良一愣：“皇上不赏景了？”

“如今已不必了。”苏缜低头浅浅地笑了一下，“撤了仪仗，朕要去内廷。”

此时夏初刚吃过午饭，正跟着姜尚仪指派过来的一个八品恭使熟悉着院子里的环境。这常侍名叫元芳，弄得夏初每次叫她的名字，都想顺嘴问问她怎么看。

元芳与夏初年纪一般大，白白净净长得十分讨喜，对夏初甚是恭敬，手交叠在腹前，一口一个夏典侍称呼着。

“你在宫里待多久了？”夏初问她。

“我十三岁入宫，现在有四年了呢。从前服侍过德敬皇后的。”元芳抿嘴笑了笑，语气中有一点儿小小的得意。

夏初被她这点得意勾得有点好奇，便问道：“德敬皇后是……”

“夏典侍……”元芳掩了掩嘴，不可置信地瞧着她，“德敬皇后是皇上的生母呀，夏典侍不会不知道吧？”

“知道啊！”夏初摊了摊手，“我是问，德敬皇后是个什么样的人。”

“很美很端庄。”元芳手按在嘴唇上，眼睛滴溜溜地往旁边瞧了瞧，“那时候我还经常能见到皇上呢，哦，现在的皇上。”

“皇上很难见到吗？”

元芳想了想道：“从前倒也不是太难。现在后宫里除了凤仪宫外都没有人，不需要那么多人伺候。皇上也不会往内廷来，不容易见到了。”

夏初默默地点了点头，心说要真是这样可麻烦了，难道自己还真得参加完了军训才能看见他？

顶着太阳看完了尚仪宫，已是一脑门子的汗，伸手一抹，抹下一层粉来，不禁腻歪地甩了甩手，拉着元芳问她有没有可以打水洗脸的地方。

“夏典侍这晌要净面吗？”元芳看了看她的脸，便伸手去掏荷包，“我这里带着粉呢，夏典侍补一补就好。”

“不用。”夏初忙拦住她，“粉在脸上不舒服，还是带我去洗脸吧。”

“那……”元芳想了一下，“夏典侍先回房等我吧，我去帮您拎壶水来。”说完便踩着细碎的步子走了。

夏初在屋里等了一会儿，元芳便拎着个铜壶进来了，还给她拿了胰子过来。夏初向她道谢，倒弄得她直不好意思，直摆手说不用。

“我就在隔壁屋里住着，夏典侍若是有事尽管吩咐。”元芳福了福身，出门了。夏初把水倒进铜盆里，挽了袖子，一捧凉水扑在脸上，舒服得她直想叹气。用胰子把脸上的粉洗了之后，夏初闭着眼睛去摸擦脸布。摸了两把没摸到，正眯了眼睛要看一看，那擦脸布却又忽然自己进到了她手里。

夏初以为是元芳去而复返了，道了声谢谢便接过来把脸擦干了，等布巾落下，却看见苏缜正浅笑吟吟地倚在墙边看着她。

苏缜的出现总是如此不期然。如同平淡的一天里，匆匆走路时忽然抬头，便看见了天边的彩虹。

短短的阳光打进房门，在墙上画出一块灿白如透明般的画框，他站在那儿，一袭白衫锦绣，眉眼如画，笑容依旧。

夏初愣愣地看着他，脑子猛然间空白了。仿佛时间卡在了这一刻，然后缓缓倒回。没有令人沮丧的隐瞒，没有摧人心肺的告别，没有哭泣，没有遗憾。回到四月初夏的那天，她打开了门，仍是那个玉润竹清的少年，分花踏露般翩然而至。邂逅得令人怦然。

也许只是一瞬，却像过了好久。夏初回过神来，把布巾紧紧地握在手里，茫然片刻后屈身拜下："奴婢参见皇上，吾皇……哦，万岁万万岁。"

夏初这一拜，让苏缜也从一念的回忆中猛然抽离。心中一刺，上前将她拉了起来："夏初……"他勉强地笑了笑，"不用自称奴婢，不用下拜。"

夏初看了看他，稍稍低了下头才又抬眼对他笑了一下："谢皇上。但……不拜不行吧。"

"我说行自然是行的。至少你我单独相处时，还如从前就是。"苏缜上上下下打量了夏初一番，弯唇笑了笑。夏初也低头看了看自己，有些局促地将挽起的袖口捋下来，又抹了抹衣裳，最后扶着头上的发髻也是一笑："挺怪的，是不是？"

苏缜忍不住笑出声来，摇头道："不太习惯。罗裙发髻，金钗玉环，与我记忆中的你真是不一样。"他上前一步，抬手轻轻碰了碰她的头发，"头发还是没有长长，还是那么瘦……"

苏缜的目光仔细而小心地落在她的脸上，呼吸都带着谨慎，指尖碰到耳边的发鬓，真实得让他心都轻轻地颤了起来，眼眶微热："我想象了好久，你换上女子的装扮会是什么样子……"

"我自己也……"

没等夏初的话说完，苏缜已经伸开双臂将她轻轻地揽进了怀里。下巴放在她的肩上，发出幽长的一声叹息："夏初，我很想你，我真的很想你……"

诗词戏文刻画了多少红尘情事，笔墨如花描写了多少怨恋痴缠，世间万千情句，到此刻什么都抛诸脑后，只是这平淡的"我很想你"。

那是日夜的牵挂，那是将薄薄的过往反复堆积，落在心头擦不去抹不干的相思成灰。食不甘味夜不成眠，凭栏远望那一点儿与你相关的痕迹，都只是想你。

房间里很安静，夏初听见他呼吸间的颤抖，便像是谁用指尖捏住了心底不可言说的柔软，捏得阵阵酸疼。她想笑没笑出来，想说话却也只是张了张嘴，闭上眼睛，终于忍住了没让眼泪落下来。

好一会儿，苏缜才抬起头来，又拉着夏初看了看："现在看习惯了，再想你应该就是女子的模样了。从前，你瞒得可真好。"

夏初有些歉意地笑了笑："女子做不了捕头，我也是不得已。皇上恕罪。"

"我没有怪你的意思，也是我瞒了你在先，还怕你不肯原谅。"

"怎么会……"夏初低头搓了搓手掌，"这身份是有些吓人，也难怪皇上不能对我说实话。"

苏缜低头笑了一下："你若是愿意，依旧可以叫我黄公子。或者，你愿意叫我苏缜，也好。"

"不好，这毕竟是在宫中。"夏初摇了摇头。说完看了他一眼，犹豫了一下问道，"不知皇上让我来做这女官，是想……"

苏缜心中一紧，笑容微滞了一瞬，复而又展颜轻声道："想让你来陪陪我。"

"陪陪……皇上？"夏初不知道这句话应该怎么理解，有点含糊地看着他。苏缜点了点头："以前黄公子骗了你，实非得已。你说你不知道我姓甚名谁家住哪里，你说你说服不了自己认识我，我想……与你重新相识。"

夏初怔了怔："重新相识？与……皇上？"

"与苏缜。"他点头一笑，又将夏初眼中的茫然与犹豫尽数看在眼里，心中微沉，带着几分小心问道，"不想见我？或者，讨厌我？"

夏初脑子有点乱，吸了口气想说话，可看着苏缜的神情话又咽了回去。少顷，摇了摇头："不是。"

说自己不想见他，这的确有点违心了。她也不是不想见他，她要放下对他的感情，并不代表她就不会想他，或者讨厌他。毕竟是真真切切动过心，毕竟这里有着不得已。

情感上她愿意，却又隔了理智的高墙。她想见他，可不是这般的情形，不是在宫里。

苏缜松快地笑了笑："暂且先在这里住下，过些日子我让安良给你换个宫室，内廷这边人多，免得你疲于应对。"

"皇上。"夏初听他这样一说，便敛了敛心神，犹豫了一下道，"我并非不想见皇上，更谈不上讨厌。只是，我没想过要在宫里相见。皇上封了我女官，自是为我思虑了许多，可我……并不想入宫。"说到后面，夏初便在苏缜的注视里稍稍侧开了头，声音也渐次低了下去。

话说完，屋里霎时便静了下来。好一会儿，才听苏缜轻声地道："夏初，你抬头看着我。"

夏初抿了抿嘴唇，踌躇了一下才抬起头来，苏缜的神情便闯进了她的眼里。他唇边有一抹极清浅的笑意，目光像月华下一弯清澄的湖水，无端地让人只是这样看着，便觉心疼了起来。

两厢凝视片刻，夏初忍不住想要躲开这目光，却又听他浅声叹息般说："你知我心意，是吗？你心里也并非对我无情，是吗？"

夏初的心重重一跳，没有应声。

"所以我接你进宫，所以我不想让你离开。我想你在我身边，我想我可以转头便能看见你，可以伸手便护着你。你在府衙被人围攻、你受伤、你被人诬蔑，我心很牵挂很心疼。我派人偷偷去看你，可那毕竟不是我自己。我发现我连关心的权力都没有时，可知我有多恨。"

苏缜说得很轻很慢，像是娓娓道来，却字字投进了夏初的心底。她闭上眼睛低了头，紧紧地抿着嘴唇，努力将眼泪咽了回去。手足无措地抚住自己的额头，怕苏缜会看见自己的表情，却按不住自己指尖的轻颤。

"可否给我点时间，让我好好地、光明正大地喜欢你。我不想总沉浸在过去的苦涩里，不想永远只有那告别的回忆。我是一国之君，我可以勉强所有人去做他们不想做的事，可我不想也不能勉强你的情感。"

苏缜将夏初的手轻轻拉下来，抹了抹她眼角的晶莹："不做妃嫔，哪怕只是让我看着你也好。如果哪天你告诉我，你不想再见到我，你讨厌我……我送你走。夏初，可以吗？"

苏缜握着夏初的手，那枚紫玉的葡萄坠子悄然落在了她的手上。夏初泪眼蒙胧地看着，什么话都说不出来。

她的心很疼。

他是她的人间四月天，最初美好如林间清风般的悸动，为他笑过哭过牵挂过。他没有对不起自己，他没有做错过什么。缓缓诉情深，寥寥几语中却满是如履薄冰般的谨慎。话里没有乞求，可那每一字每一句又都像是乞求，这一国之君近乎卑微的姿态。

说不出可以，说不出不可以。什么都说不出来。

苏缜替她拭了泪，不知是该安心还是应该难过，默然半晌，只道改日再来看她，便匆匆而去。他怕自己再这样面对着她的泪眼，会抑制不住紧紧拥她入怀。

夏初捂着脸无声地坐在床沿，心如乱麻，情感与理智似乎已双双崩溃。她平生第一次觉得自己如此糊涂，什么都想不明白。

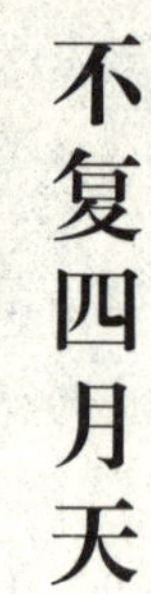

第二十七章 不复四月天

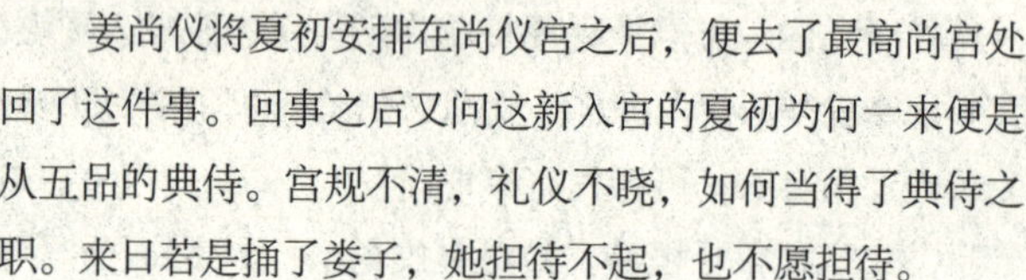

姜尚仪将夏初安排在尚仪宫之后，便去了最高尚宫处回了这件事。回事之后又问这新入宫的夏初为何一来便是从五品的典侍。宫规不清，礼仪不晓，如何当得了典侍之职。来日若是捅了娄子，她担待不起，也不愿担待。

安公公固然是御前的人，但监司从不插手内廷之事，现下开了这样的先河，若是将来哪个大太监都要插了人进来，内廷早晚沦为监司的附庸。且不说这夏初究竟何人，这般入宫又是谁做了暗中打算。

最高尚宫心不在焉地听着，听完后不咸不淡地道：“姜尚仪为内廷之事真是操碎了心，还是从前那刻板的性子。既如此，不如姜尚仪出面去与安公公说上一说？我也无所谓。”

这最高尚宫原是与她一起入宫的宫女，当初攀上了德妃的关系，后来皇后薨逝，德妃理了六宫事务，便将她提拔到了最高尚宫的位置上，生生地压了姜尚仪一头。

两人明里暗里多有不对付，姜尚仪对她并不服气。现在自忖为内廷所想，却碰了这么个软钉子，憋了一肚子气便走了。回了尚仪宫，她坐在自己的屋里用扇子猛扇了一通，盯着书案上的几本名册，想了想，便拾掇起来出了门。

咏薇在凤仪宫里正在跟尚宫局核对各宫各室，理了之后道：“今次招考的采女不知道有多少，够不够用。”她转头对芊芊道，“今儿就算了，明天让尚仪宫的来一下，若是不够分恐怕还要再招才是。”

正说着，就见凤仪宫的宫门少使打帘走了进来，福身道：“皇后娘娘，尚仪宫姜尚仪求见。”

咏薇听见少使的禀报，便笑了一下："正说着就来了，让她进来吧。"

姜尚仪捧了一摞书册而至，见了咏薇行礼叩拜，平身后又与尚宫局的陶尚宫见了礼："皇后娘娘，奴婢已将新入宫采女名册整理誊写成册，另有宫中六品选侍以下宫女和年届将满二十五岁的宫女名册，一并呈上。"

咏薇点点头，让芊芊把名册接了过来："将满二十五的便不用了，万寿节后恩放出宫，恩例照以前便可。"她翻了翻新入宫的册子，"新入宫采女多少人？"

"应算是六十一人。"姜尚仪道。

咏薇抬眼看了看她："何为应算？是多少便是多少。"

"是。"姜尚仪躬了躬身，"娘娘若问采女，便是六十人，若是新入宫的，实则为六十一人，其中典侍一人。"

"典侍？"咏薇听得有些糊涂，"新入宫便是典侍，是何缘故？"

姜尚仪低着头牵唇笑了一下，复又抬起头来看着咏薇道："奴婢不知。"

咏薇看她这神情，略略思忖了一下，便将那采女名册放到了一边，转而说起有品级的宫女和女官来。姜尚仪有些失望，却也少不得应付着将事情一一回禀了，并陶尚宫一起核算了一下调配。

待事情都完了，陶尚宫便行礼告退，姜尚仪也不好多留，与她一并往殿外走去。刚至门口，却听芊芊扬声道："姜尚仪请稍留片刻。"

姜尚仪心中一喜，应了个是，转身又走了回来。咏薇从坐上走下来，到茶桌边坐下，双手交叠按在膝上，抬眼看了看姜尚仪，让芊芊给她赐了个坐。

姜尚仪见她这端庄威仪的样子，心中稍稍一凛，谨慎地坐了半个凳子。咏薇拿起那采女的名册翻着，也不说话。沉默了一会儿，才道："姜尚仪有什么要与本宫说的，便说吧。"

"是。那新入宫的典侍，奴婢不知该如何安排才算妥当，故而想请娘娘示下。"

"既然已经是典侍了，又怎么会没有安排。"

姜尚仪微微一笑，在座上欠了欠身："入宫采女皆要先受训，通过了考试方可从九品少使做起，层层递升。也有格外优秀之人会破格晋升，但一来就是典侍的，奴婢却是没见过。"说完，她抬眼看了看咏薇，又低下头去。

"何人安排进内廷的？"

"回娘娘的话，是安公公今儿刚带来的。最高尚宫大人交代奴婢安排妥当，说是要做御前的司职。奴婢接了人之后心里拿不定主意，便赶紧来与娘娘禀报此事了。"

咏薇听了这番话不觉浅浅蹙了一下眉头，看了姜尚仪半晌后复又笑了笑："本宫知道了。姜尚仪是个做事妥当的。"她回头对芊芊道，"本宫记得有柄素绢团扇来着，桃丝木的柄。”

芊芊会意，转身去取那扇子。咏薇便又对姜尚仪道：“安公公做事妥当，既然安排了必然是有缘故的。姜尚仪依安排做就是了。”

就这样？姜尚仪微微一愣，心说这皇后看着倒是很通透的样子，怎么就听不明白自己的话呢？御前的司职，多少嫔妃都是从这个位置上爬上去的。

咏薇瞧着她的模样，一笑：“姜尚仪在宫中有年头了，内廷的事还要尚仪多替本宫费心。有事尽管来凤仪宫就是了，本宫信得过你。”

姜尚仪一听这话才放下心来。虽然皇后话里没有半句责问最高尚宫的意思，但现在得了这句话自己也算是达到了一半的目的。她原想的就是卖个消息先搭上凤仪宫这趟线，眼下宫中只皇后一人，就算选了秀，新来的嫔妃想立稳了脚跟也得需要时日。

有了皇后这座靠山，自己在内廷也不至于时时看着最高尚宫的脸色，又或许自己还有机会搏上一搏那个位置。思及此，姜尚仪便起身拜谢，得了咏薇免礼的话，再抬起头来便是一脸松快。

“这典侍叫什么名字？”

“回禀娘娘，姓夏名初，年十七。”

夏初？咏薇觉得这名字有些耳熟，一时又想不起在哪儿听过。正想着，芊芊已经取了扇子回来，依咏薇的意思给了姜尚仪，姜尚仪谢过恩赏后又说了几句自谦自勉的话，告退了。

等姜尚仪一走，咏薇便歪靠在了桌上，随手拿了个杏子在手里揉着，又皱了皱鼻子：“累死了。”

芊芊跳过去帮她捏着肩膀，笑道：“这姜尚仪瞧着一脸的古板，没想到是个爱传闲话的。内宅里最讨厌的就是这种人了，娘娘就不该赏了她。”

咏薇不以为意地道：“那是你们觉得这种人讨厌，主母可都是喜欢呢。这种人，我不用她将来就会是别人用她。你以为她是传闲话？宫里待这么久的人了，怎么敢随便传闲话。”

芊芊手里一边捏着，一边想了想，随即点了点头：“娘娘要不要召那典侍过来？”

“召她干什么？”

“看看呀！这安公公是御前的人，好端端插手内廷的事做什么，这典侍之职可是不低呢。”芊芊想了一下又低声道，“万一……要是什么别的人透了安公公的关系，说是典侍，其实是往皇上面前塞人怎么办？”

“你还挺操心。”咏薇把手里的杏子往她手里一塞，站起身来，“依你的意思，我该好生防着这来路不明的典侍？”

“不防着吗？”

“防得过来吗？”咏薇抓起桌上的团扇放在手里抠着那扇柄，低下头撇了撇嘴，“他是皇上，想往上爬的人多了去了。”

“话是这么说。”芊芊嘟着嘴道，“皇上现在待娘娘亲密了许多呢，一起用饭，一起下棋。奴婢瞧着也高兴，可不想平白地跑出个人来捣乱。”

咏薇听她这么一说，稍稍红了脸，眼角眉梢尽是羞赧的笑意，掩都掩不住。

芊芊看她这样子，便也笑了起来：“娘娘脸红了。”

“去！没个规矩。”咏薇拿扇子拍了她一下，“给我递杯茶来。”

端着茶盏，咏薇抹着茶盏盖子出神了半晌，轻轻地叹了口气，道：“我也不想有那么多人喜欢皇上，盯着皇上。可皇上那么好的人，我喜欢，拦不住别人也会喜欢。”

“可娘娘毕竟是中宫，还是得小心着别让人爬到您头上去才是。”

咏薇寂然地笑了一下：“从前我不了解皇上，只听过他的事儿。现在在他身边倒是看得清楚多了，咱皇上是个有主意的人。大婚之前就有人弹劾蒋家，借着水灾的事想把我拦在中宫外面。可皇上不还是娶了我吗？”

她站起身走到小榻桌的边上，打开棋盒捏了个棋子出来：“皇上不让人爬到我头上，自然就没人爬得上来。要是皇上允了，我再防着也没用。”她把那棋子扔回去，转头对芊芊道，“你真觉得这人是安良安排的？我看倒未必。”

芊芊眨了眨眼睛，好像是听明白了，又好像不太懂：“娘娘，那这事……就不管了？”

“管不管再说，知道了总是好的。姜尚仪要往我身上靠也没什么不好，但我不能让她牵了鼻子走。”

芊芊点了点头，抿嘴一笑：“娘娘有主意就好。”

咏薇坐回桌前，小口小口地抿着茶。少顷，又问芊芊：“夏初……这名字我怎么总觉得在哪儿听过呢？”

“夏初？”芊芊眨了眨眼，“这不是那阵子在西京闹得沸沸扬扬的捕头吗？跟四少爷……娘娘怎么说起他来了？”

“捕头？”咏薇愣了愣，“我说的是那个新来的典侍。重名了？”

两人大眼瞪小眼地相看了半晌，咏薇忽然把茶盏往桌上一顿：“芊芊，赶紧给我研墨，我得问问哥哥！”

转天下午，刘起跑到敦义坊去找蒋熙元，瞧见他的模样倒是吓了一跳：“少爷，你这……”他指了指蒋熙元的眼睛。两眼红红的血丝，眼下一片乌青，脸色苍白带着憔悴，一点儿精气神都没有。

蒋熙元瞥了他一眼："有事就说。"

刘起走了下神，然后才想起自己来的目的，从怀里掏出一封信来递给他："娘娘从宫里捎了信出来，送到将军府了。信是写给你的，夫人怕有什么要紧的事，让我赶紧给您送过来。"

蒋熙元把信接过来，展开后一目十行地看了，看完后揉了揉额角，重重地叹了一口气。

咏薇的这封信写得十分平淡，说了说自己的近况，只不过在末尾点了一句，问蒋熙元近来如何，西京流言可彻底平了，那个叫夏初的捕头如今怎样，还假模假式地规劝他要早日成家。

蒋熙元一看就明白了。夏初昨天刚进宫，今天咏薇的信就送了出来，显然是知道了她的存在，向自己求证来了。他看着这封信，心里简直一团糟乱，一时想不好应该怎么回复咏薇才好。

刘起凑过头来："少爷，有什么要紧的事没有？夫人那边等我回话呢。"

"没什么要紧的。"蒋熙元把信折起来，"回去与我母亲说，最近我这边事多，暂时先不回将军府了，有事你来传话就行。"

刘起偷眼看了看蒋熙元，促狭地笑了笑："我说少爷，您这不会是跟夏兄弟又吵架了吧？"

这话问得蒋熙元心中一阵刺痛，默然着没有作声。刘起一看这反应不对头，心里慌了慌："少爷？"

蒋熙元转头对他粲然一笑，伸手拍了拍他的肩膀，站起身来，说："刘起，没有什么夏兄弟了。"

刘起听蒋熙元说没有夏兄弟了，不由得一惊，跑过去绕到蒋熙元面前："少爷，什么意思？夏兄弟又出什么事了？他不是从府衙休假了吗？"

"她入宫了。"

刘起听得眉毛都拧了起来，觉得脑子不太够用，琢磨了一下这四个字，道："做侍卫去了，那不是好事吗？"可他看着蒋熙元的神情又不对，于是轻轻地抽了口气道，"不会是……做公公去了？！不可能啊！"

"做女官去了。"蒋熙元低声嘶哑着道，低头苦笑了一声，"女官……"

"他做女官？！那不是疯了吗？"刘起惊讶地张着嘴，忽然脑子里一个闪念，连声音都变了调，"少爷！夏兄弟不会是个姑娘吧！"

蒋熙元轻点了一下头。

"嘿！这家伙……"刘起握拳捶了一下手掌。难怪了！难怪他风流倜傥的少爷突然就断了袖，闹了半天关节在这里。刘起松了口气，转念一想又是不对，疾声道，“少爷，那夏……夏姑娘进宫了，您怎么办？”

蒋熙元有些出神地看着窗纸，就像那上面写着什么办法似的，可惜没有。上琼碧落下黄泉，谁能给他一个办法，他豁出命去也要去寻去找，可惜没有。

好一会儿，蒋熙元抿了抿嘴唇，转过头看着刘起，近乎无声地说：“我不知道……”

刘起心都要被他这个神情看碎了，上前一步轻轻拍了拍他的胳膊：“少爷……您振作一点儿。过往那么多姑娘，今后也少不了的……”

蒋熙元听了不禁嗤笑了一声，往前一步，一头扎在了刘起的肩膀上，浑身无力般吊住了他。

刘起耳听着蒋熙元细碎的呼吸，觉得他肩膀轻轻地抖着，不禁愣了愣，随即表情也垮了下来，撇着嘴角，用手轻轻地拍着蒋熙元的背。

“不一样……”蒋熙元闷声地道。

“对，不一样，是不一样。”刘起勉强地笑了一下，“这天下的姑娘哪个一样呢，是不是？我们少爷还怕找不着个好姑娘？”

“不一样……刘起，我爱她啊！”

刘起鼻子一酸，差点儿就哭了。

说起这件事来，刘起忍不住地叹气。九湘坐在他对面出神，好一会儿，恨恨地把手中的扇子扔了出去，声音也带着哭腔：“欺负人嘛这不是！”

“九湘，你说你怎么早不告诉我呢？”刘起忍不住埋怨了一句。

“告诉你顶个屁用！”九湘斥了一句，用帕子抹了抹眼角，噼里啪啦地道，“大人现在都没办法，你能怎么办，我能怎么办？是你能杀进宫把人抢出来，还是我能混进去把人换出来？”

刘起闷闷地沉默了一会儿：“可怜的少爷啊……”

“还好意思说！有你那么劝人的吗？”

“从小到大，我哪见过少爷这样？”刘起臊眉耷眼地道，“根本不知道该怎么劝。”

九湘也不知道该说什么好。之前她就特想看蒋熙元吃瘪，可没想到这瘪吃得也太大了点儿！跟皇上抢女人，这让人怎么说呢？真傻！

她忽然想起那次夏初来找她，问她一个什么骗子朋友的事。如今听刘起把这其中的纠葛一说，心下估摸着夏初口中的那个朋友，应该就是皇上了。那倒也难怪会骗夏初。

九湘想着当时夏初的神情，便问刘起：“刘起，大人这次是惨了些。可夏初她自己呢？她对皇上又是个什么心思？”

“我哪知道她对皇上什么心思。我才刚知道她是个女的。”

九湘瞟了他一眼，低头又把扇子捡了起来：“如果人家两情相悦的，这事儿，也怨不得皇上。”

“是不是两情相悦我不知道，就算不是现在也没辙啊。”刘起又叹了一口气，“还有麻烦的呢。我家小姐还在宫里呢，夏初跟皇上两情相悦，我家小姐又怎么办？”

这下九湘也叹气了。

咏薇收到蒋熙元的回复已经是两天后了。这两天中姜尚仪没再来过，皇上也没来过，说是前朝事忙。她猜了关于夏初的许多种可能，但自己又觉得挺荒诞。

苏缜不来，她便忍不住去猜测那个小典侍是不是已经到了御前，又生生地把自己的这个念头按住。

到今天，芊芊终于把蒋熙元的回信拿进来时，咏薇简直觉得像暑天里终于来了场暴雨，迫不及待地便将信展开了。

“娘娘，四少爷怎么说的？”

咏薇把信看了一遍又一遍，好一会儿才抬起头来：“哥哥的意思……好像是说这个夏初是他的朋友，是他举荐入宫的。”

“哦！”芊芊恍然般点点头，“那难怪了，一上来就是从五品的典侍。这倒说得通了。”

咏薇托着下颌想了想：“那也就是说，这个夏初就是当时府衙的那个夏初。那不是个男的吗？怎么变成女的了呢？”

“咳，娘娘，这有什么奇怪的。”芊芊笑道，“那戏文小说里不是经常有女扮男装做出一番大事业的女子吗？做将军的呀，做状元的呀。夏初做了捕头嘛，现在身份被识破了，四少爷看她有本事就举荐入宫了。”

咏薇点了点头，又把信看了一遍，觉得自己应该是没理解错蒋熙元的意思，便折起来收到了抽屉里。缓缓地舒了口气，展颜笑道：“既然这么说了，那改天寻个机会倒应该见见她了。我还挺好奇的，女子做捕头……”

“是呢。既然是四少爷举荐的，将来又在御前，好事好事。”芊芊轻轻地拍了拍手。

蒋熙元的这封信，他实则思忖了良久。他不能害了夏初，更不能害了咏薇。夏初不管是因何进宫的，但在后宫内廷，咏薇便是她的顶头上司。

若是告诉咏薇她进宫的真实原因，他怕咏薇因妒生恨，会做出什么不智的事情来。她如果去针对夏初，以皇上对夏初之情，那就等于是害死了她自己。

眼下看上去最妥当的办法就是将她们放在一边，而能将她们放在一边，能让咏薇有所念及的，只有自己了。蒋熙元也知道这非长久之计，但眼下能做的却也只有如此了，只希望在朝局平定之前，咏薇别将自己和蒋家置于什么险境才好。

蒋熙元提笔回信，说夏初是自己举荐入宫时，只觉得这世间事怎么会如此荒唐，倘若不是自己，倘若这是他冷眼旁观的一出戏，他简直会笑出来。

想起那天莲池边，他看着那对以荷传情的男女，他对夏初说那才是人间常态。结果，落到自己头上却只剩下造化弄人四个字。

造化弄人，所有的还击都显得自不量力。

夏初透过安良旁敲侧击地问了问蒋熙元的情况，得知他没什么状况，这才稍稍安心地跟着新入宫的采女学行走跪拜。因着安良的叮嘱，那几个训导的姑姑对夏初并不苛责，但该学的却一样也没让她落下。

夏初有散打的底子，对于身体协调性控制得很好，几天下来，这仪态倒是有了进步，终于有点姑娘家袅袅婷婷的样子了。可到习字这一节时，训导姑姑看见她那两笔字，简直是头疼。

夏初带着几分尴尬发了狠，与自己那笔破字较上了劲儿，练得还算刻苦。

苏缜并不是每天都有时间来内廷看她，自己过不来时，便会找安良带她出来。在流觞亭与她一起吃个晚饭，在临近的淑景园里散散步。

淑景园有一面浅湖，正是荷秀柳繁的时节，傍晚间绵枝轻摆风送荷香，甚是清幽别致的一个去处。

两人步履缓缓，苏缜与她说着从前，忆着哪一次自己险得说漏了嘴，哪一次又恨不得自己说漏了嘴。夏初听得掩嘴直笑，说他们那次从百草庄出来，苏缜说她像个姑娘家，把她吓了一跳。

“我还真是笨。”苏缜浅笑道，“话都说到那里了，竟然也没想过你真的就是个姑娘家。”

夏初低头看着脚下的碎石子路，伸手划开迎面而来的柳枝，顺便揪了片叶子下来，放在手里转着。也笑道：“大人说西京没有黄公子的时候，我也从没想过黄公子会是皇上。一叶障目。”

她顿了顿：“有人与我说过，他说眼睛能看到的东西太少了，眼睛只看见心想让它看见的，它反过来却要蒙蔽心的宽阔。我那时不明白，现在想想也许就是这个意思吧。我只想着皇上就是黄公子，到现在……恍惚地觉得，你还是黄公子。”

“不然我是谁？”

夏初默然地笑了笑："那老和尚太能打机锋了，是不是这个意思，其实我也不知道。"

"哪个老和尚？"

"就是那次去万佛山，那个禅院里的和尚。我本来……"

"本来什么？"

夏初有些不好意思地道："本来是去看看你还在不在那个禅院的。"

苏缜侧头看了看她，眼底便不自觉地漫上了笑意。他脚下停了一步，离了石子路走到湖边，探身折了一朵半开的荷花下来："这枝开得好。"

荷花递进夏初手中，她冷不丁地便想起了那天在莲池边，也有这样一对男女，折了荷花，送了情意。彼时蒋熙元对她说，那才是人间常态。

如今荷花在手，这便是人间常态吗？

荷花馨香郁郁，花瓣粉嫩得像自己身上这浅绯色的宫装，柔弱待怜般绽放。粗糙的花茎微微刺手，夏初捏在手里用拇指轻轻地捋着，有一点儿出神，却也不知道自己究竟在想什么。

苏缜往她面前迈了一步，低头嗅了嗅她手里的花，又抬起眼来看着与自己不过咫尺的面庞，轻轻地问她："在想什么？"

夏初抬头，望进那双裁了夜色染了月华般的眼眸中，心神一阵恍惚。两厢这样的凝视，悄然地便让人忘了呼吸，夕阳清风间的天地如若消失般宁静，只听得到自己一拍拍的心跳骤然乱了、紧了。

苏缜的睫羽微动，目光滑过她的眉眼鼻尖，落在了嫩如荷瓣的唇上，小心地敛住了呼吸，又往前探了探。

夏初捕到他的目光，下意识地抿了抿嘴唇，陡然紧张了起来，气息也变得短促而纷乱。眼瞧着苏缜的脸离自己越来越近，近到自己什么都看不清、看不见。

她紧了紧手掌，被荷茎上粗糙的芒刺扎了一下，蓦然便回过神来。几分慌乱地往后退了一步，将手中的荷花举了起来，挡在了自己的面前。

"夏初……"苏缜进了一步。夏初便又往后退了一步，低头嗅着荷花略带辛辣的香气，掩着自己烧红的面庞，心跳得直发空："皇上……时间不早了，我，我得回去了。"说完也没敢再多看苏缜一眼，没敢多听他说一个字，仓皇地逃了开去。

苏缜看着她的背影在石子路上跑远，直至消失在柳荫树丛间。许久，才将窒在胸口的一口气缓缓地吐了出去。有点失落，有点烦闷，还有一点儿说不清道不明的伤感。

说起过去，夏初好像还是那个夏初，可面对现在时，他却总在她的眼里看见犹疑与茫然。她似乎很小心，就像他一样小心，唯恐一个神情一句话，便会碰碎了什么。

转过一日，姜尚仪一早来找夏初，依旧是那样打量与忖度的神情，笑又不笑地看着她。夏初礼数周全地对她福了福身，心说这姜尚仪也不知道是个什么毛病，来了这么多天了，怎么每次瞧见自己都跟不认识似的。

“拾掇得还算妥当，走吧。”姜尚仪一边道一边转过身去。

“去哪儿？”夏初追上了一步，问道。

姜尚仪回头眄她一眼：“凤仪宫，皇后娘娘要见你。”

夏初心里咯噔一下，下意识地往后缩了下步子。姜尚仪瞧见她这畏缩的样子，轻牵了一下唇角，语调平平却带着些不耐烦：“没听见吗？走啊。”

这一路上夏初没少胡琢磨，脑子里满满都是《还珠格格》中那个跋扈的皇后和狠辣的容嬷嬷的形象，还有密室里针扎水泼的情节。她知道蒋熙元的妹妹年纪没有那么大，可就是挥之不去这生搬硬套的想象。

事关宫斗，皇后几乎都是反派啊！

姜尚仪这一路什么都没说，没告诉她皇后是个什么样的人，更没嘱咐她见了皇后应该注意什么，哪怕是一句拿腔作势的“警醒着点，别失了礼数”这样的话都没与她说。这愈发让她心头忐忑。

到了凤仪宫门口，姜尚仪禀明了宫门少使，只略等了片刻工夫，内殿便召了她们进去。

正殿开间颇大，铺着暗红色的柔软剪花地毯，行步无声，夏初踩在上面却觉得脚底像踩在针板上。咏薇着了件牙白的轻绫广袖外裳，海棠色的裙摆自凤座柔柔泻下，有着少女的娇美亦不失端庄。

夏初偷偷看了她一眼，连模样都没瞧清楚便跟着姜尚仪大礼拜下，齐声问安。得了平身后，姜尚仪拢袖欠身，笑得格外由衷，道：“启禀娘娘，这位便是新入宫的从五品典侍，夏初。”

夏初有点走神，正揣测着这位皇后会与自己说什么，自己要不要与她攀一攀蒋熙元的交情，又或者她会不会问都不问，两步冲到自己面前一个巴掌挥过来，尖声斥责自己“你个狐媚子，胆敢勾引圣上！来人，赐一丈红”之类的。

听见姜尚仪提到自己的名字，夏初抬头愣了一瞬，赶紧又拎着裙摆跪了下去，小心翼翼地叩头：“奴婢夏初，参见皇后娘娘。”

咏薇一直在不着痕迹地打量着她，觉得这人瘦瘦高高的，也难怪能扮作男子做了捕头，长得谈不上多漂亮，却还颇合自己眼缘。

“起来吧。”咏薇抬了抬手。待夏初站起身来，她便对姜尚仪道，“劳烦姜尚仪了，夏初暂且在本宫这儿留一会儿，姜尚仪只管忙去便是。”

姜尚仪应了个是，退身出了正殿，走过夏初身边时看了她一眼，那眼神也不知道是几个意思。夏初直想跟着她一起跑掉，可又不行，瞧着这教导主任般的人物走了，居然有点依依不舍。

等姜尚仪走了，咏薇便从座上站了起来，挽着披帛冲着夏初便过来了。夏初惊得退后了一步，抬手就想去挡自己的脸。手抬到一半，却被咏薇抓在了手里。

“夏初，你真是那个捕头夏初？”咏薇笑意盈盈的声音传来，弄得夏初一愣，再抬眼去看眼前的人，有些茫然地道：“娘娘……知道我？不是，知道奴婢？”

咏薇点了点头，笑道：“本宫乍听觉得这名字几分耳熟，倒是芊芊提醒本宫，说西京府衙的捕头也叫这个名字。”

她这样一笑起来，眼睛便弯成了很好看的月牙，与蒋熙元笑的时候很像。夏初看着，忽然就不觉得紧张了，有几分亲近之感，便也笑了笑。

芊芊正侍了茶进来，听见咏薇的话也是笑意满满，将茶放在桌上后直瞧着夏初打量：“从前在将军府奴婢常听人说起夏典侍来，与四少爷破了许多的案子，却没想到是个女儿身。夏典侍巾帼不让须眉呢，奴婢好生羡慕。”

“羡慕呀？改日让安公公安排你扮了男装去做宫门护卫可好？”咏薇笑着嗔了芊芊一句，又转头对夏初道，“本宫去信问了哥哥，他说是他举荐你入宫的。你既是哥哥的朋友，自然也是本宫的朋友。”

夏初听见这话微微一怔，旋即便有些明白了蒋熙元的用意，心中泛出些酸涩的滋味来。默了默，才问道：“蒋大人这些日子可好？”

咏薇笑意轻敛，眼中一丝落寞：“应该还好吧。入了宫也没机会再见家人，想极了就写写信，也不敢多说旁的，怕落了有心人的套子。”

夏初看着她的神情，从那肖似的眉眼中仿佛看见了蒋熙元。她想起了那次去原平山。那时他已经知道了黄公子就是皇上，他准备好了要送自己入宫，于是从来神采飞扬的一个人，连呼吸仿佛都是苦的。

现在她真的进了宫，突然得连声告别都没来得及说，他又怎么会好呢？

咏薇说完了话，浅浅地叹了一口气，复又笑了起来：“宫里其实挺闷的，现在好了，你来了也能陪本宫说说话。这样，咱们也都不拘着了，你私下里也不必自称奴婢，我便也不称本宫，可好？”

夏初涩然地笑了笑，稍犹豫了一下才点点头。

咏薇让芊芊布了些零嘴小吃，就像个普通的闺阁女儿那样指了这个又指那个，让夏初都尝一尝。

她也是憋坏了，原本是个活泼的性子，却被一身翟衣一顶凤冠压得只能端庄威仪。除了与芊芊独处时露一露本性，常日里每个笑容每句话都要拿捏着，实在累得慌。

夏初一个姑娘家敢扮了男装去做捕头，想也知道必定不是个拘礼的人。她接到蒋熙元的信之后闲着没事净拉着芊芊问“夏捕头”的事，像听故事似的，人还没见到心里却已经喜欢了几分。再加上蒋熙元这层关系，一见面便热络了起来。

“夏初，哥哥有没有在你面前提起过我？”

“有。”夏初点头笑了笑，“大人说他几个兄弟姐妹中，与娘娘最是亲近，虽然尽是吵吵闹闹的。大人很心疼娘娘，有一次我们办案回来，刘大哥说娘娘在家哭鼻子了，大人嘴上说麻烦，却一刻都没耽搁便跑回将军府去了，连午饭都没有吃。”

说起蒋熙元，夏初心情便流畅了许多，与咏薇一边吃着东西，一边讲着他们当初如何办案子，遇到过什么样的趣事，什么样的难事。说她与蒋熙元吵架打架，说蒋熙元审案时多么威风……

咏薇听得很是认真，忽而蹙眉，忽而掩嘴发笑，听着听着，眼里却泛起了点泪光。夏初正说得兴味盎然，沉浸在那些回忆中，看见咏薇如此便停了下来。

咏薇缓了缓情绪，用帕子按了下眼睛，勉强一笑：“没事……我就是想家人了，想哥哥了。臣子不能入后宫，也不知道什么时候才能见上他一面。”

夏初静静地没有说话，却被咏薇的这句话戳得心里一沉，沉到了很深很深的水底，压抑得像是没有办法呼吸。

犹记入宫前的那一天，蒋熙元站在她身边肆无忌惮地嘲笑着她临的字，夺过笔来，在被她写得乱七八糟的纸上寻了一处空白，写了“蒋熙元”三个字。

“写得好吗？”

“还凑合吧。”夏初不情不愿地点了点头。

“你来写写看，蒋熙元。”

“为什么？”

“别的字难看就难看了，我的名字你要写漂亮。”

“我要练也是练自己的名字，练你的名字有什么用？”

蒋熙元双手撑在书案上，侧头看着她，笑吟吟地道：“要想写得好看就要多练，那样，也许写着写着，就写进你心里去了。”

也不知道什么时候，才能再见他一面……夏初忽然，也有点想哭。

咏薇伤感了一会儿之后，情绪渐渐过去，又问夏初这些天在内廷是不是还习惯，有没有受欺负。

夏初抿嘴笑着，摇了摇头。

“也是，你是捕头呢，轻易也不会让旁人欺负了去。”咏薇笑道，又伸出手来，越过桌子按着夏初的手背晃了晃，“选秀之后宫里定然就没这么清静了，若是有人找你麻烦，尽管来凤仪宫找我就是。”

“多谢娘娘。”

芊芊在一旁道：“夏典侍往后要做御前随侍，可也要多帮衬着娘娘才是。”

咏薇轻声念了个去，嗔怪地对芊芊道：“你倒是把我当什么人了？”见夏初看着她不说话，便有些不好意思。手上又稍稍用了力，像是生怕夏初不信她的话似的，说：“莫听这丫头胡说，我与你投缘，见着就心里欢喜得很。今天让姜尚仪带你过来，可没有存了什么利用的心思。”

咏薇的手掌干燥而温暖，夏初看着她的笑颜，心里蓦然生出许多愧疚来。片刻才稍稍低了头，轻声道：“我明白，我也很喜欢娘娘。”

两人又说了点话，夏初却觉得心里发沉，提着精神才勉强让自己没走了神。待到近巳时，尚宫局的陶尚宫来禀事，夏初才起身告退，从凤仪宫离开了。

回了尚仪宫，元芳迎面走了过来，对她福了福身，半是担心半是好奇地问她：“夏典侍，听说姜尚仪带你去凤仪宫了，没事吧？”

夏初轻轻地“嗯”了一声：“没事。”

“那夏典侍见到皇后娘娘了？娘娘长得美不美？人好吗？”

这句话问得夏初心里一抽，似是自己做了一件极亏心的事。于是便躲着元芳的目光，勉强笑道：“见到了，娘娘很美。”

她低头看着自己绣鞋的鞋尖，脚在地上轻轻地搓了搓，也不知道是对自己说，还是对元芳说：“人也特别好，真的是……特别好。”

好得她不知道要怎么面对，觉得自己简直就像个心机婊。

晚上，夏初没有睡好。她想着苏缜，想着蒋熙元，想着咏薇，怎么想却都没有个万全的办法。

如果这繁杂的关系里必然会有人受到伤害，她真希望是自己。她甚至想自己是不是应该去尽力撮合苏缜与咏薇，等苏缜对自己的情意淡了，再请他放自己出宫，万事大吉。

可以苏缜的聪明，自己有心撮合他会看不出来？明知他喜欢自己还要这样做，那样对苏缜何尝不是伤害，甚至伤得会更厉害，会让他连咏薇都一并反感起来。

左思右想皆是不行。

也许是见了咏薇的缘故，也许是自己没了主心骨，夏初这一刻分外地想念蒋熙元。可今次也不同往时，这是皇宫，便是蒋大人在，恐怕也没有办法了吧。

到天色泛白，夏初才浅浅地睡过去。梦里，她看见苏缜坐在流觞亭里，拿着笔正在写字。她站在亭外，离得很近却看不清他的表情，忽然蒋熙元便来了，像是没有看见她，径直地走到了苏缜身边。

“皇上，放了夏初出宫吧。”蒋熙元说，“如果皇上一定要让谁留在宫里，我愿意换她留下。”

“也好。”苏缜从案上拿起一支荷花来递给他，“咏薇见了你一定很开心。”

一阵敲门声把夏初从梦里惊醒过来，外面元芳低声地唤她：“夏典侍还没起身吗？”

夏初应了一声，说了声这就来，坐起身来脑子一阵发蒙。揉了揉自己微痛的额角，想起依稀未退的梦中荒诞的情节，简直哭笑不得，心说自己这是疯了吗？真是魔障了。

一个上午就在心不在焉中过去了，夏初满脑子都是该如何在最小的伤害范围内，与苏缜说清楚自己的想法。最后的办法依然似是而非，只能走着看，寻个契机与他慢慢道来才好。

下午，一个消息在宫中蔓延开来，搅动得所有人都没了旁的心思。连那几个训导姑姑都失了往日的严厉，寻着空闲凑在一起反复议论着。直到姜尚仪冷着脸将所有人斥了一顿，下了噤口的命令。

消息无关后宫，却也关系着每个人——青城郡有人造反了。

苏缜一早接到了八百里的加急奏报，是一个县尉遣了亲信家丁送出了青城郡，然后才转交驿站快马送抵京城，送到了苏缜的案前。

奏报中说，青城郡有人从水退的河道中发现一石册，册上典数当今皇上种种无道，说苏缜杀兄弟弑父母，非天授之子。青城郡大水乃天谴所致，旨在授天权于民，惩昏君。

这是老把戏了，所有的起义几乎都要有这样或那样的异象。因为皇权受命于天，想要推翻天子，也只能由天来授权。百姓蒙昧，也信这些。

接下来几乎是顺理成章，有人发现石册，便有人煽动那些有苦无处诉、有气无处撒的百姓。铿锵言辞之下，歃血盟誓，于是揭竿而起。

青城郡遭了灾，朝廷的赈灾银粮送过去填不饱百姓的肚子，却肥了官员的荷包。横竖都是没有活路，造反也算当兵，至少有人管饭。

起义从灾情最重的羊湖县开始，几天之内便如风般刮过周边的几个县。继而青城郡所有快活不下去的人闻风投奔而来，聚了泱泱万人之众后，竟夺了腾石县城立足。这奏报，便是那个腾石县的县尉送出来的，也许这人现在已经不在了。

苏缜拿到奏报，看着“杀兄弟弑父母，非天授之子”那些字，觉得血液都抽回了心里，浑身发冷，却唯独心要炸了，忍不住冷笑连连。

龙书案下，各部尚书要员连气儿都不敢喘了，小心翼翼地说着自己的主意。

“贼乱人再多也不过乌合之众，可镇压容易，安抚民心却难。臣以为，既然贼人指皇上暴政，朝廷更应以怀柔之姿，派人招安为佳。”

“臣附议。青城郡周边郡县已受了波及，派兵镇压难免更加惶动人心。百姓图的就是有口饭吃，与其做了兵卒补给，不如放粮于百姓，贼乱定能不击自溃。”

苏缜坐在龙椅上冷眼看着，一言不发。

御书房里臣子们的意见大致分为两类。多数主怀柔政策，理由也很说得通；而另一部分人则主张发兵镇压，只不过都算不得重臣，声音很弱，说不了两句便被人压了下去。

“皇上！不过万把乌合之众，臣愿带兵往青城郡平乱，千人足矣！”蒋悯出列，抱拳高声道。

尚书令回头看了一眼，哼了一声：“蒋大人不愧将门出身，自是勇气可嘉。但如今作乱的不是外族他国，而是皇上的子民。皇上乃宽仁君主，那些反贼也是百姓，为的就是一口饭罢了。如果能不损兵卒不伤性命解决此事，何必大动干戈。天威不是要血流成河才能彰显的。”

“是啊，蒋大人。”旁边户部的人也附和道，“青城郡距京岂止千里，就算是千人的兵力一路过去这补给亦是需要不少。有这些粮饷，何不用之于民呢？”

正说着，安良从外面走了进来，于苏缜旁边低声道：“皇上，蒋熙元蒋大人求见。”

苏缜看了安良一眼，神色有些复杂，停了片刻才点点头。

蒋熙元如今是国子监的博士，这类事情自然与他并不相干，所以并没有在御书房。苏缜接到折子后首先想到的就是蒋熙元，但犹豫了一下，却又没召他前来，没想到此时他却自己来了。

自鉴天阁之后，苏缜与蒋熙元还没有见过面，此时看着他一如往常般走上殿来，心里稍稍有些不安，不知他会拿个什么看法出来。

蒋熙元入殿中叩拜后起身，还没开口，便听有人低声道：“哦？这小蒋大人还真是热心平乱，看来府衙门前的地儿真是不够使啊。”

蒋熙元往声音来处看了一眼，不咸不淡地道：“沈大人怎知下官是主张发兵镇压的？下官还没开口，沈大人着的什么急呢？”

沈大人愣了一愣，悻悻地笑了一声，没有说话。

“不过沈大人倒是说对了。”蒋熙元轻声地扔了一句，转头看了看苏缜。两人相视了一瞬，蒋熙元垂下眼去，道，“皇上，臣方才于殿外也闻听了各位大人之言，倒是有几句话想问问各位大人。”

说罢，他对刘尚书拱了拱手：“刘大人，倘若朝廷以怀柔政策对待，招安逆贼，岂非是说谋反无罪，却反而能从朝廷得到好处，天下可有这样的道理？”

不等刘尚书说话，他又进一步道：“那么以后是不是只要造反，朝廷便要给钱给粮？开此先河，若是凡有不满便举旗反之？平乱固然难免伤亡，但贼乱祸及百姓又要如何论？姑息养奸，怎能说是爱民之举？又何来的什么天威。”

“一时一事，当然不能一概而论。”刘尚书硬邦邦地回道，“蒋大人不要歪曲了本官的意思。”

“下官自以为没有。大人说百姓为的不过是一口饭，那么下官请问大人，青城郡水患朝廷没赈粮钱吗？百姓为的的确是一口饭，如今大笔银子出去了，饭呢？”

蒋熙元冷眼看着他：“贼乱因灾而起，更是因官员赈灾不力而起！怀柔，当是以君对臣，以上对下，如今官员私饱中囊上瞒天听已是不臣之心，贼首惑众叛乱诬蔑君主更是以下犯上，又有什么可怀柔的！”

苏缜不作声地听着，听蒋熙元如此说，一颗心便缓缓地放了下去。

这是一次因灾而起的事件，但绝不是普通的造反。苏缜第一时间就嗅到了这其中的阴谋味道，因为这“杀兄弟弑父母，非天授之子”断不是寻常百姓能说出来的，直指的并不是朝廷，而是他苏缜。

青城郡那么多的官员，只有一个县尉冒死送出了消息，那么其他官员都在干什么？若是北方郡县的官员连成一片皆牵涉其中，所图必定非小。绝不是送了钱粮过去便能息事，派官员前去便能招安的。

这乱必定要平。他不说话不过是想看看这般老臣的主意，现在蒋熙元把他所想的都说了，比从他嘴里说出来更好。如今朝中可信之人不多，可信又堪用之人更少，他势必要用到蒋家，蒋熙元这番态度，实在是给得及时。

蒋熙元说完，殿中静了片刻后，苏缜才缓缓地道：“朕宽仁，是对百姓，但既已举旗便是逆贼，何能以百姓论之。于贼人，绝无姑息之理。”他看了看刘尚书，“诚如蒋卿所言，朕退一步，便会有人进一步，道是人心不足。此非怀柔，而是懦弱！”

说罢，苏缜站起身来，扬声道：“蒋悯！”

“臣在。”蒋悯应得声如洪钟，荡在御书房里嗡嗡直响。

“朕命你为指挥使，青城郡平乱！缴械者不论，贼首必诛！青城郡上下官员就地革职，郡守郡尉押解入京，如有不从或劝解退兵者，斩！”

“臣领旨！”

“各部当以平乱之事为首要，有懈怠推脱者，与叛贼同论！”苏缜扫了一眼殿中大大小小的官员，一片安静，不禁微微地皱了皱眉头，“没听见？”

众臣一凛，齐齐高声应了“是”。

领了命，臣子各怀心思地退出了御书房。各部的官员走了，蒋熙元却没走，仍站在原地。御书房只剩下了苏缜与蒋熙元，静悄悄的，气氛有些怪异。

“熙元，朕倒是没想到你会来。”苏缜走到蒋熙元身边，先开口说道。

“为人臣者当以国之大事为己任，岂能拘于司职而作壁上观。皇上这样说，臣惶恐了。”蒋熙元平平地说道。他知道苏缜说的并不是职位问题，而是其他，却故意回避了过去，话里恪守君臣之线，相比于苏缜的话而言，透着生疏。

苏缜点了点头，便也收起了情绪：“如此甚好。”

蒋熙元从怀中取出一簿册，交给了苏缜：“皇上，这本便是这段时间以来臣所探查搜集的东西，涉及六部要臣一十二人，外埠牵涉的官员有迹可查不知凡几。时间略有仓促，但臣以为青城郡之事该是时机，故而先行呈上。”

苏缜接在手里看着。蒋熙元又道：“臣另有一不情之请。”

“所请何事？”苏缜微蹙着眉头，头也不抬地问道。

“请副指挥使之职，随家父往青城郡平乱。”

“不允。”

“那么臣请佥事之职。”

“不允。”

“请知事之职。”蒋熙元道，未等苏缜开口又道，“皇上若执意不允，臣便辞官致仕，以家父随侍前往。”

苏缜看了他片刻：“朕已任蒋悯为指挥使，他允了你便去，不用问朕。”说完，转过身大步离开了御书房。

三日后，蒋悯真的便率了千人并蒋家还没来得及裁撤的亲兵开拔往青城郡去了。蒋熙元以同知之职随军前往，与国子监连声招呼都没打。国子监的祭酒和几个老夫子以此奏了蒋熙元一本，被苏缜给扔到了一边。

夏初是从咏薇那里知道的这件事，听说蒋熙元随军离了西京，哑然得半晌没能说出话来。咏薇满满的担心，父亲哥哥都去平乱了，虽说叛军不过乌合之众，但毕竟刀剑无眼，真打起来了，也不会因为谁的官职大谁的血就多一些，谁的五脏六腑就硬一些。

夏初安慰咏薇说蒋熙元功夫了得，绝对不会被拿着棍棒菜刀的人伤到。她说是这么说，可自己的一颗心也悬到了嗓子眼儿，说话时满手都是汗，凉凉腻腻的，这暑热的天气也暖不起来。

“我知道皇上的心思必然是要镇压的，可朝中老臣重臣皆是主怀柔招安，父亲与哥哥此番虽是顺了皇上的心意，可若是真败了如何是好？那些老家伙必然揪住不放，还不知会是个什么光景。”咏薇倒是官家的女儿，想的自然也比夏初要多一些。

“怎么会呢，娘娘不用担心的。”夏初勉强地笑道，“娘娘对自己父亲哥哥该是了解的，且不说骠骑大将军的威名，就是蒋尚书的故事我也听了不少，也许兵还没到，那些逆贼就已经吓跑了。”

“以千敌万，我如何放心下来。”咏薇叹了口气，用帕子按了按眼角，“罢了，如今就希望平平安安才好。”

“是啊……”夏初低声地道，“平平安安才好。”

两人默默无言，也没别的兴致了。这时芊芊端着个汤盅撩了帘进来，对咏薇福了福身：“娘娘，银耳百合羹炖好了，现在给皇上送过去吗？”

咏薇召她到近前，揭开盖子看了看：“送过去吧，让安公公放得温了再给皇上，嘱咐着一定要喝了，解燥去火的。现在国事繁重，但身体才是顶要紧的。记着说了这话。”

夏初在一旁默默地看着，等芊芊拎着食盒走了，夏初才问道：“娘娘怎么不自己送过去？”

“御书房那地方不知多少人盯着，蒋家无事也就罢了。如今眼瞧着皇上重新又用上了，我再见天凑过去，怕让人觉得我腰杆硬了，蒋家恃宠生娇。”

夏初听完点了点头，对咏薇由衷地有些感佩。换作是她，绝对想不到这些事情上去。喜欢便想见，想见就去见，还要瞻前顾后，这多累。

咏薇像是听见了夏初心里的话一般，神情有些失落：“嫁与皇上是好的，可这些事当真烦人，又不得不想。谁让我嫁的是皇上呢。”

苏缜的确很忙，忙得一直没有来找夏初，只是时不时差安良过来看看她，送一些东西，有时候是些饰物，有时候是短笺，寥寥几句话。

夏初把这些东西妥善地收好了，却也不像当初那样带着隐秘而喜悦的心情，心中反而越发沉重，越发愧疚。她不知道哪天能见到苏缜，就算见到了苏缜，以眼下这种状况，想说的话恐怕也是说不出来。

只能再等等了，等到蒋大人平了乱回来，等到朝局稳定了，等到苏缜的心情可以面对这些儿女情长时再说了。

想到蒋熙元，夏初也很烦躁。他没事跑去平什么乱呢？

真的是，只希望他平平安安就好了。

又过六日后，蒋悯所带的平乱军一路疾行，抵达了青城郡。三天之后便有第一封八百里奏报抵达了京城，首战捷，收回被叛军占领的羊湖县。

除了捷报之外，奏报中还把青城郡目前的状况报给了苏缜，比起那县尉送出来的信，情况实际要严重得多。一来是县尉所报的只是他所在的腾石县，二来时间又过去了这许多天，逆贼的队伍较之那时又有壮大，青城郡二十八县已被占了十六县之多。

苏缜拿着这封奏报喜忧参半。虽然出师告捷，但贼乱显然已成了规模，蒋惘打仗自是不在话下，但兵力太过悬殊总有巧妇难为之忧。青城郡周边的郡县也有驻军，但眼下他并不放心去用，怕统御不合反而增了内耗。思忖之下召来了兵部侍郎，商议了一番后，又从京畿营调派了两千兵力往青城郡去了。

除了青城郡之事，苏缜还在忙着朝廷争权的事情。蒋熙元离京时，除了搜集的那些证据之外也给他留了份名单，皆是各部中年轻的官员，每个人在朝中的关系能力都有所概述，简单却很到位。

苏缜斟酌着升迁调用，命人暗里继续搜查那帮老臣的证据，务求一击即中，绝不能让他们再翻过身来。

拿着蒋熙元留下的那本簿册，苏缜偶尔会有些难言的情绪泛上来。他有些不知道蒋熙元是怎么想的。那人对感情一事向来没什么常性，或许夏初已经放下了。可若说是放下了，蒋熙元临走时那番有些赌气的话又要做何解释?

像是在反驳他那句“朕不让你拼，你便是想拼也不行”。但不管放下还是没放下，他对自己都是有怨的，苏缜想。

他并不怕蒋熙元对他生出贰心，蒋家早已与他绑在了一起，如今又是国戚，除了依附皇权别无他选。可其实这不是他想要的平衡，至少对蒋熙元，至少从前，他对他一直想要真心以待。如今蒋熙元以臣心辅佐，但中间有了夏初这样一个疙瘩，恐怕也很难再回到从前了。

有时候苏缜会想，究竟是人拥有了权力，还是权力绑架了人。有权在握，下一步必定会是贪婪，因为想要得到的东西可以得到得十分轻易，那是谁也抵御不了的诱惑。

可扪心自问，他贪婪吗?

他贪心觊觎的，放手争取的，也不过是一人心罢了。

万寿节渐进了，不是整寿之年，又是如今这样的局势，苏缜没有什么要办的心思。可这毕竟是他登基以来的第一个万寿节，礼部一减再减，还是拿了方案出来。中书省拟了大赦的诏书，户部呈了选秀的名单，但最好的，还是从青城郡飞来的一封封捷报，让苏缜的心安稳了许多。

为万寿节一事，咏薇忙了起来，内廷也忙了起来。入宫采女的考核提前了，以便提早将人放到各个尚宫去添人劳力。于是夏初在参加完“军训”之后，便开始了入学考试。

现代时，夏初虽称不上是个学霸，但也不渣，可放到这时候真的只能用碎若齑粉来形容了。诗词她不行，书画她更不行，做饭全然不得章法，手工艺就干脆别提，一笔字虽然在努力之下有了长足进步，但离“秀丽”还差很远。也就宫规背得还算可以。

最高尚宫瞧着夏初在各种技术上的不给力，反倒松了口气。幸亏啊，幸亏是有圣旨早就安排好了司职，不然就这样的货色，实在应该踢出宫去。

姜尚仪看着夏初这糟糕的成绩，见最高尚宫眼都不眨地仍是给了御书房做随侍，简直不敢相信自己的所见。她手里可是捏着好几个采女递来的关系好处，都想着往御书房送呢，自己还巴望着多栽培些御前的眼线，将来好做事的，岂能容忍这夏初占了这黄金席位。

“尚宫大人，您这未免也太儿戏了！”姜尚仪忍不住说道。

“是吗？”最高尚宫轻轻地吹了吹呈报上的墨迹，放在一边，“儿不儿戏的我自有判断，姜尚仪没在我的位置上，还是少替我操这些心吧。”她把呈报放在一边，“累得慌。”

苏缜的圣旨当初由安良送到了最高尚宫这儿，嘱咐她好生照应着夏初，也让她暂不要声张此事。最高尚宫当然乐意，当时寻思了一下便直接安排在了姜尚仪那里。

姜尚仪这时打的什么算盘她能不知道？当年她做了这最高尚宫后，念了往日交情将这既不受累又很有油水的尚仪宫给了她，没想到这人油水不少捞，却不念她的好，反过来还要忌妒自己做了她的上司，言辞向来不恭。

这么多年下来，交情早磨没了，想来也是该给些教训的时候了。

姜尚仪被最高尚宫的这句话噎得脸直发红，看了看旁边暗暗发笑的几个尚宫，一口气怎么都咽不下去。冷笑一声道：“我自是不在尚宫大人的位置上，做不得尚宫大人的主，只是往后出了什么纰漏，恼了哪位主子，尚宫大人也别说让我担了您的责。”

最高尚宫看了她一眼，扑哧一笑，摇了摇头。又拿起另外几个采女的考核成绩，把姜尚仪晾在一边，转头与陶尚宫说话去了。

内廷的呈报递到了咏薇那里，咏薇稍稍地做了点调整便着最高尚宫去办了。寻空闲时找来了夏初，与她说了内廷的安排。

“御前随侍离皇上近，便是各尚宫也要敬着几分的，你是典侍，下面还有使唤的人，不会太累。你是哥哥举荐进来的人，安公公那人也随和，不用担心。”

夏初没点头也没摇头，心里暗暗地对咏薇说：我哪里是担心这些，眼下最担心的却是你。

夏初并不是不想去御书房，毕竟离苏缜近了，她说话的机会也就多了。可她又担心这样近了之后，她又会忍不住犹豫起来，该说的话反而说不出来，更怕自己再一头栽进苏缜的温柔里。

她知道自己对于苏缜而言意味着什么，可他们却已经回不到过去的清澈和纯粹了。从他要结婚开始，从他不再是黄公子开始，从他是皇上开始，一点点地累积。直到她真正面对咏薇，才意识到自己已经不能再给他如往昔那般的感情。

在见到咏薇之前，皇后不过是一个符号，一个全无感知的存在，仅仅是知道而已。但见到了，却完全是另一回事了。

咏薇太好了，对她也太好了，越好，她心里便越是沉重。对苏缜，她情有不忍，她狠不下心去伤害他，然而，她更没办法伤害眼前的这个姑娘。

苏缜在这样的位置上，有他的无奈，有他的不得已，她明白她理解她心疼，却做不到去接受。接受自己是这宫中众多女子的一个，接受相伴之间隔出的万里江山。面对苏缜时她那般不忍，而细思量下来，不忍，又何尝不是一种欺骗，一种伤害。

只等着这乱糟糟的局势过去，挥刀斩了乱麻，是疼是痛一锤子的买卖，总好过长久的背负。

夏初像咏薇握着她的手那样，也握了握咏薇的手，对她笑了笑。

采女分配好了之后，陆陆续续地去各宫开始了自己的司职。姜尚仪纵是心有不甘不平，却也没有更多的办法，只能放了夏初去御书房，暗里却盯紧了夏初。

姜尚仪盼着夏初能出点纰漏，更希望她能心有不轨，勾引了皇上，这样就可以卖个消息给凤仪宫。一来让她靠身后这棵大树能靠得更紧一些；二来可以将事情推到最高尚宫头上，借凤仪宫的手除了她，那最高尚宫的位置就是囊中之物了。

夏初到御书房开工，也不知道应该做什么，她是典侍，没人给她分配工作，反而是一帮良使常侍的等着她来安排。手足无措的时候，安良来了，轻车熟路地把该安排的事情都安排了，待人都各自散去之后，才转头对夏初笑道："夏典侍来了就好了。"

夏初对他福了福身，笑得干巴巴的："安公公，我来了有什么好的，什么都不会，学也没学好。"

"咳，夏典侍跟我小良就别说这话了。"安良打趣了一句，"就是听你说说话，皇上也能舒心不是？"说罢，他从旁边的桌上把小茶盘拿起来递给了夏初，"药凉得正好温了，夏典侍送过去吧，皇上刚才还问我你什么时候过来呢。"

夏初低头看了一眼："皇上病了？"

安良叹了口气，蔫耷耷地道："朝中事多，皇上忙累上火得染了风热，这些日子正咳嗽呢。我都快扛不住了。"他指了指自己眼下的黑眼圈，"我这不过就是累点腿脚，皇上还熬心呢。"

"夏典侍快去吧。"安良引她到门边，打了帘子偏了偏头，"皇上等你呢。"

夏初心里有点难受，像被什么东西堵住了，稍稍一滞，才沉了口气端着药进了御书房。

这是她第一次进御书房，只觉得高大宽敞，却没有她想象中的华美。殿里焚了香，是她在苏缜身上经常会嗅到的，往日里淡淡的，若有若无，此时却浓烈了许多。扑面而来都是他的味道，让夏初有点恍神。

还没等她开口，苏缜便转过了头来。初时轻蹙着眉头，待看见是她，眼中立时便放出了光彩，毫无掩饰的喜悦。

夏初看着他，想着自己想要对他说的话，心中紧得酸疼。想哭，凝视片刻却也只能是笑了笑。

夏初开始了她在御书房的职业生涯。她要做得不多，就是陪在苏缜身边给他研墨、送茶，隔些时辰叮嘱他休息休息。

而实际上最后这一项工作很难做，有时候有大臣来议事，一说便是几个时辰，夏初也只能在耳室里闲坐着。那一天复一天的枯燥中，她体会了他的不易，愈发明白，自己那时与他相处的时光对他而言是多么难得，明白他对自己的向往，对自己的眷恋何来。

她能做的只有陪伴，给他一隅喘息，聊一聊天换他片刻展颜，不管自己说什么，苏缜似乎都是很高兴的。可夏初看着他笑觉得难过，看着他蹙眉也觉得难过，见他疲惫，听他咳嗽都觉得难过。

夏初感觉自己就像一个先知，面对着一无所知的苏缜。她心软得一塌糊涂，还什么都没有说，便觉得自己已经像个罪人了。

青城郡那边捷报频传，终于是在万寿节这天，八百里飞递带来了八个字：贼乱已平，贼首伏诛。

夏初在耳室里备茶，听见身后有动静便回过头去，没等看清楚，就被苏缜抱进了怀里。夏初手下一拨，茶碗应声落地。

"杯子摔了。"夏初急道。

"岁岁平安。"苏缜用下巴抵住她的肩膀，长长地松了一口气，"夏初，青城郡贼乱平了。"

"是吗？！"夏初惊喜地道，"那大人是不是也快回来了？"

苏缜默了默，嗯了一声。

“我就说一定没问题的。”夏初笑道，“这可真是给皇上最好的生辰礼物了！恭喜皇上，总算是解决了一桩事。”

苏缜松开怀抱，扶着夏初的肩膀笑道：“那你给我的生辰礼物呢？”

夏初抬眼看了看他，低头笑了笑：“没有带过来。等皇上去了寿宴，让安公公抽个空过来，我在淑景园等他。只是礼物很薄，皇上不要嫌弃。”

“当然不会。”苏缜心情大好，撩袍坐在了榻上，瞧了夏初一会儿后道，“最近事多也没时间陪你，等这段事情过去了，我带你去太华池玩一圈。嗯，或者远一点儿，万佛山那边夏天的景致最好，也清凉。”

夏初低着头没有说话，苏缜看着她，脸上的笑容渐渐有些发僵，静了一会儿却又笑道：“不想去？”

夏初眨了眨眼抬起头来，笑眯眯地道：“我对万佛山可没有什么好感。”

苏缜有一瞬的不解，随即才想起来当初她是去那里破过凶案的，便道：“还好没让你继续做捕头，不然西京城在你看来都是凶案现场了。”

“我做捕头做得多尽责啊。”夏初摊了摊手，蹲下身去捡地上的碎瓷片，嘟囔道，“都这么笑话我，显得我好变态……”

“留神割了手，让别人来弄吧。”苏缜欠身要拽她起来，夏初却躲了躲，道：“我的手是手，别人的手也是手。”

“怎么能一样！”

夏初手里停了一停，捏着几片碎瓷站了起来，走到门旁扔进了篓子里：“也没什么不一样的。可能是不同，别人的手能写能画，能拿针线能烹美食，我什么都不会。”她转过身来，“其实我在……”

“夏典侍，你看见皇上……”安良一边说着一边挑了帘子进来，看见苏缜后愣了一下，轻声地“哎哟”了一下，便想往外退。退了两步却又停下来，苦笑道，“皇上，奴才这正找您呢，是时辰更衣去奉先殿了。”

苏缜点了点头，又对夏初笑道：“别忘了你的礼物。”说完起身走出了耳室。安良对她吐了吐舌头，也跟着走了出去。

半晌，夏初才叹了口气，又继续去清理那碎掉的杯子了。

姜尚仪那边正在安仁殿给一众宫女交代寿宴的事，板着一张脸挨个训过去，让她们都警醒着点儿。说话间回头瞧见转角廊下站着个宫女，正探头瞧着她，不禁眼睛一亮，又嘱咐了几句后便往那宫女处走过去。

“有事儿？”姜尚仪问她道，眼里满满的期待。这宫女是御书房的恭使，负责安排洒扫的事务，与自己沾着亲，当初也是自己费心思安排进御书房的。结果还没在御前混出脸熟来，先帝就驾崩了。如今正踌躇满志地想往上爬。

那宫女拽了下她的袖子把她拉到一旁无人处，压低了嗓子道：“姜尚仪料得准，那个夏初果然是有动作了。”

“说清楚。”

“今儿我当值，在御书房正做事，听见耳室里有东西碎了便想过去瞧瞧，结果听见夏初在里面与皇上说话。”

“说的什么？”姜尚仪追问道。

“没听得太真切。就听见说什么生辰礼物的事，说是要在淑景园等。然后安公公便进御书房了，我也没敢再听下去。安公公后来去了耳室，皇上就从里面出来了。”

姜尚仪心说这夏初还果真不是个省油的灯，这刚去了几天的工夫，什么都没摸清楚呢，便敢展了胆子勾引。最高尚宫和安良果然安的不是寻常心思。

她也有点不明白，夏初那板平的身子，长得也没见多好看，怎么皇上能瞧上她呢？这口味还真是有点怪。不过安良是御前的人，皇上喜欢什么样的他定是清楚。姜尚仪又看了看面前自己的这个远亲，一副水嫩丰满的样子，不禁有点失望。

“行了，赶紧回去吧。别声张就是。”等那宫女走了，姜尚仪想了一想，转身往凤仪宫去了。

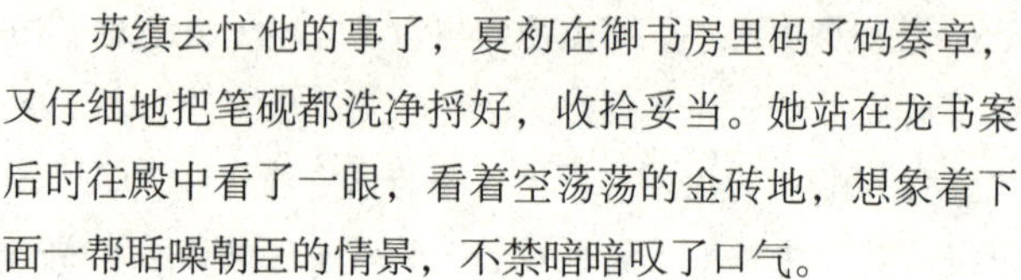

第二十八章 安得双全法

苏缜去忙他的事了，夏初在御书房里码了码奏章，又仔细地把笔砚都洗净捋好，收拾妥当。她站在龙书案后时往殿中看了一眼，看着空荡荡的金砖地，想象着下面一帮聒噪朝臣的情景，不禁暗暗叹了口气。

这个角度真是好生威风，也真不好待。不知道苏缜在看着那一张张貌似恭敬的脸时，会想什么。连她在耳室里偶尔听见那么几句话，都觉得居心叵测。

宫宴快开始时，夏初才从御书房离开，迎着渐西的日头慢慢地往淑景园走去。

这是苏缜以皇帝身份过的第一个生辰，坐在上首听着恭贺之词，看着呈上的寿礼，虚浮地夸着臣子们有心，心里没什么感触，倒也没觉得特别厌烦。眼睛偶尔扫过殿中那帮老臣，想着他们将没有机会参加明年的宫宴，倒还有点痛快。

咏薇一枝独秀地坐在苏缜的下首，脸上始终保持着合体的微笑。偶尔在苏缜走神的时候替他圆上两句，既不抢眼，存在感也不弱。

呈过寿礼之后，苏缜举杯说了几句话，筵席便开。咏薇端了酒杯到苏缜面前盈盈一拜，缓声道："臣妾敬皇上，恭祝皇上万岁。愿皇上龙体安康，一路凯歌，理想终成。"

这几句话倒是说进了苏缜的心里，他不禁微微一笑，取过杯来与她轻碰了一下："辛苦皇后了。"

"皇上言重了。"咏薇弯唇笑了笑，以袖掩杯饮了酒。苏缜看了看她又道："青城郡贼乱已平，蒋家立功了。"

"臣妾贺喜皇上。"咏薇由衷地道，却只说了这一

句，再无其他。苏缜见她如此心头甚是宽慰，嘱咐她少饮一些酒，若是累了就回去休息。寥寥几句贴心之语，听得咏薇有点脸红，拜谢之后便坐了回去。

天色擦黑时，苏缜便唤了安良到近前，低声说了几句话。安良微微笑着应了，转身而去，刚走了没几步，苏缜又把他叫了回来。

少顷，苏缜又于宫宴之上说了几句勤勉鼓励的虚词，便推说乏了，携着咏薇先行离开了安仁殿。

从他叫了安良到近前，咏薇便悄悄地看着，这一来一回都落进眼里。等苏缜说要离开，她这一颗心便揪了起来，只希望他真的是乏了。

出了安仁殿的宫苑后，苏缜让咏薇回凤仪宫去了，自己则带了安良往西而行。咏薇走了几步后驻足回头，眼中尽是犹疑之色，看着苏缜的背影出神。

等到再也看不见苏缜的身影了，咏薇才低声地道："芊芊，姜尚仪说的，该不会是真的吧？"

芊芊也不知道应该说什么才好，上前轻扶住咏薇的手臂："娘娘，奴婢说句不该说的话，娘娘这是误信了小人。"

"你是说，姜尚仪？"

"奴婢说的是夏初。"芊芊有些愤愤地道，"亏得娘娘视她做自己人，待她那般亲厚。这才几天的工夫，便去勾引皇上。"

"这才几天的工夫……"咏薇喃声重复了一下，犹自摇了摇头，"皇上不是这样轻率的人。更何况，夏初是哥哥举荐入宫的人，是哥哥的朋友。哥哥惯来最会看人，不可能明知我在宫里还要插上这样一个角色？怎么想也是没有道理。"

"娘娘之前也说夏初人好、心实，藏得这么深，许是连四少爷也骗过去了。兴许埋了长线为的就是这个打算。"芊芊道。

从姜尚仪说的时候咏薇不愿相信，到宫宴上皇上要遣了安良离开她还是不愿相信，现在皇上自己离开了，又眼瞧着往淑景园方向去了……她信还是不信?

咏薇怔了半晌，反手握住了芊芊的手，慢慢地往西走去。

淑景园中，夏初在临湖的一块平滑的石头上坐着。正是傍晚时分，金橙的霞光还没落下西天，东边便已圆月早升，淡淡地挂在薄薄的夜色中。繁茂荷叶下，几尾小红鲤像是已经睡了，缓缓地凫在水中，听见声音便甩了尾巴钻没了影子。

夏初回过头去，看见苏缜稍稍有些惊讶，忙站起身来笑道："皇上怎么亲自来了？"

苏缜含着浅浅的笑意走到夏初身边："等不及想看看你的礼物。"

夏初低头一笑："皇上如此，我这薄礼还真有点拿不出手来了，恐怕会让皇上失望了。"

"你送什么我都喜欢。"

"我身无长物，也不会画什么写什么。"夏初转回身从刚刚坐过的石头上拿起一捧荷花来，递到了苏缜面前，"采了些荷花。刚刚还在思量有什么祝词能与荷花挂上，想来想去也想不出来，就还是祝皇上生日快乐吧。"

苏缜看了看那捧花，默默一瞬后笑了起来，接在手里："这祝词最实在。你还说是薄礼，亲手采的怎能说薄？"

"是亲手采的不假，其实采的却是皇上的花。"夏初笑道，抬头看着苏缜，碰了他的目光后又转开了头，"四月我过生日的时候黄公子送了我一幅画，我当时就想，这么好的一份礼物，等到黄公子过生日了我要拿什么还呢？"

"你在我身边就是最好的，其实什么都不用。"苏缜说，"往后日子还很长，过些年再想今日，你又会说'第一个万寿节的时候我只送了皇上一捧花，皇上却喜欢得很'。"

夏初笑了一声，心里却又忍不住难过了起来。

苏缜拉起夏初的手，轻轻按了按她的指尖："不聊这些了，说月下赏荷最美不过，难得今天这样的好日子，一起走走吧。"

夏初点点头，却不着痕迹地抽回了自己的手，指了指不远处："刚刚我走了一圈，那边荷花开得最好。"

苏缜脸上笑容僵了一瞬，转而轻声地说了个"好"，便往夏初所指处踱了过去，眼里却再看不见什么风景。

等天色渐沉了，夏初才回了内廷，偷偷地溜进了尚仪宫回了房间。苏缜也回了寝宫，让安良找了个青瓷瓶将荷花插了起来，放在了窗边的榻桌上。

安良摆好了瓶子笑道："夏典侍也是会讨巧。宫里什么好东西没有，送什么都不如送份心意。"

苏缜倚在软垫上看着那瓶花："有什么办法能让这花一直开着吗？"

"皇上，这花哪有常开的。不过夏荷过去了有秋菊，秋菊之后还有冬梅，待到开春时桃李杏花更多。"

苏缜淡淡地"嗯"了一声，没再说话。

凤仪宫里，芊芊帮咏薇小心地拆了发髻，用篦子一下下轻轻地梳着她一头又黑又长的秀发。咏薇从妆台上拿了一根金簪子，探着手去挑那蜡烛的烛芯，默默出神。

头发拢得顺滑了，芊芊放下篦子轻声道："娘娘，别想了。明儿个一早奴婢就召她过来，当面锣对面鼓问清楚。"

咏薇仍是盯着那簇烛火，什么都没说。

芊芊叹口气："娘娘，心软不得。娘娘把她当朋友，她可没把娘娘放心上。"

"芊芊，我不是心软，我就是想不明白。"咏薇把手里的簪子放下，簪尖已经被熏得发乌了，"这不过才几天的工夫，皇上怎么会对夏初那样上心？不过一捧荷花，也要亲自去拿。"

"娘娘容奴婢说句大不敬的话，娘娘您自是矜持自重，却不知有的女人专精此道。皇上纵然不是轻率之人，可毕竟也是男人。"

"我明白你的意思。"咏薇站起身来，走到窗边屈腿坐在了榻上，抱着自己的膝盖，"如果是听别人说，我大概也会这么以为，但亲眼看见的却并不像是那样。"她侧头把脸轻搁在膝头，"皇上拿着她送的花，与她并肩在湖边散步，什么都没做，只是说话散步……"咏薇的声音有些轻颤，眼里泛出点点水光，"可是……我倒宁可他们做些什么别的。"

"娘娘这说的是什么话呀。"芊芊取过帕子递给咏薇，叹了口气，"娘娘，您这是伤心得糊涂了……"

"我没有糊涂。芊芊，从我想要入宫时我就知道，皇上不会只有我一个女人。我不怕有人争宠，只希望他待我是不同的。"

"娘娘是中宫，原本就是不同的。"

咏薇摇了摇头。后宫像是百花园，永远有四处冒出来的鲜花，或娇艳如火，或柔情似水，防不过来更除不干净。她想要做的不是花，而是携手与苏缜漫步的那个人。

于夕阳晚风中牵手而行，慢慢地走，缓缓地说着无关紧要的话，在相视中看见他凝望自己的眼睛。咏薇想象了很多次这样的场景，可今天看见了，那人却不是她。

她真的宁愿看见夏初娇媚入骨地勾引，也不想看见这样的恬淡与安静。只是，为什么，为什么皇上会待夏初如此？

"芊芊。"咏薇想了一会儿，抹了抹眼睛抬起头来，"暂将夏初调离御书房，有人问起便说是我的意思。"

"是，那然后呢？"

"没什么然后。"咏薇转头看着窗外，"皇上待夏初那般不同，却又从来没有与我说起过她。如此，不管我用什么样的态度去问，不管做什么皆是不对的，会落了窥伺，落了忌妒。皇上的心思和态度，只能由皇上自己来说。"

"娘娘至少可以问一问夏初。"

咏薇轻声苦笑了一下，看着芊芊："你还是不明白吗？所有人的想法都不重要，包括夏初。夏初有心勾引也罢，无心吸引也好，又或者有什么别的打算，最终皆在皇上。我在意的，也只有皇上。”

转天早上，夏初起身收拾停当准备往御书房去，还没出门元芳就过来了，有点着急地问她：“夏典侍昨晚上去哪儿了？姜尚仪可是找了你好几次呢。”

“姜尚仪找我，什么事？”

“倒是没说。”元芳撇了撇嘴，“我还怕您出了什么事呢。”

“我能出什么事。”夏初一笑，拍了拍元芳的肩膀，“成了，我先走了。”

“夏典侍这是要去哪儿？”姜尚仪的声音横里便传了过来。夏初听见停了脚，转身对她福了福身，“去御书房。姜尚仪有什么事吗？”

“这么心急呀？”姜尚仪皮笑肉不笑地说，满眼都是不善的神情，抬手扶了扶自己的发髻，“在尚仪宫习礼学艺时倒没看出夏典侍是这么勤勉的人呢。”

夏初顶腻歪这样的说话方式，酸不酸辣不辣的，配合上拧肩扭脖子的动作，实在是“贱人就是矫情”的标准动图，心中便有些不耐烦：“姜尚仪到底有什么事？”

姜尚仪轻蔑地笑了一声，仰起头来顺着鼻梁看着夏初：“到底是御前服侍的人了，腰杆就是硬呢。”

夏初眉头皱了皱，又福了一福身：“姜尚仪若是无事，我就先走了。”

“给我站住！”姜尚仪见夏初真敢甩了脸就走，立刻变了张面孔，横眉立目地吼了一声，两步上前道，“还有没有个规矩！”言罢扬手就打。手落到一半时夏初抬胳膊一挡一拨，反手便握住了姜尚仪的手臂，往外一推直接推了她一个趔趄。

身后的几个宫女忙上前扶稳了姜尚仪，再看夏初，却是站在那里连动都没动。姜尚仪回过神来气得脸都红了。

夏初却泰然自若，也仰起脸来，也顺着鼻子看着姜尚仪，道：“不管我是哪儿的人，腰杆硬不硬，都没有关系。姜尚仪觉得我有错就直说，我也好知道怎么改。但您要是故意与我找碴儿……”她笑了一声，“您恕我没那么多闲工夫了。”

“你还想去御书房？！”姜尚仪推开扶着她的宫女，高声道，“不必了。今天不必了，往后更是不必了！”

夏初扭头看着她：“什么意思？”

“什么意思？娘娘的意思。”姜尚仪说完冷笑了一声，又走近夏初旁边居高临下般说，“至于为什么——”她拉了个长音，“夏典侍自己心里该是清楚的，对吗？”

夏初心里一沉，略略一想便不禁哀叹了一声，咏薇到底还是知道了。她顶怕这件事，如果有勇气说她一早就说了，原本侥幸的希望在自己离开之前咏薇都不会发现，可看意思没能瞒住。

她觉得好生尴尬，虽然没见着咏薇，想起来身上就一阵阵冒汗。想着能见到她赶紧解释一下，却也有点怕看见她，怕这事根本解释不清楚。

姜尚仪看着夏初表情变化，道是她心虚害怕了，不禁越发得意。她昨天把夏初意欲勾引皇上的事告诉皇后时，可是亲眼瞧见皇后的脸色的。今天凤仪宫传了懿旨过来，这态度已经是明摆着的了。

主子的脸色向来就是风向灯，有些话有些事是用不着主子开口的。姜尚仪哼了一声，回头对跟着她过来的几个姑姑道："把她给我按下来！"

几个姑姑应了声"是"，过去便拽住了夏初的胳膊，有人按住了她的肩膀便往下压，想让她跪在地上。夏初条件反射地分开两腿扎稳步子，冲姜尚仪道："你干什么？"

"干什么？立规矩！"姜尚仪说完转头看了一眼元芳，"元芳，夏典侍考核的成绩太差，怕是不知道，你来告诉她内廷女官应该几时回来？"

元芳轻轻地抖了一下，蚊声地背道："凡内廷女官酉时后不得离开内廷，得召外出应得尚宫准许或于宫内掌事处报备。"

"如有违反呢？"

"杖……杖十，再犯者杖二十，屡教不改者视以忤逆论处。"

姜尚仪点了点头，声音陡然高了起来，指着夏初说："把人都给我叫出来看着！典侍算个什么，在这宫里也是规矩大过天，谁也甭想越过去！把她给我按下！"

那按肩膀的姑姑刚才想按就没按下去，这会儿得了令手上赶紧又加了把劲儿。夏初一听就火了，哪儿还管得了什么乱七八糟的宫规，当然是不能吃了眼前亏为上。她就势往下一蹲，横里一个扫堂腿扫了半圈，直接绊倒了俩姑姑。

姜尚仪瞪得眼珠子都要掉出来了，气顶上脑门，一嗓子喊着声音呲了："上去给我按住！按住！"

姜尚仪一声吼，两个被夏初绊倒的姑姑便从地上爬起来，揉了揉屁股也急眼了，扑上去抓夏初。夏初是练过的，当初也是与捕快们打了一架才坐稳了捕头的位置，这几个婆娘根本不在话下。

周围已经聚了一帮宫女，瞠目结舌地看着夏初三下五除二地便踹到了两个人，又给了个过肩摔，轻轻松松地便把另一个姑姑给扔了出去。

夏初反手抹了抹鼻子，活动了一下肩膀，不屑地指着姜尚仪："找碴儿就是找碴儿，有种别拿宫规压我，出来单挑！"

一众宫女齐齐地抽了口凉气。

夏初动了动脖子，觉得脑袋往一头偏，抬手摸了摸发现是那假发髻歪了，扶了扶也弄不回去，索性摘下来扔到了一边，露出一头利落的短发来。周围便又是一阵此起彼伏的抽气声。

姜尚仪的脸上青白交错，看着夏初的眼里却又多了几分惊疑。愣了片刻往后退了一步，抓着旁边的宫女喊道："去，叫人！把那几个粗使的都给我叫过来！快去！"

说罢又一扫围在四周的宫女："都给我上去，把她给我按下来！不从的我罚她去浣衣局！快！"

这帮女孩子一听这话，也不敢不动，互相推搡着开始往夏初身边聚拢，谁也不敢先上前。夏初瞧着这帮战战兢兢的年轻姑娘，平时都一口一个夏典侍地叫自己，还算相熟，一时有点下不去手，一步步地开始往后退。

元芳站在外围咬着嘴唇，瞟了一眼姜尚仪，见她的注意力没在自己这儿，便偷偷地绕到她身后，撒腿便往尚仪宫外跑。刚出了门口却被人拽住了，抬头一看，却是最高尚宫身边的姑姑，最高尚宫正在不远处站着。

"尚宫大人！"元芳一见她，扑通地跪在地上磕了个头，"尚宫大人帮帮夏典侍，她……她……"她也说不出个所以然来。夏初的确是晚归，可往日里谁有个什么事回来晚了也不鲜见，抓不着就算了，真抓到了也就是说两句，只要没捅出娄子谁也不会真较真儿。

元芳再单纯看那架势也知道，姜尚仪这次就是要针对夏初。那么粗的棍子真铆足了力气打，腿要是打废了可怎么办！

最高尚宫让人把元芳扶起来："我这就进去看看，但姜尚仪一贯固执这你也知道，怕她也是不听我的。这样，你现在去御书房找安公公，也许他来了还能拦着点儿。记得把事情原原本本地告诉安公公，懂吗？"

元芳猛点头，拎着裙摆就往御书房跑。最高尚宫看着她跑远，弯唇笑了笑。随侍的姑姑走过来问道："尚宫大人，现在进去吗？"

"不急，再等等，打上了再说。"

尚仪宫里，姜尚仪尖声喊着让人动手，再三催促下，有几个胆大的心一横，便扑了过去。抓胳膊的抓胳膊，掐脖子的掐脖子，指甲划得夏初直咧嘴。她兜了手臂用力一甩，那吊住她胳膊的小宫女一声尖叫便被甩了出去，磕在地上搓出一手的血，嘤嘤地哭了起来。

有与那宫女相好的一看就生气了："夏典侍！昨晚上你本来就是回来晚了，错了就要受罚，姜尚仪让你跪下你也是应当的，你不跪也就罢了，如何还打人呢！"

身边顿时都是指责之声，一帮姑娘围得自己越来越紧，身上足有二十只手抓着，吵嚷得夏初耳朵直疼。夏初这个烦啊，心说这算怎么回事呢。她一边扒拉着挂在自己身上的姑娘，一边想往门口慢慢挪，琢磨着不管怎么说先跑了算了。

正这时，那几个粗使的宫女来了，得了姜尚仪的令直接冲过去，有个人高马大的抬起脚直接踹在了夏初的屁股上。夏初没有注意到身后，挨了一脚后本想往前冲一步把这力消了，可自己被一帮人拽着动作也迟缓了许多，被踹了一个趔趄。那人就势跳起来，泰山压顶般把夏初扑在了地上。

夏初正面着地，磕出一鼻子的血来。这幸亏是那帮宫女正拉扯着还减了点冲力，不然鼻梁骨恐怕就断了。

那粗使宫女坐在夏初身上，旁边的人一见赶忙上前按了夏初的胳膊、腿，把她卡了个结结实实。这下子，就算夏初有再好的功夫也没辙了。

姜尚仪一看夏初被制住了，这才松了口气，用帕子沾了下额头的汗，咬牙道："给我打！杖四十！简直反了天了！"

夏初费力地仰起头来对姜尚仪吼道："姓姜的！你活腻味了是不是！"

"你还没爬上龙床呢，以为有安公公撑着就了不得了？这是内廷，御前的手再长也拦不住我拿宫规罚你。谁让你不安分惹了娘娘呢？留口气儿，我倒看看是谁活腻味了。"言罢姜尚仪眼睛一瞪，"打！"

那几个被夏初摔得不轻的姑姑歪歪扭扭地拿了杖棍过来，那真是心里带着恨啊！铆足了力气往夏初身上招呼，夏天的衣衫也薄，打下去啪啪作响。

夏初憋着一口气浑身紧绷，可三五棍子下来就绷不住了，豆大的汗珠掉下来。疼得她眼泪直飙，忍不住大骂王八蛋。

姜尚仪冷眼瞧着夏初的脸色越来越白，觉得万分解气。一抹笑容还没来得及展开，就见最高尚宫带着几个人从门外走了进来，喊了一声住手。

那行杖的姑姑闻声停了手，姜尚仪却叫了声继续，之后才对着最高尚宫福了福身，不甚恭敬地笑道："尚宫大人，您怎么过来了？"

最高尚宫看着她微微一笑："停手吧，真打出个好歹来怕是吃不了兜着走，到时我就是有心也帮不了你。"她转头看了一眼夏初，见她裙子上已经渗出了血，觉得差不多了，便让身边的姑姑过去拦了下来。她也不敢真让夏初有个好歹。

"尚宫大人！"姜尚仪这次底气很足，挺直了腰板看着最高尚宫，"宫人不守规矩必得罚，不罚往后何以治下，这宫里的规矩还要不要了。"

最高尚宫擦了擦自己的手背，但笑不语。姜尚仪盯着她，见她如此态度不禁有些纳闷，还没想明白怎么一回事儿，就听门外脚步声渐近，紧接着一个明黄的身影一闪快步地冲了进来。

最高尚宫片刻犹豫没有转身便跪，伏下去高喊了声万岁。所有人都被这一声万岁给喊蒙了。愣了一瞬后，退后的退后，撒手的撒手，跪倒了一片。

夏初趴在地上，听见这声万岁心里也是一松，长长地喘了口气。她想动一动，可一动屁股上就撕扯着疼，忍不住呻吟了一声。

苏缜瞧见夏初身上渗出的血迹，心直发颤，上前蹲在她身边扶了扶她的肩膀。害怕得连声音都找不到了：“夏初……”

夏初撑着胳膊挺身仰起头来，硬撑着道：“皇上，我还……还行。”

元芳看见夏初的一脸血当时就哭了，安良吓得脸色都白了，一边大叫着传太医，一边跑上前去想把夏初扶起来。苏缜觉得自己魂都要散了，一把推开安良，俯身下去小心地插过手，兜着夏初将她抱了起来，转身快步离去。

安良犹豫了一下没跟过去，一指元芳：“去！赶紧跟着伺候去，机灵着点！”元芳也顾不得想别的，抹了把眼泪就跟着去了。

姜尚仪看见皇上后整个人都已经蒙了，跪在地上完全不知道应该怎么反应。安良走到最高尚宫身边，气道：“怎么回事！不是让你好好照应着！”

“安公公，我这……我这听了信儿就让人去御书房，赶过来想拦着姜尚仪，可姜尚仪这儿非拿着规矩……”她抚着心口重重叹气，“皇上御笔亲旨封的典侍，安公公您又特别交代过，我是有天大的胆子也不敢怠慢了啊！”

姜尚仪一听御笔亲旨几个字，脸立时白得像纸似的，慌乱地膝行到安良面前，抓着他的衣摆叫道：“安公公！安公公！夏初昨夜回来晚了，我这是按规矩做事，我是按规矩做事的！我不知道，我不知道啊！”

安良哪里会信这样鬼话，心里着实气得不轻。皇上交代他把夏初安顿好，结果就安顿成这样。自己还不知道要受多大的雷霆之怒，哪里还管它什么规矩不规矩，抬脚把姜尚仪踹到一边，对最高尚宫道：“关起来等着发落！作死的东西！”说罢也走了。

等安良一走，最高尚宫便换了副笑脸，低头俯视着姜尚仪，啧啧地道：“就凭你这脑子还想扒住凤仪宫？还想把我挤下去？真以为我这位置得来全靠运气不成？”

姜尚仪这才知道自己这是落了套子了，爬起来就要去抓最高尚宫，却被人按住了，不禁恨得大叫：“翟世平！你害我，你害我！你不得好死！”

“我可没让你打，哪里就害你了呢？”最高尚宫挥了下手，“押下去吧。看住了，可别让她自裁了，太便宜。”说完，施施然地走了。

苏缜把夏初带到了最近的一处宫宇，宣来了太医医女给夏初看伤。虽然夏初只是个女官，但看苏缜那神情架势也都明白怎么回事，所以一点儿没敢轻慢了，三个五个地轮番给夏初把脉。

夏初这会儿觉得比刚才还疼，咬牙听着幔帐外几个太医叽里呱啦地斟酌病情，一会儿说她没有喜脉，一会儿说哪味药会不会影响受孕。她忍了一会儿实在是听不下去了，便撩开帘子探出头去，虚弱地道：“大人们，就是皮外伤，麻烦您几位赶紧给上点药止了疼再说别的，行吗？”

原本就是内廷里处罚犯了规矩的宫女，结果整出这么大的动静，连皇上都惊动去了内廷。没有几个知道缘由的，甚至连被打的是谁都不清楚，却架不住这消息一时三刻便传得阖宫都是。

芊芊听了信儿赶忙禀报了咏薇，咏薇正在喝茶，听完之后愣了一下。一想便知道出事的肯定是夏初，不然怎么皇上会去了内廷，不禁气得将手中茶碗摔了个粉碎：“混账！这姓姜的简直是要害死本宫！”

“娘娘……您息怒。”芊芊还从来没见咏薇发过这么大的火，吓得不轻，急道，“这事儿怨不得您啊，都是那蠢货自作主张。”

“怨我，还是怨我……”咏薇站起身来，只觉得心口怦怦乱跳，神思全乱了。闭上眼睛缓了好一会儿，才道，“我去见皇上。”

夏初的屁股上被打出了血，腰腿上一条条的青紫，看着虽然吓人、面积大，但没伤及筋骨，其实不算很严重。这得亏行杖的姑姑不是专司打人的捕快，落杖没有精准到只瞄着一个地方打，不然绝不是这个结果。

医女给夏初用了点止疼的麻药后才给她上创伤药。宫里的药好夏初是得益过的，正如良药苦口一样，好的创伤药杀菌消炎止血，但也很疼，麻药都没了用处。夏初拼命地忍还是没忍住，疼得直捶床，脸埋在枕头上呜呜地哭。

苏缜听见了，心疼得都缩成了一团，按捺不住推门进来了。医女已经上好了药，元芳正用布巾帮夏初擦脸，瞧见苏缜赶忙停了手里的事儿参拜。

夏初见他进来大惊失色，一边叫嚷着等会儿等会儿，一边胡乱地抓了衣服盖在了自己身上。这伤的地方实在很是窘迫。

苏缜打发了那医女和元芳出去，撩开帐幔在床边坐下来，有些手足无措地看着夏初。夏初一头短发凌乱，脸上的血迹和灰还没来得及擦净，嘴唇被自己咬破肿了一块儿，眼眶泛着红，狼狈又可怜的模样。

她对着苏缜尴尬地笑了一下，笑得苏缜心痛不已，不知道自己该做什么，能做什么。好一会儿才敢伸手捧住了她的脸，用手指碰了碰她嘴唇上的伤，轻声道：“对不起，夏初。对不起……”

他怨自己责怪自己，比那些对夏初动手的女官更甚。他接她入宫，明明说要护好她的，他有着这天下至高无上的权力，他就把她放在了自己的眼皮底下，怎么竟会把她护成了这般模样？

“又不是皇上要打的，哪有什么对不起？”夏初勉强一笑，屁股一较劲又是一阵刺痛，忍不住抽了口凉气。苏缜回过神，触电似的退开了手，仿佛是自己把她碰疼了。

“刚才太医说了，就是皮外伤，不碍事的。”夏初小心地拽了拽盖在自己身上的衣服，“也就是这些日子得趴着睡觉了而已。”

苏缜咽了咽喉咙的酸，侧身越过她把床边的薄被拉过来，小心地盖在了她的身上。垂着眼看不清神情，只淡淡地道：“伤了你的我一个都不会轻饶。”

夏初听完沉默了一下：“我知道。”

“是我大意了。你先安心在这儿将养些日子，等能动了便挪到我的寝宫去。夏初，阖宫再无人敢动你，不会再如此了。”

“皇上……”夏初撑起点身子回头看了他片刻，又转过头盯着面前的枕头。看着上面细密精致的纹样，轻声说，“御笔亲封的典侍已经很厉害了，可还是挨了打，就算我去了皇上的寝宫又能如何？皇上看不住我一天十二个时辰，守不了我一年三百多天。”

苏缜心里猛地一沉，手在身侧缓缓握成了拳，默然半晌后道：“夏初，做我的女人。虽然我给不了你皇后之尊的位置，但我可以许你一生一世，许你挚爱平生。你可还愿意信我吗？”

这几句话他说得艰难而笃定。他原不想这么早说出来，想等朝局稳定之后，想等夏初的眼里不再有茫然和犹豫，等她再如往昔那般看着自己。

可现在他不敢等了。

这些日子以来他全都看得清楚。夏初望着他的眼神总是悲悯而难过，话语时时谨慎而小心，像对一个行将就木的病人，对一个注定有去无回的士兵。

他是个聪明而敏感的人，这意味着什么他都明白，可他不敢去想不敢去问。他一次次地骗自己，却又骗不过自己。

她想离开他，纵使有情意有难舍有不忍，她还是想离开他。

夏初听了苏缜的话，涩然一笑。眼睛一眨便洇湿了枕头上的花纹：“我从来没有不相信皇上，每个字每句话。”她顿了顿，“可这并无关信与不信。我没有显赫的身世背景，没有可以助运社稷的能力，所以在这宫里能仰仗的只有皇上一人而已，但是……我并不想仰仗皇上。皇上，那并不是我要的爱情。”

“夏初，你不需要那些，什么身世背景，什么能力你都不需要。你在宫里依然是你自己，我要的只是你。”

夏初摇了摇头：“我做不了我自己。皇上，我什么都不会，却会忌妒，我会怨恨那些占据爱人怀抱的女子。我只能在对你的仰望中立足，在自卑里变得自怜自艾，会在一日一日的无能为力中失去耐心。那时，即使皇上还爱我，我也不会爱我自己，又如何做我自己？皇上想要的，又岂是那样的我。”

“夏初……不会是那样的。什么都没有开始如何就要断定它的结果？”

“皇上，你有你放不下的江山，卸不下的重担，而我想做的只是一个自满自足平凡的自己。爱情，它承载不了这样许多，解决不了所有。”

话语似针一般缓缓地扎进了心里。苏缜闭上眼睛深吸了一口气，却不知道该怎么将它呼出来，压抑地窒在胸口，死死地按住铺天漫地的悲伤和无力，不想让它们化作眼泪，不敢让它们击溃了自己。

苏缜拽了拽她的被角，站起身来：“好生养着，我……我再来看你。”说完，头也不回、逃离般走了。

夏初胳膊一松，一头栽在了枕头上沉沉地叹了口气。

终于还是说了。伤感之外又有一丝轻松，像憋了许久的大雨终于滂沱落下，凉了心，湿了情。滔天的疲惫席卷，让她一动都不想动，想好好哭上一场，却连这个力气似乎也没有了似的。

过了好一会儿，夏初猛然想起一事来，忙探了头大声地喊了元芳过来。元芳到近前，很是担忧地道：“夏典侍伤又疼了吗？”

“不是。”夏初一把抓住元芳的手，急道，“快去追皇上，替我给皇上传句话，拜托拜托！”

苏缜坐着肩舆回了御书房，刚才跑出来的时候还把钱鸣昌扔在了那里。眼下他毫无议事的心情，只想找个地方静静地待着，平一平自己的心情，想一想自己的爱情。

可他不得不回去。那就是他放不下的江山，卸不下的重担……似乎真的容不下多少儿女情长。也许曾经的自己是对的，他连翘家的可能都没有，便不如此生不要遇见心爱也好。

可是遇见了，就是遇见了。便真的没有两全的法子了吗？

快到御书房时，安良就听见后面有急促的脚步声追了过来，气喘吁吁低声地喊着安公公。安良停了脚步回头，见是元芳跑得钗环乱颤，还以为是夏初那边有什么事，忙迎了过去：“怎么了？”

“夏……夏典侍……”元芳抚着胸口使劲地匀着气。苏缜听见便让人落了肩舆，起身走了过来：“夏初怎么了？”

元芳咽了咽，稳住心神一福身，道：“夏典侍让奴婢给皇上带句话，她说今天的事与皇后娘娘无关，娘娘不是那样的人。夏典侍还说，自入宫以来娘娘一直对她照拂颇多，她担心皇上关心则乱，会错怪了娘娘。”

苏缜稍稍有点讶异：“夏初与皇后娘娘熟识？”

“回皇上，奴婢不清楚。”

片刻，苏缜点了点头："回去吧，照顾好夏初。有事来找安良，不得耽搁。"

元芳福身应了个是，转头又快步走了。苏缜垂眸想了想，这才重又坐上肩舆往御书房去了。

咏薇在御书房外的台阶下站着，远远地听见开道的鞭响，心中陡然紧张了起来。抓了抓芊芊的手，觉得自己指尖冰凉，满手汗湿。等苏缜的肩舆落下，她才松开了芊芊的手，缓步上前敛衽一礼："臣妾见过皇上。"

苏缜看了看她，低声"嗯"了一下。安良之前已与他报过，今早夏初没去御书房是咏薇的意思，然后便出了姜尚仪杖责夏初一事，其关联不言自明。

他没有刻意瞒着咏薇关于夏初的事，却也没有主动告诉她，原想等着夏初那边心意落定之后封妃，却不想这皇后手长，竟早早地便伸到了夏初身边。他本以为这皇后是个知礼懂事的姑娘，却不想也是这样使阴招的女子，实在有些失望。

只是蒋家如今刚立了平乱之功，还未回朝，若是传出他因一女官惩戒了皇后，不止蒋家会寒心，连同那些支持蒋家支持他苏缜的一派新臣也会猜疑。现在这个时候，他要的是他们坚定不移的支持，一点儿动摇之意也不能有。

苏缜原也没有责问咏薇的打算，只不过因着刚才元芳追过来说的那番话，此刻眼里却又多了些打量。默了默还是开口问道："皇后是为了夏初一事来的？"

"是，臣妾失职，故来请罪。"

苏缜听了，面色微寒："杖责一事是你的意思？"

"不是。"咏薇站直了身子抬起头来，坦然地回望着苏缜。她的脸色因为紧张而有些发红，神情里却带着倔强，微微仰首道，"但调夏典侍暂离御书房是臣妾的意思。"

"何故？"

"臣妾原想等皇上来与臣妾道明缘故，或安排入六宫，或打发了别的司职，皆在皇上之念。只是御前司职向来紧要，皇上可心有所好，但容不得身侧觊觎之想。此乃臣妾的本分。"

咏薇抿了抿嘴唇，轻眨了几下眼睛："臣妾不想妄测圣意，不会以他人投皇上所好为自己争得青睐，更不会以压制他人立威固位。臣妾虽为女流之身，却也有自矜与骄傲，臣妾不屑于做那等阴损之事。只是，虽非臣妾指使，但臣妾理后宫内廷之事，无论如何却与臣妾脱不开关系。惹恼了皇上便是失职，是故，臣妾于此向皇上请罪。"

苏缜听完，便有点意外地看着咏薇，觉得她平时总是蔫声不语谨小慎微的，却不想说出话来如此通透分明。寥寥几句，不卑不亢，既阐明了前因后果，又把自己的心思态度摆了个清楚。神情间没有丝毫闪烁之意，也未作惺惺姿态替自己辩白。于是他之前心中对咏薇的失望便去了个七七八八。

咏薇见苏缜的神情渐松，心跳才平缓了一些，默默地兜转了一遍这些事之后，又觉得很是悲哀。

她是皇后，是苏缜名正言顺的妻子，却为了一个区区从五品典侍之事担惊至此，站在御书房外的日头下给自己做番辩白。她有她的骄傲，而此刻这份骄傲是如此不值钱。

苏缜缓了缓语气："想来是小人矫了皇后之意，也是防不胜防，内廷还需整饬，皇后费心就是了。"

"是，臣妾分内的事。"咏薇的声音稍稍有些冷淡，垂着眼眸了无情绪地应道。说完福了福身，"臣妾先告退了。"

带着芊芊行了两步，苏缜却又叫住她，"你为什么会对夏初格外照拂？"

咏薇暗自苦笑了一下后才转回身，道："臣妾没安了旁的心，也没有别的打算。臣妾只是感佩她一介女流却能做了西京捕头，与她一见如故，乐于亲近罢了。更何况她是哥哥举荐入宫的，照拂也是应当。"

苏缜听见这最后一句，不觉微蹙了眉头，默然着没有说话。咏薇等了片刻见他不出声，便敛衽点了下头："臣妾告退。"

离了御书房，咏薇昂首稳步地往凤仪宫方向走，面沉似水。芊芊跟在她身边，憋着话想说又不敢说，悄悄瞄着咏薇。走了一段后咏薇才缓下步伐，道："芊芊，你想说什么？"

"娘娘，那个夏初怎么办？"芊芊撇了撇嘴，"要是皇上纳了她做嫔妃，以皇上今天这番举动，怕是要宠上天了呢。改日后宫进了人，谁不会看个脸色？如此一来，怕不会把娘娘放在眼里了。"

"那我该怎么做？"咏薇看着她，静静半晌后眼睛一眨，便掉了滴泪下来。用手抹去，却依然是那有些倔强的模样，"我想把她轰出宫去，可我做得到吗？芊芊，其实我现在最该做的是去看看她，嘘寒问暖，视如姐妹。或者我索性应该上奏皇上为她请一个妃嫔的身份。皇上那么在乎她，封妃也是早晚的事，亲近这样的人对我来说有利无害，将来后宫充盈了也是我的一大助力。"

"娘娘……"芊芊一时语结，看着自己的小姐，在将军府时那么一个活泼开朗的姑娘，现在这般伤心的模样，心里难过得不行。

"可我不想。正因为皇上那样在意她，我才不想。"咏薇转过身继续往前走，轻声地说，"我尽得了自己的本分，可我过不去自己的心。"

夏初下不了床，她想等着咏薇过来找她，是探病也好，是质问也罢，或者过来骂一顿也行。她想见见咏薇，想把事情与她开诚布公地说一说。可咏薇一直也没有来，她让元芳找来笔墨给咏薇写了封短笺，说自己与苏缜在宫外已相识，她无意于宫中嫔妃之位，待伤好便请离宫。

写好了信，左看右看还是觉得不妥，怎么看都觉得自己在伪装无辜，一股以退为进的气息扑面而来。真送出去了恐怕误会更大，便又揉了给扔了。

她摸不清咏薇现在的态度，事情又有点复杂，恐怕还是要当面说清楚比较好。只能再等等，等伤好了自己去一趟凤仪宫。

苏缜每天都来看夏初，有时是趁她午睡时，有时干脆是夜里，静静地站一会儿，用目光细细地一遍遍地描绘她的眉眼脸庞。听元芳说她的伤日渐好转，结痂了，消肿了，能下床了，他放心之余又觉得害怕。

怕她伤好了，这宫里就再也留不住她了。而自己，舍不得。

青城郡平乱之后，蒋熙元先行策马回京，快马加鞭四天便入了城，回家稍事休整了一下，便进宫去见苏缜。入宫门往御书房走的路上，蒋熙元看着无比熟悉的皇宫，心中莫名的紧张。

不是因为要见苏缜，而是因为夏初在这里。

在京城的日子难熬，他便主动请缨去了青城郡，以为不触景就能不生情，多少能好过一些。可这些日子里，除了行军杀敌之外，他的思绪总是不由自主地便转到夏初身上。

他担心她在宫里过得好不好，苏缜待她如何，咏薇对她如何，那些宫规有没有让她烦躁，宫里的饭菜她吃不吃得习惯，襦裙钗环她穿戴起来会是怎样的模样？她会想念自己吗？她会想念在宫外、在府衙的日子吗？她还会不会像以前那样大步流星地走路，还会不会开怀大笑……

蒋熙元知道这些与自己已经没有关系了，可夏初的模样就那样深刻地印在脑海里，挥也挥不去，如在眼前。真实得好像她就在西京城的小院里等着自己，回去便能看见，而又虚幻得只在想象当中。西京城里，他与她隔了那样厚那样高的一堵宫墙。

苏缜听安良传蒋熙元来了，当即便从龙书案后走了下来，迎到了门口。蒋熙元入得门来撩袍欲拜，苏缜一把将他扶住，笑道："辛苦了。"

"皇上言重了，臣惶恐。"蒋熙元改了拱手之礼，"幸而未负了皇上重望。"

他稍稍抬了抬头，越过苏缜往他身后看了一眼，瞧见那耳室的帘子一动。从里面走出一个女官模样的女子来，不禁心中猛然一紧。

待再看清，却不是夏初，眼里不禁滑过些失落。默了默才道："离京半月有余，皇上别来无恙。"

“嗯。”苏缜看了看他，松开了扶着他的手，回身慢慢地踱到了里间的软榻上，坐了下来。蒋熙元跟在他身后也走了进去，进门又忍不住往旁边看了看，却仍是没能看见自己想见的人。

那女官端了茶盘过来，安良接在手里放在了榻桌上。蒋熙元的目光追着那女官，看着她的发鬓衣衫，想着夏初如今是不是也是这般模样，连苏缜招呼他坐下都没有听见。

苏缜看了看他，又看了看那个女官，心中岂有不明白。默了默便遣了屋里的人出去了。待屋里没了旁人后，他才又道：“熙元，坐吧。与朕说说情形。”

蒋熙元坐了下来，象征性地抿了口茶，敛了敛心情与思绪，将青城郡的状况与平乱的过程给苏缜简要地说了说。

苏缜越听眉头越紧。到最后，蒋熙元道：“依臣所见，这次叛乱似乎并不普通。匪首占据了腾石县，所置编制、人员，倒还真有些法度。朝廷官员暗中也有依附之举，对平乱军多有干扰，若不是已有免职的旨意在先，恐怕是会造成掣肘。”

蒋熙元端起茶来润了润喉咙：“所以腾石县一破，臣便马不停蹄地赶了回来，为的便是这个缘故。如果不是对方所用的兵丁是素日只做农耕的百姓，远不敌家父所带的精兵，这乱还不知道要平到什么时候去。”

苏缜若有所思地点了一点头：“那依你看，倘若当时朕没有下旨平乱，而是采取了怀柔政策，其结果如何？”

“割肉饲虎。”蒋熙元缓缓而清晰地说。他把茶盏往桌上一放，看着苏缜道，“假以时日生了根，再拔，怕是难了。”

饶是苏缜刚刚想到了这一节，但听蒋熙元说了，仍是不免心中一惊。不禁恨恨地冷笑了一声，站起身来：“所图果然非小。”

“是。招安定是招不下的，反会成了长久之患。乱不平则人心不定，难免朝中臣子心留余地，抱臂观望，于皇上自是极大的不利，想拔除权臣一党更是难了。”

苏缜长长地叹了口气，又冷声一笑：“自吴宗淮一事之后这帮老匹夫暗里就没安生过，朕放了权，果然便跳得欢了。只是朕没想到他们会弄出这样一桩事来，这遭……走得有些险了。”

“也未见得。青城郡造反之事固然是被捂了一段时间，但这事儿想一直捂下去却也不可能，早几天晚几天罢了。只要皇上没让步平乱一事，结果倒也不妨碍。”蒋熙元话中甚是自信。蒋悯在官场混得不是太开，多靠着蒋家荫蒙，但用兵打仗却是不在话下的。

苏缜也明白，遂笑了笑：“令尊自是头功，朕予他个爵位也是应该的。你呢？”他重又坐下来，“不如再等等，等去了权臣一党入尚书省，有你在朕也放心些。”

两人说话，依旧如从前那般毫无嫌隙的模样。只是说到这里，蒋熙元却笑了笑："皇上家国天下，臣并非不可或缺，待去了权臣一党，皇上该提拔更多心腹堪任之人才是。祖父只求蒋家安稳富贵，不图烈火油烹，臣也如是想。"

苏缜浅浅一笑："朕明白，但你未免也太小心了。"

"不是小心……"蒋熙元脸上的笑容渐敛，显得有几分淡淡的冷，"只是臣想要的，怕皇上不肯给。"

苏缜心里一沉，没有说话。房里一时间静悄悄的没了声息，两人皆是心照不宣的沉默。茶渐冷，连落在地上的阳光都暗了些许。

过了许久，蒋熙元才轻声地叹了口气："皇上，应做的事宜早不宜迟。今次这帮老臣能与叛军勾结，下次且不知又会生出什么事端来。皇上登基不久根基未稳，经不得折腾。"

苏缜点了点头："是时候了。"

蒋熙元站起身来，拱手一礼："如此，臣先告退了。"言罢，退出了御书房。

安良在御书房门口候着，见蒋熙元走了出来便堆起笑，拱手道："蒋大人这次立功了，我这儿给您道个喜。"

蒋熙元浅浅一笑，摆了摆手："安公公与我就不用说这些虚话了。"

"怎么是虚话呢？我真心道贺。"

蒋熙元瞧了瞧他："看着安公公好像瘦了些，这些日子也累着了吧。"

"可不。"安良跟着他走了几步，"咳，我倒没什么，皇上熬心熬力的才是辛苦，国事繁重心情又不好，前些日子还病了。眼下青城郡的乱平了，也能松心点了。"

蒋熙元心中一念起，不觉微微蹙了眉头，问道："心情不好？可是有什么事？"

"还不是叛乱一事。这万寿节好容易接了捷报，还没等高兴两天呢，紧接着夏典侍那儿又受了伤。这一桩接一桩的……"

"夏初受伤了？"蒋熙元惊道，停下脚步来看着安良，"怎么伤的？严重吗？"见安良有些疑惑地看着他，自知有些失态，便勉强一笑，"在府衙时见过夏初的功夫，还不错，怎么会伤着的？"

"我都差点儿忘了，大人与夏典侍是共事过的。"安良拍了拍脑门，道，"也没什么，就是内廷那边小人作怪，已经发落了。夏典侍是受了杖责，倒也不算很严重，如今正养着呢。"

杖责？蒋熙元心里一紧，立时便想到了咏薇身上去，忍不住探道："皇后娘娘年纪尚轻，入宫时间也不长，安公公还得多帮衬着些才是。"

"娘娘人好得很，阖宫都赞娘娘宽仁、端庄。我是要指着娘娘照应的，说帮衬可真是折杀我这做奴才的了。"

听安良这样一说，蒋熙元才放了点心。思及夏初，不禁回头远远地看了一眼御书房，很想冲回去问苏缜个究竟。

他有些想不明白，何故安良会说苏缜心情不好？若是因为朝中之事的话，那还岂有心情好的时候，况且这些事也不是一天两天了。

又或者是因为夏初？夏初现在已经入宫，苏缜得偿所愿了，还哪里不好？难道夏初对苏缜与对自己一个德性，话说急了也吵架打架不成？这刺儿头不至于胆子这么大吧！

蒋熙元满脑子念头，还不等理出个所以然来，安良便唤他回了神，低声道：“刚才大人一过来，我就差人去知会娘娘了。”他往外看了一眼，“这会儿大人出去走得慢点，要是碰上了还能说几句话。从蒋尚书和您离了京，娘娘可一直担心着呢。”

蒋熙元对安良感激地点了点头：“安公公费心了。”安良摆了摆手，转身走了。

蒋熙元刚走出御书房的宫门，远远地就听有人叫了一声四哥。他停下脚步顺声音看过去，见咏薇正往这边走过来，虽然拢着袖走得很稳，但那脚步却有几分急切。

他负手站定，目光锁在咏薇的身上，看着她越走越近不禁笑了起来：“别急。”

待到近前，蒋熙元才拱手欠身笑道：“臣见过皇后娘娘。”

“哥……”咏薇喊了他一声，抿抿嘴，眼眶便已经泛了红，“我听说你进宫来了，紧赶慢赶地过来，生怕赶不上。哥，你都好吗？爹爹好吗？可都平安吗？”

“这不是好好的嘛！”蒋熙元展开手臂，示意自己一切安好，“爹也很好，只是青城郡那边还有些善后的事情要处理，所以我先回来了。”

咏薇仔细地看着他，点头笑了笑，却又抬手捂住了眼睛。蒋熙元心头微酸，手指轻点了下她的额头，笑道：“傻丫头，担心了是不是？”

咏“嗯”了一声，从芊芊手里接过帕子，擦了擦眼泪才绽开个笑容：“好端端的，哥哥你跑去青城郡做什么，你又没打过仗，我可不是要担心嘛！”

“在京里待着闷得慌。”蒋熙元轻笑着叹了口气，犹豫了一下问道，“你可还好吗？皇上他……待你还好吗？”

“皇上待我挺好。”咏薇笑道，垂眸像是有些羞赧，掩去了眼里的几分黯淡，“我就是……就是想家。”

蒋熙元笑眼看着咏薇，揉了揉有些发酸的鼻子：“家里都好，你安心就是。有拿不定主意的就差人给家里递个消息，万事莫要落了莽撞。”

“哥哥放心。”咏薇说着眼里又蓄了泪，忙眨了眨眼，忍了回去。

蒋熙元沉吟了一下，想到安良刚才所说的，大约咏薇也已看出苏缜待夏初的不同，便索性直言道：“咏薇，关于夏初，上次的家信里有些事不便言明，也说来话长。你只记得莫要与她冲突就是，皇上对她……”

“她与皇上之前便认识，对不对？”咏薇的眼泪实在是忍不住了，眨落后仰头苦笑了一下，“这些天想来想去，也只有这种可能了。以皇上那样清淡的性子，几天的工夫，远不至于如此上心。”

“是。”蒋熙元想像以前那样替她抹抹眼泪，如今却又隔了身份，只得作罢，“当时家中避着锋芒，我是怕告诉你实情你会莽撞行事，不可收拾。”

“如今不会了。”咏薇把眼泪擦了去，仰起头道，“若没有哥哥那封信在先，我也不会与她相熟。若不相熟，怕真会觉得她是那种狐媚钻营之人了，也不知道自己会如何。”她沉默了一下，“我对她讨厌不起来，可如今，也喜欢不起来了。”

“这样也好。”蒋熙元叹了口气，神情有些苦涩。忆及自己与夏初的过往种种，半是感慨半是劝慰道，“情爱一事往往也不是争来的，该是你的迟早会来，不是你的……任做什么也是徒劳。”

“道理我懂……可就是管不住自己的心。”

聊了这一会儿的工夫，见远处有小黄门捧了折子往这边来。蒋熙元身为外臣与皇后说话说久了怕又无故惹出是非，又叮嘱了两句，这才出宫去了。

咏薇看着蒋熙元远走的背影，思忖了半晌才低声对芊芊道：“芊芊，我怎么觉得……”

“娘娘觉得什么？”

咏薇缓缓地摇了摇头：“没什么，许是我想多了。回去吧。”

蒋熙元回京了，带来了更为详尽的关于青城郡一事的奏报，被苏缜按在了自己的书案上。转过天来便着中书省拟了旨意，封了蒋悯正三品上护军的勋官，擢升蒋熙元入尚书省任左丞，军中有功者待回朝后皆有封赏。

左丞这个位置虽是正四品，却可掌吏部、户部及礼部之仪，纠正省内，劾御史。景国开国以来，还没有以蒋熙元这个年纪入尚书省，坐到此处的。

一时间蒋熙元又炙手可热了起来，朝中那些当初主怀柔政策的人像是得了失忆症，闭口不提当初，只道皇上英明万岁，蒋大人年轻有为，栋梁之才。

苏缜在上朝时拿了蒋熙元带回来的奏报，痛陈了此次青城郡之乱的教训，将吏部尚书以失察渎职之罪免了官。又指言路不畅之弊，把尚书令刘大人批了一通，下旨广纳除弊清疴之谏。

京中官员嗅到了风向，很快便开始有折子递了上来，谏言的不多，弹劾的不少。这里有政治投机的，有真看不过去的，当然更多是蒋熙元和苏缜私下里授意的。因着蒋熙元被安在了尚书省，这些折子倒是没人敢再压着了，十之八九都到了苏缜的龙书案上。

弹劾的对象从青城郡的郡守郡尉，继而牵扯到京中户部吏部侍郎尚书，然后便到了三省中的那些实权大臣。这里有贪墨受贿的、有渎职卖官的、有圈地欺民的，在苏缜的鼓励下，连停妻另娶，宠妾灭妻这类的事也都来了。

那些老臣人人自危，亦是四处搜罗积极反击，官场被搅得十分兴奋。

苏缜把折子扔给了尚书省，责令三省并吏部刑部详查，凡被弹劾者一概避嫌，不得染指。经此一排除下去，这事儿最后就落到了蒋熙元的手里。

弹劾蒋熙元的不是没有，但蒋熙元做官时间不长，又没娶媳妇，说来说去也总是他在府衙任职时的那次骚乱。苏缜一句此事已有惩戒，不必再提，便过去了。

这一系列的动作十分快，其实也就是走个过场罢了，实际的证据早已经备好。还未等那些被弹劾的官员开始处理自己的一屁股烂账，旨意便已经下来了。罪责轻些的降职或者免官，窟窿大的，包括了尚书令、中书令等几个位高权重之人，都被拿进了刑部大狱，只等着问罪了。

空缺下来的职位很快便被补了上去，到处都是上任的三把火。三省六部一改旧日里的拖沓推诿，官场中连说话的腔调都变了。侥幸还留在任上的老臣都夹了尾巴做事，而新人自然知道谁是老板，苏缜的权力回收得十分见成效。

然而就在这一切向着预想中的结果推进时，有一封奏报被送了上来。奏报中说，青城郡郡守孙尤梁在押解入京的路上被杀了，凶手未能抓到。

青城郡的郡守和郡尉都是重罪，郡尉自知逃不过去便自裁了。这孙尤梁没这个胆子和魄力，逃往外郡时被蒋悯擒了，派了一个千卫长和六个士兵押送回京。

原本进京也是个死，但死在押送的途中却是另一回事。苏缜捏不准这是怎么一回事，便让京兆尹姚致远派人去查看一下。

姚致远那边刚派人动了身，便有人报案到了府衙，新任的户部左侍郎被杀了。府衙这还没开始着手查案，转天，便又有吏部员外郎和工部侍郎死于街巷。

一个或许还可能是个刑事案件，但接连死了三个京官，事情可就大了。官场中一股恐怖的气氛蔓延开来，使刚整饬一新的气象蒙上了一层阴影。

西京这么大个都城，命案不鲜见，但几天之内多起命案，而且死的都是官员，这明显是针对朝廷的一种挑衅。

苏缜震怒不已，把姚致远拎到御书房让他限期破案。姚致远头都大了，刻板的脸上藏不住的忧惧，一是这几桩案子除了死的都是官员外，眼下找不到其他的关联，根本不知道这作案的人是有目的性杀人，还是随机见着官员就杀。二来，他怕下一个会是负责案子的自己。

就在姚致远从御书房回去的当天晚上，中书舍人顾迟章又出了事儿。好在顾迟章随身带了自家的护卫，所以凶手这一次并未得逞。

车夫死了，顾迟章自己抵挡时伤了胳膊，那护卫倒是毫发无伤，两人驾着车带着车夫的尸体和满身的血直接跑到了府衙。

彼时姚致远在府衙正发愁案子，门子奔来说顾迟章出事时，他手里的茶杯一抖直接摔到了地上，脸都白了。霍然起身道："又死了？！"

"死了……死了……"门子咽了口唾沫，"死了个车夫，顾大人只是受了点伤。"

姚致远被这大喘气的门子吓得心都要停跳了，等听完了才松了口气，揪着衣摆绕出来往外就跑："看看去。"

今儿晚上府衙是常青和郑琏值班，此时的顾迟章正在捕快房由郑琏处理着伤口，常青则在给那护卫做笔录。郑琏手劲大了一些，勒得顾迟章一声叫唤，惹了声骂后便愤愤地退到了一边。常青抬眼看了看，道："郑哥，你说你粗手粗脚的也包不好，弄疼大人了吧。还是赶紧帮顾大人拆了，找个大夫去才好。"

郑琏一听便乐了，道："说的是，顾大人，您大人有大量，小的这就给您拆了。"说完过去就要拽顾迟章的胳膊，顾迟章一躲，胳膊甩在扶手上，疼得他又是一阵大叫。

姚致远推门进来，皱了皱眉头，对郑琏道："闹什么呢！"

顾迟章是五品官，比姚致远的级别低，见他进来忙起身见了礼。姚致远对他点了点头，到上首坐下："顾大人，今天这是怎么回事？"

顾迟章捂着自己的胳膊，有些后怕地道："姚大人啊，这得亏我随身带了护卫，不然命案恐怕又要多一起了。"他叹了一口气，"这几天中书省事情多，您也知道，下官走得晚了些，刚拐进崇业坊眼瞧着到家了，不知哪儿就窜出个人来，上来就把我的车夫给杀了。"

顾迟章抚了抚额头，指了一下旁边的护卫："我这护卫跟他打起来了，我想下了车赶紧冲回家去，结果那人竟踢开护卫过来追我！眼瞧着挥了刀，我就拿胳膊这么一挡，这不，就这样了。"

姚致远眉头锁得眉毛都快连成一线了："后来呢？顾大人如何逃过的？"

"后来护卫到他身后用匕首刺了他，他负了伤便逃了。"顾大人说完连连摆手，"好险，真是好险啊！"

姚致远回头看了常青一眼，常青忙晃了晃手里的笔，道："小的这都记着呢。"姚致远点点头，又问顾迟章："那人样貌如何，身高几许，可有说些什么吗？"

"姚大人，这有护卫牛满坡的笔录。"常青拿着笔录走了过来，递给了姚致远，道，"此人身高五尺开外，比他稍矮一点儿，蒙了面瞧不见长相，但能看见眉毛很浓。那人只说过一句'哪里跑'，听着不是西京的口音，像北方的。"

"就这些？"

牛满坡点了点头凑过来，笑得有点谄媚，道："就这些。小的拼了一死上去伤了他的右肩膀这才救下大人。那人回身挥刀划过来，也幸亏小的有功夫在身，灵敏闪得快才没被伤到。"

顾迟章从鼻子里哼了一声，瞥了那牛满坡一眼没说话。姚致远听完抚着胡须想了一想："顾大人可知道此人是谁？"

"这下官哪里知道呢。"顾迟章苦笑道。

"那顾大人近来可有与人结仇？"

顾迟章愣了一下，面色略显得有些艰难，欲言又止一番后却道："朝中做事难免得罪人，这结仇……该是没有吧。"

姚致远一看这神情，不禁皱眉肃穆了神情，道："顾大人，京中接连多起命案，眼下只有你逃出升天，你万不可知情而不报。须知这人欲要杀你，一次不成便可能有二次，不为同僚也为自己，顾大人务必直言才好。"

"这……"顾迟章有些迟疑，沉吟了一下抬头扫了眼屋里的几个人。姚致远心下明白，于是起身道："顾大人，咱们移步书房说话。"

待二位大人走了，郑琏站到常青身边，面有忧色地道："常青，你说这凶手抓得着吗？我可听说今早上姚大人进宫面圣去了，这事儿都捅到皇上跟前了，要是破不了，咱们会不会也一起跟着吃挂落啊！"

"天塌下来有个高的顶着呢，咱就是小捕快，现在也就配管管偷鸡摸狗的事。"常青抱臂撇了撇嘴，"破了也没咱的好处，爱破不破吧。"

牛满坡在旁边一听不乐意了，高声插进话来道："嘿！我说官爷您这话怎么意思？我们大人那伤白受了！府衙不是号称百姓青天吗？"

"有你什么事！"常青回头不屑地嗤了一声，嘀咕道，"还百姓青天呢……"

"行了行了。"郑琏拍了拍常青的肩膀，"反正就这样了，咱混一天是一天呗，怎么不是过。如今还少费点心思，乐得清闲。"

常青暗暗地叹了口气。自这府衙换了天儿之后，他就没再接触什么大案子，露脸的有功的事都让钟弗明带着他的人拿去了，他净管点鸡零狗碎。眼瞧着蒋熙元和夏初好容易立起来的府衙清名一天差似一天，他也索性破罐破摔了。

别人笑脸把钱塞在自己手里，转头便骂，他也知道，心里说不上是个什么滋味。对现状的愤怒、憋屈，对过往的怀念，最后统统都归结俩字：没劲。

"我前几天去安丰坊了，想看看咱头儿去，结果……"郑琏道。常青"嗯"了一声，"没在吧？我也去过两次，都没人。可能是出远门了。"

"唉……"常青和郑琏异口同声地叹了口气。

转过天来，姚致远从早起就阴着脸，弄得整个府衙气压都低了。到中午时，府衙的捕快都拿到了一份缉捕令，上面画着个浓眉毛的蒙面男子，写着身高体征，常青一看便知是昨晚顾迟章的那桩案子。

“都给我听好了！”钟弗明背着手踱到他们面前，清了清嗓子道，“这个人，就是最近西京接连几桩命案的凶手！缉捕令都给我看清楚，记牢了，西京各处张贴！两个人一组，全西京地给我搜！”

郑琏用胳膊肘推了推常青，哼笑一声：“瞅瞅，这就认定是几桩命案的凶手了，要是头儿在，一准儿得骂街。”

常青把文书卷卷塞在怀里，低声道：“咳，他怎么说你怎么听就完了，上街遛遛呗，反正天儿也没那么热了。”

“嘀咕什么呢！”钟弗明横了常青这边一眼，常青冲他一乐，他才继续道，“都做捕快有年头了，怎么搜我不多废话。客栈、酒楼、青楼、茶寮！人多的地方都给我查仔细了，搜不出人来谁都甭想回家！听明白了没有！”

捕快们应了个“是”，便各自结伴散了去。

夏初对这些一无所知。朝中的事她不太关心，只知道苏缜最近很忙很忙；还知道蒋熙元回来后又升了官，很替他高兴，旁的事她也没有问过。

如今她的伤已经养得差不多了，就是结的痂还没掉，伤口痒得很。元芳尽职尽责地盯着夏初，一见她的手往屁股上放就提醒一句。

夏初整日里被人这样盯着屁股实在也是难受，今天得了医女的话说能出去走走了，便忙不迭地要奔去凤仪宫。出门时那医女还在身后扬声嘱咐道：“夏典侍精心着点，别让伤口着了水受了凉风。”

夏初简直哭笑不得，心说她伤的是屁股，怎么才能着水受凉风去？元芳也闷笑不已，挽着夏初一路说话一路慢慢地往凤仪宫去了。

咏薇正在殿中看着尚服局的尚宫报这次的秀女服制，听说夏初来了，却只是“嗯”了一声，沉了一瞬后道：“让她等等。”

夏初第一次被拦在了凤仪宫外面，少使一说等，她心下便也明白了几分咏薇的态度，反而愈发定下心来。事情一定得说清楚了，别说等一会儿，就是少使抱个被子出来让她在这儿睡两晚上，她也愿意。

约莫半个时辰后，尚服局的尚宫出来了，宫门少使便引夏初进了殿。夏初进去见咏薇正支在榻上看书，瞧都没瞧她一眼，便忍着屁股疼大礼跪了下去：“奴婢夏初叩见皇后娘娘。”

咏薇盯着手里的书，却一个字也没看进去，心里紧一阵松一阵拿不定个态度。半晌才道：“芊芊，扶夏典侍起来吧。”

芊芊一脸不愿地搀了她起来。夏初感激一笑：“奴婢多谢娘娘体恤。”

咏薇头也不抬地“嗯”了一声，这才将手里的书放下，却又端起了茶来：“夏典侍不养着伤，来找本宫可是有什么事？”

“奴婢有很重要的事，原想着写封信给娘娘，但怕说不清楚反而误会更大。所以奴婢今日刚得了赦能出来，便来求见，想与娘娘当面说一说。”

“误会？”咏薇到这时才看了她一眼，揽袖把茶盏放在了桌上，道，“本宫没什么可误会的，该瞧见的都瞧见了，猜想的事也问过哥哥，该知道的也都知道了。”

她淡淡地涩然一笑：“不过你也不用担心，本宫不会把你怎么样的。往后在宫里的日子还长，姐妹也多，不差你一个。”

“奴婢不是怕娘娘误会奴婢与皇上的过往，而是怕娘娘误会奴婢与皇上的将来。奴婢很喜欢娘娘，但是……”夏初低头抿了抿嘴唇，复又抬起头来，言辞清晰地道，“奴婢从来没想过去做娘娘这层意思上的姐妹。”

夏初说完这番话，咏薇像是有好一会儿没能明白她的意思，一双美目尽是疑惑地看着夏初：“本宫不明白。”

她听夏初的话里并没有否认与皇上的感情，可这什么将来，不做姐妹的又说的是什么意思。

夏初开场把话说了后，此时心里已是轻松大半。于是浅笑道：“奴婢的伤快要好了，待伤好之后便会向皇上请旨离宫。”

咏薇怔了一下，稍稍倾了倾身子：“你不想留在宫里，为何？是由于本宫的缘故，还是……你不喜欢皇上？”

“奴婢不是不喜欢皇上。”夏初双手交叠在心口，想了片刻，组织了一下语言才道，“应该说，奴婢喜欢的是在宫外与奴婢相识的公子，而不是皇上。”

“哦……皇上就是皇上，如此说未免有些矫情了。”咏薇听完却不以为意地道，“在宫里或者宫外又有什么不同，不过换了个地方。”

“不一样。”夏初摇了摇头，“奴婢平凡普通也没什么本事，给不了皇上助力，也做不了贤惠的解语花。可奴婢偏偏心又窄，受不住皇家的诸多无奈，装不下皇上心中的万里江山。宫外的皇上与奴婢一样普通，而宫里的皇上，奴婢除了仰望再无更多可以给予的。只凭着一份喜欢，只能一味索取的情感，非奴婢所想。”

咏薇目不转睛地看着夏初，好半晌才道：“你真是……胆子很大。”

夏初苦笑了一下：“奴婢胆子不大，不然当初就应该抗了圣旨。奴婢也优柔寡断，入宫后心念糊涂，没能早早与皇上言明，给娘娘造成了困扰。现在只望亡羊补牢，为时未晚。”

她迎着咏薇的目光看过去，弯唇一笑：“奴婢不该瞒了娘娘，但奴婢却也是真心喜欢娘娘。如若他时异地相识，一定会是很好的朋友吧。”说完，又谦恭地低下头，“奴婢冒犯了。”

咏薇几乎脱口而出一个“是”，到了嘴边却又咽了回去。殿中静默了一刻，才听她叹了口气，浅声道：“你说的本宫都明白了。可是皇上喜欢你，本宫不能逆了皇上的意思。只怕……”

“娘娘误会了。”夏初忙道，“奴婢此番前来只是想与娘娘阐明心意，没有请娘娘替奴婢陈情的意思。皇上那边奴婢已经说过了。”

“说过了？”咏薇讶然，“那皇上怎么说？”

“皇上让奴婢先养伤，倒没给个明确答复。”夏初轻轻地叹一声气。自那天之后她就一直没再见过苏缜，不知道他是真的很忙还是故意对自己避而不见。只是话已出口，覆水难收，不可能再这样含糊下去了。

想到这，夏初便又对咏薇道：“奴婢会再去请旨。无论怎样，这是奴婢与皇上的一段纠葛，该由奴婢来解决。奴婢只求娘娘一个原谅，莫怪奴婢一时的糊涂，也别怪蒋大人善意的欺瞒，如此，奴婢便知足了。”

咏薇犹豫着点了点头，默然片刻后又笑了笑，对她道：“我只知道你做过捕头，不拘常理胆子大，现在觉得你是个有担当的，并非鲁莽。夏初，我与你确实是相识错了时间，相识错了地方。”

夏初一听这话，心中长长地松了一口气，鼻子酸溜溜的有点想落泪，哽了声音道：“娘娘抬举了。”

夏初离开了凤仪宫后，芊芊陪着咏薇在花园里散心。咏薇一直沉默着，神思不知道飘在何处，芊芊忍不住问道：“娘娘，夏初要出宫，这不是好事吗？”

“是吗？”咏薇顺手掐了一片叶子，盯着上面细细的脉络道，“其实她入宫本身也是好事。没有这一遭，她在皇上心里便是谁也逾越不过去的永恒。”

芊芊闻言笑道：“那倒也是。现在她自请出宫，皇上若真是放了，往后也就不会再惦记了。还是娘娘想得多一些。”

“可我还是羡慕她的。”咏薇叹道，“皇上要是能遂了她的意愿，放手让她出宫，倒真是没有比这更好的爱了。”

“娘娘……奴婢觉得，您这样压着自己的性子，一心为皇上做好这个中宫，也没有比这更好的爱了。可惜皇上不知道。”

“是啊。”咏薇扔了手里的叶子，仰头看了看天，“我也是个笨，这才想明白一件事。我首先得是个女人，然后是皇上的女人，再然后，我才是中宫。芊芊，之前我好像把顺序弄反了。”

芊芊眼睛一亮，瞧着咏薇笑了起来。咏薇转头看着她，眨了眨眼，也笑了起来。

第二十九章 君心似我心

第二天一清早，夏初便让元芳帮她戴假发髻，准备往御书房开工。元芳听她说要去御前伺候，便停了手里的动作，道："夏典侍这么急做什么？皇上嘱咐您要好利索了才行。"她把钗往桌上一放，"我不帮您梳了。"

"好得还要怎么利索？再养着都成猪了。"夏初把钗塞到她手里，"安公公那边我就说是我坚持要去的，不会责问你的。"

"不是安公公，是皇上亲口嘱咐的。"元芳就是不动，急道，"就再等两天怕什么，总要太医或医女说您好利索了才行，您自己说了不算。"

夏初回头瞧着她："皇上什么时候嘱咐的？"

"就昨天……"元芳说了一半忙掩嘴噤了声，苦笑了一下，支吾道，"夏典侍，皇上其实每天都来，都是趁您睡了的时候，皇上不让我告诉您。"

夏初愣了一下，随即站起身来红着脸道："皇上不让说你就真不说啊！这……这我睡觉的时候……"她回头看了看那张床，"这多尴尬啊！这不是把我当照片瞻仰了吗？"

"啊？"元芳莫名其妙地眨眨眼，"什么东西？"

"没什么。"夏初低头寻思了一下，重又在妆台前坐了下来，"帮我把头梳好吧，我去御书房。听说皇上最近忙得很，也别让皇上每天还跑来了。"

入宫这么久，她净给苏缜添麻烦了，既然下定决心要走，就再多陪陪他吧。况且，苏缜现在明显是在逃避，这样下去也不是个事儿。

夏初到御书房的时候，里面只有一些洒扫的宫女正

在抹尘，看见夏初后神色各异的目光便齐刷刷地投了过来。夏初被看得直发毛，干笑着对她们点了点头："早……那个，皇上还没来哈。"

有机灵的快步上前福了福身，扶着夏初的胳膊笑道："夏典侍您伤刚好，可当心着点儿。今儿个是上朝的日子，皇上至少得辰时才过来，您到耳室里先歇着，奴婢唤人给您上茶。"

夏初抖了抖，把胳膊抽了出来："不用，不用。我的司职就是上茶。"她往耳室那边挪过去，"你们忙你们的。"说完撩帘钻了进去。

辰时前，夏初烧好了水，沏好了茶备着。可辰时过了苏缜却没有来，夏初换掉了将冷的茶，又重新备上，继续等着。没想到这一等直接等到了午时。

有御前良使过来让夏初先去吃点东西，夏初没去，让人拿了点点心来垫了垫，百无聊赖地支在桌上一片一片地挑着茶叶。

午时三刻，御书房里终于有了动静，苏缜来了。夏初醒了醒精神，把茶盏放在茶盘上准备往外端，却听得苏缜冷声道："这下满意了？"

"皇上，臣无所谓满意或者不满意。臣只是秉公办事，并无针对之意。"

夏初听这声音有点耳熟，侧头想了想才想起这是姚致远的声音。此时又听姚致远继续道："臣自持中正，虽知蒋大人是天子近臣，但臣食君之禄忠君之事，断不能让人为祸朝堂，为害社稷。"

苏缜冷笑了一声："有功了。"

"皇上！臣不敢贪功。那凶手明明是从莳花馆搜出来的，兹事体大，蒋家这是不臣之心！"

"姚大人就没想过这是栽赃？"

"若无顾大人的事，或许是栽赃。如今那封孙尤梁的奏报已无迹可查，但中书省收文录簿上记着七月廿一确实收到过，如今孙尤梁已被灭口，户部左侍郎和吏部员外郎尸骨未寒。蒋家勾结叛匪，私吞军饷，受贿卖官，暗杀官员，这桩桩件件皆是不赦之罪！臣叩请皇上万勿顾念情意、意气用事！"

"蒋大人当廷入狱，朕已经够冷静了。"这句话，苏缜几乎是咬着牙说出来的。

"皇上圣明。"

夏初从听见"蒋大人"三个字后，就屏住气支着耳朵听着。她听不明白姚致远说的那些事，却是听见了那些罪名，听见了当廷入狱四个字，瞬间只觉得浑身发冷，几乎端不稳手里的茶盘，茶盖磕碰着盏沿丁零作响。

安良一脸忧色走了进来，迎面看见茶盘就要接过去，再定睛一瞧才看清楚面前的人是夏初，不禁愣了愣："夏典侍怎么过来了？"

夏初把茶盘往旁边桌上一放，抓着安良的胳膊疾声问道："安公公，怎么回事？我刚才怎么听说蒋大人入狱了？！”

“唉！”安良捶了下手掌，“刚才早朝之上可是出了大事了！”

“我刚听姚大人说的那几桩可都是大罪，怎么可能！蒋大人怎么可能会……”

安良摆了摆手：“你最近养着伤可能不知道，这京里最近接连死了三个官员，前天晚上顾大人又遭了袭。府衙那边下了缉捕令，搜来搜去，这凶手却是从莳花馆搜出来的。”

“那又如何？凶手藏在哪儿是凶手的事。”

“糟糕就糟糕在，这凶手名叫洪竟。”安良见夏初不明白，便道，“青城郡叛军头目，就是洪竟！”

夏初睁大了眼睛，脸色刷白：“那匪首不是死了吗？！”

“那不是蒋家说的匪首死了嘛！”安良又重重地叹了口气，此时就听苏缜在殿中喊了一声安良。他回了一声奴才在，便忙对夏初说，“看意思姚大人走了，我得出去伺候去了。”

安良从桌上把茶盘拿了起来，正要往外走，却被夏初劈手夺了过来。她深吸了一口气，沉声道：“我去。”

夏初进到御书房的时候，苏缜正出神般站在龙书案后，手里拿着一本奏折，脸色极其不好看。

夏初稳了稳心神，大步上前将茶放在了案上，唤了一声皇上。苏缜听见夏初的声音稍稍怔了一下转过头来，勉强一笑：“你怎么过来了？伤还没好利索。”他把奏折合起来放到一边，端起茶来抿了一口，“先回去吧，等没事了我去看你，现在……”

“皇上，刚才我就在耳室里，姚大人的话我都听见了。”

苏缜看了看她发白的脸色，转身将茶盏放下，垂眸道：“朝堂之事，你不要管。”

夏初转到苏缜面前，轻咬了一下嘴唇，沉声问道：“我只问，皇上信吗？”她重重地点了皇上两个字。

苏缜没有说话。夏初又道：“那些罪名，皇上信吗？皇上你疑心大人吗？”

“夏初……”

“姚大人所指罪名，我一个字都不信，皇上也不要信。”夏初笃定地摇了摇头，“我了解大人，皇上应该更了解大人。他绝不是那样的人，绝对不是！”

苏缜沉默了一下：“夏初，你不明白，你也不知道发生了什么……”

“我不需要知道！”夏初忍不住提高了声音，眼泪直冲进眼眶，硬生生地忍着。心口起伏不停，盯着苏缜道，“什么勾结叛匪暗杀官员，完全就是胡说！这样的话皇上也要信？”

“夏初！”苏缜皱起眉来，冷了声音，“你让我信他，如今却在怀疑我是吗？你不相信他是逆臣叛贼，却疑心我是忠奸不分的君主是吗？！”

“皇上不是！既然不是为什么要把大人关起来！”夏初高声道。

“你以为我愿意吗？”苏缜欺进一步捏住夏初的肩膀，“蒋熙元与我同窗十载，相交甚笃，帮我得位助我得天下，放眼满朝文武如今唯他一人我敢放心托付。他入狱，你以为我愿意吗？我这个皇帝做到如今这步，你以为我愿意吗！”

夏初的肩膀被他捏得直发麻，这是她第一次看见苏缜发火，面容冷得让人不寒而栗。她看着苏缜眼里泛着红丝，只觉得无比害怕，无比恐惧。

不是害怕这样的苏缜，而是害怕连苏缜都如此模样。他是皇上，如果连他都这样无可奈何，那大人要怎么办？那桩桩罪名，只一条就够死罪。

夏初抑制不住发出一声哭泣，抬手捂住了眼睛，哽咽不成声。苏缜松开她的肩膀，轻轻抚了抚她的面颊：“回去吧。”

“不。”夏初用力地抹了抹眼睛，不容置疑地对苏缜道，“我要知道。我要知道大人到底出了什么事。”

“你不要管。”苏缜走到一旁，扬声喊了一声安良，“带她回去。”

安良有些踌躇地上前，对夏初道：“夏典侍，先回去吧。我知道你关心蒋大人，可这朝堂之事实不是咱们能管得了的。”

“这不是朝堂之事！”夏初推开上前的安良，追到苏缜身边，“我不知道朝堂之上有多少纠葛，也不知道这件事到底干系多大。我只知道予我良多、救我于危难又给了我最多关心的蒋大人有难！让我袖手旁观……”她顿了顿，一字字地道，“不如让我去死。”

“夏典侍……”安良慌了神，上前拽她，“可别说这浑话，可别乱说话。”

“皇上！”夏初甩开安良的手扑通一声跪在了地上，仰起头看着苏缜，“你是皇上，我跪你，而我跪你却不是因为你是皇上，是我求你……”

夏初的双眼眼泪滚滚而落，却是一眨不眨地看着苏缜，哑着嗓子说：“我不知道我能懂多少，但我必须知道；我不知道我能做多少，但我必须做些什么。皇上，我求求你……”

苏缜沉默良久，闭了闭眼睛，弯腰将夏初从地上拉了起来，将她搂进怀里。夏初听见耳边一声缓慢而长久的叹息，须臾，又听苏缜对安良道：“把那本奏折拿过来吧……”

安良取了奏折上前递给了苏缜，苏缜在手里掂了掂，对夏初道：“你看吧。”

夏初忙抹了抹眼泪接过来，将奏折翻开。

奏折是姚致远呈上来的，里面写了安良刚才所说的洪竟之事。奏折中说，那洪竟于京南升平坊莳花馆中被搜出，样貌体态与顾迟章所报的行凶之人相符，且右肩有刀伤一处。

洪竟操青城郡口音，已招认是叛军首领，是被蒋熙元暗中安排入京并藏在莳花馆的。口供中说，蒋家早在前往平乱之前便私下里与他达成共识，他让蒋家胜此一役，为的是重获皇上重用，而蒋家予他大笔银两；并许诺，铲除异己专权之后就让他洗底做官，青云平步。

此是一事，而另一事则关乎京中官员连环被杀案，洪竟也招认是他在蒋熙元的授意下所为。

姚致远说，顾迟章在遇袭那天晚上与他说起了自己的怀疑，猜测这一系列的谋杀是与一本来自孙尤梁的奏折有关。那奏折是蒋家破腾石县前孙尤梁差人送出来的，至中书省时顾迟章曾经看到过，然后再不见了踪影。

奏折中称蒋家率军平乱时所吃的粮食皆强取自百姓，而户部拨出的粮饷不知去向，核有数万两之巨。另有青城郡官员本该依旨意免职，而蒋家却将予了好处的人更名留任，实为变相卖官。

顾迟章觉得这件事关系重大，但事情涉及炙手可热的蒋家，而眼下奏折消失又无实据，便私下里找了户部与吏部相熟的人，想通过他们查一查底。

孙尤梁被杀后顾迟章还没太在意，等户部与吏部的人死了，顾迟章才与那奏折之事联系起来，担心下一个会是自己，便随身带了侍卫，这才勉强保命。是以有机会将此事捅出，揭蒋家惊天大罪，昭其不臣之心。

夏初把那整齐小楷写就的奏章看了一遍又一遍，四肢冰凉直透进心里去。她把奏章缓缓合拢捏在手里，看着苏缜却说不出话来。

“看明白了？”苏缜问她，见她沉默，又道，“洪竟今日被押上殿，于百官前亲口招认如上之事；那孙尤梁的奏章虽没了，却有中书省的收文记录在案。夏初，姚致远所呈之事每一件都能对上，这不是一天两天的准备。”

“皇上知道是谁做的？”

“不是谁，而是朝中的一股势力。他们要针对的也不是蒋熙元，而是我这个皇上。”

苏缜冷笑了一声，对她细细说道：“这是个从叛乱伊始，或者说是从叛乱未起时就在准备的局，甚至连这场叛乱本身也是他们挑起来的。当初我面对叛乱只能有两个选择，怀柔或者出兵，而我会派去的，必定是我所信之人。谁去，这洪竟的事就会落到谁的头上。”

“这是其一，而那奏折是其二。我与蒋熙元联手打击权臣一党，如今他们釜底抽薪。倘若蒋熙元定了罪，那么经他之手查处的官员罪名便皆不可信。所有之前所做全部都是白费心思。”

“既然皇上知道这是阴谋，就更不能让他们得逞。”夏初急道，“你是皇上，你不定罪又有谁能奈何！”

“你想到的，我也想得到，他们更想得到。”苏缜咬了咬牙，“青城郡叛乱，其起事之词是说我‘杀兄弟弑父母，非天授之子’。”他的表情出奇地平静，却也出奇地冷，“现在蒋熙元与叛军勾结，我如果硬要放过他，便等于认可了叛军的这句话，直指自己得位不正。”

夏初只觉得如雷轰顶一般，脑子里“嗡”的一声，不禁往后退了一步。

“平乱之事就算我派了别人，有此一事，我便不得不冤杀功臣；奏折之事，蒋熙元难逃干系，便是又除我肱骨。”苏缜把她手里的奏折拿了回来，“你懂了吗？他们能做到这一步，便什么都干得出来。你管不了，我也不能让你涉险。”

夏初低下头盯着脚下冰冷的金砖，沉默了很久，再抬起头时眼中却是一片清明：“不是死局。”

苏缜点点头：“不是死局，我知道。”

“这局虽然布得大，但是越大的局牵扯的人就越多，人越多漏洞就越多。这世上没有缜密到完美的犯罪，要查，一定可以查出来！罪名看似骇人，但只要证明蒋大人没有指使杀人，那么所有的这些控告和证据便统统不成立。”

“夏初，这不是普通的案子。”

“这的确不是普通的案子，这牵扯到我的朋友——大人，还有皇上。”夏初语气肃然地道，“如果皇上能派出人去查，也就不会这样焦灼了。对吗？”

苏缜沉默片刻，点了点头：“莳花馆是蒋熙元的产业，这知道的人并不多，而蒋熙元私下里做的事也显然有人透了风。我可以拖延些日子，但绝不能错用了人。否则，等于是帮他们去填补了漏洞，再无转圜。”

“我还是那句话，皇上信蒋大人吗？”

苏缜看着她，默了默：“信。”

夏初点点头，又问道：“那皇上信我吗？”

“信。”

“也许有人比我更会查案，但不一定可信；也许有人可信，却不一定能查案。也许还有那既会查案又可信之人，却没有我隐蔽。也没有人比我更坚定地相信蒋大人无辜，更迫切地要为他洗刷冤屈。”

夏初扬手拆下头上的发簪，将发髻拽下来扔到了地上，甩了甩一头短发，单膝点地，看着苏缜扬声道：“我是西京的捕头，现在仍是。捕头夏初只是休假了而已，现在，她要回去。誓洗此案，不死不休！”

夏初执意，而目前看来查案一时也的确没有比夏初更合适也更让人放心的人选了。苏缜给了她一块随时可以入宫的腰牌，她揣起来对苏缜坚定地点了点头，转身而去，毫无迟疑。

苏缜透过敞开的大门看着她快步走下台阶，几乎是小跑着离开了御书房，从头至尾都没有再回头看一看。

“安良。”苏缜沉吟了片刻转身回到龙书案后，垂眸道，“让闵风过来。”

“是。”安良应下，“奴才这就去。”

“还有，明日召姚致远入宫，另知会三省六部，就说朕要亲查此案。”

安良愣了一愣，有点糊涂。他刚才看见明明是夏初要去查案，怎么这会儿皇上又说要亲查？

“皇上，那夏典侍那边……”

“朕要亲查，什么都不会查出来。”苏缜看了安良一眼，把紫玉的坠子轻轻握在掌心，低声道，“只是让他们别注意到夏初。”

安良恍然，随即心里一凛，也明白自己该以什么样姿态去处理对待臣子的态度了，说了声明白，便悄悄地去找闵风了。

夏初换了一身太监的衣衫，没与任何人打招呼便拿着腰牌悄然出宫了。走出宫门的那一刻，她完全没意识到自己离开了，也没有去想自己是否还会再回来。宫里的一切，宫外的一切，曾经的一切，将来的一切，那些纠结的、徘徊的、哭泣的或者欢笑的都不重要。

她要救蒋熙元。这是她唯一的念头。

蒋熙元此时被关在刑部的大狱，这个向来只关押重犯和官员的地方。这里不同于其他的监牢，不是根根木栅相围，而是冰冷的四壁石墙。

这是从前朝开始便在使用的牢狱，粗糙的墙壁不知装载了多少冤屈，多少绝望，记载了多少永远不为人知的秘密，却终究无声无息。

蒋熙元手指轻抹过墙上暗色的沉渍，无声轻笑。这次他还能出去吗？清晨上朝时无意间远眺的那一片云、那一缕光，会不会就是今生的最后一眼。

真可惜，他还没有活够，还没能尽孝高堂，还没能娶妻添丁，还没能再见上夏初一面。真想看看她现在的模样，看看她好不好。

他甚至都没能与她说上一声再会，或者道上一句永别。他的名字，恐怕再没有机会写进她的心里了。

门轻响了一声，随即便是铜钥开锁的声音，粗大门栓的摩擦声在廊中回响，发出刺耳难听的声音，空空惊人心胆。

蒋熙元回过头去，见门被推开了一条缝，又听一个有些尖细的声音，有几分傲慢地道："远远守着就是，别让闲杂人过来，懂了吗？"

"是是，小的明白。"那狱卒恭谨地应道，"安公公您请。"

蒋熙元皱了皱眉头，不禁有些警觉。那狱卒口称安公公，可这声音分明不是安良的。紧接着门开了，一个身形瘦削太监装扮的人走了进来，将门一推关好，转过了身来。

牢里烛灯昏暗，蒋熙元眼睛一眨不眨地看着那人，那人也看着他。片刻，蒋熙元扑哧一笑："换了个打扮，却还是个男的，真是遗……"

话未说完，夏初已经奔了过来直扎进蒋熙元的怀里，手臂紧紧地箍住他的腰，把他的半句话给勒了回去。

夏初张口想叫一声大人，可眼泪却先掉了下来。她抵住他的肩膀，号啕着却发不出声音。蒋熙元被她惊了一下，微微一愣后手绕到她的身后，拍了拍她的背，说不出是欣喜还是苦涩，只轻声道："别哭，我没事。"

夏初"嗯嗯"地点了点头，抽噎地囔着声音说："你没事，你肯定没事。大人，你不会有事，不会。"

任她哭了一会儿后，蒋熙元推起夏初的肩膀："我看看你。"他借着光仔细地看着她的脸，勾唇浅浅一笑，"伤好了吗？"

夏初抹了把眼泪，点点头："大人知道？"

"知道，担心。不过看你刚才跑得快，现在放心了。"蒋熙元重又把她揽进怀里，叹了口气，"刚还在想，不知道还有没有机会再见到你，你就来了。"

"大人别说这丧气话，什么有没有机会的。"夏初用力地又抱了抱他，站直了身子，"我已经求了皇上，大人的案子我来查。"

"你查？"蒋熙元有点意外，"皇上允了？"

"嗯。我相信大人是无辜的，肯定是清白的。"夏初看着他，神情很是坚毅，"大人信得过我吗？"

"我就是信不过我自己，我也信得过你。"他抹了抹她脸上未干的泪痕，"可我不想你查，危险。你……"

"不说这个。"夏初抬手拦住了蒋熙元的话，"说也白说。"

蒋熙元无奈一笑："行。不说这个，我想也是白说。"他拽了拽夏初身上的衣服，打量着道，"你敢冒了安良的名头进来，胆子不小。"

"皇上把安公公的腰牌给我了，我估计这刑部的狱卒应该没见过他。"夏初低头掂了掂腰牌，声音低了几分，“我就是想……无论如何得先见大人一面。”

“我没事。”

“我知道。皇上关你也是万不得已，自然不会让你有事。”夏初吸了吸鼻子。抬起头看着蒋熙元，目光掠过他的眉眼，“但我就是得亲眼看见，才放心，才踏实。”

蒋熙元被她的目光抚过，犹如甘泉缓缓，心便瞬间柔软而清澈了起来。他笑意温暖地看着夏初，轻声道：“我也是，亲眼看见你才踏实。”

夏初被他看得有些脸皮发热，忙清了清嗓子道：“大人，这案子究竟怎么回事？有什么线索疑点赶紧告诉我。”

蒋熙元却摇了摇头：“没有。之前有过一些疑惑，但随着这些罪名扣在我身上，这些疑惑如今也就不算疑惑了。”他叹口气，“至于那几桩凶杀案，被害的官员有老臣也有新臣，并无明确指向。就像是几个毫无目的的点，想不到最后会连起这样一条线。”

“那，都有什么人知道莳花馆的背后东家是大人？”

“以前几乎没人知道，但是助皇上争位时暴露了一点儿，后来又有龚元和的案子。”蒋熙元苦笑，“有心刺探的人，倒也不难知道。”

“大人，你就一点儿线索都没有？”夏初有些着急地说。

蒋熙元苦笑着摊了摊手：“要是有，大概也不会落到现在这步。我与皇上太急切了一点儿，也许早该意识到。我们铲掉了这么多老臣，哪一个官场上的老狐狸，就这么乖乖地摘了乌纱，未免有些太安生了。”

“没事，没关系。”夏初勉强一笑，安慰地拍了拍蒋熙元的手臂，“有我呢。大人一定要好好的，千万保重自己，等我的好消息。”

“你准备怎么查？”

“那些朝堂之事太复杂，云山雾罩的，我要弄清楚都得费好一番工夫，所以索性不管了。既然事情是连成一线的，只要击溃其中一点，全线就断了。”夏初伸出一根手指往虚空里一点，“所以，找我擅长的入手，凶杀案。”

蒋熙元赞赏地一笑：“不错。若是别人查，恐怕反而受了那些枝节的掩累。”

夏初抿嘴点了点头，往门口看了一眼：“我不能待太久，安公公跟大人应该没有这么多话。”她虽这样说着，却还是转回头看了看蒋熙元，刚刚因为见他安然后稍稍放下的心，不觉间又揪了起来，忍不住叮嘱道，“大人可要小心，别让人搞出什么畏罪自杀的事来。”

“不会，我在这儿刑部是担着责任的，钱鸣昌那老匹夫比我还紧张。”

“吃喝都经心着点。”

“知道。”

“睡觉也别睡太死。”

蒋熙元笑了起来，上前搂住她，把她的脑袋往自己肩上一按，侧头蹭了蹭：“你可真婆妈，烦死了。”

夏初离开刑部大牢时天色已近擦黑，今天是去不了府衙了。她寻了个小巷子，从包袱里拿了件普通的衣裳套在太监服的外面，这才往安丰坊走去。

已是夏末，夜晚风凉，街上倒有不少乘凉闲话的人，瞧着都全无心事的模样。没人知道朝堂之上发生了什么，天塌之前也不会有人抬头。

西京还是这个西京，可夏初觉得自己的世界基本已经乱了，几乎塌了。她说得信誓旦旦，说得斩钉截铁，可是没有蒋熙元的府衙，没有蒋熙元的西京，她夏初能做些什么，她自己并没有什么底气。

一路深思游移地到了自己的那个小院门前，夏初看了看门上的铜锁，感慨地叹了口气后打开门走了进去。刚进院子，一眼便瞧见葡萄架下的小石桌旁坐了个人，正大摇大摆地喝茶。

她愣了一下，那人抬头看她，还不等说话，夏初便铆足了劲抡起包袱甩了过去。那人侧头一闪躲过，这一错神的工夫夏初已经到了眼前，一拳照着面门便挥了过去。

那人身形却似乎连动都没动，抬手直接把这一拳接进了手里，往后一撤步消了拳力，另一只手直接扣住了夏初的喉咙。夏初一顿，不动了，心里立刻跟明镜似的。

这人她打不过。

“夏姑娘，在下闵风。”闵风松开了捏在夏初脖子上的手，刚说了这一句，便听夏初说了声不认识，身子往后一撤，屈膝高抬一脚直踹向闵风的心口。

闵风用手臂一挡，这一脚便踹在了他的胳膊上。闵风若是借力再一拨，夏初大概就直接飞出去了，可他不敢用力气，只能扛了下来。

夏初退后与闵风分开了一段距离，满眼警觉地看着他。闵风揉了揉胳膊，从腰间拿出块牌子扔了过去，夏初却没接，等那牌子落了地，她又过去用脚尖踢了踢，确认没什么危险才捡了起来。

闵风瞧着，忍不住暗笑着摇了摇头。心说这姑娘还真不是一般的小心。

“御前侍卫？”夏初仍是狐疑地瞟了他一眼，“这牌子真的假的？我怎么没见过你？”

“暗卫。”

夏初沉默了一下，突然道：“龙书案前青花瓷香炉上的仙鹤头朝哪边，快说！”

"朝西。"

夏初听完这才松心地笑了笑，吹了吹手上的牌子走上前，放在了闵风手里，握拳拱手道："闵大哥莫怪，我这也是小心为上。"

"明白。"闵风把牌子塞回身上，道，"皇上让我来协助你，不请而入，唐突了。"

"协助我？"夏初眨了眨眼，"明日我去府衙，闵大哥如何协助？我这身边跟着个人，不是反而暴露了。"

"不会。"

夏初捏着下巴想了想，随即恍然般点头道："哦，暗卫。我明白了。"

闵风点了点头，又从怀里取出一封信交给了夏初："皇上手谕。若府衙中有人意欲对姑娘不利，或姑娘觉得必要时可以用。"

夏初接在手里展开。还是在这个院子，还是同一个人的信，还是那笔俊逸的字，还是如此细致贴心。只是时移势易，竟如翻天覆地了一般的心境。她看了看落款处那枚朱红印章，默默地重又折好。

"姑娘收拾收拾，早些休息。"闵风道。

夏初垂眸点了点头，再抬眼，闵风已经不见了。她忍不住张大了嘴，上下左右看了看，心中暗暗地点了个赞。

走进屋里，一切如旧，除了家具上一层薄薄的灰，什么变化也没有。夏初走到自己那方简陋的书案前，抹了抹那天自己还来不及落上一笔的纸。而那天她原本要写什么，已经忘了。

她把之前卷在角落里的习字翻了出来，找到了蒋熙元写下的名字。定睛看了一会儿后，注水研墨掭好了笔，心中略略一沉，笔走纸上浓墨滑出了"蒋熙元"三个字。

夏初把笔放下，对着那三个字轻声道："大人，你千万好好的，等着我。"说完，将笔一扔，转身而去。

常青这天来得有点晚，颇有些没精打采地晃进了府衙。刚进大门，门子便从房里探出头来，叫了他一声，笑得别有意味："嘿！你今儿可来晚了啊！"

"晚就晚呗。"常青"喊"了一声，摆摆手没多搭理，继续往里走。那门子在他身后说："看你们头儿不骂你的。"

常青不以为然地小声嘟囔了一句，走着走着又觉得这话不对头，心里一动，不禁加快了脚步，几乎是小跑着奔了捕快房。

刚到门口，便听见夏初的声音道："出去走了走，腻烦了就回来了呗。"她语带笑音，“不错啊，来得都还挺早，怎么没看见常青？”

常青站在门外听到这儿，手上握了握拳，心里有点激动，做了个深呼吸将门推开，一眼就瞧见了倚在桌边的夏初。夏初听见动静转过头来，一见是他，不禁笑道：“你这点儿踩得还真准。”

“头儿……”常青站在门边，心里是高兴的，却忽然有点不知道自己应该说什么。往常油滑碎叨的一张嘴今儿不听使唤了，嗫嚅了片刻后尴尬地摸了摸脖子，“你回来了。”

“嗯。”夏初从桌上抓起佩刀来，分开众人走到常青面前，拍了拍他的肩膀，甩了一下头，“早起到现在旧也叙得差不多了，你来晚了，走，跟我出去巡街去吧。”

“哎，哎。”常青迭声应了，进屋拿了自己的佩刀追着夏初跑了出去。

天气已近初秋，阳光正好，温热的空气中已经能感受到一丝凉意。街上的人还不多，常青跟在夏初身边走着，有一种往事经年般的怀念心情。

夏初没说话，常青也不知道该说什么，心里百转千回想了好久，这才想好一句自觉靠谱的话来，调整了一下自己的表情，道：“头儿，你以后……”

“常青。”夏初忽然停下脚步转过了头来，眼不错珠地看着他。常青被看得有点紧张，只对视了片刻就败下阵来，低头支吾道：“头儿，我知道我……”

他以为夏初会问他收取贿银，贪财枉法这类的事情，心虚得很。可夏初并没有拾这茬儿，略略压低了声音问他道：“如今府衙情形如何？与我休假前可有什么差别？”

常青听完苦笑了一下，道：“哪有什么差别，还是那样。钟弗明带着他的亲信吃肉，我们就喝点汤。没意思。”

“你这么会搞关系的，也磕不下那口钟来吗？”

“没这打算，也不稀罕。”常青撇了撇嘴，有些不屑地道，“我不是正人君子，可我还就看不上那谄上凌下的嘴脸。再看看吧，大不了不伺候了。”

夏初点了点头，沉默了一下后，表情显得有些凝重，看着常青道：“常青，我能信你吗？”

常青这才明白夏初刚才问那几句话的意思，心中小有失落，却道：“头儿，既然你能问我这句话，说明其实也还是信我的。我常青没什么别的本事，混了这些年，就落个仗义。”

夏初笑了笑，转过身继续往前走。常青几步跟过去，问道：“是不是出了什么大事？”

“是。”夏初说道，“我这次回府衙，为的是那几桩官员被杀的案子。这几桩案子你都接手了吗？”

“没有，轮不到我。”常青摇了摇头，“姚大人亲自督办的，是钟弗明在负责，你想要查这桩案子，他估计不会放。”

“放不放也得查。你知道这桩案子最后扣在了谁的头上吗？”夏初顿了顿，见常青一脸迷惑地看着她，这才低声道，“蒋大人。”

“蒋大人？！”常青吃惊不小，“怎么会！”

“自然是天大的冤枉。”夏初咬牙道，“如今大人已经被关在刑部大狱了，性命攸关之事，所以我必须回来。可府衙里的人我也信不过，常青，我需要你帮我，但这事儿水很深，你不愿意蹚的话，我也不勉强你。”

不用夏初说常青也能想得出来，蒋熙元那样的背景受冤入狱，肯定不是一般人能干出来的。但他一刻都没犹豫便点了点头，如同答应了一件稀松平常的事情，笑道：“有什么勉强不勉强的，头儿你有事尽管吩咐着，还跟以前一样。”

夏初略松了一口气，对他感激地笑了笑：“算我承你一份情，往后不管身在何处，必会报答于你，放心。”

“这是哪儿的话。”常青笑着摆了摆手，犹豫了一下才道，“我没能做个好捕快，觉得你肯定是对我失望了，现在肯再信我我已经很高兴了。”

“过去的事不提了。找个地方坐下说说事。”

夏初和常青特地没找什么安静的地方，而是找了个小茶寮，在乱糟糟的氛围中互相透了透底，补充了一下彼此不知道的信息。

“那天顾大人遇袭来府衙报案是我和郑琏接的案。”常青放低了声音对夏初道，“后来去搜城我们也都参与了。”

夏初咬着指头想了想，问道：“顾大人的伤你看见了？”

“看见了，伤在胳膊上。当时天晚了，杨仵作不在，我大概记了记。”常青回忆了一下说，“伤是在小臂外侧，三寸多长，从肘部往腕部划的。当时血流了一地，不过看情形应该没伤到筋骨。”

“听说死了个车夫，那车夫你看到了吗？与其他被杀的官员的致命伤可相同？”

“车夫是伤在脖颈处死的，但被杀官员是伤在哪儿我倒不清楚，当时命案现场压根儿没让我们去。”

夏初点了点头转而又问起搜查嫌犯的事情。常青便道，那天捕快们基本都出动了，分了几个方向，他是往城西北去的。

“城北都是达官贵人的宅邸，酒楼也都是侍德楼那样的大酒楼，其实我也没怎么搜，没法搜。”

“谁去搜的莳花馆那边？”

“钟弗明啊。”常青饮了口茶，哼笑道，“城南勾栏瓦舍小酒肆多，搜出来的几率大，他又抢了这个功劳呗。”

“你知不知道钟弗明搜了多久把嫌犯搜出来的？”

“这个嘛……”常青抚了抚下巴，忽然皱了皱眉头，“头儿，我之前倒是没细想这块儿。不过你今天一问倒确实是有点蹊跷。”

“你说。”

“我们是不到辰时从府衙出去分头搜查的，午时我回府衙吃饭时就听说人犯已经搜到了，下午不必再去。虽然具体什么时候搜查到的我没问，但这中间也不过就两个时辰而已。”

常青啧了一声：“虽然说青楼客栈酒肆车店是搜查的重点，但以平光街和朱雀大街为分界往城西南，到莳花馆所在的升平坊至少四个坊，中间客栈酒肆多得很，两个时辰未免太快了些。”

夏初听完不禁冷笑了一声，道：“所谓搜查不过就是做做样子罢了，必然是之前就知道那洪竟就在莳花馆的。”

常青点了点头：“之前没细想，觉得横竖也跟自己无关。眼下事情落在了蒋大人身上，那这些来龙去脉都要再重新推敲了。那个匪首……”他顿了顿，“必然是知道内情的，只是现在关在刑部大牢，怕是不好进去。”

夏初笑了笑未置可否，也没告诉他自己已经进去走了一圈了，只说那个叫洪竟的匪首根本没必要去见。

“为什么？”常青不解道，“那是第一证人。”

“去找他，等于嚷嚷着让所有人都知道我在查蒋大人的案子，肯定不行。”夏初喝了一口浓涩的茶，又道，“先不管他是不是真的洪竟，即便是，也肯定是早被人安排好了。他是匪首，必死，如此情况下还要亲手将黑锅扔到大人身上，是绝对不会翻供的。即使翻供，也没人会信，何必白费力气。”

常青一想倒也是，遂点了点头。

“要想戳了他口供的漏洞，肯定得从旁处入手。莳花馆的话……问一问九湘倒是可以。我今天没看见刘大哥，他去或许合适，我还是能不露面就不露面。”

常青却摆了摆手：“现在莳花馆已经被封了，九湘和藏匿嫌犯的柳莺姑娘如今都在府衙的牢里关着呢，去问她们一样暴露。刘大人我这两天都没有看见，据说是跟蒋家一道被软禁起来了。”

夏初一听这情况，糟心不已。

九湘是一定要问的。她不明白，以九湘的精明，怎么会让自己眼皮底下出这么大的事。

要问九湘，就得躲开钟弗明。从搜查莳花馆的事情上看，明摆着这钟弗明是受了指使的，可好死不死的他还是府衙司法参，是夏初的直接上司。要想绕过他在府衙问询情况实在是有些困难。

想了想，夏初对常青道："这样，我记得杨仵作与你关系不错，如果可能的话，你私下里先找找他。西京那几个官员还有车夫的尸体状况，他能记得的尽量详细地与你复述一下。"夏初对常青道，"别问得太明显。"

"没问题，放心就是。"常青轻拍了一下胸脯，"这种事我拿手，今天我就请杨仵作喝酒去，明儿就给你信儿。"

在茶寮里找小二去街对面买了两碗面，两人凑合着吃了后，常青便先回去府衙了。夏初出了茶寮在街上晃了晃，寻了个僻静的小巷子钻进去，抱臂靠墙站定，低声道："闵大哥，闵大哥？麻烦您出来一下呗。"

不一会儿，闵风便从巷子深处走了出来。脚步极轻，存在感极弱，即使是大白天里，若不是他问了声什么事，夏初都没能发觉。真是猫都达不到的境界。

夏初有些崇拜地看了看他，恭敬地道："有件事想拜托一下闵大哥，不知道方便不方便。"

"说吧。"

"想请您去把钟弗明揍一顿。"

闵风挑了下眉毛："暴毙？"

"不不不，不用，您把他打得半个月起不来床就行。"夏初琢磨了一下又补充道，"再帮我抢了他的钱袋，看上去像是遭了抢劫就好。"

这钟弗明在府衙实在太碍事了，一来妨碍她翻查卷宗，二来对九湘和柳莺这两个证人也太有威胁。李二平是怎么死的她记得清清楚楚，不得不防。

支开他，以夏初的职位做不到，揍一顿这法子虽然损了点，但保证是立竿见影。对于不义之人，自然用不仁之法，下黑手谁不会。

"姑娘做事很直接。"闵风说道。夏初嘿嘿一笑，对这个"直接"的评论未置可否。

下午在府衙里，夏初佯作无事四处转了转，找到之前与自己关系不错的捕快，旁敲侧击地又问了问情况，所说的倒是都与常青差不多，没有更多有价值的线索。

夏初有点沮丧，但想象这才不过一天的工夫，便强令着自己安下心来。

晚上回了家，夏初把这一天搜集到的线索都记了下来，画下疑点准备深入再查。写写画画口渴了，端起杯子却是空的。她叹口气起身去了厨房，舀了杯凉水随便灌了两口。

凉水滑进胃里并不太舒服，倚在门边看了看夜色，夏初便又想起了那天自己醉酒的事；想起了蒋熙元为了给她一口热水，笨拙地蹲在这厨房里劈柴烧火。

她抿嘴笑了笑，回头看了一眼现在空荡荡黑乎乎的厨房，走回了房间。

第二天一早夏初到了府衙，第一个听说的消息就是钟弗明昨晚被打劫，丢了钱包还断了条腿。

夏初暗暗咋舌，断腿？闵风真挺下得去手的。转念又觉得钟弗明活该，但愿不等他腿好就先落罪。

钟弗明断腿休假去了，他手下的那几个捕快便成了没有老虎撑腰的狐狸。夏初作为捕头自然有权力支配他们的工作，于是二话不说直接远远地发去城郊办事了。这下，对于夏初而言办事便松快了许多。

姚致远那边接了口谕，要进宫去与苏缜说案子。这钟弗明受了伤，他也只好叮嘱夏初多警醒着点："如今事情多，有报案的接下来就行，凡事等我回来安排，拿不定主意的就找白司户。钟弗明被劫一事，你让捕快去查查。"

夏初恭恭敬敬地点头："姚大人放心。钟大人的案子我一会儿就去安排，朗朗乾坤之下竟有人敢袭击官员，实在可恶，一定要好好查。"

姚致远未置可否地点了点头，看了她两眼，道："蒋熙元的事情你知道了吗？"

"啊？"夏初茫然抬头，"什么事儿？我出门回来就没见过蒋大人了，他怎么了？"

"没什么。"姚致远摆了摆手，正了正冠往外走去。夏初还追了两步，"姚大人，蒋大人怎么了？"

姚致远也没理他，负着手走得飞快，一会儿便不见了踪影。夏初轻轻地哼了一声，她也不知道这姚致远是不是哪一股势力中的一个，但小心为上总是没错的。

待姚致远一走，夏初忙跑回捕快房找到了常青。

常青满眼的红血丝，身上还残留着酒气。夏初扇了扇鼻子，笑道："你也不说洗个澡。"

"老杨头真能喝，昨晚上回去我倒头就睡了，哪儿还顾得上洗澡。"常青抬胳膊闻了闻，"还行吧？我自己也闻不出来。"

夏初走过去，常青立刻跳开了一步。夏初瞟着他："干什么？"

"嘿嘿，不是说嫌我身上有酒气吗！"

夏初觉得好笑，道："酒气倒没什么，你别喝多了把我的正事儿给忘了，那就不是嫌弃的事儿了。"

"不能！"常青自信满满地答道，"我这酒量，再来个老杨头我也扛得住，一准忘不了。"说完他往夏初对面一坐便把昨天杨仵作告诉他的，都原原本本地复述给了夏初。

三个被杀的官员，户部左侍郎死在丰乐坊，而吏部员外郎和工部侍郎死在崇德坊。吏部员外郎和工部侍郎是同天死在了一处，相隔不过丈远，工部侍郎死尸俯卧，后心刀伤一刀毙命。

而户部侍郎和吏部员外郎的伤是一样的，致命伤都在脖子上。伤口在脖颈偏右的位置，长约两寸，很深，切了喉管和大动脉，也是一刀毙命。

"什么凶器看得出来吗？"夏初问他。

"老杨头说应该是匕首一类的短刀，双刃，工部侍郎商大人的伤很深，是齐根没入的。"常青皱了皱眉头，道，"他说看伤口的情形，刀刺进去之后还拧了拧。"

"啧啧。"夏初听得后背难受，点着额头想了想，道，"短刀或者匕首，这倒是与洪竟袭击顾迟章时所用的一样。"

常青点了点头："老杨头还说呢，验尸的结果钟弗明写得很简略，草草记了个刀伤，查卷宗都查不到详细的情形，得亏你让我直接去问他。"

夏初笑了一下："得亏你跟他关系好。那死亡时间能推出来吗？"

"推断是戌时左右被杀的，那时候除了升平坊外，街上很少有人了，所以尸体都是到了第二天早上才被发现的。"

"戌时？那么晚他们干什么去了？"

常青摇了摇头："不知道，我现在就管点偷鸡摸狗的，这种案子根本不可能让我们碰。"他想了一下又道，"不过我觉得有一点比较奇怪，这三位大人都没有坐车。这么大的官出门一般不会走着就去了，可能是要去的地方并不远，或者有什么别的缘故。"

"可是顾迟章坐车了。"夏初道。

"所以他没事，死的是车夫啊。"

"顾迟章是什么时候被袭击的，你还记得吗？"

"记得。"常青肯定地道，"他们过来的时候不到酉时三刻，天才刚黑下来。跟他一起来的还有护卫牛满坡，俩人惊慌失措地拽着马车，车上还放着那车夫的尸体，跑得别提多狼狈了。"

"护卫也很惊慌？"

常青点点头，不屑地笑道："不过到了府衙后就好多了，录口供的时候还不够他吹牛皮的呢，说自己别提多英勇了。"

"这样啊……"夏初低头琢磨了一下，"常青，你那帮兄弟里有没有认识顾大人的那个护卫的？"

"问一问，七拐八拐肯定能找到认识的人。然后呢？"

"然后你找个身手好一些的人，寻个事端跟他打一架就行。"

听夏初说完，常青微微地愣了一瞬，随即侧头一笑："行，我明白你的意思了，我也觉得那牛满坡不靠谱。"

常青领了夏初的吩咐便出门了，没一会儿又折返了回来。夏初以为他是漏掉了什么东西，他却摇摇头，坐下来不以为意地道："交代下去了，有信儿了回来告诉我。"

夏初看着他这副云淡风轻的模样，忽然间有一种自己是西京黑社会老大背后的终极BOSS的感觉，甚是酸爽。

"看来这段时间你在府衙是憋屈，在外头倒是风生水起了。"

常青笑道："咳，瞎混呗。不过头儿你放心，重要的事我肯定亲自办，不会坏了你的事儿的。"

"信得过你。"夏初站起身来拍了他一下，"走着，跟我去趟监牢。"

监牢的牢头倒是没换，还是那个好喝两口的。上次蒋熙元说过他之后他收敛了一段，现在蒋熙元走了，这点爱好重新又捡起来了。夏初进了牢房一闻，这家伙也是一身的酒气。

"夏捕头。"牢头还是那样把酒瓶子扔到篓子里，迎了过来，嘿嘿笑道，"我倒是听说您回来了，这还没得空去跟您打个招呼呢。"说完，打了个酒嗝，又忙不好意思地捂住了嘴。

"没事！"常青先一步过去，一搭他肩膀，道，"钟大人受伤了，我们头儿又刚回来，过来看看最近都是个什么情形，了解一下。"他把牢头带到桌子旁边，"藏什么好酒了？我昨儿没喝痛快，正好跟你这儿再来两盅。"

牢头一听眼睛就亮了，献宝似的把自己的酒从篓子里翻了出来，与常青絮叨叨地说起来。常青抽个空回头对夏初挤了下眼睛，夏初微微一笑，往牢里走去。

常青真不容易，都快成了她的公关经理了。夏初一边往里走一边想。

牢里仍是那么昏暗，夏初瞪大了眼睛一个牢房一个牢房地看过去，终于在最里面的一间找到了九湘和柳莺。

夏初谨慎地往两边的牢房里看了看，见两边都是空的，这才用手轻轻地拍了拍木栅，低声地唤了声九姑娘。

静了一瞬，听见九湘不确定地说："夏初？"

"是我。九姑娘还好吗？"

"夏初！"九湘从草铺上爬了起来，走到木栅边上，皱着眉头努力地看着，生怕自己看错了似的。

九湘看上去精神还好，就是没有了往日那种淡定的妩媚，发鬓松散得有些狼狈，脸上身上都脏兮兮的。夏初瞧着有点鼻酸，伸手从她头上摘了两根稻草下来："九姑娘受苦了，他们没对你怎么样吧？"

"敢对我怎么样，今天你来就见不着我了。"九湘冷笑一声，"他们要是以为青楼女子都无情无义，都怕死，那就错了。"

牢房里的柳莺轻轻地啜泣了一声，九湘回过头去，脸上尽是轻蔑与鄙视："哭什么啊你，既然做了婊子还在乎什么良心。"

"我就是个弱女子，哪里担得起这么大的事。"柳莺的声音仍是尖细，带着无尽的委屈，"年初龚元和死在我门口，这会儿乱贼头子也往我屋里藏，我怎么这么倒霉。九姑娘与我过不去有什么用。"

九湘回头呵斥道："年初你贪财偷了龚元和的玉佩我就没与你计较，现在你又贪图那乱贼头子的银两，还怪什么自己倒霉！"

夏初捏了捏九湘的手，安抚道："九姑娘，时间不多咱就拣要紧的说吧。这洪竟究竟是怎么到莳花馆的？"

"谁知道！莳花馆做的开门生意，人来我们也不会往外轰，只当他是个来消遣的，我也没在意。七月廿三到廿五在莳花馆接连来了三天，都是入夜来到转天晌午走，晚上再来，到廿六便被搜出去了。"

九湘的语速很快，说完回身一指柳莺："那人出手很大方，酒菜点的都是最贵最好的。柳莺可是费了心思把人留在自己房里的。"

夏初皱了皱眉头，觉得这里面有什么地方不太对，一时又理不清楚，只好先暂时放下，问九湘道："钟弗明审你们了？你们可说了什么？"

"哼。"九湘冷笑一声，"刑具往我们柳姑娘面前一摆，动都没动就哭爹喊娘的，说那洪竟是蒋大人安排藏在她那儿的，还画了押。"九湘运了口气，又问夏初，"大人现在如何？有事吗？"

"暂时没事。我这次回来府衙为的就是大人的案子，说什么也得给翻过来。"夏初伸进手去拉着九湘，九湘吸了口气躲了一下，夏初一愣，急道："受伤了？"

"没事，死不了。"九湘不甚在意地道，"既然要翻案就赶紧说正事。柳莺的口供怎么办？是不是对大人很不利？眼下还有什么办法吗？"

"自然是很不利。"夏初咬了咬下唇，稍稍提高了点声音，喊柳莺过来。柳莺没有动，也没有回话。夏初心头微恼，握拳捶了一下木栅，"私藏乱贼头子，你以为你把黑锅扣在蒋大人身上就没事了？这件事，不管你拽上谁，你都是必死无疑！"

柳莺"哇"的一声就哭了："我冤枉，我冤枉的！我不知道他是谁！"

“不想死就给我滚过来！”夏初咬牙切齿地道。

九湘转身过去拽柳莺，夏初这才看见九湘背上的衣服都破了，一条条纵横的紫黑血迹，不禁心里一颤。

柳莺被薅了过来，仍旧哭个不停，不停地说自己冤枉。九湘气得够呛，扬手一巴掌扇在她脸上，扇得脆响：“闭嘴！再哭我现在就掐死你！”

柳莺的哭声被扇了下去，捂着脸抽搭，像只鹌鹑一样瑟缩地站在木栅边上。夏初探手进去揪着她的领子把她拽得近一些，低声道：“柳莺我告诉你，你冤枉，蒋大人比你更冤枉！你们现在在一条船上，你诬陷他就等于把自己送上绝路。现在唯一能救你的就是蒋大人无罪开释，懂吗？”

柳莺两眼红肿地看着夏初，似懂非懂地点了下头：“可是……可是我害怕，我怕他们打我。”

“我不用你现在翻供，我要你好好活着，到你该说实话的时候你要是再敢胡说八道，他们不杀你，我也会亲手宰了你！”夏初松开她的领子一推，“你给我记清楚！”

九湘看了柳莺一眼，对夏初道：“我们会小心的，你自己也要留神。”

“放心，你们的饭菜我找人安排，回头再让人给你送药。”夏初轻轻地握了握九湘的手，“九姑娘你信我，我一定救得了大人，救得了你。”

“我信你。”九湘点了点头，反拉住她的手问道，“刘起现在如何了？有没有受牵连？”

夏初定定地看着她，须臾安慰地拍了拍九湘的手：“我还没有见过他。九姑娘放心，他应该没事，只不过蒋府如今被封了，他想出也出不来。”

九湘无声地点了点头，深吸了一口气，反手握住夏初，道：“如果你能见着他，就替我告诉他一声，倘若这次能出去我九湘就嫁给他，他要是敢嫌弃老娘，老娘就阉了他！”

此地此景实在很是凄楚，但夏初听见这句话还是忍不住笑了：“他才不会。”

“夏初，人生跌宕，哪想到无风都能起了浪，谁也不知道过了今天还有没有明天。世间难得有情郎，别去想那些有的没的，莫负了自己、负了真心才是。”

夏初抿了抿嘴唇，点点头：“我知道。”说完抽身而去。

离了牢房，远远地看见常青与那牢头喝得正爽，聊得正欢。夏初熨平心中的情绪，负手迈着步子慢悠悠地踱了出去。

她进去的时间不算短，常青一见她出来便先声说道：“头儿，怎么这么快就出来了？我们这儿正聊得起劲呢。”

夏初也顺势说道：“随便看看就行了。”她走上前对牢头道，“成，我瞧着你这儿做得不错，回头我给你两壶好酒，只要这牢里的犯人别出事儿，尽管喝。”

“谢谢夏捕头，谢谢夏捕头。”牢头一个劲儿地哈腰点头，“您放心！”

离了监牢，夏初眯着眼睛适应了一下外面的光线，转头对常青道：“你一直在府衙，比我清楚，你去找个可信的人每天给九湘和柳莺送饭送水，不用丰盛，馒头青菜管饱就行。”

常青想了一下：“郑琏吧，他与我走得近，跟钟弗明也一向不对付。”

“行，跟九湘就说……是刘起交代的，她便知道了。”

常青点头应下，又问夏初九湘那边有没有什么线索。夏初抱臂抬头看了看天：“她说洪竟是自己去的莳花馆，这个我自然是相信的。但是糟糕就糟糕在柳莺那边招供画押说人是蒋大人安排藏在那儿的。”

“招供画押了？！”

夏初点点头。常青往地上啐了一口：“婊子就是无情，她们眼里哪儿有礼义信，眼睛就盯在钱上。”

夏初听常青这口气，不禁摇头笑了笑：“你这就有点以偏概全了，也不是所有的青楼女子……”话说到此，夏初忽然顿了顿，盯着常青道：“你刚才说什么？”

“什么？”常青不明就里地眨眨眼，“我说什么了？”

“眼睛就盯在钱上！”

“怎么了？”常青默默地把这话念叨了两遍，也不知道夏初发现了什么问题。

夏初一打响指，拽着常青就走：“咱们现在就去莳花馆。”

常青快步地跟着她，一边走一边道：“莳花馆那边已经封了，柳莺房间相关的东西都被查抄了，这会儿去找什么？”

夏初没回答，先与常青直奔了马厩，两人手脚麻利地套了辆车。等车驶出了府衙后夏初才道：“我刚才就觉得这件事有哪里不对。你看，现在他们的证据链条是这样的，莳花馆是蒋大人的产业，洪竟是从莳花馆被搜出来的，所以证明洪竟与蒋大人有着莫大的关系。”

“是这意思。”

“可刚才九湘说洪竟在莳花馆花钱很大方。莳花馆是蒋大人的产业，如果人真的是大人藏在那里的，怎么还要花钱呢？”

常青听完捶了下手掌：“说的是！这不合常理。”

“现在咱们去莳花馆找账本。刚才我在牢里没想到这层，不然直接问问就好了。再回去怕牢头起了疑心，希望九姑娘别藏得太隐蔽才好。”

常青扬鞭甩了下马屁股，笑道：“账本这东西，不是床褥下面，就是卧室柜子的暗格里。”

"你怎么知道？"

常青一笑，对夏初挤了挤眼睛："嘁，女人藏东西，就那么回事儿。"

莳花馆已经被封，门板上贴着府衙的封条。不过钟弗明显然觉得这地方再没有什么价值了，并未派人把守。

不过夏初还是留了个心眼儿，先赶着车回了安丰坊，和常青换掉了那身捕快的衣裳，然后步行着去了莳花馆。俩人沿墙根走到一处僻静小巷，常青三两下便把那平时里走泔水的小侧门打开了。

就像上次出了命案之后一样，莳花馆一派灰头土脸的气息。不过比上次看上去更糟，上次出事后，大多数姑娘丫鬟和厨子杂役都留下来观望，毕竟那次只是人死在了莳花馆而已。

可这次不同了，藏匿造反的逆贼头子，这是什么样的罪！没有把整个莳花馆的人都抓起来已经是老天开恩祖宗保佑了。所以莳花馆现在真的是人去楼空，连个扫地的都没留下。

夏初从后厨一路往前楼走，这不过几天的工夫，曾经流光溢彩的莳花馆已经是一片狼藉。看样子值钱的东西已经都被卷跑了，地上散着一些打碎的杯盏，一些没人欣赏的字画，一些姑娘们曾经与客人传情的酸诗。

常青时不时地捡起张纸翻看，啧啧两声又扔到一边，感慨道："说起来我这还是第一次来莳花馆呢，没想到看见的是这么一副模样。"

夏初被眼前的景象弄得心里发沉，觉得这番所见像是从前在哪儿听过的一段话：眼见他起高楼，眼见他宴宾客，眼见他楼塌了。想到这儿，夏初又默默地呸了几声，暗道：塌个屁！才不会塌！

正如常青所言，九湘果真是不能免俗地把账本藏在了自己的褥子下面。夏初找到后拍了拍这账本，心说这么藏东西意义何在呢？

账本里自然是没有写着"洪竟几月几日到几月几日在莳花馆花了多少"这样明明白白的证据。不过也无妨，只要发生过的事，不管隐藏多深早晚都会浮出水面。

夏初收好了账本，让常青找机会把柳莺的口供找出来看一看。

"柳莺既然能做伪证，这样的人，就算翻了供也不是那么可信。最好能找出她口供中的漏洞来，借力打力。"

常青点点头："到时再指钟弗明一个屈打成招，多来几棍，让他断着腿去死好了。"

"你够狠啊。"夏初回头看了看常青，片刻后咧嘴一笑，"不过我很欣赏。"

"这都是你教导有方啊！"常青一本正经地回道。

夏初听罢忍不住大笑了几声，心情便也好了一点儿。她摆了摆手，让常青驾车回府衙去了，自己则回了安丰坊的小院。

她把今天的线索和依据整了一遍，之后又把之前在苏缜那儿看过的奏折中的要点默写了下来，两相一对照，发现目前调查的东西还都太细枝末节了，照这样下去得什么时候能探到核心呢？

别的案子可以慢慢查，可现在大人在牢里，每拖一天苏缜就多一分压力，大人也多一分危险。

夏初回了安丰坊之后闵风便抽空回了趟皇宫，等他再返回安丰坊时，发现夏初依旧在书桌前，趴在桌上像是睡着了。

他悄无声息地走近看了一眼，见她胳膊下压了张纸，上面乱七八糟地画着很多圈，有的圈着几个被杀官员的名字，有的圈着地点，有的圈着时间。

还不等看得仔细，夏初便抬起了头来，看见闵风后微微一愣，随即呼地便站起了身来，道："闵大哥，您刚才去哪里了？我喊了您半天您都没出现。"

"回宫了。有事？"

"您知不知道押孙尤梁回京的是什么人？我想去问问他死时的状况。"

闵风想了想，回道："押送的士兵可能还在河源。"

"河源？是案发地？如果我想见，您觉得见得到吗？"

闵风看了一眼天色，点了点头，"不远。快马一个半时辰便到，顺利的话城门关之前应该可以赶回来，姑娘现在要去吗？"

如此雷厉风行，夏初反倒愣了一下："那要是不顺利呢？回不来怎么办？"

"不过城墙而已。"闵风不咸不淡地说道，"不会误了打劫之事。"

啧，这功夫好的人真是不一般。夏初轻打了一个响指："既然如此，赶早不赶晚，大人在牢里一天就多一天危险，现在去就是了。"

"姑娘会骑马吗？"

夏初一滞，想起上次骑马去管阳城的惨痛经历。虽然心里有点打鼓，却仍是咬了咬牙道："会！我就是把自己绑在马上也得去。"

闵风默然一笑："蒋熙元好福气，平光门外等我，我去找马。"说完一纵身便不见了。夏初愣在原地，咂摸了闵风的这句话，觉得这寥寥几个字里面包含的信息量真大。

夏初把桌上画得乱七八糟的那张纸揣进了怀里，又收拾了收拾便出门了。到了平光门的时候闵风已经等在那里了，身后站了两匹骏马，一看那模样就比上次夏初骑的黄马要给力。原本夏初还有些打鼓自己不能驾驭，结果跑起来才知道这好马比普通马舒适得多。类似于好车与代步车的区别。

河源位于西京东部大约百里，刚出东灵山不远便是，再过去一段路便是依山的皇陵了。一路平原官道，马跑不费什么力气，但那是马不费力气，人就不一定了。

马好路平，但纵是如此，跑到后半段的时候夏初还是觉得吃力，单一的频率磨得两条腿生疼，直恨自己没有双马靴。可她也不敢叫停，怕停下来腿更疼，磨磨蹭蹭地耽搁了时间。就这样咬着牙一直坚持到了河源，到了目的地下了马之后，夏初两腿一个劲儿打战，都不知道要怎样迈步了。

“还好？”闵风问她。

“挺好。”夏初佝偻着腰，叉着腿坚定地点了点头。闵风瞧了瞧她，递了个水囊过去，倒也没说什么。

夏初喝了几口水，缓了一会儿后才找回两腿的感觉。她把水囊还给了闵风，一边琢磨一边说道：“案发后姚大人已经派捕快来了，我估计十有八九是钟弗明的亲信，府衙的捕快都认识我，我得避开去问才行。路上我就在想这事儿，不知道闵大哥有没有蒙汗药什么的东西，能不能先把他们撂倒了，或者……”

闵风心道这姑娘手挺黑，谁挡她就撂倒谁的路数实在有些生猛。他把夏初的马拴在路旁，反手打了自己的马屁股一下，等那匹马跑开之后才道：“不必，皇上也在查案。”

夏初一下子没能明白闵风的意思，眨眼看着他。闵风把那块腰牌掏出来：“问案理所当然。”

夏初脑子转了几个弯才弄懂，不禁苦笑道：“闵大哥的意思是，皇上现在也在查这几起凶杀案，所以派个御前侍卫来查问合情合理。那么也就是说，这几个士兵由您来问？”

见闵风点头，夏初道：“那我过来干什么？”

“稍后溜进去。”闵风说完转身便往驿站走去。夏初愣了一下，追在他身后几步：“您……您说话也太言简意赅了，好费脑子。”

两人大概布置了一下方案后，夏初便猫着腰往驿站后面走了过去。

闵风进了驿站，那几个府衙来的捕快果然在。他亮了腰牌，御前的身份自然是晃瞎了人眼，把那几个捕快吓得够呛。直到闵风说明了来意之后，那几个人才放下心来，依着闵风的要求腾了间屋子，把那四个押送的兵丁带了进去。

这四个兵丁两个是京畿营的，两个是蒋家亲兵，年纪都不大。孙尤梁被杀之后一直惶惶不可终日，现在见御前的人亲自来问了，只觉得大难临头，一个个白着脸不敢说话。

闵风在屋里坐着也不开口，弄得他们更加紧张，好一会儿忽听窗户外面有人咳嗽了一声。闵风动了动唇角：“进来吧。”

紧接着，在几个人讶然的表情里，夏初从窗外利落地翻了进来。进屋掸掸身上的土，扫了眼这四个兵丁，冷着脸道：“看见什么了？”

小兵们不知道这唱的是哪出，干愣着不说话，有个机灵的回过闷儿来，上前一步猛摇头：“什么都没看见！”他一指闵风，“屋里从头至尾只有这位大人！”

另外三个这才明白，赶紧也跟着点头站了出来，齐声道：“屋里只有这位大人！”

“小点声！”夏初赶紧用手压了压，瞪了一眼，低声道，“你们不认识我，没关系，不需要。但你们知道这位是御前的人。”她指了一下闵风，随后又指了指自己，“所以我是什么身份你们心里也能大概有个谱。”

夏初说完这话顿了顿，目光依次扫过这四个兵丁的脸庞。原本闵风的身份就够让他们紧张的了，夏初这模棱两可的话一说，几个人更是不知所措了。

沉默了一会儿后，夏初觉得压力差不多了，才清清嗓子继续道：“我是来查案的，更是来帮你们的。今天我的出现若是你们谁漏出一点儿风声，我不管是谁漏的，你们四个……”

夏初一一地点了点四个人，轻飘飘地道：“谁都别想活。”

话音方落，其中俩胆小的兵丁扑通便跪在了地上，磕着头说：“不敢不敢！小的绝不敢吐露半个字，大人饶命！”这里人一跪，另两人也忙跪了下来，生怕衷心表得不够强烈。

夏初看吓唬得差不多了，便让他们起来回话。她自己走到椅子边上坐了下来，掏出纸笔包袱递给了闵风。

闵风瞄一眼并没有接，夏初转身背对着那四个兵丁，堆了满脸的乞求看着闵风，希望他不要刚把自己忽悠起来的神秘身份直接给拆了台。闵风似是无奈地看了一眼窗外，这才接过了包袱，掏出了纸笔。

夏初搞定了氛围后，抖了抖衣摆，开门见山地问道：“孙尤梁死的那个晚上什么情形，一点不落地都给我说出来。”

她指了指那个机灵的：“你先说。”

“是！”这个叫齐大海的兵丁高声应道，随即赶忙掩了下嘴，压低了声音，“哦……大人，那天晚上我们到了这河源驿站歇脚，孙尤梁就关在角房里，那屋子没有窗户，跑不了人。我们几个在院里吃饭，还喝了点酒。入夜准备歇着前，项大哥说去看看孙尤梁，过去没一会儿就听见他在那边喊了起来。我们赶过去的时候孙尤梁已经死了。”

“他喊的什么？”

“大概就是杀人了，快过来之类的。喊得挺大声。”

夏初在脑子里把当时的画面还原了一下，问道：“当时就他一个人过去看孙尤梁吗？角房外面有没有人守着？”

“有。”齐大海点了点头，神色沉重地吸了下鼻子，道，“胡金山那天本来是值前半夜的，也……也死了。”

“孙尤梁的尸体你们都看见了？”

“看见了。”那几个兵丁都点点头，其中一个道，“脖子都快砍断了，血流了一地，睁着眼，怕人得很。”

这么狠？夏初想象了一下当时的场景，昏暗的小屋里，一个人脑袋和身子只连了半个脖子，豁着伤，流着血，还睁着眼睛，不禁后背有些发凉。

沉吟了片刻后又问道：“那个胡金山呢？也是砍的脖子？”

“不是。”齐大海接过话去，道，“胡金山身上没伤，就倒在角房门口了。我们是后来才发现他死了的，先开始还以为只是昏过去了。”

“没伤？没伤怎么死的？”夏初问道。

“也不是没伤吧。”另一个往前欠了欠身，说，“我整理胡金山的尸体时，那脖子上一片紫红，是不是被勒死的啊？卡着脖子出不了声，要不然咱们早就知道那边有变故了。”

“那也可能。”齐大海点了点头。夏初问道：“没人验尸吗？”

几个人齐齐地摇了摇头，齐大海道：“京城府衙的捕快在呢，就看了看尸体，问了一下我们出事的时间，有没有人看见凶犯，别的倒是没说。”

“你们看见凶犯了吗？”

“没有。”几个人又都是摇头，“项大哥过去得早，他应该是看见了的。他让我们守住了现场自己去追去了。”

“他人呢？”

“没回来。”齐大海又叹了一口气，“这都好几天了，不管追上没追上早该回来了，估计也是凶多吉少了。”

“除了胡金山和孙尤梁死亡，你们还有别人受伤了吗？”

齐大海与其他几个人对望了一眼，摇了摇头：“我们都没受伤，项大哥就不知道了。”

夏初问完了这些，习惯性地回头看了一眼。可这次她回头看见的是闵风，并没有像蒋熙元那样与她有什么交流。闵风只是表情平静地在那儿写着笔录，那状态，好像是与屋里的事全无关系，自己在写文章而已。

夏初心里有点憋得慌，只好把想说的话先咽了回去。又问齐大海，“你们说的这项大哥是什么人？”

“项大哥名叫项青，是京畿营的千卫长，这次押送孙尤梁就是项大哥带队的。一路都挺顺利的，我们就是防着孙尤梁别自裁了，哪儿想到……”齐大海懊恼地捶了下手掌，“这眼看着快到京城了，却落了这么个结果。我们……我们恐怕也没个好了。”

“是啊，大人，大侠，我们会不会被军法处置了？”一个小兵弱弱地问道，带着点哭腔，“那还不如死在青城郡呢，还能给家里挣点恤金。”

夏初也不知道，但她还得往下问案子，也只能打着包票道：“放心，顶多就是个失职，不会有事的。”

几个人这才松了口气，直向夏初道谢。夏初有点惭愧，干笑了两声道：“项青平日里为人如何？”

“挺好的。”齐大海说道，“我是蒋家的亲兵，跟项大哥就接触了这么几天，他年纪比我们大，对我们挺照顾的。”他回身一指刚才问自己会不会被军法处置的小兵，“他是项大哥手下的兵。”

那小兵忙道：“项大哥是梁城人，是娶了媳妇的，家里穷才来应的兵募。”小兵眼眶软，说着眼睛就已经红了，“本来这次回去也就该回家了，现在活不见人死不见尸的，那一家老小的，还不跟天塌了似的……”

夏初又问了问那项青的外貌特征，所穿衣物，便没有更多要问的了。她起身拍了拍齐大海的肩：“行吧，你们多保重自身安全。别漏了今天的事，否则谁也保不了你们，明白吗？”

“是！”几个士兵一凛，齐声应道。

夏初让闵风去看一看那个出事的角房，自己重新又从窗户翻了出去，悄悄地到拴马的地方等着。近前瞧见地上多了不少的脚印，暗暗一笑，心说闵风这大男人心还真细，幸亏之前他先赶跑了一匹马，不然现在已经穿帮了。

等了没一会儿闵风就回来了，蜷指打了个呼哨，独自跑走的那匹马便跑了回来。两人上马往西京走，夏初腿疼得夹不住马，比来时速度慢了很多，闵风将就着她的速度，索性松了马缰抱臂在马上闲坐，那姿态简直就是对夏初的骑术表示赤裸裸的蔑视。

“闵大哥，那角房有什么可疑的地方吗？”夏初问他。

“很干净。”

“意思是，打扫过了是吗？”夏初翻译着闵风的话，求证道，见闵风点了头才继续说，“简要来说，案发的经过是这样的：凶手是偷偷摸进驿站，先杀了守卫胡金山，然后进屋杀了孙尤梁。这时候项青来了正好撞见，于是喊了人，自己跑出去追凶。”

闵风点点头。

“项青是负责押送的，犯人在还没入京的时候被杀了，这是个很大的过失。如果他能抓到凶手责任可能就会轻得多，甚至可能会被免予追责。所以他去追凶是合理的。”

闵风继续点头。

“但是，他发现孙尤梁死了之后，先是喊了人，等人都到了之后他又自己跑出去追凶。按道理来说，他至少应该会带上一两个人跟他一起去才对，这样胜算更大。毕竟凶手敢闯驿站杀钦犯，不是一般人啊！可他为什么把所有人都留下了呢？”夏初在马上向闵风那边探了探身子，“你不觉得这有点不合常理吗？”

闵风仍旧是点头。

夏初被他憋得用力地吸了口气，才觉得喘气顺当了一点儿。闵风漫不经心地看了她一眼，总算是给了她点面子，说道：“所以你怀疑项青是监守自盗。”

“不能排除。一则他平乱回去之后就要回家了，二则他家里穷，如果有人许了银钱给他，倒很值得他干上一票。”

那个胡金山是认识项青的，所以项青去角房不会引起他任何警觉。项青很可能趁他不备扼住了他的脖子，将他悄悄勒死后进了角房。

而孙尤梁也是认识项青的，所以他去看孙尤梁合情合理，不会引起孙尤梁的警觉，也就不会惊动其他人。项青趁孙尤梁不备将他杀死，然后再喊人，等别人赶过来之后他再以追凶这样的理由溜之大吉。

可以说，项青来做这件事，比任何人都要便利。

夏初想，如果她是那个想要除掉孙尤梁的人，也会选择一个押送的人来做这件事。

沉默了一会儿后，夏初握紧缰绳缓了口气儿，自言自语似的道：“胡金山是被勒死的，这样可以防止他发出声音。那干吗把孙尤梁砍成那样呢？何必采取两种作案手法，也勒死不就完了？”

“重犯戴枷。”闵风淡淡地说。

夏初习惯了把所想的事情念叨出来，与蒋熙元你一言我一语一点点推进案情，觉得十分有成就感。可闵风话少得她心里直犯堵，好容易说上几句，自己还总有一种被藐视了智商的感觉。

虽然说的都在点儿上。

比如刚刚这句。

夏初皮笑肉不笑地呵呵两声，点头道：“对，戴枷，所以不方便勒。我把这事儿给忘了。闵大哥厉害啊。”

闵风对她拱了拱手，也不知道是懒得和她再多说还是欣然受了这夸赞。

夏初把这个作案过程反复地想了几遍，觉得本身没有什么逻辑上的漏洞。不过有一点她不太明白，从青城郡那么远押过来，为什么到了河源才动手？

是离他要去的地方更近，还是出了山更好跑一些？可山里明明更好藏匿才对。

夏初想到这儿，便拿了这个问题去问闵风。闵风听完也没有说话，仍是抱着肩，夏初直勾勾地看了他一会儿，忍不住叹了口气。

“整件事情我并不清楚。”好半天闵风才回了她一句，“我只是协助。”

闵风不能像蒋熙元那样指出她的盲点，这让她备觉破案艰难，各种线索想法乱糟糟地盘踞在脑子里，只能自己慢慢理。

闷头想了一会儿，夏初把自己画得乱七八糟的那张纸掏了出来，一手拽着缰绳，一手团着那张纸一点点地捋着看。闵风也没打扰她，就那么不紧不慢地往回京方向走着。

过了有一会儿，夏初忽然叫了一声：“对了！”

闵风转头看着她：“想到了？”

“那个折子嘛！”夏初一打响指，有丝得意地说，“还真得整件事情想。传说中那个孙尤梁上奏的折子嘛。从对方的安排上来说，这折子总得到了京中，才能被蒋大人销毁，然后才能派人来杀孙尤梁。自然不能早早动手。”

闵风虽然不知道那折子的事，但推也能推出是什么意思，便点了点头。夏初想通这一节，觉得似乎是摸到了个思路。

换位去想。

既然所有的事情都是凭空捏造的，那么他们也只会按常理去推，埋上一条主线然后再用人证物证去把这条主线填充实。但是人为的填充总会有不合理的地方，因为并不是自然发生的，只要把每个证据都查透，一定可以找出来。

“闵大哥。”夏初把马驱得离闵风近了一些，道，“有没有什么人可以调用的？我要找找那个项青。”

“这么多天没出现，估计已经死了。”

“死了也没事，死了有尸体也行。死在什么位置，为什么会死在那里，被什么凶器杀死的，死时是个什么状态，周围有没有打斗的痕迹……这些都是线索。”

夏初滔滔不绝地给他分析道：“他们指蒋大人杀人灭口，那么蒋大人会派什么人杀人？如果项青的死亡状况可以反证这个人不是大人派人杀的……”

“知道了。”没等夏初说完，闵风便干脆利落地答道，“我会安排。”

夏初又被他噎了一下，无奈地咽了咽唾沫：“闵大哥，你们做暗卫的是不是都是这样？不闷吗？”

闵风弯唇笑了一下：“不闷。”

夏初彻底无语了。

回到西京的时候赶上城门将闭，俩人波澜不惊地进了城。夏初有点遗憾地抬头看了一眼高高的城墙，没能看见闵风口中那个“不过城墙而已”是怎么个意思。但想想也是算了，这节骨眼上没必要的事情能少做就少做。

夏初回了安丰坊，先把今天在河源问到的口供记了下来，然后忙乎半天给自己烧了一桶水洗澡。

骑马跑了个来回，两条腿被磨得发红，皮都薄了似的，一泡进水里疼得她直挠桶壁。屁股上的伤原本已经结了痂，这磨了半天儿也磨掉了，疼是不疼，只不过原本那些好药也白瞎了，疤估计是要落下的。

夏初一边往身上撩水，一边胡思乱想，想将来结了婚洞房花烛的时候，被看见屁股上一道伤疤，会不会很煞风景？会不会被嘲笑？她会不会恼羞成怒大打出手？来个实实在在地大战三百回合。

想着想着，夏初忽然意识到自己的想象中竟然有个实实在在的男主角，脸腾地一下就红了，脑门子噌噌地冒汗。愣怔半晌，她把鼻子一捏，“噗”的一声将自己整个埋在了桶里。

第三十章 秋雨瑟离情

转过天来，苏缜又招了一帮臣子御书房问案。

姚致远心中叫苦不迭。

昨天已经在御书房耗了一天了，说得口干舌燥，翻过来调过去地把情况说了又说，苏缜却沉默居多，也没个态度。好容易挨到黄昏散了，没想到今天又给招了来。

叫苦的不止姚致远，御书房外跪了些臣子。初秋的日头虽不毒辣但仍是灼人，这些臣子跪得一身大汗，苦不堪言。

苏缜由着他们跪着，一直晾到日头偏西才打发人给送了些凉茶出去。传了口谕说案子还在查，对奸佞不会姑息，但也绝不会草率定罪，各位臣子忠心可鉴，他都知道，今日便先散了。

这帮人跪得膝盖都要淤血了，得了这话倒也如蒙大赦，叩头谢恩后正准备各自散去，却听苏缜又说明日散朝后继续来御书房商讨案情。

臣子们听了都快哭了，又不敢说什么，只能苦着脸抖着腿走了，准备回家好好歇一歇，明日再战。

苏缜留下了卷宗，让姚致远也走了。等殿里没了人才把卷宗重重一扣，揉着眉心露出了一丝烦躁。

安良沏了杯醒神的茶端了出来，轻放在案上，道：“闵大人传话回来了，说夏典侍让他暗地里把钟大人打了一顿，现在躺在床上起不来；姚大人被扣在御书房，所以，现在府衙里的情形还算好。”

苏缜闭着眼睛微微地笑了一下，随即坐直了身子端过茶喝了一口，忍不住又笑了笑：“她还真是直接。”

“是，闵大人也是这话。”安良看苏缜笑了，心里

也稍稍松泛了点，“夏典侍冒着奴才的名去过刑部大狱了，看来这些日子奴才是不能在那儿露面了。”

苏缜沉默了一会儿，点点头：“蒋熙元如何？”

“目前还好，钱大人这两天都住在刑部了，没敢回家。皇上放心。”

苏缜手里摩挲着那枚坠子，若有所思：“关起来的那帮老臣呢？最近有没有什么可疑的动向？”

“没有。钱大人说都老老实实地在牢里待着呢，他连他们家人都没敢往里放，谁都没让见。不过……”安良顿了顿，低声道，“蒋大人之前提拔进六部的传书黄门刘西江说，好像他们各自都在暗中处理那些烂账。”

“那是当然。”苏缜冷笑了一声。之前打了他们一个措手不及，现在得了喘息的空当儿，必然是要处理掉的。来日蒋熙元要是定了罪，他们各个身家清白的，便又是蒋熙元的一桩诬蔑之罪。

“刘西江，是不是之前月筱红案子的那个证人？”苏缜问道。

“皇上好记性，正是。”

“嗯，你跟他说，让他暗里观察着动向就是，别的一概不要管。”

安良应了个是，踌躇了一下道：“皇上今儿传晚膳吗？凤仪宫之前差人来问过，那边备了，您……”

“去凤仪宫。”苏缜没等安良说完便起身走出了御书房。

咏薇在凤仪宫里听传报说苏缜要过来，心中一紧，也不知道是该高兴还是该担忧。整了整衣裳便让芊芊去膳房传菜，自己迎出了殿外。

叩迎之后，苏缜把咏薇扶了起来，看了看她：“皇后清减了些。”

咏薇抬头迎着苏缜的目光浅浅一笑：“皇上也是。臣妾做不了别的，备了些秋补的汤菜，皇上要多吃一些，有了精神才有力气处理国事。”

咏薇侧开身请苏缜进了殿，除了安良和芊芊外，把别的伺候的人都遣开了。等苏缜落了座之后，咏薇便在他对面坐了下来。两人隔着一张八宝桌，说远不远，说近却是也不近。

安良给苏缜舀了一碗山药炖的鸡汤，微浊浓郁的汤色却是一点儿油星也不见，看上去是下了不少功夫的。苏缜捏着勺柄喝了一口，垂眸看了会儿碗里的汤，缓缓开口道：“皇后别太担心。”

不过是这简单的一句话，咏薇却差点儿落了泪，用力地眨了眨眼才把那酸涩之意压了回去，抬头弯唇一笑：“臣妾不担心。臣妾知道皇上是明君，也相信蒋家是忠臣。臣妾就好好地做个妻子，帮皇上打理好家事。”

家事，苏缜默默地咀嚼了一下这两个字，又舀了一勺汤，这才放下碗，道：

"将军府封了宅子，但于日常无碍，不过是出不来罢了。朕也传了密旨给蒋悯，让他暂且不要回京，能拖便拖。"

"只要皇上信得过蒋家，臣妾就什么都不怕。"咏薇看着苏缜笃定地道，"阴霾总有散去时，青天必有重开日，皇上也不要太过忧心。"她夹了个金丝卷放进苏缜面前的盘子里，"皇上瘦了些，这可不好。"

苏缜听了这有点孩子气的话，不禁笑了一下："是不好。"

"山药、莲菜、金丝卷。"咏薇一样样地点过去，"臣妾入宫前问过哥哥，这都是皇上爱吃的，臣妾都学着做了，皇上多吃一点儿好不好？"

"你做的？"

"对啊。"咏薇有丝得意地点了点头，"之前皇上每次来吃的东西，都是臣妾做的。皇上吃着还顺口吗？"

苏缜点了点头，却又想起那次在夏初的家里她做饭时的情形，唇角不禁泛了一点儿笑意，可心里却是苦的。他夹了那块金丝卷吃了，又对咏薇道："做饭辛苦，这些事还是交给宫人吧。"

"不辛苦，臣妾喜欢。"

咏薇一边给苏缜夹菜，一边兴致勃勃地给他说这些菜都是怎么做的，当初自己是怎么学的，哥哥如何嘲笑过她。

苏缜觉得今日的咏薇与往日不大相同，亲和了许多，也生动了许多。他一边听一边吃，不知不觉倒是吃了不少。这些日子以来已经不知丢到哪里的食欲，倒是给找回来了一些。

吃过饭清了口，咏薇又让人把棋盘搬了上来，两人各执黑白开始落子，走了几步后苏缜顿了顿，问咏薇："你不问问案子的进展？"

咏薇稍稍迟疑了一下，道："其实臣妾说不担心，是假的。臣妾的家里出了这样的事，干系到臣妾所有的家人，臣妾如何能不担心。"

"这才是实话。"

"臣妾之前说的也是实话，只要皇上信蒋家、信哥哥，臣妾虽担心却不怕。"咏薇从棋盘上挪开目光，看着苏缜道，"皇上为这些事已经很烦了，不需要臣妾再多说。臣妾知道，臣妾是蒋家的女儿，蒋家一旦倾覆，臣妾这个中宫也就做到头了。"

她涩然一笑："可其实臣妾什么都做不了，只能等，只能相信皇上。臣妾能做的就是准备些饭菜，陪皇上下下棋，让皇上能有地方休息休息。所以，臣妾也不想问。"

苏缜默默地看了看她，没再多说。

晚上入寝熄了灯，两人各自无言地并肩躺在床上，听得见彼此的呼吸，也好像听得见彼此的心事。

这样睁着眼不知躺了多久，咏薇才听苏缜对她道："就算不为蒋家，也为朕自己。朕不会让人断了朕的肱骨，你安心就是。"

咏薇只浅浅地"嗯"一声，在黑暗里掩住眼睛，默默无声地流了眼泪。

她说得云淡风轻，实际上担心得已经几天没有睡安稳了。事情出来之后她一直没有见过苏缜，不知道苏缜的态度究竟是怎样的。

也许苏缜有路可退，但蒋家没有，她更没有。蒋家一门上下几百口人的性命都在苏缜一念间，她真怕他会断臂求稳，怕他权衡之下会放弃。

今天苏缜肯来，她就放心了大半，现在再听见这样的话，那颗揪着的心才算安稳了下来。心里一松，眼泪便再也忍不住了。

苏缜听见咏薇颤抖的呼吸，没再多说什么，翻身将她轻轻搂进了怀里。咏薇倚着他的胸膛，脸上泪痕未干，却终于沉沉睡去。

许是那些跪疼了膝盖的臣子再不堪忍受，第二天一早上朝时，便开始催促苏缜尽早定案。理由也算充分：证据确凿。

苏缜面上不动声色，但的确是很心烦。

已经是蒋熙元入狱的第四天了，夏初那边还没有给他任何有价值的信息。姚致远奏折中所列罪名，眼下没有一个能翻过来。

可话又说回来，蒋家的罪名也绝不能一个个地翻。不能让罗织罪名的对手看见自己的动作，更不能在全盘胜利之前暴露了夏初。

苏缜瞧着銮殿中一个个据理力争慷慨陈词要求治罪蒋家的大臣，索性也不去费心思想说辞了，直接耍赖道："朕觉得还有疑点，还要再查。"

把这帮臣子气了个仰倒。

散朝后，姚致远又被叫进了御书房；还有那一干请求定蒋家谋逆之罪的臣子，也被一并叫了进来。

在苏缜的要求下，姚致远又把案子复述了一遍，说得嗓子都哑了。苏缜等他说完，又把之前蒋熙元办的那些权臣的案子都搬了出来，抛给了那些大臣，让他们各抒己见，谈谈这些案子的疑点。

这么庞大的命题，把那些臣子搞得头都要炸了。一人一本卷宗捧在手里，一边看一边琢磨着怎么避重就轻，怎么才能不着痕迹地把罪过往蒋家推。

其实苏缜连听都没听，他现在要做的就一件事：拖。就盼着能掩护住夏初，盼着夏初能快些，再快些……

与此同时，西京城里，延康坊牌楼下有人因为肢体冲撞吵了起来，吵了没两句便红了眼，撸胳膊挽袖子动起了手，引了一帮人围观叫好。

常青和夏初坐在旁边茶楼的二楼里临窗看着，看了没一会儿，夏初便摇了摇头：“啧，这个牛满坡的功夫实在很一般。”

“的确不怎么样。”常青也表示赞同。

“那么问题来了。”夏初收回目光对常青道，“死的那三个官员两个是一刀割在脖子上，一个是直接没入后心，稳准狠。官员虽然功夫不一定好，但毕竟是大男人，凶手要是身手一般，很难做得这么利索。”

“嗯，你要是给我把刀，对方站着让我杀，我都不见得能杀得那么利索。”

“我不知道洪竟的功夫如何，但那也不要紧。总之，杀了那三个官员的人，没道理会被牛满坡这样的人挡回去，更没道理还被他刺了一刀。”夏初道。

常青点了点头：“也就是说，杀了那三个官员的凶手，根本不是洪竟？”

“这也不是重点。”夏初剥了颗花生放在嘴里，“那三个官员死在戌时左右，那时天已经黑了。而顾迟章到府衙的时候才酉时三刻，减去路上的时间，遇袭大概是在酉时一刻，那时天还没黑。”

常青听到这儿便笑了起来，压低了声音道：“明白了，顾迟章很有可能是故意遇袭的。带着护卫是为了给自己能活命找的理由，时间提早是为了能够让护卫看见那人的样貌，而那一刀就是所谓的线索，都是为了后来的搜城。”

夏初点了点头：“苦肉计。”

常青侧头看了看夏初，眼里尽是赞赏：“头儿，你让我找人试探牛满坡的时候就想到这一点了？厉害啊！”

夏初摆摆手：“那时候还没有。就是听你说侍卫也惊慌失措的时候，我有点疑惑。他惊慌，说明他是被吓到了，我觉得那不是个功夫好的人该有的临场反应。”

“还真是。”常青点点头，“我也是觉得哪儿有点不对，却没往深了想。”

“但想到苦肉计这层，却是因为昨天跑了一趟河源。”夏初喝口茶润了润嗓子，瞧了一眼茶楼外被揍得求饶的牛满坡，道：“这个案子的每一步似乎都说得通，所以会有现在证据确凿的假象。而实际上若仔细看，又会发现每一步都那么别扭，经不起推敲。”

常青点了点头：“不是自然发生的，总会有漏洞。”

“就是这个意思。而且，这样一来对方反而露了个马脚出来。”

“什么马脚？”

夏初抿嘴一笑，略略压低了声音说道：“首先我们可以确定，这次老臣集团中是有一个首脑的。因为这里面涉及了很多关键的时间点，案情又是从青城郡一直延伸到京城，如果是分头行动，衔接上一定会有问题。”

常青接口道：“所以需要一个人来统一安排，是顾迟章？”

夏初却摇了摇头：“不是他。顾迟章只是个中书舍人，官阶低是一方面，关键是我查了他的履历，以他的履历不足以安排起这么多样化的案子。还有一条，顾迟章太明显了。”

通常规律上来说，在前面冲锋陷阵的都不是主角。

顾迟章受伤，顾迟章指认凶犯，顾迟章看见了那封奏章，顾迟章私下里找了官员想暗中查底，然后官员就死了，等于死无对证。

所有的事情其实都是顾迟章说的，用一招苦肉计，看似偶然地把这幕后的一切都推出来，就算他不是主使，也一定与主使者有密切的关联。

夏初捋了捋整件事情，低声对常青道：“常青，你去盯着顾迟章。”

“行。”常青二话不说就点了点头。

“如果需要的话，找几个你外面的兄弟帮你，不要用府衙的人。主要是看他除了皇城和家之外还去哪里，另外，注意有没有人去找他。”

常青略略思索了一下道：“还是尽量别让外面的人知道好，保不齐哪个嘴快的走漏了就全完了，况且盯梢的人多了也显眼。”

“行，你看着办就好。”夏初道，“有什么动向记得赶紧来告诉我，别轻举妄动。”

“没问题。”常青扔起一颗花生用嘴接住，跷着腿抖了抖。外面的架已经打完了，常青的那个兄弟正仰头看着他，他对人家摆了下手，那兄弟便走了。

夏初看见，冲常青笑道：“你这挺潇洒的，任着公职，外面还一堆小弟。”

“还行吧。”常青笑了笑，看了她片刻后略略正了神色说，“对我来说待不待府衙两可，不过蒋大人在的那段日子真不错。后来我也觉得，其实我还是挺想做个好捕快的。”他忙又补充道，“不过得你是捕头，钟弗明那种就算了。”

“不如你自己做捕头啊。”夏初道。

常青笑了笑未置可否，起身掸了掸身上的花生皮：“我走了。”

夏初稍后也离开了茶楼，找了个安静的地方把闵风叫了出来。每次如此，夏初都不厚道地觉得闵风就像头能被召唤的神兽。

“闵大哥，能不能查到那三个被杀官员，当晚都去了哪里。”夏初问他。

“你查不到。”闵风直接地回答她。

夏初一阵气短，被他噎得半天没能说出话。想想也是，这条线索如果无关紧要，一早就该查到了，可现在毫无痕迹，正说明这很重要。那也就是说故意隐藏下来，想凭问是肯定问不出来的。

她咬着下唇思索片刻，咬了下嘴唇："闵大哥，那你知不知道那三个官员都住在什么地方？"

"我去问。"闵风撂下这三个字，扭身便不见了。

夏初本来还想问问那个项青找到没有，没来得及，只好先放下。想来如果有什么消息，闵风应该会告诉他的。

她真希望能找到，现在全部的事情捋下来，逻辑没什么不通的，但是都没有实证。而正相反的是，对方逻辑站不住脚，却全是证据。

最站不住脚的就是蒋熙元谋逆的目的。掌权？要是蒋家愿意，这权还不是分分钟握在手里！还有什么孙尤梁的奏章，他本来就已经往京中押送了，有什么话入京再说不行吗？写什么奏章，简直脱裤子放屁！

真是硬拗啊！夏初愤愤地想。

夏初回了府衙露了个面，象征性地问了问有没有什么事，钟大人的案子有没有进展，然后从府衙偷了一张西京的地图便溜回家了。

进门的时候闵风已经在院子里坐着了，夏初看看手里的门锁，觉得自己特傻。这人的执行力真不是一般的强啊！她一边想着，一边与闵风打了个招呼："闵大哥速度好快。"

闵风只是点了点头。

夏初把那张西京的地图在桌上摊开，闵风上前指着长兴坊道："户部左侍郎住在这里。"他又把手指移到靖善坊，"工部侍郎和吏部员外郎住在这里。"

夏初拿了笔把这两个地方标了出来，又把他们被杀的丰乐坊和崇德坊标了出来。共同的特点是，以中轴朱雀大街为线，三个人都住在东边，死都死在西边。

"长兴坊在丰乐坊的正东，而靖善坊是在崇德坊的东南。人肯定都会选择较短的距离去到达目的地。"

夏初咬着笔管，习惯性地一边想一边说道："按杨仵作的说法，这几个人死的地方应该都是第一现场，那么就排除了抛尸的可能性。如此看来，他们去的地方一定是在城西或者城西北。"

闵风也看着地图，难得地"嗯"了一声，表示在听，或者赞同。

夏初深受鼓舞，继续道："酉时下班到戌时被杀，有两个时辰的时间。就算是到了那里马上折返，这个地方最多也就是在步行一个时辰的范围内。"她大概测算了一下，在地图上画了个圈，包含了十二个坊和一个西市。

"他们去的是一个地方？"闵风问道。

"十有八九。"夏初皱着眉头想了想，道，"三个人都是放弃马车而改步行，死亡地点相距不过一个坊间，凶手的手段相同，我觉得这里面不该有那么多巧合。”

闵风又看了一眼地图，道：“范围太大。”

“是啊。”夏初放下笔，抱臂盯着那个圈。范围的确还是太大，尤其这里面还包含了一个西市，那处茶楼酒肆林立，鱼龙混杂的。别说还包含了十几个坊间，就算光圈出一个西市恐怕都没什么用。

“闵大哥，我觉得他们放弃马车肯定是对方提的要求，这样方便刺杀。多一个车夫虽然也不顶什么事，但总归还是多一点儿风险。况且，万一惊了马跑起来，兴许真可能让人逃了，远不如对付个步行的人把握大。”夏初道，“可是，对方不让坐车是对方的考虑，他们干吗这么听话？”

沉默了片刻后，闵风与夏初同时开口道：“隐藏身份。”

京官的马车上都有身份的标志，一来办事出城都比较方便，二来在京中行走免去了被人冲撞的可能，百姓看见官员的马车就都闪着点，免得惹出不必要的麻烦。而且，这也是一种官威。

夏初皱着眉头在院子里疾走着转了几圈后，停下来对闵风说：“皇上说得没错，这次的事不只是针对大人针对蒋家的。”

侍郎、员外郎，这都是大官了，让他们听差遣还要隐藏身份，那这主使的身份必然更大于他们。地位高，官品大，还见不得光。

夏初拿了纸笔把这几天的情况和大致的推测简要地写了写，折好交给了闵风，道：“闵大哥，这个麻烦您转交给皇上，希望能对他有所启发。”

闵风接过来转身要走，夏初赶紧扑过去一把将他拽住：“差点儿又来不及问，项青那边有没有什么斩获？”

“动了江湖上的关系在找，有消息我便告诉你。”闵风说完纵身上了房。

江湖啊……夏初看着闵风消失的方向暗暗叹了口气。真是风声鹤唳，现在不光朝堂之上，就连侍卫太监都不敢轻信。她算领会到什么叫盘根错节了。

苏缜正在御书房与一众大臣“查案”，安良悄悄地将夏初的信递了过去，他展开后速速地看了，眉尖轻皱。

他原本以为整件事的主使是三省内的高官，刘尚书那拨人。但如果是夏初所推测的这样，那这个主使之人可能并不在朝堂之内。

不在朝堂之内，却熟悉朝堂之事，能用朝中之人，而且图谋这么大……

又拖延了一会儿后，苏缜便推说乏了，让这帮臣子先散了。这帮人如蒙大赦，纷纷放下卷宗叩首谢恩，退出了御书房。

苏缜把目光放在顾迟章的身上，略略一想，便扬声道：“顾爱卿留步。”

顾迟章正往外走，听见这么一句不禁心里一颤，稳了稳心神才转身走了回来，躬身道：“臣在。”

苏缜看了他一会儿，微微一笑，起身走下了龙书案，到他身边后缓声问道：“顾爱卿的伤可好些了？”

顾迟章惶恐道：“臣谢皇上关心，小伤而已，并无大碍。”

“顾爱卿今天话不多，不知对这案子可有什么看法？朕想听听。”

顾迟章看着苏缜温和的笑容，打心里觉得发毛，不知道是个什么意思。为什么单独把自己留下问看法，好端端的又问起了自己的伤。

心里打鼓，顾迟章不免打起十二分的精神应付道：“臣以为……皇上亲查此案乃是明君之举。只是事发至今蒋家全无上表辩解之辞，岂知不是做贼心虚。蒋家过去虽是有功之臣，但功过不能相抵，皇上对不臣之人万勿有仁慈之心，救豺狼于困顿，来日必成大患。”

“说的是。”苏缜笑意愈深，点了点头，“只是朕疑心……”

顾迟章的心都悬到了嗓子眼儿，可苏缜说到这儿却又不说了，摆了摆手道：“罢了，顾爱卿先回去吧。”说完唤了声安良，先一步离开了御书房。

皇上走了，顾迟章也不好在御书房久留，怀着一颗极其忐忑的心走了出去，觉得腿都有些发软。

疑心？皇上疑心什么？怎么说了一半却又不说了？

顾迟章咽了咽唾沫，沉吟片刻后快步走了。

待顾迟章走了，苏缜从廊庑后转了出来，手里捻着珠串轻声对安良道：“传话给闵风，让他这几日护好了夏初。还有蒋熙元那边，告诉钱鸣昌也警醒着点，若是蒋熙元出了什么意外，就让他提头来见。”

安良心中一凛，重重点头说了个是，退开后小跑着去传话了。

日已西沉，阴了一日的天此时越发灰暗，凉风带着一股潮湿的味道卷过，倒让昏沉的头脑清爽了很多。苏缜让仪仗远远地跟着，自己一边思量着夏初的那封信，一边漫无目的地走着。

夏初已经派人盯着顾迟章了，方才他与顾迟章一番语焉不详的对话，势必会让他慌了神乱了阵。现在不怕他们有所动作，反而怕他们不动。只有动了，才看得见足迹，才好揪出这幕后之人。

这见不得光的幕后之人……

从一开始苏缜便知道这件事不是单纯针对蒋熙元的。

苏缜筛滤着整件事情的起落转折，分析着事情如果按他们所计划的，走到最后会是什么样的结果。忽然脚步一驻，他回身招了安良过来，道：“更衣，朕要去一趟刑部大牢。”

刑部大牢里，蒋熙元正盘腿坐在床上看书，倒是一派颇闲适的模样。书是钱鸣昌送进来的，给他打发无聊，牢里还多添了几盏灯，亮度够了倒也不显得那么阴冷了。

两耳不闻世事，除了风景差点儿，勉强也算是个世外桃源。

牢房外的回廊里脚步声起，渐近，到这门前便停了下来。蒋熙元以为是夏初又来了，低头悄然一笑，把书盖在脸上，顺势往床上一躺开始装睡。

苏缜跟着钱鸣昌到了大牢，开了牢监的门后，便挥了挥手让钱鸣昌先退下了。牢门在他身后合拢，那“哐”的一声让他猛地心中一惊。又停了一会儿，并没有听见上锁的声音，才松下心来。

苏缜心内自嘲一番，自己不管有多么坚信那属于自己的胜利，多么自负自己的手腕与方略，内心到底还是不安的。此番若是输了，自己便是这样的结局，甚至如此都算是好的了。

他瞧了一眼躺在床上的蒋熙元，觉得好笑又有些羡慕。这时候了，竟还能如此安睡，真是命好的人不知愁事。

苏缜放轻了脚步走过去，把盖在蒋熙元脸上的书揭开。目光刚落在书上，还不等看清一个字，就觉得左手腕被一只温热的手掌给钳住了，紧接着那手便发了力，硬扯着苏缜往床上扑过去。

苏缜一惊，甩手把书扔到一边，右手按着蒋熙元的胸口稳住重心，左手一拧反钳住蒋熙元的手。随即身形一转一压，便揪着蒋熙元的领口来了个过肩摔，把他从床上直接扔到了地上。

牢房地上铺的都是硬邦邦的青石板，蒋熙元这一下摔得不轻，躺在地上半晌才吐出口气来，手腕的大筋还被苏缜扣着，一阵阵发麻。

他抬眼看了看苏缜，笑得极为尴尬。苏缜也看着他，轻哼了一声甩开他的手“醒了？”

蒋熙元从地上爬起来，拍了拍屁股：“误会。”

苏缜转过身没理他，把那本书捡了起来，放在手里胡乱翻了几页后才头也不抬地说：“知道。”

蒋熙元瞄了他一眼，有点心虚地轻轻清了清嗓子：“皇上怎么来了？”

“嗯。”苏缜的目光还放在那本书上，一页页翻得飞快。见他答非所问，蒋熙元便也不知道该说什么了。牢房里一片静默，只听见唰唰的翻书声，有种心照不宣的尴尬。

过了好一会儿，苏缜才抬起头来，点了点手里的书：“你怎么读起经来了？”

蒋熙元很捧场地笑了笑，寻了个轻松的声调说：“我闲得无聊让钱鸣昌找本书来看，他就送进来这么一本。那老匹夫的小算盘打得好，他不知道最终蒋家是败是兴，送别的怕将来落了把柄被人说项，送经安全，又满足了我的要求。”

“嗯。”苏缜又无可无不可地点了点头，把书扔在床上，抖平衣摆坐了下来：“朕来……是与你说说案子。”

“有进展了？”

“是。”苏缜从袖中把夏初写的那封信掏了出来，递给了蒋熙元，“这是夏初递上来的，你看看。”他顿了顿又自嘲般轻笑了一声，道，“也许你已经知道了。”

蒋熙元暗暗地叹口气，接了过来，一边展开一边说道：“臣身陷牢中，除了知道皇上为了臣的这个案子殚精竭虑，又能知道什么呢？”

苏缜觉得自己的语气有些失态了，便压下心中浓浓的失落。换了个姿势也换了个语气，道：“夏初大致勾画了幕后指使的身份，朕觉得甚是有理，也想听听你的意见。”

蒋熙元微蹙着眉头把信看完，放下的时候眉头却展开了，对苏缜道：“不管整件事是针对蒋家还是针对皇上，其实最终的结果都是针对皇上的。可是，架空皇权并非长久之计，毕竟皇上您并不是个会任人拿捏的性子。”

苏缜浅浅地笑了一下：“所以，他们要换一个。”

“正是。倘若不是这个打算，那只需要扳倒我蒋家就可以了。新臣势力尚弱，蒋家倒了自然都会趋利避害地依附老臣们，皇上您便是孤立无援。如果他们要的只是相权独大，如此就够了。”

蒋熙元把那封信叠好递还给苏缜：“皇上心里已经知道是谁了，是吗？”

苏缜抬头环视了一遭牢房，低声道：“庶人苏绎死了；陈王绥王母亲的身份低向来也没什么人支持，如今在封地日子过得舒坦；我那几个皇弟年纪又都太小。这实在不难猜。”

“他在河源守陵，无诏终身不得离皇陵一步，京中必然有个人在替他办事。夏初所勾画的，其实是这个人。”

苏缜却浅浅地摇了摇头：“不是京中有人替他办事，而是京中有人在办事。他不过就是这个人将来要用到的傀儡罢了。”

蒋熙元笑了笑，点头道：“是，京中的这个人要抓住，而河源那位，这次也得一并除了才好。他的身份尴尬，免得将来再出事端。”

苏缜看了看蒋熙元，起身到桌前了倒了杯凉水，一言不发地缓缓饮了。杯子放下时，蒋熙元听见他若有似无地叹了口气。

他知道苏缜的心思，便道：“人总有不得已，九五之尊也不例外。”

“知道。”苏缜回过头来，脸上倒也看不出更多情绪，“河源那边不能等到京中事定再动，现在就要布下人去。给朕个信得过又不招眼的人。”

蒋熙元想了想道：“刘起。他现在在蒋府关着，皇上让他出来就是。蒋家的亲兵尚未裁撤，若是需要人，便从亲兵里带几个，他都清楚。”

苏缜点点头，默然片刻似仍有话想说，却不知如何开口，只道：“你接着睡吧。”说完便往牢门口走去。

蒋熙元觉得在刚刚商议完那种大事之后，以这么一句做收尾实在是有些奇怪，只能也莫名其妙地跟了一句：“臣遵旨。”

走到门口的苏缜又回过头来，稍犹豫了一下说：“你不用担心夏初。”

没等蒋熙元说什么，牢门便关上了。他盯着那扇门，想着苏缜临走前的这句话，忽然觉得心中五味杂陈。

已近秋日，日头西沉后起了风，有了丝丝凉意。

夜里，蓄了一天的雨终于是落下来了。这是今年的第一场秋雨，绵绵的，无声无息，在瓦檐上汇聚成珠，滴在廊下才发出一点儿闷响。

夏初躺在床上，睁眼看着这无边无沿的漆黑，听着若有似无的雨声，睡意全无，心里无由来地发慌。她也不知道是为什么，也许是因为所有的线索证据渐渐拧成一线，但这一线究竟能不能带出她想要的结果，她却没底。

过了没一会儿，门忽然被拍响了。夏初愣了一下后惊起，心脏猛烈跳了起来：“谁？”

闵风的声音传来，也是低沉的：“是我，闵风。”

夏初抓起外衣披在身上，都来不及束好腰带便跌跌撞撞地冲了出去，疾声道：“怎么了？是大人那边有什么变故吗？！”

闵风摇了摇头，默了一瞬后道：“是常青，府衙来人了。”

夏初愣了愣，推开闵风往门外跑去。

她坐着府衙的马车一路奔了城西怀远坊，车在一个巷口停下来。撩开车帘，不远处的黑暗中几点火把格外醒目，隐隐传来含混不清的哭泣声，在这稠密的黑暗里如幽灵的低诉。

夏初感到害怕，她很想转身跑开，可还是顶着雨踏着泥泞一路冲了过去。

巷子里有三个人，夏初看身形认出其中一个是裘财，举着两盏火把；另外一个穿着蓑衣戴着帽子，手里的风灯能看出是个打更的；还有一个人蹲在地上。

夏初走近了才看出是郑琏，她叫了他一声。郑琏抬起头来，红肿着双眼看了看夏初，动了动嘴却没能说出一个字，粗大的手用力掩住了自己的脸，哽咽一声后低声呜呜地哭了起来。

夏初往地上郑琏身前看过去，泥泞的墙根下躺着她熟悉的常青。身上盖着两件蓑衣，暖黄的火把光映在他脸上轻轻摇动，看上去好像睫毛轻闪，可细瞧却其实一动不动。

檐上冰冷的雨滴落下来打在他的脸上，他还是一动不动。

她轻轻叫了一声常青，他还是一动不动。

夏初被巨大的恐惧摄住了心神，身子晃了晃，站立不稳地往后退了一步。她盯着常青，看上去他只是躺在了地上，躺在了泥泞中，好像下一刻就会爬起来，爬起来嘲笑自己的恐惧。

可是没有，无论她看得多么仔细，多么努力，常青还是那样一动不动。蓑衣下露出的脖颈上一道翻起的伤口，连血都不再流了。

他死了。

也许是梦，只是梦里的雨为什么这么凉？为什么这么大的恐惧却仍不能让自己醒过来？夏初看着常青，这样清晰的事实摆在眼前，可她还是不能相信。

“怎么这样？”夏初转头看着裘财，恐惧瞬时变作了巨大的愤怒，“怎么这样！”

白天，就是这个白天，几个时辰之前，他还好好的。他还坐在她的对面说话，她怎么能相信几个时辰之后再见，竟是一具冰冷的尸体！

裘财抬起胳膊抹了一下脸，哑着嗓子道：“头儿，这打更的来府衙报案，说这儿……这儿死了人。我们套了车过来，没想到……”

裘财也说不下去了。夏初愣了片刻，转身抓着那个打更的人：“说清楚，你怎么发现的，都看见了什么，说清楚！”

打更的瑟缩了一下，神情紧张地道：“今儿下雨，我……我原本不想出来的，可是更头儿非让我出来……”

“说重点！”夏初一把甩开打更人的胳膊，声嘶力竭地吼道，“说！”

打更的扑通一下就跪下了，风灯也扔到了一边，哭丧着道：“我走过这巷子的时候，听见有动静，像是什么东西掉了。就……就进来看看。”他瞟了一眼常青的尸体，“然后就看见他躺在地上，那会儿还在挣扎。我以为是犯了急病，想……想搭把手，结果一走近才看见好多好多的血。”

打更的捂着自己的脖子，满脸惊恐，话也说得急促了起来：“我吓坏了，起身想跑却被他给抓住了，他还跟我说话，那声音简直像鬼一样。我拼了吃奶的劲儿才挣脱开，赶紧跑去府衙报案了。”

“他说的什么？”

“我不记得了，我吓都要吓死了……”

夏初一把薅住打更人的领子把他从地上拽了起来，推抵到旁边的墙上，打更人吓得大叫。只听夏初狠狠地道："想！必须给我想起来！死的那是捕快，那是我的捕快！给我想！"

"我真的，真的听不清楚啊！官爷……"打更的浑身直抖，努力地回忆了好一会儿，才试着张嘴重复着自己听到的音儿，"春花？还是，粗话……大大大概是这个声音。"

夏初松开了手，那打更的连滚带爬地跑开了。

春花，粗话……夏初脑子一团乱，重重地将头抵在墙上，盯着眼前模糊不清的黑暗，强令自己冷静下来。

这是常青最后的话，他要说什么？这是个什么信息？

他是盯着顾迟章的，今天苏缜那边给了顾迟章一个刺激，顾迟章很可能出门去找那个幕后主使，常青会跟着，常青一定会跟着……

对，地点，应该是地点。

春花，粗话……

与这个音相近的地方，有通华、敦化，还有崇华和崇化。夏初努力回忆着那张西京地图，这里面在城西北的只有崇化坊。她猛地回过头，大声叫道："闵风！闵风！"

闵风站到了她的身边，她从怀里把苏缜给的那封手谕拿出来递给了他，疾声道："去找禁军，快去！派人给我围了崇化坊！快！"

闵风犹豫了一下，接过手谕，道："你不要妄动。"说完纵身而去。

夏初看了一眼常青，又迅速地扭开了头，道："郑琏跟我走！裘财，你带常青……带常青……"

她急急地喘息着："带常青先回府衙。"

郑琏抹了眼泪，拿了支火把走到她身边。"去崇化坊！"夏初说完拔腿便走，走到巷口又回过头来，哑着嗓子颤抖着声音对裘财说，"小心一点儿，别磕着他……"

迎着雨，夏初一步步往崇化坊走着。郑琏跟在她旁边，问道："头儿，常青这……这到底是怎么回事？"

夏初没有说话。

"早起还好好的，这人还活得好好的，还说休沐去喝酒。"

夏初仍是没有说话，借着火把的光，踏着泥泞走得极其用力。她觉得胸口像是被什么东西给压住了，压得她说不出话，也喘不上气。

郑琏颤巍巍地叹了口气："这么好的兄弟……"话没说完，却见夏初脚下一个踉跄，摔跪在了地上。

郑琏赶忙过去搀她，却怎么也拽不起来。他绕到夏初面前，刚要说话却又红了眼眶。夏初在哭，脸上全是泪；在哭，张大了嘴却发不出一点儿声音。

她审了打更人，布置了闵风去找禁军，安排了裘财送常青回府衙，她忍到了现在，她再也忍不住了。

常青、常青……

那个油嘴滑舌的常青，啰里啰唆的常青，忽悠死人不偿命的常青。因为他收贿银，让夏初彻底对府衙失望了。可她回来，常青却说，你现在还能信得过我，我已经很高兴了。

常青说，其实我是很想做个好捕快的。常青对她说的最后一句话，是我走了。

他走了。

离开她的身边，走出茶楼，去办她交代的事情，却再也不会回来了。她还等着他得意扬扬地对她说：头儿，怎么样？我还行吧。

她还等着这桩案子结束了，就举荐他做这西京的捕头；她还说自己欠了他一份情，将来必会报答于他。可是没有将来了，没有将来了！

夏初大声地哭了出来。

都怪她！都怪她！

是她找常青帮自己查案，是她让常青去涉险，却又没能保护好他。他那么安逸的日子，那么潇洒的生活，那么青春的年华，被她毁了……

都被她给毁了！

她好后悔，好后悔。眼泪从心里流出来，灼痛了五内，流不干，就算流干了，也丝毫减轻不了心里的痛苦，减轻不了深深的懊悔和自责。她对不起他，却再也没有道歉的机会、恕罪的机会了。

再没有了，常青再也没有了……

“头儿，头儿你起来吧。”郑琏还在拽她，哭着道，“头儿，我们是不是去给常青报仇，我们是不是去给常青报仇！常青到死都要传个口信儿给你，你可不能辜负了他，头儿，你起来……”

“是，是……”夏初咬了咬牙，扶着郑琏从地上站了起来，浑身抖似筛糠。她反手狠狠地抹了抹眼睛，踉跄着继续往前走去。

秋雨，没有夏日的雨来得滂沱酣畅，静谧中有着萧瑟的哀伤，洒落进西京城空寂的街道。

这是西京的第一场秋雨，它带走了常青……

闵风带着那封口谕很快便到了布政坊的禁卫局，亮了腰牌后长驱直入，直接进了禁军头子的卧室。禁军头子从床上惊起，迷迷糊糊就去摸床头的佩刀，闵风上前把他从被窝里揪起来：“点二百禁军，即刻围了崇化坊。”

“你谁……”陆嵩火冒三丈。不等他说完，闵风已经把他拽出了门，外面冷风冷雨的一吹，陆嵩立刻打了个激灵，借着廊下的风灯这才看清楚来者的模样，却不认识，不禁越发光火，大喊道，“来人！”

话刚出口，闵风已经把那封手谕举到了他的面前。陆嵩往后退了退，调整了一下距离，只待看清了页首那句：见此手谕，如朕亲旨，又瞧了瞧落款处的章，心中骤然一凛，点膝拜下：“臣遵旨！”

这时有禁军侍卫听见陆嵩那声喊已经赶了过来。陆嵩起身一扬手：“甲丙丁戍四班即刻整兵，往崇化坊，乙班待命！”

那几个禁军侍卫愣了一下，看着只穿着中衣的陆嵩显得有点茫然。陆嵩一跺脚，瞪眼吼道：“聋了？！快去！”

不过片刻的工夫，禁卫局里的四班禁军便燃了火把，整了队，轻甲佩刀跑步往崇化坊去了。陆嵩一边忙乱地穿着衣服，一边抓着闵风道：“还未请教，阁下是……”

“闵风。”闵风撂下名字，片刻不再耽搁直奔了崇化坊。

陆嵩倒抽了一口冷气。这闵风他是只闻其名，却未见过其人，但什么来头却是再清楚不过了。这可是真正御前的人啊！看意思这趟差办好了露大脸，办不好脑袋就悬了。

思及此，连衣服也顾不上穿利索了，抓着腰带、头盔便冲了出去。

怀远坊离崇化坊不远，夏初与郑琏比禁军到得要快。夏初让郑琏把崇化坊的地保找了出来，问他最近崇化坊可有陌生人活动。

那地保睡眼惺忪地摇了摇头：“没有吧。官爷，最近我们这儿治安还不错，连吵架的都没有。”

“没有？要是我们从这儿搜出了要找的人，你这地保也甭干了。”夏初死死地盯着他，一脸水渍污泥，让地保直觉得胆寒。

他咽了咽唾沫，这才拧着眉仔细地思索起来，片刻后说道：“香油坊来了亲戚，是小姑子带着孩子来看嫂子的。嗯……还有杏花巷的房卖了。”他揪着胡子翻着眼又想了想，“对了，甜水巷那有处宅子最近有人搬过来了。”

甜水巷？夏初觉得这地名有些耳熟，一时又想不真切在哪儿听过。问道：“什么时候的事？”

“不到半个月。那宅子大半年了一直没人住，最近门上的锁没了，但大门见天闭着。我去看过，人家房契什么的都有，估计是搬过来了。”

“房主姓什么？”

“龚。叫龚什么的？我记不住了。”地保着实地说道，生怕夏初不信，又重复道，“真的，真是记不住了。”

龚？夏初皱了皱眉头，给郑琏使了个眼色。郑琏便一捏那地保的肩膀，推了他一下：“带我们过去看看。”

三人刚走到甜水巷巷口，就听见巷子里有轻微的动静，细分辨好像是车轮的声响。夏初心里一紧，抢过郑琏的火把就往里跑。郑琏急忙跟过去，那地保也不知道发生了什么事，生怕平白惹了是非，转身溜了。

刚进去没走多远，夏初就感觉有人在身后，她猛回头，正看见一个人反手拿着短刀，就在郑琏身后，而刀已经快举到了郑琏的脖子处。

夏初大喊了一声小心，将火把杵了过去。郑琏吓得一闪身，那人也侧身往后退了退。郑琏被燎煳了半条眉毛，夏初一步跳到墙根贴住墙，又一把将郑琏拽到自己身边，以防止被人从身后偷袭。

“怎么了？”郑琏还没明白是怎么回事，刚一问，又被夏初嘘了回去。

那车轮声已经听不见了，巷子里静悄悄的，只有火把燃烧的猎猎之声。

夏初举起火把往左右探去，却不见了那人的踪影。空气里微腥的水汽跟火油的味道混在一起，让人焦灼难安，仿佛有什么东西随时会炸开，却又不知道会从哪里炸开。

怔了一瞬，夏初浑身忽然一个激灵，下意识地抬起头来，一刃金属反射了火光，寒意森森的已经欺近了她的头顶。

夏初头皮一麻，猛推了郑琏一把，借着反作用力往一侧闪开，将将闪过刀尖后一个站立不稳跌在了地上。

那人俯冲落地之后滚起身来，抬腿一脚踢在夏初的手上，将她手中的火把踢飞了。火把在空中划出一道弧线，落在了远处的水坑里，“嗤”的一声熄灭了，周围瞬间便是一片稠密的黑暗。

夏初觉得手腕都要断了似的，坐在地上往后蹭了几步，咬着牙扶墙站起身来。她倚着墙屏住了呼吸，却听不见任何的声响，她知道那个人肯定还在。而且，她看不见对方，对方却应该能看见她。

少顷，她听见郑琏小声地喊了一声“头儿”，她知道郑琏没事，稍稍安心。正想告诉他不要出声，赶紧离开巷子，却听见自己的耳边轻轻的一声冷笑。

就在耳边，极近。

夏初毛骨悚然，浑身的汗毛都竖了起来。她往声音处稍稍侧了侧头，握起拳头准备拼一把，还不等拳头抬起来，就觉得自己脖子上一缕森森凉意，似乎刀刃已经嵌进了皮肤里，有一点儿疼。

这疼很真切，看来是逃不过了，夏初想。

寂静的夜里，雨没有声音，风也没有声音。刀入皮肉应该不过就是一瞬的事儿，可那一瞬间却似乎特别长。她闭上眼睛，心里竟也没了害怕，取而代之的是遗憾，深深的遗憾，好像想了许多。

直到她听见了一声令人脊骨发凉的声响，是利刃割进皮肉的声音。紧接着几滴不同于雨水的，热乎乎黏糊糊的液体便溅到了自己脸上，一股血腥味随即蔓延开来。

夏初没有睁眼静待死亡，等了片刻后又感觉不太对。她抬手摸了下自己的脖子，皮肤的热度与触感真真切切，脖子上有一道浅伤，有些疼，却还完好。

没死。她猛地松了一口气，这才觉得腿肚子发软，浑身都没了力气，倚着墙直要往下坠。还不等她坐到地上，便听见有个重物先她一步摔进了泥水里。

“没事吧？”这是闵风的声音，已经近在身边了。

夏初心里一块儿石头落了地，抚着心口喘了两口气，忽然回过神来，抓着闵风道：“快追！刚才有辆马车往南去了！”

话音刚落，巷子外忽然嘈杂了起来，大量的火把涌进了崇化坊，兵丁的脚步声，吆喝声，瞬间打破了这雨夜的宁静。

禁军来了，行了。夏初笑了一下，她看不见闵风，只凭感觉对着他所在的方向轻声说了句谢谢。

“你太冒险了。”

“我不知道你们什么时候才能来，也怕禁军不肯动，我不敢等。”

“不会。有皇上的手谕，不遵便是抗旨，立斩。”

“这样啊……”夏初点了点头。她不知道那手谕这么大的威力，苏缜果然想得周全。转念，夏初又有些同情他，这得是有多少近忧远虑，才练出来的周全，饶是如此还被人算计了。

陆嵩举着火把从巷子外走了进来，对闵风一点头：“闵大人，南口扣了一辆马车，您过去看看吧。”

闵风点了点头，对夏初道：“抓到了。”

夏初松了口气，一低头，借着陆嵩的火把光这才看清楚地上躺着的那个人，手里还握着短刀，一把剑从右侧贯穿喉咙，力道大的吞口都卡在了脖子上。

这显然不是持剑捅过去的，不然剑不会离手，而是从远处把剑当了飞镖飞过来的。夏初瞪大了眼睛，不自觉地扶着脖子咽了咽唾沫。

刚才那人就在自己身边，刀刃都贴在自己脖子上了，这大黑天的，闵风是得多大的自信才敢这么使剑。稍偏一点点，死的就是自己了。

陆嵩也看见了这具尸体，自然也是分析明白，错愕不已。再看向闵风的眼神都灼热了起来，赤裸裸的崇拜。

闵风走过去把剑拔了出来，在那人的衣服上抹了抹，波澜不惊地收剑入鞘，率先向巷子外走去。

南口处，一辆马车被一班手持火把的禁军围住，其余的兵丁还在别处跑动，怕会有漏网之鱼，搅动得整个崇化坊躁动不安。许多人家都被吵醒点了灯，却没人敢开门。

马车的车夫已经死了，脸朝下趴在车边上，脖颈处还扎着一支匕首。夏初看着那个车夫，又看了看四周的禁军，皱了皱眉头。

“出来！”陆嵩上前一步，对着马车高声喊道。车里没有动静，陆嵩恼火不已，对旁边的禁军道，“去！把车给我拆了！”

“陆大人还是这么爆的脾气。”车里有人说道，随即朗声又笑了笑，一只手拨开了车帘。

夏初没听过这个声音，可闵风和陆嵩却都皱了皱眉。说话间，车里走出一个人来，年纪不轻，胡子花白，身板倒是挺直，一身布衣却是颇有气度的模样。

“这人是谁？”夏初侧头低声问闵风。

“吴宗淮。”

夏初没有见过吴宗淮，可对这个名字却是再熟悉不过了。当初死在莳花馆的那个龚元和就是他的内侄，后来冯步云为他善后杀害了李二平。她那时还是个杂役，与蒋熙元一起翻了李二平的案。苏缜顺水推舟将他扯下了尚书令的位置，暂时压制了权臣。

夏初因着这桩案子进了府衙，他却是阴沟翻船，因着这桩案子滚回了老家。细算起来，这吴宗淮还算是栽在了她手里的。

看来这人虽出了仕，交了权，充公了家财，贼心却是不死。如今回了西京，又被自己围在了这里，还真是冤家路窄。

难怪，难怪这幕后的主使能动得了那么多的朝廷关系，当初他就是那帮老臣的核心。如今这帮人岌岌可危，利益权势当前，倒是很团结。

夏初冷哼了一声，负手往吴宗淮身前走去。闵风不知其意，也跟了上去。

吴宗淮也不认识夏初，瞧着这么一个一身泥污满脸狼狈的年轻人走了过来，而皇上身边的闵风还跟在她身后，也不知道是个什么来路，眼里不禁有些疑惑。

夏初走到近前，睨着这个与自己差不多高的半老头，道：“知道我是谁吗？”

吴宗淮哼笑了一声：“恕老夫眼拙，老夫不认得。”

“夏初。”她启唇轻轻地吐出两个字，还不等吴宗淮反应过来，夏初便铆足了力气，扬手照着吴宗淮的脸上就是一巴掌。

一声脆响，打得在场所有人，包括闵风都愣了。

“这是我替李二平打的！要不是你这个昏官，她现在还好好地活着！”夏初高声道，话音甫落，紧接着反手左右开弓又是两巴掌，“这是替常青打的！”

吴宗淮接连挨了三巴掌，嘴角都被打裂了，被打得直发蒙，开口骂了个“混账”。夏初揪起他的领子把他按在车壁上，对着他的命根子就是一脚。吴宗淮哀号一声，捂着裆想蜷起身子，却被夏初薅着半吊住。

“你不好好在家准备棺材，来这里兴风作浪？”夏初红着眼睛恨声道，“你不准备，我给你准备！”

“带走！”夏初拽着吴宗淮把他扔在地上，尤不解恨地想再踹上一脚，却被闵风给拉住了。

陆嵩招了几个人上前，收拾了车夫的尸体，再将吴宗淮绑了押去刑部大狱，随后那些兵丁也撤走了。四周重归于黑暗和寂静。

闵风与夏初两人默默半晌后，闵风道：“要回宫吗？”

夏初揉着自己的手腕和手掌，摇了摇头，对闵风道：“闵大哥，那车夫不是禁军杀的，应该是吴宗淮看逃不脱自己动的手。我估计……他后面应该还有人，你与皇上说一下吧。”

“好。”闵风点点头，见夏初转身要走，便问道，“去哪儿？”

“府衙。”夏初转回身对他点了点头，再不留片刻，与郑琏一起往府衙走去。

闵风动用手谕调出禁军后没多久，值夜的刘西江便听到了消息，立时递了条子入宫，将此事报给了苏缜。

彼时苏缜已在寝宫就寝，听安良报了消息后，立时披衣起身直奔了御书房。禁军已经动了，说明夏初必是抓到了幕后之人，所以不打算再隐秘查案。

他下午见过蒋熙元之后便密派了刘起去河源，没想到这才到半夜夏初便把人抓住了。是好事，但是如此之快，他又担心不能借这个机会把隐患连根拔了。

“安良，去宫门处候着，有消息马上来报。”

“是。”安良一点头，转身冲进了黑夜里。苏缜站在御书房的门口，听着夜雨声密，打在宽展了一夏的叶子上，发出点点声响。

这下着雨的半夜，夏初这时候用了手谕，让闵风去搬禁军，那她在干什么？她有没有跟着闵风？她有没有遇到危险？

他看着崇化坊的方向，现在很想冲出去，很想到夏初身边去，想尽快看见她平安无事才好。可他又不能离开，唯有默默祈祷。

夏初每一次有危险，有困难，有需要，他竟都没有在她的身边。不管是当初府衙外的骚乱，还是后来尚仪宫的责打，到了今日，依然这般。

每一次……

苏缜紧紧地握着手中的坠子，想起接夏初入宫那天他说的话。他说想要看见她在自己身边，想要伸手便能护住她。可现实却把这些话变得如此可笑……

他走出廊庑，伸手接住了几滴下落的雨水，缓缓握拳，只握住了一掌冰凉。

闵风很快就来了，入御书房院时看见苏缜就在廊下站着，忙上前单膝点地："皇上，人抓住了。"

苏缜心里松了口气："夏初呢？"

"回府衙了。"闵风顿了顿道，"死了一个捕快，夏姑娘很难过。"

"知道了。"苏缜垂眸点了点头，再抬眼，眼中已隐去了诸多的情绪，"抓的是谁？"

"吴宗淮。但夏姑娘说，他身后应该还有别人。"

苏缜点了点头："所针对的是朕，自然是还有别人的。陆嵩那边让他先别漏了风。"说完，转身走进了御书房。驻足门边，像是想起了什么似的，沉默片刻又唤了安良过来，"你去趟刑部大狱吧。"

夏初回了府衙，常青的尸体已经先一步送了回来，就停在府衙的殓房中。裘财已经给常青换了一身干净的衣裳，取了值夜时床铺的枕头放在了他的头下。

常青爱说爱笑，有着极好的人缘。虽然是深夜，但是牢头过来了，拎着自己的酒，倒了满满一杯放在了常青的身边。还有府衙各处今晚在值夜的人听说了常青的事，也都起身过来了。殓房里默默的，都是抽泣的声音。

夏初慢慢地走过去，看着常青的脸，依旧觉得他只是睡着了，过一会儿就会醒过来，还会与她说话，对她笑。

可常青好安静，她从来没有见过这么安静的常青。夏初小心翼翼地握住了常青冰凉的手，眼泪大滴大滴掉落下来。

"常青，我需要你帮我，但这事儿水很深，我也不勉强你。"

"有什么勉强不勉强的，头儿你有事尽管吩咐着，还跟以前一样。"那天的秋高气爽的日头下，他说得毫无犹豫，说得稀松平常。

那时的常青没想到这样随口的应下会送了命，那时的夏初也没想到，自己的信任会是道催命符。

她好希望一切能重来，希望能重走过穿越这一遭，让她重新再见到常青，让她能对他说：你不要管，你什么都不要管。

可是她回不去，也再不能重来。常青死了，再不会睁开眼睛。

"夏初。"一双手扶住了她的肩膀，将她带离了常青的身边。不理会他人的目光，也没管那些诧异，把她轻轻搂进怀里带出了殓房。

外面凉风扑面，夏初泪眼迷蒙地抬起头来，推开一点儿身子，借着廊下昏暗的风灯看着蒋熙元，还以为是自己眼花："大人？"

"不哭了，夏初。"蒋熙元抹了抹她脸上的泪，"我也很难过，但是人死不能复生，我知道你自责后悔。但你相信我，常青不会怨你的。"

夏初摇了摇头，扎在蒋熙元的怀里哭道："大人，我好想他能怨我！可是常青死了，大人！都怪我，都怪我！"

"如果他死了都是怪你，那吴宗淮呢？那个杀手呢？"蒋熙元揉着她的头发，"不是你的错。"

"夏初，有人与我说过，人虽死了魂魄却还在。"蒋熙元搂着她往捕快值班的房间走过去，柔声道，"常青是个好捕快，你告诉他，他听得到。"

夏初抬起头来，有些茫然地看向廊外漫漫的黑夜，片刻后轻声道："常青，对不起。"

也许是忽然有了一阵风，廊下的风灯闪了闪。夏初出神地看了看那盏灯，从蒋熙元的怀里挣脱出来，跑到廊外。

雨依旧绵绵地下着，夏初将双手拢在嘴边，大声地喊道："常青！你是个好捕快！常青！对不起！常青……"

那晚，夏初倚在蒋熙元的怀里浅浅睡去，梦里没有了雨，没有了黑夜。她看见常青从远处走了过来，阳光下，还是那样对什么都毫不在乎的神情。

她说，常青，你还活着太好了。常青，你记住，下雨的时候不要出去。

"我这里不会下雨。"常青摇了摇头，对她笑，"夏初，我其实很想做个好捕快，只要你是捕头。"

他说："我走了。"

天亮了，雨停了，夏初醒来也没有看见蒋熙元，以为昨晚自己只是做了一个很长很长的梦。只可惜常青的死并不是个梦。

后来她去刑部看蒋熙元的时候才知道，那晚蒋熙元确实是来过的。苏缜让安良去将蒋熙元偷偷接出了刑部大牢，让他到府衙看看她。但是案子还未完结，又只能先回去了。

在牢里，夏初抱着蒋熙元，她从没有如此地渴望过拥抱，手掌下是他实实在在的触感，让她安心。那晚刀刃贴在她的脖子上时，她想的全是蒋熙元，遗憾自己没能回应他的心意，遗憾自己没能在阳光下的清风里给他一个满怀心意的微笑。

"大人，你好好的，等我。"

"嗯，我等你。"蒋熙元低下头，在她的唇上轻轻一吻，"以此为誓。"

"嗯。"夏初红着脸，点了点头。

不在花前月下，没有甜言蜜语，这企盼已久的爱情，柳暗花明波波折折。好在，它终归还是来了。

三日后，常青出殡，来送殡的人很多，排满了长长的一条巷子。丧仪后夏初拿出了自己的所有积蓄，卖掉了所有可以卖掉的东西，给了常青家里一些钱。府衙的抚恤金大概要到案子结束才有可能拿到，毕竟常青是私下里帮她做的事。

夏初知道，性命面前谈钱很俗，可她除了钱，也再没有别的能做的了。

抓到吴宗淮的第二天，钱鸣昌和姚致远便联手密审了他。但吴宗淮拒不承认京城中的几位大人和常青的死与他有关，更不承认洪竞与他有关。

吴宗淮毕竟是个在官场混了几十年的人。他知道，若是小罪皇上倒可以一意孤行将他办了。但像谋逆这种大罪，皇上反而不敢轻举妄动，尤其是老臣势力仍未完全消解，新臣势力尚且薄弱的时候。

皇上都要有所顾忌，下面的臣子更是不敢把他怎样。更何况他对朝中官员的心态清楚得很，钱鸣昌是个见风使舵的主，而蒋家一案是姚致远亲奏皇上的。如果从吴宗淮这里翻了蒋家的案，他自己也骑虎难下。

这一关，吴宗淮一点儿都不担心。

吴宗淮过了堂之后，钱鸣昌和姚致远便战战兢兢地上表说他拒不认罪。又云，虽然雨夜京城府衙捕快被杀一案与他似有关联，但证据实在勉强，不好贸然定罪，需再查再审，谨慎处置。

苏缜看了这封奏表倒没说什么，只是回了个“知道了”，便也没再追问了。如此重重提起轻轻放下的姿态，把钱鸣昌和姚致远都弄得心里愈发没底了。

夏初并不知道这些，在征求了闵风的意见后，便去天牢见了吴宗淮。

吴宗淮正倚着墙坐在床上闭目养神，听见动静抬眼看了看，又重新闭上了眼睛，慢悠悠地道：“你这小捕头倒是不一般，这地方也能想来就来。”

夏初轻笑了一声：“谁想来都能来，尽管作死就是了。比如你，这不是想来就来了嘛！唯一不同的是，一会儿我还能出去，你却没机会了。”

吴宗淮睁眼看着她，眼中有丝薄怒。夏初笑得更大方了，走到离他不远的地方，抱臂倚在了墙壁：“你布了那么大的局，用了那么多的人，你就那么坚信自己没有漏洞？行不义之事者，不过都是些乌合之众罢了。”

“小捕头，什么叫不义之事？”

“你活这么大，什么叫不义之事不知道吗？”

吴宗淮笑了一声：“你效忠皇上，你的皇上当年构陷兄弟逼死亲母，义又在何处？都不过是成王败寇罢了。如你我也一样。你立了功，他重用于你不是因为你的功劳；等你有了过，他治罪于你也不是因为你的罪过。权术而已，你小小年纪与我讲什么义或不义。”

夏初的面色沉了沉，缓了口气道："我效忠的不是皇上，我要帮的也不是任何一方权力。皇上是我的朋友，蒋大人也是我的朋友，我要帮的是朋友。你自己的心被利益熏脏了，自然看什么都是脏的。"

"朋友？皇上？"吴宗淮抬眼看了看夏初，片刻，呵呵地笑了起来，"小捕头，皇上怎么会有朋友，你怎么会认为皇上是你的朋友？"

"你有朋友吗？你心里只有利，只有权，哪里知道什么叫朋友。"夏初也呵呵地笑了笑，"老家伙，你说皇上不仁不义，皇位得之不正，皇上登基的时候你的气节去哪儿了？曾经三跪九叩呼万岁的不是你啊？滚回老家后却敢扯个'正义'的大旗造反，你怎么练得这么厚的脸皮？"

"什么扯旗造反？听不懂。"吴宗淮重又闭上眼睛，"老夫不过回京来探访亲友，现下已经够冤屈的了，你莫再乱扣帽子。"

"你挺谨慎啊，你以为我在诱供？"夏初掸了下衣袖，"可能你不知道，如今的西京府衙根本不看口供。若没有证据，就是要治你的罪我都不答应；有了证据，就是皇上肯饶你我也要杀了你！"

说完，夏初头也不回地走了，铁制的牢门撞出重重的声响。吴宗淮睁开眼看着重又紧闭的牢门，不屑地冷笑了一声。

夏初的心情激动而忐忑，吴宗淮落网了，案子很快就能水落石出；也就意味着蒋熙元很快就能出来了，也可以给常青一个交代了。

但时间过了一天又一天，从那个雨夜后又过去了五天。

府衙并没有开审吴宗淮，蒋熙元没有放出来，蒋家也没有解禁。夏初感觉像自己一路狂奔，眼看到终点了，可终点却忽然消失了。

她追问闵风，闵风只言简意赅地说许多大臣在上表追问蒋家一案，请苏缜速速定案，治蒋家之罪。苏缜虽然没有下旨降罪，但之前那些被抓的老臣，除了几个实在说不清楚自己财产来源的，其他的几乎都被放了。

夏初一听就崩溃了："吴宗淮已经落网了，我那么多的证据送上去了，怎么会这样！"

"吴宗淮被抓的事，没人知道。"

"为什么？！"

闵风想了想，觉得要把这些事情与夏初说清楚好麻烦，便道："皇上自有道理，你且等等就是。"

夏初从闵风这儿问不出什么来，便干脆拿了腰牌直接冲进宫找苏缜去了。

御书房里，苏缜遣去了伺候的宫人。落座后，他给夏初斟了杯茶，递到她的手里："你先别着急，我没有放弃熙元的意思。事情到这步，我也不可能妥协。"

“那为什么大人主审的案子的犯人都放了呢？又为什么不审吴宗淮呢？是不是青城郡那边还有什么问题？”

“夏初，我说过这个案子不是那么简单，不是你调查清楚了证据就可以结案的。好比一棵树，你查的事只是砍掉这棵树，而现在要做的，是挖出它的根，让它再也长不出枝丫。”

夏初听得不是太明白，消化了一会儿才问道：“皇上的意思是，吴宗淮后面还有人？那样的话，大人岂不是还要被关很久？”

“不用担心。”苏缜看了夏初一会儿，觉得舌根微微发苦，便移开了目光，道，“我现在在等消息，顺利的话大概用不了两天了。”

“顺利的话……”夏初喃喃地重复了一下这四个字，非常悲观地想着如果不顺利会怎样，结果能有多糟糕。

苏缜垂眸喝了口茶，涩然一笑：“会顺利的，你安心等消息就是。”

夏初勉强地弯了弯唇角：“自然。今天是我鲁莽了，我没有别的意思，皇上不要见怪。”

“怎么会？”苏缜看了看她，“喝点茶吧，是你喜欢的岩雾，不过新茶已经没有了，这是去年的陈茶。”

“多谢皇上。”她低头喝了一口，甘洌中有一点儿苦、一点儿涩，已不是在云经寺一口吞下时单纯的惊艳了。

夏初离开之后，苏缜一个人慢慢地饮着那壶岩雾茶，直到它越来越凉，越来越苦。安良要端下去再续些热水，却被苏缜拦下了。

“不喝了。以后岩雾茶也不必再进贡了。”他站起身走回到龙书案坐了下来，“刘起那边有消息了吗？”

安良正默默地分析着岩雾茶的这个信息，冷不丁听苏缜问话，没反应过来。苏缜皱了下眉头，又问了一遍：“刘起的消息有吗？”

安良忙道：“回皇上，刘大人还没送消息回来。要是有消息，奴才会立刻来报的。”

苏缜点了点头：“禁军那边可有漏出什么风声去？”

安良趋前几步，笑道：“皇上好计策，那晚陆嵩陆大人抓完了人又奉命满京城地跑了一圈，这一回去陆大人就称病了。禁卫局连门都不开，自然也漏不出什么。”

“大臣们有什么说法？”

“说什么的都有，听着倒是都有鼻子有眼的，连鬼神的说法都有。哦，顾大人那边这几天都没出府，说是养伤，怕是被吓着了。”

苏缜听完嗯了一声，抽了本奏折在手里翻开，道：“朕倒是喜欢顾迟章这种人，若没有他这种有贼心没贼胆却偏要做贼的，吴宗淮也不会抓得那么容易。”

安良点头称是：“皇上说的是。哦，闵大人那边倒是有点好消息。”

“什么？”

“那个杀了孙尤梁的凶手，有眉目了。”

苏缜让夏初等，夏初也只好等。时间在一种胶着的状态中慢慢地流逝，她觉得每一天都过得特别慢。

蒋熙元那边她现在不敢去，因为她说不清楚苏缜的打算，怕徒增了他的忧心。闵风告诉她项青的踪迹找到了，然后人就不见了，项青究竟会如何她也完全没有消息。

她不好意思再进宫去问苏缜，更不敢随意去打听这件事。每天心里堵得连饭都吃不下，只能埋头把整个案子整了一遍又一遍，打发时间。

直到那场秋雨后的第八天清晨。

这天夏初很早就醒了，正躺在床上发愁要怎么熬过这一天，纠结着是否要去看看蒋熙元时，门被敲响了。

夏初披了衣裳起来，房门外站的是几天不见的闵风。闵风依旧是那副波澜不惊的模样，但神色轻松眉间舒展，未等夏初开口便道：“夏姑娘，皇上宣你入宫，銮殿听传。”

夏初的心像是被人猛揪了起来，片刻后又小心地放了下去，有点慌，有点晕。她看了看闵风，深吸了一口，点点头：“好。”

该来的总算是来了。

銮殿，是皇宫的核心，更是景国的核心。殿上龙椅坐北朝南，俯视的何止眼前这一方宫宇，何止殿中百十官员。这里的每一件事，每一个人，甚至每一句话，都关系着辽阔江山，关系着苍生万民。

景熙元年八月初八，这天的早朝是一次不同寻常的早朝，说是早朝，倒不如说是一次公审。公审的，是那件沸沸扬扬震动了朝野的谋逆案。

这件案子影响极大，景国朝堂经历了一次大的换血，臣子的权力被打散重新分配。走了一批老臣，来了一批新人，倒了许多世家，也冒出很多新贵。这起案子的尘埃落定，奠下了景熙帝六十年统治的平稳基石，也迎来了景国百年盛世的开始。

但此时的夏初无法知道这些，她站在殿外，将满手的汗悄悄地抹在簇新的捕快服上，等着苏缜传她入殿。

等了一会儿，就见闵风从廊庑的另一端远远地走了过来，身后还跟着一个人。夏初不用细看，只是看那身形便知道是蒋熙元，心腾地一下就提了起来，在嗓子眼蹦个不停。

蒋熙元也早就看见了她，走得越近，脸上笑意越浓。那笑容灿烂得像是来赴她的一个约会，而不是受审一桩与他性命攸关的案子，直让夏初也不自觉地有了笑容。

到殿门口时，蒋熙元并起两指放在了自己的唇上，对她挤了下眼睛，然后便跟着闵风走了进去。夏初的脸红了红，忍不住低头一笑。

蒋熙元上了殿，满殿的大臣自然都知道今天这谋逆案要有一个结果了，都噤了声静待事态的发展。

皇上查了许多天的案子，但明显没有什么进展，蒋家谋逆之罪几乎已是定了的，可这罪名又迟迟不落下来，也不知道皇上是个什么意思。

这几天，有耳聪目明的人嗅到些许不同寻常的气氛，整个朝堂都是一种紧绷绷的感觉。有人知道下雨的那晚禁军似乎有过动作，可之后禁卫局便大门紧闭，连只苍蝇都飞不进去，也飞不出来。

有猜测说是蒋熙元越狱被抓了回去，也有猜测说是案情也许有了变化。但那晚究竟发生了什么，谁也探不出个端倪。

銮殿上，姚致远也不知道是第几次地又把案情陈述了一遍。苏缜听完后仍是点了点头，未置可否，扫了一眼殿中百官："众爱卿对此案可有疑义？"

众臣一个个低头垂手像偶人一样站着，半晌无话，偌大的殿里静得连喘气声也没有。好一会儿，顾迟章才有些迟疑地站了出来，道："臣……以为，此案物证人证确凿，蒋家谋逆之心昭然，不应有疑。"

顾迟章说完，便又有几个臣子也跟着说了话，有的与顾迟章口风一致，有的则说兹事体大，或需再做详查。总体来讲，比起上一次姚致远扔出这个案子时的群情激动，众臣此时是相当克制保守，观望者居多。

"蒋卿呢？姚大人所述之罪你可认吗？"

蒋熙元笑了一下："自然是不认。青城郡平乱蒋家不贪功，但也绝无过错；朝中官员被杀，与臣无半点儿关系；那所谓孙尤梁的奏折，还有什么灭口之事，更是无稽之谈。"

"好。"苏缜手扶住案边，轻轻地叩了两下，对安良道，"传夏初。"安良应声，正过身来，高声地唱道："宣，西京府衙捕头夏初銮殿觐见——"声音荡荡地传出老远。

夏初听见了，心里一个激灵，正了正帽冠后深吸了一口气，大步往殿内走去。

这是她第一次进入銮殿，高高的屋脊，乌亮的金砖地还有灿灿的盘龙柱，端肃而精美。明明十分宽敞明亮的地方，却让她感到一种无形的压抑，连空气好像都比外面要稠密很多。

夏初入殿后下跪参拜吾皇万岁，得了苏缜平身的旨意后谢恩起身。她看了看高坐龙椅之上的苏缜，苏缜对她微微一笑：“夏初，你当日得朕旨意密查官员被杀一案，如今可查清楚了？”

“回皇上，事实俱清。”

“那便说来与朕和百官听听吧。”

夏初虽然在西京城已是小有名气，但归根结底只是个捕头，是一个连品阶都没有的小人物。众臣一听苏缜说让她密查案子，殿里立刻响起了窃窃的议论之声。

姚致远的眉头拧成了一个疙瘩，沉着脸看着夏初。合着皇上这边拽着他天天复述案情，私下里却让自己手下的小捕头去办这么大的案子，这让他的面子上很是挂不住。

所以，还不等夏初说话，姚致远就拱手对苏缜道：“皇上，夏初一个无品无阶的捕头何以当此重任。皇上置这满朝文武何地？岂是我朝中无可用之人，还是皇上信不过堂中百官？”

钱鸣昌一见夏初来了，脑子里立刻刮了一阵风暴，待听了姚致远的这番话后，立刻上前一步，笑道：“姚大人此话差矣。朝中当然不是无人可用，皇上更不是心存猜疑。只是朝中大臣接二连三地，不是被冤入狱就是被杀遇害，皇上岂敢让诸位臣子涉险，让不轨之人再断臂膀。这实乃皇上一片全护栋梁之心，爱臣如亲之意啊！姚大人一贯耿直，但百官面前如此指责圣上，岂不是要伤了皇上的心嘛。”

夏初心里有点想笑。也难怪不管朝局如何变换，钱鸣昌都能一直稳坐钓鱼台，这围解的，这台阶递的，这马屁拍的，真不错。

苏缜未置可否地笑了笑：“姚大人以为呢？”

姚致远脸上红一阵白一阵，也反驳不出什么来，草草地说了一句“臣失礼”，便转向夏初。语气多有不屑地道：“夏初，当日官员遇害之时你并不在府衙。京中三位官员惨死，孙尤梁被人灭口还有顾大人遇袭，此三桩并不是简单的命案。前情已陈，案情清晰证据确凿，你能知道什么，又能查出什么来？”

夏初对姚致远点了一点头：“属下知道的不会比大人多，但也不少。属下想请问大人一句，京中官员以及孙尤梁被杀，起因是否是因为孙尤梁的一封状告蒋家勾结叛匪的折子？”

“没错。”

“蒋大人恐怕青城郡事情败露，故而将涉及官员灭口？”

“正是。”

“因暗杀顾迟章失手，才有的叛匪落网，事情继而被揭示而大白于朝堂？”

“本官方才已将案情陈述，你不必再啰唆了。”姚致远不耐烦地道。

"好。"夏初笑着点了点头，"既然整件事情的环扣是如此相连的，那么，是不是只要证明蒋大人并未杀害京官及孙尤梁，也就可以证明灭口纯属无稽之谈？既然没有灭口之事，指蒋大人杀人灭口的起因，也就是奏折一事便要打个疑问了？倘若再证明折子是空穴来风，那么杀害京城官员、青城郡的事，还有藏匿叛匪，是不是便是子虚乌有之事？"

"这……"姚致远捻了捻胡子，把夏初的这番话仔细地消化了一会儿，有点不情不愿地道，"差不多吧。"

"所以呀。"夏初笑道，"属下其实不必知道太多，再复杂也不过如此而已。"

姚致远被夏初气了个仰倒，不禁重重地哼了一声。他查了这些天的案子，这乳臭未干的臭小子给他来了个"不过如此而已"。

夏初没再理会姚致远，挺了挺脊背，扬声道："有一种说法叫作无罪推定，这个诸位大臣也许不懂，简单说来，就是指任何人在未经判决有罪之前，应视其为无罪。"

话音甫落，殿上便有了轻微的议论之声。姚致远皱眉看了看她："什么胡言乱语？"

"无罪推定大人没听过，那么疑人偷斧的典故大人总是知道的吧？"夏初道，"因为人很容易会有先入为主的意识，一旦认定对方是凶手，便会依照自己的意识去搜寻关于这个人有罪的证据，继而忽略掉很多明显的漏洞。"

"你这什么无罪推定，岂非也是先入为主？"

"对！是先入为主，但做无罪的先入为主，其危害要远远低于有罪推定。"夏初沉了口气，朗声道，"因为人死不可再生，命去不可再还！蒋家若是有罪，便是满门抄斩株连九族的大罪，而蒋家若是无罪，那便是维护社稷、平乱退贼的功臣！"

"姚大人，诸位大人，都说兹事体大，到底有多大？功臣与逆贼，其差别何止云泥！"夏初指了指姚致远手中的奏折，高声道，"仅凭着这漏洞百出的证据，便要说蒋家谋逆，便指蒋大人行凶，便要皇上冤杀功臣？！何为不臣？小人虽是微末，却以为如此才叫真正的不臣之心！"

蒋熙元从夏初入殿后眼睛就没离开过她，默默地听到此处忍不住要击节叫好，唇边弯起一抹笑容。

这小妮子，何时学会的扣帽子？一扣还就这么大。这下众臣就算再有疑问，再不服气她一个小捕头，也要掂量着说话了。

苏缜高坐在龙椅之上，看着夏初，看着蒋熙元，也看着这一帮肃立的臣子，忽然有一种抽离于外的感觉，仿佛也在从另一个角度看着自己。

他离他们，很远。

第三十一章 心安是归处

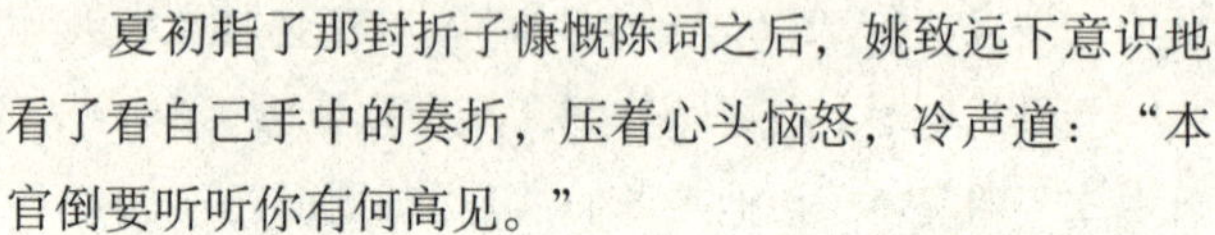

夏初指了那封折子慷慨陈词之后，姚致远下意识地看了看自己手中的奏折，压着心头恼怒，冷声道：“本官倒要听听你有何高见。”

“高见不敢当，不过都是些常识性问题罢了。”夏初不咸不淡地说道，“其一，三位遇害官员与顾大人遇袭，作案手法、作案时间皆不相同。倘若是小的在府衙接了此案，可能并不会做并案处理，而会考虑是有人模仿杀人，混淆视听。”

“顾大人说得清楚，是他找到了那三位大人，想密查蒋家谋反一事。而天下哪儿有如此巧合之事，死的正巧都是顾大人密会之人？”姚致远回头指了一下顾迟章所在的方向，“洪竟何时杀人，如何杀人，都是他的想法，以此推断未免太过儿戏了吧！”

“姚大人别急。”夏初摆了摆手，“刚刚只是其一。这其二，小的怀疑杀害三位官员的与袭击顾大人的，根本就不是同一个人。”

夏初从怀里拿出一张纸来递给姚致远：“小的没能看到验尸报告，但问过了负责验尸的仵作，相信这份验尸报告比卷宗之中的更为详尽。从三位官员被封喉和一刀没入后心这种手法来看，杀害三位官员的凶手，功夫是相当不错的。”

“这又何以见得？”官员中有人低声说道，“就是切了脖子，这有何难？”

夏初笑了笑，面向着官员道：“切脖子倒是不难。但是要分什么时间，什么地点。切脖子，凶手要首先悄无声息地接近死者才能做到。你睡着了，或者身处闹

市，有人悄悄接近你很容易，但是在深夜的巷子里有人贴到你身边，必然要引起你的警觉。除非你毫无察觉有人接近。”

“再说一刀没入后心。”夏初转头看了看殿中众人，“小的想问问，没功夫的和有功夫的都算上，给诸位大人一把刀，让你们在深夜里准确地从后背扎进一个人的心脏，有多少人可以做到？”

众人面面相觑，有的人还往自己胸前后背摸了摸，却都是摇头。

“所以，结论应该很清楚。这个凶手就算不是顶尖的功夫，至少也是不错的。”夏初撂下这句话后又看向姚致远，“那么咱们再说顾大人一案。七月三十，小的在街上曾让人试过顾大人的那个护卫的功夫，实在是非常一般，连个铁匠铺学徒都打不过。如果袭击顾大人的还是那个凶手，他是怎么抵御住的袭击，还能给了对方一刀的呢？”

“你这是什么意思？”顾迟章待不住了，站出来高声质问，又道，“家宅护卫护主心切，又有何不能？”

“那请问顾大人，你好好的带个护卫做什么？平日里也是如此吗？”

“京中三位大人因为那本折子被杀，本官自然要小心为上。难道这也是本官的错不成！”顾迟章甩了袖子，气哼哼地说。

“小心当然不是错。不过……你遇袭之后将此事对姚大人和盘托出，直指此连环凶案之间的联系。既然你之前已想到其中内情，又为何不早奏明圣上，或者知会姚大人？”

“蒋熙元已将奏折销毁，又杀了孙尤梁灭口，本官没有证据岂敢言明，怕反倒被蒋家告一个诬蔑之罪。”

“为何顾大人受伤之后却敢说了呢？您所说的这些条件丝毫没有变化，那时你就不怕蒋家告你诬蔑了吗？”夏初眯起眼睛干笑了一声，“莫非是顾大人未卜先知，知道自己报案之后凶手就会落网？知道这凶手就是洪竟？知道洪竟可以作为那封莫须有的奏折的佐证？”

“一派胡言！”顾迟章大声地斥道。

“顾大人少安毋躁。”夏初冲他压了压手，继续道，“小的另外还有点疑惑，姚大人也好，顾大人也好，不知谁能给小的解解惑。”

“什么疑惑？”姚致远问道。

“依顾大人所说，他是见到奏折的第一目击人，然后是他去找的那三位大人，换而言之，顾大人才是此事的核心。那么，如果蒋大人想要灭口，为什么不先杀了顾大人呢？”

夏初假模假式地皱了皱眉头，点了点自己的额角：“好奇怪不是吗？杀人毕竟有风险，万一杀别人的时候露了行迹，结果杀了一堆不太相干的，反而漏了这最核心的，岂不是太傻了？哦，就像现在的结果。”

不等姚致远和顾迟章说话，夏初又继续道：“还有，那洪竟如果真的有心要置顾大人于死地，不过就是肩膀受伤而已，又怎么如此轻易就把人放过去了？他莫非傻到不明白留下活口对自己的危害？”

姚致远捻着胡子想了想，沉声道：“或许行凶者并非一人。”随即，他又摇摇头，“这又如何呢？蒋家势大，能动手的人很多。”

“是啊是啊，前三个人杀得干脆利落，到关键一人时却派出了最不宜露面的洪竟，还杀得拖泥带水。”夏初哼笑了一声，“这叫杀人灭口吗？这叫变相自首还差不多。”

殿中一些官员忍不住笑了起来，有人便说道：“是啊，蒋家要真是如此作案，那安排得还真是太拙劣了。”

“你你……你什么意思！”顾迟章指着夏初，手指尖微微发抖，脸色都有些变了。

“什么意思？意思很明白！”夏初转头盯着顾迟章，“你们为了使蒋家罪名成立，在各个环节布下所谓的证据，又戕害人命为蒋家所谓谋逆之罪加码！一环环看似合理，实际逻辑根本就站不住脚。假的便是假的，不是自然发生的事情做再多的证据也是漏洞百出！”

“再说那洪竟，说他是蒋大人安排在莳花馆的。红倌柳莺招认，洪竟化名景公子是由蒋大人布置藏匿，并指认莳花馆系蒋大人私产。那口供就在姚大人呈给皇上的卷宗之中，是府衙司法参钟弗明亲审的。”

“但小的也有一份证据。”她反手往苏缜的方向一指，“现已有莳花馆七月账册呈递皇上，那位景公子的笔笔消费记得一清二楚！请问，蒋大人安排的人，在他自己的产业还消什么费！再者，一个贼首不说好好藏着，找什么姑娘！不都是为了让莳花馆不至于注意到这个人的异状，能够一直藏到你们的人来搜查吗！”

“还有！”夏初咬了咬牙，走到顾迟章面前，“七月三十晚，下大雨的天气，顾大人不好好在家待着，跑去崇化坊见了谁？”

顾迟章往后退了一步，直勾勾地看着夏初，半晌才喃喃地道：“不可能！明明……”

“明明什么？明明已经灭口了是吗！”夏初又欺近一步，低声道，“你们这帮狗贼，全杀了也不够赔我一个常青！”

顾迟章一听夏初说了崇化坊，浑身冷汗浸透了衣衫，抖似筛糠。强按下心底的恐惧，脑子飞快地转了转，知道事到如今旁的已经都不重要了，择清自己把罪责撇到最小才是要紧的。

他猛地推开夏初，大步上前跪在地上，冲着苏缜猛磕头："皇上！皇上！这些臣都不知道啊！臣只是疑心杀人之事与奏折有关，有什么说什么罢了！"他一指姚致远，"案子是府衙查的，臣断无栽赃之意。那……那吴宗淮的确找了臣前去，臣并不知其有何所图，臣冤枉！"

"顾迟章！"姚致远一听也急了，大喝了一声后又忙对苏缜拱手道，"皇上！当日顾大人来府衙报案，于臣书房之中一口咬定此案必与那奏折有关，是以臣才去中书省查了收文的记录。钟弗明……"他愣了愣，上前指着顾迟章斥道，"钟弗明也是你们一伙的！洪竟就是他搜出来的！"

苏缜垂眸看着顾迟章和姚致远，手指轻轻地叩着桌面，缓缓地道："三位官员被杀一案已是漏洞百出，洪竟那边也颇多蹊跷，皆经不起推敲。顾迟章，案情揭到现在，你可以依旧咬定说你不知情。但你若此时招了，朕便只咎你一人之罪，若是等这案子审完了，谋逆是何结果，你是清楚的。"

銮殿中所有官员的目光皆齐刷刷地投向了顾迟章。顾迟章喘息急促，脸色变幻不定，未等开口，一口气哽在胸口，两眼一翻竟昏了过去。

夏初上前瞧了一眼，照着顾迟章的脸上就是两巴掌，然后狠狠地掐了掐他的人中。等顾迟章悠悠转醒，夏初低声嘲讽道："都说不见棺材不落泪，顾大人准备见多少口棺材才松口？"

顾迟章两颊发麻，嘴角挂着血迹，两眼僵直着没了神儿，跪在地上一个劲儿地哆嗦，好半天才道："皇上……臣有罪，但臣绝无谋逆之心啊！臣没有谋逆啊！"

他一个头重重地磕在地上，把捏造中书省收文记录，陷害蒋熙元一事原原本本地交代了，与夏初所说的经过相差无几。

"臣之前帮刘尚书他们扣了不少的奏折，后来几位大人拿问入狱，臣很害怕会牵连到自己。吴宗淮找到臣，说他们的案子都是蒋大人主办的，只要扳倒了蒋熙元，那些案子便都能翻过来。臣不光安然无事，还会是他们的恩人。"

他哭腔哭调地说："臣在中书舍人这个位置上近十年了，就……就想借这个机会博一博，博个前程。臣原以为只是捏造个莫须有的奏折，再施个苦肉计就行了，臣没想到会有三位大人被杀。臣后来也是上了贼船身不由己啊，臣是被吴宗淮胁迫的啊！臣只是想扳倒蒋家而已，怎么会谋逆呢……"

"带下去吧。"苏缜挥了挥手。

顾迟章被两个御前侍卫拽了起来，腿软得立不起身子，费力地扭着头，呜呜地哭道："臣断无谋逆之心啊，皇上明鉴啊……"

待顾迟章被带下去之后，殿中便有人出列，义正词严地说顾迟章这等冤害功臣、祸乱朝堂之人，该千刀万剐以儆效尤。也有人说那吴宗淮如今一介布衣，竟能指使朝中臣子，如此包藏祸心之人，更该诛其九族，免得将来再生祸患。

苏缜看了看这帮人，似是冷眼旁观一般，未置可否。片刻后，对安良道："把吴宗淮带上来。"

比起上次夏初在牢里见面时，吴宗淮消瘦了许多。虽然仍是强撑住一口气挺直了身子，却也老态尽显。

"吴宗淮，你可知你所犯何罪？"苏缜看着他，浅声冷淡地质问道。

吴宗淮干巴巴地哼了一声，嘶哑地道："不知老朽一个无官无爵之人还能犯什么罪，竟还能再进銮殿，劳圣上亲审，真乃皇恩浩荡。"

"当日你把持朝政，扰乱吏治，结党营私，滥杀无辜。"苏缜顿了顿，道，"朕念你往日之功，念你多年为官确有苦劳对你网开一面，的确是朕皇恩浩荡。只是朕却没想到一念之仁倒成了养虎成患。"

"老朽如今一介布衣，能成多大的患？从来，天子之患不外乎内忧外扰，景国无外患，皇上倒不如想想何故起了内忧。岂知不是自身失道所致？如今却来指摘一个半截身子入土的旧臣，实在也是可笑。"

苏缜不以为意地笑了一下："朕是有失道之处，失道于放任了一帮尸位素餐的野心之臣，将朕自身置于危墙之下，将百姓置于水火之中。此为内忧，所以朕要除的就是这个内忧。"

他站起身绕出书案，缓缓地踱了几步："如果不是抓到了你，朕险些忘了。吴宗淮，淮为淮水经于青城，宗为先祖根于北国。入朝为官更名宗淮，乃是寄莫忘根基故乡先人之意。这是你自己说过的话，那时朕还只是个皇子。"

吴宗淮沉默着没有说话，苏缜嘲讽地轻笑了一声："只可惜，青城郡大水，你的同乡流离失所之际，你自己却把自己的名字给忘了。青城郡饿殍遍地之时，你亦是毫无悲悯之心。你看到的只是个契机，一个可以助你实现野心，重归朝堂的契机。"

"皇上逼死亲母，栽赃杀戮兄弟之时可曾想过这些？皇上何必嘲讽他人身上脏，却不见自己一身的污泥。"

"皇位之争从来成王败寇，你是明白的。只叹朕的兄长却是个糊涂人，当初他犯下大错，先帝褫夺他太子之位却饶他不死，已是万幸；朕登基之后并未赶尽杀绝，也是仁慈。他一定想不到，最后却是被你利用，将自己推上绝路。"

原本顾迟章招认之后，殿中众臣以为还了蒋家一个清白，事情也就是如此了。没料到苏缜却又提到了废太子苏绗，不禁皆是一惊。

废太子，这放在各朝各代，对于皇帝而言都是个非常敏感的存在。废太子苏绗乃是先皇后嫡出之子，在众多重礼守陈的人看来，那才是正统。

景德末年的夺嫡之战中，苏绗提前败阵出局，被景德帝废了之后一直关在内廷监，且给苏缜留了不杀的旨意。苏缜登基之后便将他发到了河源皇陵守陵，终身不得出河源半步。

这苏绗默默无闻的，基本上早已淡出人们的视野，这会儿苏缜却又把他翻了出来。殿中众臣默声略想，也就都明白了，这一桩蒋家谋逆案，远不止栽赃陷害一门重臣那么简单。

自然，这也就不是一个顾迟章，或者一个吴宗淮能掀起的波浪。

吴宗淮抬起头来看着苏缜："老朽不知皇上在说什么！"

"你不知道，那么朕来告诉你。"苏缜负起手，掌中轻捻着那枚坠子，道，"孙尤梁在青城郡与你已有勾结，私吞了户部下拨的赈灾银两，并借机挑起叛乱。从叛乱之初，你们的目的便是朕，是朕的皇位。吴宗淮，你要皇位没有用，因为你登不上来。你要的是权力，所以你要找一个可以坐在皇位上为你所控制的傀儡。"

"朕不平叛乱，你们便可以在青城郡慢慢坐大；朕平了叛乱，你们又可以借机逼朕冤杀功臣，朕若真的杀了，你们也有办法再为其平反，让众臣与朕离心。朝中有的是与你一样的人，你们不在乎谁是皇帝，只在乎自己手中的权力。"

苏缜笑了笑："这原本该是一个相对漫长的过程，可是朕快刀斩乱麻地拔除这帮人让你们乱了阵脚。因此，才有了那奏折一事，意图挽救你们在朝中的势力。"

吴宗淮的脸色很不好看，却又冷笑了一声："老朽空活几十年，自问却没有皇上这般缜密的心思。"

"正如夏初所言，假的始终是假的，没有发生的事情，再如何精细编造也有思虑不到的细节，也有你们意想不到的漏洞。"

苏缜走下台阶，站在吴宗淮面前俯视着他："孙尤梁不一定知道你勾结苏绗之事，却清楚青城郡之事。蒋悯抓了孙尤梁自然对你是极大的不利，所以你杀了孙尤梁，绝了这个隐患，顺便栽赃蒋熙元。"

"皇上要为蒋家开脱，自是怎么说都行。"

"蒋家无须谁来开脱，清者自清，朕自始至终都不相信这些莫须有的罪名。"苏缜看了蒋熙元一眼，又继续道，"好，那你不妨也给自己开脱开脱。你可记得项青这个人？"

吴宗淮皱了皱眉头，显得有点茫然。

"大的布局只要想得周到，基本不会有问题。但最终的成与败，却都是小人物的一举一动推出的结果。比如这个你根本都不记得名字的项青。他依你的授意杀掉孙尤梁，现在原本该是死尸一具，可他却活下来了。”

吴宗淮脸色微微一变，没有说话。

苏缜唤了安良过来，从他手里接过一个钱袋，扔在了吴宗淮身上：“幸亏这项青爱财如命，险些身死之时也没把钱袋子扔下。吴宗淮，你为官几十年，该认得这袋子里面的东西都是皇陵的。也就是说，项青杀掉孙尤梁之后去领赏金，给他赏金且想杀他灭口的人，是皇陵的人。”

“不过欲加之罪罢了，皇上何必费心思生拉硬拽。什么项青项红，也都是皇上想说什么便是什么。即如此，皇上砍了老夫就是了，不过贱命一条，岂值得皇上如此劳心。”

苏缜看了吴宗淮一会儿，冷声道：“你太看得起自己了。”言罢，招安良近前，从托盘里拿了枚拇指大的铜印来，“这个铜印你可认识？”

吴宗淮抬眼一看，脸色登时就变了，霍然从地上站了起来。闵风即刻上前，又将他重新押跪在了地上。

“八月初一夜里你驾车离开崇化坊时被禁军围捕，禁军的注意力都在你身上，却没有人注意到你的一个死士趁乱溜走了。这可能就是天意，朕派出去的人比他早半天出城，早一天到了河源，于是在河源界外拦下了他，从他身上搜到了这个铜印。”

吴宗淮面色灰败，眼睛紧紧地盯着那枚铜印，几乎瞪出血来。

苏缜索性便把印章扔到了他面前，铜印落在金砖地上，发出一串脆响，滚到了吴宗淮的手边。

“你要传的信息自然是让苏绗不要动，朕的人传的信息却是‘事已定，即入京’。朕放了那些老臣，捂住了你被抓的消息。从头到尾，代表你吴宗淮与苏绗接头的都是朕的人。苏绗倒比以前谨慎了一些，但最终他还是出了河源。”

吴宗淮像是完全没听见苏缜在说什么，只是盯着手边的那枚铜印。直到安良喊他的名字才回过神来，却又像疯了一样站起来，大骂道：“昏君！我们一帮老臣为你苏家江山劳苦多年，为你苏缜登位鞍前马后！你过河拆桥……”

“朕不需要老臣！”苏缜重重地一拍桌子，提高了声音大声说道，“朕要的是忠臣，江山要的是诤臣；而百姓，要的是可以给他们依仗，为他们谋福的良臣！”他扫了一眼殿中百官，“朕不止是对他吴宗淮说，更是对你们这些百姓所养，食君之俸的人说！都给朕记清楚！”

百官惶恐下拜，山呼万岁。夏初和蒋熙元也跟着跪了下来，悄然相视一笑。

蒋家谋逆的案子便如此这般尘埃落定，蒋家自是全身而退。蒋悯回来了，将军府也解了禁，除了一场虚惊外，蒋家毫发无伤。

苏绗那边接了吴宗淮的密信，见信称“事已成，即入京”，也没多想，便兴致勃勃地带着孝陵军的亲卫出了河源。一出河源便被闵风按下了，暗卫与苏绗的亲卫打了一场，但守陵的和守皇上的不是一个级别，输得很惨。

苏绗被押解回京，苏缜见了一面之后，一觚鸩酒赐死。

顾迟章被判了斩立决，吴宗淮以谋反之罪被斩，株连九族。之前被释放出去的那帮人又重归监牢，且皆在原有罪名之上再加二等，这加完之后死的死，活着的最好的结果也是流放。

在拔除了余党之后，苏缜重新任命官员，或升或降，或调配外放，皆以能力及自身所长为准，以新臣为主。同时，苏缜下了旨，准备开恩科选拔人才。

苏缜还着吏部草拟吏治考核，为日后官员升迁调用做可供依据的准则。这件事，他是找了夏初一起来做的。

因为苏缜还记得当初夏初在上任捕头时，曾经写过一个《关于冤案平反后赔偿金发放的必要性的研究报告》，里面颇多新鲜见解。夏初自然也没什么不愿意的，虽然她不是搞人事工作的，但没吃过猪肉却也见过猪跑，便把后世那些先进的经验都抖给苏缜了。

至于如何在景国落地，变得可行，那是苏缜和吏部的事情。

因为这件事，夏初被扣在了宫里很多天。她心中有些忐忑，怕苏缜仍是要把她留在宫中，这事儿直接有点伤人。可旁敲侧击地问了后，苏缜却也没给她什么明确的答复，只说先忙完了手头的事情再议，弄得夏初直上火。

蒋熙元平冤出狱后，她可还没见过他呢！从前也不怎么想，现在一颗心全挂在蒋熙元身上，倒思念得要命。

其间，咏薇见过夏初两次。第一次时，咏薇向她转达了蒋柱棠和蒋悯对她的谢意，对她屈身下拜，要代蒋家叩谢夏初对她的相救之恩。夏初赶忙把她给扶了起来，直说这全赖苏缜始终相信蒋家无辜，不然她就是想救也没有机会。

第二次是夏初找的她，问她蒋熙元去了哪里，为什么这些天没见他进宫。咏薇却说她也没有见过，家里来信说蒋熙元回家报了个平安后就不见了，连莳花馆也关门了。

夏初找不到蒋熙元，也不知道苏缜憋着什么主意。銮殿公审之后的第十天，夏初再也坐不住了，直接杀到御书房堵住了苏缜，要求出宫。

苏缜静静地看了她片刻，神色有一点儿复杂，最终还是浅浅一笑站起了身来：“朕也许久没出宫走走了，也好。”

“皇上，我不是要出宫走走，我是……”

苏缜打断了她的话道：“安良，让元芳给她准备出宫的衣裳，你伺候朕更衣。”说完，便径自离开了。

已经是八月十二了，又下了一场秋雨，秋意渐浓。秋霜染黄了西京城里的树叶，催开了灿灿秋菊。天高云淡，风微凉。

夏初穿着一身簇新的衣服，依旧是男子打扮，一身豇豆红长衫，却比她之前从咏绣春买的那件华丽许多，搞得她走路都加倍小心。

苏缜一身月白，依旧俊美的脸，依旧淡淡的气质。夏初时而偷眼看他，恍若他还是半年前的那个黄公子，可自己却没有了那怦然的心跳，只剩下一种类似于怀念的情感，有那么一点点酸、一点点感慨。

“那时才刚过完新年，那天我出宫去了侍德楼，与熙元吃了顿饭。”苏缜看着街道，轻轻地开口说道，“出来之后，我想再四处走一走，拐过永宁坊的时候差点儿被人撞了个满怀。”

夏初听他说到这里，眨巴了两下眼睛，指着自己道：“是我吗？”

“是你。”苏缜点点头，“我那时根本没有注意看你，只模糊记得是个瘦弱的男子，穿着一身粗布的衣裤。我闪开了你，你也闪开了我。我记得你对我说了个对不起就跑了。”

夏初低头笑了笑：“我看你穿得那么华丽，一看就是富贵人。安良那一脸不乐意，我当然要赶快跑。”

“我没想过会再见到你，更不可能想到后来发生的这些事情。”

苏缜如此一说，夏初便又想起了那时的自己，那时的黄公子，想起了那四月春天的气息。经历的，就像那时初露嫩芽的叶，此时已悄然泛黄。她轻轻地嗯了一声：“我也想不到。”

“我常常想一些没有意义的事情。如果那时候我知道你是你，我是不是不应该闪开，是不是可以抱住你在怀里，再把你带进宫里。不让你认识蒋熙元，也没有什么黄公子，从一开始，我就是我，你就是你。”苏缜垂眸淡淡地一笑，“是不是很没有意义。”

夏初鼻子酸了酸，抿了抿嘴，没有说话。

“你说一成不变的生活很枯燥，你不知道这句话有多么深得我意。我的生活有世人想象不到的复杂，也有世人想象不到的沉闷。”苏缜停了下来，看着夏初，“我到现在也不清楚，究竟是该感谢你的到来，给了我一段不一样的经历，还是应该后悔认识你。你来了，却终究要走。”

夏初舔了舔嘴唇，好一会儿才看向苏缜：“就像黄公子，来了却最终还是走了，可我从来没有后悔认识过黄公子。那些所有与黄公子经历的，自始至终都很美好。”

“是，都很美好。”

“如果我曾经让皇上觉得快乐，我希望皇上可以记住快乐的感觉。但我希望皇上能忘记我。”夏初感伤得有点想落泪。

“所以你送了我一捧想留也留不住的荷花。”苏缜轻轻地一声叹息，忽而又笑了笑，“是我太自信了，以为留你在身边就可以拥有。”

夏初摇摇头：“不是，皇上应该如此自信。你那么美、那么好，体贴又温柔。如果我不是这样的我，我想……我一定做梦都会笑醒，能够认识你，能够陪在你的身边。”

“可如果你不是这样的你，一切也就都无从谈起了。”苏缜深吸了一口气，“我想说这是注定的结果，也许心里会好过一点儿。”

“也许就是如此吧。对于皇上的生活，我……其实只能是一段插曲、一个意外。”

“我真忌妒蒋熙元，他在女人方面总是这么无往不利的。”苏缜似是有些不满地说，又继续向前走去。

夏初看着他的背影，无奈一笑，几步追了上去：“所以最后他栽在一个‘男人’手里。”

两人一路走着，慢慢地走到了平光门外。苏缜往远处看了看，又转头对夏初道：“夏初，你真的……想要离开吗？”

夏初看着他没有说话，凝视半晌。苏缜点了点头：“我想把你放在我身边，希望我能给你最好的守护，无忧的生活，给你最好的爱情。可我忘了，这些东西其实连我自己都没有，如何给你。”

“皇上可以有，也一定会有的。只是，这些东西从来不是谁给谁的。”她挠了挠头，“我更想自己去创造，有自己可以掌握的生活。”

苏缜默默地看着她，好一会儿才唤了安良过来，从他手里接过一个包袱递给了夏初：“我让闵风去过你那里了，这些是你的东西。里面有你的荷包、照片，还有我给你画的那张画，已经命人重新装裱过。”

夏初有点意外地接了过来，抱在怀里看了看，不知苏缜是什么意思。

“夏初，我能为你做得不多。”苏缜又从安良那儿拿了一些明黄的布帛交给了她，“灵峰郡富饶，风景也好。朕已让人前去传达了旨意，钦封御赐女捕头之职，享同郡主俸。不必再扮男装了。”

夏初愣愣地看着他。

苏缜要放她走了，她却不知道是应该开心，还是应该难过；一封御旨为她铺垫了她想要的生活，她也不知道自己是应该感激地笑，还是应该感动地哭。

她想她此刻的表情一定十分奇怪。

有些手足无措，混杂着深深的歉意，还有一些释然，还有那诸多自己也不明白的情绪。

她曾经的黄公子……

苏缜上前抱住了她："夏初，去做你喜欢做的事，去见……你喜欢的人吧。"

如果可以，他真的不想放手；如果可以，他真的就想这样带着她随意而行。就像那次离宫，那样在暮色中飞驰，那样与她相依，从日落到日出，与她走遍江河去看风景。

苏缜微微哽咽，手臂又收紧了一些："告别，就不要再回头了。好吗？"

夏初咽了咽，却还是没能把眼泪咽下去，她在苏缜的怀中点了点头。

"走吧。"苏缜将夏初松开，转过了身去。

安良表情复杂地牵过马来，把缰绳放进了夏初的手里，吸了吸鼻子："夏捕头……你，你多保重。"

夏初抹了抹眼泪，又看了看苏缜，背上包袱翻身上马，一拽缰绳将马头调转。马甩了一下头，那缰绳一抖便嗒嗒地往东跑了起来。

"你要好好的！我也会的！"夏初在马上大声喊道。

苏缜闻声转过身来，一眨不眨地凝视着夏初离开的方向，直到那身影变小，直到视线中再也看不见，直到所有马踏起的尘埃与落叶，重又归于了平静。

夏初觉得告别这种事太讨厌了，无论是跟谁，无论是有准备还是没有准备。久久盘旋不去伤心的旋律，擦不净悲哀的色调，像这秋意浓。

可终归自己是要向前走的，如同时间不会停下，也不会倒回。生命里总是有人到来，也总是有人离开。

留下印迹，也留下回忆。那么多，又那么少。

夏初抹着眼泪沿官道狂奔了十几里，一直奔到一个岔路口才勒停了马。她抹了抹眼睛左右看了看，片刻后忍不住啧了一声，心说这下坏菜了。

她不知道灵峰郡在哪儿！

刚才她光顾上与苏缜告别了，压根儿没想起来要问这件事。她把那封圣旨掏出来看了看，又放了回去，想也知道圣旨这东西上不可能还画着地图。

可恨的是，官道上现在连个人都没有，问都没的问。

已近晌午，这时候都是行路的人歇脚吃饭的时候。夏初等了一会儿依旧不见人影，她只好先从马上跳了下来，牵着缰绳无辜而又茫然地在岔路口晃悠。

约莫过了半个时辰，才远远地听见有马蹄声靠近。夏初向声音的来处看过去，见远处一匹白马踏着尘土向她疾驰了过来。待行近了，她看清了马上的人，却是忍不住一笑。

“大人！”夏初喊了一嗓子，提着长衫迎头奔了过去。蒋熙元笑起来，连马都没有勒停，一个纵身直接从马上跳了下来，向着跑来的夏初展开了双臂。

夏初冲过去二话不说一拳捶在了蒋熙元的胸口，把蒋熙元准备好的一个深情拥抱给打了回去。

“大人，这么多天你跑哪儿去了！”

蒋熙元揉着胸口，幽怨地咳了一声：“你怎么还是一身男装？”

“不好看吗？”夏初爱惜地掸了掸身上的长衫：“我要出远门怎么穿女装？走半路还不得让人拐了？”

蒋熙元看着她，内心的喜悦像奔河一般，笑容想藏也藏不住，想忍也忍不回去。他伸手将夏初拽进了怀里，紧紧抱住：“男装一样拐，我就是来拐你的。”

夏初扑哧一笑，在他后背上拍了两巴掌：“谁拐谁啊！”

“你拐我。”蒋熙元抱着她慢慢地晃了晃，在她额头上亲了一下，“好好的西京我不待，好好的尚书侍郎我不做，被你拐去灵峰郡做郡守。是你拐我。”他舒了口气般道，“我真怕你不愿意拐我。”

夏初的脸又有些发红，低头笑了两声：“那……不许再让别人拐了去。”

“不可能。”

“也不许给我拐个别人过来。”

“更不可能。”

“以后不许动不动给我摆上司的身份。”

“嗯……”

夏初又拍了他后背一下：“听到没有！”

“听到了，听到了。”

夏初这才满意地嗯了一声，却听蒋熙元说道：“那你也得答应我。”

“答应你什么？”

“在家不许欺负你相公，在外面不许给相公摆娘子威严。”

“我哪儿来的相公！”

“将来不许教女儿打架，不许教儿子拈花惹草。”

“我哪儿来的女儿，哪儿来的儿子！”

蒋熙元将她打横抱在怀里，在她唇上轻啄了一下，笑道：“会有的，很快就会有的，全都会有的！”

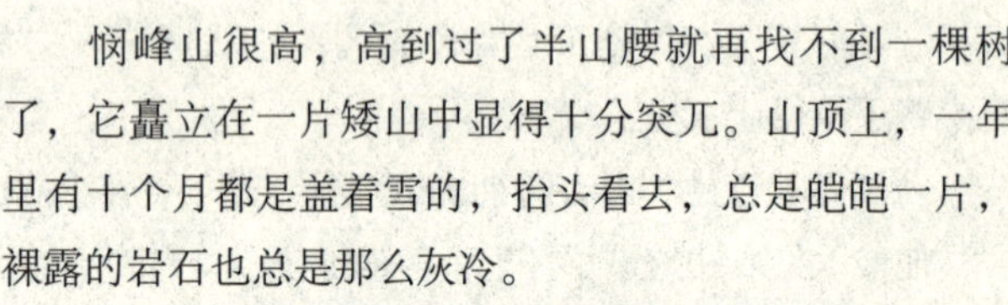

番外一 此情成追忆

悯峰山很高，高到过了半山腰就再找不到一棵树了，它矗立在一片矮山中显得十分突兀。山顶上，一年里有十个月都是盖着雪的，抬头看去，总是皑皑一片，裸露的岩石也总是那么灰冷。

山下的村民传说雪山顶上住着神仙，可我知道，那里什么都没有，除了雪和岩石。因为我每个月都要上去七八回，为师父取雪水，他要用来酿酒或烹茶。

也许是这个原因吧，所以我一直不相信有神仙的存在，只相信自己亲眼能够看到的东西。悯峰山上，除了我师门的人，再没有别人了。

我叫闵风。

我没有父母，师父将我捡回悯峰山之后，便懒惰地用悯峰山的名字做了我的名字。可能他觉得悯这个字太富于悲剧色彩，于是改作了闵。

他去掉了那个心。

悯峰山的半山腰有一处突如其来的平坦，我不知道它是自然形成的，还是被我的师门的人经过三百年的努力一点点铲平的。我们就住在那里。

是的，三百年。有时候我很为自己的师门感到骄傲，但更多的时候，我其实没有什么机会提起它。

在悯峰山的时候，除了习武练功之外，我便喜欢坐在山沿边上的那块大石头上往下看。我看得见山下的村子，看得见村民，看他们牧牛、劈柴、种田、做饭。可他们离得实在很远，有时候我都不确定自己是真的看见了，还是想象出来的。

日子过得平淡，也许别人觉得枯燥，但是我已经习

惯了。那时的我，没有什么过去可以回忆，也从来不去想自己的将来。

我的改变要从景德十三年说起，哦，应该更早一些，应该从景德十年的夏天。那是六月初，我第一次见到她。

那年我十五岁，她十三岁。

师父对她说："萧姑娘，这是闵风。有什么需要你就找他，这小子虽然话少，但是可靠。"

她皮肤白得就像山顶的雪，显得眼睛格外清亮。笑一笑，脸上便有淡淡的两个梨涡，她叫我闵风哥哥。

我见过女孩子。山下村子里有不少的女人，年轻的媳妇年长的婆婆，小姑娘也有，但我觉得跟她都不太一样。

她很好看，显得很柔软。她笑起来的时候，就像悯峰山入了仲夏，山顶的雪融成了滴滴水珠，又汇成清溪。我喜欢那条每年只短短存在的小溪，格外甘甜。

她告诉我，她是因为身体不太好才被家中送来悯峰山的。悯峰山顶上不长树，但是却长一种草，这草存不住送不走，所以只能她自己跑过来。

她还说这里南坡的温泉很好，有利于她的身体。她说这山上真凉快，她问我这里的冬天是不是特别冷，问我会不会经常下山，问我这样爬上爬下辛不辛苦，问我在山上住着闷不闷。

我从来没有听人与我说过那么多的话，我很耐心地听完了。在心里默默地把她的问题想了想，觉得这些问题都可以用一句话概括，于是说："习惯了。"

她又笑了起来，说："闵风哥哥你的话真的很少。"

从她来了之后，我上山顶的次数就更频繁了一些，除了帮师父取雪水，还要帮她采药。

其实我看不出她身体有什么问题。因为她很活泼，虽然看上去娇弱。

早起我们练功的时候她会在旁边兴致勃勃地看着，有时候还会跟着比画两下。姿势摆得奇奇怪怪的，她自己又掩嘴咯咯地笑。

阳光照在她脸上的时候，她的皮肤就像是透明的一样。她喜欢穿鹅黄色的衣裙，这颜色像薄薄的花瓣，娇嫩又明亮，总是徘徊在我的视线范围内。也可能是我总忍不住去看她。

悯峰山上，除了皑皑的雪和灰冷的岩石，终于有了另外一种不同的色彩。

每次她出现的时候，师兄师弟们都格外卖力，除了我之外。因为我总是会走神，会转头看看她在干什么。也因此，我没少被人偷袭。

"家父说，勤能补拙。闵风哥哥，你只要勤学苦练，一定不会比别人差的。"她很认真地鼓励我。

我有点哭笑不得。师父说了，在我这一辈的弟子里，我的先天条件是最好的，又心无旁骛，所以功夫也好。

我不知道要怎么与她解释，只是很直接地告诉她："我不差。"

"嗯，你不差！只要努力就一定会有回报的！"她对我坚定地握了握拳。

我也就不知道应该说什么了。第二天，我把师兄弟们挨个打趴下了，想用事实说话。可转头却发现她不在。

照顾她的小丫鬟说她病了，我这才知道她的病在心，是先天的。我不方便进去看她，只好上山给她采了很多的药，放在了她的窗台上。

"闵风哥哥，浪费了呢。"她好些了之后捧着一把草药，很心疼地说，"这药要新鲜采的才有用。"

我挺失落的，点点头表示我记住了。不过她又对我笑了笑："谢谢你。"

没事的时候，我还是会坐在那块石头上往山下看，与以往不同的是，现在身边常常会多一个人——萧姑娘。

她看得见山下的村子，却看不见那些村民，她让我告诉她那些人都在做什么，我说："有个男人去牧牛了。"

她看着我眨了眨眼睛："没有了？"

我摇了摇头。她便又笑了起来，笑得很开怀，穿着绣鞋的脚在地上轻轻地跺了跺："他穿着什么颜色的衣服？"

"褐色。"

"他多大的年纪？他有没有戴着帽子？他的牛是什么颜色？他走得快还是慢？他有没有遇到什么人？"

我看着山下，认真地回答了她的问题。她也就听得很认真，托着腮看着我："村子里还有别人吗？"

我好像是摸到了一点儿门道，便又按照刚才的办法给她讲了一个奔跑在小径上的男孩。她说："听着好有意思。"

后来我明白了，她说有意思，并不是说我讲得多么有意思，而是她觉得村民的生活很有意思。

"母亲让我学了琴，学了箫，我还要学绣花，学画，学着把字写得婉约漂亮。"她看着山下那片村子，"我也想漫山遍野跑，也想放牛。"

"为什么不去？"原谅我那时对这世间的不了解，问出了这么愚蠢的话。

"怎么可能。"她垂下眼帘，长长的睫毛闪了闪。不过很快她又笑了，揪下石边的一片草叶，抿在唇上噗噗地吹气，"不行呢。"她把草叶递给我，"闵风哥哥你会吹吗？我上山那天路过村子，看见有人用草叶吹曲子呢。"

我看着那片草叶，想着这刚刚是她在唇上抿过的，忽然心里就觉得有点异样，脸直发热。

我从旁边揪了另一片叶子下来，给她吹了一曲没有名字的小调，不怎么动听。

那是景德十年的夏天。她告诉我，她叫锦瑟。

仲秋时，天气转凉，锦瑟被家人接了回去。

我坐在那块大石头上看着她上了马车，马车走过村子的时候又停了下来，那鹅黄的身影从车里跳了下来，向着山上挥了挥手。

她说："闵风哥哥再见。"

我不知道她是真的这么说了，还是我自己想象出来的。我揪了一片草叶，又吹了那曲不太动听的调子，可我想她应该听不到。

再见，只是一句告别的常用语。有的时候真的可以再见，有的时候却再也不会见面。我以为，锦瑟会是后一种情况，但令人惊喜的是，第二年的春天她又来了。

我失落了一冬的心情终于也如万物生发，心里冒出了蓬勃的草。锦瑟到我面前问我："闵风哥哥，去年我走的时候你是不是用草叶吹了调子？"

"你听见了？"

"我不知道。"她的笑容依旧是那样好看，"但我觉得我听见了。"

这一年，我终于在她面前挽回了自己的面子，在揍趴下几个师兄弟之后。她也很高兴："我就说嘛，努力一定是有回报的。"

好吧。如果我是天才能让她高兴，那我就是天才吧；如果我的努力能让她高兴，那我就继续努力吧。

入夏冰雪融化后，我带她去看了那条甘洌的小溪，带她去看了我在北坡发现的一个山洞，还有一片只盛开几天的花海。

那都是我发现的，悯峰山就是我的世界，我希望她看到，这样她便是与我分享了这个世界。我的世界里也不再只有我一个人。

我在她的央求下带她去了山顶，师父知道以后把我揍了一顿。我在师父的责骂里才知道锦瑟与我有多么不同。她的姑母很了不起，是皇后，不是像我这样连姓氏都来得很随意的小子。

担待不起，师父这么跟我说。很世俗，但那也是现实。

锦瑟瘪着嘴来向我道歉："闵风哥哥，我以后不会让你为难了。你别生我的气。"

"没有。"我实话实说，"你想去，我就带你去。"

她的脸有点红，摇了摇头，然后又笑了。

我发誓，我说的是真的。

那一年，锦瑟带来了她的琴。

我与她去了那片花海，她说她去年看见花海的时候就很想弹琴。

“我学过很多的曲子，《高山流水》《阳春白雪》《醉渔唱晚》，都是很美的风景。”

她的手指在琴上抚过，两指一合勾起悠悠的声响，又按下：“可其实我都没有见过。”她低头笑了笑，看向我，“我家挺大的，但迈再大的步子一百八十二步也就从东走到西了。你看这里多好。”

她看着花海伸展着胳膊：“如果想走，可以一直走下去，永远都走不到头。”

“南边是海。”我说。

锦瑟扑哧一声笑了，睸了我一眼：“好煞风景，我就是说那个意思。闵风哥哥见过海？”

“没有，我很少离开悯峰山。”

“有机会我想去看看。”她又重新将手放在琴上，滑出一串调子来，掩住了她后面的那句话。她说得很轻，但我还是能听见。

她说，不会有机会的。

这是一句非常遗憾的话，但她的语气却并不遗憾。不管是她的身份，还是她的身体，都不会让她有机会的。毕竟海那么远，连我都不曾去过。

蒋熙元说我这人无趣。

“你说你每天都干什么呢？来莳花馆坐坐吧，闵风，茶酒我都不收你钱。”

他把扇子在掌心掂了掂：“哪怕听听曲儿也好，姑娘们的琴技可都是一等一的。”他陶醉般晃了晃头，“美人好酒配佳音，你总得体会体会。”

他怎么知道我没体会过？

那年的一片花海，锦瑟在南坡上弹了一首曲子，比冰水滴落山涧的声音还要清幽，比晨鸟鸣叫松林的声音还要婉转，比微风拂过花海的声音还要温柔。

后来蒋熙元爱上了一个姑娘，于是在他的眼里，这世上的姑娘就都不能称为姑娘了。我也一样，我听过了锦瑟的那首曲子，这世上的曲子也就都不叫曲子了，只能叫作声音。

那天我很认真地看着她弹琴，听着从她手中缓缓流淌出来的音调。直至今日我仍能记得她纤细的手指在琴上勾捻的动作，我甚至可以根据记忆在琴上把这首曲子弹出来，虽然我一点儿技法都不会。

“这是什么曲子？”锦瑟弹完之后我问她。

她笑：“不知道啊，随意弹的。要不……叫它‘悯峰山上的花海’，或者叫它‘锦瑟弹给闵风哥哥的曲子’？”

她笑得愈发开怀："再让我弹我可弹不出来了，不记得了。不过我觉得很好听。"她把琴放到一边站起身来，"在家弹琴的时候要焚香，可再好的香又哪里比得过这片花海！"

我看着她往花丛中走进去，惊起几只花蝶，她伸手捞了一下却捞了个空。我点地起身，在半空中捏了一只蝴蝶，放在了她的手上。

她展着手并未握起，只说了一声好漂亮，那蝴蝶便又飞走了。我想再抓一只给她，却被她拽住了："还是飞着好。"

这是她来这里的第三年。

我曾经天真地以为，她就像树上的芽、草中的叶，每年的春天都会出现在悯峰山。一抹鹅黄娇俏的身影，带着我这一整年的盼望，融化我一冬天的等待。

但是景德十三年的春天她没有来。

我等到树叶挂满枝头，等到花海绽放南坡，等到冰雪消融成溪，她还是没有来。我日复一日地在那块石头上往山下看，从旭日东升看到星斗满天。

师兄促狭地说："闵风，等萧姑娘呢？你是不是喜欢上人家了？"

我恍然大悟。我曾经生活的环境太单纯了，导致我成熟得太晚了。到明白什么叫作喜欢的时候，才惊觉自己已心有所属。

那种喜悦，那种顾盼，那种等待，终于有了一个词可以概括。我为此感到高兴，于是我又顺理成章地翻出了另一个词，叫作两情相悦。

那是我新的盼望。于是我对师父说，我要下山。

"也是，你也该去外面看看了。"师父听我说完就点了点头。其实话到此为止就够了，可我那时候特别傻。

我说："我要去找萧姑娘。"

师父打量了我几眼，觉得我莫名其妙："你找她干什么？"

"因为她没来。"

"哦。"师父又点了点头，继续烹他的茶，"她以后就不来了。"

"哦。"我也点了点头，"那我去了。"

师父又揪着我把我揍了一顿。师父揍人的时候总是念念有词，也就是一边揍一边骂。上次我就是这样知道了锦瑟的身份，这次，我知道她要嫁人了。

"闵风，我起错名字了是吗！你还真是个疯的。"师父气哼哼地说。我福至心灵，诚恳地道："那我不去找她，我下山了。"

师父把我关了起来，但我觉得我已经尽到了告知义务，于是收拾包袱离开了悯峰山。那时日光熹微，我在山下回头看了一眼，师父就在那块石头上站着。

但他没有追下来，我也就心安理得地走了。

那年我十八岁。

我得去找她。因为她可能还不知道我喜欢她，所以她会嫁人。也可能知道了以后她却并不喜欢我，仍旧会嫁人。但对我而言，至少没有遗憾了。

从惘峰山到西京的路程不算很远，但我那时可能绕了弯路，因为以后再回惘峰山的时候总是很快就到了。不过那时的我以为自己走的，就是锦瑟走的路。

我一路往西京去，路上见过许多的女子。她们也不同于那些村妇，但更不同于锦瑟。我见过很多穿着鹅黄色衣裙的人，但我连看都不用看，就知道那不是锦瑟。

我私心里把她叫作“我的锦瑟”。牙关轻轻地合起，她的名字就念出来了，念的时候会弯起唇角，像是在笑。也许我真的在笑。

进了西京之后，我找遍了所有挂着“萧府”牌匾的宅子。后来才知道，锦瑟的家不叫萧府，而叫国公府。

我叩了国公府的大门说要找锦瑟。一个男子上门就喊人家姑娘的闺名，还大大咧咧地要见她，结果只能是被轰出来。

这宅子的院墙很高，但再高也高不过惘峰山。于是我上了屋顶。

那时已经是夏末了。我坐在国公府的房顶上，看着锦瑟住的屋子，看着窗纸被烛光映成暖黄，那上面有她的影子，很淡。

许多年后，我坐在屋顶上看过另外一个姑娘，那只是我的任务，但她让我想起锦瑟，想起我十八岁时那个仲夏的夜晚。

那晚锦瑟在弹琴，我坐在屋顶上听。她弹的就是那首在花海边弹的曲子，那首“锦瑟弹给闵风哥哥的曲子”。她说她不记得了，但其实根本没有忘。

我无师自通地明白了这意味着什么，心便像花海绽放，朵朵都是喜悦。一直听到她收了琴，熄了灯，院子里归于宁静，我才从屋顶上跳下去，推开了锦瑟的房门。她那时还没有睡着，警惕地问了一声是谁。

“闵风。”我回答她。

“谁？”她又问了一句，不像是没有听清，而像是不能相信。我站在门口没有走近，再次清晰地说：“闵风。”

很快，帐幔就被掀了起来。锦瑟披着衣服坐在床沿上，很仔细地看着我，小声地问：“闵风哥哥？”

“嗯，是我。”我看她看得很清楚，于是心里便踏实了下来，好像经过了无数次的练习，牙关轻合，微笑着叫了她的名字，“锦瑟。”

“真的是你？你怎么会到西京来？”

“找你。我有话想说。”我道。

“什么？”锦瑟一边穿好了衣服一边问我，趿上鞋走了出来。

“我喜欢你。”

锦瑟一下子就愣住了，睁着大大的眼睛，努力地看着站在昏暗中的我。

“什么？”她又这样问我。

“我喜欢你。”我笑了。可她却哭了。

有一个词叫喜欢，有一个词叫两情相悦，还有一个词叫无可奈何。

我在之后的很长时间里慢慢地发现，前两个词十分难得，而最后一个词却比比皆是。

萧皇后在宫中的势力渐弱，虽然她贵为皇后，虽然她的儿子已经是太子，但她没有恩宠。太子的资质十分平庸，这让她以及她的家人都感到恐慌。皇上有很多的女人，儿子也不少，没有谁是不能够被取代的。

所以萧家需要一重保险，需要有人在宫里帮衬着皇后，换而言之，萧家总得有一个人在皇上眼前，不管是谁。萧家适龄的能够入宫的，又有姿色的，只有锦瑟了。

这是一件我当时所不能理解的事，虽然在以后的日子里又见得太多，但我始终不能释怀这些。我看见那些生活在寂寂深宫中的女子，每一个好像都有锦瑟的影子，为了家族而困于囚笼，不管多么荣华都是寂寞的。

也有例外，比如现在的皇后，蒋熙元的妹妹。她是为了自己的爱情而来。

而爱情往往就是这世上的例外，驱使着人去做一些自己原本并不愿意做的事情，还甘之如饴。

最贪图享受的蒋熙元为了爱情远走他乡，却乐得嘴都合不拢；我也是为了爱情离开了悯峰山，可我没有他那么幸运。

虽然十八岁的我曾经以为自己很幸运。

如今，连蒋熙元都离开了西京，可我却仍在这里。

我并不是非要留在西京不可，但我仍然像过去那样，极少去想自己的将来。与过去不同的是，我现在有过去可以回忆。西京多少还有点锦瑟的影子在。

我与苏缜认识很多年了，他是唯一的知道我与锦瑟的事的人。我们的关系是君臣，但也有那么一点儿像朋友。他因为他心爱的姑娘惩罚过我一次，只一次，算是小惩，他生气了。

我也没什么怨言，因为我可能的确把他坑得挺苦的。

后来他对我说，他知道我那么做是因为什么。

“已经很多年了，闵风，你知道她不在了。这世上不会有另外一个她。”

我想说爱情这个东西很玄妙，你不知道它什么时候出现，什么时候消失。往往求之而不得，但不得时你想放弃，又放不掉。

虽然我解释不透爱情，可我确定，景德十三年时的锦瑟不可能会爱上景德帝，一个大她将近二十岁，连面都没有见过的男人。

“你不想进宫？”那天晚上我问锦瑟。

锦瑟拼命地摇头：“我不想，我一点儿都不想。”

“那我带你走，回悯峰山。”

她看了我一晌，眼睛里是盼望是犹豫，点点光芒。我拉起她的手，却被她更用力地握在了她的掌心。

我想她是愿意跟我走的，可最终她还是摇了摇头。眼中的光芒凝珠落下，好像悯峰山顶初融的雪，可它不是甘甜的。

“我不想进宫，我想去悯峰山，我想看那片花海，我想弹琴给你听。”她一边说着，仍是一边摇头。

她说她担待不起，她不能。又是这句话，可那就是现实。连远在悯峰山的师父都有担待不起的时候，更何况她一个深宅女子。

她说她的家人也许早就有了要送她入宫的打算，所以才会送她去悯峰山治病。她以为那会是自由，却原来不过是提着鸟笼出门，为的是把她送去另外一个笼子里。她看见了天，却飞不进去。

“闵风哥哥，你为什么要来呢？”

“我想你了。”

她说，闵风哥哥你走吧。我站着没动，她便又抱住了我，把头埋在我的心口，洇湿了我的衣襟。

虽然我发誓，只要她想，我就带她走。可现实却是她想，但不能走。

第二天，我用我身上所有的银子买了一匹马，不眠不休地奔去了海边，给她带回了那片沙滩上最好看的贝壳，还有一囊海水。

“锦瑟，海很大，比花海要大很多。它是蓝的，像天一样蓝，我看见了海上的月亮，很美。”我像当初讲述那个村子一样告诉锦瑟海是什么样子，尽力把它描绘得很美好。她紧紧地握着贝壳，仍是像以前一样认真地听着。

“锦瑟，我想带你去海边。那里很远，只有你和我。”

她轻轻垂下眼帘，用尾指蘸了一点儿海水放到嘴里，抿了抿之后涩然一笑：“又咸又苦。”

我一点儿办法都没有。我没办法让她不哭，没办法让她不去管她的家人，更没办法把两情相悦变成携手天涯。

我曾经无数次回想，我为什么要顾及她所顾及的那些？我喜欢的只是她，她的家人与我何干，他们的死活与我何干？

但现实告诉我，世上没有人是真的无所顾忌无所牵挂的，即便是像我这样无父无母的人都还有个师门，更何况我还有锦瑟。她是我的牵挂，她的顾及也就变成了我的。

她入宫的那天，西京落了绵绵的秋雨，不是个好天气。但我不信神佛，也就不会去想这样的日子是否在冥冥中昭示了什么。

我站在雨中看着她的那顶小轿，跟着她，从一个屋顶跃到另一个屋顶。我揪了一片草叶抿在唇边，吹了那个不怎么动听的调子，就像每一次送她离开。

十八岁的我带着欢喜与希望来到了西京，却让我在秋雨中目送着自己喜欢的姑娘进了宫。

也许命运的本意就是如此，是我误会了。我来，不是为了相聚，而是为了分离。

我一文不名地留在了西京，我干过体力活，也仗着自己一身的武艺给人做过护院，认识了不少江湖上的朋友。在这个社会的边缘和底层，看到了世间百态，明白了很多事情。

我的人缘不错，大概是因为我从无所求。有人说我很神秘，不知道我从哪里来，也不知道我会到哪里去，更不知道我为什么会徘徊在西京。

“闵风，天地很大，以你的本事何必固守一城？”

“有多大？”我问他。

他有点语结。世人总是说天地之大，他可能只是习惯这么说了而已，并未深想过。但我见过山，见过海，走了很远的路来到这里。心在此处，天地又与我何干？

我经常进宫。

那看上去高耸敦厚的城墙，看上去守卫森严的壁垒，对于我来说完全构不成障碍。我用了一点点时间找到了锦瑟住的地方，但也就到此为止了。

我只是想她，停留在离她很近的地方。偶尔能看见她的身影映在淡黄的窗纸上，偶尔能听见她弹琴的声音，这想念也就能好过一点儿。

我与苏缜便是在这个时间里相识的。说来也是我多管闲事，自己原本就是偷溜进宫的，却还帮着宫里的侍卫擒住了另外一个偷溜进宫的人。不同的是，那是个刺客，而我只是个过客。

苏缜那时候不过九岁，功夫还相当不到家，一个孩童面对一个成人，即便他是个武学奇才也是枉然。我出手救了他，却差点儿被人当作了刺客的同伙。

“他是我的侍卫。”苏缜抓着我的胳膊，手微微有些发抖，倒还很镇定地替我解了围，轰走那些侍卫时显得很老成。我觉得我们两清了，我救了他，他帮了我。

可他却没放我走，他问我是谁，为什么会在宫里。

“我来看望朋友。”

那时他还很爱笑，黑玛瑙般的眼睛骨碌一转，很狡黠的样子：“你的朋友，是父皇的嫔妃对不对？”

我想说不是，可我又不知道应该怎么编这个谎，一时沉默着没有说话。他像个成年人那样拍了拍我的胳膊：“别想怎么否认了。一看你就不是鸡鸣狗盗之辈，而君子之交淡如水，相见欢，不见亦可。通常只有男子偷见女子的时候才会如此，星月相见聊慰相思。”

他看着我笑，笑得我没脾气，起身便想走。

“你要是走，我就让人抓你，连你的朋友一起。我看见你从北边过来的，那边的嫔妃可不多。”他抱臂看着我，“偷会嫔妃可是杀头的大罪，对你的朋友来说也是。”

“所以呢？”我问他。

“我替你保守秘密，还给你一个可以自由出入宫中的便利。”他走到我身前仰头看着我，笑眯眯地道，“你答应我一个条件。”

苏缜的条件很简单，他像每一个小男孩一样，对比自己厉害的人都有些崇拜。那时的他觉得我很厉害，所以要让我做他的侍卫，教他功夫。

报酬丰厚，入宫自由，我没什么道理不答应。

“我叫苏缜，是五皇子。”他简单地介绍了自己。

“闵风。”我比他更简单。

很快，苏缜便知道了我的那个朋友是谁，因为锦瑟看见了我。她惊讶的表情根本藏不住，连眼泪都没能藏住。

她不再是小姑娘的模样，穿着素雅精致的襦裙短袄，薄施脂粉，看上去成熟了不少。只是她瘦了，眉间像是习惯性地微微蹙着，让人心生怜爱甚至怜悯的娇弱。

“闵风哥哥？你怎么会在这里？”她摒开身边的宫女，低声急急地问我。

我不想浪费时间解释这些来龙去脉，只道：“我很想你。”

像那天晚上一样，锦瑟说，闵风哥哥你为什么要来呢？

虽然看过了世间百态，但我想的还是这么简单。就像当初我对师父说我要下山那样，对她说：“你出不去，我就进来。”

“又有什么用呢。”她说。

“没有用，可我就是想你。”我说

苏缜并不太赞同我的做法，我觉得他有点得了便宜卖乖。他用这件事交换了我入宫做他的侍卫，还从我这儿学了师门的功夫，却要反过来对我摇头。

“让她死心了她才能忘了你，她忘了你，你也就死心了。天地那么大，我要是你，绝对不会把自己困在皇宫里。”

我还是那么反问：“有多大？”

“想有多大就有多大。”他毫不犹豫地回答我，末尾又淡淡地说，“可惜我不是你。”语气很像锦瑟在花海时说的那句话。

我的世界不大，一座悯峰山，一片花海，一条小溪，一个山洞。我与锦瑟分享了我的世界，她就成了我的世界，让我执拗地不肯离她而去。

苏缜总是带着那么一点儿促狭的神态，让我去给锦瑟送点东西，或者带我去御花园，制造与锦瑟偶然相遇的机会。

我见到她安好，与她简单地说两句话，看见她对我笑，我都觉得很高兴。她在宫里是锦瑟，但她面对我的时候，还是“我的锦瑟”。那个走进一片花海，惊起花蝶的小姑娘。

我问苏缜为什么会帮我保守这个秘密，毕竟锦瑟是他父皇的嫔妃。苏缜不以为意地笑道：“父皇有那么多的女人，不差她一个，而你只有她一个。”

“以后我要是有能力了，就放她走，让你带她走。”他说。

我笑了笑。

“哦，你也会笑吗？”他盯着我的脸，又道，“虽然我觉得你这样不对。她入宫做了嫔妃，你还喜欢她就是错的，既然错了，为什么不放手呢？”

“不是错的。”我回答他。

直至今日我也不觉得喜欢她是错的，即便我们之间的所有都已经成为过去，也永远不会再拥有将来。我更不知道我是否曾经拥有过锦瑟，而什么又叫作拥有。

她在我的心里，我放开手，可她还是在我的心里。

她不在这个世界上了，可她还是在我的心里。

景德帝似乎很喜欢锦瑟，也许这与我在西京江湖人中人缘不错是一个道理，因为她没什么所求。

她的姑母有些怒其不争，想让她在皇上面前帮衬太子的心思总也使不上力。而她又毕竟是自己的侄女，也不好真的拿她怎么样。

苏缜引用了蒋熙元的话，来解释景德帝对锦瑟的喜爱：“男人嘛，都喜欢娇弱柔顺的女子，以突显自己的男子气概。”

但蒋熙元这人总是自己打自己的脸，他说这话的时候一定想不到，他最后爱得死去活来的那个姑娘，与娇弱柔顺毫不沾边，却几乎比他还有气概。

我很钦佩那个姑娘，做了许多女子不敢做甚至想都没想过的事情。

苏缜也喜欢她，也许我应该用上“爱”这个字。那个姑娘笑起来也有两个梨涡，总让我想起锦瑟明媚的笑容。但与锦瑟不同的是，她在入宫这件事上遵循了自己内心的选择。

她没有家族的桎梏，但即便是有，事情也许仍会是不同的。我羡慕她，也替锦瑟羡慕她。

锦瑟从不争取皇帝的宠爱，因为她不在乎。不过这并不代表她便可以游离于那些女人的争斗之外。

我以为自己离她近一些，就能多保护她一些，但宫中的绝大多数事情并不是靠功夫能够解决的。

景德十七年的时候，宫中一位贵嫔有孕，到四个月的时候却意外流产了。那是上元节，赏灯时，谁也没看清她是如何一跤摔没了孩子。但这件事却莫名其妙地落在了锦瑟的头上，后来事情越扯越大，颇有锦瑟不死此事不休的意思。

这种事，就算我功夫再好也是无计可施，以至于我那时有了抢走她的念头。

我知道，她如果凭空消失了，锦绣宫一宫的宫人都难逃一死，她的家人难逃牵连。也许深究下去连苏缜都可能受到波及，毕竟我是他的侍卫。

但我只要锦瑟平安就好，即便她会怨我，我也要她平安。天底下所有人怨我都没关系，我只要她平安。

最后是苏缜按下了我的烦躁。

他请了他的母妃出面转圜，最后事情反弹到了锦瑟的姑母，也就是皇后那里。景德帝夺了她姑母摄理后宫的权力，软禁凤仪宫，险些被废。锦瑟受到了一点儿牵连，但只是禁足三个月，终于性命无碍。

苏缜说：“你也不必往心里去，虽然我请了母妃出面，但母妃并不是完全为了帮锦昭仪。”他看着我，目光已经不像我初见他时那么清澈见底。我渐渐地已经开始猜不透他在想什么了。

“但这件事并不是我母妃做的，你要明白这点。”他说。

“锦瑟平安就行。我并不喜欢她姑母。”

苏缜轻轻一笑：“闵风，你也有方寸大乱的时候。”说完，他又像个过来人那般说，“情字害人不浅，何必呢。”

但他终有一天明白了我那时的心情，涩然地说：“明知是毒也要尝，如此蠢事，唯一‘情’字可解。”

锦瑟禁足的那三个月，她的宫人很懒怠，也不会有人突然打扰。所以入夜时分我经常去看她，那时阖宫静谧，只有我和她。

那是我与她许多年来最安逸最亲近的三个月。我总会在无事的时候想起，就像拿出一本珍藏的书，轻轻抚去薄尘，一页一页小心地翻开。

薄薄的故纸里寥寥记录着我与锦瑟的过往，那么少，但一颦一笑地堆集，在我心里又那么多。

“三个月太短了。”锦瑟坐在她寝宫的小花园里，低声笑着说，“宫里恐怕没有谁会希望自己一辈子禁足下去，除了我。”

已是初春，但夜晚还是有些冷的，她拢了拢身上的薄毯，侧头靠在我的肩上。花园里的紫藤初绽，淡紫的颜色在夜晚变得浓重了些许。

我们抬头看着满天的星子，像在惘峰山时那样。我们回不去那个情窦初开的年纪，但那时的我还寄希望于将来。

我看着轻轻摇曳的藤蔓，说：“五皇子会让我带你走。”

“他不是皇上。”

“我帮他。”

她转过头来看着我，悄然一笑，却道：“我不想你做危险的事，闵风哥哥，我希望你能好好的。”

锦瑟又叹了口气：“闵风哥哥，你怨我吗？”

我摇了摇头，不明白她为什么会这么问。

“原本你可以天高海阔的，想看山看山，想看海看海，天地那么大……”

“没有多大。”我道，“离开了，我会想你，还要回来。”

她低低地笑了两声，忽然抱住了我的脖颈：“闵风哥哥，如果我没去过惘峰山就好了，没见过那么大的天地，没见过你就好了。闵风哥哥……你要是没见过我就更好了。”

“那不好。”没见过她，让我去想谁呢？

“那不好……”锦瑟喃喃地说，“那样我都不知道自己该去想谁，该去回忆什么。那是不好的。”

“还有将来。”

“将来……我不敢想将来。入宫那天我听到了你吹草叶子，我真想跳下马车不管不顾跟你走，可我不敢。初入宫时我很想死，幸好你来了。”

她哭着说：“我每一天都只能想明天。想着明天可能见到你，过了明天，再过明天，也许我还能见到你。”

我把她抱在怀里，低头亲吻了她的眼睛：“我每天都在。”

“闵风哥哥，将来你带我走，你会带我走吗？”

“我会。”

“不管将来是哪儿一天。我变老了，我变丑了，你都会带我走吗？”

“会。”

她不会变丑，更不会变老，她永远留在了那个年纪。

那时的誓言如今想来更像是一语梦呓，我们说得那样真心，真心得哭了也真心得笑了。

锦瑟畅想着那永远不会到来的将来。她说她要去看一看海，要在海边建一栋房子，每天早晨都要去海边看一看我说的日出有多美，每天晚上也要去海边，看一看我说的月亮有多亮。

她说她要去每一个我去过的地方，我说我只去过悯峰山、西京还有海边。她说那就与我一起走，把能想到的地方都走遍，走到我们再也走不动为止。

我说好。

仿佛那样的日子很近很近，也很快就能到来。景德帝的身体不好了，我很不厚道地希望他早早死去，放了我的锦瑟。

锦瑟的禁足很快就解了，还没有到三个月。她又回到了那样的日子里，与我遥遥相望，与我默默相视而笑。

我是她那时能够忍在宫里的希望，她也是我的希望。

没过多久，锦瑟便被诊出了喜脉，她怀孕了。

景德帝欣喜不已，晋她为锦妃，又调拨了不少宫人来伺候，连她姑母的软禁都解了，让她照看锦瑟这一胎。

锦瑟也很高兴。那天我在御花园见到她，她依旧穿着鹅黄色的襦裙，肚子已经微微隆起，她站在一片盛放的三色堇前回首看见了我。

她丰腴了一些，手指轻轻地抚在自己的肚子上，对我浅浅一笑。两只梨涡如我初见她时那样甜美，却已是褪去了青涩，整个人都焕发着不一样的光彩。

就像我总记得她走进花海时的样子，那天的锦瑟就像一幅画，在我们所有的回忆里，我想得最多的，还是她这回眸的一笑。

我也笑了。苏缜看了我一眼，什么都没有说。

那段日子，我很怕锦瑟会像那个贵嫔一样，不小心跌一跤会跌没了孩子，伤了她自己；又担心那些女人使什么阴损的手段，害掉她的孩子，也害了她。

蒋熙元那时问苏缜，为什么我的神情里总是带着一种婆婆妈妈的状态，苏缜说我疯了。蒋熙元大笑不已：“他还会疯？”

我会。

从春季锦瑟被诊出有孕，我战战兢兢地度过了夏天，又小心翼翼地经过了秋天，似乎每天都捏着一把汗，为锦瑟。她的肚子一天比一天大，身子一天比一天沉重，但笑容却一天比一天明朗了起来。她在期待着孩子的出世，我也很期待。

可我们都没有见到他，这个可能会比我们都快乐，比我们都幸福的孩子。

锦瑟是在一个落雪的夜晚胎动临盆的。那晚锦绣宫的每一个角落都点上了灯，每一处都站着人，似乎每一个人都比锦瑟还要紧张。

包括我。我站在锦瑟寝宫对面的屋顶上，听着她一声声痛苦的呻吟，听见她姑母不断地大声说话，或鼓励或斥责，或指使着稳婆让她们无论如何要把孩子保下来。

一盆盆的血水从殿中端出来，却始终听不见孩子的哭声。我的心一截截凉下去，直到院子里的人忽然都静了下来。

我听见了哭声，却不是孩子的。太监报丧的声音传来，我却恍惚觉得死的只是锦妃娘娘，而不是我的锦瑟。

明日，我的锦瑟还会对我回眸一笑，还会叫我一声闵风哥哥。在那片花海之中，在那丛盛放的三色堇前，可眼前只有茫茫的雪。

我想揪一片草叶子，吹一曲那从来也没有名字的调子，像每次的送别，可手边只有冰冷的雪。

过去已经永远过去，将来却永远不会到来。我停留在了那一天铺天漫地的雪里。

像惘峰山的冬季，漫长永无止境的冬季。覆住了再也不会开放的花海，冰冻了再也不会流淌的清溪。

还有，再也不会回来的，我的锦瑟。

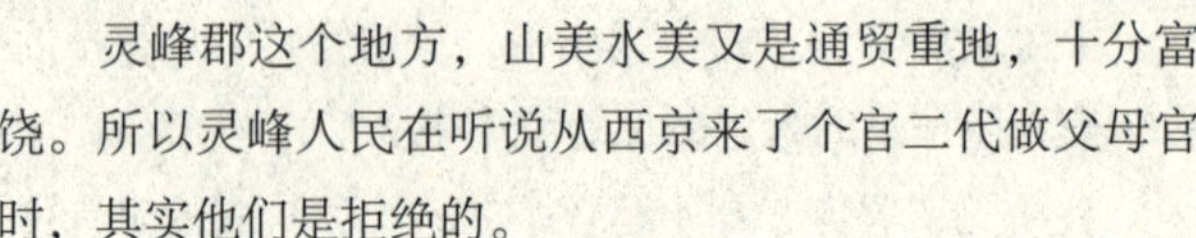

番外二 红豆生南国

灵峰郡这个地方，山美水美又是通贸重地，十分富饶。所以灵峰人民在听说从西京来了个官二代做父母官时，其实他们是拒绝的。

这也在情理之中。

官二代有几个有本事的呢？大抵是家中斡旋骗了那年少的皇帝，把家里不成器的儿子塞到这天高皇帝远的地方狠狠捞上几年银子，再霸上几个民女。

百姓的抵触心理很严重，却又无可奈何，于是便打听了关于新郡守的事迹，街里街坊四处传着，以此来发泄心中的不满。

蒋熙元与夏初低调地进了灵峰郡，没有下属官员接驾，没有官兵护送开道，故而沿途听了不少挂着自己名字实则却与自己毫无关系的段子。总的来说，蒋熙元在这灵峰百姓的心里就是个脑满肠肥龅牙秃顶的模样，是个好吃懒做男女通吃的下作货。

蒋熙元一路上听得筷子都折断了好几根，倒是夏初每每津津有味地听着，赶上他没听到的，还要特地给他补上功课。

这日在越峰县，几个脚夫把不知刚从哪里听来的段子讲得绘声绘色，说的是蒋熙元为了个小倌在西京府衙前与人大打出手的事。

这估摸着就是王槐挑唆月筱红戏迷那次事件，只是从西京传到灵峰早传得没了样子。故事里的夏初不再委屈，蒋熙元不再果敢，只剩下了龌龌龊龊的风花雪月。

“唉！”有人猛拍了一下大腿，“这样的人到我们灵峰来，真是灵峰的大不幸啊！”

众人纷纷唉声叹气地应和。

蒋熙元手上用劲儿捏碎了茶盏，噌地起身要替自己辩上几句，却听坐在旁边的夏初扬声道："小二，茶钱放桌上了，不用找了。"

言罢，夏初一拽蒋熙元的袖子就要走。蒋熙元挣了一下，夏初便回头挑了挑眉头，眼风一瞟，他也便乖乖地跟着出门了。

走出去没多远，蒋熙元拉着夏初的胳膊把她拽进巷子，将她往灰墙上一抵，咬牙道："听见别人这么说你相公，你非但不恼却还挺乐呵，是吗？"

夏初歪头看着他，点头一笑："我也被编排了呀。"

"所以我才生气！"

"舆论是舆论，真相是真相。"夏初依旧笑吟吟地说，"这不是当初你自己说的吗。"

蒋熙元额上青筋跳了几跳，瞪了夏初一会儿又换成一脸委屈的模样。抵着她的手也松垮了下来："你不在乎我。不在乎我的名誉，就是不在乎我。"

夏初望天翻了个白眼，抬手在他额头上轻拍了一下，又顺势抚了下去，手停在了他的面颊上，轻声道："要是所有人都以为你丑陋不堪，就不会有大姑娘小媳妇来招惹，我岂不是也省了许多心？"

蒋熙元的眼睛霎时亮了，唇角按不住地向上翘了起来："娘子这话好中听，再多说一些来听听。"

夏初浑身抖了抖，撤回手来用肩膀顶开蒋熙元："恶心死了，我不说了。"

"再多说两句，我爱听。"

"不说！"夏初甩手往巷子外走去，走了几步又回过头来指着他道，"你少拿捕头的职位威胁我，我那是御赐的！你个郡守也撤不了我。"

蒋熙元走过去揽上她的肩一起往外走："打情骂俏是情趣，怎么就叫威胁了呢。"

"整天诱着说这些话，我饭都要吃不下了。"夏初轻哼了一声把头转向一侧不去看他，偷偷地笑了笑。

"我一说你就嫌肉麻，让你说你又叫恶心，哪儿有你这样的女子。"蒋熙元轻声叹了口气，看了看夏初头上的帽子，"你准备什么时候换女装？"

"行路呢，换个女装太不方便了。"夏初道。

"那到了灵峰城就换了？"

"上任要见各县官员，满堂男子就我一个女子模样，岂不是别扭死了。"

"私下里的也好啊！"蒋熙元捏了捏她的肩膀，乞求道。

"再说再说。"夏初胡乱摆了摆手，"我这头发又拢不起发髻来，怪模怪样的，等头发长了再说吧。”

蒋熙元之前已经在灵峰城置了宅子，才动身回京去接夏初。这一去一回多半个月，宅子便也拾掇得差不多了。

宅邸位置不错，闹中取静。夏初远远地便瞧见了门楣上挂的“蒋府”二字，黑檀描金，崭新得刺眼。

未等到门前，门便开了，里面走出个穿着蟹青色挑花缎子长衫的公子来，头发利落成髻拢在头顶，束了同色的发带飘在脑后，摇着扇子，好不风流的模样。

公子身后还跟了俩家丁，出得门来，那公子身段一转，哗一声将扇子合拢，指着门前的台阶：“每天晨昏午后三次洒扫，别让我瞧见脏东西，听懂了没有！”

动作行云流水，优美是优美，却显得几分做作几分妩媚；说话厉声厉气，声音却是几分纤细几分绵软。

夏初瞧着，扑哧一声就笑了，挥手扬声道：“九姑娘！”

那公子闻声回头，正是九湘那张艳若桃花的脸。虽扮了男装描粗了眉毛，但瞧着远不如夏初这般像样，饶是添了几分英气，可仍旧娘得一塌糊涂。

九湘激动地叫了一声，拎着衣摆迈着碎步跑到夏初身前，一把便将夏初搂到了怀里：“你可来了，脚程真慢！”

“你怎么也来灵峰郡了？”夏初问道。

“刘起跟着大人赴任，那我自然就跟着刘起来了。”九湘一边说着一边挽起夏初的手臂，“走，快跟我进去瞧瞧。这些天我可一直忙着这府邸的布置呢，你看看你喜不喜欢。”

从头到尾九湘也没想起搭理蒋熙元，蒋熙元也懒得搭理她。他看着一身男装的九湘挽着一身男装的夏初，心里别扭得什么似的。

刘起听见动静从院里也跑了出来，给蒋熙元请了安。蒋熙元揪着刘起低声问道：“九湘怎么回事？”

刘起的脸苦了一苦，叹气道：“九湘闲不住。我管家，她管我，看我做事一万个不顺眼，索性把我踢开她来管了。”刘起一拱手，“少爷，回头我还是跟您一道上衙门任职去吧。”

“我是问她扮男装干什么！”

“她说她又不是蒋府夫人，管得名不正言不顺，索性就扮了男装做管家，顶了我的职。”刘起一摊手，苦笑道：“她还说在牢里时看见夏初那飒爽的模样，好看。少爷您也知道的，我哪儿管得了她。”

蒋熙元冷笑了一声：“管家？你们找的下人都是瞎的吗！”他往九湘离去的

方向一指，“哪儿有那样的男人！”

“下人当然也知道……”

蒋熙元竖起手掌拦了刘起后面的话，抖开扇子猛扇了几下，对刘起说：“我还巴望着九湘能影响影响夏初，让她穿女装呢。这倒好，她自己倒先学了夏初了！我不管，刘起，你让九湘换回去！”

“少爷……”

“不换的话，连你带她我一起轰出去！”

言罢，蒋熙元大步迈进了院门，刘起想喊也没喊住，虚空里伸着只手，心中暗暗叫苦。

蒋熙元一路往里走，最后是在后花园找到的夏初和九湘。

他看见夏初时，夏初正一个后摆腿转身踹在沙袋上，紧接着拉开弓步出了一串的拳，旁边的九湘拍手叫好。夏初抖抖手站直了身子，在沙袋上拍了两拍：“多谢九姑娘，这东西好。”

“这个是刘起告诉我的，说是你从前与他提过。”九湘掩嘴呵呵地笑了笑，翘指往旁处一指，“喏，那边还有梅花桩。回头你与大人切磋武艺的时候可以用。”

夏初走过去用脚踹了踹：“啧，这东西我不会啊！不过倒也无妨，回头让大人教我就是了，我学东西快……”

话未说完，一只大手便按在了她的肩膀上，耳边就听蒋熙元咬牙道：“休想！跟我过来！”

九湘张嘴“哎”了一声，换回蒋熙元一记眼刀。他把九湘上上下下打量了一遍，鼻子出气哼了一声：“难看死了！”说完搂着夏初大步离开。

九湘站在原地气得脸都红了，刘起赶过来却不知何故，正想开口劝她换回女装的事，却听九湘恨声道：“我难看？！行！”

“湘……”刘起小心翼翼地唤了她一声，话音未落，九湘伸手便拉住了刘起：“跟我上街！”

“干什么？”

“买衣服！我要把这灵峰城最好的男装都装我衣柜里！敢说我难看！”

刘起傻眼了，只留下了半声哀号，便被九湘拽走了。

蒋熙元搂着夏初往前院走，一路上夏初还颇不满意地问他“休想”是什么意思。

“虽然我现在是年纪大了些，但不是七老八十，梅花桩这东西又不是非得童子功不可，为什么不能教我？”

蒋熙元没说话。

夏初瞟他一眼，嘿嘿地笑了笑："你是不是怕我将来功夫厉害了，你打不过我？"

蒋熙元额上的青筋鼓了鼓，冷笑道："就凭你？"

"嘿！"夏初不服，还要再与蒋熙元说道说道，却被蒋熙元拦下了。他换了个表情又缓和了语气，指着他们面前的门对夏初说："这是正房，我带你进去看看。"

"正房？"

"对。"蒋熙元挺了挺身板，"等成亲后咱们就住这间，我的正房夫人，进去瞧瞧吧。"

"正房夫人？"

蒋熙元一点夏初鼻尖，笑道："自然是你。"

夏初被蒋熙元拉着手拉进了房间，从洗手的盆架到罗汉床上的烟炉，从卧床上的幔帐到衣柜上的雕花，蒋熙元一样样问她喜不喜欢。

夏初从头嗯到尾，每个都说好，弄得蒋熙元大为扫兴，少不得深吸一口气调整了心情，重又摆好笑脸："行，来看这里。"

说完，蒋熙元便把衣柜打开了，柜子里放了一摞各色各款的女装和配饰。可柜门刚打开，还不等蒋熙元说话，夏初便砰地又把门关上了。

她用后背抵着柜门，微仰着头看着蒋熙元，看得蒋熙元心里直发毛："你这么看我做什么？"

夏初干笑了一声："这是正房？"

蒋熙元不明就里地点点头。

"那偏房呢？"

"偏房……"蒋熙元犹犹豫豫地往门外指了指，"东西厢房各两间，二进院里还有两间。"

夏初掰了掰手指头："那就是六间。你打算什么时候填满啊？"

"我打算……"蒋熙元手放在下巴上摩挲，翻着眼睛琢磨。这正房两边的厢房有一间是腾作书房的，余下的，待将来有了孩子给孩子住。二进的两间厢房有一间是给刘起和九湘留着的，剩下的一间和前院的都可以用作客房，京中家人若是来了也足够住。

蒋熙元自顾自地安排着房间使用，满心是对即将到来的生活的期待。甚至都想到将来儿子要是娶亲了，是在东边盖个跨院好，还是在西边盖个跨院好，美滋滋地暗笑，却一点儿没看见夏初的脸色越来越差。

夏初自从听见他说什么"正房"说什么"正房夫人"心里就讨厌得很。夫人就是夫人，若是没有偏房又有什么必要分什么正房。问他，他竟然还真的在那儿算起来了，还一脸猥琐笑容。

夏初怒从心头起，抬手推了蒋熙元一把："你慢慢算吧！"

蒋熙元被她推了个趔趄，眼瞧着夏初大步流星冲出房去，也不知道是怎么一回事。追了两步喊道："你干什么去？"

"熟悉灵峰城！明天开工上班！"随着话音，夏初便已经拐出了蒋熙元的视线。

蒋熙元跑出门去却没追到夏初，灵峰城他也不熟，也不知道该往哪里去找，只能满腹委屈地沿街乱晃。反正他知道以夏初的身手，一般的痞混子也伤不了她。这么一个让人放心的媳妇，他也不知道该喜还是该愁。

蒋熙元一边溜达一边琢磨着自己到底哪里惹了夏初，晃了约莫半个时辰，这缘故大概是想出来了，可夏初没找见。到了城西时，却意外遇见同样一脸颓丧的刘起。蒋熙元上前拦在他面前："你在这转悠什么呢？"

刘起抬眼看是蒋熙元，便又把眼皮耷拉下去："少爷，九湘生我气了。"

"为什么？"

"我说她穿男装没有夏初好看，她阳刚之气不足。"

"那当然！"蒋熙元想都没想接口道，说完了又觉得不对。有人夸自己娘子充满阳刚之气，这仿佛也不是什么中听的话。他抬手敲了刘起脑袋一下，又勒住他的脖子，"你给我记着，以后不许说夏初穿男装好看！"

刘起哼哼唧唧地应了，又问蒋熙元："少爷，你在这儿干什么呢？"

一句戳到心口，蒋熙元松开刘起长叹了一声："唯女子与小人难养，不提也罢。"

"谁？夏初？"

"嗯。"

"她是女子还是小人？"

"你说呢！"蒋熙元又给了刘起脑袋一记："走，陪爷吃饭去！"

下午蒋熙元与刘起回了宅子，一进前院便听见夏初与九湘的声音，循声过去，只见二人正坐在偏厅里饮茶聊天。

蒋熙元皱了皱眉头，指着夏初问道："怎么还换了身衣裳？"

"九姑娘送的，如何？"夏初端着茶盏，从杯沿处晒了他一眼。

"为什么又是男装？"蒋熙元走到她身边揪了揪她肩上的衣料，用指尖捻了捻，"你是御赐钦封的女捕头，记住，是'女'捕头。"

夏初把他的手拍开，轻描淡写地道：“我今天想了想，虽然是女捕头，但衙门里真的站一个襦裙钗镮的女子怕是也很奇怪。更何况，虽是圣旨钦封，但女子难免不能服众。所以……”

夏初顿了顿：“这女捕头身份，虽不必像以前那样刻意隐瞒，但也没必要四处宣扬。大人以为呢？”

“什么……”蒋熙元手一按桌子就要急眼，却被夏初一竖手掌给拦下了。夏初站起身来负着手，冷声哼道：“大人不觉得这样也方便些吗？免得我一个女子戳在府里，再妨碍了你收房纳妾。”

“谁说我要收房纳妾！”蒋熙元急急剖白，“一早便说过的，这辈子我有你一个就够了，不止这辈子，下辈子也是，下下辈子也是！上午……”

刘起和九湘在一旁齐齐抖了抖，觉得非礼勿视不宜旁观，起身溜了出去。夏初背对着蒋熙元，听了这话也少不得起了一身鸡皮疙瘩。实在憋不住想笑了，便用手捂住耳朵，像那言情剧里那般嚷道：“我不要听，我不要听！”一边喊着一边逃出了偏厅。

偏厅里就剩下了蒋熙元一个人，他头都大了，原地转了几圈后觉得有火没处撒，恨恨地指着门口道：“臭丫头！不信我还治不了你了！”

转天早起，夏初没见着蒋熙元，九湘也没看见刘起。两人一起慢悠悠吃了早饭又饮了茶，眼瞧着辰时都过了那二位男子也没踪影。

“你们不是要今天上任吗？”九湘问道。

“说的就是，都这个时辰了……”夏初看了看日头，把茶盏放下站起身来，正了正身上崭新的捕快服，又抄起帽子往头上一戴，“不管他了，我先去衙门报到去了，这已经迟到了。”

蒋府离衙门不远，夏初便也没让九湘给她套车，徒步溜达着往衙门走。走的这一路夏初都觉得奇奇怪怪的，好像路上很多人都在看她，看完之后还躲到一旁窃窃私语、指指点点。

夏初看看衣服又摸摸帽子，似乎并无不妥之处。琢磨了片刻恍然大悟，想必是百姓认得这捕快服，知她是与蒋熙元一起从京中过来的，十有八九是通过她来揣测蒋熙元呢。

毕竟蒋熙元风评那么差。

一路到了衙门门口，夏初远远地便见告示栏前面围了一堆人嗡嗡地议论，有的笑，有的骂。她不喜欢瞎凑热闹，准备直接进衙门，可走近后听了几耳朵便听出了不对，忙拨开人群钻了进去。

蒋熙元早已经到了衙门，此时拿了本郡志在书房里，但心思却没在郡志上，正支着耳朵听着门外的动静。不一会儿就听远远的脚步声传来，重得几乎踩碎了灰砖，从步伐里都听出了咬牙切齿的味道。

他暗笑了一下，换了个自认为更潇洒的姿势坐好。须臾，便听得书房门“砰”的一声被踹了开来。

“蒋熙元！你这是什么意思！”夏初手里拿着张皱巴巴的纸，往蒋熙元的书桌上一拍，怒声道。

蒋熙元慢悠悠地放下郡志，瞟了一眼：“你怎么把告示撕下来了，有什么问题吗？”

“你说有什么问题！我昨天才刚刚与你说了，不必宣扬我女子的身份，身为捕头有诸多不便，你是听不懂吗？还敲锣打鼓贴了告示，你是存心与我过不去吗？”

蒋熙元站起身来道：“你这一路也听见了我的风评有多差，我思来想去，最好便是借用你的这个来头，以期以最快的速度树立起衙门形象。你要知道，景国上下有多少郡县，却没有一个衙门能有御旨亲封的捕头，除了你。”

他朝天拱了拱手：“我是一方郡守，百姓父母，如此浩荡皇恩自然要与民同飨才是。百姓感天恩，咱们的工作也会好做很多。”

夏初把那个告示团成一团往蒋熙元身上一扔，骂道：“别以为我不知道你怎么想的！”

蒋熙元绕出桌子欺近到夏初身前。夏初往后退了几步，蒋熙元便跟着往前进了几步，一直把夏初逼到了墙边，才伸出胳膊来撑住了墙壁，把她箍在了自己面前，笑吟吟地轻声道：“我怎么想的？”

夏初的心空跳了一拍，脸也不争气地红了，抿了抿嘴嘟囔道：“你就是自私！还扯那么多冠冕堂皇的……”

“可不就是自私嘛。”蒋熙元用额头顶了顶夏初的脑门，“我是要娶你为妻的。要是你一直以男人身份示人，到时让全灵峰的百姓看见我突然娶了个男人，岂不是闹了大笑话。”

“干什么要让全灵峰知道，低调点不行吗？”

“我蒋熙元的妻子自然是八抬大轿敲锣打鼓迎娶的。这辈子就娶你一个，必须热闹。”蒋熙元低头在她唇上啄了一下，“我恨不得让全天下都知道我有媳妇了，那些美的丑的高的矮的胖的瘦的，不管什么样的女人都不要来惹我。”

夏初抿着嘴唇，抿了半天也抿不回去羞赧的笑意。蒋熙元顺势又亲了一下：“想笑就笑出来嘛。”

“我为什么要笑？这都是你应该做的。”夏初睨了他一眼，“你还挺自信，真以为那么多女人愿意惹你。”

“要不试试？”

“你敢！”

蒋熙元手臂一收将她抱进怀里：“昨天你与我闹什么脾气？明知道什么正房偏房的不过就是说房子，你胡想什么。我还以为你这没心没肺的性子不爱吃醋呢，到底还是女子。”

夏初从他怀里抬起头来，不满道：“这话说的，好像男人不爱吃醋似的。”

“那当然，男人的心胸。”

“要不试试？”夏初笑着说。

“你敢！”

如此，蒋熙元与夏初正式上任了。

这上任的第一天，两人就把灵峰城搅了个沸沸扬扬。一来是那个传闻中脑满肠肥的蒋熙元竟然好看得紧，二来是皇上钦封的捕头居然是个女的。

这俩消息足够全灵峰的茶馆青楼嚼上大半个月了。

蒋熙元的本意，原是想破釜沉舟地捅破夏初的女子身份，让她名正言顺地穿上女装。可如今身份是直接捅破了，可结果却与蒋熙元所期待的差了十万八千里。

蒋熙元上任后，以其磊磊君子的风度和俊逸潇洒的模样迅速攻破了之前的谣言，风评翻个彻底。而夏初那边在整饬了捕快的队伍，办了几个漂亮的案子后，不拿百姓一针一线的清廉作风，也让她的声望水涨船高。

百姓果真是感天恩浩荡，觉得皇上派了这样两个人来灵峰郡，简直是灵峰人民的祖坟集体冒青烟了。可是皇上太远，这份感激之情无以表达，便悉数投射在了皇上钦封的捕头夏初身上。

没过多久，蒋熙元便惊诧地注意到，大街上的姑娘少女好像都消失了似的，满街形态各异的公子晃得他头都晕了。

说是公子，稍稍细看便能分出不同，那些依旧细腰妖娆的、依旧脂粉敷面的、依旧眼波如丝的，分明都是女子。正如家中那虽扮了男装却娘气十足的九湘管家一般。

“刘起，这外面怎么回事？灵峰变了男人国吗？”蒋熙元抓着刘起到书房，心惊肉跳地问他。

“少爷啊。”刘起搓手笑了笑，“我夏兄弟现在名声可是盖过你去了。灵峰的少女们如今皆以她为偶像，说什么飒爽巾帼之姿更盛须眉气概，纷纷效仿夏兄弟的装扮。您还没瞧见柳巷那边……”

“谁是你夏兄弟！”蒋熙元噌地站了起来。原想逼着夏初换女装，结果反倒搞得全灵峰的女子都扮了男装。自己这番弄巧成拙，真是搬了石头砸自己的脚，越想越憋气。

“少爷，我知道您想看夏初穿女装，可是她穿什么还不都是那个长相那个人，您何至于这么在意？”

“你知道什么！这不是女装的问题！要是夏初这么每天求着我让我穿女装，保不齐我都……哼！”蒋熙元恨恨地一拍桌子，夺门而出。

刘起挠了挠头，默默嘟囔道：“不是女装的问题又是什么问题？奇怪……”

蒋熙元一个人沿街胡乱地溜达，心里说不出的滋味。他不知道多少次与夏初提这穿女装的事了，可夏初也不知道是为什么，每次都是推三阻四的，就是不肯。

他也知道，对于夏初穿女装这事儿他有点太执着了。

有些私心，他不好与夏初明言，但自己心里却是清楚的。他之所以执着这件事，还是因为苏缜。

夏初第一次穿女装就是因为苏缜，在宫里时，夏初也一直是以一个姑娘的模样面对着苏缜。襦裙罗裳，金钗玉环，胭脂水粉，那样的夏初是什么模样，他居然到了今天都没能看上过一眼。

这么劝，这么求，这么期待，夏初为什么就是不肯呢？

夏初越是不肯，他就越是胡思乱想，想她不肯再穿女装是不是有苏缜的缘故。如此一来所以夏初越是不穿，他就越是执着。

他还是介意的。

与其说是介意一身女装，倒不如说是他介意自己在夏初心中的位置。究竟自己是真的赢得了夏初的心，还是说，自己不过是夏初在权衡之下的一个选择，虽然选择了，却在她心里永远越不过苏缜。

苏缜是皇上，可男人的骄傲与自尊并不会因为地位高低而有所不同。

他真的在意。

路过了灯暖酒香的酒楼，蒋熙元没进去；路过了刺激喧哗的赌坊，蒋熙元没兴趣；路过了莺声燕语的柳巷，蒋熙元看都懒得看。

走了半个灵峰城，蒋熙元思绪慢慢地想了许多许多，虽仍是有些沮丧，但也想通了不少。

大抵是自己的问题，怪不了夏初。他觉得夏初在这件事上一直在搪塞，可其实人家说的也不无道理。毕竟她是捕头，一身零碎的钗镮怎么佩刀，怎么骑马，怎么去办案？

不过一身衣裳，夏初穿什么不是夏初呢？她就在自己身边，这么大老远跟着自己来了灵峰，这还不能说明什么，还要如何呢？假使他在夏初心里的位置如今仍不如苏缜又怎样，他有一辈子的时间去占据，急什么呢？

蒋熙元驻足街上看着夜色压过晚霞，像有人倾翻了砚台，墨汁渐渐沁透赤色的锦缎，又洒下了点点碎水晶般的星子。

灵峰的夜晚很美，很高，很阔。他深吸了浸满青草香的夜色，想起夏初该是在等他吃晚饭，想起饭厅里的一盏灯，一个人，一句嗔怪，一个笑容，便觉得心里满满当当扎实的幸福。

还矫情什么呢？

蒋熙元快步匆匆地回了家，原想着饭厅灯下会有一个等他等得不耐烦的身影，可到了饭厅一看，别说身影了，灯都是灭的。借着月色一看，桌上连个碟子都没有。

刘起也不在，九湘也不在，目力所及一个下人也没有，耳力所及连丁点儿动静都听不见。

蒋熙元这个心酸啊！说好的幸福呢？

呆愣愣地在饭厅站了一会儿后，蒋熙元自嘲地一笑，慢悠悠地踱回了后院。沿游廊进了后院，第一眼先看夏初住的厢房，黑乎乎的，显然是不在。他又是一声叹息，正准备回自己的厢房时却忽然发现正房的灯是亮着的。

正房是蒋熙元留着与夏初成亲后住的，除了日常的洒扫不会有人进去，但是这个时间不该是下人洒扫的时间才对。

一边想着，蒋熙元一边轻手轻脚地往正房门口走过去。至门边，屏气将耳朵贴在门缝上听了听，只听得房间里有沙沙的脚步声响。那脚步声听着似乎挺急，可细听却发现不过是在原地来回走。

蒋熙元正准备推门，却忽听得房内的人清了清嗓子，声音软软绵绵地唤了声“大人”。门外的蒋熙元一惊，觉得这声音又熟悉又不熟悉，再细听下去，房内人却又“呸呸”两声，自言自语道：“我去，恶心死了！”

蒋熙元悄无声息地咧嘴笑了起来，抬手将门板两边推开，一边迈步进去一边道：“大人我听着甚是顺耳，再来当面叫两声……”

话说到一半便戛然而止，生生噎了回去。蒋熙元还维持着一个迈步的姿势，却已经冻在原地，眼睛直勾勾地看着偏厅的方向。

偏厅里一桌饭菜，谈不上丰盛却很是精致，瞧着并不是家中厨娘做的。桌上放了个青瓷酒壶，两只酒杯，其中一只正被夏初捏在手里，斟满了淡淡的梅子酒。

夏初此刻也愣在那里，一手兰花指捏着酒杯，一手揽着宽大的袖子。手臂半遮半掩处，浅青的纱抹在胸前，细细的银链子嵌了细碎的蓝宝石，从锁骨一路洒洒落下。

一袭轻软的襦裙，草青色的缎带束着从胸前坠下，衬得夏初本就高挑的身材愈发颀长，多了几分妩媚。外罩的广绣薄裳轻纱裁就，原本瘦削平直的锁骨和肩膀也柔软了起来，若隐若现格外诱人。

蒋熙元咽了咽唾沫，好半天才开口道：“你这是……”

夏初这才回过神来，把酒杯往桌上一放站起身来，脸色有些发红。站起来整了整裙子，不知又想起了什么，回身又把酒端了起来。端起来想了想，重又放下，手忙脚乱地把扔在一边的团扇拿了起来。

蒋熙元莫名其妙地看着夏初，只见她调整了个角度，半侧身对着蒋熙元，把团扇掩在嘴边，只露出眉眼，对着蒋熙元浅浅一笑，柔声道：“大人，等你好久了。”

蒋熙元“噗”的一声就笑了。

紧接着一柄团扇直飞到蒋熙元脑袋上，蒋熙元一边笑一边抬手接住，捏在手里向夏初走过去。

夏初白他一眼，一屁股坐回椅子上：“笑什么笑！有那么好笑吗！”

蒋熙元走到夏初身边，手扶着椅子背，低头在夏初额头上亲了一下：“不好笑，我不是笑你。”

“嘁，我还不知道你，分明就是笑我。”夏初挽起袖子摆了摆手，“笑吧笑吧，想笑就痛痛快快地笑。”

夏初说这话，原本是想要蒋熙元来哄她的。可没想到话音刚落，蒋熙元真的就蹲在她身边肆无忌惮地大声笑了起来。

夏初不敢相信地瞪大了眼睛，心里的火往上拱，一把薅住蒋熙元的肩膀将他从地上拎了起来。

“有完没完！让你笑你还真笑！你什么意思！”她一指头戳在蒋熙元的胸口上，用力地点了点，“是你天天哭着喊着让我换衣服，我今天换了你又笑成这样！行！我要是以后再穿……”

“很好看的。”蒋熙元把她的手从胸前拿开，将她抱进怀里，“很好看。我不是笑你穿女装，我是笑你刚才说话的样子。”

“很恶心啊？”

“不恶心，但是不像你。”

“我就说嘛。”夏初叹口气，“九湘非说男人都喜欢这样子的，说你之所以生气就是因为我没女人味，不温柔。”

“谁说我生气的？”

“刘起啊。他下午来找我与我念叨了一会儿。”夏初仰起头来看着他，有点不好意思地说，“我真的不知道你这么在意我穿不穿女装的事，要是早知道，我也就不死拗着了。”

“那你为什么要死拗着不肯穿？”

“哦……”夏初瞟了他一眼又转开了目光，舔了舔嘴唇，低声道，“也没有，我其实是想……等到成亲再穿的，那时候你一定特别激动，特别开心。”

蒋熙元一愣，心里像化开了一片蜜糖，又软又热又甜。忽然觉得自己这一下午想的事情都分外可笑。

他想那么多干什么呢？他为什么不自信又为什么不相信夏初呢？把这么简单的一件事搞得如此复杂。

真是庸人自扰。

夏初等了一会儿，见蒋熙元只是看着她却不说话，不禁皱了皱眉头：“怎么，还不行啊？还生气？”

“没有，怎么可能。”蒋熙元手臂收得更紧了，脸颊贴在夏初的耳边蹭了蹭，“臭丫头，干吗非要等到成亲再穿，害我抓心抓肺的。你什么时候穿我都激动，都开心。”

“那不一样。这人啊都是这样的，一个欲望被压制的时间越久就越强烈，达成之后的印象就越深刻，也越珍惜。”夏初振振有词地说道，“我觉得婚礼是个不错的时间点啊。不过……”她笑了笑，“算了，还是提前让你开心开心吧。”

“你什么样子我都珍惜。”

“去！肉麻死了！”夏初回身从桌上拿起酒杯来，“喝了吧，好歹九湘帮我打扮了好久，我也等了你半天，这就算我赔礼道歉。”

蒋熙元接过酒杯来一口饮下，梅子酒的香气在口腔散开，甜而微酸，恰似这爱情的滋味。他轻按着夏初的脑后，低头将半杯酒哺给了她，凝视片刻后才轻声道：“对不起。”

“对不起？对不起什么？”

蒋熙元悄然一笑，却没把心里话说出来。他半屈身一下子打横将夏初抱了起来，道：“对不起破坏了你成亲穿女装的计划。”

夏初伸出胳膊勾住了他的脖子，讪笑道：“对啊，怎么办啊？”

“嗯……”蒋熙元侧了侧头，佯作苦恼地想了一下，道，“还是得想办法圆满了你的这个计划才行，怎么能让我小娘子失望呢，对不对？”

夏初眨了眨眼，看着蒋熙元脸上的笑容，本能地嗅出点危险的感觉，不禁在他怀里缩了缩身子：“怎么圆满？”

蒋熙元低头在她唇上吻了一下，然后慢悠悠调转方向往卧室走过去，一边走一边慢悠悠地道："既然女装已经穿了，那不妨就今日成了亲吧。"

"喂！"夏初大叫一声，"岂有此理！你这个……"

话没说完，蒋熙元又是一个吻将她后面的话给堵了回去，这个吻又深又长，认真而深情。蒋熙元把所有的歉意和感动，把所有的甜蜜和幸福都融了进去。

他不知道要怎么样去表达，表达自己有多爱这个姑娘。在茫茫人海之中，看见了她、爱上了她、拥有了她。这一生，便再没有什么事可以让他觉得遗憾了。

夏初几乎化在了他的温柔里，只觉得眼前一片绚烂，觉得爱情这么美好。

蒋熙元，这个名字早已深深写进了她的心里，他是她的爱人，是她的亲人，是她的家人，让她孤独了十多年的心灵终于有了安稳停靠的港湾。她觉得自己何其有幸，被这样一个人爱着、陪伴着、保护着。

那一年在家人的墓碑前无声许下的愿，以这样一种奇迹般的方式实现了。不管是千年的距离，还是异世相隔，终究她找到了。

蒋熙元用唇瓣轻轻刮着夏初的嘴唇："娘子，叫声相公听听。"

"我才不……"话未说完，蒋熙元的嘴唇便又覆了上去，直吻得夏初大脑缺氧，天旋地转，脸红得几乎要冒出火来。

走进卧室，蒋熙元抱着夏初坐进了床里。他低头看着怀里的人，轻声笑道："一会儿会让你叫我相公的。"

"我偏不。"夏初红着脸，嘴硬地顶回去。

蒋熙元弯唇一笑："不信就试试。"说完，抬手摘下了铜钩上挂着的幔帐。